随缘

杨建军 著

江苏凤凰文艺出版社

图书在版编目（CIP）数据

随缘：全2册/杨建军著．—南京：江苏凤凰文艺出版社，2022.1
ISBN 978-7-5594-6115-5

Ⅰ.①随… Ⅱ.①杨… Ⅲ.①长篇小说—中国—当代 Ⅳ.①I247.5

中国版本图书馆CIP数据核字(2021)第190899号

随缘：全2册

杨建军 著

责任编辑	唐 婧
责任印制	刘 巍
出版发行	江苏凤凰文艺出版社
	南京市中央路165号，邮编：210009
网　　址	http://www.jswenyi.com
印　　刷	江苏凤凰数码印务有限公司
开　　本	718毫米×1000毫米　1/16
印　　张	48.75
字　　数	873千字
版　　次	2022年1月第1版
印　　次	2022年1月第1次印刷
书　　号	ISBN 978-7-5594-6115-5
定　　价	128.00元

江苏凤凰文艺版图书凡印刷、装订错误，可向出版社调换，联系电话 025-83280257

目 录

上部

序：上帝打开了另一扇门 ·················· 001

引子 ·· 001

第一章 初结佛缘许心愿
　　——同窗讲经 ································ 009

第二章 若是前生未有缘
　　——国庆奇遇 ································ 017

第三章 风华正茂恰当年
　　——廿年聚会 ································ 099

第四章 曾经沧海难为水
　　——南京饯行 ································ 268

第五章 人生若只如初见
　　——相识纪念 ································ 357

下部

第六章 只愿君心似我心
　　——上海之旅 ································ 369

第七章 两情若是久长时
　　——"五一"欢聚 ···························· 496

第八章 此情可待成追忆
　　——真情告白 ································ 681

第九章 人间自有真情在
　　——告别恩师 ································ 705

第十章 众圆心愿我静心
　　——今生无悔 ································ 724

后记 ·· 750

上
部

序：上帝打开了另一扇门

（南京师范大学文学院 沈新林）

在中国历史上有这么一种特殊现象，很多在政治事业、文学艺术等领域有重大建树，做出卓越贡献的一代伟人，都与医学具有千丝万缕的联系。远古者不论，即近代以降，伟大的革命先行者孙中山，就是学医出身；现代大文豪鲁迅当年告别南京，去日本留学，也是在仙台医学专科学校学医的，后来转行搞文学创作，才一鸣惊人；据说，大才子郭沫若起初也是学医出身，后来成了诗人、学者、书法家，其成就不同凡响。这样的人才，我们可以拉出一个成百上千人的长长的名单。这些卓有成就的人，有的名字家喻户晓，有的就在我们身边。他们转行的原因和契机各不相同，但是，都成了卓有成就的巨人，虽然他们的成就有大有小，各有千秋，但可以肯定，其中不无规律可循。我有时想，医学研究的是物质的人，而文学研究的是精神的人，同样都是对人进行研究，这能不能算是医学和文学的血缘关系呢？不敢定论。总之，这个问题值得思考和研究。无巧不成书，这本纪实小说的作者就是一位专门从事医学教学、研究和临床的医师。小说本来另有书名，我通读一遍，概括其内容，思考再三，建议作者名之曰《随缘》，他很满意，欣然采用了这一书名。

丁酉之夏，烈日当空，长江下游的火炉城市南京高温超过 40℃，且持续多日高烧不退，大家不敢外出，都躲在空调房间里打发时光。此时，突然接到南通大学附属医院杨建军医师的电话，他要专门来南京看望我。对此，我深感意外。他是我的如皋老乡，大约二十多年前毕业于南京医科大学，起初在苏北家乡的一所医院工作数年，又攻读研究生学位，毕业后留在南通大学附属医院工作。虽然经常保持联系，但时当酷暑，他身体又不太好，何必要如此长途跋涉？我一再婉言谢绝，他还是坚持要来。7月23日，他如约而至，特地请他姐夫开车，姐姐陪同，到达南师大仙林校区，并在仙林宾馆春秋厅共进午餐，畅谈家乡和昔日的日常琐事。他对于大学读书期间在成长过程中曾经受到过我的一些帮助和影响表示谢意，同时带来了一本日记体纪实小说，请我批阅后提出修改意见并尽可能写一篇小序。我虽然事务繁杂，手上正在赶一部出版社限期完成的书稿，但对于他的请求，还是很爽快地答应了。

我认识建军是在二十世纪九十年代初，他和我都是苏北长寿之乡如皋人，住在不同的乡镇，相距十多里地；而他家正好与我家的一个亲戚比邻而居。他当时高考过后，成绩过了录取分数线而未接到录取通知，眼看希望渺茫，经亲戚介绍，便到南京找我求助。我因为家庭的原因，早年曾受到过太多不公正的待遇，也曾得到过好心人的同情和帮助，所以对社会上的弱势群体有一种天生的同情；况且我的人生信条就是读书为善，永无止境。记得二十多年以前，我去安徽黄山市参加一个学术研讨会，大会组织游览皖南黟县著名的古村落西递村，我有幸在一座古民居大门上见到一副古老的对联"第一等好事惟有读书，三千年人家无非积善"，其内涵的深度和哲理令人振聋发聩，我获益匪浅，于是，读书为善，就成了我人生的座右铭。所以，尽管作为一个普通的高校教师，我平常疏于交际，最怕开口求人，但考虑再三，还是决定帮他请人了解一下具体情况。原来，他高考成绩虽然过了录取分数线，但因为体检不合格，所以被大学无情地拒于大门之外。招生老师也觉得这一政策不太合理，但无人愿意冒险。我安慰他好久，让他不要放弃，相信招生政策会不断完善，更趋于合理公平；建议他重整旗鼓，明年再考，我将尽力帮助做工作，争取能破格录取。我当时虽然宽慰了他的失望情绪，但心里并不踏实，更没有底。因为他希望就读的医科大学，我并没有任何关系，我顿时陷入了无奈和迷茫。好在天无绝人之路，我苦思冥想，煞费心机，突然记起，与我同时期在南京读大学的老乡吴棣华女士，是南京医科大学卫生系毕业的高才生，现在江苏省卫生检疫局当处长，于是便转请她出手相助。她身为领导干部，既掌握政策、坚持原则，又善良厚道、乐于助人。她不辞劳苦，亲自找到医科大学负责招生的老师，可能是她当年的同学，这位老师一个人不敢独自担责；后来她又找到一位，这样，两位老师联手帮忙，共同负责，才勉强打了个擦边球。次年高考后，建军以很高的分数终于如愿收到了迟到数年的南京医科大学新生录取通知书。实际上，吴棣华处长和她拜托的两位老师才是真正改变建军命运的功德无量的好心人。

在建军读大学的五年里，和我常有联系。因为我的成长经历十分曲折坎坷，又特别爱读俄罗斯一流小说家契诃夫的短篇小说《苦恼》，心灵深处深深懂得弱小者求助无门的无奈与有苦无处说的隐痛，因此喜欢尽自己的最大力量，来帮助弱势群体，这已经成为一种本能，并不针对某一个具体人，既没有功利的目的，也不求任何回报。记得在建军进入大学的同时或稍早，我曾通过南通市委办公室和省教委师范处两路劲旅，帮助一位素昧平生的师范生恢复学籍。该生有幸考上苏北一所中等师范学校，又不幸被学校仅仅依据一封匿名人来信，就被随便取消了学籍。我很同情,便支持她申请复议,经过一年多的不懈努力,终于在毕业前夕成功地恢复了学籍。她也坚持完成了学业,于是在毕业时同样分配了工作。我还曾不厌其烦,苦口婆心地多方游说,寻求外援,帮助一位患先天性遗传疾病的考生艰难地考上了财经类大学。该生学习很刻苦,成绩优秀,大学毕业后再考研究生,体检还是不能过关。为了帮他找人疏通关系,我在东南大学马路东边教师宿舍区的寒风中,足足站立了四个小时。结果他如愿考上了硕士研究生,后来又读了博士,毕业后留校教书,当上了北方一所全国双一流高校的教授。对于他们的成功,我感到无比欣慰。

我多少年来形成了一个习惯:每到周末,我和家人经常准备好饭菜,邀请老乡、朋友、亲戚在宁求学的子女来家中小聚,让他们美美地享受一顿大餐,同时,作为长辈和过来人,我经常给他们一些必要的建议和开导。这一传统,一直坚持到我退休以后。从二十世纪八十年代初期开始,到本世纪初叶的近三十年间,分别应约来我家团聚的学子不下数十名,现在大多成了国内外某一领域颇有建树的专家、学者或者某一单位、部门的领导干部,或者企业家,等等,都属于成功人士,建军自然也是其中的一员。我和他谈的主要是学习方面,因此,知道他不仅专业学得好,而且兴趣广泛,对古代文学亦有爱好,不少诗词名篇能脱口而出,也喜欢写作,时常有文章在校报上发表。说来惭愧,我对医学事业十分向往,却缘悭一面。少年时曾暗暗立志,将来要么做个好医生,要么做个好教师,结果,因为诸多原因,只能在高等学校文学院的三尺讲台上,辛勤舌耕,教书四十余年,虽然业余时间自学过一点医学常识,而终究与心仪的医学专业失之交臂,未能为人类治疗身体上的病痛做些许贡献,至今引为憾事。

唯此,我和建军的共同话题多在医学和文学两方面,记得我曾和他认真讨论过社会上医生产生误诊的普遍性和危害性,以及医科大学开设《误诊学》的迫切性和必要性。我们两人的观点竟然惊人相似。两年后,他告诉我,医学院校果然开设了《误诊学》这门课。此外,也常谈到诗词鉴赏、文学创作、读书与做人等。我对他的印象是,聪明好学、勤奋刻苦、善良厚道、坚定执着、具有正义感。他不仅在医学专业上颇有建树,而且酷爱文学、书画艺术,对于社会学、历史学、经济学、哲学、美学、心理学、伦理学、宗教学,等等,都有一定的造诣,这对于他们这一代人来说,是难能可贵的。更值得欣慰的是,我平生没有能实现的理想,由晚辈后生建军圆满地实现了。他现在集医生、教师于一身,既是一位德艺双馨的好医生,又是一位深受广大同学喜爱的好教师。

这本日记体小说《随缘》初稿大约二十多万字。主要以学校、医院和家庭为社会背景,以作者中学、大学的同学、老师和家人为描写对象,着重记叙了大学毕业二十周年回母校聚会、为同学饯行、上海之行、同学来访、送别老师以及礼佛听法等几个重要事件的详细过程,表达了在学生中年龄最大的"老大"与大学师生相处的真情,过程中穿插了与中学师生的深情厚谊。文章主要叙说了在大学阶段,热心善良的"老大"以老大哥特有的责任心去关照男女同学,其中详细描写了"老大"与两位女同学之间微妙的情感纠葛及其流风余韵,表现出新鲜的人生观、价值观、爱情观、幸福观。作者以医生特有的冷静和犀利的职业眼光来观察这个现实的世界,以一个能接触到各个阶层的医师职业为媒介,描绘了改革开放四十年来,在经济转型过程中,医务工作者的精神风貌和基层民众的生活现状,内容触及社会生活的方方面面,讴歌美好的生活,同时也揭露了一些不合理的社会现象,让人们从中得到启发,从而改良社会恶俗,推动社会进步。小说内容显示了作者敏锐的触角、深邃的思考和朦胧的理想。

　　文学作品的使命就是表现人情物理,清初小说家李渔说过:"凡说人情物理者千古相传,凡涉荒唐怪异者当日即朽。"(《闲情偶寄·词曲部·戒荒唐》)他认为文学作品应该描写人情物理。这本《随缘》着重描写了二十世纪九十年代初入学的医科大学学生近三十年的人生历程及其精神风貌,男女同学之间在繁忙的学习生活之余,以知识为纽带,以诗词为媒介,指点江山,激扬文字,进行理想信念的交流、人格人品的砥砺,表现出新一代的精神追求。善良的"老大"尽自己的所能关心全班的同学们,比如"老大"帮助几位男同学复习功课而通过了考试,女同学有烦心事都愿意找"老大"诉说。此间"老大"与几位女同学之间的真情相处,描写详略有别,是同中有异,异中见同。这些都是人情。但是善良的"老大"并不是一个没有原则的烂好人,他坚决拒绝为同学代考四级英语,说明违反规则的事情他绝对不会做。他告诫同学们"闲谈勿论人非""论事不论人"。书中的内容更是试图说明,在男女之间,除了通常的男欢女爱的爱情之外,还可以有一种超凡脱俗的相互欣赏、相互爱慕、相互关怀、心心相印的纯洁而高尚的感情。作者还通过对"老大"与爱人之间真情的描述,表达一个明确的观念:爱情是唯一的、排他的,是不能有任何掺杂的。曾经的男女朋友感情再好,既然无缘在一起,就只能珍惜,保持纯洁的友情,绝对不可以越界。同理,国家和社会的建设也必须遵循事物发展的一般规律,循序渐进,决不可以急功近利,杀鸡取卵,否则一定会受到客观规律的惩罚。任何人的工作和生活都必须遵守社会秩序,依法而行,否则必然会遭到法律的制裁和道德的谴责。这些都是物理。其世界观、人生观、价值观,以及衍生出来的爱情观、生死观、幸福观、宗教观,等等,均清晰可见。对照社会主义核心价值观,可以说,通篇是满满的正能量。具备这一思想内容的作品,再采用适当的形式加以表现,应该是可以千古相传的。

"老大"的形象是鲜明的,也是真实可信的。他直接受到《红楼梦》主要人物贾宝玉的某些重要影响。"老大"崇尚精神之恋。其核心是情,是男女之间互相爱慕的纯洁真情,"此情不关风和月"。贾宝玉与林黛玉,相互敬重对方的人品才情,爱意多多,却并没有偷香窃玉、偷期幽会、逾墙穿穴的念想和举动。并不是他们没有机会,而是人物性格、品行使然。作者认为,如果那样写,就唐突了作品的主角,就亵渎了"爱情"这两个纯洁的字眼。作者不愿意,也不屑于如此。同样,"老大"曾有机会与才女和校花等多次单独居处一室,尤其是曾经与他心心相印的才女甚至热情地坐在床上,把双脚伸在被窝里,帮助"老大"焐腿,但双方行为端庄,都没有乱性,并没有一丝邪念,这需要惊人的定力,等闲之辈是做不到的。在某些人看来,这样的描写是不解风情、伪道学,危言耸听,未必真实。其实,古代就有柳下惠坐怀不乱的故事,流传至今。冯梦龙《醒世恒言》卷七《钱秀才错占凤凰俦》写苏州吴江饱读诗书的俊俏才子钱青,应邀为其貌不扬的表兄颜俊乘船到洞庭西山迎娶新娘高秋芳,因地隔太湖,一连三天刮大风,不好开船。高家令其当日就地成亲。钱青不好推辞,但坚持衣不解带,秉烛待旦;实在困倦,连衣在床外侧身而卧,保持洁身自好。到第三夜,被新娘逼得没法,他"除了头巾,急急地跳上床去,贴着床里自睡,仍不脱衣"。事后,常怀小人之心的颜俊诉讼到官府,最后由县尹裁判,钱青与高秋芳喜结连理,成就了才子佳人的姻缘。三夜衣不解带的故事,传为千古佳话。蒲松龄《聊斋志异》卷三《连城》的男主人公乔生说过:"士为知己者死,不以色也。……但得真知我,不谐何害?"你看他说得多好,"只要真正相爱,不能成为夫妻又有什么关系呢?"心灵思想、精神世界的融合大大超过了肌肤之亲,这是石破天惊的语言,是时代的最强音,显然是真爱至高无上的境界。试问,当代思想成熟、品行端正、富有理智的高尚青年难道就不如前贤,就真的应了那句"人心不古"的成语?我看未必。"老大"和才女都是深受传统文化的熏陶,有着很强的儒家伦理道德观念,又都是最看重爱情的纯洁性的真情真性的人,他们的行为是绝对不可能逾越道德的界限的。这种纯洁的情愫,超越了世俗的欲望,升华到一个很高的高度,一个全新的境界,令人可望而不可即,凡夫俗子只能仰视。这对于那些情欲不分,甚至以欲代情的人来说,是完全无法理解的。而这正是本书闪光的地方,也是创新之处。或者说,作者是在努力探索爱的丰富内涵,诠释爱的真谛,体验爱的最高境界。难道不是吗?时下不少小说、电影、电视剧,包括一些名家的作品,总喜欢以俗不可耐的色情描写博人眼

球,自鸣得意,往往详细描写几个不堪入目的色情场面,以提高票房价值。"戏不够、色情凑",说到底,这样的做法其实十分可悲,亦复可怜。如果将其与建军的小说文字进行比较,自然有云泥霄壤之别,文野雅俗之分,两者高下立判,无须加以说明。因为《红楼梦》与《金瓶梅》的区别和分野,在中国文化界,是妇孺皆知的。

现代文学史上创造社的著名作家郁达夫云:"我觉得,'文学作品都是作家的自叙传',这句话是千真万确的。"(《过去集·创作生活的回顾》)郁达夫创作的不少自叙传小说,无论是《出奔》《沉沦》,还是《银灰色的死》等,都是他"表现自我"的自叙传。不论是运用第一人称,还是第三人称。学术界一致认为,小说作家常常把自己的思想和个性寄托在第一号正面人物身上。《随缘》也应该是作者的自叙传,在这本书中,大部分内容应该是真实的,是以作者本人的亲身经历和感受为依据的,局部和细节虚构的成分不多,应该属于纪实小说。其中所透露出来的各种思想观点,就是作者本人的声音。这是本书的一大鲜明特色。作品以时间为经,以日月星辰的推移为线索,有的甚至直接标明日期,可以称之为日记体小说;以同学之间的交谊、活动、横向联系为纬,纵横开阖,交织成篇。反映了一代知识分子成长的轨迹和心路历程。作者似乎一直在记流水式的日记,没有刻意去写小说,而是将自己的经历见闻娓娓道来,举重若轻,毫不费力,一般不采用夸张、比喻、寄托等修辞手法,总是按照生活本来的样子去再现生活。小说保留了一种不加雕琢的原生态风貌,经常发微信、用视频,颇有现代化的气息,给人非常真实亲切的感觉,自有一种感人的魅力。他笔下的文字常带感情,多处客观的叙事段落,尽管语言文字质朴无华,而字里行间却有一种神奇的"暗物质",可以催人泪下。这也许就是生活的美。西方哲人曾经说过,我们的生活中并不缺少美,缺少的是我们眼睛的发现。建军慧眼独具,发现了这些美,并且成功地表现出来,这就是艺术生产的硕果,是值得认真点赞的。宋代大文豪苏东坡说过:"无意于佳乃佳。"用这一句话来评价建军的自叙传小说,应该是十分恰切的。因为他原本只是记日记,无意拿出来发表,后来受别人鼓动,整理出来,加以润色扩充,才连缀成为小说的。作者在写作时,时常含笑、含泪。每当写到欢乐的内容时,作者真在微笑;每当书中涉及悲伤的事情时,作者真在流泪。曹雪芹写《红楼梦》时,是用自己的生命在立言。同样,本书的作者也是用真情在写字。所以全书读来,让人倍感亲切、自然,而与之心灵相通,如同作者就坐在我们面前,叙说着自己的故事,我们随着他的喜怒哀乐而情绪变化,与他同喜同悲!

小说语言的表达相当成熟老练,濠河游记、水绘园游记和参观东方明珠等片段写得非常精彩,洋溢着诗情画意。语言文字十分流畅,也很有特点。一是本色,日常生活语言多,不加雕琢,不加修饰,率性写来,仿佛山间清澈的泉水,在小溪里潺潺流淌。二是有时对人物语言适当加以提炼,配以浅近的文言词句,比较符合作为高级知识分子人物形象的口吻。三是叙事和对话经常引用、化用古典诗词,表情达意,信手拈来,天衣无缝,恰到好处,有效地提升了语言的品位。小说中包括了大量的诗词名篇和传统文化的精髓,体现了作者较深的古汉语文学功底。作者博览群书,博闻强记,诗词的引用不是简单的背诵,需要应时应景应情,作者确实做到了这一点,甚至有些古诗词中描写的内容与主人翁当时面临的情况不完全吻合,作者就直接进行了不留痕迹的化用。对于传统文化的态度,作者不是一味地继承,而是取其精华,去其糟粕。四是语言文字的表达经常运用一些小幽默,吉光片羽,妙趣横生,大大增加了可读性,作者的机智风趣可见一斑。文章中有许多经历一些事件之后的即时小感悟,看似随意一言,却很有哲理和深度,其实都是作者长期认真思考的结果。总之,小说的语言准确地传达了作者的个性和学养,是值得称道的。文章雅俗共赏,文学爱好者可以从中得到诗词歌赋的古典文化的艺术享受,大多数普通读者也可在阅读时,接收到作者人格魅力的熏陶。

当然,建军的日记体自叙传小说初稿中仍然还有值得进一步打磨推敲,提升质量的空间。

首先,有些毛病是写作的体制所决定的,比如,用日记体,难免事无巨细,兼收并蓄,给人产生面面俱到的感觉。平心而论,这是出自一个非专业作者之手,是很正常的;稍加留意,也是可以避免的。作者信奉"世事洞明皆学问,人情练达即文章",其实作者是在努力做这样一种尝试,希望通过对日常生活中最常见的事物和现象的观察、感悟和反思来获取其中隐藏的基本规律或者生活哲理,于平凡中悟出真理,于简单中探求深刻。所以只要能引起作者认真思考而有所感悟的事物和现象,都成了作者描写的对象。有些描述看似闲笔,其实都从某一方面反映了作者的思想。作者并没有刻意追求故事情节的跌宕起伏和矛盾的剧烈冲突,而是平铺直叙,将平生的经历直接与我们分享,其中饱含的真情自然就吸引了我们,而不需要着意夸张或渲染。这是作者对写作方式的一种新的尝试,以写哲理散文的方式来写小说,或者是说这本书就是由相互之间具有紧密联系的哲理散文构成的散文集。这也与作者是一个具有独立思想的人,其语言又饱含哲理的个性完全相吻合。小说的叙事形式灵活多变,将记叙、说明和议论融合在一起,将叙事、抒情和明理融合在一起,将回忆、现实和展望穿插在一起。在时间和

空间上灵活转换,真实袒露了个人生活,自由抒发了个人情感,这样的写法是需要一定的勇气和底气的。

其次,小说总的基调是积极向上的,作者既有儒家造福人类的积极进取的实践精神,又有道家顺应自然的豁达乐观的人生态度,还有佛家的性格温和、随遇而安、一切随缘的思想秉性,但由于多种疾病的长期折磨、社会现实的错综复杂、日常生活的艰难辛劳,必然带来前进中的某些挫折,这些对于一个一贯要强好胜、不甘落后、力求完美的硬汉而言,势必在心灵深处留下了挥之不去的阴影,难免在字里行间流露出淡淡的哀愁,有一缕悲观的情怀;而且医院是最能考验人性的地方,每天会遇到形形色色的人,在生死和金钱面前,人类的心灵受到直接的炙烤,都会露出原始的本性。作者看多了这些冷暖炎凉、真情假意,这种直面人性的生活,日复一日,对于是非曲直总是能一览无余,难免会让作者产生一些悲凉的心绪。小说中"老大"经常自称"老朽",常常下意识地提到来日无多,因而心灰意懒,甚至过早考虑到晚景和身后之事,这对于作者书中塑造的一位饱读诗书,熟悉经典,风华正茂,如日中天的中年学者的形象描绘,未必十分适当。尽管小说中的人物形象总体是真实的,但是我希望作者对"老大"的形象稍微理想化,让他更坚强乐观一点,增加一点亮色,给读者更多的希望。

为此,我建议作者多用心来反复诵读一首禅理小诗。唐代高僧契此和尚《插秧诗》云:"手把青秧插满(福)田,低头便见水中天。六根清净(青茎)方为道(稻),退步原来是向前。"细细地读,慢慢地领悟,来日方长,一切还是"随缘"吧。

在收到我的修改建议之后,作者很乐意地接受了,并且立即不辞劳苦,夜以继日,孜孜不倦,兢兢业业,做了很多修订工作。兴趣是最大的动力,热爱是真正的天赋。作者不急功近利,耐得住寂寞,将写作当成一种享受,乐此不疲,令人敬畏。大半年之后,修改稿完成。

修改稿概括起来主要有两个方面的提升:一是思想内容方面,增加了不少情节、故事,丰富了小说内涵和人物形象;二是艺术上进行了提炼,还进行了新的艺术尝试。书稿增加了四十多万字,翻了一番多,达到六十多万字的规模。应该说修订稿思想内涵更丰富,人物形象更鲜明,主题更突出,语言更精炼流畅,艺术上更圆熟。总之,小说质量有了较大的提高,艺术魅力明显提升。一向追求完美的作者本人也比较满意。"文学就是人学。"作者修改作品的过程就是自身提高的过程,修改文字就是磨炼艺术和人品。修改润色文章极为艰辛,但同时也是一种精神享受,心灵很快乐。这是局外人难以体会的。哥伦比亚著名作家马尔克斯说:"作家的行业是最孤独的行业,因为他在写作的时候,没有人能助他一臂之力,也没有人知道他究竟想干什么。""文章千古事,得失寸心知。"我惊喜地发现,通过修订书稿,不仅作者的写作水准有了大幅度的提高,而且其意志、毅力有了长进,思想艺术追求达到了新的境界;品行更加完善,人格更臻完美。一部书稿,反复修改,终成正果,善莫大焉。这些正是作者高出一般人的可贵之处,也是我这个长辈所乐意看到的。

  一名工作繁忙的医师,不辞辛劳,主动利用业余时间,创作这样一篇六十多万字的长篇小说,需要多么强的自律才能完成呀!作者的知识面很广,小说的信息量很大,内容丰富。作者的文笔能巨能细,富于变化,大到我国的迅速发展遭遇敌对势力的仇视这样的国家大事,小到如何种植花卉这样的细微小事。既有对美好生活的讴歌,也有对不良现象的痛斥;既有对既往自己亲身经历的忠实描写,又有对时新网络新闻事件的客观评判,尤其是作者对社会生活中普通民众的一些最基本的痛点进行了剖析,提出了自己的独特而深刻的见解,这是难能可贵的。这说明了作者具有一双独特且冷静的眼睛和一颗细致且热情的心,也说明了作者具有丰富的生活体验和饱满的人文情怀,以及习惯于对日常事务的用心思考,才会有这样深刻的思想认识。小说援情入理,情理交融。既有作者遭遇困境时的困惑和迷茫,又有作者自我觉醒、超脱困境、一往无前的勇气和雄壮。作者的亲身经历和现身说法直抒胸臆,全篇就是一首与困难做斗争的精神赞歌,也是作者对我国改革开放四十多年巨大成就的礼赞。

  建军一生命运坎坷,从小就受到疾病的折磨,留下了心灵的创伤和令人痛心的印记。如果当年考大学单凭考试成绩录取,本来应该水到渠成,但他并非一帆风顺。大学毕业参加工作不久,父母双亲就先后遭遇意外和重大疾病,英年早逝。研究生毕业后留在大学附属医院,本想大展宏图,不料又有痼疾纠缠。身体羸瘦,弱不禁风,日常生活不太方便。上帝对他似乎有点儿苛刻了。但他心里明白,人的命运只有一半在上帝手中,另一半则掌握在自己手中。每个人一生的努力,就是用自己手中的一半,去获取上帝手中的另一半。说到底,每个人的一生就是与自己抗争的一生。建军是这样想的,也是这样做的,而且做得很好。这本小说就是最好的见证。他的本职工作和专业是悬壶济世、治病救人,兼及教书育人,但他又爱好文学创作、书画艺术、哲学、美学、宗教,乃至树木花草的种植栽培、居室环境的布置美化,等等,其兴趣多样,成就斐然,令人艳羡。这无疑说明一个道理,有志者事竟成,只要专心做一件事,并且一直坚持下去,总是能成功的。由于身体原因,他的每一项成就,耗费了常人几倍的汗水,他的这种自力更

生、自强不息、不屈不挠、艰苦奋斗的精神，可圈可点，令人敬佩。人们常说，上帝为你关上一扇门，就同时为你打开一扇窗。我以为，上帝破例为建军打开的是另一扇"门"，而不是"窗"。因为他业余写作，为人类提供精神食粮，取得的成绩完全可以和某些专业人士媲美。可以预言，这部小说诞生之后，将为一些品位高雅的读者所喜爱，自然风靡海内，不胫而走。不久则将有可能被独具慧眼的有识之士改编为电影、电视剧，《随缘》甚至将会成为此后一段时期国民茶余饭后的一个热门话题。谓予不信，请你打开《随缘》，快读一过，就立马知道此言不虚。古人有"《汉书》下酒"的典故，我以为，《随缘》差可殿后，请你不妨试试。下面就请大家欣赏小说的正文吧。

丁酉中秋初稿，戊戌立夏节补充，己亥中秋日修订于金陵亚东仙林茶苑百世堂

引　子

不知不觉,人到中年。

子曰:"四十而不惑,五十而知天命。"又曰:"智者不惑。"

时光流逝,岁月匆匆。年轻时那些青春的故事还没有真正开始,转眼就已经成了过去。蓦然回首,惊奇地发现,我们已经走进了秋风瑟瑟的季节。岁月的年轮已经印刻在我们的脸上,流年的风霜已经染上了我们的鬓发。不惑之年来得这么猝不及防!

虽然已经过了不惑之龄,但是我们依然困惑无限,既未能成为智者,也没能知晓天命。苍老的仅仅是岁月,我们的思想却没有同步深邃,依然肤浅。

最意外的是,在不惑之年,不经意间,我们突然又遭遇到"那些年再也回不去的青春岁月"的故事,竟然又被青春撞了一下腰,又似一把重锤生硬地敲击在我的心尖,搅乱了全身的血脉,刺激了所有的神经,心底里便涌现出一阵紧张、慌乱、激动和无奈。

起初的感觉是痛,那痛,剧烈,无可言状;再后是麻,那麻,揪心,极为震撼;再之后竟然就慢慢地舒展开来,有一种剧痛后的快感和舒畅,让人回味无穷,如饮了一杯苦茶之后的回甘,历久弥香。我打开了一直封存在记忆中的那本已经泛黄的青春画册,一遍又一遍地浏览,惊奇地发现,在如水的光阴里,总会有一些思念、情意,如同身边的这一树花香,摇曳着风月情长,溢满了情感心池,温暖了悠悠时光。

青春是一段激情昂扬的赞歌,是一阕懵懂柔情的清词,是一幅浓墨重彩的油画,是一条水流湍急的小河。青春故事的开篇往往都是我们熟悉的老套路,偶然相遇,知音绵长;故事的结局也是我们耳熟能详的花开两朵,各表一枝。生活总是这样,美好里留有遗憾,残缺中让人回味。上苍不肯轻易就赐予我们完美,担心我们不懂得珍惜。

二十年过去了,一直关闭的记忆闸门又再次被上帝的神奇之手打开了,用二十年的光阴孕育了一树的花开和花落,那一场无悔的青春竟然又与我们做了一个满怀的拥抱。那一段多彩而梦幻、欢笑而流泪的激情岁月是那样地隽永绵长,在我们心中千回百转,始终欲忘却不能忘。属于青春时那些特有的情感,譬如奔放的热情、懵懂的爱恋、对成长的迷茫和对未来的憧憬,对于任何时代的人而言,

都是相通的,也是美好和永恒的。

也许只有跨进了中年,青春的印记才愈加刻骨铭心。蓦然回首,我们才能深刻感悟,光阴本是一坛陈年的酒,浓可沉醉,淡可芬芳,所以人到中年我们就更加应该留住一段青春,注上记忆深处的永恒,演变成人生相册里最美好的风景;剪取一段时光,做成怀旧唯美的书签,存放在岁月年华中最绚烂的段落。

谁的青春不迷茫?我们幼稚过,懵懂过,迷惑过,这是成长的必然。年轻时经常为了一点小事而怒发冲冠,势不可当;如今遇到再大的事情,偶尔生个气,片刻就已经淡忘。曾经我们揣着糊涂装明白,不懂却装成内行,唯恐别人说我们无知无识;现在我们揣着明白装糊涂,心知而不愿多言,唯恐别人说我们好为人师。人生的每个阶段都有它自身的节奏,千万不要刻意打乱它,年轻的热情与冲动绝对不能和中年的成熟与稳重相混淆,否则人生就乱套了。时光磨去了年少的冲动和青春的狂妄,也沉淀了生命的历练和人生的修养。人生就是一场自我完善的修行,所有经历过的成败,遭遇过的悲喜,都是为了铸就我们丰富的人生。

也许,每个人的青春原本都应该是美好的、闪光的,流年无恙,光阴留香!菩提的光阴平和澄净,祈求般若一生,心中自有千万朵莲花。如今风雨之后,千帆过尽,才发现当初那些天真的幻想早就已经渐行渐远,无可寻觅。年少时,我们都雄心万丈地想对抗这个混沌的世界,但是许多人最终被这个世界同化了,变成了自己最初最讨厌的那种人。在人生漫长的旅途中,许多人成为岁月的奴隶,被动地跟在时光的背后,背离了初衷,遗忘了初心。

人生如戏,一幕又一幕,或长或短,或喜或悲,或真或假。有时候入戏太深,用心过甚,反而会伤了自己。始终保持几分清醒,才能在剧目的轮回中,不忘初心,不失自我,从容地演好自己的角色,一切随缘随意。生活不要太着急,时间会把你想要的东西慢慢都给你。梁实秋在《蓦然一惊,已到中年》中说:"中年的妙趣,在于相当地认识人生,认识自己,从而做自己所能做的事,享受自己所能享受的生活。"

日本著名的动画大师宫崎骏说过:"青春就是让你张扬地笑,也给你莫名的痛。"从青春年少到不惑之年,我们追求过,也放弃过;勇敢过,也害怕过;肤浅过,也深刻过。八十一难没有渡尽,在以后的人生旅途中,一定还会有悲喜相伴,但无论是风雨兼程,还是阳光普照,都是生活本来的模样。

人生中总是充满着无数的意外,再周密的规划,都敌不过命运一次又一次的随意更改。小的时候,总以为长大了就能拥有无穷的力量;如今人到中年了,才发现我们并不如自己想象中那么强大,在一次次的灾难面前,都有可能投降。年轻时,我们相信青春不老,坚信地久天长,死亡仅是一个模糊的概念,离我们那么遥远；如今人到中年，我的父母已经离世，身边熟悉的人相继永别，才知道人生短暂，生命脆弱。天有不测风云，人有旦夕祸福。

从医二十多年，面临过太多的生死离别。病痛折磨说到就到，黑白无常想来就来。几周前与我一起喝茶的老教授，再去看望他时，竟然已经驾鹤西去了。多少次，晚上下班时与患者告别，第二天早晨就已经人去床空，阴阳两隔。一刻钟前还在与我们谈笑风生的小伙子，突发大量的脑溢血而成了永久性的植物人。

岂止是生老病死，还有无数的飞来横祸，带走了太多不该离开的生命。马路如虎口，几乎每天都能听到发生车祸的惨剧。何况孩子的抚养和教育，老人的赡养和安康，工作的紧张和压力，生活的烦恼和调整，无一不是压在我们中年人肩头上的繁重的责任和应尽的义务。

少年不识愁滋味，中年方知万事愁。中年人乃家庭支柱，责任最重，压力最大，不敢懈怠，不能停留，没有理由不去奋斗。父母已经衰老，孩子还未长大。中年人的心是最苦涩、最无奈的，博大而坚韧不拔，承重而无怨无悔。时常挂在嘴角的那份卑微的浅笑是为了掩饰心酸，总是一副泰山压不倒的模样是为了逼迫自己坚强。这就是中年人的无奈、隐忍和必须坚持。天不怕地不怕的美猴王被压在五指山下五百年，出来后竟然变成了很尿的悟空！年轻时，我们觉得很不理解和接受，如今人到中年了，才慢慢悟出，悟空不尿行吗？他有选择吗？那个牢牢扣在头上的金箍让悟空只能负重前行，别无选择；而人到中年的我们，家庭的责任正是扣在我们每个人头上的金箍。

有句话说得好："人到中年两头难。"中年人的生存法则里只剩下隐忍、坚持和强撑。老老少少的烦心事，忙得我们就连生病的机会都不敢有，更加没有权利放弃自己的生命。我们不敢倒下，眼前有父母，身后有孩子，我们不能让需要我们照顾的人失去关爱，更不能让生育我们的人无比悲痛。我们的生命不仅属于我们自己，而且也属于和我们相关的人！我们必须关爱自己脆弱的，但是必须支撑下去负重的生命！

另一句话是"人到中年不如狗"。不能说累，因为没有人依靠；不能说痛，因为没有人惯着。一份责任，只能一个人扛，除了坚持，别无选择。到了我们这个年纪，谁活得都不容易，时常一边想着死，一边仍然坚强地活着。在这个世界上，有太多的事情我们无法确定，唯一能够确定的就是我们都会老去，终将离开这个喧嚣的世界。人生苦短，劳苦一生，不求飞黄腾达，但愿一生平安。

经历过少年似春的浪漫与青年如夏的激情，中年是沉甸甸的秋，到了人生收获的季节，但是岁月的铅华依然未尽。虽然感受过爱情，经历过婚姻，但是中年的我们依然不解爱情的秘诀和婚姻的真谛。中年的人生已经过了正午，激情的

高峰已经过去,体力开始下降,雄心不再万丈,再不能力挽狂澜,但是我们心中美好的希望似乎并未完全泯灭,该怎样度过余下的人生?

我们这一代人出生时,国家刚刚开始计划生育。四十多年过去了,如今社会老龄化问题是如此突出,我们自己即将衰老的未来又能依靠谁?社会的未来又能依靠谁?国家和民族的未来呢?

半年前,我带一位九〇后的学子,去拜访一位睿智的老教授,彼此交流时谈到当今的社会文化。老教授问我,怎样才算是一个文化人。我讲了作家梁晓声的说法,根植于内心的修养,无需提醒的自觉,以约束为前提的自由,为别人着想的善良。老教授说,前面的这些定语非常重要,一切都应该是出于内心的自觉行为,善良的品行已经转化为良好的习惯。

九〇后的学子说,对于我们这一代独生的小霸王来说,这些说法好像离我们很遥远,我们中的大多数人修养不够,自觉性不足,渴望没有限制的自由,习惯了一切以自我为中心。我们中的很多人非常浮躁,总是渴望别人的点赞来填补自己内心的空虚,所以刷屏和显摆就成了日常生活的主要方式。

我和老教授听了都很惊讶。其实,这位小伙子平常给我的印象还是很不错的,他只是说出了他们这一代人的部分共性,他的话中应该是含有某些偏激夸张和故意调侃的成分,但是足以让我们这些中老年人感到悲凉。

小伙子说,现在社会离婚率这么高,我都不敢相信爱情了。老教授爽朗地笑道,小伙子呀,其实爱情没有那么艰难,我和老伴一牵手就是一辈子,一不小心就一起白了头。我不知道小伙子听了老教授的这句话是怎样的感受,但是我从老教授轻松的话语中却感受到沉甸甸的分量,轻轻的一个许诺,就是一生的坚守。两位老人结婚已经六十年,依然恩爱如初,真令人向往。

与年轻一代人价值观的碰撞,结果代沟横生,不容易沟通。只想索取,不愿付出,一夜暴富的幻想充斥社会的每一个角落。社会很功利,人心很浮躁。在这样一个似乎什么都可能的时代,平凡人的梦想和欲望被无限放大,总感觉一夜成名是触手可及的事情。诚信的丧失,让整个社会充满着谎言和欺骗。信仰的缺失,让这个世界显得荒诞而诡异。对于追星族的疯狂、拜金者的执着和骗人者的坦然,我们这些"落伍"的中年人确实无法理解和接受。

辛辛苦苦把孩子们抚养大,不但不知道感恩,反而嫌弃父母没有能耐。啃老族比比皆是,要榨尽父母的最后一滴血汗。电视新闻中多次报道一些不孝的社会现象,家中孩子四五个,都成家立业了,年老可怜的寡母却流落街头,无人赡养。父母最大的悲哀,就是付出了自己的全部,却养出了忘恩负义的孩子。莎士比亚在《李尔王》中这样说:"不知感恩的子女,比毒蛇的利齿更能噬痛人心。"竟然需要用法律来强行规定,子女必须定期回家探望父母!这本是为人子女应尽的基本义务呀!羊知跪乳之恩,鸦行反哺之义,何况人乎?这个社会怎么啦?

娱乐圈的疯狂,社会热点的误导,让年轻人完全失去了判断是非的标准。铺天盖地的游戏摧残着青少年的人生,也瓦解了成年人的意志。电视台整日歌舞升平,明星八卦,满屏报道的都是吃喝玩乐,享受人生。电视剧充斥着后宫争斗,无聊无下限。这是一个全民娱乐的时代,一个喧嚣肤浅的时代,一个缺少文化沉淀的时代。很少有人再去认真读书,严肃思考,仔细分析。社会财富的逆向分配,科学家一生的工薪远不如明星一个晚上的进账!作家麦家说过:"这个时代最缺少的,是对文字的敬畏心。"其实越是喧嚣的时代,读书和学习越是我们接近自由的最好方式。

在这样一个崇尚秀晒炫的时代,每个人似乎没有一些闪光点都出不了门,浮躁成了一种时尚的通病。一位明星小鲜肉的"拍拖公示"竟然瞬间就让庞大的新浪微博瘫痪。也许事件关注者大多是年轻人,但是年轻人正是国家的未来呀!一切事情都被娱乐化了,并成为一种司空见惯的心灵享受,貌似全民都能接受的精神文化,人类成了一个娱乐至死的奇异物种。许多人已经失去了独立思考的能力,完全被这个新闻热点满天飞的社会洗脑了,只能人云亦云,只会转发和刷屏,然后被各种瞬息万变的反转、再反转的新剧情不断地打脸。

在这个许多人都患上了"手机依赖症"的时代,人们忽略了身边的美丽风景,忽略了与家人的亲情,一刻也离不开手机,除非睡着了,只要眼睛一睁开,第一件事情就是拿起手机。休闲,吃饭,走路,甚至工作时,都离不开手机。走路和开车时,因为玩手机而受伤,甚至失去性命的悲剧时有发生。失去了自律,过度依赖科技工具的今天,人们普遍变得麻木不仁,浑浑噩噩,在无所事事中消磨时光。有句话说得非常令人痛心,要毁掉一个孩子,就给他一部手机。歌德说:"谁游戏人生,他就一事无成;谁不能主宰自己,他就永远是一个奴隶。"

现在普通人的生活条件不知道比过去至高无上的皇帝好多少倍,但是物质条件的丰富却造成了许多人精神的空虚,整日醉生梦死,无所事事。迷茫和拖延症成了这个时代人们最大的通病,人们被无意识的生活拖着走,失去了自控力是许多现代人最大的悲哀。虽然我们每个人的行为都有被大时代裹挟的被动,但是我们一定要牢牢掌握自我选择的主动权。有科研报告表明,成功与智商的关系并不大,但是与儿时培养起来的自控力密切相关。在《马丁·伊登》中有这样一句话:"一个人只要有意志力,就能超越他的环境。"哲学家康德说过:"真正的自由不是随心所欲,而是自我主宰。自律即自由。"所以现代人容易颓废有三个原因:在娱乐至死的快感中不能自拔;无法控制自己的行为和情绪;安于舒适的

状态,再也不愿意走出来。孟子曰:"生于忧患,而死于安乐也。"

科技和网络给生活带来了巨大的方便,但是科技诈骗和网络诈骗的现象同样层出不穷,令人防不胜防。越来越多的人沉迷于虚拟的网络世界,不能自拔。网络暴力非常普遍,动不动就人肉搜索,每天都有人成为无缘无故的受害者,社会上到处充斥着暴戾之气。网络信息的爆发性涌现,人们的注意力已经被切割成碎片,人们的深度思考力正在被逐渐摧毁。遇到问题,只要上网一搜,立即就有了现成的答案。长此以往,整个社会就无法发展和创新了。

人工智能的大量涌现,只会简单干活的冰冷的机器竟然打败了拥有复杂情感的人类。这究竟是人类智慧的发展,还是人类玩物自焚的后果?科技和大数据如果真能够接管这个世界,那么人类的未来到底是喜是悲就难以判定了!

曾经许多神圣的职业,现在已经很少有人问津了。科研院校冷冷清清,艺校门前车水马龙。曾几何时,医生由一个高尚的职业沦为危险的职业了!

我无意在此悲天悯人,更不是寄托孤愤,但是对社会和人类未来的严峻思索,对人性善恶和人生意义的重新认识,也许正是我们这一代承上启下的中年人有责任去关注的事情。在这样一个经济强盛的时期,我们更加需要保持一颗冷静的头脑,认真思索国家和民族的未来。

也许这些都是我们中年人多虑,也许是因为我们的脱节和落伍,但是我们真诚地希望世界美好的愿望,依然没有改变。我们相信,时间是公平的,你所失去的,岁月终将还给你。无论世道如何变幻,我们必须留一份做人的底线和担当。曾国藩说:"吾人只有进德、修业两件事情靠得住。"踏实做事,坦荡做人,人品是最高的学历,勤奋是最好的生活态度。个人觉得,我国传承几千年的传统文化和礼仪孝道的精髓永远不能丢弃,否则这个世界就会变得混乱不堪了。

童年是可以任意幻想的童话,青少年是浪漫激情的诗歌,中年应该是百味杂陈的戏剧,老年就是无所不包的小说了。人到中年的我们该怎样写好自己的剧本,心中充满了太多的迷惑。生活就是一个复杂的大舞台,时时会有惊喜和精彩,也处处会有陷阱和悲哀。谨慎而坚定地走好每一步,人生不能从头再来。时间不会等待我们,人生的许多精彩一旦错过,就成了永远的缺憾,再也无法弥补。中年一"悟",回归本真。生活很慢,只有安于平淡,平平淡淡才是真;生活又很快,许多美好稍纵即逝,懂得珍惜才能赢。

大千世界,芸芸众生,几十亿人口,但是每个人这一辈子只能活在几十个人中间,而能让我们至爱与至念的,也就这么几个人。这几个人,才是我们精神依托的家园,灵魂释放的世界。愿时光缓流,故人不散,相伴如初。

现在我们对许多事情都不那么在乎了,以为低调了,其实是因为我们成熟了,也老了。也许身体还未完全衰老,但是我们的心态已经开始变老了。微信里流传着一篇文章,说决定人生高度的不是智力,而是体力。猛一看有些不可接受,但是仔细想一想,人生的高度都在中年,而中年确实到了拼体力的时候了。世上没有一件工作不辛苦,没有一处人事不复杂。踏实工作,远离是非,学会低调,懂得取舍。

世相迷离,我们常常在尘世中迷失了自己。曾经年轻的我们,迷茫无措过;如今中年的我们,依然困惑不已。生活节奏猛然加快,一切都似乎被安上了飞轮,在我们还没有完全弄清生活方向之前,人生就已经过去了大半程,我们突然面临着太多的彷徨和无奈。一个人最大的困难就是认识自己,更多的时候,我们将自己放在一个错误的位置,不懂得自己要干什么,真正需要什么,也就浑浑噩噩地过完了一辈子。悟空偶尔生了一下邪念,便衍生出一个六耳猕猴变成的假悟空,于是真假难分,两者斗得难分难解。其实人的一生就是在跟自己斗争,根本不能有消极松懈的时刻,否则就会心魔顿生,迷失灵性,失去生命的方位。

在《平凡的世界》里有这样一段话:"生活不能等待别人来安排,要自己去争取和奋斗;而不论其结果是喜是悲,但可以慰藉的是,你总不枉在这世界上活了一场。"所以,我们只有主动努力奋斗,才能创造美好的生活。

时间就是一把冷漠无情的刻刀,将艳丽的青春刻成了衰老的暮年;时间也是一把一视同仁的刻刀,将世间万物都刻上了扎眼的年轮;时间更是一把不知疲倦的刻刀,时时刻刻,连续不断,不分昼夜。于是,在时光的不断磨砺中,我们丢弃了年少的轻狂,磨去了尖锐的棱角,失去了满怀的激情,平淡了惊天动地的爱恋。在柴米油盐的似水流年中,留下的只有所谓的成熟和无谓的冷静。生活总是这么现实而残酷,为什么就不能成全我们期望中的那个亘古不变的童话呢?姜文在《狗日的中年》中这样说:"中年是个卖笑的年龄,既要讨得老人的欢心,也要做好儿女的榜样,还要时刻关心老婆的脸色,不停迎合上司的心思。"可见中年人是多么艰难,前一秒还在流泪,后一秒就必须拼搏!我们终于明白,年轻时我们可以快意人生,完全是因为有父辈们在为我们负重前行;如今我们自己肩负起父辈们的使命,才真正懂得中年人的心酸。有人形容中年人是"累并快乐着"。其实,累是共有的,快乐不快乐就难说了!

我们曾经都有一种理想中自己的模样,可是随着生活压力的增大,我们理想中的自我已经躲到内心深处,不再去触碰,甚至不敢再去想了,一想就会钻心地痛。中年的我们已经没有为自己而活的自由了,家庭的责任和社会的角色磨灭了我们曾经的理想,最终我们都活成了社会和别人希望我们成为的角色。

我们这些上世纪七十年代初出生的人是改革开放的见证人。经过四十多年的改革开放,我国的经济社会取得了举世瞩目的成就,令人欣慰;但是教育和文化的发展相对滞后了,又令人担忧。对民众教育的缺失,许多人的心理没有跟上经济的发展速度,总是一种暴发户的心态。对学生教育的偏颇,批量生产了许多眼高手低的毕业生,导致众多的大学生毕业之后,就加入了失业大军。我国的经济发展已经成为世界经济发展的引擎,什么时候我国的文化也能引领世界文化的发展,我们国家就真正强大了。

站在人生的十字路口,面临社会快速转型的我们,必须重新寻找新的方向。一切都提速了,地球变小了。社会新生事物不断涌现,惊得我们眼花缭乱。中年的我们依然还在漫漫旅途中,前面还有许多未竟的任务,如果再不与时俱进,就会被时代抛弃,成为明日黄花了。抱怨和放弃都不是我们该有的方式,努力才是人生的常态。因为每一分努力都不会白费,都将绚烂如花,最终丰盈我们美丽的人生。法国哲学家柏格森说过:"要生存就要变化,要变化就要成长,要成长就要不断地自我创新。"所以不管我们的身体是否衰老,心一定要保持年轻。心若年轻,岁月才会不老。事在人为,让我们调整好当前的心理状态。在晨起夕落的时光里,重述季节变换的故事,守住心中的春暖花开,活好我们的下半辈子。珍惜,因为岁月不再悠长。

白云苍狗,世事多变。人到中年,年华未央,浮生尘世,远离了舞榭歌台的喧闹,看淡了世事繁华的浮躁,聚散随意,一切随缘,简单平凡的生活就是最大的幸福,都是平凡的人,就应该安分于平凡人的心态。宁静致远,顺其自然;淡泊名利,放下执念。只有活到我们这个年龄的人,才能慢慢地悟出,人生最迷人的风景其实就是内心的淡定和从容。林清玄在《人生最美是清欢》中这样说:"以清净心看世界,以欢喜心过生活,以平常心生情味,以柔软心除挂碍。"所以愿我们出走半生,归来仍是少年。虽然时代在不断更替,社会在持续进步,但是我相信一些基本的认知永远不会改变:知识改变命运,勤劳创造价值,真诚赢得信赖,善良温暖人心。我们有理由相信,祖国的明天一定会更加美好。

人生的下半场,活的是心态。在我们每个人的心中,都需要有一方净土,来安放我们高贵的灵魂。虽然我们不能远离滚滚红尘,但是只要我们在尽到责任之时,做到心不外游,微笑入定,定然会千山万水寂静,从此天地万物,隐没于一片叶的法相。只待那一朵花开之际,众生皆成我佛。

第一章　初结佛缘许心愿

——同窗讲经

一笑一尘缘，一念一清静。

今天是冬月初一，已经进入"大雪"的节气，天气比较寒冷，下午天降中雨。

《月令七十二候集解》这样解释"大雪"的节气："十一月节，大者盛也，至此而雪盛也。"

天气预报，今夜有雪。

晚餐后，六点左右，我因俗事去同窗泉兄家中拜访。天空灰暗，路灯昏暗不明，道路积水难行。我骑着电瓶车，冒着雨，小心地到达泉兄家门外。

泉是我高中求学时的同床之友，曾抵足同眠年余，感情甚笃。俗语说得好，"百年修得同船渡，千年修得共枕眠。"前世修过的缘分，今世同床睡过的兄弟，此生难忘！

其妻燕子亦是我们同学。这对同学夫妻伉俪情深，夫能妻贤，一直羡煞众生。

大家平日里忙于凡尘俗事，一直为生计奔波不停，彼此已经数月未能相聚。今日一见，大家自然心欢语频。燕子学妹热情备至，烹茶添水，我不胜感激。

泉兄告诉我，由他家自己出资，在如皋农村老家重建了观音禅寺。

我听了非常敬佩。他们村里原来有观音禅寺，建于清朝康熙年间，一直香火很旺。十年动乱破"四旧"的时候，被拆除了。如今其家又自斥巨资重建了观音禅寺，行善积德，祈福一方，我不禁肃然起敬。当今社会，物欲横流，贪念乱飞，又有几人能舍得？只有做到内心清净、无欲、通透，诱惑才不再是诱惑。

此乃佛界盛事，可喜可贺！又幸得我们的高中同学阿福大记者亲自操机，拍摄奠基仪式、狼山广教寺大住持亲临开光、佛界众多高僧云集祝贺等全程影像而传之于世，实乃功德无量。

我虔诚观赏全部影像，仔细聆听佛音梵语，感受佛法无边而深受教化。

我笑道："佛家终日口念'南无阿弥陀佛'真言，我很愚笨，一直不知是何意。今日不妨有劳兄为我这个俗人解说一下其中的真义。"

泉兄解说："'南无'是恭敬、皈依之意，'阿'即无，'弥陀'是量，'佛'是觉。无量觉就是无所不知，无所不觉。"

我说："连起来的意思就是皈依无所不知的无量佛。"

泉兄说："正是此意！广义上讲，就是向一切有觉悟的人致敬。"

我又问道："何为'禅'？"

泉兄说："'禅'是源于印度的一种修行方法，又称'禅那'。佛教传入我国后，与我国的传统文化相互融合，形成儒释道三教并存的奇特现象。'禅'外化是一种生命状态，'禅'内化是一种精神境界。《六祖坛经》有云：'外离相为禅，内不乱为定。'"

我说："可否理解为'开悟见性'的修行之道？"

泉兄赞许道："你很有佛家的慧根，一点就透。其实'禅'就是出家人安身立命的方法，开悟智慧的便道。"

我仔细思考，既然"禅"是一种修行方法，那就应该是超越宗教界限的，可以为儒释道三教所共有，更可为常人所拥有。"禅"是一种健康的和智慧的修行方法，那就应该也是一种生活方式，是无处不在的。时时能悟，处处能悟，也就事事能"禅"，"禅"就是让生活达到最高境界的一种修行方式。

我说："所谓'禅定'，就是不被外在假象所迷惑，保持内心的平和与理性。昔日读'四书'，《大学》有言：'知止而后能定，定而后能静，静而后能安，安而后能虑，虑而后能得。'此二者是同样的道理。"

泉兄说："对的。其实禅的形式不必拘泥，一般人讲究'坐禅'，这种理解非常偏颇。"

果然与我的理解极为一致。

我说："坐卧行走都可以禅，甚至人类的一切社会实践活动都可以禅。在生活中修行，在修行中生活，佛法无处不在。王阳明说，工作即修行，在工作中致良知。心学不是悬空的，只有把它和实践相结合，才是它最好的归宿。看来这两种理论在本质上是完全一致的。"

泉兄说："很对，生命离不开实践，这正是禅的实践性意义。离开现实世界去修禅，其实是本末倒置。所谓修行就是在现实生活中修正自己的思想和行为，是持续一生的修为。"

我说："坐而论道极为简单，亲身躬行才知道困难重重。知而不行，其实仍然是未知。知行合一，才能修炼自身，升华自我。生活就是修行，而修行就是为了塑造平和的心态，感受美好的生活。"

泉兄说："正是此解。'内观见自己，外观见世界。'"

我端坐，聆听泉兄讲经论法，首选《般若波罗蜜多心经》。

泉兄说："《心经》主要揭示了'缘起性空'的道理，是大乘佛教的理论基础，对人的修行有极为重要的指导作用。"

我知道《般若波罗蜜多心经》是大乘佛教出家教徒和在家教徒日常诵读的佛经，是般若经系列中一部极其重要的提纲挈领、言简意丰、博大精深的经典，涵盖了六百卷《大般若经》的主旨和精华。佛学界流传七种译本，对本经的注疏有百家之多，其中以唐玄奘法师奉诏译本传布最广。

泉兄首先讲解几个梵文词语的意思。般若：通达妙智慧。波罗：到彼岸，不生不灭、不垢不净。蜜多：无极，万宗归一。心：根本、核心、精髓。经：经典，独特而深入的经历或见解。摩诃：无边无际的广大，心量大无穷。

听了解释之后，我将全篇经文连起来仔细看了一遍。

我说："整段经文是否可以理解为，以无我和空性的理智去观照一切，拥有心量广大的通达智慧，是超脱世俗困苦最根本的途径。"

泉兄说："这个理解已经很有深度，你悟性高，佛缘深，非常难得，但是还不完全通透，经文强调'无智'，就是看透与放下。通俗地讲，就是'看透一切见如来，放下一切成如来'。"

我终究是凡人弱智，短时间内不能通悟。既不能看透一切，也不能放下一切。

我突然发现这本经书竟然是泉兄自己亲手抄录的，蝇头小楷，字迹清秀工整。我立即肃然起敬。自古以来，在中国历史上，有无数的书法大师酷爱抄写《心经》，欧阳询的楷书和文徵明的小楷都是流芳千古的范本，唐朝僧人怀仁甚至细心地收集了王羲之的真迹，集成了《心经》。这不仅体现了文人的淡雅、清心与禅意，也说明这部博大精深的经典确实有其独特的精妙之处，才让这么多的文人雅士为之倾心。

一年前，我母亲去世十五周年暨父亲去世十周年之际，我在家乡郭元镇观音净院内，跟随七位高僧一起，虔心诵读佛家经文一整日，祈愿父母早日脱离苦海，度入极乐世界。我们上午诵读《般若波罗蜜多心经》，下午诵读《金刚经》。我当时有好多内容不能理解。大住持说："施主不必分神去细思经文的含义，只需随心随意诵读，以施主的慧根和睿智，他日自能明悟。"

泉兄继续讲解如来佛祖的来历、三界、五戒等佛家经典。我仔细聆听，受益匪浅。闻君一席言，胜读十年书。

泉兄乃脱俗离尘之高士，非我等庸俗之辈可比。今日幸得指点，机会难得，不妨请教一二。

一问："何为苦？"

一答："人生在世如处荆棘之围。心不动，则不伤；心妄动，则伤其身而痛其骨，触世间诸般烦苦。以空性智慧觉悟诸法实相，一切外在事物的名相，皆是自

己内心的虚妄和乱象不控而生,无明而生百苦。"

我能理解,凡人都在欲望的迷雾中看不清自己,不能了悟。有道是,嗜欲深者天机浅。

再问:"何为解?"

再答:"人生常有四患:财贪、色嗜、名矜、势依。若此四患皆去,岂在尘埃中?看得透,耐得住,放得下。人生在世,有得必有失,付出不必祈求回报。活得明白,不苛求自己。生命苦短,贵在当下,忘记过去的苦恼;生命无常,珍惜现在,快乐无忧地生活。"

我知道佛家崇尚"放得下",道家崇尚"想得开",儒家崇尚"拿得起"。其实我觉得应该三者齐全,不可偏颇。以佛家"放得下"的豁达,和道家"想得开"的心胸,做儒家"拿得起"的事业,才能完成尘世的修炼。否则大家都如佛家出世,道家避世,谁来进行入世的实践呢?社会还能继续发展和进步吗?放下不是放弃一切,而是放下执着,面对现实,尽人力,听天命。

三问:"何为修?"

三答:"活在当下!五蕴皆空,度一切苦厄!菩提无树、明镜非台,无物方可绝尘埃。一念愚即般若绝,一念智即般若生。人生八苦:生、老、病、死、爱别离、怨长久、求不得、放不下。前四者顺其自然,事事随缘,不可强求;后四者是内心妄生,实属多余。得不喜,失不恼,想得透,悟得彻,活得顺,走得畅。悠然笑对,勿怨勿恨。心无挂碍,无有恐怖,远离颠倒梦想。随心、随性、随缘,方可免遭六道轮回之苦。一生修行,涅槃只在百年后,那一朵花开之时。所谓人人皆可为如来。"

我闻之如醍醐灌顶,愚钝减半,兴趣盎然。在《吾国吾民》中有这样一句话:"一个人彻悟的程度,恰等于他所受痛苦的深度。"

我说:"先修行而后修身,先做人而后做事。持平常之心,做本分之事,成自在之人。身心一体,天我合一。"

泉兄说:"做人即是做事。在做人中成事,在做事中成人。时刻保持做人的准则和自律的高度。"

我说:"无怨无悔,以善心待人,以慧心接物,则社会和谐,彼此身心快乐。境由心生,极乐世界只在自己心中。"

泉兄说:"'知命者不怨天,知己者不怨人。'怨者,社会矛盾之始也。怨天者无志,怨人者必困。"

我说:"《菜根谭》有云:'处世让一步为高,退步即进步的张本;待人宽一分是福,利人是利己的根基。'"

泉兄说:"正是此理!'忍一忍风平浪静,退一步海阔天空。'"

我说:"以大慈悲之心,平等看待芸芸众生。"

泉兄说:"度人即度己,度己亦度人。"

我说:"自然界的一切都必须遵循平衡的原则,有得必有失。其实修行就是为了保持内心的平衡,学会在取舍之间,顺势而为。人品即是最大的财富,奉献就是最好的积累,给予才能真正地得到。"

泉兄说:"佛法既是出世,也是入世,在入世中出世,在出世中入世。虽然我们不能决定自何处而来,但是可以决定向何处而去。"

我说:"常言道:'能知足心常乐,无奢求品自高。'"

泉兄说:"禅宗有云:'得失随缘,心无增减。'"

我俩你一言,我一语,聊得十分畅快淋漓!

谈意甚浓,不知不觉已经夜深,我不舍而别。

我出门后发现,中雨已经转变成大雪。看来天气预报很准,人类的智慧在不断提升,正在一步步揭开更多大自然的奥秘。在天文学上,"大雪"是干支历子月的开始,大雪节气是指太阳自黄经255°至270°的一段时间。按照五行学说,"大雪水生,阴正极。"阴气正重,正是水生旺极之际;寒气正重,正是万物防冻保暖之时。

泉兄和燕子不放心我,要开车送我回家。

我说:"真不用!我慢慢骑车,沿途还可以欣赏一下美丽的雪景。"

他俩反复嘱咐我路上要千万小心!我十分感动!

雪片漫天飞舞,纷纷扬扬,地上还没有积雪。西北风很猛烈,吹到脸上很冷,但是我的心中却涌现出一股暖流,为刚才这一段知音解语的交流,为大自然的奥妙神奇,为人类认识能力的不断扩展。人类已经脱离了蒙昧时代,不再盲目依赖"无所不能"的神灵了。

人到中年,已经是人生的下半场。年龄在增加,余生在减少,人生的道路已经不长。风吹雨打,叶落花谢,都不过是生活的一部分。学会放下,懂得舍弃,在波澜不惊中将余生活得轻盈、舒畅。

我回到家门口的时候,隔壁人家的小狗欢快地叫了一声。我感觉好亲切,分明是在喜迎我的归来。

听到响声,爱人赶忙开门迎接我,看到我的雨衣上沾满了雪花,她笑道:"柴门闻犬吠,风雪夜归人。"

我感觉好温馨,进入家门,家中很暖和,爱人早就开好了空调在等着我。

我和爱人谈起佛家的因果。

爱人说:"佛家劝人从善,并不是为了回报,仅仅是因为这是正确的事情。其实世上并无因果,好人不一定有善终,坏人也不一定有恶报,但是我们依然要努力做一个好人。'千里行善,善犹不足;一日行恶,恶自有余。'"

我觉得此话很有道理。列夫·托尔斯泰说过:"如果善有原因,那就不再是善;如果善有结果,那也不再是善。"善应该是超乎因果联系的。

我问道:"你如何理解'修行'的意义呢?"

爱人说:"修行即是修心!让自己释怀觉醒,豁达开朗;不执迷,不浑浑噩噩;让自己坚定信念,勇往直前,不被一时的困难所吓倒而畏缩不前。"

我说:"你这个说法有意思!真是仁者见仁,智者见智。"

爱人说:"我给你举一个例子。大文豪苏东坡就与佛家有很深的渊源,与佛印大师相交密切,感情深厚。"

我说:"苏东坡的思想一定受到了佛家文化的深远影响。"

爱人说:"苏东坡一生命运起伏,原本是天子身边的红人,却三次被贬。前半生是入世的苏轼,翰林大学士,大才子,可谓春风得意,万人敬仰;后半生是出世的东坡居士,谪居他乡,失意落魄,少人问津。你更喜欢哪个时期的他?"

我说:"自然是后者,后半生的东坡居士更明理,更深刻,更豁达。"

爱人问道:"第一次被贬到黄州时,他是如何说的?"

我念道:"长江绕郭知鱼美,好竹连山觉笋香。"

爱人又问道:"再次被贬到惠州时,他是怎么说的?"

我又念道:"日啖荔枝三百颗,不辞长作岭南人。"

爱人再次问道:"第三次被贬到儋州时,他又是怎么说的?"

我又念道:"他年谁作舆地志,海南万里真吾乡。"

爱人说:"这三首诗的内涵其实是三个不同的境界!你仔细品味一下。"

我说:"初来乍到,觉得环境挺好,饮食也美味;接着,既然一切都不错,就不愿走了;最后,干脆将此作为自己的第二故乡。"

爱人说:"这是何等的大气魄!哪里能看到一丝被贬者的失意和落魄者的惆怅?完全是对生命的热爱和对一切的释怀。只有落魄后的苏东坡才能发出'大江东去,浪淘尽'的深刻感悟。"

我说:"也只有看破人生的苏东坡才能产生一颗'回首向来萧瑟处,归去,也无风雨也无晴'的平常心。"

爱人说:"人生就应该如此,时时笑对人生。你最大的问题就是平时的笑容太少了,以后一定要笑口常开。世间万事,除了生死,皆可以一笑了之。"

我想,其实生死也不是什么大事,因为生死并不是我们所能控制的,还是一切随缘吧!

我一夜坦然酣睡。

我于翌日午休时分,仔细忖度,今之社会,众生名利熏心,为满足私欲,无所不用其极。我本以平淡之心,行平常之事,做平凡之人,却无奈总会被烦恼所扰,实违本心。人生之苦,苦在执着;人生之难,难在不舍。滚滚红尘,喧闹异常,难寻一方净土,但是不闻就能清净,不见就可自在。只要我们守住本心,不忘初心,则心之所往,都是驿站。

其实人生无须多求、多愿,亦无须高山流水。于闲暇之时,聚一二淡泊名利、脱尘出世之挚友,品茶论道,忘却时间和空间,抛弃人世烦恼,实乃人生之幸事也! 然而实为奢望,知音难觅,可遇而不可多求也。

祈愿我以后的人生都能够宁静无忧,我可以淡定从容地做一场温和的修行,让心灵回归自然,最终还原生命的本色。

兴趣所致,我欣然提笔写了一篇随笔《俗佛问答》,并将此随笔发到高中同学微信群里。

同学们点赞,都说:"教授总能于平平常常的事物中悟出高深的见识,此等平淡、平常和平凡的'三平'境界,我们穷毕生的精力亦难以达到。"

其实,人生的真理就藏在平淡无奇之中,只有用心者才能悟出生命的真谛。

我是普通医生,也是高校的普通兼职教师,可是高中同学们总是戏称我为"教授",实在惶恐。我曾经多次指正无果,只得作罢。

阿福说:"尽管我不是领导,但是你们都喊我'台长',也就是同学们之间的调侃。我根本不介意,你也就不必纠结'教授'的戏称。"

同学们说:"现在全社会都如此,你就不必拘泥,不妨就入乡随俗,与时俱进吧!"

今之世道,人人都是"专家",个个皆为"教授",口中全是"领导",称呼必是"首长",浮夸之风鼎盛。社会何时才能回归本真,令人忧虑。

美女学霸阿梅说:"教授何时方便,不妨带我去观音禅寺拜谒,让我礼佛诵经,清净一下浮躁的心灵。"

我说:"非常愿意效劳! 我亦希望于六根清净之时、般若顿生之际,踏进佛门净地,聆听禅音,开启智慧,远离蒙昧。"

班长阿钢说:"教授是善良而热心的摆渡人,将同学们都渡向幸福的彼岸。"

我说:"高智商者谦和,高情商者善良,两者都是默默无闻的摆渡人;而我的智商和情商都很低,是个无能之辈。"

阿钢说:"群处守口,独处守心;智者低调,慧者寡言。不显摆就是最大的智慧。"

阿梅说:"智商决定事业的高度,情商决定人生的高度。教授二者兼备,是智者不惑。"

我说:"两位学霸过奖!知人者智,自知者明。我辈当努力!"

阿梅说:"观音禅寺临近母校,我们拜佛诵经之后,再一起回到母校,追忆一下我们当年那些激情的青春岁月。"

阿钢说:"这个设想非常好。拜佛诵经清空杂念,回到母校净心回忆。"

我说:"回母校忆旧,也是我一直以来的心愿。等我忙过这一阵,我们一起回到魂牵梦萦的母校,在洒满我们青春激情的梧桐大道上,再满怀深情地吸上一口记忆中熟悉的空气,释放我们多年来一直不能割舍的思念之情。花开时,观赏那一份灿烂;花谢时,追忆那一份余香。"

一沙一极乐,一方一净土。

第二章 若是前生未有缘

——国庆奇遇

众情皆有因,情深、情浅都随缘！有些情缘,也许从未说出口,才显得更加珍贵！

国庆节之前,高中同学红美女问我有什么出游计划,我说没有。

难得有连续这么多天的假期,我准备安静地在家里休息几天,让自己身体暂离尘嚣,让心灵稍加净化！在以前的假期中,总是寻亲访友,频繁奔波,搞得身心疲惫。

毕竟是"奔五"的年龄了……

9月28日,星期三,阴

上午八点多,我正在上班,爱人打来电话,声音有气无力,"我又头痛了！"

我非常紧张,告诉她:"你在家里不要动,我现在请假回家,接你到医院来。"

爱人一直有头痛的老毛病,每次疼痛剧烈时,都做了头颅CT检查,然而一直没有找到原因。一个月前行MRI检查,发现在颈内动脉顶端,进入颅内的部分有一个2.5mm的血管瘤,并且发现鞍区有少量的出血,立即住院,做血管造影后发现这个血管瘤的位置和角度很特殊,做介入时放置弹簧圈填塞的难度较大,有较大的风险,经过专家会诊之后,建议我们去上海华山医院神经外科治疗,因为那里的医疗水平是全国顶尖的。但是华山医院的专家门诊很难挂到,爱人每天在手机微信上抢号,她上海的美女发小也一直在帮她抢号,连续抢了两个星期,好不容易才预约到十月中旬的专家门诊号。

目前医学上对于头痛的机制还不甚明了。爱人这次头痛可能与最近两天的劳累和气温变化较有关系。有这样一个定时炸弹在,只要她一出现头痛,我总是非常担心！

爱人没有等我回家接她,自己打的到我们医院里来了。挂号、开单、缴费、预约、等待,直到中午,爱人才做完了MRI。我作为医院里的职工,爱人看病尚且如此费时,何况普通患者乎？

我送爱人回家。她说:"你不用担心,我感觉这次头痛和平常的头痛没有区别,应该不是动脉瘤破裂。"

我知道不是动脉瘤破裂,否则就不是现在这个样子了,做MRI的目的是复

查一下动脉瘤有没有变化。

我照顾爱人服了一粒扑热息痛,吃了一点稀饭,让她卧床休息。

爱人累了,很快就睡着了。生命总是太脆弱,太宝贵,才值得我们倍加珍惜!

我心疼地望着爱人有些苍白的脸,心中满是怜爱。我想要是我能替她痛就好了!爱情的全部意义也许就是相爱的两个人,在漫长的人生道路上,相互依靠着,共同抵御生活中的各种风雨和无数的磨难。

下午上班时,病人较多,我一直在忙,但是我的心中始终牵挂着爱人,感慨人生只要无病无灾就是最大的幸福。我理解病人的苦痛,所以对病人极为细致热情。

一下班,我赶忙回家,路上买了爱人喜欢吃的蛋糕和栗子。结婚以后,我们基本上是过的两人世界生活,平时没有觉察,但是一旦一方生病了,才会发现彼此的重要性,两个人谁也少不了谁,彼此都已经成为对方生命的一部分!

爱人说:"头痛好多了,应该是止痛药发挥作用了。"

我下了面条,又照顾爱人吃了蛋糕和栗子,爱人精神好了一些,我心中稍感安慰。

手机的微信铃声响了,我一看,是医院将爱人的头颅 MRI 检查结果传过来了,动脉瘤没有任何变化,整个头颅影像也没有异常。我放心了,希望爱人的头痛能尽快好起来。

我安慰道:"你不用担心,现在动脉瘤很常见。"

爱人说:"我不担心,生死有命,一切随缘。"

9月29日,星期四,晴

早晨起床时,爱人说头不痛了。我心中很是安慰!到了我们这个年龄,夫妻之间不再是风花雪月的浓情蜜意,更重要的是相互陪伴、知冷知热和心灵牵挂!

我上了一整天班,心中一直在牵挂着爱人,要等到去华山医院做了介入手术之后才能放心。

晚上六点,和爱人在东北一起长大的发小阿玉,电话告知马上就到了!爱人兴冲冲地安排人员去火车站接站!

阿玉比我爱人小一岁,彼此之间以姐妹相称。两人从小二马为伴,形影不离,感情甚为深厚。

十点整,阿玉来到我家。阿玉娇小可爱,热情大方。阿玉喊了一声"春姐",就满眼泪水地扑入爱人的怀中,爱人深情地喊了一声"玉妹",两人热泪相拥,久久不能分开!

两人三十多年未见了,此番相见,感慨万分,心中自有千言万语,一时不知从何说起,唯有泪千行!

我在旁边不知如何安慰,唯有感动不已!

阿玉活泼好动,一双美丽的大眼睛中带着一份特别的灵气,遇人有一种自来熟的劲头,称呼我为"姐夫",喊得特别亲切。

我们安排阿玉吃晚饭。

阿玉性格外向,健谈,讲话时有一股北方女孩特有的豪爽气概!这是阿玉第一次来南方,她大谈初到南通的感受,感觉南方的秋天比北方的秋天生机盎然。北方入秋以后就是北风劲吹,满目萧条,了无生机。南方的秋天依然是有生命的,有灵魂的,有香味的,有风景的。每一条灵动的小路都染上了斑驳的色彩,每一条生命的河流都流进了岁月的深处。

"人民艺术家"老舍有一篇文章《中秋前后是北平最美丽的时候》。其实十多年前,我就是在中秋前后,在北京待了三天,感觉北京的秋天太单调,远不及南方秋天的绚丽多彩,这么让人心醉。

我们叙说彼此的现状,一直到零点才安息就寝。当夜她们俩在客卧里同床共枕,回忆往昔趣事,几乎一夜无眠。

我一人躺在床上,想着人与人之间友情的神奇和可贵,慢慢地睡着了。

9月30日,星期五,晴

我继续上班,她们俩在家里长聊一整天。

阿玉勤快,帮我们干了不少家务。爱人从小多才多艺,在当地小有名气,经常被邀请参加各种文艺会演。阿玉一直是她的小跟班,帮她拿服装,拎杂物,跑龙套,伴舞,报幕等,是个非常贴心称职的小助手。

上午,初中同学梅芳打来电话:"学霸,国庆节假期来我这儿品尝阳澄湖大闸蟹吧。"

我说:"非常感谢大美女的盛情邀请,不过家里来了远客,我今年又去不了啦!祝你们玩得愉快,吃得尽兴。"

梅芳调侃道:"学霸,你的架子好大呀!我请了你几次,都请不动呀!"

我说:"美女大人大量,原谅我俗务太多,总是瞎忙!你有空来南通,我一定尽地主之谊,赔礼谢罪!"

梅芳是我的初中同学,漂亮善良,直率大方。因为初中毕业时,当年全班就我一个人考上了高中,所以初中的同学们喜欢喊我"学霸",其实很令我汗颜。

梅芳嫁到昆山,住家毗邻阳澄湖。每年金秋十月,西风起,稻花香,正是螃蟹

最肥的好时节。梅芳已经连续三年都邀请我们去阳澄湖,吃大闸蟹,但是我因为方方面面的原因,一次也没有去成,甚为遗憾!

也许这就是现实的人生,总是有一些小遗憾,但是这并不会妨碍我们享受生活的乐趣,更不会影响我们老同学之间深厚的友谊。

快下班的时候,我突然接到高中同学阿霞的电话,告诉我,她来我们医院看望住院的亲属,希望中午能与我见一见。

我非常惊喜!我俩高中毕业之后就再也没有见过面,算来已经二十七年了。我们高中毕业二十五年后全年级大聚会时,我负责我们小班同学的联络任务,可是我竭尽全力,多方打听,都没有能联系上阿霞,心中极为遗憾!

阿霞本来比我高一届,在我们上高二的时候,阿霞因身体不适,从上一届休学到我们班。第一次看到她时,我就有一种见到世外天仙的神奇感觉。她身材娇美,气质如兰,与我们这些俗气的农家子弟之间有着明显的区别;加上她性格开朗,阳光灿烂,很受同学们的喜爱!

阿霞任我们班的文娱委员,能歌善舞,教了我们很多歌曲,记忆最深的就是那首当时最流行的《走过咖啡屋》。那时我们这些农村孩子根本不知道咖啡为何物,但是歌曲里反映出来的特别的意境,令我非常神往。

我约她在我们医院旁边的小饭店里共进午餐。

一见面,我俩都很激动,我有一种与亲人久别重逢的感觉!阿霞依然清纯漂亮,模样未有大变,脸上还是那份熟悉而亲切的笑容,令我非常感动!她先生是中学教师,在我们高中毕业离校后,他曾经在我们高中母校任教数年,身上有一股文人的雅意,为人亲和,与我一见如故,相谈甚欢。她的儿子高大帅气,热情大方,彬彬有礼,今年大学毕业了,刚刚参加工作。

席间,我们非常激动地回忆起高中同窗时点点滴滴的往事,心中感慨万分!阿霞曾经给了我很多的帮助,我现在仔细回想起来,心中满是温暖!

阿霞喜欢文学,尤其擅长写现代诗,经常在我们校报《幼林》上发表作品,我总是最虔诚的读者。她经常灵感乍现,突然潇洒挥毫,一首诗一挥而就,立即拿给我欣赏。其实我对现代诗很陌生,不懂得欣赏,更不懂得写作,但是我仔细阅读她写的诗,能感受到她满腔的情感在字里行间穿梭,总是佩服得五体投地。在她的影响下,我也开始学习写作,但是那时我只会写散文,写完之后就及时请她指点,她总是热情而细致地给我分析文章中的得失优劣。我受益匪浅,进步很快,兴趣大增,从此爱上了写作!她应该算是我的一位文学引路人!

令我特别感动不已的还有一件事。我自小患有小儿麻痹症后遗症,腿脚行动不便。阿霞主动写信给她的一位在上海水产大学任教的表哥,询问他们学校招不招收我这样的身体不方便的考生。尽管得到的答复是否定的,但是这件事让我非常感动,一直铭记在心里。

　　早在我上小学时,我的一位饱读诗书的姨外公就教育我,让我一定要"学成文武艺,货与帝王家",所以我从小就树立了远大的志向。我小学毕业时,我们村里一位比我大三岁的男孩考上了中专。我妈妈就让我向这位男孩学习,将来也考上中专。我当时说,我才不考中专呢,我要考大学。结果父母和老师们都告诉我,我这个身体考大学,高校很可能不愿意录取我。初中毕业时,我没能考上中专,上了高中,父母的担心加剧了。从此我的心中就比无忧无虑的同龄人多了一份额外的担忧,不知道自己的前途在何方。

　　阿霞的主动关心令我极为感动,同时得到的否定结果证明了我父母一直以来的担忧是真的!我的情绪一下子落入了万丈深渊,前途无望,眼前是一片黑暗!

　　阿霞鼓励我:"全国有几百所大学,这所大学不接受你,不代表别的大学都不接受你。只要你成绩突出,总会有大学录取你的。我一直坚信你将来一定是国家的栋梁之材。"

　　在阿霞的鼓励之下,我慢慢地又恢复了自信。我从小身体不好,腿脚不便,遭遇过太多尴尬的境遇。许多人都有一种莫名的优势心理,一看到行动不便的人,马上就显露出同情、鄙视或者不屑的表情。我从小看多了人世间的冷暖炎凉,所以心中就特别珍惜这些关心我、爱护我的人。

　　吃完饭,我们一直聊到我快上班的时候,才彼此道别了!看着他们一家三口非常幸福的样子,我心中很是欣慰,默默地祝福,愿他们一生平安、健康、幸福!

　　整个下午,我都沐浴在感动和兴奋之中!漫长的人生道路上时常会有一份意外的温暖在灌输我生命的力量!

　　晚上,高中同学阿梅学霸邀请同学们小聚。

　　钢班长和美女阿华专程开车来接我过去,我甚为感激。每次同学聚会,都有同学专程开车接送我,同学真情难得。

　　高中毕业后,大家一直在忙于学业、工作、结婚和抚养小孩,心绪一直未能安定,难得有机会相见。如今人到中年,虽然各方面的压力正是最大的时候,但是家庭、生活和工作基本都稳定了,为了调节情绪,缓解压力,大家时常会主动抽出时间小聚一下。也许吃饭喝酒本身早就已经不再是我们这些"三高"的中年人所

热心追求的事情了。

吃饭的氛围祥和而温馨，没有年轻时的喧嚣和排场。经历了人生风雨磨炼过的中年人，内心里多了一份岁月的沉淀和厚重。

聚餐结束后，一部分同学去唱歌。卫公子带着红和阿娟两位美女，一起送我回家。大家在一起时的那种和谐氛围令我感觉非常亲切自然。

我们回到家时，快十点了。爱人和阿玉看完电影，也是刚刚回来。阿玉非常喜欢看电影，爱人陪她去看了这两天正在热播的《七月与安生》。

彼此相见后，卫公子调侃道："你们家里已经有两位美女了，另外两位美女，我就带回家啦！"

我说："很好，你带她们回家吧。只要你的夫人没有意见就行。"

大家欢笑。

卫公子送两位美女走了。

阿玉给我讲述了我爱人成长过程中许多美好的故事，令我感动不已！

阿玉说："春姐从小聪明好学，一直是学霸。当年高考时，她是我们当地的文科状元，但是因为身体残疾，没有被录取。春姐却帮助好多同学温习功课，让他们走进了高校的殿堂。后来她自学考试成为教师后，教学认真负责，潜心钻研业务，教学业绩一直名列前茅，先后获得了部省市县镇的各级嘉奖。最难能可贵的是，她资助了十多名贫困学生上学。"

听了这些，我对爱人又有了更新更深的认识。爱人在我面前从来没有透露过她一直以来的优秀和曾经做过的这些善举。认识我之后，我们俩一起资助了不少贫困学生考上了大学。

我问爱人："你为什么不告诉我你以前做的这些好事呢？"

爱人说："明末清初理学家朱柏庐说过：'恶，恐人知，便是大恶；善，欲人知，不是真善。'"

我惭愧地说："看来是我肤浅、虚荣了！"

阿玉说："我好羡慕春姐，从小到大都是一头长长的秀发，好美呀！"

爱人说："你也留就是了，你也是瓜子脸，留长发一定也好看。"

阿玉说："但是我没有你勤快，懒得打理，还是不留了。"

我想一想，爱人确实不简单，双手不方便，却每天用心地将自己的一头长发打理得整洁、舒适而漂亮。这需要比常人花费更多的精力，几十年如一日。具有这样的恒心和毅力的人，确实不多见。这既是对自己负责，更是对生活和人生负责。难怪爱人做什么事情都能获得成功！

我做好计划，准备带阿玉参观游览南通的"一山，一水，一人，多馆"。

在大学同学微信群里,非常热闹。今年是我们本科毕业二十周年,下个月初是我们约定一起回南京母校聚会的日子,现在大家正在热烈讨论这件事情。

二十年前,通信不方便,大学毕业后,大部分同学之间就失去了联系。自从去年建立了本年级的大学同学微信群之后,同学们才陆续加进来。如今,本系的绝大多数同学已经联系上了。

年级聚会组委会原本定在国庆节时进行全年级大聚会,后来考虑到大的节假日期间出游的人数太多,出行和住宿都比较紧张,所以推迟了一个月。

大学的美女班长天禧问我:"老大,你这次国庆假期去哪儿浪漫呀?"

我说:"家里来了远客,我这几天都不出远门,陪玩。"

许多同学问我:"老大,你现在住在哪个城市?"

因为我自小患有小儿麻痹症后遗症,当时高校拒绝招收残疾生。高中毕业后,我又补习过两年,在好心人的帮助下,才进了高校,所以大学入学时我是全班年龄最大的,因此同学们都喊我"老大"。

我思考了一下,给大家回复:"结庐狼山下,起居濠河边。养生长寿乡,安居乐业所。五山争秀地,四季常青天。五Ａ风景美,四时空气优。江海交汇中,鱼虾美味鲜。文化体育盛,博物馆苑多。近代第一城,古今第一恋。诚邀同窗至,欢乐通城游。"天禧说:"老大呀,你真不愧是我们的大才子,随手就是一首优美的诗!"

大帅说:"老大言简意赅,几句诗就将我们南通的各种特色概括得非常完美!热烈欢迎大家来南通玩。"

大帅是我的大学同班同学,是我们班最帅气的男生,人又长得高大威猛,大家都叫他大帅。一年前有了大学同学微信群,我才知道他也在本城的另一家三甲医院工作,现在已经是业务副院长了。原本非常熟悉的两个人,在同一个城市里生活了这么多年,相互间竟然一直不知道!真是造化弄人呀!

北京美女阿云说:"大才子,其他内容我都看懂啦,唯有'古今第一恋',不知道是怎样一个浪漫的故事!"

海南的黑胖说:"你真笨!这分明是才子老大在招呼他的女神赶快去南通。女神一到,不就有了郎才女貌的'古今第一恋'了!"

大家都笑了。

上大学时,我喜欢舞文弄墨,经常在校报上发一些小文章,大家都戏称我为"才子",其实很汗颜。

我说:"我家乡如皋的冒辟疆和董小宛居住的'水绘园'是'中国第一情侣文化园',诚邀大家过来进行一次浪漫的文化之旅。"

大家感慨：尽管二十年过去了，老大依然还是如此真诚、热情！老大还在热心地为家乡做广告，看到老大诗中的描述，我们相信南通一定是一个风景优美、赏心悦目、吃喝玩乐的好地方，一方特别适宜人居的养生福地，有机会我们一定到南通游玩！

我说："热烈欢迎！我和大帅一定尽地主之谊！陪大家吃好、玩好！"

10月1日，星期六，晴

我放假了，我们计划一起陪阿玉游览南通。

我们先去沈寿艺术馆。沿途的路灯杆子上，全是鲜艳的五星红旗在迎风飘扬，整齐划一，非常壮观。一路金桂飘香，路两边的鲜花盆景灿烂多彩。经过近四十年的改革开放，我国的经济社会快速发展，祖国的面貌日新月异，欣欣向荣。适逢祖国母亲的生日，我们心情激动，一路顺畅。

上午八点，我们到达沈寿艺术馆东侧的广场上。一尊白色的沈寿全身汉白玉雕像耸立在广场北侧，两侧绿树掩映，让原本单调空旷的广场显现出生命的色彩。

20世纪初期，张謇盛情邀请著名的刺绣艺术家沈寿，来南通传授技艺，并专门为她创建了中国第一所真正意义上的刺绣学校——南通女工传习所。1992年，南通市政府为纪念沈寿对刺绣艺术的巨大贡献，将传习所改建成沈寿艺术馆。

沈寿艺术馆位于濠河北岸，八角形大门向南开，门前两侧两尊石狮子门墩，东侧一具巨大的石灰岩马槽，一尊半米高的上马石。再看看具有明代风格的高耸的围墙和门垛，这座古老的建筑原先估计是明代官宦人家的府邸。

门楣上一块黑匾，镌有"绣园"两个大字，草书，金漆。单看这两个典雅的字体，就能让人感受到此馆浓厚的艺术氛围。

进门后见一数十平方米的小院，门两侧的围墙边，两丛翠竹，许多松、柏、槐盆景呈一线摆放，东西两侧围墙爬满藤蔓植物，感觉极为幽静、雅致。

东边墙壁上有块花岗岩石匾，刻有"神针"二字，乃著名书画家刘海粟大师所书。抬头见门厅之上"沈寿艺术馆"匾额，是由邹家华题写的。原来已经有好多的名人名家来此观赏过，可见艺术的魅力是无穷的，能吸引八方来客。

我们进入厅内，房间是土木结构，明代风格。正中间见沈寿半身塑像，面庞清秀，端庄文静，给人以亲切平和之感。塑像洁白如玉，在其胸襟上还塑有一枚奖章，称颂她杰出的成就和巨大的贡献。两盆素洁的兰花，象征着大师的高雅和不凡的品位。

通过木质楼梯，我们到达二楼展厅。大师的一组组历史照片，给人以祥和安宁之感。馆内展示了大量珍贵的刺绣实物,大多数是由大师当年亲手绣制的。版画上详细介绍了大师的艺术业绩和其弟子们的刺绣艺术精华。

大厅中间一幅巨大的人物刺绣作品,是在当代南通籍国画大师范曾八十大寿时,刺绣艺术家们为其专门制作的仿真绣。人物形象逼真,表情自然,临近细看,似乎能感受到人物的呼吸和肌肉的张弛。如此神奇,令人惊叹不已。

我热情地给阿玉介绍:"沈寿不仅是刺绣艺术家,而且是刺绣教育家,其'仿真秀'名闻遐迩,见者无不为之倾倒。"

见到如此杰出的刺绣精品,阿玉激动不已,一幅幅仔细赏鉴过去,感慨万分。阿玉父亲的老家在安徽,母亲原籍苏州,精于刺绣。阿玉从小受其母亲的影响,也非常喜爱刺绣艺术。这正是我带阿玉来此观赏的原因。

阿玉说:"早先就听说过这位艺术大师是苏州人,但是不知道她在南通还有这样一番惊人的大事业。"

我说:"人类的智慧确实可惊可叹,难怪人类能成为万物之灵。"

我注意到,来观赏的都是中老年人,看来现在的年轻人对这一古老的传统工艺不太感兴趣,文化的传承真是有些令人担忧。

九点多,我们又来到附近的个簃艺术馆。

个簃艺术馆是南通市人民政府为纪念中国著名金石书画家、艺术教育家王个簃先生而建。此馆建于1989年,是一座书画艺术馆,坐落于文峰塔院内,1995年首批被列入"中国书画名家纪念馆联会"。

王个簃师承吴昌硕,而不囿于师,不断探索创新。画作写意,深入生活,风格别具。晚年纵横挥洒,突破吴门格局,自成一家,将海派艺术发展壮大,使其更上一层楼。

书法石鼓籀笔,动静结合,疏密有致,遒劲雄健,富含金石之气;行书、草书在不经意之间,笔走龙蛇,出神入化。

篆刻古朴典雅,直追秦汉,方寸之间,万马齐喑,神雄气畅,赏心悦目。

诗似乐府民歌,读来酣畅淋漓,爽口悦耳,令人快意。

出版有《个簃画集》《个簃印旨》《王个簃印集》和《王个簃书法选集》等书画印刻作品,及《王个簃随想录》《霜茶阁诗集》等文学著作。

我惊叹道:"王个簃先生真是一位全能人才,其艺术熔诗、书、画、印于一炉,真不愧享有'当代缶翁'的美称。"

阿玉笑道:"姐夫呀,我姐姐也是一位全能型人才,曾经一个人教好多门课程,是老师们普遍公认的'万金油'。"

我笑道:"你姐姐的能耐我早就领教了,我就是惊诧于她的聪慧能干!"

爱人笑道："不要乱说，人家是著名的艺术大家，此两者不可同日而语。"

十点半，我的手机突然响起，是二十多年前我上大学时，同系同届不同班的同学夏蕴打来的。

夏蕴告诉我，她还有一刻钟就到南通火车站。

我惊讶不已，独自接站。爱人继续陪阿玉游玩。

夏蕴是南京人，书香门第，父母都是高校教师。在上大学时，因为她生得仪态万千，貌美如花，所以同学们公认她为"校花"。我怎么也想不到，二十年未见了，她事先不打招呼，就来南通找我，估计是到南通出差的吧！

我到达南通火车站出站口时，一眼就望见，夏蕴正安静地站在那儿，微笑着，看着我。

一见面，我俩认真地互视对方半分钟，都没有说话，都试图从对方身上找到二十年来流失的时光。

我心中百感交集，时间太无情了！这位当年万众瞩目的校花，现在已经是容颜渐退，青春不再，脸上已经显现出了岁月的沧桑！

其实，老去的何止是我们的容颜，还有我们一去不复返的青春岁月。人生若只是永远如初见时的惊艳，该有多好啊！蓦然回首，却已是物异人非，沧海桑田。玉环、飞燕今安在？青春美颜难持久！

我的心有些隐隐作痛，眼眶湿润，心中一时有无数的话语，却不知道从何说起！

不过，让我感到欣慰的是，岁月的磨炼却让她显得更为成熟和高雅，全身显现出一份知识女性特有的圣洁和芳华。真正的高雅，是一种气质，一种内涵，是一种溢出于内心的自然的而绝非脂浓粉香或奢华富贵所能匹配的格调。高雅是内在的，能够延续一生，而美貌是外在的，仅仅是昙花一现。

夏蕴依然是高挑苗条的身材，短发浓眉，大杏眼，淡蓝色印花上衣，休闲裤，运动鞋，自然简朴，恬淡清新，没有一丝珠光宝气，甚至都看不出化过妆。简朴是最自然的装饰，恬淡是最简单的高贵。

夏蕴激动地拥抱了我，在我耳边轻轻地说："老大呀，你已经不是我记忆中二十年前的那个小鲜肉的模样了！"

我本想说我们都老了，但是话一出口，却改成了："蕴儿呀，你依然是我记忆中那朵最美丽最可爱的大校花！"

光阴是坛陈年的酒，越久越醇香。那些记忆中最美丽的风景，虽然已经发黄，但是依然是心底里最难忘的印记！

夏蕴梨花带雨，有些害羞地说："我突然来，本意是想给你一个意外的惊喜，却发现好像惊吓到你了。"

我说:"太意外了!实在不敢想象大公主突然大驾光临!"

其实,这世间最美好的相遇就是不经意的久别重逢!岁月不老,初心不改。

我问道:"你是来南通出差的吗?"

夏蕴说:"不是出差,是专门来看看你。"

我十分感动地说:"非常感谢!见到你,我太高兴了。"

夏蕴抓着我的手,眼含热泪,心疼地说:"你这是类风湿关节炎,手形变得这么厉害!现在还疼吗?"

我说:"没事的,不疼了。"

夏蕴仔细地看着我,怜惜地说:"你都有几根白发了。"

我说:"是啊!岁月不饶人哪。"

夏蕴说:"我们都老了。"

我俩打的到我家,把她的行李箱放下来。

夏蕴环视客厅,仔细地观看着天花板上装饰的各色塑料葡萄串和仿真的藤蔓植物,以及室内的多种绿色盆景。

夏蕴感动地说:"你把家里布置得好温馨、好浪漫呀!你的身上一直有一股暖暖的柔情,总能在不知不觉中将人心慢慢地溶化。"

我说:"陋室狭小,唯有让其温暖才能舒心。"

夏蕴说:"将家布置成一个温馨的花园,一看就知道出自你的创意。一个人居住的房间就是一个人心灵的折射,反映了一个人生命的状态。"

我说:"我一直喜欢花草树木,放情于大自然。"

夏蕴说:"你是一个特别热爱生活的人,所以才会特别注重家的感受。家里井井有条的人,生活也一定是舒适有序的。"

我说:"敝帚自珍,陋室自暖。整理房间内东西的时候,也如同在整理自己的心情;清理房间内垃圾的时候,就如同在清理自己的心灵。在整理和清除中学会谦卑,懂得放下,按序归位。"

夏蕴笑道:"你说得真好,比上学时更有哲理!"

看到我种植的各种花草,夏蕴兴奋地说:"你养了好多种花草,有芦荟、君子兰、虎皮兰、吊兰、仙人掌、茉莉花等。"

我说:"每一种花我都只买了一盆回来,这些都是我后来分植的。"

夏蕴说:"你可真厉害,懂得培植花草。你这几十盆花草里有三分之一是兰花。看来你特别喜欢兰花,君子之品洁如兰。"

我说:"兰花容易成活,更容易生长。"

夏蕴说："这十多盆全是建兰，而我更喜欢春兰。"

我说："春兰的叶片很硬，粗糙，叶边的锯齿很明显，叶子数量较多，而建兰的叶子较柔软，锯齿不明显，叶子数量稀少。我崇尚简单、柔和及中庸之美。"

夏蕴笑道："又是老子《道德经》中的'万物之始，大道至简，衍化至繁'。你的意思是不是说我很繁乱、耿直，还带着锯齿，活得杂乱、烦人、不随和，还容易伤人呢？"

我笑道："我不是这个意思！你还是这么伶牙俐齿，我的最佳辩手！"

夏蕴笑道："那是20世纪的老皇历了，你就不要再提啦！"

上大学时，学校组织男女辩论赛，题目就是"男人和女人，哪个更重要"。这本来是一个不用辩论的话题，男女自然是同样重要。辩论的目的主要是为了训练同学们的语言辩论能力，提高临场对话的水平，培养社会交往的技巧。

以夏蕴为队长的女生辩论队自然是论述女性的重要性。开始时双方的辩论棋逢对手，不分上下。后来到了交锋的高潮时，夏蕴提出两点论述：一、男人都是女人生产的；二、根据目前的医学水平，仅有女性就可以孕育胎儿，但是仅有男性不可能孕育胎儿。

可怜的男生们竟然找不到强有力的理由来辩驳，心里开始发虚，在气势上渐渐地落了下风。女生队立即抓住机会，乘势而上，结果大获全胜。

夏蕴在整个辩论赛中表现出来的思维敏捷、反应迅速、语言犀利和幽默风趣，给大家留下了深刻的印象，毫无悬念地被评为最佳辩手。

事后，夏蕴意犹未尽，非常遗憾地跟我说："没想到男生队竟然是如此不堪一击，我还没有发挥痛快呢，他们就这样轻易地认输了！"

我说："分出结果就行了。"

夏蕴说："你错啦，重要的是过程，不是结果。我宁可结果是我们输了，也要进行一场痛快淋漓的舌战，那才过瘾呢。"

我发现夏蕴说得对，许多时候，我们总是急于追寻结果，却忽略了过程中的惊喜；我们一直忙着赶路，却辜负了一路上的风和日丽和鸟语花香。

我说："这个过程还真是一种享受，即使不打死对手，但是把对手一直控制在自己的股掌之下，确实有一种特别的胜利者的快感和荣耀。你这是猫玩老鼠的游戏。"

夏蕴说："你又错啦！对手必须与我旗鼓相当，战斗才有意思，才能激发我所有潜在的能量；否则刚一开火，对手就投降了，岂不是太索然无味了？"

我笑道："你就是这么好战！你要是当了女王，则天下将再无宁日！"

夏蕴亦笑道："你怕啦？不敢靠近我啦？"

我笑道："你是美丽的玫瑰，只可远观！"

夏蕴笑道："那就没有办法了！如果没有刺，那就不是玫瑰了！"

现在看来，如今的夏蕴反应更敏捷，思维更迅速。

夏蕴看到我家东墙上挂着的那把古老的吉他，嫣然一笑道："你还留着呢？"

我说："太有纪念意义啦，值得永远保留，这是我俩深厚友谊的见证！"

这把吉他是夏蕴在大学期间赠送给我的。当时校园里刮起一股吉他风，我也赶时髦，颇有兴趣。可惜我最终发现自己没有音乐细胞，此事也就虎头蛇尾，没有下文了。

我说："我本是一介粗人，当时年轻，喜欢装酷，附庸风雅，让你见笑了。现在想想，年轻时的我是何等肤浅、爱慕虚荣呀！"

夏蕴笑道："无妨，我们都年轻幼稚过。其实无须事事精通，能知道什么是五线谱和六弦琴，增加一些生活的雅意就足够了。闲暇时，或可抚两下，亦未尝不可。"

我说："你大嫂是个音乐爱好者，识谱，特别喜欢唱歌。小时候就自己填词作曲，自己吟唱。她时常笑我五音不全，你俩倒是可以相互切磋一番。"

夏蕴笑道："那太好啦，哪天我们一起去 KTV，卡拉 OK 一下。"

我说："好的，我来安排。"

我带她到我家附近的"一见如故"小饭店用餐。

夏蕴看着店名，笑道："这个名字好，我俩二十年前一别，今天再聚，你给我的感觉还是这么熟悉而亲切，我们是再见如故！"

我说："二十年弹指一挥间，人生已经过去了一半，光阴飞逝得太快了。在《庄子·知北游》中有云：'人生于天地间，若白驹之过隙，忽然而至。'"

夏蕴故意调侃道："对于我这个不请自来，'忽然而至'的不速之客，你是否还会像二十多年前那样，不理不睬的呢？"

我笑道："你说哪里话？堂堂大校花，谁敢怠慢呀？"

我俩都笑了。

夏蕴说："二十年过去了，每个人身上都会发生很多的事情，人生会发生许多的变化。"

我感慨地说："是呀！沧海桑田，人非物异了。"

在小店门外的一片秋意中，夏蕴拉着我的手，我请老板娘帮我们拍了合影。看着照片，我深感岁月飞逝，我们都不再年轻了！

我首先点了夏蕴最爱吃的铁板八爪鱼和红烧肉。

说起这个"八爪鱼",还有一个小故事。上大学时,夏蕴有一次请我和上海的才女苏冰玉在"最爱西餐厅"吃饭,席间就点到八爪鱼。我从来没有见过八爪鱼,看到其形状怪异,心中恐惧,不敢动筷子。她俩就大笑我是乡巴佬。夏蕴说八爪鱼是她的最爱。从此,每当我遇到生疏或者不了解的事情,她俩就调笑说,这是老大的"八爪鱼"。

我又点了两只大螃蟹,这也是夏蕴的最爱。

乘我点菜的间隙,夏蕴将我俩的合影发到大学同学微信群里,立即引来同学们好多美好的祝福和善意的玩笑!

黑胖说:"果然被我说中了,老大思春的信号一发出来,我们最美丽的大校花就立即飞到了南通,就有了最浪漫的'古今第一恋'了。"

北京的阿云说:"老大呀,羡慕你们靠得近,可以经常相聚。"

新疆巴音布鲁克大草原的美女阿依古丽调侃说:"你们不要太幸福了,我羡慕了,嫉妒了,憎恨了。"

克拉玛依油田的高个子说:"老大该下手时就下手,千万不要手软。"

天禧说:"老大的心野了,专门喜欢外班的美女。"

上海的美女学霸葤芃说:"老大一直就看不上我们班上的美女。"

须臾,冰玉邀请我俩去上海玩,并发了自己最近的靓照!

我用询问的眼神注视着夏蕴,她摇摇头说:"我就想在南通待两天,主要是来看看你现在的状况,陪你聊聊天,喝喝茶。你看看,大才女不服气呢!"

我摇摇头说:"不至于,你俩要是能一起来就更好了。"

尽管夏蕴当时被同学们公认为"校花",但是在我心中最美的却是这位上海的才女苏冰玉!我和她们俩虽然都不是同班同学,但是都是同一个系、同一届的。我和冰玉同是学校校报的编辑,而和夏蕴都是学生会的成员。我们三个人有空时经常在一起玩,关系极好,那时几乎无话不谈。

提起当年事,夏蕴感慨地说:"当年那些整天围着我转的众多男孩,我一个都不喜欢!但是我当时喜欢那种被众人宠着的感觉!现在回想起来非常肤浅和虚荣!"

我理解地笑道:"正如你所说,我们当时都那么年轻幼稚!"

夏蕴说:"我知道你当时心里一直在暗暗地嘲笑我!"

我笑道:"不敢,绝对只有仰慕!"

我想起第一次见到夏蕴时的情景。

入学一个多月之后,我去学生会报名,准备按照程序,参加考核后,进入学生会。我填好表格,完成了各种登记手续,正准备离开。

突然,身后人声鼎沸。我转身一看,只见十几名男生簇拥着一位衣着华丽的美丽女生姗姗而至。

女生笑容挺可爱,只是表情中分明有一份得意和满足,如同一位高傲的公主,在理所当然地享受着下属臣民的奉承。男生们纷纷献媚,小心呵护,生怕公主稍有不快,顿失欢心。

我想,这倒是一场好戏,有人愿意捧场,有人愿意接受捧场,双方配合得都很默契。

我觉得好笑,不妨驻足多看了几眼。女生身材高挑,乌黑长发,眉若山黛,眼如秋水,面若桃花,口若含贝,唇似樱桃;红色绸缎耸肩短袖上衣,露出两只洁白的臂膀,肤若凝脂,活色生香;粉色绫罗长裙,腰不盈握,修长美腿,粉色高跟凉鞋。娇比扶柳,艳胜貂蝉。

一位身材高大帅气的男生从二楼楼梯上迎下来,满面笑容地说:"最美丽的大校花,你进学生会的事情没有任何问题。"

原来这位就是所谓的校花,难怪大家都围着她转。我摇摇头走了。

夏蕴问道:"你在想什么?"

我说:"我在回忆当年第一次见到你的时候,那种万众瞩目的盛况。我第一次真正感受到什么是'回眸一笑百媚生,六宫粉黛无颜色'。"

夏蕴意味深长地看了我一眼,笑道:"撒谎!前世五百次的回眸才换得今生的一次擦肩而过;可惜我俩的第一次相遇,你对我是那样地不屑一顾!"

我调侃道:"我俩第一次相遇时,你被众星捧月,围得水泄不通,你根本就没有注意到在圈子外面静观热闹的我吧?"

夏蕴说:"我绝对注意到你啦!因为在众多的男生中,唯有你对我的态度是十分蔑视!"

我说:"蔑视谈不上,其实我心中确实有几分好奇。"

也许遇见和错过就是生活故事的来源。有遇见才有开始,有错过才有遗憾,有遗憾的故事才能引人入胜,让人回味无穷。古罗马政治家、哲学家塞涅卡这样说:"人生如同故事,重要的并不在于有多长,而是在于有多好。"

夏蕴说:"就在那年那月那天的那一刻,你进入了我的视线,是那么傲气、冷峻和不屑。当时在你的身上有一种与我们那个年龄不相称的成熟,更有一股冷眼看世界的清高。"

我说:"实话说,那个时候,我是一个来自农村的土包子,根本没有资格清高,只是想在大学的圈子里站稳脚跟;所以或许有那么一丝显摆的成分,怕别人一眼看穿自己。"

夏蕴说:"你别不承认,你看我的神态完全是一种高冷的姿态,我到现在都清楚地记得你那个微微上扬的眉毛。"

我笑道:"我知道,你这个从小到大一直生活在众人的赞美诗中的公主,肯定是容不得别人对你的一丝丝冷淡的。"

夏蕴说:"所以,你反而引起了我的注意。"

我笑道:"其实,你是想说我太自负了,在美貌倾城的大校花面前竟然不知道天高地厚,没有立即俯首称臣!"

夏蕴调侃道:"这是你自己说的,倒也有几分道理!"

我说:"你那个时候有些急功近利了,如若怀着一份素雅的心情去静观这个世界,也许会收获到意外的惊喜。"

夏蕴说:"你这句话说得很有道理,可惜当年你没有及时提醒我。那天你一离开,我就问,刚才那个人是谁?负责登记报名的同学立即把你刚刚填好的表格递给我,我看到你在爱好一栏里写的是'文学'。我立即明白了,你这个人自负肚子里有几点墨水,就自信满满。我顿时对你产生了浓厚的兴趣,我倒要看看,你腹中所谓的'文学才华'能否支撑起你外在的'狂傲之气'。加上你的身体不太方便,所以你一下子就给我留下了深刻的印象。"

我说:"惭愧!你后来发现我无才无能,特别失望了吧?"

夏蕴说:"等我真正接触你之后,我才发现,你确实有傲气的资本,腹有诗书气自华。"

我说:"你就尽情地讽刺我吧!我这个人从来都不傲气,做人做事都很低调。"

夏蕴说:"也许你主观上确实想低调,但是你无意中外露的霸气深深地吸引了我。我怎么感觉第一次见到你的时候,你竟然对我怀有很深的敌意呢?"

我说:"不是针对你的。当时那位学生会副主席直接说你进学生会没有问题,好像谁能不能进学生会就是由他说了算!还是学生呢,就知道以权谋私,实在是可恶。"

夏蕴说:"你的细微观察能力实在是太厉害了!但是我没有走后门,是跟你一样经过严格的考核程序才进入学生会的。"

我说:"这我相信,依照你豪爽的性格和非凡的能力,你是完全不屑于走后门的。"

夏蕴点点头，沉思了一会儿，突然抬起头，问道："当年你为何对我一直不冷不热的，可是你对玉儿始终是特别热情？"

我仔细回想，好像并无此事！当年夏蕴和冰玉都是可爱迷人的靓妹，一个性格爽朗、美丽倾城，一个内秀文雅、文采飞扬，都是我仰慕的对象。

我笑道："人贵有自知之明！当年大校花艳冠群芳，倾校倾城，正是妙龄三多炙手可热的风云人物。我等人微言轻，在大公主面前没有话语权；更兼身体不便，自惭形秽，不敢凑热闹。"

夏蕴大笑不已，用手指点着我的手背说："进校一个多月，你就认识了我，却一直与我保持着很远的距离；进校三个多月之后，你才认识玉儿，彼此竟然一见钟情！看来人与人之间确实是要讲究缘分的，强求不得呀！"

我调侃道："大校花身边的护花使者太多了，少我一个，你根本就不在乎。"

夏蕴说："弱水三千，你却情有独钟！虽然繁花满园，但是唯有玉儿是你心中的花魁也。大才女端庄、大气、高雅、内秀、赏心悦目，而我这种粗俗、肤浅、虚荣、小家子气的灰姑娘是入不了你法眼的！你说说第一次见到我时的感觉。"

我念道："指如削葱根，口如含朱丹。纤纤作细步，精妙世无双。"

夏蕴笑道："大才子，你背书呢？"

我想起古诗《李延年歌》，稍稍改动后念道："金陵有佳人，美丽无人比。'一顾倾人城，再顾倾人国。'"

夏蕴接着念道："'宁不知倾城与倾国？佳人难再得。'你当年错过了大上海的大才女，这辈子就'难再得'了！你真不后悔吗？"

我说："你别乱说！你和玉儿，我都高攀不上。"

夏蕴说："你就不要口是心非了！知音难觅，若不能相守一生，只求曾经拥有。"

我说："高山流水，秋月平沙，一切顺乎自然，万事不可强求。只愿对方快乐幸福，何必曾经拥有？"

夏蕴愧疚地说："你这是无私的大爱！我的心地狭隘，我做不到这一点！"

我调侃道："其实是你无与伦比的美丽吓着我了！"

夏蕴说："恰恰相反！我们第一次相见时，你傲气的表现在我的心里留下了很深的阴影！因为从小到大，我听到的都是赞扬，从来不曾有人以这种不屑的眼神看过我！所以后来你每次赞扬我的时候，我的心中都非常警惕，总觉得你是在说反话，是在讽刺我！"

我非常惊讶，极为愧疚地说："真是不好意思！没有想到我当年不成熟的表现竟然对你造成了这么深的伤害！"

夏蕴说:"后来我在你面前一直都不自信了!"

我说:"你这也太夸张了!你这位既美丽倾城又聪明能干的大校花,怎么可能在我这个乡巴佬面前不自信呢?"

夏蕴说:"我没有夸张!因为我一直搞不懂我哪个地方让你看得不顺眼!我非常困惑!"

我说:"你搞反了!我可仰慕你了,但是我自惭形秽,不敢高攀!"

菜上来了,看到八爪鱼和红烧肉,夏蕴感动地说:"这么多年过去了,没有想到你还依然清楚地记得我的饮食嗜好。"

我笑道:"岂能忘了?当年的乡巴佬不是因此而出丑了吗!"

夏蕴笑道:"是我和玉儿当年太调皮了。"

我说:"这就是城乡差别,当年我们农村人饭都不能吃饱,哪里能有机会品尝什么海鲜呀?"

夏蕴说:"那时候,玉儿好可爱,最喜欢挑剔你的'八爪鱼'。"

我笑道:"无可厚非,因为我的见识确实是太少了!每次被玉儿抓住一次'八爪鱼',我回去后都要恶补一下,决不能被她第二次抓住同样的'八爪鱼'。"

夏蕴笑道:"我知道,对于玉儿的每一句话,你都特别在意,我能理解!"

我笑而不语。

大螃蟹上来了。夏蕴惊奇地说:"我喜欢吃的东西,你竟然全部记得,真令我感动!"

我说:"这几天,朋友圈里晒的全是金黄色的大螃蟹,令人眼花缭乱,垂涎欲滴。今天家住阳澄湖边的初中美女同学邀请同学们去品尝大闸蟹,现在大家一定吃得正欢呢。有机会,我带你去阳澄湖,让你一下子品尝够。"

夏蕴说:"我这样的超级吃货早就去过阳澄湖了。其实就是吃的一个名,有些螃蟹是从外地运过去的,并不一定真是阳澄湖的大闸蟹。有的人太'聪明'了,造假的能耐是一流的。"

我笑道:"还是你这位大教授见多识广,能够去伪存真。现在你就品尝一下我们南通的螃蟹,看看味道如何。一只公蟹,一只母蟹,全是你的,你随意。"

夏蕴说:"公蟹母蟹我都喜欢,照单全收!你不要动手,我剥给你吃。我俩合吃,你中有我,我中有你!"

我说:"好的,我俩有福同享,有蟹同品,不分彼此!"

我俩都笑了。

主食上来了,我点的是扬州炒面。

提起扬州炒面,也有一个小故事。入学第二年的夏天,气温特别高,大家都热得不想学习了。夏蕴的生日正好是夏至节气,已经是六月下旬。这一天是星期日,她邀请我们去她家里为她庆祝生日。夏蕴十九岁,民间有"长长久久"的说法,更因为是大学入学之后的第一个生日,所以比较隆重,请了九位同学,加上夏蕴自己,取十全十美之意。

大家都很高兴,尽管是一个大热天,但是既有美食,又有娱乐,真是难得的享受。

很早以前,夏蕴就一直炫耀她的扬州炒面做得如何好,这次一定要让大家见识一下她的烹饪绝技。吃完蛋糕,我们都期待她的压轴大餐——扬州炒面粉墨登场,但是左等右等仍然不见踪影,我们都很奇怪。

半晌,夏蕴满头大汗地从厨房里跑出来说:"不好意思,搞砸啦,刚才我只顾吃蛋糕,面烧糊了。"

我故意说:"糊了没有关系,我就喜欢吃糊面。"

结果我们大家一尝,尽管有一股浓重的糊味,但是特别香,大家吃得可高兴了,大赞夏蕴果然厨艺高超。夏蕴非常骄傲!

那时候,我们这些来自乡下的土包子,家里条件差,所以特别能吃,八九个人将她妈妈精心准备的一桌子饭菜全都吃光了。

夏蕴说:"老大快吃呀,你在想什么?"

我笑道:"蕴儿呀,我想起了那年你邀请大家去你家为你庆生时,你给我们做扬州炒面的事情。"

夏蕴笑道:"那次太不好意思啦,若不是你的临场救急,我的丑可就出大了!太感谢你啦!真不愧是老大,关键时刻,总能感受到你的智慧和善良!你知道大家为什么都服你吗?就是因为这样的事例好多!"

我端起红酒杯,一边敬夏蕴,一边有意念道:"一壶浊酒喜相逢。古今多少事,都付笑谈中。"

夏蕴也端起酒杯,注视着我的眼睛,认真地说:"但是有些事对有些人来说是刻骨铭心的,一辈子也不会忘记!"

我一愣,不知道她指的是什么事情,也许她仅仅是开玩笑。

我俩仔细品着红酒,这种氛围让我有一种回到从前的感觉,上学时我曾经多次在夏蕴家中喝过红酒,但是现在的感觉好像已经不同于那时的味道了。

夏蕴说:"你在冬至过生日,我在夏至过生日;一个在火热的夏天,一个在寒冷的冬天,正好代表着我俩的性格。当初面对我的满腔热情,你总是冷若冰霜。"

我说:"根本没有这样的事情。夏至白天最长,冬至黑夜最长。你总是生活在阳光普照之中,是万人敬仰的大公主;而我总是生活在漫长黑暗之中,是不见世面的乡巴佬。"

夏蕴笑道:"你总能将歪理说得更像正理!"

我说:"'蕴'的意思是积聚、蓄藏。你父母为你取这个名字,是寄希望于你广德为人,底蕴丰厚,温雅有蕴藉。"

夏蕴说:"没有那么复杂,我父母就希望夏至这个特殊的日子能给我带来好运,我妈妈本来用的是'运'。我爸爸是研究哲学的,懂得阴阳五行。他说,'运'字是走动的云,飘忽不定,根基不稳,于是改成了'蕴'。"

我说:"你确实是一生的好运,出生在文化世家,既美丽大方,又睿智能干,人生的好事尽得矣。"

夏蕴微笑着,温和地看着我,不说话。

我感觉这个氛围很温馨,似乎又穿越到了上学时的光景,那时我们一起学习、娱乐,畅谈理想和未来。青春美好的时光总是那么令人难以忘怀!

夏蕴说我太瘦了,强迫我将所点的饭菜全部吃光,结果我胃疼了。我抚腹之际,心中却满是感动!她依然还像上学时那样,非常关心我的身体状况!生命的美好就在于不经意间收获的温暖与感动,一起度过的时光如一坛陈年的酒,越久越醇香。

吃完饭之后,我们坐上出租车,去狼山风景区。一路上,我给夏蕴详细介绍了沿途的人文景观。

这是夏蕴第一次来南通。她说:"我一下火车就对南通产生了一种特别的亲切感,或许是因为有你这位才子老大生活在南通的缘故吧。"

我说:"但愿我们历史悠久、风景优美的南通能给你留下特别美好的印象。"

我俩坐缆车到达狼山半山腰。我们站在望江楼门前的广场上,倚靠着围栏赏景。

我指着周围的景观向夏蕴介绍:"狼山风景区是由狼山、剑山、军山、马鞍山和黄泥山组成,通称五山。狼山位居正中间,峻拔秀丽,被其他四山众星拱月,成为五山之首。"

夏蕴说:"原来你诗中的'五山'之说是这么来的。狼山居高临下,俯视江海大地,很有气势。"

我说:"祖国江山如此多娇!在美丽壮阔的中华大地上,每座山、每条河都有着自然之美、人文之美。"

夏蕴念道:"人事有代谢,往来成古今。"

这是孟浩然的《与诸子登岘山》中的诗句,我接着念道:"江山留胜迹,我辈复登临。"

我突然想起这是一首吊古伤今的诗,不想影响情绪,就没有再往下念。

夏蕴说:"朝代更迭,时光流转,谁也无法改变呀!你正好在此休息,观光赏景。我继续上山顶,到禅寺内拜祭神灵,诵经许愿,净化心灵。"

我说:"你上去吧,路上小心。佛祖一定会护佑你这位远道而来的虔诚信徒的!'禅心朗照千江月,真性情涵万里天。'"

夏蕴微微一笑,踩着台阶上厚厚的积叶,上山去了。

我闲着无聊,坐在石凳上,观看着来来往往的香客,打发时光。上山的人大多神态虔诚,神情中有一丝焦躁的成分;下山的人大多表情自如,全身有一份如释重负的轻松。大概是因为在佛祖面前朝拜一番之后,自我感觉已经得到了佛祖的安抚,从此后就能心想事成、一生安顺,所以心中就释然了。

我孤独地看着上上下下、匆匆忙忙、热热闹闹的香客,突然莫名地想起朱自清在《荷塘月色》里的一句话:"但热闹是他们的,我什么也没有。"我感觉自己好像是一个于闹市中取静的隐士,心中涌起一份热闹中的孤独感,这种突然而至的孤独感让我有些感伤!

我起身,依靠着栏杆,望着广袤的天宇,远处几块浮云飘忽不定,江水从遥远的天际奔腾而来。云聚,云散,潮来,潮退,而我独立于天地间。回想自己几十年来孤寂而艰难跋涉的历程,我心中感慨无限,有一种特别想流泪的悲凉!

昔日孤愤的陈子昂登幽州台而发悲歌:"前不见古人,后不见来者,念天地之悠悠,独怆然而涕下。"孤独是人类最通常的情感,不分古今。人类最深层次的孤独一定与时间和空间有关,这是一种刻骨铭心的而又无法言明的孤独,因为渺小的人类对于无垠的时空而言,实在是沧海之一粟!

哥伦比亚著名的作家马尔克斯在《百年孤独》中写道:"过去都是假的,回忆是一条没有归途的路,以往的一切春天都无法复原,即使最狂热最坚贞的爱情,归根结底也不过是一种瞬间即逝的现实,唯有孤独永恒。"

如此看来全人类的孤独感应该是相通的,而具体到每个人,面前都有一条必须独自前行的路,所有的伙伴都是暂时的,只能陪你走过一段路。人生的大多数时光,必须自己一个人度过。学会蛰伏,懂得独处。适时地给自己一个宁静的时空,与自己对话,进行自我反思,思考自己的人生和未来,可能是获取生存智慧的最好方法。庄子曰:"夫虚静恬淡寂寞无为者,万物之本也。"人类只有在孤独寂寞中,才能更深刻地认识自我,感恩天赐的生命。

一句禅语说得好:"寂寞无尘真寂寞,清虚有道果清虚。"说明我离真正的清

虚修炼还差那么一层,才会有这种强烈的寂寞孤独之感。只有拥有一颗安宁的心,才能"风雨不动安如山"地欣赏自然之美、生活之美和生命之美。

我偶一回头,看见路北边有一块巨大的山石,在向南的侧面上有一个人工开凿的神龛,约三十厘米见方,四十厘米深,里面摆放了几本经书。我走过去一看,最上面一本是《般若波罗蜜多心经》。神龛下方写了一句话:此非卖品,有缘际遇。

我兴趣顿生,小心地请出《心经》,原来是佛学界流传最广的唐三藏玄奘法师奉诏译本,就是前年在我母亲的周年忌日当天,我在家乡郭元镇观音净院内与七位高僧一起诵读的经文,也正是一年前泉兄为我讲解的经文。

我回到石凳旁,坐下来,打开经书,轻声诵读:

观自在菩萨,行深般若波罗蜜多时,照见五蕴皆空,度一切苦厄。舍利子,色不异空,空不异色,色即是空,空即是色。受想行识,亦复如是。舍利子,是诸法空相,不生不灭,不垢不净,不增不减。是故空中无色,无受想行识,无眼耳鼻舌身意,无色声香味触法,无眼界,乃至无意识界。无无明,亦无无明尽。乃至无老死,亦无老死尽。无苦集灭道,无智亦无得。以无所得故,菩提萨埵。依般若波罗蜜多故,心无挂碍。无挂碍故,无有恐怖,远离颠倒梦想,究竟涅槃。三世诸佛,依般若波罗蜜多故,得阿耨多罗三藐三菩提。故知般若波罗蜜多,是大神咒,是大明咒,是无上咒,是无等等咒,能除一切苦,真实不虚。故说般若波罗蜜多咒,即说咒曰:揭谛揭谛,波罗揭谛,波罗僧揭谛,菩提萨婆诃。

我刚刚读完一遍,准备再读第二遍,突然前面传来一句佛音:"阿弥陀佛!善哉,善哉!"

我抬头一看,一位身材高大、慈眉善目的法师站在我面前,脖子上挂着一长串大佛珠,手中捻着一串小佛珠,微笑着向我作揖。只见他生得仙形道体,骨骼不凡,丰神迥异。

我非常惊讶,赶忙起身作揖,回礼答复:"阿弥陀佛,很荣幸见到尊驾!大法师有何指教?"

法师说:"这些经书存放于此已经很多年了,却很少有人问津。施主是取经书后并在此虔诚诵读的第一人,定与我佛有缘。"

我心中一喜,觉得这真是一次奇遇,机会难得,笑道:"佛法精深,弟子愚钝,无法参悟,能否冒昧请教大师一二?"

法师很高兴，点头微笑道："传经送法是我佛家的分内之事，施主但说无妨。"

我问道："所谓'五蕴'，即色、受、想、行、识。为什么用'蕴'这个字呢？"

法师说："'蕴'在佛教中的意思是荫覆，五蕴也作五阴。"

我说："《说文》上讲，蕴，积也；《广雅》上讲，蕴，聚也。乃积聚、蓄藏之意。"

法师说："《庄子》上讲，万物尽然，而以是相蕴。还有包含之意。"

我接着问道："大师真能做到'五蕴皆空'吗？"

法师说："色相为虚，则感受、思想、行为、意识自然也是如此。既然一切皆是虚无，则'五蕴皆空'又有何难？"

我说："大师果然已经悟透了！但是常人因为有所得，有挂碍，所以不能公正，不能远离恐怖、妄想、烦恼，更不可能做到'一切皆是虚无'。"

法师说："因为慈悲，所以提起；因为悟透，所以放下。所谓放下，就是去除是非心、得失心、分别心和执着心。不争是慈悲，不辩是智慧。事物都在发展变化，千万不可执着，因时而变，因地制宜，随遇而安。"

我说："真要放下这四种'心'，确实必须先看透一切，悟得万物非我所有，赤身来，赤身去，才能不被现实所奴役，管住内心，四大皆空，无念无挂。"

法师念道："来时无迹去无踪，去与来时事一同。何须更问浮生事，只此浮生在梦中。"

这是唐朝高僧鸟窠道林禅师的偈语，我立即回他一首唐朝高僧龙牙禅师的偈语："朝看花开满树红，暮看花落树还空。若将花比人间事，花与人间事一同。"

法师称赞道："施主心定而智生，具有我佛门中极其难求的很深的慧根！最难能可贵的是，我刚才目睹了施主虽然行动不便，却两次弯腰捡起香客随手扔下的易拉罐和牛奶纸盒，并且分别放于可回收和不可回收的垃圾箱里。可见施主不但具有公德心，而且具有细心和耐心，这也是我出家人所应该具备的修行之德。"

我笑道："多谢法师谬赞。此乃举手之劳，人人皆可为之。佛曰：'色空不二，互为体相，不可单独而言。'又是什么意思呢？"

法师说："物质和虚空本来就是一体两面，对立而统一。"

我突然心有所悟，点点头说："很有道理！一语惊醒梦中人。"

法师笑道："也就是量子理论所说的'波粒二象性'理论，波是能量，粒是形态。虚空不虚，充满着各种'场'。实体物质和'场'都是事物存在的方式，本质并无区别。"

我惊讶万分，寺庙高僧缘何能懂得高深的现代物理学，真是奇迹！我上高中时特别喜欢物理学，尤其喜欢量子力学。第一年高考时，我填报的志愿就是这个

专业，希望能够探索这个世界存在的根本方式和宇宙中隐藏的奥秘。可惜因为身体缘故，我没有被高校录取，与倾心的专业缘悭一面，成为终身的遗憾；但是我仍然一直在关注这方面的事情，坚信量子理论一定是人类跨越目前的认识局限，进入更高境界的桥梁。现在我国的量子卫星已经发射，人类完全有可能超越传统的理论框架，进入一个超时空的崭新时代，未来的人类可能以量子纠缠的速度遨游太空。

法师解释说："贫僧出家之前是一名高中物理教师。天缘巧合，如今在此修行。"

我知道好多的出家人都是经历过从绚烂极致到洗净铅华的大起大落的浮沉过程。估计这位高僧也是一位有着非常曲折故事的人，应该是在遭遇到某种生活的大变故或者人生劫难之后的大彻大悟。只是我与他初次相识，不便细问其出家的缘由。

法师问道："施主知晓我佛弘一法师吗？"

我说："久闻其大名！就是李叔同大师，著名的艺术家、思想家、教育家，新文化运动的先驱。出家前，他是风流倜傥、才华横溢的大才子。三十八岁时在杭州虎跑寺出家，笃志苦修多年，最终成为中国近代佛教史上最杰出的一位高僧，被尊为南山律宗大师，律宗第十一世祖，享誉海内外。诗文词曲，音乐戏剧，书画篆刻无所不能。弟子对大师一直仰慕之至。"

法师说："看来施主也是我佛中人。弘一法师在十五岁时就悟出：'人生犹似西山日，富贵终如草上霜。'所以慧根难得难求。"

我说："自小就出家的人，从未享受过世俗的快感，没有免疫力，抵抗力很低。只有像弘一法师这种原本的富家子弟，见识过俗世的骄奢淫逸和繁花似锦的生活，一旦看破红尘，就会真正大悟大彻，一心向佛，再无回头之心。"

我想，像法师这种半路出家的人，上半生在俗世中历经人生洗礼，悟出了生命的虚无；下半生在佛门中一定能静心修炼，心无旁骛。再如大作家曹雪芹经历了烈火烹油、鲜花着锦的繁华，又在一瞬间全部毁灭了，在一切归零之后，在道家的虚无和佛家的空幻中，才写出了千古巨著《红楼梦》。

法师说："施主此番宏论振聋发聩，说明施主慧根极深。如果施主入我佛门，定有大成，亦可将我佛门事业更加发扬光大。"

我虔诚地谢道："谢谢大师谬赞！可惜弟子其实愚笨迟钝，悟性太低，而且尘缘未了，无法修行，只能在尘世中继续了却凡尘俗愿。"

法师说："施主自谦了！但是佛缘自便，不可强求。"

我说："修行不必寺院中，心中有佛处处行。"

法师依然不死心，又说："亦或许是机缘未至，总感觉施主他日终会成为我佛门中人。"

我想起清朝诗人张问陶的《禅说》，合掌念道："门庭清妙即禅关，枉费黄金去买山。只要心光如满月，在家还比出家闲。"

法师微笑着，点头表示赞许，又说："现代科学只掌握了宇宙中5%的物质，还有95%是我们不了解的内容，人类的认识能力太有限了。量子纠缠的传导速度是光速的四倍，这颠覆了传统物理学中光速是不可超越的理论。最终最合理的解释可能还是要依靠无边的佛法。"

我知道法师企图说明神灵的高深莫测而让我对神灵产生敬畏之心和皈依之意。

我解释说："人类认识的事物越多，未知的世界就越大。"

法师说："量子力学离不开意识，意识是量子力学的基础。"

我承认大师此言非虚。量子力学的基础就是：从不确定的状态变成确定的状态，一定要有意识的参与。我想，这位大师真不简单，将现代物理学和佛学结合在一起，来解释这个世界，倒是令人耳目一新；这与佛学中所说的"一个念头就使物质世界产生出来了"的观念似乎有些相似之处。

法师说："量子纠缠的本质用物质是解释不通的，只能是意识，所以世界的本质就是意识。神灵是绝对存在的，他们应该是以量子纠缠的速度在运动，导致现代科学还无法解释。牛顿的'第一推动力'应该是存在的。"

我当然不能同意他的观点。在我看来，量子纠缠的本质应该是物质的，而不是意识的，只是现代科学目前还无法解释；然而想想在庄严的佛门圣地，我不可能与他争论神灵是否存在的问题，那样就有些"大不敬"了。

我说："大师所言极是，我们期待现代物理学的进一步发展，最终应该能解释这个问题。"

法师说："其实佛学和现代物理学是从两个侧面研究同一种东西，虽然方法不同，但本质是相通的，两者终将合二为一。"

我笑道："既然目前人类的认识水平还是如此肤浅，我们就更有理由放下一切，事事释怀了。"

法师笑道："阿弥陀佛！施主果然参悟很深，倒是贫僧有些执拗了，十分惭愧！"

我说："内心世界与现实世界可以在一念之间相通。"

法师说："不错，一旦执念则会阻塞不通。谢谢施主指点，贫僧受教了！"

我估计夏蕴快下来了，赶忙说："不敢！弟子妄言了！请教大师法号，今日弟

子有俗务在身,不便久留,他日一定专程再来宝刹,聆听大师教诲。"

法师笑道:"贫僧法号'虚无',虚度一生,无牵无挂。"

我真诚地说:"非常感谢虚无大师的不吝赐教,弟子受益匪浅。"

法师举起手中正捻着的那一串小佛珠,慢慢地放在我手中。

我赶忙用双手虔诚地捧住,却不明白法师是何意。

法师说:"这串佛珠自从我进入佛门以来,就没有离开过我,算来已经有三十个年头了。今日与施主甚为有缘,就赠给施主留作纪念吧!"

我觉得无端收取伴随法师已经三十年的佛珠,心中有愧;但是看到法师真诚的态度,不便拒绝。考虑到礼尚往来,我想回赠一件东西,可是我是一个崇尚简单的人,身上从来不佩戴任何饰品,出门也从不带包,都是空手来往,所以并无可回赠之物,而且想想出家人也不会随便接受俗家子弟的东西,就只能恭敬地接受佛珠,并深表谢意。

法师说:"施主与我佛有缘,贫僧他日定能与施主再会!阿弥陀佛!"

我回答道:"因为有缘,才会遇见。弟子今日很荣幸能得到大师的指点!"

法师作揖而别,步态轻盈,攀上石阶。果然是"万事无如退步人,孤云野鹤自由身。松风十里时来往,笑揖峰头月一轮"。

突然一阵强劲的秋风吹来,卷起一地的落叶在空中盘旋,顿时飞沙走石,天昏地暗。

我立即闭眼,并以手臂掩面。

十几秒钟之后,我睁开眼睛一看,秋风已经过去了,台阶上干干净净,满地的落叶已经被吹到山下大江中去了。

我沿着台阶向上看,大师已经不见踪迹,一定是飘然上山去了;只觉得天青日朗,白云轻飘,一切又恢复了平静。

真是"净地有尘清风洁,佛门无边信徒满"。佛门净地确实有其自然清洁之法和令人信仰之道。

我觉得这一段奇遇甚为有趣,真是有缘之人无处不相逢!我细看这一长串佛珠,每颗珠子约半厘米大小,估计总数应该是佛家所推崇的108颗。我是外行,看不出是什么材质;但是每颗珠子都圆润光滑,漆黑发亮,包浆饱满。这串珠子跟随虚无法师已经三十年了,彼此应该产生了感应,今日突然易主,不知是否有意见!佛家有言,珠赠有缘之人。法师既然视我为有缘之人,那么我想此串佛珠与我也应该算是有缘而会吧!

我端坐在石凳上,闭上眼睛,手捻佛珠冥想:尘俗中诸事繁杂,扰乱心绪,但是一些与功利无关的事情,却可以滋润心灵,陶冶情操。譬如,访山戏水,观云赏月,风吹叶飘,花开鸟鸣,喝茶聊天,知己交心,甚至与有缘人偶遇。滋润的心灵才可以自由放飞,对世间万事万物的感受才能不偏颇、不厌恶、不憎恨,永葆一颗喜爱、感性和快乐的心。正是:"流水下山非有意,片云出洞本无心。人生若得如云水,铁树开花遍界春。"

我的手机微信铃声突然响起。我接听,阿丽说:"好久不见,甚为想念。"

我说:"深有同感。"

阿丽问道:"你在南通吗?我现在想带小孩去你那儿玩!"

我说:"你们来吧!正好我的大学同学来了,正陪她在狼山上拜佛呢!"

阿丽说:"一定是美女同学,那我就不来添乱了,你专心陪她玩吧!我下周末再过去吧!"

二十年前,我刚刚分配到乡下医院时,阿丽也来我们医院学医。阿丽比我小八岁,是一位漂亮善良而且特别懂事的小女孩。我一个人住在医院里的单人宿舍内,她住在我的对门。后来在我身体衰弱、情绪低落的时候,她给予了我很多生活上的帮助和精神上的安慰。我也尽心尽力教她医学知识和技能。阿丽聪明睿智,勤奋好学,进步很快。在我母亲遭遇不幸而突然离世时,她陪我痛哭了一个下午。在后来的日子里,阿丽陪伴我走出了伤痛的人生。

想到此,我泪流满面,既伤心,又感动!尽管在我的生命中总是不断遭遇各种不幸的灾难,但是总能遇到这些对我无私相助的贴心人,伴我度过了一段又一段艰难的时光!

下周就是重阳节了,但是我的父母亲早就已经离我而去了,我却没能尽到孝心!"子欲孝,亲不待。"亲情等不起,这是我此生最大的遗憾了!

一会儿,夏蕴下来了,看到我湿润的眼睛,疑惑地问:"老大,你哭了,为什么?"

我说:"突然间想起了去世的亲人,有些伤心!"

夏蕴说:"在佛祖面前思念亲人,你是性情中人。"

我告诉夏蕴关于阿丽的事情。

夏蕴流着眼泪,伤心地说:"在你二十九岁时,妈妈就意外去世了;在三十四岁时,爸爸也走了!你真是命运多舛哪!"

我又流下了眼泪!其实我们的坚强是有罩门的,尽管受到再大的委屈都能不动声色,但是一听到安慰,就会泣不成声!

夏蕴说:"纪伯伦说过,'和你一同笑过的人,你可能把他忘掉;但是和你一同哭过的人,你却永远不会忘记。'何况还是一位美丽善良的女孩!生命中,我们总会不断地遇到一些善良的人,陪我们走过一段温暖的心路。"

我点点头,努力向夏蕴温馨地一笑。

夏蕴从包中取出纸巾,递给我,突然惊奇地问道:"好神奇呀!你怎么会有这本经书和这串佛珠的?"

我说:"我刚才偶遇虚无法师,彼此快乐交流。他觉得我有很深的佛缘,所以将这串佛珠赠给我留作纪念。"

夏蕴笑道:"你能与佛门大法师相谈甚欢,说明你已经有一只脚跨进了佛门。"

我笑道:"见笑了,我是一个大俗人,绝对不会在佛门圣地内搅扰的。'终日错错碎梦间,忽闻春尽强登山。因过竹院逢僧话,偷得浮生半日闲。'"

夏蕴说:"你不是'终日错错',而是曾经犯一大错!而且你这半日可没有闲着!又是与知音美女叙旧,又是思念亲人,又是诵读佛经,又是与大法师参禅!"

我笑道:"你好像比上学时爱贫嘴了!你为什么说我曾经犯一大错呢?"

夏蕴笑道:"老了,喜欢唠叨。你真不知道自己曾经犯下'滔天大罪'吗?"

我说:"危言耸听!有请大校花指点!"

夏蕴说:"你就装吧!我没有能力指点你!我总感觉你早晚会成为佛门中人。"

我笑道:"首先我依然舍不得你们这些美女,我就只能还是世俗中人。古人云,'读佛书宜对美人,以免坠空。'"

夏蕴说:"算了吧,你要是真舍不得我们,我俩现在就不会在此聊天了!"

我疑惑地问道:"为什么呢?"

夏蕴说:"你就继续装吧!我在广教寺内点了三炷香,磕了三个头,捐了三百元。"

我说:"谢谢你支持南通的建设。"

夏蕴说:"广教寺依山而建,气势恢宏,殿宇雄壮,层叠有序,给人庄严、肃穆之感。"

我说:"广教寺建于唐朝,距今已经有一千多年的历史,是全国重点寺院之一,一直香火极为旺盛。"

夏蕴说:"立于此处,脚下山水相依,令人神清气爽,美不胜收;向西南俯视长江,一望无际,水天相接,令人心旷神怡,乐不思归。确实是'长啸一声山鸣谷应,举头四顾海阔天空'。"

我向夏蕴竖起大拇指,称赞道:"你好厉害,上去这么一会儿,竟然就记住了广教寺的门联。传说广教寺是西方三圣之一大势至菩萨的道场。"

夏蕴说:"狼山声名远扬,香火鼎盛,敬香拜佛者络绎不绝,寺内挤满了虔诚的香客。"

我说:"信仰把信徒们的生命转入到另一层更高的境界,展望了比此生更久远的未来。"

夏蕴说:"这就是朝圣!但是我以为神灵都在自己心中,不必外求。"

我说:"你这才是悟透了!佩服!"

夏蕴说:"我不与你谈佛论经,你给我详细介绍一下狼山吧。"

我说:"狼山文物古迹甚多,曾有无数英雄显贵和文人墨客涉足此间。仅仅在宋代,就有三位宰相级的人物到过南通,范仲淹、王安石和文天祥。"

夏蕴说:"我知道王安石的《狼山观海》:'万里昆仑谁凿破,无边波浪拍天来。晓寒云雾连穷屿,春暖鱼龙化蛰雷。'我现在身临其境,还真能切实感受到诗中的巍然气势。"

我说:"千古江山,当年的英雄已经无觅了;但是狼山的盛名一直不减,是中国佛教八小名山之首,号称江海第一山。"

夏蕴说:"我认真拜读了你一年前发在群里的大作《俗佛问答》,看来你早就已经是大悟大彻,只等佛家花开,立地即成如来了!"

我说:"唯有淡泊宁静,才能用心去感知世间的一切;唯有修身养性,宠辱不惊,才能静观花开花落,笑看云卷云舒。"

夏蕴点点头说:"你还真有所悟!"

我向夏蕴合掌磕头,念道:"阿弥陀佛。美女见笑了。"

夏蕴立即反问我:"佛家四大皆空,难道眼中还有美女吗?"

我一愣,旋即我俩会意,一同大笑。

我笑道:"可见我依然是尘世中人,根本没有脱俗!你反应还是这么敏捷,还是这么话不饶人。"

突然我们听到一名游客兴奋地喊道:"你们快看呀,天上有老鹰!"

我们抬头一看,果然有十多只苍鹰在天空中盘旋,时而俯冲而下,时而展翅高飞,甚为壮观。

夏蕴兴奋地说:"这才是鹰击长空的雄壮气势!我是第一次看到这种自然奇观,真是不虚此行!"

南通人习惯称呼苍鹰为老鹰。近几年来,随着南通的生态环境逐步改善,秋季南飞和春季北飞的苍鹰都会在南通做短暂的停留,稍事休息,补充能量,有利于继续前行。

我环顾四周,只见几位摄影爱好者已经摆好了三脚架,安装好相机,正在专心拍摄。

夏蕴说："物竞天择,适者生存。自然在选择物种的同时,物种也在选择适宜自己生存的环境。苍鹰能在你们南通停留,说明南通确实是适宜居住的地方。南通长寿之乡的美称是名副其实的。"

我说："谢谢你的赞誉。适者生存,自然界里一切生物概莫能外。我们无法改变这个世界,就只能努力完善自己,来适应这个世界。"

夏蕴说："人类也在逐步改变世界。"

我说："人类改变世界是有限的,而且在改造世界的同时,必须尊重自然规律,否则就会遭到自然界的报复。"

夏蕴调侃道："你应该当市长。"

我说："尊敬的女王,你一会儿说我'禅悟'了,一会儿又让我当市长,老朽真是无所适从了。"

我俩都笑了。

一位一身珠光宝气的中年肥胖妇女笑着和我打招呼："你好呀,你不就是借我家钱的那位大医生吗?"

我一看,原来是地产大亨贾先生的爱人贾太太,只见她双手叉腰地站着,以一种高傲的姿态俯视着周围的一切。

我立即感恩地说："贾太太好!真诚地感谢你们!你家贾总现在又大发了吧?你一定是来敬财神爷还愿的!"

贾太太的两只小眼睛立即眯成了一条线,骄傲地说："真不愧是大医生,一眼就看出来了!南通要与上海接轨,所以房价大涨了,现在买房是要排队的哟!你赶快再拿一套吧,让我家老贾给你开绿灯。等着涨,一定涨!"

我笑道："谢谢你!我没有能力倒卖房子,能有一个住的小窝就谢天谢地了。"

突然一个八九岁的小男孩走得急了一点,不小心碰了一下贾太太叉在腰间的左手臂。贾太太立即用力将男孩往路边一推,一脸嫌弃的表情,噘着嘴说："哎哟哟,小穷鬼,脏死了!把我的金手镯子撞坏了,你可赔不起哟,好几万呢!"

小男孩被推得向后一个跌跤,赶忙爬起来,吓得脸都白了,连声道歉"对不起",然后一溜烟跑了。

贾太太摆摆手说："大医生,我走啦。你如果要买房就赶紧呀,这个东西来钱快哟!"

我又赶紧说："太谢谢了!你慢走!继续发大财!"

贾太太边走边很大声地打着电话："那个叫什么的小司机,你赶快把车开到山下门口来等我。我这就下来了,快,快,快!"

夏蕴摇摇头，笑道："真没有想到，在我心中一直非常雅致的老大，竟然会有这么俗气的朋友！那么粗的金项链，也不怕压坏了脖子。她这一身的行头有好几十万，就差在自己脸上刻上几个字，'我非常有钱'。真是俗不可耐！"

我说："十几年前，我买房的时候，她家的贾先生是售房经理，之前与我素不相识，他在售房现场竟然主动借了一万元给我。我非常感动！"

夏蕴说："那是因为他想做成你这笔生意，好拿到提成，而且知道你是医生，不会不还他的钱，又能交上你这样的医生朋友，将来找你看病方便，这是一举三得的事情，何乐而不为呢？况且一万元也不是什么大钱。"

我立即对夏蕴刮目相看，她已经不再是二十年前那个只知道撒娇的小公主了，而是思想成熟、眼光深邃的社会上层精英人士，将事情的实质一眼就看透了。

我说："那个时候，对于我来说一万元就是大钱。我研究生刚刚毕业，工资低，之前没有任何积蓄。当时房款总价二十多万元，全是我的中学同学们主动借给我的。"

夏蕴说："这种人自己才刚刚富起来，就立即嫌弃别人是'穷鬼'了，还欺负小孩子。"

我说："贾先生现在已经是我们当地的地产大亨了，所以贾太太难免就会有一些暴发户的得意心态，可以理解。"

夏蕴说："她竟然称呼你是'借我家钱的'，真肤浅！我看她的素质还没有刚才那位小孩子高，小孩子还知道说'对不起'呢。"

我说："她每次遇到我都是这样称呼我的，是在提醒我不要忘记她家的大恩大德！无论贾先生当时是出于什么目的，他毕竟帮了我的忙，我确实应该记住人家的恩情！"

夏蕴说："这就是做人的差别，你是一辈子记住别人的好，而她却是让别人一辈子记住她的好。格局和高度完全不一样！"

我说："社会上什么样的人都有。高雅的大公主，你就多包容一些吧！"

夏蕴说："我没有你这么大度，我是不可能和这种人打交道的。"

我调侃道："吃了人家的嘴短，拿了人家的手软，谁让我接受过人家的帮助呢？你就不要生气了。"

夏蕴点点头，笑道："我不允许别人轻视你！我特别欣赏你这种知恩图报的品德！而且你跟什么人都能友善地相处，也是你一贯的优点！"

我说："其实我就是一个普通老百姓，根本没有清高的资本和必要，做人还是低调、安分一些才好。"

夏蕴笑道："好，好，好！你是大圣人！"

我无奈地笑道:"如果真是圣人就好了,就可以不食人间烟火了;可是我当时为了买房子,借了一屁股的债,好在都是同学们主动借给我的,而且让我不要急着还,这让我特别感动!"

夏蕴说:"那是因为你为人友善在先,所以大家才会主动帮助你。我们当时没有联系,不然我也会主动帮助你的。买房确实是普通工薪阶层的头等大事,不容易呀!"

我说:"好在买得早,按照现在的房价,如果我买房,那就必须一辈子还贷款了。"

夏蕴说:"我们南京的房价更高。"

我笑道:"所以我还是在我们小城市里过一份清平的日子吧!"

夏蕴看了我半天,不说话。

我也故意没有再说话。

我们再次坐缆车下山。我寻思了一下,带夏蕴就近去了滨江公园!我夸张地告诉她,此处乃万里长江入海之前的最后一道美丽的自然风光!

夏蕴盛赞我很会选景。

我俩站在长江边,近看滔滔江水拍打着岸边的巨石,发出很有节奏的声响;极目远望,水天相接,天宇空旷。

我有一种莫名的激动,感觉宇宙之大,自然界之神奇,人类如此之渺小。我们时刻都应该敬畏大自然,千万不能以世界主宰的身份为所欲为。人敬天,天佑人。

江中各种船艇往来穿梭,鱼豚潜跃,飞鸟翱翔,蓝天白云,美不胜收。我负责拍照,风景秀丽的长江之滨,留下了夏蕴无数美丽的倩影。

夏蕴很陶醉,轻吟:"滚滚长江东逝水,浪花淘尽英雄。是非成败转头空。"

我的情绪深受感染,和她一起念道:"青山依旧在,几度夕阳红。白发渔樵江渚上,惯看秋月春风。"

我突然停住了,没有再往下念。夏蕴独自继续念道:"一壶浊酒喜相逢。古今多少事,都付笑谈中。"

夏蕴问道:"你为什么不念了?是因为刚才吃饭时被我抢白了,生气啦?"

我笑道:"你多虑了!就冲你能特地来南通看我,我就感动不已!"

夏蕴说:"其实你说得对!光阴荏苒,似水流年。在时间的慢慢流逝中,曾经多少悲欢离合的往事如今都是'谈笑间,灰飞烟灭'了!"

我望着滔滔江水,感慨道:"逝者如斯夫,不舍昼夜。"

夏蕴说:"时光的流逝,最让人无可奈何,急不得,慢不得,等不得,求不得。

'可奈光阴似水声。迢迢去未停。'"

我说:"一辈子太短,用平淡的心境,过平静的生活,度平凡的人生。不急,不等,不求!"

夏蕴笑道:"谁能像你一样超脱凡尘呢?我辈俗人,一辈子就只能在尘世中折腾了。"

我说:"若没有心宽似海,哪来的风平浪静?蕴儿呀,你不要事事都太要强了,退一步海阔天空。"

夏蕴默默地看着我,点了一下头,轻轻地念道:"过尽千帆皆不是,斜晖脉脉水悠悠。肠断白蘋洲。"

我笑道:"你一直是一个极为豪放的人,什么时候也开始多愁善感起来了?"

夏蕴拉着我的手,我们沿着江堤向西走。在前面不远,临近江边,临时搭起了一个戏台,一个戏班子正在唱越剧,台上锣鼓声正紧,台下围了好多观众叫好,真是好不热闹!

我说:"我自小就没有戏剧细胞,五大剧种,除了黄梅戏勉强能听懂两句外,其他如京剧、豫剧、越剧和评剧,我都听不懂。"

夏蕴说:"我也不太喜欢戏剧的吵闹和太慢的节奏。越剧很好懂,你只要用心去听。"

我俩驻足细听,我仔细辨别唱词:

　　……
　　曾经数不尽的繁花簇锦、如火如荼,
　　如今都付与这东风浮云、枯槐败柳。
　　灯红酒绿昨已去,郎情妾意今空幻,
　　残月剩酒,孤寂心冷谁人诉,
　　怎一个愁字了得?
　　……

我这用心一听,还真听清楚了,因为在汤显祖的《牡丹亭》中有类似的句子,尚且熟悉,比如:

　　原来是姹紫嫣红开遍,
　　似这般都付与断井颓垣。
　　……

> 良辰美景奈何天，
> 赏心乐事谁家院？
> ……

我细细思索，在《红楼梦》中，黛玉听到这一段时，如痴如醉。确实呀，黛玉的如花美眷，只能在幽闺自怜，闲愁万种，似水流年……

我感慨万分，自古红颜多独愁！

夏蕴痴痴地说："初闻不知曲中意，再听已是曲中人！"

我疑惑地问道："什么意思？"

夏蕴说："没有什么意思，品味戏文中的辞藻呢！"

我想起刘禹锡的乐府小章《杨柳枝词》，念道："请君莫奏前朝曲，听唱新翻《杨柳枝》。"

夏蕴立即笑道："梦得本是唐朝人，乐府小章亦古诗。"

我一愣，赞同夏蕴的说法有道理。"梦得"是刘禹锡的字，他是唐朝人，我引用他的乐府小章，自然也是"奏前朝曲"。

我们继续沿着江边向西走，成片的灰黄色的芦苇随风摆动，好有气势。

夏蕴悠悠地念道："蒹葭苍苍，白露为霜。所谓伊人，在水一方。溯洄从之，道阻且长。溯游从之，宛在水中央。"

上初中时，我读《诗经》，读到此诗时，不知道"蒹葭"是什么意思，查词典后，才明白了，其实就是芦苇。继而我又开始迷惑了，普普通通的芦苇在我们农村小河边到处都是，哪里有诗中描述得这么美？又这么愁？随着年龄的增长，成长的烦恼逐渐增多，才明白了什么是托物言志、寓情于景。

此刻，我明显感觉到夏蕴并不是在赞叹景色之美，而是在哀叹伊人的孤寂。

夏蕴说："多情总被无情恼，天若有情天亦老！"

果然印证了我的猜测！太重感情的人总是活得很苦！但是美丽与智慧结晶的大校花断然不应该有什么为情所困的事情呀！

我故意说："能为心中所爱的人日思夜想，牵肠挂肚，魂牵梦萦，亦是此生最幸福的事情了！"

夏蕴调侃道："你这是饱汉不知饿汉饥呀！"

我心中更是疑惑，却又故意笑道："一直高雅的大公主怎么会突然冒出这么一句大俗话呀？"

夏蕴笑道："嫌弃我粗俗了？你在思念玉儿的时候，应该就是这种魂牵梦萦的最幸福的感觉吧！'得成比目何辞死，愿做鸳鸯不羡仙。'没有经历过的人根本不会懂!"

我说:"不要乱说,二十年未见了,玉儿可能早就已经把我忘得一干二净了。"

夏蕴说:"你才是乱说!'衣不如新,人不如故。'情深义重的玉儿这辈子绝对不可能忘记你!"

我们沿着江滨大道往回走,沿路菊花盛开,多姿多彩。

我说:"南通是菊花之乡,每年秋天都举行大型的菊花展览,我明天带你去看看。"

夏蕴表情落寞,轻声地念道:"孤标傲世偕谁隐,一样花开为底迟?"

我突然觉得,谈起菊花好像触动了夏蕴心中某个伤心的往事。

夏蕴眼中含泪,又轻声地念道:

> 寂寞的花呀,你来迟了!
> 你的娇艳,早已蹉跎完季节的荣华。
> 莫奈何你只能瑟缩在风前,
> 一任狂风和暴雨吹打。

这几句话出自英国诗人哈代的诗《最后一朵菊花》,夏蕴只取了其中最伤感的一段。听得我伤痛难耐,也就疑心顿起,这可不是她刚才所说的"偶尔哀叹两句了"。

我试探着问:"你是不是有什么不顺心的事情没有告诉我呀?"

夏蕴立即晃过神来,笑道:"没有啊,只是触景生情,偶一感慨而已!"

我心中的疑惑更深了,又是"偶一感慨",但是既然她不肯说,我也就不便再问!潮湿的江风吹湿了我的眼睛,我的心里涌起一阵隐痛!

在夕阳的余晖照耀下,一切景物仿佛都涂上了一层金色。我想起了唐朝诗人王绩的《野望》,随口念道:"树树皆秋色,山山唯落晖。"

夏蕴接口念道:"相顾无相识,长歌怀采薇。"

我有些困惑,同样的景色在不同人的眼中,感受是完全不一样的,这一定与本人当时的心情有很大的关系。

我故意调侃道:"尊贵的大公主,你还是这么高傲呀!"

夏蕴神情淡淡地说:"不是高傲,是孤僻!"

我深思无语!

晚上,我俩回到家,和爱人及阿玉会合。

爱人和夏蕴一见如故,两人手拉着手,相互注视了半天,都露出了欣慰的笑容;之后两人相处十分友好,有一种相互仰慕已久的惊喜,又有一种惺惺相惜的珍重。

爱人夸奖说:"大校花果然是人如其名,美丽如花!"

夏蕴说:"大嫂过奖了,大嫂才是内慧外秀,与我们才子老大是天设的一对,地造的一双。"

爱人说:"跟我说说你们老大是一个什么样的人。"

夏蕴说:"老大最大的特点就是才高气傲,与上海的一位也同样有才的美女一起,被大家公认为一对'才子才女'。"

爱人说:"我咋就没有觉得他有什么特别的才能呢?"

夏蕴说:"老大是才不外现,或者是因为大嫂比老大更加有才!总之,老大是一个聪明、理性、善良、幽默,却对什么都不太讲究的人。"

爱人说:"其他的优点勉强算是,唯有'幽默',我不能苟同,我真没有发现他有什么幽默之处。也许他只有在美女面前才会显露出幽默的才能。"

大家都笑了。

阿玉说:"以我这两天的观察,姐夫是一个细心、随和、外冷内热、言语不多的人;但是姐夫的话语中总是有一股哲理的味道,挺有意思。"

爱人说:"你们老大固执、自负、霸道,而且确实喜欢充老大,在家里总是爱耍家长制的作风。"

夏蕴说:"老大守时,守信,原则性强,为人真诚,品行厚道。"

阿玉说:"春姐总是挑剔姐夫的缺点,而人家校花则总是欣赏姐夫的优点。"

我笑道:"就是!看人要取长处,律己要察短处。"

爱人笑道:"好吧,你的优点勉强多于你的缺点,我尚且能忍受。"

大家又笑了。

我们四个人一起,又来到"一见如故"小饭店共进晚餐。

点好菜,我对夏蕴说:"你和我出去办点事。"

爱人疑惑地看着我,不说话。

夏蕴和我出来,笑道:"老大,什么事呀?还挺神秘的!"

我说:"今天是我和你大嫂结婚十九周年的日子,你帮我挑选一束鲜花,我要送给你大嫂作为礼物。"

夏蕴感动地说:"感觉你和大嫂太恩爱了!老大,原来你很懂得浪漫呀!"

我说:"我真不懂得什么浪漫!这是我第一次给你大嫂送花,真不知道该送什么样的花,正好让你给我指点一下。"

我俩来到隔壁的小花店。我完全按照夏蕴的建议,买了二十二朵红色的玫瑰花,花费110元。

我们回到饭店,我捧着玫瑰花,恭敬地献给爱人,真诚地感谢她十九年来对我的真情陪伴和辛苦付出!

爱人非常意外,好感动,眼里含着泪花!

阿玉也很感动,流着泪,问道:"大校花,玫瑰花不同的数量,有什么不同的说法吗?"

夏蕴也是满眼泪水,解释说:"二十二朵代表'成双成对,你侬我侬,两情相悦';110元代表'一生一世的爱恋'!"

阿玉说:"果然是来自大都市的公主,美丽又睿智,什么都懂!"

爱人笑道:"人家是倾国倾城的大校花,一生都被浪漫围绕着!"

夏蕴笑道:"谢谢大嫂的祝福!真心地祝你和老大永浴爱河,幸福永远!"

爱人说:"非常感谢你!让你们一直不懂浪漫的老大,今天第一次学会了浪漫!"

晚饭的气氛非常融洽、温馨!

我送夏蕴去离我家最近的快捷宾馆住宿。我们办好手续后,我陪她在房间里聊天。

夏蕴说:"南通真是个好地方!"

我说:"南通被誉为'中国近代第一城',与中国民族工业的先驱张謇有着非常密切的关系。他是中国近代爱国实业家和教育家,海门人,清朝光绪年间的状元。辛亥革命后,张謇应孙中山之邀,任南京临时政府实业总长。1913年任北洋政府农商总长,袁世凯即将称帝之前,他辞职回到南通,走'实业救国'的道路,在南通继续发展地方事业,南通一时被誉为'理想的文化城市'。他在南通创造了众多的全国第一,使南通成为'中国近代第一城'。其中就有我国第一个公共博物馆——南通博物苑,我明天陪你去看看。"

夏蕴看着我,高兴地说:"你在南通真好!南通有你真好!"

我说:"是吗?欢迎你经常来!我们每个人都是城市的鉴赏家,对于每一座城市都有自己不同的解读。"

夏蕴说:"那是自然了!我特别喜欢有历史底蕴和文化品位的城市。"

我说:"我也是!有历史才有积淀,有文化才有厚度,所以我喜欢南京,也喜欢南通。南通特别适宜人居,山清水秀,既有历史感,又有现代感。"

夏蕴说:"上学时,我曾经问过你对未来的憧憬。你说,'寻一人相伴,择一城终老。'这'一城'我那时以为是南京,没有想到原来是南通。不过,真心地为你高兴!看得出,大嫂对你真好,你对大嫂也真好!你们俩琴瑟和鸣,伉俪情深,令人

羡慕！"

我说："你太夸张了。"

十点了，我感觉有些累了，告别后，回到家里休息。

爱人已经将玫瑰花插在花瓶里，美丽的鲜花与晶莹透明的玻璃瓶极其相配，赏心悦目！

爱人笑道："记忆中，认识你这么多年以来，这是你第一次送礼物给我，你是故意做给校花看的吧！你紧张啦？还是故意做给我看的！你心虚啦？"

我笑道："都不至于。"我给爱人讲了我和夏蕴及苏冰玉之间并没有发生故事的故事。

爱人问道："你后悔吗？"

我说："没有什么好后悔的！我始终相信，现在的一切都是苍天最好的安排！"

爱人又问道："夏蕴这次为什么来南通？"

我说："应该是工作压力太大了，来调节一下心情吧！"

爱人说："也许吧，不过这个理由有些勉强。心中有压力，就来找你这个二十年未见的男同学缓释？"

我说："当年我们是无话不谈的好朋友。"

爱人笑道："你觉得你这个理由能说服你自己吗？"

我笑道："我心坦然，不用找理由。"

爱人调侃道："我现在不能下结论，还需要继续观察事态的发展。"

我说："行，你就慢慢观察吧。"

我躺在床上，回想起上大学时许多有趣的事情，不知不觉就睡着了。

10月2日，星期日，晴

上午，我听取钢班长的建议，带夏蕴去参观南通博物苑和风筝博物馆！南通乃中国博物馆之乡，共有24所博物馆，这在全国的地级市中是绝无仅有的。

南通博物苑是由中国早期现代化的先驱、晚清状元张謇于1905年创办，是中国最早的博物馆，1988年被国务院确定为中国重点文物保护单位，占地面积七万多平方米，藏品总数近五万件。

我介绍说："藏品分自然、历史、美术、教育四部分，大多数陈列于南馆、中馆、北馆等展馆内，而大型文物标本则直接展示于室外。园中遍布各种花草树木，楼谢亭阁点缀其间，假山、荷池自然成趣，或圈养或放养多种珍禽鸟兽，在自然景色中融入人文精神，让人既感觉轻松闲适，又能品味到高雅。"

夏蕴说："斯苑将中国古代苑囿馆与近代博物馆有机地结合在一起，这种馆园结合的特殊方式，在世界范围内都是少有的。古韵十足的河上曲桥、雅致的临河茶楼和奇特的河心亭供游人观赏憩息；文物展览馆和盆景展览室富含浓烈的文化品位；而儿童游乐设施则给孩子们带来了欢乐。既是博物馆，又是文化公园，集修身养性、休闲娱乐和增加文化涵养于一体。人们在此可以掌握科学知识，接受文化熏陶，了解南通人文，进行旅游娱乐休闲。"

我说："是的，这是张謇先生的独创，反映了先生人与自然和谐统一的世界观。"

南馆陈列的各种历史文物，以地方性为主，也有国内外珍贵的化石、岩矿石和珍稀的动植物标本。其中最为世人瞩目的是1978年海安县青墩村出土的大量新石器时代的文物，距今已经有六千多年的历史，说明成陆以后的江海平原上，很早就已经有人类的活动了。

我俩仔细欣赏有"东方第一卦"之称的"刻划纹麋鹿角"，感觉非常神奇，五六千年前的人类竟然就有了如此高深的智慧。

夏蕴兴奋地说："我爸爸是研究哲学的，告诉过我八卦的起源与麋鹿角有关，现在我终于看到最直接的证据了，真是不虚此行！我要拍照片带回去给我爸爸看看。"

我俩在楼下张謇的巨幅照片前合了影。先生典雅的古装与我俩的现代装形成了鲜明的对比，有一种历史与现实的穿越感。

在南馆外面的古象亭中，有明代铜铸的天后像、玉皇像和由明墓出土的整石块雕成的石椁。不由得让人感叹，在历史的长河中，生与死的循环是如此频繁而短暂，帝王将相也同样是一抔黄土掩风流。

博物苑的西南部是新建的现代化的展馆，亦有展品陈列，还经常不定期地举办各种临时性展览。苑内的几千种植物令我们目不暇接。

夏蕴说："整个博物苑内新老建筑和谐统一，浓郁的文化氛围加上优美的园林景观，既彰显了历史的特色，又呈现出时代的风采。"

我说："张謇当初的办馆理念为'设为庠序学校以教，多识鸟兽草木之名'，所以特别注重科普教育和科学研究活动，在观光赏景中进行文化的传播，寓教于乐。近年来，在政府和各界人士的共同关心下，博物苑得到了很大的发展，藏品也不断增加，实现了张謇'濠南苑囿郁璘彬，风物骈骈与岁新'的愿望。"

夏蕴赞赏地说："张謇在南通首建博物苑，开创了中国博物馆建设的先河。"

我说："张謇对博物馆的精辟论述后来成为我国博物馆学的理论基础。"

出了博物苑的门，我俩坐上黄包车，沿着美丽的濠河边向西南而行，一路上

沐浴着温暖的阳光。

夏蕴说:"秋风送爽!这种和你一起坐黄包车的感觉真好,仿佛又回到了从前的时光!"

我说:"还记得那一次我们一起坐黄包车游览栖霞风景区的情景。面对迷人的美景,你当时非常激动,一不小心就从车上摔了下去。你可吓死我了!万幸的是,你没有受伤!"

一会儿,我们到达附近的风筝博物馆。全馆共有四个展厅,依次为:厚重的风筝文化、风筝的巨大贡献、精彩的风筝世界和独特的南通板鹞,以及影视厅和制作室。

我说:"南通风筝是本地传统的手工艺品之一,也是传统的节日娱乐工具。南通与北京、天津、山东潍坊同为中国四大风筝产地。"

夏蕴说:"小时候,我很喜欢放风筝。我听爷爷讲过,北京风筝富丽堂皇,雍容华贵,有皇家的霸气,非常精致,做工十分讲究,有十道工序。天津风筝与北京风筝相比,显得轻盈灵活,朴素典雅。潍坊又称'鸢都',潍坊风筝绘画艳丽,形象生动,花式多样,富含生活气息,适合老百姓娱乐。南通风筝'弦响碧空',俗称'板鹞',被誉为'空中交响曲'。"

我说:"北京风筝起于明代,有三百多年历史,有五种基本样式,硬翅、软翅、排子、长串和桶形,以'沙燕风筝'最为出名。天津风筝种类繁多,以软翅为主,最出名的是'魏记风筝',有一百多年历史。潍坊风筝最大的特点是将木板年画的工艺和国画的传统技法运用到风筝的制作上,造型优美。南通风筝的设计风格可以概括为:简朴的造型、高低音交响的哨笛装置和鹞面上精彩的工笔彩绘。"

馆中陈列着来自民间的各种空中乐器:"哨子""啜子""葫龙""嗡声"等。"板鹞"上缀的哨口大小形态不一,材质有葫芦、毛竹、白果、龙眼、乒乓球等。

我说:"这些不同的哨笛在空中会发出不同的高低音,就形成了奇特的音响组合效果,五音和谐,悦耳动听,声及数里,世界一绝。"

鹞面上绘画的内容有各种神话传说,也有现代时俗,比如"五福捧桃""财源广进""断桥相会"和"吉庆有余"等。

夏蕴称赞道:"绘画如此优美,人物、动物造型活灵活现,栩栩如生。"

陈列架上的藏品琳琅满目,有六十多年历史的"七星鹞"、五十多年历史的"龙凤呈祥鹞"以及"红星六角板鹞"等,折射出浓郁的南通乡土文化芬芳。

夏蕴说:"漫长的农耕文明铸就了南通风筝独有的音乐特征,其中沉淀了深厚的江海文化底蕴,让我感受到南通风筝文化的博大精深和源远流长。"

我说:"南通风筝文化的主旨'团结协作、志在高远、勇于拼搏、敢于创新、人天和谐',与南通精神'包容会通、敢为人先'和谐统一,哺育着一代代南通人,铸就了南通人的包容和谐、开放争先的底蕴。"

夏蕴说:"看来你昨晚回去认真做了功课,你的讲解非常到位。我受益匪浅!你的优点之一,就是从来不打无准备之仗。"

我想起宋代邵雍的诗《呈富相风筝》,念道:"'秋风一击入云端,合国人皆仰面观。'何等高耸的气势呀!就如同你这位万人敬仰的大公主!"

夏蕴不满地看了我一眼,接着念道:"'好向丹霞休索线,等闲势断却收难。'二十年前,某人就如那断线的风筝,一去就再也没有音信了!"

我愧疚无言!二十年前,本科毕业时,我与冰玉和夏蕴不告而别,独自回到了家乡!之后由于我自己方方面面的原因,再也没有主动与她们联系!

接近十一点,我俩牵手漫步在寺街。

寺街是南通的历史文化坐标,是名人故居,完善保存了古朴的民宅和民风。南北走向,因为北首的建于晚唐的天宁寺而得名,寺内有光孝塔。南通有一句俗语"先有寺,后有城"。原本这条狭长的巷子大多是住家,只有少许的老店铺。改革开放以后,陆续有临街的住家开了店铺,让这条沉寂的古巷比先前热闹了许多。

我早就听说这个老街的古朴典雅,心中仰慕已久,但是一直未曾有机会亲临目睹。

两侧青砖黛瓦的古色古香的老建筑铸刻着历史的印记,都是明清时期遗留下来的民居,设计精巧,布局合理。我们被带回到那久远的古老氛围里,有一种历史的厚重感和传承感。我相信这条街上的每一座古建筑都有着自己漫长而丰富的历史故事和文化内涵。

整个寺街是如此的宁静、祥和,如一位安详的老人在冬日里晒着太阳!平日里,我们总是太忙碌,所以忽略了在喧嚣的都市里,竟然还暗藏着这样一道静谧的风景。我们也总是太浮躁,不能慢慢静下心来,感受这份难得的温馨时光。

夏蕴很陶醉,高兴地说:"南通竟然还有这样一条清静典雅的古风古韵的老街,非常难得!可以让人轻松漫步,随意驻足停留,论一论店名的雅致,夸一夸门联的神韵,感叹一下建筑的奇特,而不用担心车水马龙的拥挤和碰撞,确实让人感到非常舒心和愉悦。"

我说:"是啊,非常难能可贵!我对具有历史厚重感的事物都保持着固有的尊重和敬仰。二十世纪八十年代,中国兴起了一股破旧立新的热潮,大喊'一年一个样,三年大变样'。在那种一切向GDP看齐的大形势下,全国一片'拆除'之声。拆建工程是最容易,也是最快就能见到效果的,于是地方政府为了政绩,推

土机所到之处,所向披靡。全国百分之八十砖木结构的古老建筑,都在那个时期灰飞烟灭了,代之以钢筋混凝土结构的高楼大厦。"

夏蕴说:"近年来,看多了现代化大都市里高楼林立的建筑森林,来来往往奔驰不息的汽车,虽然经济社会有了巨大的发展,但是身临其中,却有一种非常强烈的身心被挤压感和历史的断裂感。难道经济的发展和社会的现代化就一定要和文化的传承对立起来吗?耸立了千百年的古老建筑一瞬间就被推倒了,而一旦毁灭就再也不能恢复了,真令人无比痛心!"

我说:"《新唐书》上有一句话,'成立之难如升天,覆坠之易如燎毛。'简单粗暴的规划,急功近利的思维,杀鸡取卵的方式,最终导致很多无法弥补的城市深层次的创伤。好多的强拆强建,也因此产生了好多的暴力事件,甚至经常有房主伤亡的报道。"

夏蕴说:"治大国如烹小鲜!城市的规划和建设确实是一门非常复杂的学问,需要城市管理者们认真学习和钻研。《新唐书》上还有一句话,'不才者进,则有才之路塞。'各行各业都需要专业的人才呀!"

十字路口有一幢典型的四合院建筑,是一个标准的三进院落。

我说:"这种中国特有的'四合厢'形式的建筑,是中国人尊天敬地、天人合一的天然秉性的体现;是尊老爱幼,祖孙数代同堂,共享天伦之乐的美好家园;是邻里乡亲互敬互爱,和谐相处的感情纽带。"

夏蕴说:"我也极为向往四合院里的生活。庭院深深深几许,似水流年!可惜能够保存得这么完好的,现在已经很少见了!"

时空宁静,岁月安详。我俩牵手漫步向前,沿着古老的青石板路,走进了古老的文明,走进了悠远的历史。远处一曲丝竹和鸣的天籁之音轻轻传来,拨动着我的心弦,涤荡着我的肺腑。

炊烟袅袅,一股饭菜的清香扑鼻而来,有一种恬然惬意的闲适。秋天于我,总有一种廓然空阔的心绪,更有一份吟诵不尽的诗情。在这个落叶的海洋里,我情感的小舟可以自由飘荡。

一片发黄的梧桐树叶飘落在夏蕴的肩头上,她停下脚步,用手指轻轻捏住树叶,轻声地念道:"孤花片叶,断送清秋节。寂寂绣屏香篆灭,暗里朱颜消歇。"

我知道,这是纳兰词《清平乐》里面的句子。我心疼地说:"你又悲落叶于劲秋了!"

夏蕴说:"人生就如一片树叶,青了,枯了,最后落下,曾经的繁华仅是浮华一梦。'春日才看杨柳绿,秋风又见菊花黄。荣华终是三更梦,富贵还同九月霜。'"

我知道这是明朝憨山大师的偈语,与弘一法师在十五岁时悟出的'人生犹似西山日,富贵终如草上霜'是异曲同工。这些修炼高僧都是语出惊人,自是真正看破了红尘,视万物为虚无;但是我辈俗人万不可有如此之念,否则人人信佛,社会就无法向前发展,人类的延续就会断了根基。

夏蕴说:"我一直是逢秋必悲寂寥,满眼的残叶落花,满心的残月落寞,所以才来找你,伴你共品一杯香茗,听你讲云淡风轻,然后披一袭宁静,觅一份心安,抛开人世烦苦。"

我说:"秋的寂寥是生命的真,季节的凋零是生命的筛选,是去伪存真,是为了生命的更好延续。刘禹锡的《秋词》一共有四句:'自古逢秋悲寂寥,我言秋日胜春朝。晴空一鹤排云上,便引诗情到碧霄。'你仅仅抓住第一句,不看后三句。诗人在讴歌秋天的壮美,表达自己不屈的壮志。最可贵的是,这首诗是诗人在被贬之后的创作,依然能做到在困难面前不低头。我们应该从中感受到诗人的朝气蓬勃,汲取诗中的精神营养,不做颓废之论。"

夏蕴说:"君乃高人,听君一言,深受教化。"

我说:"每一片凋零的秋叶都见证过万紫千红的春天,它们并无遗憾,你也不用为它们悲伤。我们自己也已经走过了繁华的春天和热闹的夏天,如今走进了金色的秋天。这是自然发展的规律,是新陈代谢的必然,无可厚非。虽然我不是高僧,亦不能给你指点迷津,但是陪你品茶却是我的荣幸。人间最美是清秋,繁华尽处都淡然。秋天的美就美在金黄的菊花,美在馨香的桂花,泡上一壶这样的香茶,慢慢啜饮,也就品到了秋的全部真味了。"

我们在一家名为"秦风茶韵"的茶社门口停住了脚步。一段欢快清脆的钢琴声从茶社里传出来,令人心生愉悦。

夏蕴看看我,嫣然一笑:"老大,此间挺雅致。我俩进去坐坐,何妨?"

我想起在南京上学时,我们曾经多次在一家"六朝茶韵"的茶馆里喝茶聊天,和这家的风格大相径庭。

我还在发呆,夏蕴已经飘然落座,扬头喊我:"傻老大,快进来呀。"

店内的布置淡雅古朴简洁。迎面墙上挂着一对张开的弓箭,弦紧箭利。周围环绕着各种字体的大大小小的"秦"字。

店主是一位年龄七十岁上下的老先生,看到我俩进门,赶忙从一架古朴的钢琴前站起来。老先生神态温和,面善而质朴,睿智的眼神似乎有一种穿透一切的力量,令人油然而生一份敬意。一会儿,老先生热情地捧来一大壶"秦风茶韵"。茶壶里的茶叶舒展饱满到位,嫩黄翠绿明亮,外形匀整,浮沉适度。

夏蕴倒出两杯,杯中汤色嫩绿,清澈明亮。我俩细细品尝,夏蕴问我啥感觉。

我说:"茶量足,茶味猛、冲,有西北的特色,但是爽口、回甘,有一种说不出的

奇特风味。"

夏蕴说："不错,秦人多勇猛剽悍,性格外直,秦茶亦显其共性。此茶产于中国腹地陕西,有中国'肺腑'之称的秦岭。此茶生长时发芽很早,芽叶肥厚。叶色深绿,叶面隆起,润泽有光泽。此茶中的茶多酚、人体必需的微量元素及氨基酸含量较高。具有抗氧化、延缓衰老和抗寒等多种医学功效。茶量少时,则味淡而清香,鲜醇而绵长,但秦人为增加其抗寒性和抗病性,往往茶叶用量十足,则味冲、味猛。细观茶壶中,无沫浮、无茶沉,熟度拿捏恰到好处。"

看来店主颇具秦人遗风,而且确实用心了。免费的小点心大多辛辣而苦涩,不能多食。身后的书架上排满了书。有古籍名著,亦有现时热论。真是"茶亦醉人何必酒,书能香我无须花"。

我用手指点着一本《论医患关系》的书,看着夏蕴,她说："不看,堵心!"

我说："你不要回避,目前医患关系已经成为整个社会关注的热点,又是在我俩的职业范围内,无论堵不堵心,我们这辈子都避不开医患关系了。"

夏蕴点点头,念道："心随流水去,身与风云闲。"

我说："医患矛盾的表面原因是看病贵,看病难,医患双方缺少信任,某些医生的过度检查和'红包'问题加剧了矛盾的激化;但是深层次的根本原因是,本是公益性的非营利性的大众健康事业却被推向了市场,完全由医院自己靠盈利来维持自身的发展,性质就变化了。医生的根本任务是为患者解除病痛,不是赚钱的工具。"

夏蕴说："理是此理,但是我国人口基数太大,目前国家财政还满足不了全民免费医疗的需要。中国长期以来的人治传统,导致法治观念淡薄,有法不依,违法不究,法不责众,加剧了患者和医闹的嚣张气焰。地方政府的维稳思想,同情'弱者'的心理,不管青红皂白,都以行政命令责令医院赔款息事,反而鼓励了患者一闹就能得利的愿望。"

我说："媒体在这类事情中也起了不少作用。大多数有责任心的媒体在知情权、透明度、监督权方面以及健康知识的普及方面做了大量的工作,但是少部分不良媒体,为了吸引大众的眼球,以耸人听闻的标题、极度夸张的语言和唯恐天下不乱的险恶用心,严重扰乱了原本安宁清静的医疗环境。"

夏蕴说："发生非典、禽流感,需要医生的时候,医生就被宣传成救死扶伤的英雄,平时就被贬低成了白狼,这是赤裸裸的实用主义。"

我说："使用道德绑架,医生必须是没有七情六欲的道德标兵,是无所不能的神,所有的病都必须能够治愈;将医学商业化,等价交换,我给了钱,你就必须给我看好病。"

夏蕴说:"政府可以通过下面几个方面来缓解。一、加大对医院的财政供给,逐步让医院回归非营利性质,提高职业待遇。二、加大医保投入,取消药品虚价,减轻患者负担。三、提高医务人员的业务水平和道德水平。四、依法行政,提高法治水平。五、加大全民健康教育力度,提高民众的健康认识水平。"

我说:"我等普通医师人微言轻,只有靠你们这些社会知名学者在各种场合大声疾呼,才有可能唤醒政府和民众的意识,为改善我华夏民众的健康而尽力。"

夏蕴说:"我们会尽力,但是推动社会的进步,人人有责。等我退休了,就来南通陪你喝茶、聊天。"

我笑道:"你乃行业先锋,一直是炙手可热之人,八十岁也不会退休的,我可活不了八十岁。"

夏蕴瞪着眼睛说:"你必须给我活到一百岁,否则,我可饶不了你。"

我说:"品茶、听琴都是高雅的事情,我是一个粗人,既不懂茶,又不懂琴。"

夏蕴笑道:"不要假谦虚!你既然懂得这些都是高雅,就说明你并不粗俗。'雅'在传统文化里,是中国人一贯追求的生活品质。清风明月之下,一张琴,一支箫,一炷香,一盘棋,一本经书,一幅字画,这种无法言传的意境,足以慰藉国人的灵魂。"

我说:"国人的文化生活里如果离开了这些内容,那是无法想象的。清斋静坐,举杯对饮,无言而心通。室内一炉檀香,轻烟缭绕;窗外轻风抚竹,雨打莲叶。所有世间的俗事都可以暂时抛开,心与自然完全融合在一起。"

店主一直安静祥和地听着我俩聊天。我主动跟他搭话。原来他是西安人,姓秦,名怀古,原本是西安某大学的心理学教授,十多年前因身体原因提前退休后,游览全国名胜。来此江海之滨,一见倾心,就在此旅居下来。

秦教授原本是一位十分健谈之人,相谈甚欢时,他大赞夏蕴深谙茶道,实乃高雅之士。两人大论茶品,六大茶类和十大名茶之优缺点,如数家珍。

"茶为水中君子。"一盏在手,清香自来。茶能陶冶情操,静心安神。知己一起品茶聊天,是人生中一大乐事。一杯一盏之间,全是人生功夫;一问一答之间,尽是生活感悟。

品茶是古人崇尚的"九雅"之一。我是一个粗俗之人,平常不爱品茶,亦不懂茶,就只能洗耳恭听,时而为夏蕴捧杯添茶,悉心服务。

我们相谈甚欢,等到相互聊到很熟悉时,秦教授以调侃的语气,自诩阅人无数,认为我俩雅致有趣,若不介意,他以一个心理学学者的身份猜猜我俩的关系。

夏蕴挺有兴趣,高兴地说:"愿闻其详。"

秦教授有些试探地问道:"两位是大学同学吗?"

我俩大惊！秦教授真乃高人也！

我问道："何以见得？"

秦教授说："理由有三：其一，两位相视时，眼神中是敬佩和倚重，非夫妻间浓情蜜意或日久情淡，亦非同事间的熟视无睹。其二，二位言谈不俗，文化之士。先生虽然手脚不便，然而自信自赏却集于眉宇间，囿天地宇宙于胸襟，心中自有万千学问。女士举止优雅，有大家闺秀之灵气，定是成长于文化世家。其三，彼此互赏，动作亲密有度。先生心无杂念，女士心有忧虑。"

我点头赞许，此分析虽然有些牵强，甚至还有些夸张讨好的嫌疑，但是也不无道理。

夏蕴说："秦老再猜猜我俩的职业。"

秦教授脱口而出："既是医生，又是教师，应该都是医科大学附属医院的医师。"

夏蕴与我相视一笑，其实这个不难，单凭我俩刚才聊天的内容就能轻易判断出我们的职业。

秦教授说："这两个职业都是我敬佩的职业。医生医治身体的伤痛，教师托起灵魂的高度。在任何一个现代文明的国度，这两个职业都必须得到最大程度的尊重，否则都将是社会发展的无法承受之痛。"

夏蕴说："秦老，你一个人在此不孤单吗？何况你还是有病之身！"

秦教授说："我在家里也是一个人，老伴已经离世，儿女都有自己的家庭和事业，也很少有时间专门来关照我。其实我这种独居的状况并不是个例，已经是现在我们国家老年人生活的常态了。人口老龄化是值得全社会普遍认真关注的现实问题。"

夏蕴说："我国人口快速进入老龄化主要有四个方面的原因：第一，连续四十年的计划生育政策，产生了大量的独生子女。第二，经济水平的增长，人们生活条件的改善。第三，政府公共卫生事业的普及，医疗技术水平的提高，人均寿命延长。第四，工作和生活节奏加快，生活压力加大，育儿成本增加，导致生育率不断下降，甚至出现了众多的丁克家庭。"

我感慨地说："现在大多是 4+2+1 的家庭结构，年轻的一代确实是不堪重负呀！这个问题不能妥善处理，将来会成为社会的灾难。南通乃长寿之乡，目前老龄人口的比例已经达到 16%，问题的严重性尤其突出。"

秦教授说："我国的老龄化问题表现出两个显著的特点。首先是区域的不平衡性。东部和中部经济发达地区的老龄化形势比西部地区相对严峻。其次是未富先老的趋势非常明显。从以往发达国家的经济发展和人口结构变化的规律来看,大部分国家都是在物质财富的积累达到一定程度之后,才开始进入老龄化阶段,但是我国在二十一世纪初进入老龄化社会时,物质财富的积累相对不足。目前我国的 GDP 总量是世界第二位,但是人均 GDP 太低了,个人的财富还不足以完全支撑自身的养老。经济发展的巨大压力增加了解决老龄化问题的实际难度,这是问题的关键。"

夏蕴说:"还有就是老龄化速度太快、农村老人多、女性老人多的特点。我国特有的计划生育政策使得人口的出生率迅速下降,加快了我国老龄化的进程。而随着工业化和城镇化的加速,大量的青壮年劳动力不断从农村流入城市,虽然降低了城市老年人口的比值,但是加重了农村实际老龄化的程度。我国目前农村老龄化水平是 18.3%,是城市老龄化的 2.3 倍。农村老年抚养比高达 34%,是城市的 2.8 倍。"

秦教授说:"通货膨胀的隐形掠夺,导致个人财富的相对缩水。社会养老金被大量侵占,以弥补财政开支的严重亏空,是压垮养老这只骆驼的最后一根稻草。为了减少养老金的兑付,就只能延迟领取养老金,也就是延迟退休。"

夏蕴说:"延迟退休必须慎之又慎,涉及方方面面的问题,老年人的身体、年轻人的岗位、新陈代谢的交替等,牵一发而动全身。"

我说:"在国家加强政策和法律保障老年人权益的同时,还应该做到以下几点:一、改善居家养老环境,让老人起居方便。二、完善社区养老服务设施。提供咨询、购物、卫生、陪护、紧急救护等多种服务。提供老年人学习、文娱、交往等社会活动的条件。三、提倡公共养老,鼓励民营资本参与,适当政策倾斜。四、大力发展老龄化产业,逐渐形成产业链条,满足老年人的物质生活和精神生活的需求。"

秦教授说:"最终达到老有所养、老有所为、老有所教、老有所学、老有所医、老有所乐的理想目标。"

夏蕴说:"我们三人都是大学教师,不妨聊聊中国的教育。"

秦教授说:"你是想说'钱学森之问'吧?为什么我们的学校总是培养不出杰出的人才呢?"

夏蕴说:"是的,这是我一直关注的事情。"

我说:"教育的目的是了解自我,唤醒心中的潜能,培养好奇心和理性思考能力,帮助他们构建自由完整的人格,找到隐藏在体内的特殊使命,建立适合自己的人生目标。而我们的初中高中教育完全是应对高考的填鸭式教育,大学是格式化教育,都是无差别化教育。大教育家陶行知曾经说过,中国没有'学校',只有'教校'。此话听来是何等令人痛心呀!"

秦教授说:"学生作为教育的主体,应该以学生的全面自由发展作为教育的中心,一切都应该围绕学生的需求与个性发展而进行,有针对性地让每一个孩子知道自己会成为一个什么样的人,才是教育最根本的目的;但是我国的教育是以教师为中心,按照统一的教学大纲、统一的教育模式,批量生产,根本没有个性化可言,更谈不上因材施教;成了外界喜欢什么,我们就让学生变成什么。"

夏蕴说:"中国的基础教育是向学生灌输大量的知识点,并让学生反复背诵记牢,这种教育对于基本知识的掌握是有效的,其实这仅仅是简单的知识堆积和技能的积累,却缺少自我创造的主观能动性。教育不是把学生的脑袋装满知识,而是最大限度地开拓学生的创造性思维。"

秦教授说:"我国目前的这种教育制度严重削弱了全民族人民的怀疑精神和创新能力。学生的自主能动性没有了,也没有自由辩论的氛围,不允许有叛逆的思想,一切都必须听从教师的安排。只有让孩子认识到自己将来能成为什么样的人,才能真正激发他内心的强大动力,主动努力去实现这个理想。"

我说:"这种教育方式限制了学生对权威和传统的怀疑精神,而且让学生不敢异于他人,否则就会被视为标新立异的异类,成为不安分守己的不服从管理者。这种教育制度能够培养出很多有基础知识和模仿能力的工匠,但是培养不出具有独立创新精神的大师。只能培养技工,不能培养人才;培养出来的都是能赚钱的机器,却不具有主人翁的意识。"

夏蕴说:"在美国的课堂里,教师很少给学生直接讲解知识点,而是提出问题,引导学生思考,自己去归纳,推导出结论。"

秦教授说:"学生为了得出自己的结论,就需要寻找大量的资料去阅读和思考。学生从中就能逐渐掌握获取知识的方法、解决问题的思路和举一反三的创新能力。"

夏蕴说:"一分为二地讲,我国教育也有一定的优点,比如知识的传授比较系统、全面,学生的知识基础相对牢靠;但是这样面面俱到的教育模式和只有一个标准答案的教育方式,扼杀了学生们的思想自由,也浪费了大量的教育资源。"

我说:"我国传统的儒家思想有一个缺陷,一切从大局出发,一直忽略个体性和独立性。"

秦教授说:"高考改革确实很困难,中国的考生基数太多了,需要兼顾到教育的公平性、公正性、覆盖面、可操作性等方面;但是再难都应该有人去做,否则与发达国家在教育方面的差距就会越来越大,前景堪忧啊!"

夏蕴说:"近几年,全国高校普遍扩大招生,只求数量,不管质量,批量生产了一大批标准件。"

秦教授说："高校的普遍扩招,导致师资力量严重不足,专业课都是采用大课形式,许多时候是由非专业的老师代上,出现夹生饭,导致上课效果有限。管理人员不足,学生得不到充分的管理。社会的诱惑增多,学生不能安心学习。许多学生无人管理,不上课,整天玩游戏,功课不及格,导致退学的现象比比皆是。"

夏蕴说："现在有一款游戏,竟然有2亿人的注册用户,男女老少,一网打尽,这是在浪费年轻学子的生命呀!政府对此再不采取措施,国家的未来确实令人担忧!"

秦教授说："而且大学的科研导向出了问题,论文一定要在外国著名刊物上发表。我们的科研成果给谁看,难道仅仅是为了给外国人看吗?中国科学院的陆大道院士就撰文剖析了以SCI主导的论文挂帅对我国科技界的人才选拔的不良影响,包括对人才价值观的扭曲、西方模式脱离中国的实际需求、专注科研精神的丧失、民族自信心受损、业内权威人士的科研垄断等。"

我说："清华大学的施一公院士也发出同样的质疑,我们很多工程师看不懂英文,我们的科研工作都是在为西方人免费服务,还得为西方杂志交版面费。"

夏蕴说："高校的科研导向目前确实处于一种非常尴尬的境界。因为科研能力是高校排名的主要指标,评价科研水平又主要看SCI论文的数量;所以急于出成果的学校领导们,让大家短期内出版大量的论文,就成了提高大学排名最快捷的方法。最终导致目前这种非常令人痛心的状况。"

我说："高校办学原则应该是精神独立,思想自由。"

秦教授说："但是现在高校行政化,许多高校领导为了捞取政治资本,已经跪倒在权贵的脚下。"

夏蕴说："官大则成教授,似乎成为现在社会的流行规则。前几年,某直辖市一位名声如日中天的副市长被全国二十九所高校、研究所聘请为兼职教授、主任等头衔,其后又因违法犯罪被判刑,真是一个极大的讽刺。"

秦教授说："大学教育的目的导向也出了问题,综合性科研型大学的根本目的是培养行业精英和国家领袖。爱因斯坦说过,'教育就是当一个人把在学校里所学的东西全部忘光之后剩下的东西'。"

我说："确实不应该将毕业生的就业率作为考核指标,这是对高校教学的严重干扰。就业绝对不是研究型大学教育的根本任务。大家都涌向经济和金融这些能挣钱的行业,那么基础科研和国家管理谁来搞?"

夏蕴说："就业是职业教育和社会及政府的任务。这其实是将综合性科研型大学的教学目的和普通职业大学的教学目的相互混淆了,这是我国大学教育所犯的最常见的错误。当然虽然道理是如此,但是现实的情况是我国的人口太多,

首先要解决就业,社会才能稳定。稳定是我们国家压倒一切的大事。"

这已经偏离秦教授讨论议题的本意,但是确实也是我国的社会现实。我调侃道:"我们讨论的是教育,是大学精神,但是你已经成了一名政治家了。"

夏蕴歉意一笑。

秦教授宽容地说:"无妨,我们都是社会的人,确实也应该关心政治。"

我说:"我们既然谈到教育,那么就不能只谈教育者,而不谈被教育者。"

秦教授说:"学生的情况同样是令人担忧!早晨直到上课铃响了之后,许多学生才穿着拖鞋,拎着早点,心不在焉地晃进教室。"

夏蕴说:"上课的时候,很多学生在发呆、睡觉、吃零食、刷微信、打游戏等,真正认真听课的学生比例并不高。"

我说:"晚上只有少部分学生上自习,很多同学在宿舍里打游戏、打麻将、看武侠小说、追热剧。考试前就一味地要考试范围,不给范围就不知道怎么考试;给了范围也就是复印别人事先准备好的答案,然后临时背一下。"

秦教授说:"这些学生既浪费了宝贵的学习时光,也浪费了父母的血汗钱。前些时候,我在新华网上看到一篇文章,《沉睡的大学生:你不失业,天理难容》,说得很有道理;所以我每次上课的时候,都事先申明,上我的课,不允许玩手机,不允许做小动作。"

夏蕴说:"我也是这样严格要求的,但是有些学生不玩手机,却发呆,老师也没有办法。"

我说:"我们只能规范学生的行为,却不能强迫他们认真学习。"

每次站在讲台上,我都将自己看成是一个摆渡人,希望将台下的每一位学生都渡向幸福的彼岸,无奈我的"法力"不够,也不是每一个待渡人都愿意上我的"诺亚方舟"。

夏蕴说:"我经常去美国的校园参观交流。在哈佛大学的教室里,整天坐满了专心学习的学生;图书馆里直到深夜三四点,还是灯火通明;草坪上经常看到几位学生围坐在一位老师的身边,热烈地谈论着彼此关注的内容。这种文化的氛围让人深刻地感受到,这才是一个高等学府应该有的状态。"

秦教授说:"国外是'宽进严出',入学容易,毕业难,不修完学分是不能毕业的,学生压力大,自然学习刻苦。国内是'严进宽出',入学难,千军万马过独木桥,好不容易考上大学,就以为是进了天堂,可以放松地玩了。加上学校管理松懈,只要不是太离谱的学生,就都能毕业。进入高校后,学生一下子失去了外在的压力,许多学生自然就放纵自己了。"

夏蕴说:"这个必须从教育体制上来进行改革,更多地增加学生的主体意识、责任心和就业紧迫感。"

秦教授说："社会、学校、家长和学生都应该引起重视,尽快制定现实的考核制度和可行的措施,切实解决这个问题。"

我一看时间,接近一点了,快误了午餐时光。我起身,高兴地说："秦老今日之论,实乃金玉良言,我等受教了。"

秦教授说："二位高论,老朽亦受益匪浅！先生面善易近,言简而意韵高远；女士家学渊源,更兼见多识广。二位都有很强的社会责任心,甚为难得。老朽与二位甚觉有缘,闲暇之时,不妨常来此一叙。"

我说："他日一定专程特来讨教。'把茶冷眼看红尘,借茶静心度春秋。'"

夏蕴抱拳,念道："一器成名只为茗,悦来客满是茶香。"

秦教授抱拳回礼："谢谢二位的大驾和祝福！老朽在此开设茶社,并不为赚取蝇头小利。一为相识有缘之人,如二位此等目清、心宽、高雅之人,岂有不交之理？二因南通乃养生福地,在此修身养性,最为合适。二位慢走！我们有缘再会！"

离开时,我细心留意了茶馆的位置,此等有趣、有才、雅量之人不可不交。

出门后,我问夏蕴："秦老说你'心有忧虑',能否告知,有何忧虑？"

夏蕴笑曰："汝佛,自然无忧；吾乃小女子,却不能免俗。"

我笑道："你言辞总是这么犀利！总是以能把我呛死为乐！我们快去吃午餐吧,你一定饿坏了。"

夏蕴说："我不饿,但是愿意陪你大吃一顿,看你都瘦成什么样子了！真让人心疼！"

我俩往前走了几步,看到一家名为"南通特色饮食"的小饭店。我们进去一看,果然真是南通特色。我点了天下第一鲜、黄焖狼山鸡、唐闸牛肉和木炭烤板鱼。

夏蕴品尝之后,赞不绝口："如此美味,实在是人间佳品！"

结果她又强迫我将所有的饭菜都吃光了。饭后,我俩喝着饭店免费提供的毛尖茶,聊天。

茶很苦涩,我调侃道："佳茗如佳人,醇酒似豪杰。所以喝酒后必须品茗。"

夏蕴说："这根本不是什么佳茗,是假的毛尖,叶片卷曲,发黄。正宗的毛尖,产于河南信阳车云山,外形条索紧细、银绿隐翠。沸水泡开,叶底嫩绿匀整,青黑色,香气扑鼻。"

我说："人家免费提供的,你就将就一下吧！"

夏蕴说："免费的就可以作假？我最讨厌弄虚作假,最憎恶骗子！"

我说:"我也非常讨厌骗子,但是现今社会诚信度普遍下降,国内各行各业都充斥着假货、劣货、欺骗、诈骗无处不在。我已经见怪不怪了。"

夏蕴说:"小平同志在1992年南巡时说过,改革开放十多年,最大的失误就是教育。人们的道德品德普遍下降,社会的未来令人担忧。"

看到夏蕴很不高兴的样子,我有意转移话题,笑道:"其实我根本不懂茶,平常就喝白开水。"

夏蕴笑道:"你是崇尚自然的人,什么都不讲究,对生活的要求非常简单。"

我说:"年轻时没有条件讲究,现在觉得根本没有必要讲究。你大嫂总是说我太随便了,没有一件昂贵的衣服,没有一件像样的装饰品。"

夏蕴说,"其实一个人只有像你一样拥有一颗简单质朴的心,才能感受到自然淳朴的快乐。"

我说:"美国作家、思想家梭罗说过,'我愿意深深地扎入生活,吮吸生活的骨髓,过扎实简单的生活,把一切不属于生活的内容剔除得干净利落,把生活逼到绝处,用最简单的形式,简单,简单,再简单。'"

夏蕴说:"这样挺好,我也是一个崇尚自然的人。英国作家、诗人王尔德也说过,'生活并不复杂,复杂的是我们自己。生活是单纯的,单纯的才是快乐的。'内容决定形式,内心的快乐才是生活的根本,简单、自然、清新、惬意。"

我说:"人生亦如饮茶,苦香自知,冷热自知。"

夏蕴说:"你现在是冷暖无妨,沉浮不惊,淡泊权名,无欲无求。一切顺其自然,随缘随意。"

我说:"我本来就无权无名,也就无所谓淡薄。无欲无求的境界,我还没有能达到;但是只要能满足基本的生活需求,就行了。'江山明月本无主,得闲即是主人;大道至简原无欲,知足才能常乐。'药王孙思邈有一个非常形象的概括:'少思少念,少笑少言,少喜少怒,少乐少愁,少好少恶,少事少机。'"

夏蕴笑道:"真做到了这十二'少',那还能是正常的人吗?你就参悟吧,成佛了,再来度我这个世俗之人。"

我说:"所谓'参悟',并不是什么特别高深莫测的理论,就是站在不同的角度和不同的层次去思考遇到的问题,从而找到合适的答案和方法而已。"

夏蕴沉思一会儿,笑道:"按照你的说法,我也'参悟'了。"

我点点头,笑道:"悟性一起,立地成佛!"

夏蕴笑道:"其实,修行不为见佛,而是为了成就更好的自己。"

我笑道:"你这才是真悟了!"

我的电话响了,爱人告诉我,她下午有事要外出,让我们下午带阿玉一起玩。

我邀请阿玉一起和夏蕴去逛南大街商业区。到南大街之后,两美女担心会累着我,让我在文峰大世界一楼店内休息,于是我溜到附近红美女上班的电信大楼里小憩!

上高中时,红美女是我们的语文课代表,当时因为共同喜爱文学而相处较密切,现在用她自己的话形容我俩的关系,"我们如今已经是无话不谈的闺蜜了。"

红到门口来接我,拉着我的手,关心地说:"你的手好凉!"

我说:"我自从患了类风湿关节炎之后,我的末梢循环一直不好,非常怕冷。"

红笑道:"你和美丽倾城的校花在一起,你的身上应该有一团火!"

我笑而不答。

红捏了一下我的裤子,问道:"你都已经穿上秋裤了,身上还这么冷吗?"

我看着红还穿着短裙,露着两条光洁的美腿,调侃道:"你是青春年少的小姑娘,火气很旺;我是二号老头子了,阳气已经明显不足了。"

红微笑着,给我倒了一杯热茶,让我捧着焐手,顿时一股暖流传遍了我的全身。

我又打趣道:"我只有跟你在一起的时候,我的身上才会燃起一团火。"

红笑道:"不像是真话!你汇报一下这两天的行踪吧!"

我说了这两天的事情,并把夏蕴的照片给红看了。

红说:"校花确实漂亮,白白净净的,身上有一股高贵的气质,像个大公主。小心你爱人吃醋!"

我说:"我爱人大度,从来不会为此等小事而烦恼。"

红说:"你仔细想想校花为什么单独来南通找你。"

我说:"游览南通嘛。"

红摇摇手,笑道:"你好呆呀!如果我孤身一人在哪个城市出现,说明那个城市里一定有我的特别牵挂!而且采取这个行动需要多么大的决心啊!尤其是四十多岁的女人了。"

我说:"美女呀,你真幽默,你想多了。"

红说:"你不是女人,你不懂女人的心思!"

我爱人一直说我反应迟钝,研究生师妹曾说我木讷得可爱,中午夏蕴说我傻,现在红美女又说我呆,看来我真是又傻又呆!

我说:"我不仅智商较低,而且情商更低。"

红说:"你的智商绝对高!而真正的情商就是人品,你的人品好,情商自然也很高!"

我俩聊了半天,有说不完的话题,不知不觉就到了红下班的时间,我说:"大

美女今晚和我们一起吃饭吧。"

红笑道："今天我就不去当大灯泡了,下次吧,反正我们经常见面。"

告别了红,我到商场找到她们。等到爱人过来了,我们一起在南大街"必胜客"吃了西餐。

阿玉说："我好想唱歌,附近有KTV吗?"

我带她们到附近的"阿酷"KTV。

她们三人一首接一首地唱着,唱得好尽兴。三人的音质都特别好,爱人的声音清纯而脆亮,夏蕴的声音甜美而柔和,阿玉擅长唱童音。

我五音不全,不敢出声。

爱人说："其实你唱歌挺好听的,音质也好,只要不跑调,还是能拿得出手的。"

大家都笑了。

阿玉说："姐夫不要怕,跑调是因为唱得少,多练练,熟悉了,就不会跑调了,谁也不是生下来就会唱歌的。其实唱歌是一件很简单的事情,只要多练习,自然就会啦!"

夏蕴说："老大,你还是预备几首歌吧!下个月的全年级大聚会,你们班上的美女们一定会要求你唱歌的,尤其是你们的班长女神,我就不信她能放过你。"

爱人说："夏蕴呀,他唱《牵手》和《选择》还可以,你就陪他练练吧!"

夏蕴和我对唱《选择》,连续唱了三遍。

阿玉说："可以啦,姐夫唱得挺好的,声音好有磁性。"

爱人和我对唱《牵手》,也唱了三遍。我感觉有些累了。

爱人说："其实,你还会唱《小芳》《小城故事》《新鸳鸯蝴蝶梦》,让阿玉再陪你练练吧?"

我说："我累了,唱不动啦!"

夏蕴说："大嫂呀,这几首老歌,老大不但会唱,而且会弹吉他呢!上大学的时候,我妈妈教过他。"

我笑道："那是何年何月的事情啦,大学毕业后再也没有碰过吉他,早就已经忘光了。"

零点了,我们离开歌厅。回家的路上,我们心情舒畅。天空中没有云彩,月明星稀。

10月3日,星期一,晴

爱人善解人意,一早就陪着阿玉去狼山游玩去了!我陪夏蕴在宾馆的餐厅里吃早饭。

冰玉再次邀请我俩去上海玩,并责怪夏蕴应该和她相约一起来南通。

夏蕴取笑道:"玉儿这么着急想见你,那你现在就邀请她来嘛!"

我说:"她想见我们俩,希望重温我们三个人当年的友谊。"

我想起刚入学后的第一个春夏之交,我们三个人在莫愁湖公园为冰玉庆祝生日的情景。

那是一年级的第二学期,五月上旬,是刚刚立夏之后的第一个星期六的早晨,也是我们三个人第一次在一起庆祝生日。

冰玉说:"今天既是我公历生日,又是我农历生日。"

我说:"这个确实很难得,好像每逢十八九年才有可能两者重合一次。"

夏蕴说:"今天这个日子很特殊,是你的'真'生日,太有意义了,我们一定要好好庆祝一下!"

夏蕴订制了蛋糕,带来了照相机,那是我第一次"零距离"接触到照相机。在公交车上,夏蕴给我详细讲解了照相机成像的基本原理和操作方法,如何调节景深、光圈和快门等。我好兴奋,增长了知识。

一路上,微风拂面,阳光普照。"青山如黛远村东,嫩绿长溪柳絮风。"

五月初的莫愁湖繁花盛开,草长莺飞,蜂鸣燕语,处处洋溢着温馨的气息。春风吹过,万千柳条齐舞,拂岸汲水,不时地将清澈的湖水荡起阵阵涟漪,无数的鱼儿在自由欢快地游弋。

青蛙的叫声此起彼伏,我仔细观察,却看不到青蛙的踪影,感觉好神奇。

我想起毛泽东主席的《七古·咏蛙》,念道:"独坐池塘如虎踞,绿荫树下养精神。春来我不先开口,哪个虫儿敢作声?"

夏蕴说:"老大果然有少年毛泽东敢为天下先的霸气和唯我独尊的王者之气!"

冰玉说:"我也非常欣赏此诗的英雄豪迈!但是关于这首诗的出处一直有争议。从时间顺序上来看,先后有唐太宗李世民,明朝薛瑄、张璁、严嵩,清末郑正鹄都写过类似的诗。从形式上看,毛主席的诗与张璁的诗类同,应该是毛主席化用了张璁的诗。"

夏蕴说:"大才女总是太较真,有事事考证的嗜好,是遗传了你父母亲研究古汉语的严谨认真的优点。即使是化用,我个人觉得毛主席的诗比前五个人的诗写得更有气势和韵味。"

我说:"是的,我们是学医的,又不是研究'考据'的。只要感觉诗写得好就行

了,至于是谁最先写的,倒是不必太认真。"

冰玉笑道:"老大就会和稀泥!"

洁白的莫愁女汉白玉雕像立于湖心,神态安详。空气中弥漫着浓浓的花香和绵绵的柔情。在温暖的春风吹拂下,于花丛中漫步,怡然自得。如此迷人的春色,陪伴着两位青春靓丽的女孩,我的心都醉了,有一种想流泪的感动。我用照相机记录下了她们俩无数如花的笑靥和飞扬的青春。

在观音亭里有一副对联,"湖水本无愁,狂客未须浇竹叶;美人渺何许,化身犹自现莲花。"我细细思考联中意思,生活中的烦恼皆因心躁气浮而起,都是自找的;若能淡定从容地面对人间世事,定能烦恼尽除,无忧无虑。

冰玉说:"我们这个年纪的人,还是少看这些佛家的偈语为好。这些话语是最能移性的,看多了会让人消沉不起,失去生活的动力。"

夏蕴笑道:"玉儿担心老大如果像宝玉一样出家为僧,于佛灯前抛弃万千情缘,那就枉费了玉儿的一片真情了!"

冰玉笑道:"老大到底枉费了谁的一片深情,我们就不用说了!"

我们在石桌上摆好生日蛋糕,点上蜡烛。

冰玉闭眼,合掌,许愿。在她吹灭蜡烛时的那一刻,我拍下了她最美丽开怀的幸福模样。她那一瞬间绽放的绚丽光彩拨动了我情感的心弦!

我心有所感,脱口而出:"百花斗艳争胜景,天仙华诞听号令。倾城容颜傲华夏,柳絮文采夺魁星。"

冰玉大笑着说:"大才子尽会瞎说,有你这么夸张的吗?"

夏蕴笑道:"大才女,你就承认了吧,你刚才的许愿肯定和老大有关吧?"

冰玉没有回答,但是脸红了,尤为可爱迷人。

夏蕴拍了一下我的头,调笑说:"老大醒醒,你的魂都被玉儿勾去了吧!"

后来这张靓照配上我的贺寿诗,曾多次获得校园内多种摄影奖项。

夏蕴问道:"老大快吃饭呀,你在想什么呢?"

我说:"我想起那年我们在莫愁湖公园为玉儿庆生的情景。"

夏蕴笑道:"景不醉人,大才女摄魂!当时你被玉儿迷得浑然不知所以!"

吃完早餐,我带夏蕴参观我们的学校。

阳光明媚,空气清新。校园内树木葱郁,花草茂盛,丹桂飘香。白色的木芙蓉盛开,粉红色的木槿花怒放。清风徐来,濠河中水波荡漾。

夏蕴很陶醉地说:"你们学校真美!在这样的环境里生活和工作,一定心情愉快,气定神闲。"

我带夏蕴参观几个重点实验室和研究所。夏蕴真心地称赞我们的航海医学和神经研究所确实是全国领先的！听到此话，我心中很是安慰。

我说："蕴儿呀，你是大学者，跟你请教一个问题。科研对于一个国家的发展是必须而重要的，但是现在高校提倡人人搞科研，所有的人升职称，都需要课题和核心期刊的专业论文。你觉得这种一哄而上的做法是不是有些过啦？"

夏蕴说："在医学院校的附属医院中，对于医学专业的人应该区分是临床型的，还是科研型的。临床医生的主要任务是治病救人，掌握临床专业技能才是根本目标，搞科研会消耗大量的时间和精力。让科研型的人才专门去搞科研，学有所专，才能用有所长。"

我说："不是每个人、每个单位都有条件搞科研的。结果申请到的国家科研经费，许多被白白地浪费了。为了评职称，论文造假比比皆是。"

夏蕴说："临床医生的职称评定应该根据临床看病的水平，而不是论文数量。我们单位有不少博士生很会写文章，很快就升到副主任医师的职称，但是临床技能一窍不通，对于这种人，我们能放心地让他看病吗？岂不是拿生命当儿戏吗？"

我说："知名心血管专家胡大一教授多次批评国内重视论文而轻视临床的畸形评聘制度，很多依靠发表SCI论文而当上主任的心外科医生上手术台竟然手发抖。"

夏蕴说："为了论文的出版，更是八仙过海，各显神通。出钱买，凭关系，伪造数据，抄袭，导师窃取学生的成果，张冠李戴，断章取义等，不一而足。导致的结果是产生了一大批垃圾文章，浪费了大量的时间、人力和财力。"

我说："现在'聪明的医生'都是少看临床，多搞科研，多搞关系，这些人职称升得快；而那些一头扎在临床上的医生职称反而升得慢，这是医疗界中的一个可笑的悖论。临床医生的'本位功能'何时才能真正回归呢？"

夏蕴说："许多医生不钻研业务，却专营行政，忙着与领导接触。病理科主任竟然不会看病理切片，却混进高级别医学会当上了副主委。近两年全国两会召开之际，都有委员提出过这个方面的议题，希望党和政府能尽快地出台一些相关政策，改善一下这种混乱的状况，让临床医生能将精力集中到临床工作上来，做好分内之事。"

我说："另一方面，职称评定还必须有课题，导致了不少的学术腐败。从大的方面看，国家的科研项目很多是掌握在少数'学术贵族'手中，没有资历的年轻人和没有关系的人员不容易得到。从小的方面看，就是好不容易分配到医院的名额也被领导拿走了。前天黑胖跟我聊天时告诉我，他们医院就是这样的。"

夏蕴说："学术腐败和科研立项的问题存在于各个领域。'学术贵族'们掌握

了科研立项的话语权,而学术圈中的'布衣阶层'则任劳任怨地干着所有的累活、苦活和脏活。评审制度本身也存在缺陷,就是从专家库中抽取几名人员参加评审,这些评审专家有可能对申报者的课题领域并不是非常了解,就可能做出错误的判断。当然实事求是地讲,尽管同行评审有不少的弊端,但是总体利大于弊,目前还没有更好的办法来替代它。"

我说:"如果是与临床密切相关的科研课题,一般很难通过,而基础研究的课题和国际前沿的热点课题就比较容易通过,中小基层医院的医生就别指望了。"

夏蕴说:"真正的科研应该是认真专注于本学科内部的核心问题,加以攻关而突破,引领学科的发展;而不是跟风于国际热点问题,仅仅为国际大牌科学家的理论做无关紧要的补充。"

我说:"制约我国科研水平进步的最大障碍正是这种跟班式科研,人云亦云,没有独立的思想。一个国家的科研是一个系统工程,应该围绕本国目前最需要解决的问题进行。大家一起刻苦攻关,循序渐进。真正的重大突破往往需要十年、二十年的坚守,不可能每年都有重大发现。"

夏蕴说:"要拿到国家级的科研项目,就必须有一定的名望和地位,所以大家都以急功近利的方式先爬到山顶,然后在山顶才开始真正悟道。"

我说:"只怕许多人到了山顶之后,就再也不想去悟道了。即使发现自己之前急功近利的一套东西是错的,但是作为既得利益者,也不可能去加以纠正了。"

夏蕴说:"现在又有多少教授、学者真正在治学呢?不少的人所谓的做课题都是为了拿项目、得奖金和争名气。"

我说:"许多时候,科研已经成为名利的敲门砖,还有多少'科研人员'能从科研中获得生命的无穷乐趣和人生价值的肯定呢?"

夏蕴说:"关于医学这一块,上海某家知名医院就进行了改革,比如外科医生的职称评定就根据现场手术的完成情况来确定,包括手术的级别、难易程度、手术者的熟练状况、手术的效果等,不需要论文和课题。但是这样的医院必须级别很高,具有自主评定职称的资格。"

我说:"但愿这股改革的春风能传遍全国,让学术界的空气从此干净澄清。"

夏蕴说:"但是医改是一个系统工程,涉及多个方面的利益主体,具体的实施任重而道远。比如我国全科医生只占医生人数的6.6%,这么小的比例,分级诊疗无异于纸上谈兵。欧美发达国家是30%~40%,差距太大了。"

我说:"看到你们这些知名学者已经开始思考这些问题,我觉得医改应该会有希望。"

夏蕴说:"我们会呼吁中华医学会带头行动起来,不断扩大影响,引起政府的关注。"

我俩在一片亭亭玉立的葱兰前面停下脚步,葱兰黄色的花蕊映着白色的花瓣,非常赏心悦目。成簇的夹竹桃开出连片的白花,让人有置身于白色花海的感觉。

看到校园里无数的青春靓丽、充满朝气的莘莘学子,夏蕴激动地说:"二十多年前,我们也像他们这样阳光、灿烂;如今回想我们当年的时光,恍如隔世。"

我说:"青春正好!革命先驱陈独秀说,'青春如初春,如朝日,如百卉之萌动,如利刃之新发于硎,人生最宝贵之时期也。'"

夏蕴接着念道:"青年之于社会,犹新鲜活泼细胞之在身。"

我说:"我依然清楚地记得你和玉儿当年的青春、可爱、美丽的模样。"

夏蕴笑一笑,站在一排海棠树前沉思了一会儿,突然神情忧郁地说:"我就如同春天的海棠,如今已经是秋天了,早就错过了季节的风景。"

我念道:"'草木本无意,荣枯自有时。'何况来年还会有春天,你依然会春色满园。"

夏蕴念道:"'昨夜雨疏风骤,浓睡不消残酒。试问卷帘人,却道海棠依旧。'真否,真否?"

我好迷惑,原词中的"知否,知否?"被她故意改成"真否,真否?",虽然仅仅是一字之差,但是在她的心中一定是另有深意!

我故意说:"真!绝对真!海棠确实依旧!"

夏蕴淡淡一笑道:"谢谢老大!物是人非了!"

我不知道她话中所指的具体是什么事情,但是我能感觉到在她的神情中隐含着一股落寞的意味。决定一个人视野的不是眼睛,而是内心。同样的景色,心悦的人看到的是欢乐,失意的人看到的是寂寞。夏蕴心中一定有什么没有言明的心事,可惜此时此刻,我进不了她的内心。

我试探着问:"四季变换,你最喜欢哪一个季节?"

夏蕴说:"当然是春天!万物苏醒,春暖花开,风和日丽,欣欣向荣。你呢?"

我说:"我喜欢冬季!"

夏蕴笑道:"就因为你和玉儿相识在那场'神奇梦幻'的冬雪之中吗?"

我说:"冬季,万物静谧,一切都还原了生命的本色;冬季,安静的季节,没有了喧嚣和纷扰;冬季,单纯的季节,没有了提防和复杂。"

夏蕴说:"你一定特别喜欢雪!"

我说:"是的!万物都被白雪覆盖了,放眼望去,并无二色,纯洁得让人感动!"

夏蕴说:"我不喜欢那种场景!那是白雪将所有的丑恶和肮脏都覆盖了,是美丽的假象。我喜欢真实的世界,喜欢事物的本来面目。"

我说:"'千山鸟飞绝,万径人踪灭。'有一种惊心动魄的壮美。"

夏蕴说:"那是一片荒芜,万物凋零,毫无生机。没有了生命的迹象,还能叫世界吗?"

我说:"冬天,储藏的季节。有了冬藏,才能有春发。生命的成长不能总是一往直前的,需要适时地积淀,定时地修整,才能厚积薄发,才能不断延续,尤其是一直忙忙碌碌的你,总是疲于奔波,是时候了,应该适时地停下脚步,适当地放松、休息一下,调整心态,才能轻装上阵,继续前行。"

夏蕴说:"好吧,尊敬的理论家,我听你的!"

我想起,夏蕴昨天说讨厌虚假,今天又说讨厌假象。尽管这符合她一贯直率的性格,但是我总是感觉有一股说不出的味道。难道她是在责怪我?仔细回想在与她交往的过程中,我一直是坦诚的,从来没有一丝虚假和欺骗。分别二十年了,她到底经历了什么,我并不清楚,也许是遭遇某些虚假的事情,刺激了她?伤害了她?不得而知。

夏蕴如今是行业内江苏分会的副主委,省级医院的科主任,学科带头人,教授,博导,知名学者!繁忙之余,尚且还能记得我这样的无名小卒,让我真有些受宠若惊了!

节假日,本来应该是参加国际国内各种研讨会,讲学最繁忙的时期,而这次她却推却了所有的公务,只身来南通看望我,也许是为了调节一下极度疲惫的身心。现在生活和工作节奏非常快,大家的奋斗历程都不容易,尤其是他们这些位于行业顶端的精英,竞争更是异常的激烈。

我说:"近年来,各种研讨会太多了。你一直忙着参加各种会议,累坏了吧?"

夏蕴说:"确实太多了,有些泛滥成灾的趋势。许多会务组追求高大上,由药商支持,不惜花费巨资聘请国际国内最知名的学者到会讲课。"

我说:"其中也有少数所谓的学者,整天就忙着扬名捞钱,根本不管学术的质量。学术研讨会成了行政体制样式,开幕式上领导致辞,'权威专家'致谢,套话空话连篇,浪费了听众大量的宝贵时间。"

夏蕴说:"是的!我曾在美国听过一个教授的讲座,一年后在英国再听他的讲座,两年后此人被邀请到国内来讲学,三次报告,PPT内容竟然一字未改。一份同样的PPT,多年内,讲遍全世界,没有任何的新进展,甚至某些内容已经过时了,他自己都不知道。"

我说:"不要太灰心!你是一个对学术特别认真负责的人,像你这样的学者在国内外并不少见,整个学术界还是有希望的。"

一阵秋风吹过,送来一股桂花的清香。我俩一起转身,只见路对面生长着一排整齐的桂花树,盛开的花朵密密麻麻,一簇一簇,随风起舞,飘落一地金黄,令人心悦万分。

我俩信步过去,走进了丹桂飘香的金秋里,太醇香了,令人心醉。经历了炙热夏季的喧嚣之后,中秋的世界是如此静谧、安逸。

夏蕴念道:"亭亭岩下桂,岁晚独芬芳。"

我接着念道:"叶密千层绿,花开万点黄。"

夏蕴说:"只可惜鲜花盛开之时,也就是落英之际。"

我疑惑地看着她,她一定有某种未曾言明的心事!在我心中,和她以前共有的那种心有灵犀的感觉好像在慢慢地恢复。

夏蕴看我一眼,笑道:"我就是有些悲秋了,你不用多疑,更何况草木也知愁,韶华竟白头。"

我知道,她这明显是在掩饰,但是她既然不愿意明说,我也不便打破砂锅问到底,毕竟我们已经不再是二十年前那种无话不说的亲密相处的时期了!

中午,我俩进了一家临街的小酒馆。我准备点红酒,夏蕴说想喝啤酒。我按照她的要求,仅仅点了两罐海花啤酒和两碗牛肉面。

吃完面,喝完啤酒,夏蕴有些疲惫地看着我说:"老大,我累了!"

我心疼地说:"我知道你累了!你要学会事事泰然处之,你的心才不会疲惫。相信花落自会再开,万事不可强求,顺其自然,才能悠然自得,一身轻盈。"

夏蕴叹着气说:"说起来容易,做起来难啊!"

我说:"生活中出现了烦恼,就是上天在提醒你需要调整,烦恼即是菩提。你一定要学会调整心情,减轻压力,捡拾快乐,抛弃烦恼,欣赏自然,感悟幸福。下午我们不要出去玩了,我陪你回宾馆休息吧。"

夏蕴点点头。

一点钟,我们回到宾馆。夏蕴说:"其实我只是心累,不是身体累!你有午睡的习惯,你睡一会儿吧。这几天中午你都没有休息,累坏了吧?"

我说:"学会修身、修行、修性,放慢前进的脚步,让灵魂安静下来,让疲惫的心定期放松、休息,抛弃不必要的烦恼,适时地享受一下生活中的每一份乐趣。你好好睡一觉吧,我回家去睡。"

夏蕴说:"你就不要多此一举了,不是有两张床吗?"

我确实感觉好累,躺下来,一会儿就进入了梦乡。梦里,我又回到大学校园,和同学们在一起上课。醒来时已经三点多了,此一觉睡得好舒服,觉得全身轻松

了好多。

夏蕴倚靠在她的床头上,安静地看着我。我问道:"你睡了吗?"

夏蕴摇摇头说:"没有。看你睡得好香,我又回想起你上学时睡在我家里的情景了。你知道吗,你睡觉时的样子挺可爱的,一直保持着孩童的模样。"

我说:"应该是好傻吧!你大嫂说我睡觉的样子好可笑!"

我想起当年的那段往事。那次,我患了重感冒,发高热40℃,全身酸痛、无力。夏蕴为了方便照顾我,非要我住到她家里去不可。那天是星期六,她父母都不在家,他们都是大学老师,他爸爸是教哲学的,妈妈教音乐。两人一同去了欧洲,爸爸去柏林参加黑格尔哲学研讨会,妈妈去维也纳参加国际音乐节。我睡在她家的客卧里,难为她这样一位一直被人伺候的小公主,竟然尽心尽力地照顾了我两天。在为我削苹果时还划破了手指,让我既心疼又感动不已!

我真诚地说:"那次太不好意思了,让你辛苦了!"

夏蕴温情地笑着,点点头!我也充满感激地点点头!最深沉最完美的感情,是我懂你,你也懂我,却不需要任何多余的言语。

夏蕴说:"那时候的你,很快乐。感觉现在的你,好像并不是很快乐。"

我笑道:"我感觉你也并不快乐!这也许就是我们中年人的忧郁吧。"

夏蕴说:"那时候,你的心情时常左右我的心情,可是你好像丝毫没有在意!"

我故意惊讶道:"我竟然左右过你的心情?不会吧?"

夏蕴笑道:"你那时心里只有玉儿,哪里会顾及我的感受呢?"

其实也有人左右过我的心情,我怎么可能不感同身受呢?上帝就是这么喜欢捉弄人,你在乎的人是我,我在乎的人却是她!而她在乎的人又是谁呢?

夏蕴问道:"你如何看待快乐幸福?"

我说:"这两天正在热播的《七月与安生》,你看了吗?"

夏蕴说:"多少年没有看过电影了,没有空闲时间。"

我说:"自从大学毕业到现在,我也没有进过电影院。你大嫂大前天陪阿玉看了,回来讲给我听的。影片中讲述了两个女孩的故事。七月安分守己,乖巧聪慧,品学兼优;安生不受约束,性格叛逆,酷爱自由。虽然两个人的性格和追求不同,生活在不同的人生轨迹上,但是她们都活出了自己想要的模样,都很幸福快乐。"

夏蕴说:"你是想说,不同的人拥有不同的快乐。"

我说:"你就是那个优秀的七月,一直在努力向上攀登,直达事业的顶峰,这是你的快乐。"

夏蕴说:"其实,我们每个人的骨子里都既是七月,又是安生。我也不希望受约束,也同样渴望自由。只是我处的环境使然,压力之下,只有奋力前行。我们只有为能把握的现在而不懈努力,才能不为未知的将来担忧。"

我说:"追求是无止境的,就看你心态如何调整。适当地休息,才能更好地前行。我无远志,只希望你能快乐幸福就足够了。已经到了中年的我们,不妨轻轻地转身,换一种活法。四十岁之后,我们不需要再取悦他人,取悦自己才是最重要的。"

夏蕴感动地说:"谢谢你最真挚的关心!回去后,我会好好地调整一下。"

发小阿览通过微信,发给我一张满脸疲惫而且表情痛苦的照片。他开货车跑长途运货,已经接连吃了三天的方便面,现在突然胃疼了,问我需要吃什么药。

我立即给他打电话:"哪能乱吃药?你去医院吧!"

阿览说:"我现在在路上,到哪里去找医院呀?路边有个药店,你就告诉我买什么药吧。"

我告诉他如何服药和生活及饮食的注意事项,并嘱咐他送货到了目的地之后,一定要立即去当地医院就诊。

到了我们这个年龄,小时候一同长大的小伙伴们之间的生活差距已经拉开来了。混得好的人已经是亿万富翁,而如同阿览之类的人还在为基本的温饱而拼命。我们绝大多数人都在自己平凡的世界里谦卑而努力地活着。

阿览其实很聪明,上小学的时候成绩很好,可是他的父亲认为读书无用,小学毕业后就让他学开车,跑长途。当时是赚了一些钱,挺满足的;但是几十年过去了,别的同学都有了不一样的人生,而阿览还在开货车。如今一说起父亲当年的决定,阿览就恨得牙痒痒的!阿览时常发出最多的感慨就是,脱贫比脱单更重要。

阿览说:"兄弟啊,我没有办法呀!每天我一睁开眼睛,看到周围都是需要我养活的人,老的小的一大家子,我一个也扔不下呀。我不能休息,不能生病,更不能死呀!我也累呀,但是只能以后到阎王爷那儿去休息了!一个人前半生耍小聪明走的'捷径',都成了下半生无法避开的荆棘之路。"

我说:"所以你更应该爱惜自己呀!你要是倒了,你们家的顶梁柱就没有了。"

人生往往就是如此,上半场都在为生活拼命,下半场不懂得及时保重身体,最终因为健康问题而让上半场的所有努力都付之东流。

阿览说:"所有的压力只能自己一个人扛着,跟老婆不能说,跟父母不能说,跟孩子更不能说。朋友也没有几个是真心的,也没有几个人瞧得起我。有话也

就和你这位心慈的发小说说,现在也就只有你还能把我当成一个平等的人了。不说了,说起来都是泪!"

阿览挂了电话。我的心中很难受,很压抑!

夏蕴问我:"你怎么啦?"

我和夏蕴说了此事,她调侃道:"我忙的时候,也经常吃方便面。"

虽然同样是吃方便面,但是这能一样吗?夏蕴忙着在世界各地讲学,各种国际学术研讨会接踵而至,处处彰显出人生的辉煌。只有在时间紧张的时候,吃一两次方便面,也就是偶尔的垫饥;而阿览生活在社会的最底层,方便面大多数时间里就是他的主食了。虽然说职业无高低贵贱之分,但是在现实生活中,人生的视野不同,生活的意义不同,给社会带来的价值也不同,自身获得的回报也不同。

各个人所生活的社会环境不同,对社会的理解就不同。从来都是经济条件丰厚的夏蕴,根本无法理解阿览这种能被一分钱憋死的窘境,我也不必费口舌去解释。

德国作家、诗人黑塞说过,"一个人若要完全理解另一个人,大概必须有过类似的处境,受过类似的痛苦,或者有过类似的觉醒体验,而这却是非常罕见的。"

夏蕴说:"人的成长是受时间限制的,什么年龄段就该干什么年龄段的事情,就像动植物的生长,不能乱了季节。年轻时,新鲜感和记忆力都是人生最佳的时期,就应该认真学习,积蓄能量,以后才有消耗的资本。"

我说:"很有道理!在合适的时机做合适的事情,才能顺风顺水,应对自如;一旦失去了最佳的时机,就得付出多倍的努力,还不一定有预期的好结果;而且颠倒了人生成长的顺序,对人的身心都会产生不良的后果。"

夏蕴笑道:"你说,我听,还像上学时那样,听你讲生活哲理。"

我借机说:"现在是秋分的节气,此'分'除了指秋季的正中间,还有另外两重意思:一是白昼与黑夜平分,两者时间相等。二是暑寒交替,秋分之后就是寒露节气,天气就转凉了。按照中医的阴阳五行之说,春分和秋分正是人们调节心理,平衡情绪的最佳时期。在此期间注意修身养性,能起到事半功倍的最好效果。"

夏蕴说:"你一直是我的人生导师,跟你在一起,总会有收获。此次回去之后,我一定会好好调整情绪,平衡心理,坐禅参悟。"

我俩都笑了。

晚上,我们四人一起吃完晚饭后,来到文化广场,准备欣赏南通特有的夏季文化活动——《濠滨夏夜》演出,可惜今晚没有!爱人经不起阿玉的再三要求,陪她坐游船游览濠河去了。

夏蕴小时候有一次不幸落水,之后就一直惧怕水上活动,不敢坐游船。我和她漫步在濠河边。"暑退九霄净,秋澄万景清。"南通的秋天真美,景色迷人,秋风送爽。

霓虹闪烁的濠河和美丽璀璨的夜景令夏蕴激动不已!她满眼都是晶莹的泪花,盛赞濠河之美比南京的秦淮河更甚!

我俩坐在河边的石凳子上,一同回想起二十多年前在南京学习、生活的点点滴滴,思绪万千。夏蕴问我:"你毕业后就没有回过南京吗?"

我尴尬地笑道:"去过几次。"

其实毕业之后,我曾经多次去南京,还在他们医院进修过一整年。那一年,我大病初愈,面临着数位亲人的离别之后,带着无限悲痛的心情,去他们医院进修,白天工作极为辛苦,晚上还要刻苦地学习,准备考研,几乎耗尽了我所有的能量。我们这些平凡的普通人活在世上,谁的生活都不可能轻松。

我在他们医院进修整整一年,竟然从来没有去看过她,我说不清是什么原因。我在医院的著名专家介绍栏里看到她的事迹,默默地为她取得的辉煌成就而倍感欣慰!

一轮上弦月升在半空中,倒映在碧波荡漾的濠河水中,随着波浪起伏,水中月影漂浮不定。一股惆怅的情愫从我心底里慢慢地升起来,我前半生的生活就如这水中的月影,一直在上下漂浮不定,但愿从此以后我的生活能够相对安宁。

夏蕴轻声念道:"移舟泊烟渚,日暮客愁新。野旷天低树,江清月近人。"

这是孟浩然的《宿建德江》,是诗人被朝廷弃置时所作,心中的忧愁难言,唯有江月可近。一直优秀能干的夏蕴随口念起的竟然是这首诗,确实有些奇怪了!

我试探着说:"天宇宁静,野旷江清,正是诉说心事的好时机。你有何忧愁,不妨一一明言,我虽不才,也许能为你解忧。"

夏蕴笑道:"我无忧愁,仅是触景生情,随口一念,你就不用多疑了。"

接近十点,夏蕴说饿了。我带她到附近的水天堂西餐厅。我俩靠窗而坐,窗外的夜色朦胧。

夏蕴点了一份十成熟的牛排,两杯拿铁,没等我点餐,就让服务员离开了。正好,我不饿,本来也没有吃夜宵的习惯。

我生于农村,家境贫寒,上大学之前,从未见过牛排。夏蕴出生于文化世家,家境殷实,大学期间,她曾经数次请我吃饭。第一次请我吃牛排时,我就出了不少洋相。想到此,我不禁会心一笑。

夏蕴看着我,笑着说:"我知道你在笑啥。"

自从上学时学习了《医学寄生虫学》之后,对于所有的肉类,我都只吃全熟的。我第一次接触到咖啡是冰玉请我喝的拿铁,所以从此拿铁的味道就一直存留在我的记忆中。看来尽管二十年过去了,夏蕴还清楚地记得我的饮食喜好。

俄顷,服务员送餐来了。小姑娘很用心地为我们点了一支蜡烛,但是一直用一种惊讶的眼神望着我们,或许是觉得我们太抠了,就点了这么少的食物;抑或是觉得我这样一个行动不便的人,身边不应该伴着一位美女。我和夏蕴说了我的猜测。

夏蕴调皮地说:"你本来就是大才子、大帅哥,身边为什么不能有美女呢?"

我说:"惭愧,美女见笑了。"

夏蕴轻轻地将牛排推到我面前,怜爱地说:"吃吧,为你点的!"

我惊讶地问道:"不是你饿了吗?"

夏蕴摇摇头,微笑道:"吃吧,你太瘦了!"

我很是感动,故意将刀叉左右手拿反了。

夏蕴笑道:"讨厌,你恶心谁呢?"

夏蕴微笑着,静静地注视着我,一直没有讲话。等我吃完了牛排,她将餐具收拾到一边,用餐巾纸仔细地擦净了桌子,然后将自己的双手分别压在我的双手上,温情地说:"你跟我仔细地讲一讲你的事情!"

我摇摇头说:"能说出来的事情都已经是故事了。"

夏蕴说:"我不听故事。你详细地告诉我,你毕业后的亲身经历。"

我犹豫了一下,并不想唠叨自己伤心的过去,但是真的无法拒绝夏蕴满眼的期待。其实我的人生故事早就已经失去了开篇的模样。斑驳的人生,总是有些意外的插曲会让人黯然神伤,暂时迷失前进的方向。

人海茫茫,往事悠悠,但是总是有某些人、某些事守候在某个记忆的角落里,等待我们回首,真希望我们的记忆能够选择性遗忘。其实在每个人的心灵深处,都有一个不能触碰的仙人球,其中包含的是无法言说的苦和难以愈合的伤。

我告诉夏蕴,毕业后,我分配到一家乡村医院,条件差,医疗技术水平低,很少有人认真钻研业务。医院和我爱人的住所相距较远,无论冬夏,我每天风雨无阻地骑着摩托车来回奔波。一年后,我患了严重的类风湿性关节炎,疼痛中卧床半年不起。病愈后双手严重变形了。接着,我的母亲在我29岁时遭遇车祸,突然离世;再后来五年内,我的父亲、祖父、祖母、岳父先后去世,亲人离别的悲痛不断接踵而至,我真不知道自己那几年是怎么熬过来的!

夏蕴不知什么时候已经泪流满面,泣不成声,紧捧着我的双手,心疼地说:"没想到你遭受了这么多的苦难!民国才女林徽因说过,'人生最大的苦难就是看着身边的人濒临死去,而你却没有丝毫的办法来救赎他。'何况你面对的是亲人们的一个个相继离开！天哪,你当时是怎么受得了的呀!"

我痛心地说:"我最不能承受的是我母亲的突然离世！我大病未愈,母亲到我们单位去照顾我的生活,却在我们单位门口出了意外。你说我这辈子能心安吗？"

夏蕴哭得浑身颤抖,紧紧地抓着我的手,心痛得不能言语！

我拿纸巾给她擦眼泪,尽量平静地说:"伤心过后,你大嫂说,只要我们自己不倒下,无论什么事情都能挺过去,路就在我们脚下。人生总是多磨难,别让忧伤消磨了我们的激情；我们还年轻,别让彷徨挡住了我们前进的脚步。黑夜无论多么漫长,白天总会到来。她鼓励我考研,我借去你们医院进修的机会,一边上班,一边复习考研。本来考上的是我们的母校,但是考虑到路途远,就转到南通来就读了,毕业后就留在了南通。"

夏蕴再次满脸泪水,声音颤抖地说:"真无法想象你当时是怎么熬过来的！"

我安慰她说:"没有关系,一切都已经过去了。事实上,没有一种痛是专门为我准备的,人人都会有痛苦。也许,人活着就是要认真地痛一痛。走过了,才明白,伤痛是用来成长的。有滋有味地活过,其实就是真真切切地痛过。已经过去的往事,现在回忆起来就不再如当时那么沉重了。学会面对挫折和迷茫是一个人成长过程中最重要的必修课。"

夏蕴哀怨地问我:"当年你为什么与我不告而别？为什么不愿意留在南京？为什么当年考上了研究生却没有读？为什么不能和我留在同一个科室？为什么要独自回家乡？"

面对夏蕴这一连串的为什么,我实在是一言难尽哪！

我说:"尽管当时我是考上了研究生,但是因为身体原因,被调剂到另一个我并不喜欢的专业,所以就没有读。回家乡主要是我父亲的守旧、封建和坚持。父亲说:'我们就你这么一个儿子,你最好能回到父母的身边,宁恋本乡一捻土,莫爱他乡万两金。况且你是学医的,你应该回家乡为父老乡亲们的健康做贡献！'也有少许是我自己的狂妄和自负,自以为不论在什么地方,只要是金子总是会发光的。在《安徒生童话》里,不是有这样一句话吗？'只要你是天鹅蛋,就是生在养鸡场里也没有什么关系。'"

但是理想和现实的差距总是这么大,曾经天真的我,接受了现实无比沉重的一击,几乎迷失了生活的方向和生存的勇气。其实很多生在养鸡场里的天鹅蛋,在没有孵化成天鹅之前,就被损坏掉了。生活远不是我们想象的那么简单！

我回来后没有能进县城人民医院,我父亲就后悔让我回来了。后来硕士毕

业时,我留在南通,算是告慰了父亲的遗愿。

夏蕴再次热泪盈眶,哽咽着说:"清高傲气的老大,为什么灾难总是降临在你的身上呢?'孤标傲世偕谁隐,一样花开为底迟?'"

我说:"有些苦,必须吃;有些难,必须受。人生多难,经受过风雨的磨炼才能成长,这是成熟的代价。在尘世的屋檐下,有无数痛苦的断肠人。看看大千世界,在芸芸众生的痛苦里,自己的这点痛苦又算得了什么呢?'人有悲欢离合,月有阴晴圆缺,此事古难全。'杨绛说过,上苍不会让所有的幸福都集中到一个人身上。"

夏蕴说:"尽管如此,我只能原谅你当时悲伤的心情,却不能原谅你错误的行动和无情的做法!假如当初你留在我们医院,凭你的聪明才智和勤奋好学,现在一定是国际知名的学者了。当年留在南京的同学们,现在大多数已经成为中国医学界的风云人物了。太可惜啦!你让我好心疼!好心疼!"

同样的话,我爱人也跟我说过,但是生活没有假如。我曾经安慰爱人说,如果当初我留在南京的话,我就遇不到你了,岂不是更可惜;但是现在面对夏蕴,我却说不出任何安慰的话语。

夏蕴再次连续发问:"那你走的时候为什么不告诉我呢?你当时是怎么想的?为什么毕业后一直不跟我联系?你知道吗?我询问过无数的同学,可是谁也没有你的信息。我和玉儿及小妹一起去你们县城医院找过你,然而毫无结果。你突然就从我的视线内消失了!你能体会到我一个人在寂寞的夜晚,每当燃尽余香,拨尽寒炉之时,我的心中是怎样的痛楚吗?"

我说:"真是对不起!毕业离校前的那天晚上,我去你家里,想告诉你我的想法,可是你不在家。我当时太天真幼稚了,想当然地以为,回到家乡后如果遇到不顺,我就再考研究生回来嘛。但是参加工作后,巨大的心理落差令我几乎窒息,满腔抱负荡然无存,身体的和家庭的连续不幸使我封闭了自己,几乎跟所有的大学同学都断绝了联系。"

但是我确实没有想到,夏蕴竟然会这么在乎我!

夏蕴责问道:"你在我们医院进修一整年哪,竟然没有来找我!为什么?"

我愧疚地说:"你知道的,在你们医院进修,工作是多么繁忙,累活、苦活都是进修生的事情。我白天工作很累,晚上还要认真复习,迎接考研。"

夏蕴说:"这根本不是理由!你当年考上过研究生,这次还是考的母校,熟门熟路,凭你原来的基础,根本没有任何问题。"

我说:"凭我原来的基础,专业课问题是不大,而且工作后,我一直订阅英文专业杂志,英语问题也不大,但是毕业六年了,政治理论都忘光了,所以每天晚上下班后就得去南京大学上考研补习班的政治理论课程,根本没有空余时间。"

夏蕴说:"这更不是理由,抽一天或半天时间来见我一下,还不至于就影响到你的考研复习吧?"

我真说不清楚了,但是看这个架势,我今天必须说清楚。夏蕴憋在心里二十年的怨气今天非让她发出来不可。

夏蕴责问道:"是怕我影响你的心情?是故意躲着我,还是根本不愿意见我?难道我是魔鬼吗?"

我说:"蕴儿呀!请原谅我当时绝望的心境!"

夏蕴说:"我无法原谅!你进修科室的住院楼和我们科室的住院楼紧挨着,你不会跟我说你不知道吧?一整年,你都不来见我!你在医院里就一直没有看到过我?还是看到我就躲开啦?"

我说:"我知道你们的大楼就在我们北边,我曾经多次透过北侧的窗户向北看,但是确实一直没有看到你。我怎么可能故意躲开你呢?但是我承认,我是心虚、自卑!我没有主动去找你,是因为我无颜面对你!"

夏蕴责问道:"你心虚啥?"

我愧疚地说:"我心虚当年与你不告而别!"

夏蕴说:"你还知道你当年的不告而别是不对的呀?我还以为你一直都无所谓呢!"

我愧疚万分,无言以对!

夏蕴又责问道:"你自卑啥?"

我说:"自卑我已经堕落到社会的最底层!毕业六年了,我一事无成。我已经无数次听到我进修的科室里的同事们讲起你的成功和辉煌,你是你们医院的骄傲。看到你取得了这么大的成就,我十分欣慰,我在默默地为你祝福。"

夏蕴说:"你有什么好欣慰的?又有什么好祝福的?我现在非常痛心!你懂吗?上学时,我俩有一天晚上在学校操场上散步,我俩关于短跑和长跑的争论,你还记得吗?"

我想起了那次争论。当时是一个初秋之夜,我俩在学校操场上散步。我们背对着月亮往前走,月亮刚刚升起,月光倾斜度很大,将我俩的影子在跑道上拉得那么狭长,从我们的脚下向前无限地延伸过去,看不到头部的影子……

我立即念道:"古人不见今时月,今月曾经照古人。"

夏蕴说:"今月就是古时月,仅仅是观看者的心情不同而已。"

我说:"很有哲理!同一个月,有人看了赏心悦目,有人看了心酸难受。"

夏蕴望着跑道的远方，憧憬地说："我喜欢长跑，经过一路上的风风雨雨，最终到达生命的终点。重要的不是结果，一路上遭遇的坎坷和欣赏到的风景才是人生的全部意义。"

我说："我希望人生是一场短跑，在迅速爆发之后，就能很快知道结果，否则，我生命的活力会在漫长的等待中逐渐消失。"

夏蕴说："你急什么，一下子就知道结果，生活就没有多少乐趣了。人生本是一场接力赛，需要耐力和坚守；你却当成了百米赛跑，以为能一蹴而就，你太急功近利了。"

我说："我俩的区别就是，你拥有的先决条件和你自身优秀的能力，决定了你不需要担心结果，你也永远不会缺少结果；而我没有足够的资本，能力也不够，所以总是担心会没有结果。"

夏蕴看着我的眼睛，动情地说："一定会有结果的，我俩一起跑，谁也不许掉队！"

我避开了她灼热的眼神，什么也没有回答！

我当时觉得那场争论毫无意义，就像一个无忧无虑的贵族小姐劝慰一个一无所有的乡下穷小子说，别怕，牛奶会有的，面包会有的，一切都会有的。现在看来这其实体现了两者当时价值观的差异，我当时是一个来自农村的农家子弟，确实急功近利地希望能赶快得到社会的认可，进而能迅速成功；而夏蕴起步就站在很高的位置上，又乘的是顺风车，完全可以悠闲地一边观赏风景，一边向着理想迈进。虽然确实是条条大路通罗马，但是有些人生下来就在罗马；我们这些普通人也许经过一辈子的努力，最终都可能到不了罗马。

当然直到现在，我依然相信，只要我们坚持不懈，就能离目标越来越近。

我说："二十年过去了，我现在才明白，其实人生真是一场马拉松，过程中既有短跑，也有长跑，该爆发时就爆发，该坚持时就坚持。关键是生活根本不容许我们去选择或者回避，而且在生命的旅程中，偶然的意外太多了。成败得失都是生命的成长方式，我们都应该坦然接受。"

夏蕴说："短跑也好，长跑也罢，问题是你根本就没有向前跑，你当了逃兵。我跑得正起劲呢，转头一看，你却不见了。"

我无话可说，也不想解释，即使解释，她也不能完全理解。我俩是处于不同阶层的人，她不可能了解我的真实状况，也不可能与我感同身受。每个人都在奋力前行，我没有当逃兵，我仅仅是选择了另一条道路，于是我们付出了不同的情感，遭遇了不同的经历，发生了不同的故事。我们是两个分属不同世界的人，是不可能活成同一种模式的。

夏蕴说:"曾经有你在的日子,我觉得我们的城市是如此美好,古城新风,春花秋月,山清水秀,日朗风清。一眼望去,满城都是你浅笑的身影。可惜这一切突然就消失得毫无踪影!我翻出你曾经发在校报上的所有文章,一篇一篇地看过来,看过去,许多文章我都能背诵了。没有你的日子,光阴是那么漫长;曾经在一起的欢乐时光,究竟是真是幻?我突然发现和你在一起的日子才能叫美好时光,有你温暖的陪伴,生命中全是浪漫的诗;没有你的日子,所有的生活都只能叫混日子。'似此星辰非昨夜,为谁风露立中宵。'"

我惶恐万分,无言以对。人生中有许多事情是说不清道不明的。没有谁的人生轨迹能完全沿着自己最初设定的路线向前迈进,即使是精明的人生规划师也做不到这一点。生活中总是有许多的意外事件会扰乱我们前进的方向。我们周密的人生规划时常敌不过命运的一次小小的玩笑。

夏蕴痛苦地念道:"若是前生未有缘,待重结、来生愿。"

我愧疚地说:"承蒙你的错爱,非常感谢!但是我们只有今生,没有来世。其实我这么普通平常的人是根本不值得你这位万众瞩目的大公主垂爱的。龙配龙,凤配凤,可我什么也不是,根本就配不上你!"

夏蕴说:"有没有错爱我自己知道!你不要故意贬低自己,你在我眼里就是'龙',就是'凤'!我原本以为古老的南京城就是我们爱情的见证!法国作家杜拉斯说过,'我遇见你,我记得你,这座城市天生就适合恋爱,你天生就适合我的灵魂。'"

我无话可说!夏蕴应该知道我爱的人不是她,爱情是不可强求的;更何况如此优秀的女生,当时身边围满了优秀的男生,她又何必钻牛角尖呢?或许对于爱情,夏蕴和我一样固执,只能找自己真爱的人,否则,宁可失去!

夏蕴说:"在我们同行的人生列车上,旅程才刚刚开始,我正陶醉于欣赏沿途美丽的景色呢,你却悄无声息地提前下了车。'平生不会相思,才会相思,便害相思。'从此,窗外不再是美景,沿途的一山一水、一草一木,乃至天空的云朵上,都清晰地印满了你一笔一画写下的两个大字:再见!再见!再见……"

我俩静坐着,都不再说话。夏蕴一直在流泪,我也很是伤感,但是我故作坚强地忍住了眼泪。

夏蕴望着蜡烛,念道:"红烛自怜无好计,夜寒空替人垂泪。"

我心痛不已,却无话可说!

我当初离开自有我离开的理由,虽然这个理由在她看来很不合理,但是真实的生活,总是在低处!我从来没有可惜那些可能有的辉煌,够得着的幸福才是

我的。

人的一生如过眼云烟，看似波澜壮阔，实则云淡风轻。我们在经历了种种磨难之后，心灵归于平静之时，才能真正懂得，正是因为这些挫折，才使我们变得成熟坚强，百折不挠。

时间一分一秒地过去了，零点过了，餐厅里只剩下我们俩。

我说："你不用再为我可惜，也不用再为我伤心了。曲折既是不幸，也是宝贵的经历，是我们生命成长和思想成熟的必然过程。佛曰，人一生中的种种灾难，原本都不是凭空而来的，其实都是恰当的，都是应当的。人生没有白走的路，也没有白受的苦，每一步的经历、每一次的感受都铸就了我们生命的全部。俄国作家契诃夫说过，'如果你手上扎了一根刺，那你应该高兴才对，幸亏不是扎在眼睛里。'"

夏蕴责怪地说："你跑题了，如果没有你当初草率的决定，后面的挫折一定就不会有了。"

我想想，也许吧，但是命运从来不配合预测。

夏蕴疑惑地问我："你不会真掉进佛家的宿命论里了吧？"

我说："我六根未净，无资格谈佛论经。只是偶尔路过佛门外，听到一两句梵语而已。佛曰，若见诸相非相，即见如来。我见诸相依然是本相，所以无法见如来。"

夏蕴反唇相讥道："你豁达大度，看淡世事，对许多事情都可以不在乎！"

我愧疚地说："真对不起！"

夏蕴十分伤心地说："但是你根本不知道，你曾经几乎毁了我的一切！"

我说："你太夸张了，我没有这么大的能耐！我就是一个普通人，少了我，对这个世界完全没有任何影响。"

夏蕴说："我不乞求你的忏悔，因为这根本就不是你的错，其实都是我自己的错！"

我有些不以为然，心想你现在不是过得很好吗？何必要无病呻吟呢？

我想起明朝石屋禅师的《山居诗》，念道："过去事已过去了，未来不必预思量。只今便道即今句，梅子熟时栀子香。"

夏蕴不满地说："你以为谁都像你这样没心没肺的吗？"

我一愣，我没心没肺？也许吧！我确实对许多事情都没有过分在意！

夏蕴扶我出了西餐厅，微风拂面，稍感秋天的凉意，我打了一个寒战。

夏蕴紧紧地抓住我，悠悠地说："你的身体状况太令我担忧了！"

我笑道："暂时还死不了。"

夏蕴嗔怒，瞪了我一眼。

我歉意一笑，开玩笑地念道："生死人常理，蜉蝣一样空。世间走一遭，何必寿如松。"

夏蕴不满地看着我，眼神里饱含着怜惜之情！

我说："你不用伤心！杨绛说过，'人生在世，谁不吃苦受累？'或许不如意的人生之路才是最真实的生命历程。"

夏蕴低着头，轻声地重复道："是啊！不如意的人生之路才是最真实的生命历程！美国剧作家奥尼尔说过，'我们生而破碎，用活着来修修补补。'"

我又故作轻松地说："你真不用担心，我已经释怀了。生活虐我千万遍，我待生活如初恋！在薄情的世界里，我依然深情地活着。"

夏蕴忧伤地一笑，点点头，又摇摇头，悠悠地说："罗曼·罗兰有一句话，'世上只有一种英雄主义，就是在认清生活真相之后依然热爱生活。'好像说的就是你。"

我说："世界上有两种东西可以让人释怀，时间和成长。生活不会总是一帆风顺的，如果事与愿违，请相信命运一定另有安排。我现在的生活已经恢复如常；其实只要能坚持照常生活，就是对不幸最好的抗争。法国作家、诗人普吕多姆说过，'你活着就谈不上不幸。'"

夏蕴说："《三国志》有云：'经危蹈险，不易其节；金声玉色，久而弥彰。'"

我说："没有那么夸张！我的人生即将奔五，已经是知天命之龄。从此春夏秋冬里，我只静坐、读书、喝茶，看茶叶浮沉，观云卷云舒，不谈悲喜，勿论荣辱。"

夏蕴说："我十分理解你说的这些话，确实是谁活着都不容易！许多人说'我很好，不用担心'的时候，往往是安慰别人的，其实都是在负重前行。没有谁一生下来就具有无坚不摧的金刚不坏之躯，都是在生活的磨炼中逐渐变得坚强的。"

我说："所以，我们对许多事情不必太纠结，好坏都是一时的，一切都会过去的。心情只能靠自己调节，自己心里总是下着雨，别人也递不上伞。游走在凡尘，就应该笑对人生。'春有百花秋有月，夏有凉风冬有雪。莫将闲事挂心头，便是人间好时节。'"

夏蕴说："你是哲学家！谁能有你这么豁达？"

我说："佛曰，凡所有相，皆是虚妄。三教非我所求，此生只求心安而已。"

夏蕴念道："漫揾英雄泪，相离处士家。谢慈悲剃度在莲台下。没缘法转眼分离乍。赤条条来去无牵挂。哪里讨烟蓑雨笠卷单行？一任俺芒鞋破钵随缘化！"

我心中一惊！这是《红楼梦》第22回"听曲文宝玉悟禅机"中，贾母为宝钗过

生日听戏文时,宝钗为了讨贾母欢心,点了一曲《山门》,说的是鲁智深醉闹五台山的故事。宝玉嫌其吵闹无聊。宝钗辩解,讲了这曲戏文的好处,尤其赞赏其中的《寄生草》填词的精妙。宝玉立即兴趣顿生,宝钗就将这段念给他听。

我百思不得其解,正是人生得意之时,风头正盛的夏蕴怎么会突然念出这样一段消极的填词?她这是在说我,还是在说她自己?

夏蕴又说:"后来宝玉和姐妹们闹了别扭,独自生闷气,就依照《寄生草》的格式,自己也填了一曲,你念给我听听。"

我念道:"无我原非你,从他不解伊。肆行无碍凭来去。茫茫着甚悲愁喜。纷纷说甚亲疏密。从前碌碌却因何?到如今回头试想真无趣!"

我一念完就非常后悔,真不应该如此严肃认真地与她探讨这个话题。按照《红楼梦》中的说法,"这些道书机锋是最能移性的。"机敏的夏蕴真要用心地研究起来,钻了牛角尖,岂不就糟糕了?原本是她劝我不要悟禅,到头来她自己却真悟了,岂不是因我而起的了!

我疑惑地问道:"你为什么要跟我谈这些内容呢?你一定有什么特别的心事没有告诉我!"

夏蕴淡淡一笑道:"没有什么心事,就是触景生情,随口感叹而已,你就不要多虑了。因为觉得其中的填词确实很好,道尽了人生的无奈和悲凉!"

又是"触景生情",又是"随口感叹"!这已经是第三次了!还"道尽了人生的无奈和悲凉"!

夏蕴说:"其实,我也好想效仿陈晓旭,遁入空门,清净了此余生!"

陈晓旭在1987版电视剧《红楼梦》中饰演林黛玉,惟妙惟肖,形神兼备,一举成名。江湖传言"晓旭之后,再无黛玉"。陈晓旭患了癌症之后,就遁入了空门。

我说:"陈晓旭遁入空门之后,并非不问世事,而是大行善事,并以颂扬佛教为己任,这也许才是修行的最好方式。活在尘世的人除非离世,否则是无法真正脱离尘世的。"

夏蕴说:"你说得对!世上并无真正的避世之法,即使是出家人也会有出家人的担当。"

我故意轻松地说:"所以我们还是都留在尘世里,以社会实践来完成自身的修行!"

夏蕴说:"好的,我就听你的!自从有了你的消息,我就有一个非常迫切的愿望,在毕业二十年大聚会之前,我一定要专程先来南通看望你一下。可惜工作总是很忙,我根本抽不出空余时间,所以就一直拖到现在。"

我终于明白了,她这次突然造访,原来是为了弄清我当年不告而别的原因,了解我毕业以后的经历,关心我目前的生活状况。佛家有一句话说得好,原来所有的遇见都是久别重逢的亏欠。我心里非常感动!但是她心里有什么苦衷为什么不肯告诉我呢?

我说:"本来应该是我去南京看你的。我当年的不告而别确实是我的不应该,让你和玉儿为我担忧了,在此向你们真诚地道歉,希望你们能原谅我!"

夏蕴说:"什么时候,我们三人能一起会聚在南通就好了。"

我说:"一定有机会的。"

夏蕴说:"你小心!到时候玉儿一定会骂死你!"

我说:"你俩骂死我,我都认了,我罪该万死!"

夏蕴说:"要是我们当年在你的家乡找到你了,我们会一刀杀了你。如今二十年过去了,过了起诉期了,你已经逃脱审判了。"

我说:"一个月后,回母校聚会时,我自备利刃,在两位美女面前刎颈谢罪。"

夏蕴笑道:"你就是个大骗子,一点都不诚心!"

我送她到宾馆,道别后,回到家里。爱人和阿玉还没有回来,她们游览完濠河之后,又去看电影了,一点钟过后才归来。

我睡在床上,想起邯郸黄粱梦亭上的对联,"睡至二三更时,凡功名都成幻境;想到一百年后,无少长俱是古人。"

我便闭眼入睡,做黄粱一梦去了。

10月4日,星期二,晴

七点,我醒了,看到爱人熟睡的样子,我感觉好踏实!似水流年,就让我们这样安安静静地生活,无欲无望地老去,又何尝不是一种最真实的幸福呢!

爱人翻身,碰到我的手,醒了,看看我,惊讶地说:"你的眼睛有些充血,你是不是哭过了?"

我说:"昨晚夏蕴追问我回来以后的生活,说到我在乡下医院那一段时期的经历,我们都流泪了。"

爱人眼眶湿润了,哽咽着说:"那一段经历是你心里永远的痛!你的身体垮了,连续五位亲人相继去世了!为什么所有的风雨在那个时候一下子都突然降临了呢?"

我安慰道:"好歹这一切都过去了,我们终于挺过来了!你不用伤心,生活已经在逐渐好转。大前天阿丽来电话,说本来准备这次来玩的,知道我们有客人,说改在下周末来玩。"

爱人说:"阿丽是个好姑娘!曾经那么真诚地帮助过你,尤其是在妈妈去世

以后的那一段时间里！可是我们一直没有好好地感谢人家！"

我说："一定有机会的！在乡下医院的那一段时间也不完全是坏事，那里毕竟是我最初工作的地方，让我由一个学生转变为一个从业者，期间也得到了许多热心同事的教育和帮助，我的思想得到了磨炼而逐渐成熟。现在回头想一想，我还很留恋那个地方！"

爱人说："应该的，饮水思源。只要对我们有恩的人，我们都不能忘记！"

上午，夏蕴和阿玉都说要走了！夏蕴双手合掌，向我深鞠一躬，开玩笑地说："老大，感谢你为了陪伴我而错过了许多朋友的聚会，其中一定有不少美女佳人的约会吧！"

我调侃道："无妨！你就是我最应该陪伴的美女佳人。"

这几天陪夏蕴期间，不断有朋友们相邀聚会，为了专职陪夏蕴游玩，我婉言谢绝了所有人的邀请！夏蕴在旁边听到我接听电话，甚为感动！

爱人乘机打趣，笑着对夏蕴说："你们老大就是这样，重色轻友！"

夏蕴故意调皮地向我瞪着一双疑惑的大眼睛。我笑道："你大嫂开玩笑了！"

我俩送她俩到火车站，两美女同车而往，一个到南京，一个到合肥。阿玉父亲的老家在安徽，此次是她第一次去合肥探望父亲的老家人。在哈尔滨火车站，阿玉突然想起三十多年未见的发小，思念不已，情不自禁，所以直接登上了从哈尔滨到长春，再转到南通的火车。

夏蕴对我爱人深表谢意，真诚地邀请我们去南京玩！爱人回谢！两人很亲热地来了一个亲密而长久的拥抱！

阿玉哭得稀里哗啦，舍不得离开，抓着我爱人的手，一直不肯松开。我爱人也是满眼含泪！考虑到阿玉目前的生活条件不太好，善良的爱人给阿玉买了几件价值不菲的衣服，并给她的父母准备了丰厚的礼物。

夏蕴笑别！阿玉泪别！我俩目送她俩过了检票口，才转身离开。"回首向来萧瑟处，归去，也无风雨也无晴。"通过这一次心灵的交汇，我真希望夏蕴从此对一切都能释怀。

我们总是习惯于满世界去看风景，其实最美的风景就在我们内心。我们总是在感到紧张和压力之后，才会去寻求放松和休闲，其实最好的放松就是随缘随意，尽人事，听天命。

在回家的路上，我赞爱人热情善良，爱人夸我真情真性！

我说："这个结婚纪念日，我也没有好好陪你，真是很惭愧！"

爱人说："我们看场电影吧，我们俩从来没有一起看过电影。"

我一想确实是如此！我自从认识爱人到现在，一直没有陪她看过一次电影，我这个丈夫做得太不合格了。事实上，自从大学毕业以后，我就再也没有看过电影。生活总是处于一种压抑的氛围中，根本没有心情去看电影。

司机是一个年龄与我们相仿的中年男性，面目友善。他笑道："我听你们俩说话，感觉你们都是文化人，谈吐不俗。"

我调侃道："现在这个社会是一切向钱看的时代，没有人谈文化了，是文化的末路。"

司机笑道："这位先生，我要反驳你了。我来自苏北一个贫困县的农村，自小家里特别穷，初中一毕业就出来打工了，所以对有文化的人总是特别崇拜。"

我赞许道："那你也很不简单，能在南通安家立业了。"

司机说："在现在这样的知识型的社会中，没有文化是一件很可怕的事情。小孩的作业我辅导不了，电脑也不懂，自己也没有专业技能，就只能开出租车，赚点苦力钱。"

我说："我的亲戚和朋友中也有人是开出租车的，时常听他们说起赚钱的艰辛，我能理解你们这个行业的辛苦。其实无论哪个行业都不容易，现在大家的生活压力都很大。"

司机问道："先生是老师吧？"

我说："我是医生，现在医疗这碗饭也不好吃呀！"

司机突然惊喜地大叫起来："我想起来了，你俩上过电视，你是医生，她是老师。"

爱人说："你的记性真好，十多年前的老皇历了。我们自己都忘了。"

司机兴奋地说："那一年你们俩被南通电视台评为'感动南通十佳真情人物'！"

我说："是我爱人，我仅仅是陪她去电视台接受采访的。"

司机说："我当时仔细地看了你们俩的事迹介绍，老师被共青团中央评为'全国百佳乡村英语教师'，另外还获得过省级、市级和县级的各种嘉奖，令人非常敬佩！"

爱人说："都是虚名，但是我热爱教育，喜欢和孩子们在一起是真的。"

司机一路上说了好多敬仰我们的话语。我们都说，仅仅是职业的责任所在，分内之事，不足为奇。

善良的司机细心地将我们送到离圆融广场最近的地方，以尽量让我们少走路。司机说："你们不用给车费了，以表达我对你们两位的极度敬佩之情！"

这怎么可以？他工作如此辛苦！我们坚持给了费用。爱人主动给司机留了电话，告诉他如果小孩学习上有疑惑，可以直接联系我们。

和司机愉快地分手之后,我们到达五楼影视厅。爱人去洗手间,乘等待的间隙,我去买票。看着大家在自动售票机前面点了几下,就拿到票了,我也决定试试,可惜我站在售票机前面如同一个文盲,根本不知道如何操作。我感觉自己好像来自原始社会,已经与现代文明的设施完全脱节了。爱人一直说我out了,我还不服气。看来一个人如果不保持与时俱进的生活态度,确实早晚会被社会淘汰。

我来到人工售票处,售票员是一个态度非常和蔼的小姑娘。她告诉我,用现金买票60元一张票,用微信刷票34元一张票。我取出手机,不好意思地说:"我不会操作。"

小姑娘耐心地指导我进行每一步的操作,十几秒钟就完成了缴费的过程,而且确实比人工售票省了不少钱。小姑娘仔细地给我介绍,如何在家里就能查到近期各个影视厅放映的电影,在家里就可以购票。我终于感受到现代科技的神奇和方便,看来一个人如果不及时掌握自己所处时代的生活技能,将会给生活和工作带来极大的不便。

爱人出来,看到我正在取票机前面取电影票,极为惊奇地问道:"你这个土老帽,什么时候具有这种能耐的?"

我笑道:"惭愧,是售票员刚刚教我的!以后听你的,努力掌握时新的东西,不让自己太落伍。"

检票口有两个热情阳光的小姑娘,其中一个体型瘦一些的小姑娘一定要搀扶我,送我们进去。尽管我们再三谢绝,但是她依然非常热情地将我们一直送到座位上,我俩非常感动!

影片的内容是反映生活的浪漫和优雅,按照我的想象本应该是那种温馨的氛围、舒缓的音乐,可是全程都是快速切换的镜头,夸张炫目的局部影像,一阵阵突然爆发的巨大音响,吵得我头晕眼花。

放映还没有完全结束时,大家就纷纷站了起来,匆匆忙忙地离开了,没有人愿意耐心地欣赏轻盈优美的片尾曲,更没有人愿意看屏幕上影视人员的职员表。实话说,在整个观影过程中,唯有这一段音乐能让我感觉到心情舒畅;而且耐心地观看职员表也是对制片人员辛勤付出的起码尊重和由衷感谢。

也许真如爱人所说,许多人进电影院就是为了看一些刺激感官的情节,释放一下身心的压力;注重的是形式,对影片本身的内容并不是那么看重。

我们等放映完全结束了,才站起来。电影厅内的观众已经只剩下几位了。

我说:"这哪里是对艺术的高雅享受呀?简直就是受罪!"

爱人说:"你落伍了,现代电影都是这样的!如今看电影的主要对象是年轻人，而年轻人就喜欢这种夸张的视觉和听觉感受。"

我说："用这种刻意喧嚣的感官刺激来博取票房收入，是本末倒置，是对艺术的亵渎。我喜欢清静，又有高血压，看来我这辈子再也无法消受这种所谓的'感官盛宴'了。"

爱人笑道："你二十年没有进电影院，已经跟不上现代电影的脚步了。"

我说："这种脚步我还是不要跟的好，否则我的寿命会缩短的。"

刚才那位送我们进来的检票员又过来了，一定要搀扶我出去。我们深为感动，竟然有这么善良热心的年轻人！看来许多人认为现在的年轻人都是冷漠、自私的，这完全是一种偏见，是不对的。我们不应该以偏概全，一棍子打死。

为了表示感谢，爱人买了两盒爆米花送给两位热心的小姑娘，两人再三推辞并真诚感谢后，才收下了爆米花。

我说："电影历来是人们公认的最复杂、最高端的艺术表现形式，但是这一次观影，竟然让我改变了对电影艺术一贯的美好印象。"

爱人说："你走极端了，不是所有的电影都是这个样子的。"

我说："不是我走向了极端，而是电影走向了极端。一场生活片都拍得这么喧嚣、夸张和浮躁，如果是战争片或者恐怖片，更是无法忍受了。看来大多数中老年人都不太适合走进这种喧闹的电影院，这块阵地还是留给年轻人吧。我是不会再来凑这个热闹了。"

爱人说："偏执！现在是市场经济时代，拍的都是商业片，制片人只要能攒到票房就行了。真正的艺术片是很少能叫座的，既叫好又叫座的艺术片更是凤毛麟角。"

出了门，我们打的回家。我上车后告诉司机我们的目的地，并习惯性地扣上安全带。

司机也是一位和我们年龄相仿的中年人，一直用一种蔑视的眼神望着我们，一脸不耐烦地说："不要扣安全带了，这么近，扣什么扣？"

看来是嫌我们路太近，赚不了什么钱，不高兴了，再加上看到我俩行动不方便，明显表示出看不起的神情。我有些痛心，怎么会遇到这种人！《巨人传》里有一句话："人与人之间，最可痛心的事莫过于在你认为理应获得善意和友谊的地方，却遭受了烦扰和损害。"

我的嗓音提高了，充满正气地说："路再近也要系上安全带，该怎么做，就怎么做。"

司机一脸的不屑，无言地开车。

快到我家的时候，我语气平和地提醒司机："前面左拐。"

司机不高兴地说："我知道，你急什么急？"

我责问道："我急了吗？我不告诉你，你知道要左拐吗？"

司机一愣，傲气地摇摇头。一个人的品性决定了他的行为。一个品德低下的人，潜意识里就有一种轻视别人的劣根性，只要稍微找到一丝比别人强的地方，就会产生一种心理优势，然后以一种蔑视的眼光居高临下地俯视别人。

到了家门口，爱人下车了，我付钱后，坐着不动。

司机说："你等什么呀？赶快下车呀！"

我说："你赶快打票呀！"

司机傲气地说："这么近，还要打票？"

我故意负气地说："你说呢？不然我投诉也没有凭证呀！"

司机眼神里露出一丝惊讶和慌张，赶忙打了票。

爱人在车外也故意说："车号我也记下了。"

司机立即媚笑道："不好意思，我今天心情不好，不是针对你们的。两位都是有文化有身份的人，就不要和我们这些生活在社会底层的、凭苦力吃饭的人计较了。"

我心中为他感到悲哀！他就是一个欺软怕硬的人，惯于见风使舵，一旦见势不妙，转眼就自称是处于社会底层的人！刚才那种高高在上的盛气凌人的姿态哪里去了？我最讨厌这种具有双重人格、极其能够表演的人！

算了，跟这种人计较毫无意义。我善意地提醒他："你不用掉头，前面两百米左拐就出去了。"

司机向我们抱拳，讨好地说："你们大人大量，多多谅解！谢谢啦，再见。"

谁还愿意与你这种人再见！看来什么年龄段的人都会有品德和修养的高下之分。不是年轻人都肤浅和浮躁，也不是中老年人都有深度和修养。一个人无论干什么工作，无论居于社会的哪个层面，都应当本本分分地做人。同样是司机，区别咋就这么大呢？

有时候，我们总是过于相信我们的善意一定会得到别人友善的回馈，而事实总是经常打我们的脸，这足以让我们清楚地认识到现实的真相。这个世界不太完美，人性多样，善恶混杂，但是即便如此，我们还是愿意相信这或许仅仅是少数现象，我们仍然可以微笑着面对这个残缺的世界，相信世间万事万物最终皆不可欺骗。在成人的世界里，根本没有容易的事情，所有的人都在负重前行，但是在任何情况下，这些都不能成为欺负别人的借口。

回家进门后，爱人做的第一件事情就是举着双手，非常庄重地将刚才打车的发票扔进了垃圾桶里，然后向我会心地一笑。

爱人整个动作做得很有仪式感！我知道她不仅是在扔掉发票,而且是在丢弃一份意外遇到的不爽,将心中所有的不悦都随着这张象征性的发票扔进了垃圾桶里。

我们一向与人为善,是不可能投诉这位司机的,刚才也就是故意吓唬他一下,出出心中的怨气而已。世界之大,什么人都会有,我们不可能为了这种无聊的小人而影响自己生活的好心情的,太不值得了。

我们俩都松了一口气,感觉好轻松、好舒畅,终于又回到单纯的两人世界了！

假期结束,明天又要上班了,生活照常继续……

补记：

午餐后,我一觉睡到两点才醒来。想起曾经许诺钢班长要写一篇游记发到高中同学群里,赶忙打开电脑,开始码字,本想写篇游记,不知不觉中,却写成了日记样式。

以后每天晚饭后接着写,三天后,通篇结束。

我将《国庆日记》发到高中同学微信群里,同学们看了之后,纷纷留言,都为我在大学阶段拥有的同学真情而感慨不已！

有两位善良的美女同时真诚地告诫我,一定要对爱人一心一意,千万不能辜负了爱人的大度和信任。

我说："我俩一直风雨同舟,患难与共！爱人永远是我今生的唯一！"

同学们点赞！

爱人问我："你这几天晚上一直在忙着写什么呢？"

我说："你看看吧,我写的国庆日记。"

爱人花费两个多小时,用心看完了,中途还哭了一刻钟,为我遭遇磨难的那一段经历而伤痛不已！

我安慰她说："一切都过去了,不用再伤心！"

爱人感动地说："在这喧嚣的红尘里,于三千过客中,竟然能遇到你这样一位至情至真的人,实在是一种奇迹。今生能与你牵手,共同经历人世间的冷暖炎凉,一起度过生命的悠悠时光,足可慰藉平生！"

我感动地点点头！我想,爱是信任、宽容和善待,爱是两颗心的水乳交融,爱是不离不弃的坚守,爱是平淡而温暖的陪伴。爱一个人最好的方式,就是珍惜现在,共同展望未来。

爱人向我欣然一笑,真诚地说："我懂你,信你！校花有情,老大无意！我可高枕无忧矣！"

爱人说完,坦然入睡。

我抚摸着爱人的手,想起那句千古名言,"执子之手,与子偕老。"看似如此简简单单的一句话,竟然道出了古往今来无数伴侣心中最基本的诉求,也是一生最重的承诺。爱到深处是无言,情到浓时是眷恋。

世界上最暖心的事就是有人懂你、爱你!其实,人生在世,勿他求,能有一个人愿与你生死相随,就已经足够了。似水流年,伴君度;繁华落尽,伴君老!

我辗转反侧,久久未能入眠。

夜深了,世界安静了,曾经的那一段青春的岁月,已经渐渐离我们远去了……

第三章　风华正茂恰当年

——廿年聚会

离合总有因，聚散皆是缘！

11月4日至6日是我们本科毕业二十年回母校重逢的日子。随着聚会日期的逐渐临近，各项准备工作都提上了议事日程。风华正茂恰当年，而今再聚话未来。

二十年看似漫长，其实也是非常短暂的时光！白驹过隙，时光流逝太快了！弹指一挥间，二十年就过去了，人生能有几个二十年哪？真令人感慨无限，唏嘘不已！

二十年的从医生涯，我们经历过无数的不眠之夜和惊涛骇浪，在跌打滚爬中，一步步成长起来。当年那些一见血就头晕的青年学子，如今已经是泰山崩于前而不变色的中年医师。

"医生"这个称呼的内涵也在悄悄地发生着改变。曾几何时，一直受人尊重的"大夫"已经被别有用心者喊成了"刽子手"，必须履行"杀人偿命"的责任。全社会都在呼吁"理解病人"，可是又有谁来"理解医生"呢？

哎！什么时候能够安安静静地做一个只需要治病救人的单纯医生就好了！让这身圣洁的白衣永远圣洁无瑕！

前期花絮

11月1日，星期二，晴

中午，单位有事情，我没有回家。爱人打电话告诉我，大帅到我家来取我的身份证去买火车票。我和大帅准备一起乘火车去南京参加聚会。我们计划买4日早晨的票，中午赶到南京，参加欢迎午餐。

晚上，我找到一张上大学时我们同宿舍里的七位男生的合影。照片是时光最好的见证，也是勾起回忆最好的桥梁。当年大家都是小鲜肉的模样，一个个意气风发，把酒言欢，指点江山，自有一股"我自横刀向天笑"的豪迈；都有"环视寰宇，舍我其谁"的轻狂；正是"少年不识愁滋味，为赋新词强说愁"的青春岁月。

转眼间二十年过去了，如今那份年少的冲动，早就已经被光阴打磨得棱角无存；曾经寄放在天涯的万千心事，也在岁月邮车的漫长颠簸中掉落殆尽。我们不可抗拒地老了，不再奢望浓妆艳抹的出场；我们累了，不再期待惊心动魄的壮举。

中年负重的我们,只能理性地静观人世的变迁,接受生命的无常。

我将照片发到高中同学微信群里。我无限感慨道:"岁月如刀呀!"

阿霞说:"不要感慨,你在我们心中一直是年轻帅气的!现在的'精气神'更胜当年!"

钢班长说:"看到了,难怪校花对你情有独钟,又帅,又有才,还有德。"

三姐看了照片,猜出我是右边第一个,并说:"再怎么变老,都有年轻时候的影子。"

我听了心里稍感安慰,说明我还有少许年轻时的棱角,还没有老到别人完全认不出来的程度。

钢班长调侃道:"上海、南京的两位美女和你在一起时,你要做好安抚工作,她们会相互吃醋的。"

我说:"班长多虑了!两位美女现在都是国内行业内的精英!聚会时仰慕、崇拜和请教她们的人一定不会少,她们根本就没有空闲时间会想到我!"

钢班长说:"你多虑了!两美女看得出都是重情重义的,不管她们现在是如何成功,你们毕竟在一起同甘共苦了五年的青春时光。同学聚会就是回忆共同走过的浓情岁月,回味绵延不断的同窗深情。"

云云说:"青春好时光,那时是满满的胶原蛋白!但是你现在太清瘦了,需要好好补补。欢迎你来南京,我要请你吃饭。"

云云是我的美女发小,我们两人一同上完了小学和中学,她现在在南京一所高校里当老师。

我说:"谢谢你!不用你请我吃饭,聚会时,每天的活动日程都排得满满的!"

秀才说:"他要陪才女、校花和女神,没有空。"

11月2日,星期三,多云

早上,天禧在大学同学微信群里问我何时到南京。

我说:"后天中午到。"

天禧说:"老大,后天中午你要是不到,我们就不开午饭。"

天禧的大名叫秦天禧,是我们小班的班长,也是这一届临床医学专业十个小班中唯一的女班长,身材丰满性感,眼神妩媚迷人,性格豪爽外向,做事大刀阔斧。美女原本不是南京人,来自革命圣地延安,也许正是自小就一直经受着黄土高原上西北风的吹拂,才铸就了她豪爽的性格。她毕业时因成绩优秀,留在大学附属医院,如今已经是省卫生厅的挂职干部。

中午,在大学微信群里,有同学说组委会设计的签名旗不合理,又有人说统一班服上的logo好难看,应该好好修改一下。

  我看了好难过。四位当年分配在南京的同学,天禧、小妹、丫头和宝宝自觉组成了我们小班的聚会筹备组委会,辛辛苦苦地筹备了一切工作,其他人不但帮不上忙,而且还在说不满意,挑剔,真是有些不懂事了。

  我终于忍不住发话了:"组委会的人员已经够辛苦的了,大家就不要挑三拣四了,请尽量理解并尊重别人的劳动。"

  书记王华赶忙出来说话:"老大说得对,大家别再废话了。"

  王华是我们班的团支部书记,是来自安徽合肥的帅哥,具有徽商的睿智和谨慎,遇事总是细思慎行。上学的时候,遇到事情总喜欢广泛征求大家的意见。王书记最常说的话就是,大家议一议。看来尽管二十年过去了,王书记性格依然未变,还是愿意广纳言路。

  晚上,组委会要求每个人带一份自制的具有特色的小礼品,聚会时将全班所有人的小礼品混合在一起,然后每人再随机抽取一份带走。

  我在高中同学微信群里广泛征求大家的意见,最终我采纳阿坚的建议,手工制作了一个心形的锁。我先搭好基本框架,随后进行了细致的加工,将所有同学的名字认真地写上去,所有名字一个颜色,一个字体。锁心是学霸的名字——赵蒴苪,锁杆上是我自己的名字。

  蒴苪是我最佩服的智慧超群的女生,是上海的美女,她的父母都是高知,一看她的名字就知道是出自文化家庭。第一次看到她的名字,我们都不知道怎么念。她从小到大,一直是学校里的学霸。他们上海好多学生是看不起外地学校的,一般只考上海本地的大学。我们学校里很少能看到上海籍的学生,总共也就凤毛麟角的那几位。

  蒴苪的父母都是医生,受父母的影响,她从小喜欢医学。像她这样的学霸,高考首选应该是上海医科大学。蒴苪上高中时就在国内著名的医学刊物上发表有关寄生虫的医学论文,因此作为优秀特长生,被我们学校提前录取。

  上大学时,蒴苪每门学科都是优秀,成绩全校第一。毕业时校长亲自为她颁奖,这在我们学校历史上是极为罕见的。本科毕业后,考上协和医科大学呼吸专业的研究生。硕士读完后,去美国攻读博士。毕业后发现,随着我国经济的发展,人的寿命不断增长,我国的老年病和慢性病越来越普遍,并在世界范围内呈现爆发性增长的趋势,进而转攻康复医学,成为我国该专业的第一批博士后。并成立了康复器具研发公司,自带团队,横扫国内各大顶级医院和养老机构,进行康复医学知识和技能的普及和推广,成就斐然。

  爱人一看我制作的"心锁",高兴地说:"挺漂亮,这种区区小事总是难不倒你

的！不过你最好请美术老师在上面画上适时的应景的图画,装饰一下留白的部分,那就更完美了。"

我一想很对,立即打电话给大学里的一位美术老师,请求帮忙。她竟然非常热情,说现在就来拿。我好感动!

早在大学毕业十周年聚会时,由于信息不畅通,我们大多数人并不知道,当时聚会的同学并不多。我那时与大学同学们之间失去了联系,根本就不知道有十年聚会一事。

两年前跟小妹联系上以后,小妹说:"毕业十年大聚会,我们班也是由我和天禧组织的。我们班一共三十人,来了二十人。当时大家都特别关注老大为什么没来,大家非常不放心你,都说一定要想办法联系上你。可惜你就如同从人间蒸发了一样,我怎么也找不到你!"

小妹原本是安徽人,大名叫钟秋,本科毕业后留在南京一家全国顶级的三甲医院。大学刚刚入学时,我看到小妹的第一眼就感到特别亲切,感觉好像在哪儿见过。

后来我们熟悉了,聊天时,小妹说她是蚌埠人。我心里一动,我一岁时患小儿麻痹症,乡村里的医生一直以为是感冒,延误了治疗,直到我两腿站不起来了,父亲才急忙送我到我爷爷那儿治疗。我爷爷在蚌埠医院工作,我在蚌埠医院从两岁待到七岁,直到必须上小学了,才回到家乡的。

我说:"我小时候在蚌埠医院待了四年多。"

钟秋惊喜地说:"我家就住在蚌埠医院的家属区里,没准我们小时候见过。"

我说:"那个时候,太小了,许多事情都忘记了。唯一记得的是在我爷爷家对门的钟爷爷家里,有一位小名叫'小妹'的小姑娘,我们总是在一起玩。"

钟秋激动得跳起来,高兴地喊:"小妹就是我,我就是小妹!你爷爷是我们医院的工会主席?"

我也非常激动地说:"是的!这简直就是奇迹呀!难怪我一看到你的小酒窝就感觉好熟悉!你比我年龄小,我整天带着你玩。那时医院里每个周末都有露天电影,我就搬小椅子,和你一起看。你比我小三岁,我是七岁离开的,那时你才四岁,估计这些你都记不得了。"

小妹说:"是的,我记不得了。你爷爷退休了没有回老家,现在还返聘在我们医院里。你爷爷奶奶对我可好了,有好吃的东西都留给我。我太高兴了,我要写信告诉我爸爸妈妈。难怪我看你第一眼,就感觉非常亲切!"

我说:"你们蚌埠医学院也是很好的老牌名校,你为什么要到南京来上学呀?"

小妹说:"想到大城市来看看嘛。"

从此我俩相处极好,关系极亲。钟秋在家排行老三,上面还有大哥春和姐姐夏。我和他大哥年龄一样大,所以她一直喊我"大哥",我一直喊她"小妹"。同学们都跟着我,也喊她"小妹"。

小妹生得甜美可爱、娇小温柔,眼神清澈,娃娃脸,尤其是笑起来脸颊上两个深深的小酒窝,当年迷住了无数多情男孩驿动的心。

这次全年级二十年大聚会,由于有了大学同学微信群,绝大多数同学都通知到了,应到三百多人,外省路远的同学已经到了不少!这两天学校里已经非常热闹了。在大学同学微信群里,不断有人在喊,老大快来呀,我们想死你啦!

11月3日,星期四,小雨

早上,在我们大学小班同学群里,有人说只参加本班级的聚会,不想参加年级的大聚会,因为其他班上的人我们大多数不认识。附和的人较多,只有四五个人说愿意参加年级大聚会。

我立即发话:"没有学校,哪有班级,饮水思源啊!"

天禧说:"就按照老大说的做,所有人都必须参加年级大聚会。"

中午,冰玉打电话问我什么时候到,她刚刚已经到校了。

我说:"明天中午到。"

冰玉说:"好的,我明天中午在学校里等你。"

上学时,冰玉和我不是一个小班的,是一个大班的,只有上大课时在一起,平常班级活动并不在一起。

晚上八点,红美女在高中同学微信群里问我:"你在忙啥啊?到现在都没有消息。"

我说:"明天要走了,在准备行囊。"

红说:"把你的小礼品发给我们看看。"

我开玩笑说:"不给看,保密!"

其实同行的大帅下午去大学里帮我取回了小礼品,并直接拿回他家去了,明天一起帮我带过去。我自己也没有看到最终的成品。

九点,小妹打电话偷偷地提醒我,天禧明天中午等我吃午饭是别有用心,是要整我,惩罚我毕业后与大家失去了联系,让我小心。听了小妹的话语,我有些紧张,仔细想想,凭着天禧直率而喜欢热闹的性格,她真有可能会好好地捉弄我一番!

三天聚会

11月4日,星期五,晴

早晨,大帅告诉我是十点的火车,让我打车去火车站,他自己坐家门口的公交车过去。

爱人用我的手机帮我进行滴滴打车。

我说:"我不会使用滴滴打车。"

爱人说:"你太落伍了,到车站后如果不会用,就付现金。"

我真有一种特别落伍的感觉,仿佛被时代抛弃了。社会在发展,新生事物在不断涌现。早几年,博客和微博出现时,我都没有跟上,不知为何物。后来微信出现时,爱人说,你再不与时俱进,可就真跟不上时代的脚步了!

开车的女司机挺健谈,年龄在四十岁上下。得知我是医生,她非常热情,说自己从小就崇拜医生。她的父亲也是医生,作为医生的家属,她特别能理解医生的责任和辛苦,也特别能理解,在目前这种医患关系紧张的医疗环境下,医护人员所受到的巨大的委屈和社会的误解。

听到此言,我非常感激她的理解和包容。

到站后,女司机说:"你已经用了滴滴打车了,不可以付现金。"

我顿时傻了眼,但是我立即冷静地回想红美女曾经教过我的微信操作方法,仔细一试,果然成功,而且因为是第一次使用,系统自动便宜了七块钱,顿时就有一份小小的成就感,看来我还没有完全out。

热心的司机帮我拎着行李,一直送我进了候车室,工作人员很热情地帮我找到空座位。我感觉这个社会好温暖。

在等待大帅到来的间隙,我发火车站照片到高中同学微信群里。

钢班长说:"你已经错过午饭了,做好你们班长女神晚上整你的准备。"

卫公子调侃说:"今天的中午饭估计一点钟开始,女神整你,是你自找的。"

晴儿和星姐都关心地问道:"你的中午饭咋办?"

我说:"我买了面包和矿泉水。"

红和阿娟都说:"玩得开心些!多拍点照片回来。"

对于同学们的关心,我非常感动!人活在世界上,能有人在乎你,你就应该是幸福的!

09:50,我俩上车了,大帅的关照极为体贴细心。

火车准点出发。这是我生平第一次坐动车,比想象中的要平稳!一路上,我俩感慨科技的快速发展给人们的工作、生活、出行和旅游都带来了巨大的便利。

毕业后这二十年,中国经济社会的发展举世瞩目,人民的生活水平、交通运输、军事国防、文化交流等,都有了质的飞跃。

二十年前,从南通去江南,只能依靠缓慢的轮渡,真是"难通"！如今多桥飞架南北,天堑变通途。二十年前,南通根本没有火车,现在直达国外的飞机航班都有了。

中午12:11,我们到达南京火车站。大帅背着我们两人的行李,扶着我走过长长的出站道,终于到了出站口,等待打出租车的旅客排了很长的队伍,一眼望不到头。

有黄牛司机对我们说:"你们给我一百元,不用等,直接可以走。"

我没有犹豫,拉着大帅就上了车。一路上都是高楼林立,南京这些年的发展很快。经过四十年的改革开放,我国的经济社会发生了翻天覆地的变化,形势喜人。

结果一会儿就到了,估计费用也就三十元左右。

大帅遗憾地说:"我们被黄牛骗了！"

我乐观地安慰他:"等待的时间也是成本啊,现在一切都在飞速向前,等待半个小时,不仅浪费时间,而且站着也累呀。"

接近一点钟,我们终于到达宾馆。这一路上都受到大帅非常细心的关照。他办理入住手续,让我耐心地坐等。

近乡情更怯！一想到马上就要见到阔别二十年的同学们,我心潮起伏！二十年的历练和打磨,足以让我们面目全非！我们还能认出彼此吗?

我想起小妹告诉我的十年前聚会时的情景。毕业后十周年时,应该是最能显现各位同学个性的时期。十年,足以让同学们基本脱去了学生时代的单纯,部分被社会同化,感受到社会和人生的压力,多少染上了一些社会人的圆滑和精明。人生的分水岭已经初步显现,于是有钱人炫富,当官者炫权,都想表现出高人一等的姿态。男同学尽最大的努力表现自己的春风得意,女同学费尽心机显露自己青春仍在,魅力不减,风韵犹存。小妹说,那次聚会给她的感觉很不舒服,好多同学成了游刃有余的演员,华丽的外表下面全是虚荣的掩饰。

法国哲学家柏格森说过,"虚荣心很难说是一种恶行,然而一切恶行都围绕虚荣心而生,都不过是满足虚荣心的手段。"

我理解,当时是毕业后的第一次大聚会,大家都想在别人面前显露出成功的模样,急欲得到别人的认可,三十三四岁的年龄,有些虚荣,应该是可以理解的;但是如今又是十年过去了,人到中年,同学们的事业和生活都相对稳定了,思想一步步成熟了,对社会和自身的认识加深了,不应该再有十年前聚会时那种急于

表现的肤浅心理,可以轻松自如地重温老同学之间的感情了。其实人活在世上,都讨厌过别人,也都被别人讨厌过,重要的是我们要不断完善自己,去除谬误,改正不足,随着年龄的增长,将自己的人生过得真实而丰盈。

突然,一个甜甜的女声响起,打断了我的思绪,喊我"大哥哥"。

我定眼一看,原来是我们班上年龄最小的女生,比我小五岁,大家都叫她丫头。丫头上学时长得小鸟依人,声音甜美,乖巧安逸,惹人怜爱,一直喊我大哥哥。

丫头作为组委会的成员,今天的任务是在宾馆的接待大厅里,负责迎接远道而来的同学们。

丫头比上学时高了一些,脱去了孩子的稚气,多了份成熟女性的端庄,身材也更漂亮了。

我说:"我们小丫头长大了,成了大美人了。肌骨莹润,举止贤淑。"

丫头脸红了,和我握手,惊讶地问我:"大哥哥,你的手怎么了。"

我告诉她:"我患了严重的类风湿关节炎。"

丫头立即低下头,闭上眼睛,双手交叉相握,专注地为我祈祷。

丫头的全家都是虔诚的基督教徒,丫头从小在教会学校上学,讲一口流利地道的英语。教会学校上学早,所以她年龄小。她的家离我们学校近,所以她从来不在宿舍里住,她的床铺一直空着。谁有外地学校的女同学来南京玩,就直接睡在她的床上,也不需要和她打招呼。丫头的母亲早逝,因而喜欢自比曾经离丧的林黛玉,经常念叨,一样花开为底迟?我经常劝解、安慰她,所以我们的关系很近。

一时入住手续完成,我们去房间。负责安排房间的小妹把我和大帅预定在同一个房间里。

一路上,丫头十分细心地搀扶着我,问我们有没有吃午饭。一听说我们中午仅仅啃了一块面包,她赶忙贴心地从小背包里取出几块巧克力和压缩饼干。

我们一进门,丫头就忙着帮我们烧开水,拿出自己包里的茶叶准备给我们泡茶。

我们放下行李不久,小妹就一路高喊着"大哥、大哥",找来了。小妹依然那样地甜美可爱,乖巧迷人,只是脸上的两个小酒窝没有以前那么深了。

小妹激动地拥抱着我,心疼地说:"大哥,你受苦受难了!"

我强烈感受到来自小妹内心善良的秉性和热情的心跳!

我俩曾在电话里详细地告诉对方,双方的别后生活,小妹知道我的一切。

小妹说:"你的爷爷奶奶都已经不在世了,我好想念他们。他们离开蚌埠回家乡的那一天,我正好在老家,我好伤心呀!但是想想他们回家后就能和家人在一起了,又为他们高兴。"

我说:"谢谢你!他们去世十年多了!"

小妹抓住我的双手看了又看,眼泪汩汩而下,引得丫头也跟着流下了不少眼泪。

大帅调侃地说:"看你们这兄妹俩,以为是在拍戏呢!"

小妹感慨地说:"大哥,你老了!岁月真是'坏人',将我们当年帅气迷人的大哥摧残成饱经风霜的大叔了!"

我说:"万物生灵都必须服从新陈代谢的自然规律,谁也无法抗拒啊!"

丫头说:"大哥哥,你休息一下吧,我继续去楼下迎接同学们。"

我赞扬道:"好的!我们可爱的小丫头是最尽心尽责的了!"

大帅说:"那是,我们丫头最可爱了!好妹妹,我陪你去下面等吧,你一个人在下面太寂寞了。"

丫头脸红着说:"那就太好了!谢谢大帅哥哥!"

小妹笑道:"好肉麻呀,还'好妹妹'!"

大帅说:"你整天'大哥'不离口,不肉麻呀?在老大面前又是笑,又是哭,不肉麻呀?"

我们都笑了。

大帅笑道:"老大,我和丫头下去了,其实最主要的是,我也不想在这儿给你们俩当灯泡!"

我笑道:"大白天确实不需要灯泡,你就安心地陪你的'好妹妹'吧!"

大家又笑了。他俩欢笑着,一起下去了。

小妹暧昧地说:"大帅怎么这么关心丫头呢?他该不是一直就喜欢丫头吧?"

我笑道:"你就喜欢八卦!大帅总是特别细心,善解人意,对谁都很热情!况且丫头很可爱,讨所有人的喜欢。"

小妹说:"我看不一定!你不要想当然!"

小妹带着我去她的房间,领我们小班统一的聚会服装。房间里已经有七位先到的同学在聊天。彼此一见,相拥而泣。尽管二十年过去了,彼此还是那么熟悉,甚至更加亲切。同学们都成熟稳重了,少了份稚气,多了份岁月的沧桑。确实是"欢笑情如旧,萧疏鬓已斑。"

天津的歌神一脸的络腮胡子,身材比上学时更加高大粗壮,很有男人味。

苏州的两位美女菲儿和小晶也是刚刚到来。两个人从小到大都在同一所学校的同一个班上学,毕业后又在同一所医院工作,也算是前世修来的缘分。上大

学时,小晶矮胖,皮肤黝黑,看人时,眼神里总有一种提防的警惕;菲儿高瘦,美丽大方,温柔可亲。两人总是形影不离,好得像亲姐妹。如今小晶高了一些,也瘦了一些,两人的体型和身高竟然都差不多了,更像亲姐妹了。两人还像以前一样,总是手拉着手。我仔细看小晶,似乎眼神里仍然有一股不易觉察的邪气。

海南的黑胖还是那么爱说话,爱捉弄人,满口荤素搭配的段子;不过他现在既没有以前那么黑,也没有以前那么胖了。

来自呼和浩特的原本非常乖巧可爱的小男孩冬冬,如今竟然成了一名妇产科医生,而且据说在当地很有名气,非常受妇女病患们的欢迎。大家都由衷地笑了。

新疆的美女阿依古丽有些显老了,掩不住的沧桑。明媚鲜妍能几时?无论我们是多么不愿意,岁月都会无情地在我们的脸上留下年轮的印记。她是维吾尔族人,来自巴音布鲁克大草原,具有草原游牧民族能歌善舞的天性,原本性格活泼好动,一兴奋就会主动跳舞。现在她比以前安静了许多,不再那么爱说爱笑了;但是言谈举止中却蕴藏着一种精致的生活情趣,眉宇间显现出一种历经世事沧桑后的泰然自若。

在大家的再三强烈要求下,古丽给我们来了一段慢节奏的优雅的自唱自舞。

我们热烈鼓掌。

红颜易逝,岁月虽然可以侵蚀美丽的容颜,却也能提炼情趣,沉淀优雅。情趣,是一种知性的生活态度,是一种娴雅的浪漫情怀。优雅,是浸透了人生阅历后从骨子里渗透出来的一种高贵,是洞悉人生浮沉后怡然自得的修为。

来自昆明的美女吴欣,上学时漂亮迷人,当时是我们班上最美丽的姑娘,大家都亲密地喊她"欣欣"。许多男孩偷偷地喜欢她,尤其是冬冬心中的女神。

欣欣原本非常活泼好动,特别爱说话;现在却变得沉默寡言,不苟言笑了,似乎还有几分忧郁。她看到我,轻轻地喊了一声"老大好",就再也没有出声。

黑胖说:"冬冬呀,你一个大老爷们,竟然搞起了妇产科,真是艳福不浅哪!你说说,究竟有多少朵纯洁美丽的鲜花被你冷酷无情地摧残了?"

大家都笑了。

冬冬说:"我拒绝跟你这种流氓说话!"

黑胖极为感兴趣地说:"你就不要装了,你是谁,我能不知道吗?你先讲两个你们妇产科特有的笑话给我们听听,让我们放松一下疲劳的神经。"

冬冬说:"是笑话也不是笑话,只怕你们大家听了笑不出来。举个例子,如果有女孩来做人流,一定不能让那个送她来的男人先走了,否则医药费就没有人垫付了。"

小妹说:"你是说这种男人只是将怀孕的女孩送过来,然后就逃走了吗?怎么会有这样的人渣呢?"

冬冬说:"这是经常有的状况!当女孩做完人流出来的时候,诊室门口往往已经空无一人,那个男人早就已经走了!"

小晶说:"这种男人就是一条发情的狗,事情出了,他是不会负任何责任的!"

冬冬说:"能送女孩来就不错了,还有许多女孩是一个人来的。当女孩将怀孕的事情告诉对方时,他会轻描淡写地说,你自己去医院打掉就是了,这是你自己的事情,不要来烦我!"

古丽气愤地说:"这种男人是人渣,根本就没有人性!"

菲菲说:"其实这些女孩也应该反思和自爱,一定要守住底线,不能见到男人就上床,也要仔细甄别是怎样的男人。"

歌神调侃道:"如果遇到像黑胖这样愿意负责任的男人还行,否则就只能自认倒霉了。"

大家又笑了。

小晶说:"有些女人天生丽质,周围总是围满了追求者,可以摆架子;而有些女人相貌平平,难得有一个追求者,就特别害怕失去,所以就只能被动地让步了。"

我知道小晶是有感而发。上大学时,美丽的菲儿身边有无数的仰慕者,而小晶却从来都是无人问津。小晶常常露出她对菲儿的嫉妒之心,而善良的菲儿似乎什么也没有感觉到,或者是菲儿大度,不跟小晶计较,依然和小晶友好相处。二十年过去了,历经世事,人到中年的小晶,嫉妒之心竟然丝毫未减,真是有些不可理喻了。

冬冬说:"我再描述一个现象,让你们大家思考一下。产房的门一打开,原本等在门口的一大帮人立即会分成两支队伍,爷爷奶奶冲过去看婴儿,外公外婆冲过去看产妇。"

菲菲说:"不错,我生小孩的时候,我家就是这样的!"

小晶生气地说:"我家也是这样的!真令人寒心哪!"

我好奇地问:"那么你们的先生呢?"

菲菲说:"我先生心疼我,看到我渴望的眼神,直接向我走过来。"

小晶恨恨地说:"你这么漂亮,你家那位的心自然是一刻也离不开你。我家那位竟然直接跟着他爸妈去看孩子了,心中根本就没有我!为此,我伤心了好长一段时间!"

黑胖说:"你们俩太矫情了,真是身在福中不知福。我老婆生小孩的时候,整

个过程就她一个人!"

小妹问:"你老婆真是女汉子!你当时在干什么呢?"

黑胖说:"那几天,我出差了。我老婆是护士,那天上班的时候,门诊病人特别多,她忙了一上午,累了,中午突然肚子痛,就生了。双方的父母都在乡下,根本没有来得及过来。"

菲菲说:"你老婆好辛苦呀,都快生了,怎么还在上班呢?我那时早就休息了,在家里等着预产期呢!"

黑胖说:"我们是小医院,病人多,人手不够,休息不容易!孕妇分娩之前没有休息,分娩之后也休息不了几天。我们命苦呀!"

古丽说:"你们医院这是侵犯人权!"

小妹说:"可恨的黑胖,你对你老婆的关心也太少了!老婆预产期到了,你出什么差呀?应该在家里小心伺候着老婆呀!还好意思说出来,真是不知道害羞!"

歌神说:"谁知道黑胖出去干什么了!老婆预产期临近了,不能亲热,黑胖寂寞难耐,只能出去找小情人解渴啦!"

大家都笑了。

我们每个人都有着不同的欲望和需求,有着不同的关注点,因而就会有不同的烦恼!爷爷奶奶最关心的是自家传宗接代的事情,所以他们最牵挂的自然是婴儿!这个社会就是这么现实得让人接受不了!只有外公外婆才会心疼自己女儿生孩子的痛苦和辛酸!

相比于条件很差的黑胖老婆而言,菲菲和小晶无疑是幸福的,但是她们俩依然有自己的不满和烦恼!现实永远不能让所有的人都满意。

菲菲说:"人在住院的时候,总会感到特别脆弱和无助。即使是我们这些坚强的医务人员自己住院时,也同样非常渴望有人在身边嘘寒问暖。"

小晶说:"医院里能检验真情,包括亲情、爱情和友情。当你穿上病号服,躺在床上的时候,谁是真爱你的,一眼就能看透了。"

古丽说:"医院是最现实的地方,在医院待久了,见识的事情多了,让人心里真不是滋味。"

冬冬说:"医院是社会的缩影,在消毒水的味道和药品的味道混杂中,最能让人看清人情的冷暖炎凉和人性的善恶美丑。"

歌神说:"这里充斥着人生百味,每天都在上演着悲欢离合的故事,而我们是最冷静最忠实的观众。"

也许是这个话题太沉重了,大家不愿意聊得太多太深,一时陷入了沉默。

大家比较关心的是各自的专业职称,目前大家的职称大多是正高或者副高了。大家相互间都开始戏称对方为院长、厅长、教授或院士。

黑胖说:"什么鸟职称,我上不去了。要求博士毕业才能进正高,我才是个老本科。"

古丽说:"黑胖大主任,学历还算公平,一视同仁,而且我们那儿也不要求。问题是课题,我们这样低级别的医院到哪儿去申请省级、国家级课题呀。"

冬冬说:"论文要求 SCI,哪有那么多 SCI 的文章,结果就是造假或者花钱购买。"

菲儿说:"此次国外著名权威机构公布的中国论文造假名单中,国内许多知名的大学和附属医院都是榜上有名。"

小晶说:"小妹的医院和歌神的医院都'光荣'中彩了,医院对当事人是怎么处理的?"

歌神说:"我们医院采取一票否决制,撤销当事人的行政职务,职称降一级处理,而且五年内不可以再升职称。"

小妹说:"我们因为四位当事人中有两位是院领导,所以此事就不了了之了。"

小晶羡慕地说:"还是小妹的医院牛,级别高,国家级课题基本上被你们垄断了,SCI 论文也不用费劲,国际性论文造假曝光了,也能毫无影响。真是人比人,气死人!"

小妹说:"是因为涉及领导,有护身符;要是全是普通职工,还不是马上都中枪吗?"

黑胖说:"我们医院虽小,却乌龟王八俱全,升职称完全需要凭关系,职称委员会的老爷们必须全部参拜到,否则你就不能参加省里的送审。院内帮派林立,相互拆台,只顾自己小团体的利益,无视医院的整体利益。"

冬冬说:"我现在是职称和职务都上不去了,血脂、血压和血糖都在逐渐升高;业绩和能力不突出,椎间盘突出了。"

由于方方面面的原因,我的职称申报也不顺利,但是我并没有太在意。我说:"算了,不说这些不开心的事了,我们找一些快乐的话题聊聊吧。"

我发现欣欣没有参加我们的讨论,一直表情淡漠地听我们聊天。

黑胖说:"吴大主任,你怎么不说话呀?装深沉呀?"

欣欣淡淡地说:"什么吴大主任,我现在就是一个没有工作的家庭妇女,你们说的这些职称什么的,离我太遥远了,我根本插不上话。"

小妹说:"欣欣的先生是昆明的一位超级大老板,欣欣一直是豪门里的全职

太太,根本就没有我们这些普通人的职称烦恼。"

古丽说:"欣欣,你的命真是太好啦!你太幸福啦!"

小晶非常羡慕地说:"欣欣这么漂亮,命能不好吗?我怎么就没有这样的好运呢?"

欣欣摇摇头,依然淡淡地说:"未必,许多事情都不是表面上的那个样子。"

冬冬以一种特别心疼的眼神望着欣欣,神情中饱含着万分怜爱!冬冬上学时一直默默地关注着欣欣的全部,如今依然如此。人到中年的我们才终于领悟,只有我们在乎的人,才会默默地心疼,所有忍不住的关心都是因为爱!

黑胖说:"你这是阔太太闲得慌,无法打发多余的时光;你再看看我们每天都累得像条狗!"

欣欣轻轻地摇摇头,没有说话。

我从欣欣的语气和神情之间,分明感觉到她过得并不快乐和幸福;或许我们都不能真正了解别人的生活,更无法准确判断别人的感受。我拉拉黑胖,让他不要再说了。

歌神向我善意一笑,轻声地对我说:"老大还是这么善解人意,我最敬重你这一点!"

我说:"谢谢你!你是医务科长,像你这种做事一向严谨认真的人当医务科长,一定能将全院医务人员的言行都管理得非常规范,专业技能肯定又跨上了一个新台阶。"

菲儿说:"老大呀,那是前几年的事情,歌神现在应该已经高升为院长了。"

歌神笑道:"美女别乱说,当什么院长?我早就主动辞去了医务科长的职务。"

黑胖说:"为什么要辞掉呢?多威风呀,专门管着漂亮的美女医生。一定是你的老婆吃醋了,命令你辞掉的。"

大家都笑了。

歌神说:"你以为谁都跟你一样下流?这几年医患关系紧张,医务科就是一个患者及家属的出气筒,也是医院的挡箭牌。我是一个老实守本分的人,哪里有能耐去处理那么多繁杂的医疗纠纷呢?"

冬冬说:"问题是好多病人家属明明知道不是医生的错,但是就是要跟医院讹钱,这种事情确实不容易处理。"

菲菲说:"好多人把医院看成了商场,死了人就必须赔钱,所谓'死者为大';再加上专业'医闹'的忽悠,非得把医院搞得鸡犬不宁不可。"

歌神说:"而且我们领导又要滑头,每一次出庭之前,他都说让我跟他一起去,结果我每次到那儿,他却始终不出现,完全把我当成了炮灰,我一怒之下,就辞去了这个鸟科长的职务。"

我说:"辞去了也好!你是一个喜欢安静的人,远离是非曲直,安心搞你的专业更好。"

黑胖说:"实话说,我当医生都已经厌烦了。整天忙着写各种医疗文书,与病人交代病情,签各种知情同意书。"

小妹说:"现在医患关系这么紧张,你敢不详细交代病情吗?分分钟搞死你。"

歌神说:"最高法出台'举证倒置'让我们浪费了大量宝贵的时间和精力来完善各种细节;但是你做得再好,如果要告你,总能找到理由。"

古丽说:"上级主管部门想当然地以为规章制度越多,就越能管理好,结果就简单粗暴地下达一个又一个的文件让我们执行。我们治病救人的本位功能受到了严重的干扰。"

小晶说:"整天忙着避免病人与我们打官司,医患双方都累呀!"

冬冬说:"这些事情本来不是医生的分内之事,我们每年还要应付各级主管部门数不清的检查,准备数不清的台账,浪费大量的人力、物力和时间。什么时候不再让我们玩这些文字游戏,我们可以单纯安心地为病人诊治病情就好了!"

这是一个深层次的社会问题,涉及医疗体制的方方面面,不是我们这些普通医务工作者所能解决的事情,但愿国家相关部门能引起重视,通过医疗体制的改革,早日找到解决这个问题的有效措施。

莴苣住宿在对面的房间里,门开着。她一直在电脑前忙碌,忙着她的团队事务,也不来和我们打招呼。

我主动过去和她相见。我敲敲本来就开着的门,故意问道:"启禀尊贵的女王,老奴可以进来欣赏一下您永远年轻美丽的容颜吗?"

莴苣抬头一看到我,眼睛突然一亮,嫣然一笑,站起来,深情地喊了一声:"老大呀!"

在她这声"老大呀"的呼喊声中,我明显感受到时光的沉重,感觉自己老了!

莴苣热情主动地伸出手和我握手,她的手握得很紧,让我感觉到,二十年的岁月就在我俩这紧紧的一握中,悄悄地溜走了。

莴苣让我坐在她的身边,抓住我的手仔细看了又看,抬起头,眼神中有些忧伤地说:"我听小妹说过你的事情,我有这方面的康复器具,应该对你会有所帮助。老大,你确实是饱经风霜了,真令人心疼!"

我说:"谢谢你的关心!不老的只有我们尊贵的女王!你比二十年前更漂亮

迷人,更有气质风韵!"

芍芘笑道:"谢谢老大的谬赞,听了你的话,我真高兴!你稍等一会儿,我公司里还有一点事情急需我立即处理。待会儿吃晚饭的时候,我再和你仔细聊。我好想听你讲一讲这二十年来的精彩故事。"

我说:"我没有精彩的故事,只有无奈的过往。你是大忙人,你忙吧,我不打扰你。"

我坐在芍芘身边,仔细地端详。她容貌未有大变,依然是棱角分明,浓眉大眼,乌黑秀发,只是体型比以前更丰满,稍微胖了一些,感觉更加具有成熟女人的特殊韵味。

女人的韵味是表象对内心的反映,是言行对灵魂的衍射,是人格魅力对思想经纬度的注解。一个青春靓丽的少女到底是活成油腻俗气的大妈,还是活成恬淡优雅的女士,完全取决于自己的努力。芍芘的脸上满是淡定和从容。一个人见过的世面、经历过的岁月都会书写在脸上,千帆过尽,浮躁退去,生命沉淀。

女人专心工作的样子是最有魅力的,让人感受到一份积极进取的正能量!我想起日本电视剧《女王的教室》里的一句话,只要还在学习,人生就有无穷的可能。

芍芘忙中瞟我一眼,娇笑道:"你看什么看呀?没有见过美女啊?"

我说:"美女经常见,但是很少能见到这么迷人的女王!"

芍芘大笑,指着我说:"这可不像我记忆中一直稳重的老大该讲的话。"

我笑道:"老大也是人,也食人间烟火,看到美丽迷人的女王也一样会激动。"

芍芘笑得好甜,摇摇手说:"好了好了好了,老大,停停停,说得像真的似的。"

小妹过来告诉我:"天禧正在陪国家卫生计生委的领导视察,晚上才能过来。"

我笑道:"难怪到现在我还没有听到天禧咋呼呢!我中午迟到了,还担心她会发飙呢!"

芍芘说:"老大,你会怕天禧,我咋就不信呢?"

小妹笑道:"大哥晚上小心了!天禧说她好喜欢你耶!"

我说:"别听她瞎说,她总是拿我当幌子,她喜欢的人肯定不是我!"

芍芘说:"天禧喜欢学生会韩主席。"

我惊讶道:"我是第一次听说这件事!那么天禧怎么还霸道地规定,为了肥水不流外人田,只允许在班级内部谈恋爱,不允许与外班的人谈恋爱呢?"

芍芘说:"天禧那是为了掩人耳目。"

小妹说:"但是韩主席喜欢的人是冰玉呀,这个事情大哥肯定知道的。"

芍芘说:"难怪呢!天禧当年勇敢的表白竟然被韩主席无情地拒绝了。"

现实总是爱这么戏弄人,我喜欢的人是你,你喜欢的人却是他;难得能够彼此都相爱,却有可能因为种种原因最终没有走到一起。

小妹笑道:"问题是才女只喜欢大哥呀。"

我说:"就你话多,尽是胡说!"

茼芃笑道:"老大不用否认,这是路人皆知的事情。"

我说:"你们女生就喜欢空穴来风,捕风捉影。《论语》有云:'道听而途说,德之弃也。'而且《后汉书》中也说:'传闻之事,恒多失实。'"

茼芃说:"老大,等到晚上吃饭的时候,我们再拷问你,不怕你不承认。小妹呀,我问你一件事,欣欣辛辛苦苦地学了五年的医学,结婚以后就这么完全放弃了,安心做全职太太吗?太可惜了吧!"

小妹说:"她自己也舍不得放弃,但是男方的家庭在当地是一家有钱有势的名门望族,要求她结婚后必须放弃工作,只能在家里相夫教子。你们注意到她手指上的钻石戒指没有,晶莹明亮,光芒四射,特别漂亮!"

茼芃说:"欣欣一进门,我就看到了,是一颗大钻戒,估计价值不低于二十万。"

女人对外貌和服饰都比较敏感,尤其对别的女性的装饰更是观察细致。我这种粗笨无心的男性,根本就没有注意到欣欣的大钻戒。

小妹说:"欣欣的婆婆家教很严,欣欣根本没有多大的自由,不可以随便外出。十年前大聚会时,婆婆不让她来。这次聚会,欣欣一开始也说来不了,经过我的再三鼓动,她才好不容易争取到婆婆的批准。"

茼芃说:"嫁进豪门是很多女人的梦想,但是嫁得好未必就能过得好。一个女人,无论是嫁给金钱,还是嫁给权力,都必须保留自我。让我失去自由,给我多少钱,我都不干。这令我想起了《红楼梦》中元春的命运,在元妃娘娘的眼里,皇宫大内只不过是一个'见不得人的去处'。"

我说:"赤手空拳地嫁人很容易,但是拿什么去应对婚姻中的风云变故呢?爱情中的变故太多了,婚姻中的意外太多了。"

茼芃说:"或者娘家有钱、有势,或者自己有能耐。"

小妹说:"你俩说得太现实了!"

茼芃说:"小妹呀,现实就是如此。婚姻必须是双方实力相当的联盟,无论哪一方中途毁约,另一方都能够继续轻松地独立生活。"

我说:"婚姻大多数时候是强者对强者的欣赏,而不是强者对弱者的同情。"

小妹争辩地说:"婚姻和爱情不能完全等同,爱情可以产生在实力不对等的人之间。"

莳苈说:"小妹总是这么天真烂漫,爱情并不可以当饭吃!走进婚姻的人并不都是因为爱情,更多是为了现实的需要。"

我说:"我同意这样的观念,在现实生活中,确实有许多夫妻之间只有婚姻,没有爱情。"

莳苈说:"没有爱情和婚姻,我们都可以独自生活,但是没有谋生的手段,我们就无法独立生存了。"

我说:"最好的爱情——深情却不依赖。任何时候,一个人都不能失去自我,更不能失去自己谋生的依靠,否则一切都只能仰人鼻息。"

莳苈说:"永远不能放弃婚姻生活的主动权,去留必须由自己决定。依靠自己而生活,内心永远是踏实的,灵魂总是安宁的。"

小妹说:"好吧,我同意你们的观念,尤其是我们女人,必须懂得为自己而活,活出自己精彩的人生,才能不枉此生。"

我说:"《环球时报》曾经做了一个全球范围内的调查,为什么中国女人如此强悍?"

莳苈说:"就是因为中国女人独立性非常强,不愿意依靠别人而生活;而且中国女人特别勤奋,受教育程度高,干事能力强,情商高。"

我说:"所以中国女人的独立性在全世界都是顶尖的!"

小妹说:"但是再强悍的女人遇到非常强势的男方家族,也没有办法反抗,除非你不进入这样的家族。"

我说:"这样的男人也有些自私,完全不考虑女人的感受。"

莳苈说:"对女人来说,最可怕的就是,被一个自私自恋的男人'爱'着,心甘情愿地将自己的一生作为男人自恋的祭品而不自知。"

小妹说:"欣欣的先生应该是大男子主义,不见得是自私,而且欣欣明白自己的处境,只是已经身不由己而已。"

莳苈说:"大男子主义本质上就是自私。我感觉欣欣好像有忧郁症。"

小妹说:"能不忧郁吗?不要说二十年,让我在那种场合下待一年,我肯定就忧郁了。"

我说:"有得必有失!一路走来,如人饮水,冷暖自知。论事不论人,欣欣幸福不幸福,我们就不要妄加评论了,闲谈不论人非。知人而不评论人,是最大的修养。"

莳苈说:"非常正确!老大就是老大,还是二十年前的个性!宋代慈受禅师说过,'莫说他人短与长,说来说去自遭殃。若能闭口深藏舌,便是安身第一方。'"

小妹说:"你俩干吗这么严肃认真,'谁人背后无人说?哪个人前不说人?'"

我说:"我们千万不要随意评价别人,或许你知道的仅仅是冰山一角,而整个事实有可能正好相反。当你不了解事情的全部真相时,请你不要随意发言,这是对别人最大的尊重。"

茹芘说:"'来说是非者,便是是非人。'我们一定要努力让自己远离是非。"

小妹还要说话,我立即说:"好了,小话痨!茹芘的事情很多,让她忙吧,我们不打扰她了。你带我去领聚会用的班服吧。"

茹芘起身,向我作了一揖,抱歉地说:"老大,怠慢了,真不好意思!公司突然有点计划外的事情,正在等着要我安排,一会儿就好了。你是仁慈的老大,就多担待吧,晚上我一定好好陪你,我们不醉不归。"

我说:"好的,老朽一定遵照女王的指令,不醉不归。"

小妹拉着我出来,我随手帮茹芘带上了门。

小妹笑道:"大哥还是这么善解人意。爱因斯坦说过,'对于我来说,生命的意义在于设身处地替人着想。'"

我笑道:"我们可爱的小妹还是这么爱说话,这么可爱迷人。"

小妹调侃道:"但是我一无校花的倾城美貌,二无才女的文采灵气,三无学霸的聪慧能干,四无女神的万种风情……"

我说:"好了,贫嘴的小东西!其实你这个特别'可爱'的优点,她们都比不上!列夫·托尔斯泰说过,'人不是因为美丽而可爱,而是因为可爱而美丽。'"

小妹歪着头,哆哆地问道:"我真有那么可爱吗?我怎么没有发现呀?"

我笑道:"装傻的小东西,你就偷偷地得意吧!其实可爱的女人更讨男性喜欢,我们可爱的小妹当年迷死了无数的小帅哥。"

小妹撒娇地问道:"其中包括大哥吗?"

我说:"当然包括大哥在内呀!我们每个人都具有自己特有的优点,不用去跟别人学,保持自己鲜明的个性就是最好的。"

小妹兴奋地说:"谢谢我的人生导师,弟子受教了!"

我感觉好奇怪,尽管二十年过去,小妹的模样和性格好像都没有什么大变化,依然清纯可爱。

一个瘦瘦的干瘪老头模样的人拉着行李箱,从走廊那头走过来,兴奋地大声喊着:"老大,小妹,我想死你们了。"

我和小妹都愣在那儿,认不出他是谁。我努力捕捉记忆中我们班上所有同学的模样,真对不上号。

小妹咬着我的耳朵说:"好像是你们宿舍里的老孟。"

我再仔细一看,果然是老孟,只是与上学时的模样相比,差距太大了。他的头发已经半白了,更加清瘦了。

老孟放下行李箱,直接奔过来,拥抱着我,感慨万分地说:"老大呀,二十年的日子太难熬了!"

我仔细端详着老孟,额头上五六道深深的抬头纹,上眼睑下垂,眼袋很明显,有一种说不出的沧桑。

小妹笑道:"老孟,你长得好像有些着急了。"

老孟说:"可不是吗?这几年一下子就挤到老人堆里来了,已经跑到老大前面去了。"

我们都笑了。

我们一起进了小妹的房间。小妹给大家分发聚会服装,是棕色的拉链休闲上装,左前胸印着一个黄色的由校名、年级和班级组成的 Logo,设计很精巧,线条简单而有趣。

小妹给了我一件 L 号班服,我穿上。小妹一本正经地审视一番,笑道:"胖瘦正好,就是太短了。"

小妹热心地亲自帮我换上了一件 XL 号班服,咬着我的耳朵,轻声地说:"大哥,你多重啊?我怎么感觉你身上全是骨头啊!"

我也咬着她的耳朵,轻声地说:"95 斤,替我保密。"

小妹一听,眼泪再次汩汩而下,摇摇头说:"亲爱的大哥呀,你太清瘦了!"

黑胖一看,赶忙问道:"老大,你怎么又欺负我们最可爱的小妹了?这个泪水流得我好心疼耶,每一滴清泪都重重地砸在我的心上!钟秋,钟秋,就是我一生最钟情的秋呀!"

小妹一边擦眼泪,一边说:"你闭嘴,给我滚一边去!"

大家哄笑。

菲儿笑道:"胖胖真蠢,这个还用问吗?肯定是小妹在心疼老大的身体嘛,他们俩一直是兄妹情深呀!"

黑胖说:"亲爱的宝贝,不要哭了,我也心疼你的身体耶!我最心爱的'一寸佳人'!"

大家又笑了。

关于小妹这个"一寸佳人"的雅号,还有一个非常有趣的故事。

上大学时,我们大家一般都是过的公历生日;但是因为小妹的农历生日正好是元宵节,而我们每年寒假结束后,返校的时间都是正月十五,所以我们大家每年报到后,当天晚上就为小妹庆祝生日,因而小妹的生日从来都没有被大家忘记过,小妹因此也被大家公认为最幸福的人。

那是三年级的元宵节,当天晚上我们小班上的同学们刚刚为小妹庆祝完生日,冰玉就来找我,邀请我陪她一起去夫子庙猜灯谜。每年的元宵节前后,夫子庙都会举办大型的灯会和猜灯谜活动,前后持续一个多星期,非常热闹。小妹很高兴,也要跟着我们去。

天禧说:"人家才子佳人猜灯谜,正是郎情妾意最浓时。你跟过去,你这个大灯泡也太亮了吧。"

小妹撒娇道:"我才不管有多亮呢!我就要跟着大哥去,因为我最喜欢逛庙会。"

结果我们三个人一起去逛夫子庙。我们猜中了很多的谜语,得了不少的奖品。我从小就喜欢猜谜语,因此日积月累,逐渐掌握了猜谜的一些基本技巧。冰玉也是猜谜高手,她从小在古汉语研究的家庭文化氛围中长大,猜谜这种文化游戏对于她来说,自然是手到擒来。

到午夜的时候,一位工作人员拿着喇叭喊:"对灯谜有兴趣的同志都过来吧,今晚还剩最后一个谜语没有人猜中。谁要是猜中了,这个谜面模型就是谁的。"

大家都围了过去看热闹。

我们三个人过去一看。谜面是一个小巧玲珑的洋娃娃模型,约一寸多大小,走近了细看,原来是漂亮的"白雪公主"。谜目是打一字。

我和冰玉相视一笑,我俩都读过谜语历史上这个非常有名的文化典故,知道谜底。

虽然这个洋娃娃模型很小,但是做工极为精致,尤其是白雪公主的神态非常逼真,十分惹人喜爱。

小妹一看到这个奖品,就特别喜欢,着急地说:"大哥赶快猜呀,我就要这个'白雪公主'!"

冰玉赞叹道:"确实非常可爱!"

我立即明白了,冰玉也喜欢这个"白雪公主"。我说:"小财迷,我们今晚已经得了这么多的奖品,都给你就是了。这个'白雪公主'就留给你才女姐姐吧!"

小妹夸张地说:"我特别喜欢这个'白雪公主'!好漂亮,好漂亮呀!才女姐姐是大都市的人,见多识广,看不上这个东西的。"

冰玉说:"那你就把'白雪公主'抱过来吧,'她'已经是你的了。"

小妹笑道:"哪能呢?大哥还没有猜呢!"

冰玉直接将"白雪公主"取过来,交给小妹说:"这不就是你的了!"

在周围的围观者中,有好多人立即不满地喊道:"你们怎么能这样?你们什么都没有猜,凭什么这个'白雪公主'就是你们的啦?"

我模仿典故里的做法,冲着工作人员,举手做了一个"夺"的动作。

小伙子顿时会意,笑道:"大家不要喊了,他们确实猜对了,这个'白雪公主'就是他们的了。"

冰玉笑了,拉着我和一脸迷惑的小妹,在众人极度不解的目光中得意地离开了。我们捧着一大堆奖品,胜利而归。

我俩当时故意不告诉小妹答案,让她回去自己思考,结果小妹回到宿舍后,在床上翻来覆去,思考了整整一夜,也没有想出答案。小妹第二天早晨五点钟的时候,就来敲我们宿舍的门,找我要答案。我们宿舍的男生们都取笑小妹,说小妹肯定是想老大想得一夜都没有睡着觉。

我说:"就是'夺'的繁体字'奪',拆开了就是'一寸佳人'。"

小妹还是一脸迷惑不解的表情。

我笑道:"这么一件'小不点'的白雪公主模型,可不就是'一寸佳人'吗?"

小妹会意地笑了,又问道:"但是你当时并没有说出谜底呀,工作人员怎么就同意才女直接将白雪公主拿给我了呢?"

我说:"谜底是'夺',既然让我们'夺',那就不需要他的同意了。"

小妹终于恍然大悟,高兴得手舞足蹈。又因为小妹长得小巧玲珑,所以从那时起,男生们就称呼小妹为"一寸佳人"。

黑胖念道:"一寸佳人迷我心,楚腰纤细掌中轻。廿年一觉金陵梦,醒来小妹已嫁人。"

大家都笑了,赞叹黑胖才思敏捷,搞笑高手。

我知道,黑胖这是套用唐朝杜牧的《遣怀》,不过套得还真不赖!

小妹说:"你偷人家的诗算什么本事,有能耐你自己吟诵一首,我就服气。"

黑胖:"此话当真?老大见证!我吟出来,你家小妹就嫁给我!"

小妹正准备熨衣服,举着电熨斗说:"你把头伸过来,看我能不能拍死你!"

菲儿问道:"老大呀,大嫂是做什么工作的?"

我说:"是中学教师,身体不好,已经内退了。"

菲儿说:"教师嫁医生,绝配呀!"

我问:"你家先生是干什么的?"

小晶说:"菲儿的先生是法院的大领导,威风着呢!"

黑胖说:"可不是吗?吃了原告,吃被告。全部吃完了,再告诉你,是法制不健全，我也没有办法搞。"

菲儿笑道："黑胖的嘴里永远吐不出象牙！"

大家又笑啦。

黑胖说："必须承认，现在的公务员确实是很牛的。"

歌神说："可不是吗？现在进政府机关要求很高的，我的侄子是个刚刚毕业的法律系硕士生，今年想进法律部门都没有成功。"

菲儿说："是的，我先生的单位今年进了两个年轻人，全是博士。"

冬冬说："不就是个法院吗！有这个必要都是博士吗？浪费人才！"

菲儿说："我先生也说没有这个必要，但是上面就是这么要求的，他也没有办法，说反正博士多得很。"

我说："这种做法就有些极端了。国家培养一个博士多不容易呀，如果是专业对口，确实能人尽其才；要是专业不对口，可就是极大的浪费了。这些高尖端的人才应该让他们发挥自己的专业特长，为国家做更大的贡献。"

小晶说："怎么可能都对口呢？我先生在检察院，他们今年招了两个管内勤的，原本都是读工科的博士，与他们现在所从事的专业根本就是风马牛不相及。"

歌神说："这是严重糟蹋人才！不仅是个人的损失，更是国家的巨大损失！"

黑胖说："不得了，一位是法官，一位是检察官，公检法被你们两家占了两个要职，当地不成了你们两家的天下吗？"

菲儿和小晶齐声说："你闭嘴，给我们滚一边去！"

我们都笑了。

小晶说："只有菲儿家的是领导，我家的是普通工作人员。"

我劝道："小晶呀，是不是领导并不重要，过好自己的生活就行了。"

小晶脸红了，不好意思地点点头。

三点左右，我的手机响起。

刚才换衣服时，我的手机被小妹拿出来放在床上。小妹看看来电显示，暧昧地向我眨眨眼，然后把手机接给我。我一看是冰玉的来电。

冰玉问道："你在哪儿？我一直在学校里等你呢！咋就见不到你的人影呢？"

我说："对不起，我在宾馆里。你稍等，我马上过来。"

小妹说："'蜜意未曾休，蜜愿难酬。'我开车送你去约会吧。万一人家找你算账，如果你招架不住，我还可以帮忙保护你的！"

我说："贫嘴！你是组委会的领导，你的事情多着呢，这儿离不开你。我自己到门口打车去。"

老孟问道："老大，你要去哪里？我送你去，我的座驾是刚买的七座的新

奥迪。"

大家都说："你太牛了，土豪！"

老孟的家在马鞍山，他直接从家里开车子过来的。

老孟非常高兴地宣布："老大这三天的出行由我全包了，我负责专车接送。"

大家热烈鼓掌。

老孟并不姓孟，他这个"雅号"是他自己取的。我们班的同学大多数属牛，他大一岁，属鼠。我是全班的老大，他排行老二，鼠为子，大家叫他"二子"。他说不雅，孔子是圣人，孟子是亚圣，排在第二位，就叫"老孟"吧。

黑胖说："老孟，你总算做了一件人事。"

老孟学着小妹的声音说："你闭嘴，给我滚一边去。"

大家哄笑。

黑胖将我扶上了老孟的奥迪车。车子果然高大宽敞，前面的操作台上压着一幅老孟的全家福照片，七个人，老孟一家三口，小妹妹一家三口，还有一个老妈妈。老孟的爸爸在我们上大学之前就去世了。现在老妈妈看上去老态龙钟，眼神有些迷离。

我想起来，曾经我俩微信聊天时，老孟告诉过我，他妈妈有老年痴呆症。我问道："你妈妈的病情现在怎么样了？"

老孟说："按时服药就行，一旦忘记服药就会发病。曾经有两次出门之后忘记回家的路，都被好心人送回来了。"

我说："你们照顾妈妈辛苦了。这种病在我国65岁以上的老年人中发病率高达5.6％，女性的发病率是男性的三倍，且随着年龄增加而迅速增加，已经成为威胁人类健康的第四大杀手。"

老孟说："人类的平均寿命在逐渐延长，这种病人将来会越来越多。等我们老了，真不知道会是什么样子。我妈妈有我和妹妹轮流照顾，还显得力不从心；我们自己只有一个孩子，将来怎么能将我们照顾好呢？"

我说："这是放在我国政府面前的一个急须解决的非常现实的难题。几十年的计划生育政策实行之后，我国的人口现在正在加速老年化，养老问题已经被全国人大提到议事日程上来了。"

老孟问："老大还记得我妹妹吗？"

我说："记得，小胖妞，贪嘴，话痨。看照片，她现在已经成了大美女了！是做什么工作的？"

老孟的妹妹比他小十岁，是父母意外怀孕未舍得打掉而生下来的。老孟家住在马鞍山，离南京很近，上学时，老孟经常将小妹妹带到南京来玩，跟我们很熟悉,我们都很喜欢她。

老孟叹了一口气,不高兴地说:"别提了,一提就会气死人了!我妹妹学的是七年制的临床医学,毕业时到我们医院应聘,我们那位管人事的院长因为跟我有矛盾,就不让我妹妹搞临床,让她去搞检验。我妹妹一气之下去了另一家医院,现在已经是呼吸科主任了。"

我说:"你们这位院长确实有些过分了!"

老孟说:"我们院长完全是一个卑鄙的小人!她自己的女儿是一个学护理的大专生,到我们医院竟然当上了临床医生,结果经常出差错,出了医疗事故,医院为她埋单!你说荒唐不荒唐?"

我看看老孟,整个一张一直纠结的脸,只有笑起来的时候才算是恢复了正常的表情,我猜想老孟的生活中一定经历了很多的不顺。一个四十岁以后的人,该对自己的容貌负责,因为从此呈现的是自己的"精神长相",相由心生,相随心转。

我说:"别人的事情,我们管不了,也不要去管,自然有你们当地的卫生局会管理;但是,老孟呀,你这种过于直率的性格一定要改一改,太容易得罪人了!"

老孟说:"老大还是这么真诚,直接指出了我最大的问题。我也在努力改正,但是在许多情况下,我还是控制不了自己的情绪。"

我说:"我们都是四十多岁的人了,不能再像年轻人一样任性。你回去之后,把《道德经》给我认真看一看。"

老孟说:"好的,老大,我一定遵命!"

离学校越来越近,我设想着冰玉现在的模样。国庆节期间,我曾经给红美女看过冰玉刚刚发给我的十多张最近的靓照。红说是用美颜相机拍的,不过本人确实是非常漂亮的。红认为,从照片上看,上海的才女确实比南京的校花更加美丽。看来我和红的审美观念是完全一致的。

冰玉现在已经是中华医学会上海分会的委员,教授,博导,美国一所常青藤大学的客座教授。她现在的社会地位这么高,见了我会不会跟我摆架子,还真难说。

我俩到达学校门口,原本满是锈迹的铁管大门已经换成了崭新的不锈钢电动栏杆;破损的木质校牌不见了,改成了大理石上的鎏金大字。

冰玉正等在那儿,透过车窗看过去,她确实容貌未变,皮肤依然是那么洁白,光滑,富有弹性,一头长长的乌黑秀发。只是多了一副眼镜,脸蛋比以前稍微圆润了一些,腰身也比以前稍微丰满了一些。

真正美丽的女人,历久弥新,不论年龄,只会更为高雅。这不仅是一种内心的高贵和举止的优雅,而且是一种心灵的涵养和精神的富足。女性逐年沉积的

内在美与年龄成正比。

我下车。老孟说:"我到校园里转转,你们结束了,打我电话。"

冰玉满脸笑容,专注地打量着我。

我故意站着不动,让她看。我问道:"大公主呀,你有啥发现呀?"

冰玉怜惜地说:"当年江郎今更胜,虽经风霜却尤帅。"

我笑道:"你就直接说我是个糟老头子不就得了嘛!"

冰玉也笑了,故意动作夸张地倒吸了一口凉气,眯着眼睛,说了一个字:"酸!"

看来冰玉不仅美貌未减,才气更高,反应也更快。她依然如此活泼可爱,我也就跟着放松了心情。快乐应该是可以传染的,曾经五年的同窗生活,快乐的冰玉带给我无尽的欢乐。

我也想吟两句诗夸夸她,但是我没有她那样的急才。

冰玉调皮地说:"你说话呀,不能一看到美女就发愣啊!"

我说:"你只顾自己逆生长,却丝毫不管我老成这个样子,你好意思吗?"

冰玉哈哈大笑:"你这话是经常用来骗漂亮的小护士的吧,我可不理会你这一套!"

我脱口而出:"百花皆凋阳春后,芙蓉独艳金秋前!"

冰玉惊奇地看着我,笑道:"看来糟老头子的才思并不输于年轻的时候呀!"

我说:"但是输给你了。"

冰玉靠近我,用手轻轻拍了一下我的腰,故意瞪着眼睛说:"你就会瞎说。"

我说:"玉儿呀,你应该去参加诗词大会。"但是这话一说出口,我就后悔了。

冰玉嫣然一笑道:"诗词者,修身、养性、怡情也。可偶与知音同道之间联句、应答,论一论山高水长,评一评古今春秋,但是万万不可用于争名夺利的比赛。否则,岂不是亵渎了这份雅意?"

我脸红了,高雅的冰玉岂会去争这份虚名?看来是我低俗了。

我立即转换话题,感慨地说:"你依然这么年轻漂亮!我感觉自己四十岁以后,老得特别快。"

冰玉仔细地看我一眼,怜惜地说:"感觉你现在身体好虚弱,我好心疼!不过你的精神和气质都挺好。一个人的精神里包含着思想的深度和灵魂的高度;一个人的气质里蕴藏着所有走过的路和读过的书,即一个人见识的广度。"

我笑道:"你现在说话这么有哲理,我都不敢开口了。我感觉四十岁以后,我的身体和灵魂经常脱离,我衰弱的身体已经跟不上我的灵魂了。"

冰玉反驳道:"大家都是因为身体走得太快,灵魂跟不上了。你是相反,灵魂在前面指引着身体前行,你才是有着深邃思想的哲人呀!"

我笑道:"不敢当,让大才女见笑了。四十岁以后,我的时空好像扭曲了。时间在加速流逝,一年一晃就过去了;空间变小了,整天就像钟摆一样,在家和单位之间来回摆动。"

冰玉说:"所以你要经常出门走动,在大自然中感受生命的原动力,你就能满血复活,返老还童。"

我笑道:"玉儿呀,我们真能回到从前就好了!"

冰玉激动地说:"我前天又认真地看了一遍我们上学时的照片,尽管那份单纯和幼稚令人很不好意思,但是那一段无比美好的时光令人特别难忘!"

我笑道:"那时候,天空好蓝,空气好清,你和蕴儿美如天仙。我们一起看日出,看夕阳,总感觉岁月不老,时光永恒。"

冰玉笑而不言,拉着我在一棵大雪松下面的长石凳上坐下来。上学时,我们曾无数次在这棵树下谈天说地,评古论今。当年只有碗口粗的树干,现今一人双臂才能合抱。树冠茂密旺盛,直径达一丈。秋风轻拂,树枝起伏,落叶漫舞。

冰玉仰望着雪松,感慨道:"二十年的时光过去了,这棵曾经见证了我们五年友谊的雪松,如今更加高大挺拔了。'为草当作兰,为木当作松。'"

我接口念道:"'兰秋香风远,松寒不改容。'雪松是南京市的市树,是迎霜傲雪、高洁不屈的象征。蕴儿特别喜欢这棵树,树干上还留下了蕴儿亲手刻下的'真情永驻'四个字。"

我和冰玉靠近了一看,果然四个字还在,字形变得很大,刻痕变得很深。这就像我们之间的真情随着岁月的增长,会变得越来越深!

一片梧桐落叶飘落在石凳上,透过灰色落叶上深深浅浅的脉络,我感受到光阴荏苒、时光飞逝。所有的生命都是过客,经历了花香的繁盛,最终都会迎来无悔的凋零。真是"只有一枝梧叶,不知多少秋声"。

冰玉捡起树叶,仔细端详,转头看着我,笑道:"你知道吗?法国梧桐是我们民间公认的上海市的市树。"

我开玩笑地说:"你抢了蕴儿的风采,法国梧桐明明是人家南京人的最爱。"

冰玉笑道:"蕴儿是大校花,谁敢在你面前抢她的风采?"

我微笑着,不说话。

冰玉回忆起好多以前的往事,每到高兴处,就会哈哈大笑。

我一直安静地听着,配合着笑着。

冰玉突然停下来,疑惑地看着我:"你咋不说话,好奇怪呀!"

我说:"听你说话就是一种最美好的享受!"

冰玉摇着我的胳膊,撒娇地说:"不行,我要听你说话,讲讲你的经历吧。"

我总不能一直用我所谓的沧桑来博取单纯美女的同情,也不能一有人关心我,我就立即敞开心扉,将心里的话和盘托出。这样做其实不是坦率,而是肤浅,心中藏不住事,或者是孤寂难耐,急于找人表达。

我有意转移话题:"说说你的家庭吧,你现在这么爱笑,一定是活得很快乐,很幸福!真心地祝福你!"

冰玉又笑道:"你就是老土,不懂,爱笑葆青春。笑容是世界上最美丽的表情!人生三千烦恼,不如拈花一笑。"

我想起波兰批评现实主义作家显克微支说过,"我笑,是因为生活不值得用泪水去面对。"我爱人也爱笑,她说,笑着也活一天,哭着也活一天,不如笑对人生。

我说:"你再这样青春下去,我们就成父女俩了。"

冰玉调皮地说:"老爸,你就听听女儿讲讲自己的故事吧。"

冰玉叙说了她的家庭、父母、爱人、小孩和事业,一脸的幸福和满足的表情!

我说:"玉儿呀,看得出你的快乐幸福是发自内心的,你的这份快乐感染了我,真心地祝福你,谢谢你!"

冰玉说:"也祝你永远快乐幸福!心理学上有这样一个公式:快乐值=现实—期望值。"

我说:"所以如果不能改变现实,就降低自己的期望值,给自己带来快乐。"

冰玉说:"也要降低对别人的期望值,给别人保留快乐。"

我调侃道:"是的,快乐永远是相对的。你现在不仅是心理学家,而且是哲学家。"

冰玉笑道:"不敢当!在你这位博古通今的老学究面前,小女子不敢放肆。"

我们都笑了。

时不时地,有来参加聚会的老同学与我们打招呼。好多人我已经叫不出名字了,但是脸型依稀有印象。

有两个男生与我俩打完招呼后边走边聊。

一个人问道:"这两个人是谁啊?"

另一个人答复:"是当年校报编辑部的一对才子和才女啊,这个你都忘了。"

前一个人说:"哦,想起来了。"

我笑道:"大才女啊,当年我也算是才子吗?"

冰玉笑道:"你这话问得好愚蠢,你喊我为'才女',你就只能是'才子'啦。"

当年学校文学社模仿《红楼梦》大观园中的姑娘们,进行即兴诗词联句,题目是《春柳》。我想在冰玉面前好好表现一番,所以提前两周认真做准备工作,背诵了大量有关春柳的古诗词,并且自己提前写好了几十句赞叹春柳的诗句以备用。所以当联到二十句时,其他同学都败下阵来,只有我和冰玉继续。我俩极尽能事,颂扬春天柳枝的品质,绿芽满枝的无限生机,万千下垂的绿色丝绦,随风飘逸的婀娜多姿,柳絮飞舞的漫天白花,将春柳的美丽演绎得绚烂无比。我俩一起联到四十句,我赶忙联出收尾句结束。

从此,我俩"才子"和"才女"的雅号传遍校园。

事后,冰玉问我:"为什么才联了四十句,你就匆忙收尾了,好不容易有一个联句的机会,联上一百句才能过瘾。"

我说:"江郎才尽,再联下去我就要露馅了。"

我仔细分析了这四十句,发现无论是平仄、对仗、切题、合意和韵律,我的联句都与冰玉的联句差距甚远。跟她比起来,我的才子之谓实在是徒有虚名。

从那时起,我对冰玉的诗词水平佩服不已。她父母都是上海高校的中文系老师,专门研究古典诗词。她从小家学渊源,耳濡目染,五岁作诗词,八岁能写文章。

夏蕴曾经给予我们俩这样的评价,玉儿深厚的诗词歌赋的古典文学底蕴确实称得上"才女",老大对生活哲理的深刻领悟和精辟总结确实称得上"才子"。

冰玉曾经这样说过:"德国诗人席勒有一句话,'思考是我无限的国度,言语是我有翅的道具。'老大既善于思考,又善于用言语来表达思想。"

对于她们俩对我言过其实的评价,我很羞赧,深知自己思想肤浅,言辞笨拙。

秋风吹拂,我俩同时闻到一股淡淡的菊花清香。我俩回头一看,身后一棵菊花盛开,十来朵,铜钱大小,金黄色,极为悦目。

我说:"菊花耐寒斗霜,气质高洁,是我们南通市的市花,象征南通人民积极进取的革命精神。"

冰玉说:"很好,这也正是你所具有的优秀品质!单就花而言,我喜欢秋天的菊花,冬天的梅花,春天的海棠花,夏天的建兰花。"

我说:"棠之美丽、兰之高雅、菊之隐逸、梅之傲骨,除去竹之虚节,四君子,你揽了其三。文人雅士爱菊,颇有陶公'采菊东篱下,悠悠见南山'的闲适。"

冰玉说:"岁寒三友,我也喜欢。孟浩然《过故人庄》'待到重阳日,还来就菊花',国人有重阳节赏菊、饮菊花酒和品菊花茶的习俗,菊花具有清肝明目的功效,还有吉祥、长寿的寓意。"

我说:"菊,花之隐逸者也! 我也特别喜爱菊花,大多数时间,我不喝茶,只喝白开水,但是如果有菊花泡茶,我会欣然接受。"

冰玉说:"人淡如菊,宛如君子。我爱菊,就是爱它的与世无争,低调安逸。极易生长,对环境要求低,雅俗共赏。默默地绽放于秋天,不在春天与百花争艳,而且菊花是人格高洁的象征,屈原有云,'朝饮木兰之坠露兮,夕餐秋菊之落英。'"

我说:"这倒是极其符合你美而不媚的个性,一枝独秀,无须人言。"

冰玉温柔一笑道:"讨厌!上次蕴儿去你那儿待了四天,你们都干什么了?"

我说:"带她游山玩水,吃喝聊天。"

冰玉注视着我的眼睛,调皮地问道:"你们就没有干点别的?"

我故意给她一个白眼!

冰玉说:"蕴儿曾经跟我说过,喜欢一个人的感觉非常奇妙,希望他知道,又希望他不知道。只能在心里偷偷地喜欢,心中默念着他的名字,一个人独自会心地笑。民国才女张爱玲也说过,'听到一些事,明明不相关的,也会在心中拐几个弯想到你。'"

我心中一动,有意问道:"你心里也有过这种美好的感觉吗?"

冰玉说:"当然有过呀!"

我问:"你当年喜欢的人是谁呀? 能告诉我吗?"

冰玉说:"你猜?"

我说:"那个时候,仰慕你这位天仙的帅哥太多了,排了好长的队伍。我好笨,根本猜不到,不知道哪位帅哥有幸能获得你这位天仙的青睐!"

冰玉问道:"队伍里有你吗? 我好像没有看到你呀!"

我说:"我排在最后,队伍太长了,你根本就看不到我!"

冰玉笑道:"谁让你排在最后的,活该!"

冰玉随手拉住我的手,我感觉她手掌好热,手心有汗。

我疑惑地问道:"你热吗? 我还感觉冷呢。"

冰玉开玩笑地说:"见到你,激动的! 你一直是个冷血动物! 我帮你焐焐手。"

我说:"我自从患了类风湿关节炎之后,血液循环不好,总是怕冷。"

冰玉将我的双手轻轻地捧在她的手心里,爱怜地问道:"疼吗?"

我说:"不疼。"

冰玉默默地流下了眼泪!

我故作轻松地说:"食五谷者,岂有不生病之理? 你不用担心,生病也是一种提醒,让人有一种心理准备,进而悟出生与死的意义,未尝不是一件好事。"

冰玉说:"你的哲学理论无处不在,尽管好坏永远是相对的;但是我只愿你事事都好,不希望你有任何的不顺心!"

我非常感动!这么多年过去了,冰玉对我的关切之情依然未减!

我俩面对西方而坐,静待着那一轮夕阳西下,那一道绚丽的晚霞似曾相识,一切都仿佛又回到了从前。

我想起诗人顾城写在《门前》中的句子,念道:"草在结它的种子,风在摇它的叶子,我们站着,不说话,就十分美好。"

冰玉眼中有一股憧憬的光芒,轻声地说:"这种感觉真好,真希望时间就此停滞,就这样执子之手,一起看日落烟霞,直到青丝如霜。多少次,在思念的黄昏里,一个人幽静地独坐在绿苔蔓延的梅花树下,燃一支檀香,泡一壶清茶,铺开一页白纸,在落日的余晖中,慢慢地洒下一阕含泪的清词,圆一个久别的旧梦。那一刻,周围万物皆虚化,任我思绪漫天飞扬。离别后的二十年时光里,你还在写诗词吗?你偶尔也会想起我吗?"

在二十年的坎坷人生中,我身心疲惫,累了,没有心情去感受风花雪月的浪漫。生活早就远离了诗词歌赋的渲染,只剩下柴米油盐的平淡。俗话说:"后生好风花,老大即厌之。"现在看来确实如此呀!

生活是现实而琐碎的,风花雪月不能饱腹,米饭馒头才能续命,其实生活有序,无关风月;但是仅仅是油盐酱醋的生活能叫生活吗?似乎又少了那么一点生活的意趣和生命的灵动,所以爱人常常责备我,说我是一个缺少浪漫的俗人。

我想起清朝诗人查为仁的《莲坡诗话》,随口念道:"琴棋书画诗酒花,当年件件不离它。而今七字都变更,柴米油盐酱醋茶。"

冰玉默默地看着我,眼眶里闪动着伤痛的泪花,感慨地说:"转眼间,二十年就过去了!老大,你说说,时间到底是一个什么东西,让人如此奈何不得!"

我说:"高尔基在《童年》中说过,'世界上最快又最慢,最长又最短,最平凡又最珍贵,最容易被人忽视,而又最令人后悔的就是时间。'"

冰玉问:"你后悔吗?弗洛伊德说:'人生就像弈棋,一步失误,全盘皆输,这是令人悲哀之事;而且人生还不如弈棋,不可能再来一局,也不能悔棋。'"

我说:"我从来不悔棋!人生也不用再来一局!一切都是最好的安排。"

冰玉问道:"什么意思?"

我说:"许多事情,偶然之中有必然的因素。"

冰玉说:"你确定这是你的心里话?不是在背台词吗?"

我说:"是真话!你觉得我是在和你演戏吗?"

冰玉说:"人生就是演戏!有些是形式,有些是内容。你总是直奔主题内容,而不在乎外在形式。"

我说:"如果太在乎形式,人生就变得复杂而沉重,我祈求简单而轻松的生活。"

冰玉看着我,不说话。

突然,我的电话响起,是小妹打来的。

小妹说:"你和老孟就不要回宾馆了,直接到饭店来吃饭。女王说晚上要和你重温一下醉酒的感觉,她不允许你和才女在外面吃饭,否则就要打死你。"

"打死你"是莂苉的口头禅,这样一个自信而霸道的女生,总以为一切都在她的控制之中。

我深感歉意地和冰玉道别。

冰玉十分惊讶地说:"你竟然不陪我吃晚饭吗?"

我说:"班里有事情要商量,我们明天见。"

冰玉不高兴地说:"你好没意思,也不主动来找我,还让我来找你。"

我说:"这不是我到学校里来找你的吗?"

冰玉说:"狡辩!"

他们班上的同学住在学校里的招待所。

冰玉说:"昨夜,我睡在蕴儿家里的。昨夜星辰昨夜风,一夜无眠谈老大。蕴儿好想念你。"

我说:"你可别瞎说!"

冰玉说:"'身无彩凤双飞翼,心有灵犀一点通。'你就不想她吗?"

我说:"想!你俩我都想。"

冰玉说:"蕴儿明天有事不能来,后天我们三个人一起聚聚吧!"

我说:"好吧!"

一阵秋风吹过,落叶满天飞。

冰玉说:"法国作家阿尔贝·加缪说过,'秋天是第二个春天,每一片叶子都是一朵花。'"

我笑道:"跟你在一起的所有日子都是我的春天!"

冰玉说:"深有同感!"

冰玉扶我上车,目送着我们离开,没有说话,但是我清楚地感觉到她不舍的眼神中分明还有无数没有说完的话语!我这样无情地离开是不是有些残忍和自私了?

去饭店的路上,我陷入深思之中,有一丝失落。萧飒的秋天终究不是繁华的春天了!

老孟嬉皮笑脸地说:"老大,你咋没有流眼泪呢?"

我说:"我决定晚上请大家吃烧鸡。"

老孟赶忙说:"老大,你就饶了我吧!"

上大学时,老孟和我住在一个宿舍里,是我们小班的生活委员,管着全班人的生活补助、粮票和饭票。老孟体型瘦小,却特别喜欢吃。当年他偷偷地用班级的公款买了一只烧鸡,一个人吃了。此事被我发现,一直用来威胁他,效果极佳。其实我也就是调侃、吓唬他,我是不可能将这件事情说出去的。

我说:"你回去之后不许乱说。"

老孟连连点头,调皮地说:"二弟保证一切行动都听老大的最高指示!"

到了饭店门口,大家都在等着我们。我带头大大地夸奖了老孟的豪车,大家跟着赞叹,都称他为土豪。

老孟的虚荣心得到极大的满足,马上说:"老大是天底下最好的好人!"

我和刚到达的同学们打招呼。杭州的小米到了,以前是个瘦高个,腰间喜欢束一条棕色的军用大皮带,双手一举,特别像英国国旗上的"米"字标志,大家都友善地喊他小米。他如今发福了,身高又增加了一些,显得非常高大、帅气。

我握着小米的手,他突然和我来了一个大大的拥抱,我明显感觉到他的激动和热情!

小米眼含泪珠,激动地说:"老大呀,我想死你了!太感谢你了!"

小米当年一进学校,就表现出浙江人对数字和经济天生的敏感,随口就说出我们每个人所在地区的人口数量、国民收入、财政收入、主要经济支柱,惊得我们大家一愣一愣的。他整天忙着赚钱,丝毫不关心学习,结果四门功课不及格,学校通知他留级。我花费了大量的时间帮助他复习补考,最终全部通过了。

我说:"不用感谢,小事情。听说你现在发大财了,真心地祝贺你!"

小米毕业后没有几年,不满足于医生这个行业的辛劳、收入低、风险大,就改行搞保险,据说搞得风生水起,现在已经是一家大公司的老总了。

小米说:"老大呀,若不是你当年帮助我通过考试,拿到本科文凭,现在的一切都不存在了,饮水思源哪!"

我说:"过奖了,只要你的生活和工作都好,我就很欣慰了!你给我们大家每人都弄份人身意外保险,万一我们哪一天被患者劈啦,也好给家人留一点生活保障。"

大家都笑了,但是笑得很沉重!

如今医患关系如此紧张,冲突时有发生。我们经常听到医生被患者及家属

打残或打死的报道,心中甚感寒意！曾几何时,治病救人竟然成了最危险的行业了？现在同行们上班都是如临深渊,如履薄冰。社会到底是在进步,还是在倒退？

来自克拉玛依的一对同学夫妇,高个和小燕子,下了飞机后坐地铁刚好赶到。高个更高了,也胖了好多。小燕子却比上学时清瘦了不少,显得好有灵气,更加可爱。

一见面,两人分别和我来了个热情的拥抱！泣笑叙阔之际,感慨万千！高个看我的眼神中饱含心疼,我知道他在怜惜我的身体！

我拉着他们两人的手,笑道:"高个啊,你这么胖,小燕子却这么瘦！家里的好东西肯定都被你一个人吃掉了。"

小燕子摇着我的手臂,撒娇地说:"可不是吗？公正的老大,你要为我做主呀！"

我一本正经地说:"高个,你太不像话了,一点都不知道怜香惜玉。"

高个申辩说:"老大,没有的事,我是喝水都长肉的。"

黑胖说:"高个不许狡辩！喝水能长肉,这违反了能量守恒定律。"

上学时,他们俩都来自克拉玛依大油田,父母就是1950年1月去新疆大开发的十万余官兵中的人员,都是汉族人。他俩上大学之前并不认识。大三的时候,高个开始喜欢小燕子,但是小燕子成绩好,高个成绩差。高个有些自卑,不敢追小燕子。高个是男生里和我关系最好的,我就鼓励他,小燕子也是喜欢你的,就等着你表示呢。同时,我告诉小燕子,高个喜欢你,不敢表示,你就给他一个机会吧。结果小燕子主动找高个挑明了关系。从此,这对欢喜小冤家都极为感激我这个月老。

高个现在是副院长,分管护理,下面有很能干的护理部主任,所以高个平时的工作相对轻松。小燕子是老年科主任,也是内科里相对轻松的科室。两人都在悠闲的位置,难怪都保养得挺好。

黑胖说:"小燕子呀,高个分管护理,整天混在如花的护士丛中采蜜,你可得小心了。"

小燕子说:"他想采蜜就采吧,只要不给蜜蟒死就行了。"

大家又笑了。

苘芃自己开车过来了,一看到我,就微笑着说:"老大,你还是挺听话的嘛！"

我说:"女王有令,老奴岂敢违抗！否则老命不保！"

苘芃的公司总部在上海,但是在北京、南京、广州等大城市都有她的分公司,所以随便到哪儿都有公司的车子使用。

小妹说:"王华书记下午临时接诊一个脑外伤大出血的病人,手术刚刚结束,估计他半夜才能到。"

一共才到了十八个人,分成两桌。荺芃拉住我说:"书记和班长都不在,我俩就坐在主席的位置。"

大家鼓掌,说一致通过。

荺芃坐在我的左边。小妹说:"大哥,我坐你右边吧?"

我说:"你坐到另一桌去。"

小妹翘起小嘴,不高兴地问道:"为啥?怕我妨碍你和女王吗?"

我说:"就你俩是美女班委,总得一桌一个吧!"

男生们异口同声地说:"老大说得太对了。"

晚餐开始,小妹说:"欢迎尊敬的女王给大家讲话。"

大家热烈鼓掌。

荺芃当仁不让,站起来滔滔不绝,从第一次见面一直讲到今天的聚会,中间还适时地加上一些当年的趣事,引得大家哄堂大笑。她一点没有停顿地连续讲了十分钟。

同学们热烈鼓掌,都说:"学霸就是学霸,非他人所能及。"

我向荺芃竖起大拇指,赞叹道:"好有女王的霸气!"

小妹说:"大哥也给我们讲两句。"

我说:"不用了,开饭吧。"

黑胖说:"小妹心里只有老大。"

小妹瞪着眼睛说:"大哥是我最敬重的人!怎么啦?你不服气啊?"

黑胖故意问道:"那我呢?"

小妹给他一个白眼,笑道:"你是我最最最讨厌的人!"

众人哄笑。

黑胖上大学时喜欢小妹,但是不敢明确表达,结果他总是以各种搞笑的方式来引起小妹的注意。有一次,他捉弄小妹时,惹得小妹不高兴了。小妹就生气地说,你这个又黑又胖的家伙真是讨厌。从此他就得了"黑胖"这个美名。

阿云说:"亲爱的胖胖,你别不服气,老大也是我最敬重的人。"

黑胖说:"老大呀,你还让不让别人活啦?"

大家又笑了。

一时,觥筹交错,杯来碟往,起坐喧哗,插科打诨,十分热闹。

天禧给我发来私信,说她争取九点之前到,并且说一定要检验我的酒量!看来女神真的要整我了!我在高中同学微信群里说了我的担忧。

钢班长安慰我说:"你不用担心,女神不会对你怎么样的,只会让你更开心,更难忘。"

卫公子说:"你可以装酒醉,看女神如何待你。"

云云说:"不用装,看到女神就醉了。"

高中同学们调笑。

七点,夏蕴给我来电话,告诉我,她明天不能参加年级聚会了,要主持一个省卫生计生委组织的国家级研讨会,但是后天一定能抽空来见见我。我说,你忙吧,不要因为我而误了你的公务。

黑胖坐在我右手边,我接电话时,他一直将耳朵紧贴着我的手机,偷听电话内容。我几次将他推开,他总是又耍赖地靠过来。

我接完电话,刚放下手机。黑胖就满脸坏笑地说:"我听到老大电话中的精彩内容了。我给你们透露一下。"

大家鼓掌。

黑胖学着女生细细尖尖的声音说:"老大耶,我好想你呀!你快点来吧!"

大家哄笑,好几位同学把口中的饭菜都喷出来了。

阿云笑得眼泪都流下来了,指着黑胖说:"你太能扯了,这完全是污蔑我们敬爱的老大。"

黑胖一听,更来劲了,站起来说:"你们猜猜老大当年最喜欢的美女是谁。"

大家猜天禧、苭芃、小妹、丫头等,将我们班里女生的名字都猜完了。

苭芃说:"都别猜了,老大喜欢的女神根本就不在我们班里!"

黑胖说:"女王好牛啊!啥事都知道!老孟,你告诉大家,你刚刚送老大去和谁约会了。"

老孟坐在另一桌,立即站起来,得意地笑着说:"我把刚才的所见所闻给大家详细描述一下。"

大家热烈鼓掌。

我赶忙说:"老孟,你最喜欢吃鸡腿,快过来,我给你留了一块最好的鸡腿。"

老孟连忙改口说:"我就陪老大在学校里转了一圈,没有见到什么人呀。"

大家起哄,说老孟真会胡扯。

聪明的苭芃看了我一眼,举手拍了一下我的肩膀,肯定地说:"老大的鸡腿一定是一个什么威胁,把老孟给吓住了!"

黑胖闭上眼睛,摇头晃脑地说:"老大所爱,不是校花,就是才女。"

我说:"你就不要闭着眼睛说瞎话了!这块鸡腿挺咸的,最适合你吃。"

黑胖说:"老大呀,我不是老孟,不喜欢吃鸡腿。"

阿云说:"蠢货,老大说你嘴巴太淡了,让你吃块咸鸡腿,才能闭上嘴。"

大家都笑了。

古丽激动说:"跟大家在一起的感觉太亲切了,太好玩了!我好多年没有这么高兴过了。"

大家说:"你给我们跳一支新疆舞吧!"

古丽站起来,大家热烈鼓掌。

歌神主动站起来,深情地唱起《花儿为什么这样红》。古丽优美的新疆舞姿让大家非常着迷。大家应着节拍击掌,场面好温馨。

我激动不已,好像又回到了上学时的快乐时光。大家白天在一起学习,晚上在一起欢乐,那时年轻的我们总是恣意地消费着自己无价的青春。

黑胖说:"我拍到某人看美女跳舞,看得流口水的照片了。"

几个男生立即走过来,抢他的手机,闹成一片。

莴苣开始和我聊天。她说:"亲爱的老大,刚才怠慢了,你现在给我讲讲你的人生经历。当年风华正茂的大才子,这些年来一定经历了很多风花雪月的浪漫故事。"

我讲了这些年来的遭遇,并为自己已经落后于大家的步伐而深感惭愧!

莴苣怜惜地说:"没有想到你竟然遭遇了这么多的不幸,真令人心疼!"

我说:"你不用为我难过,人生难免有些不顺。现在一切都已经过去了。"

莴苣说:"我坚信我们一直坚强的老大肯定不会被困难打倒的!你在我心中一直是一个顶天立地的男子汉!"

我说:"谢谢女王的鼓励!"

莴苣说:"我现在搞的项目中,有一种产品非常适合你的康复治疗。"

莴苣详细讲解了产品的原理和使用方法。我觉得很好,非常感兴趣。

莴苣的公司是研产销一条龙,可以根据每一位患者的具体需要而进行个性化设计。将患者需要支具的部位进行三维立体扫描,在电脑中形成虚拟模型,然后加工成成品。随着社会的发展,人类的平均寿命会越来越长,因慢性疾病而需要康复治疗的患者越来越多,看来他们的市场前景非常广阔。莴苣真不愧是学霸,而且能够学以致用。创业是勇敢者的游戏!只有像莴苣这样敢于第一个吃螃蟹的人,才能在不断的创新中首先取得创业的成功。

莴苣说有空一定到南通玩,顺便将器械带给我。我深表感激,感觉她少了一份二十年前的那种盛气凌人的架势,多了一份成熟女性的亲和力。

酒过三巡,气氛逐渐嗨起来了。一个个以前很腼腆的男生现在都争着和美女们合影。我坐在莴苣右边,一直没有动,所以要和莴苣拍照的男生都坐在她的

左边。

正在十分热闹之时,黑胖突然宣布,他有两个惊人的发现:其一,所有的男生都和女王合了影;其二,所有和女王合影的男生照片里都有老大。

苭芘说:"你这两个发现一个都不对。其一,老大根本没有主动和我合影;其二,所有帅哥和我的合影里,老大都是被动拍进去的。"

黑胖坏笑着对我说:"老大,听这话的意思,女王对你是非常不满意呀!你为什么不主动邀请女王和你合影呢?"

男生们起哄,齐声高喊:"合影、合影、合影……"

我说:"好吧,黑胖帮我和女王来个合影。"

苭芘立即瞪着一对生气的大眼睛,不满地说:"老大,你这话太勉强了,毫无诚意。我现在拒绝和你合影,等你有诚意了,再找我吧。"

苭芘说完就站起来,离开了我,坐到另一张桌子边上去了。

大家起哄,鼓掌,吹口哨,敲桌子。

黑胖说:"老大,你终于棋逢敌手了。"

我好尴尬,自嘲地笑笑,向苭芘抱抱拳,以示歉意。

小妹从另一桌边走过来,坐到苭芘原来的位置上,笑着跟我说:"大哥领教到女王的厉害了吧?她是故意和你闹着玩的,不要放在心上。"

我说:"知道!惭愧!"

小妹说:"有啥好惭愧的!你一直像兄长一样关照我们,有你这样的老大,我们好幸福!我相信所有的人对你都特别地敬重!孟子有云:'爱人者,人恒爱之;敬人者,人恒敬之。'"

我说:"全班同学里面,我一直愧对一个人。"

小妹说:"不可能!你怎么可能愧对别人呢?我才不相信呢!"

我说:"是今天没有来的阿聪!他为什么没有来?他可是最喜欢热闹的人,这种场合哪里能少得了他呀!"

阿聪是一个非常机灵的小伙子,善于察言观色,能言善辩,毕业后不久就改行搞行政管理了。也算是发挥了他的特长,人尽其才吧。

小妹叹口气说:"可惜了!十年前就当了三甲医院的副院长,主管后勤。"

我说:"可惜啥?前几年不是被评为省级优秀管理人才的吗?"

小妹说:"本来确实做得顺风顺水的,据说正准备提拔成院长。岂料在前年中央对卫生行业的专项整顿中,被查出贪污受贿,数目倒是不大,判了三年,马上快出来了。"

我说:"确实可惜了,本应该是个前途无量的人才,就这么毁了!孟子曰:'穷不失义,达不离道。'"

　　阿聪出身于贫苦家庭,始终想着发财致富。上学时经常卖方便面、火腿肠等小百货,赚些小钱。时常感慨英雄无用武之地,最信奉的一句话就是"强者为尊该让我,英雄只此敢争先"。

　　小妹说:"阿聪太爱钱了!你还记得他为了两毛钱跟别人打架而被学校警告处分的事吗?"

　　我说:"有印象!凡事太过,缘分必尽,物极必反!一个人在任何时候,都要懂得控制自己的欲望,千万不能太随心所欲啊!"

　　小妹说:"欲望太强烈了,会限制人的快乐,所以阿聪总是郁郁寡欢的。控制不了自己欲望的人,根本控制不了自己的人生。"

　　我说:"阿聪太精明了,感觉他整天都在算计,结果是聪明反被聪明误。一个人最擅长的能耐往往会成为他的致命伤,一个人最在乎的事情也大多会成为他痛苦的根源。"

　　小妹说:"是另一位同样想扶正的副院长实名举报的。机关算尽太聪明,反误了卿卿前程。真是'一场欢喜忽悲辛,叹人世终难定'。"

　　我说:"阿聪就是事事太要强了!'山不碍路,路自通山。'不能心急,事事顺势而为,不可强求。有些人的人生越过越糟其实就是因为太聪明了。《资治通鉴》有云:'才者德之资,德者才之帅。'仁德远比才能更重要。"

　　小妹说:"德不配位,必有余殃。厚德方能载物。做人做事都必须有所敬畏,否则会自寻苦果。其实那位实名举报的副院长后来也没有能当上院长,一定是人家觉得他太狠了,有政治野心,反而不敢用他了。一个人做事不能太过分。'径路窄处让一步与人同行,滋味浓时留三分让人品尝'。"

　　我赞叹地说:"我们小妹果然已经长大了,思考的东西多了。"

　　小妹笑道:"我总不能当一辈子不懂事的小朋友吧?其实阿聪和这位副院长都是小聪明,不是大智慧。你给我讲讲聪明和睿智的区别。"

　　我说:"小聪明的人懂得把握机会,知道什么时候该出手,所谓'拿得起',将自己认为能做的事情都做了;睿智者看清全局,知道什么时候该放手,所谓'放得下',知道不能做的事情一定不去做。"

　　小妹说:"小聪明的人是小家子气,从来不肯吃亏,最终往往会吃大亏;睿智者顾全大局,总是愿意吃亏,最终并不真吃亏。"

　　我说:"小聪明的人患得患失,烦恼无穷;睿智者顺应自然,内心坦然。所以,聪明仅仅是一种思维方法和处世能力,而睿智是一种更高的精神境界和内在修养。"

小妹说:"听你这么一讲,我真长见识了!你快说说当年是怎么一回事!"

我说:"你还记得当年学校规定,不通过四级英语考试者,就不能毕业吗?阿聪连续考了三次都没有通过,失去了信心,请求我替代他考试。违规的事情我不可能做,我不同意替他考试。他跪下来求我,我真的好为难,但是想想自己非常艰难地参加了三年的高考,我必须珍惜这来之不易的机会。曾经以六百多的考分远超某师范学院的录取分数线,人家却不要我。"

小妹问道:"为什么呀?"

我说:"身体不好嘛!"

小妹说:"大哥呀,你这么好的人,为什么总是障碍重重呢?"

我继续说:"我问阿聪为什么找我,却不找别人。他说我善良,一定能帮他,别人是不可能帮他的。"

小妹哭着说:"大哥,你可千万不能答应他,他是在利用你的善良。君子成人之美,但是不能成人之恶。不懂得拒绝就会过被动的生活,就会被别人牵着鼻子走。"

我说:"阿聪竟然用钱来贿赂我,我感觉受到极大的侮辱!我最终没有答应阿聪,但是我觉得太对不起阿聪了。第二天医用电子学考试时,我脑子里全是阿聪跪在我面前的影子,最后一条很简单的大题目,我竟然看偏了内容,白白地丢了二十分,只考了75分,这是我五年里所有学科中分数最低的科目。"

小妹说:"难怪呢!当时我们医用电子学都考了90多分,看到你的分数,我好纳闷呀,你学得那么好,怎么会只考了这么低的分数呢?所以我清楚地记得这件事。"

我说:"从此我的心里就一直欠阿聪一份债,是心债呀!感觉一辈子也还不清了!以后每次见到他,我都好难受。我尽最大努力表达我的友善,但是一直到毕业的时候,他也没有原谅我,尽管最后他通过了四级考试。"

小妹说:"大哥,是阿聪不应该,是他自己的错。你做得对,你并没有错!这种事情,换了谁,都不会答应的。你不要再内疚了,好吗?我苦命的大哥啊!"小妹放声大哭。

我小声地对小妹说:"你不要这么一惊一乍的!好吗?其实,并没有什么大不了的,一个行走于尘世的生灵,如果没被岁月沧桑历练过,那就不能算是一个完整的生命。"

小妹说:"我昨晚值夜班时,心情很不好!一位已经意识消失十年的植物人突然出现呼吸急促,送来医院抢救,没有成功,去世了。我说不清是什么感觉!"

我说:"能让这位患者延续十年的生命,家属确实不容易。家里有一位长期昏迷不醒的植物人,对家属来说,确实说不清是怎样的感觉!人文关怀是医疗服务的核心,你不但关心病人身体的疾病,而且能感同身受病人及家属的内心伤痛,这才是一位德艺双馨的白衣天使。"

小妹说:"这位病人是在三十岁的时候,突然因为先天的脑血管瘤破裂,大量出血而变成植物人的。半年后,老婆决定放弃治疗,从此再也没有回家来看过患者一眼;而患者的母亲一直不肯放弃,每天精心地照看着儿子。这位慈爱而伟大的母亲十年来付出了太多辛酸的汗水!"

我感慨地说:"许多时候,'夫妻本是同林鸟,大难来时各自飞。''君生日日说恩情,君死又随人去了。'只有父母对儿女才是真正不离不弃的!"

小妹说:"这种现象很普遍!我们已经遇到好几例植物人了,配偶都是放弃治疗,只有父母亲才是尽心尽力的护理者。"

我说:"许多时候,爱情和亲情在生死和利益的考验下,都显露出了原形!当然植物人确实是一种非常特殊的病症,会让人面临着两难选择的心痛境地!"

小妹说:"所以我今天的心情也一直不太好!"

我紧紧地捧着小妹的手,安慰道:"小宝贝,你不要太难过了!对于患者的母亲来说,一切都过去了!儿子也解放了,她也解放了!"

小妹忧伤地点点头!

8:30,天禧给我发来私信,说她已经到了楼下。我赶忙出来在走廊里的楼梯口等着。一会儿,天禧满脸笑容地上楼来了,那笑容简直是甜死人了!我觉得她好像大变样了,再仔细一看,又好像一点没有变化。我有些困惑这种挺矛盾的感觉。不问花开几许,只愿笑容依旧!佳人安好,就是晴天!

天禧喊着"哈哈、哈哈"扑进了我的怀中。

我拥抱着她说:"女神呀,大家盼星星、盼月亮地终于把你盼来了。"

天禧问道:"我老了吗?"

我说:"老了,当年十八,现在二十了;但是更加沉鱼落雁、闭月羞花了!"

天禧笑开了花!她拦住服务员,帮我们拍了一张合影。

我拉着天禧的手说:"女神啊,让我好好看看你。"

天禧笑道:"有啥好看的呢?我既没有大校花漂亮,又没有大才女有文采!"

我说:"但是你比她们更加迷人,更加有风韵!简直是万种风情,迷死我了!"

天禧脸红了,扭着腰,撒娇地说:"老大就会骗人!老大,也让我好好看看你!"

我说:"不堪入目,糟老头子了!"

天禧仔细端详一番,拍拍我的肩膀,调笑说:"像个学者!大嫂来了吗?我特

别想看看大嫂!"

我说:"这次是同学聚会,又不是家庭聚会。我也想看看你先生,是我们同行吗?"

天禧说:"不是,是研究雷达的工程师。"

我调侃道:"高大上呀!那你可不自由了,到哪儿都在他的远程监控之下。"

天禧笑道:"可不是吗,什么事情都要管着我。"

我笑道:"看你笑得像花儿一样,一定是有一位特别疼爱你的好先生时时刻刻都在呵护着你!"

天禧又幸福地笑了。我带天禧进房间,我说:"大家热烈欢迎尊贵的女神驾到!"

顿时掌声雷动。

黑胖冲过来要和天禧拥抱,被她一把推开了。黑胖再次强行拥抱了天禧,大家赶忙拍照。

天禧和每一个人打招呼,向大家表示歉意,俨然一副最高领导的架势。

我倒了一小杯啤酒,端起来对天禧说:"禧呀,你来晚了,规矩你自己知道的。"

天禧说:"老大,我已经陪领导吃过饭,喝过酒啦,早就过量了,不能再喝啦!"

我故意说:"是的,只有领导才有资格让你这位高傲的女神喝酒,我们这些普通老百姓算啥呢!"

大家起哄,都说班长要是不喝,就是瞧不起我们。

天禧接过酒杯一饮而尽,瞪着眼睛对我说:"老大,你给我等着!"

黑胖对天禧媚笑道:"好的,亲爱的女神,我保证一辈子都深情地等着你!"

大家都笑了。

小妹突然捧着头说:"大哥,我头疼,头晕,眼睛睁不开,好想睡觉。"

我说:"你靠在沙发上睡一会儿吧。"

我陪她到沙发上坐下来。小妹身体倚在沙发靠背上,眼睛一闭,安稳地睡着了,发出了均匀的呼吸声。

苭芄向大家做个安静的手势,所有人都安静下来。

小妹一直有头疼的老毛病。以前上大学时,我和小妹及天禧三个人一起出去玩,小妹玩累了,经常会出现头痛。我们就立即找个地方坐下了,小妹将头枕在我腿上,将腿搁在天禧的腿上睡一会儿。小妹入睡很快,而且不管时间、地点和环境状况,真是很神奇。往往一觉醒来,她的头就不疼了。

每当这时,我和天禧总会小心地呵护着小妹。那时我们总感觉天空很蓝,总相信时光不会老,希望青春年华能到永远。

天禧说:"小妹累坏了!虽然是我们四个人在组委会,但是绝大多数工作都是小妹做的,我因为工作太忙了,所以只是挂个名,其实什么事情也没有做,今天一直在陪领导。宝宝负责面上事情,丫头负责迎接大家。联系宾馆、饭店、茶社、酒吧、歌厅等事务都是小妹一个人完成的。她昨夜值班,又整夜未能休息!"

大家都感动地说:"小妹为了这次聚会付出了很多!"

大家拉着天禧出去合影,众星捧月。对"女神"的呼喊声,不绝于耳。

葤芃脱下自己的风衣盖在小妹身上,爱怜地看了一眼小妹,然后坐在我的左边。

葤芃从 iPhone 里打开了一个她自己唱歌的视频,我俩一人一只耳机,合看合听。

葤芃的歌声非常动听悦耳,柔情中夹着刚毅。在视频中,葤芃竟然有几个调皮搞笑的小动作,看上去十分可爱。这是我们平时根本看不到的表情,她一直给人一种严肃冷艳的感觉。

我看看葤芃,由衷地笑了。葤芃用手轻轻地拍了一下我的肩膀,瞪着眼睛,轻声地说:"不许笑,不然我就打死你。"

我感慨地说:"没想到原来你也是这么可爱啊!"

葤芃向我翻了一个白眼,调皮地说:"你到现在才发现我可爱呀!对不起,太晚了!"

小妹的身子不知什么时候已经向我这边歪过来了,她的头压在我的右上臂上,我的整个右臂都已经酸了,但是我一直没有敢动,怕惊醒她。

十点过了,小妹醒了,坐起来,伸了一下腰,拥抱着葤芃,高兴地说:"学霸,我的头不疼了!"

葤芃刮了一下小妹的鼻子,笑道:"你可真不知道害羞,都是高中孩子的妈妈了,还像上学时那样爱缠着老大。"

小妹一瞪眼,故意语气狠狠地说:"女王,你管天管地,我都服气!但是你不能管着大哥关心我吧?"

葤芃责怪道:"没有良心的小东西,你刚才睡觉时,是我和老大一起守护着你呢!你看看盖在你身上的衣服是谁的?"

小妹站起来,不好意思地靠近葤芃,突然在葤芃的脸上亲了一口,笑着逃了。

葤芃说:"有你这位仁爱的老大在,我们可爱的小妹永远都长不大。"

我说:"就让她做个永远快乐的长不大的小妹吧!一个女人一直长不大,就说明她身边总是有一个替她操心的人在护着她,她一直处在幸福之中。"

茴苊说:"我赞同你这个新颖而且有趣的说法!上大学时,有你这位无微不至的大哥时时、处处都在护着小妹,所以她不用长大。"

　　我说:"她在家里是老三,始终有哥哥姐姐关照着,自然也不用长大。关键是她结婚之后依然没有长大,说明她的先生很疼爱她,家里的事情都不需要她操心,她一直过着无忧无虑的生活。"

　　茴苊说:"确实是这样!如果一个人一直岁月静好,一定是因为有另一个深爱着她的人在替她遮风挡雨,负重前行。"

　　我说:"小妹的一生应该都是非常幸福的!"

　　茴苊说:"人跟人就是不一样!在我家里,咋就事事都需要我亲自操心呢?"

　　我说:"你当领导习惯了,喜欢事事都亲自过问。你就不要得了便宜还卖乖,在家里,你一定既是领导,又非常幸福吧!"

　　茴苊说:"你在家一定也是大领导,只要动动嘴,嫂子就将一切都操劳得好好的吧。"

　　我说:"婚姻里,找对了人非常重要。有些人一直是我们生命的守护者;而有些人出现在我们的生命中,就是为了逼迫我们学会成长的。"

　　茴苊说:"是的,如果遇到一个不懂得珍惜我们的人,我们就只能自己加速成长。二十年不见,老大对人生的感悟更加深刻了。"

　　我说:"偶一感慨而已。小妹咋还是这么爱哭呢?"

　　茴苊说:"小妹善良,非常容易感动!爱哭是一个好习惯,能将各种不良的情绪及时释放,不在心里积蓄,有利于身心健康,所以爱哭的人不易老。"

　　我说:"你说得很有道理。"

　　茴苊调侃道:"小妹可能是还泪的林黛玉,上辈子欠你的,这辈子来还你的,所以她看到你才哭,看到我们可没有哭。"

　　我笑道:"你别乱说,小妹上辈子肯定不欠我的;但是我上辈子肯定欠你的!"

　　茴苊笑道:"你欠我怎么不还呢?"

　　我说:"这辈子还不了啦,下辈子再还吧!其实小妹的爱哭与黛玉的爱哭并不同,黛玉的性格太'真',心思又太细,多愁善感,所以容易受到伤害,泪水就特别多。"

　　茴苊调侃道:"而小妹的泪是欢喜的泪,是稀罕大哥的泪!上学的时候,她整天跟在你屁股后面,大哥长、大哥短地喊,你是不是魂儿都酥了?"

　　我惊奇地说:"你上学时总是不苟言笑,一本正经的样子,大家都不敢接近你;没有想到我们尊贵的女王现在也能开只有我们普通人才开的这种低级玩笑。"

芮芃笑道："所以上学时你这个'普通人'就不敢追我啦？"

我说："你给我一百个胆子,我也不敢追你呀!"

芮芃叹口气,忧伤地说："难怪那个时候大家都离我远远的,好像我是一个怪物! 看来我的为人处世之道确实有问题!"

我说："因为你从小就非常优秀,所以难免清高傲气,万人都不入你的法眼。你总是摆出一种盛气凌人、居高临下的姿态。大家对你敬而远之,就只能仰视你了。"

芮芃说："可恶的老大! 你上学时怎么不提醒我呢？"

我说："我跟你说过,可是你那时候根本就不在乎!"

芮芃说："确实是我自己的错,我那个时候太年轻气盛了!"

小妹宣布,下面的安排是去泡酒吧。

我的整个右臂又麻又酸,一点动不了啦。

小妹十分抱歉地说："对不起大哥,我刚才太困了。"

我说："没关系,一会儿就好了。"

天禧笑道："老大,这种酸麻的感觉是不是特别爽？"

黑胖说："亲爱的女神,要不我也让你爽一下？"

大家都笑了。

小妹小心地捧着我的手臂,等着手臂的酸麻感慢慢地消失了,才重新宣布出发。

我说："你现在就回家,早点休息吧,不要累坏了! 我们自己去。"

小妹说："不行,没有我,地球就转不了啦。"

大家下楼,到了饭店门口。老孟突然说："老大,我决定不再送你了。"

众人皆哗然。一个个都谴责他,你不是生活委员吗？ 不是你自己说专车接送老大的吗？ 不是你说老大是天底下最好的好人的吗？ 你放的屁咋还没臭到两分钟就没有味了呢？

无论大家怎么痛斥老孟,他就是不同意再送我。我也很纳闷,不知道老孟的葫芦里到底卖的是什么药。老孟本不是这么小气的人哪! 还不至于因为我用鸡腿威胁他,他就跟我生气呀,他应该知道我是跟他开玩笑的。

黑胖大吼道："老孟,你吃错药啦! 你今晚一口酒都没有喝,说是要开车接送老大,我们因此还挺敬佩你的! 现在你又发神经啦？"

老孟一直坏笑着,就是不出声。

芮芃站在高高的台阶上,双手一挥,大声地喊道："所有人都给我安静,我宣布剥夺老孟的接送权利,以后老大的出行全部由我负责。"

大家热烈鼓掌。老孟却得意地笑了,也大声喊道:"老大,快谢谢我吧,我的目的达到了,你可以和女王同来同往了。"

原来这小子发现荺芃也是自己开车来的,所以就演了这么一出戏。大家都追着老孟打,说你小子实在是太坏了。

我坐上荺芃的车子,是七座的豪华越野车,里面空间好大,各项配置都很前卫。其他人由小妹带队直接步行去酒吧。小妹安排的活动场所相互之间都很近,可以步行来往。为了这次聚会,她确实耗费了不少的心思。

车上,荺芃无限感慨地告诉我,她这些年的奋斗历程,饱含着无数的心酸和汗水。坚强的她从来没有在别人面前露出过半点委屈,最艰难的时候就一个人在家里默默地流泪。也就仅仅是在我这样一位一直可以信任的老大面前,她才无所顾虑地倾诉了她内心太多的艰难和太大的压力。

是的,谁也不会轻轻松松的成功。我们总是只看到荺芃光鲜靓丽的一面,却没有看到她背后巨大的付出和不懈的坚持。我们一般看不到事情的真相,我们也习惯于仅仅将华丽的一面呈现在世人面前。其实在这个世界上,没有一件事情是容易的,所有的成功,都是用无数的辛苦付出换来的。事事贵在坚持,"泰山之溜穿石,单极之绠断干。"我们千万不要对别人的成功嗤之以鼻,因为我们根本不知道别人为了成功付出了多少辛勤的汗水。

我爱怜地看着她,心疼地说:"芃呀,你不要太要强了,不需要事事总争第一,适当看淡与放下,取舍得当。人生苦短,看清自己的定位,我们并不占据在这个世界的中心。"

荺芃说:"老大呀,正是因为人生苦短,所以我更要抓紧时间奋斗,让平淡的生活变得光华熠熠,让苍白的生命变得璀璨丰盈。现在不奋斗,年老了就更加不能奋斗了。我只能为成功找方法,不能为失败找借口。生命就在于折腾,否则哪来鲜活的人生?又怎么能知道自己的价值呢?"

我说:"看到你现在满腔斗志的模样,我想起了蒲松龄的《自勉联》。"

荺芃念道:"有志者事竟成,破釜沉舟,百二秦关终属楚;苦心人天不负,卧薪尝胆,三千越甲可吞吴。"

我赞赏地点点头。现在的荺芃虽然艰难,但是正处在事业最巅峰的阶段,正是人生最得意之时,是听不进我的这些消极的规劝的。或许,等她辉煌过后,趟过了八千里路云和月,一切归于平静之时,她才能安于平淡,回归初心,坦然品味人生。

我俩到达酒吧门口时,他们步行者也正好刚刚赶到。高个扶我下车。

我一看酒吧名称,是"快意人生"。我笑道:"人生得意须尽欢,今晚大家一醉解千愁。"

小妹笑道:"不醉也可以装醉,不迷糊也可以装迷糊。二十年前没有能说出的话,没有倾吐的心思,今晚都可以一吐为快!"

黑胖立即嬉皮笑脸地喊道:"小妹呀,我默默爱你二十五年了!"

小妹说:"酒没有到量,说话不算数。你等会儿拿酒瓶子来跟我对话,我喝不死你!"

我们十九个人浩浩荡荡地拥进酒吧,可把酒吧老板乐坏了,亲自端茶倒酒,事无巨细,热情相待。

天禧说:"今夜无眠,无论男女,必须喝酒,必须唱歌,任何人都不许早退!"

茵芃吆喝着,安排大家就座,大声喊道:"老大呢?快坐到我这儿来。"

我故意坐在远离大家的窗口边,准备给爱人打电话。我说:"女王,我先打个电话请示一下我家的领导,再来听你调遣。"

天禧说:"老大故意在我们面前秀恩爱,小心我们患'红眼病'!"

大家都笑了。

我问爱人:"你今天身体怎么样?"

爱人说:"你早晨刚走了一会儿,我就头痛,头晕,全身发烫,恶心,呕吐,量体温39℃。可能是被子太薄了,夜里受凉了。妹妹陪我去医院检查。妹妹说我的脸好像有点肿,建议医生让我化验小便。化验结果不好,我可能得了肾炎,我好担忧呀,你看看化验单吧。"

爱人把尿常规检查结果发给我,我仔细一看,尿蛋白和隐血都是两个"+"。

我立即安慰她说:"不要紧的,这是发热和脱水导致的。你不要担心,等你病情恢复了,再复查一下。"

其实我的心中产生了一丝担忧,爱人十多年前因输尿管结石做过手术,后来一直有轻度的肾积水,该不会已经影响肾功能了?回去后一定要认真给她检查一下。

黑胖点了桶装啤酒。他早在饭店时就已经喝高了,结果就语无伦次地反复给大家介绍海南三亚的椰子味道正、口感好、蛋白质含量高、维生素品种多,是一般水果远远不能相比的。当黑胖说到第五遍的时候,大家实在受不了啦。

大帅说:"黑胖,你上台去帮歌女唱首歌吧,让小美女休息一会儿。"

从我们进门,一个小姑娘就在唱,近一个小时过去,她还在唱。黑胖走上台去,抓住话筒,放声高歌,就再没有停下来的意思,一首歌接着一首歌地吼。

我打完电话之后,没有动,一直坐在窗口。我怕吵,这儿相对安静一些。小妹走到我身边,坐下来,和我聊家常。她帅气的先生是工科大学的老师,如今已

经是教授、博导,带领的攻关小组的科研水平在国内也是领先的。他非常爱她,经常会带给她一份浪漫的惊喜。她家那个帅气可爱的儿子,非常懂事,从小就知道心疼爸爸妈妈,现在在南师附中上学。

什么才是最好的婚姻呢?应该就是两个人在一起,总能让平静如水的生活发出触动心弦的光芒。

小妹说:"夏蕴国庆节只身去你那儿待了那么多天,大嫂就没有意见吗?"

我说:"没意见啊!你大嫂绝对放心我啊!"

小妹说:"那是,大哥是绝对的正人君子,绝对让人放心!我一直想问你,在你心中,到底冰玉更漂亮呢,还是夏蕴更漂亮呢?"

我细想夏蕴的美外露、喧嚣、霸气;而冰玉的美内敛、沉静、安逸;但是所谓仁者见仁,智者见智,每一个人欣赏美的角度不一样,并不能说哪一种更美。所以大家多喜欢前一种的惊艳,但是我独喜欢后一种的内秀。

我开玩笑地说:"在我心中,只有一个叫'钟秋'的小妹妹最漂亮,最迷人。"

小妹笑道:"你别打岔,我知道你肯定是认为冰玉更漂亮!我觉得夏蕴喜欢你比冰玉喜欢你更直接,也更热烈,但是你心里只喜欢冰玉!我分析得对吗?"

我说:"我咋这么喜欢你话多呢!"

小妹向我翻了一个白眼,得意地说:"看来我说对了!这就叫'有意栽花花不发,无心插柳柳成荫'。"

我说:"贫嘴的小东西!谁是花?谁又是柳?"

小妹一本正经地说:"大哥多此一问!倾校倾城的大校花自然是花,柳絮之才的大才女自然是柳。大哥当年风流倜傥,专门寻花问柳!"

我笑骂道:"油嘴滑舌的小东西,你还一套一套的!'马行无力皆因瘦,人不风流只为贫。'大哥当年是贫困交加,如今依然是身瘦体弱,一直没有风流的资本呀!"

小妹突然表情严肃地问我:"夏蕴离婚的事情你知道吗?"

我心中猛然一惊,问道:"是什么时候的事情?她并没有告诉我!"

小妹说:"'五一'节离婚的!"

我迫切地问道:"是什么原因呢?"

小妹说:"受不了前夫的处处留情,时时风流!据说她的前夫一直风流。"

原来夏蕴是在遭遇了婚姻的不幸之后,才去南通找我调节心情的!

我仔细回想夏蕴的言行:自比春天的海棠,秋天对于她来说,已经过季了;一样花开为底迟的菊花,早已蹉跎完季节的荣华;盛开之时就是落英之际的桂花;初闻不知曲中意,再听已是曲中人……

这一切分明都透着一股浓浓的忧伤的气息！我想起夏蕴当时还说过这样一句，"其实谁活着都不容易！许多人说'我很好，不用担心'的时候，往往是安慰别人的。"

难怪夏蕴说心好累，难怪她看上去那么显老！两人相互折磨了二十年，忍受了如此漫长的岁月，如今才终于解脱了。婚姻的拉锯战中，该付出多大的代价呀！一朝分手，又该下多大的决心呀？中国人婚姻的悲剧就是，许多人为了孩子，再难都要保持婚姻的完整性，好像做了父母，就再也无法解脱了，永远只能将就到底了。夏蕴终于坚强地跨出了这艰难而解脱的一步！

我当时已经明显感觉到夏蕴心中一定带着某种没有言明的忧伤。可惜，我竟然什么都没有能问出来！看来，她并不想让我知道她的不幸而增加我的痛苦。我当时只顾诉说自己的痛苦，还让她来安慰我！我不但没有减轻她的痛苦，反而将自己的痛苦强加于她。难怪她当时开玩笑地说我"没心没肺"！想起她离开南通的时候，还一直坚强地微笑着，我的心中好痛！

我非常自责！夏蕴当时说："二十年过去了，每个人身上都会发生很多的事情，人生会发生许多的变化。"原来就是说的她自己呀！那一次，我只顾表达自己心中的委屈和压抑，竟然没有关心她的家庭、爱人和生活。原来她的心中有比我更多的委屈和压抑，我却没有发现，我太失职了！

婚姻是我们的第二次生命！第一次降生我们不能自主选择，第二次一定要擦亮自己的眼睛！在对的时间里，遇到对的人，才能过上对的生活！人这一辈子最重要的事情就是选对身边的人。

梦想总是美好的，现实却是非常残酷的。在茫茫人海中，遇到一个对的人是多么的不容易啊！真心相爱的两个人在一起才能组合成一个温暖舒心的家呀！在夏蕴的医院进修的一年时间里，我曾经无数次在专家栏里仔细观察过夏蕴的照片，总感觉她那一双美丽的大眼睛里有一股不易觉察的忧伤，我一直不太理解其中的原因，现在才明白，那是因为遭遇了婚姻的不幸。

小妹说："香港作家张小娴说过，'坚强的女人往往是情场的败将。'我觉得似乎有些道理。或者人生不能太圆满，否则会遭到天妒。夏蕴什么都拥有了，却不能得到她深爱的人。"

我心痛得不知说什么好！

小妹说："夏蕴婚姻的不幸，你要负一半的责任！"

我问道："何出此言？"

小妹说："当年夏蕴那么喜欢你，毕业时你却不辞而别，而且一别就再无音信。夏蕴曾经疯狂地找你，多次找人打听你的消息，我曾经陪她去你家乡的县城

医院找过你,可惜一直未有结果。"

我说:"这与她的婚姻有关吗?"

小妹给我一个白眼,不满地说:"你是真傻,还是装傻?夏蕴找不到你,万念俱灰。经人介绍了一个对象,男孩惊于她的美貌,对她一见钟情,她却心如死灰。但是她的父母对男孩挺满意,希望他们交往。结果认识才几天,她就负气地答应结婚了。狠心的大哥啊,你说你是不是罪魁祸首呀?"

我想起来,上次在南通时,夏蕴这样说过:"你曾经几乎毁了我的一切!"我当时还毫无愧意地说:"我没有这么大的能耐!我就是一个普通人,少了我,对这个世界完全没有任何影响。"

我什么时候才能改掉我这种自以为是的毛病呢?我难受的心情无法形容,心疼,自责,痛惜……

一怀愁绪,二十年寂寞!角声寒,夜阑珊!我端起酒杯一饮而尽!拟把疏狂图一醉!对酒当歌,强乐还无味。

小妹说:"我根本不能理解你这种怪异的行为!省城里既有知心的校花,又有美好的未来,你竟然一点也不留恋,一意孤行回到你们落后的农村。在我心中一直是特别睿智的大哥,竟然做了这么傻的事情!"

我无话可说,只感觉一股钻心的痛越来越重!

天禧要求每人至少唱一首歌,转眼就轮到我唱了。我现在毫无心情唱歌,我说:"我五音不全,就不要献丑了吧。"

茵芃向我瞪着眼睛说:"老大别废话!必须无条件服从,立即执行!否则,看我不打死你才怪呢!"

大家都在等着我,没有办法,我触景生情地点了《选择》。我拉着小妹,让她跟我一起上台。

小妹说:"让丫头陪你唱,这首歌她唱得特别好听。"

丫头立即站起来,紧紧地拉住我的手,和我一起上台。我和丫头对唱,我唱着唱着就想起了夏蕴,自责中,泪流满面,声音沙哑,心疼不已,哽咽不能继续。丫头独自唱完了最后的部分。

同学们热烈鼓掌。

黑胖说:"老大用情很深啊,一定是想起了那个曾经的她!老大呀,你当初的'选择'一定是出了差错!"

懂事的小妹赶忙上台扶住我,安慰我说:"好了,大哥,一切都过去了!都怪我,不该多嘴将这么伤心的事情告诉你!"

我心情沉重地走下台来,心里默念,但愿夏蕴从此能一帆风顺地度过以后的人生！

天禧说："老大呀！'为谁醉倒为谁醒？到今犹恨轻别离。'你一定后悔了！"

茵芘说："老大此时此刻最应该唱《有多少爱可以重来》：常常责怪自己当初不应该，常常后悔没有把你留下来……"

唱歌间隙，大家开始跳舞，小妹邀请我下池，想让我调整一下心情。我没有答应她。

茵芘说："大哲学家尼采说过，'每一个不曾起舞的日子，都是对生命的辜负。'老大千万不能辜负生命呀。"茵芘强拉我下池。上学时，小妹曾经教过我三步和四步，可是二十年不跳了，所有的步法，我早就已经忘了个精光。我连踩茵芘三次脚后，她终于让我回到座位上。

手机在鸣叫，在高中同学微信群里，有人对我说："你快发一下今天聚会的内容，让我们一起分享一下你的快乐。"

我将大家唱歌、跳舞的照片发过去。同学们祝我玩得愉快、尽兴。

阿娟说："你们班上的女生都很年轻，一点都不显老。"

钢班长提醒我说："你最好还是找个地方打个盹儿，一夜不睡，当心身体吃不消。"

我说："好的，谢谢你！"

我把小妹拉到我身边坐下来，心疼地说："你赶快休息一会儿吧，这两天你太累了，别累坏了身体。"

小妹感动地说："大哥心疼我了？"

我说："你头痛的毛病还没有改善吗？有好多人的头痛，在结婚以后就明显缓解了。"

小妹说："我的头痛始终没有好转，这几天头痛，是因为来例假了。经常例假一来就头痛，疲乏，犯困。目前医学上对头痛原因的研究还不清楚，可能受遗传和环境因素的共同影响。"

我说："头痛的诱因有：激素水平变化，心理压力大，强烈的感官刺激，天气变化，酒精刺激，劳累等。你看看你，这两天来例假了，喝酒了，又是在下雨天，辛苦一天一夜了，还哭过好多次，能不头痛吗？"

小妹调侃道："治疗头痛是我的专业。你这是抢我的饭碗呀。不过你说得很有道理，我以后一定会特别注意。你说有些人在结婚以后，头痛就明显缓解了，为什么呢？"

我调侃道："头痛的其中一个原因就是与激素水平有关。婚后性欲增加，性激素分泌增多，肾上腺皮质激素分泌也会增多，有些人的头痛就自愈了，具体机

149

理我并不清楚。你是神经内科的专家,你说说其中的原因。"

小妹媚笑着,撒娇地说:"我结婚之后,头痛的毛病一直没有好,说明我是一个清心寡欲的人,我的那什么'欲'并不高!"

我笑道:"哟哟哟,不害臊,你就喜欢抓住一切机会自我标榜!你的性欲高不高,我不知道,但是你家先生肯定被你迷得神魂颠倒的,从此君王不早朝。"

小妹害羞地说:"这个问题我们不讨论了,你跟我详细说说大嫂吧。"

我将我爱人大大地夸奖了一番。

小妹高兴地说:"一定要让我见识一下大嫂。"

我说:"那是肯定的!热烈欢迎你到南通做客!"

小妹说:"大哥,你太善良了,容易被别人利用。我们的善良必须有些锋芒,否则,别人会以为我们是傻瓜!"

我说:"你放心,我不会被别人利用的!你大哥肯定不是傻瓜!要相信善良的人最终并不会吃亏。'人为善,福虽未至,祸已远离;人为恶,祸虽未至,福已远离。'"

小妹说:"很有道理!古人云:'恶是犁头,善是泥,善人常被恶人欺;铁打犁头年年坏,未见田中换烂泥。'"

我说:"孟子曰:'君子莫大乎与人为善。'人品是一个人最后的底牌,也是最好的通行证。我们最可爱的小妹不也是非常善良的吗!"

小妹歪着头,瞪着迷人的眼眸看着我,笑道:"是吗?"

我注视着小妹清澈的眼珠、纯情的眼神,这一刻,我发现小妹依然和年轻时一样可爱!一个女人最好的保鲜品就是善良、温柔和爱。只有这样一个温柔善良的、心中有爱的女人,内心才能是安静而祥和的,眼神才能是清澈而纯净的,神态才能是坦然而从容的,这才是可爱的女人由内而外自然溢出的美丽。在这样一个喧嚣的时代,这样的女人越来越少见了!

总体而言,我们班的女生比男生显得年轻,这说明女生比男生更懂得保养自己,也更注重自己的外观形象;而男生显露出更佳的管理能力,更高比例的男生走上了领导岗位。这是性别的社会属性引起的心理和分工的差别。

小妹说:"你们家乡人长寿的原因可能就是因为善良吧!"

我说:"你说得太对了!正所谓心行慈善,何须努力看经;立地成佛,自然就长寿了。"

小妹说:"'心平何劳持戒,行直不用修禅。''处处积德,时时因果。'"

我说:"是这个道理!所以佛家有言,'菩萨畏因,凡夫畏果。'没想到,我们一直都长不大的小妹竟然也深悟了。"

小妹得意地说:"悟与年龄无关,关键是有慧根。"

我笑道:"不害臊,说你胖,你还喘上了。"

小妹用双拳敲打着我的肩,撒娇地笑着说:"我就喘上了,你能把我怎么样!"

小妹突然不高兴地说:"大哥,你太不够意思了!"

我惊讶道:"你的脸怎么说变就变了?大哥哪儿做错啦?"

小妹说:"你在南京进修一整年,都没有来看望我,真让人伤心哪!"

我说:"我没有看望任何人,包括夏蕴和天禧。"

小妹用一种特别惊讶的眼神注视着我,仿佛我是一个怪物。她说:"你实在是不可理喻,在他们医院一整年,你竟然不找夏蕴,不找天禧,也不来找我!大哥,你这种不近人情的行为,我绝对不能接受!"

我抱歉地说:"白天上班,工作极为辛苦,晚上还要去南京大学上考研补习班,根本没有多余的时间。"

小妹说:"抽几个小时见见我们,根本不会影响你考研的大局吧?"

我说:"你不理解大哥当时的心情。五位老人去世了,大哥又大病一场,死里逃生,医院又即将改制为私营,所有的灾难一下子聚集在一起,我的人生之路已经跌到了最低点。我来南京进修是背水一战,已经没有退路了。我春节都没有回家,你大嫂来南京陪我的。"

小妹大哭道:"大哥是本着凤凰涅槃、浴火重生的信念来南京的,你切断了所有的外界干扰,专心考研。我现在能理解你当时的心情了!多难多灾的大哥呀,你受苦了!"

我说:"你能理解就好!因为此事,夏蕴也责怪过我了。"

小妹说:"只是你太孤单了,让我们陪你说说话,纾解一下你心中的郁闷应该更好吧。"

我说:"南京这边有我好多的高中同学,大家经常聚会。有一对与我非常要好的同学夫妻,我经常住在他们家里,他们将我照顾得非常好。有他们在,我也并不感到孤单。"

小妹问道:"天禧没有骂你吗?"

我说:"天禧不知道此事。"

小妹说:"你来进修的那一年,天禧应该是在法国读博;否则,凭着她的神通,她是不可能不知道的。"

大家一共喝了五六大桶啤酒,天禧和歌神领着大家唱了无数首歌曲。同学们脸上都洋溢着欢笑。

天禧明显喝高了,摇摇晃晃地走到我们面前,指着我俩说:"你们俩有多少悄

悄话呀,要说一个晚上!"

小妹赶忙扶着她在我身边坐下来,她身子依靠着沙发,头一歪就睡着啦。

欢娱嫌夜短,快乐的时光总是飞快的,转眼就是一点多钟了。

我坐在沙发上,有些犯困。小妹的头倚靠在我的肩上,又一次睡着了。我感觉好累,也非常心疼小妹。

我招手引来荫芃,跟她说:"女王,天禧喝高啦,小妹也累啦,时间也不早啦!我们结束吧,明天还有好多的事情呢。"

荫芃说:"好吧,那就结束吧。"

小妹起身准备走回家,她家就在附近。

我说:"更深露重,不要受凉。你路上小心,到家了,给我打个电话,让我们放心。"

小妹点点头,微笑着走了。

荫芃开车,带我和天禧回宾馆。我和天禧坐在后排。

天禧迷迷糊糊地说:"老大,你真不是个好东西,还罚我的酒。"她说完就将头倚靠在我肩上,又睡着了。

荫芃说:"老大,你小心!我敢肯定,天禧明天一定会报复你。"

我说:"亲爱的芃呀,你不能坐视老大坠入火坑而幸灾乐祸呀!"

荫芃说:"老大呀,你就别装了,你什么时候真正怕过天禧呀?天禧一直自以为是,其实都是被你耍得团团转。她今天一直说要把你拿下,结果呢?她自己先投降了。"

我发现荫芃确实是聪明的学霸,不管是什么事情,都能一眼看透。

荫芃说:"其实我挺羡慕天禧豪放不羁的性格,随心所欲,想醉就醉。"

确实如此,天禧性格豪爽,上学时每次喝酒,对于别人的敬酒总是来者不拒,所以经常喝醉。她醉酒后不耍酒疯,就是睡觉。

我说:"偶尔醉一次酒,可以让自己得到暂时的安宁,心无旁骛,回归本真,未尝不是对人生的一次调整;但是经常醉酒就会伤害身体了,并不可取。"

荫芃说:"醉酒后,卸下惯常的面具,放下人生的包袱,忘记此生的目的,应该是一种轻松自如、无牵无挂的感觉,那种感觉一定是非常奇特而令人神往的;但是我这个人非常自律,从来不会让自己喝醉,所以就永远也体会不到那种神奇的感觉。"

我知道,荫芃在生活中总是带着使命感,为实现自己的人生目标而始终绷紧了生命的弦,从不肯完全放松自己。我相信,这些年她的生活一定很累,但是相比她得到的丰硕成果,她应该感觉苦中有更多的乐。生活就是这样,一分耕耘,一分收获。

我们到达宾馆门口时,天禧已经烂醉如泥,怎么叫也不醒了。

我赶忙喊:"黑胖,给你一个表现的机会,赶快把女神送到她的房间里去。"

黑胖说:"老大,我送过去可以不走了吗?"

阿云说:"你想得美,女王和女神住在一个房间,女王打不死你。"

大家都笑了。

黑胖抱着天禧,兴奋地说:"谁给拍个照,等到明天女神醒了,再给她看看。"

歌神说:"我拍,你摆几个造型。"

我说:"你们快上去吧,累不累呀?"

大帅说:"黑胖抱着美人,一辈子不放下,都不会感觉到累!"

黑胖得意地说:"这一抱,我就再也放不下了,抱到我的房间里去了!"

大家哄笑着,上去了。

我们突然看到,王华书记拉着行李箱,风尘仆仆地赶到了。书记原来很清瘦,如今发福了,很有领导的样子了。他现在是合肥一家三甲医院的业务副院长兼大外科主任。

书记拥抱着我说:"老大呀,见到你,感觉非常亲切!"

我说:"终于见到我们的最高领导了。"

书记关切地问道:"老大呀,你还是这么瘦,身体怎么样?"

我说:"谢谢你的关心,还行。我就是这个基因,胖不了。"

书记说:"真羡慕你,我现在是一吃就胖。四十岁以后,体重增加了二十公斤,怎么节食也挡不住呀。"

高个说:"可不是吗?到了我们这个年龄,什么事情都干不了啦,整天尽是长膘了。"

小燕子说:"是因为有人管不住自己的嘴,还好意思说。"

歌神说:"我给你们讲一个网上的吐槽:'十年职场好受伤,肉满身,眼昏黄。颈椎腰椎,无处不乱响。纵使相逢应不识,褶满面,鬓如霜。'"

书记说:"很形象呀,何况我们已经深陷职场二十年了,早就已经是面目全非了。"

高个说:"时光悠悠,江湖已经没有了哥的传说。"

小燕子瞪着眼说:"你就给我老老实实地悠着点吧!现在已经是大叔了,你还想要什么传说呢?"

大家又笑了!

高个和大帅买来了夜宵和啤酒。他们要给书记接风。

我说:"书记呀,太晚了,我就不陪你们喝酒了。我先休息了,明天陪你们聊。"

书记说:"哪能让你尊敬的老大作陪呀?不早啦,你休息吧!"

高个说:"老大,我陪你睡吧。"

我说:"不行,小燕子会杀了我的。"

我回房间先睡了,大帅和高个陪着书记喝酒,大帅三点过后才回到房间。

11月5日,星期六,中雨

一早,钢班长在高中同学微信群里关切地问我:"你昨天夜里休息过了吗?"

我非常感动,回答说:"一点多钟时,我让大家结束了,谢谢你的关心!"

云云问道:"你们今天啥安排?你看着办啊!但凡有一点点儿空当,就让我们请你吃顿饭啊!"

我再次感动不已!云云一直非常珍惜我们的发小真情,四十多年的相处,我们已经视彼此为自家人了!

我说:"今天上午全年级聚会,议程较紧。这次我就不去你家了,下次专程来拜访你们!"

大帅昨晚睡得很晚,现在还在熟睡中,我没有喊醒他,让他尽量多睡一会儿。餐厅在一楼,我独自下来。在餐厅门口,我遇到欣欣。她应该哭过了,两只眼睛明显红肿,一脸的忧伤,精神萎靡,给人一种非常心疼的感觉!

欣欣帮我取好了自助餐,自己却没有取餐,就坐在我旁边,不说话。

我关切地问:"你怎么不吃早饭呢?身体不舒服吗?"

欣欣立即流下来两行热泪,哽咽着说:"老大,我昨晚回来时,不小心将戒指弄丢了!"

我心中一惊,价值二十多万元的戒指丢了!难怪她这么痛苦!

我马上安慰道:"不要着急!你先告诉我,戒指是怎么丢的。我们一起想办法寻找。"

欣欣说:"昨晚从酒吧回到宾馆房间后,睡觉前,我习惯性地脱下戒指,准备睡觉,突然发现窗户没有关,我没有先放下戒指,就赶忙去关窗户,结果戒指从八楼掉下去了。我赶忙下来找,黑暗中,啥都看不到。同学们也马上帮忙找,可是没有找到。"

我说:"真是对不起,我昨晚回来后就睡觉了,根本不知道这件事。"

欣欣伤心地说:"这个戒指是我婆婆给我的见面礼,是为我专门订制的,二十五万。婆婆特别用心为我制作了这枚特殊的戒指,并且请峨眉山的大师开过光。

婆婆希望我除了睡觉，其他时间都不要拿下来，说是能保平安、健康，而且能'旺财'。现在弄丢了，我回去怎么向家里人交代呀？"

我说："你不要太着急，夜里看不见，当然不容易找到。现在天亮了，应该能找到。我现在就把同学们喊下来，一起找。"

欣欣摇摇头，难过地说："我刚才在外面又找了一遍，还是没有，可能已经被人捡走了。"

我问道："你已经告诉大家戒指的价格了吗？"

欣欣说："没有！就告诉了你！"

我说："你现在千万不要再向别人透露戒指的价格。"

欣欣会意地点点头。

我立即在本班同学微信群里发了指令："各位听令，天亮了，立即下来帮欣欣寻找戒指，快！快！快！"

大家立即回我："好的，老大！我们马上下来！"

突然冬冬气喘吁吁地跑进来，喊道："老大，你不用发指令了！欣欣，你的戒指找到了！"

我和欣欣都高兴得立即站了起来。

虽然冬冬一脸的疲惫，喘着气，但是他的神情非常激动、兴奋！

冬冬慢慢地张开双手，小心翼翼地将那颗闪亮的钻石戒指放到欣欣颤抖着张开的手心里！整个过程既有仪式感，又那么温馨，看得我非常感动！这颗戒指在双方的心里，都是稀世珍宝，具有至高无上的价值！

我立即明白了，痴情的冬冬一定是一整夜都没有睡觉，一直在为心爱的欣欣寻找戒指，这满脸的疲惫和黑眼圈清楚地说明了一切；而他眼神里兴奋的神情又明确显示了他为心爱的人找到了戒指的欣慰和满足之情！

我能感受到冬冬一夜未眠寻找戒指时复杂而焦虑的心情，二十年前与欣欣相处的点点滴滴一定在他脑海中闪过无数遍；我更能体会冬冬找到戒指的那一刻激动、幸福、甜蜜、如愿和惊喜的心情！

欣欣望着奇迹般失而复得的戒指，泪如雨下！是哭？是笑？真难以说清楚！是为价值二十五万的戒指？是为婆婆的特别订制？还是为冬冬持续二十多年来的一往情深？

欣欣捧着戒指，站在我身边，深情地望着冬冬，忘记了说谢谢！也许这根本就不需要说谢谢，任何言语都无法表达此时此刻复杂难言的心绪！

冬冬却不敢注视欣欣的眼睛，低着头，左手扶着椅子背，右手摩挲着衣角，不说话。

冬冬上学时一直默默地爱着欣欣,却从来没有向欣欣表白过,这是一种无言的幸福和快乐的期许!

我曾经问过冬冬,为什么不直接向欣欣表白。冬冬说自己来自内蒙古贫穷的乡村,根本配不上美丽高雅的欣欣,欣欣在他心里就是至高无上的女神!自己就这样在心里默默地爱着她,挺好的!真爱不一定需要结果!听了冬冬出自内心的真言,我当时非常感动,这也是我对冰玉的感觉,就让我们都将这份真爱永远珍藏在心底吧!"有缘相遇,无缘相聚。天涯海角,但愿相忆。"

同学们冲了过来,我做了一个静音的手势,轻轻地说:"找到了!"

大家都会意,默契地配合着,不说话,不走动,不破坏这和谐温馨的氛围!

时间停止了,空气凝固了!就让我们一直这样感动地站着,直到天荒地老……

吃过早饭,大家都穿上统一的聚会班服,感觉好整齐,好新鲜。

7:50,我们都集中在宾馆门口等待,外面正下着中雨。宾馆紧靠在中华门南边,透过烟雨,向北望去,高大雄壮的中华门给人以历史的厚重感。

中华门,明代称聚宝门,于洪武二至八年,在南唐都城江宁府和南宋陪都建康府城南门旧址上扩建而成。1931年,国民政府易名为中华门,是南京城的正南门,是中国现存最大的古城堡,也是世界上保存最好、结构最复杂的城堡式古城门。1988年被列为全国重点文物保护单位。

莴苣让大家安静,然后随口就给我们讲解了曾经发生在中华门内外的多次重大历史事件;而这些事件曾经多次改变了中国的历史进程,中华门承载了太多的家国情怀。多少次的乱世悲鸣,人命贱如草芥;数不清的英雄气短,国家的分崩离析。

明太祖朱元璋与富可敌国的沈万三之间的政治经济纠缠,最终沈万三被迫害流放致死的惨剧令人唏嘘不已。看来在风云变幻的封建王朝,个人拥有巨额财富,不但不是福分,反而可能招来灭顶之灾。

风雨中的中华门显得更加庄严肃穆,只是门内外曾经经历过多少的热血飞洒和万骨干枯,才镇住了这广袤大地上无数的人性躁动与万马嘶鸣;然而这一切如今终归于尘埃和净土,消失于时光的飞逝中。兴亡多少事,回首一长吁。历史终究由后人评价,由人民评价。"是非成败转头空。青山依旧在,几度夕阳红。"

最后,莴苣总结道:"苏联作家索尔仁尼琴这样说:'总盯着过去,你会瞎掉一只眼;然而忘掉历史,你会双目失明。'"

大家都称赞学霸高大上,无人能比!

黑胖故作深情地念道:"我将红尘里的江山看了一场,人物与是非在岁月里流淌。"

天禧笑道:"粗俗的黑胖竟然也吟诵起如此文绉绉的诗词,感觉太不协调呀。"

阿云说:"这是网络小说《江山多少年》里的话。俗不可耐的黑胖哪能说出这么有文采的话呀?"

大帅说:"黑胖,你应该这样吟诵,'我将红尘里的美女看了一场,有谁能与我红帐里共鸳鸯?'"

众人大笑道:"知黑胖者,大帅也。"

八点,大巴校车准时来接,苅芃让我和她一起坐在最前面的位置。一路上,她给我介绍了沿途的风景以及南京二十年来的快速发展和巨大变化。沉寂多少年的六朝古都,经历过无数次的内忧外患的侵扰,如今再次焕发出青春活力和蓬勃生机。苅芃真不愧为学霸,简直无所不知!

天禧向大家介绍,我们这次聚会的地点是在我们上学时的老校区。十多年前学校开始在大学城建立新校区,占地面积是老校区的数倍,五年前已经全部完工。近年来,学校已经有了快速的发展,成为教育部、国家卫生健康委员会、江苏省人民政府三方共同建设的大学。综合实力在全国医学院校中的排名逐年稳步向前。

校车送我们到达学校,聚会的具体位置是在我们上学时的老阶梯教室。依然是二十年前的桌椅、讲台和黑板,让我们感觉好熟悉、好亲切。

我们班的同学来得最早,我们直接占据了教室中间视线最好的位置。

我们从第四排开始往后坐。前排是女生,后面是男生。

王书记说:"老大,你不要往后走了,就坐在前面吧!"

于是我一个人坐在最前面,第三排。

年级组委会的人员帮忙,拍了我们班的合影。大家一看照片,都乐了。

小妹说:"大哥啊!你好有老大的霸气呀!马首是瞻,后面跟着一帮小弟小妹!"

我将照片发到高中同学微信群,大家都说好。

金群主要我介绍一下我的大学美女同学们。我答应了,一一做了介绍。

波波说:"你只顾在外面浪,看你回来怎么向你家老师交代?"

晴儿问道:"老大呀,看见了美丽迷人的大学女同学,是不是揉碎了殷红的相思?"

此话戳中了我的泪点,我眼眶湿润,还真有一种穿越时光的感慨!同样的一群人,在同样的地点,再次有了同频的心跳!

我将照片发给我爱人。爱人说:"你又回到当年意气风发的样子!我最初见到你时,你就是这种自信的模样。不过,现在成熟稳重了。"

一位女生在我身边坐下来,拍着我的肩膀,和我打招呼,声音好甜,"才子哥,你好啊!"

我一看,是歌后。

歌神说:"我们美丽的歌后更加漂亮、可爱、迷人了,你可迷死我了!"

黑胖学着歌后的声音说:"才子哥,我好想你耶!"

大家都笑了。歌后脸红了,瞪着迷人的大眼睛,摇着我的手臂,撒娇地说:"才子哥,你管管这帮坏人呀。"

我说:"坏人们都闭嘴。"

黑胖说:"老大,我不是坏人,我可以不用闭嘴吧?"

大家又笑了。

歌后是湖南长沙人,标准的湘妹子,因为出生时是仅仅妊娠六个月的早产儿,所以先天不足,长得身材娇小,走路时如弱柳扶风;但是温柔可爱,而且声音清纯甜美。也许正是因为营养不良,反而有一种惹人怜爱的娇柔,当时喜欢她的男孩可以排成很长的队伍。

那年校园卡拉OK大赛,起初,我们班的歌神一直是独领风骚,夺魁呼声最高。哪知道,小姑娘一出场,形势急转直下,以一首她自己填词作曲的原创歌曲《孤寂的荷花只可远观》,以及她那清纯甜美、发音纯正的歌喉,毫无争议地一举拿下了第一名。从此大家就称呼她为"歌后"。事后,歌神一直表示非常服气。后来,她参加"在宁高校大学生卡拉OK大赛",依然是冠军。

茵芄问道:"老大呀,你怎么跟每个美女都这么熟悉呢?"

歌后是小临床专业的,跟我们的大临床专业的同学平时不在一起上课,彼此并不熟悉;但是她由于营养不良,跟我一样,不能参加体育大课,只能参加体育锻炼的小班,一共就十名学生。用歌后的话说,我们都是二等残废人员,是折翅的天使。我俩一直相处极好,她最喜欢听我卖弄诗文,我最喜欢听她唱歌。她的父母在她很小的时候就离婚了,她从小跟着母亲一起生活,缺少父爱,所以就跟我这种年长的大哥特别亲。抑或是惺惺相惜,感情容易相通,她遇到什么喜怒哀乐的事情都喜欢来跟我唠叨。加上她是话痨,只要她一进我们宿舍,就只听到她一个人说不停,有时候一高兴,还会即兴唱上一段;所以我们宿舍的男生跟她都很熟悉,也特别喜欢她,称赞她说话和唱歌一样好听。只要她几天不去我们宿舍,就会有人开玩笑说宿舍里"静"得受不了啦,老大呀,你快喊你家歌后妹妹过来说话、唱歌吧。

歌后的妈妈是湖南某大学音乐系的老师,歌后从小就在艺术的氛围中成长,渐渐地也开始精通音律。我们班的歌神曾经多次承认,自己跟歌后在音乐方面的差距确实是太大了。

歌后真的比以前漂亮了,长高了,全身丰满了,不再是以前那种弱不禁风的样子。皮肤更白,眼睛更大,模样更可爱。看来,岁月也不完全是"坏人",不总是摧残我们的风华,偶尔也能完善一下生命的缺憾,弥补一下人生的瑕疵。

歌后说:"学霸呀,才子哥当年以文采精华闻名天下,谁不认识呀?"

我笑道:"学霸呀,歌后妹当年以优美歌喉闻名天下,谁不认识呀?"

大家都笑了,都说:"真是一对心有灵犀的兄妹,说话都是一个调子,这么默契!"

歌后穿着粉色的短袖连衣裙,露出两条光洁美丽的前臂,原来她们班没有准备统一的聚会服装。

我关心地说:"后天就要立冬了,天气冷了,你竟然还穿得这么少,小心受凉!"

歌后说:"好感动呀,才子哥还是这么关心我的身体!你放心吧,我现在的身体比以前好多了,很少感冒。你什么时候去长沙玩呀?我们长沙可美啦!春天去游览美丽的月湖公园和南郊公园;夏天去感受大围山国家森林公园和省植物园的多姿多彩;秋天去岳麓山风景区和橘子洲头,体会毛主席当年的伟人豪迈;冬天去观赏望北峰的雪景,还可以在宁乡灰汤度假村泡温泉……"

我看她没有停下来的意思,赶忙说:"你太热情了!有机会去长沙,我一定会找你!你还是这么爱讲话。"

歌后班上的班长萧器在教室边上喊歌后妹妹:"我们班的同学在这儿呢,你回来呀,让你的才子哥安静一会儿吧。"

大家都笑了。

小妹说:"大哥,你小心,人家萧大班长吃醋了。"

歌后笑着,站起来,举手和我击掌而去。

小妹咬我的耳朵,小声地说:"大哥呀,你知道吗?萧器现在是一家三甲医院的业务副院长,可花心了!据说,他经常骚扰他们医院的美女,老婆一直闹着要离婚,每隔几天就吵到医院里去。"

天禧也靠过来,低声说:"这个不奇怪,萧器上学时就非常花心,一看到美女就露出一股馋猫样!好恶心!"

芶芇说:"我一看到他那个色迷迷的样子,就想吐!"

我回过头,调侃道:"你们三个人都是美女,看来你们曾经都被这位风流帅哥

仰慕的眼神反复扫描过。"

她们三个人齐声说："你少恶心我们了！"

上学时，歌后告诉过我，那时萧器也追求过她，不过她没有搭理他。他们班刚入学的时候，是曾诚当班长，曾诚是一个品学兼优、能力很强的好班长，很受同学们拥护。到大二的时候，辅导员老师突然将班长换成了萧器，也没有说明特别的理由。后来消息灵通人士打听到了所谓的"内幕"：原来萧器的父亲是市里的什么领导，私下给辅导员打招呼，要求给他儿子一个班级职务，以利于儿子将来有更好的前程。但是萧器当班长后，成绩一般，能力也有限，对他不满意的同学很多。歌后说，这种无能的人就是这么厚颜无耻，竟然好意思赖在班长的位置上，占着茅坑不拉屎。《周易·系辞·下》讲："德薄而位尊，智小而谋大，力小而任重，鲜不及矣。"

渐渐地，大家都到场了，我们班又增加了三个人，熊文、熊武和花花。花花外形没有太大的变化，依然风流倜傥、潇洒自如，还像上学时一样，穿着花格子衬衫，打着花领带。

黑胖调侃说："花花是花心依旧，魅力未减！"

花花笑道："不行了，老了，没有魅力了，也花不动了。"

熊文和熊武是一对双胞胎兄弟，他俩来自重庆，是同卵双生，长得太像了，都是瘦高个，唯一的区别就是熊文的左耳轮上有一个黑痣。老师和外班的同学经常将他俩认错，两人谈恋爱时也闹了不少笑话，双方的女朋友经常搞错对象。

两人现在都发胖了，皮肤都比以前黑了好多。两人很默契地站在一起，让大家猜猜谁是谁。现在两人耳朵上都没有黑痣啦，还真是难猜，大家的意见也非常不一致。

他俩得意地笑啦。就在他们开口大笑的一瞬间，我和莳芞异口同声地说："左文右武。"

大家好惊讶，要我俩分别说明理由。

莳芞说："文笑的时候，笑容里有一丝坏坏的味道；武笑的时候，笑容里有一种傻傻的成分。"

我说："文好动，武喜静。刚才他俩一起笑的时候，左边的文舞动了一下手；右边的武没有动。"

文和武异口同声说："真不愧是老大和学霸，观察好仔细耶！"

我和莳芞又异口同声地说："谢谢夸奖！"

天禧说："感觉老大和学霸也是心有灵犀的双胞胎兄妹，如此默契！"

大家都笑了。

全场到处听到有人在问,校花在哪里？为什么到现在还没有来？

我环视了一下全场,冰玉班上的同学穿的是黄色的服装,看上去比我们班棕色的服装显得阳光。

冰玉看我一眼,微笑着,竖起两个手指做了个 V 字。我也微笑着,向她点点头。

芴芘在我后面拍了一下我的肩膀,笑着说:"老大,上课时,不要交头接耳。"

主持人站在讲台前,看着同学们,好激动。他开玩笑地问道:"大家想大校花了？"

许多男生故意搞笑,异口同声地说:"想！很想！太想了！"

主持人是当年的学生会韩主席,帅气多才。他说:"大家别着急,听我慢慢说明情况。夏蕴教授现在是行业内江苏副主委,附属医院的科主任,学科带头人,教授,博导,知名学者！他们科室在前任老主任的带领下,综合实力在国内排在首位。老主任现在是国家主委、美国国家科学院院士,夏蕴是他最得意的接班人。夏蕴是我们最美丽的校花,真是美丽与智慧共存,为我们有这么优秀的同学而骄傲！请大家为夏蕴的杰出成就鼓掌。"

顿时,教室内掌声如雷。

主持人继续说:"夏蕴教授一直公务繁忙,可谓日理万机。她现在正在省卫生计生委主持一个国家级研讨会,今天没有空来参加聚会。她委托我向大家转达她的歉意,并表示非常想念大家。"

全场一片叹息声。有位男同学不死心,问道:"那她明天能来吗？"

主持人揶揄地说:"那我就不知道了,她只告诉我今天不能来。你实在太想她了,就直接给她打电话联系吧！"

大家哄堂大笑。

主持人向我意味深长地笑了一下。我回他一个友善的微笑。

主持人开玩笑地说:"今天这种机会太难得了,大家二十年前有什么没有说出的话,没有完成的事情,这次大可直言表白,不要再留遗憾了！我们组委会可以为大家提供方便,比如鲜花呀、私密的场所啦,还有那什么什么的啦。"

大家又笑了。

主持人眼光对着冰玉扫了一下,眼神里别有深意！这位主持人当年也像我一样,没有迷上万众瞩目的夏蕴,却对满腹才华的冰玉情有独钟。他曾经数次对冰玉表达了爱慕之情,都被冰玉婉言谢绝了。

冰玉转头看我,微笑着,给了我一个白眼。

我转头看了一眼天禧,轻声地说:"女神啊,你隐藏得很深哟！你是只许州官

161

放火,不许百姓点灯呀!"

天禧瞄了一眼台上的主持人,脸红啦,撒娇地说:"你老大想在哪儿放火,你就在哪儿放火吧!我管不了你啦!"

黑胖立即兴奋地问道:"老大,什么情况?女神怎么一下子就向你投降了呢?放什么火?点什么灯?"

小妹小声说:"大哥,你们四个人刚才相互以目传情,这一圈转下来,大家都功德圆满了。"

天禧也小声地自嘲道:"没有圆满,这个圈子到我这儿断了,我的下家不接我的绣球。"

莳芃说:"你现在的下家更解你的风情,更爱你!"

我们都笑了。

天禧贴着我的耳朵,轻声地说:"你家大校花牛啥呀?还特意让人家主席大人转告她缺席的所谓'歉意'!"

我调侃道:"大校花不是我家的,但是听你的语气,似乎'人家主席大人'就是你家的。"

天禧打了我一下,笑道:"大校花还真把自己当成了倾国倾城的西施了,她似乎以为男生们少了她就不能活啦!其实在这个世界上,无论少了谁,地球都照样转。"

莳芃也笑道:"就是!'千江有水千江月,万里无云万里天。'没有某人,这个世界也许更加光亮耀眼。"

我没有想到,莳芃竟然这样理解佛家的这条偈语,这完全背离了那位宋朝高僧吟出这条偈语的本意,但是这也恰恰体现了莳芃一贯不服输、藐视天下的霸气。我不能说莳芃的理解完全不对,因为我们每个人都有自己的诠释世界的独特方式。德国当代哲学家伽达默尔说:"世上都是路,通向自我认知。"

我调侃道:"那是!少了女神,我的世界就会崩溃;少了女王,整个世界就会大乱!"

她俩都笑道:"去你的吧!"

小妹笑道:"其实在这个世界上,既没有无缘无故的爱,也没有无缘无故的恨。因果循环,自有定数。"

我微笑着,向小妹竖起了大拇指。

天禧说:"小话痨,就你聪明!"

莳芃说:"真正聪明的人都懂得适时保持沉默。"

小妹说:"我闭嘴!谁敢和你这位大学霸比聪明呀?"

我们都笑了。

我给冰玉发短信:"涛声依旧,当年的那张旧船票还在。"

冰玉回复我:"沧海桑田,物是人非;江月不记当年事,今船难载旧时人。"

我继续调侃道:"你对人家'相逢不语,一朵芙蓉著秋雨',人家对你'待将低唤,直为凝神恐人见',你竟然不给人家一个诉说衷肠的机会,似乎有些薄情了。"

冰玉再次回复我:"与大才子不告而别的薄情比起来,这是小巫见大巫了!"

九点整,主持人宣布,聚会正式开始。主持人首先介绍莅临的各位老师,有年级主任和五位任课老师代表。大家热烈鼓掌,欢迎。

接着,主持人深情地致辞:"同窗五年情,廿年魂牵载,温馨如在昨,再聚泪满襟。相遇是甘甜的清泉,相识是清澈的绿茶;相处是清凉的果汁,相知是温暖的鲜奶;相聚是陈年的香醋,相欢是久藏的醇酒……"

大家热烈鼓掌,有感于主持人的真情和文采。

我感慨万分,不由自主地回忆起那五年的青春岁月:开心的琐事、热闹的校园、纯真的友谊、青涩的依恋,以及对知识的孜孜以求和对真理的热切渴望……

一分神,错过了主持人一段深情的忆旧和真情的憧憬。

主持人激动地说:"今天,我们再次相聚在敬爱的母校,追忆往事,重温过去,珍惜现在,展望未来。让我们把酒忆往昔,含泪谢恩情,激情唱赞歌,深情送祝福。感恩母校,感谢老师,感念同窗,感悟人生。最后祝愿同学们再接再厉,勇攀高峰!祝愿母校乘风破浪,再创辉煌!祝愿祖国繁荣昌盛,国泰民安!"

大家热烈鼓掌,经久不息!

接下来,是各班的学生代表讲话。从1班开始,各班都是班长作为代表,都是男生,一个个饱含深情,或有稿或无稿,风格各异。

到了我们班,天禧说:"女王上!"

荺芃也不推脱,霸气登台,无稿而心熟,口若悬河。从二十五年前初次进校时相遇的一刻,一直讲到今天的再次相聚。回顾历史,展望未来。从我校建校、变迁、发展,到我校目前的国内地位。从中国的西医建立、发展,到现在中国医学的世界排名。理论结合实践,忧患伴着希望。

荺芃确实是学霸,这一番演讲,听得我们热血沸腾,立感重任在肩,不可一刻懈怠,如同一个个热血战士,恨不得立即策马扬鞭,奔赴疆场。

荺芃讲话一结束,全场掌声雷动。

主持人向荺芃深鞠一躬,以示敬意,全场再次响起热烈的掌声。等到荺芃回到座位,主持人不由自主地再次带领大家第三次鼓掌。

芮芃起立答谢。我注意到芮芃脸上没有一丝得意的神色，非常平静。芮芃在成长过程中得到的鲜花和掌声太多了，早就已经习以为常。

主持人韩主席和芮芃在上学时有过精彩的辩论，两人为竞选学生会主席做了预赛和决赛两场辩论，两人的表现都非常精彩，结果不分上下。后来芮芃因为担任的职务已经太多了，忙不过来而主动放弃了竞选。韩主席后来真诚地跟我说："实话说，芮芃好多方面都比我强，我这个主席的位置本来应该是她的。"

我想，可能就是在那个时候，天禧喜欢上了帅气而多才的韩主席。

主持人以非常赞赏的语气，详细地介绍了芮芃毕业后取得的一系列巨大成就，盛赞她是名副其实的学霸，是学校的骄傲，是我们大家学习的榜样。

大家再次热烈鼓掌。

芮芃给同学们的感觉非常神秘，总是那样地高高在上，望尘莫及。相信当年默默地喜欢她的男生人数一定不少，但是很少有人敢去追她。曾有一位大帅哥在众人的鼓励下，终于鼓起勇气去追她，持续追了她一整年，始终没有得到她的青睐，男孩只能放弃了。

我班的女生问芮芃为什么不愿意搭理这个男孩。芮芃说，这个男孩配不上我。从此无人再敢触凤尾。

我曾经跟芮芃开玩笑，你不要这么厉害嘛，帅哥们都害怕了。芮芃说，无所谓，没有男人，女人反而会更加自立！

各班学生代表讲话结束后，年级主任讲话。年级主任已经六十岁，两鬓已染风霜，几个月前刚刚退休。他仔细回顾了那五年的工作历程，详细地再现了与同学们相处的点点滴滴，列举了那时全年级取得的各种辉煌成绩。同时，他愧疚地表示当年自己的管理方式太严厉粗暴了，在很大程度上限制了同学们的活动自由。最后希望当年曾经被他批评教育过的学生能够理解他，祈愿曾经被他处分过的学生能够原谅他。他当年的一颗热心，是恨铁不成钢。老师说得态度诚恳，感情真挚，语重心长，催人泪下。

主任转过身去，擦去了眼泪。好多人流泪了，我也眼眶湿润。

主任讲话结束后，六位女生给到会的老师代表献花并赠送纪念品。全体同学一起向老师们深情鞠躬，真诚地感谢他们的教育之恩。老师们都满含热泪。

主持人说："在这个特别难忘的时刻，我们邀请当年青春靓丽，如今更加美丽可爱的小歌后为大家一展最迷人的歌喉吧！"大家热烈鼓掌。

歌后走上讲台，满面笑容地说："我给大家唱一首经典老歌《年轻的朋友来相会》，一起回味我们共同走过的青春岁月。有请我们尊敬的美女学霸为大家展示她卓越的钢琴演奏技艺。"大家再次热烈鼓掌。

䓖芄走到前方早就准备好的钢琴前坐下来，抬手抚琴。一段欢快的过门之后，歌后用童音开唱，歌声清亮甜美，纯真悦耳；琴声宛转悠扬，流畅明快。

我特别喜欢听钢琴声，"乐而不淫，哀而不伤。"陶冶情操，清心理气，激发心志，升华心灵。

由于感情投入太深，快结束时，歌后哭了，哽咽着，不能继续！师生们都站起来，主持人带领大家一起合唱结束。歌声响彻云霄，大家激动不已，许多人眼里饱含泪水，感慨良多！

接下来的安排是全年级合影。由于光线不足，加上阶梯教室的地面落差不大，拍摄效果不是很理想。人生中总是遗憾和喜悦相交替，这才是现实生活的真相。

有人拿来了当年的花名册。天禧说："老大呀，在这三百多人中，有六七个人已经不在世了！"

我很震惊！看来行医确实是一个劳心伤身的职业，竟然让这么多的同窗英年早逝了！在这个年龄段，这么惊人的死亡率远远高于其他职业了。

会后，举行新碑文揭幕仪式。大学毕业时，由本届本专业全体学生出资，在校园里立了《希波克拉底誓言》碑。

这部《希波克拉底誓言》流传了2400多年，是以希腊医生希波克拉底的名字命名的，与我国的大教育家孔子在同一个时代。《誓言》规范了医生的执业行为，目前已经成为所有医务人员经典的职业规范。

二十五年前，刚进医学院时，校长带领我们宣读这个誓言，我们都被誓言的内容深深震撼了，认真地将誓言全部背下来，作为自己以后行动的准则。我们就是带着这份神圣的宣誓，开始了自己的医学生涯。如今依然初心不改，医者仁心，但是这一路走来的艰辛，其中的酸甜苦辣，唯有学医人才能懂。

二十年日久，碑文已经模糊。随着社会形势的不断变化，《希波克拉底誓言》在我们毕业后又经过多次与时俱进的修改。最近一次修改，最大的亮点就是增加了一条规定，"我将重视自己的健康、生活和能力，以提供最高水准的医疗。"全世界医学同仁第一次共同认识到医生自身健康的必要性和重要性，只有保证医生自身的健康，才会有能力为病人提供最高水准的医疗。这对于中国目前的医疗形势来说是何等的重要！一个个因劳累而猝死的医学精英们向全社会敲响了一道道警钟！难道一定要用医生自己的健康和生命来换取病人的健康和生命吗？医生本身也应该得到尊重和关爱。

此次我们再次捐款，进行碑文出新，刻写最新版的《希波克拉底誓言》，我们班的同学捐款一万元。

天禧与我商量落款,我说写上全班所有同学的名字,无论来与没有来的,出钱与没有出钱的。天禧采纳,并予以实施。

天空下着濛濛细雨。我们全体聚会的同学排成整齐的方阵,站在誓言碑前面。我们的心中立即产生一种职业的使命感和自豪感。我们举起右手,在学生会韩主席的带领下,再次一起庄严地宣誓。

> 作为一名医疗工作者,我正式宣誓:
> 把我的一生奉献给人类;
> 我将首先考虑病人的健康和幸福;
> 我将尊重病人的自主权和尊严;
> 我要保持对人类生命的最大尊重;
> 我不会考虑病人的年龄、疾病或残疾、信条、民族起源、性别、国籍、政治信仰、种族、性取向、社会地位或任何其他因素;
> 我将保守病人的秘密,即使病人已经死亡;
> 我将用良知和尊严,按照良好的医疗规范来践行我的职业;
> 我将继承医学职业的荣誉和崇高的传统;
> 我将给予我的老师、同事和学生应有的尊重和感激之情;
> 我将分享我的医学知识,造福患者和推动医疗进步;
> 我将重视自己的健康、生活和能力,以提供最高水准的医疗;
> 我不会用我的医学知识去违反人权和公民自由,即使受到威胁;
> 我庄严地、自主地、光荣地做出这些承诺。

宣誓结束了,大家依然安静地站立着,没有动,为心底里这份庄严的承诺而感动和自豪,我们分明感觉到有一股正能量在全身涌动!如今这份誓言的内容已经融进了我们的血液里,渗入到我们的骨髓中,成为我们生命的一部分,再不能与我们分开。

尽管《誓言》已经有2400多年的历史,但是《誓言》的基本内容还是现代医务人员必须遵守的职业准则。如今中国医疗体制正在进行深刻的变革,这篇《誓言》对医患双方认真审视相互间的关系,应该都有很大的促进作用。如何构建良好的医患关系,共建和谐社会,是我们医患双方都必须认真关注的事情。

我握着韩主席的手,充满感激地说:"我有些想你妈妈了!上学时,我经常去你家蹭饭,给她添了不少麻烦。"

韩主席的爸爸是电子研究所所长,妈妈是大学英语教师。上学时,我和韩主席因为同在学生会，而且都喜欢哲学，所以关系很好，他经常带我去他的家里玩。

韩主席笑道："老大，你真能开玩笑，怎么变成了蹭饭呢！我爸妈可喜欢你去玩啦，说你与其他学生比起来，更加稳重，聪明，有自己独特的思想和见解。"

我说："好惶恐！有机会，我想去看看他们！当年我们农村学生，英语基础差，非常担心英语不过关，毕不了业。你妈妈指点我学习英语的正确方法，没有想到在一年级的第一学期，我就通过了四级考试，我心里别提有多感激你妈妈了！你爸爸制作的小机器人也让我大开眼界。"

韩主席说："他们现在不在家，到欧洲旅游去了。下次你来南京时到我家里来，他们见到你肯定会非常高兴。"

我询问年级主任，我们临床医学支部的郝书记为什么没有来。年级主任告诉我，郝书记有事耽搁了，马上就到。

我于是冒雨在学校门口等待郝书记，高个给我打着伞。自从高个来了之后，照顾我的事情就由他主动包揽了。

绵绵秋雨下得温情脉脉，一片片在风中旋转的落叶在为它伴舞，一些不知名的鸟鸣声在为它伴奏。自然界就是这么和谐有趣，简单明了！如果人类社会也能总是这么通透无碍，协调有序，就令人神往了！

一会儿，司机开车送郝书记来到了。郝书记已经是满头银发，面容苍老而慈祥，但是依然高大健硕，步履轻盈。

我扑上去，激动地喊了一声："郝书记！"

郝书记两眼含泪，一把将我拥入怀中，声音沙哑地说："孩子啊，你是我当年最牵挂的优秀学生！当年我那么真诚地挽留，你都坚持要回家乡！怎么样，回去之后受苦受累了吧？"

我强忍住眼泪说："没有，一切都挺好的，您就放心吧！"

郝书记说："你就不要说假话安慰我了，你的事情我已经经过多方面打听了！你为什么在最艰难的时候不来找我？我这把老骨头还是能帮上忙的呀！"

我再也控制不住自己的情感，抱住郝书记放声大哭！这是我平生第一次在外人面前如此淋漓地痛哭，而且还在这样一个大庭广众的场合！我本不是一个爱哭的人，可能是小妹和同学们的太多泪水触碰了我心底里那份最脆弱的琴弦！

这泪水里有这么多年来无尽的委屈和无可诉说的憋屈，有对自己当年冲动决定的无尽后悔，有对父母双双早逝后感情无可依托的孤寂，有对自己多年来壮志未酬、一事无成的懊恼，有对书记真诚关心的深深感动和对我一直牵挂的心灵震撼，有书记对我寄予厚望而我却有失教诲的痛惜，更有这么多年了没有来探望恩师的极度羞愧……

一时千万种感情涌向心头！由于太过于激动,我突然四肢发麻,疲乏无力,双腿发软,快站不住了。高个慌忙扶住我,着急地说:"老大,你平静一下,不要太激动了!"

郝书记抚摸着我的头,慈爱地说:"哭吧,孩子,平时你总是太坚强了,一切事情都闷在心里,哭出来才能排泄心中长久压抑的不良情绪。"

同学们终于发现了郝书记的到来,都围了过来,争着和郝书记打招呼。

郝书记从衣袋里摸出一张纸条交给我:"孩子啊,这是我家现在的电话和住址,以后一定要经常和我联系。"我满眼泪水地点头答应。我和高个悄悄地退出了拥挤的人群。

高个问道:"这是哪位书记呀？我咋不认识呢？"

我说:"他是我们整个临床专业的党支部书记,因为需要他处理的事情特别多,他平常与同学们接触不多,各个年级的具体事务都是由各年级的老师在管理。"

高个又问道:"那你怎么跟他这么熟,感情还这么深,简直就是父子久别重逢啊!"

我说:"当年进校时,我的入学分数高,再加上我身体不方便,因此引起了老书记的注意,就对我特别关照。他主动找我谈心,关心我的思想、学习和生活状况。当年,我就是在他的关心教育下入党的。在我心里,我早就已经把他当成了我敬爱的父辈了!"

毕业的时候,郝书记再三挽留我留校,可是年轻气盛的我太自负了,坚信金子无论在什么地方都是会发光的,就听从了父亲的安排回到家乡。

郝书记动情地说:"你这个孩子太善良了,总是把世界想象得很美好。你走上了社会之后,一定会碰壁的,你要有思想准备,你前面的困难肯定不会少。你回去后,遇到了困难一定要回来找我。孩子呀,我现在的心情很矛盾,既希望你出去独自飞翔,经受磨炼;又希望你永远能在我的庇护之下,因为我担心你受到伤害!"

我非常感动,明显感觉到郝书记对我父亲般的真情;可惜当时年轻气盛的我并没有对郝书记的提醒引起足够的重视,结果在现实的社会中被撞得遍体鳞伤!

走的时候,郝书记说:"孩子呀,我最看重的是你可贵的人品和顽强的意志,我相信你一定会大有作为的。我俩特别投缘,就让我们成为忘年交吧!"

我热泪盈眶地说:"我一定会牢记您的谆谆教诲!"可惜我毕业之后一事无成,完全辜负了郝书记的厚望!

大家相互之间开始合影。师生之间的、同班的、学生会的、文学社的、老乡之间的各种合影。当年喜欢的、心仪的、暗恋的、心照不宣的都能合影；但是其他班上男生们唯一不敢合影而又特别希望能合影的就是茐芘。

茐芘正在和我们班的同学们合影,她那高傲的气质令其他班里的男生们只能望洋兴叹,不敢造次。好多其他班里的男生们跟我说:"老大呀,你们班里的男生们太幸福了!"

我依然没有主动邀请茐芘合影,一者对合影兴趣不大,二者我爱人一直说我不上相。

男生们再次纷纷叹息校花没有来,遗憾之情溢于言表。

黑胖贴着我的耳朵,小声地说:"我猜想昨晚吃饭的时候,给你打电话的人一定是校花,是向你请假的。"

我说:"你少说一句话死不了的。"

一阵凉风吹来,我感觉好冷。

突然,歌后从后面贴在我背上,双手环绕着我的腰,嗲嗲地说:"才子哥,我好冷,你帮我挡挡风吧。"

我很感动,心中很温暖!歌后真把我当成哥哥了!在大学五年时光里,我俩一直像亲兄妹一样相处,歌后多次说过,遇到我这样的好哥哥是她最大的幸福!

我一直怕冷,所以今天穿了很多衣服。我立即用自己的双臂护住她光洁的双臂,责怪道:"可怜的小宝贝,谁让你只要美丽和风度,不要身体和温度的呢?"

歌后撒娇道:"人家湖南可没有这么冷,谁知道你们江苏这么冷呀?"

高个调侃道:"你们俩注意一下影响好不好?大庭广众之下,公然秀恩爱,你们就不怕黑胖流鼻血呀?"

黑胖从前面抱着我,学着歌后的声音说:"才子哥,人家海南也没有这么冷,谁知道你们江苏这么冷呀?"

我们都笑了。

小妹走过来,好奇地问道:"大哥呀,你们三个人抱在一起干什么呢?"

黑胖立即放开我,又对着小妹张开双臂,媚笑道:"亲爱的小妹呀,你冷吗?快过来,让好哥哥抱抱你温暖一下吧?"

小妹不屑地说:"看到你这个下贱样,我就恶心欲吐。"

黑胖立即觍着脸,媚笑道:"你恶心欲吐?一定是怀孕了!我可没有碰你呀!不用我负责吧?"

小妹红着脸骂道:"臭流氓,你死去吧!"

歌后松开双臂,笑道:"才子哥,你一定要去我们长沙玩呀,我也要去你们南

通长寿之乡玩,跟你学习长寿秘诀,争取和你一起活到一百岁。"

我说:"好的,热烈欢迎!到时候,我们两个老妖精就在狼山上一起升天。"

大家又笑了。

歌后向我们挥着手,轻声地哼着歌曲,快乐地寻找他们班的同学去了。

我目送她离去,心中很愉悦,为她不老的青春,为她快乐的性格,为她纯真的个性!

突然一个人在我身后拍了一下我的肩膀,喊了一声:"大才子,你还记得我吗?"

我转身一看,一位面容憔悴的女生微笑着,看着我,人显得有些苍老,给我的感觉好像是五十岁开外的人了。我的脸盲症又犯了,真看不出她是谁。

机灵的小妹赶忙解围,拥抱着她,大声说:"陈道梅大美女,真的好想你!"

我这才想起,她是高级护理学专业的,她们护理学院的同学也是今天聚会。她和小妹是在舞会上认识的,两人很投缘,很快就成为好闺蜜。上学时,小妹经常带她到我们宿舍里来玩,所以我跟她也很熟悉。她是来自南宁的美女,当年是她们护理学院最漂亮的女生,如今却是美貌不再,真是红颜易老、青春易逝。

道梅说:"老大呀,你的事情小妹都告诉我了,你们不要小孩是绝对的明智之举!我们家走到现在这一步,真是后悔莫及呀!"

我很惊讶,感觉有些唐突,不知道怎么接话。

道梅说:"我家是近亲结婚,先生和我是青梅竹马。我们说好不要小孩,做快乐的'丁克'一族,没有想到意外怀孕了,就没有舍得打掉,心存侥幸地生下来,却……"

道梅哽咽着,说不下去了。

小妹轻声地告诉我:"儿子是智障,现在已经二十岁了。"

我心中涌起一股非常悲凉、心疼的感觉!难怪道梅看上去如此苍老,家中有一个智障的孩子,该是多么令人心痛而烦心呀,一家人永远不能在一个正常的心态下生活!联合国人口基金会最新的调查资料,智障患者大约占世界总人口的2.5%,大多数是因为先天性缺陷造成的智力低下;但是目前医学对遗传病这一领域还知之甚少。我什么安慰的话都说不出来,她心中的痛非亲历者是不能真正体会的!

我说:"我们可不敢冒险,你大嫂怀孕了两次,我们都没有敢要。"

道梅悔恨地说:"我这个学医的妈妈真是不合格,不称职!"

我说:"你辛苦了!有机会多出来走走,见见老同学,心情也许能好一点。"

道梅说:"十年聚会时,我没有来,没有心情;这次来看看大家,看看母校。以前我都为孩子活着,现在想想,孩子已经这样了,没有办法改变了,以后也应该为自己活着。"

我说:"尽量对孩子好一些就可以了,我们自己该怎样活还怎样活,我们的人生还有下半辈子。"

道梅说:"你说得有道理,整天愁眉苦脸也不能解决问题。只是随着年龄的增长,越来越担心孩子的未来。我们不在了,真不知道孩子依靠什么生活?"

小妹说:"你们咋不领养一个孩子呢?让他有个伴,将来也可以照顾他。"

道梅说:"我们已经深深体会到抚养我家孩子的艰辛,不忍心再将这种沉重的负担转嫁给他人。"

小妹感动地说:"你们是非常善良的人!这确实是两难的选择。"

这是有智障孩子的家庭最大的困扰!父母不能护佑智障孩子一辈子!国家和社会应该逐步健全社会保障机制,全社会这么多的智障孩子总得有一个妥善安置的办法。

道梅微笑着和我道别,嘱咐我多多保重身体!

我深表感谢,心里却想起了柴静说过的一句话,"有些笑容背后是紧咬牙关的灵魂"。望着道梅远去的身影,我好心疼!

小妹用力地握了一下我的手!我明白善良的小妹希望传递给我一份生命的力量,我感动地看着小妹的眼睛,感激地点点头!

中午,组委会有意安排同学们在当年的老食堂内吃饭,希望大家回忆、珍惜曾经的那一段峥嵘岁月。同学们如同当年一样,到食堂的窗口排队打饭。

高个找好了位置,让我先坐下,他去帮我打饭。

我回想起当年的艰难岁月,心潮澎湃,思绪万千。我激动地将食堂照片发到高中同学微信群,得到大家美好的祝福和善意的调笑。

阿娟问道:"大哥呀,你的眼泪是不是就要流出来了?"

钢班长说:"想哭就尽情地哭吧!"

其实我的眼泪早就已经流出来了!那时候,生活艰难,我一直省吃俭用,从不肯多花家里的钱。最困难的时候,我曾经多次中午就买一个一毛钱的馒头,打一份免费的菜汤,里面很难看到菜叶,其实就是清汤。善良的小妹经常将多余的饭票送给我。她父亲是市政府的公务员,母亲是报社的编辑,家庭条件较好,宿舍里总是少不了各种可口的零食。

我注意到,周围好多女生在一边吃饭,一边流泪!丫头和小妹坐在我旁边的餐桌边,小妹泪流满面。

丫头看我一眼,笑道:"大哥哥,你竟然也像小女生一样,如此激动!"

丫头家在南京,上学时不住校,家庭条件又好,很少在食堂里吃饭,所以对这里的感受自然没有我们这么深切。

一阵强烈的刺痛溢自我的心底,当年的那一幕幕令人激动的情景又清晰地浮现在眼前。在这个难忘的食堂里,曾经发生过太多太多的故事:是情侣间相互喂饭秀恩爱的地方,是失恋人借酒消愁的地方,是周末跳舞的地方,是举办卡拉OK大赛的地方,是举行各种晚会的地方……

一个个鲜活的面容在脑海里交替闪现,那样地青春年少,活力四射。有春风得意时的大笑,有失意者抽刀断水水更流的惆怅,有为赋新词强说愁的装酷……

阿云和天禧坐在一起,都流着泪,哽咽着,吃不下去了。阿云看了我一眼,走过来,递给我一份纸巾。

我正在擦着眼泪。突然,背后一双白白秀气的小手轻轻地压在我的双肩上,一个无比温柔的声音响起:"哥,你还记得我吗?"

我转过头去一看,原来是小仙女。小仙女是一大班的,因为生得娇小玲珑,清新脱俗,有一种不食人间烟火的飘逸,大家送她一个雅号"小仙女"。我是二大班的,她与我本来并无接触,但是第五年全年在省人民医院实习时,她有半年的时间和我在一个实习小组,所以相处得很好。下班之后,她经常到我们宿舍来找我,进门之后,最常说的第一句话就是,"哥,你咋不来找我玩的?"时间久了,大家都记住她的这句话。黑胖实习时和我住一个宿舍,就经常调侃小仙女。

我把她拉到我身前,仔细地观察了一下。小仙女依然是那样的清新脱俗,年轻美丽,岁月简直没有在她身上烙下印迹,尤其是双眸依然是那么的清澈而有神。眼睛是心灵的窗户,眼神完全能放射心灵的光华,一个人内心的真、善、美是完全可以从眼神里读出来的。如今的社会,物欲横流,人们的心灵已经被太多的欲念蒙蔽了,相由心生,眼神又怎么可能会清澈呢?看来小仙女一直生活在世外桃源中,没有受到世俗的浸染,还保持着那份最初的纯净。

小仙女兴奋地取来自己的饭盘,坐到我身边。

我说:"告诉哥你保持年轻的秘诀,让老哥哥也年轻一些。"

小仙女脸红了,却非常高兴地说:"哥,你不带这么取笑人的。"

高个打来了饭菜,坐在我们对面,大家一起吃饭。

高个说:"没找到当年的大块肉和大肉圆。"

我说:"估计营养丰富的大青菜虫还是会有的。"

小仙女轻轻地推了一下我的手臂,嗲嗲地说:"哥,你说什么呢?我都不敢吃了。"

我说:"你吃你吃,没有没有。"

黑胖端着饭盘,在高个旁边坐下来,一看到小仙女,乐了,张口就学小仙女的声音,喊道:"哥,你咋不来找我玩的?"

我们都笑了。

我说:"不准欺负小仙女。"

黑胖向我一抱拳,大声说:"得令!"

我想起,当年实习时,小仙女饭量很小,中午我俩一起吃盒饭,她总是将自己饭盒里的饭菜先拨一半给我。我看着她吃得正香,故意敲敲自己的饭盘,对她说:"哥饭量大,不够吃。"

小仙女笑道:"哥,我不吃了,都给你吃。哥,你太瘦了!是嫂子虐待你吗?"

我笑着说:"家里穷,你嫂子舍不得给我吃饱。"

小仙女笑了,笑得好开心,摇着我的手臂说:"哥,你好可怜呀,跟我一起回家吧。我保证把你养得白白胖胖的。"

黑胖坏笑着说:"老大,你就跟小仙女走吧!我们绝对没有意见!"

我亦笑道:"你有意见也没有用呀!"

大家都笑啦!

小仙女一本正经地说:"哥,你还真应该跟我回家。我们天津有全国规模最大的骨科专科医院。我陪你去做腿脚的矫形手术,这样你走路能方便一些。我一个广州的小表弟就在那儿做的,手术很成功,现在走路基本看不出来。"

高个说:"老大,小仙女的建议真值得认真考虑。你可以不在乎形象,但是美女们都希望你更完美,况且最重要的是手术之后,你的行动确实能方便灵活一些,我们也能少一点牵挂!"

我说:"小仙女的表弟手术效果好,是因为他年纪小。我现在年纪大了,恐怕效果不会很好,而且我有类风关,有可能手术后情况比现在更差。"

黑胖说:"老大真不懂得珍惜小仙女的一片苦心!有这么美丽迷人的小仙女陪着我,别说让我矫形,就是让我挖心,我都非常愿意!"

小仙女说:"讨厌的死胖子,你能不能正经一点,我和我哥说正事呢!哥呀,你回去后和嫂子好好商量一下。我们才四十多岁,至少还能再活三十年,我真诚地希望你以后的生活能幸福快乐!"

我非常感动地说:"谢谢你!美丽善良的天使妹妹!"

高个真诚地说:"老大,去吧!以前没时间,没有条件,现在这一切都有了,为什么不努力试一下呢?你要是真去天津做手术,我一定会请假在医院里照看你!"

黑胖说:"我也请假去天津陪伴你!当然顺便还能天天见到美丽无比的小仙

女,何乐而不为呢?"

大家都笑了,我却笑出了眼泪,为大家这份无比真诚的关切之情!

小仙女说:"我有同学在天津骨科医院,住院手续由他去办。真希望能在天津见到你,我家的大门随时为你打开!"

校报编辑部的几位同学都来跟我打招呼。有人问道:"才子老大呀,才女怎么没有和你在一起呢?"

我仔细环视了一下整个餐厅,没有看到冰玉。

饭后,高个打着伞,陪我逛校园。秋雨绵绵,校园内雾气朦胧。一石一竹,一草一木,都是那样的熟悉而亲切。

高个深情地说:"老大,我这辈子都忘不了你的恩情!"

我说:"你指的是小燕子吗?其实小燕子爱上你是因为你的英雄救美,一下子暴露了你深藏在内心深处的真情,并不是我的功劳!"

大二的时候,我们全班人有一次去燕子矶游玩。划竹筏时,大家相互用船篙向对方击水,正热闹之际,小燕子一不小心掉进了河水里。她惊慌失措,舞动双手,拼命挣扎。高个见状,毫不犹豫立即跳入水中,两人在水中扑腾几下,都站了起来,原来河水不深,水面仅仅淹及胸部。

我们都大笑,都说高个英雄救美,该出手时就出手,危难时刻见真情。小燕子虽然当时惊魂未定,但是已经芳心暗许了。所以大三时,我其实是做了一个现成的月老。

后来我和小燕子相处熟悉了,小燕子告诉我,她家兄弟姐妹六个,家里养不起这么多孩子。她两岁时就被父母送到四川的农村老家,和外公外婆一起生活,直到上高中时才回到父母身边。因为从小缺少父母的爱,所以就特别渴望爱。高个危难时刻的出手相救一下子就打动了她的芳心!因此我一说高个喜欢她,她就立即彻底向高个敞开了胸怀!

高个说:"不仅仅是小燕子,还有其他太多的事情。我考试不及格要留级时,我是准备放弃的!是你鼓励我,还帮我补课。我四级英语没通过,担心将来不能毕业,又是你帮我渡过了难关。"

我说:"小事情,都过去了,不要放在心上。"

高个说:"我好想和你同床再睡一次,一直聊天,彻夜不眠!"

我由衷地笑了,好感动!上学时,我们俩关系极好,高个常常躺在我床上和我聊天,一聊一晚上,困了,就一起睡了。经常这样,大家就开玩笑,说这两人关系不正常。

高个还想重温那时的美好时光!可惜,岁月无情,不可倒流了!那段美好的青春时光就如同东流的江水一样,一去不复返了!

我俩在誓言碑前合了影,又在爱心园内照了相。校园内不少古老的建筑已经消失了,增加了几座现代化的高楼。解剖教学楼曾经是我们晚上最害怕的地方,如今遮映在千百翠竹之中。

整个校园里满是青松翠柏,梧桐成荫。秋风萧瑟,落叶满地。倚栏而望,远处青砖白石镶嵌的曲径,几柄灵动的碎花小洋伞,晃动着斑驳的光影,撩拨着我那份久违的心绪和难平的思念。我真想扑倒在这铺满金黄落叶的小径上,亲一下湿润的泥土,闻一下深秋的芬芳。

到处是聚会的老同学,都穿着各个小班自己的聚会服装,熟悉不熟悉的都来个点头、握手或者拥抱。有没有语言交流已经不再重要,就在这一瞬间,我们的心灵立即再次相通了。

突然,一个矮个子的光头男生向我扑过来,紧紧地抱住我,哽咽着说:"老大呀,我好想念你!"

我仔细一看,这个男生脸上皱纹一道道,皮肤松弛,秃顶,显得很老,完全就是一个六十岁以上的老头模样。

我有些疑惑地问道:"你是枉乐乐?"

乐乐叹了一口气,落寞地说:"是的,甲状腺癌,手术后化疗加放疗,把我折磨得不成人样了!"

我这才注意到他的颈部有一条长长细细的手术切口疤痕。乐乐是南京人,毕业后留在母校的附属医院工作,搞胃肠外科。

乐乐性格内向、孤僻,上学时不爱说话,和我并不是一个小班的,但是他也特别喜欢《红楼梦》,所以经常来找我聊天。那时候的他,细皮嫩肉,像个洋娃娃!没有想到眼前的乐乐竟然变成了如此模样!我好心痛,却说不出任何安慰的话语。我再次用力拥抱了他一下,向他传递一份温暖和关心。

我有意转换话题:"你们胃肠外科有一位康健主任,人很幽默,工作非常认真负责,实习时对我极其关心,现在应该早就退休了。"

乐乐叹气说:"康主任已经不在了,结肠癌去世三年啦。他搞了一辈子的胃肠手术,最后竟然死在自己最擅长的疾病上面。他是我的师傅,我做结肠手术的技能都是他手把手教给我的,最后是我帮他开的刀,已经有很多的腹腔淋巴结转移了。"

我悲痛不已,康主任是这个世界上难得的好心人!实习的时候,他特别关心爱护我,总是赞扬我比别的同学来得早、走得晚。他热心地教给我比别的学生更多的技能,鼓励我树立远大的志向,坚信我将来一定会有很大的成就。他挽救了

无数人的生命,最终却无法挽救自己,医学的无奈呀!

乐乐摇摇头,无奈地说:"现实就是这么残酷,好人往往是不能长寿的。康主任弥留之际,告诫我,一定要将每一天都当成生命的最后一天来活,珍惜生命中的每一天。"

我捧着乐乐,感动地说:"我们都要珍惜生命,快乐地过好活着的每一天!"

乐乐说:"争取吧,我也不能快乐几天了!老大保重,经常保持联系!高个再见!"

乐乐的脸上笼罩着一股悲哀的情绪,勉强挤出一丝笑容,转身离开了。

我心中一阵剧痛,为康主任,为乐乐,为自己,为医学的无奈,为生命的无常!在这万物凋零的深秋,那一片片枯黄凋落的树叶,在秋风中飘荡,宣告着一个个生命的终结。

我想起杨绛在《我们仨》中的话,"人间不会有单纯的快乐,快乐总夹杂着烦恼和忧伤,人间也没有永远。"

高个说:"老大,你还记得乐乐的爸爸枉法叔叔吗?"

我说:"记得呀,幽默风趣的枉法叔叔,他给我留下了深刻的印象。"

乐乐性格孤僻,不喜欢交朋友。小时候,他唯一的朋友是发小,上初中时,发小因病去世了,从此乐乐更加封闭自己。上大学时,他将我当成他唯一的朋友,所以经常邀请我去他家里玩,我就带着高个一起去。乐乐的爸爸当时是南京某个区的区委书记,却一点没有官架子,平易近人。他们家里有一张乒乓球台子,枉法叔叔经常和我们打乒乓球,时常一边打球,一边给我们讲一些官场笑话,常常逗得我们捧腹大笑。

高个说:"你知道吗?枉法叔叔出事了!他后来当了南方某省的纪委书记,任了一届期满时,在纪委工作会议上做总结报告,会议一结束就被双规了。"

我问道:"为什么呢?"

高个说:"贪污、受贿,数目巨大,判了无期徒刑。"

我心里既惊讶又难受,很难将记忆中高大帅气又充满着正能量的枉叔叔与一个腐败分子联系在一起。

我说:"真不敢相信!这样一个一直给我们正面形象的枉叔叔怎么可能腐败呢?看来人性是复杂的,也是多面性的"

高个说:"人是会变的!随着官位的逐渐升高,人的心理是会不断产生变化的。枉叔叔在最后一次纪委报告会上,威严地说:'对于任何腐败分子,我们的态度都是零容忍!'立即赢得了全场的掌声!哪里知道,会议一结束,枉叔叔就被中央巡视组带走了。好一个'零容忍'!怎么这么具有讽刺意义呢?"

我说:"你怎么知道得这么清楚呢？我一点也没有听说！"

高个说:"在各个单位的党政干部中通报了,同时放了警示教育片！纪录片中还透露了一个非常意外的信息,枉叔叔原来竟然是一个家暴分子。"

我真不敢相信,一向和蔼可亲的枉叔叔竟然是一个家暴人员。看来表面上温和的枉叔叔,实际上是一个双面人,是一个具有双重人格的伪君子。难怪我们每次去乐乐家里,乐乐的妈妈仇阿姨总是愁眉苦脸的样子,很少能看到她的笑容。我现在理解了,家里有一个家暴的丈夫,心中怎么可能会有快乐呢？

高个说:"受暴者在肉体上遭受到的伤害是持续的,在精神上遭受到的伤害更是难以愈合的,很多受暴的女性因此患上了严重的抑郁症。"

我说:"据全国妇联统计,中国有2.7亿的家庭,其中有30%的女人遭受过家暴,每年有15.7万女性自杀。"

高个说:"家暴是最残忍的婚姻摧残器,是最无法容忍的行为,是犯罪行为。"

我说:"施暴者大多是心理变态,有人格障碍,往往是从小在暴力家庭环境下长大的,常常脾气暴戾执拗,有不良嗜好,表现为心理压力过大,嫉妒心过重,自我约束力低下,情绪容易失控,进而以暴力的形式发泄出来。"

高个说:"我感觉乐乐应该受到了家庭的深刻影响。他性格孤僻、冷漠、没有知心的朋友。我们不知道他会不会对自己老婆实施家暴。"

我们曾经对乐乐特别孤僻的性格不太理解,总觉得他生在这种关系和谐的家庭应该是阳光灿烂的。现在我终于懂得了乐乐性格形成的原因,所以我们没有经历过别人曾经的苦痛,就不要轻易去评论别人的炎凉。

我说:"尽管家暴的比例较高,但是具有隐秘性,很多受暴者顾及面子、身份、家庭、子女等原因,都不愿说出来,这反而助长了施暴者的嚣张气焰,变本加厉。我国在《婚姻法》《妇女权益保障法》和《未成年人保护法》中都明确禁止家庭暴力,但是很难落到实处。这类事件处理起来取证也不容易,受暴者往往不愿意配合;她们宁可自己咬牙忍了,也不愿意让家庭'出丑'。"

高个说:"人类文明的进步真不是一件容易的事情,思想的腐朽落后确实是很可怕的。"

我说:"高个呀,你也是拥有几千人的大型三甲医院的副院长,位高权重,一定要将枉叔叔的事情作为警钟,遵守做人的准则,千万不能触碰高压线呀！"

高个说:"请老大放心,我绝对不会干贪污、受贿这种违法犯罪的勾当！我之所以能很快就当上了医院领导,是因为那一年,在中央对医疗行业的专项整治中,我们医院竟然出了窝案,集体贪腐,一下子抓走了好多人,上层领导的位置都空缺了,我才有机会爬到现在这个位置。我前面还有好多资格比我老的人,但是

他们也被查出一些小问题,不可以当领导。"

我说:"果然是上天赐予你的好机会,也与你之前的严于律己有直接的关系;但是'前车之鉴,后事之师',你一定要吸取经验教训,千万不能重蹈他们的覆辙!"

高个认真地说:"再次请老大放心,我一定诚挚地聆听您老人家的教诲,严谨做人做事!小燕子也时常提醒我,不断给我敲警钟,所以我一直绷紧着法律的绳索,不敢有丝毫的松懈!跟我一同升上来的好多人中,又有几位被抓走了。"

我说:"小燕子真是好样的!有贤妻若此,是你小子上辈子修来的福气,你一定要好好珍惜!"

高个向我敬了一个标准的军礼,大声说:"遵命!"

天禧正带着我们班上的女生到处游览、拍照。看到我们,古丽笑道:"你们两个大男人有什么好玩的?陪我们美女们一起玩吧。"

小妹调皮地说:"大哥肯定是在等才女,我们就不要当灯泡了。"

丫头笑了,揶揄地说:"那我们走,就不破坏气氛了。"

我问道:"芴苊怎么没跟你们在一起呢?"

天禧说:"你们看看,老大心中只有学霸!女王是名人,正被许多高端人士紧紧围着呢!"

菲儿向我们做了一个飞吻,小燕子也跟着做了一个飞吻。

我说:"小燕子啊,你的吻可不能乱飞呀,万一被我接住了,高个会立即杀了我的。"

她们欢笑着,走了。

我们来到附属功能楼,这里有文学社,门牌还是二十年前的模样,可惜门关着。

高个敲门,没有人答应。今天是星期六,里面没有人。

我有些失望,好想进去看看,这里承载了我当年太多的欢声笑语和无穷的美好回忆。二十多年前,同学们在此"奇文共欣赏,疑义相与析"。

秋风送来的淡淡书香,弥漫在绵绵烟雨中,让尘封在书卷里的华美辞章和古老远去的青春故事,都散发着潮湿的气息和无尽的柔情。曾经那些青春的骚动和眷恋、年少的不羁和轻狂都被这阵柔情的秋风撩拨得更加让人怀念。

我俩坐在大楼门口的椅子上忆旧,又是一个班的同学们叽叽喳喳地过来了,我一看是小仙女班上的。

小仙女说:"哥呀,你们俩咋落单了呢?跟我们一起玩吧。"

他们的班长方景笑道:"老大呀,你知道吗?当年你骗走了我们最迷人的小仙女,我们班上有多少男生想杀了你吗?"

我说:"太恐怖了!你们快走吧,不然我的老命就不保了!"

大家都笑了。

小仙女热情地说:"哥啊,你一定要去天津呀!我要陪你观赏景区的风光:盘山景区、海河景区、水上乐园;还有历史建筑:石家大院、黄崖关长城、大沽口炮台遗址以及你最感兴趣的文化馆街:周恩来和邓颖超纪念馆、杨柳青博物馆、古文化街、五大道文化区等。哥呀,记住我俩的约定,千万不要让我失望哟!"

我说:"好的,谢谢你!我也热情欢迎大家到中国近代第一城——南通来游玩,我一定尽地主之谊!"

同学们高兴地答应着。方班长带领着大家,笑闹着,走了。

我们寻找记忆中校园西南角的那一片梅园,却不见了踪影。在原来梅园的位置,竖起了一幢摩天大楼。这片梅园原本是校园内谈情说爱的最佳场所,被同学们称为"爱情圣地",自然也是高个和小燕子最经常光顾的地方。

我笑道:"高个呀,你是不是非常遗憾呀?"

高个笑道:"老大呀,你就不要假装圣人了,难道在这片浪漫的宝地上就没有留下你老大最难忘的记忆?"

我微笑着,点点头,心中感慨万千。"回廊一寸相思地,落月成孤倚。背灯和月就花荫,已是十年踪迹、十年心。"

我随口念道:"十年复十年,初识梅园已不见。惊沧海桑田,叹世事多变。物异人非依然惦。情难免,心还恋。泪眼模糊一片,双腿难再前。"

高个递给我一张纸巾,笑道:"老大入戏了,流泪了!情太深,心难静!"

我擦擦眼泪,感叹道:"人这辈子到底是在戏里,还是在戏外,谁也说不清呀!"

高个说:"既在演戏,又在看戏。"

我点点头,很赞成高个的说法。是的,人的一生,既是演员,也是观众,重要的是搞清自己当时的位置和角色。该当演员时,就得用心;该当观众时,就得安分。

我们继续向前走,有意无意间,我俩来到校报编辑部,一座位于土坡上面的二层小楼。小楼隐藏于绿树掩映之下,是校园内最古老的建筑,建于清朝中晚期,曾经遭受过无数次战争炮火的洗礼,见证了近代中华民族的苦难。在二百多年的时间里,一直静默的小楼,承载着历史的厚重和积淀。

在这里,曾经那五年的时光里,演绎过多少我们年少的无畏和轻狂。一个个飞扬的青春,一场场激情的辩论,那如歌如诗的岁月都仿佛还在眼前。

白石台阶如今已经黝黑,台阶两侧原来有石柱石杆为栏,年久失修,已经倒塌于两侧的乱石之间。

看着高陡光滑又没有扶手的台阶,我摇摇头。高个笑道:"没事,老大,我扶你上去看看。这儿毕竟是你曾经工作过的地方,一定有你太多真情的回忆!说不定还会有艳遇呢!"

我俩拾级而上。雨中的小楼显得极为宁静而温馨,依然是筒瓦滑脊飞檐,原本雪白的墙面已呈现灰黄。先前镂空雕花的木质窗棂,已经换成了不锈钢的推拉窗。木门绣槛都不见了,换成了明亮的铝合金玻璃门。有一种历史与现实交错的感觉。门口竖挂一块崭新的木板,上面草书五个大字:校报编辑部。

我推开门,室内的布置已经大变,书柜不见了,黑板没有了,手工机械打字机没有了,而这些都是我当年使用最频繁的东西。多了好几台电脑、打印机和一台投影仪。

只见冰玉一个人坐在窗前沉思、遐想,也或许是在听雨,她从小就有听雨的习惯。她曾经跟我说,何必丝和竹,山水有清音。那轻盈清脆的滴答雨声,是自然界中最动人心弦的语言,直接敲进了她的心坎里。听雨即是听心,是悟禅,是宠辱不惊,是超然物外。只有心无旁骛的人,才能静悟万物的本性,才能用心灵来体验生命与自然完全融合的意境。

高个看到冰玉,立即转身向我会心地一笑,跟我说:"你们聊吧,我待会儿来接你,我到下面为你们站岗!"

冰玉静坐在椅子上,没有动,既没有看我,也没有讲话。秋天是一个让人思考的季节,所以才有了那么多的秋思和感怀。秋雨绵绵中,又会有多少人的灵魂会出窍,浮游在太空中,俯视人间,悲天悯人呀?

我走过去笑道:"南飞鸿雁北风吹,佳人思卿何时归。"

冰玉随口应答:"新欢红颜旧人悲,薄郎忘情终生悔。"

我大惊,我的上句是我乘着故意慢慢观察室内设施时想好的,本意是调侃;而冰玉的下句却是应声而出,却对得这么工整,还顺便狠狠地羞了我一句,思维之快,出口成章,我所莫及。看来现在我想和她对句,就等于自动举手缴械。

我有些不好意思,却故意说:"你的对句有些夸张了。"

冰玉说:"夸张了吗?终身悔,终身误!其实我说得不对,某人总是自以为是,又是铁石心肠,从来就没有悔恨过!"

我无言以对!许多事情都不是按照我们最初设想的那样顺利进行,世间事不能如愿者常常十之八九。

冰玉悠悠地说:"昨晚回去,我仔细一回顾,整个下午都是我在说,你其实什么都没有告诉我。你是不是根本就不愿意跟我讲话呀？"

其实，我真不想跟她叙说我的过去！像她这样一位从小事事顺利、长在蜜水里的国际大都市的天仙，是无法深刻理解我这种在农村长大的、饱经风霜的、挫折多难的"董永"的。

我又故意转移话题："刚才咋没有看到你去食堂里吃饭呢？"

冰玉仰头直接给了我一个白眼，责问道："你不是一直说我是天仙吗？天仙是不食人间烟火的呀！"

我走到桌子对面坐下来，故作轻松地说："我挺好的，回去之后工作、结婚、考研、留校。一切都按部就班，没啥特殊的。"

冰玉讥讽地说："多么地高度概括和总结呀！你的上半辈子就这么简单的一句话就完了？"

我故意调侃道："要不我们也开个国际研讨会研究一下？"

冰玉说："你少贫了，说说你的爱人吧！"

我说："她最大的优点就是聪明、能干、善良、幽默。"

冰玉责问道："最大的优点？难道还有缺点？"

我说："人无完人，除非是天仙。"

冰玉说："天仙最大的缺点就是生活在天上，不接地气！"

我有些惊慌，本以为什么都不在意的天仙，其实早已经洞晓了我内心深处的感触。

冰玉的情绪明显地低落了，看我的眼神里满是痛楚和怜惜！此时此刻，我好想知道她的心中在想些什么，可惜我的情商和智商都很低，不能洞悉她的内心！

冰玉突然冒出一句："你在我心里原本一直是一位钢筋铁骨的硬汉子，我却不知道坚强无比的老大，竟然也有柔情软弱的一面！"

我有些诧异，没有理解，她何来这么突兀的一句？

冰玉继续说："在我面前，你总是紧闭着你的心门，从来不肯让我分担你的痛苦和忧伤！在你的心中，我就一直仅仅是一位无关紧要的旁观者吗？一位偶然飘过的'天仙'吗？"

我心中一惊，仔细一想，她分明说得很对，我确实好像是只想与她分享快乐，从来没有想过让她分担我的忧伤。这是一种什么样的情感？我有些困惑。

冰玉说："一直觉得我很难懂你，你懂我吗？"

"懂"是默默的欣赏，是无言的理解，是感同身受，是在双方眼神交流的瞬间，感受到对方思想的深度和心海的波澜。于爱人，是一种默契，在平平淡淡的生活中，一份温婉无语的陪伴；是一种幸福，在似水流年的岁月中，一个心灵依靠的港

湾。于知己,是一种眷恋,在起起伏伏的情感中,一份相互理解的情趣;是一种坚守,在天各一方的日子里,一次恬然一笑的思念。但是对于冰玉,我并不能完全懂得她眼界的高度和心灵的深度,毕竟我们是生活在两个完全不同世界里的人。

我的电话响了,又是小妹打来的,告诉我马上集中,坐校车一起回宾馆。

我依恋地望着冰玉,心中满是不舍,眼泪在眼眶里打转!冰玉看我一眼,眼泪如两行断线的珍珠!冰玉念道:"天若有情天亦老,世间原只无情好。"

我不忍再看,转过头,擦去了眼泪。冰玉说:"我昨天仔细游览了整个校园,我俩初次相识的那片梅园已经不在了!真让人感慨世易时移之速,天地变幻之巨!"

我说:"我刚才也去寻找那份曾经的记忆,可惜已经恍如隔世了。"

我想纵然梅园还在,又能如何?"物是人非事事休,欲语泪先流。"

我想起了二十五年前初识冰玉时的情景。

我们刚进大学的那年冬天,天气特别冷,是南京近七十年历史上气温最低的一个冬季。一场漫天大雪席卷了南京,积雪厚度达三十多厘米。这是入冬后的第一场雪,就下得这么轰轰烈烈,气势磅礴。

那天是星期日,正好是冬至的节气。阴极之至,阳气始生,日短之至,故曰冬至。在我的家乡如皋有"大冬小年"之说,天地阳气渐强,正是大吉之日。我怀着十分愉悦的心情,一大早就起床了,出来观赏雪景。

我特别喜爱雪,一片片纯洁晶莹的六角雪花总能给我一份惊艳的美感。出门雪满园,我放眼四顾,并无二色。琼瑶满地,银装素裹,如同进了一个晶莹的琉璃世界。

我的心情完全舒展了,那一份无处不在的洁白,净化了世俗的眼观。草木生灵都摒弃了繁华和喧嚣,还原了生命的本色,一切都安静了。只有安宁的世界才能安抚我们焦躁不安的内心,也只有平静的寰宇才能承接我们无处安放的灵魂。

巍峨的雪松撑开巨大的枝丫,如一片片重叠的白色云朵,尤为壮观。移步换景,至梅园外,一股寒香扑鼻,数十枝红梅挺出雪白的围墙,傲然怒放,红如胭脂一般,映着洁白的雪色,又如一簇熊熊燃烧的火焰,分外耀眼。这种"已是悬崖百丈冰,犹有花枝俏"的独特景象令我十分感动!

我心悦万分,很想与人分享,可是放眼一望,校园里竟然看不到一个人影。今天是周末,又是天寒地冻的冬天,这个时间,大家一定都还躲在被子里,没有起床呢!

我倍感孤独,仰天长叹,随口占一联:"孤身赏花无知音,孤身煮酒孤身醉。"

突然身后传来一位女生银铃般的声音："相伴踏雪有解语，相伴烹茶相伴慰。"

我大为惊讶，此下联对得何其工整，而且应时应景，切题合意！能考上医学院的学生，高中时都是读的理科，怎么会有如此机敏而且有文采的女生呢？

我回头一看，一位美丽的女生袅娜而立，长发轻飘，红裘绒衣，白裤细腰，瓜子脸，杏眼修眉，顾盼神飞，文采精华，见之忘俗，恍如仙女下凡。

我以为误入仙境，一时惊诧无语！我仔细思索这个剔透的眼神，仿佛在哪儿见过。

女孩嫣然一笑，温柔可亲。她轻启朱唇，明眸皓齿，声如莺语，笑道："当年闺中黛玉、湘云尚且感知，'诚忘三尺冷，瑞释九重焦。'汝乃七尺男儿，堂堂老大，岂能作'司马牛之叹'乎？'休言举世无谈者，解语何妨片语时。'"

我更为惊奇，问道："你认识我？"

女孩笑道："我俩是一个大班的，经常在一起上大课。我仅仅知道你是你们小班的老大，却不知道你竟然是出口成章的大才子！"

我说："让大才女见笑了，眼拙不识英才。"

我是脸盲，总是记不住人的脸型特征，经常刚刚见过的人，过去两三天就忘记了，因为这个缺陷常常被人误会成冷漠。尽管我与她一起上了三个月的大课，但是因为总人数多达一百二十人，所以我根本就没有注意到她。

见到如此才貌双全的仙女，我顿时心情大悦，有意想在她面前表现一下，所以脑子里飞速寻思一番，念道："凌霜傲雪独自开，惊艳红妆谁人待？心洁自有知音睐，喜见天仙寻香来。"

女孩眼睛一亮，高兴地说："果然是大才子！赞梅不见梅，却句句不离梅。我给你加个诗名，就叫《梅雪偶遇》。"

我笑道："莫如叫《梅雪艳遇》，似乎更贴切！佳人之美、之雅、之才思敏捷尤胜白雪红梅远矣！'高情已逐晓云空。不与梨花同梦。'"

女孩说："谢谢谬赞！四季之中，我尤其偏爱冬季。冬天是素静而优雅的，简单而纯粹的。繁华落尽，最朴素的静谧之美，最纯粹的真实之美。"

我说："冬季是神奇的季节。一场雪，覆盖了所有的肮脏，清洁了空气中的灰尘，使这个混乱、嘈杂和复杂的世界立即变得安宁、纯净和简单。每一棵树都可以无语交心，每一处山水都可以映照心灵，每一颗冰晶都凝结着过去，每一片雪花都承载着希冀。'忽如一夜春风来，千树万树梨花开。'冬天并不是荒芜的，而是给人以希望的。"

她说："深有同感！经历过春的繁华，夏的喧闹，秋的丰硕，让我们相守在简

约的冬季。'风回共作婆娑舞,天巧能开顷刻花。正使尽情寒至骨,不妨桃李用年华。'冬天的美就美在大雪纷飞的壮观！倚门望苍穹,漫天飘白,粘浮在眉宇,融化在心田,那是雪花的款款柔情。我喜欢听雪花'簌簌'落下的声音,喜欢听脚板踩在积雪上发出的'咯吱咯吱'的脆响。"

我说:"我也深有同感！'六出飞花入户时,坐看青竹变琼枝。'雪花起舞,天上人间齐飞扬,倾城冰封的美丽令人心醉。素白一色,晶莹通透,冰清玉洁,纯净、简洁、自然。"

她说:"'千峰笋石千珠玉,万树松萝万朵云。'是何等壮美！在古人诗中,梅、松、竹三者和雪皆密不可分。"

我说:"古人云:'梅须逊雪三分白,雪却输梅一段香。'其实我以为应该是,雪因梅映才更白,梅为雪衬尤甚香。世间万物不是相互压制,而应该是彼此映衬,互相烘托,才能你浓我浓,多姿多彩。"

她满脸笑容,称赞道:"此解新颖贴切,甚合我意。正所谓'雪压青松松更青,霜打红梅梅更红。'相互映衬,彼此皆美。君真乃雪与梅之知音也。雪和梅都是我特别喜爱的景物。"

我说:"古人善于寓情于景,物中明理。《宋书》有云,'疾风知劲草,严霜识贞木。'"

她说:"确实是此理！'宝剑锋从磨砺出,梅花香自苦寒来。'"

我说:"古人赞雪有四美:落地无声,静也;沾衣不染,洁也;高下平铺,匀也;洞窗辉映,明也。"

她说:"人类真做到这四美,则世界再无纷争,万物静美。"

我说:"喧嚣繁杂的世界确实需要一场及时的大雪净化一下混杂的空气,安抚一下浮躁的心灵。"

她说:"你说得太好了,我很有同感！"

我说:"我认为中国的诗词歌赋是世间最美的语言,平仄对仗,节拍韵律足以让人无比陶醉。不仅是诗词歌赋,而且中华文明历经了数千年的积累,凝聚了无数先贤学者的智慧,又适应着时代的发展,不断融合世界各种文明的优点,成为我国遭遇万种厄难而始终不灭的精神图腾。"

她说:"感同身受！那些流芳千古的绝美佳句超越了时空的界限,古往今来一直流淌在全球华人的血脉里。中华文明是世界上唯一没有中断过的文明,正是在这种文明强大内核的凝聚下,中华民族才能历经千年颠沛而最终依然江山一统。"

我说:"敢问百花谁第一,凌寒蜡梅傲雪香。腹有诗书气自华,汝之才貌冠群芳！认识你这样的大才女,非常荣幸。"

她说:"过奖了！胸有丘壑天地宽,你才是一位满腹经纶的大才子。今日听你这一高论,受益匪浅。"

我说:"今天是冬至,是一年中白昼最短的一天。"

她说:"冬至是我国农历中一个非常重要的节气,是中华民族的一个传统节日,又称小年、冬节、长至节、一阳生等。"

我说:"冬至始于周代,周公用土圭法测影,将一年中日影最长的一天定为一年的开始,一直到汉武帝采用夏历之后,才将正月与冬至分别开来。"

她说:"但是冬至依然是二十四节气之首,所以又有'亚岁'之称。"

我说:"在我的家乡如皋,人们这一天早晨吃汤圆,中午祭祖、家庭聚餐、祈福、贺冬。"

她说:"各方的风俗不一样,北方人吃饺子。在古代,这一天,文人雅士相约饮酒,最好是九个人、九杯酒、九种菜肴,所谓九九消寒之意。从今天起,就开始数九了。我父母亲都是研究古汉语文学的,在我小的时候,我父母亲每年让我从这一天起,开始填'九九消寒图'和'九九消寒迎春联'。"

我心中一动,鼓起勇气说:"难怪你如此才貌俱佳,原来是出自书香门第。大才女能否屈尊赏脸,陪我去食堂共进早餐？我请你吃汤圆。"

她很惊喜,笑道:"十分荣幸能与大才子共餐,非常感谢！我中午请你吃长线面。俗话说,'吃了冬至面,一天长一线。'"

我高兴地说:"前天是我的生日,我们班上的同学们刚刚请我吃了长寿面,今日你又请我吃长线面,我感觉真幸福！"

她说:"能相识有缘人,本身就是一种幸福。我今天再次补祝你生日快乐,请不要介意我这份迟到的祝福！"

我说:"不敢,特别荣幸,非常感谢！很高兴能在这样一个特殊的日子里认识你！"

她说:"深有同感！像今天这种白雪飘零的寒冬,最适宜室外踏雪寻梅,室内品茗赋诗。人生若此,岂不快意哉！"

我说:"请教你一个问题,这是红梅花,又名酸梅,花期一般在公历的1~2月份。今天是冬至,才是12月底,梅花怎么现在就盛开了呢？"

她说:"你说得对,论理确实是早了一些,但是世间万事万物都是相对的。梅花喜寒,低温下才能开放。现在虽然是12月底,但是今年天气反常,最近几天的气温已经是寒冬的温度了。我们地处温带地区,往年三九天最低温度也就零下三四度,可是现在已经是零下十度了,梅花因此而提前开放,并不奇怪。"

对于她的此番论述,我非常佩服!实话说,在我印象中,能精通天文地理的女生并不多见,何况我们高中都是读的理科。

我说:"我特别喜欢冬天!静默的冬天孕育着希望和未来!"

她说:"诗人雪莱说:'冬天已经到来,春天还会远吗?'"

我嘉其才、惊其敏、悦其貌!从此相识、相知,终成知音解语人!

冰玉满足了我对现代才女所有的幻想,内慧外秀,才貌俱佳,温柔大方,敏捷幽默,最难能可贵的是传统品德与现代风格兼备。

后来,在冰玉的大力推荐下,我也跟着她进了学校文学社和校报编辑部,从此一起说文解字,解读诗词歌赋,说不完的风花雪月,道不尽的小桥流水。在我的引荐下,冰玉认识了夏蕴,两人一见如故。从此我们三个人就成了无话不谈的"死党"。

在大千世界中,能遇见一个三观一致,相互读懂对方的人,真是不容易。就在这个原本非常平常的地点与时段,没有早到一步,也没有晚来一刻,如此巧合神奇!从此,那时那地就凝结着我们永久不灭的美好记忆!这世间最美的情缘就是两个灵魂相通的人相遇在一起。

尽管后来我和冰玉并没有相恋,但是当她突然闯进我内心的那一瞬间,我仿佛拥有了一个全新的世界。生命中某些美好的相遇就是这么神奇,无论历经多么漫长的岁月,越过多少的山高水长,纵然是彼岸殊途,那一份难忘的惊喜一直会萦绕在我们心间,在每年的花开花落之际,氤氲绵长,回味无穷。

二十五年前,上帝将这样一位快乐天使派送到我的身边,让我度过了五年无比欢乐的大学时光。但是这么多年来,我好像亏欠了她什么,却又说不清楚到底是什么。

就因曾经的那份纯粹的快乐,我将永远感激生命中那次特别的遇见。在逝去的时光里,一起走过的路,都将成为我生命中最珍贵的记忆。人生若永远只如初见,该有多好呀!

我故意笑道:"我感觉好奇怪呀,你原本是一个性格内向而又心地高傲的美女,你当时怎么会主动和我这样一个行动不便而且其貌不扬的陌生人说话呢?"

冰玉说:"你这句话中有很多的语病和逻辑错误。第一,我们不是陌生人,我俩已经在一起上了三个多月的大课,仅仅是没有说过话。第二,我的性格并不是内向,在熟悉的人面前,我就是个话痨。第三,我不是心地高傲的美女,我长相一般,而且从不高傲。第四,你行动不便怎么啦?人的心灵都是平等的。第五,什么叫'其貌不扬'?你那个时候可帅了,我也喜欢帅哥!第六,没有我当年的'主动',怎么会有我们后来真诚的交往呢?"

什么叫伶牙俐齿?我确实领教了。

我真诚地说:"非常感谢你当年的'主动',否则我真不能见识到你这位博学多才且美丽可爱的仙女了。"

冰玉调侃道:"前面的定语还可以再多一些,我喜欢听你夸我。上学时,你好像从来没有当面夸过我,却经常夸蕴儿,那时我好失望。"

我想一想,好像还真是这样。我说:"那时太在乎你了,所以不好意思当面夸你,怕你看出我的心事,而且那时你也从来没有当面夸过我,我也好失望。"

冰玉笑道:"我也很在乎你,我也怕你看出我的心事。后来,我无数次回忆我们初次相识的难忘情景! 张爱玲说:'于千万人之中,遇见你要遇见的人。于千万年之中,时间无涯的荒原里,没有早一步,也没有迟一步。'"

我笑道:"这就叫前世的缘分,今生再续。在最好的年华,在最美的时节,你的嫣然一笑,温暖了我的一生。"

冰玉说:"深有同感!"

我说:"实话跟你说,第一次见到你时,为了给你留下好感,我当时绞尽脑汁,将我所能记起的关于雪和梅的诗词都用上了,冒充了一回文化人。后来在与我的交往中,你一定发现了,我其实是虚张声势,名不副实。我的古汉语水平与你相差太远了!"

冰玉说:"客观地讲,你的古诗词水平确实没有我想象中的那么高;但是你的知识面很广,远远超过了我,尤其是你的哲学水平,是我望尘莫及的。"

我笑道:"前半句话是真,是客观的;后半句话是假,是故意的。"

冰玉笑道:"其实你知道我说的都是真话,你就偷偷地得意吧!"

我说:"得意不了! 上次蕴儿去南通时,她竟然说:'上学时,你每次赞美我,我都对你充满了警惕,总觉得你是在说反话,是在讽刺我!'所以我现在也产生了和蕴儿同样的心理。"

冰玉说:"你以后不要对我有戒心,我对你只说实话。你有错误,我会直接批评,绝对不会奉承你。"

我说:"谢谢你的真情真性,我一直特别欣赏你的率真!"

冰玉说:"上学时,蕴儿和我说过这件事情,是你第一次见到她的时候,你傲气的样子伤害了她。可见那个时候,你这个人有多狂妄自大,冒犯了人而不自知!"

我说:"我从来没有觉得自己自大;相反,我一直是低调做人,认真做事。《道德经》说,人有三宝:'一曰慈,二曰俭,三曰不敢为天下先。'"

冰玉说:"这'三宝'你都做到了!你确实一直崇尚'为而不争'的生活态度,但是你的高傲是出自骨子里的,并不是主观上故意显摆的。那个时候,我倒是非常欣赏你的狂傲,自信有才的人总有那么一股与生俱来的傲气!"

我不好意思地笑了!

冰玉说:"况且你所谓的'为而不争',其实仅仅是在生活上,对于学习和工作,你一直是勇往直前、不甘落后的。"

我说:"惭愧,现在落于你后面不知道有多远了!"

冰玉说:"人生的路还很长,一切都还有很大的希望。"

小妹催我的电话又响了!

冰玉站起来,遗憾地说:"不知风雨几时休,已教泪洒纱窗湿。"

我故意兴奋地说:"雨过自然天晴!天气预报后天就能见到太阳了!"

冰玉不满地说:"你真是一位善于'打太极'的高手!"

高个来接我,和冰玉一起扶着我,下到路面。

高个说:"老大,我帮你和才女照一张合影吧!"

冰玉说:"你们家老大根本就没有这个意思!"

真惭愧,两天来,我还真没有想到应该与她合影。我赶忙说:"我是不敢,怕惊扰了天仙。"

冰玉说:"你就不用此地无银三百两了!"

冰玉主动靠紧我,打着雨伞。高个帮我们留下了一个雨中的记忆!

冰玉语气有些伤感地问道:"你什么时候去上海玩?"

我说:"上海是我岳父的老家,我们经常去。明年春天,我和爱人一定去拜访你们。"

冰玉勉强笑道:"那就一言为定!"

我诚挚地点点头!

冰玉表情忧郁地说:"忽然发现,你是炎热夏天里偶尔拂过脸颊的凉风,一阵清凉之后,就没了影踪,留给我的仅仅是思念和惆怅!'相见争如不见,有情何似无情。'"

我好心疼,好内疚!这么多年,我和爱人无数次去过上海,但是从来也没有想起应该去看望一下冰玉。我对她的关心实在是太少了!

冰玉在雨中独立,目送我离开,没有说再见!"一往情深深几许?深山夕照深秋雨。"

我也没有说再见!"心微动奈何情已远。物也非,人也非,往日不可追。"

我渐行渐远,始终没有回头。村上春树说过,"如若相爱,便携手到老;如若错过，便护她安好。"如今的我们，已经是渐近知天命之龄，再难任情愫缱绻，从此折叠所有曾经纯美的时光，珍藏起来，让心灵轻盈前行。

高个扶着我回到校车上，我俩坐在最前面。其他的人都已经到齐了，就等我们俩。大家都主动将最前面的位置留给我，我好感动！

车子开动了，驶向我们住宿的宾馆。高个说："是偶遇吗？我觉得才女分明就是在等你！要不是我坚持让你上去，你就错过了。"

我说："你别瞎说。"

高个说："你还跟我装！午餐前你拥抱老书记痛哭的时候，才女就站在你身边，也是哭得梨花带雨，伤肝断肠！"

我心中猛然一惊，难怪冰玉刚才突然冒出那样一句话……

苘苫开玩笑地说："老大呀，你有了高个这个'新欢'，就不理我了？"

我说："女王呀，我和高个不是'新欢'，我们是'旧爱'！"

大家都笑了。

黑胖说："老大，你当心小燕子会一脚踹死你。"

小燕子说："胖胖别胡说！老大既是我们的铁哥们，又是我们的红娘。他们俩怎么欢、怎么爱，我都不管。只要我家的聚会结束了，还和我一起回家就行了。"

大家都笑了，都说小燕子真是够豪爽的。

我们回到宾馆。我的校服在逛校园时已经被淋湿了，我脱下校服。

小妹说："校服等会儿到茶社还要用，要带着。"小妹和丫头一起用电吹风机帮我吹校服。

我找衣服换，一不小心将领带从包里带出来了，掉在地上。来了以后，我发现很少有人戴领带，我也就不准备戴了，所以一直没有拿出来。

小妹拾起领带，问道："咋这么面熟呀？是你上学时戴的吗？"

我点点头。

小妹高兴得如同发现了新大陆，大声喊道："大家快来看哪，大哥上学时戴的领带耶！"

大家都围到我的房间里来，兴奋地传看我的领带。

黑胖说："关于这条文物级的领带，我至少能说出十个浪漫的爱情故事。"

丫头说："黑胖大哥，好像哪儿都少不了你。"

上学的时候，大家经济困难，并不是每个人都有领带，而我也买不起昂贵的领带，这条领带是在小店里花费两块钱买的。尽管便宜，但是挺好看，而且是拉链式的，非常方便，所以经常被帅哥们借出去约会。

大家兴奋地回忆起，谁戴着这条领带骗到谁了；谁把领带不小心蹭上油迹了，又是谁非常小心地将它洗干净了；谁喝醉了，把领带丢了，第二天又找回来了，等等。

小妹非要帮我戴上领带和她合影不可，我拗不过她，听她摆布；然后她自己戴上我的领带，我一看，夸奖说，挺帅，很有飒爽英姿的风采。她一高兴，出去到各个房间晃悠去了。

阿云半卧在我的床上，上身依靠着床头的枕头，闭目养神。

我问道："首都来的小美女，你怎么啦？"

阿云笑道："我这两天在生理期，这次量有些多；加上刚才路走多了，有点乏力。老大呀，你真逗，我们多大年纪啦，还'小美女'呢！老了，也不美了。"

我说："难怪呢，你的脸色有些苍白。量多，更加说明你还年轻，代谢旺盛嘛。你们这些小朋友在老大的心中，永远是小美女。"

丫头说："云姐姐，你稍等一下，我给你冲一杯红糖水，让你补充一下水分和能量。大哥哥，我也算小美女吗？"

我说："当然了，你是最年轻的小美女。我们丫头太贤惠了，你家先生一定很幸福。他是干什么工作的？"

丫头说："他和我是一个科室，在我们实验室工作。他本来在下面的县城工作，后来考上研究生，毕业后留在我们医院的。"

我说："有意思，你家先生的经历跟我的一样。我也在乡下待了好多年之后，才考研进城的。"

丫头说："大哥哥，我先生和你一样，也有小儿麻痹症。"

我说："看来我们的相同点很多呀！是的，我们这些在农村长大的孩子，小时候农村医疗条件差，没有能按时吃到脊髓灰质炎减毒活疫苗口服糖丸，才患小儿麻痹症的。在我们的同龄人中，城里孩子都没有这个病。"

丫头说："确实是这样，你俩的年龄一样大。这个病给你们带来了很多痛苦和无数额外的烦恼！"

阿云说："可不是嘛，日常生活太不方便了。"

丫头说："生活不方便还不是主要的，主要的是遭遇了太多的社会不公和歧视。他和你一样，考大学的时候，因为身体不好，高校不录取，也是三年后才进医学院的。"

我说："看来我和你家先生同是天涯沦落人，有机会让我俩见一见，一定有无数共同的感慨。"

丫头说："好的，你俩一定会成为知音！"

阿云说:"我就无法理解,社会凭什么歧视残疾人?"

丫头说:"你是正常人,自然无法理解!我先生硕士研究生毕业后,通过正常的笔试和面试程序留在我们医院,然而遭到我们医院里一位主管业务的副院长百般刁难。我先生原来是搞临床的,这位院长说他身体不好,不可以搞临床,只能留在实验室。那就留在实验室吧,我先生也没有意见,能留在城里和我在一起,他已经是极大地满足了。可是这位副院长有一次在全院干部大会上,竟然说我先生这种身体条件本来是不可以进我们医院的,一定是上级主管的某位领导受贿了,才让他进来的。"

阿云说:"这太荒谬了!你们可是三甲医院,是拥有几千名职工的大型综合性医院,身为你们的副院长,素质会这么低吗?竟然在全院干部大会上如此信口开河,毫无根据地说瞎话呀!这种现象实在是令人无法理解!"

其实没有什么不能理解的,我就遭遇了类似的待遇!我当年进单位的时候,也得到过一位领导的"特别关照",对我横加干涉,身体不好竟然成了我的罪过。我心中涌起一丝悲苦,我们这些弱势群体没有能力去对抗这些一时得势的所谓"权势者",在遭遇到这些可以预见的苦难时,只有选择默默地忍受;但是在《一千零一夜》中有这样一句话,"世间的一切虚伪,正像过眼云烟,只有真理才是处世接物的根据。虚伪的黑暗必为真理的光辉所消灭。"所以,一切都顺其自然吧!许多事情都让它接受历史的审判,由正义去淘汰吧!

我说:"我能理解!我身体不好,现在也不搞临床了。"

丫头说:"我就非常纳闷,我们也没有得罪这位尊敬的院长大人呀,他为什么总是跟我们这些普通人过意不去呢?后来人事科长告诉我,这位副院长责怪我们不懂事,没有专门去拜访他。"

阿云调侃道:"看来你们确实'不懂事',没有把这位院长大人喂饱了!"

丫头说:"谁知道是这种情况呢?我们的这位业务副院长平时是以威严出名的,总是整天板着脸,医院里的普通职工很难看到他的笑容。大家都说,我们都欠这位副院长的债!我还一直非常敬佩他的铁面无私呢!"

阿云说:"丫头呀,你太天真了!这种人最能装腔作势了,当面一套,背后一套;已经当了婊子,还想立牌坊!"

我发现阿云确实是见过大世面的人,看问题总是一针见血。

丫头说:"有一次省里的领导到我们医院来检查,那天我正好去其他科室会诊,在楼下广场上遇到他们一大帮人走过来,我赶忙避在一边给他们让路。大家恭敬地围着一位大腹便便的领导,谈笑风生地过去了。走在最前面的正是我们尊敬的业务副院长,他竟然一直面对着省里来的领导,退着向后走,脸上堆满了

灿烂的笑容。我一下子真无法接受我们院长大人的这个表情和动作的巨大反差！我真是没有想到，原来我们这位威严的院长大人竟然也会笑！"

阿云说："欺下者必定媚上，一定是双重人格的人！他的媚笑是展现给上级领导的，不是留给你们这些下级职员的。"

其实类似的事情我们都见过，如此熟悉！社会就是这么现实，让人哭笑不得！一般人在面对足以能改变自己命运的"大人物"时，心理上会不由自主地变得卑微，动作上也会相应地显露出谄媚。即使是位高权重的副院长，在上级面前依然如此。

我说："丫头呀，你也不要太在意了，哪个单位都有这样的人。曾国藩说过：'士有三不斗：勿与君子斗名，勿与小人斗利，勿与天地斗巧。'这种得势小人的结局，上苍自有安排。"

丫头说："看来我们一直小看了我们这位院长大人高超的表演才能了！我们不与他斗，也没有能力跟他对。我们只努力做好自己的本职工作，不让他轻易找到为难我们的把柄。"

我安慰道："好在你们俩现在在同一个单位，同一个科室，每天双宿双飞，步调一致，令人羡慕，很好！"

丫头说："这是不幸中的万幸！我们知足了！"

阿云说："你们一说'双宿双飞'，我就特别伤心！我家先生总是在外地工作，一年难得见几回。"

丫头说："云姐姐就会矫情！姐夫是做大官的，人中龙凤，才令人羡慕呢！"

之前，阿云和我在电话中聊天的时候，告诉过我，她先生是从政的，从小科员干起，一路提升，现在已经是某个地级市的书记了。

阿云说："我现在真不希望他当官，平常家里所有的事情都是我一个人在干，再苦再累也没有人疼，更没有人帮忙。"

阿云一脸的委屈，眼泪立即流下来了！生活中的许多事情都是相对的，人的欲望也总是矛盾的。刚开始的时候，"闺中少妇不知愁"，希望爱人赶快出人头地，官做得越大越好；等到孩子出生了，家务事多了，一年难得见爱人一面了，又开始"悔教夫婿觅封侯"了。

我把纸巾递给阿云，劝说道："你想开一点，多少人想当官还当不了呢！"

阿云说："老大呀，一个人的日子真不好过，我一个人将孩子拉扯大，想想真心酸！"

丫头说："你们俩的父母不帮你们带小孩吗？"

阿云说："他们也忙，没有多少空余时间。"

我听阿云说过,双方的父母也是从政的,白天都要上班,只有晚上有空时,偶尔来帮帮忙。生在这样的世代为官的家庭里,本来是一件令一般人羡慕的事情,但是每家都有一本难念的经,谁的生活都不可能永远是称心如意的。当医生的阿云平时工作非常辛苦,还要一个人带孩子,确实不容易。

　　我说:"你等会儿再心酸吧,先把丫头给你冲的红糖水喝了。"

　　等阿云喝完了糖水,我说:"老大十分理解你的不容易,开门七件事全靠你一个人,可见你的功劳很大!现在女儿已经长大成人,上了名牌大学,也不用你操多少心了。以后,你有空就经常出来走走,调节一下心情。我们小南通永远欢迎你这位首都来的尊贵大公主的大驾光临!"

　　阿云破涕为笑,调皮地说:"那么本公主一定要去你们小南通看看,学一点长寿养生之道,长命百岁,就能将以前失去的都赚回来了。"

　　丫头说:"我也要去南通玩,但是我不要长命百岁,那就成了老妖怪了。"

　　我们都笑了。

　　一会儿,小妹哭着回来了,伤心地说:"大哥,我把你的宝贝领带弄坏了!"

　　我安慰她说:"什么宝贝,早就该扔掉了。"

　　小妹说:"我不,我带回去缝好了,留作纪念!"

　　我说:"随你的便吧。小妹呀,我发现这次聚会,大家都成熟稳重了,不像你说的十年前的那次聚会时,大家都忙着炫耀自己。"

　　阿云说:"老大呀,十年前的聚会你没有来,你不知道,那次聚会可恶心了,一个个都在使尽全力显摆自己,都想证明自己是这个世界上最成功的人,太幼稚,太可笑了。"

　　阿云从小在首都北京长大,在这样的国际大都市里,又有一个当高官的爷爷,自然是见多识广、心态成熟、自信,绝对不会肤浅地刻意炫耀自己。只有不够自信的人,才会将外在的形式看得那么重要,急于得到别人的认可和赞许。

　　小妹说:"大哥呀,又是十年过去了,大家再不成熟可就是老小孩了。"

　　丫头说:"在我们这个年纪,大家都是家庭的中坚力量,上有老,下有小,正是压力最大的时候,谁还有心情去显摆呀。"

　　阿云说:"事实上,现在大家都在诉说着生活的艰辛和不容易。老大依然还是我们的主心骨,我们大家还是把你作为倾诉的对象,释放心中的压力。"

　　我调侃道:"看来我这个'老东西'还是有些用的。"

　　她们三人齐声道:"不准你这么说!"

　　丫头已经帮我吹干了校服。我说:"谢谢你,我们的好丫头,你真是太贤惠了!"

三点，小妹宣布出发，去茶社。

高个扶我坐上茚芃的车。

书记问道："老大，这是谁的豪车呀？我能坐吗？"

我说："你当然可以坐啦，女王的车子。"

茚芃上车时，看到书记，故意问道："你是谁啊？我认识你吗？谁同意你上我的车的？"

书记说："我是老大的小书记，你认不认识我并不重要！是老大同意我上车的！"

茚芃说："别贫了，看在老大的面子上，我就带你一程吧。"

书记说："谢谢老大！"

我们都笑了。

我们到达茶社时，步行的同学们早就到了。我们看到茶社的名称，"浓淡正宜"。

书记说："老大呀，茶如人生，有浓有淡，但是要准确做到'浓淡正宜'可不容易。"

茚芃说："不仅是浓淡，还有凉热，以及品茶的时间和地点等。"

我说："所有的形式都无所谓，最主要的是品茶人的心情！"

书记和茚芃一起说："还是老大高见！"

小妹拿出签名旗，让大家签名。大家热闹一番，都签好了名，坐下来喝茶，聊天。

我最后拿起笔，准备签名。小妹说："大哥，签在我旁边。"

我说："找不到你的名字呀！"

小妹指着自己的名字，委屈地说："这儿不就是吗！"

我一看，她的签名周围都被帅哥们的签名挤满了。我再看，茚芃的名字周围更是毫无空隙。我干脆找了个空着的地方签名。

小妹说："字写大些。"

我已经快写完了，顺手将最后一笔拉得特别长。小妹说："这才像老大的气魄。"

小妹看着我的签名，不满地问道："你为啥签在空白处？"

我说："本来是想紧靠着美女签名的，却晚来一步，无处涉足了。"

小妹说："才不是呢！你分明是等着天禧和你签在一起。"

我说："你想多了。"

小妹说："我俩打赌，天禧待会儿来了肯定签在你的旁边。"

我说:"不会的。天禧人呢?"

小妹说:"她有事回家一趟,马上就到。"

宝宝把自己的电脑连接到茶社的电视上,开始播放每个人的照片。宝宝要求,播放到了谁的照片时,谁就站起来讲述一下照片的内容。

首先是小妹的照片,她站起来,走到最前面去介绍。小时候的、大学时的、结婚照、小孩照、全家福、工作照、在美国读研究生的照片。谈起家庭的幸福生活,小妹一脸的满足和幸福。大家热烈鼓掌。

大家一个个按照顺序介绍,室内充满了欢声笑语。播放到了莳芃的照片,莳芃主要介绍了她目前从事的事业以及她奋斗的意义。别人的介绍都是半分钟就结束了,莳芃却纵横捭阖讲了十分钟,大家热烈鼓掌。

书记说:"女王呀,你无论做什么事情都是这么牛,别人只有仰望的份!"

我问道:"怎么没有你家先生和小孩的照片呢?"

莳芃说:"我先生没有你老大帅,不好意思献丑。"

小妹说:"肯定是你家先生太帅了,怕我们抢走啦!"

大家都笑了。

放到了我的照片,一共就三张,都是上大学时期的,没有什么需要介绍的。

宝宝说:"老大把毕业以后的照片传过来。"

我立即在手机上寻找照片。

下面本该是欣欣介绍,可是欣欣一张照片也没有传给宝宝。

小妹咬着我的耳朵,小声地说:"欣欣的婆婆不让欣欣将家里的照片传出来。"

看来大家族里的规矩还真不少,在大家族里生活确实必须放弃某些自由。这就是生活的相对论,有得肯定就会有失!

菲儿站起来继续介绍。菲儿的风华绝代赢得了大家的赞叹。

小妹小声地跟我说:"风水轮流转,如今我们班上最阳光迷人的女生应该是菲儿了。"

我调侃道:"在我心里永远是小妹最可爱!"

小妹笑道:"太假了!我知道你的最爱是谁!"

我在手机上找了十几张我和爱人的合影传过去,顿时得到全场热烈的掌声。大家都说,终于见到传说中的大嫂了,大嫂好年轻、好漂亮啊!其实那都是我爱人用美颜相机拍的。

莳芃说:"我感觉大嫂既有南方人的柔情,又有北方人的豪气!"

我说:"女王呀,你果然厉害!我岳父岳母都是南方人,但是我爱人是在东北

出生,在东北长大的。"

小妹赶忙将手掌向我面前一伸。我会意,立即就将手机交给了她。

黑胖说:"你们看看这兄妹俩,实在是太默契了!小妹手一伸,老大立即就知道她要干什么!"

书记说:"人家是老大耶!"

大家一齐调侃道:"老大只有一个耶!"

小妹翻看我的手机,将我和爱人的照片都浏览了一遍。她肯定地说:"大嫂绝对比我们小。"

我说:"大嫂比你们大多了。"

小妹特别惊讶地说:"我有空一定要去南通拜见一下大嫂。"

我说:"热烈欢迎。"

黑胖说:"小妹肯定发现了老大的隐私!"

书记说:"你是闲操心,人家是亲密无间的兄妹,两人之间根本就没有任何秘密!"

书记上学时也喜欢小妹,但是书记不像黑胖那么性格外露,总是以一种柔情的目光远远地关注着小妹。其实在心里有一个能够默默地喜欢的人,本身就是一种幸福;能被一个人默默地喜欢,也是一种幸福。

我咬着小妹的耳朵,轻声地说:"小宝贝,大哥当年少牵了一根红线。"

小妹立即兴奋地问我:"是谁和谁?"

我笑道:"看你这个特别喜欢八卦的样子,真可爱!当年有一个人非常痴情地默默地爱着我们最可爱的小妹!"

小妹一愣,取笑道:"大哥,是你自己吗?"

我笑道:"不是我,是我们的大领导、大帅哥。"

小妹瞥了一眼书记,脸红了,撒娇说:"哪里有啊?大哥就会瞎说!"

我笑道:"原来你知道我说的是谁呀!还跟我装!'多少红颜悴,多少相思碎。'"

小妹打了我一下,笑道:"大哥好坏,我不理你了。"

黑胖说:"老大最喜欢欺负我家小妹!"

书记瞪了黑胖一眼,不满地说:"小妹什么时候成了你家的啦?真可笑!"

黑胖反问道:"不是我家的,难道是你家的吗?"

大家都笑啦!

菲儿站起来,拉着欣欣,一起去了卫生间。

歌神说:"我发现菲儿比上学时更漂亮,更有风韵。"

黑胖说:"只要菲儿会说话的大眼睛多看我一眼,我的魂儿就全丢了!"

大家又笑了,都说:"黑胖太花了!"

小米说:"菲儿是逆生长,我感觉菲儿现在是全班最年轻漂亮的女生。"

小晶突然冷冷地冒出一句话:"菲儿上高中时就谈恋爱,有一次深更半夜被我们班主任将男朋友堵在宿舍里。"

大家很惊奇,问道:"真的假的?菲儿有这么早熟吗?"

小晶非常得意地说:"当然是真的啦!我还能骗大家吗?"

我记得在上大学时,小晶曾经也说过这件事;现在乘菲儿不在场,又再次说出来,分明是别有用心。

著名作家、文学研究家钱锺书说过:"语言这东西表达爱意时柔软无力,伤人时却锋利无比。"说话是一种自由,但是千万不要随心所欲,更加不能用来刻意伤害别人。

我突然发现小晶的心理确实很阴暗,对菲儿的嫉妒使她有些出言不逊。我们不知这件事情的真假,如果是假的,那就是小晶在捏造;如果是真的,小晶更不应该刻意到处宣扬。司马迁曾经哀叹:"怨毒之于人甚哉!"

我非常敬佩菲儿,竟然能容忍自己身边有这样一位心理阴暗的人,或者是善良的菲儿从来没有发现小晶的不厚道。善良的人儿应该不会想到身边会有小人,所以一直没有提防小人的中伤!亦或许如同网上最近流传的一句话,生命太短暂,我根本就没有空讨厌你。

小妹小声地对我说:"上学时,我问过菲儿这件事。菲儿说,上高中时,确实有一个男孩追她,但是被她拒绝了。因为那个时候,她的心思全在学习上,根本就不想谈恋爱。后来这个男孩再次到她宿舍里去向她表白,被她直接赶走了,根本就没有什么和男朋友被班主任堵在宿舍里的事情。在《德伯家的苔丝》中有一句话:'凡是有鸟唱歌的地方,都有毒蛇嘶嘶地叫。'"

我为小晶感到悲哀!在这个世界上有两样东西最容易让人迷失——欲望和谎言。人到中年的我们,不应该再有如此强烈的得失心,放过别人就是在成全自己,利他就是最好的利己。其实说话做事能掌握分寸就是最高级的成熟,睿智的极致就是厚道。厚道的人大气,懂得珍惜情义。《半部论语学做人》上这样说:"君子有所为有所不为,知其可为而为之,知其不可为而不为,是谓君子之为与不为之道也。"我真应该建议小晶学习一些孔孟的做人之道。

阿云站起来介绍。上学五年中,她一直并不是特别起眼,但是毕业分配时大家才发现,这位家住北京的阿云竟然大有来头,她爷爷是部级的大领导,只要她愿意,中国的任何一个城市,她都可以随便挑选。但是她竟然发愁了,不知道选

哪个城市好。许多男生知道后,后悔莫及,都说,早知道就追她了,可惜一切都晚了!

阿云沾了他爷爷的光,几乎走遍了世界各地,因为照片中,总有她爷爷的身影。老人家完全是大首长的模样,身材魁梧,正规的国字脸,大腹便便,双手习惯地别在腰后,全身透着一股威严的正气,令人一望而生敬畏之心。

见过世面的人就是不一样,难怪阿云一直胸襟开阔,说话总有自己独特的见解。介绍完自己的照片,她接着调侃说:"如今的帝都已经无法拍照片了,全是雾霾。只在此城中,霾重看不见。"

黑胖说:"我给你们念一首用王之涣的诗《登鹳雀楼》改写的三句半:白日依山尽,黄河入海流。欲穷千里目,有霾!"

大家又笑了,都称赞黑胖太有才了!

熊文和熊武的照片放在一起。两人娶了一对双胞胎护士,熊文家生了一对双胞胎女孩,熊武家生了一对双胞胎男孩。太神奇了,在八个人的合影中,我们真分不出谁是谁。

黑胖说:"你俩要是亲错了老婆,怎么办呢?"

大家又笑啦。

熊武在搞骨科,现在是三甲医院大外科行政主任。熊文改行了,与他人合资创办了一个大型综合性企业,包括医院、养老、保险、医疗器械、制药等。他是董事长,是当地的首富,当然也是我们同学中最有钱的。

听到大家的赞扬,熊文谦虚地说:"也就瞎混混,糊口饭吃而已。"

我说:"这可不是瞎混混。综合经营是大趋势,医疗与其他行业结合,相互取长补短,优势互补是很好的发展方向,而且国家现在鼓励民营资本进入医疗和养老行业。"

书记说:"中央正在对医疗体制的改革做进一步的规划,你赶上了一个好时机,有大把的好机会在等着你。"

熊文说:"谢谢老大和书记的鼓励!我们班可以组织一次重庆聚会,一切都由我来安排,不需要大家的任何花费,保证让大家吃好、住好、玩好。"

大家热烈鼓掌,并对熊文表示感谢!

黑胖说:"胆子大的人总是能先吃到好果子。"

我说:"像蒳芇和熊文这些时代的弄潮儿,不仅胆大心细,而且思路清晰,聪明能干;只有这些思想的先行者,才能在中国的改革大潮中,率先勇敢地将航船驶出避风港,并且排除万难,乘风破浪,首先取得胜利的硕果。社会形势赋予勇敢者扛起时代大旗的使命。"

书记说:"老大高屋建瓴,总结得非常到位。我特别敬重敢做敢当的企业家,你们准确把住了时代的脉搏,不但创造了物质财富,而且为很多的人提供了就业机会,是经济社会建设的大功臣。"

宝宝自己的照片到了,立即站起来介绍。他是南京人,是我们班上年龄最小的男生,个子很矮,生得白白胖胖,很可爱的模样,所以大家给他取名为"宝宝"。他一点都不显老,依然是个小伙子的模样。这次聚会,他作为组委会的成员,专门负责联系校车接送,安排同学们在学校集合的时间、地点、方式,收集照片,做纪念册和通讯录等事宜。

我说:"宝啊,你简直就是逆生长,越活越年轻了。"

大家欢笑,让宝宝谈谈保鲜的秘诀。宝宝笑道:"哪有什么秘诀,老大逗我玩呢!但是我信奉'此时情绪此时天,无事小神仙。'"

黑胖说:"我知道,宝宝心里整天想着我们班上最年轻的美女。心不老,身体当然就不会老啦。"

大家又哄笑。宝宝一直在心里暗暗地喜欢着丫头,但是从来没有向丫头表露过。

我笑道:"看来是我这个当老大的失职了,当年咋就没有让我们最可爱的小弟弟和最美丽的小妹妹好事成双呢?"

丫头满脸通红地喊:"大哥哥,求求你别说啦!"

大帅说:"老大呀,你这有些强人所难!也没有问问丫头有没有这个意思,也许是宝宝的单相思呢?"

书记说:"老大,此事你还真有责任,你当年要是牵了这根线,我们班里现在就有两对恩爱夫妻了。你看看高个和小燕子现在是多么幸福呀!"

高个和小燕子赶忙站起来,一起向我深深地鞠了一躬,真诚地说:"谢谢老大!同时祝老大永远健康、幸福!和大嫂琴瑟和鸣,永浴爱河!"

大家热烈鼓掌。

我说:"不用谢我!其实你俩早就已经是心有灵犀,我仅仅是帮你们挑明了关系而已。我祝你们幸福美满一辈子!高个给我听好,你可不允许欺负我们最可爱的小燕子。小燕子要是有什么委屈就直接告诉老大,老大帮你收拾高个。"

小燕子高兴地说:"当家的,听到了吗?赶快在尊敬的老大面前明确地表个态吧!"

高个立即向我敬了一个标准的军礼,一本正经地说:"老大,我对天发誓,此生绝对不敢违背您老人家的谆谆教诲!"

大家笑啦,都说:"老大的权威是绝对的。"

黑胖看着小妹,立即媚笑道:"老大呀,你当年还少牵了一根红线!"

我知道黑胖的意思,故意问道:"还有哪一根红线呀?"

黑胖手指着小妹,同时坏笑道:"您老人家当年要是牵了我们俩这根红线,我现在就可以称呼您为最敬爱的大舅哥啦,我就成了您最亲爱的小妹婿啦。"

小妹说:"你死去吧!赶快从这个窗口跳下去!"

大家又哄笑了。

我说:"黑胖,在座的帅哥中,当年有好多人希望我帮忙牵小妹这根线的,你得有超常的表现才行呀!"

黑胖说:"老大,我邀请你去我们海南最美丽的三亚观光旅游。我让你住美丽之冠七星酒店,是中国目前总投资最大的酒店建筑群,临山面水,景观极佳。建筑的外观是大树形状,九座建筑如同九棵摩天大树,非常壮观。既是我们三亚的新地标,又是三亚最美丽迷人的夜景。一切费用由我出,保证让你老人家吃好,玩好,享受好!"

莴苣说:"老大,去三亚旅游好,我也要去。但是黑胖呀,你千万别指望老大因此就将小妹卖给你呀!"

大家欢笑。

黑胖说:"我和小妹就在最南端的'天涯'和'海角'边,一起海誓山盟,今生永不分离!"

小妹说:"我一脚把你踹下万丈深渊,让你永世不得翻身!"

丫头站起来介绍自己的照片。丫头是搞儿科的,除了自家人的照片,她还收集好多小萌娃的各种特殊姿势的可爱照片,引得我们笑翻了天。

大帅说:"丫头非常耐心细致,最适合搞儿科。"

大家表示赞同,都说:"丫头好有心哟!"

小妹咬着我的耳朵,轻声地说:"大哥,怎么样?看来我说的话绝对没有错吧!大帅就是喜欢丫头!"

我说:"你就喜欢乱点鸳鸯谱。你什么时候安静了,这个世界就安宁了。"

小晶说:"儿科医生我肯定当不了,太烦了!我没有这个耐心和细心。一听到小孩的哭声,我就五心燥热;一烦躁,我就要打人。我家小孩小时候不知道被我打了多少次!"

小妹说:"哪有你这样脾气暴躁的妈妈呢?教育小孩竟然如此简单粗暴!"

我说:"《后汉书》有云:'以身教者从,以言教者讼。'以棍棒教育更是使不得。"

莴苣说:"孩子教育是一项系统工程,必须耐心细致才行。"

书记说:"让孩子学会成长比让他取得成功更重要。"

小晶说:"各位老师教训得是,学生知错了。"

大家都笑了。

丫头说:"其实儿科并不是小孩烦,而是家长烦。我们病房里都是一个小孩住院,六个大人陪伴的节奏,每个大人每间隔半小时,就可能来询问你一次关于宝宝的病情。"

小燕子说:"非常鲜明的对比!在我们老年高干病房里,只有陪护或者保姆,基本上看不到子女。一些子女每个月只来一次,来的唯一目的就是将老人银行卡里当月刚发的工资全部取走。"

歌神念道:"世人都晓神仙好,只有儿孙忘不了。痴心父母古来多,孝顺子孙谁见了?"

菲儿说:"医院就是一面大镜子,让人看清了人世间的冷暖炎凉和赤裸裸的人性。"

阿云说:"确实是这样的!我是搞生殖医学的,我粗略统计了一下,在不孕的家庭中,如果是女性不孕,则大多数以离婚告终;如果是男性不育,则婚姻大多数会继续维持,然后领养一个小孩。可见你们男性的自私和狭隘、我们女性的宽容和伟大!"

黑胖说:"这也不完全是丈夫的自私,也可能是婆婆的压力,因为传宗接代是每个家庭最重要的事情;所以不一定是我们男人思想狭隘的问题。"

我想,这里反映的问题已经不是性别在自私方面的差异性这个表面的问题了,而是在医院这个离死亡最近的地方,就是一个最能检验人性的地方。在这个社会的小缩影里,浓缩着人类最真实最原始的欲望!对于将死的人来说,除了生命,一切都已经不重要了,也只能放下;对于儿孙来说,生活还要继续,看病费用的多少是无法回避的实实在在的考验。但是尽孝心总应该是每一位为人子女应尽的义务,也是自己为子女树立的榜样。

但愿在我们的国家里,每个人都能老有所养,幼有所教,病有所医,社会和谐,人人健康幸福!

花花站起来介绍。他现在是南方某大学附属医院的副院长,主管教学。照片上的形象春风得意,风流倜傥。

花花老家在广州,思想很前卫,上学时,唱歌,跳舞,弹吉他,吹口琴等,无不玩得得心应手。最大的能耐就是特别能骗小女生,用他自己的话说就是"手到擒来"。他一年换好几个女朋友,惹得小男生们都非常崇拜地向他讨教交女朋友的秘诀。

花花说:"这是天赋,学是学不来的;但是我可以教你们一招,现在这个年龄的女孩都是荷尔蒙分泌最旺盛的时候,适当的时候,可以直接捧着一吻,一吻定乾坤,江山就是你的了,她就跟定你了。"

有位小男孩担心地问道:"万一人家女生不同意,我不就成了耍流氓啦?"

花花说:"这就要看你能不能把握机会,掌握分寸了。尽量制造浪漫的氛围,在女孩子心动的那一刻,就是你偷袭的最佳时机。"

书记说:"你不要把我们纯洁的小男生都带坏了。"

大家笑了,都承认花花确实是泡妞高手;所以同学们给他取了一个雅号"花花"。花花常说:"爱情就是一场情感游戏,让我不断锻炼演技。"看到花花这种游戏人生的态度,我们都无言以对。

因为花花整天贪玩,所以学习成绩很差,每年都有补考,总算让他糊到毕业了。

我称赞说:"花花当年优美的粤语吉他弹唱曾经迷住了无数美女的芳心!"

花花笑了,非常欣慰。他笑道:"大家以后最好不要再叫我'花花'了,好难听的!"

大家又笑了。

小妹小声地跟我说:"花花的岳父是区长,所以花花才能爬得这么快。就凭花花自己那个玩世不恭的浪荡公子的模样,他怎么可能当上副院长呢?还主管教学?真是笑死人了!"

我说:"你真是百事通,什么事情都知道;但是人都是会发展变化的,不要总是用一成不变的老眼光看人,或许花花后来思想转变了,真认真工作了也有可能。"

小妹说:"大哥总是喜欢将人往好处想,我看未必。"

我说:"这个社会确实比我们想象的要复杂,但是我们也不必对这个社会时刻都充满着怀疑。"

小妹说:"人生就像一部《西游记》,跟妖魔鬼怪斗了一辈子,最终才发现,有后台的妖精都被接走了,那些被我们一棍子打死的都是无足轻重的小喽啰。"

我惊奇地望着小妹,向她竖了一下大拇指。我调侃道:"很有见地呀!你也想当官了?"

小妹说:"我不想当官,但是我讨厌那些当了官就作威作福的人。我想让上天赐予我一份特别的能力,把这些坏人都清除干净。"

我说:"是的,其实我们并不特别渴望拥有权力,但是我们特别希望世道清净。人生确实就是一部《西游记》,但是我们最大的敌人不是一路上遇到的妖魔鬼怪,而是自己的心魔。"

花花介绍完毕,走到我身边,坐下来,友好地拉着我的手,小声而神秘地说:"老大,你知道吗?其实当年在全班人中,我最看不惯的人就是你,因为你那时似乎是一个万事通,而且总是喜欢摆出一副人生导师的模样。"

我心中一惊,看来当年看不惯我的人一定很多,谁让我总是装模作样地摆出一股老大的架势!其实年龄最大,并不意味着资格最老或者能力最强,无志空长百岁,我那个时候太自以为是了。

我愧疚地说:"我当年年轻气盛,爱慕虚荣,好为人师,现在回想起来,实在是太幼稚可笑了!"

花花真诚地说:"其实并不是这样的,当年是我嫉妒你在同学们心中的威信。如今二十年过去了,我才发现,你不但先知先觉,而且你不畏困难、积极进取的精神十分可嘉。你确实是值得我们敬佩的人,是我们学习的好榜样!"

我不好意思地说:"惭愧得很!那时我总是自我感觉良好,其实是浅薄无知,半桶水摇晃得厉害!你就多担待吧!"

花花拥抱着我,感动地说:"老大,我是真诚的!那个时候,大家都幼稚肤浅,但是你确实比我们成熟稳重,是名副其实的好老大!"

小妹说:"大哥,你不用谦虚。花花现在对你的评价也是我想说的话!"

我说:"谢谢你们的鼓励!"

其实花花的话意外地给我上了一课,平时大家在我面前说的都是恭维话,我很难听到别人批评我的真话。我这才深深地发现自己当年的肤浅无知、自以为是和爱慕虚荣的表现是多么严重!

花花说:"老大,我俩聊聊心里话。上学的时候,你身边总是围着才女和校花,令我非常羡慕!"

小妹说:"花花,你怎么可能羡慕我大哥呢?其实围在你身边的美女才是最多的。"

花花说:"我身边的美女都是档次很低的,比不得老大身边的美女都是才貌双全的天仙。"

小妹说:"你不应该这样说,这些话如果让那些当年围在你身边的小美女们听到了,她们会伤心欲绝的。"

花花说:"所以我那时对老大是羡慕、嫉妒、恨。我固执地认为一定是老大自己的一厢情愿,这些生活在云端上的仙女们是不可能看上身体不方便的老大的。"

我说:"你说得太对了,从来就没有美女看上了我。"

小妹不高兴地说:"才不是呢!花花,你不懂就不要乱说。"

花花说:"后来我发现这确实是我的偏见。你的为人和才华获得了大家的认可,大家对你都很尊重。尤其是在国庆节的时候,校花竟然一个人跑到南通去找你!我终于明白了,是你的人格魅力征服了美女们的心。"

其实一个人活在世界上,无论你是一个什么样的人,总是会有一些人喜欢你,也有一些人不喜欢你。想一想,我当年确实有些自视清高、狂妄无知,当时可能招致了很多人的不满,这是我自己的过错,怨不得别人。年轻往往伴随着幼稚和肤浅,一个人只有历经社会的风雨磨炼之后,才能日趋成熟,这是成长的代价。

我真诚地说:"我自己当年确实有许多做得不恰当的地方,当时对我不满意的人一定很多,远远不止你一个。我这个'老大'做得很不称职,心中有愧!"

花花说:"我非常后悔当年没有听你的话,错过了最好的学习机会,那一段极为宝贵的时光就那样白白地荒废了!我现在主管教学,心中有愧,就一直在强补业务知识,不想误人子弟呀!"

我十分真诚地赞赏道:"好样的!我们以后都要继续努力,走好自己的人生道路,不愧对自己来此人间一遭!"

书记的照片出现了。他现在是合肥一家三甲医院的业务副院长,去新疆援助四年,刚刚回来,即将升为院长。照片中有很多他与新疆患者的合影。特别令人敬佩的是,在新疆的时候,他曾经赤手空拳勇斗持刀的歹徒,救下了被劫持的患者。平常他们每天工作非常辛苦,忙的时候一天要进行七八台手术。

大家为书记无畏的勇气和艰辛的付出而热烈鼓掌。

我故意向小妹眨眨眼,在她的耳边轻声地说:"小话痨呀,我们尊敬的王书记能当上院长,完全是凭着自己非凡的能力和辛苦的付出!"

小妹对我做了一个鬼脸。

天禧到啦,进门就大喊:"大家快看看我的照片呀。"

宝宝说:"女神,我这儿没有你的照片,你没有上传给我。"

天禧举着U盘,兴奋地说:"我现在有啦,在这儿呢。"

黑胖坏笑道:"女神,你现在真有了?"

天禧不解地说:"当然真有啦。"

黑胖问道:"那是谁的呢?是老大的?大帅的?还是我的呢?"

大家哄笑!

天禧这才明白过来,红着脸,骂道:"你这个无耻下流的大流氓,赶快闭上你那张装满垃圾的臭嘴!"

宝宝立即播放了天禧的照片,有一百多张。从小时候到现在,主要是近几年在国外学习、访问和游玩的照片。

我说:"禧呀,看到你小时候在黄土高坡上撒野的样子,我还以为你是个野小子呢。"

天禧马上张口高吼:"我家住在黄土高坡,大风从坡上刮过……"

我说:"美女能不能内秀一点,吓得帅哥们都不敢追你啦!"

黑胖说:"没有关系,我就喜欢她撒野的样子,迷死我了!"

大家又笑了!

阿云说:"黑胖呀,你就是一个见异思迁的坏东西,刚刚还请老大帮你和小妹牵线,转眼又迷上女神啦?"

黑胖说:"网上有个段子,我觉得很有道理:花心练大脑,偷情心脏好,泡妞抗衰老,调情解烦恼,暗恋心不老,相思瞌睡少。这些都是有利于身心健康的东西!"

女生们都对黑胖做出不屑的表情,同时说:"滚,滚,滚!"

黑胖说:"女神呀,你现在的照片挺上相,好美!"

莴苣说:"你这个死胖子真不会说话!女神本人更漂亮!"

黑胖说:"现在大家晒在朋友圈里的照片,都是自拍三千,只挑一张,能不美吗?"

天禧冷笑道:"胖胖,你过来,我保证不打死你!"

大家又笑了!

我说:"女神啊,你父母为你取名为'天禧',是希望你继承秦人的敬天为乐的秉性和豪迈坦荡的性格。"

天禧笑道:"我父母都是中学教师,他们别无他求,就希望我能做到天性乐观,健康成长。才子老大呀,我这个名字是不是很庸俗啊?既没有女王的名字'莴苣'那么有文化,也没有校花的名字'夏蕴'那么有内涵,更没有才女的名字'冰玉'那么高雅!"

黑胖坏笑道:"我觉得'秦天禧'三个字应该解释成秦始皇、武则天和慈禧太后。在秦始皇统一中国之后,历史上出现了两个特别霸道的女人。"

大家哄然大笑,都夸黑胖聪明,反应敏捷,真能联想。

宝宝大声喊道:"死胖子,你别废话了,下面就是你的照片。"

黑胖笑道:"我胖怎么了?犯罪了?"

莴苣说:"胖当然有罪呀!我们上海有一所著名的小学招收新生时需要看家长的身体,肥胖的不要。"

我很惊讶,这个做法有些极端了;但是在现实生活和工作中,肥胖确实会带来一些意想不到的麻烦。

阿云说:"我觉得有道理,肥胖的人自我管理能力低下,自己没有榜样的力量,还怎么教育小孩呀?"

黑胖说:"你们这是歧视!我胖,我吃你们家的饭了?"

菲儿说:"肥胖都是长期放纵自己的饮食和不运动锻炼造成的。从医学角度讲,能通过自我控制而减少的疾病最好的例证就是肥胖。"

天禧说:"自己的身材都控制不了的人,凭什么去掌控人生?"

蒟芤说:"好身材是自律的表现。一个人的体型就是自己最好的标签,代表你的等级和阶层。顶尖的成功人士中有几位是胖子呢?"

几位腹部稍许发福的男生都不说话,以一种尴尬的表情看着蒟芤。尽管蒟芤这么说是有些过分,但是我相信她说的是真心话,因为她确实是一个极为自律的人。

小妹用手轻轻地拍了一下我干瘪的腹部,偷偷地一笑。

小晶小声地跟我说:"老大,我就看不惯学霸这种盛气凌人的样子,整天露出一副位于社会最高层的霸道气势。"

我也小声地说:"你不要生气,她不是针对你的。她对事不对人。"

其实准确地说,黑胖现在并不肥胖,顶多只是超重而已;小晶上学时肥胖,但是现在应该是在正常体重的上限。其实在医务人员中,肥胖的人并不多,一者医务人员知道肥胖的危害,有意识控制。二者医务人员工作比较辛苦,手术多,夜班多,人命关天,心理压力大。三者医务人员大多喜欢通过运动锻炼来缓解身心的压力。

大家看黑胖的照片。黑胖小时候简直就是一块黑炭,圆圆胖胖的脸上就看到两排白牙,其余都是乌黑一片。

大帅说:"黑胖本来应该是非洲人,肯定是投错胎了。"

大家又笑了。

黑胖的爱人年轻漂亮,皮肤白腻,至少比黑胖要小十岁;女儿像妈妈,母女姐妹花。旁边站着粗犷的黑胖,给人一种对比过于分明的感觉。

小燕子说:"黑胖真不是个东西!家中有这么漂亮养眼的小老婆,竟然还整天吃着碗里,望着锅里!"

黑胖说:"山珍海味吃多了,也要时常换换口味嘛。"

天禧说:"不知廉耻的东西!你是傻人有傻福,没有想到你这个根本上不了台面的黑胖,竟然娶了一位绝色的老婆,真是奇闻!"

荺芃念道："骏马却驮痴汉走,美妻常伴拙夫眠。"

黑胖不高兴地说："你俩说这些话有些欺负人了!凭啥我就是'傻人''痴汉'和'拙夫'呢?凭啥我就'上不了台面'呢?凭啥我就不能娶'绝色老婆'呢?"

书记说："就凭你见一个爱一个的下流德性!"

大家又笑了。

现场的照片播放结束。宝宝说："有两位同学在美国,都没有回来,他们都传了自己的视频,现在播放给大家看一下。"

两位同学都霸气十足,一口流利的英语。

黑胖说："跩什么跩,还跟我们讲洋文!我听不懂!在外国待了几年,就忘了自己的祖宗了!"

我们基本上能听懂大概的意思,荺芃和丫头分别做了一回翻译。其实,在座的同学中,好多人都有留美、留欧、援非的经历。

宝宝说："有一位同学因为肝癌已经离世十年了;另一位同学十年前因车祸也已经西去了。"

大家感叹人生无常!经常念着死,便可更好地生。知道繁华不能恒久,才能认真地活在当下。也许我们做不到生如夏花之绚烂,也做不到死如秋叶之静美;但是我们可以活得明明白白、有滋有味。至于死,只要能够安详地离去就足矣。

我们听取书记的提议,所有人起立,一起为逝者默哀一分钟,愿亡灵安息!

天禧说："我们大家都要好好活着,这世间,除了生死,都是小事!"

古丽念道："对酒当歌,人生几何。譬如朝露,去日苦多。"

黑胖说："你们这些美女都喜欢感悟生死。我才不呢,过一天算一天,及时行乐,不亏待自己。"

高个说："全天下有几位你这么无聊又无耻的黑胖呢?"

大家都笑了。

书记问道："宝宝呀,我们班上应该不止这么多人,还有人呢?"

宝宝说："老九在英国做三个月的访问学者,所以没有来。还有两位同学没有联系上,大家用心留意一下,争取让他们下次聚会时都能到场。"

天禧被男生们拉到外面去照相,闹成一片。

书记笑道："老大今天再给我们讲一课。"

我说："没有什么课好讲了,倒是感慨无限!真没有想到,毕业才二十年,竟然就已经有两位同学驾鹤西去十年了,生命真是无常呀!'断送落花三月雨,摧残杨柳九秋霜。'世事确实难料啊!"

荺芃说："老大不要过于难过!这是新陈代谢,很正常。"

我说:"三十三岁就离世,太年轻了,这不能算是正常的新陈代谢。"

荺芃说:"老大,你太慈悲为怀了。我们无法选择告别这个世界的时间和年龄,无论什么时候离开,应该都是上苍的有意安排,不用悲天悯人。"

我说:"你对生死的看法倒是如此乐观,我可没有你这么豁达。我曾经面临过多位亲人的离世,我三十四岁时,父母就都离开了我,尽管已经过去十多年了,但是我现在一想起来,依然不能释怀。"

荺芃说:"老大至孝,难忘父母之恩! 也许是因为我从未面临过亲人的告别,所以才能如此冷静,但是我们学医的人,应该视死如生。生命体来自自然,最终还要回归自然。生死循环,自然之理。"

我说:"理是此理,但是面对亲人的撒手人寰,谁也无法轻易释怀呀!"

荺芃说:"所以我们只要认真地活在当下,活得精彩,活得辉煌,就是对父辈们生命的最好延续。"

坚强的荺芃有着与常人不一样的生死观,即使是死,也是为了更好的生。死亡对于她来说,就是新陈代谢,是社会发展进步的需要。

我说:"你时时刻刻总能释放出正能量,跟你在一起,总是令人振奋无比。"

荺芃说:"谢谢老大的鼓励和肯定,我会继续乐观前行。"

书记说:"如今,生命中的意外太多了。我们医院共有职工三千多人,每年职工体检,都能查出十几位癌症。我们永远不知道癌症和明天哪个先到。"

宝宝说:"还有数不尽的车祸,前天我家楼下的大妈横穿马路时被车子撞死了。"

欣欣说:"愿天堂里没有癌症,也没有车来车往。"

丫头说:"你们不要再谈论死亡了,我不喜欢听。"

我说:"好吧,宝贝,我们换个话题。"

我们前面的台子上,一盆盛开的菊花,芳香四溢。

我想起昨日与冰玉的对话,有意问荺芃:"你喜欢菊花吗?"

荺芃说:"所有的花中,我最不喜欢菊花。"

我好惊讶,问道:"为什么呢?"

荺芃说:"菊花是伪君子! 生为花种,就应该在春天的百花丛中,争奇斗艳,展现自己特别的美丽。岂能躲藏在百花凋零的秋季才开放,这不是讨时令的便宜吗?"

我说:"菊花独自在秋天开花,本身就是它独特的美丽。"

荺芃说:"本来是收获果实的秋天,菊花却在展现它过时的花朵,明显是不合时令,缺少了自信,不敢与百花在春天里争艳。"

阿云说:"此说有些偏颇!万花同开同谢,这个世界岂不是太单调啦,每个季节依次都有自己特有的美丽,不是更好吗?你以为大家都能像你一样,一直于万花丛中,独占花魁吗?"

苬芇说:"只要是女人,都希望释放芬芳!黛玉质问,'孤标傲世偕谁隐,一样花开为底迟?'黛玉其实也想在繁花似锦的春天释放自己的美丽,仅是造化弄人,无可奈何而已,不是吗?"

我笑道:"你的这个说法很有独特的新意,令我耳目一新。学霸就是学霸,看待事物总有不同于常人的角度,有自己独特的见解,给人智慧的启发。"

苬芇玩笑道:"谢谢权威的老大能宽容不同意见者。"

我说:"其实世间之事,仁者见仁,智者见智。只要能从中找到生活的哲理,就不必万众一言,四海皆准。敢于突破,敢于创新,社会才能进步和发展。毛泽东主席不是提倡'百家争鸣,百花齐放'的文艺方针吗?"

苬芇笑道:"所以,尽管自陶渊明以来,世人都赞菊花隐逸之美,但是我独不以为然。难道不可乎?权威的老大!"

我亦笑道:"可以!绝对可以!女王之言极是!"

阿云品了一口茶,摇摇头说:"这个碧螺春是假的,显然是最普通的山茶。"

宝宝说:"这毕竟还是茶叶,以次充好而已,就怕根本不是茶叶。"

小燕子说:"既然我们点的是碧螺春,那么茶社为什么给我们的茶却名不符实呢?岂能如此愚弄茶客?这样做,能有回头客吗?"

高个说:"不仅是茶叶,现在社会上虚假的东西多着呢。"

老孟说:"当今社会,虚假现象确实非常普遍,令人防不胜防。"

菲儿说:"社会诚信似乎出现问题了。"

熊武说:"在我看来,食品对人有害的问题最不能容忍!水果用膨大剂和增红剂,蔬菜用甲醛来防腐等,现在还能有真正令人放心食用的食品吗?"

黑胖说:"我给大家念一段网上的调侃:早饭地沟油炸的油条、苏丹红咸蛋、三聚氰胺牛奶。饭后开着用返炼胶制造的劣质轮胎的车去上班,行驶在一超载就会坍陷的高架桥上。中午盒饭,瘦肉精猪肉炒农药韭菜,石蜡翻新的陈米饭。下午泡一壶仿制香精茶。晚上下班后,买条避孕药鱼,尿素豆芽,膨大西红柿,回到豆腐渣工程的天价房里做饭,吃硫黄馒头,喝工业乙醇勾兑酒和添加剂勾兑饮料,抽高汞烟。饭后钻进黑心棉被窝里睡觉。"

书记说:"说得这么夸张,你咋还没有死掉呢?"

黑胖说:"因为我小时候打过假疫苗,从此就有了金刚不坏之身。"

做医生真浪费了黑胖这张擅长"脱口秀"的好嘴,这个包袱抖得够大的、够精

彩的;但是这次大家都没有笑,因为这次假疫苗事件给全国人民造成的心理阴影太大了!

阿云说:"像疫苗这种关系到国计民生的大事不能直接交给市场,市场不是万能的,民生问题是政府应尽的责任。我个人也不赞成医院私有化,这是一条不归路。"

菲儿说:"医院、疫苗和药物是用来为大众防病治病的,应该是公益事业,必须由政府统一管理和经营;而私人企业追求的是利润最大化,所以就产生了好多的假医假药,这是非常可恶的!就连国内那家号称最权威的电视台也在做假药广告,社会乱象横生。"

大帅说:"这都是'一切向钱看'的扭曲的价值观造成的。现在官位、学历、婚姻似乎都可以用钱直接买到,钱成了'万能'的了。"

丫头说:"你这样说也太夸张了。"

熊武说:"不夸张!上次报道,某市的书记因为卖官位,被中央巡视组查处后发现,他的博士学历是造假的,毕业证书是买来的,老婆和孩子也早就去了国外,他是和情人在一起生活。"

冬冬说:"立法不重,监管缺位,执法不严,违法成本太低,再加上巨大的利润驱使,利欲熏心者就争相效仿。"

老孟说:"治乱用重典,罚他一个家破人亡,就没有人敢再犯了!"

茹芃说:"对于医药这一块,国家已经开始治理了,明星不是已经不允许为药品代言了吗?一些负责任的媒体不是已经在揭露一些假医假药事件吗?我们要相信政府,整治需要一个过程。"

我说:"国家大,不容易治理,人多事杂,难免会出现一些不良现象;但是大家应该乐观一些,党和政府整治腐败的决心和力度都很大。现在信息传递非常发达,许多事情的透明度在逐渐增加,在政府的严肃整治和人民的普遍监督下,虚假的东西一定会慢慢减少,社会空气会越来越清澈。我们这个民族遭受的每一次创伤都应该成为不断成熟的催化剂,在伤痛中认真总结经验教训,中华民族的发展才能不断完善。"

书记说:"我赞成女王和老大的说法,未来应该是美好的,但是治大国如烹小鲜,确实需要一个过程,不可能一蹴而就。"

我看到小妹半天没有说话,在一边嘟着嘴,很不高兴的样子,感觉挺奇怪。

我问道:"小妹呀,你在干什么呢?为什么不高兴?谁惹你了?"

小妹说:"大哥呀,气死我了!我的一个中学同学,整天在朋友圈里晒她经常坐着飞机在外面旅游的照片,上个月去了'新马泰',今天又飞到了新疆;可是她三年前向我借了五千块,到现在都不提还钱的事情。"

歌神说:"现在社会上这种人多着呢!一个帮我做保险的业务员前年从我这儿借走了三千块,说是应急,并且保证第二天就还给我,可是后来见到我,根本就不提这事了,甚至在我有急事让他赶快还我时,他也没有还。他上个月竟然又来借钱,又说是应急。我直接跟他说,我已经失去对他的信任了。"

大师说:"现在社会就这样,债务人是大爷,债权人反而成了孙子。"

高个说:"诚信危机!借钱容易,还钱难。"

书记说:"国家现在已经开始惩治这些老赖了,让他们上诚信黑名单,不能买车票和飞机票,银行不再贷款给他们。"

芴芘说:"就应该这样,让这些不守信用者以后寸步难行。"

我吸取昨晚的教训,站起来,向芴芘深深地鞠了一躬,真诚地邀请她和我合影。

大家热烈鼓掌。

芴芘在我屁股上打了一下,笑道:"好可爱的老大,我昨天跟你开玩笑呢,你竟然还当真了。"

我说:"在高贵的女王面前,老奴不敢造次。"

芴芘故意慢慢地伸出右手,让我把她扶起来,一股十足的女王范!

大家再次鼓掌,起哄大喊:"女王、女王、女王……"

芴芘昂着头,拉着我靠过去。书记帮我们拍了合影。

芴芘一看照片,不满地说:"室内的光线不好,后面的背景也很乱,不合我的要求,我们待会儿到外面再重拍。"

在高中同学微信群里,有人说,老大乐不思蜀了。我立即将照片发过去,同学们夸奖。好多人评价说,女神特别性感,充满着激情。

细心的高中女同学做了比较,发现学霸大眼睛,才女戴眼镜。学霸全身上下确实有一股霸气,才女眉眼和神态中确实充满着才气。

三姐说:"才女是看不出年龄的知性美。"

三姐和云云同时发现,学霸的眼睛总是向上看的,她俩说得太对了。芴芘自小优秀,一直傲气十足,目无下尘。上大学第一次见面时,各位同学自我介绍,芴芘的第一句话就是,我是复旦附中毕业的,我的成绩是可以上清华的,但是我喜欢医学。

我将合影发给爱人。爱人说:"你的表情总是太严肃了。"

我说:"被女王吓唬的,被才女责备的!你今天感觉怎么样?"

爱人说:"我感觉很好,没有什么不舒服。刚刚复查了尿常规,你看一下结果,好像还有问题。"

我一看,跟昨天的结果一样,尿蛋白和隐血还是两个"+",看来爱人肾炎的可能性很大了。我一下子感觉头脑充血,头好沉,眼睛发花。爱人自小一直多病多难,经历了无数的痛苦磨砺,如今好不容易过上了几年安稳的生活,却又患上了动脉瘤和肾炎,命运对她怎么就这么不公平呢?

爱人问道:"我是不是患上肾炎了?以后是不是就要血透或者肾移植呀?那我不就完了?"

我突然有一种如临大敌的挫败感,有一种万念俱灰的绝望!但是我绝对不能倒下,这个家庭需要我屹立不倒的样子!我尽力寻找理由安慰自己,不要紧张,不要担心。一定是两位同学的过早离世刺激了我,让我的情绪有些不稳定了。爱人昨天发热,呕吐失水,到今天时间太短,还没有完全恢复,再等两天,重新复查尿常规,应该就正常了。即使患了肾炎,也不是什么不治之症,大可不必如此惊慌失措!

我做了一个深呼吸,心情稍微平静了一些。我说:"你不用紧张,肾炎也不是什么大不了的病,完全可以治疗。你多喝点水,明天再复查一下尿常规。"

我突然觉得自己平时对爱人的关心太少了,平常都是她在为这个家默默地操劳着,而我为这个家的付出实在是不多。以后一定要珍惜在一起的时光,相互关心,彼此照顾!

天禧在外面跟大家拍完照,咋咋呼呼地进来了。小妹向我挤挤眼说:"大哥,你等着,我让你看一场好戏呀。"

小妹拿出签名旗,大喊:"女神快来签名呀。"

天禧走过来,拿起签字笔,手臂在签名旗上面绕了两圈,左看右看,最终将自己的名字签在我的签名的正下方。

小妹高兴得大喊:"大哥你输了,我赢了!"

天禧问道:"你俩搞什么鬼?"

小妹说:"保密!就不告诉你!急死你!"

我们拉着签名旗,请茶社的小姑娘帮忙,所有同学在走廊里一起拍了合影。

我拉着小妹问道:"我们班一共三十个人,来了二十三个人,两位在美国,以及去世的两位,阿聪和老九没有来,怎么还缺少一个人?"

小妹说:"是你们对门宿舍的阿强,他失踪了。"

我十分惊讶地问道:"什么叫失踪了?"

小妹说:"阿强是一家三甲医院的药剂科主任,竟然利用主管药品之便,参与贩卖麻醉药品。在公安机关抓捕他的时候,他逃脱了,至今下落不明,生死未卜。"

我惊讶万分！阿强是南京人,长得清秀白净,性格内向,腼腆少言,很少主动说话。别人跟他讲话时,他是未语脸先红。他的父母都是公务员,家境殷实,他总是穿着一身的名牌服装。这样人应该不至于会为了赚钱而去做贩毒的事情呀！

天禧说:"上学的时候,我就觉得阿强怪怪的,有一种阴森森的、不够坦荡的感觉。"

上学时,阿强总是独来独往,而且不爱跟人交流,所以谁也不知道他在想什么。他的宿舍在我们对门,他却很少在宿舍里住。每当学期开始的时候,他来住四五天。用黑胖的话说,就是吃完了宿舍里同学们从家里带来的东西,他就不住宿舍了,回家住。他吃大家带来的东西,却从来不从自己家里带东西来给大家吃。上学五年时间里,他也从来没有带同学们去过他家。黑胖和他住一个宿舍,经常说不喜欢阿强的小抠样。

书记说:"目前,在中央对卫生行业进行专项治理中,许多人落马了,其中药剂科、骨科、检验科是高危科室。"

高个说:"行业内的一些潜规则害人呀,有些人总是抵抗不住耗材器械的回扣和药品分成的诱惑。金钱的魔力太大了！"

芴芃说:"苍蝇不叮无缝蛋,腐败专找贪心人。"

我想,其实一个人的行为一定有他的思想基础,人都不是一下子变好或者变坏的。自私的人思想道德滑坡,贪念逐渐积聚而不及时加以控制,最终就会走向极端。

我说:"孟子曰:'养心莫善于寡欲。'不贪就能抵御一切诱惑。"

阿云说:"大仲马说过,'上帝给了人们有限的力量,却给了人们无限的希望。'"

宝宝说:"《西游记》有云:'菩萨、妖精,总是一念。心生,种种魔生;心灭,种种魔灭。'"

小妹说:"'善恶随人作,祸福自己招。'出来混总是要还的。如果在诱惑面前,利令智昏,突破底线;一旦被困于牢狱之后,就失去最宝贵的人身自由,流下再多悔恨的泪水,也无法洗刷污点了。"

天禧说:"于牢狱中忏悔为时已晚,平时一定要做清醒人。一旦进去了,对个人、家庭、单位和社会都是不小的损失。"

书记说:"大家千万不能忘记我们医务人员的使命:救死扶伤,治病救人。"

我说:"朗朗乾坤,海晏河清。利剑高悬,警钟长鸣,反腐永远在路上。大家

一定要守住底线,绝对不能触碰高压线呀。"

大家都说,谨记老大的教诲!

这是一个严肃的问题,许多人表情凝重,陷入了深思。我望着这些可爱的同学们,心中产生了一股浓浓的怜惜之情。我真不希望十年之后,我们再聚会时,又有人因为这个缘故缺席了!

小妹悄悄地拉我进去坐下来,怜惜地说:"大哥,你不能久站,让他们在外面闹吧,我陪你在此聊天。"

我感激地说:"还是你最关心大哥!你刚才说得太好了,我们可爱的小妹见识有很大的长进了。"

小妹说:"可不敢跟博学的大哥相比。大仲马说过,'别把世界看得像您心里想象的那么美丽,别把社会看得像您的心灵那么纯洁。'"

我说:"小妹终于长大了,能认清这个社会的复杂性了。"

小妹说:"进入社会以后,大家就各奔前程了。二十年下来,每个人的变化都很大,人与人之间的差距也拉开了。"

我说:"很好呀,不是也出了不少领导嘛。"

小妹说:"在我们班里,有三分之一的人成了医院领导,天禧还在省厅里挂职,葤芃和熊文都有了自己的上市公司,小米也成了大公司的老总。"

我说:"总体来说,大家发展得都不错。只有我拖了大家的后腿。"

小妹不满地说:"大哥本来是很具有成功人士的潜质的,可是你有笔直的阳光大道不走,却故意走了弯路,跑回家乡去了;同时你遭遇的太多不幸,你的身体也影响了你的发展。不过在我看来,你目前状况并不差。"

我说:"也有不少同学成了单位的中层管理人员。我本来是非常看好你的,你很聪明,而且对医学也很有悟性。按照我的预料,你现在至少也应该是科主任的。"

小妹说:"我的管理能力有限,而且我这种不愿意得罪人的性格是不适合当科主任的。其实中层干部能不能当好,还要看在哪个岗位上和本人的主观愿望。歌神本来就不擅长与人交往,所以他并不热衷于当官;但是他的一个任卫生局局长的表叔一心要提拔他,而他们的院长是一个惯于玩弄权术的人,这位院长就让歌神当医务科长,在目前医患关系这么紧张的医疗形势下,完全是让歌神替自己挡子弹的。"

我惊奇地说:"你还真看清了事情的本质,不简单!但是对于歌神来说,自己不愿意干的事情,主观就不会努力,别人再强求也不行呀。"

小妹说:"有人削尖了脑袋寻找关系却得不到,歌神有现成的关系竟然没有很好地利用,真为他可惜。"

我说:"没有什么好可惜的,当官并不适宜所有的人。对于歌神来说,能安心地搞他喜欢的专业或许更好,他现在不已经是行业中的佼佼者了吗?你真是神通广大,什么事情都知道。"

小妹得意地说:"他们医院有我的好姐妹,我当然知道。"

我说:"有一个共同的规律,真正成功的人士总是一直就有自己的明确目标,又是非常自律。差距是一步步拉开的,每一次比别人多努力一点,最终就形成了巨大的差距。"

小妹说:"事事不将就,人生就能完美;而我就是胡适笔下的'差不多先生',总是满足于现状。"

我说:"在大哥面前,你就不要假谦虚了。你现在这样也是很不错的,在这样一所全国闻名的顶级医院里,即使是普通的工作人员,也一定是很不平凡的!"

小妹说:"我已经满足了,与两位已经去世的同学相比,我们算是很幸运的人了。"

我说:"你这种心态很好,立足于实际,随遇而安,不好高骛远。只是两位走了弯路的同学太可惜了,前途就这么毁了!"

小妹说:"人生若只如初见,永远保留当初的纯真多好呀!"

我说:"这仅仅是一个美好的幻想!人生经不起时间、名利和困难的考验,最终大家就走向了殊途。"

小妹说:"是的!'苗从地发,树向枝分。'"

我感慨道:"我非常痛惜两位去世的同学,这么年轻就撒手人寰了!"

小妹说:"阿库肝癌去世,是因为他上学时就有肝炎,后来是肝硬化,最后是肝癌,三部曲。你知道诚诚遭遇车祸去世的真正原因吗?"

我说:"车祸不就是原因嘛!难道另有隐情?"

小妹小声而神秘地说:"其实是殉情!"

我心中一惊,追问道:"难道诚诚是自杀?"

小妹点点头,问道:"你还记得他和钮钮的事情吗?"

我说:"记得!诚诚竟然为了钮钮而自杀啦?真是太骇人听闻了!"

诚诚和钮钮是一对来自武汉的发小,都在南京上大学,钮钮读的是另一所大学的艺术专业。诚诚性格孤僻,不爱说话,心中只有钮钮。每次一到周末就看不到诚诚的人影,都是专心去陪钮钮了;而钮钮只来过我们学校一两次。我冷眼观察钮钮的神态,她是一个十分心高气傲的人,心里未必有诚诚的位置。看到诚诚对钮钮察言观色,百般小心呵护,极为尽心尽力的样子,大家都觉得他的这份感

情付出太费劲了！有时候，你竭尽全力地为你所谓的"爱情"义无反顾地付出时，换来的却是不屑一顾的嫌弃和鄙视。爱情不是一厢情愿，必须两情相悦。爱情中最糟糕的不是得不到所爱的人，而是迷失了自己。

小妹说："在钮钮读大学的时候，一位所谓的艺术家和一个富翁同时喜欢上她，钮钮一直在两人之间摇摆。钮钮大学毕业后就跟艺术家去了广州，但是一直没有结婚，痴情的诚诚一直在等着她。诚诚固执地认为，只要钮钮不结婚，就说明她心里还有他。其实并不是钮钮心里还有诚诚，而是那位所谓的艺术家一直在骗取钮钮的青春。十年后，钮钮的青春不再，他就不要她了！"

我说："这太可悲了！但是可怜之人必有可恨之处！"

小妹说："钮钮回头再去找那位富翁，富翁羞辱了钮钮一番，扬长而去。钮钮回到广州，没有生活来源，堕落成了妓女。被警察抓住了，通告家属，诚诚陪钮钮的父母去广州看望钮钮。钮钮羞于见诚诚，服毒自杀了。"

我顿时觉得呼吸不畅，有一种要窒息的感觉！

小妹说："诚诚很小的时候，父母就去世了，跟着爷爷生活，钮钮的父母资助了他们不少，所以诚诚的心中一直对钮钮一家人饱含感激之情，对钮钮更是一往情深。诚诚一直痴心地等了钮钮十年，最后竟然等来了这样一个可怕的结果！诚诚一下子接受不了，走上了高架桥，扑向了飞驰而来的大货车！"

我心中非常震惊！这才真是"问世间情为何物，直教人生死相许"！

小妹说："车祸场面非常惨烈，诚诚面目全非，当场就去世了。诚诚一定是在极度的绝望中，抱着一份必死的决心，告别这个辜负了他的世界！"

我想起庄子的话，"哀莫大于心死，而人死亦次之。"多么令人心酸的诚诚呀！

我说："诚诚太执拗了！爱情是不能勉强的！一向眼高于顶的钮钮，怎么可能看上普普通通的诚诚呢？傻瓜都能看出钮钮不爱诚诚！是诚诚自己太固执了，不愿意承认这个事实！"

小妹说："太可惜了！上学时，大哥为什么不劝劝诚诚看开一点呢？现实一点呢？"

我说："大哥不是万能的！上学时，孤僻的诚诚与所有的同学都不交流，包括我在内。诚诚的孤僻和执拗可能与他从小是孤儿有关。"

小妹说："大哥，你觉得钮钮一点都不爱诚诚吗？我觉得在每个年轻人的心中，都应该幻想过一份浪漫的爱情。"

我说："上学时，从钮钮居高临下地看着诚诚的眼神中，我真没有感觉到有一丝一毫的爱意，只有轻蔑和不屑！也许在钮钮的心中，在这世界上，男女之间根本就不存在爱情，只有赤裸裸的相互利用；或者即使有爱情，那爱情的对象也不可能是诚诚。"

小妹说:"钮钮上学时就那么势利吗?那个时候,她还仅仅是一个学生呀!"

我说:"这与她接触的环境有关。如果环境恶劣,会让一个没有自律的人很快变坏。"

小妹说:"你的意思,艺术圈是一个大染缸吗?"

我说:"不能这么说!但是至少这个圈子里是复杂的,诱惑更多!其实整个社会都是复杂的,但是这个社会究竟是一个让人变坏的大染缸,还是一个磨炼人意志的大熔炉,还与自身的意志和抗腐能力有关。"

小妹说:"你说得很有道理!我被诚诚的痴情深深地感动了!"

我说:"这说明你是一个非常善良的人!钮钮的虚荣和势利,我们不去评价。我只问你,如果一个你根本不爱的人,这么痴情地追着你,你会嫁给他吗?"

小妹说:"我不会,婚姻的基础是爱情;感动是一回事,但是我不能因为感动而太委屈了自己的真实情感!其实诚诚对钮钮的感情也未必全是爱情,或许更多的是出于对钮钮家人的感恩,但是固执的诚诚一定以为这就是爱情!"

我说:"所以许多时候,仅仅用感情的深浅是无法评判谁对谁错的。最可怜的是两个人的家人,诚诚和钮钮都是独生子女,双方的家人肯定都是悲痛无比!"

小妹说:"老年丧子,白发人送黑发人,人间惨剧!两家人把他们俩合葬在一起。"

我说:"也算是完成了诚诚最后的心愿!你怎么什么事情都知道,简直是我们班上的新闻广播站。"

小妹说:"三小班的艳艳和诚诚毕业后在同一所医院里工作,而艳艳是我的闺蜜。"

我说:"这件事你千万不要说出去,我的话痨小喇叭!《诗经》有云:'人之多言,亦可畏也。'"

小妹说:"知道!我是有分寸的,就告诉了你一个人,天禧都不知道。我亲爱的好大哥呀,人家可不是小喇叭!"

我说:"你不是小喇叭,你是大喇叭!上学时,你还是个疯丫头,每个小班里都有你的闺蜜。"

小妹得意地说:"这说明我的人缘特别好!"

我说:"好,好,好!人见人爱!"

大家都进来了。天禧在我身边坐下来,问道:"你俩聊什么呢?这么热烈!谁人见人爱呀?"

我说:"说你呢!小妹正在夸你家先生特别帅!你家是夫帅妻美,颜值爆表,

羡煞我也。"

天禧笑道："真的假的？我刚才就被我家先生骂了。"

小妹问道："为啥？"

天禧说："我在网上买东西被人骗了五百块钱。"

小妹说："太常见了，网络诈骗到处都是，我也被骗过。五百块买一个教训，值得！你刚才就是为了这么点小事而专门回去的吗？"

天禧说："可不？犯错误了，就只能乖乖地回家接受批评呀！"

我说："霸道的女神呀，你装得太像了！你家先生敢骂你，我咋就不信呢！"

小妹说："大哥，你别看她在你面前咋咋呼呼的，其实在她先生面前，她就是一个乖巧的小女人。"

我说："是的，卤水点豆腐，一物降一物。女神就是我的克星！"

天禧笑道："老大呀，你就更不要装了，你什么时候真正听过我话呀？你被骗过吗？"

小妹说："大哥是不可能被骗的，只有我们这种爱占便宜的小女人才会上当受骗。"

我说："小妹说得对，不想着占小便宜就不会被骗，天上不会掉馅饼，更加没有免费的午餐。何况我还没有学会在网上买东西呢。"

她俩一起说："你out了！"

阿云说："网络诈骗的形式多种多样：中奖、游戏、会员、招聘、冒充银行人员、公安人员、亲朋好友等，令人防不胜防。"

天禧说："还有更可恶的，有些骗子专门骗老人的钱。我妈妈在家里被人骗得买了几万元的保健品。"

我说："是的，他们打着亲情的旗号，利用子女不在身边，老人孤单寂寞的心理，经常去'关心'老人，老人们一感动，稀里糊涂就上当了。老人们辛苦了一辈子，现在最缺的就是没有人陪他们说话，关心体贴他们。"

天禧说："是的，那个骗子小姑娘直接喊我妈'亲娘'，帮我妈洗脚、捶背，专门说一些好听的话，时常送一些不值钱的小礼品，把我妈妈感动得以为她才是亲女儿，我这个女儿根本就靠不住了。"

小燕子说："骗子们一般打着'最新医学成果'的幌子，利用老人希望健康长寿的心理，加上大多数老人手上会有一些养老钱，所以很容易得手。"

莳苁说："老人这么容易接受这些虚假的保健品其实就是孤独和怕死。"

大帅说："保健品、理财产品和电信诈骗确实是目前老年人遭遇到的最常见的受骗形式。很多老人的养老钱都被骗光了！"

高个说:"保健品的成本只占销售价格的10%左右,大量的钱都用在广告的夸大宣传和虚假营销上。"

小妹说:"我也有亲戚家的老人被骗过。这可怎么办呢?我们又不在老人身边,真是防不胜防呀!"

书记说:"国家需要对这一行业加大立法和执法力度,对骗子们严惩不贷,直接判刑,并罚他一个倾家荡产,增加他们的违法成本,让他们再也不敢轻易骗人了。"

老孟说:"我妈妈被一个小姑娘在半年时间内骗走了五十八万,将她养老的钱全部骗光了。"

我们都大吃一惊。书记问道:"怎么会被骗了这么多钱呢?"

老孟说:"骗子卖给我妈妈好多古玩、首饰、金银币和连版的人民币,说是能增值,几年后就能成倍地增长。老太太贪小便宜,就上当了。"

荫芃说:"赶快报警呀!"

老孟说:"别提报警了,一提我就来火。我们到派出所报警,他们爱理不理,说这不属于诈骗,让找工商局;我们到了工商局,他们说让公安局立案,会很快解决;我们又到了公安局,又说最好找消费者协会投诉;我们到了消协,他们又让到派出所报案。这一圈皮球踢下来,我的小命已经去了一半。"

宝宝说:"我本来一直是最信任公安警察的,现在他们竟然是这种态度,那么我们以后出了事情还能依靠谁呀?"

歌神说:"现在好多机关人员不作为,依照我的性格,直接投诉他们。"

天禧说:"有的可能是有利益相连,我就亲耳听到骗我妈妈的小姑娘喊派出所的一位工作人员'好哥哥';也有的是因为这种受骗的事情太多了,管不了许多;更多是因为懒政,不是自己的事情,根本不愿意去管。"

荫芃念道:"法者天下之公器,惟善持法者,亲疏如一,无所不行,则人莫敢有所恃而犯之也。"

黑胖说:"学霸太博学了!啥意思,我听不懂。请老大翻译一下吧。"

我说:"这是《资治通鉴》里的一段话,意思是:国家法律是全社会必须遵守的准绳,只有严格执法,不论关系亲疏,都一视同仁,才能令行禁止,没有人敢依仗权势而触犯法律。"

老孟说:"老大呀,理想很丰满,现实太骨感。"

我说:"你们把老人接过来,一起住,多关心老人,陪他们聊聊天,做做户外活动,多与大自然接触。记住,对于老人来说,子女的陪伴比任何物质的享受都重要。"

天禧说:"我妈妈不愿意来呀,在乡下住习惯了,到城里来不适应,每次来了住四五天,就闹着回去了,真是愁死我了。"

我说:"不要着急,总能找到办法的。我们这个年龄,正是生存压力最大的时期,上有老,下有小,工作家庭,里里外外,哪儿都少不了我们,必须妥善协调好各方面的关系。"

老孟说:"我妈妈就和我们住在一起。我们当医生的平时工作忙,骗子小姑娘就乘我们上班不在家的时间过来骗我妈,说卖给她的这些东西增值很快,两三年后,就能翻好几倍。骗我妈买了之后,小姑娘还不让她告诉我们。我女儿最近从部队回来探亲,看到奶奶突然多了好多玉石,我们这才发现了事情的真相。"

我说:"老孟呀,这就是你的不对了!说明你平时对妈妈的关心太少了,没有经常陪老人聊天,及时疏导老人心中的郁闷。孤独的老人遇到热心的骗子,尤其是非常善于表演的小姑娘,嘘寒问暖,老人一下子就失去了防范之心。"

老孟惭愧地说:"老大批评得对,我确实很少陪妈妈聊天。上班时很累,下班后就懒得动。我对妈妈的关心确实太少了!"

菂芘问道:"这件事最终是怎么解决的?"

老孟说:"还没有解决呢!咨询了好多人,都说只有打官司了。可是我们普通老百姓打官司多难呢?时间和精力,谁能耗费得起呀?"

书记说:"你家小孩当兵了,你们就是军人家属,诈骗军属应该罪加一等。"

我说:"这帮人太恨了,骗了一个老太太这么多钱!夜里能睡着觉吗?"

老孟说:"我去找小姑娘,说她把我妈妈的养老钱都骗光了!她竟然说,没有骗光,我妈妈手里还有几千元。"

阿云说:"实在是太无耻了!"

黑胖说:"骗子都是无所不用其极的!"

老孟说:"我妈妈平时将钱看得特别紧的,我都不知道她有多少钱,小骗子竟然获取了我妈妈的绝对信任,这需要多好的表演功夫呀?"

我说:"老孟,你妈妈有老年痴呆症,可以从这个角度控告她们诈骗。"

大家都说这个方法值得一试。

小妹说:"让大哥去当国家民政部部长就好了。"

我说:"事情不是这么简单的,这是一个很大的系统工程。不仅是老人受骗的事情,还涉及全国性的养老问题,农村空巢老人的安置、赡养,留守儿童的抚养、教育和安全保障等问题。可喜的是,关于这一块事务,国家已经提上了议事日程,相信不久之后,就会有相应的政策出台。"

菲儿问道:"为什么会有这么多人上当受骗呢?"

书记说："都是贪小便宜吃大亏。"

我说："被骗的事情屡屡发生,也说明目前的投资渠道太少了,民众手中的余钱无处投放。炒股,炒房都不行。"

小晶说："炒股真是个无底洞,我二十万进去,很快就被腰斩了。"

黑胖说："我发现一个男人藏私房钱最好的地方,就是股市。不但老婆找不到,最终我们自己也找不到了。"

大家都笑了。

天禧调侃道："老大忧国忧民,慈心普照,真乃万物生灵之幸也!"

荮芃说："老大还应该当经贸部部长。"

我说："老大年迈,经不住你们这些小美女的调笑了。"

大家又笑了。

黑胖说："我再给你们念一首用唐诗《江雪》改写的三句半:千山鸟飞绝,万径人踪灭。孤舟蓑笠翁,空巢!"

大家一边笑,一边摇头。空巢! 不可回避的即将到来的普遍社会现实! 再有十多年,我们自己也将都是空巢老人了!

六点,我们离开茶社,开赴饭店。我拉着书记一起坐上荮芃的车子,其他人依然由小妹带队步行去饭店。等到我们三人到达时,他们已经坐好了。小妹安排了三张桌子,每张桌子可以坐八个人。

第一桌全是男生,还有一个空位。我不想喝酒,就说:"书记,你去吧!"

书记说:"得令!"

第三桌全是女生,还有一个空位。我说:"女王请!"

荮芃说:"谢谢老大!"

第二桌只有四个以前上学时不喝酒的男生,我就坐下来。立即,阿云和小燕子从第三桌边站起来,走过来,坐到我身边。男生们一起起哄,要老大解释一下是什么意思。

其实很简单,小燕子是感激我当年给她联姻的好事。阿云当年刚入学时,因为是第一次远离家人,所以非常想家,经常哭。我们学校当时是全南京唯一一所男女混住在同一幢宿舍楼里的高校。男生住1、2层,女生住3、4层。男女生上下可以自由走动。有一次,我正在楼上阿云的宿舍里玩,她又哭了。我就安慰她,给她讲笑话,转移她的注意力,费了好大的劲,终于把她逗笑了。从此,她一有不高兴的事情就下来找老大。

我故意霸气地说:"没什么好解释的! 谁要是不服气的,就坐过来。"

小燕子颇具北方女孩的豪爽,站起来,笑着说:"谁不服气,我就一脚踹

死他。"

男生们都说："服气、服气。"

黑胖说："高个啊,你在家里的政治地位可想而知了。"

高个说："太幸福啦！搓衣板一年换一块新的。"

众人欢笑。

突然,天禧和小妹出现了,原来她俩刚才去了洗手间,我把她们俩给忘记了。我一看要坏事了,赶忙提前喊："小妹快来呀,我这儿特地给你留了一个好位置。"

小妹会意,赶忙向我身边走过来。

天禧一看,霸道地说："小妹坐到女王那一桌去,我来照看我们敬爱的老大！"

天禧把小妹强行推走了,然后冷笑两声,坐到我身边。

小妹说："大哥,你好自为之吧,我救不了你啦！"

黑胖幸灾乐祸地说："老大,你和女神今晚的这场戏一定会特别精彩。"

大家都笑了！

我知道天禧今天一定是来者不善,一直小心提防着,岂知她半天并没有动静。我俩都倒了一小杯白酒,但是都没有见少。我分析她昨晚喝高了,估计今天并没有能力来捉弄我啦。

我关心地问道："你的胃还难受吗？"

天禧瞪我一眼,不满地说："你直到现在才想起来关心我呀,昨晚为什么要罚我酒呀？"

我说："其实,我非常心疼你,就让你喝了一小杯啤酒！是你自己后来在酒吧里喝多了,好吧！"

天禧笑道："知道,跟你开玩笑呢！"

酒过三巡,其他两桌已经闹成了一片。我们这一桌依然风平浪静。

我说："熊总,你现在是大领导了,怎么还是不喝酒呀？"

熊文说："不行,酒精过敏！"

冬冬说："你这种大领导,酒精过敏可以接受,但是对美女一定不过敏！"

熊武说："也过敏,我嫂子家教很严。"

阿云喝了不少酒,说了好多感激我的话,主动和我合影。

我说："你少喝点吧,不要喝醉了。"

阿云说："老大不用担心,我们北方女人,好歹都有一定的酒量,不会醉的。况且'人生有酒须当醉,一滴何曾到九泉。'"

冬冬说："阿云,我告诉你一个秘密,直到毕业时,大家才知道你爷爷是一位部级的大领导,许多人后悔没有追你,其中就包括我！"

阿云不屑地说:"肤浅,势利! 难道我本人对你就没有一点吸引力吗?"

冬冬说:"没有办法,谁让我生在边远贫穷地区呢? 只能想办法傍你这样的官三代了。"

阿云说:"你就不要在我面前装啦! 你心中的女神是欣欣,路人皆知的!"

大家都笑啦!

我注意到,坐在另一桌的欣欣无可奈何地淡淡一笑,那笑容里一定包含了许多无法言说的内容! 我不知道欣欣此刻心中是怎样的感受! 生活中有太多的事情不是我们最初想象的那样完美!

阿云问道:"老大毕业后去过北京吗?"

我说:"二〇〇五年秋天去北京开了三天会。"

阿云立即瞪大了眼睛,生气地说:"你去北京了,为什么不找我呀?"

我说:"时间紧,都忙着开会、学习。"

阿云不高兴地说:"白天开会,晚上就不能聚一聚呀?"

我说:"开会的地点在昌平,离北京市区很远。"

宝宝说:"老大做什么事都是太认真! 难得去一次北京,你就逃半天会,去见一下美丽迷人的阿云,能怎么的?"

我问道:"北京的雾霾还严重吗? 我侄女前年'北漂'回来了,说是雾霾太重了,再也不想去了。"

阿云说:"现在好一些了,政府将一些污染的企业关停并转了。你侄女是干什么的?"

我说:"艺校毕业后,带着'明星梦',只身闯荡北京,在那儿待了五年,失望地回来了。"

阿云说:"又是一个天真的'寻梦'的小公主。在如今这种虚浮的社会氛围中,价值导向发生了严重的偏离,一夜成名的幻想占据着许多年轻人的心。每天都有带着梦想的孩子来到北京,希望演绎人生的奇迹,可惜真正成功的微乎其微。"

我说:"一个外乡的孩子,突然来到这样一个完全陌生的国际大都市,生存都很困难,谈何成功?"

阿云说:"孩子们来的时候,都是带着满腔热情,怀揣着最热切的梦想;但是到了最后,都变成了冷冰冰的薪资报酬的高低和能否在这个城市继续生存下去的问题。这就是活生生的社会现实!"

我说:"大都市无比强烈的沉重感挤压着他们的青春活力,在梦想与现实的激烈碰撞中,在一身伤痛之后,他们会逐渐认识到现实的残酷,走出精神的阴霾,

回归生命的本真与平淡。这就是从年轻走向成熟的代价。"

阿云说："你说说对北京的感受吧。"

我说："北京是一所文化璀璨、历史厚重的古都,三天的时间太短了,而且我基本都在室内,谈不上有什么深刻的感受。"

天禧说："总有什么印象特别深刻的收获吧?"

我说："第三天上午十一点,会议结束,我们是晚上的火车,所以下午有半天的空闲时间。我们打出租去天安门广场,沿途看到高耸入云的大山,我震撼了。起初望见远处苍翠的群山重重叠叠,连绵起伏,雄伟壮丽,渐渐地靠近了,山变得越来越大,越来越高,等我们到了山脚下,大山就完全遮住了视野。大山竟然是平地垂直而起,整座大山就如同是一块巨石,直插云霄。这是我这个南方人第一次看到北方如此巍峨雄壮的大山,心里激动万分。大自然如此鬼斧神工,确实是'造化钟神秀,阴阳割昏晓'。"

冬冬说："我们北方这样的大山太常见了,在我们眼里一点都不稀罕。"

我说："所以我发现自己的见识确实太少了。我终于真正理解了行万里路的含义,增长见识,丰富阅历,陶冶情操,锤炼人生。"

熊文说："睿智的老大呀,你总是能从平常的事情中悟出深刻的哲理,真不愧是我们的才子老大。"

阿云说："你瞻仰毛主席的遗容了吗?毛主席是我唯一崇拜的伟人!"

我说："毛主席也是我唯一崇拜的伟人!可惜那天不是毛主席纪念堂的开放日,我站在纪念堂门前感到十分遗憾!古来青史谁不见,今见功名胜古人。我对着纪念堂,无比虔诚地三鞠躬,坚信毛主席的伟大绝对是前无古人,后无来者。"

阿云说："老大呀,你以后去北京,我一定陪你去瞻仰敬爱的毛主席,弥补你的遗憾!"

我说："好的,非常感谢!我在广场中间的人民英雄纪念碑前默哀三分钟,然后参观了东侧的中国国家博物馆和北侧的故宫博物院。"

阿云说："中国国家博物馆是世界上单体建筑面积最大的博物馆,有48个展厅,每年的参观人次超过800万。"

我说："馆内陈列着完整的中国通史,后母戊鼎、四羊方尊、金缕玉衣、人面鱼纹彩陶盆等,体现了中国五千年文明的辉煌,令国人自豪无比。"

阿云说："可惜当时我不在你的身边!跟你这位睿智的老大一起品鉴历史,一定非常有趣。"

我说："时间太紧了,根本没有来得及细细品鉴。我进入故宫之后,也就是走了一条中轴线,东西两侧的建筑就远观了一下。下次去北京,你给我当导游,我要认真仔细地感受一下明清两代宫廷璀璨的文化和厚重的历史。"

冬冬说:"真羡慕老大,到哪儿都有美女主动陪伴!也羡慕阿云,家住在首都北京,见多识广。我到现在都没有去过北京,你们说我的人生是不是太悲惨了?"

阿云说:"这个容易,你这次聚会结束后不要回家,直接跟我一起回北京吧。"

小燕子说:"冬冬可没有这个胆量,他老婆一定会踹死他的。"

大家都笑了。

高个满脸通红,举着酒杯,摇摇晃晃地走过来,大声喊:"老大,我和媳妇一定要跟你合个影。"

我说:"好啊,正等着你呢。咋这么半天了,也不来向我报到呢!"

高个和小燕子坐在我两边,书记把我双手分别按在他俩的肩膀上,说这样才更加亲密。

书记又帮我和天禧拍了合影。

黑胖端着酒杯走过来,嬉皮笑脸地说:"女神和老大呀,你们俩今天怎么这么安静呀?难道是小别胜新婚,需要诉说衷肠吗?"

大家哄笑,都说,黑胖说得有道理!

荺苪说:"蠢货,传情不一定要讲话。心若相知,无言也默契;情若相眷,不语亦怜惜。"

阿云说:"蠢货,你看看人家女王,说得多么文雅!"

黑胖说:"谁再敢喊我'蠢货',我就跟他急!"

我说:"我们这一桌都是守法公民,文明用餐,不允许你把战火烧到我们这儿来。"

黑胖说:"老大,我保证不烧战火。女神呀,你和老大喝一杯交杯酒吧!"

大家起哄,齐声说:"好!"

天禧笑呛了,张口将一大口茶全部喷到黑胖的脸上。

大家又笑道:"这下不用交杯啦,直接交口水了!"

黑胖一边用手擦着脸上的茶水,一边故意搞笑地说:"好香!酒肉穿肠过,美色心中留。"

大家一边笑,一边用手机拍下黑胖狼狈的模样。天禧笑道:"好恶心!你给我滚吧!"

黑胖赶忙去卫生间洗脸。

大家又笑了。

黑胖洗完脸回来,坐在高个身边,仰头问道:"高个呀,你这个副院长,回去快扶正了吧?"

高个说:"我才不屑于当什么正院长,就在现在这个位置上混到老,挺好,挺轻松。"

听了这话,老孟明显受到刺激了,他用力拍了一下桌子,发出一声巨响,把大家吓了一跳。

老孟的业务能力很强,十五年前就已经是他们医院普外科的行政副主任,当时是全院最年轻的科室副主任,可以说是前途无量,然而十五年过去了,他的行政职务依然还是原地踏步。我分析其中可能的原因,一是与他直率的性格有关,得罪了领导;二是与他爱占小便宜有关,失去了群众基础。

老孟明显已经喝高了,摇摇晃晃地站起来,满脸通红,大着嗓门喊:"我们科主任,什么本事都没有,就会嫉贤妒能。功劳都是他自己的,失误都是我们的。整天都忙着做一、二级手术,三、四级手术根本不敢开展,也不允许我们开展,科室的整体技术水平二十年来根本就没有提高。"

我突然理解了老孟长期以来心中一直憋着一股"满腹平戎策,无处可施展"的怀才不遇的郁闷之气,也突然明白了老孟的外貌看上去如此衰老的原因:本来心胸有些狭隘,这么多年来,又一直纠结于行政职务上不去;妈妈老年痴呆,钱被骗走;女儿上学成绩一直不如意,没有能考上大学。这些事情一定让一直非常看重面子的老孟心里特别堵得慌!世界上有两样东西最容易让人失控:酒精和名利。

冬冬口齿不清地跟着嚷道:"我们医院根据创收来分配绩效,我老婆是护士,没有创收,所以绩效就很少。你们说,这合理吗?"

冬冬以前不喝酒,今天和阿云相互敬酒,竟然喝高了,估计与看到心爱的欣欣生活不如意有很大的关系。冬冬平时是一个非常文静的人,现在受到老孟的影响,也开始发泄了。

芍芃说:"医护是一个整体,缺一不可。将没有创收的部门都取消,就不能成为医院了。这种分配当然不合理!"

歌神说:"冬冬呀,你们医院领导的脑子里进水了,我们的领导更奇葩!领导自己不需要考核,分配绩效时,不是向一线人员倾斜,而是向行政人员倾斜,只为巩固自己的官位考虑。"

黑胖说:"我们领导管理无能,制订的分配方案又不能严格执行,哪个科主任厉害,去闹一下,下个月这个科的奖金就高上去了。"

熊武说:"我们也有类似的笑话。我们护理部主任非常强势,结果护士的绩效一直比我们高,医护收入倒挂,到哪里去说理?"

阿云说:"我们主任是个老本科,思想固执保守,不愿意接受新生事物,几十年了,医疗水平没有明显的提高,威信有限,就凭借装腔作势和主任的权威来吓唬人。专搞形式主义的那一套,真是受不了。"

丫头说:"我先生在实验室,他们两个人每个月为医院盈利八万多元,但是医院返还给他们实验室的收入仅仅是区区几百元,还不到百分之一,发自己的工资都不够。为医院赚了不少的钞票,养活了一大批寄生虫,却养活不了自己。"

宝宝说:"你们院领导制订这个方案太奇葩了,竟然会有如此不公平的事情!我们医院还没有开始绩效改革,估计也快了。"

其实这个社会没有绝对的公平,只有规则和秩序;而某些自私的当权者往往更容易破坏规则和秩序,为自己谋私利。《道德经》有云:"天之道,损有余而补不足。人之道,则不然,损不足以奉有余。"

丫头说:"院领导太强势了,统计部门又自说自话,谁也没有办法。我先生二十五岁工作,现在五十岁了,工作了二十五年,现在却被小年轻们说成是不能养活自己的人了。"

莳芃说:"岂有此理! 真是世界之大,无奇不有! 其实世界原本是简单平和的,复杂混乱的是人心,是人心的贪婪导致了社会的失衡。"

古丽说:"人性是最经不起考量的,一谈到钱就会原形毕露! 我们科室以前大家的关系一直是极为融洽,但是自从进行绩效工资差额分配以后,医生、护士和实验室人员相互之间都闹僵了。就为了能多拿一点钱,什么难听的话都说出来了。相互咬,最后大家都是一嘴的鸡毛。"

歌神说:"在《只是蝴蝶不愿意》中这样说:'不要考验人性,千万不要——它根本不堪一击。'"

老孟说:"卑鄙是卑鄙者的通行证,高尚是高尚者的墓志铭。"

黑胖说:"我们学了四十多年的对错,可惜现实只跟我们讲输赢。"

真是只要有人的地方就是江湖,无论水深水浅,社会总是复杂的,人心总是难测的;所以千万不要去检测人心,一测就会自寻烦恼。

书记说:"大家都少说两句,每家医院里都有这么多人,这么多事,家家都有一本难念的经。我能理解大家的辛苦和委屈,而且目前的医疗环境还这么恶劣,但是大家不要将本来非常愉快的聚会,转变成了控诉大会。"

我说:"书记不用担心! 其实,大家日常工作还是尽心尽责的,毕竟人命关天,谁也不敢马虎;但是在这样一个社会经济转型的关键时刻,国家医改的方案又迟迟不能完备,大家心里的委屈平时也没有地方发泄,也就是在同学之间,可以没有顾忌地发发牢骚,当成笑话说说,也无伤大雅。大家都是同道中人,更加能够相互理解。"

天禧说:"老大说得对! 大家平时压力都很大,无处倾诉;今天就把心里的苦

闷都倒出来,否则长此以往,我们都会患抑郁症的。"

大家都苦笑了。

茵芃说:"在目前这样的医疗环境下,医生群体的心理健康状况确实值得政府认真关照一下。一个心理压力如此巨大的职业人群,怎么去为患者提供最佳的服务呢?"

大家都陷入了深思,一时无话!

老孟说:"我相信因果报应,'多行不义必自毙,善恶到头终有报。'"

冬冬说:"我也相信因果报应,《西游记》中有这样一句话,'人心生一念,天地悉皆知,善恶若无报,乾坤必有私。'所以我觉得老天应该有眼。"

黑胖说:"社会就是不公平,我根本不相信什么因果报应。'杀人放火金腰带,修桥补路无尸骸。'"

阿云说:"我也不相信因果报应,但是我们确实应该多做善事,而不要干坏事,只是为了内心的安宁。"

我说:"公平永远是相对的。我们行善的目的也不是为了有好报,只因为这是正确的事情,我们因此能获得内心的愉悦。"

大家再次陷入了深思!

小米说:"我以一个非医生的身份帮你们分析一下大家抱怨的原因,工作内容烦琐枯燥,做不出什么惊天业绩,上升的空间不大,领导不重视。我当年就是因为这个原因而改行的。"

黑胖说:"你改行最主要的原因是嫌钱少,再加上目前医患关系如此紧张。你小子是脱离苦海,跃进龙门了。"

事实上有很多学医的学生大学毕业后慢慢地改行了。劳累仅仅是其中的一个原因,经常二十四小时值班,节假日加班加点,抢救病人时不谈休息地连轴转;但是不被理解和必须面对许多本来不是医生该处理的杂事才是根本原因。医保额度的报销比例,一旦搞错,医保部门直接扣除医院的钱,都不用商量;同时病人也要和你吵架,甚至有医生自己掏钱赔偿病人医保"损失"的事情。无休止地为了一些与医学无关的事情反复向病人及家属解释。稍有不满意或者无理要求得不到满足,就会遭到指责和谩骂,伤医和杀医的事情更是时有报道。

宝宝说:"医生的心理压力太大了,工作本身极为劳累,再加上目前如此紧张的医患关系,医生猝死的消息屡见不鲜。"

大帅说:"连续听到好多例麻醉科医师猝死的消息,麻醉师掌握着病人的生死,高度紧张。他们能麻醉别人,却不能麻醉自己。"

冬冬说:"不仅仅是麻醉师,现在医生过劳死的报道太多了!"

谈话的内容变得越来越沉重。看来到了我们这个年龄,正是生活压力最大时,谁的生活都不轻松,心中都有无数的委屈和憋屈,但是我们平时没有倾诉的对象,就只能闷在心里。

我有意改变话题。我说:"书记,你作为你们医院未来的当家人,刚才同学们反映的这些不良现象,希望你将来一定要避免,争取做到公开、公平和公正。让大家能有一个愉快的工作心情,才能更好地提高工作质量。"

书记说:"谢谢老大的教诲,你提醒得很是时候!我向全班同学保证,只要我在位,一定会从自身做起,决不让歪风邪气腐蚀我们清洁的医疗环境。"

大家热烈鼓掌!

我说:"如今我们都是四十开外的人了,大家每天在医院里都面临着许多的生生死死和悲欢离合的场景,应该早就将这一切都看开了,怎么反而会为这些蝇头小利而烦恼呢?"

黑胖说:"因为我们根本左右不了生死,只能听天由命,所以才不得不看开生死;而这些蝇头小利却是实实在在的,就在眼前,牵动着我们一根根关乎利益的神经,无法回避呀。"

莳芃说:"老大呀,利益面前,难得有人能够像你这样淡定从容呀!"

我说:"大家也不要把怨气全部发在领导身上和制度的不合理上,也应该从自身找一找原因,我们自己也应该有做得不到位的地方。"

天禧说:"老大说得对,我们应该先律己,再律人。以责人之心责己,以恕己之心恕人。'手携刀尺走诸方,线来针去日日忙。量尽前人长与短,自家长短几时量?'"

我说:"不要总是盯着不顺心的地方,我们当医生也有自己的乐趣。比如每当我们医治好一名病人,那种职业的自豪感是其他行业的人都不会有的。大家换个角度再认真思考一下,医院给我们带来了什么,难道全是烦恼,就没有快乐吗?曾国藩说过,'勿以恶小弃人之大美,勿以小怨忘人之大恩。'医院是一个极好的平台,是帮助我们不断成长的地方,是我们安身立命的场所,要懂得知恩图报。所以,我们刚才的每一个抱怨里都应该含有感恩才对!"

美国作家福克纳说过,"我们当中没有一个人愿意相信,我们的痛苦都是由自己造成的。我们都认为是这个世界亏欠了我们,使我们没有得到幸福;在我们得不到幸福时,我们就把责任怪在最靠近我们的那个人身上。"这话虽然有些绝对,但是说出了实情。我们确实喜欢从外部去找原因,其实根本原因大多是在自己身上。

天禧说:"你们看看,这才是老大的胸怀!确实是这样,别人之所以看重我

们,是因为我们能借助医院发挥治病救人的能耐;但是离开了医院这个平台,我们可能什么都不是。"

冬冬说:"我们都在抱怨,只有老大心平气和地在劝慰大家,告诫大家,老大身上一直在释放着一股正能量。"

阿云说:"佛曰,相由心生,心之所想,目之所见。善良的老大可能根本就看不到社会的不公和丑恶的现象。"

苟苁说:"凭着老大的睿智,怎么可能看不到社会的不良现象呢?其实老大的社会阅历比我们都丰富,看得比我们更加清楚,只是老大不像我们这样肤浅,心中能藏得住事。"

老孟说:"孟子曰:'仁者无敌于天下。'老大是大事不糊涂,小事不较真。因为心宽似海,所以风平浪静!"

高个说:"老大一向是难得糊涂,崇尚吃亏是福。你们讲的这些区区小事,老大只会一笑置之。"

书记说:"老大是大音希声,智者寡言,不屑于谈论这些世俗琐碎之事。无言花自香,淡定人从容。"

我说:"不对呀,什么时候改变话题了,我怎么一下子就成了你们调侃取乐的对象啦?"

苟苁说:"老大呀,听你这话说的,我们大家是敬重你。有你这样的正能量在,我们才不会完全失去希望。"

黑胖说:"我就不相信老大是不食人间烟火的圣人!老大,你们医院分配绩效的时候,你就真的不争不吵吗?"

书记说:"凭我对老大的了解,老大绝对是不争不吵的!《道德经》有云:'上善若水,水利万物而不争。'"

我当然是人,不是神,也有自己的七情六欲和喜怒哀乐;我不是生活在真空中,也是生活在满是芸芸众生的是是非非的人间,自然也有许多的不顺心和烦恼,但是我不认为有诉说的必要。杨绛先生说过,"我和谁都不争,和谁争我都不屑。"虽然我没有杨绛先生那样的人生高度和思想境界,但是我同样拥有看淡世事的开阔胸襟。

我说:"只要有人的地方,就会有矛盾,有冲突;但是大家如果能相互谦让一点,及时化解误会,看淡一些,不锱铢必较,我相信人与人是能够和睦相处的。"

熊文说:"好在我另外搞了个平台,现在已经不需要治病救人了,所以就没有你们的这些烦恼啦!"

黑胖说:"我们是无能者,只能依附医院的平台;而你是能人,能够自造平台。

你小子只顾自己发大财,不顾我们兄弟姐妹的死活!"

花花说:"到了我们这个年龄,大家基本上不是院长,就是科主任了。大家眼界放宽一些,不要为了这么一些芝麻绿豆大的小事而大动肝火,不值得。"

黑胖说:"你是站着说话不腰疼!你以为大家都能像你一样,很轻松地就爬上了院领导的位置吗?你的收入是颇丰的,可是在座的大多是普通老百姓,是凭工资吃饭的,能不计较绩效吗?"

茾芃说:"黑胖不要急,有事慢慢说嘛!"

黑胖说:"你是学霸,现在又是大老板,自然不用为生计担忧啦;可是我们都是打工的,整日为了三餐而奔波呀!"

天禧说:"黑胖,你这个家伙不要逮住谁就咬谁,把气氛搞得这么紧张。"

黑胖说:"你是省里的挂职领导,我敢咬你吗?"

茾芃说:"黑胖,我不跟你这种俗人计较。其实你们大家都是千里马,但是你们的领导不是伯乐,所以你们'只辱于奴隶之手,骈死于槽枥之间,不以千里称也'。"

阿云说:"可见如果领导无能,就会害人不浅!"

天禧念道:"策之不以其道,食之不能尽其材,鸣之而不能通其意,执策而临之,曰:'天下无马!'呜呼!其真无马邪?其真不知马也。"

黑胖吼道:"你们两位不要再卖弄你们高超的古汉语水平了!我们不是马,是人!要享受人的待遇!"

我说:"亲爱的胖胖,你不要着急,我能理解你的心情。不同的人因为处在不同的处境,所以对于同样的事情,就会有不同的看法。书记还记得二十多年前我们一起读的一首古代的打油诗吗?古代长安下了一场大雪,一位文人脱口而出:'大雪纷纷落地。'"

书记说:"一位当官接口说:'正是皇家瑞气。'"

熊文说:"一位卖棉衣棉裤的商人说:'再下三年何妨?'"

黑胖说:"一位路边的乞丐说:'放你娘的狗屁!'"

大家又笑了。

天禧说:"这个编段子的人还是挺有见识的,四个不同阶层的人都从自己的角度考虑问题,每一句都非常恰当地反映了各自的心理需求。"

茾芃说:"真是屁股决定脑袋,位置决定思维,需求决定方向。"

我说:"女神和女王的总结都非常到位。好啦,大家发发牢骚,发泄一下就行啦,诉苦大会到此结束。泰戈尔说过,'当你为错过太阳而哭泣的时候,你也要再错过群星了。'同学们,千万不要一直沉浸在抱怨之中,多看看生活中美好的事

物。书记,我们进行下一项议程吧!"

书记说:"好吧,下面开始抽取小礼品。抽到小礼品的同学,要猜出礼品是谁带来的,猜错一次表演一个节目或者罚一杯酒,直到猜对为止。"

大家热烈鼓掌。

小妹坐到我身边。我问道:"小朋友,刚才怎么没有听到你慷慨陈词呢?玩深沉呀?"

小妹念道:"酒中不语真君子,财上分明大丈夫。"

我说:"你们的单位很高端,你的收入也不错,自然不能和我们这些俗人一般见识。"

小妹笑着,做了一个鬼脸。

我说:"你这是《增广贤文》里的话,看来你活得很滋润,有闲情逸致看古书。你是家庭、爱情、事业三不误呀,可喜可贺!"

小妹笑道:"《增广贤文》不是儿童的启蒙书吗?我这种智力低下的人,需要启蒙,不然跟不上才子大哥的节奏。"

我说:"你就贫吧!"

小妹念道:"风流自赏,只容花鸟趋陪;真率谁知,合受烟霞供养。"

这是清朝文学家张潮的《幽梦影》中的句子,没有想到小妹还真在博览群书。我调侃道:"小朋友,你就这么清高傲气吗?"

小妹笑道:"大哥,我这是在说你呢!大家都被俗事俗务所烦恼,唯有大哥登高而俯视大地,举明灯而照耀人心,世间的黑暗顿时烟消云散。"

我惊讶地说:"没有想到我们可爱的小妹竟然这么伶牙俐齿,讽刺起大哥来,火力这么猛!大哥真吃不消你了!"

小妹摇着我的手臂,撒娇地说:"亲爱的好大哥,我没有讽刺你,是真心佩服!你发现没有,这些抱怨的人大多是没有能当上官的。"

我说:"是的!那些已经当上官的人都是春风得意,还有什么好抱怨的呢?"

小妹笑道:"我俩虽然也没有当官,但是我俩并不抱怨,这就叫素质!"

我说:"没有人能生活得很容易,当你在抱怨命运对你不公平的时候,还有无数的人正在承受着比你更多的委屈和痛苦呢。"

小妹说:"所以我已经满足了,没有任何抱怨。"

我调侃道:"你不仅素质高,而且你的观察还特别细致!真让我刮目相看了!"

小妹得意地说:"我的能耐大着呢!"

书记说:"老大,你带头,先抽吧!"

我说:"让黑胖第一个抽,他今天憋了一肚子气,让他先消消气吧!"

大家都笑啦!黑胖向我一抱拳,高兴地说了一声:"谢谢敬爱的老大!"

黑胖一个箭步跃上台,抽出的号码是"2"号,对应的小礼品是个地球仪。制作者将三十位同学的名字写在各自家乡所在的省区里。

黑胖连续猜了五次制作者,都不对。他连续讲了五个黄段子,把大家笑得肚子疼。黑胖是搞笑大王,脑子里有无穷的笑话。然后,他直接说是女王的。

芶芃点头说:"是的。"我知道,其实黑胖是故意的,他和我一起在芶芃的房间里看到过这个小礼品。

芶芃上台去,抽到我的小礼品——心锁。南通大学的美术老师帮我在心锁的正反两面分别画上了两个著名的聚会:群英会和蟠桃会。

芶芃心思缜密,遇事沉稳不乱,只见她仔细审视一番,得意一笑,肯定地说:"这个心锁是老大的。"

众人皆惊,要她陈诉理由。芶芃说:"太简单了,这上面的字分明就是老大的笔迹。"

大家佩服不已,二十年过去,竟然还能记得别人的笔迹,真不愧是学霸,确实是记忆力超凡。

黑胖说:"我就不相信女王现在还能清楚地记得我们每个人的笔迹,我怀疑她仅仅记得老大的笔迹。"

大家都笑啦!芶芃瞪着眼睛,骂道:"臭黑胖,你再说废话,我就打死你!"

大家都说:"老大的小礼品好漂亮、好精致耶!"

小妹说:"大哥啊,这是你亲手制作的,你好有心呀!"

书记笑道:"女王呀,让我仔细看一下锁心上是哪位美女的名字,或者哪位美女名字的颜色和字体跟别人的不一样。"

芶芃说:"不用看了! 你傻呀,老大最心仪的天仙不在我们班里。"芶芃赶忙把小礼品收藏起来了,没有让书记看。

天禧立即站起来,指着我,冷笑道:"老大最心仪的天仙竟然不在我们班里! 这还了得! 老大,你太过分了! 我们小妹甜甜的酒窝迷不住你? 我们女王迷人的大眼迷不住你? 我们丫头哆哆的歌喉迷不住你?"

黑胖说:"我们女神高耸的美胸迷不住你? 我们女王性感的美臀迷不住你?"

所有的女生一齐用手指着黑胖,齐声说:"素质!"

黑胖立即用双手捂住脸说:"我闭嘴,我素质差!"

大家哄笑。天禧问道:"女王,老大最心仪的天仙到底是谁啊?"

黑胖说:"你这不是明知故问吗? 老大最心仪的天仙不是才女,就是校花。"

天禧说:"我最烦她们俩了,一个恃才放旷,一个以貌恃宠。有事没事都来勾引我们老大的魂。"

苭芃故意打趣地说:"老大就是胆大包天,公然违反我们大班长的规定,擅自和外班的美女谈情说爱。"

天禧脸红了,不说话。

我说:"女神呀,你掩人耳目、暗度陈仓的手法确实高明,我现在不拆穿你的伎俩!但是你一直是我心中最完美的女神!这么多年来一直没敢向你表白,实在是憋死我了!衣带渐宽终不悔,为你消得人憔悴呀!"

大家都笑了,说老大绝对是酒后吐真言哪!

苭芃说:"老大,既然如此,今天机会难得,你现在就当众表白一下嘛!"

大家起哄,一起喊:"老大表白、老大表白……"

书记把桌子中央的玫瑰花取过来递给我。我捧着玫瑰花,向天禧深鞠一躬,一本正经地说:"亲爱的女神,请嫁给我吧!我爱你已经四分之一世纪了!'双鬓多年作雪,寸心至死如丹。'你就可怜一下我这个糟老头子吧,如果再等四分之一世纪,我可能早就已经去见马克思了。"

大家笑着,一边击掌,一边齐声喊:"女神嫁、女神嫁、女神嫁……"

天禧兴奋得花枝乱颤,笑弯了腰,指着我说:"老大,你太可爱了!你先罚酒四杯再说。"

我说:"好新鲜啊!只听说罚酒一杯、三杯的,从来没有听说过罚酒四杯。"我知道天禧要借机整我了,她终于抓住机会了。

黑胖说:"老大呀,女神罚酒不仅是荣誉,而且是享受,更加是幸福。罚完酒,女神就嫁给你了,你还有什么好犹豫的?赶快喝了吧!"

天禧霸气地说:"黑胖闭嘴。老大听令,因为你有四大罪状:1. 两周前来南京到我们医院,没有向组织汇报。2. 昨天中午迟到。3. 昨天下午私会别的班上的美女。4. 昨天晚上不主动邀请女王合影。"

我好纳闷,天禧昨天一直在陪上级领导检查,咋知道后三条的内容的?不过,她最关心的也就是第一条,所谓没有向组织汇报,就是没有向她汇报。两周前我确实来过南京,到她们医院办事,但是因为时间匆忙,就没有去找她。况且这一条的内容按道理,她更不应该知道,我并没有告诉其他人,但是对于天禧的神通广大,我是领教过的。

我赶忙辩驳说:"后面三条太牵强了,第一条确实是我的错,所以我只能认罚一杯。"

小妹立即端来她自己的那一杯啤酒,跟我说:"大哥喝我的这杯啤酒,不用喝白酒了。"

冬冬说:"老大快尽这杯酒,离开金陵无女神。"

大家又笑了。我拍着小妹的头,感激地说:"小妹啊!还是你最好!不像某些人,专门喜欢欺负你大哥!"

小妹撒娇地说:"大哥啊!你才知道我对你最好呀?"

天禧一把将小妹拉开,不屑地说:"小妹啊,你不要装哆了,好像只有你这个小内奸知道心疼你大哥,我们都是虚情假意的!"

天禧用手指点着我的额头,狠狠地说:"老大,你要是以后来南京还敢不向我这个班长报到,我就不认你这个老大了!"

我诚惶诚恐地说:"女神有令,今生不忘!"我喝光了啤酒,准备去抽号。高个立即过来扶着我,把我送到台子上。

我抽出的号码是"1"号,对应的小礼品是一套书籍,三本精装的《红楼梦》,上中下三册,但是上面没有一个手写的字,看不出任何蛛丝马迹,而且全班人都知道我喜欢《红楼梦》,还真不容易猜出这是谁带来的。这可把我急坏了!

天禧得意地向我点点头,坏笑道:"这是谁的创意,确实是太好了,名著送才子,真是物有所归呀!"

我突然看到小妹在天禧身后向我眨眨眼,用手指快速地指了一下天禧。我立即会意,笑道:"我觉得这么坑人的小礼品只有女神才能弄出来。"

天禧立即转身追着小妹打,一边喊着:"我让你当叛徒!"

我说:"禧啊,你这个小礼品也太敷衍了事吧?你们组委会不是要求必须是自己手工制作的吗?"

天禧连连抱拳,歉疚地说:"非常对不起,老大,我忙得来不及准备了,只能让小妹刚才临时帮我买了这套《红楼梦》来充数的。"

我说:"不过,这正是我最希望得到的最好的礼物!女神啊,太感谢你了,我太喜欢你了,我爱死你了。"

顿时全场哄笑,有人拍桌子,有人吹口哨。

天禧立即上台,扶我走下台来。我感激地说:"女神呀,你太贤良淑德了!"

天禧笑道:"可惜无貌无才,人家不待见!"

我笑道:"是在乎你的人太多了,你挑花了眼吧!"

天禧做了一个媚笑,把我送到小妹身边,再次上台,去抽礼品。

小妹偷偷地告诉我:"其实这套《红楼梦》是天禧很早以前就买好了,原本是准备专门送给你的,知道这是你的最爱!可是因为太忙了,她没有时间准备班级的小礼品。刚才无奈之下,直接将之作为集体小礼品,没想到竟然就被你抽到

了！可见你们俩确实是心有灵犀啊！"

小妹和天禧是最好的闺蜜,两人无话不谈。上大学时,我曾经写了一篇六万字的自传体小说《路》,小妹有一次乘我不在,偷偷地拿去和天禧一起看了。看完之后,天禧就对我的文学水平佩服不已。

天禧对我文学水平的欣赏,增强了我对文学的渴望,同时我想缩小与冰玉文学水平的差距,大学里功课不紧,空余时间较多,我一有空就泡在图书馆里浏览国内外的文学名著和古籍经典。天禧经常陪我一起阅读,有时候,我俩一看就是一整天。

小妹知道了,就打趣地说:"你俩有情况,该不是那个了吧?"

天禧说:"你小孩子家,懂得什么呀?老大身边整天围着校花和才女,根本就没有空看我一眼。"

我说:"你俩都只会胡说,其实我最喜欢的就是你们俩。"

她俩大笑道:"你更是胡说!你是大圣人,不食人间烟火。'万花丛中过,片叶不沾身。'"

天禧是个天文爱好者,作为回报,我和小妹经常晚上陪她观测天空。我小时候经常听外祖父讲阴阳五行、天文历算,所以对天文学也极为感兴趣,第一年高考,我报考的志愿就是这个专业。

那年夏天,天气特别炎热,就是那个特别寒冷的冬天之后,紧接着的反常夏季。学校那年考虑到实际情况,没有进行期末考试就提前放暑假,秋季开学后再进行考试。

那天,天禧跟我说:"今夜十二点有百年难遇的大量密集的流星雨。你们陪我去紫金山观测吧。"

我自然回复:"责无旁贷!"

当天晚上,吃完晚饭,我们三人先去逛街,然后看电影,一直磨蹭到十点,才出发去紫金山,十一点到达山顶。天禧架好她的天文望远镜等待。

我们在山石上铺上报纸,三人并排躺在上面,仰望天空。天空中没有云彩,一弯浅浅的新月挂在半空中,繁星密集。天似穹庐,笼盖四野。天苍苍,野茫茫。这种幕天席地的感觉非常独特,在这样一个广袤的空间里,感觉自己是如此渺小如尘埃。

小妹非常兴奋,激动地说:"这样的夜空实在是太美了,太神奇了!"

天禧手指着天空,给我们讲解银河的位置,如何识别星座,哪儿是北极星座、织女星座、天狼星座等。

没想到山顶与山下的温度差非常大,风很大,吹得人皮肤发麻。我们三个人都穿着短袖上装,她俩还穿着短裙。我们冻得直打哆嗦,就挤在一起取暖,好不容易挨到接近十二点,却又被一场不期而遇的雷阵雨淋成了落汤鸡。流星雨没看成,三个人第二天都感冒了,拖拖拉拉两周才好。

天禧说作为补偿,她将送我一套我最喜欢的《红楼梦》,可惜后来一直未能兑现。没想到二十年后,天禧竟然实现自己当年的承诺。

天禧抽到黑胖的三十朵塑料玫瑰花,每朵花上都有一位同学的名字,被罚了好几杯酒才猜出是黑胖的小礼品。

天禧说:"死黑胖,你太不像话了,竟然送我假花!"

黑胖说:"此花永不凋谢!表示我爱你永不变心!"

大家鼓掌。

天禧走下来,挤到我和小妹中间坐下来,笑着对我说:"小妹又当叛徒了吧?"

我说:"绝对没有!"

上学时,天禧和我喜欢相互捉弄,小妹却是双料间谍。每当天禧要整我时,她就提前告诉我;每当我想捉弄天禧时,她就把我的计划泄露给天禧。天长日久,我俩都发现了小妹的所为。

有一次,我们三个人在一起,天禧非要小妹说出不可,到底在我们两人中,谁才是她最好的朋友。小妹左右为难,思虑良久,这个看似不谙世事的小姑娘竟然说出一句经典的话,真朋友是需要久经考验的,二十年之后再给你们答案。我俩大笑,都说她小孩子家装深沉。

我悄悄地把小妹拉到我身边,咬着她的耳朵,轻声地说:"小妹呀,二十年过去了,现在可以告诉我你的答案了。"

小妹说:"你是我最好的大哥,她是我最好的闺蜜。"

我故意逗她:"到底谁更好一点点?就一点点!"

小妹露出迷人的笑容,两个小酒窝好可爱,咬着我的耳朵,撒娇地说:"当然是大哥,你啦!"

天禧突然从后面将我俩猛然拉开,对着小妹大声吼道:"你变心了,我俩绝交!"

小妹急了,赶忙说:"大美女啊,我明晚请你喝茶。"

天禧歪着脑袋说:"等我考虑考虑再说。"

我说:"女神呀,你的礼物迟到了二十年!"

天禧说:"当初并没有时间限制啊!这是我专门送给你的礼物!你给我带什么礼物了?"

天禧还真会胡搅蛮缠!不过,我还真被她给将住了,我确实没有专门给她准备礼物。

我说:"对不起,女神,我确实没有给你准备礼物。作为补偿,小妹明晚请你喝茶,我来埋单。"

天禧和小妹一起鼓掌。

黑胖说:"《水浒传》有言,'风流茶说合,酒是色媒人。'老大呀,你可要小心耶,没准一杯茶还没有喝完,就出了'剪不断理还乱'的事情。"

大家都笑了。

天禧坏笑着说:"小妹啊,我们现在就让老大把钱交出来,万一他明天白天就溜走了,我俩晚上就喝不成茶了。"

丫头笑着说:"你们就放心吧!这次聚会费用每人预缴了两千元,估计平均每人多余八百多元,老大的剩余费用就不退还给他了,直接交给你俩,够你俩喝茶了吧?"

我说:"没有问题,一切由丫头做主。"

大家起哄说,我们也要喝茶。天禧说:"谁要喝茶自己掏钱,老大只请我和小妹喝茶。"

大家问道:"凭啥?"

芍芄笑道:"你们不服气没有用,老大是女神家的!"

大家哄笑道:"原来如此!"

老孟抽了一顶非常漂亮的新疆帽子,一看就知道是维吾尔族的样式。他得意地说:"我用小脚趾思考都知道这是古丽做的。"

大家欢笑。古丽说:"就不是我做的,你喝酒吧!"

老孟非常疑惑,喝了一杯酒,眼球一转,恍过神来了,肯定地说:"那就一定是小燕子的小礼品。"

小燕子特别强调地说:"绝对不是我的小礼品,你喝酒吧!"

大家哄笑,都感觉好奇怪。这种新疆特色的帽子除了她们俩,还有谁能制作出来呢?

聪明的芍芄说:"老大,我知道是怎么回事了。"

我也突然悟出了事情的原委,赞叹道:"这是小燕子的小聪明!"

高个和小燕子一起向我眨眨眼睛,会心地笑了。

老孟说:"老大,我再喝一杯酒,你帮我公布一下答案。我不能再猜了,再猜还要喝更多的酒。"

等老孟喝了酒,我说:"这顶帽子就是小燕子制作的,但是给高个作为班级礼物的。"

大家都恍然大悟。

老孟走下来,坐到我身边,不好意思地说:"老大,我今天喝高了,思维有些不受控制了。"

我说:"你刚才是高了,现在已经清醒了。"

老孟说:"我这暴躁的脾气看来是改不了啦!"

我说:"我建议你看看《鬼谷子》中关于修身养性、与人相处方面的内容,对你应该有好处。"

老孟问道:"鬼谷子是什么东西?"

苭苁说:"你真没有文化!鬼谷子是春秋战国时期的诸子百家之一,是道家、兵家和纵横家的鼻祖,是中国历史上的一位千古奇人。"

老孟摇摇头,一脸的茫然。

小妹说:"就是孙膑、庞涓、苏秦和张仪的老师,其学术涉及神学、兵学、游学和出世学等。"

老孟恍然大悟道:"这个人这么牛呀!其他的内容我也看不懂,老大先给我说说关于修身养性和为人之道方面的主要内容。"

我说:"总结起来六个方面:谦逊、礼仪、温文、善心、仁义、智慧。具体内容我就不给你讲了,你小子就喜欢投机取巧,我一讲,你回去就不看了。"

书记说:"老大呀,听你这么一说,我回去也认真看一下。"

我说:"是的,对你当领导一定会有很大的帮助。"

黑胖起哄说:"我们这些不当领导的回去也认真看一下。"

天禧说:"你就别装了,你这种粗浅的俗人,能看得懂吗?"

高个上去,抽出字条一看,连忙说:"我重新抽一个,这个是我媳妇的礼品。"

大家大笑道:"你俩真是心有灵犀!"

高个重新抽出一本手抄的经书《古兰经》,他得意地说:"这是伊斯兰教的经典,老孟呀,我用小脑思考,都知道这是古丽亲自抄写的。"

大家都笑了。古丽抽到一对精美的爱心手环,手环刻上了全班同学的名字。

书记说:"你不用猜了,是我的。你直接跳个舞吧,我最喜欢欣赏你优美迷人的舞姿。"

我故意说:"美丽迷人的古丽呀,你仔细看一下手环上,有哪一位美女名字的

位置或者字体与其他人的不一样。"

古丽笑道："老大,不用看了,反正不是我。书记最喜欢的人是你们家的小妹!"

大家都笑了。书记和小妹都不好意思地看我一眼。

小妹摇晃着我的肩膀,撒娇地喊:"大哥!"

大家又笑了。

古丽戴上爱心手环,跳了一支激情奔放的新疆舞蹈,舞姿翩翩,优美迷人。

大家好兴奋,观赏得很满足;但是我却感觉到古丽美丽迷人的眼神中,有一丝淡淡的不易觉察的忧伤。

小妹告诉我说:"古丽的儿子十五岁时独自在草原上骑马,因为速度太快了,从马背上摔下来,正好撞到一块大石头上,颅内出血去世了。古丽因为伤心过度,所以后来再未能生育。"

我心中猛然一惊! 看来,人不都是表面上的那种幸福模样。已经步入中年、饱经风霜的我们,人人都可能有一段伤心难忘的往事,有一份无法说出的心酸。有些心碎,只能藏在心里,自己一个人慢慢咀嚼而消化。

我非常心痛,正如托尔斯泰所说:"幸福的家庭都有着同样的幸福,而不幸的家庭则各有各的不同。"这样一个极为豪爽的草原美女竟然遭受了这么大的不幸。人生总是会有风雨的沧桑,时常面临无常的别离。生命之苦、之难,所以值得我们倍加珍惜。

古丽走到我身边,坐下来,笑道:"老大,你要不要仔细研究一下我的手环?"

我笑道:"我不要研究,你还是让小妹认真研究一下吧!"

小妹小声地说:"我刚才编号的时候就看过了,第一个名字是秦天禧。"

我一愣,这倒是有些出乎我的意料,再仔细一想,其实也不错,天禧是班长,放在第一位是理所当然的。

我调侃道:"宝贝,你吃醋啦?"

古丽说:"老大呀,你被小妹误导了,她才不会吃醋呢! 因为最后一个名字是钟秋!"

我说:"噢,书记是欲盖弥彰! 原来我们可爱的小妹在他心中是压轴的女神呀!"

我们三个人都笑了。

我怜爱地说:"草原大美女,你辛苦了!"

古丽淡淡地一笑道:"不辛苦! 我们两家一样,都是丁克家庭。"

我问道:"你们为什么不领养一个孩子呢?"

古丽反问道:"你们呢?"

我说:"我们俩身体都不好,精力有限。"

古丽说:"我们很早就资助了一个孤儿,从小学三年级到高一,准备一直资助到他大学毕业。那一年,我们的儿子遭遇意外,突然离世,如同晴天霹雳,一下子将我们击垮了!由于太伤心了,那两个月,我们忘了给资助的孩子寄生活费。到第三个月的时候,我们想起来了,正准备补寄过去,此时收到孩子的来信。他在信中责问我们为什么不守信用,凭什么不事先打个招呼,就突然停止了资助!措辞严厉,简直把我们看成千古罪人!"

我心中极为震撼!在这个社会上,确实是什么人都有:有得到了一点小小的帮助就千恩万谢的人;有得到了别人的大帮助却毫无谢意的人;甚至有稍不如意,就恩将仇报的人。懂得感恩的人运气总不会太差,这种恩将仇报的孩子长大进入社会之后,一定会处处碰壁的。

古丽伤心地说:"看了这封信,我们一下子清醒过来,我们资助了一只白眼狼!我们资助他,原本并没有希望得到他的报酬,只是出于我们的善心,没有想到这个孩子竟然是这样一个忘恩负义的东西,实在是没有继续资助的必要了!亲生儿子的突然离世,再加上这个无情义的孩子对我们的打击,我们决定不再做无意义的资助,也不领养孩子了!"

我想起了一句古语:升米养恩人,斗米养懒人,石米养仇人。雪中送炭,别人会感激你一辈子;但是日积月累,当接受恩惠成了习惯,就变成了理所当然的,一旦突然失去了无偿的捐助,就会恩将仇报。

现实远比我们想象的要复杂得多,无情得多,残酷得多!也许根本没有什么好人好报之说,但是我们行善的目的不是为了善因善果,而是一种内心的愉悦,一种助人为乐的本能。在自己的能力范围内,不妨多帮助别人。快乐自己,有益他人,何乐而不为呢?但是应该注意资助的方式和方法,努力帮助得到资助的人建立一个相对健康的内心世界。

我劝解道:"你不要太灰心了,我们也资助了好多的孩子,他们都是懂得感恩,也是愿意回报社会的。这些需要资助的孩子,由于遭遇了生活的不幸,心理上往往有一定的情感障碍,所以我们资助的时候,不是将钱给他们就行了,而是应该同时关心他们的心理,让他们的身心一同健康成长。"

古丽说:"你这话很有道理!我们当时一下子遭受了双重打击,所以走极端了!"

我说:"我们在给别人帮助的时候,应该帮助他建立生存的独立性和自主性;况且恩将仇报的孩子毕竟是少数。人之初,性本善。我相信大多数孩子还是懂

得感恩，能回报社会的。"

古丽说："好吧，我回去之后会和我家先生好好反思一下。你什么时候去我们大草原看看。"

小妹立即说："大哥，带上我，带上我！"

我说："好的，小宝贝，就是单纯为了陪你，我也要专门去看一下新疆大草原。"

古丽一把将小妹抱在怀里，笑道："你真是老大最宝贝的小妹！"

小妹连续点头道："那是！那是！"

我们又笑了。

猜礼品快结束时，菲儿抽了一个万花筒，制作者将每个人的名字写在筒底活动的各色花纸上，转动万花筒，各个同学之间就出现了无数种不同的美丽组合，挺有意思。

菲儿说："礼品的主人就剩下丫头和小燕子了，麻烦睿智的才子老大帮我分析一下应该是谁的，免得我猜错了，被罚酒。"

我说："万花筒的主人是小燕子，但是万花筒绝对是高个饱含感情制作的，因为在高个的心中，一直有一份浓浓的万花筒情结。"

莳芘赞叹道："老大呀，你好牛！"

黑胖故意坏笑着，问道："学霸，什么叫情结？"

莳芘说："所谓情结，就是在心理上存在着对某一特定事件强烈的无意识的情绪和冲动。情结来源于生命中重要的而且刺激的经历，足以影响一个人价值观的形成。"

大家都以一种绝对崇拜的眼神望着莳芘，感觉她的大脑就像一台计算机的CPU，存储了无穷无尽的知识。

阿云说："大学霸呀，你太厉害了！你让我们这些普通人还活不活啦？"

大家都赞赏地笑了！

歌神调侃道："学霸如此聪明绝顶，她的基因一定被'编辑'过。"

莳芘笑道："我打死你！"

大家又笑了。这两天"基因编辑婴儿"的事件在网上被吵得沸沸扬扬，地方卫健委已经介入调查。许多科学家认为，目前我们对人类基因编辑的风险知之甚少，所以贸然将之付诸行动，是十分草率和严重不负责任的行为。这项科学实验到底该不该进行，还是等待人类的认识水平和科技水平进一步提高之后再决定吧。

黑胖说："难怪呢，我现在才明白，在我的心中，一直存在着一份对小妹说不清、道不明的依恋情结！"

小妹说："你有非常明显的自恋情结，是一位病情极度严重的精神病患者！"

大家都笑了！

天禧说："老大，高个的万花筒情结是怎样的一个有趣的典故，你给大家讲一讲。"

荕芃说："一定是一个非常浪漫的童话故事！估计是高个小时候喜欢上一个拥有万花筒般美丽可爱的小妹妹！"

我不得不佩服荕芃的敏捷和聪明！高个曾经确实给我讲过一个优美柔情的小故事。高个小时候有一位青梅竹马的小伙伴，特别漂亮可爱。上完小学，小姑娘一家人都回广州老家去了，从此再未相见。临走的时候，美丽迷人的小公主送给高个一个能产生无穷变化的神奇万花筒。从此之后，高个无论在什么地方，只要一看到万花筒，心中立即就会滋生一股无法割舍的柔情。

大帅说："那么问题来了，这个小妹妹一定不是小燕子了！"

小燕子笑道："等回家之后，我踹一脚，事情就明白了！"

我故意调侃道："天禧呀，高个万花筒情结的这个美丽传说，好像少儿不宜，而且涉及个人隐私，不可以公开。还是等小燕子回家以后慢慢踹吧！"

高个笑道："老大呀，我太感激你了！"

大家又笑啦！

黑胖问道："女神，你的情结是什么？"

我说："女神的情结是一个秘密。黑胖，我提醒你，对于我们班上所有的美女，你是见一个爱一个，众怒难犯！你知道我们班上有多少帅哥想杀了你吗？"

黑胖说："不会的！我们班上没有男生想杀了我的。"

男生们齐声说："杀了黑胖！"

大帅说："这已经不是情结了，是二十年前的心结。当年在我们这些荷尔蒙分泌特别旺盛的大男孩心中，怎么可能没有一位偷偷喜欢的完美女神呢？"

大家都会意一笑。我相信在现场的每个人的脑海里，都快速闪过一位自己当年喜爱的异性的影子。

老孟突然恍然大悟地说："高个和小燕子都是骗子，谁分得清你们俩的小礼品哪个是哪位的？我无论猜是谁的，你们都会说我猜错了。上你们俩的当了，骗我多喝了一杯酒。"

小妹说："愚笨的老孟，你才看出来呀，我大哥一眼就看出了这是高个和小燕子的鬼把戏。"

大家哄笑。

黑胖坏笑道:"高个饱含深情地制作的神奇万花筒,如今又到了美丽迷人的菲儿手中,事情更加复杂了。高个呀,我真担心你回家之后会不会被愤怒的小燕子一脚就踹死了!"

大家又笑了。

最后一个小礼品是丫头制作的皇冠,被歌神抽到了,就不需要再猜了。歌神唱了一首《毕业歌》,我们大家一起合唱。歌声震天响,引来了好多服务员的围观。

十点,我们转战到附近的KTV。由于我们的人比较多,包厢里坐不下,就直接被安排在一楼的大厅里。这里不但空间大,有舞池,而且还有各种备用的乐器,歌者可以自由地各取所需。

天禧一看到架子鼓,就特别兴奋,大喊道:"老大,要不我先给大家打一段架子鼓,活跃一下气氛,怎么样?"

我说:"太好了,热烈欢迎,大家鼓掌!"同学们都很兴奋,立即热烈鼓掌!

天禧在架子鼓前端正坐好,脚踩在踏板上,双手抓起两根鼓槌,然后做了一个深呼吸,酝酿了一下感情,还挺有仪式感。

天禧一开始打鼓,就惊诧了大家!天禧感情非常投入,动作洒脱奔放、熟练自如、干净利落,鼓声集中、丰满、明亮、结实、有力度,整个演奏节奏明快、轻松流畅,多种声音共振协调、和谐优美。

演奏一结束,大家热烈鼓掌,赞叹不已!天禧很是欣慰,坐在架子鼓前意犹未尽,一股十分陶醉的神态!

我说:"禧呀,真没有想到你还有这样的能耐,竟然是艺术女神!佩服之至!"

天禧调侃道:"你才发现呀!现在后悔了吧?"

我说:"肠子都悔青了!"

大家欢笑。

天禧说:"这是'嗵鼓击奏法'。我陪女儿一起学的,假充音乐人。"

我说:"我虽然不懂音乐,更不懂什么击奏法,但是看你打得非常投入,也能感受到一份外行的热闹。确实是赏心悦目,悦耳动听,是视觉和听觉的盛宴。"

天禧很高兴,歪着头,望着我,嗲嗲地问:"真的假的?"

我说:"架子鼓的艺术表现力很强,色彩丰富,性能多样,极具感染力,像你这种性格外向的女神,是最适宜打架子鼓的。我们真被你迷住了!"

天禧说:"谢谢老大的鼓励和肯定!"

我说:"如果能边打边唱就更加完美了!就是绝对的艺术女神了!"

天禧兴奋地说:"那我以后继续练习,下次一定让你欣赏到本女神边打边唱的迷人风采!"

芶芢说:"老大还说自己不懂音乐!看看女神被你夸得兴奋得都不知道自己是谁了!"

大家都笑了。

天禧说:"下面大家就按照学号顺序轮流唱歌吧!"

大家都高兴地参与。转眼间,就该我唱歌了。我邀请小妹出马,对唱《牵手》。

我说:"小妹啊,要是我唱歌的调子跑到美国去了,你就及时把我拉回来呀。"

小妹说:"我会一直拉着大哥的手不放,大哥跑不了的。"

大家都笑了,称赞小妹好幽默。整个唱歌过程中,小妹始终拉着我的手。唱完了,小妹斜依在我身上,我俩很默契地摆了一个POSE。

男生女生都好兴奋,有人喊,抱一个。小妹主动大方地拥抱了我,还闭上眼睛,故作陶醉状。有人兴奋得狂叫,有人在话筒里发出怪异的恐怖声,吓了大家一跳!

总算勉强应付过去了,也不知道有没有跑调。我爱人曾经笑话过我,说我唱歌跑调了自己一点都不知道,还自我感觉良好。

高个和小燕子夫妇俩来了一个深情的夫妻对唱《知音》,在大家的强烈要求下,两人喝了交杯酒,当场亲吻。

熊文和熊武两人做了一个照镜子的表演,两人配合极为默契,表演得活灵活现。大家报之以热烈的掌声。

古丽亦歌亦舞,身材轻盈,舞姿曼妙!黑胖说:"美女转得太快了,我都看晕了。"

大家欢笑。

丫头用嗲嗲的童音唱了《让我们荡起双桨》,听得人心旷神怡,如沐春风。

天禧唱歌极为轻松,谁要是唱不上去了,她就帮着唱,简直就没有什么歌曲能难住她。

芶芢坐在钢琴前,做自我陶醉状,一边弹钢琴,一边声情并茂地唱了一首姜育恒的《梅花三弄》,"……问世间情为何物,只教人生死相许。看人间多少故事,最销魂梅花三弄……"

《梅花三弄》是芶芢最拿手的曲子。我们上大学时,正是这首歌最流行的时候,每次班级举行娱乐活动,这首歌都是由芶芢压轴演唱。今天芶芢钢琴弹得很投入,歌唱得非常激动,满眼泪水,唱到最后两句时,竟然哽咽着不能继续。

芶芢那缠绵的颤音真能令有情人心生万种柔情,令失意者肝肠寸断!真是

"旧曲重听，犹似当年醉里声"。

天禧调笑着："女王肯定想起那个谁了！"

小妹乘荺芃唱歌的时候，偷偷地从荺芃的包里取出我制作的心锁，悄悄地走到我的身边，坐下来，揶揄地说："我怎么就不信呢？二十年过去了，荺芃还能清楚地记得你的笔迹，一定还有其他线索！我要仔细研究一下。"

我说："好奇心会害死猫！"

小妹说："看你紧张的样子，我更要认真研究了。"

我说："我的名字既没有被人家用来压轴，也没有被人家放在心底！"

小妹微笑着，拿着心锁，翻来覆去看了半天，笑道："看得出，大哥制作这个'心锁'的时候一定倾注了无限的真情，这么用心细致！蟠桃会的王母娘娘非常像荺芃，看来你就是以荺芃为原型画的。"

我笑道："你就是喜欢牵强附会，这根本就不是我画的，我哪有这种能耐呀？我是请美术老师画的。"

小妹依然不死心，又研究了半天，突然对着我坏笑道："大哥，我终于明白了其中的奥秘。你快发个大红包给我，作为封口费，否则，我就向大家公布答案。"

我一把把她拉到我身边，轻声地说："你就不要给我惹事了。你先告诉我，到底发现什么啦？"

小妹得意地说："锁杆上是你名字，锁心是荺芃的名字，这不是明摆着由你制作，准备送给荺芃的吗？还竟然就被荺芃抽到了！真乃天意也！"

我赞扬道："小妹果然聪明绝顶！佩服！"

小妹调皮地向我眨眨眼，笑道："大哥是想锁住荺芃的心呀！原来在我们班上，大哥最喜欢的人是女王呀！我还一直以为是女神呢！"

我说："不是最喜欢女王，而是最崇拜女王！"

荺芃不知什么时候已经站在我的身边，她突然说："小妹呀，老大是绝对不可能喜欢我这种粗暴的女汉子的，他最喜欢的美女是文采飞扬、美丽倾城、冰清玉洁、又柔情万种的大才女！"

我吓了一跳，尴尬地笑道："女王呀，你不可以这样偷听别人的谈话的。"

荺芃反问道："我是偷听吗？我是光明正大地听。"

小妹笑道："学霸呀，你可真会装，竟然还说记得大哥的笔迹。"

荺芃得意地说："我真记得老大的笔迹。本科毕业时，老大送给我一本书，是戴尔·卡耐基的《人性的弱点》。这是一本非常励志的好书，它完善了我的世界观、人生观和价值观。在扉页上，老大写了520个字的留言。这本书我经常看，所以我当然一眼就认出了老大的笔迹啦。"

小妹把心锁还给芶芃,开玩笑地说:"你快把'心锁'藏到你的心里吧,要是让天禧看懂了心锁上的内容,我亲爱的大哥又要遭罪了。"

我们三个人都笑了。

芶芃瞪了我一眼,假装生气地说:"可恶可恨的老大,你不喜欢我拉倒,喜欢我的人多着呢!"

我惶恐地说:"那是!一个加强营!"

芶芃媚笑着,拿着心锁过去了。

我说:"你这个小坏蛋!你早就看到芶芃站在我身边,不但不提醒我,反而故意诱导我说错话,导致芶芃如此刻薄地讥讽我!"

小妹说:"你既然说的是真话,又为什么要在乎对错呢?"

我说:"傻瓜,不是所有的真话都可以讲的,还要分场合和对象。言必适时、适宜、适度。"

小妹说:"我懂了,说对话优于说实话!"

我说:"善于说话是高情商的表现,也是一种为他人着想的善良。"

小妹说:"芶芃说你写了520个字的留言,看来她还认真地数过啦。520就是'我爱你',对吧?你写的时候,是算好了的,是吧?"

我大笑道:"小东西,你可真能胡扯,那纯粹就是一个巧合!"

黑胖站在远处,大声问道:"老大呀,小妹说你爱谁?同学聚会,聚一次,拆一对!"

我说:"你给我老实点吧!都已经是不惑之年了,你还想拆散哪一对呀?小心人家老公打死你!"

大家都笑了。

第二轮唱歌又开始了,又轮到我。我犯难了,想想自己能唱的歌就是数得出的两三首。我点了《小城故事》,依然邀请小妹一起合唱壮胆。

天禧直接把小妹轰下台,笑着说:"老大,我和你一起唱。"

我说:"你起调,我跟上。"天禧深情地起唱,我的声音有些沙哑了。唱到动情处,天禧和我来了一个深情的对视。

大家起哄,有人大喊:"受不了啦!"

我俩唱完了,大家故意一直鼓掌不停。

黑胖突然说:"老大,你是猜谜高手,我说个字谜让你猜一猜。"

我说:"你小子不知道又憋着什么坏屁要放。"

黑胖果然坏笑着说:"我做个动作,你猜一个字。"

我说:"放马过来!"

黑胖将皇冠戴在我头上,将天禧和芴苈拉到我两边站好,然后他将我头上的皇冠一脱,同时说:"大王解冠,两爱妃争宠。打一字。"

我一寻思,"王"字去掉上面的一横,加上两个"人",不就是"坐"字吗!我不说话,直接坐了下来。

黑胖鼓掌,芴苈鼓掌,其他人都在云里雾里。

小妹说:"请睿智的学霸给我们解释一下谜底。"

芴苈说了。大家一起称赞。

黑胖说:"老大是王者霸气,稳'坐'钓鱼台。"

歌神说:"老大钓的是美人鱼,而且一竿子竟然钓到两条美人鱼。"

书记总结说:"老大果然是猜谜大王,学霸果然是智慧女王,黑胖果然是搞笑王子。"

黑胖说:"那不行,我不比他们俩低了一辈吗?"

众人大笑。

黑胖又说:"老大,我又有一个惊人的发现!"

大家都说:"你所谓的惊人发现从来都不惊人。"

黑胖说:"老大昨天《选择》了丫头,刚才又和小妹《牵手》了,现在又跟女神玩起了《小城故事》,是不是太乱了!老大,你下面还会选谁和你一起慢慢变老呢?"

众人大笑,再次夸奖黑胖思维敏捷,反应迅速,确实很能联想!

小妹说:"你这个蠢货!大哥当然是和大嫂一起慢慢变老啦!"

大家起哄说:"那可不一定噢!"

黑胖说:"你们说说,老大的《小城故事》到底发生在哪个'小城'呢?"

宝宝说:"这还用问?肯定是在我们南京呀,与校花的故事!"

高个说:"只能是上海,老大唯一钟情的美女是才女!"

我说:"南京、上海都是国际大都市,我这个'小城'只能是南通。"

小妹说:"最终还是大哥与大嫂相爱一生的传奇故事。"

众人又哄笑。

花花来了一首激情的吉他弹唱《新鸳鸯蝴蝶梦》,获得美女们的青睐。

歌神唱了无数首歌曲,每首歌都那么令人陶醉。

大帅提议,下面按照家庭住址从北向南唱。大家积极响应。然后又按照宿舍顺序合唱……

夜深了,三点过了。大家都累了,只有天禧一个人还在深情地歌唱……

多情的天禧终于开始煽情了!反复无数遍吟唱着《好人一生平安》里的这两句:谁能与我同醉,相知年年岁岁;谁能与我同醉,相知年年岁岁……

248

冬冬早就已经喝醉了,举着啤酒瓶,摇摇晃晃地走到欣欣面前,语无伦次地说:"醉,醉,醉了好,一醉解千愁!"

欣欣一把夺下了冬冬手中的酒瓶,把他拉到自己身边坐下来。欣欣心疼地说:"你喝高了,不要再喝了!"

冬冬一脸的泪水,眼中饱含着无限的深情!欣欣也是两眼泪花,哽咽无语!

小妹咬着我的耳朵说:"冬冬分明是在装醉!"

我说:"酒不醉人人自醉,人生难得有真醉!他们俩今天唱歌了吗?我怎么没有听到呀?"

小妹说:"大哥这才是真醉了!今晚你的心不在我们这儿,当然听不到!冬冬无限深情地唱了《最浪漫的事》,欣欣无限伤感地唱了《枉凝眉》。我听得非常心疼,流泪了!"

天禧还在反复唱着这两句,唱得深情无限,一脸的泪水!

所有的女生都哭了!大多数男生也流泪了!

我站起来,走到天禧身边,忍着眼泪说:"禧呀,不要再唱了,大家都受不了啦!"

天禧一把抱住我,泣不成声……

今天是二十年聚会的最后一个晚上,明天午餐后,大家又要各奔东西了!"明日巴陵道,秋山又几重。"

其实现在已经是凌晨了,天亮之后又将各自天涯海角,若想再次相聚,只能期待又一个十年之后了……

十年后又会是怎样的景象呢?"纵使相逢应不识,尘满面,鬓如霜。相顾无言,惟有泪千行。"真不敢想象!

我想起北宋词人晏殊的《浣溪沙》中的句子,"一向年光有限身,等闲离别易销魂。酒筵歌席莫辞行……"韶光易逝,人生短暂,酒筵歌席再热闹,最终都是要辞行的!

天禧非常伤感地念道:"人生无根蒂,飘如陌上尘。分散逐风转,此已非常身。"

这是陶渊明的十二首《杂诗》中的第一首。我接着念道:"落地为兄弟,何必骨肉亲!得欢当作乐,斗酒聚比邻。"

芮芃继续念道:"盛年不重来,一日难再晨。及时当勉励,岁月不待人。"

书记说:"大家也不要太伤感了!来日方长,我们下次再聚吧!"

回到宾馆,已经四点了。我感觉太累了,简单洗漱一下就睡觉了。

11月6日,星期日,小雨转阴

七点,我起床的闹钟响了。大帅昨晚睡前说他今早不吃早饭,不用喊他。我没有惊动他,洗漱后,独自到楼下餐厅吃早饭。

餐厅内,只有苪芃一个人在用餐。她帮我取好了早餐,我们一同进餐。

我问道:"你怎么起得这么早?"

苪芃说:"下午在杭州有一个国际研讨会,我是大会主席,必须早一点过去准备。"

我赞叹道:"你做任何事情都是有计划,按步骤,稳步进行。"

苪芃说:"那是必须的!我生小孩都是计划好的,两个小孩都是在阳春三月出生的,那时的温度和气候都好,有利于孩子生长,而且孩子在上半年出生,到入学时,就不会因为月份晚而耽误当年入学。"

我十分惊讶,苪芃的计划真是事无巨细了。我曾经听红美女说过,她的孩子在三月里出生是自己早就计划好的,理由和苪芃说的一样。我当时非常佩服红的聪明,现在看来睿智的女性都能够更好地控制自己的人生。

苪芃的父母都退休了,还住在上海市中心。她自己在上海郊区买了一幢独栋别墅,因为她不喜欢市中心的高楼林立。两个小孩,男孩刚上初中,女孩刚上小学。说起小孩子的聪明可爱,她异常激动和兴奋。

我说:"像妈妈!孩子的智商百分之八十来自妈妈。"

苪芃自豪地说:"我家先生也是高智商的,好不好!"

我问道:"你家先生是干什么工作的?"

苪芃笑道:"我现在不告诉你,你什么时候去上海玩,一定要到我家去。"

我说:"还吊我的胃口呢!你好幸福呀,龙凤双全!"

苪芃说:"你羡慕了,你挑一个给你,我都带烦了。"

我笑道:"你就别逗我了,你哪里舍得呀?你家小孩现在还这么小,你一定是为了事业,结婚晚,或者故意晚一些要小孩。"

苪芃看了我一眼,幽幽地说:"老大呀,你再怎么睿智,有些生活中的意外插曲,你是无论如何也猜不到的!"

我发现苪芃话中有话,难道万能的苪芃也遭遇过什么意外的忧伤故事吗?这似乎不太可能呀!

我试探着说:"你昨天晚上唱那首《梅花三弄》时,分明是特别投入呀!二十年的时光里,你的心中一定有无数的感慨!'一弄断人肠,二弄费思量,三弄风波起……'"

芶芢反问道："老大，难道你就没有感慨吗？你前天晚上唱《选择》的时候，不也是激动得不能继续吗？是不是后悔二十年前的选择？"

我说："光阴确实很无情，眨眼间二十年就过去了，真令人心痛和不舍！"

芶芢说："你心痛和不舍的不是光阴，而是某个人、某段情吧！"

我说："女王也是一样吧！"

芶芢忧伤地说："从小时候起，只要是我想得到的东西都得到了；但是当我失去第一份感情时，我才第一次发现我不是无所不能的，有些事情不是我自己努力一下就能解决的。我们有时候真的不能对抗外界强大的力量呀！"

这也是我的第一次发现，从不服输的芶芢竟然有了挫败感！这是一种怎样的"外界强大的力量"，让一直自信无比的女王也望而却步了呢？

芶芢忧郁地看着我，眼神里有一份浓浓的忧伤！

我说："我挺好奇的！能不能冒昧问一下，女王心里念念不忘的那个他究竟是谁呢？"

芶芢的脸上浮现出一份悲伤的神色，轻轻地说："我现在不告诉你，你哪天去上海，到了我家里，我再跟你慢慢说。"

看来这个故事的剧情一定跌宕起伏的，不然不会令我们一直坚强无比的女王如此肝肠寸断的！

我说："那就一言为定，到时候，你可不能食言哟！"

芶芢说："你放心！我这个人向来都是说一不二的！到时候，你也一定要将你和才女之间的浪漫故事讲给我听。"

我说："其实我和冰玉之间真没有故事。我自卑，当年根本就没有向她表白。"

芶芢遗憾地说："你真傻！傻子都能看出冰玉对你的深情！你有什么好犹豫的呢？"

我说："问题在我，我根本就配不上她！"

芶芢说："我能理解门当户对有时候确实是不可抗拒的！我俩是同病相怜！你是主动放弃，而我是被动放弃，根本就没有我说话的机会。"

我想不出，这是怎样一份奇特的感情，竟然让十分傲气的芶芢没有说话的机会！在这个世界上，应该没有什么人让芶芢配不上，只有别人配不上她！

芶芢等我吃完了，微笑着说："我先走了，就不和同学们告别了，你帮我转告吧！"

芶芢一手拉着拉杆箱，一手拎着手提包。我猜想我的心锁一定存放在她的拉杆箱里。我曾经答应过高中同学们，要给大家看我制作的小礼品的照片，可惜

一直忙着,竟然忘了拍照,看来我要食言了。

我送芮芃到宾馆门口。细雨绵绵,中秋的喧闹已经褪去。现在是霜降的节气,天气变冷了,夜晚地表的温度降到零度以下,露水就会在地面凝结成霜,大多数植物即将停止生长,草木开始枯黄,深秋的萧瑟已经来临。

一阵凉爽的秋风吹过,树叶摇曳得哗哗作响,纷纷飘落,把离别的心曲演绎得那么绵长。"梧桐叶上三更雨,叶叶声声是别离。"其实叶与树的分离,不是双方的无情,而是事物发展的必然结果! 我们在太多的悲欢离合中学会了泰然处之,微笑面对。人生本来就是一路相逢,又一路告别。

我主动张开双臂,芮芃也张开双臂拥抱了我。这是我这次聚会中唯一主动拥抱的女生,也是我唯一主动邀请合影的女生。

芮芃在我耳边轻轻地说:"老大,你多保重! 别忘了,一定要经常和我联系。"

我说:"女王,你也保重! 注意身体,别太要强了。路上小心开车,安全第一!"

芮芃说:"谢谢你,我知道了!"

芮芃放好了拉杆箱,回头向我灿烂地一笑,上车了。所有的相遇和回眸都是缘分,那份离别的眼神总是让人不舍而回味!

汽车发动了,惊动了梧桐树上一只不知名的小鸟,扑腾着翅膀飞走了。

我一直静静地站着,目送着芮芃的汽车渐渐消失在远方,觉得似有所失!"感时花溅泪,恨别鸟惊心。"原来花鸟亦通人性也,不忍目睹人世间的离别之苦!

有一种思念,就是望着你渐行渐远的背影,却无法挽留,就将我的千言万语化成一行南飞的归雁,在飘满秋雨的天空中几度回旋吧。

在似水流年中,聚散本是生活的必然,可是人们为啥总是只喜聚,不喜散呢? 其实离别是岁月对我们最好的磨炼,是为了期待来日更美好的相聚。

聚少离多是人生的常态,同学们千里迢迢赶来赴这一场上个世纪就约好的聚会,尽管如此地轰轰烈烈、情真意切,但是今天曲终人散,我们还是只能再次离别,天各一方了。真所谓"停留是刹那,转身是天涯"。

秋风吹过了时光的缝隙,秋雨打湿了岁月的焦躁,秋黄晕染了季节的感伤,秋思印上了行者的眉梢。

我望着眼前这棵梧桐树发呆,树叶差不多已经掉光了,只剩下光秃秃的枝丫。我想起智利诗人聂鲁达的话,"当华美的叶片落尽,生命的脉络才历历可见。"生命就是在繁华和凋零的无限循环中完成了涅槃。

书记和同行的美女同事一起出来了。他们必须回合肥了,今天下午还有手术,夜里还要值班。我们行医人总是这么匆忙而辛劳。

书记和我热情地拥抱,叮嘱我一定要保重好身体。

望着他们远去的背影,我有些伤感,心里有一股难舍之情!"秋风萧瑟天气凉,草木摇落露为霜,群燕辞归雁南翔。"明天就是立冬的节气了,戌月结束,最后一批南迁的大雁应该飞走了。

一场秋雨一场寒,秋天结束了。四季变换的冷暖,交替而至的风雨,一直在磨炼着我们的生命和意志。这一趟南京聚会之行,让我深刻感受到时光匆匆,生命匆匆。

古人云,岁时在秋,韶光在心。秋天结束了,今年也就差不多了,又是一年快过去了,岁月匆匆,人生匆匆。

看来中午的告别午餐只能取消了。

黑胖跑步回来,看到我,笑道:"老大独依门户,一定又在思念哪位美女了?"

我说:"你扶我到中华门堡顶上去看看。"

黑胖扶着我,坏笑道:"你是不是刚刚送别了哪位美女,心中难舍,现在又要怀古啦?"

我说:"你的废话多得能装满整座城堡。"

黑胖闭着眼睛,摇头晃脑地说:"多乎哉?不多也!"

我俩都笑了。

我俩踩着古老的城墙砖,一步步登上雄伟壮阔的中华门城堡。城堡东西宽118.5米,高21.5米,进深129米,真不愧为全世界保存最好的古城堡。

我们站在堡顶,放眼四顾,整个南京城的景色尽收眼底,濛濛细雨正在述说着六朝古都的悠久历史。我想起唐朝诗人杜牧的《江南春》:"千里莺啼绿映红,水村山郭酒旗风。南朝四百八十寺,多少楼台烟雨中。"中华大地的每一寸土地上都堆积了一层厚厚的历史,记载着我们这个古老民族兴衰的故事。

我望着北边滚滚东逝的长江,感慨万千!朝代更迭的风雨卷走了历史的硝烟,"青山遮不住,毕竟东流去"。辛亥革命结束了几千年的封建帝制,进入了中华民国,但是外有列强入侵,内有军阀混战,民不聊生,饿殍遍野。这座名闻遐迩的古城曾经就陷落于外邦之手,这是历史的屈辱,我们必须永远铭记在心!

伟人责问:"问苍茫大地,谁主沉浮?"

全国人民浴血抗战,赶走了外敌,但是内战的阴霾依然笼罩在华夏的天空。

伟人巨手一挥,一声号令:"钟山风雨起苍黄,百万雄师过大江。"

于是人民书写的历史终于走进了人民当家做主的社会主义新中国,人民才是国之根本。《三国志》有云:"国之兴也,视民如赤子;其亡也,视民为草芥。"以史为镜,前车之鉴,才能不重蹈覆辙。

伟人再次感慨:"俱往矣,数风流人物,还看今朝。"

我想,伟大的开国领袖毛泽东主席如果能看到今天这么强盛的中国,该是何等的欣慰呀!无论社会如何发展,我们永远也不能忘记这位世界历史上最伟大的民族英雄!

放眼当今世界,踏遍青山人未老,风景这边独好。祖国的大好河山如此壮美,岂能不让全球的华夏儿女无比热爱呢?

秋雨不知何时已经停止了。我突然发现,有几只蚂蚁在墙砖上爬行,仔细一看,原来砖缝间有一个蚂蚁窝。

我不由得心生感叹,真是没有想到,在人类眼中渺小得微不足道的蚂蚁,竟然能将人类建筑的高大巍峨的城堡轻松地踩在脚下。看来世间万物相克相生,强弱都是相对的,没有永远的强者或弱者。蚂蚁尽管弱小,但是所有的动植物死亡腐烂之后,都会成为蚂蚁的食物。人类再强,也必须服从自然发展的规律,敬畏大自然,保护大自然,才能让大自然成为我们永恒的家园。

民国才女林徽因有句话说得很好,"人生往往就是如此,许多苦思冥想都参悟不透的道理,就在某个寻常的瞬间,一切都有了答案。"我相信大自然就是人类最好的导师,多亲近大自然,在大自然中轻松感悟,往往在不经意间,就能解开一直萦绕在我们心头的许多难题。"一粒米中藏世界,半边锅内煮乾坤。"这种瞬间顿悟的能力,也许只有无私无欲的大自然才肯毫不吝惜地赐予我们!一草一木,一山一水,这些寻常之物,无不透露出生活的哲学和人生的道理。

黑胖问道:"老大,蚂蚁将窝建这儿,它们吃什么呀?"

我说:"你看看旁边这个垃圾桶。"

黑胖看到从垃圾桶里进进出出的蚂蚁,笑道:"它们果然是从垃圾桶里找到食物。看来世间万事万物都有因果,任何事情出现了,都有它出现的原因。"

我说:"不错,你也深悟了!"

我突然看到阿云快速轻松地跑上来。我赞叹道:"小美女呀,你一直是一个运动达人,难怪你的身材依然保持得这么完美。"

阿云说:"小女子非常感谢老大的称赞!老大现在还运动锻炼吗?"

我说:"我自从患了类风湿关节炎之后,就不敢运动锻炼了。"

黑胖说:"老大呀,你适当运动应该是可以增强体质的。我锻炼的目的是为了能有一身健美的肌肉。"

阿云笑道:"我知道你锻炼就是为了吸引美女的注意,可惜你现在依然是一身肥膘,恐怕没有多少美女感兴趣。"

黑胖说:"我又不是专业运动员,需要去争什么奥运冠军。你保持体形还不同样是为了迷住你家那位当官哥哥的心吗？"

阿云说："真肤浅！我锻炼是为了自己的身体，并不为迷住谁；而且我赞成全民健身，反对竞技体育。"

我说："我也反对竞技体育，体育的根本目的是强身健体，不是为了争夺名次。一个国家多拿了几块奥运金牌，难道就代表这个国家的人民身体健康了吗？"

阿云说："如果将投入到奥运上的大量资金，用来提高人民的公共健康卫生事业，那么人民的身体状况现在一定是另一个水平了，或许也就不会有这么多的病人了，我们医生的工作也就不会这么辛苦了。"

黑胖说："有道理！看来你不仅有美貌，而且有思想。我太喜欢你了！"

阿云说："你就拉倒吧！回去喜欢你家的80后吧。"

我调侃道："你少打有思想美女的主意，因为你根本驾驭不了；还是找一个没有思想的美女比较好，她会事事都听你的。"

黑胖说："那你教我两招嘛，你是如何驾驭才女和校花的？"

大家都笑了。

阿云问道："老大呀，你这位大才子一早就孤单寂寞，登高怀古了？"

黑胖笑道："老大有我关切地陪护着呢，既不孤单，也不寂寞！"

阿云笑道："你这个俗不可耐的大俗人，也懂什么叫'怀古'吗？"

黑胖说："怀古谁不会呀？皇帝轮流换，明年到我家。将相本无种，男儿当自强。"

我们又笑了。

黑胖突然放了一个很响亮的屁，时间持续较长，而且响声中还带有节奏。

我们又笑了。我知道这是黑胖借着放屁的机会故意在搞怪。

阿云大笑道："你这是怀古吗？分明是在喷发你体内的毒气，PM2.5的浓度就是被你这样搞上去的！"

黑胖调侃道："这就是怀古！在我眼中，古代的帝王将相就是一个屁，一放就没有了。"

我笑道："有些哲理，但是对古人有些不够尊重。"

黑胖笑道："我就是这么粗俗，不像你老大这样假道学，假斯文。此时此刻，我的心情激动而舒畅，我也要假装有文化一下，我要吟诗：看一草一木一花……"

黑胖思考了半天，吟不下去。

我们又笑了。

阿云说："你就不要冒充文人了！在才子老大面前，只要你一张口，他就知道

你有几斤几两。还是我帮你说吧,看一草一木一花一叶一枯荣!"

我接着说:"观万水千山百姓十事一兴衰!"

阿云笑道:"果然是才子老大,好大的气魄!你如何看待草木枯荣和世事兴衰呢?"

我说:"得民心者得天下!孟子曰:'乐民之乐者,民亦乐其乐;忧民之忧者,民亦忧其忧。'与民同乐,与民同忧,就能跳出历史兴衰的周期律,江山永固。"

阿云念道:"灭六国者六国也,非秦也;族秦者秦也,非天下也。"

我心生敬佩,尽管阿云一直自嘲是小女子,但是她毕竟是出生在首都,生活在高干之家,所以眼界开阔,思想深邃。

黑胖说:"我没有你们这么文绉绉的,但是我知道,只有人民群众才是历史的创造者。"

我们又笑了。是啊!毛泽东主席说得好,"千秋功罪,谁人曾与评说?"

我感慨道:"如今中华大地国富民强,政治清明,人民安居乐业!"

阿云说:"是呀,我们有幸生在我们伟大的祖国正在大步奔向伟大复兴的美好时期。"

我说:"所以我们都要十分珍惜这份来之不易的幸福!有国才有家呀!"

黑胖向我敬礼,一本正经地说:"保证听从老大的教诲!时刻爱国爱民!"

我们又笑了。

阿云说:"岁月亘古不变,世事却变化无常。"

黑胖说:"人生一世,草木一秋呀!"

我说:"很好!黑胖如今也高深了!历史就是如此令人感慨和无奈!'寥落古行宫,宫花寂寞红。白头宫女在,闲坐说玄宗。'"

阿云念道:"朱雀桥边野草花,乌衣巷口夕阳斜。旧时王谢堂前燕,飞入寻常百姓家。"

黑胖念道:"万里长城今犹在,不见当年秦始皇。"

我点点头,表示赞许。确实是"千秋万岁名,寂寞身后事"。

黑胖爬上城垛,张开双手,大声感叹道:"登高望远,万物尽收眼底!"

我说:"北宋著名的改革家王安石说过,'不畏浮云遮眼望,只缘身在最高层。'高度决定眼界,跳出三界外,俯视天下事。"

阿云念道:"人世几回伤往事,山形依旧枕寒流。"

黑胖说:"'北城别……西城决……'什么什么的,我记不清了。"

阿云笑道:"是'北城别,回眸三生琥珀色。西城决,转身一世琉璃白。'"

黑胖说:"我知道,反正就是佳人难觅的意思!小妹、女神皆不见!"

阿云笑道:"原来你寂寞孤独的感慨是因为心中始终牵挂着美女呀!真经不住夸,老大刚刚赞扬你高深,你马上又肤浅了。"

黑胖说:"俗话说得好,得不到的总是最好的。墙内开花墙外香。"

我说:"莎士比亚在《威尼斯商人》中说过,'世间的很多事物,追求时候的兴致总要比享用时候的兴致浓烈。'如果你真得到了,我相信你小子一定又不知道珍惜了。"

黑胖笑道:"喜新厌旧,乃人之常情也。"

阿云说:"杨绛先生有句话最适合你,'你的问题主要在于读书不多而想得太多。'"

黑胖说:"美女永远不会嫌多!韩信将兵,多多益善也。"

我说:"小妹一早就已经上班去了,这次你不可能再见她了;但是女神现在一个人还在房间里酣睡,你是可以去一见遂愿的。"

黑胖笑道:"不敢,她会割了我的肉!"

我说:"'满目山河空念远,落花风雨更伤春。不如怜取眼前人。'你小子不要一边吃着碗里的,一边眼瞅着锅里的,还是回家好好爱惜你的爱人吧!否则就会'贪观天上中秋月,失却盘中照殿珠'。"

黑胖笑道:"老大不要总在我面前装圣人,你年轻的时候就没有眼瞅着锅里的吗?"

我笑道:"年轻时,碗里没有,只能远望着锅里兴叹。"

黑胖说:"现在呢?"

我说:"现在年纪大了,胃口小了,碗里还吃不下,不想锅里的事。"

黑胖说:"那是因为你老大的碗里全是美食佳肴,而我的碗里仅仅是既稀薄又无味的青菜汤。我老婆除了会发飙,其他什么也不会!"

阿云:"你这个臭小子太过分了!难道你娶了漂亮的80后小老婆,还不知道满足吗?"

我说:"看来你小子没少在外面偷食。"

黑胖说:"不敢,偶一为之,家中有一位母老虎呢!"

阿云说:"就得有个母老虎管着你,否则,你可能就要翻天了!"

我说:"她为什么发飙?那是在乎你,不想失去你!你是滥情伤了专情人!"

黑胖说:"我没有资本滥情,只有才子老大才有魅力滥情!"

我说:"你不要狡辩,给我悠着点。否则,不光是腰疼,搞不好还会头疼、心疼、全身疼!"

黑胖嬉皮笑脸地说:"得令!"

阿云说："'久雨重阳后，清寒小雪前。'天凉，老大，我们回去吧。"

黑胖说："是的，万一把你这位尊敬的老大冻坏了，女神更加要割了我的肉了！"

我们又笑了。

阿云和黑胖小心搀扶着我下来了。我们回到房间时，大帅已经醒了，告诉我订了12:53的火车票。

我望着窗外淡黄色的黄杨树叶，想起了冰玉的话，突然发现每一片树叶确实都如同一朵美丽的花，这么靓丽，这么精致，这么让人难舍！

我打电话给冰玉，问道："你在哪儿呢？"

冰玉说："我昨晚已经回上海了。"

我心中一惊，问道："你怎么啦？生我的气了？"

冰玉说："没有，就是突然感觉非常伤感，不忍面对大家离别的场面，就一个人悄悄地先回来了。你到现在才想起我呀！你现在是和蕴儿在一起吗？"

我说："蕴儿到现在一直没有来电话，估计还在忙呢。我是中午的火车，这次就见不到她了。"

冬冬来和我们告别，告诉我："老大，我昨晚喝高了，到现在头还痛呢。"

大帅说："你这是'借酒消愁愁更愁'。"

我念道："谩道愁须殢酒，酒未醒，愁已先回。"

冬冬念道："问篱边黄菊，知为谁开！"

我说："你是一个聪明而现实的人，已经是不惑之龄了，看开点吧！情深不寿，愁大伤身。"

冬冬说："好的，一定听从老大的教诲！你们有机会一定要去内蒙古玩一玩，住一下我们的蒙古包，感受一下风吹草低见牛羊的大草原风情。"

我和大帅都愉快地答应了，与冬冬挥泪告别后，陆陆续续又有同学们来和我们告别。我的眼泪一直在眼眶里打转。送走了一批又一批同学，终于，我们也要走了。天禧还在房间里睡觉未醒来，我们不去惊动她。

人生聚散无常，悲喜难定，已经翻阅过的光阴再也不可能重来了。四季变换，总会有开幕和闭幕的转换；但是这份曾经的深厚情谊就如同栽种在我们心田的一棵菩提树，四季常青，永不凋零！

我和大帅收拾好各自的行李。我又习惯性地将房间整理了一下，尽量恢复成我们当初进来时的样子。

大帅说："老大呀，这两天与你同居一室，你给我的印象极为深刻！慎独是最高级的独处，而时时自律是最难的，我们一般人很难做到。我太佩服你了！"

我说:"生活不是做给别人看的,自律是一个人思想成熟最基本的要求。一个人越自律,就越自由。年长时的自律比年轻时的自律更重要。"

大帅说:"我以后一定努力为之。"

11:30,夏蕴来电话,说会议刚刚结束,中午请我吃饭,下午有空陪陪我。

我说:"谢谢你,我走了。我们是12:53的火车票,该出发去火车站了。"

夏蕴说:"等我一下,我送你去火车站。"

大帅已经喊来出租车,正在等我。我犹豫了一下,我好想留下来,安慰一下夏蕴疲惫的身心。出租车司机在鸣喇叭催促我。我说:"出租车到了,我走了,你不用来了。"

我俩上出租车了,十多分钟就到了火车站,花费25元。大帅说:"事实再次证明,我们来的时候确实被黄牛司机坑了。"

我安慰他说:"增加点受骗的经历也并不完全是坏事。"

大帅说:"我不是心疼钱,我是不愿意助长黄牛的歪风邪气。黄牛为什么可以不排队等候,能够直接到里面来拉客,还不是因为与车站内部的个别工作人员相互勾结了吗?"

我说:"这种事情我确实没有想到!还是你厉害,一眼就看清了事情的本质。"

大帅说:"老大呀,你总是把人想象得太好了!"

夏蕴再次来电话说:"我到了你住的宾馆,你在哪?"

我说:"我已经到火车站了。"

夏蕴说:"这次太遗憾了,非常对不起!上次太感谢你了,从你那儿回来后,我的心情好多了!你豁达的人生态度深深地感染了我,给予了我生命的力量。"

我羞愧无语,为什么当时就没有关心一下她的家庭呢?总是想当然地以为这样一个如此美丽优秀的女生,肯定事事都是一帆风顺、一切安好!看来,理想和现实总是会有很大差距的。

夏蕴说:"春节的时候,我休年假,你和大嫂来南京玩几天,让我弥补一下待客不周之误。"

我伤感地说:"好的!"

上车后,我和大帅共同感慨,世事多变,经历了这么多人和事,我们都老了!沧桑了!已经有两位同学驾鹤西去了。再过十年,我们都还好吗?都还健在吗?

我回想这次遇到的同学们,每个人的命运和经历都写在脸上,每个人的眼神中都溶进了与风霜搏击的酸楚,每个人的心灵里都留下了与岁月对抗的烙印。我们都经受了光阴的洗礼,褪去青春时期幻想的光环,也许从此安心做一个平凡

的人,才能更好地体会生命的意义,活得通透而敞亮。

我闭眼打了一个盹儿。梦到了我们三十年聚会,所有的同学都来了,而且都是年轻时的模样。大家依然在一起上课,打闹,生活依然是那样的美好,光阴氤氲,岁月静好。

服务员的叫卖声惊醒了我,我俩都感觉不饿,没有进餐。

我发回程的火车照片到高中同学微信群里。

芳芳说:"老大这两天生活在蜜罐里!"

云云说:"没有机会招待你,非常抱歉啊!"

红和星姐说:"南通人民欢迎你!"

听了大家的话,我感觉好温馨!

红约我晚上吃饭,要为我接风。钢班长喊我晚上品尝他自己垂钓的河鱼。我都婉言谢绝了,急于回家看看爱人的身体状况,准备晚上好好陪爱人吃饭,聊聊我的南京之行。

我突然发现,随着岁月的流逝,我们的同学友情不但没有减弱,反而转化成了浓浓的亲情!我们曾经共同拥有过温暖的过去,也必将共同拥有可期望的未来。

我在大学同学微信群里发了告别之言。

书记说:"请尊敬的老大发表一下这次大聚会的感受!"

我说:"最大的感受就是同学们都成熟、稳重了,更加珍惜感情了,同学们之间的情谊比上学时更亲了。经历过的风雨铸就了我们丰富多彩的人生!成长,总有许多沟坎需要勇敢跨越,我们坚强了;成熟,总有许多遗憾需要亲自弥补,我们担当了;人生,总有许多迷茫需要回首领悟,我们完善了;生命,总有许多激情需要彻底燃烧,我们终将涅槃重生。"

书记说:"只有老大才能说出这样有阅历、有积淀、有高度、有广度的话语。真不愧是我们尊敬的才子老大!"

我又发了一段话,感谢大家这几天来对我的关心和照顾,让我享受到国宝级的保护!

大家都说应该的。

我再一次发话,赞叹天禧的笑容,自始至终笑靥如花,让我如沐春风。

天禧真诚地感谢,还给我发了一连串拥抱的表情图标。

黑胖说:"女神抱着老大不肯放手了!秋天的女神竟然能让老大感受到温暖的春风,事情有点复杂了,老大和女神一起怀春了!"

歌神说:"多情的女神不管在什么季节,只要一看到同样多情的老大,都会春心荡漾!"

大家都笑了。

我一想,也应该夸夸荗芄。我又发了一段话,盛赞荗芄是名副其实的大学霸,勤奋、聪明、能干,乃我辈之楷模。

大家一致赞同,说老大说得太对了。

荗芄发话了:"大家不要相信老大的这一套!老大称赞天禧是出自内心的自然反应,夸得恰如其分,有内容有细节;但是夸我是出于补偿,首先夸了天禧,怕冷落了我,虚情假意地补上了一句。夸得空洞无物,套话连篇,我根本不能接受。"

真是无所不能的学霸,我的内心世界竟然被她洞察得清清楚楚。

我有些不好意思地回应:"尊敬的女王,你总是这么厉害,还让人活不活了?"

书记说:"不活就不活,学霸裙下死,做鬼也博学!"

小妹也发话了:"大哥,你只夸她们两位大美女、大领导。我可是这次干活最多的人,你怎么不夸夸我的功劳呢?"

我的头大了!看来美女真是惹不得,更何况都是聪明的美女!这么混乱的摊子我还真没法收拾了。我知道,如果再夸一下小妹,一定又会有更多的女生跳出来说老大偏心。

我给小妹私发了回应:"小妹呀,你就饶了大哥吧,我们兄妹之间就不需要这么形式主义了吧?你的好,大哥是藏在心里的,比她们更进一层!"

小妹回复我:"大哥为啥要私发?心虚了?害怕又有人要质问你了?哈哈哈!"

好了,好了,聪明、厉害的美女们,我是彻底服了你们了!我闭嘴!

我闭上眼睛,慢慢体会这一趟南京之行。老了,青春年华已经远去了!忽然发觉"风华是一指流沙,苍老是一段年华"。这种感慨也许只有古人与我共有,但愿永葆青春的美女同学们不会有这样的感慨。

二十年的磨砺,我们成熟了,豁达了,能包容每一位同学,眼里已经没有看不惯的人了。我们的友情也不再局限于当年关系最亲密的同学,而是弥漫在所有的同学之间。大家都非常珍惜这次难得的机会,最大限度地向别人表达诚挚的感激和友善。曾经所有的不愉快,在相拥一笑中都云淡风轻了。同学之间,地位的高低已经不再那么重要,共同关注的话题是对生命的理解、对人生意义的诠释和对生活幸福安康的渴望。

3:07,我们到达南通火车站,大帅坚持让出租车司机先送我回家。到家后,我和爱人真诚地感谢大帅这几天来对我尽心尽力的照顾。

爱人本来正在"全民 K 歌"里唱歌。

我说:"你找一首应时应景的歌曲让我发到大学同学微信群里。"

爱人说:"我前天刚刚唱了一首《祝你一路顺风》,得了满分。"

我说:"太好了,就要这一首。"

我将爱人唱的《祝你一路顺风》的歌曲转发到大学同学微信群里,得到一片赞叹之声。

绝大多数同学都还在回家的路上。大家都说,有大嫂如此优美动听的歌曲一路陪伴,实在是太好了。大家一致提议,下次聚会时,老大一定要把大嫂带上。

我愉快地许诺:"好的,一定!"

我心疼地看着爱人,怜惜地说:"你有动脉瘤,以后还是少唱歌为好。"

爱人说:"不让我唱歌,那我的生活多么没有意思呀!"

我说:"你把前天和昨天的尿常规化验单都给我再看一下。"

爱人说:"今天又复查了,三张单子都给你。"

我仔细看了三张的化验单,昨天和今天的都正常。原来爱人搞错了,昨天发给我的单子其实也是前天的化验单。我昨天心急加上担忧,也没有仔细看日期,再加上手机上两次传递的单子都不是很清楚,才出现了这样的乌龙事件。

我说:"昨天和今天的都正常,你可把我吓死了!"

爱人说:"我传给你的是医院直接通过微信发送的结果。我给你发的时候特别紧张和担忧,所以发错了。真是对不起,让你白白地为我担心了!"

我再次拥抱了爱人! 也许正是这个乌龙事件,才让我再次懂得,爱人在我心中的位置有多重! 让我更加认识到自己应该有的责任和担当! 我心中涌起无限的感慨,一个人能健康地活着真好! 此后一定要彼此珍惜、珍惜、再珍惜!

晚上,我和爱人在家门口的"一见如故"小饭店里吃饭。我俩非常喜欢来这个小饭店吃饭,一个最主要的原因就是特别钟情这个"一见如故"的店名,准确地说出了我俩最初相识时的感觉。其次就是店里提供的各种价廉物美的家常菜,非常符合我们这些普通工薪阶层的口味和消费水平。

爱人说:"你去了一趟南京,回来精神多了,看来美女的力量果然是无穷的!"

我说:"我这几天经历了太多的感情波折,时常悲喜交加,感慨良多! 以后再慢慢向你详细汇报。"

爱人说:"你这次回母校大聚会,经受了一次青春的洗礼。愿你出走半生,回来仍是少年。"

我说:"有你的陪伴,我的心永远年轻无恙!"

爱人说:"深有同感! 愿我们的心永远青春不老!"

补记：

好多天过去了，在大学同学微信群里，每天依然还有几千条信息，同学们依然非常激动。在云端里，全年级同学发送了几万张聚会时的照片。

钢班长在高中同学微信群里问我聚会日记的事情。他说："上次同学们看到你与大学校花相聚的《国庆日记》，非常感动！这次激动人心的大学毕业二十年大聚会一定更加精彩，大家现在都在热切期盼你的《大聚会日记》，迫切想知道你们的后续故事！"

我说："这两天，我的心情还是无比激动！再过几天，等我心情渐渐平静下来再写吧。"

回想三天的聚会，每时每刻都有令人激动的事情在发生，真不知从何写起。如果全部写下来，那得十万多字，有些长了。

与爱人商量，她说："你只用写与你有关的内容，其他的事情都一笔带过。"

今天是星期六，我下午休息在家，爱人有事外出两天。聚会已经过去一周，我的心情终于渐渐地平静下来了。午餐之后，我打开电脑，开始写聚会日记，下午和晚上都没有休息，晚餐就啃了一个馒头，喝了两口水。我做事喜欢先计划好，但是一旦开始，就从不拖拉，直至最终结束。

不知不觉，连续两天写下来，我发现已经有七万多字了。我感觉好累，但是看看日记，还是有很大的成就感。

星期天晚上，爱人回家了。吃完晚饭，我说："你看看我连续写了两天的聚会日记吧。"

爱人心疼地说："你咋这么傻呀，不能先写一些，以后再接着写啊？累死你，我就不管了。"

爱人仔细看着我的日记，当看到我抱着老书记痛哭的场景时，泪流满面。她说："我不看了，累了，明天再看吧！"

隔了好多天，爱人才继续看我的日记。当她终于看完了，我说："你给个评语吧。"

爱人上大学时，修研过文学评论专业和心理学专业，有较高的文学鉴赏水平。

爱人沉思了一会儿，表情严肃地说："文字本身我不评价，只说说你和同学们之间的关系。你一向成熟稳重，让人放心，所以才有那么多的女孩子愿意亲近你。这也正是我当年喜欢你的原因；但是，你这次博得好多美女的眼泪和拥抱，你可不要得意，其实只有你才能有这样的荣幸，因为大家敬重并信任你是老大，你善良可信，对你没有防范，所以容易与你贴心相处，你要珍惜！"

我说:"你就不要旁敲侧击了,我最大的优点就是,知道自己是谁,从不去幻想不属于我的东西和不可能的事情。"

爱人说:"你别打岔,认真听我说。"爱人真不愧是当老师的,把我也当成她的一名学生了。

爱人说:"对阿聪的心债,你不必再背了。首先,当年并不是你的错;其次这一切都是他自己的放纵造成的。当年你要是真替他考过了四级英语,反而更加会助长他依赖别人的惰性,也许他后来会堕落得更快。"

尽管我觉得爱人说得很有道理,但是我当年毕竟欠了阿聪一份情。

爱人继续说:"关于你和冰玉之间是一种怎样的感情以及你的困惑,我可以帮你分析并解开谜团。我先帮你梳理一下你和夏蕴及冰玉三人之间的关系。当年,你和冰玉及夏蕴三人在一起时,大家都非常快乐,但是真正让你心有所恋的却是冰玉。"

我故意争辩说:"你的这种判断,我不能接受。我从来没有恋上她们两个人中的任何一位,仅仅是更欣赏冰玉而已。"

爱人说:"有疑问等我讲完了再提,你先耐心地听我讲:

"夏蕴欣赏你的才华,主动而热情,让你在她面前有十足的自信和骄傲,所以你不懂得珍惜,不知道去避讳,你将自己的欢乐和痛苦都毫无顾忌地告诉她,并没有考虑到会给她带去担心和忧愁。你对夏蕴无欲无求,'壁立千仞,无欲则刚。'所以在夏蕴面前,你活得轻松自如,甚至在夏蕴面前,你时常是有些狂妄不羁的。

"而在冰玉面前,你有一种隐形的与生俱来的自卑,但是却被你强大的表面上的自信掩盖了。你潜意识里有一种想跟着仙女比翼双飞的愿望,却被一种无形的力量禁锢了。冰玉是你的快乐天使,你只愿她快乐,却不愿向她倾诉你的忧伤,怕她为你担忧,怕给她带去痛苦。这才是真爱一个人的表现,无论你承认与否。很多时候,我们太在乎一个人,才会小心翼翼,顾虑重重,才会因不自信而深感卑微!

"你和夏蕴之间的鸿沟是自然条件的迥异,家庭条件和教育氛围的落差,也许这些差距通过你自己的努力还是能够弥补而逐渐消除的。但是你和冰玉之间的鸿沟不仅有自然条件的天壤之别,还有你自己心中的看似隐形的,实际上威力巨大的心理障碍,这是你当时无法逾越的。

"就像你这次站在编辑部的小楼下面,望着高高的陡峭的台阶而产生的忧虑,如果没有高个同学的外力相助,你是无法上去一窥天堂里仙女的真容的。

"在此之前,你从来没有认真思考过你们俩之间的关系,那是因为你确实是一个有自我认知的人,离你太遥远的事情,你不会主动去想;但是这次冰玉的疑虑、不满和对你的责问,终于引发你的深刻思考和困惑。

"其实,夏蕴在你心里并没有占据到重要的位置,上次夏蕴来南通的时候,我从你看她的眼神里完全能感知到这一点。相反,冰玉却曾经占据了你的整个内心,她在你心中是完美无缺的,既没有夏蕴校花的大小姐脾气和爱慕虚荣,也没有苪芒学霸聪慧过人的傲气和目无下尘的清高。冰玉亲切随和,美而不媚,高雅而不高傲,博学而幽默,最重要的是她能带给你无尽的快乐,她才是你心中真正的天仙!"

听了爱人的这番话,我无法辩解,爱人确实很睿智,一眼就看透了事情的全貌。

爱人说:"另一方面,你是一个非常现实的人,因为你们之间的距离太远,以及你隐形的自卑,所以你对冰玉反而没有了欲望,也就没有了心理负担。你在冰玉面前,同样能做到不卑不亢,进退自如,真实地展现了你的个性。而你的这些真情真性的秉性又赢得了冰玉对你更多的尊重和欣赏。由于你的'真'照亮了一切,我估计冰玉因此并没有觉察到你内心的自卑。"

我有一种醍醐灌顶的感觉,心中的迷雾顿时烟消云散了。爱人准确地理清了当年我有些混乱不清的思绪。我说:"现在这种状况很好!我们每个人都在自己应该所在的位置上。"

爱人说:"确实很好!其实七仙女和董永的结合并不是最合理的选择,这给七仙女的自身带来巨大的灾难,也给她的天宫家庭带来无尽的痛苦。董永根本无法理解七仙女的思想、生活和家庭。董永的召唤越剧烈,七仙女也就越痛苦。这其实是古人对美好生活的凭空幻想,是一厢情愿的畸形愿望。好在你比董永自知,懂得自己是谁。现在的你,心理更成熟了,能自由地控制自己的情感。更何况现在你心中还多了一份责任,是对双方家庭的责任。"

我故作轻松地说:"你这有些扯远了。"

爱人说:"你别紧张,这也正是我信任你的原因。"

看来爱人确实也是一位名副其实的学霸,无论什么事情请教她,都能给我说出一个令我信服的所以然来。

爱人说:"我没有见过冰玉,不能判断她是不是真爱你;但是我见过夏蕴,我能肯定她曾经对你的感情是绝对真诚而深切的。你很多时候总是太固执,既然不能和心中最完美的天仙在一起,当时为什么就不能退而求其次,投入大校花的怀抱中呢?夏蕴虽然有大小姐脾气,但是据我的观察,我相信她在你面前绝对是温柔可亲的,因为她太在乎你了,总是事事让着你。"

我看着爱人,不知道说什么才好! 爱情又不是买东西,不是可以随便挑选的。更何况如果我和夏蕴结合,不同样是如同董永和七仙女一样吗?

爱人说:"不要这样看着我,我可不是让你随便挑一个结婚对象,因为我觉得你们两人还是挺般配的,你俩三观一致,而且你俩在一起彼此都很快乐,具有相同的职业,共同的追求。夏蕴又是如此的优秀,是美貌与智慧的结晶。况且上学的时候,你经常去她家里玩,对她的父母和家庭都非常了解。夏蕴的父母对你也非常熟悉,他们一定早就看出了自己女儿的心思,但是他们并没有嫌弃你,也没有反对夏蕴与你交往,这足以说明了他们的态度! 可是你自己脑筋不转弯,做事总是追求完美的怪毛病经常妨碍你的思维,因而时常得不偿失。我很为你当初鲁莽的决定感到十分可惜!"

我说:"也许你说得有道理,但是我当初真没有认真考虑过和夏蕴的事情,只是为与冰玉的事情无望而深感遗憾!"

爱人说:"你认死理、做事不会转弯是你性格中最大的缺陷。"

我说:"再好的东西,不是我想要的,我不会贪心;即使是我喜欢的东西,如果目标与我的距离是高不可攀的,我也不会贪心。"

爱人说:"可是你当年追我的时候很大胆,认识我没有几天就跑到我家里来了。"

我真诚地说:"因为你是我的真爱,所以我义无反顾!"

爱人感动地说:"非常感谢!"

我说:"其实上学时,面对她们俩,我当时的心理状况现在很难说清楚!"

爱人点点头,真诚地说:"你不用说清楚,我懂你!"

我非常感动! 好一个"懂"字,演绎着爱的全部内涵。千古知音,就因一个"懂"字而难得。世间最深沉的爱,便是能"懂"。张爱玲说:"因为懂得,所以慈悲。"慈悲的情怀是博大的,是包容的,是谦卑的。"懂"是换位思考,是尊重对方的灵魂自由,是爱情永久保鲜的唯一秘方。

时光清浅,不经意的爱终究消逝在流年里,只有刻骨铭心的爱才能沉淀在生命里。因为情深,所以难舍;因为情真,所以难忘;但是生活的全部内容,只有一小半是回忆,剩下的必须认真继续。

人生总会遇到几位能相互倾心的知己,尽管最终是谁留在生命里,只能随缘;但是一旦走在一起了,就必须一生珍惜。人生太短暂了,只够深爱一个人。青春岁月不可回首,愿以深情伴白头,就像那句最令人感动的歌词,"我能想到最浪漫的事,就是和你一起慢慢变老!"

我真诚地说:"你好,便是晴天!"

爱人责备地说："傻瓜！都好，才是晴天！"

爱是心与心的相互交融，是情与情的相互渗透。愿与你倾一世温柔，相爱今生！

第二天，我将聚会日记发到高中同学微信群里。同学们看完后，感动不已，纷纷感慨留言。许多同学说，看的时候，感动得流下了眼泪。

阿娟说："你确实是大学同学们心中最敬爱的老大！你们大学同学之间的友情明显比我们大学同学之间的友情深厚得多，真令人感动和羡慕！"

钢班长说："真情实感，非常感人！真诚地感谢你与我们一起分享你宝贵的人生经历！你曾经遭遇的所有悲欢离合的过往铸就了你现在坚强乐观和积极向上的高大形象，你是我们大家学习的榜样！"

红说："你的人生经历如此丰富多彩！这是一份无价的精神财富，值得永远珍藏！"

秀才说："非常感动！我突然发现这是一本现成的剧本，一幕一幕都非常清晰，可以直接拍成电影，一定会引起我们这些同龄人强烈的感情共鸣。"

阿梅说："不仅是同龄人，应该能促动大家一同回忆起自己青春烂漫的学生时代！那种感觉真是太好了！"

宏公子说："这个想法很好！这种偶然的一遇即能成为终身知己的传奇，太令我神往了！人生如此，夫复何求？"

我说："真情难得！我们高中同学们之间同样是真情满满，友爱无限！愿我们能够幸福地互助友爱，今生今世！"

第四章　曾经沧海难为水

——南京饯行

情义总在聚散中,思念永远是纽带!

前期花絮

11月11日,星期五,晴

我们大学小班聚会组委会的三位美女在群里正式联名通知我:

> 老大听令,我们三人已经取得一致意见,元旦假期,我们三人将代表全班同学来南通专程拜访一下传说中的大嫂!探讨一下,到底是怎样一个美丽、智慧和迷人的大嫂俘获了我们老大高傲的心!

我说:"热烈欢迎!正好元旦是你们大嫂的生日!"
三位说:"太好了!我们正好来为大嫂庆生!"
丫头强调:"我们这次拜访的主角是大嫂,不是大哥哥!请大哥哥提前摆正好心态,调整好自己的角色!"
天禧申明:"老大请提前做好我们爆料的思想准备,爆料的剧烈程度与老大接待的规格成反比!"
小妹提醒:"大哥一定要提前准备好给我们的礼物,我们一旦到达,你就立即将给我们的高档礼物拿出来!如果礼物不够档次,后果自负!"
这哪是什么通知啊?这简直就是最后的通告!有城下之盟的感觉!
我在高中同学微信群里说了我无奈的感觉。
秀才说:"你这担心的样子看来料还不少,瞒了弟妹不少事呢,也不怪你,人不风流枉少年嘛!"
钢班长说:"是真名士自风流!你的幸福生活是一茬接一茬!大嫂外美内秀,元旦不需要刻意打扮。不要忘记到时候一定要再写日记,让我们一起分享你的快乐时光。"
小芳说:"在咱们高中同学中,也应该派几位代表,一起去探寻一下你们俩爱情保鲜的秘密。"
我说:"热烈欢迎,大家一起过来把她们三位南京美女的嚣张气焰压下去!"

11月14日,星期一,晴

晚上八点,天禧在大学同学微信群里发了一张她自己刚刚拍摄的今晚的月亮照片,是用长焦镜头拍的,月亮又大又圆,而且有近景衬托,效果非常好!

书记问道:"'今夜月明人尽望,不知秋思落谁家。'女神呀,这个月亮是不是代表你思念老大啦?"

天禧说:"这是今晚的超级月亮,天文学上叫作'近地朔望月'。"

黑胖说:"我听不懂,女神解释一下。"

天禧说:"今天的月亮19时21分通过近地点,21时52分满月,两者只相差2小时31分,所以在这两个半小时内,月亮给人的视觉效果就非常大,比平常大14%~15%,亮度强20%~30%。"

我说:"女神呀,你又架着天文望远镜在外面观测星空呢?"

天禧说:"对呀,机会非常难得。上一次是在2011年3月19日出现超级月亮的,下一次在2034年11月25日。"

我说:"'中庭地白树栖鸦,冷露无声湿桂花。'现在已经是立冬的节气了,外面冷,亲爱的女神,你小心受凉。"

天禧说:"谢谢老大真诚的关心,好感动!"

小燕子说:"老大呀,女神想你了!'日色已尽花含烟,月明欲素愁不眠。'"

菲儿说:"'碧海年年,试问取、冰轮为谁圆缺?'老大呀,女神一定是在思念你!"

小妹说:"大哥呀,'碧海青天夜夜心'的女神是希望你此时此刻就在她身边,为她披上爱心牌防寒服,陪她斗转星移,天荒地老!"

我调侃道:"'青女素娥俱耐冷,月中霜里斗婵娟。'其实女神根本不怕冷!小朋友们,老大早就衰老了,不能再陪你们天荒地老了。"

二十多年前,我和天禧及小妹三人经常一起去紫金山顶观测星空的情景又浮现在眼前。那时我的身体很好,陪她们二人爬山,一点也不会落后。如今已经是一身病体,行走不便了。真是时光荏苒,岁月无情呀!

天禧说:"'情人怨遥夜,竟夕起相思。''海上生明月'了,老大在与谁'天涯共此时'呢?"

我说:"'寂寞寒窗空守寡,凄凉冰冷思女神。''夜寒惊被薄,泪与灯花落。无处不伤心,轻尘在玉琴。'"

天禧说:"'思君如满月,夜夜减清辉。'老大呀,我就是想你了!你给我耐心等着,元旦我一定会去南通给你好看!"

高个说:"可怜的老大耶,你元旦要受苦了!"

黑胖说:"估计老大那么瘦弱的身体,一定受不了疯狂女神的折腾。老大呀,元旦之前,我提前给你寄几盒'肾宝'。'她好,你也好!'"

大家都笑了。

两日饯行

11月26日,星期六,小雨转晴

上午八点,天禧打来电话说:"我后天去美国,作为高级访问学者,学习交流三个月,现在正式邀请你今天来南京为我饯行。"

我很惊讶,有些委屈地说:"女神啊,你办事总是这么霸道,怎么直到现在才说呀?我现在正在上班呢,下午才能休息,而且外面正在下着雨呢!"

天禧说:"你就不要抱怨啦,只能请你辛苦一下了,中午下了班之后过来,我们等你吃晚饭。"

我调侃道:"你真想我吗?"

天禧说:"当然真想你呀!'晓看天色暮看云,行也思君,坐也思君。'你要是敢不来,你就试试!"

我好为难,在高中同学微信群里说明了情况,并表达了我的委屈:"我怎么总是生活在别人的威胁之中呢?到底谁才是真正的老大呀?"

小芳说:"很多人都想被这样威胁呢!"

金群主说:"必须的!下雨正是考验你的最好机会。"

晴儿说:"风雨无阻!人生难得有知己,还是红颜的。"

阿宽说:"赶快订火车票吧,再晚就来不及了。"

钢班长说:"既然人家已经真诚邀请了,你就去吧。只要时间允许,下雨不是问题。在班级里,你是老大;在你和女神的二人世界里,她才是老大。"

阿娟说:"我马上就到南京了,在火车上碰到了范院长。南京已经是大晴天啦,但是还是比较冷的,你要多穿些衣服,小心受凉。"

我非常感激同学们的热心,但是依然感觉很不方便,又不想辜负天禧的期盼,真是好生为难。

我打电话给小妹,抱怨说:"天禧何必如此兴师动众呢?出国对于她来说完全是家常便饭,小事一桩,她的硕士和博士不都是在国外读的吗?"

小妹说:"大哥的情商实在是太低了!天禧这么矫情,还不是为了能看看你吗?天禧是真想你了!如果你不来,她真会伤心的!"

我故意说:"我就不去!我倒要看看天禧能伤心到什么样子。"

小妹笑道:"我还是告诉你实情吧。其实天禧已经先跟莴苊说好了,让她去南通接你,然后才邀请你的。她不让我告诉你,就是为了考验你。"

我笑道:"小宝贝,还是你跟我的关系最铁!"

小妹得意地说:"那是!那是!"

十点,莴苊在我们大学小班同学微信群里说:"我现在从上海出发,到南通接老大去南京,为女神饯行。明天我先送老大回家,然后回上海!"

大家都说:"老大真是太幸福了,竟然由女王亲自接送!"

我十分感动,对莴苊表示千恩万谢!

十一点半,我下班回家。爱人不在家,我打电话跟她说明了情况。

爱人说:"可惜我不在家,我好想见一下你们女王霸气的风采!"

我打电话告诉夏蕴:"我马上去南京为天禧饯行,你今天晚上一起参加我们的聚会。"

夏蕴说:"我不来了,你们的女神不喜欢我,也没有邀请我。晚上聚会结束后,你睡到我家里来吧。"

我说:"好的,那么我们晚上见!"

我在家里耐心地等待。一点钟的时候,莴苊到了。一位女士开着一辆七座的豪华越野车,显得有些夸张!学霸到哪儿都有一股压人的女王气势。

莴苊一头爆炸卷发,一袭深红色的长风衣,显示出一股成熟女性的特殊韵味。合适得体的着装让女人更漂亮,更有层次;优雅的举止让女人更耐看,更有品位。

莴苊主动拥抱了我。我在她耳边轻轻地说:"女王今天美爆啦!谢谢你不辞劳苦,专门远程绕道来接我。"

莴苊笑道:"你比女王的架子更大,女王只配给你当驾驶员。"

我亦笑道:"确实太委屈我们尊敬的女王了!"

我带她进家里。莴苊问道:"大嫂呢?"

我说:"她有事外出了。我们去旁边的小饭店吃饭,正好让你也休息一下。"

我带莴苊到我家附近的"一见如故"小饭店吃饭。

莴苊说:"我们简单一点,为了节省时间,你就点一份我最喜欢的扬州炒饭,其他一概不需要。"

我俩吃完炒饭,喝完了番茄鸡蛋汤,感觉真的好舒服。

莴苊说:"这样最好,温暖、舒心、养胃!"

我有些歉意地说:"怠慢我们最尊敬的女王了!"

莴苊说:"我们晚上还有大餐吃耶!其实吃什么并不重要,重要的是和谁在

一起吃,以及这份吃饭的好心情!"

吃完饭,我们回到家。葤芃拿出一套化妆品,说是送给大嫂的礼物。对于化妆品,我是外行,但是看看精美的包装和上面的法语,加上葤芃是个有钱人,从来不用便宜的东西,所以我知道这套化妆品的价格一定不菲。我有些愧疚,没有给葤芃准备礼物。我的情商比较低,天生不懂得怎么给女人送东西。葤芃是时尚高端人士,一般的礼物也不入她的法眼。

我深表感激和歉意!我准备了一套换洗的衣服和洗漱用品。我们出发,去南京。

天空已经放晴,艳阳高照。上午的这场雨清新了空气,一眼望去,天空是那么澄清透明,蓝天白云,飞鸟翱翔,好不舒心。现在已经是小雪的节气了,一场冬雨一场寒,秋的燥热已经完全退尽,冬季来临了。

我问:"一年四季,你最喜欢哪个季节?"

葤芃说:"春花秋月,夏日冬雪,我都喜欢。喜欢秋思,但是我从不悲秋。"

我说:"你这种时代的弄潮儿,怎么可能悲秋呢!悲秋是我们这种落伍者的感情专利。"

葤芃说:"你就别逗我了,我根本不相信你这个成熟睿智的老大会悲秋。"

我说:"秋思好,秋思是秋天赐给我们最精美的礼物。秋冬交季,有幸伴女王出行,景色美、佳人美、心情美。'落霞与孤鹜齐飞,秋水共长天一色。'确实是不可能悲秋的!"

葤芃笑道:"谢谢老大夸奖。上学五年,一直忙于学业,未曾有幸欣赏大才子的诗词绝学之能,今日不妨小露一手,让愚妹能稍有开悟,也算是让我附庸风雅一番,何如?"

我笑道:"堂堂大学霸博古通今,此论岂不羞煞我也!实话说,在大学期间,你是我唯一服气的真学霸。现在的你,我更加佩服,越是优秀,你越是努力。满腔热情创业的人全身总是充满着神奇的魅力,让我只能仰视!人生最壮美的状态就是以全身的动力驰骋在奋斗的路上。"

葤芃笑道:"老大呀,你太夸张了!说起学习,我倒是要跟你细细一论。我比较愚笨,所以只能笨鸟先飞,刻苦一些,多花费一些时间。"

我笑道:"你要是愚笨,我们大家都不能活了。"

不过,葤芃的学习确实是全班最刻苦的,此话不假。我一直相信,天才来自勤奋,所有的天赋后面都有看不见的努力,对于学习,是根本不能投机取巧的;但是葤芃的聪明也是有目共睹的,我们即使像她那样认真刻苦,也不可能取得她那样优秀的成绩。

芮芃说:"听小妹说,你那时并不是特别注重专业学习,你兴趣广泛,你的空闲时间绝大部分都用在博览群书上,但是你的专业成绩竟然也很好。你学习那么轻松,毫不费劲,说明你确实聪明过人。你要是像我一样,将精力全部放在专业学习上,你的专业成绩一定会超过我。"

我真诚地说:"我肯定不如你!我的智商一般,仅仅是我俩的学习方法不同而已。我每天上床后,睡觉前会仔细回忆一下当天的课程,其实也花费了不少时间,只是大家并没有看到罢了。日本作家川端康成说过,'时间以同样的方式流经每一个人,而每个人却以不同的方式度过时间。'"

芮芃说:"你爱好非常广泛,文学、历史、哲学、宗教、心理学等。"

我说:"见笑了,与你一比,令人脸红。学习部长、科协会长、书法会长、英语协会主席,无一不是需要真才实学的头衔。"

芮芃说:"都是虚名,比不得你精彩的文笔和深邃的思想。有一年'五一'节,全班在你们宿舍里搞联欢晚会。你不在,小妹说你去苏州会美女发小去啦。我坐在你床边,专心地看了一个晚上的书,没有表演任何节目。我拿起的第一本书是《宋词美析》,看了前两首词,美轮美奂,惊得我如痴如醉。我换了第二本书《百年孤独》,看了一页,那种无法言状的孤寂感和从历史中溢出的霉味令人窒息,我放下了。第三本《道德经》,打开一看,吓我一跳,全书密密麻麻写满了你的心得体会,譬如对第一句话'道可道,非常道',你的分析就写满了扉页。"

我说:"可惜这本凝结了我很多心血的本子,后来竟然被一个朋友借去不还了。"

芮芃说:"你这个朋友太不守信用了!我记得宋濂在《送东阳马生序》里这样说:'每假借于藏书之家,手自笔录,计日以还。……不敢稍有逾约。'你看古人都是言必行,行必果的!"

我说:"可惜现在人心不古呀!"

芮芃说:"我最讨厌借书不还的人,而且这种现象非常普遍。"

我说:"其实现在并不多见了,因为现在很少有人读书了。中国人每年的人均读书量在全世界是排在最后几位的。"

芮芃说:"文化的没落!大多数人的空余时间都在刷屏、打麻将、吹牛、吃饭喝酒。"

我说:"在如今这样一个一切向钱看、娱乐至死的时代,网络、媒体大多是语不惊人死不休,处处是猎奇窥探,人心浮躁,还能有几个人愿意静下心来读书呢?好多人失去了信仰和追求,除了钱和享受,其他什么都不在乎了。"

芮芃说:"尽管如此,但是有研究表明,现代人获取的知识80%还是来自阅

读。阅读对于广博知识的积累和思维能力的培养有着不可替代的作用。读书是一种乐趣，是一种享受。我最喜欢读书，自由读书的时刻就是最惬意、最幸福的时刻。"

我说："人生中总有许多寂寞和无助的时刻，需要有一本有趣又有益的好书来解除心中的不适和迷茫，让心灵获取帮助。莫泊桑说过，'喜欢读书，就等于把生活中寂寞的时光换成了大量的享受时刻。'"

苭芄说："一本好书足以改变一个人的性格、习惯和人生态度。好书如良师益友。千金易得，好书难求。读一本好书，就是和许多睿智、仁德的大师直接对话，让人受益匪浅，让人灵魂高贵。阅读时，有可能得到作者一辈子的经验总结和心得体会，这是真正的无价之宝。"

我说："所以读书人可以体验无数种人生，不读书者只能经历一种生活。左宗棠说过，'读破万卷，神交古人。'"

苭芄说："北宋欧阳修也说过，'强学博览，足以通古今。'"

我念道："书到用时方恨少，事因经过始知难。"

苭芄说："读书是成本最低的投资，是超越自己的捷径。读书能启发思考，触发灵感，启迪智慧，升华人生。"

我说："读书的好处太多了，读书也是与自己对话，读书更是修正自己的品行，修正自己的人生。这一定也是你成为学霸的良方和捷径。请教一下，在你这种大学霸的眼里，什么样的书才是好书？"

苭芄说："罗素说过，'如果一生中能读到一本好书，在阅读中又感到乐趣，这种乐趣又把我们引入到思考中去，在思辨中再得到更大的乐趣，这才是一本好书应有的价值，也是它真正存在的意义。'"

我赞叹道："果然是学霸，世界各国的名言佳句，信手拈来。"

苭芄说："你猜猜我拿起的第四本书是什么？"

我说："你做任何事都有明确的目的，不会随随便便。去掉前三种，接下来应该是关于哲学或精神心理方面的。"

苭芄说："一点不错，是弗洛伊德的《精神分析引论》，他提出的人格结构理论、人类的性本能理论和心理防御机制理论，我都非常感兴趣。"

我说："女性对精神心理学感兴趣的并不多见。"

苭芄说："精神心理健康才是人类的终极目标。每年的10月10日就是'世界精神卫生日'。"

我顿时对苭芄刮目相看，一直以为她仅仅是一个研究学术的天才，没想到她更是一个具有独立思想并且对人类未来发展的方向有着深层次思考的人。

随着社会的发展,工作竞争的压力和生活的压力不断增加,患有心理疾病的人越来越多,导致身心疲劳。据保守估计,可能有四分之一的人有程度不等的心理问题。今年世界精神卫生日的主题是"心理健康,社会和谐"。是的,只有大家心理健康了,人与人才能友好相处,社会才能和谐发展。

茵芃说:"我认为在当今这样一个生活压力特别巨大的时代,没有一个人的心理一生都是完全健康的,至少在某一个阶段可能是心理扭曲的。"

我说:"我同意你的观念,各个阶层的人都有各自不同原因的焦虑不安,而这种忧虑就会在不同程度上影响我们的心理健康。我们大家都可能在某个时期就是病人,只是有些轻度的病症可以自愈,而有些严重的病症,则必须在心理医生的帮助下才能治愈。"

茵芃说:"我拿起的第五本书是黑格尔的《法哲学原理》。对于黑格尔的辩证法,我极为赞同,但是对他的断言'现实的就是合理的,合理的就是现实的'却不能完全苟同。"

我说:"黑格尔这里所讲的'现实的'并不是经验主义者所指的'现实',而是把现实的存在作为全体的表象来看,从而透过事实的外表特征,才能看出事物的内在合理性。"

茵芃说:"老大,你讲的这个太深奥了,我不太理解,可能与我的悟性不够有关。"

我笑道:"如果你这种超高智商的人悟性不够,那么我们这些普通人还活不活啦?其实哲学本来就是一个不容易理解的东西,还与各人的亲身感受有关。"

茵芃笑道:"你是说我的人生经历太简单,阅历不够,思想太肤浅了吗?"

我说:"我可不敢!你不要钻牛角尖。其实我最喜欢的书并不在书架上,就在我的床头。"

茵芃说:"全班人都知道,老大的挚爱是《红楼梦》。读懂它是需要深厚的文学底蕴的,这样一种百科全书式的大书,只有你这种博学的老大才能啃下来。"

我说:"大学霸过奖了,也就是一种爱好而已。一部《红楼梦》,千种面目,万种情愁,从这些人身上,总能看到自己的影子,感悟成长的智慧。"

茵芃说:"'满纸荒唐言,一把辛酸泪。都云作者痴,谁解其中味?'愚昧如我辈之人皆不能懂,唯有老大能解其中的真味"。

我说:"睿智的学霸如此谦虚,羞死我了!曹雪芹的伟大在于他看清了这个社会,更难能可贵的是他看清了这个社会上的每一个人,所有的人在他面前都是裸露无遮掩的。《红楼梦》不仅是封建社会的百科全书,更是人性的百科全书。"

茵芃说:"是的!《红楼梦》几乎解说中国各个阶层人的人性,所以年少不识

《红楼梦》,读懂已是不惑年。"

我说:"你说得对!中年后再读《红楼梦》,感慨万千,觉得书中将天下的道理都讲透了。社会兴衰,人生成败,无所不包,振聋发聩,醒世恒言。"

苭芃说:"但是我们依然不能像曹雪芹那样,做到人情练达,世事洞明。"

我说:"那是因为我们的社会阅历还不够丰富,没有经历过痛彻肺腑的感悟。"

苭芃说:《红楼梦》是一本千古奇书,鲁迅这样评价它,'经学家看见了《易》,道学家看见了淫,才子看见缠绵,革命家看见排满,流言家看见宫闱秘事。'老大看见了什么?"

我说:"知音难觅,相互能懂是两情相悦的最高境界。"

苭芃说:"按照你的说法,男女之间有情爱的人不一定能相互懂得,性爱更是次要的,你要的是精神之恋。"

我说:"宝黛爱情就是相互能懂,心灵共鸣。大观园中这么多的才貌双全的女子,真正能与宝玉互为知音的唯有黛玉一人而已。在现实生活中,尽管许多夫妻相亲相爱一辈子,但是真正相互能懂的却是凤毛麟角。宝钗应该是最合格的妻子,却不是最知心的爱人。"

苭芃说:"宝黛爱情没有结果,这样的爱情令人遗憾!"

我说:"爱情一定需要结果吗?"

苭芃说:"你这种精神之恋太不现实了。"

我说:"我讲的是爱情最高境界。这样的知音可遇而不可求,是稀缺资源,但是在现实世界中还是存在的。"

苭芃说:"你把相爱和相知分得太清了。也许只有在你和才女这些精神至上的人之间,才是这种既相爱又相知的最高境界,我们这些凡夫俗子的夫妻之间只要能相爱就行了。老大呀,你和才女太浪漫了!"

我说:"你别乱说,这仅是一种思想理念的探讨,对事不对人。其实我也是一个非常现实的人,不喜欢幻想,只走实实在在的路。"

苭芃笑道:"老大心虚了,不敢承认你和才女之间的相爱相知了!不过,我相信你是一个现实的人,否则,当初你就不会不告而别了。"

我不得不佩服苭芃敏锐的洞察力,果然是大学霸,具有一种聪慧的灵性,一眼就看出我当年唯一钟情的人是冰玉,不是夏蕴;而且大家都觉得我当年是与夏蕴不告而别,唯有苭芃看出我其实是与冰玉不告而别。

我有意转换话题,问道:"《红楼梦》中描写了许多的奇女子,你最欣赏哪一位?"

荺芇说:"我喜欢探春。"

我有些意外,但是仔细想一想,好像又在意料之中。探春是一个既具有生命活力,又具有独立思想的人。许多人喜欢探春,就是欣赏她不甘沉沦,勇于奋进的个性。林语堂也说:"最喜欢探春,最不喜欢妙玉。"

我故意问道:"为什么呢?"

荺芇说:"在等级森严的贾府之中,一个庶出的灰姑娘,凭着自己不懈的努力,最终成长为能够杀伐决断的真正的大家闺秀,就是一个典型的励志故事。"

我说:"探春是有宏大的抱负的!她说过,'我但凡是男儿身,早就出去做一番事业了。'她这种女儿身、男儿心的个性与你有几分类同,令人敬佩。"

荺芇说:"探春在代替王熙凤暂时管理家务期间,处事公正,有条不紊,兴利除弊,显示了她高超的管理才能和广阔的胸襟。只是探春的结局令人哀叹,她终究还是因和亲而孤独地远嫁了,成了换取家国安宁的牺牲品。"

我说:"这是《红楼梦》的主旨'大厦将倾'的总体趋势所决定的;但是我反而觉得探春远嫁成了王妃,或许不完全是坏事。这朵美丽可爱的'刺玫瑰'毕竟从此抛开了一直笼罩在她头上的'庶出'的阴影,而且有可能躲避了'倾巢之下,焉有完卵'的灾难;其实是印证了花签上'必得贵婿'的预示。"

荺芇眼睛一亮,惊喜地说:"你这个说法很有新意,让我耳目一新,你一直就具有独立的思想。记得有一次晚会上,听你吟诵整篇的《秋窗风雨夕》,感觉好神奇,你身上有一股文化人的雅意。我非常仰慕有文采的人,羡慕文化人之间诗词歌赋的交流。"

那是上大学后全班第一次开晚会,大家都迫不及待地显现自己的能耐,好让别人以后高看自己。我当时也没能免俗,恣意炫耀了一下自己的文学水平。

荺芇说:"也就是那一次,小妹告诉我关于你的好多事情,我才知道你是一位大才子,从此一直很佩服你。小时候,我就希望自己长大后能成为李清照那样的才女,可惜我出生在一个医学世家,失去了接触文学的先决条件。"

我说:"你别听小妹瞎说,哪里有什么大才子呢?其实你的文学修养很高,经典诗词也是随口而出,我很佩服。我不妨冒昧提一个小建议,我觉得你现在这个年龄和所面临的状况,最适合看一下《道德经》,一定会对你的人生、事业和生活态度产生较大的帮助。"

荺芇说:"老大的吩咐,我一定遵从。《道德经》确实是一本奇书。"

我说:"《道德经》有言,'强大处下,柔弱处上。''天下之至柔,驰骋天下之至坚。'"

荺芇说:"就是老子所说的舌头和牙齿的关系,以柔克刚,很形象。"

我说:"你是有大智慧的人,一点即透。"

芍芘说:"谢谢老大鼓励,我回去后一定认真地阅读一下。你给我总结一下《道德经》的主旨思想。"

我说:"史学家司马迁的父亲司马谈早就有总结,'道家使人精神专一,动合无形,赡足万物。指约而易操,事少而功多。'"

芍芘说:"果然是大道至简,至道不繁!"

我说:"自从认识你,你总是给我高大上的感觉,你无论做什么事情都能成功,给我讲讲你成功的秘诀。"

芍芘笑道:"老大又在取笑我了。"

我说:"不是取笑,是真心讨教。"

芍芘说:"没有秘诀,更没有捷径,但是可以通过研究别人的经历、吸取别人的经验而让自己少走弯路,这就需要观察、看书和思考。多看历史书和人物传记,我们所面临的困惑,前人往往都经历过,而他们解决问题的方法,我们可以直接借鉴。"

我说:"有了正确方法仅仅是一个前提,能够认真执行才是最重要的。"

芍芘说:"那是当然!我做事都是严格按照西点军校的《22条军规》。"

我惊讶而且佩服不已,《22条军规》概括起来讲就是:为了自身的目标而自发行动,不找借口,无条件立即执行。理念至上,坚信没有不可能,只争第一。以榜样为先导,注重荣誉。使自己受人欢迎,参与团队合作。热情、勇敢、冒险,敬业尽责,全力以赴、永不放弃。不断提升自己,注重实力和细节。

我说:"难怪你事事都能成功,按照《22条军规》的执行力,天下当然很少有难事了!一个人的自律程度决定了他的人生高度,所有优秀的人都是严格自律的人。"

芍芘说:"成功是急不来的,大处着眼,小处着手。每一件大事的背后,都有无数琐碎的小事;只要认真做好每一件小事,大事就自然完成了。"

我说:"我理解了,你们这些能成大事的人,都是通过一丝不苟地做好每一件小事,而最终站在了金字塔顶。海明威说过,'优于别人,并不高贵,真正的高贵应该是优于过去的自己。'"

芍芘说:"确实如此!只有持续地付出努力,逐步推进,才能一步步走向成功。成功其实就是站起来比倒下去多一次,而所谓的好运气就是永远不放弃。英国首相丘吉尔说过,'成功就是从失败到失败,也依然不改热情。'所以没有任何成功是轻而易举的。"

我说:"一个人所有的能力都是不断坚持和努力奋斗的结果。我不仅佩服你的能力,而且佩服你的毅力。《三国志》有云:'智者不为小利移目,不为意似改步,时可而后动,数和而后举。'成功往往不属于跑得最快的人,而属于一直坚持在奔跑的人!"

药芃说:"正是此理!决定一个人上限的不仅仅是智商,更多的是毅力。南宋理学家朱熹说:'立志不坚,终不济事。'大哲学家王阳明说得好,'知行合一。'我觉得可以这样理解,'计划'仅仅是前提,'行动'才是答案。比如登山,你无须看到山路的全貌,最重要的是赶快跨出坚定的第一步。"

我赞叹道:"古语云:'三分战略,七分执行。'听君一席话,我悔恨前半生!"

药芃笑道:"才子老大太夸张了。我对公司的管理同样如此。现代管理学之父彼得·德鲁克这样说:'管理是一种实践,不是理论。'"

我说:"现在好多人的问题就是只喜欢空谈理想,整日指点江山,却不肯采取实际的行动。"

药芃说:"陆游在《冬夜读书示子聿》中这样说:'纸上得来终觉浅,绝知此事要躬行。'"

我说:"看来世界上并没有绝对完美的人,只有坚持不懈追求自我完善的人。所以只有拥有不断追求进步心态的人,才能将自身的价值不断提高。"

药芃说:"天生我材必有用,每个人都有责任让自己成为有用的人,成为更好的人。'人生亦有命,安能行叹复坐愁?'"

我想,药芃就是这种人,从不做无谓的叹息,一生都在竭尽全力成全最好的自己,她的命运永远掌握在自己的手中。

世界上有两样东西最能改变一个人,苦难和坚持。有人在苦难中觉醒了,变得更坚强;有人在坚持中不断进步,变得更优秀。雨果说过:"人们并不欠缺力量,而是缺乏意志力。"

我说:"你永远是我们大家学习的榜样。与你这么优秀的人成为同学是我最大的幸运。"

药芃说:"你给我的感觉也是一样的。我们都要和优秀的人交朋友,才能让我们更优秀。"

我想,只有修养、学识和格局都相当的人,才能长期共存在一个圈子里。

我说:"很有道理!'蓬生麻中,不扶而直。白沙在涅,与之俱黑。'"

药芃说:"就是这个道理。'近朱者赤,近墨者黑。'"

我说:"你是一个热爱生活的人,对一切都充满着激情!"

药芃说:"黑格尔说过,'假如没有热爱,世界上一切伟大的事业都不会成功。'我热爱生活,热爱工作。让我的生命灿烂是我对自己的一个庄严的承诺。"

我说:"我和你们这些成功人士的距离不仅在于社会地位和物质财富,还在于思想观念和认识格局。你一直走在时代的前列,而我总是在拖时代的后腿。"

茐芄说:"老大过奖了,而且你也一直是紧跟着时代的脚步的。我听小妹详细说了你的事情,对你极为佩服。我要向你学习,生活以痛待你,你仍然报之以歌。你真有气魄和担当!"

我笑道:"大学霸同样是太夸张了。你搞的这个是朝阳产业,整个行业欣欣向荣。随着我国经济和卫生事业的快速发展,社会老龄化越来越明显,交通事故和各种意外的增加,康复需要和护理需要会成为经济社会最大的蛋糕,行业的前景不可限量。我非常佩服你的职业眼光,总是紧跟时代的脚步和社会发展的大趋势!"

茐芄说:"我现在不仅是医学博士,而且是管理学和金融学博士。我读博的目的不是为了单纯地增加知识,而是为了让自己站得更高,看得更远。当然读书也是拓宽眼界的一种极好方法,读书是我俩的共同爱好,我还特别喜欢旅行,只要有一点空闲时间,我就会出去走走。在旅行中,面对时间和空间的变换,我能感知自己的生命和广袤的自然界之间的依存关系,进而产生一种珍惜生命,敬畏自然的感悟。"

我说:"我也喜欢出去观赏风景,接受大自然的熏陶。旅行不能延长我们生命的长度,却能够增加我们生命的宽度。身体和灵魂,必须有一个在路上。一辈子窝在屋檐下的人生是枯燥无味的。"

茐芄说:"张潮在《幽梦影》中这样说:'文章是案头之山水,山水是地上之文章。'"

我说:"可见读书和旅行都是增长见识的好方法。"

茐芄说:"在《幽梦影》还有这样一句话,'善游山水者,无之而非山水,书史亦山水也,诗酒亦山水也,花月亦山水也。'"

我说:"所以,既然我的身体不方便,限制了我行动的自由;那么我就只能以书史、诗酒和花月为山水而自嘲了。"

茐芄说:"那我以后出去带着你。不过,你讲究的是文化之旅,而我一个粗野的女汉子,可能合不上你的文雅节拍。"

我笑道:"在大学霸面前,谁还敢谈文化?准确地说,是我跟不上你的层次,你是社会上层的精英人士;而我过的是朝八晚五的日子,没有随便出走的自由,不像你经营着自己的公司,可以说走就走,诗和远方其实就在你的眼前。"

茐芄笑道:"才子老大耶,你酸不酸哪?"

我说:"革命先行者孙中山说:'读万卷书,行万里路,布衣亦可傲王侯。'"

芮芃说:"所以我们都应该有'平交诸侯'的胆识和傲气。"

我说:"谋大事者,心中首先必须具备你这种女王般的大格局,才会有大成就。"

芮芃说:"让老大见笑了。孟子曰:'说大人,则藐之,勿视其巍巍然也!'"

我调侃道:"不敢!在尊贵的女王面前,老朽岂敢放肆?"

芮芃大笑道:"人人生而平等。"

我说:"女王呀!人生下来其实是不平等的,有些人是含着金钥匙而生的,而有些人是出生在贫民窟里。"

芮芃说:"但是我们自己可以去追求平等。'为官须作相,及第必争先。'"

我说:"事情不是这么简单的,含着金钥匙的人更容易成功,而生在贫民窟里的人可能连学习的机会都没有,怎么能轻言成功呢?"

芮芃笑道:"你是哲学家,我说不过你。我们还是谈谈旅游吧!"

我说:"你是一位成功的创业者、大企业家。从经济的角度看,旅游也是一种消费,中国的经济正在从生产型向消费型转变。你对目前的中国经济如何看待?"

芮芃说:"目前中国经济增长的动力60%源自消费,而且主要是居民消费,不是政府消费。"

我说:"你这有些偏颇了。政府大规模的基建就极大地拉动了内需,而且创造了很多的就业机会。"

芮芃说:"我是做企业的,更关心企业这一块。昨天,我刚刚去交税。目前,国家针对企业的税收比例已经到顶了,如果再增加,企业就会失去活力,不能继续发展了;所以未来针对个人和住户的税收一定会增加,比如增加个人所得税。"

我说:"如果企业的税赋确实很重,那么减轻企业的税收有可能,但是同时增加普通人群的个人所得税不太可能。真正凭工资吃饭的人能有多少收入?为了平衡贫富分化进一步加剧的现状,我觉得更应该增加你们这些高收入群体的税收,而不是增加普通老百姓的税收。提高个人所得税的起征点,减轻普通人的负担;加大税收比例,增收高收入者的税收。"

芮芃说:"你不搞企业,自然不知道其中的艰难。"

我调侃道:"你这是在为自己的利益辩护吧?"

芮芃说:"我是为广大的企业主说话,并不是为自己开脱。我们公司的盈利还是比较乐观的,并不用担心税收的问题,而且我从来都是主动纳税的。"

我说:"这个我完全相信!你能力强,你的公司赚得盆满钵溢;你也绝对是一位守法公民。"

蒟芄说:"房产税和遗产税等很快就会被政府提上议事日程。你也不要小看了老百姓的总体富裕程度,我国居民约有60%的家庭财产就是房产,这个庞大的基数是开增房产税的基础。"

我说:"你这是典型的富人思维!难道因为有这个庞大的基数就必须开增房产税吗?这是因果颠倒!"

蒟芄说:"老大,你不要偏激!这样做正是为了防止贫富分化的进一步加剧,房产越多,税收的比例自然就越高;更主要的目的是为了遏制炒房,阻止房价的快速上升。我把次序说反了,先说的充分条件,后说的必要条件,所以引起了你的不满。"

我点点头。我确实将她先说的增收房产税的充分条件当成了必要条件,现在关系一旦理顺,我发现蒟芄说的其实很有道理的。

蒟芄说:"我赞成增收房产税和遗产税,我们为什么要给子孙留那么多的财富呢?会养成他们不劳而获的惰性。《增广贤文》有云:'求财恨不多,财多害人子。'"

我说:"这是正理!其实我也十分赞同增收房产税和遗产税。林则徐的观念,'子孙若如我,留钱做什么?贤而多财,财损其志;子孙不如我,留钱做什么?愚而多财,益增其过。'我十分认可这个观点,应该让子孙后代自己去创业,只有通过自己的努力而创造的财富,才会更加懂得珍惜。"

五点,我们上了南京长江二桥,向西望去,万里长江滚滚而来。我忆起王维的《山居秋暝》,随口吟诵:"空山新雨后,天气晚来秋。"

蒟芄说:"果然是才子老大,你随口引用的这两句,正对此情此景,恰到好处。"

我说:"古人与今人的情感是相通的!"

蒟芄说:"我很崇尚后面两句,'明月松间照,清泉石上流。'多么有意境呀,如在眼前,身临其境。老大如此有诗才,不妨来南京参加'一站到底'的节目。"

我说:"我曾经向冰玉提议过,她大骂我俗气。"

蒟芄说:"我感觉大才女太理想主义了,她一直生活在天上,永远是你心中最完美的'天仙'!"

我说:"你的意思是,我俩都不现实?"

蒟芄说:"没说你,你一直非常清醒而现实,很有老大的样子!上学时,你对才女太痴情了,含在嘴里怕化了,捧在手里怕碰了!真令人感动!"

我笑道:"没有想到一直一本正经的女王竟然说出这样的玩笑话!"

蒟芄念道:"以爱花之心爱美人,则领略自饶别趣;以爱美人之心爱花,则护惜倍有深情。"

　　我知道这是《幽梦影》中的句子,继续念道:"美人之胜于花者,解语也;花之胜于美人者,生香也。二者不可兼得,舍生香而取解语者也。"

　　莳芃说:"二者可以兼得,大才女就是你的活色生香的知音解语人!"

　　我调侃道:"我非常渴望成为你的知音解语人!"

　　莳芃笑道:"很有同感!"

　　我说:"那你现在就把你浪漫爱情中的'意外插曲'告诉我吧!"

　　莳芃说:"你忘记我提出的条件了,等你去上海,到了我家里再说吧!"

　　我说:"还吊我的胃口,挺神秘的!"

　　莳芃摇摇头,轻声地说:"我这个故事的结局和你俩的结局一样,就是没有结局!"

　　我说:"结局我早就猜到了,否则你也不会这么难舍难忘!"

　　过了二桥,我打电话问天禧:"女神呀,我们去哪儿呀?"

　　天禧兴奋地说:"你们来小妹家里,我在门口恭候二位的大驾光临。"

　　我有些纳闷,询问莳芃:"咋不在天禧自己家里呢?"

　　莳芃说:"天禧不希望先生在场,不自由。"

　　我说:"天禧的先生能管得了她吗?"

　　莳芃说:"天禧就是个嘴上厉害的纸老虎!最明显的例子,她最喜欢管制你,其实,你哪一样是听她指挥的?大多数时候,你也就是敷衍她,逗她玩吧!"

　　我不好意思地笑道:"你确实是太聪明了,什么都瞒不了你的法眼!"

　　一会儿,我们到达小妹家门口。天禧和丫头站在门口迎接我们。

　　天禧满脸笑容地拥抱了我,称赞道:"亲爱的老大,你还是挺听话的嘛!"

　　莳芃看看天禧,故意说:"你这么霸道,老大敢不来吗?老大真担心你会吃了他!"

　　大家都笑了。

　　天禧说:"老大,真是对不起,你身体不方便,这么急吼吼地让你大老远赶过来,有些强人所难了!主要是想让大家聚一聚,大家想你了!"

　　我说:"没事,我正好也想大家了!"

　　莳芃说:"你们俩想见面,就直接说吧,不要借大家的名,我们不背这个黑锅!"

　　丫头拉着我的手,心疼地说:"大哥哥,一个月不见,你好像又瘦了。"

　　我说:"小宝贝呀,你大哥哥整天生活在某个人的恐吓、威胁之中,能不瘦吗?"

小妹家住一楼,外面有个挺大的院子,中间摆放着桌椅。

天禧说:"我们今晚就在院子里进行'星月晚餐'。"

苭芃调侃道:"最好我们都走,只留老大和你在月光下浪漫。"

大家又笑了。

我进屋,小妹正在厨房里忙得不亦乐乎。一看到我,立即兴奋地拥抱着我说:"大哥,我好想你呀!"

我拍拍她的头说:"我也想你呀!"

天禧一把将我俩拉开,笑道:"讨厌,我最看不得你们俩在我面前腻歪!"

丫头说:"小妹姐姐,看你满手的油,弄了大哥哥一身的油渍。"

大家一看,果然我西服的背部被印上两个明显的油手印。

小妹笑道:"不好意思,我太激动了!"

我说:"没有关系,你今天辛苦了!"

天禧说:"小妹这是在老大身上签名按手印,告诉我们,老大今晚是她的了。"

大家都笑啦!

小妹笑道:"我懒得理你!丫头帮我干活,我要带大哥参观我家。"

小妹洗了手,拉着我在她家里到处走。小妹家的房子好大,足有两百多平方米。家中设施井然有序,红木仿明家具,干净明亮。

我赞扬道:"你好勤快呀,家里收拾得这么干净整洁!"

小妹笑道:"你才知道呀,我是标准的贤妻良母!"

我说:"很值得表扬!"

在书房里,小妹的表情十分神秘地说:"大哥,我给你看两样好东西,你猜猜是什么?"

我笑道:"你的好宝贝太多了,我哪里能猜得出来?"

小妹打开书橱的门,取出一个老旧的军用书包,但是上面的"为人民服务"五个红色的字体还清晰可见。

我觉得非常面熟,却想不起来在哪儿见过。

小妹说:"看来大哥已经忘记了。那次搬家去实习地点,我不小心把这个书包弄丢了,你比我还着急。最后,我已经放弃了,你却一直费尽心力帮我寻找。你的行为感动了上苍,最终还是被你找回来了!你知道吗?从此这个书包我再也没有舍得用,一直存放在家里!一看到它,我就想起你的好!"

我说:"小事一桩,不足挂齿。另一件宝贝呢?"

小妹又从书橱里取出一个玻璃盒,打开来一看,一个极小的漂亮的白雪公主的模型藏在里面。

我想起来了,这个白雪公主模型就是在大学三年级元宵节、小妹生日那天,我们一起在夫子庙猜灯谜得来的。

我说:"你还保存着呢!这确实是你的宝贝!可爱的'一寸佳人',你就是我们大家的白雪公主。"

小妹说:"当然要永远珍藏了!书包是我们兄妹友谊的见证,'白雪公主'是我们一起欢乐的见证。后来我仔细一想,发现我当时有些霸道了,这个可爱的白雪公主应该是冰玉的。当时你们俩多默契呀,都知道谜底,都知道可以直接拿走。真不愧是心心相印的一对才子佳人!冰玉就是你心中最美丽的'白雪公主'!"

我笑道:"你就贫吧!我的'一寸佳人'!"

小妹带我来到一间客卧里,笑道:"你今晚就睡在这儿,这是天禧下午亲自给你整理的床铺。"

我悄悄地说:"你晚上送我去夏蕴家,不要告诉天禧。"

小妹惊讶地看着我,意味深长地一笑:"这个可以的,但是你怎么感谢我呢?"

我故意责怪地说:"我们不是好兄妹吗,哪能还要什么感谢呢?"

小妹撒娇地说:"我就要!"

天禧突然闯进来,笑着说:"你俩又瞒着我,躲在这儿说什么悄悄话?"

小妹说:"就不告诉你!"

天禧笑道:"看我不掐死你!"

两人闹成一团。

蒻芘宣布:"开饭了,大家快过来呀。"

我们都进院子,坐下来。我抬头望着天空,城市夜晚的灯光太亮了,天空中根本看不到星星,今天是农历接近月尾的日子,月亮要到下半夜才能升起来。

我说:"女神,你说今晚是'星月晚餐',你的星星和月亮呢?"

天禧说:"空气污染太严重了,雾霾遮天,不能怪我。"

丫头笑道:"天禧是大哥哥的女神,难道大哥哥看不到女神身上的灿烂的星光吗?"

我说:"看到了,已经亮瞎了我的眼睛!"

大家都笑了。

我想起上学时,那年夏天,半夜里陪天禧去紫金山看流星雨的事情,开玩笑地说:"看来某位女神做事一点也不靠谱。"

天禧问:"老大,我哪儿又冒犯你啦?"

我说:"曾经半夜陪某人爬紫金山看流星雨,结果流星雨没有看到,却被淋了

一场雷阵雨。"

小妹附和道："是的,某人做事确实很不靠谱!"

天禧笑道："天有不测风云,不能全怪我。不过,真不好意思,让大家都感冒了。"

丫头说："你们太浪漫了,半夜爬紫金山看流星雨!咋就没有擦出点爱情的火花呢?"

苭芃说："那就不好说了,山高水远,花前月下,孤男孤女,能干出什么事情来,我们就不需要猜了!"

天禧说："什么孤男孤女,我们是三个人,小妹也在场。"

苭芃说："小妹真不懂事,不是有月亮吗,不需要你夹在中间当灯泡呀!"

小妹委屈地说："是天禧强行拉我去的,我能有什么办法呢?"

天禧说："你就拉倒吧,某人一听说陪老大出去玩,不是立即欢天喜地的吗?"

小妹说："我还记得大哥当时吟诵的诗句:

浩瀚太空奥秘多,紫金山巅女神游。
银河无垠堵织女,太空有情邀牵牛。
天文远镜探寰宇,神舟飞船访星球。
金风玉露相逢悦,明月彩云天地秀。"

苭芃说："小妹,你看看,人家牛郎织女喜相逢,星月闪耀天地秀,多亮呀!说你是一个多余的大灯泡,你还不服气呢!"

大家都笑啦!

丫头为大家倒红酒。我拉了一下小妹,示意她待会儿要开车。

小妹会意,马上说："我今天头痛,不能喝酒。"

天禧笑道："是吗?今夜在老大怀里一躺,保证立马就不疼了。"

小妹瞪着眼睛,责问道："女神,你有意见吗?"

天禧笑道："不敢有意见!只是有些担心老大瘦弱的身体!"

大家又笑了!

苭芃意味深长地看我一眼,笑道："老大,我们这么温柔可爱的小妹躺在你怀里,你会有什么样的感觉呢?"

天禧说："这就不用说了,儿茶酚胺分泌增多,交感神经兴奋性增强,心率加快,血流加速……"

我跟小妹说："我们吃饭,不用理她们。"

突然,我的手机响了,是我爱人的电话。

我说:"我们到了,正在吃饭。你晚上早点睡觉,天冷,小心不要受凉。"

天禧坐在右手边,我刚接完电话,她就拿起我的手机,坏笑道:"老大,你和大嫂好恩爱呀,这么相互关心,令人羡慕。"

丫头说:"大哥哥和大嫂秀恩爱,撒的这把狗粮营养非常丰富,一下子就将我们喂饱了,晚饭都不用吃了!"

大家都笑了。

我说:"女神啊,我怎么感觉你的笑容里面含有某种居心不良的成分!"

果然,天禧一瞪眼,霸道地说:"从现在开始,你的手机由我和小妹保管。除了大嫂的来电,其他人的电话一概不许接听。"

我好惊讶,委屈地说:"女神这样做太霸道了吧？我还有两位高中同学今天也来南京开会了,我正准备联系她们呢!"

天禧说:"别啰唆啦,我说了算!"

我不满地说:"你如此霸道,怎么能嫁得出去？你家先生一定是个近视眼,当初没有看清楚,现在一定是悔恨万分! 曹操的'鸡肋'!"

小妹坐在我左手边,偷偷地用膝盖碰碰我。我转头看了小妹一眼,知道她的意思,提醒我,小心天禧发飙。

果然,天禧猛然站起来,瞪着双眼,假装愤怒地说:"老大,你什么意思呀？你以为你不喜欢我,就没有人会喜欢我了?"

芮芘向我眨眨眼,故意说:"老大这话过分了,赶快道歉!"

我赶忙说:"亲爱的女神,我错了,跟你开玩笑呢!"

丫头拉着天禧坐下来。

天禧说:"老虎不发威,你把我当病猫!"

我说:"早知道你不是病猫,你是什么老虎!"

芮芘接口说:"母老虎! 我们都领教了。"

大家都笑了。

我问道:"禧呀,你去美国的一切手续都准备好了吧?"

天禧马上高兴起来,兴奋地说:"这才像一位老大该说的话,老大还是真正关心我的! 全部办好了。"

我笑道:"美国是个多人种杂居的社会,但是主要是白人和黑人。你此次去,可以找一个小白脸,也可以找一个小黑炭。总之,美国的小鲜肉一定是别有风味的。"

天禧笑道:"黑白小鲜肉我都不喜欢,我就喜欢老大你这个老鲜肉。"

我笑道:"我是老腊肉,你根本嚼不动了。"

天禧笑道:"我牙口好,吃饭特香。"

大家又笑了。

我故意说:"你先生到底有多帅,也让我们看看嘛。"

小妹说:"我们难得看到她先生,确实很帅,就怕我们抢。"

丫头说:"小妹姐姐的先生我们经常看到,他俩特别喜欢在我们面前秀恩爱。"

天禧说:"丫头的先生特别可爱,标准的模范丈夫。"

我看看一直不出声的葫芃,笑道:"葫芃,你干吗?玩深沉呀?"

小妹说:"学霸的先生很神秘,我们谁都没有见过。"

葫芃不屑地说:"先生有什么好比的?真肤浅!"

大家都笑啦,都说学霸高大上。

葫芃说:"女人一定要做最好的自己,不断超越自己,才能不辜负自己的这一生。自己做到最好就行,其他的事情根本不重要。自身强大的人,一个人就能活成一支队伍。"

小妹笑道:"找到一位优秀的丈夫,也是女人成功的一部分。"

天禧笑道:"小妹呀,学霸又要笑你肤浅了。"

小妹说:"肤浅咋的啦?如果每个人都像学霸这样高深,那么这个社会就没有乐趣了!"

丫头问道:"学霸,怎样才能做最好的自己呢?"

葫芃说:"很简单!首先是经济独立,财务自由;其次是读书和旅行充实自己,永不满足;再次是保持健康的生活方式,健身、打扮自己、整理房间、不熬夜。当然保持健康的心态也是非常重要的,善待父母家人、和好友相聚、放松自己、种植花草、培养自己的小爱好等。"

真不愧是学霸,说起任何事情都是一套一套的,条理清晰,逻辑严密!但是葫芃说的这些事情并不简单,也不容易做到。能做到经济独立的女人并不少,而财务自由却是绝大多数的普通男人和女人都做不到的。想干啥就干啥,而不需要考虑经济成本,对于大多数人来说,只能是一个梦想。葫芃的这种永不满足、不断进取的精神也是我们常人所不具备的优秀品质。

天禧问道:"你都做到了?"

葫芃说:"当然了!我这个人说到的事情就必须做到!"

小妹说:"你牛!我对你只有仰视的份。"

我说:"葫芃在家里肯定是一言九鼎、言出必行的。看到你们都这么幸福,家庭和谐,夫妻恩爱,我这个做老大的就非常欣慰了。"

我的手机又响了,天禧看了一下,向我眨眨眼,暧昧地说:"这个电话不是大嫂的,你不可以接。"

我分析天禧的眼神,应该是夏蕴的电话,她应该是等得焦急了!我看了一下小妹家墙上的时钟,已经九点半了。

我说:"不早了,我有些累了,我们喝完杯中酒就结束吧!"

大家都说好。

小妹说:"你们都睡在我家吧?"

莳芃说:"我不睡你家里,我回我们公司在南京的定点宾馆,公司里还有些事情需要我安排呢。"

天禧说:"我们也走,给你和老大腾地方。"

小妹笑道:"你咋这么懂事的呢?其实是舍不得你家先生吧!快要出国了,抓紧最后的时光,良宵一刻值千金呀。"

我笑道:"小心腰疼!"

大家都笑啦!

天禧笑道:"你俩今夜才会腰疼呢!我们走了,你俩就慢慢折腾吧!"

她们三个人走了。

我说:"小妹呀,太晚了,你就不用送我了,我自己打车去吧。"

小妹说:"那不行,我不放心你一个人去。你就别啰唆了,走吧。"

我调侃道:"你不是头痛吗?你现在撒谎都不用打草稿。"

小妹撒娇道:"大哥,你可不带这样的,人家是为你才撒谎的。我上个月刚头痛的,这个月不会痛了。我头痛的频率没有这么高,四五个月痛一次。"

我说:"你经常头痛,也去查一查才好。三个月前,你大嫂再次头痛,做MRI,发现颈内动脉有一个直径2.5 mm血管瘤,伴有鞍区有少量的出血。我们非常紧张,立即住在我们医院治疗。因为这个血管瘤的位置和角度很特殊,大家建议我们去上海华山医院神经外科治疗。前几天去那儿看了门诊,预约一个月后等通知去住院,做介入手术。"

小妹说:"你们俩是好人多磨难,遭遇过这么多的不顺,真令人心痛!大嫂的这个病是我的专业范围,既然已经有过出血,确实应该进行弹簧圈填塞处理,如果弹簧圈固定不住,还要放血管支架。"

我说:"是呀,这个动脉瘤就是一个定时炸弹,谁知道它什么时候会突然破裂呀!一旦破裂,后果就难以预料。真希望能赶快手术!"

小妹说:"听说冰玉家离华山医院不远,让她给通一下关系嘛。"

我说:"冰玉不在华山医院工作。我没有告诉她,也不想麻烦她。你也不要告诉她。"

小妹惊讶地说:"我真不能理解你这种怪异的行为!你和冰玉的关系不就跟自家人一样吗?你跟她还客气什么呢?"

我说:"你以后会理解的。"

小妹说:"故弄玄虚!大嫂现在怎么样了?"

我说:"上个月,她又头痛了,复查了MRI,瘤体没有变化。"

小妹说:"真令人担忧!这个定时炸弹还是早点解决掉吧!一个月之后,就接近元旦了。大嫂住院有人照顾吗?要不要我去?"

我说:"有人照顾,不需要你去。你平时的工作也很辛苦的。"

小妹说:"你总是这样,事事不愿意麻烦别人。"

路上好冷,小妹开了空调。

小妹说:"现在已经是小雪的节气了,天气这么冷,你咋还穿西装呢?"

我说:"春捂秋冻,况且喝酒了,不冷!"

小妹说:"秋冻?你怎么能经得住秋冻呢?要不回我家,给你加一件我先生的外套吧?夏蕴离婚后和女儿住在一起,家里肯定没有男性的衣服!"

我感动地说:"谢谢你,没有那么冷,不用了。没有想到我们可爱的小妹竟然如此细心而贤惠呀!当年错过了,真是后悔莫及!"

小妹给我一个白眼,笑道:"错过了我有啥好悔恨的,倒是错过了大校花,你才应该悔恨万分呢!'一失足成千古恨,再回头已百年身。'"

我说:"你跑题了!"

小妹暧昧地看了我一眼,欲言又止。

我说:"你什么时候在我面前知道害羞了?"

小妹说:"别怪我多嘴,我一直非常欣赏你和大嫂的真情!"

我笑道:"小东西,学会转弯抹角了!原来是对大哥没有信心啊!"

小妹说:"酒乱性,色迷人。"

我说:"乱不乱、迷不迷都是由一个人的品行决定的,与酒色无关。"

小妹说:"你就不要跟我装了。上次大聚会时,当你一边唱《选择》,一边流泪的时候,我就想起了陆游的那首词《钗头凤》:'红酥手,黄縢酒,满城春色宫墙柳。东风恶,欢情薄。一杯愁绪,几年离索。错、错、错。'你跟我说实话,你当时是不是特别后悔?错、错、错!"

我说:"是心疼和愧疚!不是后悔!一切都是上苍最好的安排!"

小妹说:"好吧,我相信你,对你有信心,但是夏蕴当年那么深情地爱着你……"

我说:"当年我们不是都很年轻吗?如今已经是人到中年,都有了各自的家庭和子女,思想和行为都成熟了。"

小妹说:"夏蕴现在是一个人,又正是她最悲伤痛苦、最脆弱无助的时候。在这个时候,面对你这样一个特别懂她、又是她曾经深爱过的男人,她的心是不设防的。你说她还能非常理智地跟你诉说衷肠吗?"

我说:"你多虑了,夏蕴尽管性格外向,但是一直是一个非常理智的人。"

小妹说:"理智?夏蕴从小到大,想得到的东西从来就没有失望过,你对她来说,绝对是一个例外。'空对着山中高士晶莹雪,终不忘世外仙姝寂寞林。'如果夏蕴结婚之前没有遇到你,如果你没有扰乱人家的心境,我相信她的婚姻现在一定是幸福美满的!"

我说:"你别乱说,我没有那么大的魅力。"

小妹说:"你别不相信!刚结婚的时候,她先生对她是百依百顺,呵护有加;但是'纵然是齐眉举案,到底意难平。'她心中一直牵挂着你,所以别人根本进不了她的内心。"

我说:"这些都是你的主观臆断,我今晚有必要向她问清楚。"

小妹说:"我劝你千万不要问清楚!在这样一个特别柔情的夜晚,你们孤男寡女一起探讨你们以前的恋情肯定不合适,一定会出事情的!"

我说:"我们之间以前没有恋情!你放心,我们现在也不会出任何事情。"

小妹说:"你认为没有,可是人家认为有!今天一定是夏蕴主动邀请你去她家的,春风十里,不如一生有你!我相信虽然这不是她生理的需求,但是一定是精神和灵魂的召唤。谁不希望身边有一个知冷知热的陪伴者?这个时候,她的心是非常脆弱的,也是最容易被感动的。你本来就是一位暖男,你的一份小小的关心就可能令她倍感温暖,她一激动,做出某种意想不到的举动,你这个特别善良的大哥又不忍心拒绝……"

我说:"善良不等于没有原则,你难道没有发现你大哥一向原则性很强吗?我和你大嫂都是完美主义者,对待爱情和婚姻不允许有一点瑕疵。两个人纯粹的爱情中是不可能存在与第三者的暧昧的。"

小妹一本正经地点点头。

我说:"网上说,有三种情况是婚姻里最不能容忍的,家暴、出轨和欺骗。我绝对同意这个观点,在我和你大嫂的婚姻中,永远不可能出现这三种状况中的任何一种。"

小妹问道:"什么是爱情?"

291

我说:"这是人类永恒的主题,谁也不能完全说清楚。我引用杨绛先生的话,'男女结婚最重要的是感情,双方互相理解的程度。理解深才能互相欣赏、吸引、支持和鼓励,两情相悦。其他,并不重要。'"

小妹说:"你俩目前的这种知己关系很微妙,分寸很不容易把握,是独立于爱情、友情和亲情之外的第四种感情,增一分是情人,减一分就是陌生人,如果处理不当,甚至可能是仇人。"

我说:"绝对不会出现你说的这三种人!我和她之间就是纯洁的异性友谊,没有别的内容,就像我们俩的关系一样。大哥年轻的时候都没有冲动,难道现在人到中年了,反而控制不住自己了?"

小妹念道:"厚天高地,堪叹古今情不尽;痴男怨女,可怜风月债难偿。"

我说:"古往今来,人与人之间都是债,有些债本来就不用还,有些债永远无法还。"

小妹点点头,笑道:"其实,我非常放心大哥,仅仅是一个善意的提醒,给你适时地降降温。"

我说:"谢谢你的真诚提醒,我很感动!你放心吧,大哥的脑袋没有发热,绝对不会冲动的。没想到在我心中一直思想非常单纯的小妹,原来心理竟然如此成熟、稳重!"

小妹说:"我知道,你一直认为我很幼稚!法国作家、诗人普吕多姆说过,'很少有女人因为拥有足够的道德和思想而让人忘记她们的美貌。'所以在最睿智的大哥心里,我们女人都是愚蠢无知的!"

我说:"你别胡说,我并不同意普吕多姆的这句话。我们最可爱的小妹既拥有高尚的道德,又拥有深邃的思想,还拥有迷人的美貌!"

小妹在成长过程中一直保存着最初的那份天真,但是这并没有妨碍她思想的成熟。也许正是这份于成熟中依然保留着的天真,才更加难能可贵!有些人所谓的成熟仅仅是被世俗磨去了棱角,学会世故罢了;而真正的成熟是对社会形成了正确的认知,而又不失去自己独特的个性。

小妹说:"不许你笑话我!大哥,我非常羡慕你,你的人生阅历很丰富!既有才女和校花曾经陪伴你的岁月可回首,又有一往情深的大嫂与你共白头!"

我说:"其实可回首的时光太多了,包括曾经和你们在一起的所有时光!每当我想起温柔可爱善良的小妹,心中总是充满着感动和温暖!"

小妹看我一眼,眼泪立即流了下来!

我赶忙把纸巾递给小妹,她一边擦着眼泪,一边说:"大哥,你如何理解红颜知己呢?你觉得应该如何把握这种关系呢?"

我说:"这是一种介于爱情和普通友情之间的高尚的情感。通俗地说,就是站在不远不近的地方去欣赏对方。"

小妹说:"难怪你总是对我那么不冷不热的。"

我说:"有距离才能产生美感,才能相互欣赏。彼此之间只添香,不添乱。"

小妹说:"我觉得这种感情虽然不是爱情,但是可以超越爱情之外。"

我说:"可以心动,却不能冲动;可以温情,但不能激情。既没有情人之间的那种腻味,也不需要亲兄妹之间的那份庄重。一切都随意而自然,亲密而理性。彼此之间没有性别之分。"

小妹说:"你将此看成了一种精神层面的柏拉图,而且你说的这些东西很难把握,忽略性别也不现实。"

我说:"爱情的柏拉图我不赞同,但是男女友情的柏拉图却是必须的。异性知己之间应该保持合适的距离,这不但不是一种痛苦,反而更利于相互的欣赏和增加彼此的愉悦。"

小妹问道:"朋友之间最恰当的相处,就是欣赏彼此的好,懂得彼此的苦。大哥也把我当成知己了吗?"

我说:"一直是!男女知己之情不必浓如蜂蜜,甜得发腻;亦不可烈如白酒,醉后失控;应该是淡如清茶,慢慢尝,细细品,虽苦却回甘,清香而无欲,才能历久弥坚。"

小妹说:"知己是缘,缘于曾经一起度过的风雨兼程的岁月,共同走过的那段温馨的心路,对一路上的风景和坎坷产生的相同的内心感受和心理认知。知己是幸福时的祝福和鼓励,是困境时的依靠和帮助,是迷茫时的指点和提醒。"

我说:"时间就是一个过滤器,不停地过滤着我们身边的人。大浪淘沙,留下来的都是真情。"

小妹说:"滚滚红尘,三千过客,只有极少部分的人留在生命里。大多数人只能陪我们走过一小段路,最终都离开了。"

我说:"绝大多数人已经渐行渐远了,三观不一的人是不可能越走越近的,即使是儿时的好伙伴也是如此。友情是需要双方同步成长的,对彼此的认识也是不断更新的。"

小妹说:"大哥对谁都好,所以才让夏蕴误解了你的情谊。"

我说:"对一个人好与爱一个人是有区别的。宝玉对所有的姐姐妹妹都好,却只爱黛玉一个人。夏蕴也没有误会我,她知道我心中喜欢的人不是她。"

小妹说:"我懂了,夏蕴仅仅是单相思;而对人好是你的秉性,甚至已经成了你的习惯,你是'暖男'!"

我说:"我算不上'暖男',更多的时候,我给人的感觉是冷漠。"

小妹说:"夏蕴现在的事业如此成功,婚姻却这么不幸,真令人痛心!"

我说:"人生总有意想不到的困惑,很难完美。'花开又被风吹落,月皎那堪云雾遮。'懂得世事变幻,方能从容。"

小妹问道:"怎样才能成功?"

我说:"成功的人都拥有独立的思考能力,知道自己想要的是什么,懂得自己的人生方向;还拥有强大的执行能力,在任何状况下,都能按照自己的既定目标不断努力。这是一种内在的自觉行动,不需要外部的督促。"

小妹又问道:"你怎么理解成功?"

我说:"不同的人,在不同的年龄,对成功会有不同的理解。对于现在的我来说,成功的第一要素就是身体健康,家庭幸福。或许应该这样说,成功只是手段,幸福才是目的。"

小妹说:"我也是这样认为的!名誉和地位并不重要,才华和能力也不重要,只要能够家庭幸福和身体健康,其他我就不奢望了。"

我自嘲道:"也许是因为我们俩现在都是不求上进的人。无钱无名,无才无能,所以就只能注重家庭的幸福了。"

小妹说:"也不要妄自菲薄!我俩也不能说是不求上进吧,只是没有学霸、校花和天禧那么辉煌而已。她们站在闪光的舞台中央表演,我俩坐在台下鼓掌,没有我们的观看,她们表演给谁看?没有我们的喝彩,又怎么能够彰显她们的辉煌呢?其实我们彼此都是对方的风景,都是这个社会的有机组成部分。"

我说:"我赞同你的说法。人生如戏,是什么样的角色,就演什么样的戏,不怕别人看不起,就怕自己不懂得用心地演好自己。"

小妹说:"人生就应该多彩多样,有选择和坚持,有取舍和删留。好的生活就是要懂得适可而止。"

我说:"生命的每一个时期都应该有不一样的精彩,人生的加减乘除中,总有一种是适合我们的。重要的是,我们必须清楚地认识自己想要的东西,而没有必要去跟别人攀比。"

小妹说:"作家林清玄在谈到当今社会最缺少什么的时候,他这样说:'一是从容,一是有情。'"

我说:"是的,很多的时候,我们太性急了。《后汉书》有云:'物暴长者必夭折,功卒成者必踣坏。'在春天的播种和秋天的收获之间,隔着一个炎热的夏季,需要我们去坚守和维护。另一方面,大家整天都在忙忙碌碌,时时刻刻都在为生计奔波,被烦事拖着走,反而缺少了一份生活的情趣和对生命的敬畏之情。"

小妹说:"千里之行,始于足下;但愿我们以后的生活能时时'从容',处处'有情'！现代人因为方方面面的压力太大,所以很多人有焦虑症。在美国,每年有超过18%的成年人患有焦虑症。"

我说:"去除焦虑的方法有很多:通过运动锻炼来放松自己、唱歌、养宠物、使用薰衣草,以及服用中西药等。我的方法是时常冥想和经常写作,能明显缓解焦虑。"

小妹说:"大哥说笑了,你这么理性的人,怎么可能焦虑呢？"

我说:"在现在这个社会,人人都会有焦虑,程度不等而已。有些人善于控制,不表现出来;有些人却很急躁,容易外露。"

小妹说:"有些是疾病造成的,比如甲亢和更年期,可通过控制原发疾病而缓解焦虑;但是其实更多的是心理原因,比如急功近利、患得患失、嫉妒攀比等,就必须调整心态,否则就需要进行心理治疗了。"

我说:"心病还得心药治,学会管理好自己的情绪就是最重要的,将自己的时间和任务统筹安排,才能生活和工作都有序,一切事情都有条不紊。"

小妹说:"最近网上流传着一首英文小诗《一切都准时》,我把主要意思翻译给你听一听:

纽约时间比加州时间早三个小时,

但是加州时间并没有变慢。

……

有人25岁就当上了CEO,

却在50岁去世了。

也有人50岁才当上CEO,

然后活到90岁。

……

其实每个人在自己的时区内都有自己的步伐。

……

生命就是在等待正确的行动时机。

……

在命运为你安排的属于自己的时区里,

一切都准时。"

我说:"说得有道理！不攀比,不记恨,不着急,不焦虑;踏实地走好自己的每一步,时间一定会给我们一个满意的答案。"

小妹笑道:"这就是大哥一直认可的,一切都是上苍最好的安排！大哥最欣

赏什么性格类型的女人？"

我说："女人有好多种，明媚如春，热情似夏，成熟类秋，安宁若冬。仁者见仁，智者见智。"

小妹说："如果在'灿如牡丹'和'淡雅如菊'中选一种呢。"

我说："我当然特别欣赏淡雅的女人。淡雅是真实的自然美，是清水出芙蓉，天然去雕饰。'灿如牡丹'是一时的，'淡雅如菊'是一生的。"

小妹笑道："冰玉就是这样的女人！优雅芬芳，恬淡清雅，性格温顺让人倍感亲切，举手投足都满含韵味，既有艺术修养，又有生活情趣。在对大哥都十分钟情的这两个美女中，我跟大哥一样，都是挺'玉'派！"

我笑道："贫嘴的小东西，你真能胡说。"

十点，我们到达夏蕴家楼下，夏蕴在电梯间门口等着我们。

小妹打招呼："花大姐，晚上好！"

夏蕴笑道："不要喊我花大姐，叫得我好像又老又土，我立即变成宝玉的大丫鬟'花袭人'啦！"

我们都笑了。小妹改口说："花姐，我现在把我大哥交给你了，明天你必须完璧归赵。"

夏蕴笑道："你放心，我不会扣留你的大哥！谢谢你，辛苦了！"

我说："你一个人回去，我不太放心，你就别走了。"

小妹说："没有关系，一会儿就到家了。我就不在这儿当大灯泡了。"

我笑道："你就会胡说，路上小心，到家后给蕴儿发个消息。"

小妹走了，夏蕴带我坐电梯回家，高楼30层。

我洗漱完出来，夏蕴在客厅里等着我。

夏蕴的手机响起，是小妹打来的，夏蕴将手机递给我。

小妹说："大哥，我到家了，天禧把你的手机留下来了，可惜我们刚才没有发现。我能看看你手机里的照片吗？"

我说："你随便看，大哥没有任何秘密。你今天辛苦了，早点睡吧，晚安！"

小妹笑道："那我就真随便看了，你不要后悔耶！夜里安心睡觉啊，不许多想呀！"

我笑道："你少贫了，早点休息吧！"

夏蕴端给我一杯菊花茶，一股清香扑鼻。

我问道："你女儿呢?"

夏蕴说："她住校，每个月月底回家两天。上次聚会时不好意思啦，太忙了，竟然一直没有空陪你！"

我看着夏蕴消瘦的脸,心疼地说:"你不要太累了,身体要紧!国庆节你去我那儿的时候,为啥不告诉我你的事情呢?"

夏蕴说:"你的经历已经够你痛苦的啦,我不想再增加你的担忧!"

我说:"你好傻呀,人生不易,谁都不可能总是一帆风顺的!朋友之间就应该是既能共同分享快乐,又能一起分担痛苦。你心里这么大的委屈竟然不肯告诉我?"

夏蕴说:"其实也没有什么好委屈的!"

我想说不出的委屈才是真正的委屈,无言的痛苦才是最大痛苦。在这个世界上,最令人愉悦的是情,最令人痛苦的也是情。问世间情为何物,直教人悲喜无常。"情"是让人最碰不得的东西,太摧残人了!在《月亮和六便士》中有一句话这样说:"感情有理智根本无法理解的理由。"

夏蕴说:"在南通你自我安慰时说,不要认为自己是孤独的疼痛者,更不要认为自己是最痛苦的人。我觉得你说得很有道理,把自己的痛苦放到广大的人群中去,就会发现,人人都有痛苦,比我更痛苦的人太多了,也就无所谓了。也许这就是命吧!"

我愧疚地说:"真是对不起!你恨我吗?"

夏蕴淡淡一笑,问道:"我为啥要恨你呢?作家张小娴说过,'如果你开心和悲伤的时候,首先想到的都是同一个人,那就最完美。'作家沈从文的话最能表达我的心情,'我行过许多地方的桥,看过许多次数的云,喝过许多种类的酒,却只爱过一个正当最好年龄的人。'"

我说:"你真傻!你能告诉我,当初是怎么想的吗!"

夏蕴看我一眼,欲言又止。我感觉自己问得有些冒昧了,似乎过于关心,已经侵犯了别人的隐私。当年夏蕴说我们三个人好得像一个人,可是现在毕竟不再是当年了。何况与人相处的原则,关系再好,也不要触及别人的隐私。

夏蕴说:"你不要多想,我们之间应该依然像以前那样坦诚。我知道你当时心中只喜欢玉儿,玉儿的心中也只喜欢你,但是你们俩都觉得这件事情不太可能,所以你俩当时都没有相互表白。"

我说:"我是问你自己当时的想法,不是让你分析我和玉儿的想法。"

夏蕴说:"你别急,这两者之间有关系。上学时,我们时常设想毕业后的事情。我想当然地以为你一定会留在南京,而玉儿说她一定回上海。她曾经多次真诚地祝福我们能走到一起!只是我和她都把事情想得太简单了,谁也没有想到,你毕业后竟然就不辞而别了,连一个让我争取与你在一起的机会都不给我。从此之后'黄鹤一去不复返,白云千载空悠悠'。真令人伤心呀!"

297

我羞愧万分,心想自己当时咋就那么自以为是呢?做事咋就那么不考虑后果呢?既然小妹说夏蕴的离婚我要负一半的责任,那么无论这话是不是真的,我现在都不应该再回避这件事情,有义务把当初的事情搞清楚。

　　我愧疚地说:"我真没有想到你当初那么在乎我!你那么优秀,身边又围满了杰出的追求者,与他们相比,我觉得自己什么都不是,我在你的心中一定是无足轻重的。"

　　夏蕴说:"你这明显是在撒谎!你真这样看轻自己吗?最根本的原因是你不喜欢我,你喜欢的是玉儿。我相信你在玉儿面前绝对不会如此看扁了自己。"

　　我说:"我说的完全是真话,我在玉儿面前的感觉也是完全一样的!你们俩都是高高在上的公主,在你们俩面前,我一直是自惭形秽的。"

　　夏蕴说:"你就装吧!你的失踪太突然了,而且从此杳无音信。本科毕业之前就有人给我介绍了我的前夫,我一直没有理睬他。本科毕业后,我父母担心我一直沉迷在对你的思念之中,从此走不出来,就劝我试着与他交往,我一赌气,就直接与他结婚了。"

　　看来小妹说的事情都是真的,我确实有不可推卸的责任。我万分自责地说:"是我害了你,真是对不起!"

　　夏蕴说:"你不用自责,我俩当初并无相互承诺,这是我自己的草率造成的后果,与你无关!我父母极力反对我这么快就结婚,反复叮嘱我一定要先相互了解,可惜我从小就养成了特别任性的坏脾气,当时根本听不进父母的话,一意孤行了。所以你不用自责,所有的后果我自己负责。"

　　我心痛不已!夏蕴当时一定是带着对我的极度失望而做出的如此极端的决定。我无话可说,任何话语也改变不了现状,改变不了我对夏蕴已经造成的巨大伤害!

　　夏蕴直接问道:"你当时真不知道我喜欢你吗?"

　　我无言以对,我又不是傻瓜,怎么可能不知道呢?但是我喜欢的人是冰玉!真是造化弄人!缘深缘浅,我们都无从把握;聚散随缘,不能强求。

　　我真诚地说:"我知道!但是……"

　　夏蕴说:"我和玉儿去你的家乡县城医院找过你,可惜一无所获,你好像是突然就从人间消失了!我们对你的强烈思念转变成了对你的无尽担忧,害怕你出现了什么意外。那一段时间,我经常失眠,老做噩梦,总是梦见你在受苦受难,我竭尽全力伸手去拉你一把,可是我的手总是够不着你,我无数次从梦中急醒了!'夜深风竹敲秋韵。万叶千声皆是恨。故欹单枕梦中寻,梦又不成灯又烬。'刘若英的《后来》唱得好,'后来终于在眼泪中明白,有些人一旦错过就不再。'"

我感动地望着夏蕴,心中满是感激和愧疚!

夏蕴说:"我后悔了!要是早知道你不对玉儿表白,那么我自己当时就应该立即放下矜持,直接对你表明我的意思,也许那样你就不会回去了。如果你回去之后,真出现了什么意外,我这辈子都不能安心!"

我说:"真诚感谢你当初对我的这份真挚的感情,是我辜负了你!现在看来我们三个人之间都是有缘无分的!"

夏蕴说:"不对,许多事情都是需要经过努力才能成功,可是你采取的方法竟然是直接放弃。"

我疑惑地问道:"放弃?"

夏蕴说:"你就是自动放弃!既然你和玉儿之间是两情相悦,那么你当时为啥不直接向玉儿表白呢?我相信,你要是表白了,感情的性质一旦发生了变化,玉儿一定不会那么决然地回上海,很可能会为你留在南京。"

我说:"玉儿是独生女。"

夏蕴说:"独生女怎么啦?现在有几位独生子女是和父母生活在一起的?我不也是独生女吗?"

我说:"跟你说实话吧,我当时有很大的顾虑!我当时要是向玉儿表白了,她很可能不喜欢我,多么尴尬呀!那么我们之间连普通朋友都做不成了;即使玉儿真喜欢我,她又不能为我留在南京,白白增加她的烦恼,何必呢?"

夏蕴说:"武断的老大呀,你为什么总是这么自以为是呢?你怎么知道她不会为你留在南京呢?问世间情为何物,直教人生死相许!当真爱到来的时候,其他的一切事情都会自动让路的!"

我说:"我这种条件,她不太可能喜欢我。"

夏蕴说:"你好愚笨,傻瓜都能看出玉儿喜欢你!常言道:'佳人有意村夫俏,红粉无心浪子村。'玉儿这么优秀的女人注重的是感觉,是爱,绝对不是物质条件,何况你还是才华横溢的大才子。你们自始至终都是心心相印,我绝对不相信你感受不到她对你的那份浓浓的真情!"

我真不敢肯定,冰玉性格内敛,远没有夏蕴这么外向。何况在很多的时候,两个人能非常愉快地相处并不一定就是喜欢对方!而且与家学渊源的冰玉相比,不要说是"才子",我真感觉自己什么都不是。

夏蕴说:"毕业前的那几天,玉儿一直心绪不宁。我相信,她一定是在热切地等着你向她表白!"

我说:"这完全是你的主观臆断!我相信她对我是有好感,但是还没有到爱上我的程度。"

夏蕴说:"你不愿意相信就算了,你这个人就是喜欢自以为是!"

我说:"在《读者》上面有一句很有哲理的话,'所有的失恋都是在给真爱让路。'"

夏蕴说:"我绝对不同意这个说法!"

我说:"我觉得有道理,既然失恋了,那就一定有失恋的理由;既然有必须分手的理由,那就有可能并不是真爱。"

夏蕴说:"难道你们之间也不是真爱吗?"

我说:"其实我和玉儿之间并没有真正开始,还算不得是失恋,我承认这仅仅是我的单相思。"

夏蕴说:"说来说去,你就是不相信玉儿爱你。我直接告诉你吧!聚会的前一天,玉儿睡在我家里,我俩同床共枕,聊了一整夜,她承认她当时确实喜欢你。"

我有些意外的惊喜,但是无法肯定夏蕴是不是在开玩笑,她有时候喜欢搞恶作剧。

夏蕴说:"其实最令我感动的是,你对玉儿的感情至真至诚!你太在乎这份真情了,怕失去她这个朋友,所以宁可不表达;怕增加她的烦恼,更加不愿表达。所有的苦闷,宁可自己一个人承受,也不愿给玉儿增加一丝烦恼。"

一个人在分析别人的事情时,都是这么条理清晰,逻辑严密;但是当自己遇到事情的时候,依然是迷糊一片。性格如此外向的夏蕴当时不是也没有明确表达自己的心思吗?许多事情,我们说起来容易,但是一旦要真正行动起来,我们就会瞻前顾后,担心会伤害到心中最不希望伤害的那个人。

见我不出声,夏蕴说:"我知道你现在在想什么,笑话我当时也没有直接表达我对你的感情。其实我们俩之间的关系和你们俩之间的关系并不一样,你们是相互爱慕,而我是单相思,我啥也不能说,只能等你留在南京之后,一切顺其自然。"

我好惊讶,夏蕴竟然知道我刚才的想法,好神奇呀!看来冰玉说我们三个人之间心有灵犀,一点也不假。在《约翰·克里斯朵夫》中有这样一句话,"悲伤使人格外敏感。"历经沧桑的夏蕴经过痛苦的煎熬,现在也变得非常敏感了!

夏蕴说:"你对爱情的理解比我博大而深刻!我一直认为是真爱就应该在一起。"

我说:"世界上最诚挚的爱就是成全对方的快乐和幸福!爱情还受到许多客观条件的限制,不是所有的真爱最终都能在一起!"

夏蕴说:"有一种至高无上的感情叫真爱无求,只要玉儿好就是你最大的心愿!其实我当初对于你的感情又何尝不是如此呢?所以你不应该笑话我!"

我说:"你说哪里话?我愧疚万分!"

夏蕴说:"泰戈尔说过这样的话,'眼睛里为她下着雨,心却为她打着伞,这就是爱情。'"

我说:"我们都是如此!因为爱,所以慈悲;因为爱,所以牵挂。"

夏蕴说:"我现在冒昧问一句,要是我当时向你言明了我对你的感情,你会为了我留在南京吗?"

我是一个很重感情的人,我承认我确实很喜欢夏蕴,但是喜欢和爱是有区别的;而且当时年轻幼稚,许多事情并不知道应该如何正确处置,所以难免行事草率鲁莽。如今一切都过去了,这是长大的学费,是成长的代价。

我说:"性格决定命运。"

夏蕴笑道:"你最擅长答非所问,喜欢和我打太极。"

我说:"我的性格中确实存在某些致命的弱点。"

夏蕴说:"是你这种一向自以为是的性格误导了你!年轻时,你那么固执、清高、武断,现在应该都改掉了吧!"

我说:"一个人的性格是一辈子的事情,但是我会努力去改正。你大嫂也是这样经常指责我性格中的许多不足之处。其实你也是特别固执的,明知道我有这么多的缺点,还依然喜欢我!"

夏蕴说:"爱一个人是没有条件的,会爱他的一切,当然包括接受他的缺点。但是面对你当时残忍地不告而别,我十分伤心绝望!我真不敢相信,你会这样绝情!我想起了席慕蓉的诗《一棵开花的树》中的句子,最能表达我那时候的心情!"

我认真回忆这首诗中的每一句,仔细体会其中的味道:

> 如何让你遇见我
> 在我最美丽的时刻 为这
> 我已在佛前 求了五百年
> 求他让我们结一段尘缘
> 佛于是把我化作一棵树
> 长在你必经的路旁
> 阳光下慎重地开满了花
> 朵朵都是我前世的盼望
> 当你走近 请你细听
> 那颤抖的叶是我等待的热情

>而当你终于无视地走过
>在你身后落了一地的
>朋友啊　那不是花瓣
>是我凋零的心

我确实是一个"冷血动物",辜负了夏蕴的一片真情！可是爱情是唯一的,排他的,我根本不相信一个人可以同时真爱上两个人！否则,那就是逢场作戏！

我十分愧疚地说:"非常对不起,请你原谅我！"

夏蕴说:"你没有什么需要对不起的,你也并不亏欠我任何东西。"

我万分自责的心情无法用言语来表达！

夏蕴说:"玉儿曾经多次真诚地祝福我们俩能够在一起,我当时非常感激地回敬了她一句纪伯伦的话,慷慨不是你把我比你更需要的东西给我,而是你把你比我更需要的东西也给了我。"

我说:"玉儿确实是无比真诚的,可惜我不是一个没有自己思想感情的礼物。请你原谅我的固执和自私！"

夏蕴说:"我能理解你对爱情的专一,这也正是我最欣赏你的地方！不说啦,一切都已经过去了。"

我说:"真诚地祝愿你能尽快走出心理阴霾！我相信,只要心中有爱,温暖就会一直都在；只要心存美好,一定还会迎来属于自己的春暖花开。日本著名的动画大师宫崎骏说过,'世界这么大,人生这么长,总会有这么一个人,让你想要温柔地对待。'"

夏蕴说:"谢谢你最真诚的祝福！但是'红尘白浪两茫茫,忍辱柔和是妙方。到处随缘延岁月,终身安分度时光',你不用安慰我了。"

这又是明朝憨山大师的偈语,上次夏蕴去南通时,说过大师类似的一偈,无非是看破红尘,世事都是南柯一梦之意。

我突然发现,其实夏蕴一直处在出世与入世的巨大矛盾之中。婚姻的失败让她悲观失望,产生了一份出世的虚无之念；对事业的不舍和坚持,又让她有一种对入世的难舍之情。看来我并不是非常了解夏蕴,至少我没有主动从她的角度去理解她、包容她。

我想起在《被缚的普罗米修斯》中有一句话,"站在痛苦之外规劝受苦的人,是件很容易的事。"因为没有感同身受过,所以我们并不真正理解别人的痛苦；但是我真诚地希望,夏蕴能有一个幸福的未来。

我说:"在辗转的光阴中,缘来缘往。我坚信,在不久的将来,我们最美丽的大校花,一定能在那一方希望的山水里,邂逅到最温暖诚挚的真情!"

夏蕴说:"谢谢如此用心的老大!好吧,你诚挚的鼓励和支持就是我生活的最大动力!"

我真诚地说:"你的幸福是我最大的心愿!"

夏蕴说:"谢谢你!你相信一见钟情吗?"

我说:"我本来是根本不相信的。"

夏蕴说:"遇到玉儿后,你就相信了?"

我说:"不是。一见钟情可以没有结果,但是总得有个过程。玉儿和我之间没有相互表白,根本没有开始,所以算不上一见钟情;而且一见钟情必须是相互的,玉儿是否喜欢我,还依然是一个疑问。"

夏蕴说:"固执,你竟然不相信我的话!按照你这个所谓的定义,我曾经对你的单相思,就更加算不上是一见钟情了!"

我说:"你对我的好感完全是你的错觉!第一、那么多仰慕者整天围着你,护着你,对你唱赞美诗,对你百依百顺,你却对他们都不在乎。难得有我这样一个不对你点头哈腰的异类,你就产生一种新鲜感,一种征服的欲望。恕我直言,这其实并不是爱情。"

夏蕴惊讶地说:"你怎么能这么说呢?我就是这么肤浅的人吗?遇到不听我话的人,都要去征服吗?有这个必要吗?我当初喜欢你,自有我喜欢你的理由。"

我说:"第二、一个人很容易被另一个人的才华吸引,但是才华不等于生活;也许才华在谈恋爱时能增加一点点浪漫,但是对于现实的婚姻生活并没有多少实用的价值。况且我根本就没有才华,是你一直高看了我。第三、我的缺点很多,你当时都视而不见。其实我们要是真正生活在一起了,一切并非如同你想象的那样美好。许多东西,没有得到之前,我们总觉得美好无比,等到真正得到了,就会发现不过尔尔。"

夏蕴生气地说:"你不要如此亵渎我对你的感情,更不要如此贬低我思想认识的高度!"

我抱歉地说:"对不起,我不是这个意思。我想努力帮你分析一下当时的感情状况,怕你搞错了。"

夏蕴更加生气地说:"就你是老大,就你思想成熟;我们都肤浅,都不明白自己的内心!我们密切相处了五年,我非常了解你的方方面面,我绝对不是一时的感情冲动!"

我赶忙说:"好吧,我承认是我说错话了,你不要生气!谢谢你对我的真感情,但是我无以回报,心中极为内疚!"

其实我认为夏蕴并不真正了解我！一个人呈现出来的表象都是自己阳光的一面,而内心真实的另一面,别人是不容易看到的。是我头上戴着的这顶"假才子"的帽子,妨碍了夏蕴对我做出客观的判断。

夏蕴说:"这还差不多！看来我对你感情表现得不适当,让你产生了不必要的内心负疚。纵然是这样,你一个大男人,怎么能为了减轻心中的负疚而胡说八道呢？况且你也不必负疚,你并不欠我任何东西。"

我不好意思地说:"我确实错了,向你真诚地道歉！不过,你喜欢一个人是你的自由,我只能十分感激,却无法化为报答的行动。"

夏蕴说:"好了,我们就不要再纠结了,我原谅你一贯的自以为是。你说你本来不相信'一见钟情',那后来怎么又相信啦？"

我说:"我一直认为感情这种东西是需要耐心、细心和用心培养；但是自从遇见你大嫂之后,我就有一种触电的感觉。我们突然发现,好像彼此今生就是为了等待对方才生活到现在。我俩一见如故,只要在一起总是有说不完的话题,我这才真正感受到什么是人生得一知己足矣！我们认识五个月就结婚了,这本来不符合我的性格,但是爱情一旦爆发,好像就突然产生了一种迫不及待、无法控制的激情。再过几个月,就是我俩相识二十年的日子。"

夏蕴满眼泪花,哽咽着说:"你和大嫂竟然有如此传奇的一段一见钟情的经历,你找到一个既懂你又爱你的人！二十年的风雨兼程,我终于在你俩身上看到爱情和知音合二为一了！最深的牵挂,是心灵的相伴。真诚地祝贺你们,白头偕老,相爱终生。"

我说:"谢谢你！我也真诚地祝贺你峰回路转,柳暗花明！"

夏蕴说:"我的婚姻彻底失败了。现在总结,美满的婚姻需要三项条件:门当户对,三观一致,两情相悦。"

我说:"你说得很对。曾经年轻的我们是最反对门当户对的,认为是一种门第偏见；但是经历了婚姻的磨合之后,我们才发现只有彼此门当户对,接受了共同的文化教育,形成了共同的世界观、人生观和价值观,才更能形成牢固的婚姻基础,才能同甘共苦,共同抵御家庭的风雨。"

夏蕴说:"简·奥斯汀说过,'婚姻只考虑家境是荒谬的,不考虑家境是愚蠢的!'爱情是两个人的两情相悦,婚姻是两个家庭的碰撞与磨合。"

我说:"看家境,不是看经济状况,而是看父母的相处方式、家庭氛围和为人处世之道,这些因素能直接影响子女的人生态度,双方的人品都是由各自原来成长的家庭环境所决定的。优秀的家风才是真正的最宝贵的不动产,是最值得传承的传家宝。"

夏蕴说："所以虽然恋爱可以仅仅是两个人的事，但是婚姻绝对是两个家庭的事。这个规则不管放在哪个时代都是如此。"

我说："双方家庭的经济状况、文化程度、生活态度、日常习惯、对父母的赡养和对后代的培养理念和方法，都会影响我们的判断和行为。当然偶尔也有成功的例外。"

夏蕴说："但是统计分析发现，例外的成功者很少，而且都付出了惨痛的代价。"

我脱口而出："所以，你应该理解我的……"

夏蕴立即瞪我一眼，责怪道："我根本不能理解你的怪异行为！门当户对仅仅是基础，三观一致才是最重要的。你与玉儿不仅三观一致，而且两情相悦，志趣相投，为什么不能在一起？你这是典型的逃兵！"

我心有不服，这不是正反都有理吗？但是我没有分辨。

夏蕴说："玉儿最喜欢抓你的'八爪鱼'，其实玉儿自己就是你的'八爪鱼'，你对玉儿的内心一点都不了解，真是枉为大才子，竟然不知道玉儿爱你。我觉得你这辈子做得最傻的一件事情就是，你当初没有向玉儿表白！"

我笑道："偶尔傻一下，无关大体，人生不必时时聪明！"

夏蕴说："你严肃一点好不好，我跟你讲正经话呢！在最重要的事情上犯傻，是不能容忍的！你是聪明一世，糊涂一时，后悔一生！"

我想，这一切都已经过去了，当初的对与错，已经没有多大意义了。人生的成长就是这么矛盾，年轻时思想太肤浅，不知道事情的正确做法；等到人到中年了，成熟了，认清了事情的本质，却已经时过境迁，再也没有机会了。

但是我依然觉得，现在的一切就是上苍最好的安排。偶然的结果中一定包含着必然的原因，这就是事物发展的一般规律。我们过怎样的生活，和谁在一起生活，都是我们之前一次次选择的结果，是由当时所面临的实际状况决定的。有选择，就会有取舍，人生所有的失去都会以另一种方式得到补偿。

夏蕴说："你同意三观一致是最重要的吗？'画眉麻雀不同嗓，金鸡乌鸦不同窝。'价值观不同，两个人对于一些日常事情的是非观都不一致，就会矛盾重重，沟通困难，是根本无法和谐相处的。山水可以相依，水火却不能相容。"

我问道："为什么最重要的不是两情相悦呢？"

夏蕴说："我们讨论的是婚姻，不是爱情。比如在封建社会中，父母之命，媒妁之言，尽管并没有多少两情相悦，但是有了共同的封建伦理道德观，大多数婚姻都能维持得很好。价值观可以不正确，但是必须一致，哪怕是臭味相投也行。夫妻之间最遥远的距离就是三观不一，价值观不一的两个人在一起生活就是一

种相互折磨。"

我想夏蕴如此看重是非观和价值观,而且话说得这么呛人,一定事出有因。看来她婚姻的破裂确实如小妹所言,是缘于她前夫的到处拈花惹草。男人的担当决定着婚姻的长度,女人的柔情决定着家庭的温度。

夏蕴说:"对于婚姻而言,两情相悦是奢望,有更好,没有也行。有就是爱情,否则就仅仅是婚姻。爱不爱是其次,一辈子相处不累就行啦!如果相处累了,那就一别两宽,各自轻松。"

我说:"你不要说得如此悲观。婚姻里不怕没有爱情,最怕的是没有珍惜和用心。生活在一起,时间久了,就麻木了,没有新鲜感了,是正常现象,需要我们及时调整,而因此生厌生变的毕竟是少数人,与本身的人品有关。你遭遇了一次婚姻的不顺,不要因此就走向极端,花心的男人毕竟是少数。我们还不老,以后的路还很长,还有很多的机会,相信你一定会遇到你的真命天子。"

夏蕴说:"仔细想想,我们婚姻的失败不完全是对方的原因,也有我本身太强势的原因。"

我理解,她这种大小姐的脾气如果不适当地控制一下,多少会影响到他们的婚姻。

我说:"婚姻是平等相处,是心心相印,是相互成全,绝对不是一方领导另一方。如果任何一方太强势了,婚姻就不易和谐融洽,就很难美满幸福。"

夏蕴说:"宁可不嫁,也不能嫁错人。其实我一开始就不应该跟他结婚,我一直看不惯他的花心,所以就经常指责、嘲讽和轻蔑他。遇人不淑,对生活所有的热情和美好的期待都会被冷酷而无奈的婚姻磨光了。"

看来他们两人一开始就缺少感情基础,至少夏蕴并不真爱她前夫,不然爱情的力量会及时缓解两人之间的小摩擦,不至于日积月累到最终不可调和的地步。俗话说得好,婚姻始于颜值,深于感情,继于才华,忠于人品,终于背叛。

我说:"爱情是快速爆发的,婚姻却是需要慢慢培养的。婚姻的幸福是需要用心经营的,双方都要努力去适应对方,向对方靠拢,在改善自己的同时,滋润着对方,做到润物细无声,温情于无形。婚姻对于善于经营的人来说,一定是情感的乐园;而对于敷衍它的人而言,就可能是爱情的坟墓。很多夫妻分手的原因就是彼此看淡,失去了激情。"

夏蕴说:"是我自己没有用心和珍惜!我俩白天工作很辛苦,晚上回来一起吃晚饭时,彼此都抱着自己的手机。晚饭后,又各自忙着自己专业方面的事情,累了,就各自睡觉。"

我说:"所以,你们俩平时根本就没有感情交流,怎么能相互了解呢?"

夏蕴说:"他有一次跟我说,晚饭时间是我们一整天唯一交流的机会,我们能不能都放下手机,好好说说话。我回复他说,吃饭时,有啥好说的,而且容易呛着。"

我说:"你看看你,人家渴望与你沟通交流,希望得到你爱的回应,过正常的家庭生活。你竟然用一句冷冰冰的话把人家给'呛'了回去,他该是多么伤心而失望呀!你是一个非常自律的人,你根本不爱刷屏,其实你是不想跟他说话,才故意只看手机的!"

夏蕴默默地看着我,不说话。

我继续说:"《汉书》有云:'福善之门莫美于和睦,患咎之首莫大于内离。'我虽然没有见过你之前的那一位,但是我相信他面对你这样一位美丽的大校花,绝对不可能一开始就去外面寻找刺激,应该是你的不断指责和蔑视在他心中逐渐积累到无法忍受的程度,才让他产生了异心。在你这里得不到应该有的温暖,他就只能到外面去寻求心灵的安抚了。恕我直言,我觉得,你的冷漠是导致你们婚姻破裂的主要原因!他所谓的外遇也许就是对你的报复。"

夏蕴痛惜地说:"无所不知的老大呀,你说得太对了!你咋不早点跟我讲讲这些高深的道理呢?"

我本来还想跟她继续讨论关于爱情和婚姻中我的不同观点,纠正她这个大公主的某些极端的看法,但是我觉得在现在这样的场合,更加深入地讨论这个问题,好像不是十分恰当,有些站着说话不腰疼的嫌疑。我的本意是想安慰和开导她,但是不能让她认为我是在一味地指责她,那样的结果会适得其反。

夏蕴说:"去年国庆节去看你之后,尽管我为你遭遇的不幸而心痛,但是看到你和大嫂生活得那么幸福,我心中感到非常欣慰。"

我说:"曾国藩有句话说得好,'天下无易境,天下无难境。终身有乐处,终身有忧处。'"

夏蕴说:"虽然此话确实很有哲理,但是我真诚地希望你从此后能事事顺利,无灾无难,都是易境,都是乐处。"

我说:"谢谢你!其实太阳每天都是新的,就看我们如何调节自己的心情。没有释怀不了的过去,只有不愿放下的回忆。我也真诚地祝你柳暗花明又一村!"

两点过了,夜深了,我感觉累了。夏蕴带我去睡觉,房间里提前开好了空调,很暖和。早就准备好了铺盖,开好了电热毯。

我睡下后,夏蕴笑道:"夜里想想玉儿,美美地睡一觉吧!"

我也想开一句玩笑,想想不妥,就笑一笑,没有出声。夏蕴帮我关了灯,然后

关上门,出去了。

我想,这样一位原本事事顺利的大都市精英,完全应该是每天下班回到家后,站在落地窗前,手中接过爱人递过来的温暖的咖啡,悠闲地眺望城市尽头的霓虹闪耀,偶尔回眸一下爱人温情的注视,生活该是多么美好!然而造化弄人,许多事情总是不能遂人愿。"何堪最长夜,俱作独眠人。"

什么才是爱情?这真是一个让人迷惑的千古难题!

也许真爱一个人,就是不愿意让她分担自己的痛苦和忧伤,曾经我对冰玉如此,夏蕴对我亦如是。但是有些事情一旦发生了,就只能坦然接受;有些人一旦失去了,就只能欣然放手。如今时过境迁了,但愿我们大家从此都能幸福、快乐!

窗外,一轮下弦月升起来了。月中的嫦娥今晚喝了桂花酒之后,是不是也在悔恨当年吃了成仙药,离开了人间而独守广寒宫呢?

其实生命很短暂,根本没有时间让我们慢慢悔恨过去。不老的是神话,老去的是青春。人生如梦,一樽还酹江月。

我想想生命的无奈,人生的无奈,不知何时睡着了。

11月27日,星期天,晴

早晨,我醒了,想起的第一件事情就是要给爱人打电话,我这才想起我的手机还在小妹家里。我洗漱完了出来,到餐厅里,夏蕴已经做好了早饭,正在等着我。

我问道:"几点了?我这一夜睡得好沉。"

夏蕴说:"八点整。快来吃早饭吧。"

我说:"先让我给你大嫂报一下平安。"

我拿起夏蕴的手机,向爱人汇报了情况。爱人调侃道:"难怪呢!睡在倾国倾城的大校花家里,哪里还能想起我呀?"

我打完电话,夏蕴说:"老大跟大嫂讲话时好温柔呀,你俩太恩爱了!"

我说:"这是我出门在外,第一次睡觉前忘了给你大嫂报平安。"

夏蕴笑道:"阿弥陀佛,看来这是我的罪过了!老大绝对是一位'五好'男人!"

我坐下来,早餐太丰盛了,有牛排、煎鸡蛋、红烧肉、盐水鸭、白斩鸡、清蒸鲑鱼、炒青菜、炒白菜、蛋糕、牛奶、咖啡、苹果、香蕉等。可谓荤素搭配,中西齐全,营养均衡。

上大学时,夏蕴削苹果都会划破了手,完全是一个养尊处优的大公主,如今竟然能这么娴熟地操劳起家务。现实的生活逼着我们学会了很多的东西,我们也在生活的磨炼中让自己的身心不断成熟。

我说:"你以为我是猪啊,哪里吃得了这么多! 你辛苦一个早晨啦,准备了这么多的美味佳肴! 非常感谢!"

夏蕴说:"看你瘦得像个旧社会的人,吃吧!"

我说:"就吃个早饭,没有必要这么讲究。"

夏蕴说:"你错啦,会吃才是真正有趣的生活,会生活的人都非常讲究吃。我俩来一杯红酒吧?"

我说:"我不喜欢喝酒,我是一个不懂得浪漫的人。"

夏蕴看我一眼,笑道:"什么叫不懂得浪漫? 你上学时的酒量可是较大的! 不愿意跟我喝酒就明说,何必多此一句呢?"

我说:"真没有骗你! 自从生病以后,我一喝酒,就会浑身酸痛。"

夏蕴说:"按道理,你这种类风关,喝酒可以加速血液循环,应该对你的病情有好处。"

我说:"但是每次喝酒后的第二天,我就特别难受。也许是红酒中的嘌呤导致血液中尿酸浓度增高所致。"

看到还有八爪鱼,我笑道:"你又在骂我无知啦? 爱屋及乌,现在此物也是我的最爱! 不过八爪鱼也会导致血液中尿酸增加。"

夏蕴笑道:"那我不害你了。你先把牛排吃了,十成熟,包你满意。"

我说:"上学时,你第一次请我吃饭就是吃的牛排,那也是我平生第一次吃牛排,让我出了大洋相,丢死人了。"

夏蕴笑道:"回忆我俩在一起时好多的第一次,总是那么温馨!"

我说:"是的! 你好像从来都不肯让我请你吃饭,谢谢你的善良! 实话说,那时即使我想请你吃牛排,我也请不起呀。"

夏蕴说:"上学时,你请玉儿吃过饭吗?"

我说:"请过。认识玉儿的那一天正好是冬至,我就请她吃早饭,是在学校食堂里吃的汤圆。好寒酸哟!"

夏蕴说:"傻瓜! 玉儿根本不会在乎吃什么,也不在乎在哪儿吃,最重要的是与谁在一起吃! 你俩一认识,你就请她吃早饭! 你那时已经认识我一个多月了,可是对我一直是不理不睬的! 可见我和玉儿在你心中的分量显然是天壤之别!"

我笑道:"当时你架子太大,是美丽倾城的大校花,我可不敢接近你。玉儿和蔼可亲,她中午请我吃了长线面。"

夏蕴笑道:"你俩在冬至这一天,在白雪纷飞的梅园外相识,本身就具有非常强烈的浪漫色彩。两人一认识就吃团团圆圆、甜甜蜜蜜的汤圆,吃长长久久、永

不分离的长线面。上天似乎一开始注定了你们俩的一世情缘！"

我笑道："我的最佳辩手,你可真能夸张！"

夏蕴说："梅花是南京市的市花。在我们风情万种的南京城,你们俩书写了跨世纪的浪漫传奇！"

我微笑着,不出声。

夏蕴说："你俩一旦认识,就分不开了,从清晨一直缠绵到下午。其实你们俩当天晚上应该继续浪漫,再来一个温馨的烛光晚餐不就功德圆满了吗？"

我笑道："有你这么贫的吗？上次你在南通时,我俩不是进行过一次烛光晚餐吗？"

夏蕴笑道："意义可不一样耶,我又不是你心中的天仙！钱锺书说过,'吃饭和借书,都是极其暧昧的两件事,一借一还,一请一去,情分就这么结下了。'"

我说："情分真有这么简单就好了。"

夏蕴念道："谁念西风独自凉,萧萧黄叶闭疏窗,沉思往事立残阳。"

这是清朝纳兰性德的《浣溪沙》中的句子,我接着念道："被酒莫惊春睡重,赌书消得泼茶香,当时只道是寻常。"

夏蕴感慨道："所以事事总是失去了才知道珍惜,真为你可惜了！即使当初是毫无结果的冲动之举,也比事后失之交臂的无比遗憾让人倍感欣慰！"

我说："没有什么可惜的,也没有什么遗憾的,所有的事情偶然之中都有必然的因素！"

夏蕴说："上苍既然安排你俩在大雪中相识,你俩就应该顺势走下去,一起白了头！"

我说："不是所有美好的开始都一定有一个完美的结局。有时候,放弃就是另一种更好的坚持。'浩荡离愁白日斜,吟鞭东指即天涯。落红不是无情物,化作春泥更护花。'"

夏蕴说："一切都是天意。你在冬至生日,而我在夏至生日,我俩是冰火两重天,自然是无缘无分,注定不能在一起。玉儿是冰做的玉,你当然应该在冬至这一天与她相遇、相识、相知。"

我说："但是我与玉儿也没有能在一起,这说明根本就没有什么天意！你父母的身体还好吧？"

夏蕴说："很好,谢谢你还惦记他们,他们时常也会提到你。"

我说："有机会,你带我去看看他们。我还想听你爸爸讲讲人生哲理。"

夏蕴点点头说："好的,下次吧！"

上学时,夏蕴经常带我去她家里来玩,她的爸爸妈妈都是南京高校的教师,非常善良,待人很热情。那时,流行歌曲在高校非常热,我有些心热,夏蕴立即赠送了我一把吉他。

夏蕴的妈妈是教音乐的,看到我学弹吉他,笑道:"你毫无音乐基础,想学会很困难,但是你做事极为认真,有志者事竟成。"

在她妈妈悉心指导下,我终于学会了两首曲子,就是当时最流行的《小芳》和《新鸳鸯蝴蝶梦》。

我说:"想想那个时候,你妈妈教我这个音乐盲弹吉他,该是多么费劲呀,真是太感谢她了!"

夏蕴说:"妈妈夸你做事认真,肯下功夫;爸爸夸你很有悟性,许多事情一点就通。"

我说:"其实是你爸爸讲道理非常生动形象,深入浅出,让人很容易理解和接受。"

夏蕴说:"爸爸比我更了解你,他猜到你最后的不告而别。"

我想起毕业离校前一天的晚上,我到夏蕴家去向她告别,夏蕴和她妈妈有事外出了,她爸爸一个人在家。

我们爷儿俩吃晚饭的时候,都喝了酒。我有些伤感,并没有告诉夏叔叔,我毕业后回家乡的决定。夏叔叔也没有主动问我毕业后的去向。饭后,我俩下象棋,我俩的水平原本相当,但是我当时心不在焉,所以那盘棋我中盘就认输了。

这个时候,这位主讲哲学的大学老师说了一句意味深长的话,棋理亦如人生哲理,马脚被绊者,不可跳也;象心被堵者,不能飞也。

我当时有些懵懂,不知道他指的是什么意思;多年以后,我才逐渐参悟了他这句话中隐藏了很深奥的人生禅机。

我说:"离校前的那天晚上,我去你家,原本是想告诉你,我回家乡的决定的,可惜没有遇到你,就没有告诉你爸爸。"

夏蕴说:"你就是这么武断霸道,是来告诉我你回家乡的决定的,而不是来和我商量的,更不是要留在南京的!"

我愧疚地说:"请原谅我当初的年轻和冲动吧!性格确实决定命运!但是很不巧,那天晚上你正好不在家。"

夏蕴说:"如果我那天在家,凭我的性格,当时肯定会直接强迫你留在南京的。问题是,你那时能听我的话吗?"

我不知道怎么回答。

夏蕴瞪我一眼，不高兴地说："你就是这么实在！你现在就不能违心地让我高兴一下，说你当时肯定会为我留下来吗？我当时对你难道一点点吸引力都没有吗？我和玉儿的差距真就有这么大吗？"

我真诚地说："真是对不起！你太优秀，太完美了，我们之间的差距太大了，所以我根本就没有往这个上面想过。"

夏蕴说："你就胡扯吧！什么叫我太完美，太优秀？其实是你根本就没有看上我，你喜欢的是玉儿！算了，感情的事情是绝对不可以勉强的！我那天晚上不在家，也许就是冥冥之中的天意吧！否则，岂不是更尴尬！没准，我会跟你吵起来，闹一个不欢而散的！"

我想，凭着夏蕴直率的性格，她当时真有可能与我大吵起来。

我想起，上学的时候，夏蕴身边总是围着无数的优秀的男生，其中有两位同学最为突出，争先恐后地关照她。一位朴实真诚而不善言辞，夏蕴说他"笨"；另一位灵活机敏但华而不实，夏蕴说他"神"。我想按照夏蕴的分类标准，我也应该属于"笨"的那一类。

当年我曾经试探着问夏蕴："此两者乃'龙虎斗'！为了心中的'窈窕淑女,寤寐求之,琴瑟友之,钟鼓乐之'可以说使尽了浑身的解数。你准备和谁在一起，开始你们的浪漫故事呢？"

夏蕴当时给了我一个白眼，开玩笑地说："我跟谁都没有故事！我要等着你这位小说家给我构思一个故事的主人公，我才会有故事！"

我心疼地望着夏蕴，当年这位万众瞩目的校花如今竟然遭遇了婚姻的不幸！真是造化弄人呀！我问道："当年你身边有两位超级护花使者'神'和'笨'二将，现在怎么样啦？"

夏蕴笑道："两位都不错，一个人回老家成都了，一个人去了珠海，现在都是三甲医院的领导了。"

我说："当年人家对你多好呀，而且都那么优秀！为啥你当时就不能从中挑选一位呢？"

夏蕴反问道："老大，你这话应该这么问吗？"

我愧疚地说："我是不该这么问，但是我真诚地希望你能幸福！"

当年夏蕴身边总是围满了献殷勤的小帅哥，一个个争先恐后地向夏蕴表达仰慕之情。白天上课，有人为她占好了位置；晚上自习，有人为她将桌子和椅子擦得干干净净。她的座位上总是少不了玫瑰花、各种水果、糖果,在这些小礼品中,往往会夹着一份份滚烫的情书。

夏蕴也习惯了大家的呵护,这种公主般的待遇让她很是享受,总是对献殷勤者颐指气使;而受她指挥的这些人也会感觉到一种无上的荣耀,脸上显现出感恩涕零的神态。这对于双方来说,都是一份享受和愉悦,彼此合作默契而温馨。

天禧曾经对我说:"我最看不惯夏蕴这种飞扬跋扈的得意模样,好像天下男人都能被她玩弄于股掌之间。"

听了天禧这种明显嫉妒的话语,我劝解道:"这也不能完全怪夏蕴,许多男孩以得到她的宠幸为荣,是心甘情愿的。"

其实夏蕴表面上对谁都好,却对谁都没有动心,但是所有的献殷勤者都觉得夏蕴可能对自己动了心。夏蕴跟谁都保持着一定的距离,而且这个距离掌握得很有水准,恰到好处,让人感觉希望很近,却又只能望而却步。

根据我和冰玉在旁边冷眼观察的结果,我们知道其实谁也没有能进入夏蕴的内心。那些所谓的情书,夏蕴从来就没有打开过,都带回家扔在一个大杂物箱里。五年下来,是满满的一箱子。

我和冰玉在她家玩时,冰玉说:"这一箱子里装的可都是沉甸甸的'真情'呀!你就不能从中挑选一封看一看,让自己感动一下吗?"

夏蕴说:"有什么好感动的,都是一些花花公子的戏词,肤浅空洞,言之无物。"

冰玉好奇,经常随手打开一封,和我一起看。写情书的人都很有水平和激情,体裁多样,有古体诗、现代诗、散文等。文字水平让我们称奇,浓郁的激情让我们感动!

冰玉当时调笑道:"情真意切,文情并茂,水平不比才子老大差。老大也写一封嘛!"

我说:"我才疏学浅,写的东西一定是枯燥无味,不堪入目。人家大校花就更加不愿意看了!"

夏蕴笑道:"大才子情商真是低,真为你着急!大才女是让你写一封情书给她,不是给我!人家正在热切地期盼呢!"

我说:"那我更加不敢写了,岂不让人家大才女笑掉大牙!"

我们三个人都笑了。

想起这些曾经的趣事,我笑道:"你那一箱子沉甸甸的'真情'呢?"

夏蕴笑道:"早就扔了。不许你笑我肤浅!我当年说你的情商低,现在看来还是如此,专门提别人不愿意听的话题。"

刚吃完早餐,小妹就打来电话,夏蕴让我接。

小妹问道:"我现在来接你吗?"

我说:"你不用来接我了,一会儿夏蕴和我一起过去,你在你家附近的饭店订一个包间,中午我请大家吃饭。我把老九和宝宝一起喊过来。"

小妹问道:"你不先和天禧商量一下吗?"

我说:"不用商量,我说了算。你通知一下美女们。"

夏蕴说:"这样不好吧,你们的女神会不高兴的。"

我说:"不会的,其实天禧内心很温柔,不是她表面上的那个样子。"

夏蕴说:"二十年过去了,你还是这么武断、霸道!"

我说:"臭毛病,改不了啦!"

我打电话通知老九和宝宝中午一起过来吃饭。二位一听,都非常高兴。老九本来今天值班,立即非常爽快地请别人代了班。

老九是南京人,上学时高高瘦瘦的,戴副眼镜,双手喜欢搁在身后,说话时总是满口的之乎者也,很有老学究的样子,好事者给他取了一个雅号"老九"。老九学习很认真,我俩上专业课时大多坐在一起。老九也喜欢古典文学,我俩经常在一起相互交流,所以我俩的关系很好。上次全年级大聚会时,他在英国参观访问,我们没有见到他。

夏蕴带我到南面一间朝阳的玻璃洋房内喝茶、聊天。夏蕴点燃一支檀香,插在一个小香炉里,一股袅袅青烟升起,顿时满室清香扑鼻。

我突然发现这个小香炉有些眼熟,不由得细看。这是一个极为普通的三足双耳香炉,高七八厘米,直径七八厘米,很古旧的,但是里外都被夏蕴擦得非常干净。看到炉口的一个三角形小缺口,我想起来,这是我上大学时在旧货市场花费一毛钱买的。

我从小就喜欢闻燃香的味道,不但具有净化空气,驱虫避秽的功效,而且能让人放松身心,安神化烦。每当我心烦意躁之时,这安魂的香气能立即让我心平意静,灵魂安居于宁静的天地。

上大学时,每当我在编辑部写作的时候,我就燃起一支香,在轻烟缭绕中,让思维自由驰骋,往往文思泉涌。我发表在校报上的一个个"小豆腐块",就是在这样的状态下产生的。

夏蕴和冰玉知道了我的这个习惯之后,每当我的一盒香快用完的时候,她们俩总是及时地帮我准备好一盒新香。香炉口上的这个小缺口,就是我在一次写作写到高潮时,心情一激动,猛然用手拍了一下桌子,香炉弹起来,震坏的。从此"红袖添香"就成了编辑部的同学们最常用来调侃我们的词语。

现在,我注视着这个香炉,心中非常感动,不知道说什么好!

夏蕴说:"毕业时,你突然消失了,我到处找你未果,就到编辑部将这个香炉请回来了。每当我思念你的时候,我就燃起一支香,让我的思绪随着这股青烟飞向思念的远方!可惜今生再也无缘为你'红袖添香'了!"

我惭愧万分,无话可说!

夏蕴泡了一壶菊花茶,坐下来,笑道:"你喝茶不讲究,我也就遵照你的素简风格。"

我说:"非常好!君子之交淡如水,两杯清茗主客便。"

夏蕴说:"正是!朋友真情清似泉,一壶新菊知音醉。"

我说:"茶如人生,浓淡随意,凉热自便。"

夏蕴看了我一眼,意味深长地说:"浓淡无法随意,总是越喝越淡,从繁花似锦走向平淡流年;凉热无法自便,总是越喝越凉,从如火如荼走向寂寞末年。"

我故意笑道:"淡了可以重新泡一杯,凉了可以重新烧一壶。人生时时刻刻都可以重新开始。"

夏蕴亦笑道:"但是重新烧一壶就是另一种滋味了!近来发现,尽管各种聚会越来越多,但是真正能说知心话的人却越来越少了。"

我能理解这种没有知心人说话的痛苦!二十年前,我刚大学毕业时,去看望一位曾经对我有恩的中学老师,她原本是一个强势的人,特别爱说话,家中一切都是她说了算。孩子结婚嫁出去两年了,爱人一年前去世了,家中常年就只有她一个人。结果她见到我非常高兴,跟我连续说了四个小时的话,几乎是一刻也没有停止过。多少年以后,她还时常提起那次与我聊天非常愉快。我当时不能理解她的那份喜悦,因为整个下午,我几乎没有说话,都在倾听。后来随着亲身感受的加深,我才逐渐理解了一个非常寂寞的人那种无人诉说的痛苦心情。

夏蕴现在的年龄正是当年这位老师的年龄,面临的也类似这位老师的状况。更何况我们这代人的生活节奏更快,压力更大,人际关系更复杂。最主要的是夏蕴处在行业的顶端,同行者之间的竞争特别激烈,夏蕴下班后又是一个人面对空旷的房子,其中的孤苦可想而知。

我说:"这是中年人最大的危机!中年人心中的压力最大,内心最苦,憋了一肚子的心里话却找不到倾诉的对象;所以这个年龄段的抑郁症患者比例特别高。"

夏蕴说:"我还想如同上学时那样,有心事就随时告诉你,你总能一直耐心地听我唠叨,然后再细心地给我梳理,我的心情就慢慢地舒展了。你既是一个最好的听众,又是一个最好的答疑人。其实那个时候,我只想跟你说说心事,你能耐心地听我说话,我的心情自然就好多了,你给不给我答案其实并不重要,但是你每次总能给我一个满意的答案。"

我说:"但愿我还能成为你最好的倾诉对象,以后有什么不高兴的事情,你就随时打电话给我,也许我并不能给你一个满意的答复,但是你的倾诉就是情绪的最好释放,能缓解你的心理压力,有利于你调节心情。"

夏蕴微笑道:"大家都有了自己的家庭,我以后还是尽量不打扰你了,我自己也要学会逐渐成熟而坚强!"

我说:"无妨!知己就是孤独时的陪伴者,寂寞时的倾诉者。"

夏蕴点点头。

北墙上挂着一幅画,画面内容是"白雪公主和七个小矮人"。我太熟悉了,这幅画是夏蕴上学时没有完成的一幅作品,只画了左侧的大部分,右侧还有小部分的留白。

夏蕴和冰玉都是自小就学习绘画和书法的,所以上大学时,她们俩经常作画、写字。这对于她们来说,非常平常,但是在我看来,却是极为神奇。我是在农村长大的,上学时,根本没有上过绘画课和书法课,更不可能有专门学习的机会。见识的贫乏和教育的缺失,使我缺少对音乐、绘画和书法等艺术的鉴赏能力。尽管后来在冰玉的帮助下,我有意识地进行了审美情趣的培养,但是对音乐的自然灵性、绘画中的创造力和对书法的感悟都是日积月累的熏陶,不是短时间内就能达到效果的。这种对美的鉴赏能力和艺术趣味不是一时的技能,而是受益于一生的思维方式和生活品质。

当时我站在夏蕴身边看她绘这幅画,对她佩服得五体投地,惊为天人。

画面背景是长空明月之下,远山起伏,近水曲岸。一片远古森林之中,一株高大的梧桐树上有一只栖鸦,树下鲜花盛开,美丽的白雪公主带着七个小矮人,围火而坐,他们似乎都在侧耳细听,应该有一位远方的客人即将来临,他们或许已经听到了由远及近的马蹄声。

冰玉在一旁给我讲解:"中国画以墨线为基础,通过内容的主次,布局的疏密,物像的轮廓,景物的远近,光线的强弱,色彩的明暗,笔墨的浓淡等手法,来表达作者的思想和情感。至于平、圆、留、重、变,这些运笔的方法和各种皴法,一时半刻你也听不懂。"

我说:"那你就讲一些我能听懂的。"

夏蕴说:"绘画首先讲究整体构思,就如同你写文章的中心思想;其次是手法和技巧,比如远近主从、层次井然、动静结合等,让整个画面和谐统一。整体写意,局部写实。"

冰玉说:"国画讲究神似,并不追求绝对的形似。形太似是媚俗,形不似是欺世。在似与不似之间,就是中国人的中庸哲学。这应该又是你特别感兴趣的东西。"

我说:"我是外行,一时不能领悟。"

夏蕴说:"你目前只要能理解画中内涵和欣赏意境之美就足够了。"

我说:"你这幅画确实好美,如此美丽的白雪公主居住在鲜花盛开的原始森林里,岂能不让人向往?"

冰玉说:"老大是不是特别想住进蕴儿的图画里去?"

我说:"是的,心驰神往!"

冰玉说:"蕴儿的画中有'话'!她这画里还缺少一位从东方来的白马王子,才子老大,你赶快进去吧!"

夏蕴脸红了,看着我不说话。

冰玉调侃道:"才子想走进蕴儿的画里,蕴儿想住进才子的心里。"

夏蕴的脸更红了,一言不发,直接放下画笔,走人了。

我当时责怪冰玉的玩笑开得有些过分了,让夏蕴一时下不了台。后来我们三个人之间再也没有开过类似的玩笑,我再也没有看到过夏蕴绘画,这幅没有画完的画后来也不知所终。

看着这幅当时没有完成的绘画,现在竟然被夏蕴非常用心地裱了起来,我欣慰地笑了!夏蕴在画面的上方添了一个标题"宁静致远",是柳体,字形温婉清拔,冲淡朴野,很有一番意境。我细想这四个字的意思与画面的主题"白雪公主和七个小矮人"并不吻合。

我说:"恕我直言,你这个标题与画面内容不太相称。"

夏蕴说:"当年年轻浮躁,现在想沉淀一下,希望能成为闲云野鹤。"

我点点头,又摇摇头。我不认为夏蕴真能做到看淡一切,大悟大彻。

我指着右侧留白的部分,问道:"你后来为什么不将它完成呢?"

夏蕴说:"时过境迁,就没有那份心情了。"

我说:"二十多年过去了,你不会还在生玉儿的气吧?她当时就是一个玩笑。"

夏蕴说："知道是玩笑,我当时并没有生玉儿的气!"

我笑道："还说没有生气,你当时都气得立即走人了!"

夏蕴说："我原本确实准备在右侧画上一位白马王子的,调皮的玉儿当时正好说中了我的心事,我不好意思了,才走开的。"

我说："这样裱起来很好,应该保存,也值得保存!这是我们三个人青春幼稚的见证,也是我们成长的见证,更是纯真友情的见证!"

夏蕴说："其实不用接着画,此画也可以说是已经结束了。留白是中国画最常用的手法,人生有时需要有意留下空白,给人想象的空间。"

我曾经听冰玉讲过,留白是中国画的最高境界。虚实相生,浓淡相宜;一密一疏,错落有致;黑白对应,留白不白;让画面妙趣横生,让观者回味无穷。

我说："但是这幅画中的空白不是有意留白,而是没有完成。你现在可以把余下的部分补上。"

夏蕴说："现在再补上,就有些不伦不类了。我现在的生活中已经没有白马王子了;曾经我心中的白马王子已经与美丽的仙女一起飞走了!"

我有些尴尬,不知如何回答。

夏蕴说："聚会时,玉儿来我家,看到这幅画,说我当时不应该只画一只鸟,而且是乌鸦,不吉利。"

我说："对呀,如果画一对比翼鸟,或者在水中画一对鸳鸯,感觉会更好一些。"

夏蕴说："我画画时的失误也许就是冥冥之中的宿命,是一种预兆!说明那时就已经预示着我后来婚姻的失败。"

我说："你不要乱说,根本就没有什么宿命!画画与命运更是没有任何关系。我有一种强烈的预感,你真正的白马王子在不久的将来就会到来!相信在这个世界上一定有一个与你互爱的人,在茫茫人海中,一直在找寻着你,在某个机缘巧合的场景,就会出现在你的面前,陪你走过深秋,度过寒冬,从此伴你看尽春暖花开,岁月静好。"

夏蕴笑道："谢谢你的祝福!其实人生就是应该有留白,不需要太满,残荷残月同样是一道美丽的风景。你见过画家马远的名画《寒江独钓图》吗?"

我点点头。我想起那幅画的整个画面就是中间一叶扁舟,一老渔翁坐于船头垂钓,船周围几圈水纹,其他什么也没有,但是真能让人体会到"寒江独钓"的特别意境。

夏蕴说："在孤独的人生旅程中,时常会有高处不胜寒的无奈。邂逅知己,是三生有幸;错过知音,是缘分不足。'曾经沧海难为水,除却巫山不是云。取次花丛懒回顾,半缘修道半缘君。'从此后,一个人的浮世清欢,一个人的细水长流。"
　　我好心痛,心知这样的事情也不是一两句话就能安慰得了的。

　　我想起我的一位现在居住常熟的美女发小佳佳,就是一个重组家庭。今年春节假期时,我在老家偶然遇到她。佳佳告诉我,她十多年前与前夫离婚后,与现在的丈夫彼此都带着一个孩子,重新组合成一个新家庭。两个孩子一男一女,彼此不能友好相处,也不愿意称呼对方的父母为"爸爸、妈妈"。两个大人看似生活在一起了,其实彼此也并不能贴心,都存有一份私心,都私下里将钱留着给自己原来的孩子。
　　佳佳无奈地说:"我们这种重组的生活已经十年了,但是感觉就是鸡肋,食之无味,弃之可惜,也就将就着过吧。如今双方原来的孩子都大了,已经到了婚嫁的年龄,等帮他们忙完了各自的婚事再说吧!"
　　我能深刻地体会到她这声"再说吧"里面所包含的无奈和艰辛!这种半路结合的夫妻终究不是原配夫妻的那种感觉了,彼此原来家庭的生活氛围是不容易改变的,何况还彼此都带着孩子,孩子对原来父母的情感是不容易割舍的!

　　我理解了夏蕴心中这种"取次花丛懒回顾"的无奈!如今想让夏蕴再找到一位知冷知热的贴心人确实不容易!我心中涌起一股悲凉!
　　我只能故作轻松地说:"清末名将左宗棠有句话,'能受天磨真铁汉,不遭人嫉是庸才。'你是干大事业的人,必将肩负天之大任;所以苍天在磨炼你,先苦你心志,劳你筋骨,经受多重磨难之后,你必将百炼成钢。"
　　夏蕴笑道:"老大呀,你把我当成小朋友在安慰哟!"
　　我说:"美国现代著名的女作家玛格丽特·米切尔说过,'也许上帝希望我们在遇到那个对的人之前遇到一些错误的人,因此当我们最终遇到那个对的人的时候,我们才知道感恩。'"
　　夏蕴说:"玛格丽特·米切尔也说过,'不要为那些不愿意在你身上花费时间的人而浪费你的时间。'所以我选择了分手。"
　　夏蕴是一个聪明人,人生的道理她都懂,我再说就有些多余了。
　　夏蕴说:"虽然我们俩确实是没有缘分,我并不遗憾;但是对于你和玉儿当初的错过,我总是心有不甘。你过于敏感的自尊和矜持扼杀了你们的爱情!"
　　我能强烈地感受到夏蕴话中的诚意,心中非常感动!我说:"我们都不是圣人,都会犯错误。我不是自尊,是自卑!"
　　夏蕴说:"狡辩!我帮你温习一下《红楼梦》中'枉凝眉'的唱词。"

夏蕴轻吟："一个是阆苑仙葩，一个是美玉无瑕。若说没奇缘，今生偏又遇着他；若说有奇缘，如何心事终虚化？"

我说："万事随缘！岂不闻'聚散皆是缘'？"

夏蕴说："有些人，有些情，不是失去了才知道珍惜，而是珍惜了才不会失去！"

我说："我承认你这句话很有道理，但是我并不后悔。"

夏蕴说："你真不后悔吗？美国有一家研究机构，采访了多位临终关怀的医生，收集了500位已故人的临终留言，问他们一生中最遗憾的事情，结果是：大多数人最大的遗憾就是未完成的事情竟然一直没有尝试。"

我点点头，信服地说："这个调查结果应该是十分可信的。"

夏蕴说："所以你不要不肯承认，你后来绝对后悔当初没有向玉儿表白；我承认你不告而别后，我也十分后悔当初没有向你表白！"

我故意说："尽管你们这些优秀的女人是男人最希望恋爱的对象，但是结婚过日子，还是找一位普通平常的女性为好，很容易哄，买个项链、戒指就能哄得服服帖帖的，不像见过大世面的女孩，不容易伺候好。"

夏蕴说："胡说八道！你当初真想逃避上海的大才女，回你的农村老家找一个普通的农村女孩，心甘情愿地生活一辈子吗？"

我反问道："难道这有什么不好吗？我们农村人不都是这么生活过来的吗？"

我想人一辈子最大的烦恼就是没有过上自己想要的生活，最大的悲哀就是不知道自己想要的生活到底是什么。

夏蕴说："口是心非！结果呢？大嫂是普通的农村女孩吗？大嫂的父亲是世居的上海人，大嫂至少算是半个上海人吧？更何况大嫂是一个见识很广，思想认识深邃，又具有独立见解的人，是你能糊弄得了的吗？"

我说："我遇到你大嫂纯属意外。"

夏蕴说："所以许多事情不要做过分遥远的计划，生活中充满了太多的变数，而应该抓住眼前实实在在的幸福，否则机会过去了，就会悔恨终生！你真不后悔吗？"

我摇摇头，真诚地说："我真不后悔！我相信这一切都是上苍最好的安排！"

夏蕴认真地看我一眼，点点头说："你这话我信！因为你万幸遇到了大嫂这位同样优秀的女性，否则，你现在哭都来不及。"

我不想再和她争辩，我来自农村，如果真在农村里生活一辈子，也并没有什么好奇怪的；但是这一切对于夏蕴这样一位一直生活在大都市的大公主来说，是无法想象的，她根本不能理解和接受。

夏蕴说："如果没有'意外'地遇到这么完美的大嫂，你现在还能在我面前气定神闲地说你不后悔吗？你一定是肠子都悔青了！"

我不知道怎么回答，夏蕴的话也许有一定的道理，但是生活没有假设，更没有预演，所有的过程都只有一次，对与错都不能重来。

夏蕴说："不过'失之东隅，收之桑榆。'上苍还是眷顾你的！"

我说："这也许就是上苍冥冥之中的安排！"

夏蕴说："一定是小妹告诉你我离婚的事情，你听了是什么样的感受？"

我说："非常震惊！我一直想当然地以为你这样一位各方面都非常优秀的女性，生活中一定是如鱼得水，事事顺利的，怎么也不会想到你会遭遇婚姻的不幸。对不起，是我害了你！"

夏蕴说："你绝对不要这样想！你是一个对感情极为负责的人，千万不要为此而钻牛角尖。这件事与你无关，我结婚的时候已经是一个成年人，完全应该为自己的行为承担后果。"

我想，在夏蕴重新找到幸福、恢复到快乐之前，我是无法释怀的！

我说："实话说，我注意到你们分手的时间，非常心痛！这么多年来，你们为了孩子一直在痛苦地坚守，直到去年孩子高考了，上大学了，你们才最终分手。为了给孩子一个完整的家，你们只能选择委屈自己，似乎这是为人父母最基本的责任。"

夏蕴叹口气说："确实是因为考虑到女儿，要不然我们早就分手了。这也许就是大部分尴尬的婚姻一直没有分手的原因，为了孩子，将就着过吧。国人对家庭完整性的概念是根深蒂固的，我们自然也有顾虑。"

我说："是的！我有个朋友在民政局工作，她告诉我，每年高考之后，就会迎来离婚高潮。有统计数据表明，高考后的一个月内，离婚数目是平时的三倍。这种离婚不像小夫妻吵架，调解一下，大多数人又和好了；这些中年夫妻都是非常冷静，神情淡然，没有一句多余的话，也没有任何调解的余地，彼此平静地分手。"

夏蕴说："有些关系破裂的夫妻甚至早在孩子很小的时候就约好了，一旦孩子上大学了，两人就离婚，我的一个闺蜜就是这样的。其实应该早点分手，有一句俗话说得好，一样东西，考虑该不该扔的时候，就扔了吧！很久以来，这份尴尬的婚姻不仅给双方带来了痛苦，也给女儿带来了伤害。一直以为孩子小，不会有感觉。现在才知道，我们努力在她面前营造的幸福的假象根本没能骗过她的眼睛，其实她什么都懂，只是把痛苦深深地隐藏在心里。"

我说："婚姻的长期消耗中最耗不起的就是孩子，孩子是敏感的，凭第六感就知道父母是否真心相爱。父母以为为孩子维持了一个表面完整的家庭就是尽到

自己的责任,其实正是这种不健康的婚姻形式,让孩子对爱产生了误解。"

夏蕴说:"我有一次偶然看了女儿的日记,其中有这样一句话,'我这辈子都不想结婚!'我们这个错误的婚姻伤害了三个人,甚至伤害了我们各自原来的家庭,双方的父母都在为我们操心不已。"

我说:"不幸的家庭各有其不幸,但是幸福的家庭大多是相似的,父母互尊互爱,孩子温暖有爱。"

夏蕴说:"我们跟女儿开诚布公地谈了一次,将我们的事情原原本本地告诉了她,我们都承认了自己的过错。女儿出奇地平静,她说,你们该怎么办就怎么办吧,不用考虑我,我已经是大人了,能理解你们的行为,不要让我成为你们互相折磨的根源。看到女儿这么冷静,我心中非常难受,生在不幸的家庭中的孩子,思想总是早熟的,过早地承受了她们不该承受的苦痛。"

我想一个能平静地忍耐痛苦的小孩该是何等坚强呀!一定是从小就在父母相互煎熬的环境中练就的能耐!当婚姻成为彼此折磨的负担时,那就分手吧!对双方、对孩子都是一种解脱。

我说:"你也不要过于担心,单亲家庭的孩子并不一定如同我们想象的那么脆弱,大多数孩子还是能够健康成长的。相反,形式完整而内容并不健康的婚姻反而会扭曲孩子的心灵,承受精神的煎熬;而且单亲家庭的孩子往往会得到心有亏欠的父母爱的补偿。孩子需要的是父母对他用心的爱,这份爱的温暖一定能让孩子形成健康的心理。你要对女儿及时进行心理疏导,让她正确认识爱情、婚姻和家庭,建立正确的爱情观。"

夏蕴说:"是的,现在一有机会,我就会主动和女儿聊天,谈这个方面的问题。"

我说:"切记,让孩子心理健康才是最重要的。"

夏蕴点点头,沉思了一会儿。我感觉她好疲惫,我心中好痛!

夏蕴突然叹了一口气,无奈地说:"这个家本来是一个休息的港湾,可是离婚之前,我每天回到家里却感到更累!"

我非常理解,能不累吗?一想起每天下班回家后就要面对一张自己不愿意看到的脸,心中那份无奈的滋味真是无法言状。对于劳累了一天的女人来说,吸引她回家的不是富丽堂皇的别墅,而是在夜晚的这万家灯火中,那一盏专门为自己开着的灯,和那盏灯下专门在等着自己的人。

家是渔夫晚归的避风港,是倦鸟归林的巢穴,是早餐时一杯温热的牛奶,是傍晚时夕阳下的陪伴,是日常柴米油盐的精心调和,是生病时特别的呵护和关照。家中应该有我们永远牵挂的温情!

夏蕴说:"现在想想,婚姻到了目前这种阶段,我们双方都有责任。起初是我不愿在他身上浪费时间,后来他也不愿意在我身上浪费时间;而且应该是我的责任更大,如果我自己一开始的时候就懂得珍惜,现在应该会是另一种结果。"

我说:"我曾经看过一篇文章,作者认为,世上没有绝对公平的婚姻。感情的付出,对家庭的贡献,年龄的协调等,双方总能在其中找到平衡点,保持相对公平,从而维持家庭的稳定。"

夏蕴说:"确实很有道理,我一开始并没有将我全部的心思都用在他身上,就不能责怪他后来产生了异心。"

我说:"夫妻之间所有步调一致的心有灵犀,都是经过了长期用心良苦的感情磨合。"

夏蕴点点头。

我说:"你们毕竟共同生活了二十年,爱情没有了,亲情应该还在。好聚好散,即使分手了,你们至少应该是好朋友。"

夏蕴说:"我们本来就不吵架,闹别扭的时候,我们就是冷战。"

我说:"这种冷战的状况才更加伤人,让彼此的心更加冰冷,而且也让孩子更加感受不到父母之间的温情。"

夏蕴说:"我们是在'五一'劳动节离婚的。这一天本应该是天下劳动者休息的日子,我们却在忙着结束一段长达二十年的感情。人生难道有什么先天的定数吗?"

夏蕴在大学毕业后的当年国庆节结婚,在二十年后的劳动节离婚。我和爱人在毕业后第二年的劳动节相识,国庆节结婚。人生总是在不断的轮回中,完成生命的旅程;但是人生肯定没有定数,一切都是事在人为。

我心中有一种说不出的难过!国庆节时,我竟然让夏蕴见证了我们结婚十九年的纪念日,却没有想到也正是她自己结婚二十年的纪念日,可是她已经离婚了!她当时满脸笑容地祝福我们的时候,心中该是怎样的一种复杂的心情呢?

我心疼地说:"真希望我们的记忆是有选择性的,只记住欢乐的事情就好了!"

夏蕴说:"办完手续,出了民政局的门,我心中有一种说不清的感觉。一直以来总是希望解脱,但是一旦真分手了,却一点都没有解脱的轻松感。毕竟共同生活了二十年,我们之间也曾经有过短暂的欢愉。"

婚姻永远是一件感性大于理性的事情,感情不是说放下就能完全放下的;家庭也不是一个说理的地方,对与错有时候是很难说得清楚的。

我说:"我相信他最初对你的爱一定是真诚的。"

夏蕴说:"他对女儿是有感情的,也想要女儿。我跟他说,女儿还是跟我在一起更好,我比他细心,能更好地照顾女儿。其实我知道他会再次结婚,孩子跟着他,父女俩都不方便。而我此生已经心灰意冷,只要将女儿好好地抚养成人就足够了。"

我说:"不要太灰心了,生活从来都是有喜有忧的。'人生不能全满月,花谢来年还有春。'"

夏蕴说:"老大,你不用担心我。其实我的工作非常忙,并没有太多的时间去伤春悲秋,更没有精力去怨天尤人。"

现在孤独的夏蕴一定比以前更加坚强,这也许就是我们成长的代价。我还想再安慰一下她,却什么话也没有能说出口。

夏蕴说:"我仅仅主动告诉了玉儿一个人,其他人都不知道。小妹是那天在民政局碰巧遇到的,她是陪她的侄女去领结婚证的。"

我心疼地说:"你这样一位一直走在时代前列的新女性竟然也会顾虑外人的看法吗?"

夏蕴说:"我也不希望别人把我看成是一个失败者,更害怕别人用异样的眼光注视我女儿。"

我说:"结束一段感情已经枯萎的婚姻并不是失败,而是给了双方重新选择而再次进入新生活的机会。在如今这样一个多元化的社会中,这种事情太平常了。不过你小心呵护女儿的举动,我非常理解和赞同。"

夏蕴说:"谢谢你的理解和安慰。其实中年女人的生活就像穿着一袭外观华丽的旗袍,即使里面爬满了虱子,为了体面,再痒也只能强颜欢笑。"

我心中满是悲凉,深感自己罪孽深重,但是我既说不出任何道歉的话,也说不出任何安慰的话。只有让万能的良药——时间,来医治夏蕴心中的创伤了。

九点不到,宝宝就兴冲冲地来敲门了。他家离夏蕴家很近,他是步行过来的。

夏蕴一开门,宝宝就向我扑过来,紧紧地抱着我,激动地说:"敬爱的老大呀,我想死你了!"

宝宝竟然瘦了,一脸的焦虑,看得人心疼!不是一个月前那个"无事小神仙"的宝宝了,好像换了一个人!

我说:"乖宝宝呀,你的心上人今天也在,所以我肯定要让你过来的!"

宝宝脸红了,笑道:"老大逗我呢!但是我真诚地谢谢你!"

夏蕴问道:"谁是宝宝的心上人呀?"

我说:"我现在不告诉你,看你到时候能不能看出来。"

夏蕴说:"我不去！否则你们的女神会欺负我的！"

宝宝说:"那是不可能的！你现在的身份、地位和知名度都远远超过了天禧,她凭啥欺负你呀？这不是还有老大罩着你吗！"

我也故意说:"对的,有我和宝宝护着你,谁也不敢欺负我们尊贵的大校花。"

大家都笑了。

宝宝问道:"老大近来身体怎么样？"

我说:"还行,谢谢你的关心！你是一个非常有条理的人,现在你的工作生活一定都安排得挺好的。"

宝宝气愤地说:"说起生活和工作,没有一样能让我省心的！"

我说:"有些中年人的烦恼的意思。咋的啦？不顺心吗？"

宝宝说:"最近工作上有点闹心。我们医院绩效考核住院日和周转率。你们说,我们脑外科的病人怎么可能周转得那么快呢？一般都要住半个月以上,甚至一两个月。我们哪里能够和开阑尾炎或者开胆囊炎的比住院日呀？"

我说:"制订考核方案时不能一刀切,这完全违反了医学常识,疾病的愈合有它的自身规律,不能自说自话。"

宝宝说:"还有更荒唐的,就是根据手术台数计分。一台眼科激光手术几分钟就好了,我们开颅手术大多需要四五个小时,甚至十多个小时,这怎么好比呢？"

夏蕴说:"有些领导完全不懂医学,外行领导内行,难免会出现这样的笑话。"

宝宝说:"我们院领导管理无能,却好大喜功,专搞花样文章,经常举办大型的文娱晚会,浪费了大量的民脂民膏。急功近利,只强调科研,完全忽略临床,整天只关心 SCI 和影响因子。"

我说:"大形势在这儿呢。医院排名时,论文数量是占到极大比重的。院领导跟风,热衷于此可以理解。"

夏蕴说:"我们医学会已经有不少著名的专家学者开始关注这方面的事情了。不过现代医学的发展一向以西方为导向,要改变目前这样的状况还要假以时日。"

我说:"中国现代医学在与西方医学合作的同时,更多地应该走自己的路。"

宝宝说:"不能唯西方人马首是瞻,大多数医学指南都是照抄西方人的,实在是悲哀。"

夏蕴说:"自己写指南也得有这个实力,需要大量的临床研究的循证医学证据。可是现在人心浮躁,没有几个人愿意埋头潜心搞研究。在国际医学指南中,采用的循证医学证据只有 3% 是中国人的研究成果。"

我说:"你们老主任现在已经是国际知名的大师级人物了,你们的专业水平也是国际领先的,你们完全有能力制定中国人自己的专业治疗指南,为国人树立一个榜样。"

夏蕴说:"我们已经精心准备很多年了,今年春节以来一直在着手进行这项议程。"

宝宝说:"老大,你一直是我们的主心骨,我还有一件家里的烦心事要和你商量。"

我说:"没有问题,你说吧。看来你还确实不容易,工作和家庭里都有烦恼!"

宝宝叹了一口气,摇摇头,说道:"这是家庭丑事,本来不足与外人道也,只能和你们两人说说,烦死我了!"

夏蕴说:"别着急,慢慢讲。"

宝宝说:"夏蕴知道我家的情况,我爱人是中学老师,有强直性脊柱炎,去年内退了。小孩在上海上大三。"

我说:"你小子年龄最小,孩子竟然已经是大三了,动作够快的呀!"

宝宝调侃道:"人长得丑,身高又太矮,担心找不到老婆,所以着急。"

我们都笑了。

宝宝说:"现在我家里住着我们俩、岳母和小舅子。"

夏蕴说:"我知道你岳母,她退休前是一名小学教师,偶然来你们家看看,我见过一面。她不是一直在高淳老家帮你小姨子带小孩的吗?怎么住到你家里来了?"

宝宝说:"小姨子家的小孩去年上大学了,岳母年纪大了,七十五岁了。"

夏蕴说:"有这样的道理吗?之前你岳母一直在帮她们带小孩,而你们的小孩都是自己带大的;现在你岳母年纪大了,不能干活了,需要别人照顾了,你小姨子就把她直接推给了你们?真是白眼狼,过了河就拆桥的东西!"

我有些惊奇,夏蕴一直是一位养尊处优、不谙世事的小公主,现在竟然也知道关注这些家长里短中的是非曲直了,可见复杂的现实生活一定会让我们长大成熟,让我们明白许多道理。

我说:"蕴儿别着急,先听宝宝说。宝宝是个善良的人,不会为这种事情心烦的,赡养父母是为人子女应尽的义务。宝宝,你自己的父母现在身体怎么样了?"

宝宝说:"老大呀,他们生病去世已经五年了。"

我伤心地说:"你的父母去世得太早了!上学时,你经常带我去你家里玩,你父母对我那么好,真是好人没长寿!"

宝宝说:"谢谢你还惦记着他们!从去年年初,岳母开始出现老年痴呆的症状,我赶忙带她到我们医院就诊,服药后,病情基本控制住了。去年暑假结束后,小姨子家的小孩去上大学了,我们不再放心岳母和粗心的小姨子住在一起,所以我爱人就办了内退手续,请了保姆,将岳母接过来,与我们一起生活。岳父去世很早,岳母独自抚养了三个子女,老年又奉献给了第三代,确实辛苦了一辈子,无论如何不能让她再受到任何委屈!老年痴呆症患者,必须有人经常陪她说话,方方面面都得有人细心照料才行,我爱人确实尽心尽力了!"

夏蕴说:"你爱人确实不错,绝对贤惠的,果然是他们家庭的好大姐!"

我也赞扬道:"你俩做得都很好,满分!"

宝宝说:"哪里是什么好大姐呀?我老婆从小在家里干活最多,操心最多,但是父母亲还是喜欢儿子和小女儿,总认为大女儿为家庭做的一切都是应该的,谁让她是老大呢?"

我想起了一位住院的老人和我聊天的时候说,为父母养老送终的往往都不是家里最受宠爱的孩子。受宠的孩子因为长期受到偏爱,所以早就已经心安理得,反而不知道感恩。不受宠的孩子做得再多,也不落好。

这确实是一件令人想不通的事情。父母对自己的孩子都不能公平,何况整个社会呢?

我安慰道:"你们是大女儿大女婿,难免要多尽一些义务。"

宝宝说:"这是应该的!"

夏蕴说:"那么你烦心什么呢?你可急死我了!"

宝宝说:"我刚才说,我还有一个小舅子,本来住在高淳乡下,是个游手好闲的东西,极其虚荣,爱吹牛,整天不务正业,在外面打工,也是三天打鱼两天晒网,这山望着那山高,挣不了几个钱,还不够他自己在外面消费。他们孩子上学的费用、养老保险金都是我们出钱帮交的。平时家里有人生病了,都是到我们医院来治疗,费用也是我们出的。"

我赞赏道:"宝宝,你们确实不简单,做人做到这个地步,真是仁至义尽了!"

夏蕴说:"赡养岳母是应该的,但是扶养你小舅子一家人,就不是你们的义务了。"

宝宝说:"我小舅子见岳母住到我家来,也要来南京打工,就住在我家里。"

夏蕴说:"天哪!你家的房子那么小,这么多人怎么住呀?"

宝宝说:"就将就一些吧,反正我家小孩已经上大学去了,有个房间空着。我们就在那个房间放了两张床,让他们母子俩住在那个房间里,也希望小舅子夜里能照顾到岳母。"

我说:"宝宝做事一向是很有条理的。"

宝宝说:"我们替小舅子在南京找了一份保安的工作,上班大半年了,不但一分钱没有挣回来,还在银行里透支了三万多元,银行通知他赶快还款。岳母一听,就担心儿子被抓起来,立即拿钱给他还款了。岳母住在我这儿,我们不让她花费一分钱,吃饭、看病都是我们支付的费用,所以她的钱存给儿子用,我们也没有意见。"

夏蕴说:"你们的心太好了!你们平时生活很节俭,却将钱存下来无偿地资助他人!你小舅子这种做法,不仅是啃老,而且是啃姐姐和姐夫,真做得出来!你岳母不分青红皂白就拿钱给儿子堵窟窿,只会助长他的惰性,他永远也不会懂得负责任。"

宝宝说:"事情也这么就过去了,日子就这么平静地过着。前天我小舅子上班去了,手机忘在家里了。有人给他打电话,我爱人就替他接了一下,是个女人打来的,对方立即挂了机。我爱人一听语气不对,立即查看了微信记录,这才发现是他在外面的姘头打来的。大半年时间里,他被这个女人骗去了四五万元。每隔几天就向他要钱,每次都是几千元。我们肺都气炸了。"

夏蕴说:"是可忍孰不可忍!天下还有这么无耻的男女!这种男人,把老母亲的养老钱骗去找姘头,简直该杀!这种女人,以这样的方式骗钱,跟卖淫没有任何区别!"

宝宝说:"我爱人打电话给这个女人,原来她有丈夫,起初她不肯承认与我小舅子的暧昧关系,后来我爱人将他们的通话记录发给她,她竟然说自己信佛,不会乱来。"

我说:"这太有讽刺意义了!这么不要脸的人还好意思说自己信佛,岂不要将佛祖给气晕了!还说不会乱来,廉耻都抛弃在脑后了!"

宝宝说:"这两天,我小舅子上夜班,我一直没有遇到他。我真准备将他直接赶走算了!"

我说:"这种事情确实非常闹心!想想你们自己平时省吃俭用下来的钱竟然给你小舅子拿去干这种事情了,真是令人气愤不已!但是你也不要鲁莽,应该考虑到你岳母的感受,她再怎么生你小舅子的气,但是毕竟还是她最疼爱的儿子。"

宝宝说:"老大说得没错!我前天下班回家,听到我岳母和对门的老太在聊天。岳母说:'我想回小女儿那儿住,因为这两天大女婿的脸色不好,跟他说话也不爱搭理。'对门老太说:'你就拉倒吧,你大女儿大女婿能做到这个地步已经很好了!你小女儿已经把你赶出来了,你再回去,她能接受你吗?你真是好歹不分,都已经这样了,你还是觉得小女儿好?大女儿不好?'"

这才是宝宝伤心的根本原因!岳母住在女儿女婿家里,却跟外人说女婿的不是！宝宝一片真心、无怨无悔地付出，却落了这样一个结果，真是令人寒心哪！

宝宝叹了一口气，伤心地说："我的一片真情咋就焐不热别人的心呢？我总是将人情看得很简单，以为只要我以真情相待，别人就会以真情回报；可是现实告诉我，很多的时候，我付出的真情越多，就越心痛！"

夏蕴说："真可怜！我们原本最可爱的宝宝竟然被生活磨成了这个样子！"

我能理解，宝宝原本是一个非常豁达的人，本来根本不会在意这些家长里短，但是太琐碎的生活终于将他逼成了现在这个非常烦心的样子。这就是中年人最真实、最无奈、又无法回避的生活！

宝宝说："这两天，我的脸色是不好，遇到这样的事情，我的心情非常郁闷，脸色能好得了吗？"

尽管如此，我不能火上浇油，只能进一步劝解。我说："你还要考虑到你爱人的感受，你爱人是家中的大姐，有一份天然的责任去维持原来家庭的稳定和发展。"

宝宝说："我确实是心疼爱人，怕她两头受委屈，所以才一直没有贸然采取行动。"

我说："你把家里人都召集过来，当着大家的面，你和你小舅子好好谈一下。如果他确实认识到错误，并且表示痛改前非，你就再给他一次机会，让他继续在南京生活、工作；如果他不能保证悔改，你再赶他走，也是理所应当的。这样处理，大家应该都能接受。"

夏蕴说："万一他当面一套，背后一套呢？嘴上答应不来往，私下里还来往呢？"

我说："要想人不知，除非己莫为。你们自己以后多留心，纸肯定包不住火的。"

宝宝说："好吧，我听老大的，回去将这件事情赶快处理一下。我都失眠两个晚上了！想想单位里的事，家里的事，实在是烦死了，我都不想活了！"

我说："不要走极端，事事都有解决的方法；不着急，一步一步进行，跨过这个坎就好了。"

夏蕴说："难怪你这几天一下了瘦了这么多！你进门的时候，我吓了一跳，以为你生什么大病了呢！"

宝宝说："听老大这么一说，我心中好受了一些，感觉心头的压力好像一下子轻了好多，原来天并没有塌下来！谢谢老大！"

我说："不用谢！谁遇到这样的事情都会着急、上火，你应该还算是一个比较冷静的人！"

夏蕴说:"回去后,不要发火,争取能有一个好的结果,不要辜负了老大的一片苦心!"

宝宝说:"好的!也非常感谢我们善解人意的大校花!"

我们都笑了。

九点一刻,我们出发。夏蕴开车,我们往小妹家里去。

小妹和丫头等在门口。宝宝一看到丫头,脸就红了,也不打招呼,只看着丫头傻笑。

夏蕴说:"小妹呀,现在我把你的大哥完整无缺地交还给你,你来验明正身。"

我说:"看你说的,我成了临刑前的死刑犯了。"

小妹故意拉着我左看右看,笑道:"少了一样东西。"

丫头问道:"少啥?"

小妹用手按住我的胸口,坏笑道:"这里面是空的,大哥的心丢在花姐的家里了!"

夏蕴一把抓住小妹,假装要打她,笑道:"我让你瞎说!"

我说:"宝宝咋不和丫头说话呀?"

夏蕴看着宝宝,揶揄地说:"原来宝宝喜欢的是我们最可爱的小丫头呀,好眼力!"

丫头脸红了,拉着我的手,撒娇道:"大哥哥,你看看,你们家花姐姐就会瞎说。"

我说:"花姐姐肯定不是我们家的,花姐姐也肯定没有瞎说。"

大家都笑了。

我们在院子里坐下来。院子里有两盆春兰和两盆滴水观音都是茎干干瘪,叶片下垂,快干死了。阳台上放着两盆茉莉,叶片颜色浅淡,叶尖发黄,显然是水浇多了。

我说:"小妹呀,你浇花的时候不是一起浇吗?怎么如此旱涝不均呢?"

小妹说:"我每天喝不完的茶就随手浇到阳台上的茉莉盆里,外面院子里的基本上想不起来浇水。"

我说:"小妹呀,你做事总是这么大大咧咧的。花盆里不能每天都浇水,也不能一直不浇水。现在这个季节,十天半个月浇一次就可以了,但是每次都要浇透。"

丫头说:"大哥哥做什么事情都是这么认真仔细,世事洞明皆学问。"

小妹拿着我的手机,走过来,笑道:"大哥,我发现你手机里的秘密了,快给我发个红包作为封口费,否则后果自负。"

我说:"你少故弄玄虚,我的手机里没有任何秘密,任何人都可以随便看。"

我们出发,到达饭店包厢时,苭芃和天禧已经到了。夏蕴和她们俩打招呼,三个人好亲热。

天禧用狐疑的眼神看着我,对小妹说:"小妹陪我去一下卫生间。"

小妹看看我,故作正经地说:"我不用去,你让丫头陪你去吧。"

我知道天禧的意思,也理解小妹不想当"叛徒"的两难。我是个男子汉,做事必须敢做敢当。

我说:"亲爱的女神,我陪你去吧。"

大家都笑了。苭芃说:"二位腻歪得太明显了吧,当我们不在呢?"

天禧拉着我的手,一离开大家,她就迫不及待地问:"你老实交代,昨夜睡在哪儿的?"

我说:"就你喜欢八卦,多大的事情呀。我睡在夏蕴家里的。"

天禧用手拍拍我的腰部,笑道:"疼不疼?"

我笑道:"我是糟老头子了,已经没有这方面的欲望,自然不会腰疼;倒是你明天就要走了,最后的疯狂,这两天你家的床受得了吗?"

天禧大笑道:"你真是没有良心!小妹欢天喜地准备了一切,等着夜里和你共鸳鸯呢,你却跑出去幽会别的美女了!像话吗?小妹多伤心、多失望哪?"

我笑道:"我不想和小妹共鸳鸯,我想和你共鸳鸯。"

天禧笑道:"我俩这辈子成不了鸳鸯了,只能是冤家。"

我笑而不答。

我们到了卫生间门口,天禧坏笑道:"老冤家,你自己小心进去吧,出来后我再收拾你。"

我们解完手出来,洗手的时候,我笑道:"小冤家,你真不够意思,你当年和韩主席的事情竟然一直瞒着大家。"

天禧说:"没有任何事情,当年是我单相思,人家根本看不上我,他喜欢的人是你的上海大才女!'我本将心向明月,奈何明月照沟渠。'"

我笑道:"难怪你对冰玉有敌意,原来是在吃醋呀!你在我心中可是高贵的女神,原来竟然也是这么小心眼呀!"

天禧脸红了,不好意思地一笑。

我调侃道:"春恨秋悲皆自惹,花容月貌为谁妍。"

天禧说:"你不许嘲笑我!如果为你妍也是同样的结果,你喜欢的也是上海大才女!"

我说:"你可别乱说!你这么优秀,韩主席为啥看不上你呢?"

天禧叹了一口气,淡淡地说:"我是来自西北农村的土妞,人家可是大都市的洋帅哥,出自文化世家。"

原来一向非常阳光快乐的天禧,心里竟然也会有自卑和失落的时刻。看来任何人都不会永远生活在快乐之中,都会有面临悲伤失意和痛苦无奈的时刻。一个人再有能耐,都会有实现不了的欲望。

天禧说:"层次不对等,就不能轻易谈交情,更不要说爱情了。"

这是多么痛的领悟呀!许多时候,现实就是如此,没有实力就没有话语权。人只有不断学习,保持发展和进步,生活好了,才会有人愿意正眼看你。现实!这就是非常客观的现实!我们再清高,都无法回避!

我说:"你毕业后留在南京,应该可以与他再续前缘的呀!"

天禧说:"不是留在南京就成了都市人,家庭文化修养的形成不是一朝一夕就能完成的!我有自知之明,门不当,户不对,就不必自取其辱了。"

我深有同感,不在同一个社会阶层、不具有相同文化品位的人,可以一起共事,可以做好朋友,但是很难和谐地生活在一起,朝夕相处中的琐碎太容易暴露双方思想认识的差异,如何求同存异就需要较高的智慧和较深的修养了。

天禧说:"社会上一直流行一句话'天下有钱人终成眷属',其实就是同一阶层的人才能一起生活。大多数人都是现实的,爱情一直就不是婚姻的第一要素。龙配龙,凤配凤。一个人会嫁给谁,也许命中早就已经注定了。"

我说:"根本没有命中注定一说。经过你的努力,你现在已经变得非常优秀了。人终究要为理想而活,为情怀而活。"

天禧说:"是的,终身学习,不断进步,不在乎其他。一个人最重要的能力是过好自己的生活,让自己幸福。"

我说:"事情要快快做,生活却要慢慢过,着急不得。许多人不是不优秀,而是太着急,修炼需要一个过程。"

天禧说:"我不着急!别人可以看不起我们,我们不能看不起自己。道不同,不相为谋。其实仔细想想,也没有什么大不了的!"

我调侃道:"原来我们可爱的女神早就已经深悟了,却整天拿着老大当幌子,把老大忽悠得都不知道东南西北了,我还以为我们尊贵的女神真爱上了老大呢。"

天禧笑道:"老大呀,你就不要装了。你不是也一样的吗?整天喊我'女神',其实你心中真正的女神是谁,妇孺皆知。"

我说:"你真是我的知音,我俩是将遇良才。"

天禧说:"是棋逢对手,一辈子的冤家对头。"

我笑道:"不是冤家不聚头。"

我俩都笑了。

我说:"我非常佩服你的勇气,敢爱敢恨,爱一个人就能大胆地说出来。"

天禧说:"我喜欢一个人,一定会告诉他,宁可被他拒绝之后,难过一阵子,也不愿错过了,遗憾终身!而且爱情是一种体验,重要的是过程,不是结果。只求真心相爱,不强求永远拥有!"

我点点头说:"如果世人都能像你这样爽快直接,这个世界就简单多了!"

天禧笑道:"这个世界本来是很简单,就被你们这些故作高深的人搞复杂了。"

我说:"我也一直主张简单,但是我的性格没有你这么外向。"

天禧说:"我非常好奇!当年你和才女关系那么好,绝对的才子佳人,天造的一对,地设的一双,简直是羡煞众生,可是后来为什么没有能好事成双呢?"

我说:"我跟你一样,也是单相思;但是我没有你胆子大,并没有向人家表白。"

天禧说:"你这是在骗我,我根本就不相信。"

我说:"有什么不信的?我也自卑,我也是来自农村的土老帽,知道自己配不上人家大都市的天仙!"

天禧说:"我俩好可怜,同是天涯失意人!"

我说:"你可不是失意人,你现在春风得意着呢,早就是大领导了!听小妹说,你家小孩刚刚上初中,怎么比大家晚了这么多年呢?"

天禧笑道:"人太丑,一直嫁不出去!"

我说:"应该是追你的帅哥太多了,你挑花了眼吧?或者是你们一直只想过二人世界的浪漫生活!"

天禧说:"我们原本确实打算做'丁克'家庭的,感觉有了孩子会影响工作和生活的自由,但是双方父母都不同意,后来我们就只好妥协了。"

我听小妹说过,天禧的公公是一位市委的领导,在家里喜欢以领导的语气发话。天禧是一位来自大西北的小城镇的姑娘,在这样的官宦家庭里本来是没有多少话语权的;但是天禧天生是一个极其有主见的人,"当为秋霜,无为槛羊。"而且有了先前追求韩主席失败的经验教训,天禧心中早就做好了"不畏强权"的思想准备,所以自从嫁进这家起,她就不是一位特别听话的"乖"儿媳,于是与公公之间就闹了好多矛盾。再加上小两口非常恩爱,整天卿卿我我的,婆婆又感觉儿媳妇抢走了自己最心爱的儿子,所以天禧与公公和婆婆之间的关系都不是很融洽。好在公公为天禧的仕途出了力,所以天禧在某些方面也就只能主动让步了。

我终于理解了,小妹说天禧怕丈夫,其实这不是怕,是爱,是在乎!天禧是一个天不怕、地不怕的人,只有她真正在乎的东西,她才会有所顾忌。

我说:"在中国这样的社会,一个家庭不要小孩是很难被世人所接受的,因为不符合传统的伦理观念。我知道你是个工作狂,但是也不至于因此就不要孩子呀。"

天禧说:"我确实感觉抚养孩子挺麻烦的。为了让孩子进更好的学校,家长们会想尽一切办法,甚至不惜重金购买学区房。中国目前的教育模式已经进入了一片巨大的误区。"

我说:"是啊,毕竟优质的教育资源有限,大家都想让自己的孩子得到最好的教育,竞争太激烈了。"

天禧说:"现在的孩子学习也非常辛苦,功课太多,各种补课也多,大家都不肯输在起跑线上。"

我说:"前天我的一个当小学语文老师的同学在群里发了一个学生的答卷照片。要求是请写出古诗词的下一句。题目'衣带渐宽终不悔',学生接下句'深夜作业我憔悴'。题目'洛阳亲友如相问',学生接下句'一直忙着写作业'。"

天禧说:"是的,看着孩子这么累,我好心疼。"

我说:"尽管教育部喊'减负'已经很多年了,但是一直没有见到明显的成效。高考改革真是太难了!"

天禧说:"学校的课程减少了,可是外面的补课又增加了。有些没有职业道德的老师甚至课上不讲,留着补课时讲。既增加了学生的学习负担,又增加了家长的经济负担,苦不堪言哪!"

我说:"哪个职业都有极少数不良分子,但是绝大多数人还是敬业的。你也不要以偏概全。一棍子打死。"

天禧说:"我听小妹说过,大嫂就是一位师德高尚的优秀教师,非常令人敬仰!"

我说:"谢谢谬赞!"

天禧说:"等我从美国回来,一定要去南通拜访你们,欣赏大嫂的才貌双全,感受你俩的浪漫爱情。"

我说:"真诚期待女神的大驾。在我看来,你现在的生活应该比嫁给韩主席更加幸福,千金难买一个在乎你的人!"

天禧说:"其实我嫁进这个家庭之前是有顾虑的,有了追求爱情失败的前车之鉴,懂得了没有门当户对的经济文化基础就不宜组建家庭的深刻道理。好在我的爱人对我特别真心,最终感动了我,让我有了一闯'龙潭虎穴'的勇气。"

我说:"两人相爱才是最重要的,其他的都是次要的。"

天禧笑道:"我一个乡巴佬能在大城市里找到一个安稳的窝,已经非常满足了。"

我说:"小妹和丫头都说你怕你家先生,我根本就不信。凭着你豪爽的男孩子性格,从小到大,你怕过谁呀?"

天禧笑道:"我是真正的女汉子!"

我说:"其实你是在乎他,在乎你们之间的真情!他深爱着你,懂得呵护你一个人远离家乡的孤寂;你也就深爱着他,不让他做两难的选择,不让他受夹板气。"

天禧感动地说:"知我者,老大也!"

我调侃道:"你其实已经实现了自己的愿望,官宦之家并不比文化之家差,所以你以后就不要再嫉妒冰玉,故意跟她为难了。"

天禧笑道:"就冲你这句话,你这么在乎她,我就更加要嫉妒和憎恨她!谁让你只喜欢她,不喜欢我呢?"

我笑道:"威猛的女汉子,你真喜欢我吗?我胆子小,你可不要吓唬我呀!"

天禧笑道:"没有良心的老东西!我真有这么恐怖吗?"

我们都笑了。

天禧问道:"你当年为什么不留在南京和夏蕴在一起呢?那样我这个旅居南京的孤独者又能增加一个最贴心的知己。我和小妹都是外乡客,刚毕业的那几年,我们俩有事没事都喜欢泡在一起,无论谁受了委屈,都可以得到对方的及时安慰。你要是留在南京,我们三个人还像上大学的时候一样一起玩,多好呀!"

我说:"谁不想留在大城市呀?但是我也是一个来自农村的乡巴佬,跟你的想法一样,不想高攀;而且我的家乡观念很重。《后汉书》有云:'狐死首丘,代马依风。'"

天禧说:"你不要说得这么悲壮呀!其实我知道,你心中唯一的真爱就是那位上海的才貌双全的天仙,她飞走了,你肯定不愿意独自留下来。我当年留下来的时候,也是犹豫再三。我是独生女,我的父母可舍不得我!"

我说:"我能理解,离家乡这么远,二十年前的交通又是极其不方便,一年难得回家一两次。你的父母亲辛辛苦苦抚养了二十年的宝贵女儿就这么突然远离了,他们当然心疼啦!"

天禧说:"那时候,我回家一趟太难了,路上要好多天!结婚之后,我再也没有和父母一起过大年三十!我好怀念以前和父母一起守岁的日子!"

天禧的眼眶湿润了!一个人活在世界上,有许多事情不能两全,真的很难有

一辈子不后悔的事情,只能由当时的实际情况来权衡利弊,决定如何行动。

天禧哽咽着说:"那一年,妈妈突然打电话来,说爸爸患了脑溢血住院了。我急急忙忙赶回家,竟然没有能见上最后一面,这成了我心中永远的痛!"

天禧紧紧地抓住我的手,流下了十分愧疚的眼泪!我也陪着流泪!我能理解,以前交通非常困难,远嫁是一个不能轻易触碰的事情,当事人必须有足够的思想准备,更何况是独生女远嫁!父母舍不得,女儿又何尝不是呢?父母倚门相望,女儿从此在一个完全陌生的城市里独自打拼,其中的苦累与委屈也不会告诉他们,女儿永远是只报喜不报忧的!

我安慰着说:"你也不要太伤心了。二十年来我国的经济社会快速发展,现在交通便利了,想回家就能回家。你是妈妈的小棉袄,你不放心妈妈,就把她接到南京来住。"

天禧说:"妈妈不习惯这儿的生活,饮食和生活方式都不合她的意,难得来一次,住不了几天就闹着回去了。我真是没有办法!上一次送妈妈回家,上火车的时候,我望着她的白发,只能扭头偷偷地流泪!我欠父母亲的恩情太多了!"

虽然生活并不能总是尽如人意,但是天禧应该是幸运的了,至少她有一个深爱着她的丈夫!许多远嫁的姑娘可能面临着更多的无奈和凄凉!遇到丈夫出轨、家暴、自己没有工作而缺少生活依靠,诸多的不如意,都只能独自咀嚼!

我说:"你可以请年假,回去陪妈妈住上十天、半个月。切记'子欲孝,亲不待'。千万不要让妈妈再成为你的第二个遗憾!"

天禧说:"好的!我平常的工作总是太忙了!我以后听你的话,一定抽出时间,回去多陪陪妈妈!"

我说:"这才是你妈妈的乖女儿!"

天禧勉强笑了。

我们回到包间时,老九已经来了。他激动地拥抱着我,哽咽着说:"老大呀,'桃李春风一杯酒,江湖夜雨十年灯。'我俩二十年未见了,甚为想念!不意今日我俩能意外重逢,岂能不让人惊喜万分乎!"

我说:"九兄,你上次聚会缺席,今天又来得最晚,中午先自罚三杯。"

老九对我一抱拳,深鞠一躬,笑道:"老朽年高体衰,况且一向不胜酒力,老大能放小弟一马乎?不胜感谢!"

夏蕴说:"收起你那一套之乎者也吧,你在老大面前还自称老朽,太可笑了。"

老九一本正经地说:"小女子不可以对老夫如此出言轻狂,岂不是公然违反尊老爱幼之中华传统美德乎?"

我们都笑了。

小妹说:"酸死啦,牙疼。"

莴苣笑道:"你们俩在卫生间这么长时间,都干什么啦?"

夏蕴笑道:"半个小时过去了,什么事情都可以完成啦!"

大家都笑啦。小妹盯着天禧的眼睛,惊奇地说:"亲爱的女神,我怎么感觉你哭过了!"

天禧没有说话。莴苣说:"肯定是在和老大诉说衷肠的时候,太投入了,一下子没有能控制得住自己的满腔激情!"

大家又笑了。丫头说:"大哥哥,我听小妹姐姐说过你们家的事情,你们是真正的'丁克'家庭。"

我说:"是呀!我们没有要孩子,所以一直有热心的长辈和亲朋好友问我们:'你们为什么不要小孩?如果自己不能生育,为什么不领养一个?'"

夏蕴说:"去年国庆节,我在南通知道了你们的情况,回来之后,我专门请教过遗传学方面的专家,大嫂的这个病可以生出正常的孩子,遗传的概率很低,而且孩子生下来之后,只要保证营养,发病的概率会更低。其实我有些班门弄斧了,你肯定早就掌握了与这个疾病相关的知识。"

我感动地说:"非常感谢你对老大的事情这么用心!"

老九说:"是的,中国人传宗接代的观念太根深蒂固了!"

丫头说:"不要小孩也很好,一直过二人世界,不要太浪漫呀!我带小孩都带够了!"

天禧说:"老大和大嫂不要小孩应该不完全是因为遗传的因素,更多的是出于对一些现实事情的考虑。"

我说:"是的。我的父母很早就去世了,我们俩身体都不好,没有太多的精力照看小孩。少年夫妻老来伴,我们俩就互相陪伴着,走完生命的最后旅程吧!"

小妹说:"我支持大哥的做法,中国传统的养儿防老的观念现在已经变成了一个空想。我们这些人在医院里看多了残酷的社会现实,难免心灰意冷。"

莴苣说:"我认识一位医学泰斗,家中的三个孩子都已经是教授,现在都定居在美国,常年不回来,根本谈不上照顾父母了,甚至在老人家因心肌梗死住院抢救期间,竟然一个孩子也没有回来。孩子是父母的心头肉,父母只是孩子的余光一瞥。"

丫头说:"现实总是非常悲凉!将三个孩子都培养成了教授,父母亲付出了多么大的辛劳呀?作为高级知识分子的三位教授竟然一点都不懂得感恩父母的养育深情,真是太冷酷无情了!"

宝宝说:"更何况现在中国家庭的巨婴太多了,啃老的子女一个比一个心安

理得。"

天禧说："是的,有'能耐'的子女远走高飞了,而没有出息的又赖在家里啃老。我国目前的家庭教育在某种程度上已经走入了误区。"

夏蕴说："大人对孩子过度保护和溺爱,过分干涉和拔苗助长,扼杀了孩子的天性和生活本能,导致孩子缺乏基本的生活能力,并对周围的事物漠不关心。"

老九说："许多做父母的,自己不敢停止工作,不敢穷困,不敢生病,不敢死去,榨干自己,将孩子抚养成巨婴。"

茵芃说："现在家庭普遍忽视了对孩子独立生活能力和处理事情能力的培养,更加忽视了思想品德的教育,学会做人永远比学会做事更重要。"

我说："最好的父母具有榜样的示范作用,差一点的父母如同教练的管教作用,最差的父母仅仅起保姆的照看作用。"

老九笑道："我以前最喜欢听老大讲生活哲学！二十年漫长的经历,老大的脑袋里一定又积淀了更多的生活智慧和人生感悟,今日不妨就在此设坛开讲,让我等愚人能稍有开化,岂不是一件美事哉！"

上学时,我年轻气盛,喜欢出风头,好为人师,看了一些人生哲学之类的书籍,就时常给大家讲解人生哲理。孟子曰："人之患,在好为人师。"

天禧起哄,带头鼓掌,大家立即热烈鼓掌。

我再三推辞未果,盛情难却,我兴趣顿生,不妨与大家一乐。

我站起来,一本正经地说："美女帅哥们坐好,老朽今日跟大家讨论一下这两天正在思考的'四然'：

一、泰然,遇事处变不惊,泰山崩于前而不变色。
二、淡然,不计荣辱得失,不以物喜,不以己悲。
三、释然,放下心灵包袱,释放内心压力。
四、悠然,近看花开花落,远观云卷云舒。

"我们大家争取做到这'四然',就能悠然自得,心无杂念,轻松生活,快乐一生。"

老九说："此乃老大的人生感悟,这'四然'我非常欣赏,超然物外,也是我现在努力追求的境界！"

茵芃说："如此高的境界,我做不到！"

夏蕴说："恐怕只有老大自己才能做到。"

我笑道:"我当然也没有做到。革命尚未成功,同志仍须努力!"

天禧笑道:"谢谢老革命,我们一定继续努力!"

大家都笑崩啦。

老九说:"老大呀,我怎么感觉你现在特别低调,在群里也很少说话,与年轻时的你判若两人,其实我最喜欢听你讲话的。"

我笑道:"老了,不像年轻时那样肤浅、好表现了。可见我年轻时是多么话多,烦人!"

丫头说:"大哥哥,我没有觉得你年轻时话多呀!而你现在的低调是一种内心自信和博大的表现。贾平凹说:'真正会说话,是懂得适时沉默。'"

夏蕴说:"老大饱经生活中风雨的磨炼,如今是藏锋守拙,韬光养晦。"

小妹说:"大哥大智若愚,不显山露水。为人谦和,淡泊名利。"

茵芃说:"《庄子·齐物论》有云:'大言炎炎,小言詹詹。'所以话不在于多与少,而在于是否合乎道理。又云:'大辩不言,大音希声。'老大是言简意赅,无须多言。"

老九念道:"'风流不在谈锋胜,袖手无言味更长。'这是一个人心态成熟稳重的表现。老大现在的思想境界不是我们这些凡夫俗子所能达到的。"

天禧说:"老大现在更多的时候是一个忠实的听众,以一种谦逊和接纳的态度来观察这个世界。"

我说:"其实我根本没有你们说的这些东西,而低调是做人的一个基本要求。我们这些平常老百姓,本本分分做人、踏踏实实做事才是生存的根本。一个人不要把自己看得太重,在漫长的人类历史长河中,我们只不过是一个微不足道的过客,渺小得完全可以忽略不计。"

大家赞许。

茵芃说:"能耐心地做一个倾听者并不容易,我就缺少这样的耐心和修养,总是非常着急地想知道结果。更多的情况下,都是我在说。"

丫头说:"大学霸,你是一位特别成功的企业家,更是一位权威的领导。你不需要听别人说,你只要下命令就行了。"

我说:"不能这么说,在学霸周围的人也不全是她的下属,还有家人、朋友和其他人。认真倾听有时候比急于诉说更重要,会得到许多额外的信息。"

茵芃说:"我又跟着老大学了一招!我以后一定要学会换位思考,尽量不从支配者的角度处理事情。"

我说:"我也从与你们刚才的交流中得到了不少的感悟,这就是倾听的效果。"

大家笑了,都说:"老大是教学相长。"

宝宝说:"老大呀,你的人生哲理课结束了,让同学们回家之后再慢慢消化吸收吧。现在还不到十点呢,我们打牌吧?"

蒚芛说:"好啊,我毕业后一直忙着,根本没有空打牌。"

我想问问阿娟和范院长什么时候回去,如果时间凑巧,就带他们一起走。我向小妹要我的手机。

天禧一把抢过去,向我一瞪眼,笑道:"不准玩手机,陪我们打牌。世界上最遥远的距离不是生与死,而是你就在我身边,我深情地注视着你,你却在专心地玩手机,不看我一眼。"

蒚芛说:"你俩的关系竟然已经到了时时刻刻都生死相依的境界!这个狗粮撒的,恩爱秀得有点过了。"

大家又笑了。

我说:"从昨天下午两点之后到现在,我就没有在高中同学微信群里说话。禧呀,你帮我跟大家说一声,告诉同学们,尽管失联已经二十小时了,我还活着!"

天禧说:"活该,我昨晚把手机留给你了,谁让你私自外出会美女,没有发现的。"

天禧在我的高中同学微信群里发了,尽管失联二十小时,老大还活着的信息。没有想到,天禧竟然就和我的高中同学们热烈地聊上啦。她把手机给我看,兴奋地问我:"这个钢班长是谁呀?他咋知道我是谁的?"

我看着微信聊天内容,钢班长说:"你是老大的女神,劫持老大,劫者开心,被劫者幸福。二十小时太短,二十天又何妨?"

我说:"他是我们高中的班长。你又不认识他们,能聊到一起吗?"

天禧说:"你看看这么多同学在陪我聊呢,太热闹了。"

我上下划拉了一下手机屏幕,发现真有二十多位高中同学正在和天禧聊天。这也不奇怪,天禧在哪儿都是咋咋呼呼的,极易引人注意。

我说:"你跟他们聊吧,把你自己聊丢啦,我可不管了。我们打牌啦,小妹呀,你经常打牌,这次就不要参与了,把机会让给我们几位平常不打牌的人吧。宝宝和丫头是一家,我和蒚芛是一家,掼蛋。"

宝宝很高兴,很感激地看我一眼,又偷偷地瞥了丫头一眼。

天禧和我的高中同学聊得热火朝天,一会儿问这个是谁,那个是谁。她兴奋地说:"老大,你们高中同学都喊你为'教授'。"

我说:"惭愧,都是戏称,其实我什么都不是,不教也不授,是又老又瘦。"

大家都笑啦。

天禧说:"看来老大在上高中的时候,就已经是风流才子了,迷倒了无数的美女,竟然有这么多的美女在赞扬老大!"

荋苀说:"这我信,你家的老大一直是魅力无穷的。"

小妹说:"学霸呀,现在你们掼蛋,你和大哥才是一家的。"

大家哄笑。

丫头问道:"大哥哥,你工作很忙吗?平时没有空打牌吗?"

我说:"不忙!我身体不好,现在不搞临床了,在实验室里,但是我平常不打牌,不爱好这个东西,有空喜欢看看书。"

荋苀说:"老大肯定不会将日常的空闲时间浪费在这种无聊的娱乐上面。一个人怎样度过他的闲暇时间决定着他的未来。"

小妹说:"学霸不要时时刻刻给我们说教,你以为大家都像你一样,一生都在为了伟大目标而不懈奋斗呀?难道我们这些喜欢打牌的人就没有颜面活在世界上吗?"

荋苀说:"我打死你!讨厌的小东西!我在赞扬你大哥,并没有要求你怎么样,你急什么呀?"

我理解小妹不愿意别人说她不求上进的心理,一般人都不愿意别人看不起自己。我咬着她的耳朵,轻声地说:"矫情的小东西,你豁达一点,好不好?"

小妹脸红了,不好意思地打了我一下。

夏蕴坐在我旁边,剥栗子给我吃。我说:"早餐吃撑了,我不吃啦。"

荋苀说:"花,我也要吃。"

天禧说:"花,我也要吃。"

夏蕴说:"你们大家都吃吧,我负责剥,管够。"

我说:"小妹也负责剥栗子给大家吃。"

小妹翘起嘴唇,不满地说:"大哥心疼花姐了,就不知道心疼小妹呀!"

夏蕴一把将小妹拉到自己怀里,笑道:"你这个'矫情的小东西,你豁达一点,好不好'?你大哥最心疼的人就是你啦!"

我惊讶地和夏蕴、小妹对视一眼,三个人都笑了。

一局很快结束,我们赢得很顺利。荋苀高兴地握着我的手,笑道:"我们俩合作特别默契,非常愉快!"

丫头说:"女王不仅牌技高超,还会和大哥哥用眼神通话,我和宝宝当然赢不了你们啦。"

小妹说:"你和宝宝也可以眉目传情呀!"

丫头脸红了,不出声。宝宝说:"这不公平,我们重玩一局。让老大和校花成一家。"

小妹说:"呆宝宝,你好傻!大哥和花姐成一家,你和丫头会输得更惨。大哥和花姐都不用对眼神,直接心灵对话,更加默契!"

我和夏蕴同时假装要打小妹。小妹立即夸张地大叫道:"救命呀!哥哥嫂子要一起谋杀亲妹妹啦!"

大家哄笑。

夏蕴说:"我一看老大打牌,就知道老大实在是太善良了。"

老九附和说:"确实是这样!"

我说:"这两者有关系吗?"

莳芃说:"有很大的关系,你打牌不够狠,太温柔了。你要像我这样火力全开,我们早就赢了。"

丫头说:"我这两天正在看《新五代史》,其中有一句话,'习见善则安于善,习见恶则安于恶。'大哥哥一直与善为伍,自然言行只能是善。"

小妹笑道:"托尔斯泰说过,'一个人越聪明、越善良,他看到别人身上的美德就越多;而一个人越愚蠢、越恶毒,他看到别人身上的缺点也就越多。'花姐看到了大哥身上善良的秉性,说明花姐同样是一个善良的人。"

我故意调侃道:"你们谁说说老大身上的缺点?"

大家立即会意而共同大笑,异口同声地说:"老大身上没有缺点,都是优点!"

我笑道:"你们一个个都是非常狡猾的,全是小骗子。"

老九说:"我们都是跟老大你这个老骗子学的。"

大家哄笑。

莳芃:"老大是大善大智之人,能吃苦,肯吃亏,愿意让福与人。"

老九闭着眼睛,摇头晃脑地说:"前因后果,后果前因;善因善果,善果善因。"

小妹说:"臭老九,你在念经呢?"

夏蕴笑道:"老九现在也开始深悟了!不得了,悟道高深的'老九禅师'问世了!"

老九立即站起来,摆了个身段,字正腔圆地唱起了京剧,声音抑扬顿挫:"老朽今年四十有三,家住金陵莫愁湖畔,上有八十老母,下有三岁乳儿……"

我说:"你打住吧,一得意就冒出京腔,还三岁乳儿,你搞了个小三,给你生二胎啦?"

大家又笑啦。

我称赞道:"老九呀,其实我非常佩服你唱京剧的纯正京味!'生旦净末丑,唱念做打翻。'你什么时候画上脸谱,穿上剧服,正儿八经地给我们来一段,那才叫'过瘾'呢！"

　　茐芘兴奋地说："那就把下次大聚会地点放在我们上海。我认识大剧院的人，可以借到剧服，画上脸谱，我们都扮上相。老九就唱你最拿手的《四郎探母》，我就唱最喜欢的《穆桂英挂帅》。让博学的老大仔细评点一下我们的'手眼身步法'是否标准到位。"

　　我知道老九上学时偷偷喜欢茐芘，时常和我聊天时，都流露出对茐芘无比崇拜和敬仰的神情。

　　我笑道："大学霸，你最好和老九来一段《夫妻双双把家还》，满足一下老九多年来的夙愿。"

　　茐芘一愣，立即反驳道："老大，你就和你家大校花来一段《梁祝》。"

　　丫头笑道："大哥哥还要和大才女来一段《天仙配》呢。"

　　小妹笑道："真没有想到，原来道貌岸然的老夫子竟然也有动凡心的时候！"

　　夏蕴说："小妹呀，你还真以为老九是不食人间烟火的圣人哪？在万人敬仰的女王面前，老九只有俯首称臣的份。"

　　老九抑制不住心中的喜欢，一脸兴奋的表情，笑道："你们别听老大瞎说，根本就没有的事。"

　　我说："老九呀，你就不要装了，其实无所不能的女王在上学的时候，就已经看清了你的心事。"

　　小妹说："只是当时追女王的帅哥太多了，女王没有空顾得上你。"

　　茐芘说："校花和小妹，你俩都是坏人，专门帮老大说话。小心我回上海之后告诉大才女，一旦大才女吃醋了，你俩就吃不了兜着走。"

　　老九很高兴，又站了起来，摆好身段，清清喉咙，开口唱道："三尺水袖轻轻一甩，便舞出时代风云；两只媚眼多情一瞥，就演出万种风情。"

　　我心中称赞这两句话的精妙，将京剧的舞台艺术魅力描绘得淋漓尽致。王侯将相和草莽英雄尽情显现，才子佳人和仙道僧儒深度刻画。轻易穿越历史，自由驰骋寰宇，灵活再现各种人物的精神风貌。京剧真不愧为国粹，内涵博大精深，令人叹为观止。

　　我带头鼓掌叫好，大家热烈响应。老九非常满足，得意地笑着，和我来了一个热情的拥抱！

　　小妹说："大哥，我们一起合影，留个纪念吧！"我们出来，相互拍了合影。

　　天禧还在微信里和我的高中同学们聊天。我喊道："女神呀，你快出来啊，今天少了你，就失去意义啦！"

　　天禧出来了，惊奇地问道："老大呀，你的高中同学怎么会如此熟悉我们的事

情呢?"

小妹说:"大哥手机里有我们上次二十年聚会的日记,一定是大哥将日记发到高中同学群里啦。我昨晚认真地看过了,写得太好了!看得我哭了好多次!"

大家马上说:"赶快发给我们看看。"

我们八个人合影,天禧和小妹摆出各种怪异的姿势,引得大家哄笑。

我说:"你们俩真是我们的活宝,开心果!"

十一点半,我宣布:"开饭了,大家坐好,天禧不许再玩微信啦。"

天禧说:"好的,老大,我跟你的可爱的高中同学们道个别。"

五女三男坐好,天禧坐在我的右手边,夏蕴坐在的左手边。除了茵芃,小妹为其他所有的人都倒了红酒。

天禧说:"老大呀,你的风流韵事太多了,你的高中同学们爆了好多有价值的猛料耶!我说一件事给大家下酒。老大有一个关系极好的高中美女闺蜜叫'红',两人经常彻夜长谈。"

大家起哄说,老大给我们详细说说。

我说:"根本没有的事情,老大年事已高,哪能有精力彻夜长谈呢?"

大家传看我和阿华的合影,都调侃说:"这个美女确实很漂亮,难怪迷倒了老大。两人手握得这么紧,神态这么亲密,关系一定不一般。"

我不再劳神分辩,有意转移话题,端起酒杯,动情地说:"我们大家一起祝我们完美的女神美国之行一切顺利!"

大家一起举杯。天禧脸红了,打了我一下,笑道:"口是心非的老冤家,还完美的女神呢!当年被我们的大校花迷得神魂颠倒的,眼里根本就没有我们班的女生。"

夏蕴笑道:"你这完全是胡说!你不是一直把老大看成是你一个人的私有财产吗?还'老冤家'!我全身都麻了!"

大家都笑了。

夏蕴和丫头一起去了卫生间。

茵芃说:"我们不能冤枉大校花,其实老大真正迷恋的美女是才女。老大是一个感情十分专一的人,他是不可能博爱的。"

小妹说:"学霸太牛了,当年就看清了我大哥的内心世界,我是直到昨晚才悟出来的!"

茵芃调侃道:"小妹昨晚不是自己悟出来的吧?是你和老大一起共鸳鸯的时候,老大主动告诉你的吧?"

天禧说:"老大昨晚是和大校花在一起共鸳鸯的!"

344

老九说:"有点乱!老大昨晚到底是睡在谁家里的?难道你有分身术吗?"

大家都笑了。

小妹举着手,兴奋地说:"你们谁说说,大哥到底喜欢什么类型的美女呢?"

我打了一下小妹的手,笑道:"小东西,就你事多,无风起浪!"

芮芄笑道:"据我分析,老大喜欢温柔可爱、小鸟依人的美女,所以像我这种一向自主、独立的女汉子,老大是根本看不上眼的。"

天禧笑道:"老大钟情小巧玲珑、身材苗条的美女,所以老大也不可能喜欢我这种高大、粗犷的运动员。"

夏蕴走过来,接口说:"老大喜欢瓜子脸的美女,所以老大也不可能喜欢我这种大盘子脸的粗俗之人。"

老九说:"这么一排除,老大只可能喜欢才女、小妹和丫头了。"

丫头说:"还有一条,大哥哥只喜欢有才的美女。"

小妹说:"所以就只剩下上海的大才女了。"

我责怪道:"就你能!还故意领着大家调侃大哥!"

宝宝今天自从进饭店之后就一直很少说话,可能是因为有丫头在场的缘故,或者是因为心里有事的缘故,现在突然说:"老大,如此有意义的场合,大才子理当赋诗一首,为女神饯行。"

大家立即热烈鼓掌。天禧用特别期待的目光注视着我。

芮芄故意激将我,笑道:"老大,你口口声声称赞天禧为'女神',到底是真的,还是假的,下面就看你的了!"

我不想扫大家的兴,笑道:"适逢大喜事,既然大家如此高兴,我今日就附庸风雅一回,但是不能叫诗,就乱说几句,为我们美丽的女神远行助兴。"

我认真思考了一会儿,开口说:"题目是《为女神西行取经饯行》

  天路求学万里迢,海外取经千重焦。
  禧庆华夏杏林茂,勇探欧美医学灏。
  最赞巾帼神技高,尤夸女杰圣手妙。
  美好祖国处处葆,健康民众个个俏。"

大家再次鼓掌,都说好。

夏蕴咬着我的耳朵,轻声地说:"你就不怕玉儿知道了会生气吗?"

芮芄对天禧说:"你果真是老大心中最美的女神!"

看来夏蕴和芮芄都听出了我的话语中隐藏的内容。其他人都莫名其妙。

丫头问道:"你们几个人在打什么哑谜呀?"

苭芃说:"老大这首诗是藏头诗,'天禧最美'!"

大家都恍然大悟,再次热烈鼓掌。天禧红着脸说:"谢谢老大,我爱死你啦!"

酒过三巡,气氛开始热闹起来。宝宝说:"老大,当年你怎么不追女王和女神呢?"

我说:"你傻呀? 女王和女神,谁敢追呀? 不是找死吗?"

老九说:"老大艳福不浅,令人艳羡。"

我说:"你装呀,继续装你的老学究呀,为啥要把你的狐狸尾巴露出来呢?"

老九说:"革命者也是人,也有七情六欲嘛!"

大家都笑了!

天禧喝的酒明显是多了,满脸绯红。她摇摇晃晃地站起来,指着我,激动地说:"老冤家,你和韩主席都不是东西,我恨你们!"

大家起哄说:"这里面一定有精彩的故事!"

老九的酒也高了,不再端着了,也不再之乎者也了,兴奋地说:"女神,你详细说说,你为什么恨老大? 是不是老大当年辜负你了? 你为什么喊老大'老冤家'?"

天禧词语不清地说:"老大没有辜负我,但是我就是恨老大,非常可恨的老冤家!"

我赶忙扶着她坐下来,对丫头说:"高了,快给她喝水。"丫头给天禧喂了一大杯水。

我故意逗天禧,笑道:"女神呀,当年我是爱你在心口难开!"

天禧突然哇哇地大哭起来,抽泣着说:"你们大家给我好好记住刚才老大讲的话呀! 当年我们兄弟姐妹三十个人,老大最大,丫头最小,亲如一家。虽然二十年过去了,现在回忆起来,一切如在昨日!"

美女们大多被天禧煽情煽得流下了眼泪。宝宝忙着帮大家拿纸巾。

我在天禧耳边轻轻地说:"你不要再煽情了,这个场面我快控制不住了。"

天禧边哭,边打着我说:"你就是最坏的人!"

我说:"好了,好了,我最坏! 大家不要哭了,两点了,我和学霸要走了,等天禧从美国回来,我们再聚吧!"

我的话音一落,大家哭得更厉害了。我想,就让大家好好哭一场吧,现在最伤感的应该是夏蕴了。我转头一看,夏蕴默默坐着,很平静,眼中并无泪水。"牵牛织女遥相望,尔独何辜限河梁?"我有些后悔今天不该强行把她带过来。

我注视着夏蕴,真诚地说:"对不起!"

夏蕴说:"没有关系! 不早了,学霸送你回家后,还要回上海呢,你们走吧。"

芮芃哭得很厉害,这是我第一次看到她如此流泪,在我的印象中,坚强的芮芃在任何时候都是一股泰山压不倒的模样。

老九念道:"浮生着甚苦奔忙,盛席华宴终散场。悲喜千般如幻渺,古今一梦尽荒唐。漫言红袖啼痕重,更有情痴抱恨长……"

我知道,这首诗见于甲戌本《脂砚斋重评石头记》开篇《凡例》的末尾,最后两句是"字字看来都是血,十年辛苦不寻常。"

我赶忙说:"老九,打住! 后面两句不要念了,不合适。没想到你这个一向入世很深的老夫子竟然也深悟了。"

老九说:"我以入世的态度做出世的修行。"

我有些不解,老九是一个对内容和形式都同样重视的人,是一个对生活和工作都积极进取的人,这不像他应该说的话! 我疑惑地问:"亲爱的九兄,你一定是受到什么刺激啦?"

老九说:"上个月,我们急诊科一位三十五岁的小伙子过劳而死了。与生命相比,一切皆是虚幻;所以我特别推崇你刚才所说的'四然'。'世事一场大梦,人生几度秋凉?'"

我赞许地说:"是的,事事看淡一点。二十年前那些当时令人激动万分的往事,如今看来,都成了下酒菜了!'古今多少事,都付笑谈中。'"

老九说:"再过二十年,我俩不知是否还能安在?'只愁衣食耽劳碌,何怕阎君就取勾。'"

我说:"还真不好说! 生死有命,一切随缘吧!"

老九念道:"蜗牛角上争何事? 石火光中寄此身。随富随贫且欢乐,不开口笑是痴人。"

我觉得老九现在真有些"出世"了。有时候,一些意外的变故确实能让人大彻大悟,看淡一切。

一看时间不早了,我说:"尊敬的女王,我们走吧。"芮芃擦擦眼泪,站起来。

乘着大家拥抱告别的时间,我赶忙独自去结账。

服务员说:"一位戴眼镜的先生已经埋过单了。"原来老九已经偷偷地抢先买好了单。

我回来拥抱着老九,感激地说:"老东西,乘着你还没有挂之前,一定要去南通看看我! 否则,我饶不了你。"

老九笑道:"那是,要是你老大挂了,我去南通看望谁呀? 我还要和你老大一起超凡脱俗呢!"

我俩一同大笑。

小妹皱着眉头说:"讨厌!什么挂不挂的?你们俩就不能有个正经话吗?"

我和芍芃上车,好不容易和大家依依不舍地告别了。

我俩向东,往南京长江四桥方向走,芍芃还在流泪。我感觉这样不安全,一看到了双龙加油站,我说:"我们进去待一会儿,等你调整好情绪再走吧。"

我们进了加油站,停好车,芍芃泪流不止,我被感染得也流下了好多眼泪。

我说:"林语堂说过,'想哭的时候,千万别憋着。'你想哭就哭吧,把心里的委屈全部哭出来。"

芍芃立即放声大哭,好一会儿,她呜咽着说:"老大呀,想想这些年,我太难了!"

我说:"我能理解你的艰难,个人创业难,女人创业更加难。更何况你是带着这样一个高科技的团队,行业竞争太激烈了。"

芍芃说:"要想成功需要能相助的朋友,但是要想取得巨大的成功,就需要一流的对手。在与对手的竞争中才能更好地发展,人都是被逼出来的!"

我说:"确实如此!如今这个时代的特点就是'快',大数据重构商业模式,大流量决定终端客户。一个人如果跟不上时代的步伐就会很快被社会淘汰。"

芍芃说:"现实就是这么残酷!最可怕的是,灭掉自己的可能并不是同行,而是跨界的竞争,行业的界限正在被打破。我们做企业的,必须清醒地认识到,金钱的流向正在随着消费体验的改变而改变;所以给客户既方便又快捷的体验成了我们追求的最终目标。"

我说:"因为你超强的智商,所以我从来不担心你对事业方向的把控能力,更不怀疑你是否会成功;但是大家都在关注你飞得有多高的时候,我却一直在关注你飞得累不累。"

芍芃感激地看我一眼,笑道:"谢谢老大!累!太累了!但是现在还不是停下来休息的时候。"

我想,芍芃现在充满了斗志,是无法平静地听我讲解生活的相对论的;必须再过多少年,等她饱经风霜之后,获得了超然物外的坦然,才能淡定自若,无欲无求。

芍芃说:"老大呀,在最艰难的时候,我有一次真不想干了,但是我不服气,也许是因为我从小一直都是最优秀的,所以最终我还是坚持下来啦。当然了,有时候,我觉得很难,并不是有多苦,有多委屈,而是觉得自己很可怜,很无助,很孤单。"

我问道:"你相信命运吗?"

茐艻说:"我从来不相信命运！德国作家、诗人黑塞有句话说得好,'命是弱者的借口,运是强者的谦辞。'"

我点点头,又问道:"最近公司里遇到什么特别的困难吗?"

茐艻说:"不是,公司已经渡过最困难的时期啦,最近一切都挺顺利。刚才是触景生情,想到自己曾经一路走来的艰辛,不禁感慨万千。人生就是一场较量,为了生存,都在默默地奋斗着,心里的孤独感很重,身上的压力也很大。"

我说:"一个人经受的孤独是成长中的必经之路。在成人的世界里,没有'容易'二字。谁的人生都不可能是一帆风顺的,都是在孤独地坚守。季羡林大师说:'孤独才是人生之常态。'"

茐艻说:"是的,我们除了坚持和自强,别无他法。也许在这个世界上,其实并没有什么弯路,每一步都是必须认真地踏过去的。"

我说:"我们能来人世一遭真不容易,活一次就知足了。时间不能倒流,人生不能重来,好好地珍惜自己活着的每一天,能休息就别拼命呀。人生进入了下半场,对手就只剩下我们自己。"

茐艻说:"很有道理。活一次,确实不容易,要承受工作生活的压力,要面对生老病死的痛苦,总是身心疲惫,还得咬牙坚持。所谓成长,就是和人生死磕,和自己死磕。"

我说:"花落能再开,草枯能再青;但是人的生命只有一次,不能再生。我们无法更改自然规律,就必须改变自己的心情去适应环境,别活得太累,更不需要事事都争第一。每个人的人生之路都是坎坷不平的,意外总是随时可见,我们一定要活在当下,珍惜眼前实实在在的幸福,别等失去了再后悔。学会最好地疼惜自己,多花些时间陪陪父母、家人和孩子。我的父母早逝,如今想孝顺,已经是不可能了,悔恨莫及呀!"

茐艻说:"好吧,以后一定按照你说的去做。适时地静下来,跟自己的内心对话一下。"

我说:"既然我们只能活这一次,就别让烦躁占满内心,别让劳累透支生命,累了就去休息,没有必要咬牙硬撑,好好爱惜自己,让这一生平淡而丰富,轻松又幸福。其实适时的休息能让你获取新的能量,重新燃起对工作和生活的热情。"

茐艻说:"老大呀,在我的记忆中,你一直是一个上进心很强的人,绝对不是一个轻易就肯服输的人,现在怎么突然间就如此看淡了呢?"

我说:"生活中的风风雨雨教会我认清了现实,看清了自己。在《增广贤文》中有一句警言,'知足常足,终身不辱;知止常止,终身不耻。'"

茐艻说:"也好,知足中常乐,淡泊中进取!"

我说:"最主要的是,四十五岁以后,我发现自己的身体和精力确实都跟不上了。我想换一种活法,放下所有的思想负担。我想重拾自己年轻时的兴趣,写写文章,记下一些心得体会,退休后写写回忆录,从此悠闲余生。"

莳芄说:"很好!上学时,我最喜欢读你发在学报上的小文章,短小精悍,很有意思。"

我说:"真的吗?那时候,你不但要忙着学习,而且还兼有许多的校内职务,哪有时间和兴趣看我写的那些不起眼的小玩意呀?"

莳芄说:"当然是真的!你的文章虽小,却富含生活的哲理。你用朴实无华的语言,将一件极其平常的小事娓娓道来,如同在与你聊家常。既听了故事,又从中轻松地得到了哲理的启示。读你的文章时,我的心情很放松、舒坦,是一种享受,如同在品茶,回味无穷。我每期必读,有时候,你没有写文章,我就会觉得那一期的报纸好像缺少点什么。"

我说:"非常荣幸!我一直不知道竟然会有你这样一位重量级的忠实读者,你可是我心中最佩服的名副其实的大学霸呀!"

莳芄说:"我没有骗你。我不会像夏蕴那样处处让着你,也不会像天禧那样时时吓唬你。以后你要想听真话,就问我好了,她们俩都不会对你做出客观的评价。"

莳芄总是这么聪慧,经常一眼就能透过事情的表面现象而直接抓住事情的本质特征,她准确地说出了我和夏蕴及天禧在交往过程中各自的心理,真不愧是我们的大学霸!

我说:"谢谢你!无所谓什么评价了,我又不是什么大人物。以后我就写写文章,品品诗词,读读散文,适当调节一下生活的情趣就行啦。至于那些非凡的壮举,就让你们这些精力充沛的勇士们和能力超人的精英们去创造吧!如果有一天,你在喧嚣的大都市里感觉累了,就来南通这个安宁的小城,老大一定会安心地陪你喝茶、聊天、解闷。"

莳芄说:"好的,我们一言为定!我过来为你抚琴,让一曲清音驱走喧嚣浮华;你为我讲生活哲理,人生百态,直到茶凉,我们的话题依然未尽。"

我说:"挥一挥衣袖上的尘埃,抛开所有的烦躁,在每一个月明风清的日子里,渐行渐近。"

莳芄说:"其实你老大并没有被生活打垮!海明威有一句话,'生活总是让我们遍体鳞伤,但是到后来,那些受伤的地方一定会变成我们最强壮的地方。'我相信现在的老大一定是百炼成钢,再也没有什么困难能把你打倒了!"

我真诚地说:"谢谢你的鼓励!"

莳芃说:"其实我最感激你的是,毕业的时候,你送给我的那本励志书,戴尔·卡耐基的《人性的弱点》,我在失意和脆弱的时候,就拿出这本书来认真地读一读,马上全身又充满了力量。"

我说:"那确实是一本好书。我阅读后觉得这样的励志书,唯有你这样的学霸才能将书中观点真正地体验而发扬光大。"

莳芃说:"非常感谢你,读了这本书,我确实受益匪浅!"

我们待了半个小时,莳芃终于平静了,我们再次启程。

我发微信到高中同学群里:"各位亲爱的同学,从现在开始,我重新恢复人身自由了!我的手机已经回到我自己的手中!"

阿娟说:"昨天我还在想,你怎么一点消息都没有呢?"

我说了女神煽情,搞得像生死离别,引得学霸痛哭的事情。

阿梅说:"老大不要说了,再说我们也要流泪啦!"

钢班长说:"压抑的感情确实需要发泄,尽情地释放出来就好了。不要着急,让学霸哭好了,心情平静了再走。天下没有不散的宴席,来日方长。吩咐她谨慎驾驶,安全第一。"

芳芳说:"一切尽在不言中,好感动!"

阿华说:"哥哥还沉浸在离别的氛围里,真的好感动!"

莳芃的神态已经恢复如常,平静地开着车。她说:"一直想请教老大一个问题,有一段时间,国学很热,尤其是《易经》,被吹捧得很神奇,你怎么看?"

我说:"《周易》是最古老的传统思想文化经典,是中国自然哲学和人文实践的理论基础,是古人思想、智慧的结晶,包括《易经》和《易传》两部分。《易经》其实并不神秘,只是一般人看不懂而已,一部分内容就是讲述分析自然、人和社会的基本方法。"

莳芃兴奋地说:"看来老大应该看懂了,给我讲讲。"

我说:"《易经》博大精深,我仅仅懂得了一些皮毛。我单从方法论的角度给你讲讲,就是通过了解事物的过去和现在的特征,来推测事物未来的发展方向。有四种基本方法:象、数、理、占。"

莳芃说:"我也读过一些,知道'象'就是卦象,指事物的外在特征。"

我说:"通过分析事物的外在特征,进而掌握事物的内在规律,就能了解事物发展的基本趋势。《系辞上》讲:'在天成象,在地成形,变化见矣。'就是这个意思。

莳芃说:"我读过'君子以制数度,仪德行'。"

我说:"在《易经》里,'数'是一种符号和数量单位,是事物目前的状态和形

式,也是了解事物所必需的基本要素。"

茵芃说:"那么'理'一定就是道理了。'天下之理得,而成位乎其中矣。'"

我说:"这句话前面还有一句'易简而天下之理得矣。'简易就是天下道理的根本。"

茵芃说:"'占'我知道,就是算命师用来算命的。"

我说:"这是算命师将'占'神化了;其实所谓占,就是以上方法的具体应用。"

茵芃立即恍然大悟,兴奋地说:"我终于明白了,就是通过掌握事物的'象'和'数',将之归纳总结成'理',再使用'占'的方法来实践。"

我赞叹道:"你真不愧是大学霸,果然一点就透。《易经》里的内容很多,我们仅仅是从方法论的角度来阐述的。如今是知识大爆炸的时代,我们不可能掌握所有的知识,但是掌握了分析问题的基本方法,就能轻松地抓住事物的本质。"

茵芃真诚地说:"今日听老大如此一讲,确实受益匪浅,有一种豁然开朗的感觉。这是我此行最大的收获！我太感谢你这位博学的老大了！"

我说:"你太夸张了！其实学习就是要不断地相互取长补短,在你的身上,值得我学习的东西更多。"

茵芃说:"《周易》产生两千多年以来,一直处于封建社会主流学术的核心地位,对中国的政治、经济和文化等方面产生了极其深刻的影响。以后有机会,再向老大请教《周易》其他的核心内容。"

我说:"学无止境,我对《周易》也是知之甚少！但是你这种好学的精神就非常令我敬仰和佩服！"

茵芃笑道:"那好,我们相互学习,取长补短。老大名义上是为天禧钱行,其实是专门来与大校花幽会的,我怀疑你在来之前,你俩就事先约好的。陪天禧的时间就那么一会儿,绝大部分时间都在陪大校花。两个人是不是浪漫了一整夜?"

我笑道:"其实陪女王的时间才是最长的,仅仅是来回的路上就有七个小时。这是我此生最大的荣幸！"

茵芃说:"你就算了吧,女王就是陪你跑腿的！"

我俩一起大笑。

晚上六点,我们到家了！我爱人有事在外面,还没有回来。

茵芃说:"我走了,谢谢你一路上开导我,我现在的心情非常舒畅！除了我家先生,我以前从来没有在其他异性面前如此痛快淋漓地痛哭过。"

我说:"因为我是可以信任的老大吗?"

茵芃说:"你确实是值得我们大家信任的大哥！"

我说:"你简单地吃点东西再走吧?"
莳芃说:"我不饿,不早了,我走啦。"
我说:"谢谢你如此辛苦地接送我!你路上小心!"
莳芃微笑着,向我点点头,摆摆手,走了。

目送着莳芃的车子慢慢远去了,我心中满是敬佩、感激和愧疚!对于这样一位我非常佩服的智慧女生,我一直是以一种仰视的目光在欣赏她。仰望着一直挺立在舞台中央的她,总是那样地光芒四射,我心里很是欣慰。

每个人都是带着使命来到这个世界上的,都在扮演着自己的角色。优秀如莳芃者,一生都以华丽的姿态演绎人生的辉煌;平常如我者,守着自己的简单与平淡,安宁地度过自己平凡的一生。

家里没有晚饭,我到小店里点好菜等待爱人回来。

在大学同学微信群里,我告诉大家,我到了,学霸走了,并预祝天禧明天的美国之行一路顺风。天禧说:"谢谢老大,到了美国,我会天天想你的!"

高中同学微信群里好热闹!

钢班长对我说:"我向你赔个不是!我告诉你的女神,你是最喜欢她的;但是我对女神是善意的谎言,我的出发点是为你们的关系更加亲密无间,我希望一切都那么美好!"

我故意说:"你这不是乱说吗?!我吃完饭再细看女神和你们的聊天记录!"

其实,我心里充满着感动,强烈感受到钢班长的热心和真诚!

三姐发了一段话,并要求高中的同学总结一下这一段话中的含义,是天禧与他们聊天结束时的最后留言:

> 跟你们聊天非常愉快!很高兴认识大家!谢谢大家!你们和我们老大的真挚友情令我非常感动!
>
> 老大是我最敬重的人!他的思想、意志、才情和善良是我们学习的榜样!和他在一起的时候,我总是感到非常轻松、愉悦和安心!
>
> 老大身体不好,拜托大家有空多关心照顾他和大嫂!真诚地谢谢你们!
>
> 我明年从美国回来之后,第一件事情就是去南通拜访老大和大嫂,到时候很希望能和你们一起聚聚!
>
> 欢迎大家和老大一起来南京玩,我一定会尽地主之谊!
>
> 老大要走了,我现在把手机还给老大!祝大家健康、快乐、幸福!

钢班长总结说:"讲了三层意思:1. 老大很好;2. 希望大家关心老大;3. 提

前向大家发出邀请。"

曦曦说:"情真意切,我们都被深深地感动了,老大的才情和善良确实值得我们每个人敬重……"

小云说:"满满的感动,哥哥好幸福!"

我说:"女神太会煽情了!看得我又要流泪了!"

小芳说:"开心的泪,是饭前醒胃的甜点!"

钢班长说:"流吧,今天流个够!我连续看了好多遍呢,女神情感很丰富,是多愁善感的人。"

我仔细地回看了天禧和大家的聊天内容,感动不已!

爱人到饭店来找我,看到我,惊讶地问:"你哭啥?"

我说:"被天禧煽情的!"

爱人看了我的微信中天禧和我的高中同学的聊天内容,也感动得流下了眼泪!

爱人说:"你们大学五年的同窗感情确实非常真挚!想象中的天禧一定是一位能力很强,而又感情丰富的女生,性格开朗活泼,又柔情万种,讨人喜欢。"

吃完饭,回到家里,我有一种虚脱的感觉。洗漱完,我躺在床上闭目养神。

九点,莤芃在大学同学群里说:"我到家了!谢谢天禧的有意煽情,谢谢老大的真诚安慰和不吝赐教,谢谢小妹的辛苦付出,谢谢校花的细心照料!祝老九同学继续臭酸!祝丫头、宝宝幸福美满!最后祝女神美国之行顺利、惊艳、刺激!"

天禧故意说:"其他事情我都能理解,唯有校花的'细心照料',我非常不能理解!"

夏蕴立即说:"女神的美国之行'惊艳、刺激',我完全能理解!"

高个说:"老大的'真诚安慰'我真不能理解!"

黑胖说:"丫头和宝宝的'幸福美满',我绝对理解!"

书记说:"这么多的'理解'和'不理解',唯有老大亲自给大家细细解释一下,我们才能完全'理解'!"

我说:"老大年纪大了,不能与时俱进了,对于你们这些小朋友的文字游戏,还真不能理解!"

我想当年能遇到这帮可爱的同学们,真是老天对我的眷顾!眼前回放着一个个鲜活的模样,我愉快地进入了梦乡!

后续插曲

11月28日,星期一,晴转多云

天禧上飞机之前,在我们小班同学的微信群里说:"我昨晚仔细看了老大的

《聚会日记》。在老大眼里，只有才女一个人是最漂亮的，我们都不入他的法眼，这太过分了啦！我建议，我们三人组成讨伐联盟，与老大先绝交一个月，以观后效！"

莳芃和小妹迫于天禧的霸道，勉强同意一致"讨伐"老大！

小妹当时就跟我私聊啦，安慰我说："大哥，别担心，我永远站在你这一边。"

莳芃依然在群里讲话，但是没有跟我私聊。

我和天禧在大学群里一直禁言，更没有私聊！

12月19日，星期一，多云转晴

已经二十天没有和我说话的天禧，今天突然私发给我一段话：

这两天稍空，我又将老大的《聚会日记》仔细地看了两遍，两次都感动得热泪盈眶！老大确实是一位真情真性的男子汉，文章里饱含了多么深厚的同窗真情啊！

老大虽然没有直接夸我们漂亮，但是他不是多次赞美小妹温柔可爱吗？不是多次夸你笑靥如花吗？你还责怪他没有赞扬你漂亮而生气，是不是有些矫情了？老大是个实在人，他写日记的时候，不可能为了取悦你而违心地说假话。我相信，这些话都是老大内心真实情感的自然流露！

上次我在你的催促下，仅仅匆匆地过目了一下极少部分的文字，还没有领会到老大日记中的真情，就被你拉着强行组成了讨伐联盟，实在是太冤枉、太委屈老大了！

看看老大描写的人物形象是何等细腻、到位，极为传神，准确地抓住了我们每个人的典型特征，栩栩如生，真不愧是我们的大才子！正是因为老大心中有爱，才能写出如此感人肺腑的话语！

其实我根本就没有生老大的气！我相信，小妹更是绝对没有生老大的气！你不也是一直说，老大是最好的吗？为何这次要为难他呢？想想老大遭受的苦难，我非常心痛！亲，多多关爱我们真诚善良多难的老大吧！能遇到这么好的老大是我们的缘分，是我们的骄傲，是我们的幸福！亲，让我们万事随缘吧！你就不要无风起浪了，不要再折磨我们善良的老大了。好吗？

我一看，就知道，这原本一定是莳芃写给天禧的，心里满是感动！

天禧说："老大，其实我根本就没有生你的气，是跟你闹着玩的。刚来美国这些天，我很忙，许多事情都需要逐步适应，没有多少空闲时间，所以我就有意没有

和你讲话。"

我故意说:"尽管我能理解,但是我当真了,好伤心难过,以为女神从此真的不再理我了!有人说:'到了美国,我会天天想你的!'原来是假话,是骗我的!"

天禧说:"大笨蛋,我假装不理你,你就不能主动先找我说话呀?"

我说:"你是女神,没有发话,我哪敢擅自行动呀?"

天禧说:"你就别再跟我装了,其实你就是根本不在乎我!假如哪一天才女不理你了,你一定会急得如同热锅上的蚂蚁,肯定是立即赔礼、道歉、撒娇都来了,还能安静地等待二十天,直到我主动找你吗?唉!同样是女人,真让我伤自尊哪!"

我无话可说,不得不承认,天禧的这些话基本上是真言。我好惭愧,对天禧的关心确实是太少了!

天禧说:"亲爱的老冤家,即使学霸不给我写这段话,我明天也会主动找你说话,你知道为啥?"

我感动地说:"谢谢亲爱的小冤家,竟然还能清楚地记得明天是我的生日!小妹今天已经提前祝贺我生日快乐了。"

天禧说:"这个精明的小东西,又抢在我前面向你献殷勤了!"

人与人之间的感情真是一种神奇的媒介,看不见,摸不着,却实实在在地存在着,真真切切地被感知着,如一张无形的大网,将位于每个结点上的人牢固地连接在一起,形成整个社会的情感框架。

偶然的遇见,平淡的相处,竟然就慢慢地产生了难忘的真情!这也许就是作为万物之灵长的人类区别于其他动物的根本特征吧!

《坛经》有云:"一切福田,不离方寸。"

一切果真如是也!

第五章　人生若只如初见

——相识纪念

一次偶然的相遇竟然铸就了一生的真情！

许多事情的发展，偶然之中一定含有必然的因素！看来即使是在最真实的生活中，也同样离不开传奇性和戏剧性。

"天时人事日相催，冬至阳生春又来。"今天是冬至，是我与冰玉相识二十五周年的纪念日！那一场青春的相遇依然如在眼前，清晰而不能忘怀！

一大早，爱人就笑着对我说："你不妨写点什么，纪念一下那一段风花雪月的青春往事！人生能有几个二十五年哪？虽然今天的白天是一年中最短的，但是你今天的思念却是一生中最长的！'此情无计可消除，才下眉头，却上心头。'"

我笑道："根本没有你说的那么夸张！"

我想起，前天是我的生日，同学们都祝我生日快乐。冰玉当天一早就祝我生日快乐，给我发了祝福红包，并给我转发了一篇微信公众号里的小链接，是关于"生日日期决定感情"的内容。冰玉说对照我的生日日期，说得非常准确。

我打开链接，看内容："你的生日日期代表颜色是棕色。你是一个聪明的人、懂得克制的人、自我的人，常常依照自己的喜好来做事，不太在乎别人的看法，有时候会因此而引起别人的不满。你对爱情耐心而专一，一旦找到真爱之后，你就不会再爱上别人。"

我打电话给冰玉，调侃道："好神奇呀！把我所有的缺点都准确地说出来了。"

冰玉说："你一定是在偷偷地得意吧？其实都是优点：聪明、冷静、自制、爱情专一。"

我笑道："是我行我素，不在乎别人的感受；是冷血动物，因而时常引起别人的不满。"

冰玉笑道："这个其实也很像你的性格！不过天下之事岂能尽如人意，但求无愧于我心。《三国志》有云：'居世间，当自为之，而但观他人乎？'"

我说："正是此意！知我者，玉儿也！"

我查看冰玉的生日说法，"你的生日日期代表颜色是蓝色。你高傲、挑剔，很有文学和艺术天赋，很容易爱上一个人，而且不容易忘记第一份付出的感情。"

我说:"挺准的,就是说你是一位大才女!蓝色代表幻想和浪漫!我补充一下,喜欢蓝色的人胸襟开阔如蓝天,见识广博,是非分明,有主见;待人真诚友善,性格温柔,感情细腻。"

冰玉笑道:"还有,喜欢蓝色的人性格内向,安于宁静,不容易冲动,责任心强。这些也符合我的性格特征。"

我调侃道:"你确实是不容易冲动,但是很容易悄悄地爱上一个人。冒昧问一下,你能跟我透露一下你念念不忘的第一份感情吗?"

冰玉说:"你先告诉我,你的第一份感情。"

我说:"你不肯说,那我也不说。我看看蕴儿的生日是什么样说法。"

冰玉说:"蕴儿的生日在夏至,你生日在冬至前两天,所以你俩都是棕色,内容是一样的。这段话对蕴儿来说更像。蕴儿从小就是所有的事情都是自己做主,聪明而克制,自从她爱上一个人之后,别人就再也进不了她的内心。你知道一直占据在蕴儿内心的那个人是谁吗?"

我说:"这就是个消遣,哪里能够真信呢?"

冰玉说:"你刚刚还说很准,一遇到实质性的问题,你又马上改口说不可信。据说生日这一天不能说谎,否则就会受到惩罚,所以今天你千万不能为了掩饰而信口开河哟!"

我说:"我喜欢粉色,并不喜欢棕色,可见不准。"

冰玉说:"喜欢棕色的人自我意识强烈,不愿意外界干扰自己,个性耿直,让人信赖,但是外表给人一种冷漠的感觉。这些都与你的形象非常吻合。"

我跟爱人说:"这是冰玉前天我生日时发给我的,是关于'生日日期决定感情'的小娱乐,我和冰玉的生口内容说得都挺准的,也看看你的生日内容。"

我俩一起看,"你的生日日期代表颜色是红色。你是一个可爱的人,惹人喜爱的人。你对爱情的要求很高,喜欢被爱的感觉。你有清新的气质和开朗的个性,有时也会多愁善感。和别人相处时,你很友善而温柔,大家都愿意和你亲近。你喜欢与友善及随和的人交朋友。"

爱人说:"说得非常像!我对爱情的要求确实很高,你的表现真不能令我十分满意。你整天板着脸,一点也不随和,扣分不少!"

我说:"好吧,我以后努力加以改正吧!"

爱人说:"争取拿到满分哟!"

我说:"我会用我的一生来给你一个满分!"

爱人说:"好吧!我们都努力给对方满分!"

中午在单位休息的时候,我心生感慨,二十五年的光阴转瞬即逝,"往事依稀浑似梦,都随风雨到心头。"

我睡不着觉,就写下这样一段满含激情的回忆文字,却没有发给冰玉,就在心底里默默地祝福彼此的幸福吧!

每年的这一天,我都会在心里点燃一炷香!

在这个世界上,没有无缘无故的遇见,更没有无缘无故的相识,而那场神奇的相遇是那样的唯美,惊艳了我的一生。这一定是上苍事先安排好的,早就写在我们人生的计划书里,就等着这一天到来。就在那个大雪纷飞的早晨,就在那个花香四溢的梅园边,给了我们一份灿烂的惊喜。什么是缘分?也许就是一次好奇的凝眸,一份友好的笑靥,一个会意的颔首,或者一声礼貌的应答。就这么简单而神奇,惊艳了时光,氤氲了岁月。

诚然,不是所有美好的故事,都需要一个老套的大团圆结局。如果事与愿违,请相信这一切都是上苍最好的安排,只用感恩生命中所经历的全部的过往。其实结果并不重要,那段相识相知的过程才是生命中最美好的印记。

释迦牟尼说过,无论你遇见谁,他都是你生命中应该出现的人,绝非偶然。

纵然此后每年都还有花开花落,潮涨潮落,但是于三千风月中回首一望,那一场倾心的相遇,依然还在散发着永恒的馨香,是那一朵特别的莲花般绽放的耀眼光华。

世间万物的真善美,只有用心者才能感受。那年、那月、那一天,因为那一场偶然的青春相遇,便铸就了生命中的永恒。在我生命中最美好的时光里,遇见了最明媚的你。从此,我开启了原本紧闭的心门,我的世界不再孤独无助。从此,在岁月的轮回中,就有了我们心中最美的季节。经年之后,你在我心中依然是最初的模样。在每一个飘雪的寒冬,只要一想起你,就有一股热流温暖着我的心房。在我每一次不经意的回首中,你都浅笑着站在我的身后,温馨地告诉我,花落还会再开!

今生你我相识,注定就是一场无法言破的命运和契机!若无相欠,怎会相见?你赐予我生命里最唯美的遇见,我赠予你人生中最难忘的记忆。因为你懂我的孤独般若出尘,所以你一直矗立在我的心上。懂你、疼你、容你就是我曾经对你许下的最诚挚的愿望。

记忆的素描中,你的蛾眉、你的杏眼、你鲜明的棱角依然是那样清晰!我在,你在,心在,念在!想你的日子,光阴便凝结成一朵思念的花,那么艳、那么柔、那么美!那一曲跌宕起伏的青春之歌,谱写了我们花样年华中最热切的渴望和最激情的奋斗历程;而我,愿意静静地守候在你的身旁,伴你看花开花落、云卷云舒,无论岁月如何悠长。

在最激情浪漫的季节,在最容易产生梦想的地点,欣赏到最令人痴迷的风景,这本身就是上帝对我最好的眷顾。虽然那一朵一直悬在我头顶上最令我倾心的美丽花朵,触手却不可及;但是在这场奇异的人生旅行中,能邂逅到这样一份特别的温暖,确实是一个非常美丽的意外。有你伴我走过这样一段人生的心路,便温暖了我此后全部的生命旅程。

尽管四季一直在轮转,我却始终在思念那场唯美的皑皑白雪。你的笑容温暖了我的冬天,你的美丽惊艳了我的想象,你的睿智启发了我的思维,你的才华滋补了我的贫乏,你的可爱唤醒了我的灵性,你的温柔抚慰了我的焦躁,你的陪伴抚慰了我的孤寂。

一起观赏过的风景,共同遭遇过的风雨,丰富了生活的诗意,叠加着光阴的故事,珍藏在生命的影集里,溶化在心灵的愉悦中。让我于某一个午夜的梦醒时分,悚然坐起,落字成影,将曾经的过往一遍遍地临摹,那股温馨的眼神,那朵浅浅的笑靥,都在心底汇成涓涓的暖流,激活了我全身的细胞。

生命就是一场又一场奇异的旅行,遇上了,就应该特别珍惜;别过了,道一声珍重。无论是相遇的惊喜,相处的温馨,还是离别后的思念,都已经溶化在涌动的血液中,温润着干涸的心田。

日月轮转,你还记否?年轻的我们总是坚信时光永恒,生命不老;然而转眼间,四分之一世纪过去了,光阴在荏苒中浅笑我们的天真。指缝太稀松,时光太清瘦,一辈子原来确实很短。

"人生若只如初见,何事秋风悲画扇。"于是携一片馨香,让恼人的心事在阳光下晾晒,将辗转的情绪在风景里融化,只记取那个冬季的那份温暖,滋养成温润的词曲。在一个微风拂面的日子,回忆曾经走过的山山水水,经历过的起起落落,都变成了过去,那份懂得,便是留在记忆里最真的诗意。

感谢你带给我的那一段刻骨铭心的快乐和幸福的时光。那段风景,如今隔着岁月打捞,虽然被时光浸泡过,却依然光亮如鲜。所有的回忆都如山中的清泉,在心底里汇聚成涓涓的暖流,温暖着每一个风起水落的日子。

如果因果真有定数,那么我们有理由坚信,有朝一日,有缘人一定还会再次相聚;尽管那时一定变换了另一种方式,但是我们欢乐的心永远不会改变。

愿你永远快乐、健康、幸福!

你若安好,便是晴天!

下午,冰玉发给我一张照片,拍摄的是她自己临摹的《般若波罗蜜多心经》。钢笔正楷字,字迹清秀工整,看得人赏心悦目。

我非常佩服她能静下心来,做到心无杂念地临摹经文,全文没有一笔一字的错误,确实令人敬佩不已。

冰玉临摹的是唐三藏玄奘法师奉诏译本,260个字。我想以冰玉的过目不忘之能,她认真临摹了一遍,一定就已经牢牢地记住了。既然她也喜欢这一段经文,我最好也能熟记下来,方便日后与她交流。

阿梅曾经告诉过我,她能够熟练背诵《心经》。我看看这么拗口的文字,要记住全文,还真是不容易。一者,阿梅是学霸,聪明睿智;二者,她有很深的佛缘;三者,最重要的是,无论多难的事情,只要心诚为之,则攻无不克。

我已经多次诵读过这段经文。一年前,曾经在泉兄家里听他解释过全文;两个月前,在狼山上就不懂的地方请教过虚无法师,所以要理解全文,并不困难。我认真诵读多遍,基本记住了全文。

冰玉没有说多余的话,也没有提起今天是相识纪念日的事情,我也故意未提。

我把冰玉临摹的经文发到高中同学微信群里。

阿娟说:"大方秀气,好厉害!才女人美!字也美!"

志红说:"简直是无所不能!怪不得你整天魂牵梦萦的!"

钢班长说:"确实是名副其实的大家闺秀,才貌兼备!"

阿梅说:"好好珍惜哦!才女此举定有深意!"

红说:"上大学时,你俩一起吟诗作赋,风花雪月;现在大才女又要与你诵经悟道,一起成佛升天。"

我笑道:"凡草岂敢配仙花!"

晚上,小帅哥知恩请我和爱人吃晚饭。知恩原本是我爱人的学生,因为家庭困难在上初中时辍学了。我爱人询问知恩辍学原因时,知道了实际情况,后来我们就一直资助他上学。如今知恩已经从医科大学毕业,在南通另一家医院工作,成了我的同行。今天是知恩参加工作满四个月的日子,他一定要请我们吃饭,我们再三推辞未果。

在我们资助过的十几位孩子中,知恩是家庭最困难的一个,也是最懂事的一个。父母双亡,与一个双目失明的奶奶相依为命。我爱人家访时,一看到这样贫苦的情景,就流下了心疼的眼泪,当时就决定资助他上学。爱人回家后,告诉我知恩的情况,我非常支持她的想法,一起帮助知恩完成了学业。

席间,知恩很激动,满含热泪地感谢我们一直以来的无私帮助,深情地表示

从我们俩身上学到了做人的道理，以后一定也会像我们一样热心帮助别人！

我们也很激动，看着他一步步长大，成才了，最重要的是懂得回报社会了，我们心中很是安慰。我俩给他讲了进入社会之后，如何与别人友好相处，嘱咐他认真工作，努力做一个患者信赖的好医生。

知恩用心听取，含泪答应！

九点，晚餐结束。我骑着电瓶车带着爱人回家。

爱人感慨地说："小知恩已经长大了，我们也老了！"

我也激动地说："岁月如梭呀！转眼间，我们就老了！我还记得第一次见到你的时候，你那惊艳的模样，一眨眼就是近二十年过去了！我还想陪你再过两个二十年！"

爱人说："深有同感！第一次见到你的时候，你的眼神是那么清澈，全身充满了朝气。"

我说："如今我已经垂垂老矣！"

爱人说："心若年轻，今生不老！"

天空晴朗无云，一轮明月高挂。沿途路灯明亮，人少路顺。在晚风的吹拂下，我俩一路心情舒畅。

爱人问我："你今天写纪念文章了吗？将文章发给冰玉了吗？"

我说："写了，但是没有发出去。"

爱人调侃道："为什么？是不是思念之情表达得太强烈了，不适宜发出去了？"

我说："我估计冰玉已经忘记了今天的日子。"

爱人说："绝对不会的，冰玉一定牢记着今天这个特别的日子。'海上生明月，天涯共此时。'我觉得冰玉一定和你有着同样的想法，早就写好了纪念性的文字在等着你先发，考验你是否还记得今天这样一个非常特殊的日子。"

我想爱人说得很有道理！冰玉下午给我发《心经》，一定就是在提醒我，今天是一个特殊的日子，让我好好"用心"。

回到家后，我一刻也没有犹豫，立即将文章给冰玉发了过去。果然两分钟后，她就给我发来这样一段令我惊心的文字。竟然真如爱人所料，她上午就写好了，想等到夜里零点之前发给我，然后第二天再谴责我一番。

还记得那年那个原本特别寒冷阴暗的冬天吗？还记得那一场席卷南京的漫天大雪吗？就在那个晶莹剔透的童话世界里，一个怀才傲世的才子面对无垠的苍穹发出孤独寂寞的质问！

那一问，惊天地，泣鬼神！那一刻，我的心好痛！我完全深刻理解君心中那份无奈的孤寂，因为在我的心中，一直有着与君完全相同的感受！

　　那一问，越古今，惊我心！那一刻，我又好兴奋！在五年漫长枯燥的医学生涯中，从此就有了一位可以谈天说地、吟诗作赋、畅谈人生的知音！

　　君之出现，那个冬天不再寒冷刺骨，天空不再阴暗。

　　君之出现，我冰冷的心不再寂寞无伴，有了与君同频的搏动。

　　君之出现，亦如久旱逢甘霖，让我枯寂烦渴的心田得以尽情地滋润。

　　从此，有君的地方，雪花才飞得最美；有君的地方，梅花才艳得最香。

　　从此，时光总是停留在那个洁白的早晨，空间就凝固在那个鲜红的梅园。

　　总想与君一起再回到那个绝美的时空里，听君再讲一段时光不老的传说。

　　为啥见到君第一眼就那么亲切？犹如宝黛二玉之初见！若非三生石上，前世的金兰约定？但是我不是来还泪的，因为君洒向我心间的都是快乐的欢笑，从来没有一滴悲伤的泪水！君真是我的快乐天使！

　　相信在生命的每一段旅程中，总会有某个关爱我的人，对我伸出温暖的双手，伴我走过一段人生的心路。经历过人世间的分分合合，走过了生命中的聚散依依，在不经意的三千过客中，一位心灵的知音始终占据在我的心房，安抚着我的天地，契合着我的磁场。

　　从来没有当面赞扬过君一句，是不是有些失望？！其实君乃黑夜之明珠，光芒自辉！君之超前的思想和渊博的才识一直令我仰望；君之风趣的言谈和不经意的冷幽默总是令我愉悦！尤其是我俩对古诗词共同的认知和对社会价值论的一致看法，君真乃我平生唯一的知己也！

　　夕阳西下，晚霞挂在天边，云儿飘过眼底，花儿开在心上。时常在不经意间，想起君那清澈而坚定的眼神、爽朗而自信的笑声，我总是感到特别欣慰！那些嬉笑欢腾的过往，都演绎成静水深流的念想。君之真诚和善良的秉性在当今浮躁逐利的社会中显得尤其难能可贵，能与君相识相知确实是上苍赐予我的最大的幸福！

　　那五年的快乐时光已经成为我这辈子永远的最美好的回忆！我一直以为那五年是在做梦，一个美丽无比的梦！可惜五年的梦太短了，要是这个梦能永远不醒该有多好啊！

　　在不经意的成长中，我们无意间错过了某段时光，错过了某种缘分，错过了某份情谊！

随

　　万万没有想到,梦醒时分,君就突然消失了!君好似一阵和煦的春风,温柔地来到我的身边,短暂的温暖之后就失去了踪影,留给我的是无尽的思念和无限的惆怅。"风住尘香花已尽,日晚倦梳头。流水淡,碧天长,路茫茫。凭高目断,鸿雁来时,无限思量。忧来思君不敢忘,不觉泪下沾衣裳。多谢月相怜,今宵不忍圆。"

　　记得香港作家张小娴说过,"原来有本事令人伤心的人,才是两个人之间的强者。"老大,我承认,君是强者,我输了!

　　为啥君总是灾难不断?难道上苍创造了君,就是为了让君来接受磨难的吗?为啥不能让我分担君之痛苦呢!哪怕能让君少受一丝苦痛,也是我今生最大的诉求!默默地叹息,时时地挂念,都是因君而生的忧伤!

　　岁月太无情了!二十五年啦,当年那个风华正茂、热血方刚的傲世青年,如今已经成了饱经风霜的"糟老头子"了!时光只顾催人老,一想起岁月的刻刀在君心上划过的刻痕,我的心亦如刀绞!回首向来萧瑟处,从此归去,亦无风雨亦无晴。

　　冬至,日最短,夜最长,适宜做一个长长的美美的梦!只是再长再美的梦都有醒的时候!

　　非常羡慕大嫂,能与君相互知音解语!我虽无缘无福伴君到老,却真诚地祝愿你们琴瑟和鸣,幸福终生!

　　但愿君从此平安、健康、快乐、幸福!

　　我可爱的"糟老头子"啊!君若安好,我的心空便是万里无云!

看了冰玉的回复,我心潮澎湃,感激、愧疚、兴奋、温馨、甜蜜、舒畅、幸福……一时无数种感觉涌向心头,无法用言语形容!

我的思绪又飞到二十五年前的那个大雪纷飞的早晨,一位美丽的天仙又站在我面前。原本五年枯燥的医学生涯,因为冰玉的出现而变得趣味无穷,快乐无比。我俩相处的点点滴滴又浮现在我的眼前,在那五年中,我们之间没有闹过一次不愉快,没有红过一次脸。

　　最令我欣慰的是,我们相互视对方为知音!我俩之间事事都是那么默契,心照不宣。在她对我的一颦一笑中,所包含的那些不必言说的话语,我都懂得。

　　最令我高兴的是,她将我当成快乐天使,我与她深有同感!曾经这位误落人间的最可爱的欢乐精灵,也带给了我无穷的快乐!

　　最令我感动的是,她竟然愿意分担我的痛苦!让我少受一丝苦痛,竟然成了她今生最大的诉求!这样的真情厚谊让我感动万分!

最令我愧疚的是,我当时真没有想到,她会那么在乎我的突然离开!本以为毕业分别是理所当然的事情,却给她带去了无尽的悲伤和思念!真是"君不欠我,我曾欠君"!

两个原本素不相识的人,就因为一次偶遇,竟然就成了终身的知己,这样罕见的奇事真是可遇而不可求的!

我躺在床上,辗转反侧,直到后半夜,才朦朦胧胧地睡着了。

第二天一早,天空开始飘起雪花。我想起二十五年前我俩在雪中初次相识时,聊到宋代诗人卢梅坡的《梅雪·其一》,"梅雪争春未肯降,骚人阁笔费评章。梅须逊雪三分白,雪却输梅一段香。"

我当时仿其形而反其意,吟了两句,现在干脆将全诗补全。我立即写了一首《梅雪·初逢》:梅雪映衬互为芳,观雪赏梅佳人靓。雪因梅映才更白,梅为雪衬尤甚香。

我将此诗通过微信发送给冰玉,她立即回我一首《梅雪·再忆》:反古遑能自标新,却是梅雪真知音。寒冬解语暖人心,二十五载如在今。

我说:"'岁月难禁节物催,天涯回首意悲哀。'青春永驻的小朋友呀,老大真老了。"

冰玉说:"春节假期来上海看看我,我给你注入全新的能量,保证你返老还童。"

我说:"好的,我和你大嫂一定造访。"

冰玉说:"我特别期待能见到大嫂!"

我想,我们这两天应该就能接到华山医院通知我爱人住院的电话了,早日解决了动脉瘤这颗定时炸弹,我们才能安心呀!

大雪下了一整天,到晚上时,雪片更大更猛,整个世界已经是一片银装素裹。我们几位高中同学在"一见如故"小饭店里小聚,吃着火锅,喝着小酒,捧着热茶,望着外面的漫天大雪,竟然有些围炉夜话的小意境。

我的手机微信提示音响了两下,冰玉在微信朋友圈里发了九张我们大学母校大雪纷飞的组图,并配上一段忆旧的文字:

> 又想起了二十五年前的那个特别寒冷的冬天,那一场漫天大雪至今一直珍藏在我的记忆之中……
>
> 上午,虽然人在教室里上课,但是我们的思绪还依然萦绕在窗外刚才堆起的那个雪人的身上……
>
> 中午,下课后,又冷又饿,立即去食堂吃饭,刚坐下来,突然一个雪球飞

过来,打翻了饭菜……

　　晚上,我们在浴室里洗好了头发,刚一出门,一阵寒风吹来,长发瞬间就变成了一根根冰丝……

　　一路上,尽管非常小心地往前走,还是接连摔了好几跤,每一跤都会滑出去好远,却不感觉到痛……

　　终于,我们慢慢滑到了宿舍,却如同进了冰窖,没有任何供暖设施,我们大家只能一起跳着取暖……

　　虽然当时的条件如此艰苦,但是每当我回忆起那一段难忘的经历时,心中依然满是温暖和欢乐,不舍和感动……

　　青春的季节,激情满怀,一切都是那么美好,真想再回到那一段无悔的时光里,重温当年那段最纯真的快乐……

我立即在朋友圈里给冰玉点赞,并故意发私信问她,"这么多的省略号里包含着什么内容呢?"

冰玉说:"糟老头子真是弱智!每一个省略号都是与某个'木瓜'有关!"

我想如果真正在乎一个人,看到的绝对不仅仅是她微信中的文字和图片,而是认真解读她的心情,深刻感知她的世界。点赞的是情,相连的是心,牵挂的是思念,表达的是懂得!

宏公子说:"又是一个大雪纷飞的严冬,大才子的思绪一定又回到了那场风花雪月的过往,不妨作诗一首,以示留念。"

我说:"我上午确实涂鸦过一首,不妨与大家分享一下。"

我将我和冰玉写的文字都发到这次参加聚会同学的微信小群里。

大家看了我俩的通信和对诗,都笑了。

红说:"确实是才女,文笔流畅,与你不分伯仲!非常羡慕文人之间的交流!"

阿华说:"超赞,果然是一对才子才女!"

志红说:"才女是才情兼备,哥哥是睹雪思佳人!那一场轰轰烈烈的青春友爱的故事值得你们永远珍藏!"

星姐说:"为你和才女之间纯真的友情点赞,才女让你的人生更精彩!你和才女之间能把握住这种尺度,恐怕非常人所能及,这需要多么大的毅力呀!"

阿娟说:"你没有给才女谴责你的机会。感动于你们真挚的情感,非爱情非亲情,却是我非常欣赏的真情!"

钢班长说:"两篇文章都是情真意切,你们俩的真情确实非常感人!你们是心灵的伴侣,确实是心有灵犀,都记得相识纪念日,都写了纪念文章,居然都以'你若安好,便是晴天'结尾。"

我想所谓心灵的伴侣,就是那个欣赏你的独特,理解你的叛逆,认可你的反常,伴你一起度过人生的悲欢,始终支持你,与你一直心灵相通的人;是让你才下眉头,却上心头的无尽的思念和牵挂的人!

阿梅说:"最令人神往的就是你们俩初次相识的场景!一见如故,相见恨晚!"

星姐说:"我也最欣赏那一段!如仙女下凡、如梦似幻、激情浪漫、诗情画意!"

宏公子说:"偶然一遇,就成了终身知己!人生若此,夫复何求?"

大家都说:"这就是人生可遇而不可求的最唯美的桥段!"

阿娟笑道:"大哥的母校真美!你还故意问才女省略号的意思,我都看出来了。"

阿华笑道:"哥哥其实是故意讨骂!这声'弱智'和'木瓜',哥哥听了,心中一定非常舒坦和温馨!"

宏公子说:"梅雪互映为争春,才女怀旧更思卿。每一个省略号都是给你填空的,其中的故事只有你们俩知悉。"

钢班长说:"才女的八个省略号,代表你已经完全融进了她的血液里!你真幸福,人生有此知己,足矣!"

阿梅说:"你可以把才女的这段带省略号的话扩展成一篇优美的回忆散文。'情必近于痴而始真,才必兼乎趣而始化。'"

我一想还真是如此,冰玉的每一句话中都含有一个值得永远回忆的美好故事。冰玉确实是一个充满着情真意趣的人!

志红说:"哥哥很有美女缘!花香自有蜂蝶觅,人雅自有知音伴。"

星姐说:"不仅是美女缘,其实男女同学都喜欢你;尤其你家老师的宽容大度,更是我真心佩服不已的品质!"

宏公子说:"如果老兄当年有现在的一半自信,你的人生一定会改写。"

听了这话,我心中的那一根深藏的情弦仿佛被人无意中拨动了一下。我将这句话仔细品味了半天,也许真是如此;但是一个人的成熟需要一个实践的过程,而且人生没有如果,人生也无法重来!

我说:"现在我绝对是一心一意对待爱人!人生短暂,只来得及真爱一个人!来世还与爱人一生相伴!"

红说:"你爱人真幸福!最主要的是你爱人做得好,她温柔善良,善解人意,

不可多得！我们和你爱人相比，差之甚远。"

我说："物以类聚，人以群分。大千世界，茫茫人海，能与你们这些真诚的同学相识投缘，心灵相通，也是我今生最大的幸福！"

志红说："很有同感！朋友交往，随缘、随心、随性。今生能与哥哥相遇、相识、相知，也是我们最大的荣幸。"

晚餐结束后，彼此告别，志红和星姐一起送我回家。她们都是善良而贤惠的美女，每次同学聚餐，只要她们在场，总是无一例外地先送我安全到家，然后再自己回家。我非常感激！

睡觉前，我将我俩写的文字都给爱人看了。

爱人说："你俩都是性情中人，都是真情的自然流露。看来我分析得不错，你确实对她情有独钟，但是没有想到她对你竟然也是情深意切，我原本以为你是单相思呢。你俩原来是一种相思，两处闲愁。好啊，你能有这样一位倾心相知的红颜知己，确实是一件非常幸福的事情，是宝贵的精神财富！好好珍惜吧！"

虽然我还不能像爱人一样因此就肯定冰玉当初对我的感情就是爱情，但是我明白，爱人所说的这个"珍惜"之中，不仅包括我和冰玉之间的感情，而且包括我和爱人之间的真情，以及我们现在所拥有的一切。

我想一生中能与这样一位真情相爱的、明理大度的爱人为伴，我此生足矣！

有你告我粥尚温，有你陪我赴风尘，有你伴我度黄昏！

我愿付全部真情，与你共度此生！

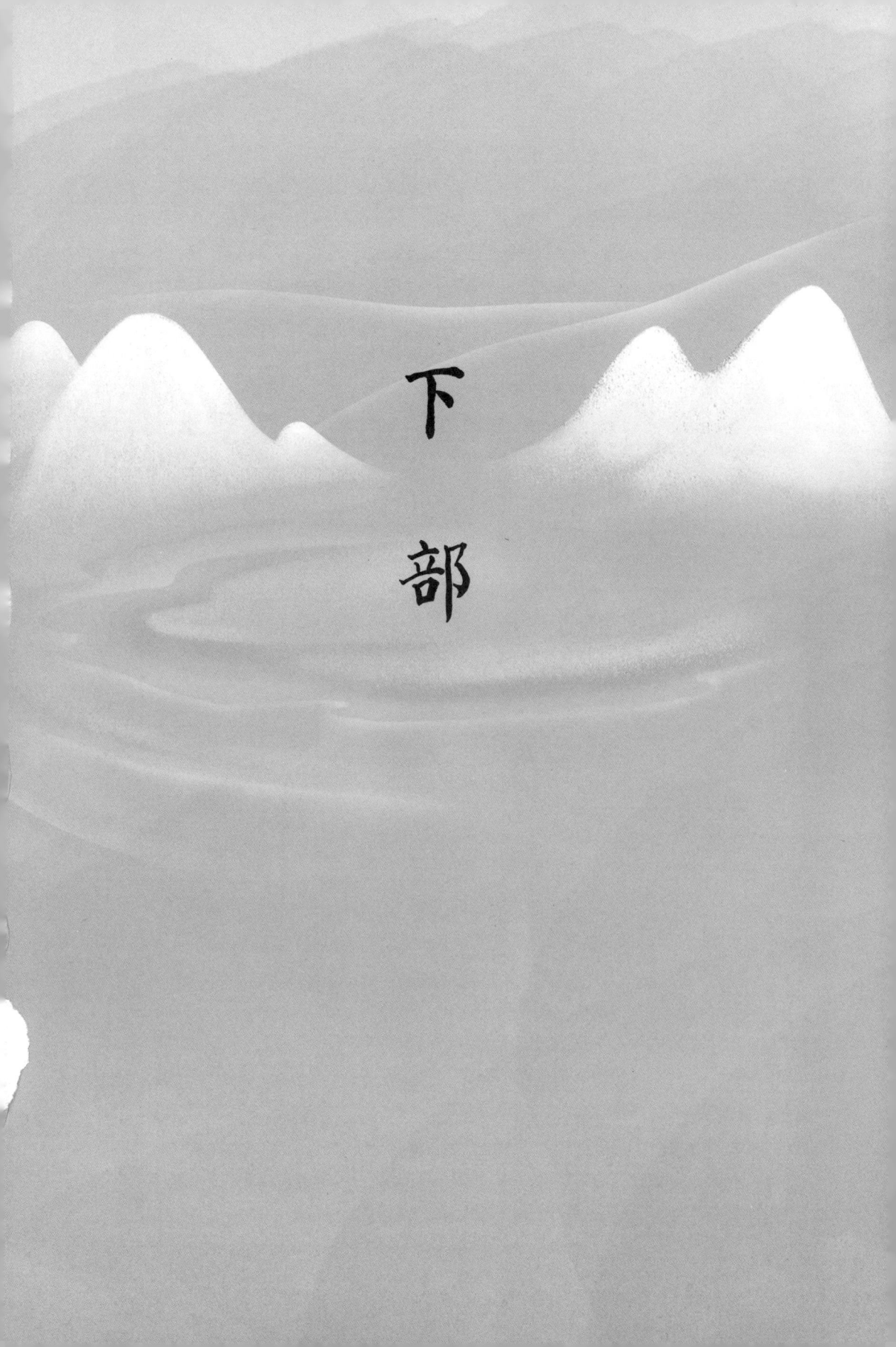

下部

第六章 只愿君心似我心

——上海之旅

言忠信，行笃敬。

自从春节以来，我的心里就一直背着沉重的诚信债务！

早在一月上旬，蒟苒过生日的时候，她邀请我去上海为她庆生。那时我爱人在华山医院做完介入手术，刚出院，需要人照顾，我自然不能离开她，独自去上海。当时我向蒟苒许诺，春节期间一定去上海看她。再者，我曾经也多次答应过冰玉，春节期间一定去上海看她。但是在春节假期间，应广大师生的要求，我组织了我们初中毕业三十多年后的师生大聚会。我们医务人员的春节假期就这么四五天，所以上海之行没有能够实现。

言不信者，行不果。

我本来是一个非常信守承诺的人，如今却成了一个食言的人了。

蒟苒曾经多次责问过我，为什么为天禧饯行时，一喊你就去南京了，但是我邀请你来上海，咋就这么难哪？

冰玉也责怪我言而无信，说不想理我了！

2月16日，星期四，晴

我办公室里的旧机器功能不全，更换成新机器，正在安装，需要三四天时间。我闲着无事，就在家里耐心等待。

早饭后，爱人说："我去社区申请残疾人护理补贴。"

我说："昨天负责我们社区残疾人工作的小览主任在电话里跟我说过了，我们不好申请，因为我有工作。你就不要去了，而且我们目前还不需要这部分补贴。"

按照日常工作常规，社区负责残疾人工作的同志每年应该至少上门一次，看望一下自己所管辖区内的残疾人，了解他们的身体和生活状况，掌握他们的实际困难，然后给予必要的帮助；但是负责我们社区残疾人事务的小览，在我们社区工作已经四年了，竟然从来没有和我见过面。

昨天上午小览打电话给我，跟我说："我打电话就是提醒你一下，如果上面有人调查，你就说我已经上门看望过你了。"

其实不上门看望也无所谓，我们也没有指望这位懒惰的小览亲自来看望我

们；但是既然打电话了，就连顺口问候一声竟然也做不到！我顺便问小览申请护理补贴的事情。她语气不太肯定地说，你有工作，似乎不可以申请。

爱人说："不要听他们不负责任地乱说。我问了郊区负责这项工作的朋友，她明确告诉我，我们这种情况绝对在政策范围内，而且应该是社区工作人员主动帮我们申请。国家政策明文规定申请护理补贴只需要两个条件：一级或二级残疾和照护服务支出持续六个月以上。不需要其他任何条件，与有没有工作无关。"

我非常生气，有一种被愚弄的感觉！我俩都是"二级肢体残疾"，而且我们请保姆已经十个多月了。

爱人说："有没有这部分补贴对于我们来说确实无所谓，但是我们不能被他们就这样耍弄了而不知道！国家按照政策给我们的补贴，我们就领回来，可以让我们更好地帮助别人呀，让它发挥更好的作用！否则这些资金滞留在小览这样的人手里睡觉，什么用途也发挥不了。"

我觉得有道理，应该物尽其用！我本来不想领这笔补贴，希望留给比我们更需要的人，但是这笔钱遇到不作为的小览一类人，是不可能到达更需要的人手中的，只能默默地放在他们的账上，确实不能发挥任何作用，白白地浪费了。

我一向对政府机关的工作人员非常敬重，感激他们在为人民服务的过程中，确实付出了很多辛劳！但是没有想到在政府机关里，竟然还有像小览这样的人，不但不作为，而且愚弄我们老百姓！

我直接打电话给小览，询问她为什么会这样。小览回复我，我们中心城区的政策与他们郊区的政策就是不一样。

我问道："我们中心城区的经济状况比郊区更好，而且以前执行国家的相关政策都是比郊区更到位，为什么这次反而落后了呢？"

小览说："我也不知道，上面就是这么规定的。"

我跟爱人说："既然上面就是这么规定的，我们就不要强人所难了。"

爱人说："你总是太善良了，这么容易相信人！我上星期已经去找过小览了，她也是这么回答我的。我让她把我们中心城区的相关政策文件给我看一下，她嘴上答应得很好，但是我去过几次，她就是一直没有给我。昨天，我自己想办法找到了一份，你看一下。"

我接过来一看，是《区政府办公室关于做好困难残疾人生活补贴和重度残疾人护理补贴工作的通知》。我仔细阅读，文件上面果然只有两个条件，根本没有提及申请者有没有工作的事情。

爱人说："我现在就拿着这份文件去找小览，看她怎么回答我。你就不要去了,你的思想太正统了,不能忍受这种极度不作为、非常懒政的人。你去了,忍不住会教训她们,搞不好会吵架的。"

我点点头。我相信爱人的能力,以前有许多在我看来根本没有希望的事情,都被她最终干成了!

爱人说:"我就不信这个邪门歪道!难道中心城区就不是中国的天下,就可以公然违反中央的明文规定吗?"她拿着文件走了。

我想起现任总理刚刚说过,审批服务,最多跑一次!我爱人为此事已经跑了好几次了!这位小览同志架子好大呀,这么多年了,我还没有见过她的尊容!相比之下,她的前任小勤却是十分尽心尽责,经常来我家嘘寒问暖,令我们十分感动!小勤也因为工作非常出色,已经上调到街道工作去了。

冰玉通过微信发给我一张漫画,漫画的内容是:一只已经被切开的巨大的西瓜,周围站满了人,大家都在悠闲地吃着西瓜。

我看了半天这张很夸张的图片,没有理解是什么意思,就发微信请教夏蕴。

夏蕴说:"没有想到堂堂大才子的情商竟然这么低!玉儿在责怪你是'大型吃瓜群众',没有关心她的事!"

我说:"这两天我根本没有和她联系,更没有冒犯她呀!"

夏蕴说:"就是因为你没有和玉儿联系,所以忽视她了。你看一下玉儿昨天晚上发到朋友圈的内容,就知道怎么回事了。"

我赶忙打开冰玉的朋友圈。原来冰玉昨天晚上在上海大剧院里欣赏音乐会,发了好多现场的照片和视频,还有一段她自己写的体会非常深刻的观后感。同学们都赞叹她"高大上"!

我终于深刻地体会到冰玉和我确实是生活在两个完全不同的世界里。她一直生活在一个高雅的文化品位十足的氛围里,经常参加音乐会、演唱会、钢琴演奏会,观赏话剧等,生活得那么优雅而舒畅;而我总是这么粗俗不堪,一身的土渣,还在为申请照护补贴而受人愚弄!我这样的普通人,哪有多少悠闲的心情,整天去关注风花雪月的高雅音乐会呢?

冰玉曾经多次发出邀请,让我去上海陪她欣赏音乐会,我一直未曾有机会。现在想想,如果我真陪她去欣赏音乐会,一定会闹出大笑话,因为我根本就不懂音乐,岂不完全是对牛弹琴吗?我这个牛郎还是在乡村里安心地放我的牛吧,就不要去国际大都市丢人现眼了。

我赶忙给冰玉发微信,调侃道:"这两天,我这个瓜棚里的老农一直忙着卖西瓜,没有空看微信,所以怠慢了天仙!诚挚地请求你原谅!你这位阳春白雪的艺术女神整日沐浴在艺术的海洋中,离我这个乡巴佬的距离越来越远了。"

冰玉回复我三个哭泣的表情图标和三个微笑的表情图标,没有说话。

我问道:"你这到底是在哭呢,还是在笑呢?"

冰玉说:"真是弱智!你自己想吧!这两天电影院里正在放映《无问西东》,你认真观赏一下,然后写一篇观后感发给我。"

我说:"老朽遵命!"

我将我和冰玉的对话截图发给钢班长看。

钢班长回复我:"你说自己是乡巴佬,才女哭;你赞扬她是阳春白雪的艺术女神,她笑。"

我问道:"你看过电影《无问西东》吗?讲述的是什么内容?"

钢班长说:"讲述了四位年轻人满怀美好的梦想,在四个非同凡响的时空里一路前行。他们在最好的年龄,迎来了最残酷的考验,那些在成长中留下的一个个伤疤,成就了他们永不褪色的青春传奇。"

我说:"听你这么一说,这部电影确实值得一看。"

钢班长说:"才女既然推荐给你看,自然有她的道理。故事在激烈的矛盾冲突中处处体现着人性的复杂性,引发人们对生命和爱情的思考。才女视你为初恋,她要启发你对生命的感悟和对你们之间爱恋的深刻思考!"

我说:"你不要开玩笑了。我这两天一定抽空去电影院里观赏一下,认真感受一下这份'永不褪色的青春传奇'!"

爱人回来了,脸上有一份胜利的喜悦。我很惊奇,这件事情竟然又被她办成了!

我说:"迎接女王凯旋,跟我详细说说你是怎样让小览屈服的!"

爱人说:"小览不但没有屈服,而且死不认错!我将文件给她,让她给我解读一下。她绕了半天,根本说不到点子上。最后她说,我说服不了你,你去找我们的上级主管部门吧!我也没有生气,直接就到街道去找民政部门。"

我好心疼爱人,这一趟辛苦了!爱人手脚不方便,走路的时候脚踝还痛;但是爱人做事有一种不达目的不罢休的闯劲,所以她做事的成功率比我高。

爱人说:"我找到负责这件事情的礼主任,跟小览差不多大的年纪,三十来岁,但是她做事比小览认真负责多了!她一听明白了我的来意,就很爽快地说,你们符合条件,完全可以申请,而且应该申请。我说,我爱人有工作。礼主任说,护理补贴是对重度残疾人的精神抚慰,与是否有工作没有任何关系;而且应该是社区的工作人员主动帮你们申请。你们俩本来就不方便,怎么会让你自己跑这么远的路来问呢?下面的工作人员如果真不懂政策,直接打一个电话问一下我们不就知道了嘛!"

我听了好难过，竟然还有这样的事情！

爱人说："我没有告诉礼主任社区工作人员的态度。礼主任给小览打了个电话，就让我回来找小览办理手续。我又回到社区找到小览，她解释说，前一段时间，申请照护补贴的人很多，我们都批了。结果上级批评我们对审批条件把关太松了，让我们紧一点。上个月，我们替一位有工作的人申请了，还被上级领导骂了。"

我说："被领导骂是一定由于她们将不符合条件的人员都报上了，而不是因为申请人有工作吧！"

爱人说："我也是这么说的。小览说，现在实行'问责制'，做错了事情要被处理的。"

他们果然是为了不出差错，所以就干脆不作为，这是典型的懒政；其实该做的事情不做，本身就是差错。

我说："本来是他们应该主动上门为残疾人服务的事情，他们不做；现在残疾人自己拿着文件，找上门来，竟然还让残疾人自己去找上级主管部门！这不仅是懒政的问题，这绝对应该是渎职了！我真想去投诉他们！"

爱人说："算了，以后还要打交道，关系搞僵了不好。我们这两天把需要的材料准备一下，赶快交过去。需要申请报告、你的身份证、户口簿、残疾证、银行卡、与家政公司的合同、保姆的身份证、给保姆发工资的收据。"

我说："我们这些普通老百姓办个事情真是不容易，来回折腾，竟然需要八份材料！有关部门不是建议一般不超过五份材料的吗？而且至少还要跑两次，送材料，问回复；一共要去六七次。残疾人本来就不方便，这算哪门子为人民服务呀！"

爱人说："国家再好的政策到了下面，有时候也会被歪嘴和尚念成了歪经。公务员本身素质的高低直接决定了服务质量的优劣！"

今天，保姆自己家里有事情，没有来我家。中午我俩就下了两碗青菜鸡蛋肉丝面，尽管简单，但是我们吃得舒服而温馨。生活其实就是这样，不需要奢华的享受，只要活得随意、舒心也就满足了。杨绛先生说过，"简朴的生活，高贵的灵魂，是人生的最高境界。"

午饭之后，爱人说："今天社区搞便民活动，请我去帮忙。你一个人在家里好好休息吧。"

我说："你倒是不计前嫌，社区工作人员这样对待我们，你还积极帮她们的忙。好呀，宁可让别人负我们，我们也不要负别人。只是我担心你的身体吃不消，已经辛苦一上午了！"

爱人说:"社区大部分工作人员还是很尽责的,而且我早就答应他们今天去帮忙的。像小览这样的人毕竟是少数,事情既然已经办成了,我们就不要跟她一般见识了。也算是好事多磨吧!我身体还行,就是走路时脚有些痛,不过还能坚持。"

爱人微笑着,走了。

我沐浴着午后的暖阳,斜卧于阳台一隅。

"向阳草木青,明媚春光暖。"本是最好的踏青季节,但是身子懒得动,心里就少了一份兴致和诗情。再美丽的风景,缺少了诗词的渲染便失去了鲜活的灵性。

我突然闻到一股清香,转头一看,原来细心的爱人走之前,已经为我点好了一支檀香,放在窗台上。我的灵魂便随着这一股袅袅升起的青烟,祈通三界,贯穿古今。

于是,我泡一壶光阴,品一杯春光,捧一本《宋词选》,开始仔细品味。爱尔兰剧作家萧伯纳说过,"真正的闲暇并不是说什么也不做,而是能够自由地做自己感兴趣的事情。"

我的思绪便随着《宋词选》开始神游了。春风柔,百花香,茶香浓,书香雅……

我随手翻到秦观的《好事近·梦中作》,"春路雨添花,花动一山春色。行到小溪深处,有黄鹂千百。飞云当面化龙蛇,夭矫转空碧。醉卧古藤阴下,了不知南北。"

我便穿越时空,与秦少游同享这份春雨滋润万物的喜悦,古藤阴下,小溪深处,同乐同醉,浑然不知归。"酒醒只在花前坐,酒醉还来花下眠。"

春之美,美在无处不在的绚丽多彩,美在时时刻刻地尽情写意。那一份恣意释放的春意盎然的舒畅之感,让人十分陶醉。

突然手机响起,猛然将我拉回现实世界。

小妹在微信里问我:"大哥,你这两天忙吗?"

我说:"不忙,单位有事,我在家里休息。"

小妹说:"那你明天在家里等我,我来南通看看你和大嫂。"

我说:"你和天禧已经约了多少次都没有来!你这个小东西现在又在骗我,我才不相信呢!"

小妹回我一个"笑脸"的表情图标,没有答话。

暖阳催人眠,我不知不觉地睡着了,做了一个梦。在梦里,大家一起谴责我的失信!我惊醒时,《宋词选》掉在地上,茶尚温。

手机再次响起,我一看是我的初中同学西西。西西语气焦躁地说:"兄弟啊,能不能麻烦你出来一下呀？我在你家西边的濠河边,我有急事要找你。"

我赶忙出来,只见西西坐在路边的石凳上,垂着头,巩膜和皮肤发黄,一脸的憔悴,神情很忧虑,见到我欲言又止。

西西初中毕业后没有能考上高中,就出来打工,后来学了厨师,在南通的一家饭店里工作,两年不见了,现在猛然一见,面黄肌瘦,感觉人明显老了。

我问道:"什么事呀？为什么不到我家里去呢？"

西西叹了一口气,两行热泪流了下来,语气绝望地说:"兄弟呀！我完了！"

我心中一惊,轻轻拍拍他的肩膀,安慰他说:"不要着急,有事慢慢说。"

西西立即往旁边一让,摇着手说:"你不要碰我,我有传染病。"

原来西西这两天感觉全身无力,恶心,呕吐,皮肤和巩膜发黄,到医院里一检查,诊断为急性黄疸型肝炎。他的老板一听说他是"甲肝",当即宣布,让他不要再来了。

西西哭着说:"兄弟啊,我的这个病还有救吗？如果没有救,我就不看了,我不想拖累家庭。"

我说:"你不要担心,甲肝是一种常见病,及时治疗,预后都很好。"

西西又着急地说:"兄弟呀,我下岗了！我一家老小就靠我这点工资养活,我以后怎么办呢？除了干厨师,其他的事情我都不会呀！"

我能理解西西此刻内心的极度焦虑！在目前这样的医疗模式下,一个人的一场大病足以毁掉一个普通人的家庭,何况西西还是家里的顶梁柱,他一生病,就意味着家中完全失去了经济来源。这正是西西最担忧的！因病致贫绝对不是危言耸听,在现实的社会中,我们已经遭遇了太多这样的现象。谁又能保证自己一辈子不生大病呢？

好在西西患的是急性甲型肝炎,既不是什么大病,也不是绝症,是完全能治愈的。

我说:"你先不要着急！家里人知道吗？"

西西说:"我没有敢告诉他们。老婆会抱怨我的,老婆的抱怨比老板的炒鱿鱼会让我觉得更加难受,更加觉得自己没有用！"

西西很小的时候,父亲就去世了,家中的生活一直非常困难,所以很晚才找到对象。现在两个孩子还小,女孩上初中,男孩上小学。母亲中风瘫痪在床,所以老婆只能在家里照顾,时常到附近的工厂里拿点手工活回来做做,贴补家用。

我说:"你不要着急,目前最重要的事情就是赶快看病,病看好了,一切就好了。我认识几位饭店的老板,到时候一定会有办法。你赶快将你的情况告诉家里人,大家同心协力,先把病看好。我现在帮你联系传染病医院,那里有我的研

究生同学,她会帮你的忙。"

西西松了一口气,感激地说:"我刚才感觉天塌下来了,死的心都有了!听你这么一说,我感觉好多了!"

我问道:"住院费够吗?"

西西愣了一下,张了张嘴,却没有发出任何声音。

我说:"你现在就去传染病医院找我的同学郑美美医生,我会将住院费用打给她,让她替你办住院手续。"

西西充满感激地看了我一眼,两眼噙满泪水,哽咽着说:"大恩不言谢!那我走了!"

西西骑着电瓶车,满脸泪水地走了。

我立即明白了西西不来我家里的原因,是担心会将甲肝传染给我们。我心中涌现一份感激,西西一直有一份厨师特有的细心。我们之前也没有少帮助他们,包括给他母亲看病;两个孩子学习上有困难时,就随时在电话中咨询我们,我们都会耐心地给以解答;家庭经济上临时有困难时,也是我们帮忙给予解决。

像西西这样的家庭维持平常的生活还可以,一旦有个什么意外的风吹草动,马上就呈现出家庭经济基础的脆弱;就像大海中的一叶小舟,经不住稍大一点风浪的打击。

我赶忙将郑美美的名字和电话号码发到西西的手机上,并向美美说明了情况,先转了两万元给她,告诉她,如果钱用完了,直接找我。美美非常爽快地答应帮忙,并说一切都交给她,让我就不要管了。

晚上,吃完晚饭,我说:"我们去看电影吧!冰玉推荐我们去看《无问西东》。"

爱人调侃道:"你不是说你再也不去电影院看电影的吗?冰玉的话就是圣旨呀?"

我温馨地一笑。

爱人说:"就凭冰玉的高品位,她推荐的电影一定非常有意思。只是我今天跑了一整天,累了,改天再陪你去看吧。"

2月17日,星期五,晴

上午七点,爱人出门回如皋老家。她的舅母去世了,她们姐妹几个约好,今天一起过去奔丧。

我一个人在家,很清静。吃完早饭,我专心地阅读本专业最新版的医学指南。

八点半,小妹发来短信:"大哥,我现在出发去南通,快发个定位给我!一是看看大嫂,二是受苪芃委托,带你和大嫂去上海!苪芃说了,此次你要是再敢失约,她就会打死你!"

我不禁哑然失笑,原来小妹昨天说的话竟然是真的,她确实要来南通。

我在高中同学微信群里说了南京有客来访的消息。

聪明的阿娟直接猜出来客一定是小妹。我问道:"你怎么猜得这么准的?"

阿娟说:"你的女神在美国还没有回来,校花已经来过了,南京的来客最可能的就是小妹啦。"

好客的上海小云非常热情地发出邀请:"哥哥嫂子来上海时一定要到我家来玩。"

我说:"你大嫂没有空,去不了。"

钢班长说:"夫人不去也好,更方便你单独和才女诉说离愁别恨。"

大家调笑。我问大家:"小妹马上就要到我家了,她第一次来南通,我应该准备什么样的礼物,才比较适合呢?"

大家的建议众说纷纭,调侃不断:一个拥抱、一个吻、一杯热水、南通特产……

阿娟说:"我上次送人的是我们南通的特产——蓝印花布。"

小云说:"九百九十九朵玫瑰。"

红说:"花儿很好,要的话我就从网上定了送到你家去。"

我说:"现在买蓝印花布来不及了。我们这个年龄送花有些暧昧,好像不太合适!"

大家调侃:"合适!非常合适!"

我直接问小妹:"小东西,你第一次来南通,我该赠送你什么礼物呀?"

小妹调皮地回了一个字:"心!"

我打电话给爱人,向她说明情况。爱人说:"前几天,有人刚刚送给我一块丝巾,还没有拆封,你就转送给小妹好了。"

十一点半,小妹到了,在门外,双手用力地将门拍得山响,同时大声喊着:"大哥,大哥,我到了!你快出来迎接我呀!快点啊!"

我赶忙打开门,小妹一下子风尘仆仆地扑进了我的怀里。我突然发现,对门的阿姨和路对面的阿姨都开了自己家的门,站在门口,一起微笑着,看着我们。我尴尬地笑笑,解释说:"是我小妹。"

我赶忙把小妹拉进屋里。我说:"你做事总是这么夸张,一定要搞得全世界都知道才行。"

小妹说:"我高兴嘛!管他全世界知道不知道!大嫂呢?"

我拿出丝巾,笑道:"大嫂有事外出了,晚上回来。这是大嫂赠送给你的礼物。"

小妹非常兴奋,欢呼道:"谢谢大嫂!太高兴了,从小到大,我最喜欢做的事情就是接收礼物!"

我笑道:"我知道,你这个小财迷!一块钱就可以把你骗走了。"

小妹笑道:"我没有那么好骗吧?至少得有两块钱,我才能跟你走!"

我们都笑了。

我带小妹参观我家。看到我在客厅天花板上装饰的各色塑料葡萄串和各种藤蔓植物,小妹感动地说:"这个家好温馨啊,看得出大哥是一个用情至真的人!只有一个特别热爱生活的人,才会如此注重家的感受!只有一个真正懂得爱的人,才会对生活充满着激情!"

我说:"热爱生活,趣味人生。"

看到我和爱人的大合影,小妹高兴地说:"你俩的结婚照真漂亮,真温馨。"

我说:"这不是结婚照,这是在三年前'三八'妇女节的时候,为了留个纪念才拍的。我们俩结婚的时候,因为当时经济特别困难,没有专门拍照片。"

小妹点点头,赞赏道:"大嫂看上去如此年轻,我觉得等我到了大嫂的这个年纪,一定没有大嫂这么年轻美丽。"

我说:"你是可爱迷人的娃娃脸,所以更加不显老。"

看到花瓶里的玫瑰花,小妹高兴地说:"大哥如今也懂得浪漫了,这一定是你在情人节的时候送给大嫂的吧!"

我说:"惭愧!你大哥身上根本没有浪漫的细胞,平生只给你大嫂送过一次花,就是去年国庆节的时候,夏蕴教会了我怎么给大嫂送花。"

小妹笑道:"那么这枝玫瑰花是从哪里冒出来的呢?难道是美女送给你的吗?看来这个问题有些严重了!"

我说:"情人节那天,一个规培的美女给我们科室里每一位医生都送了一枝玫瑰花。你大哥老了,落伍了,送花是你们这些小朋友的事情了。"

小妹说:"大哥是饱经风霜,西方有一句谚语,'人的生活在四十岁才开始。'我们现在的年龄正是人生的主戏真正开始的季节,以前的生活仅仅是配戏。"

我说:"我的人生高潮早就已经过去了,准确地说,我的人生根本就未曾有过高潮,就进入了下坡路。"

小妹说:"不要这么悲观嘛,谁都看不见前面的路,也许你人生的辉煌就在下半场。大嫂住院做手术了?"

我说:"元旦期间住院的。手术很顺利,春节后复查,情况很好。"

小妹说:"大嫂是元旦生日,在医院里过的生日,真是难为她了!你也辛苦了!"

我说:"其实只有当自己的亲人住院时,我们才能真正体会作为病人家属的艰难!你大嫂的妹妹请假陪她先去上海住院。我的办公室里就我一个人,我一走就得关门,会影响病人及时做检查,所以我一直上班到她手术的前一天。"

小妹说:"好在大嫂有个热心的妹妹,要不然你们俩真不容易。"

我说:"是啊,她妹妹辛苦了!我姐姐和我表弟也准备陪我们去的,因为人多了反而不方便,就没有让他们去。当天夜里,我两点钟起床,我外甥开着车子和我往上海赶。那种星夜兼程的感觉,我是终生难忘!一路上,我感慨万千,觉得自己的肩上有千斤重担,责任、担忧、恐惧,五味杂陈,不可言状!"

小妹从身后拥抱着我,哽咽着说:"大哥,你辛苦了!"

我说:"其实那天的上半夜我也没有睡踏实,好不容易睡着了,却又被噩梦惊醒了。早晨五点钟见到你大嫂的时候,我有些头晕,但是我故作镇静地鼓励她,'别紧张,没事的,就是一个小手术。'你大嫂进了手术室之后,我极度担忧!毕竟是脑部手术,万一有什么意外,后果不堪设想!"

小妹一直紧紧地抱着我,不说话,但是我明显感觉到她在抽泣!

我当时在手术室门外等待的心情,真是分秒如年,刻刻惊心,有一种濒临崩溃的感觉!为了缓解焦虑,我那时给红发微信,跟她说:"分秒都是煎熬!"红知道我爱人在上海住院,回复我,"辛苦了!"并且发给我三个祈祷和三个拥抱的图标。我感觉心中的压力好像减了一些!闺蜜是心灵相通的,彼此之间不需要太多的言语,就能相互安慰!

生命是脆弱的,来不得半点意外!万幸手术顺利,一切都是预想的结果!

好一会儿,小妹才松开双手。我转身一看,她一脸的泪水!我赶忙安慰道:"小宝贝,不哭了,一切都已经过去了,没事了。"

小妹到卫生间洗了脸,补了妆,出来告诉我,"你这个经历我也有过,我爷爷做心脏搭桥手术时,我就是这种心情!"

我点点头,面对骨肉相连亲人的生命,我们是无法坦然地放下内心的焦虑和担忧的!

看到我种植的各种盆景,小妹惊奇地说:"你养了这么多好看的花花草草,太有心了!我家所有的花草都被我养死了。"

小妹认真地数了一下,然后告诉我,大小一共45盆。

我说:"你还是没有改掉爱数数的强迫症。养花是一门学问,要仔细地区分

各种花草的特性:光照程度、温度高低、通风状况、干湿偏好、土壤的酸碱性、肥料的氮磷钾,以及松土、剪头、修枝、移盆和分植等。"

小妹说:"这也太繁了吧,我记不住!"

我说:"上次在你家时,我就知道,那几盆花草早晚会葬送在你的手中。我送几盆给你,并把每盆的培植方法详细写给你,你必须给我认真养。"

小妹说:"那就太好了!这次,我一定吸取教训,用心养护!"

小妹将我家仔细地参观了一遍,对什么都感兴趣,问这问那,最后对我竖起了大拇指,点头说:"这个家,我超级喜欢!"

我说:"就是太小了,和你家的豪宅没法相比。"

小妹说:"室雅何须大,花香不必多。我宁可住在你家,感觉特别雅致、闲适、清心!"

我笑道:"很会说话的小东西,你骗大哥的本事是一流的。你愿意真住在我家吗?你真舍得你家那位相亲相爱的帅哥吗?"

小妹笑道:"还说我呢!是你自己在大嫂面前无法交代吧?其实我是真喜欢这个家,简洁、通透、明亮。住在这个家里,能让人感觉轻松、愉悦、心无杂念,静心而居!"

我说:"删繁就简是我的个性。"

小妹说:"大哥是一个很有思想的人!"

我说:"思想这种东西也要适可而止,太少了显得肤浅,没有深度;太多了成了包袱,失去了快乐。思想家都是孤独无伴的!"

我打电话告诉爱人,小妹来南通的意思。

爱人说:"你们不要去上海,就陪小妹在南通玩两天吧。"

我说:"等你晚上回来之后再商量吧!"

十二点,我带小妹到我家附近的"一见如故"小饭店,以前夏蕴和荇芃来的时候都在此吃过饭。点菜时,我仔细回忆,小妹最喜欢吃鱼头。上大学时,每年寒假结束,返校报到的第一天就给她过生日,一起吃饭时,我做的第一件事就是将鱼头夹给她。

我突然脑洞大开,犹如得到神的点化,今天该不会就是小妹的生日吧?我打开手机,查看了一下日历,今天果然就是她的公历生日。小妹竟然没有说,分明是想考验我能否记得!

今年的元宵节已经过去一个星期了,农历生日是祝贺不了啦,就只能为她祝贺公历生日了,但是现在生日蛋糕是来不及准备了!我不动声色,悄悄地点了一盘鳝丝炒面,并嘱咐服务员,先把炒面端上来。

一会儿,长寿面最先端上来,我真诚地祝小妹生日快乐！并给她唱了生日快乐歌！

　　小妹一下子感动得热泪盈眶,哽咽着说:"今天谁都没有记住我的生日,只有大哥清楚地记得！这么多年的大哥真是没有白叫！"

　　我说:"小寿星,你许个愿吧！"

　　小妹闭上眼睛,默默地许了一个愿。我说:"你许的什么愿,跟我说说吧。"

　　小妹调皮地说:"说出来就不灵了,保密！但是肯定与大哥有关！"

　　红烧大鲢鱼头端上来之后,我直接推到小妹面前,对她说:"你就端着盘子吃吧,都是你的。"

　　小妹笑道:"你是想撑死我呀？怎么只有鱼头呀？大哥,你的鱼身子呢？"

　　我笑道:"现在大哥的鱼身子和小妹的鱼头已经分开来了,不再听你这个鱼头乱吆喝、瞎指挥了！"

　　小妹笑道:"我知道,大哥现在只会绝对听从大嫂的权威指挥了！"

　　上大学时,小妹最喜欢吃鱼头,而天禧最喜欢吃鱼尾巴。

　　那个时候,我问天禧:"鱼尾巴有什么好吃的呢？"

　　天禧说:"你们这儿是富庶的水网鱼米之乡,你们当然不能体会到我们那儿黄土高坡的干旱和贫瘠。小时候,我们很难吃到鱼,所以一旦有了鱼,就极为宝贵,舍不得吃,会用绳子扣住鱼尾巴,挂在树上风干保存。想吃的时候,先切下鱼头,煮了;过一段时间,又想吃了,就再切下鱼身子,煮了;最后只剩下鱼尾巴了,就再也舍不得吃了。所以小时候,在我的想象中,那个剩下的鱼尾巴一定非常非常好吃！"

　　黑胖说:"好可怜的小宝贝,这仅仅是你的想象！其实鱼尾巴上没有肉,根本不好吃。"

　　小妹说:"死胖子,你的情商真是低！想象中好吃的东西就是世界上最美的佳肴！"

　　天禧说:"老大,你不也是特别喜欢吃鱼吗？我们三个人的饮食爱好完全一致,可能我们三个人的前世都是鱼。"

　　我调侃道:"我们三个人的前世应该是同一条鱼的三个部分！因为我只爱吃鱼身子！"

　　莴苣说:"老大,你这个鱼身子自己做不了主,你的行动方向只能由鱼头和鱼尾巴来控制,看来你这辈子只能听从小妹和天禧的号令,随波逐流了！"

　　大家都笑了。

黑胖又说："食、色者,性也。好食者,好色也。鱼我所欲也,美人亦我所欲也,二者不可得兼,舍鱼而取美人者也。"

大家又笑了。从此后,在黑胖的反复搞笑下,大家都称呼我们是"色鱼三人组"。

我笑道："以前上学的时候,每年元宵节,我都与你共度佳节,喜祝华诞,真是'月上柳梢头,人约黄昏后',一直让我回味无穷。如今乖巧的小妹长大了,有心爱的人关爱了,不再需要我这个老朽的大哥呵护了!"

小妹笑道："感觉有一股浓浓的酸味,大哥是在为小妹吃醋吗!"

我说："是呀!二十年了,没有可爱的小妹在我耳边叽叽喳喳地喊'大哥'了,大哥心中特别失落!"

小妹立即哆哆地喊道："大哥,好大哥,最好的大哥,最好最好的大哥!"

我感动地说："哎!哎!哎!非常感谢我们最可爱的小妹!三千繁华,不及佳人一笑!大哥不才,套用古人现成的祝寿诗句,为你作《小妹华诞偶联》:小小佳人兄妹情,九天仙女下凡尘。诞在春天百花涌,美丽容颜愈倾城。四十又四巧上喜,事事如意悦心灵。祝愿有如长明灯,福在人间永光明。"

小妹激动地说："大哥真是奇才!就是太夸张了,我可没有这么美!你写下来,发给我,我要保存。"

我说："不值什么,不是现写的,每一句都有古人现成的句子,我将它们整合起来,仅仅修改了个别的字词。你在大哥的心中就是这么美!"

我将小妹满脸泪水的照片发到大学同学微信群里,立即引来大家的疑问。

黑胖说："老大又欺负小妹了?"

莳芃说："'眼泪'是小妹的'标配',尤其是在她最仰慕的大哥面前!"

天禧说："小妹呀,你好大的胆子!竟然没有经过我的同意,一个人就敢偷偷地去南通迷惑老大?"

我说："女神呀,什么时间都有你!深更半夜的竟然不睡觉,在干吗呢?是不是找了一个美国的小鲜肉,正在折腾呢?"

天禧说："老大,我提醒你,我还有半个月就回国啦,你给我在家里耐心地等着,我一定会让你真正感受一下什么叫'折腾'!"

大家都笑着起哄。

书记说："老大,你摊上事了,你摊上大事了!"

大家一致要求我们拍一张两人热烈拥抱的照片。小妹马上过来和我坐到一起,将头紧靠着我的头,开心地笑着。

我请饭店老板娘帮忙,拍了一张两个人的大头合影照。老板娘意味深长地看了我一眼,笑着过去了。

我笑道:"小妹啊,我完了,我一辈子的清白都被你毁了!"

小妹也笑道:"毁了就毁了,为我毁了点清白算什么呢?"

看到照片,大家都说受不了!因为是用美颜相机拍的,所以显得很年轻。

莴苨说:"小妹啊,小心大嫂打死你!"

歌神说:"老大一看到美女就青春焕发了。"

夏蕴说:"感觉小妹才18岁,老大才20岁。"

黑胖说:"小妹只要是和老大在一起,就总是乐开了花。"

大帅说:"小妹,真是遗憾,我在镇江开年会,不能陪你了。"

小妹调侃道:"大帅哥真不够意思,一见到我来,你就赶忙逃走了。"

大帅说:"你本来就不是来看我的,你只要能见到你最亲爱的大哥就行了。"

大家调侃、玩笑不断,但是谁也没有想起,今天是小妹的公历生日!应该是因为我们以往都是为小妹庆祝的元宵节的农历生日的缘故。

我故意调侃道:"当年元夜时,小妹美如荁。月上柳梢头,人约黄昏后。今年元夜时,小妹美如初。再看大哥面,年老人已朽。"

小妹大笑道:"因为我的生日在元宵节,所以我特别留心各种描写元宵节的诗词。这首欧阳修的《生查子·元夕》,我非常喜欢。原本意境非常美妙的一首词,竟然被'老朽'的大哥改得'凄惨无比'!"

我说:"这首词的原句确实非常好!明代杂剧家徐士俊这样赞叹,元曲中'称绝'的作品都是仿效此首《生查子·元夕》而来。"

小妹说:"才子大哥,小妹不才,不妨也改一下,'当年元夜时,才子正风流。月上柳梢头,人约黄昏后。今年元夜时,才女情如初。可怜傻大哥,悔恨当年错。'"

我好惊奇,称赞道:"没有想到我们最可爱的小妹才思竟然如此敏捷,失敬,失敬!"

小妹笑道:"我有一个大才子哥哥,做妹妹的自然也不会差到哪里去吧!"

我说:"很好,一点都不差!中午我们就将就一点,晚上,等你大嫂回来,一起为你庆生。下午带你去游览濠河,是五A级护城河风景区!"

小妹温柔地一笑,嗲嗲地说:"一切听从大哥的安排。"

我准备晚上请几位高中的同学一起为小妹庆生。我在群里呼喊红美女,她说:"伯母过世了,在老家居丧呢。"

我好伤心,这两天连续听到好几位亲朋好友的家人去世的消息,真是伤春之

际,多事之秋啊!人到中年的我们面临的最大痛苦,就是辛苦了一辈子的父辈们开始一个个地离开我们了!本该是幸福地安享晚年的他们,却过早地告别了我们!他们这辈人,遭遇了太多的社会大变革,经受了太多的人生苦难,过多地消耗了他们的青春年华!

小妹问道:"大嫂明天有空陪我们去上海吗?"

我说:"她明天有事,去不了。"

小妹听了好失望,默默地看着我,不说话。吃完饭,小妹说:"我答应莳芷一定要将你们带过去的!那我们现在就去上海吧,反正大嫂也去不了。"

我说:"你不见大嫂了?"

小妹说:"我后天送你回来,不就能见到她了?"

我有些犹豫,真不想出门;但是我曾经答应过莳芷和冰玉的,不应该再次失信。

小妹撒娇地摇着我的手臂,嗲嗲地说:"大哥,跟我走吧!有我这样可爱迷人的美女陪着你踏青,你还犹豫什么呀?"

我打电话询问爱人。她说:"既然小妹和学霸都是这么热情,那么你还是去吧,别让她们扫兴。路上小心,早晚注意保暖。有善良细心的小妹照顾你,我绝对放心!"

小妹说:"大哥和大嫂讲话时好温柔啊,感觉大嫂就是你的天!"

我说:"你大嫂是我一辈子的伴侣,本来就应该互相关心的!对身边的人好一些,一辈子很短;对家人不好,对别人再好,那都是本末倒置!"

小妹感动地看着我,又流下两行热泪!

我帮她擦干了眼泪,关切地说:"乖宝宝,春天哭多了不好,容易损伤脸上的皮肤!"

小妹马上又笑道:"我们走吧!莳芷一定是望眼欲穿了!"

回到我家里,我准备了一些换洗的衣服和日用品。

我说:"按照我们家乡的风俗,正月里串门不能空着手。"我让小妹拎几箱我们春节走亲戚时余下的牛奶和水果。

小妹说:"每家两箱,意思一下就行了,学霸和才女现在都是上层精英人士,家里也不缺少这些东西。"

两点整,我们从家里出发去上海。小妹仔细地帮我调整了座位的高度和前后距离,直到我感觉最舒服为止。

小妹说:"大哥,你容易晕车,我们慢点开,不着急赶路,以保证你绝对舒适为前提。"

我说:"小妹呀,你这么会照顾人,你家先生真幸福!"

小妹调皮地说:"可惜某人当年看不上我!"

我说:"大哥当年自卑,知道自己配不上你这位城里来的漂亮小公主!"

小妹故意从鼻孔里哼出两声,翻着白眼说:"算了吧,那个时候,你是何等春风得意呀?我从你的眼神里根本看不出一丝的自卑,只有自信和傲气。香港作家张小娴说过,'男人的骄傲来自女人对他的崇拜。'"

我和小妹对视了一眼,没有出声。

小妹说:"我觉得你这个异样的眼神里面一定有内容。"

我笑道:"当年你妈妈并不欢迎我!她看我的眼神里有一丝提防的意味,分明在说,你这个乡下的土老帽,最好离我家小公主远一点。也许是你的天真和热情让她误解了我们俩的关系。"

小妹的爸爸是公务员,每次期末和开学的时候,他都会开车接送小妹,所以我经常能见到她的爸爸和妈妈。小妹的爸爸总是一脸严肃的表情,不苟言笑,让人望而生畏。她妈妈是市报社的编辑,擅长文艺评论,经常给国内知名的文学理论刊物撰稿。

小妹一愣,大笑道:"这完全是你的主观臆断!一直聪明过人的大哥,你怎么会产生这么可笑的低级错觉呢?其实,我爸妈都挺喜欢你的。爸爸夸你自尊自强,妈妈赞你善良踏实。"

我说:"看来我确实误解了你的妈妈!可能当时是我的自尊心在作怪!当年在你这位美丽可爱的小公主面前,我特别自卑、敏感。"

小妹笑道:"鬼才相信呢!当年那么自信、坚强、才华横溢的大哥会自卑吗?而且你身边总是围着大才女和大校花,那可是志得意满的耶!我发现你每次遇到说不清的事情时,就习惯性地用所谓的自卑来当挡箭牌,其实你根本就不自卑。"

我真诚地说:"我说的都是真的,信不信由你!"

小妹说:"我当然不信!我妈妈看人可准啦!那次我陪我爸妈去玄武湖玩,正好遇到你和才女及校花,大家就一起玩。回去后,妈妈说,校花那么热心,可惜你这位大哥心里只有才女。我当时还不信呢,后来发现竟然真是如此。"

我说:"据说研究文学的人,都有一双敏锐的眼睛,能轻易洞悉一切。"

小妹笑道:"所以天下本无事,你是……"

我说:"庸人自扰之!"

一阵特别的花香飘过,我连续打了两个喷嚏,涕泪俱下。

小妹赶忙递给我纸巾,取笑道:"悔恨了吧,惭愧了吧?"

我说:"我确实很愧疚,但是无恨无悔!"

小妹兴奋地大喊道:"好玩,好玩,一向稳如泰山的大哥竟然也露怯了!"

我说:"你矜持一些好不好!一看到大哥出丑,你就这么高兴吗?"

小妹得意地说:"那是!需要开暖气吗?"

我说:"不需要,春天到了,没有那么冷了,吹面不寒杨柳风。"

小妹说:"外面的景色好美呀!'忽如一夜春风来,千树万树梨花开。'"

我想告诉小妹这句古诗是描写雪景的,用千树万树的白色梨花来比喻大雪的壮观,并不是描述春天百花开放的景观,但是我转念一想,我们现在又不是在研究学问,就没有必要这么较真了,我也不应该再好为人师。

现在的气候已经立春了,"阳和起蛰,品物皆春。"如今是早春,冰雪已经消融,万物在饱经寒冬的风雪磨砺之后,正在春心萌发,虽然还没有到百花盛开的繁华之际,却也处处是青山绿水,草长莺飞,溪水潺潺,丝绦拂堤。春回大地,万物苏醒,春风柔情,阳光明媚。真是"不须迎向东郊去,春在千门万户中"。

我忆起辛弃疾的《汉宫春·立春日》,看着小妹,念道:"春已归来。看美人头上,袅袅春幡。无端风雨,未肯收尽余寒。"

小妹调侃道:"大哥跟我这么可爱的'美人'在一起,难道还感觉有'余寒'吗?"

我笑道:"既无'风雨',亦无'余寒';全是温暖,满是柔情,大哥已经醉了!"

小妹笑道:"等会儿见到上海的两位真正的美女,大哥一定不知道自己是谁了。春暖花开之际,大哥的诗性一定又大发了,给我吟诵几句描写春天的古诗吧。"

我一看已经到了通吕运河边,风吹杨柳,水波荡漾。我随口念道:"'晓寒料峭尚欺人,春态苗条先到柳。''草长莺飞二月天,拂堤杨柳醉春烟。''碧玉妆成一树高,万条垂下绿丝绦。'"

小妹说:"真厉害,张口就是三首诗中描写春天杨柳的句子!你心中究竟记住了多少首古诗啊?"

我笑道:"你知道这些句子是出自三首不同的古诗,说明你的记性也不错。"

一会儿,我们到达通沪大道高架上,下面是南通大学,花开满园溢墙外,鸟语花香,学子欢乐。我念道:"'留连戏蝶时时舞,自在娇莺恰恰啼。''春色满园关不住,一枝红杏出墙来。'"

小妹暧昧地看着我,取笑道:"大哥是想才女了吧?'色不迷人人自迷,情人眼里出西施。'才女就是大哥心中美貌绝伦的天仙。"

我亦笑道:"别胡说,这不是背古诗为你解闷吗?大哥是奔五的人了,已经没有你们小朋友的这些浪漫的情怀了。"

小妹说:"大哥再给我吟诵两首宋词吧,我也喜欢。"

我说:"是的,唐诗宋词是中国文化史上的两朵奇葩,令人心醉!"

我随口吟诵秦观的《行香子》:"树绕村庄,水满陂塘。倚东风,豪兴徜徉。小园几许,收尽春光。有桃花红,李花白,菜花黄。远远围墙,隐隐茅堂。飏青旗、流水桥旁。偶然乘兴,步过东冈。正莺儿啼,燕儿舞,蝶儿忙。"

小妹说:"这首词太忙乱了,又是桃、李、菜,又是莺、燕、蝶。我嫌烦,你重新给我吟诵一首。"

我说:"你的要求还真是多!这就是美丽的春天,美在花开蝶忙的自然灵动,美在万物争春的戏吵热闹。'花不可无蝶,山不可无泉。'春天如果没有燕子、蝴蝶和桃花、李花,还能叫春天吗?"

小妹笑道:"古人云:'蝶为才子之化身,花乃美人之别号。'你这个才子蝶就要去上海恋你的才女花了!你干脆念一首《蝶恋花》给我听听。"

我说:"贫嘴的小东西,你安静一会儿,让大哥仔细挑选一首你肯定喜欢的词。"

我想起此去上海,就吟诵起王观的《卜算子·送鲍浩然之浙东》:"水是眼波横,山是眉峰聚。欲问行人去那边,眉眼盈盈处。才始送春归,又送君归去。若到江南赶上春,千万和春住。"

小妹兴奋得眉飞色舞,高兴地说:"这首词我超级喜欢!山、水、江南,所有春的元素都全了。"

我笑道:"你这位美人的盈盈眼波和袅袅眉峰岂不是更加迷人吗?春之美,就美在佳人春心萌动,回眸一笑,百媚顿生的惊艳。"

小妹笑道:"迷死你,不偿命!"

我说:"我此次陪美女去江南春游,真担心乐不思归!春风又绿江南岸,佳人何时送我还?"

小妹笑道:"让你乐不思归的绝对是才女。你要是不想回来正好,省得我送你回来了,后天我就直接回南京啦。"

我笑道:"作家七堇年这样说:'三月桃花,明日天涯,两人一马。'我俩现在是'正月余寒,两人一车,一路互暖,天涯不撒'。"

小妹调皮地说:"你是说我俩私奔吗?"

看着小妹如此俏皮可爱的模样,我笑道:"小妹呀,我感觉你现在的生活一定非常幸福!德国作家、诗人黑塞说过,'幸福是一种方法,不是一种东西;是一种才能,不是一个目标。'你必须拥有生活的智慧,懂得生活的乐趣,才能真正享受

幸福的生活。"

小妹说:"我现在特别喜欢安静地独处,看花开花落,看草长莺飞,感觉似乎每一个触手可及的日子,都浸染了岁月的芳华。"

其实幸福时常就在我们身边,我们没有发现,是身在福中不知福;幸福甚至有时候会伪装成烦恼,让我们不识庐山真面目,还在自寻烦恼。

我觉得小妹是一个感性的女子,能在日常平淡的生活中感受到美好,这就是一种乐观向上的心态,一种泰然处事的平和,一种随着岁月沉淀的修炼。

我说:"这就是最简单的幸福,是心灵深处的一种最自然的感觉,与财富和地位无关!因为你的内心充满了对万事万物的爱,所以你就能生活得如此从容而温馨。"

小妹说:"大哥同样是幸福的!想象中的大嫂一定是一个温暖而有趣的人,与她在一起生活,应该能感受到特别的舒心和快乐。"

我说:"是的!我体味过寒凉,所以特别珍惜温暖;感受过艰难,所以特别珍惜安宁。"

小妹怜惜地看我一眼,点点头。小妹开车确实很平稳,没有任何不适的感觉。

一会儿,我们到达苏通大桥收费站。乘小妹停车取卡的间隙,我悄悄地给药芷发了私信,告诉她今天是小妹的生日,如果方便,晚上准备一份生日蛋糕。药芷回答,好的,一定!

我问小妹:"我们晚上把上海的同学一起喊过来为你祝寿,可以吗?"

小妹说:"不可以,药芷不喜欢和不熟悉的人在一起。凭我对她的了解,她可能今晚都没有约冰玉过来。"

药芷一直清高、傲气,一般人确实不入她的法眼,真正优秀的人大多不合群;更何况她和天禧确实不太喜欢外班的冰玉和夏蕴。

我说:"我怎么感觉天禧和药芷好像都对冰玉有敌意呀?"

小妹说:"很好理解,是嫉妒。"

我说:"天禧因为韩主席的事情而嫉妒冰玉倒是确实可以理解的,然而药芷为啥也是持同样的态度就无从知晓了!"

小妹说:"药芷嫉妒冰玉的满腹文采。'同欲者相憎,同忧者相亲。'"

我摇摇头说:"应该不会吧!药芷不但是大学霸,而且事业又是如此成功,按道理,她是不可能嫉妒冰玉的。"

小妹说:"药芷希望大家把她看成是一个文化人,而不仅仅是一个能干的女汉子。"

我说:"荺芃是学霸,是博士后,能没有文化吗?"

小妹说:"学历和文化是两回事,高学历而没有文化的人多着呢!学霸的文学修养是不低,但是无法和冰玉相比。你应该记得,有一次在我们小班的晚会上,荺芃听你吟诵完《秋窗风雨夕》,非常不服气,立即站起来吟诵《春江花月夜》,但是她只吟诵了一半,后面的内容就忘记了,还是在你的帮助下,她才吟诵结束的。"

我说:"听你这么一说,好像有些道理。我想起来了,荺芃曾经跟我说过,她非常仰慕有文采的人,她小时候的愿望就是长大后能成为李清照那样的才女。"

小妹说:"自己特别在乎而又做不到的事情就会特别渴望。荺芃曾经跟我们说,希望大家把她看成一名儒商。"

我说:"她们俩都是高学历并且有文化的人,荺芃的知识面可能更广,但是在文采方面,荺芃可能稍不及冰玉。"

小妹笑道:"她们俩同样是上海人,荺芃希望自己所有方面都比冰玉强。你还记得吗?上次你和荺芃一起在南京时,她就说过,事事都要争第一,做最好的自己。"

我说:"其实荺芃根本没有这个必要,她如今已经是名利双收了,不应该再嫉妒冰玉的文采。人的才能各有所长,也各有所短。尤其在如今这样一个知识大爆炸的时代,谁都不可能是全能的;所以我们都应该放宽心态,不必自寻烦恼。也许所有的嫉妒其实都是出于欣赏,只有比你强的人,你才会在意,平庸之辈根本不值得你去费心。只有值得你仰慕的人,才能成为你心中真正的对手。"

小妹说:"就在那次晚会上,荺芃向我详细打听了你的事情。荺芃会对一个男生的情况感兴趣,这在我的印象中,是绝无仅有的;所以荺芃对谁都不服气,就服你!"

我笑道:"你可别乱说,荺芃仅仅是好奇而已。其实在荺芃高傲的心里,我们这些普通人都是根本不值一提的。"

小妹笑道:"大哥相信一见钟情吗?"

我问:"你为啥突然问这个呢?"

小妹说:"我感觉你对冰玉就是一见钟情。"

我说:"其实一见钟情也是有一定道理的,从对一个人的初次印象中可以得出一个基本的判断,比如一个人的衣着品位、外貌特征、谈吐气质等。"

小妹说:"你说具体点。"

我说:"看清一个人,始于印象,继于细节,终于相处。衣着打扮显露一个人的审美和认知。站立姿势反映一个人的性格和气度。言行举止显示一个人的才

华和修养。眼睛是心灵的窗户,眼神的清澈程度能反映一个人内心的纯度。表情显示现在的心情,眉宇间藏着曾经的经历。气质是一个人内在修养的外在反映。再比如,一起吃一顿饭,或者一起做一件事,就能从一些微小的细节中看出一个人的人品和教养。"

小妹问:"就是这么简单吗?"

我说:"就是这么简单!如果你想以最短的时间了解一个人,那么最好的方式就是去和他聊天。因为在聊天的过程中,你能通过他的语言深度和反应能力,很快掌握这个人的性格、爱好、文化层次甚至人品和修养。"

小妹说:"我懂了,相由心生;所以我说对了,你和冰玉第一次对话时,你就立即发现冰玉就是你最喜欢的菜!"

我说:"当然不对,我这种性格的人不容易对一个人一见钟情。我在感情方面是一个慢热的人,坚信感情需要在相处中慢慢培养;而且我是一个并不注重外表的人,你大嫂一直说我穿衣服太不讲究了。"

小妹说:"冰玉可不仅有外表,更是有内在的气质。她美丽大方、举手投足都会让你心醉。她满腹文采、谈吐高雅足以让你投降。她温柔善良,也正是你最看重的品质。我是女人,都被她征服了,何况你是男人呢?"

我笑道:"小东西,你不用拿话套我,我不可能上你的当的!实话告诉你吧,我跟你大嫂才是一见钟情的。"

小妹不满地说:"自相矛盾!分明是怕我告诉大嫂!"

我说:"小朋友啊,大哥也有激情爆发的时候。有时候,感情这种东西是说不清楚的。真情到来的时候,理智的分析就不管用了。"

小妹说:"大嫂一定有什么特别神奇的地方,让你一见到她,你的理智就不够用了。"

我说:"如果你遇到某个人,你愿意为她打破原则,改变习惯,她就是你的真爱!"

小妹说:"你说得我太想见见大嫂了。"

我说:"我们后天回来时,你就能见到她了。"

小妹说:"有句话说得好,在爱情面前,我们的智商都变成零了。我有些激动!"

我开玩笑地说:"我又不是你的真爱,在我面前,你激动啥呀?还是安心开车吧。"

小妹问道:"大哥呀,你说男女之间为什么要有爱呢?"

我说:"什么是爱?为什么会有爱?谁也说不清楚。按照作家张小娴的说法,爱上一个人既是上帝对你的赏赐,也是上帝对你的惩罚,因为他不但可以给你带来快乐,而且可以给你带来痛苦。"

小妹说:"痛并快乐着,这就是爱!原来大哥也看香港现代作家张小娴的书呀,我还以为你只喜欢古诗词呢!"

我说:"小傻瓜,我是生活在现代,又不是生活在古代。"

在转弯的时候,一辆出租车突然变道插到我们前面,我们的车眼看就要撞上去,小妹眼疾手快,立即一个急刹车,才避免了一场意外。但是我是一个容易晕车的人,最怕突然刹车,我立即头晕,难受,恶心,欲吐。

小妹见状,大骂前面的司机:"你找死呀!"

我说:"你不要发火,只要人没事就算了。出租车司机为了赶时间,难免有些急躁。你以后开车时,自己注意一点就是了。"

小妹说:"大哥总是这么善解人意。"

我说:"他们也不容易。春节期间网上报道的那个事件,你看了吗?一位滴滴司机在火车站附近拉客,被当地执法人员抓住,车子被扣,罚款两万元,他竟然喝农药自杀了。"

小妹说:"看过了。这种人太傻了!难道一条生命只值两万元吗?"

我说:"你不了解他的情况。这辆车就是他养家糊口的资本,他们就这么艰难而辛酸地活着。车子被扣,还要罚款两万元,这对于他来说,就是灭顶之灾。"

小妹说:"现代人生存的压力确实很大,经常有因此而自杀的报道;但是人只有活着,才有希望。"

我说:"生活永远都是不公平的,有人一掷千金,有人为了多挣几十块钱,不惜透支生命。穷人的世界里没有'容易'二字,许多人仅仅是活着就已经特别艰难了。"

小妹说:"我能理解,若不是万不得已,谁还会拿命去换钱呢?"

我说:"每个人努力奋斗的样子都是可敬的。"

小妹说:"其实,每个人活着都不容易,但是我们不能因为生活艰难而去做危险的事情。善良的大哥呀,社会上值得同情的人太多了,你就不要去管这些事情了。人生苦短,多想想快乐的事情,轻轻松松地活着。"

我们穿过上海市区,已经是万家灯火,处处是霓虹闪耀。我们又向郊区驶去。茹芃特别不喜欢市区内高楼林立的压抑感,专门在郊区买了别墅。

以前每年春节,我和爱人都来上海看望她的叔叔和姑姑家人。近两年都是他们到南通过春节,所以我们有三年时间没有来上海了。这几年,上海发展太快了,我已经不认识路了。

五点半,在导航的指引下,我们终于到达了芴芇的家门口。她家的房子是临近水岸的一幢三层的独幢别墅,楼层间层次分明,远高近低,红色坡屋顶,红陶筒瓦,圆弧檐口,温暖的淡红色手工抹灰墙,是典型的西班牙风格。建筑是凝固的艺术,这幢建筑让人赏心悦目。

芴芇满脸笑容,带着两个小孩等在门口。路灯的照耀下,芴芇身上显现出一种优雅的气质。优雅是知性的女子从骨子里渗透出来的一份高贵和美丽。

我一下车,芴芇就和我来了一个热情的拥抱。她在我耳边不满地说:"老大啊,请你过来真是千唤万唤始出来呀,太难啦!"

我笑道:"不好意思,庸人杂事多。"

芴芇说:"《宋史》有云:'感物之道,莫过于诚。'你今天如果再不来,我真要打死你了!"

我说:"待人之道,莫过于信。我要是再不来,就真成了食言的小人了。"

芴芇问:"知道就好!大嫂为什么没有来?"

我说:"她今天有事外出了,小妹也没有见到她。"

芴芇打了一下我的腰,笑道:"我怀疑你是故意不带大嫂来的。"

我说:"没有你们年轻漂亮,怕吓坏了你们。"

芴芇笑骂道:"滚你的蛋!"

两个混血儿好可爱。芴芇介绍,儿子十三岁,女儿七岁。

我说:"你儿女双全,好幸福!"

男孩皮肤很白,黄头发,黄眉毛,眼窝深,眼珠淡黄、透明,鼻子高挺,体形壮实。女孩皮肤同样洁白,深棕色头发,淡黄眉,眼球如玻璃珠,五官精致,体形偏瘦,很有骨感。

女孩一看到我,就跟我特别亲,拉着我的手不肯松开。

我问道:"你能告诉伯伯,你俩叫什么名字吗?"

女孩说:"伯伯是问我们俩的中文名字呢,还是问我们俩的英文名字呢?"

我说:"英文名字吧。"

女孩说:"哥哥叫杰姆·爱德华,我叫艾丽丝·爱德华。"

我惊讶道:"原来还是贵族!学霸,你牛!"

艾丽丝问我:"伯伯,你和小姨是一家人吗?"

小妹说:"你猜!"

艾丽丝说:"我猜你们就是一家人!"

我赞扬道:"你不仅很漂亮,而且很聪明!"

艾丽丝嗲嗲地说:"我自己也是这样认为的。"

我们都笑了。

我对着莳芃调侃道:"确实是你亲生的,跟你一样霸气十足!"

莳芃笑道:"我打死你!"

我问莳芃:"什么情况? 你一直没有透露啊? 你家先生是哪国人?"

莳芃说:"老美。"

我说:"难怪! 国内已经找不到能让你倾心的人了!"

小妹笑道:"难怪你一直不肯告诉我们,原来是西洋稀罕高贵物种!"

莳芃又笑道:"我也打死你!"

进入家门,前面是入户庭院,里面是家庭庭院。入户庭院好大,院门为仿旧铁艺门。

一进室内,我就惊住了。金碧辉煌、高大阔气的大厅,厅顶直达三楼房顶,两侧对称的四根巨大高耸的罗马柱子,给人以庄重森严的感觉。墙面上画着各种西方壁画,颇具贵族宫廷的高贵、奢华和艺术色彩。

家具是桃花芯木制作的,金黄色和琥珀色。沙发靠背和扶手采用细致典雅的花卉纹和贝壳纹雕花。椅背的顶梁是玲珑起伏的 C 和 S 形的涡卷纹的精巧结合,椅脚是兽爪抓球的精雕。桌子角采用浮雕,桌围采用双面镂空雕,桌子脚采用圆雕工艺。所有家具线条流畅,造型唯美,雕刻繁复精美,是法式家具中最典型的洛可可风格。

我说:"我的思维有些混乱,西班牙别墅,法兰西家具,你们到底是喜爱西班牙,还是钟情法兰西?"

莳芃说:"孩子的爸爸是美籍英裔人,童年在西班牙生活,后来到法国念书。所以他具有美国人的幽默、法国人的浪漫、英国人的绅士,不错吧?"

小妹用手指顶了一下莳芃的腰,笑道:"看把你美的! 骄傲得不行了!"

莳芃说:"孩子的爸爸在美国开了一家软件公司,过完春节,他就回美国去了。"

保姆大姐走过来,微笑着说:"小妹呀,晚饭已经准备好了,是否可以开饭了?"

莳芃说:"好吧,开饭。"

我们走进洗漱间,里面配备着各种精制的洗漱用品,令人惊奇。所有的物件干净清洁,摆放整齐。我俩洗好手出来,经过厨房门口的时候,小妹很好奇,强行拉着我进去看看。房间特别大,各种现代化的烹饪用品一应俱全,好多物件我俩根本叫不出名称。整个房间布局合理,整洁光亮,看得我们赏心悦目。

我想起网上有一句话说得很有道理,一个人结婚后的婚姻生活幸福不幸福,

看看厨房和卫生间就知道了。

小妹非常羡慕地说:"荫芘是大企业家,一直都过着上等人的精致生活,我们这些普通的医生只能望尘莫及,我这辈子也享受不到这种高档的生活了。"

没有比较就没有伤害,物质条件比一般人富有的小妹,本来已经很满足了,但是面对眼前的如此奢华,她的心理又不平衡了,不能淡定了。

我说:"不要羡慕别人,每个人都有自己特有的幸福。你有你简单的快乐,她有她高档的享受,这其实都是幸福!"

小妹拥抱我说:"大哥就是情商高,说的话让人听得好舒服!"

在餐厅里,硕大的大理石桌面上放满了各种精致的菜品,中间一只巨大高耸的蛋糕足有七八层,非常壮观。

小妹激动地拥抱了一下荫芘,十分感动地说:"学霸,这么巨大的蛋糕,你太夸张了!"

荫芘看我一眼,生气地说:"老大呀,我一想到过生日,就恨得牙痒。为啥上次我过生日时你不肯来,你架子好大呀!"

我恭敬地向荫芘鞠了一躬,充满歉意地说:"烦请尊敬的女王阁下原谅,我不会开车,行动不方便。"

荫芘说:"老大呀,随着现代科技的不断发展,汽车驾驶技术会越来越简单,原来潜艇上使用的轮毂电机将用于汽车,开车就不用换挡。伴随着新能源的不断开发,以后汽车可以不用加油了,未来的石墨烯电池,充电十分钟,能走一千公里。以后卫星定位技术会越来越精准,位置感应器也会越来越敏感,无人驾驶汽车不久就会普及。到时候,你就可以随便出行,没有任何麻烦了。"

我赞叹道:"女王呀,你对汽车技术的未来走向真是了如指掌呀!我太崇拜你了!"

小妹说:"大哥呀,女王是学霸,自然是无所不知的,而且有钱的上层精英们都喜欢玩汽车!"

荫芘打了一下小妹的屁股,笑道:"贫嘴的小东西,就你能!"

我说:"女王呀,如果真有那么一天,我会随时来看你的!"

艾丽丝说:"伯伯,一定会有的,你一定要来呀!"

我们都笑了。

两个小孩点好了蜡烛,我们大家一起唱生日歌。小妹闭眼,合掌,许愿,然后一下子吹灭了火焰。大家热烈鼓掌。

荫芘把小妹吹蜡烛的照片发到大学同学微信群里。

天禧说:"小妹啊,真不好意思,竟然忘了今天是你的生日!"

歌后说:"小妹好幸福呀,有才子哥和学霸姐陪着你过生日!"

冰玉说:"小妹呀,你咋不告诉我?我也应该过来的!"

我赶忙说:"你不用过来,明天我们过去看你。"

保姆大姐和我们一起切蛋糕,一起吃饭。荺芃喊她大姐,亲得跟自家人一样。

我好感动,向荺芃竖了一下大拇指!

除了两个小孩,我们四个人都喝了半杯红酒。荺芃建议再加一些,我说:"今晚就适可而止吧,还有明天、后天呢。"

吃完饭,荺芃给我们安排住宿的房间。

我说:"这样不好吧,太打扰了,我们出去住。"

荺芃生气地说:"你走吧,走了就不要来了!"

艾丽丝说:"伯伯,我家有好多好多的房间,你和小姨就住在我们家里吧。"

小妹掐了一下我的手。

荺芃家里每个人都有自己的卧室,保姆大姐也有卧室,还有五六间客卧,加上客厅、餐厅、厨房、书房、小孩学习房、珠宝古玩室、音乐室、运动室、棋牌室、地下室、车库等,总数不少于30个房间,这样的豪宅估计价值几千万元。

我有一种穷小子误进了皇宫的压抑感,一种迫切的逃离感!我曾经多次在南京、上海这样的大都市的亲戚朋友家里做客住宿,但是从来没有产生过今天这样的感觉。也许是这种刻意喧嚣的豪华吓住了我,抑或是因为我曾经见过的世面太小了。

我看着荺芃生气的表情,只能改口说:"女王不要生气,客随主便,一切都遵照女王的旨意!"

荺芃立即笑道:"这还差不多,老大还跟我假客气,真讨厌!"

我们从小妹的车子上取来行李。家里有电梯,荺芃安排我和小妹住在三楼紧临的两个房间,每个房间里都有独立的卫生间,很方便。

荺芃打开空调,等我简单地洗漱完毕,她问我:"你还有什么需要吗?"

我真诚地说:"没有啦,你安排得太好了,非常感谢!"

荺芃小声而又暧昧地说:"你看看这个房间有什么特点?"

我仔细一看,感觉我的房间和小妹的房间之间不是一堵墙,却像是一道到顶的屏风。

荺芃坏笑道:"这两间其实是一个大房间,是给整个家庭的客人来访时准备的。屏风的插销在你这边,你掌握着主动权。如果你夜里想小妹了,拉开屏风的插销,你和小妹就可以在一起了。"

我说:"你这么调皮可爱,可不像我心目中的作风严谨的学霸做派。"

荺芃笑着吓唬我说:"我真可爱起来,你会受不了的!"

小妹走进来,笑着问荺芃:"学霸呀,你们家这房子好像隔音效果不好呀,我好像隐约听到你们说话的声音。"

荺芃说:"这不正好吗,方便你和老大夜里交流啊。"

小妹问我:"学霸是什么意思呀?我听不懂。"

荺芃笑道:"你不用懂,你大哥夜里有什么需要,你只要积极配合就行了。"

小妹说:"这显然不是什么好话,我懒得理你。大哥,你快洗澡吧,洗完了,我帮你一起洗衣服。"

我说:"冬天穿的衣服多,不方便,我不是天天洗澡。"

小妹说:"那我帮你弄盆热水泡泡脚吧,我知道你怕冷。"

荺芃说:"老大,你怎么不早说呢?跟我还假客气!我家里有多功能泡脚盆。"

如此增加荺芃的麻烦,我真感觉很不好意思!荺芃家的电动泡脚盆是冲浪式的,还具有自动按摩功能,脚泡在里面真舒服。

我说:"女王呀,你现在事业非常成功,精神财富和物质财富都很富足,属于社会的上层精英人士。我想请教你一个很俗气的问题,你如何看待当今社会阶层固化的现象呢?我上周给学生上课,课间聊天时,有学生问我这个问题。我发现你现在各个方面都很圆满,我觉得像你这样的成功人士对这个问题应该更有发言权。"

荺芃说:"阶层固化的现象在哪个社会都存在,并不是当今社会特有的。阶层的固化来源于思维的僵化,思维的僵化又反过来加重阶层的固化。"

小妹问道:"这怎么讲?"

荺芃说:"我们所处的阶层决定我们的生活态度和思维方式,最终决定我们的人生高度。"

我不能苟同,反问道:"你的意思是说,富人的思维和穷人的思维不一样,最终导致富人更富,穷人更穷?"

荺芃说:"富人能主动迎合社会发展的大趋势,善于通过思考来赚钱,相信智慧可以致富;而穷人只能被动地应付生活,依靠劳动来赚钱,相信勤劳可以致富。如果勤劳真能直接致富,那么广大的劳苦大众应该早就富裕了。"

我说:"赚钱是辛苦的,但是辛苦不一定能赚到钱。"

小妹说:"所以富人通过脑力来榨取穷人的体力而赚钱。"

我说:"孟子曰:'劳心者治人,劳力者治于人。'"

荮芃说:"你俩不要一唱一和的,好不好? 穷人的心态,缺少什么就补什么,量入为出,仅仅满足于眼前的基本生活需要,不敢勇敢地跨出去,害怕高收益后面会有高风险;富人则在谋划长远的计划,考虑投资和收入的比例,有足够的生活、娱乐、保健和保险的付出,相信高风险会带来高收益。"

我问道:"什么叫迎合社会发展的大趋势呢?"

荮芃说:"比如房地产火热的时候,你就买房子。2006年、2009年股票疯长的时候,你就买股票。现在是互联网时代,许多商业模式都被打破了,你绝对不能固守原来的经营方式,不然就会死得很惨。苏宁、索尼是反面教材,腾讯、阿里是正面榜样。"

小妹问:"谁又能未卜先知呢? 怎么才能提前看到社会发展的大趋势呢?"

荮芃说:"这就需要智慧、专业知识和敏锐的视角。在大趋势将起的时候,你看到了,并且大胆地跟上去,就是你最能赚钱的时候。"

小妹说:"我没有你这样的能耐! 而且我就是提前看到了又有什么用呢? 我知道房价要涨,又没有钱买。"

荮芃说:"钱多就多买,钱少就少买,没有钱贷款也要买。你想一想,你要是前几年在南京贷款又买了一套房,现在是什么概念?"

小妹说:"那我就发了! 可是我当时没有这样的眼光,也没有这样的魄力。你们在上海有几套房子? 在美国有几套房子?"

荮芃笑道:"对于你这种有仇富心理的人,我不能告诉你!"

小妹说:"小气鬼,你怕啥呀? 我又抢不到!"

我说:"生活状态的差异确实会导致心理诉求的差异,两者对待金钱的态度是不可能一样的。一般人也确实没有冒大风险的胆识和底气!"

荮芃说:"但是'风险越大,收获越大'是经济常识。"

小妹笑道:"真是舍不得孩子套不了狼! 我们穷人更愿意买便宜的东西,生活品质很难上得去;而你们富人却不问价格,只追求最好的东西,始终过着特别精致的奢华生活。"

荮芃说:"富人会买保险,打疫苗,预防风险,用金钱来换取时间和健康,规划空余时间进行休闲、旅行,所以生活更安心,有保障;而穷人舍不得这些花费,只会用体力和时间来换取金钱,所以一旦出现健康和生活意外,则风险更大,生活更加贫困。"

小妹不服气地说:"网上的段子,说大家奋斗的目标都是为了能悠闲地晒太阳,晒的难道不是同一个太阳吗?"

荮芃说:"尽管太阳是一样的,但是晒太阳时的心情和质量是不一样的。富人在晒太阳时脑子里想着明天上午该把那份五千万的合同签了,明天下午可以放心去打高尔夫球。"

我调侃道:"而穷人晒太阳的时候,脑子里想的是明天该交电费了,家中的米没有了,明天去一趟远一点的郊区农贸市场,那里的米可能便宜一些。"

莳芃笑着,打了我一下。

小妹说:"因为我们这些穷人的视野局限,所以我们只能在穷人的世界里寻求安生,苟且于眼前,只能永远贫穷。"

我附和着说:"而你们富人则在谋划未来,抓住各种有利的发展机会,因而更加富裕。"

莳芃说:"你俩真不愧是兄妹,步调一致,合伙欺负我。你俩是穷人吗?"

小妹瞪着眼睛说:"我俩肯定不是富人。"

莳芃说:"贫穷的思维方式还会带来贫穷的教育方式。寒门很难出贵子是有一定的科学依据的,而豪门子弟从小就得到各方面的优质资源,就更容易保持原有的优势,所以子女不容易突破父母原有的阶层。"

我说:"也不尽然,也有例外。俗话说:'富不过三代。''穷人总有出头之日。'"

莳芃说:"例外肯定是有的,但是那仅仅是少数人能从社会底层进入中层,而且只有特别聪明和特别勤奋的人,才有可能'鲤鱼跃龙门',从社会底层挤进上层,其中的艰难是可想而知的。"

小妹不满地说:"正是你们这些富人造成的贫富差距而引起了社会的不安定。"

莳芃说:"挪威戏剧家、诗人易卜生说过,'每个人对于他所属的社会都负有责任,那个社会的弊病,他也有一份。'"

我说:"社会贫富之间矛盾的形成,穷人和富人都有责任。部分富人的炫富、生活奢华,铺张浪费;部分穷人的仇富心理,怨世情绪等,但是我觉得富人占有更多的话语权,应该负起更多的责任。"

小妹玩笑道:"所以最终还是你这位女王的责任!你就是在炫富!一进你家,我才知道自己原来是多么贫穷!"

莳芃一把将小妹搂在怀里,笑道:"好了,宝贝,都是我的责任,行了吧?这些都是我奋斗得来的,又不是偷来的、抢来的。怎么啦?犯法了?"

小妹笑道:"你比我富有,就是犯法啦!"

莳芃说:"你这个讨厌的小东西,你跟我有仇呀?你今天是不是大姨妈来啦?怎么这么浮躁呀!"

小妹不好意思地笑道："你才大姨妈来了呢！"

我担心她们俩会闹出不愉快，赶紧说："我这儿有一篇关于'生日日期决定感情'的娱乐小文章，给你们俩看一看，一起乐一乐。"

她们俩都很感兴趣，高兴地说："你快发给我们看看。"

我将相关内容发给她们俩。

苭芃说："你们先听听我的，'你的生日日期代表颜色是黄色。你的目标明确，有很强的竞争意识和领导能力，你的决定往往是正确的。你的责任心很强，常获得别人的信任。你不轻易相信别人，但是一旦觉得他可信，就会把他作为永远的知己。你常常憧憬着一段浪漫的爱情。'"

我说："这很像你这个大学霸的性格，人生目标明确，能力超群。天生的领导，大家都信任你，服从你的指挥。"

小妹说："学霸事事都很牛，所以看不起别人，当然不会轻易相信别人。"

苭芃笑道："小妹呀，不是这样的！我是'大寒'那天出生的，当时正在下大雪，所以我体内天生就郁结着一股极寒之气，不喜欢对别人太热情；我大多数时候很冷静，不容易激动。"

小妹说："你就别找理由了，那是你的傲气！你的爱情也确实浪漫，都是跨国之恋了。你是不容易激动，但是一激动起来，就会飞越国度，浪到大西洋彼岸去了。"

苭芃不满地说："小妹，你今天真跟我有仇呀，专门针对我！"

我赶忙说："我们看看小妹的生日怎么说。"

小妹念道："你的生日代表颜色是绿色。你总能和新相识的朋友相处得很好。你不是一个害羞的人，但是有时候你的话会伤害到别人。你渴望得到爱侣的注意，也比较喜欢被爱的感觉，大多数时间里，你总是在等待生命中的另一半主动找你。"

苭芃说："像，非常像！小妹就是不知道害羞，上学的时候总是缠着老大，嘴上总是时刻不停地喊着'我大哥……'"

小妹打着苭芃说："你才不知道害羞呢！"

我说："不是很像，小妹既温柔又善良，说话根本不会伤害到别人。"

苭芃说："老大就是处处护着小妹，一点都不公正！小妹刚才说的这些刻薄的话就已经明显伤害我了！"

小妹又打着苭芃说："我让你说我刻薄，我打死你。"

苭芃笑道："小妹呀，你总是在等待生命中的另一半主动找你，这个很像你的性格。上学的时候，那么多帅哥被你迷住了。老大，小妹那个时候到底喜欢谁

呀？是你吗？"

我说："当然不是我。我们可爱迷人的小妹当初喜欢的是潇洒帅气的书记，而且书记也特别喜欢小妹。"

小妹脸红了，摇着我的肩膀，不让我说。

苭芃说："郎情妾意，不是正好嘛，那为什么后来没有能成呢？"

我说："因为书记是一个腼腆而谨慎的人，始终没有鼓起勇气主动向小妹表达，而小妹一直在安心地等待他表达呢！这个问题应该怪罪于我，二十年聚会的时候，我说自己当年还少牵了一根红线，就是指的他们俩。"

苭芃说："哎，这么好的一对金童玉女就这么错过了！太可惜了！"

小妹有意转移话题，红着脸说："我们看看天禧的生日怎么说的。"

天禧的生日是"八一"建军节，那个时候是暑假，大家都离校回家了，所以在校五年的时间，同学们从来没有为天禧庆祝过一次生日，这是天禧最引以为憾的事情。

小妹念道："你的生日代表颜色是粉红色。你对任何事情总是全力以赴，敢作敢为。你有很强的领导能力和决策能力，很会照顾别人。第一份感情通常不顺利，但未来的一生会很幸福。"

我说："有点意思，把天禧的事情都说全了。"

小妹说："但是天禧没有什么第一份感情不顺利的事情呀！她嫁了一位好丈夫，爱情和婚姻都很顺利呀！"

苭芃说："你忘了，上学时，天禧喜欢韩主席，直接向他表白后，人家竟然拒绝了。"

小妹问道："这个生日日期和感情的关系真有这么准吗？"

我说："就是个娱乐，其实就是一些模棱两可的话，套在谁的身上都有点像，千万不必当真。"

我泡好脚，双腿暖和了，疲劳感消失了，全身也放松了。

小妹收拾好泡脚盆，回来问道："明天怎么安排？"

苭芃说："我明天上午临时有点事情，北京发改委的领导来考察我们公司。真是对不起，我就不能陪伴你们了。"

小妹不满地说："女王架子好大呀！"

我说："没有关系，你的工作要紧。"我立即打电话给冰玉，询问明天怎么安排。

冰玉说："你们俩明天睡个懒觉，我九点钟来接你们，一起去参观东方明珠电视塔。"

小妹说:"我明天上午陪你们一起去观赏东方明珠,午餐后,我去浦东郊区看望我姨妈一家人。"

苭芃说:"那就这样说定了。时间不早了,老大,你睡吧!"

我刚上床,艾丽丝走进来,嗲嗲地说:"伯伯,我和你睡吧?"

我看看苭芃。苭芃说:"好吧!家里难得有客人来,她感觉好新鲜。其实,两个孩子都像我小时候的性格,见不得陌生人。难得她跟你竟然这么有缘!"

小妹说:"我才不相信你这么能干自信的学霸会害怕见人呢!应该是清高,是看不起人,不愿意见人吧!"

苭芃说:"就你能胡说,我小时候真的很腼腆。谁能像你一样,不知道害羞,见人就熟呢!"

小妹打着苭芃,笑道:"我让你又说我不知道害羞!"

艾丽丝爬上床,睡到我怀里,问道:"伯伯,你和小姨不睡在一起吗?"

苭芃说:"伯伯和小姨本来是要睡在一起的,你来了,他们就不能睡在一起啦!"

小妹用手顶了一下苭芃的腰,两人一起笑。

艾丽丝愣了一下,撒娇地说:"那我玩小小一会儿,就回我自己的房间。伯伯给我讲一个童话故事吧!"

苭芃拉着小妹,笑道:"我俩出去说说悄悄话,不要让老大听到。"

我笑道:"你们俩不允许说我的坏话。"

她俩笑道:"就说你坏话。"

几十年的风雨磨炼,我的心中已经没有童话了,只有现实的故事。我想起前些时间在微信里看到的一篇好文章《山果》,讲的是山里一个十四岁的小姑娘背着山果下山卖钱给妈妈看病的故事,小小年纪就承担了抚养家庭的责任。

艾丽丝开始时还挺有兴趣,但是毕竟年龄太小了,估计没有听懂,躺在我怀里慢慢地睡着了。

我思考,人这一生,什么才是满足?是像苭芃这样学贯中西,名扬中外,并拥有自己喜欢的大事业,过着这种上等人富足奢华的生活?还是像小妹一样做个快乐平常的普通人呢?

其实是仁者见仁,智者见智。平凡如我辈之流,只要踏踏实实地过好自己平常的生活就满足了。一个懂得享受生活的人才能真正品味幸福,而幸福其实就是一个人内心的安定。人间有味是清欢,如有健康、快乐就足矣。

苭芃轻轻地推开门,蹑手蹑脚地走进来,轻声地问:"丫头睡着啦?"

我点点头,将枕头垫到孩子的头颈下面。

我坐起来，笑道："你现在工作、生活都安排得井然有序，我很欣慰。"

荺芃说："还算凑合吧。"

我笑道："你这种上等人的生活是凑合，那我们普通人就不要过啦。"

荺芃笑道："这些都是形式，而我知道，你老大是最不讲究形式的。"

我说："不是不讲究，是没有能力讲究。你家这么现成的优越条件，你老公为什么没有将孩子带到美国去上学呢？"

荺芃说："他是希望这么做，但是我没有同意。我认为基础教育还是中国最踏实，初中毕业以后再去美国上学。"

我说："你是学霸，对于教育，你应该最有发言权。你的决定一定不会错。"

荺芃说："明天我就怠慢了，只能让才女陪你们玩了。其实，你也就只需要才貌双全的大才女陪你浪漫就行了。我也不想当大灯泡！"

我说："你是有品位的人！在我心中，有品位的女人最有魅力。说说你的那个'意外插曲'吧！"

荺芃说："你对这件事还真是念念不忘呢！没有想到堂堂的大才子，竟然也有窥探别人隐私的不良嗜好呀！"

我说："我又不是女王，不用装！"

荺芃在床边坐下来，酝酿了一下情绪。我故意将床头柜上的纸巾悄悄地放到她的手中。

荺芃将纸巾用力一捏，仿佛做了一个非常艰难的决定！我突然发觉自己太自私了，为了满足好奇心，就强迫别人诉说不愿提及的伤心往事，太不应该了！

我赶忙说："这么伤心的事情，还是不说了吧，会影响你今晚的睡眠质量，况且明天还有重要的事情需要你亲自处理呢！"

荺芃说："跟你说说也好，这件事情除了当事人，其他人都不知道，我没有告诉过任何人，多年来一直憋在我心里，并不好受！"

我说："真是难为你了！那你今晚就把我作为一位倾诉对象，把心中的委屈全部倒出来，也许你能好受一些！"

荺芃说："我硕士毕业后，到美国耶鲁大学读博士，在此期间认识了一位读管理学的欧洲男孩查理，特别帅气，有绅士风度，还非常幽默。我一下子就被他的异域风情迷住了，这是我第一次对一个男孩真正动心！"

我能理解荺芃当时的心理！荺芃一直高傲无比，能被她看上的男孩还真不多见，这么多年来，高处不胜寒，寂寞无敌手，难得有一个让她特别倾心的人，自然是投入全部的感情。

我问道："你俩是怎么认识的？"

茵芃说:"查理第一次看到我的时候,是一个星期天的清晨,我正在校园里一个小河边看书,随口轻吟了几声《梅花三弄》里的歌词。查理说他一下子就被我这种东方女子的古典美吸引住了!"

我说:"确实够浪漫的!难怪在聚会的那天晚上,你唱《梅花三弄》时,那么投入!那么深情!"

茵芃一脸迷恋的神情,幸福地说:"我俩一下子都坠入爱河!我这才发现,原来爱情是如此甜蜜、美好、令人神往!"

我能想象到茵芃第一次体会到甜蜜爱情时的兴奋、幸福和满足的样子!我好奇地问道:"查理能听懂《梅花三弄》的含义吗?"

茵芃说:"查理起初当然听不懂,但是他特别感兴趣,后来我给他仔细解释了其中的内涵,天下的音乐都是相通的。他特别喜欢《梅花三弄》,一高兴就让我唱这首曲子。"

我说:"这确实是你俩之间最美好最难忘的记忆!"

茵芃说:"我俩交往两年多,彼此越来越投缘,感情越来越深;但是我发现查理的情绪逐渐变得低落了,时常会走神发呆。我博士论文答辩那天,查理也来了,他看上去有些心神不定。答辩结束后,我发现他并没有我预想的那么高兴,仅仅淡淡地祝福了我一下,之后多次欲言又止。"

我猜想,他们俩的爱情一定就在此刻会发生一个意外的大变故。

茵芃说:"真没有想到,查理突然流着眼泪,悲痛地告诉我,他是王子,虽然不是王储,但是他的婚姻必须获得王室的认同,他必须娶一位贵族小姐。"

我说:"其实这项规定必须与时俱进,适当修改。在贵族越来越少的今天,要找一个门当户对的贵族,并不容易。"

茵芃说:"我之前知道他是贵族,但是并不知道他是王子,而且我突然想起,以前我俩约会时,好像总是有人在远远地监视着我们;但是我一直没有在意,觉得那些人可能就是具有好奇心理的小青年罢了。"

我说:"王子的日常生活都是受到暗中保护的。"

茵芃说:"查理告诉我,王室早就要求他必须和我断绝交往,但是他舍不得,也担心我承受不了这个打击,所以就一直拖到我博士论文答辩结束。今天是我们最后一次见面,以后再也不能在一起了!"

我说:"这说明查理是真心爱你的,而且特别细心,说早了,担心你太伤心,从而影响你顺利获取博士学位。"

其实,我心中的真实想法并不完全是这样!我知道,现在王室人员和平民通婚的现象并不少见;

英国公主达维娜冲破重重阻力，嫁给了毛利平民小伙刘易斯。同样在耶鲁大学读过书的维多利亚公主是瑞典的第一位女王储，却不顾王室的反对，嫁给了瑞士的平民韦斯特林。荷兰王子彼得·克里斯蒂安爱上平民女子安妮塔，而主动放弃了王位继承权，演绎了"爱美人而舍弃江山"的经典爱情故事。

况且查理是王子，并不是王储，根本不存在江山和美人的艰难选择！这或许说明查理爱荫芘还不够深，或者至少说明查理没有为了荫芘而与王室奋力抗争的勇气和决心。

荫芘说："我真接受不了！这种在童话书上才有的传奇故事怎么可能发生在我的身上呢？"

我想，这么优秀的荫芘被多情的王子爱上应该是完全可以理解的，但是这个故事的结局太令人悲伤了！

荫芘满脸泪水，伤痛地说："听完了查理的话，我呆了，麻木了，我不知道查理是什么时候离开的。老大，我不甘心，这是我的初恋，是我付出了近三年感情的初恋呀，就这么说结束就结束了？"

我说不出任何安慰的话，又递给她一份纸巾。我理解了，荫芘在二十年聚会时，和我分别那天她所说的话，"门当户对有时候确实是不可抗拒的！"更何况是面对等级森严的王室贵族，我们是更加无能为力了。其实爱情就是一份牵挂，有时候也会成为一种羁绊，而对于第一次品尝到爱情的滋味而且全身心投入的荫芘来说，这一段突然中断的爱情就是一场情感的浩劫。

荫芘擦擦眼泪，继续说："从此，查理真消失了！我找到他们系里，才知道，他已经回国了；也就是说，我们再也没有见面的可能了。这份接近三年的恋情就像是一场梦，现在梦醒了，一切都消失得干干净净！"

我想，有时候，苍天总喜欢和我们开一些玩笑，让我们做一场美梦，然后在我们梦醒之后，才会懂得去珍惜以后的生活。曾经我也做过类似的梦，梦见一位与我心心相印的天仙，五年后，我的梦醒了，天仙也飞走了！

荫芘说："这是我的人生中遭遇到的第一次巨大的打击！从来都是事事顺利的我，根本不知道该怎样处理这种意外的感情变故。我在宿舍里躺了半个月没有出门，难过了，就哭一场；哭累了，就睡觉；醒来了，再继续哭！"

我能理解，这是一种自己的"心"突然被人强行摘走了的感觉，这种痛是彻入心扉、深入骨髓的！这是一种痛不欲生、万念俱灰的绝望！

荫芘说："那个时候，我现在的丈夫詹姆士·爱德华闯入了我的生活。我们早在认识查理之前就认识。他是学软件的，我俩是在图书馆查资料时认识的。当我第二次再遇到他时，他竟然就向我表达他的爱慕之情，但是那个时候，我对他没有任何感觉。"

我知道,欧美人的性格大多是直率外向的,不像我们东方人这么含蓄内敛。

茚芃说:"在这半个月里,都是詹姆士在照顾我,我骂他、赶他走,他都不走,我也就随他去了。"

我说:"多情的詹姆士最终还是感动了你,而且帮助你走出了情感的低谷!"

茚芃说:"我后来发现詹姆士似乎还能接受,就这么将就着过吧!至少詹姆士是非常在乎我的,是真爱我的。老大呀,你可不许笑话我!"

我说:"我怎么会笑话你呢?"

茚芃说:"话说到这个份上,我知道,一切都瞒不了你这位睿智的老大。我和詹姆士之间有爱情,但是谈不上是知己!这与你上次跟我说的,灵魂伴侣之间必须是既相爱又相知的情感要求相距甚远。"

我说:"夫妻之间有爱情就是满分了,知己是附加分,可遇而不可求。我们不必执着于这一点。"

茚芃说:"俗话说得好,婚姻中陪伴你走到最后的往往不是你最爱的那个人,而是最适合你的那个人。"

我说:"不是你最爱的,却是最爱你的,何尝不是一种特别的幸福呢?"

茚芃说:"跟你说了这些,我现在心情轻松多了。一直以来,这份感情压抑在我的心里,无人可以诉说。詹姆士不能理解我们东方人的这种极为细腻的内心感受!"

我说:"谢谢你真把我当成了知心的老大,谢谢你与我分享了这份珍贵无比的感情经历!遭遇了这份感情也不完全是坏事,至少给你留下了最美好的回忆,同时让你学会了怎么去处理人生中遇到的突发变故。我相信,通过这一次磨炼,你已经变得非常坚强,再也不会轻易就被困难打倒了。"

茚芃说:"真诚谢谢你的鼓励,善解人意的老大!"

我说:"你现在和詹姆士生活得不是非常幸福吗?爱情有了,婚姻、事业都很成功,一儿一女这么可爱,你应该是别无所求了吧!"

茚芃说:"老大,你说得很有道理,我确实应该满足了!再次谢谢你,时间不早了,你休息吧,晚安!"

茚芃抱起熟睡的艾丽丝,微笑着走了。

我心中对茚芃的这段恋情感慨无限!人生不可能总是一帆风顺的,更不可能十全十美!对于从不服输的学霸来说,依然如此,谁都不能例外。

我知道,对事事都要求完美的茚芃来说,她的心中一定还有一丝不甘、一份无奈。智利诗人聂鲁达说过,"爱情太短,而遗忘太长。"

"詹姆士似乎还能接受,就这么将就着过吧!"苪芃这句话中的含义非常丰富而深刻!

"似乎还能接受"的可能更多的是詹姆士的贵族身份和英裔美籍?在感情上将詹姆士作为查理的替代品?詹姆士就这样在苪芃感情最空虚的时候进入了她的生活,抚慰了她脆弱的心灵,滋润了她情感的荒漠。詹姆士功不可没,至少也是一位合格的感情寄托者。

"就这么将就着过"是因为彼此不是心心相印的知己?但是在这个世界上,彼此能懂的知己又有几个呢?既然詹姆士是真爱苪芃的,那么即使苪芃对詹姆士的爱有少许保留,也就无关大体了。

以我粗浅的理解,不是一个国家的、分属于两个民族、两种文化的人是很难做到绝对心心相印的!苪芃真嫁给了查理,也不见得就能一切如愿!王室权威的尊严和文化传统的约束对于一直高傲自尊的苪芃来说,会不会影响她个性的自由发挥绝对是一个非常现实的问题。

大聚会时,苪芃说过,"一个女人,无论是嫁给金钱,还是嫁给权力,都必须保留自我。让我失去自由,给我多少钱,我都不干。"

也许,这一切确实就是上苍最好的安排!对查理、苪芃和詹姆士来说,这样的结局都是最合理的归宿。杨绛先生说过,"上苍不会让所有的幸福集中在某个人身上,得到了爱情也未必拥有金钱;拥有金钱未必得到快乐;得到快乐未必拥有健康;拥有健康未必一切都会如愿以偿。保持知足常乐的心态才是淬炼心智、净化心灵的最佳途径。"

看着这套豪华的别墅,我心中对苪芃立即产生了另一份敬意,为她非凡的能力,更为她广阔的胸襟!

曾经在她接我去南京为天禧钱行的路上,当她说到不能再增加企业的税收比例,而应该增加个人和家庭的税收时,我对她这种"自私"的想法极为不满。后来一些企业主告诉我,目前各行各业确实都比较艰难;做企业更是不容易,税赋重,贷款难,人工成本高。我才相信了她确实是在为广大企业主说话。

现在再看看她这个豪华的别墅,未来需要缴纳的房产税和遗产税一定不会少,但是她依然支持出台房产税和遗产税政策,说明苪芃确实是一个公正的人!我当时曲解了她的意思,有些以小人之心度君子之腹了。《汉书·韦贤传》有云:"遗子黄金满籯,不如一经。"确实如此呀!

冰玉发来短信问候:"你睡了吗?"

我说:"没有!乡下土著进城,兴奋着呢!"

冰玉说:"小心眼,又瞎说。你早点休息吧,不要熬夜,夜里做个美梦!好期待我们明天的相见！"

我说："深有同感！但是我的生活中早就已经无歌无梦了。晚安！也祝你做个好梦！明天见！"

我给小妹发了188.88元微信红包，并祝她生日快乐，永远18岁！

我起身下床，走到窗前，望着窗外霓虹闪烁的万家灯火、川流不息的车来车往，心中很平静，近在眼前的这一切繁华却分明与我相距非常遥远。小时候来上海，总是希望能永远生活在这个繁华的大都市，如今却没有一丝这样的愿望了。人老了，就不再渴望喧闹和奢华，开始归于平淡和宁静。一个人见过的世面越多，对世界的认识越深刻，对生活的欲望就会越少。一个人随着年龄的增加，阅历的加深，就会变得越来越清欢寡欲。

我打电话给爱人汇报情况，她问道："你晚饭吃饱了吗？睡觉冷吗？有电热毯吗？"

我说："没有电热毯，我没好意思说；但是房间有空调，而且刚才小妹帮我泡脚了，腿不凉。"

爱人说："好的，明早要是没有事，你就晚一点起床，多睡一会儿。你夜里做个好梦吧！"

后半夜里，我真做梦了。梦中，我考试的时候竟然找不到教室了，费了好大的精力，等到我终于找到了，考试却已经结束了。我一着急，醒了，一头的汗水。这个梦我以前已经做过多次，都是同样的内容。我想，这个反复出现的奇怪的梦是否意味着我老了，跟不上时代了？还是说明我错过了某个非常重要的机会？

我百思不得其解，辗转反侧多时，又迷迷糊糊地睡着了。

2月18日，星期六，晴

早晨七点，我睁开眼睛，坐起，头有些昏沉，可能是因为夜里做了烦心的梦，没有休息好。

窗外阳光明媚，鸟语花香，又是一个晴朗的春天。这幢楼房位于这片别墅区的最南端，视野极好，前面是一潭清澈的湖水，一碧数顷，一眼望去，朝阳东升，蓝天白云，飞鸟翱翔，美不胜收。

现在是雨水的节气。气温回升，冰雪融化，降雨增多，故曰雨水。寒冷的冬天终于过去了，春暖花开，气候宜人。

我相信今天应该是特别美好的一天！人生最美好的事情，就是每天早晨一睁开眼睛，都能看到一片灿烂的阳光。人生没有预演，无法知道未来发生的事

情,只有珍惜现在的时光,感恩活着的每一分、每一秒。

我将被子叠好,洗漱完毕,走出来,敲敲隔壁小妹的门,喊道:"懒虫,起床了。"

小妹回应我:"大哥进来吧。"

我开门进去,房间里很暗,小妹还睡在床上。我赶忙拉开窗帘,笑着说:"太阳晒屁股了。"

一夜安稳的休息,小妹脸色红润,精神饱满。

我调侃道:"暖雨晴风初破冻,柳眼梅腮,已觉春心动。"

小妹笑道:"等会儿就能见到美如天仙的才女了,你才春心动呢!"

在大学同学微信群里,歌神说:"老大睡在学霸家里,肯定是一夜未眠。"

黑胖说:"主要是因为和小妹睡在一起,激动的。"

高个说:"更主要的是想着才女,心潮澎湃,情不自禁。"

我说:"你们这帮小屁孩,一早怎么和老大说话呢?没大没小的。"

小燕子说:"老大骂得好,这帮臭小子就是欠揍。"

小妹突然惊喜地大叫一声:"大哥,你太好了,给我这么大的一个红包!"

我说:"祝我们最可爱最迷人的小妹永远健康、快乐、幸福!"

小妹感动地看着我,眼泪又流了下来。

我说:"快打住,不许哭,一哭就不可爱迷人了。"

小妹洗漱完毕,坐在镜子前梳妆,突然用手敲敲旁边的屏风,惊奇地说:"大哥,这好像是一道屏风耶!难怪我感觉隔音效果不好。我昨晚很早就睡觉了,但是迷迷糊糊地感觉你和学霸聊到深夜。"

我说:"这确实是屏风,原本就是一个大房间,是芮芃给整个一家人的客人准备的。"

小妹打趣道:"你和学霸深夜不睡觉,你俩之间该不会来了一个意外的浪漫小插曲吧?好在我早就睡着了,没有打扰你俩的好事。大哥,你现在腰疼不疼?"

我笑道:"贫嘴的小东西!我跟你昨夜是同卧一室,就差同床共枕了。"

小妹笑道:"算了吧,地球人都知道,你只想和大才女同床共枕!"

我笑而不答。小妹梳妆完毕,拉着我的手,我俩走出来。

在三楼大厅的北墙上,挂着一幅巨大的全家福。芮芃的先生詹姆士高大帅气,深邃的眼神,高耸的鼻梁,浓密的络腮胡子,非常像著名的国际影星詹米·多南。芮芃满脸的笑容,一种从心底里自然溢出的满足感洋溢在她的全身。两个小孩天真可爱,女儿像爸爸,男孩像芮芃,非常和谐温馨的一家人!

小妹说:"芮芃平时是一个冷静的人,我们大多数时候根本看不到她释放热情的模样,但是她在真爱面前,那种幸福的感觉和无限的真情是完全暴露无遗的。"

我想,这虽然不是芮芮的真爱,但是芮芮心中的幸福感和成就感是毫无疑问的,她的事业、婚姻、家庭都非常成功。

我真诚而且带着祝福地说:"芮芮这么优秀,一定能最好地安排自己的人生!"

小妹问道:"大哥最看重女人哪个方面的优点?"

我说:"依次是善良,优雅,可爱,聪慧,美丽!"

小妹说:"为啥美丽不是第一位呢?你们男人不都是最喜欢美丽的女人吗?"

我说:"你是明知故问。善良是品性,当然必须放在首位。善良的女人充满着迷人的魅力,具有一种自然的内在美。一个女人如果不善良,其他的优点就都不重要了。反过来,有了前面四种优点,有没有美丽重要吗?其实内涵丰富的美是心灵的敞亮,并不是外貌的迷人。"

小妹说:"难道你不喜欢学霸这样的美女?"

我说:"芮芮不仅具备这五个优点,还具有成熟、独立、能干等优点,只是聪慧最突出而已。我们小妹也是五好佳人,所以当年迷死了无数痴情的小男生。"

小妹调皮地问道:"大哥也是痴情的小男生之一吗?"

我笑道:"大哥是过时的老男生,跟你们这些小朋友之间横着一条明显的代沟。"

小妹大笑道:"纵然弱水三千,珍宝无数,但是大哥只钟情黄浦江边的那一颗光芒四射的'冰玉'也!"

我笑道:"小东西,越来越会耍贫嘴了。我上次在南京时,你问过我类似的问题,欣赏什么性格的女人。看来你对这个话题特别感兴趣呀。"

小妹说:"是的,我渴望自己能变得完美一些。"

我说:"性格是不容易改变的,每个人也都有自己独特的优点,没有必要跟别人学,也不容易学。你在大哥眼中就是完美的,况且你的善良和可爱正是大哥最欣赏的优点。"

小妹笑道:"那我可以满足了!懂得欣赏别人是一种修养。"

我说:"有修养的人让人舒服。睿智的人懂得和别人的缺点相处。"

小妹说:"大哥就是睿智的人,能包容我的缺点;我却做不到包容别人的缺点。我突然觉得我昨晚跟芮芮说的话是不是有些过了?我有些后悔了!"

我说:"你觉得芮芮会认为我俩嫉妒她的富裕,有些吃不到葡萄而嫌味酸的意思?"

小妹说:"我俩没有嫉妒她,但是她可能生气了,还责怪我说话'刻薄',所以今天就不陪我们玩了。之前,她让我带你来上海的时候,并没有说今天公司里有事情呀。"

我说:"不会的,苭芘不是这种小心眼的人。她的公司大而繁杂,确实会有一些突发性的计划外的事情需要她亲自处理,你就多多理解吧。"

小妹说:"我能理解。"

我说:"不过,你昨晚说的话确实有些过了。你这个小财迷,明显嫉妒人家比你富有!"

小妹不好意思地一笑,撒娇地摇晃着我的手臂。

我说:"庄子曰:'注焉而不满,酌焉而不竭。'胸怀宽广一些,要像大海一样能容纳一切,永远也注不满,永远也用不竭。"

小妹说:"我的心胸是比较狭隘,没有大哥这么博大,但是我觉得苭芘有些看不起穷人的意思,所以我才与她争论的。"

我说:"你同情贫苦人,说明你善良;你后悔与苭芘争论,不希望无意中伤害她,同样说明你善良。不过你也不用考虑过多,苭芘是因为一直生活在社会的高层,很少有机会与广大的劳苦大众接触,所以她很难体会到下层民众的疾苦,完全可以理解。我俩从小都是生活在普通老百姓的家庭里,所以内心的感受与苭芘不一样。"

小妹说:"我不完全赞同她的观点。"

我说:"我也不完全同意她的观点。其实社会阶层固化的根本原因是由经济条件决定的,富人天然拥有更多的优质资源,所以比穷人更容易成功。"

小妹说:"是的,原有的家庭资源在其中起了很大的作用。"

我说:"家庭的社会关系、经济状况和父母的人脉资源都会影响下一代的发展。"

小妹说:"学霸、才女和校花现在发展得这么好,都与她们原有的家庭条件有很密切的关系;天禧仕途顺利也与她公公是领导有关。而像我们这些生活在普通家庭的人很难突破原来家庭客观条件的限制。"

我说:"因为富人与普通人的价值观念不一样,所以不要幻想两者会从相同的角度来考虑问题;但是我们也不要太灰心,个人的努力才是最重要的,自己不主动努力,别人再怎么帮忙都不行。"

小妹说:"确实如此。我感觉学霸有些不合群,太孤傲了!"

我说:"不是苭芘不合群,而是她太优秀了!只有弱者会通过合群来乞求集体的保护;强者大多十分自信,往往独来独往。"

小妹说:"是的,能者都不合群。鲁迅说过,'猛兽总是独行,牛羊才成群结队。'"

我说:"叔本华这样说:'人的合群大概和他知识的贫乏,以及俗气成正比。'"

小妹说:"这话有些夸张,偏颇了。"

我说:"有些普通人也觉得自己很牛,其实那是因为普通人周围的圈子太小了。"

小妹说:"这个我同意。因为见识太少,所以认识不到自己的无知。"

我说:"像荫芘这样优秀的人一定有他们自己的高端人群的圈子,而我们这些普通人不具备与他们相匹配的能力,所以根本就不在她的这个圈子里面。大多数时候,一个稳定的圈子必须具有一个最基本的特征,就是位于其中的人都是层次对等的,或者至少具有一个共性。"

小妹说:"是的,他们这个圈子里的人都是高大上的。我觉得学霸有很强烈的炫富的味道。"

我说:"君子爱财,取之有道。学霸有能力炫富,无可厚非;抑或她的本意并不是为了炫富,而是因为工作交往的需要。我们千万不要轻易指责别人。作家亦舒说过,'一个人成熟的标志,就是发觉可以责怪的人越来越少。理由很简单,人人都有自己的难处,而你不一定懂得他们的生活。'"

小妹愧疚地说:"好的,大哥,我不乱说了。"

我说:"另一方面,虽然有钱未必就意味着幸福,但是有钱能使一个人心中更有底气,生活更加从容,行动更加自由。"

小妹感叹道:"有钱多好呀!哈佛大学毕业生三十年聚会调查显示,那些拥有更多财富的同学比拥有较少财富的同学自认为更加幸福。"

我说:"个体心理学创始人阿德勒说:'我们的烦恼和痛苦都不是事情的本身,而是因为我们加在这些事情上的观念。'"

小妹说:"大哥不许笑话我!因为财富确实会影响生活标准,甚至会影响择偶标准。意大利的政治家哲学家马基雅维利说过,'别人对我们的尊重,来自对我们地位的尊重,而非对我们人的尊重。'"

我说:《亲友书》上说:'一切财产中,知足乃为最殊胜,是故应当常知足,知足无财真富翁。'所以'富莫大于知足,贫莫大于贪婪'。"

小妹说:"这是圣人的生活准则,而我是常人。我还是希望自己能拥有很多的钱。人们常说,有些东西比钱更重要。这句话在我们不缺钱的时候能够接受,但是当我们没有钱的时候,就是钱最重要的了。"

我说:"我们不要只是羡慕别人的富有,别人还有我们看不到的烦恼和辛劳!

古人云：'富贵而劳悴，不若安闲之贫贱；贫贱而骄傲，不若谦恭之富贵。'所以富贵而谦恭者才是最难得的。"

小妹说："好吧，满脑子都是哲理的大哥，我听你的。'天地任我闲，名利由人忙。'"

我赞赏道："聪明的小妹，你这句话同样充满着深刻的哲理！"

小妹笑道："近朱者赤！"

我俩都笑了。

我俩下来的时候，莴苣已经走了，两个小孩也已经被保姆大姐送去上兴趣班了。

保姆大姐正在等待我们吃早餐。我们和她聊天，她叫陈信，本是安徽人，嫁到上海，因为生长发育阶段患过宫颈炎，未痊愈，一直未能生育。丈夫因病去世多年了。莴苣生第一个小孩时，陈大姐来到这家，和莴苣极为投缘，从此就一心一意在这家当保姆，莴苣把她当成自家人。她比莴苣大十岁，彼此以姐妹相称，孩子们都喊她大姨。莴苣自己出资将陈大姐送到专门的培训机构学习过家政管理和烹饪技术。

我说："陈大姐，万一莴苣一家人以后移民去美国了，如果你愿意，你就去南通到我家，和我们一起生活。"

大姐感激地说："好的，能与先生有缘，深感荣幸。先生一看就是一位善良的比较容易相处的人。"

吃完早饭，小妹拉着我要参观莴苣的家。我说："这样不好，主人不在家，不能随便在她家里到处走动。"

大姐说："没有关系，莴苣小妹告诉我，你们是她最好的兄妹，我带你们看看。莴苣从来不把普通朋友带到家里来，何况还热情地要求你们住在家里，在我的记忆中只有两三次。"

我有些受宠若惊的感觉，原来在莴苣的心中，我和小妹竟然是她最好的兄妹。看来我们尽管不在莴苣高大上的社交圈子里，却在她的友情圈子里。

我们进入莴苣家的书房，很大的空间。北侧足有十米长的墙面是整排的书橱，非常壮观。我透过玻璃，看到里面是成套精装的书籍，分为古典文学、现当代文学、外国文学、哲学、心理学、宗教、医学、管理学、政治经济学、历史类、地理旅游类、其他类，简直就是一个小型图书馆！闭门即是静院，开卷只闻书香。

小妹惊讶地说："莴苣确实是名副其实的学霸！这么多的书，莴苣的脑子太神奇了，竟然能装下这么多的知识！"

我说："莴苣博闻强记，难怪下笔成文，出口成章。"

小妹有心,找到《人性的弱点》这本书,笑道:"这就是在毕业的时候,你送给苭苀的'我爱你'的那本书?"

我笑道:"在大姐面前,你别胡说!"

大姐温馨地微笑着。

小妹小心地将书抽出来,翻开封面,在扉页上看到我的留言。小妹竟然认真地数起我写的字来。

小妹一直有数数的强迫症。上学的时候,我曾经问过她最喜欢数什么。她高兴地说,我最喜欢数钱,数钱的时候会有一种特别的快感!我笑她是一个小财迷。她就说,我就是财迷!钱是个好东西,谁能不喜欢呢?难道大哥不喜欢吗?古人云:"具大胸襟,爱小零钱。"

小妹终于数完了,笑道:"果然是520个字!果然是'我爱你!'大哥,真有这么巧的事?你还说什么'从你的身上,我感受到一股积极向上的无穷的力量',好肉麻哟!"

我说:"从苭苀的身上,我确实感受到一股满满的正能量,催我前行。"

小妹说:"毕业的时候,你怎么没有赠送礼物给我呢?你当时是不是只给苭苀一个人赠送了礼物呀?"

我想一想,还真是如此。我说:"苭苀先赠送了我一本书,是海明威的《老人与海》。这本书是我回赠给她的。我可不敢冒昧首先给你们这些美女送礼物,万一你们看不上,那可就特别尴尬了。"

小妹说:"我们尊敬的大哥送的礼物,谁能看不上呀?"

我说:"不然,我有自知之明,不是每个人都把我这个所谓的老大放在眼里的;而且在与女性的交往中,男性不能太一厢情愿,应该让女性自己去控制这个度,也许会更好。"

小妹说:"这完全是你的偏见!我俩之间根本就没有你说的这个什么'度'。你的这种被动的态度导致你失去了自己曾经的最爱,你自己负责!"

我说:"我这个被动的态度源于我的自卑,自然只能由我自己负责!"

小妹说:"我没有读过这本《人性的弱点》,是讲什么内容的?"

我说:"本书的作者是美国著名的人际关系学大师戴尔·卡耐基,被誉为二十世纪最伟大的心灵导师和成功学大师,美国现代教育之父,西方现代人际关系教育的奠基人。《人性的弱点》是作者最成功的一本励志书,教导人如何在日常活动和社会交往中与他人友好相处,如何成功地影响他人,怎样在商务活动中化敌为友,如何克服人性故有的弱点——忧虑,如何创造一个美好的人生等。"

小妹笑道:"难怪,你们是在互相励志呢!她在送给你的《老人与海》书上的

留言是多少个字,也是'我爱你'吗?"

我笑道:"小话痨!真懒得理你!"

小妹翻看着书,惊奇地说:"莴芷在书中写了好多批语耶!她对你赠给她的这本书可用心了!"

我说:"这说明莴芷学习任何东西都非常用心!"

最东侧的书橱里陈列着各种精美的书签、明信片、古扇子等小玩意。在最上面一层,我们意外地看到我制作的心锁。莴芷还特地在下面配了一个精巧的红木底座,显得好雅致。

小妹轻轻地打开橱门,小心地取出心锁。

莴芷在背面的最下方,心尖的位置,写了三个极小的问号。

小妹指着问号,暧昧说:"学霸这是在问大哥,你想锁谁的心!"

我笑道:"锁你的心!"

大姐说:"这是你们上次同学大聚会时,莴芷小妹带回来的,特意放在高处,不让小孩们拿着玩。"

小妹向我暧昧地一笑。我故意没有搭理她。

东侧窗户下面有一张明代风格的红木条形书台,台面上笔墨纸砚一应俱全。南侧大窗户下面一张巨大的红木书桌,书桌的雕刻精美细腻,桌面上靠近墙面整齐地摆放着一排书。一个金色的牡丹花样式的笔筒非常别致,金光闪烁,给人的感觉特别高档。牡丹花的花蕾里镶嵌着一块钻石,光芒四射。

小妹好喜欢这个笔筒,拿起来观赏了半天,抬头跟我说:"大哥,这个笔筒好沉,你估计一下这个笔筒多少钱?"

我说:"你小心放下,不要弄坏了。哪有你这么问的,让人笑话。"

大姐说:"无妨,莴芷说过,是纯金的,88.88万元。"

我好惊讶,正好接近我家房子的价格。看来昨晚我们看的那个"生日时间与感情"的文章还有些道理,尽管莴芷不肯轻易相信别人,但是一旦觉得可信,就会毫无保留,竟然将这么贵重的笔筒价格直接告诉了保姆大姐,说明她确实将保姆大姐看成了自家人。

小妹吓得赶忙小心翼翼地将笔筒放回原位,向我吐了一下舌头,笑道:"终于见识到真正的有钱人了!吓死我了!"

我说:"莴芷完全有条件奢华,可以理解。莴芷这样做也许是为了工作和社会交往的需要,她接触的都是上层社会的有钱人,不像我们这些普通人都是生活在平民百姓中间。"

小妹非常羡慕地望着笔筒,激动地说:"这才是真正的贫富差距!我们普通人再怎么努力也不可能达到这么高的生活水准。"

我说:"我昨晚就叫你不要羡慕别人,只有适合自己的生活才是最好的。你这个小东西什么都好,就是财迷的劲儿有点过了。其实一个人现在的样子都是自己过去努力的结果,有付出才会有回报。"

小妹红着脸,撒娇地说:"《幽梦影》中说:'人不可以无癖。'我有点小爱好不行呀?"

我笑道:"行!你这个偏执的小爱好让你显得更可爱!只是《汉书》有云:'不汲汲于富贵,不戚戚于贫贱。'"

小妹说:"大哥以为谁都能像你一样不食人间烟火,是圣人呀!"

我说:"'瓜无滚圆,人无十全。'大哥的缺点并不比你少。"

墙上挂着多幅名人字画,有徐悲鸿的奔马,齐白石的虾,还有我们南通籍的中国当代著名书画家范曾的画作。药芃确实在努力追求一种高雅的文化品位。

我们正在细细鉴赏,突然看到窗外停下一辆白色的凯迪拉克轿车,是冰玉来接我们了。

我一看时间,九点整。冰玉做事总是这么守时、有信。

我们赶忙出来。门外是一个花园,长满了各种奇花异草,而且收拾得非常干净整洁。药芃总是具有我们常人所不具有的经济能力、认识角度和生活情趣。

冰玉拉着我的手,仔细地看着我,心疼地说:"三个月不见,你怎么又瘦了一些呢?"

我说:"秋冬季会胖一些,春夏季又会消瘦。'今春香肌瘦几分?缕带宽三寸。'"

小妹笑道:"大哥是想大才女想的!'衣带渐宽终不悔,为伊消得人憔悴。'"

冰玉笑道:"以为你是无情燕子,怕春寒,估计你又要轻失花期啦。"

我说:"我是年年塞雁,归来曾见开时。'正是江南好风景,落花时节又逢君。'"

冰玉问我:"大嫂为啥没有来?我特别想见大嫂!"

我说:"她正好有事情,没有空。"

小妹和冰玉来了一个热情的拥抱。

小妹问道:"大才女,我帮你把亲爱的大哥带来了,你怎么谢我呀?"

冰玉笑道:"你带他来,应该是他谢谢你。不过,我也真诚地谢谢你!"

小妹笑道:"这才是我心中十全十美的大才女应该有的风范!"

冰玉从小包里取出一枚精致的菱形不锈钢胸针,别在小妹的胸前,胸针下面挂着三颗不同颜色的晶莹闪光的水晶小珠子,在阳光的照耀下,分别发出红色、

黄色和紫色的光芒,顿时让小妹的整个形象闪亮了许多。

小妹好兴奋,激动地拥抱着冰玉,大叫道:"太漂亮了,我太喜欢了,谢谢最美丽、最迷人的大才女!"

我笑道:"小妹呀,真是亮瞎我的眼睛!你这样走出去会引起交通阻塞的!"

大家都笑了。

冰玉对我笑道:"小妹投我以木瓜、木桃、木李,我报之以琼琚、琼瑶、琼玖。"

这原本是《诗经》里的句子,被冰玉稍做改动,借以讽喻我是呆板的"木瓜、木桃、木李"。我只能接着往下念道:"匪报也,永以为好也。"

冰玉笑道:"真的? 一诺千金哟!"

我故意调侃道:"木瓜、木桃、木李都是海棠类的植物,不正是你最喜欢的东西吗?"

冰玉会意地笑道:"喜欢,非常喜欢!"

小妹笑道:"你俩不用一见面就海誓山盟吧!"

冰玉笑道:"小话痨,我要是真跟你的反应迟钝的傻大哥海誓山盟,他这种老古董,能理解吗?"

大家又笑了。

我突然意识到自己没有给冰玉准备任何礼物,心中有愧。我立即将手搭在梅花树的枝头上,念道:"折花逢驿使,寄与陇头人。江南无所有,聊赠一枝春。"

冰玉笑道:"空头支票!大骗子!"

小妹笑道:"大才女呀,我这个驿使不仅给你带来了报春梅,而且将多情赠花的白马王子一起带来了。大美女,你签收吧!"

冰玉调侃道:"没错,真是我的菜!"

我笑道:"你们两个小家伙就贫吧!"

我们都笑了。

冰玉拉着我的手,问道:"你的手不暖和,是不是衣服穿少了?"

我说:"我还穿着羽绒服呢,不少。已经是雨水节气了,是春季的第二个节气,不冷了。"

冰玉说:"俗话说,冷到春分,热到秋分。雨水这节气冷空气依然很活跃,昼夜温差大,会有'倒春寒'。你身体虚弱,怕冷,千万不能冻坏了!"

小妹在一旁打趣道:"看看,多关心呢!比我这个做妹妹的还要关心哟!"

大家又笑了。

我们和陈大姐告别,感谢她的热情招待,告诉她,今天不回来了。

我坐上冰玉的车,小妹开着自己的车,一同前往东方明珠电视塔。

一路上，繁花盛开，春意盎然。我念道："有情芍药含春泪，无力蔷薇卧晓枝。"我深感大自然的丰富和神奇，能满足人们视觉、听觉、嗅觉等多种享受。

冰玉接着念道："清露晨流，新桐初引，多少游春意。日高烟敛，更看今日晴未。"

我说："'风暖鸟声碎，日高花影重。'佳人在伴，便胜过春风十里，花香满园。"

冰玉回眸一笑，仪态万千！

我想起清朝文学家张潮的著作《幽梦影》中的句子，念道："'所谓美人者，以花为貌，以鸟为声，以月为神，以柳为态，以玉为骨，以冰雪为肤，以秋水为姿，以诗词为心。'佳人冰玉就是这种才貌双全的天仙！"

冰玉笑道："你就喜欢胡说，我差之甚远。现代作家和翻译家章衣萍评价《幽梦影》是才子之书，亦大思想家之书。林语堂也极为推崇此书，将之视为中国的《圣经》。其实也是仁者见仁，智者见智而已。"

我说："张潮爱好游历，到过如皋、扬州；喜欢交友，与当时许多的社会名流广有接触，与我们如皋的才子冒辟疆也有交往。"

冰玉说："你的思想观念与之有相通之处，难怪你喜欢他。"

我说："差之太远，以之为师。听你的语气，你对张潮有些不以为然。"

冰玉说："随着时代的发展和人类认识水平的不断提高，今人对古人的学术理论应该采取'扬弃'的态度。在分析中传承，在批评中改进，而不应该奉之如神。随便举个例子，张潮说：'红裙不必通文，但须得有趣。'你同意吗？"

我调侃道："我肯定第一个反对'红裙不必通文'！这不是与我们才貌双全的大才女唱反调吗？"

冰玉笑道："你少这么夸张，好不好？其实我们不必费神聊学术性的东西，还是轻松游玩吧。"

我观看外面美丽迷人的景色，随口念道："迟日江山丽，春风花草香。"

冰玉继续念道："'泥融飞燕子，沙暖睡鸳鸯。'你是不是想蕴儿啦？"

我微笑不语。

冰玉突然问道："你早就答应春节期间来看我的，后来为什么食言了？"

我说："正月初四，我组织了我们初中师生的大聚会，之前一直在忙于准备工作，未能有空；聚会结束后，我们初五就上班了。"

冰玉怜惜地说："为什么是你组织呢？你身体不好，这种事情太烦人，也太累人了！"

我说："我是我们初中同学微信群的群主。去年春节时，就有人要求我组织聚会，一者我不喜欢热闹，更不喜欢抛头露面；二者刚刚建群，进群的人不多，我

就没有组织聚会。今年进群的师生多了,很多老师和同学希望能相聚一次。"

冰玉说:"你竟然是群主,你也热衷于这种俗务吗?这根本不符合你喜欢清静的性格呀!"

我说:"师命难违呀!一年半前,八十二岁高龄的初中班主任老师专程从乡下来南通看我,我将在南通的所有初中同学召集过来陪他吃饭、聊天。他说我曾经身为班长,有义务汇集初中同学的联系方式,将同学们联系在一起。"

冰玉说:"八十多岁高龄的老师专程来看你,一定是你对老师极为尊重在先!"

我说:"是啊,尊师重教,理所应当。有恩之人,终身不忘。下次去南京看蕴儿,你俩陪我专程去看望一下我们敬爱的老书记。"

冰玉说:"一言为定,老书记也是我敬佩的师长。他待你如子,上次聚会,你抱着他大哭的时候,我就站在你身边,很为你们的真情而深深感动!"

我说:"又让你抓到我容易动真情的软肋啦,见笑了。"

冰玉说:"你是真情真性的男子汉,泪比金贵!我当时也陪你流了不少眼泪,只是你没有注意到我。"

我说:"男人有泪不轻弹,只为感谢有恩之人!"

冰玉感动地点点头!

冰玉说:"其实建群也有不少的益处,比如以诚交友,彼此无远近贵贱之分,无亲疏尊卑之别。"

我说:"是呀。在当今社会,各类人才云集,群内也是卧虎藏龙,鲲游鹏飞。三人行,必有我师。我在群内结识到不少有识之士,受益匪浅。"

冰玉笑道:"海纳百川,有容乃大;取长补短,求同存异。善于向别人学习一直是你的优点。总有一天,你会成为百科全书式的大宗师。"

我笑道:"取笑我成了你的专门嗜好了!这次聚会是我们初中毕业后的第一次聚会,已经过去三十一年了,时间过得太快了。在此期间,从来不曾有人组织过初中师生的大规模聚会。连续四十年的独生子女政策,让在校学生的数量锐减,许多学校合并了,我们的初中母校已经不存在了。我一想起已经消失的母校,就很心疼,所以想为母校做点事情,一是留念,二是感恩。"

冰玉说:"你是一个热心人,又是一个懂得感恩的人。你做这样的公益事业,我一点也不觉得奇怪;何况你确实拥有这样的组织能力和号召力。"

我说:"参加这次聚会的师生一共六十多人。老师们好多已经在七十岁左右了,只要身体允许的都过来了,这是我没有想到的。有些同学初四本来上班,都请假过来了。"

冰玉说："可以理解,三十多年来唯一的一次大聚会,大家自然十分珍惜这次难得的机会。"

我说："大家都非常激动,有好几位师生泪流满面。"

冰玉感动地说："三十多年哪!当然激动了!要是我也会流泪的!"

我说："一位女老师见证了我从小到大的成长过程,对我一直有一份母亲般的慈爱,她一拉住我的手就流下了两行热泪,令我心中波澜起伏。她每次见到我就会想起我去世的父母,我特别理解她每次见到我时那份疼爱的心情!"

冰玉眼中含泪,点头说："你这么好的人品,完全值得大家关爱!"

我说："最令我感动的是,我们上午九点钟报到,一直到晚上八点钟结束,中途没有一位老师提前离开,有两位老师已经八十多岁了。老校长紧紧地拉着我的手,久久不肯松开,激动地说:'孩子呀,你在我心中一直是最优秀的学生!'分手的时候,所有的人都来感谢我,令我非常感动!"

冰玉向我竖起了大拇指,激动地说："你做了一件大好事,我为你骄傲!给你记一等功!"

我说："你不要激动,你的手不要离开方向盘,安心开车吧!"

冰玉说："整个聚会的过程一定很激动人心,也一定非常精彩!"

我说："我没有想到这次聚会过程竟然如此圆满!最初策划的时候,我非常纠结。"

冰玉问："你纠结什么?"

我说："关于费用的问题。在初中的同学中,有些人的生活条件很一般,对于他们来说,几百元的参会费用也是一项不小的负担,所以我当初的设想,由几位条件相对宽裕的同学和热心公益的同学将聚会的资金全部资助了,其他参会者不用交任何费用。"

冰玉说："你这个设想很好呀!"

我说："但是当我征求同学们意见的时候,好多同学认为还是AA制比较好,每个人都缴了费用,才有一种人人平等、积极参与的激情;否则会有一种接受别人施舍的感觉。我一想也对,就采取了AA制。"

冰玉问："那你还有什么好纠结的呢?"

我说："在我联系参会人员的过程中,有几位同学告诉我家里有一些实际的困难,不能参会,希望我能理解。我想自己给他们支付费用,但是我纠结了好长时间,最终还是没有实施。"

冰玉说："我特别理解你当时的心情,你担心会伤害了他们敏感的自尊。老大呀,你太善良了,做好事都能细心地顾及别人的感受,不希望让别人产生丝毫

的不悦。"

我说:"听他们说话的语气,我知道他们是非常想参加聚会的,尤其是聚会圆满结束后,我将聚会的视频和我满怀激情所写的聚会感言发在同学群里,许多因为在外地工作、过年没有回来的同学,以及家中临时有事未能参加聚会的同学看了之后,都表示错过了这次三十多年来唯一的一次师生大聚会,心中非常遗憾!"

冰玉说:"确实非常遗憾!"

我说:"有一位与我感情极深的同学,在群里说,太对不起老班长了,这么激动人心的聚会,你又组织得这么好,我竟然没有参加!这是我唯一对不起你的事情,再也无法弥补了,是我终生的遗憾!"

冰玉说:"这位同学一定是你的挚友!"

我说:"所以我为自己没有能替那些因家庭困难而未能来参会的同学垫付费用,心中感到十分难过和后悔!"

冰玉用右手抓住我的左手,感动地说:"我理解你当时的两难心理!你不要再纠结了,你的善意大家一定能感受到,也一定能理解你的行为!"

我点点头,感动地说:"谢谢你,你用心开车吧!"

冰玉问:"在你初中的同学中,还有家庭困难到这种状况的人吗?几百元都出不起吗?"

我说:"你生活在上海,有一个情况,你不会知道。在我们江苏,只有一半的初中毕业生能上高中;而在农村中学,升学率更低。初中毕业时,我们学校有两个初三班,一共一百多名毕业生,但是只有几位同学考上了高中;而在我们班,当年只有我一个人考上了高中。"

冰玉说:"真是太不可思议了!应该让青少年都能公平地接受高中教育。在我们上海,同学们初中毕业后,基本上都能上高中的。"

我说:"你们是国际大都市,各方面的条件自然都比较优越;而在我们落后的农村,大多数同学初中毕业之后就务农了,或者出去打工。由于文化水平的限制,他们中的好多人只能凭体力吃饭;也有些人是家中遭遇到灾难;有些人是因为亲人患有大病,花光了家中的积蓄。调查显示,在我国的贫困农民中,因病致贫的高达42%。方方面面的原因导致了一些人现在的生活还比较贫困。"

冰玉说:"真是'有才堪出众,无衣懒出门。'"

我说:"农村人生活的贫困和辛劳是你无法想象的!我当年如果不是认真学习,并且在好心人的帮助下,上了大学,我现在的状况一定比他们还要惨!"

冰玉含着泪说:"初中考高中时,你们全班只考了你一个人;高中考大学时,人家又不愿意录取你。可见你的人生奋斗之路是何等的艰难!可怜的老大呀,我现在好想紧紧拥抱你一下,传递给你一份温暖和慰藉!"

我感动地说:"非常感谢!你用心开车吧!"

冰玉说:"所以知识改变命运!只有勤奋如你者,才能跳出农门,将命运掌握在自己手中。如果我和你一同长大就好了,我会一直鼓励你,给你生命的力量!"

我说:"凭着你的善良,我相信你一定会的!上高中时,确实有一位像你一样善良的女同学阿霞,一直在安慰我、鼓励我。"

冰玉说:"你人品好,总是有人愿意给你温暖!"

我说:"在我们当时那么困难的条件下,对于身体不方便的我来说,读书考大学是我唯一的出路;而在这条路上也是荆棘丛生,并且始终有一个大大的问号挂在眼前,'到底有没有大学愿意录取我?'"

冰玉眼泪流了下来,哽咽着说:"你比同龄人多了一份莫名的忧愁!高中时期,你就有了这样的心理负担,确实活得不容易!你是一个没有伞的孩子,偏偏又遇上了下雨天,所以你只能选择拼命奔跑!"

我说:"阿霞见识比我广,给我讲了国家的高考政策,告诉我,'是金子总会发光的。'我才慢慢地恢复了自信。"

冰玉说:"真是命运多舛,好在你没有向命运低头!有机会一定要让我认识一下这位阿霞,我要好好感谢她!"

我说:"好的,等你去南通,我一定约她和你见一见,你们俩都是我生命中的贵人。她和你有很多的相同点,才貌双全,多才多艺,温柔善良,待人真诚热情。"

冰玉说:"正是因为你考上了大学,我才有幸认识你这位大才子!认识你是我今生最值得欣慰的事情!"

我说:"深有同感!回顾我的前半生,既是很不幸,也是很幸运。在我生命的不同阶段,总能遇到主动帮助我的好心人。大学入学时和入学五年中,后来在研究生面试和录取时,在毕业分配时,我都得到过好心人的帮助!在工作中也得到了同事们的热心相助!"

冰玉说:"愿这些好人都一生平安!"

我说:"有空我把我们初中师生聚会的视频发给你看看,你可不能嘲笑我的开幕词普通话讲得不标准哟!"

冰玉说:"不会的!我一定会认真欣赏。你的开幕词一定非常精彩!你的声音很有磁性,上学时,我特别喜欢听你演讲。"

我说:"好多师生夸我的开幕词写得好,语文老师夸我演讲得更好。你大嫂看了我演讲的视频,也说很好,但是指出一个不足之处,认为我演讲'开幕词'的时候,从头至尾,一直是用的高昂的声调,没有注意抑扬顿挫和轻重缓急。"

冰玉说:"大嫂对演讲是内行,她以专业的标准考核你,要求就太高了。其实,我认为演讲'开幕词'的时候,就应该用高昂的声调,这样才会有更强的感染力!"

我说:"你大嫂从小的梦想是想成为播音员!上中小学的时候,她当过学校里的广播员!高考时,她是当地的文科状元,以超过一类本科70分的成绩报考了广播学院,却因为身体原因落选了!"

冰玉说:"难怪呢!大嫂的朗读声情并茂,极富感染力。你上周发在朋友圈里的大嫂朗诵的《羊羔跪乳,乌鸦反哺》的录音,大嫂朗诵到最后两句时,我感觉她哭了,我听得也哭了!"

我说:"这次朗读,她倾注了无限的真情,读到最后两句时,已经是泪流满面!读完了,她大哭了一场!我完全理解她的心情,散文中的某些句子触及她心底里那根梦想的弦,没能上广播学院,未能成为她心中无比渴望的播音员是她终生的遗憾!"

冰玉说:"大嫂现在已经非常优秀了,全国百佳乡村英语教师,'五一'劳动奖章获得者,省市县的各种荣誉称号都有了,应该没有遗憾了。大嫂绝对是我的精神偶像!"

我说:"教育确实是她最热爱的事业,但是播音毕竟是她最初的梦想。"

冰玉说:"是的,你很懂得她!我也特别能理解她!大嫂的歌声也非常优美,完全达到了专业水平。你每次发给我,我都认真欣赏,百听不厌。"

我说:"谢谢你!我也承认自己的演讲确实还有很大的不足,以后再慢慢改进吧!你给我先介绍一下东方明珠塔的基本情况。"

冰玉说:"东方明珠广播电视塔是上海标志性文化景观之一,位于浦东新区陆家嘴,世纪大道1号。塔高468米,1991年7月兴建,1995年5月投入使用,是国家首批五A级旅游风景区,1995年被列入上海十大新景观。设有陈列馆、观光廊、太空舱和旋转餐厅等多功能设施。"

随着车子临近,巍峨高耸的东方明珠广播电视塔呈现在眼前。

乘冰玉买票的空隙,我和小妹仔细观看门口的文字介绍。

电视塔主线是3根直径9米、高287米的空心擎天大柱,大柱间有6米高的横梁连接;在93米标高处,由3根直径7米的斜柱支撑着,斜柱与地面呈60°交角。有425根基桩伸入地下12米,上千吨的3个钢结构圆球分别悬挂在塔身112米、295米和350米的高空。

塔座是6000平方米的上海城市历史发展陈列馆,我们首先进馆参观。

陈列馆内依次是城厢风貌、开埠掠影、十里洋场、海上旧踪、建筑博览、车马春秋6个展馆的80多个景点、数百件珍贵历史文物、上百幢按比例缩小的华美建筑、117个与真人同样大小的蜡像、近千个小蜡像、小泥人,主要反映了上海近百年历史发展的概况。

听着讲解员和冰玉的介绍,我又增加了不少知识,加深了对上海的了解。

我真诚地感谢讲解员:"美女,太感谢你了!听君一席话,胜读十年书。"

讲解员说:"先生客气了,广传上海文明、弘扬中华文化是我们每个中国人应尽的义务和责任。"果然是在国际大都市,一句很普通的话语竟然说得如此的高大上!

我们乘电梯到达直径50米的下球体室外观光走廊,标高90米。继续向上是259米高的悬空观光走廊,全长150米,宽2.1米,通过原第二球体观光平台的临边改造而成。该观光走廊由24个可活动收放的"花瓣"状钢化透明夹胶玻璃组成,单元建筑面积17.29平方米。继续向上是263米高的上球体观光层,直径45米,是电视塔的主观光层。

我们三人望着窗外,有一种奇特的欲飞天的感觉。冰玉自豪地说:"在我们陆家嘴,有四座高度超过400米的高楼。除了东方明珠塔,你认识南面这三座紧邻的摩天大楼吗?"

我想起网上的比喻,调侃道:"那个'开瓶器'是上海环球金融中心的大楼,那个'注射器'是金茂大厦,我们这个东方明珠塔是个'螺丝刀'。"

大家都笑了。

冰玉笑道:"德性!不过你的这些比喻还挺形象的!那座最高的建筑呢?你不知道了吧?"

小妹说:"我知道,那个'扭曲的吸管'是新建的上海中心大厦,高度632米,是中国最高的建筑,也是世界第二高楼。"

冰玉说:"你俩绝对是真正的兄妹,说话的方式都是同一个腔调。"

小妹笑道:"如假包换!"

我们又笑了。

冰玉自豪地说:"上海中心大厦是我们上海的新地标,最近刚刚对公众开放。主体结构就如同一个圆形的直立的管子,外面套着一个三角形的右旋的管子,两个管子之间的空间有保温作用,所以很节能环保。大厦的外形是右旋120度螺旋式上升的流线型结构。大厦内部的每一层都有自己的零售店和餐厅,是一个集办公、酒店和观光于一体的功能齐全的垂直商业区。"

我说:"我最近两年没有来上海,当然就不知道你们的新地标了。"

冰玉嘲讽道:"你不是大才子吗?我还以为天下没有你不知道的事情呢!"

大家又笑了。

小妹暧昧地看着我,坏笑道:"最权威的大哥终于遇到了最'温柔'的才女,柔能克刚,大哥输了。"

冰玉说:"你大哥是一块顽固的钻石!我可不想克他,否则我自己反而会被他磨得遍体鳞伤的!"

我说:"你直接说我是又臭又硬,不就得了嘛!"

大家又笑了。

小妹说:"亲爱的大哥耶,你一定是伤害过人家哟!"

我有些不好意思,却故意不接小妹的话。我真诚地说:"你们大上海这两年发展太快了,经济社会又上了一个新台阶,确实是全国改革开放的排头兵。现在我们南通正在借着你们发展的东风,迎头赶上。"

小妹调侃道:"你俩就齐头并进,比翼双飞吧!"

冰玉立即笑道:"双飞不了!你大哥总是比我慢半拍!"

大家又笑了。

小妹说:"大哥做事一向快捷、认真,从不拖拉。才女,是你自己太急躁了吧!"

冰玉笑道:"确实是我自己太浮躁了,没有你大哥稳重、踏实。老大,你看看,小妹容不得我对你有丝毫的质疑。"

我说:"你完全可以质疑,我确实总是不断犯错。我们三个人来一张高空合影吧,就以后面的三座摩天大楼为背景。"

小妹笑道:"我不参加,否则我这个大灯泡太亮了。"

冰玉笑道:"没有你这个大灯泡照明,画面不耀眼!"

我们都笑了。

冰玉说:"我们按照各自的身高与后面建筑的高矮相互对应的位置站立,应该更有画面感。"

我站在后面右侧,对应着最高的上海中心大厦;冰玉站在后面左侧,对应着上海环球金融中心大楼;小妹比冰玉稍微矮一点,站在前面,对应着较矮的金茂大厦。

我们请美女导游拍照。画面果然很完美,我们三个人的高度与位置和后面的三座建筑和谐统一,有一种特别温馨协调的氛围和意境。

小妹调侃道:"你俩都是'中心',一个是上海中心,一个是环球中心,只有我是最矮的金茂大厦。"

我笑道:"我们知道你是小财迷,你拥有了金茂大厦,就拥有了无限的财富。"

我们又笑了。

再向上是空中旋转餐厅,坐落于267米高的上球体内,营业面积为1500平方米,可容纳350位游客同时用餐。

随着高度不断增加,视野越来越开阔,真是"欲穷千里目,更上一层楼"。

我念道:"故不登高山,不知天之高也;不临深溪,不知地之厚也。"

冰玉调侃道:"不闻才子老大之教诲,不知天下学问之广博也。"

小妹说:"才子才女在这数百米的高空相互《劝学》,实乃文坛佳话也!"

冰玉笑道:"小话痨,你就是特别喜欢夸张!"

小妹偷偷地拍了我和冰玉聊天的照片,直接发到大学同学微信群里。

阿云说:"才女看老大的眼神,深情无限!"

黑胖说:"老大的神态却是有些假正经。"

天禧说:"哈哈哈!原来某人上学时一直是身在曹营心在汉呀!"

书记说:"女神的这三声'哈哈哈'中有着极其丰富的内涵!"

黑胖问道:"某人是谁?曹营在哪?汉在哪?"

小妹和冰玉都用别有深意的眼神看着我!

我说:"我们不用理天禧,她自己才是身在曹营心在汉呢。我们只管尽情地赏景!位于如此高的摩天建筑上,一眼望去,'天高地迥,觉宇宙之无穷;兴尽悲来,识盈虚之有数。'"

冰玉疑惑地问道:"你为什么突然吟起'兴尽悲来'这一句呢?谁惹你了?"

小妹说:"一定是天禧刚才的这句话触动了大哥的某个心事,因而破坏了氛围!"

我念道:"嗟乎!时运不济,命运多舛。"

冰玉说:"难怪呢,原来你是在仔细品味《滕王阁序》中这句话,与王勃有了同样的感慨!但是老大呀,你还年轻,不要灰心,我一直敬佩你坚韧不拔的意志;何况王勃不也是感慨'老当益壮,宁移白首之心?穷且益坚,不坠青云之志'吗?"

小妹说:"王勃还坚信'北海虽赊,扶摇可接;东隅已逝,桑榆非晚',大哥一定还有东山再起之日。"

我说:"谢谢你们的鼓励!虽然我不能东山再起了,但是一定会积极地活下去!"

她们俩非常默契地同时分别抓住我的两只手,一起用力一握,我顿时感受到两股来自她们体内的满满的正能量!

冰玉指着脚下,笑道:"你看黄浦江在陆家嘴转了一个大弯,江水并不是一直向东流的。'谁道人生无再少?门前流水尚能西!'"

小妹说:"大哥应该放下所有的内心负担,轻松惬意地生活,在大嫂的陪伴和才女的激励下,将每一个平凡的日子都活成激情浪漫的诗意人生。"

我感动地说:"谢谢你们,我又满血复活了,我们继续向上攀登吧!"

我们三个人都温馨地笑了!

350米高处的太空舱直径为16米,以未来主义的风格展现了太空场景的科幻魅力,是电视塔最高的观光层。风很大,呼呼作响。

小妹紧紧抓住我说:"大哥,不行了,我开始恐高了!"

我说:"在这个世界上竟然还有你害怕的事情啊!你这个调皮鬼,不是一直在大哥面前吹嘘自己是天不怕地不怕的吗?"

冰玉安慰她说:"别怕,有我们呢。"

我念道:"摩天入九霄,举手揽星辰。轻声唤嫦娥,玉兔飞来迎。"

小妹说:"可不仅仅是玉兔飞来迎接,美丽无比的嫦娥才女更是亲自来迎接你的!"

冰玉说:"贫嘴的小妹比你大哥还能胡说!"

我们三个人都笑了。

冰玉笑道:"大才子呀,你套用古人的诗词倒是一绝,张口就来。"

我说:"《易经·系辞上》云:'是故形而上者谓之道,形而下者谓之器,化而裁之谓之变。'"

冰玉笑道:"你的自我陶醉竟然还有出处!佩服!"

我说:"曾经最得意的一次,就是给你大嫂写情书时,将汉乐府民歌《上邪》全篇抄下,只改了一个字。"

小妹问道:"大哥改的是哪一个字?"

我说:"最后一句'乃敢与君绝',被我改成'仍不敢与君绝'。你们大嫂先是骂我是抄书匠,后来又怪我字都抄错了,再后来知道我是故意改的,就理解地笑了,说改得很好。"

冰玉细细品味《上邪》原文全篇,"上邪,我欲与君相知,长命无绝衰。山无棱,江水为竭。冬雷震震,夏雨雪。天地合,乃敢与君绝。"

突然,冰玉赞叹说:"改得巧,改得妙!大话说得更大,却更能唬人、骗人,更容易让人感动。真是天长地久有时尽,此情绵绵无绝期。"

小妹说:"大哥呀,大嫂就是这样被你骗到手的吗?"

我说:"你大嫂可不是那么好骗的,她当时的评价和冰玉的话是完全一样的。"

冰玉说:"我好想见见大嫂!她一定是一位才智双全的美丽女神!否则,我们傲气的大才子是不会如此地神魂颠倒的。"

我说:"你们有空一定要去南通看看,很期待你们的相见。南通虽然比不上大都市的繁华,却不失小城市的温馨。"

小妹说:"南通是长寿之乡,特别适宜人居,我非常喜欢。"

我想起元代虞集的《南乡一剪梅·招熊少府》,直接修改后念道:"南阜小亭台,薄有山花取次开。寄语多情苏才女,晴也须来,雨也须来。随意且衔杯,莫惜春衣坐绿苔。若待明朝风雨过,人在天涯,春在天涯。"

冰玉笑道:"我真领教了你改词的水平!相见不必总在春,心悦四季都成行。如今交通很便捷,有心天涯若比邻。"

小妹一直拉着我的手,闭着眼睛,不敢向外看。

我故意惊叹道:"浩瀚蓝天,万里一色,绝尘无染。荡胸生层云,举手触飞鸟。'落霞与孤鹜齐飞,秋水共长天一色。'实在是太美了。小妹,快看啊!我们'欲与天公试比高'啦!"

冰玉向我翻了一个白眼,用手指顶了一下我的腰,笑着说:"你好讨厌,为什么要刺激我们最温柔可爱的小妹呀?"

我问小妹:"你晕飞机吗?"

小妹说:"不晕呀。"

我说:"我们到大厅中间去,你坐下来,看不到下面,你只能平视,就不会晕了。"

我扶着小妹坐好。我说:"你睁开眼睛试试。"

小妹慢慢地睁开眼,小心地往外看,笑道:"真不晕了。"

冰玉说:"你还挺有一套的嘛!无论遇到什么事情,你总是有办法,跟你在一起就是这么让人放心!"

登高望远,极目远眺,浩瀚的长江自西方天际滚滚而来,浩浩荡荡,流过脚下,逐涌着向东方奔去,流入大海,远处水天一色,天空白云轻飘,飞鸟翱翔,美不胜收。陆止于此,海始于斯。大自然是如此神奇美妙!真乃绝妙之画图,千古之绝唱。

我说:"'当时若不登高望,谁信东流海洋深。'长江入海口三水相连,也是一道自然奇观。"

小妹问道:"长江入海,不是江水连着海水吗?哪来的什么三水相连呢?"

冰玉说:"长江入海口是黄海和东海的分界线,所以老大是黄海儿女,而我是东海儿女。"

我说:"一条长江天险就划分出美丽富饶的江南仙境和落后贫困的江北乡

村,这种天然条件的差异决定了我们生存和发展的差距。"

冰玉笑道:"小妹呀,你有没有闻到一股强烈的酸味呀?"

小妹笑道:"闻到了,确实好酸呀!"

我说:"小妹呀,你现在住在南京,也是江苏人,应该与大哥是一家的。"

冰玉说:"小妹呀,南京也在江南,自然我俩应该是一家的。"

小妹说:"你俩别打架了,黄海的水和东海的水有区别吗?我这条江从南京来,最终汇入了黄海和东海,我们三水合一,都是一家的!"

冰玉说:"还是小妹会和稀泥!不过战争是某人无缘无故首先挑起的,很讨厌某人身上整天故意冒出的江北佬的酸味!"

小妹说:"我说句公道话,这次确实是大哥不对,不应该强调什么江南江北,中华一家亲。"

看到冰玉瞪着我,我赶忙说:"好了,大公主,是我不对,我真诚道歉!"

小妹笑道:"大才女,我好佩服你哟!普天之下,唯有你才治得了我大哥!"

冰玉说:"我都不屑于跟你的傻大哥计较!"

小妹笑道:"不是不屑,而是舍不得!"

我赶忙改变话题,念道:"日日依山看荃湾,帽山青青无改颜。"

冰玉一笑,继续念道:"我问海山何时老,清风问我几时闲。"

小妹接着念道:"不是闲人闲不得,能闲必非等闲人。"

我说:"真希望能做一个不问世事的清闲人。每日静观日落月出,云卷云舒。"

冰玉看着我,意味深长地说:"真正能闲看潮起潮落、云淡风轻者,就是一位精神的富有者。"

小妹说:"大哥就是一个精神富足的哲人。"

我说:"不敢当,十分惭愧,都是装的!大才女火眼金睛一瞪,我就现了原形!"

我们都笑了。

会当凌绝顶,一览众山小。我想起毛主席的《水调歌头·重上井冈山》,念道:"可上九天揽月,可下五洋捉鳖,谈笑凯歌还。"

冰玉接着念道:"世上无难事,只要肯登攀。"

小妹说:"你俩刚才相互《劝学》,现在又相互励志,你们确实是心灵知音、精神伴侣!此等灵魂相通的知己十分难觅,真令人羡慕呀!"

我说:"小话痨,你不说话,没有人会把你当哑巴!"

小妹说:"我走了,有人嫌弃我这个大灯泡太亮了!"

冰玉笑道:"是有些亮,刺眼睛!"

我们都笑了。

环球而走,整个上海全景尽收眼底。春和景明,波澜不惊,上下天光,一碧万顷。登斯塔也,则心旷神怡,宠辱皆忘,春风拂面,舒坦无比,快乐胜过神仙矣。

大自然总有一种神奇的魔力一直在不可抗拒地陶冶着我们的心灵,激荡着我们的胸怀。海洋的博大、山川的雄伟、天宇的空旷和生命的多彩让我们在不知不觉中产生敬畏之心。

我想起范仲淹的《岳阳楼记》,随口念道:"不以物喜,不以己悲;居庙堂之高则忧其民,处江湖之远则忧其君。"

小妹接着念道:"是进亦忧,退亦忧。然则何时而乐耶?"

冰玉继续念道:"其必曰:'先天下之忧而忧,后天下之乐而乐乎。'"

我问道:"噫!微斯人,吾谁与归?"

冰玉说:"我们三个人一起归!"

小妹笑道:"你们两人才子才女琴瑟和鸣,自然是同出同归;我头晕,就不当大灯泡了。"

冰玉笑道:"再胡说,就把你扔下去。"

小妹假装害怕,故意紧紧地抓住我。

我说:"别怕,这么可爱迷人的好妹妹,我可舍不得!"

我们三个人一起大笑。

我说:"孔子登东山而小鲁,登泰山而小天下。"

小妹笑道:"大哥上午登临明珠塔而知晓沪通紧邻之一衣带水,下午游览黄浦江而感受才女真情之一往情深!"

冰玉说:"看来不把你扔下去,你的贫嘴还没完没了呢!"

我们又笑了。

中午,我们在旋转餐厅内吃饭,每个人288元,好贵。冰玉购买门票时就付清了所有的费用。饭菜很普通,吃得我非常心疼。

冰玉说:"你难得来上海,应该的。"

我说:"我是江北乡下的土佬,总觉得这个饭菜太不值了。"

冰玉责怪地说:"你再说你是乡下的土佬,我就真生气了!"

我赶忙笑道:"天仙不要生气,老朽再也不敢了。"

小妹说:"确实只有大才女才能治得了大哥!天禧整天跟你咋咋呼呼的,其实就是一个纸老虎,你根本就不在乎。"

我说:"就你能!这么贵的饭菜都堵不住你的嘴呀?"

小妹故意说："在267米高的天空吃饭,感觉就是不一样！288元值,反正也不是花的我的钱。"

我说："好啦,我也不心疼了,反正也不是花的我的钱。"

我们三个人都笑啦。

两点过了,我们下到地面。

冰玉说："我们去游览黄浦江。"

小妹说："我不去了,要去我姨妈家看看。"

冰玉说："我买的是联票。"

小妹说："真不能陪你们玩了,昨天和我姨妈说好了的。你把我的票退了吧。"

冰玉说："那好吧,就是太遗憾了。"

小妹咬着我的耳朵,轻声地说："'黄金万两易得,知己一个难求。'经过一上午的仔细观察,我不得不承认,你和才女确实是心心相印的知己。我相信了我妈妈二十多年前说的话,你心中只有才女,没有校花！"

我笑道："黄金万两怎么就易得了呢？除非把你卖了！"

小妹笑道："我不值一万两,你的天仙可是无价之宝。你俩今天晚上肯定有非常精彩的节目,记得一定要现场直播给我哟！"

我刮了一下她的鼻子,笑着说："你滚吧！"

小妹笑道："好粗鲁,小心我明天不送你回家啦。"

送走了小妹,我说："你去退票吧,我在此等你。"

冰玉说："我买的是联票,参观了一部分,余下的部分不可以退。"

我看了一下价格,坐游船每人120元,就这样浪费了。观塔、吃饭加游船,每人要七百多元。如果是家庭游,一家三四口人需要两千多元,实在不是普通家庭所能承受的。近来微信上许多人诟病国内旅游景点门票太昂贵,看来确实如此。

我满怀歉意地说："今天让你太破费了！"

冰玉笑道："你还真是个乡下土老帽！"

我好钦佩冰玉的人品,她没有当着小妹的面说不好退,是不想增加小妹的愧疚感。

我说："天下人都像你这样善良厚道,世间再无纷争。"

冰玉笑道："你也一样！"

我俩登上游览船。江面风急浪高,一浪追着一浪,一浪高过一浪,由远及近,拍击船身,发出巨大的声响。

我念道:"且夫水之积也不厚,则其负大舟也无力;风之积也不厚,则其负大翼也无力。"

冰玉惊讶地看着我,怜爱地说:"此乃《庄子·逍遥游》中的句子。你怎么突然发出这样的哀叹之音呢?"

我感慨道:"半生已去,壮志未酬。"

冰玉说:"既怨你,也不怨你!怨你当年一意孤行,不听人言;心疼你遭遇不幸,命运多舛!"

我努力笑道:"我是自作自受,咎由自取。"

冰玉说:"你不要这样说。欣慰的是,你没有就此沉沦,没有怨天尤人!高兴的是,你大难已过,此生一定无忧无灾了!"

我说:"谢谢你真诚的祝福!愿我们的下半辈子都能顺利如愿!"

冰玉说:"在《庄子·让王》中这样说,'知足者不以利自累也,审自得者失之而不惧,行修于内者无位而不怍。'我们以后只要无病无灾就是幸福!"

我说:"好的,听你的!我以后努力做一名知足者、审自得者和行修于内者。"

冰玉笑道:"这才乖,是个好孩子!"

我们都笑了。

游览船缓缓行驶,两岸向后退去。东岸曾经的几十里荒滩如今是高楼林立,与西岸古老经典的建筑相映成趣。西岸的克里斯汀大酒店像一尊璀璨的王冠,钟楼在静默无声地诉说着上海百年的历史变迁。东岸的上海中心大厦、环球金融中心大厦、东方明珠塔和金茂大厦,四座摩天建筑彰显着现代文明的辉煌。

我俩倚栏而望,只见天高地迥,寰宇无穷;长烟一空,气象万千;清风生,水波兴;百舸争流,鱼鲨击水;岸芷汀兰,飞鸥翱翔。整个黄浦江如同一条巨龙,南集全沪之灵气,北汇于长江而入海;多座高桥飞架,两岸高楼摩天,华夏精英,多会于此。

我想百年修得同舟渡,千年修得共枕眠。人与人之间还是要讲究缘分的!

冰玉问道:"你在想啥呢?"

我念道:"一年一度,烂漫离披,似长江去浪。但要教啼莺语燕,不怨卢郎。"

冰玉笑道:"你倒是挺有雅兴,还如此喜欢狡辩!'问春春道何曾去,任蜂蝶飞过东墙。'君看取,年年才子老大。"

我笑道:"不敢,老大是实,才子是虚,老而无用也。"

冰玉笑道:"假谦虚!"

美女导游在深情地诉说着两岸的风景、人文和历史。

冰玉说:"中央1990年决定开放浦东时,我还在读高中。我站在学校教学楼五层的走廊上,隔江向东望去,浦东基本上是大片的稻田和荒野。我当时感觉建设浦东完全是一个非常遥远的梦。"

我说:"但是你没有想到,在短短二十多年的时间里,这块神奇的土地竟然如同变魔术般地迅速成为我国的金融商业中心,真让人不敢想象!"

冰玉说:"我经常去美国参观学习,对美国很了解。如今在我们陆家嘴的摩天大楼的数量早就已经超过了纽约华尔街的,这真是人间奇迹!"

我说:"这是我国社会主义制度集中力量干大事的巨大优势。中央一声令下,万众创新,全民创业,不畏艰难,勇往直前。"

冰玉说:"确实如此!上个月,我去美国参加年会,他们那个州的委员告诉我,早在十年前,他们就规划建高铁,但是征求民意之后就没有下文了,各方面的势力集团都在打着自己的小算盘,自说自话。如今已经是十年过去了,此事还仅仅是一纸空文。"

我点点头,高兴地说:"我们有幸生在这样一个国民经济快速发展的繁华盛世,更应该为国家和民族的发展添砖加瓦。"

冰玉拉着我的手,微笑道:"革命尚未最终成功,我们一起努力。"

我们俩都笑了。

两岸的各种建筑随着游船的移动,呈现出不同的奇特景象,真是"横看成岭侧成峰,远近高低各不同"。

我说:"蒹葭苍苍,白露为霜。所谓伊人,在水一方。"

冰玉说:"别乱感慨了,现在交通很方便,有空经常来看看我就是了。"

落日的余晖映着波涛迭起的江水,层层反射,浪浪相映,七彩斑斓,美丽无比,江山如画。夕阳红遍霞满天,映照长江柔情水!我们的心醉了!"但得夕阳无限好,何须惆怅近黄昏。"

冰玉轻吟:"江水夕阳两相知,你浓我浓难舍卿。"

我调侃道:"水光潋滟晴方好,卿不思我我念卿。"

冰玉看我一眼,笑道:"讨厌,又胡说!感情是相互的!'瘦影自怜春水照,卿须怜我我怜卿。'"

我故意说:"都说黄浦江景美,今日就伴君游;然而只恐浪大船太小,载不动许多愁。"

冰玉笑道:"瞎改词,乱弹琴!已经是糟老头子了,还在为赋新词强说愁呀?"

我念道:"朝看水东流,暮看日西坠。"

冰玉怜爱地注视着我,不说话。

我有些激动,在她耳边轻轻地说:"君住江之南,吾居江之北,夜夜思君不见君,同饮长江水。"

冰玉柔情地看我一眼,含泪念道:"莫怪江水太无情,世事不都随我心。当年青春解错意,固执己见离金陵。如今中年知天命,随缘随意弃遗恨。我辈此生去一半,心平意静度余生。"

我有些后悔,不应该逗她,只能安慰她说:"万事不可求全,有遗憾才是真实的人生。在《一代宗师》里有一句台词,'人生若没有遗憾,那该是多无趣啊!'"

冰玉瞪我一眼,狠狠地说:"遗憾!所有的遗憾都是你这个讨厌的糟老头子整出来的!"

我说:"'流水下滩非有意,白云出岫本无心。'不正是你刚刚所说的'随缘随意弃遗恨'吗?"

冰玉又瞪我一眼,没有说话!

为了撇开尴尬的氛围,我有意请美女导游帮我们拍了一张两人临窗远眺的合影。

冰玉看了一眼合影,向我点点头。我随手就将合影发到大学同学微信群里,立即引来一片赞叹声。

古丽说:"好有意境呀!才女长发飘飘,好美,惊为天仙;才子凝神深思,好帅,堪比宋玉。"

歌神说:"我就是那多愁多病的身,你就是那倾国倾城的貌。"

大家都笑了。

小仙女说:"哥啊,你们这对才子才女同游黄浦江,你们俩该合作一篇《神仙眷侣春江游》,与我们共同分享。"

书记问道:"咋就你们俩?学霸和小妹呢?"

我说:"她俩不理睬我们,真伤心!"

小妹说:"我和学霸不想当灯泡,让才子才女尽情地浪漫。"

天禧说:"友情提醒,老大呀,风大浪高,你俩注意安全,千万不要浪到江里去!"

大家又笑了。

夏蕴问道:"我咋感觉大才女眼中含着泪水呢?"

歌后说:"校花多此一问,才女肯定是被才子哥感动的嘛!'忆君心似西江水,日夜东流无歇时。'"

高个说:"老大身在南通,心在沪上;曾经梦断长江,如今魂牵黄浦江。"

茼芃说:"天然一段风韵,全在眉梢;平生万种情思,悉堆眼角。"

小燕子说:"学霸这一形容,老大就成了那个含玉而生的'宝玉哥哥'了!"

黑胖说:"老大确实是含着一块美'玉',不过这块'玉'不是'黛玉',而是'冰玉'。"

大家又笑了。

我说:"你小子中午又喝多了吧!"

我拉着冰玉的手,动情地说:"黄浦江确实好美!苏通大桥建成之前,我曾经多次坐船在黄浦江上往返,以前咋就没有感觉到呢?"

冰玉说:"你以前都是因事匆匆而往,当然没有心情注意江中的美景啦。此次专为赏景而来,目的不同,注意力自然就不一样了。"

我说:"主要是有佳人相伴,心情不同。心悦,普通景观皆赏心悦目;心美,平常事物都奇妙无比。"

冰玉终于笑道:"你就贫吧!晚上黄浦江的景色更加美丽迷人,万灯齐射,交相辉映,肯定会让你更加陶醉的。下次你再来,我一定陪你夜游黄浦江。"

我说:"人不可得陇望蜀。今日之游,足慰平生。"

冰玉笑道:"又是你的'不求全'理论!"

我念道:"半开半圆半自然,半智半愚半天真。半苦半乐一自在,半俗半禅都随缘。"

冰玉立即讥讽道:"半真半假太讨厌,半恨半爱很烦人!"

我笑道:"半百半生知天命,半醉半醒度余生。"

我们都笑了。

我注视着冰玉的侧影,此刻的她,在夕阳光影的映照下,显得神采飞扬,仪态万千,真美!

我想,尽管女人的外在美是短暂的,但是用才华和涵养装饰起来的内在美是完全可以延续一生的。

我念道:"云想衣裳花想容,春风拂槛露华浓。若非群玉山头见,会向瑶台月下逢。"

冰玉笑道:"你总是将这些不要钱的古诗拿来消遣我,我有这么美吗?"

我说:"'回眸一笑百媚生,六宫粉黛无颜色。'惊鸿一瞥百花羞,从此天涯再无艳。欲把冰玉比仙子,腹满诗书才更佳。"

冰玉瞪我一眼,笑着说:"你真讨厌,越来越会贫嘴了!"

我念道:"若有诗书藏在心,岁月从不败美人。"

冰玉说:"别乱说了,岁月终究是无情的!"

我念道:"闲云潭影日悠悠,物换星移几度秋。"

冰玉接着念道:"阁中帝子今何在?槛外长江空自流。"

我们在江面上待了两个多小时,依然不舍得离去,感觉我们已经和江水完全融合在一起了。

我轻吟:"大江东去,浪淘尽。千古风流人物。"

冰玉念道:"乱石穿空,惊涛拍岸,卷起千堆雪。江山如画,一时多少豪杰!"

我念道:"江山代有英才出,各领风骚数十年。"

冰玉念道:"一万年太久,只争朝夕!"

我点点头!

五点多了,我俩意犹未尽地上岸了。

我说:"我请你吃晚饭,以弥补在大聚会时,我没有请你吃饭的过失。"

冰玉说:"你还知道自己错了,真是难得!不用你请我吃饭了,我爸爸妈妈在家里已经准备好了。你能主动在我面前认错,我很意外,也很感动!"

我说:"我突然好紧张,如同刘姥姥首进大观园!"

冰玉笑道:"我家又不是贾府,你紧张什么?"

我说:"万分荣幸!'酒未开樽句未裁,寻春问腊到蓬莱。不求大士瓶中露,为乞嫦娥槛外梅。'"

冰玉笑道:"你自比宝玉,我就不跟着你比妙玉。何如?"

我故意伤心地念道:"花前失却游春侣,独自寻芳。满目悲凉,纵有笙歌亦断肠。"

冰玉问道:"你这话对多少美女说过?骗过多少痴心女?"

我说:"不敢,唯有君能知音也。说起《红楼梦》中这几个女子,你如何评价?"

冰玉说:"都有可爱的一面,也都有贵族小姐的缺点,但是这其中是有区别的。比如黛玉的小性子,妙玉的目无下尘,可以理解成清高、自洁,仅仅是性格缺陷,完全能够接受。"

我说:"哪一位你不能接受呢?"

冰玉说:"再比如探春的势利,虽然不对,但毕竟是一般人的共性,也不能责之过甚。凤姐的强势性格,可以理解,毕竟在弱肉强食的丛林中,她想保住原有的地位确实是不容易;但是她不择手段,甚至害人性命的事情就不能容忍了。李纨的事不关己高高挂起,可卿的违心与公公苟且,都是环境所致,社会的大潮之下,能自保则自保,不能自保则只能服从命运的安排了。"

我好惊讶!在我印象中,一直只知道风花雪月的冰玉竟然能说出这样一番很有深度的话语,有些出乎我的意料。原来她也看清了人与人、人与社会的基本关系,确实不简单。看来是我对许多事情有些想当然了,太自以为是了。

我说:"十二钗之中,你评了一半,剩下的另一半人中,其他人也就算了,都是

一些身不由己，也没有主动去抗争的，生活很被动的人，但是还有两个重要人物，你没有评价。"

冰玉说："我最喜欢湘云的聪慧敏捷和不拘小节，而宝钗却是我最不喜欢的人物。如果说黛玉和妙玉是性格的小缺陷，探春是人品的小问题，宝钗就是人品的大问题了。"

我顿时来了兴趣，鼓励地说："愿闻其详。"

冰玉说："在三十二回'含耻辱情烈死金钏'中，宝钗在与袭人聊天时，听到金钏投井自尽的消息，立即就从袭人的反应中猜到了事情的八九分。宝钗马上跑到王夫人那儿说了一通安慰的话，主要意思是：一、金钏是在井旁边玩，自己不小心掉下去的。宝钗这么说完全是推卸责任。二、如果金钏真是自己投井的，那么这样呆气的人也不过是个糊涂人，死了也不为可惜。宝钗这是黑白颠倒，指鹿为马；而且认为金钏死不足惜，心地极其狠毒。三、劝姨娘也不必十分过意不去，不过多赏几两银子发送，也就尽了主仆之情了，不是什么大不了的事情。在宝钗眼中，一条人命也就值区区几两银子。四、毫不犹豫地将自己的新衣服给死去的金钏装殓，并表示毫不忌讳。为了达到让王夫人喜爱的目的，宝钗可以不择手段。"

我说："你举的这个例子是最典型的，最能反映宝钗的为人品行。类似的事情还有很多，处处能看出宝钗的精明和世故；所以单纯率真的黛玉绝对不是宝钗的对手。其实人性都是有因果的，每个人性格的形成都有各种现实的因，才会结出各种相应的果。"

冰玉说："宝钗有句诗'好风凭借力，送我上青云'，但是这位别有心机的才貌双全的皇商，只要能帮助她上青云，就不管是'好风'，还是'歪风'，都一概不拒了。"

我好喜欢冰玉这种是非分明、爱憎明确的人品。无论环境如何恶劣，我们在任何情况下都不能脱离做人的底线，不忘初心，诚实做人。

我说："台湾作家蒋勋先生说过，'我们性格里都会有林黛玉和薛宝钗，我们永远都会在两种性格之间矛盾。'宝钗虽然是皇商之后，却面临家道中落，母亲有心无力，又不能依靠那个极其无能而且特别能败家的哥哥，一切事务只能自己把控。活在世态炎凉的现实中，宝钗能勇敢地挑起家族重兴的大梁，不得不八面玲珑，与人说人话，与鬼说鬼话。我们应该能理解而宽容。"

冰玉说："我宁可像黛玉那样在坚守中不妥协地死去，也不会像宝钗那样在妥协中圆滑地活下来。"

在冰玉的眼中，水火是不能相容的，对错是不能混淆的。我想起诗人顾城的一句话，"一个人应该活得是自己并且干净。"冰玉就是一个活得简洁而通透的人。

我说："你说的诚然是对的,但是我对宝钗却有一份特别的心疼之情。你回忆一下第四回'薄命女偏逢薄命郎,葫芦僧判断葫芦案'中,第一次描写宝钗的相貌、在家中的地位和作用的句子。"

冰玉念道："乳名宝钗,生得肌骨莹润,举止娴雅。当时他父亲在日,极爱此女,令其读书识字,较之乃兄竟高十倍。自父亲死后,见哥哥不能安慰母心,她便不以书字为念,只留心针黹家计等事,好为母亲分忧代劳。"

我说："你看看,宝钗小小年纪就背负着将颓废家族再次兴旺的重任。黛玉和湘云还在为自己的不幸遭遇而哀怨自怜的时候,宝钗却在为整个家族的生计苦心经营。你再回忆一下四十五回'金兰契互剖金兰语'中描写宝钗辛劳的句子。"

冰玉念道："宝钗因见天气凉爽,夜复见长,遂至母亲房里商议,打点些针线来。日间至贾母王夫人处两次省候,不免又承色陪坐,闲话半时。园中姐妹处,也要不时闲话一回。故日间不得闲,每夜灯下女工,必至三更方寝。"

我说："多么懂事,又多么可怜,所有的事情和方方面面都考虑周全了!宝钗的优点并不少:'行为豁达,随分从时。''品格端方,容貌丰美。'她的早熟是环境所逼,生活在以贾府为代表的矛盾重重、危机四起的正在走下坡路的封建王朝之中,如果宝钗不具有一颗圆融通达的心,又怎么能在暴风雨中站稳脚跟呢?她这种'罕言寡语,人谓藏愚'的性格是长期处在复杂的环境中练就的一种锋芒不露的能耐,是'安分随时,自云守拙'。"

冰玉说："是的。宝钗在精神上是孤独的,小小年纪,就独自将各种错综复杂的关系处理得四平八稳,滴水不漏。她的身心憔悴又有谁能体贴和理解呢?所以她咏海棠时这样说:'珍重芳姿昼掩门,自携手瓮灌苔盆。'自强的宝钗确实也有很多值得人心疼的地方!"

我说："还有'淡极始知花更艳,愁多焉得玉无痕',这是宝钗对生活最深刻的感悟呀!又如'万缕千丝终不改,任他随聚随分',这表明了宝钗不愿轻言放弃的顽强个性。"

冰玉说："你说得对!如果单做出世的黛玉,或者单做入世的宝钗,我们的生活可能都不会很幸福。"

我说："所以我们只有在世俗中积极进取的同时,依然保持一颗安宁平淡的心,才能将人生过得尽善尽美。"

冰玉说："你的目光比我敏锐,思想比我深邃;与你相比,我很肤浅而流于表面。"

我说:"虽然你一直生活在一帆风顺之中,但是你对事物的理解和感悟竟然也能这么深刻,确实是难能可贵的。"

冰玉笑道:"谢谢大哲学家的宽容！从某种意义上讲,《红楼梦》也是一本哲学书,或者是一本佛经。"

我说:"是的,它道尽了社会现实中的真真假假,因因果果。它还是一本社会学教科书,教导我们如何处理人际关系,如何与他人和睦相处。"

冰玉说:"我每一次再读《红楼梦》,都有新的收获。其实书中的每个人物都在我们身边,与我们朝夕相处着,我们能清楚地感知到他们的呼吸和情感;而我们每个人也都是书中的人物,都肩负着自己的使命,在现实社会中努力抗争。"

我赞赏道:"你说得太好了！这本百科全书就是一个灯塔,指引着我们前进的方向。"

冰玉说:"曹雪芹教会我们去尊重每一个生命个体,无论他地位的高低、财富的多少。"

我说:"迄今为止,还没有一本书能像《红楼梦》这样,事无巨细地展现每一个人的生活状态,不厌其烦地刻画每一个人的内心情感。即使是一个极为平常的角色,作者也会用心描绘。"

冰玉说:"如果我们能从一本书中不断看到自己的影子,那么这一定是一本好书。《红楼梦》是一本百读不厌的书,更是一本可以阅读一辈子的书。真想和你一起重读《红楼梦》,一边读,一边谈我们各自的感受,一定趣味无穷。能流芳千古的文学作品总是深刻反映了人类永恒的主题,值得我们反复阅读和认真领悟。"

我说:"深有同感,但是只能等退休以后才能有这样的闲暇时间！你竟然能准确地记住《红楼梦》中的许多原文,这太神奇了！令我望尘莫及！"

冰玉说:"哪能呀？我又不是天才！我能记住刚才这两段话完全是个巧合。我爸爸在研究《红楼梦》时,发现这些话在不同的版本中差异很大,就让我替他将几个版本都抄写下来,方便他进行比较研究,所以我就记住了。"

我说:"你抄一遍,就能记住了,我做不到。在我的心中,你就是天才,是名副其实的大才女！"

冰玉温馨地微笑着,看着我,不说话。

我说:"你记忆力这么好,所以你上学时学习一直很轻松。"

冰玉说:"一个人的记忆与兴趣有关,我只对文学方面的知识记性好,医学理论知识也是很难记住的。"

我说:"看来人的记忆是有选择性的。你大嫂总是抱怨我对生活方面的事情记性都不好,只能记住自己感兴趣的学习方面的内容。"

冰玉意味深长地说:"你的记忆确实有明显的'选择性',你只能记住你想记忆的事情,其他的内容都忘得一干二净!而且曹雪芹历经一段繁华的覆灭之后,推崇佛家的空幻和道家的虚无,蔑视儒家的过于现实和争先。看多了《红楼梦》,容易让人颓废,产生宿命论的观念。希望你不要走火入魔。"

我也温馨地微笑着,看着冰玉,不说话。

手机有提示音,在我的初中同学微信群里,有人在对我说:"昨日的两个有情人,今日在群里相会。群主大才子,不妨为他俩赋诗一首,以示庆贺。"

我赶忙认真思考。

冰玉问道:"是什么事情让你如此用心呀?"

我说:"我们上初中时,有两位男女同学前后紧邻坐,女孩芳妹在前,男孩荣哥在后,时常吵架,毕业前两人还打过一架。三十年未见,如今在我的初中同学微信群里相聚,感慨万千,女孩念念不忘男孩曾经打过她一拳头。有好事者让我作诗感怀。"

冰玉笑道:"有意思,你就'作'吧!"

我仔细思考后,在初中同学微信群里回道:

为报三生缘,今世前后坐。荣哥无语意难成,芳妹不言心自明。

转眼三年尽,好事未如愿。愿妹一生记哥情,忍痛一拳取芳心。

横批:万世荣芳。

大家都说,太好了! 大才子把荣哥和芳妹当年的心事描绘得非常到位,恰如其分。好一句"忍痛一拳取芳心",非常传神。尤其是这个横批点题,是何等自然、贴切,实在是妙不可言!

冰玉看了我的微信内容,笑道:"你真能胡扯! 初中的时候懂个啥,也正是因为不懂事,才打架的。"

我说:"不就是取乐嘛,活跃气氛而已,不用当真的。"

冰玉说:"初中时的感情懵懂纯真,倒是挺美好的。其实同学情如果能一直延续,最终转变成夫妻情也是非常令人神往的! 你们班上的高个和小燕子就是一对神仙眷侣!"

我说:"当年,我就是他们的'红娘'。"

冰玉说:"你后来怎么没有将这两位初中同学也牵上红线呢? 其实荣哥和芳妹并没有'万世荣芳',而是'今生遗憾'!"

我说:"初中时还太小,毕业后又各奔东西了;况且我又不是专职的'红娘'。"

冰玉坏笑道:"知道你不是专职的,否则你就会给自己牵上线了!"

439

我笑道:"我是一直有这个想法,可惜人家不愿意和我牵线,我高攀不上!"

冰玉立即责问道:"'人家'是谁？谁是'人家'？"

我笑道:"这是我的个人隐私！不告诉你！"

冰玉笑道:"小气鬼！"

六点,我们到达冰玉家的时候,她父母亲温和地等在家门口。

两位老人大约七十岁左右光景,一身知识分子的鲜明气质,很慈祥,而且极为热情。妈妈身上有一种圣洁优雅的光辉,一份高雅而温馨的艺术品位。每个人都会衰老,但是高雅之人的优雅气质和不俗品位只会更高提升！爸爸和蔼地微笑着,不是我一路上想象的那种不苟言笑的模样。

我有些受宠若惊,很不好意思。我拎了两箱牛奶,算是见面礼,但是觉得甚为寒酸。

爸爸立即接过我手中的牛奶。妈妈看我行动不便,立即和冰玉分别搀扶着我的两臂。

妈妈笑道:"你是唯一一位小婴主动跟我们提起过的男同学,也是唯一一位小婴主动带回家的男同学,她对你好崇拜的！"

冰玉说:"妈妈,你别乱说。"

妈妈继续说:"小婴从小清高傲气,一般人不入她的法眼。我们很好奇,是一位什么样的传奇人物能让我们一直骄傲的大公主如此心悦诚服,我们好期待能见见你。"

我开玩笑地说:"惭愧,承蒙小婴错爱。晚生乃苏北乡下的小土包子一个,实在是不足挂齿。"

爸爸爽朗地笑道:"年轻人果然谈吐不凡,儒雅有趣,我喜欢。"

我们一起进屋,是底层相对门的两套房间,冰玉家和她的父母各住一套。我觉得这倒是很不错的居住方法,和父母对门而住,既能互相照顾,又有各自相对独立的空间。

冰玉家的客厅好大,整套的红木家具,都是明清时期的风格。墙上挂着好多名人字画,让人感受到非常浓厚的文化气息。

冰玉领着我进入一间客卧,跟我说:"你晚上就睡在这个房间里。"

我说:"这不好吧,我出去住宾馆。"

冰玉说:"没有什么不好的。你一个人住在宾馆里,我还不放心呢。"

我说:"那好吧,多有叨扰。"

冰玉皱眉,不高兴地说:"不要再说这种讨厌的话了！"

我说:"好吧,以后保证不说了。你先生和女儿不在家吗？"

冰玉说:"我先生是研究飞机制造的,去北京开会了。丫头上高一,已经开学了,住校,两周回家一次。"

妈妈进来说:"你俩饿坏了吧,先吃饭吧。"

我们洗了手,进入餐厅,餐桌上摆满了饭菜。

我感激地说:"叔叔阿姨辛苦了!"

妈妈笑道:"不辛苦,有贵客造访,应该的。"

爸爸细心地帮我将椅子从桌子下面轻轻地移出来。我有些享受着贵宾待遇的感觉,很是不好意思。

我温馨地看了一眼冰玉,冰玉也温柔地回了我一眸。上大学时,冰玉多次说过,她一直记得我俩第一次在食堂吃饭时,我为她轻轻地拉出椅子的情景,有一种说不出的温暖和感动!

爸爸打开一瓶拉菲,热情地为我倒红酒。我再三推脱,未果。

妈妈温和地说:"孩子呀,你不用客气,今天我们大家都喝一点。"

吃饭时,气氛很融洽,爸爸谈笑风生,连续讲了好几个他们老年人与年轻人之间存在代沟的笑话。我们听了,哄堂大笑。

其实,我看出来了,善良而细心的爸爸是看到我有些紧张,所以才故意讲笑话缓解气氛的,想让我放松。虽然我并没有完全放松,但是很感激这对可敬可爱、善解人意的父母。

在二老的盛情之下,我竟然喝了两杯红酒,感觉心跳面热,担心不小心会失态。

妈妈问了我的家庭情况,嘱咐我多注意保重身体。那语气和神态非常像我自己的母亲。在酒精的催化下,我竟然流下了眼泪!

冰玉递给我纸巾,我边擦眼泪,边说:"对不起阿姨,看到您这么好,我想起了我早逝的母亲!"

妈妈说:"看得出,你是一个很有孝心的孩子,思母动容,人之常情,可叹可敬!"

吃完饭,妈妈说:"让小婴带你出去走走,我们这周围的环境还是挺不错的。"

冰玉问我:"你累吗?"

我说:"还行。"

冰玉拉着我的手,我们走出门。一阵凉风吹到我发烫的脸上,感觉好清凉舒坦。

我问道:"小婴是你的乳名?"

冰玉说:"是的,好土。"

我说:"一点也不土,很别致,我喜欢。我竟然是唯一一位你主动带回家的男生,好荣幸呀,为什么?"

冰玉大笑道:"明知故问!因为你是'苏北乡下的不足挂齿的小土包子'嘛!真是笑死人了!唉,土老帽,我发现你的饭量太小了,长此以往是不行的,你太瘦了!"

我念道:"昨夜今宵,为你消减小蛮腰。"

冰玉说:"你又不是美女,谁稀罕你的小蛮腰?堂堂男子汉,虎背熊腰才好。"

我说:"一向如此,不用担心。"

冰玉说:"我怀疑你是故意控制的。"

我说:"你总是这么聪明,一眼就能洞悉到我的内心。我家有高血压的家族史,我的血压也高了。道教鼻祖老子说过,'吾有三宝,持而保之。一曰慈,二曰俭,三曰不敢为天下先。'所以再美味的东西,我都是尝一下,知道是什么滋味就行了,从来不会吃撑的。一个人千万不可以沉迷于对美食的无限追求。"

冰玉说:"好佩服你的克制力哟!在美食面前,没有几个人能控制住自己。"

我调侃道:"曾经听一位美女健身教练说过一句话,一个人成熟的标志之一就是,吃自助餐不会撑着。"

冰玉说:"那我还没有成熟呢!我一旦遇到美味的东西,肯定会吃一个饱的,哪里能控制得住呀?在自助餐面前,我就变成了好吃的'猪'了。"

我笑道:"我是一个清心寡欲且缺少生活情趣的人。"

冰玉笑道:"其实你不仅在美食面前能保持克制,你在美色面前也是同样如此!"

我亦笑道:"我又不是圣人,美色当前,我同样也会意乱情迷!古语云:'思君令人老!'我觉得'思君也同样令人瘦'呀!"

冰玉说:"'只愿君心似我心,定不负相思意。'不过你这么瘦,有必要控制吗?答应我,让自己壮实一点!"

我说:"从此之后,听君之言,努力加餐饭。"

冰玉说:"君子之言,不可失信噢!"

我点点头,很感动!真有一种"上言加餐饭,下言长相忆"的心灵相通的默契!我春节前在南京办事时,云云发小也说我饭量太小了,人太瘦了,希望我每顿饭吃十二成饱,再长二十斤肉。一个人总是被人关心,应该是幸福的!

冰玉说:"好奇怪呀,今晚你咋这么紧张呢?和你相处这么多年,从来没有看到你紧张至此。当年你在全校大会上演讲时是何等地收放自如,引经据典,中外话题,信手拈来。那么宏大的场面你都不紧张,今天是咋的啦?"

我说:"唯有特别重视,才会特别紧张。这是在你家!是见你的父母!喝酒后我一直担心会失态,最终还是失态了。"

冰玉说:"这算什么失态呀?我妈妈还夸你很有孝心呢!在我家怎么了?见我父母又怎么了?你没看出我父母好喜欢你吗?他们俩平时根本不喝酒,今天你来,他们竟然破例,都喝酒了。我爸爸拿出的可是他珍藏的好酒。"

我说:"可惜了这瓶好酒,我是一个十足的外行,根本没有品出味来。你爸爸该是很失望,对牛弹琴了。"

冰玉说:"别瞎说,那是不会的。你真这么在乎我父母对你的看法吗?"

我说:"当然是真在乎啦!"

冰玉问:"为什么呢?"

我笑道:"多此一问!在乎你嘛!"

冰玉笑道:"不像真的,我有些不信!"

我说:"我确实没有想到你的父母竟然这么平易近人!以我的偏见,一直以为生活在书香门第里的人都是高冷姿态,所以自从你说让我来你家吃晚饭,我的心跳就开始加速,到现在还是如此。你要是不信,就数数我的心率。"

其实冰玉一直拉着我的手,她笑道:"我信!我不是一直按着你的桡动脉吗?你的脉搏现在是每分钟两百五十次。"

我笑道:"没有这么夸张吧?你这是要让我接不上气的节奏呀,分明是在骂我二百五!"

我们都笑了。

冰玉说:"前面是我的高中母校,我带你进去看看。"

我说:"太好了!我要仔细地追寻一下你当年风华正茂的影子。"

之前,冰玉经常发给我,她一个人晚上在学校里散步时的照片。

冰玉和门卫打了个招呼,我们进去了。校园里到处是苍松翠柏,水杉成排,竹林阵阵,小草蔓生,感觉环境很美。今天是周末,学生们放假了,教室里都关着灯。

我随口吟诵:"名园花正好,娇红白,百态竞春妆。笑痕添酒晕。丰脸凝脂,谁为试铅霜。诗朋酒伴,趁此日流转风光。"

冰玉接口念道:"'尽夜游不妨秉烛,未觉是疏狂。'当年伴君夜游夫子庙,从华灯初上,直到深夜寒凉,如在眼前未能忘。"

是的,虽然二十多年过去了,但是当年我俩夜游夫子庙的情形历历在目,恍如昨天。

我说:"二十年来,一直未敢忘金陵往事。秦淮河的水流依旧,夫子庙的灯火

如常。"

冰玉说："我还以为你是一个'薄情寡义'的糟老头子，早就将我们的过去都遗忘到九霄云外去了！"

我说："不能，糟老头子一直是重情重义的。"

今天是农历正月廿二日，月亮还没有升起；但是有路灯照耀，一切显得平静而祥和。

我随口念道："新月恨其易沉，缺月恨其迟上。"

冰玉说："你应该这样说：'喜新月早上，悦缺月慢退。'事事要从正面去观察，才能从中得到催人奋进的力量。"

我说："有道理，你总是活得比我阳光、开朗！"

冰玉说："你要总是跟我在一起，我能保证你没有任何烦恼！"

我说："你就是我的快乐天使！"

我俩信步走到操场，我感觉这里好熟悉。我说："这儿我知道，你的照片大多是出自这里的。"

冰玉说："是的，看来你确实用心看了我的照片。你现在还运动锻炼吗？"

我说："早就不锻炼了，现在身体每况愈下。"

冰玉说："还是适当锻炼好，你身体本来就弱，真是很为你担心。"

我说："天命自有定数，强求不得。"

冰玉说："运动不仅能强健身体，而且有利于心理健康。这是《柳叶刀》精神病学分刊最近发表的一篇涉及120万人的研究得出的结论。减轻精神负担效果最好的三种运动方式依次是：团队活动、骑单车和有氧体操。"

我调侃道："看来我真需要运动锻炼，我的身体和心理都有问题，我有抑郁症。"

冰玉笑道："凭你坚强的性格，你是不可能有抑郁症的，应该是'艳遇'吧！"

我说："对的，遇到你，就是'艳遇'！"

冰玉给了我一个白眼，笑道："现代人必备的三项：减肥、健身和读书。读书是你的日常爱好，你太瘦了，应该强身健体。"

我说："王阳明从小就立志说，第一等事应是读书做圣贤。我成不了圣贤，但是读书确实能带给我无穷的乐趣。读书是门槛最低的高贵举动，以廉价的成本获得与作者深度交流的机会。阿根廷作家博尔赫斯说过，'如果有天堂，那一定是图书馆的模样。'"

冰玉说："深有同感！一代醇儒张元济说过，'数百年世界无非积德，第一等好事还是读书。'一份暖阳，一杯清茶，一本好书，任我思绪畅游，那是无比的幸福和快乐。"

我说:"此书并不局限于书本,万物皆是书,唯有善读者用之。大自然是书,社会亦是书;草木是书,书画亦是书。"

冰玉说:"《幽梦影》有云:'善读书者,无之而非书,山水亦书也,棋酒亦书也,花月亦书也。'"

我说:"开卷有益,读出人生,读出修养,读出真理。"

冰玉说:"读出道德人伦,读出忧国忧民。"

我笑道:"用读书后的感悟去更好地生活。"

冰玉说:"用生活中的感悟来更好地读书。"

我走累了,我俩在路边的石凳上坐下来。我说:"看到你高中时期的照片,我都惊呆了,这么清纯可爱,美丽迷人!当时追你的小帅哥一定很多吧?"

一个月前,冰玉的同学们在此举行高中毕业二十五周年聚会,冰玉发给我大量的高中时期的照片,看得我称赞不已。那时的冰玉确实是清水出芙蓉,天然去雕饰,清纯得没有一点人间烟火气,飘逸如天仙。

冰玉笑道:"难道我上大学的时候就不清纯可爱了?你那个时候怎么没有追我的?"

我笑道:"乡下土老帽有自知之明!"

冰玉说:"我可清楚地记得某人说自己是'土老帽'的次数呢!"

突然,我俩同时闻到一股淡淡的梅花清香,转头一看,原来旁边数枝梅花竞相开放,花朵径约两厘米大小,呈乳白色,夜色阑珊,不细看还真不容易发现。还真是"墙角数枝梅,凌寒独自开。遥知不是雪,为有暗香来"。

从形态和大小上分析,这是绿萼梅,又称白梅花,花期一般在2~3月份,先开花,后长叶子。

我说:"还真有'嫦娥槛外梅'!"

冰玉说:"谁是嫦娥?我可不愿做嫦娥!只羡鸳鸯不羡仙!"

我开玩笑地说:"不知此梅为谁香?又为谁妍?"

冰玉看我一眼,笑道:"你是《红楼梦》看多了,喜欢睹物思情,触景感悟。其实寒梅寂寞开无主,不为你香,不为我妍,无言自赏。'俏也不争春,只把春来报。'"

我念道:"不要人夸好颜色,只留清气满乾坤。"

冰玉说:"所以你切记,不要学黛玉!情深不寿,慧极必伤。人都要现实一些,纵然是才子佳人,也同样离不开柴米油盐。"

我故意说:"'曾经沧海难为水,除却巫山不是云。'此等用情之人古今无数。"

冰玉说："不可效仿,如果人人都'取次花丛懒回顾,半缘修道半缘君',那么整个社会还能向前发展吗?真情留心间,可思可忆,却不必拘泥于形式。心爱的人离去了,难道大家都不活了?这既不可能,也不现实。'两情若是久长时,又岂在朝朝暮暮?'更何况有情人还难成眷属呢?"

我有些惊奇,冰玉的思想境界现在又上升到另一个层次了。其实她的观念和我是完全一致的,我只是想多了解一下她的认识和看法。

我继续说："当年初冬,清晨无人,我因观雪赏梅偶遇君;如今初春,夜深人静,我俩散步至此又巧遇梅。梅者,媒也。看来梅乃我俩相识、相知的媒人也。"

冰玉笑道："这又是谬论!梅本是'不受尘埃半点侵,竹篱茅舍自甘心!'你又何必去惊扰人家的幽静独处呢?"

我又故意说："古人云：'只因误识林和靖,惹得诗人说到今!'又云：'莫怕长洲桃李嫉,今年好为使君开。'又不是我开的先河,这本不是我的错。况且'草树知春不久归,百般红紫斗芳菲。'"

冰玉说："狡辩!芳树无人花自落,不关卿情无我意。人之相识、相知,贵为有缘,无关风月。何必多此一问,因'荷'而得'藕'?其实有'杏'根本就不须'梅'!"

我一时兴起,口没遮拦,心无顾忌,直接辩道："你是哲人高论,我自臣服!倒是多有请教,有心有缘却不敢贸然,自然同样未果也。"

冰玉给了我一个白眼,声音高亢,十分气愤地说："有心有缘能是贸然吗?分明就是某人的畏首畏尾!"

我十分惊讶,一向性格温和的冰玉从来没有对我大过声、发过火,现在竟然如此生气!看到冰玉气得呼吸都急促了,我非常后悔我的言不择词,更不该逗她。我不敢再乱说话了!

其实冰玉说得太对了,年复一年,四季轮回,梅白杏亦黄,荷开藕自结;有缘幸遇相识,无缘擦肩而过。幸与不幸,缘或无缘,与梅杏何干?与荷藕何涉?

沉默了好一会儿,场面好尴尬,我故意转开话题,笑道："茫茫人海,三千过客,能与君相识、相知,也许是天缘地定!实乃平生最大的幸事也!"

听了我明显讨好并暗含道歉的话语,冰玉不再生气,亦笑道："我才发现上了你的当啦,你的观念一直跟我是完全一致的,你是在逗我呢。你咋还是如此调皮呢?"

我笑道："你真是太聪慧了,啥事都瞒不住你!不过,第一次看到你生气的样子,倒是挺可爱的!"

冰玉瞪着眼睛说："你非常讨厌!"

我笑道："你刚才说到我俩什么事都能说到一起,转眼你就跟我翻脸了。"

冰玉笑道："你活该！读书是我俩的共同爱好,自然有许多的相通之处；但是说到对社会和人生的感悟,就是仁者见仁,智者见智了。"

我说："我俩处在不同的环境,思想观念有分歧,并不奇怪呀。"

冰玉瞪我一眼,不满地说："你是不是又想说我生活在天上呀？"

我赶忙转换话题,感慨道："往事如烟,真想回到以前的时光。"

冰玉说："我永远记得我们初相识时你的模样！体型英俊,腰板挺直,眼神清澈,自信而豪放。每年的这一天,我都会一整天心情特别好。"

我说："深有同感！我俩大雪中相遇,寒梅前相识。从此,红梅映雪就成了我心中唯美的风景！认识你的那天晚上,我在图书馆里看书。突然想起你的名字'苏冰玉',好一个晶莹剔透的名字,人如其名。我突发奇想,也许这个世界上真有一种神奇的稀世珍宝叫'冰玉'。我立即翻开《辞海》,果不其然,冰玉是一种石英质玉石,白玉居多,质地通透如冰,主要产于天山,所以又称天山冰玉。果然是来自'天上'的美玉。"

冰玉笑道："你可真能牵强附会！其实我的名字来自宋代袁去华的《减字木兰花·灯下见梅》：'灯前初见,冰玉玲珑惊眼眩。艳溢香繁,绝胜溪边月下看。'"

我想起来了,接着念道："铅华尽洗,只有檀唇红不退。倾坐精神,全似当时一个人。"

我望着那一轮刚刚从东方升起的月亮,仔细揣摩词中意思,突然发现这首词简直就是专门为我俩而写。二十五年前大雪纷飞,梅花下初见,彼情彼景；现在月下再聚,梅香四溢,此情此景。两处梅景,一种心情。

我无限感慨道："可不是吗？当日梅前初见,冰玉玲珑惊眼眩,艳溢香繁；如今人到中年,铅华尽洗,你却依然檀唇红不退,青春不老月下看！"

冰玉说："你不仅特别能乱意会,还喜欢乱夸张。我喜欢红梅,不仅因为我俩相识时的红梅飘香,而且因为红梅在命运的严冬里,依然绚丽地绽放。这非常像你的性格,不屈不挠,顽强地与命运抗争。"

我说："你同样是夸张了我的坚强！其实大多数时候,人就是被命运裹挟着,在被动前行,不得已而为之,慢慢地熬过来的！"

冰玉眼中含泪,点点头！

我感觉气氛有些凝重,赶忙转换话题。我说："去年国庆节,夏蕴去南通时,我俩对'雪'的观念不同,还争论了一番。她不喜欢雪,认为大雪遮盖了一切的肮脏和丑陋。纯洁无比的白雪,在她的眼中,反而成了遮羞布。"

冰玉问道："蕴儿去年'五一'节的时候离婚了,你知道吗？"

我说:"蕴儿去年国庆节去我那儿时,并没有告诉我。后来聚会时小妹告诉我了。再后来,为天禧饯行时,我睡在蕴儿家里,和她聊了此事。你怎么一直不告诉我呢?"

冰玉说:"蕴儿不让我告诉你。"

我说:"在南通时,我和蕴儿漫步在长江边,面对大片的风中芦苇,当她念起《诗经》里的'蒹葭苍苍,白露为霜。所谓伊人,在水一方'的时候,我就明显地感觉到她心中的忧愁,问过她多次,但是她一直不肯告诉我。"

冰玉说:"秋风萧瑟中的芦苇总是孤寂地守着一方水土,芦花飘散,寒茎枯叶,秋思悠悠,岁月绵长;而在水天交接处的芦花疏影里,蕴儿一直在孤寂地等着一个人,隔水远眺,长风万里,'道阻且长,道阻且跻,道阻且右……'那个一去不归的人儿始终再也没有出现。二十年来如一梦,几分情思几分浓?"

我被她责备得很不好意思,故意分辩说:"你就不要糊弄我的无知了。我专门查过字典,蒹是没有长穗的芦苇,葭是初生的芦苇,都还小呢,何来芦花飘散?"

冰玉一愣,随即就反驳道:"就是因为太小,还未开花,所以不懂事,因而就可以不负责任呀!"

我只能闭嘴,我这么一个极为木讷的人,想跟能言善辩的大才女辩论道理,简直就是不自量力。

冰玉说:"牵挂是一种说不出的痛,因为爱一个人,所以愿意为他伤肝断肠。蕴儿'五一'节离婚,国庆节就突然去南通找你,是希望去你那儿寻求感情的寄托。秋天是感怀的季节,一片落叶、一阵秋风就足以让人感慨无限。"

我说:"看到蕴儿捏住一片落叶出神的时候,我确实是无比心痛!"

冰玉说:"但是你不知道蕴儿的状况,自然就无法理解她当时的心情。她因前夫长期频繁花心而离婚,心中自然就极为讨厌虚假和肮脏了!"

我说:"所以在我心中'千山鸟飞绝,万径人踪灭'的绝世之美竟然被蕴儿贬低为万物凋零、一片荒芜。我当时真不理解,她怎么会那么消极!"

冰玉说:"这又是你的'八爪鱼',你这完全是一知半解!这首诗并不仅是描写外在景色的,而且借景抒情!柳宗元写这首《江雪》时,是在长期流放过程中产生了不甘屈服、力图有所作为的愿望。'孤舟蓑笠翁,独钓寒江雪。'特立独行的渔翁就是作者的自寓,凌寒傲雪,独钓于万籁俱寂之时、人迹罕见之所。蕴儿也有同样的心理感受。"

我仔细品味全诗,果然见诗中"绝、灭、孤、独"四字,无一不是描写孤寂的心情。世态寒凉,宦情孤冷,贬官无味,如钓寒江之鱼;但是作者心中却又有众人皆醉我独醒的不甘和抱负。孤舟渡心,彼岸何方? 子厚心中定然是矛盾不断,志忐不已。

我心服口服地说:"杜牧在《留海曹师等诗》中云:'学非探其花,要自拔其根。'而我学诗词总是浅尝即止。"

冰玉说:"自古以来,诗人写雪大多是借雪抒情,很少有单纯描写雪的。比如我俩第一次认识时,你念的高骈的《对雪》中的前两句'六出飞花入户时,坐看青竹变琼枝。'后两句是'如今好上高楼望,盖尽人间恶路歧。'就道出诗人心中的感慨和不平。"

我说:"确实如此,高适的《别董大》中有两句脍炙人口,'莫愁前路无知己,天下谁人不识君。'前两句就是'千里黄云白日曛,北风吹雁雪纷纷。'借用纷纷的大雪来烘托气氛。"

冰玉笑道:"对不起,我有些好为人师了,忘了你是大才子!"

我笑道:"果然读书须用心,一字确实值千金。《周书》有云:'学不精勤,不如不学。'我读书不求甚解,此次又丢人丢大发了!今日听苏老师这一指点,顿时觉得耳目开窍,受益匪浅。谢谢苏老师!"

冰玉大笑道:"堂堂才子老大,竟然如此谦虚,岂不让小女子惶恐万分乎?"

我说:"余光中有一句诗文形容你最合适,'而你带着微笑向我步来,月色与雪色之间,你是第三种绝色。'"

冰玉说:"非常感谢,你总是喜欢夸张!我俩跑题了。蕴儿的前夫喜欢自己带的一个女研究生,但是这个来自农村的小姑娘其实是利用他将自己留在南京。现在他离婚了,她却不愿意和他结婚。"

我说:"现在的年轻人怎么会这样,为了达到目的,竟然可以不择手段,甚至主动潜规则。"

冰玉说:"如今社会离婚率明显增加,其中一个原因就是诱惑增多。许多年轻人不愿意自身奋斗,而是走捷径,找棵大树早乘凉。工作生活节奏快,压力大,为了调节压抑的身心,寻求刺激,及时行乐。"

我说:"蕴儿的前夫也不是个好东西,怎么能对感情如此不负责任?这一对老师和学生,也是棋逢对手,不相上下。"

一阵寒风吹过,我感觉有些冷。

冰玉说:"不早了,我们回去吧。冻坏了你,我就无法向大嫂交代了。"

冰玉拉着我的手,我俩轻盈地漫步在树林间。月亮已经升到了树梢,褪去了刚才那份朦胧的羞涩。"为报今年春色好,花光月影宜相照。"我有一种穿越的感觉,仿佛又回到了二十多年前的大学校园。"夜月一帘幽梦,春风十里柔情。"

冰玉念道:"幸对清风皓月,苔茵展、云幕高张。"

我接着念道："江南好,千盅美酒,一曲《满庭芳》。"

冰玉又念道："江天一色无纤尘,皎皎空中孤月轮。江畔何人初见月,江月何年初照人。"

我又接着念道："人生代代无穷已,江月年年望相似。不知江月待何人,但见长江送流水。"我特别喜欢这首"孤篇压全唐"的《春江花月夜》,是《全唐诗》中最耀眼的明珠,璀璨了盛唐之后的整个诗坛。三十六句,每一句都意蕴十足,堪称经典,令人回味无穷。

我俩对视一眼,齐声说:"待你!"我俩一同大笑,为这份默契和心有灵犀!

我们到家的时候,妈妈为我们打开了门。我充满歉意地说:"阿姨,真不好意思,让您久等了!"

妈妈说:"没有事的,我们一向睡得很晚。外面冷,我泡了一壶热茶,你俩都喝一杯,暖暖身子。"

我看了一下客厅里的摆钟,已经十一点了。我和冰玉一人捧着一杯热茶,一边焐手,一边慢品。我喝了一口热茶,清香中夹着苦涩。我随口跟冰玉说:"茶如人生,苦尽甘来。"

冰玉也喝了一口茶,笑道:"冷暖自知,浓淡自宜。你多喝点,解解酒。"

我笑道:"是的,茶越喝越清醒,酒越喝越沉醉。"

冰玉调侃道:"那要看'茶为谁清,酒为谁醉'?"

我开玩笑地说:"入世之人嗜酒,出世之人爱茶。你是出世的仙女,精于茶道。我既不嗜酒,又不懂茶,为'二世'所不容,无处安身。"

冰玉笑道:"你是哲人,跳出三界之外,穿越时空,俯视寰宇。"

我笑道:"见笑了,我就是一个大俗人。"

冰玉说:"你跟妈妈聊一会儿,我先去准备一下。"

妈妈走过来,微笑道:"孩子呀,你确实挺有思想,对平常事都能有所悟。难怪小婴一直夸你不简单。"

原来妈妈听到了我和冰玉刚才的调侃。我不好意思地说:"前辈面前,随口乱言,有些冒失了。"

冰玉的父母都是在上海高校里研究古汉语的教授,在他们面前枉论人生,真是有些不知高低了。

妈妈说:"才学勿论年龄,见识不比资历。我倒是有个建议,你适宜写一些哲理散文,不妨一试。"

我说:"我确实有此想法,只是自觉肤浅,一直未敢唐突。"

妈妈鼓励地说:"有了开始,就有继续,才会有结果;而且创作的过程也是一件令人愉悦的事情,能陶冶情操,磨炼意志,深邃思想,完善人品。"

我甚为感激妈妈的信任,很少有人对我说过类似的话语。从高中时起,我就喜欢写一些带有人生感悟的小文章,发在学校文学社的小报上。上了大学之后,我更加经常写作,将那时对青春的感悟渲染得情浓意满。只是大学毕业之后,面对现实中的诸多惆怅,虽然心中有无限的感慨,却不知从何说起,所以就再未动笔。如今人到中年,家庭和工作相对平稳,脱去了年少的浮华,经受了生活的历练,对人生感悟应该更深刻了一些,确实可以重新拾起当年的兴趣,调节一下日常压抑的情绪,排解一下中年人心中的忧虑,增加一些生活的情趣,未为不可。

我说:"那我就试试吧。"

妈妈说:"我家小婴一直很天真,难免有些单纯直率。"

我说:"小婴一直是真情真性的!在当今这个浮躁喧嚣的社会中,能保持这种品质非常难得!"

妈妈赞赏地说:"看来你确实很懂小婴,不枉她将你视为知己。"

我说:"十分荣幸!"

妈妈说:"你比小婴理性,稳重。赞不骄,颂不傲。小婴从小就喜欢听人赞扬,我们有时候在她应该受到表扬的时候,故意不表扬她,她就着急。"

我说:"小婴各个方面都很优秀,应该得到赞美。"

妈妈微笑着,温和地看着我。

我看得出,妈妈非常欣赏自己的女儿。她说冰玉"单纯直率"根本就不是批评,其实也是褒扬,目的是为了试探我的态度。事实上,能有这样优秀的女儿确实值得妈妈骄傲!

冰玉走过来,跟我说:"你的卧室准备好了,你去睡觉吧!"

告别了妈妈,我们进入卧室,冰玉已经打开了空调,整理好了床铺。

冰玉问道:"你和妈妈聊什么呢?那么投入!"

我说:"妈妈鼓励我写哲理散文。"

冰玉高兴地说:"我也很有同感。妈妈是大学老师,是伯乐,看人很准的。相信你将来一定能成为著名的哲理散文家。"

我笑道:"你就别逗我了。"

冰玉说:"有什么好逗你的?你上学时发在学报上的那些文章不就是哲理散文吗?"

我说:"那个时候,我是少年不识愁滋味,为赋新词强说愁。"

冰玉说:"法国作家加缪说过,'一切伟大的行动和思想都有一个微不足道的

开始.'你接着写吧,我特别相信你。我就是你最忠实的粉丝。我一定认真拜读,并给予最中肯的评论。你现在不搞临床了,时间相对宽裕,而你是一个勤奋的人,根本闲不住,写作又是你最大的兴趣。一个人能在空闲的时间里,做自己最喜欢的事情,就是最大的幸福。"

我笑道:"谢谢你!到时候不要嫌我糟蹋文字就行了。妈妈给我的感觉好亲切,让我感觉似乎在自己家里。"

冰玉笑道:"你喊'妈妈'喊得这么自然,顺口!"

我说:"这有什么好奇怪的?我是你哥哥,你的妈妈自然就是我的妈妈呀!"

冰玉笑道:"谢谢老大!"

冰玉一直等我洗漱完毕,帮助我用热水泡了脚,我上床了;她又帮我准备好热水瓶,倒满了水杯,才离开了。

我捧着热水杯取暖,连续喝了两大杯白开水,逐渐感觉体温在慢慢地回升。

我打电话给爱人。爱人问我:"你冷不冷?"

我说:"不冷,已经上床了。"

爱人说:"冰玉一会儿肯定会过来跟你彻夜长谈的。"

我说:"不会的,她已经去睡觉了。"

爱人说:"就凭你俩当年的情谊,我用小脑思考都知道她一定会来的!你俩不要聊得太晚了,身体要紧!"

我斜倚着床头,看窗外的月色皎洁。"酒浓春入梦,窗破月寻人。"

我想起曹丕的《燕歌行》,"明月皎皎照我床,星汉西流夜未央。"柔情的月啊,我真舍不得你,独自入梦去。

一会儿,冰玉果然敲门进来了。只见她已经换了衣服,穿上了粉红色的冬季睡衣,显得灵动、轻盈、淡雅。看来爱人说得很准。

冰玉问道:"你还冷不冷了?"

我说:"我不冷了,你小心受凉。"

其实,我很怕冷,在家时,冬天夜里都是睡电热毯的;更何况今晚又在外面待了这么长时间,尽管我的双脚经热水浸泡后已经不冷了,但是我的双腿依然感觉好凉。这是我冬春季节不愿意出远门的主要原因。

我赞叹道:"你这身装束好美!感觉特有灵气!"

冰玉调侃道:"真的吗?那你就好好欣赏一下吧!"

我故意闭上眼睛,调侃道:"《论语》有云:'非礼勿视,非礼勿听,非礼勿言,非礼勿动。'"

冰玉笑道:"你就装吧!其实你还是嫌我丑吧!"

冰玉坐上床的另一头,转身把双腿放进被子里,碰到我的腿。她责备地说:"你干吗要骗我呢?你的腿依然这么凉,我帮你焐焐吧。"

冰玉将她温暖的双腿靠紧我冰凉的双腿,我顿时感觉到一股暖流传遍了我的全身。

我下意识地往一边让。我的腿太凉了,真怕她受不了。

冰玉说:"你不要动。我没有想到你的身体状况这么差,血液循环这么不好!真是对不起你了!我家里没有电热毯,是我准备不周。晚上不应该带你出去,让你受凉了,是我考虑不周。"

冰玉一脸自责的表情。

我说:"没有关系,你披上衣服吧。"我把我的外衣扔给她。

冰玉披上我的羽绒服,故意调皮地认真嗅了一下,然后假装陶醉地闭上了眼睛。

我说:"你的表情太夸张了!我的衣服没有这么臭吧?"

冰玉笑道:"好奇特!有一股男性荷尔蒙的阳刚气息!"

我温馨一笑。

冰玉拿起手机,看着我说:"网上有一种发热鞋垫卖,能保暖十二小时,快把你家的地址告诉我,我现在买了直接邮寄到你家里。"

我说:"不用你这么麻烦,让你大嫂买吧,她也擅长在网上买东西。"

冰玉瞪我一眼,以命令的语气说:"你别废话,快说。"

我很感动,说了我家的地址。

冰玉在手机上操作了几下,微笑着说:"我给你买了五十双发热鞋垫,五十片焐手的暖宝。后天就能快递到你家。"

我应该给她钱,想问她花费多少钱,可是话到嘴边又咽了下去,不能讨骂。

我想起网上有一句话,"真正的爱是眼里为你流着泪,心里却为你打着伞。"这种从外到内的关爱才是刻骨铭心的!

我以十分感激的目光看着冰玉,真诚地说:"谢谢你!现在已经是早春,冷天没有几天了,用不了这么多发热鞋垫。"

冰玉说:"没有事,明年冬天接着用,只要不打开,就一直有用。"

我真诚地说:"自从见到你,你总是带给我温暖!"

冰玉微笑道:"同样的,你带给我的也都是温暖!我现在知道了你家的详细地址,以后我就可以随时去看你了,事前不跟你打招呼,突然袭击!"

我说:"好的,热烈欢迎大公主大驾光临南通!"

冰玉面对着我坐好,一本正经地说:"你现在跟我讲讲你的故事吧!"

看她这架势,我今天是非说不可了。她曾经多次问过我这个问题,我都顾左右而言他,蒙混过去了。其实自己的故事没有必要逢人就讲,这世上每个人都有自己的故事,自己的心酸别人理解不了,自己的苦难只能由自己慢慢消化。

冰玉说:"你快说呀!又想跟我打太极吗?"

我笑一笑,故意语气平淡地讲述了我以前的经历,而且有意淡化了一些痛苦伤心的情节;但是冰玉依然听哭了!

我把床头柜上的纸巾盒扔给她。冰玉擦着眼泪,哽咽着说:"苍天不公,为啥要如此折磨你呢?想象中,你那时踽踽独行的身影一定好孤单,我非常心疼,好想上去紧紧地拥抱你一下,给你传递一份生命的能量!可惜我当时不在你身边!"

我非常感动地说:"谢谢你!你不用太难过,一切都已经过去了。也许事情发生的当初,心里是有些委屈,感觉有些艰难,但是事情过去之后才发现,其实比我艰难的人多了去了。"

冰玉说:"大聚会那天,你抱着老书记痛哭的时候,我就感觉你的心中一定有着无尽的痛苦和委屈,我心痛得都快窒息了!可是那天下午我问你,你竟然不肯告诉我!我总是进不了你的内心!"

我说:"我不想让你为我担忧,为我痛苦!"

冰玉说:"可是你已经让我担忧和痛苦了!那天和你分别后,我就马上回上海了,一是再也没有心情参加聚会了;二是不敢面对最终与你告别的场景。你知道,我肯定忍不住,会痛哭的!"

我感动地说:"我还以为你是生我的气才提前离开的呢!"

冰玉说:"当然也生你的气呀!你第一天晚上不肯陪我吃晚饭,回你自己的班级参加聚会去了。我很伤心,当天晚上没有吃饭!"

我说:"真是对不起!第二天中午,大家一起在食堂里吃饭的时候,我没有找到你。"

冰玉说:"你还知道找我呀?上午看到你痛哭的样子,中午我还有心情吃饭吗?我下午问你话,你又不肯说!晚上回到上海,我难受得好像自己的心突然被别人掏走了!同样没有心情吃晚饭,直接躺在床上,也不知道伤心了多长时间,最后睡着了!"

我好愧疚,那次聚会,我给冰玉增加了无尽的不必要的痛苦!

冰玉说:"家里人都说,我参加了一场聚会,竟然明显消瘦了。"

我说:"能不消瘦吗?那几天,你都没有好好吃饭!对不起,是我影响了你聚会时原本非常愉快美好的心情!"

冰玉说:"何止是聚会时,自从遇到你,你就一直影响着我的心情!"

我故作正经地笑道:"看来我是不祥之物,你以后还是不要见我才好。"

冰玉说:"贫嘴,不许你乱说。自古圣贤多磨难,你本来是能成就大事业的人,也许上天是在考验你呢!"

我自嘲地笑笑,坦然地说:"我非圣贤,亦无任何大事业。生活不是电影,没有预设的剧本,在每一个看似平常的十字路口,都有可能突然出现影响一个人一生的意外事件。人生只有经过岁月的洗礼,才会有所沉淀。"

冰玉说:"巴金在《做一个战士》中写了这样一段话,'生活就是不停的战斗,他的武器是他的知识、信仰和坚强的意志。'这话好像就是专门为你写的。"

我说:"现在回头看看,这其实并不全是坏事。在一个人必走的弯路上,一定藏着庞大的格局和非凡的智慧。伤痛让人清醒,别离教人珍惜,艰难困苦是对心性最好的磨砺。'祸兮福所倚,福兮祸所伏。'"

冰玉说:"得到智慧的方法很多,不一定非要遭遇灾难不可。不过杨绛说过,'一个人经过不同程度的锻炼,就会获得不同程度的修养、不同程度的效益。'"

我说:"所以我们应该特别珍惜生命中的给予,无论是顺风,还是挫折,都是为了让我们学会坚强,学会在风雨中站立。"

冰玉说:"席慕蓉这样说:'我终于相信,每一条走上来的路,都有它不得不那样跋涉的理由;每一条要走下去的路,都有它不得不那样选择的方向。'我好像理解了你此刻的心情。"

我说:"非常感谢!如今事情过去了,回首一望,云淡风轻,心已坦然。凡是路过的,无论悲喜,都成了风景。如今我们已经是奔五的人了,从此平淡余生,亦无风雨亦无晴。"

冰玉说:"文天祥说过,'时穷节乃现。'你倒是真有一股'泰山崩于前而不变色'的英雄气概,在静观花开花落中,做到宠辱不惊!我相信一个人不会总是处于逆境之中,命运到达某个转弯口之后,就会斗转星移。"

我说:"人生永远不会有绝对的安稳,所以应该时刻保持一份从容淡泊的心情,以出世的心态微笑面对漫长的人生旅途,在风云变幻中减压前行。"

冰玉说:"你既然有这样宁静的心态,那么你刚才在学校里的那一番胡言乱语完全就是为了故意气我的。"

我笑道:"不要生气,本意是想与你重温上学时的感觉,那时与你争论也是我最快乐的时光。"

冰玉说:"每个人心中都隐藏着一道暗伤,就让时间这服万能的良药来医治你的心灵创伤吧!只是时光太可怕了,转眼间,认识你已经二十五年多了!我们

老了,岁月的刻痕已经爬上了脸庞。"

我说:"你依然青春靓丽,唯有我的身心都已经老化了。"

一点多了,我的腿已经被她焐暖了,我的心中满是感动!四季的交替,总是有人惦念冷暖;不时的思念,一直有人同步回应;心里的苦乐,始终有人真正懂得。这也许就是人生最大的幸福了。

我说:"夜深了,你去睡吧!"

冰玉调侃道:"你嫌我烦了?"

我说:"别瞎说,美女熬夜可不好。"

冰玉下床了,帮我拉好被子,轻声地说:"今天让你睡得太晚了,真不应该!我就睡在隔壁,有事就喊我。祝你做个好梦!"

我说:"谢谢你!也祝你做个美梦!"

冰玉轻轻地走出去,随手拉上了门。

我关掉灯,刚刚躺下,手机里传来提示音。天禧在微信里说:"老大何所思?老大何所忆?才女我所思!才女我所忆!问君能有几多愁,恰似黄浦江水向东流。"

我说:"我提醒你,我这里现在是下半夜了,请你不要再骚扰我。"

天禧说:"那你睡吧,夜里最好不要梦到我哟!"

我说:"不会的,梦到你,我会吓醒的!"

我躺在床上遐想,忆起了台湾作家三毛的话:"我来不及认真地年轻,待明白过来时,只能选择认真地老去。"后半生,我是该认真地过下去了。

2月19日,星期日,晴

上午八点,我醒了。昨晚累了,这一觉睡得好沉,都没有起夜。

我拉开窗帘,窗外绿树成荫,枝叶间闪耀着透过来的阳光,七彩斑斓,最是一年春好处。我关掉空调,打开窗户,一股清新的空气扑鼻而来,令人心旷神怡。远处的大街上,已经是车水马龙,一片繁忙的景象。"莫道君行早,更有早行人。"

我洗漱完毕,开门出来。隔壁的门开着,冰玉说:"我也刚刚醒来。"

我走进她的卧室,房间好大,中间摆放着一张巨大的红木双人床,足有三米宽。

我惊讶道:"你家的这张大床太夸张了,我从来没有见过这么宽的床,感觉有两张床那么宽。"

冰玉说:"原本就是两张床,经过我先生的改造拼在一起的。他是北方人,从小睡大炕睡习惯了,喜欢在床上打滚。"

我说:"真不愧是制造飞机的工程师,将两张床拼得天衣无缝,根本看不出相连的地方。"

冰玉笑道:"用制造飞机的技术来加工一张床,哪能再让你看出工艺的粗糙呢?"

我笑道:"看把你骄傲的,他在你眼里一定是一个无所不能的传奇!好崇拜吧?"

冰玉调侃道:"他是个木讷的人,没有你话多。"

我说:"讷于言而敏于行,大智若愚,大音希声。我其实也是一个不爱说话的人,你大嫂也说我木讷。只有在你面前,我才这么话多,讨人烦。"

冰玉微笑着,看看我,不说话,似有所悟。

在她家里,到处摆放着大大小小的精致的飞机模型,有几十个。我拿起歼20的模型,赞叹说:"这个模型真逼真!我小时候曾经在上海的亲戚家里看到一个飞机模型,非常渴望。"

冰玉说:"那你为什么不让你的父母给你买一个呢?"

我说:"大公主呀,我生活在落后的农村。小时候,家里穷,能吃饱饭就不错了,哪里有闲钱给我买这种奢侈品呢?"

冰玉故意倒吸了一口凉气,调皮地说:"好酸!牙疼!"

我说:"在好多男孩子的心中都有一个开着飞机,遨游蓝天的梦想。"

冰玉说:"我们女生小时候特别喜欢洋娃娃!上大学时,和你一起猜谜得到的那个'白雪公主',其实我也特别想要,但是我不能和小妹争。"

我愧疚地说:"我知道你喜欢,想给你,但是小妹是个小财迷。你大人大量,不跟她一般见识。我非常佩服你!"

冰玉笑道:"你真是我的知己!"

我遗憾地说:"可惜我到现在还没有坐过飞机呢!"

冰玉痛惜地看着我,笑道:"看来你还真是贫穷落后的'江北佬'!有机会我陪你坐飞机出去旅游。"

我说:"很期待!所以我非常佩服你家先生,高科技人才!几十年来,我国的航空军事事业迅猛发展,已经告别了外国列强的飞机在我国天空横冲直撞的年代了。这离不开他们这些人的辛勤付出呀!我代表祖国和人民真诚地感谢他们!"

冰玉说:"谢谢你!你的爱国情怀很浓厚,这是我们这代人的共性。"

我仔细观察这个模型,是依据实物按比例缩小的,做工精致,在商店里是买不到的。

冰玉说:"你喜欢这个,就送给你吧!奖励你的爱国思想!"

我笑道:"这倒是不必了。老大已经不是小孩子,是个糟老头子了。"

冰玉指着我,温柔一笑道:"更酸!在我面前,你不是装老,就是装穷!"

一边床头柜上立着两张我们大聚会时的照片,一张是冰玉的全班人的合影,另一张是她和我的合影。我笑道:"你把我俩的合影放在这儿,你先生不吃醋吗?"

冰玉一本正经地问道:"会吗?你们男人都是这么小气吗?"

我说:"你收起来吧,真不合适!"

冰玉问道:"真有这么严重吗?"

我说:"换位思考一下,如果他将自己与别的女人的照片放在这儿,你会是什么感觉?"

冰玉说:"我当然有意见啦,肯定会生气啦!"

我说:"你是典型的'只许州官放火,不许百姓点灯'!"

冰玉说:"我就要放火,就不许他点灯!"

我认真地说:"我不跟你开玩笑,你不要太任性了。"

冰玉哈哈大笑道:"不经逗的老大,我有这么不讲理吗?是昨天早晨妈妈听说你要来,想看看你的照片,看完了,我就随手放在这儿的。"

我笑道:"好的,老大承认怕你了。不过老大真诚地希望你们爱情甜蜜,婚姻美满,家庭幸福!"

冰玉感动地看着我,笑道:"我知道!谢谢老大!老大是个真君子!君子如玉,内外如一!"

我说:"佳人如玉,冰清玉洁。"

冰玉温柔地看我一眼,温馨一笑!

墙上挂着一张全家福的照片。她先生高大帅气,确实有一股北方人的刚毅之气;女儿漂亮可爱,跟她上学时简直就是一个模样!

我笑道:"难怪呢!大帅哥一枚呀!怎么放心他一个人去北京的?小心被人抢走了!"

冰玉笑道:"是我的抢不走,不是我的不抢也会走。大仲马说过,'如果你渴望得到某样东西,就得让它自由。如果它回到你身边,它就属于你的;如果它不会回来,你就从未拥有过它。'"

我说:"很有道理,你很豁达。看到照片中你如此陶醉的样子,感觉你特别幸福、快乐!我心中特别欣慰!"

冰玉说:"谢谢你!婚姻其实很简单,只要他带给我的笑容比眼泪多,我就找对人了。"

　　我非常愧疚,两个月前,在我俩的相识纪念日,在我俩的通信中,冰玉说过,我当年的不告而别让她好长一段时间都只能以泪洗面。是她现在的爱人让她走出了感情的低谷,这位北方的大帅哥功不可没!

　　冰玉问道:"你在想什么呢?傻站在那儿,半天不说话!"

　　我真诚地说:"我在祝福你们一家人永远幸福、快乐!你女儿跟你太像了,又见到当年的你了!"

　　冰玉说:"真心感谢你!女儿比我漂亮,我老了。"

　　我说:"母女姐妹花!"

　　冰玉问道:"你俩为什么不要小孩呢?"

　　我说:"你大嫂有遗传病,我们没敢要。"

　　冰玉说:"你根据大嫂家族发病的规律,算一下遗传的概率呀。"

　　我说:"算过了,遗传概率很小;而且她两个妹妹的小孩身体发育都正常。"

　　冰玉说:"那你们为什么不要小孩呢?你们俩都这么聪明、漂亮,生下的孩子一定也是如此;而且大嫂是优秀教师,你们俩一定会将孩子培养得非常优秀的!"

　　我说:"不敢冒险!万一生下一个身体跟我们一样的孩子,那么又要让孩子走一遍我们已经走过的艰难的人生路,想想都为孩子感到心酸!我们从小到大遭遇到的种种艰难,真不想让孩子再经历一次;而且我俩身体都不好,我舍不得让你大嫂孕育孩子,担心会给她的身体带来风险。"

　　冰玉含着泪说:"我就是为你们感到非常遗憾!你俩这么'聪明的优秀基因'都浪费了!你是真爱大嫂,担心她的身体受不了十月妊娠的辛劳,害怕分娩时会给她的身体带来意外的伤害!你太令我感动了!"

　　我说:"是的,珍惜眼前人!就跟你大嫂过一辈子的两人世界,将来走的时候,无儿无女无牵挂,我真觉得很好!"

　　冰玉点点头,眼神中饱含怜惜之情,默默地注视着我!

　　我故意改变话题,感慨地说:"二十年时光飞逝,上学时的一切情景仿佛还在眼前!"

　　冰玉说:"光阴是吹过的春风、流过的秋水,是升起的炊烟、飘过的浮云,让人抓不住。我好想用一根定海神针留住时光,让你我永远不老。"

　　我说:"定海神针定不住时光,既然时光留不住,我们就一起牵着时光的手,走过万水千山,沿途的花开花落和潮涨潮落不正是人生中的别样风景吗?纵然最后是一头白发,并没有辜负时光的一生陪伴呀!"

　　冰玉点点头。她坐在镜前梳妆,从镜子里看着我,温柔地说:"你过来。"

我走过去,坐在她身边。冰玉仔细观察我的脸,用手轻轻地抚摸一下,怜惜地说:"你的皮肤这么粗糙!你怎么不用护肤品呢?"

我说:"男人不需要护肤品,我从来不用。"

冰玉笑道:"你的大男子主义思想非常严重!难道男人的皮肤是铁打的吗?冬春季节还是要注意保护的。"

冰玉将自己用的护肤液倒在手心里,就要往我脸上搽。我下意识地往一边让,感觉很别扭。我一年四季都不用护肤品,不喜欢那种湿漉漉的感觉。曾经红美女也责怪我不搽护肤品,说我的脸皮干燥得很。

冰玉瞪着眼睛,以命令的语气说:"不许动!"

我只能不动,让她将护肤液细心地搽在我的整个脸上。她的动作这么自然而轻柔,我心中非常感动,有一种举案齐眉的温馨,又有一种已经与她共同生活了几十年的错觉。在她的心里,真把我当成自家人了!

冰玉继续梳妆,随口问道:"你夜里休息得怎么样?"

我说:"很好。"

冰玉说:"你要是不累,我上午陪你出去转一圈。"

我说:"我经常来上海,好玩的地方,我大多数已经去过了。"

冰玉转头怔怔地看着我,不说话,眼神中充满了委屈、不满和伤心!

我赶忙解释道:"一直没有来看你,不是因为以前没有联系方式嘛!"

冰玉生气地说:"什么叫没有联系方式呀?其实你根本就没有这个心!我甚至极度怀疑你是故意的!我绝对不相信,你这么多次来上海,从来没有想起过我!"

我这次真是专门为了忏悔而来的,总是有被她责备的地方!我深感理亏而有些茫然无措!一个人的行动是不能随心所欲的,总要受到客观条件的限制。其实当年毕业离校的时候,我也有无数的委屈和伤心,但是我又能跟谁去诉说呢?生活的艰难就在于,一个人面临着很多难以解决的困惑,还必须坚强地装着无所谓。

电视柜上有两小盆多肉类植物,长得很旺盛。我走过去,故意兴奋地说:"你这两盆小肉肉好可爱呀!"

冰玉板着脸,没有理我。

落地窗前面放着两盆虎皮兰,长得非常茁壮,叶长30～40厘米,叶缘有金黄色镶边,是金边虎皮兰。我又故意兴奋地说:"我很喜欢虎皮兰,没有想到你也喜欢。"

冰玉扑哧一笑,板着的脸终于松弛了。

我说:"千金难买佳人一笑。"

冰玉笑道:"我只是不想真跟你计较而已!"

我说:"'江海不与坎井争其清,雷霆不与鸟雀争其声。'您是大都市的佳人,岂能与我这种农村里的土老帽一般见识呢?"

冰玉说:"你就不要再贫了。我喜欢虎皮兰,是因为它的叶片坚挺,给人坚韧的感觉;色彩明快,富有生气,给人以希望;而且很容易生长成活,朴实无华。这些都与你的品行有几分相似。"

我说:"惭愧,我可不敢自吹!虎皮兰除了具有观赏价值之外,还能净化空气,吸收有毒气体;性凉,具有清热解毒,治疗跌打损伤的功效,内服外敷都行。因为它24小时都能产生氧气,所以你将它放在卧室里。"

冰玉说:"你还真懂得不少!我这两盆虎皮兰已经养了三年了,为什么还没有见到它们开花呢?"

我说:"不是每株虎皮兰都可以开花,一般生长五年以上的虎皮兰才有可能开花。花期大多在11—12月,持续一至三周。我养了12年啦,也只见过两次开花。"

冰玉说:"据说如果培养得当,每年都可能开花,否则好多年才能开一次花,甚至一直不开花。开的是什么样的花?"

我说:"从中心长出一支约三毫米粗的绿色花茎,花茎上每隔两厘米左右开出两三朵小花,花托为淡绿色,花为白色,丝状,一支茎上能开出几十朵花。花茎会分泌黏液,形成一个'小露珠'。开花时,散发出一股清凉淡雅的香味。这种香味好奇特,与你身上的香水味很相似,很好闻!"

冰玉笑道:"你做什么事,都是这么认真,你一定仔细研究过。看来你确实是佛家所说的有缘人,能见花开,你可以立地成佛了!"

我调侃道:"可惜那个时候还没有智能手机,不能随手拍照。否则我当时就会留下影像,我俩现在就能一同观看,共见花开,一起成佛了。"

冰玉问道:"你真愿意与我一起成佛吗?"

我站在衣橱门上的大镜子前,看着自己满是抬头纹的额头,开始下垂的眼袋,似乎能听到生命逐渐衰老的脆响。"不知明镜里,何处得秋霜。"我的心中涌起一丝感慨!

我说:"我此生不可能成佛了,但是去见马克思,应该是快啦!"

冰玉站在我身后,看着镜子中的我,微笑着说:"正月里,你能不能不要胡说!年老并不可怕,只要心有所依、情有所托,就能老有所乐。"

看着镜子中的冰玉依然靓丽的容颜,我笑道:"跟你一比,我已经是一个十足

的'糟老头子'了！你简直就是一个不老的神话！"

冰玉笑道："君未至,吾不老!"

我笑道："早知道,我就不会来了,你就永远不会老了！"

冰玉笑道："思念更加催人老！糟老头子,我们吃早饭去吧！"

冰玉的爸爸妈妈已经吃过早饭,出去锻炼了。桌子上摆满了各种食品,有牛排、牛奶、鸡蛋、胡萝卜、生菜、黄油面包、西红柿酱等,是典型的西餐。

冰玉说："昨晚睡得太迟啦,我今天睡懒觉了。这是妈妈早晨特地为你准备的西餐,她们自己喜欢吃中餐。"

我咬着面包说："其实我是一个传统的人,也喜欢吃中餐。"

冰玉坏笑道："知道！我早就清楚地领教了你的'传统'！"

我无奈地笑着,找不到合适的话语回复她。她这话中既有调侃,又有讽刺,还有反问,更有责备！

我说："早餐太丰盛了！辛苦妈妈了！"

冰玉说："吃饭不能将就,因为身体健康才是最重要的。你要多吃饭,让身体强壮起来。认真吃饭,才能真正体味到食物的自然香味,才能将生活过得有滋有味,精致有趣。"

我说："我的身体这辈子强壮不了啦,我的生活也精致不了啦,还是一切随缘吧！"

冰玉注视着我,认真地说："你不许敷衍生活！你向我保证！"

我感动地说："好吧,我保证不敷衍生活！"

冰玉温柔地说："这才乖！退休后,你和大嫂来上海生活,我天天给你们做好吃的美味！"

我说："好吧,争取吃成一个大胖子。"

小妹发来微信说："我们十一点到,已经联系了学霸中午一起过来吃午饭。"

我回复："好的。你们路上小心。"

冰玉立即打电话预定好她家附近的饭店。我说："这顿中午饭必须由我来埋单！"

冰玉看我一眼,莞尔一笑。我不知道她笑啥。

冰玉带我参观她家。她家的房子好大,估计有二百多平方米。

我说："上海的房价是天文数字。在这样的黄金地带,你们家这个房子价值千万。"

冰玉说："我们买得早,而且是举全家之力,把我父母的养老金也贴上了。如果按照现在的房价,我们也是买不起的。"

我说："买房困难成了压在百姓心头的一块大石头,普通工薪阶层的工资支付买房费用确实有很大的困难。"

冰玉说："网上有人归纳了现在民众有四大困难:看病难、上学难、养老难、住房难。看来确实如此呀。"

书房好大,两侧墙面都是书柜,里面摆满了书。四书五经,二十四史,唐诗宋词元曲,明清小说,欧美文学,书法绘画,音乐雕刻,哲学宗教,医学文献等。这是一个翰墨诗书之家、世传书香门第。

我说："家里有一间书房,就拥有了与历史相通的桥梁以及与世界联系的媒介。"

冰玉说："读书能够拓宽我们认识的广度和深度。双脚踩不到的地方,读书可以;眼睛看不到的地方,读书可以。"

我说："一个人的气质里藏着曾经读过的书、学过的知识、走过的路、见过的风景、经历过的见识。"

冰玉说："读书能让我们成为温馨的人,有见识的人,能深刻思考的人。"

我调侃道："所以我这个固执、狭隘、肤浅的人更应该认真读书了。"

冰玉笑道："这是你对自己的定性,我不发表意见。三毛说:'念书只为自己高兴。'"

我说："你何必这么小气呢？将你的快乐分给我一些吧！"

冰玉说："很乐意与君同阅读、与君同感悟、与君同快乐！"

大大小小的影集有几十本,按照年龄顺序整齐地排放着。

我问道："我可以看看你的影集吗？"

冰玉说："多此一问,当然可以呀。只不过我现在老了,所以'不忍回看旧写真'。"

我抽出冰玉小时候的一本影集,每张照片旁边都配着文字,说明时间、地点和拍摄的背景。做事认真仔细是冰玉从小就具有的优点,我非常佩服。

冰玉小的时候,眼睛好大,皮肤很白,神情可爱,像个洋娃娃。一张冰玉六岁时春游的照片很特别,冰玉站在山脚下的小河边,春雨朦胧,春风扬起了她的长发,她浅笑着,露出两排洁白的牙齿,上牙缺了一颗门牙,愈发显得可爱。照片两侧有冰玉当时写的对联,"好风好雨好时节,好山好水好风光。"

我赞叹不已,敬佩地说："我没有上过幼儿园,七岁上一年级,所以我六岁时还不认识字呢,你竟然已经能写出这样的句子,真是神童！"

冰玉说："我小时候的照片,你就不要看了,好多的照片是我换牙的时候拍的,尽让我出丑呢！大学时的照片你都知道的,就看最近的吧。"

我取出上次二十年聚会专辑,惊讶地发现,竟然有一半是我的照片,许多照片我自己都没有,都是同学们当时随手拍的。

我不解地问道:"你从哪儿找到这么多我的照片的?好多照片我自己都没有见过。"

冰玉说:"大家拍了照片不都发在云端里吗?我找一下就有了。"

上次聚会时,大家发在云端里的照片有上万张,冰玉在这些浩如烟海的照片堆里将我的照片一张张找出来,真不容易!

我感动地说:"你辛苦了!有空把这些照片传给我。"

冰玉笑道:"不辛苦!寻找大才子照片的过程也是一种特别的享受。"

我再看近两年冰玉在国外拍的照片,大多是冰玉在国外学习,参观和旅游时的留影。七大洲中除了南极洲,其他的洲她都去过了。她将每一处的门票和文字纪念品都仔细地保留着。有些照片的下面还有冰玉写的游记和感想。

冰玉说:"我参加了一项国家举办的'新丝路国家医学交流合作研讨'活动,去了'一带一路'沿途的好多国家。中国的高铁正在向世界各地快速延伸,现在正是我们走出国门的好时期。"

我相信只有像冰玉这样不断勇于探索的人,才能一直领跑在学科的前沿,攀登上科学的高峰。

这些年,我落后太多了,已经跟不上冰玉的步伐了!

我说:"我真羡慕你走遍了世界各地,增长了无穷的见识。"

冰玉说:"随着交通的快速发展,世界变成了地球村,经济全球化和世界一体化已经是不可逆转的时代大趋势。现在出国旅行变得既简单又方便,我一定要陪你去世界各地走走。我们一起担风袖月,游览天下胜迹,评论山水,岂不快意哉?"

我只能表示最真诚的感谢!

其实冰玉所说的"既简单又方便"的出国旅行需要一个前提:有空余时间,有一定的余钱,有还能走路的身体。

一张冰玉坐在非洲大象背上过河的照片很搞笑,冰玉神态非常紧张,两只手紧紧地抓着座椅的青藤。

我看着冰玉,调侃道:"某人在我印象中一直是那种神情自如的自信模样,好像从来没有出现过这么'狼狈'的神态。"

冰玉不好意思地说:"这是我第一次坐在大象背上,而且是过河,我非常担心会掉下去。"

我笑道:"原来你也有害怕的时候呀!"

冰玉说："我又不是女汉子，当然会害怕了。你不要自诩胆子大，总有一天，我会吓死你的。"

我又取出近两年国内的影集。冰玉是个文化人，所到之处，喜欢拍下各种文字图片，尤其是对联。在台湾台中慈善寺大雄宝殿内有一副对联，"净土莲花，一花一佛一世界；牟尼珠献，三摩三藐三菩提。"

信徒朝山，拜谒三宝，开启智慧，精心参悟，小莲花中能见大世界，观微见著。

一张奇特的照片吸引了我。冰玉坐在湖边一个扇形的亭子内，亭子的匾额是"与谁同坐轩"。冰玉对着镜头瞪着一对满是问号的大眼睛，神情十分好玩。

我想起来，这个地方我去过，是苏州的拙政园。大学三年级的"五一"假期，我去苏州玩，当时在苏州大学上学的美女发小云云带着我游玩了三天，我们到过这个地方。云云给我详细介绍了拙政园的来历：明朝正德初年，御史王献臣官场失意还乡，建造了"拙政园"。园名取自晋代潘岳的《闲居赋》中的句子，园主人有自嘲之意。我知道这个轩名出自苏东坡的《点绛唇》："与谁同坐，清风明月我。"当时苏东坡在朝廷受到排挤，被贬出京，纵观朝野，少有志同道合者，所以发出这样的感叹！

冰玉不满地说："那次我本来已经和妈妈说好了要带你来上海到我家玩的，你却说要去苏州会美女发小！后来妈妈取笑我没有魅力！一想起这件事，我就对你耿耿于怀！现在仔细回忆一下，在上学的五年时间里，你竟然一次都没有陪我来过上海！你这个人很没意思！"

那个时候，夏蕴曾经跟我说过："老大真是一个大傻瓜，玉儿如此渴望带你去上海见她的父母，这其中的意思你难道还不明白吗？"但是有意无意间，我一直没有和冰玉来上海见她的父母。

冰玉说："你从苏州回校后，我看到你们俩坐在这个亭子里拍的照片，那么和谐温馨！你的发小非常漂亮可爱！我明白了，普天之下，只有你的美丽发小能与你同坐轩，其他人都不入你的法眼！"

我恍然大悟，笑道："难怪你在照片中瞪着这样一对调皮而疑惑的大眼睛，原来你是在责问我呀！"

冰玉说："是呀！所以后来我每次去苏州玩，都要专门到这个'与谁同坐轩'的亭子里坐一下，体会一下你当时的感受。"

我笑道："你这个调皮鬼，真会胡闹！"

靠窗的书桌上整齐地摆放着黑墨、宣纸和砚台，紫檀笔架上挂着七八根毛笔。

我念道："笔架沾窗雨，书签映隙曛。"

冰玉笑道："装的！大才子不准笑话我。"

书桌上摆放着好多本字帖，有王羲之的《兰亭序》、颜真卿的《祭侄文稿》、米芾的《研山帖》、赵孟頫的《胆巴碑》和王铎的《拟山园帖》等。

我说："这可不是装的！五大流派全了，你是博采众长。"

冰玉笑道："闲暇时修身养性而已。柳公权说：'用笔在心，心正则笔正。'"

冰玉从小就练习书法，上大学时，我曾经跟着她练习过一段时间，稍微懂得一些皮毛。冰玉算是我的书法启蒙老师，将我带入了书法的审美境界。

我随手翻看她练习的稿纸，惊讶万分。冰玉练习多种字体，正楷笔酣墨饱，遒劲有力，清朗俊秀；草书龙飞凤舞，鸾翔凤翥，清新飘逸；隶书厚重古朴，铁画银钩，力透纸背。

我感慨地说："尊敬的苏老师，我太佩服你了！你对书法的悟性很高，现在已经是自成一家，大师一级了！我只配给你铺纸、磨墨，当书童了。"

冰玉笑道："不敢！堂堂大才子给我当书童，岂不羞煞我也？"

音乐室也比较开阔，东墙边是一架黑色的钢琴，南窗下是一张棕色的古琴，西侧是一排架子鼓，还有手风琴、二胡、吉他、洞箫和口琴等。

我惊讶地说："你家里竟然有这么多乐器，原来你是管弦乐器、中西乐器、古今乐器全部精通呀！"

冰玉说："钢琴和二胡分别是妈妈和爸爸的最爱，女儿喜欢架子鼓和吉他，爱人喜欢洞箫和口琴。"

我说："你们家人人精通音乐，可谓音乐世家，看来古琴一定是你的最爱了。能不能请尊贵的大才女给我弹奏一曲《梅花三弄》呢？"

冰玉眼睛一亮，兴奋地说："真没有想到你这个乡下的'土包子'竟然也知道高雅的《梅花三弄》的古琴曲调呀？"

我说："我确实有一种'土包子'误闯'文化殿堂'的惶恐！我是五音不全，但是你大嫂是精通音律的，结婚快二十年了，我好歹也受到一点艺术的熏陶吧！音乐可以改善情绪，释放压力，有利于身心健康。"

冰玉说："古琴是中国最古老的弹拨乐器之一，属于八音中的丝，音域广，音色深沉，余音悠远。在琴棋书画中，排在首位，被称为'国乐之父'，是最能体现中国传统文化气息的乐器。文人雅士大多喜欢以抚琴修身养性，参禅悟道。"

我说："早在先秦时期，琴就已经很流行。《诗经》中有这样的描述，'琴瑟在御，莫不静好。'文人墨客都钟情于琴，是'圣人之器'。"

冰玉说："音乐与医学有密切的联系，在《黄帝内经》中这样论述：肝属木，在音为角，在志为怒；心属火，在音为徵，在志为喜；脾属土，在音为宫，在志为思；肺属金,在音为商,在志为忧;肾属水,在音为羽,在志为恐。"

我说:"角徵宫商羽五音对应肝心脾肺肾五脏,以曲调调节情志,令五脏调和,血脉畅通,阴阳平衡。一曲听完,神清气爽,精神焕发。"

冰玉洗手后,在古琴前坐下来,轻轻掀起盖在上面的淡蓝色绸缎,调整了一下呼吸,转头看了我一眼,微微一笑,抬手轻抚琴弦,一个个清脆的音符伴随着冰玉指尖的滑动和弹奏而缓缓流出,节奏舒缓而流畅,醇和淡雅,清亮绵远,听得人心悦无比。

我听爱人讲过,《梅花三弄》是我国著名的三首古琴曲的合集,又名《梅花引》《梅花曲》《玉妃引》。根据《太音补遗》《蕉庵琴谱》和明朝朱权编辑的《神奇秘谱》中记载,此曲最早是东晋的桓伊所作的一首笛曲,后来被改编为古琴曲。内容是称颂梅花,主题在琴的上准、中准、下准三个泛音部位上反复弹奏三次,所以称之为"梅花三弄"。

我虽然不懂音律,但是对于古琴这种古老的乐器所发出的神奇的天籁之音一直心生敬畏,所以我听得入迷,浑然不知所在,如饮了一壶春光,醉了欢喜,别了忧伤。

冰玉弹奏完了,笑道:"你有这么陶醉吗?还闭上了眼睛!"

我笑道:"我这个乡巴佬能在这座国际大都市里欣赏到这种阳春白雪,自然是忘乎所以了。况且是听音乐,又不是看音乐,当然不需要睁眼了。"

冰玉一边用手帕擦拭琴身和琴弦,一边笑道:"贫嘴!讲讲你的感受吧。"

我说:"古琴文化博大精深,早就形成专门的'琴学',我这个门外汉就瞎说两句。此曲共有十个段落,采用循环再现的手法,重复主题三次,借物咏怀,以梅花的洁白、芬芳和凌霜傲雪的特征,来歌颂具有高尚节操和优良品质的人。全曲轻盈、舒缓,非常自然、流畅,闻者醉,让人抛弃万千烦恼丝,远离凡尘,如临仙境。"

冰玉高兴地说:"你还真是知音,你又让我刮目相看了!古人云,高山流水,得遇知音。你就是'具有高尚节操和优良品质的人',认识你这样的才子老大确实是我今生最大的幸福!"

我说:"一个人必须有一双发现美的眼睛、一对闻听美的耳朵和一颗感受美的心灵,才能活得有趣味、有品质。我喜欢古琴发音的独特,高音区清脆有金石之音,中音区浑厚丰满,音色圆润、清奇、松透,有韵味。其实曲子本身的高雅是一方面,主要还在于你这位演奏者的超凡脱俗和优雅如仙。十指拨流年,古今无此音。一朝闻仙曲,一生不虚度。"

冰玉笑道:"谢谢大才子!你夸奖别人时,从来都不吝惜你的溢美之词!"

我说:"'在音为羽。'按照你刚才五音滋养五脏的说法,《梅花三弄》属于羽

音,有补肾的功效。"

冰玉笑道:"依照阴阳五行之说,'肾属水',所以此曲最适宜女性弹奏,男性欣赏。"

我调侃道:"我怕冷,正是肾阳不足的表现。在此太阳初升的上午,正是阳气渐增的时刻,听你弹奏此曲,润肾补阳,顿时感觉肾内精气充足,心率增加,血流加速,全身温暖。"

冰玉讥讽道:"'在志为恐!'而老大一直是胆大包天,世间就没有老大恐惧的事情,根本不需要补肾。小心乱补之后,阴阳失衡,走火入魔。"

我大笑不已,真诚地说:"我承认说不过你!你是琴棋书画样样精通,阴阳五行色色通晓!令我望尘莫及!"

冰玉笑道:"老夫子过奖了!太夸张了!"

我感慨万分,笑道:"一琴一音一心境,一拨一听一知音。"

冰玉深情地回复道:"一问一答一邂逅,一言一诺一生情。"

我说:"深有同感!"

冰玉说:"我就是俞伯牙,你就是钟子期。"

我念道:"摔碎瑶琴凤尾寒,子期不在对谁弹!春风满面皆朋友,欲觅知音难上难。"

冰玉立即说:"我这个比喻不好,不吉利!子期在与伯牙相识的第二年就不幸染病去世了!"

我笑道:"我们是医生,都是唯物主义者,我们之间没有什么需要忌讳的。何况'士为知己者死'呢?"

冰玉说:"不准你乱说!我要求你答应我,你以后必须年年来上海听我弹琴!"

我说:"尽力而为吧!或许多听这种'太古之音''天地之音',我也能延年益寿呢!"

冰玉再次强调说:"你必须终身守约,不能食言!"

我根本不能保证年年来上海,因而不能轻易承诺,又怕直接回绝会引起冰玉的不悦,只能借欣赏古琴而敷衍过去。我故意弯腰仔细观察古琴,只见棕色的琴身中映出些许黑色的斑点,表面光滑明亮,古朴典雅,感觉这张古琴应该有些年份。

我调侃道:"相传伯牙当时手中瑶琴是上古'三皇'之首的伏羲亲手制作的,其实都是后来文人的附会,不必较真;但是物以稀为贵,加上古琴艺术太过高雅,因而真正已经传世千百年的古琴,现在在拍卖行都是亿元的天价!你这张古琴现在也是价值连城吧！"

冰玉说："我这张琴是用极为普通的水曲柳而制，并不值几文钱。年代很近，我八岁那年，突然就爱上了古琴，我爸爸带我去一家百年老乐器店买的。不能谈钱，一谈就俗了。"

我笑道："'窈窕淑女，琴瑟友之。'可惜我是大俗人，属于'焚琴煮鹤'之流，不能与你成为琴瑟之友。"

冰玉笑道："你不要乱说，好不好？你是雅俗共赏，张弛有度。"

我说："天下琴人皆知音！可惜我是五音不全，也不能与你琴瑟和鸣！"

冰玉意味深长地说："借口！琴瑟和鸣乃心心相印，与懂不懂音律无关！"

我想起苏轼的《琴诗》，故意调侃道："若言琴上有琴声，放在匣中何不鸣？若言声在指头上，何不于君指头听？"

冰玉大笑道："那你就给我讲一讲缘何而鸣。"

我笑道："仙乐源自仙女心，古琴奏出古曲声。"

冰玉说："雅曲只与雅人赏，知己读出知音心。"

我说："谢谢大才女抬爱，今日老朽也算附庸风雅一回。《幽梦影》有语，'物之能感人者，在天莫如月，在乐莫如琴，在动物莫如鹃，在植物莫如柳。'"

冰玉说："所以你爱月、爱琴、爱鹃、爱柳！"

我说："我曾经在校园里伴你赏月，与你联句咏《春柳》，在博物园里与你观赏杜鹃，今又有幸在此听你抚琴，可见感人之物，你我已经尽得矣。"

冰玉温馨地微笑着，点点头。

我调侃道："当然我更喜爱'玉'，只不过'玉'过于高雅而稀罕，并非我这样的凡夫俗子所能驾驭得了的！"

冰玉抢白道："所以'玉'最大的不足之处就是不接地气！"

我一愣，惶恐地说："我投降了，看来以后再也不敢跟你打口水仗了！你如此伶牙俐齿，我每次都被你辩驳得毫无还手之力。"

冰玉笑道："我根本就没有想跟你打仗，每次都是你先挑起的！东坡居士说：'阅世走人间，观身卧云岭。'所以人既要有'走人间'的现实，也要有'卧云岭'的飘逸，才能以出世的态度，做入世的真人。"

我笑道："我做不了真人，只能做一个尘世的俗人罢了。"

冰玉说："二十年聚会时，我曾经告诉过你快乐的公式，让你降低对别人的期望值，给别人保留快乐的空间。我根本就不是你想象中的什么完美的天仙，我就是一个普通人，我也有许多的缺点和不足，希望你对我的期望和要求不要太高。否则，不仅你会失望，我也会因为有心理压力而不快乐。"

我很惊讶,真没有想到我会给冰玉带去心理压力。我说:"我对你的赞美和欣赏都是出于我内心的自然情感,你在我心中就是天仙,并不是我希望你成为天仙。"

冰玉说:"我不跟你争论,你以后会慢慢体会到我与你相处时的心情。在我看来,我俩之间的距离并没有那么大,完全是你主观臆造的。"

我也不想跟她争论,许多事情如果换位思考一下,一定都得到意外的结果。

运动室很大,中间一张乒乓球桌子,四周摆放着各种运动器具。

东侧窗下有一套红木围棋桌椅,做工非常精致,桌子上的两只棋子盒古朴典雅。我打开盒盖一看,棋子圆整,大小一致,表面光滑细腻,无杂质气泡,是上等的云子。

我说:"'工欲善其事,必先利其器。'进了你家这样的书香门第,我似乎感觉自己身上也沾有一股淡淡的墨香,好像也成了文化人。"

冰玉笑道:"'虽不善书,而笔砚不可不精;虽不工弈,而楸枰不可不备。'装样子总要装得像一点,不然会被你这样的内行一眼就看出破绽的。"

我赞叹道:"你果然是琴棋书画无所不能,真是人间少有的全才!从此后,在你面前,我这样的粗陋俗人只有仰慕的份了。"

冰玉说:"大才子,酸死了!"

我说:"看来你俩都是运动达人,活得很有活力。你陪我打一会儿乒乓球吧!"

冰玉一听,非常高兴。

我俩打乒乓球。冰玉既细心,又耐心,从不调角,总是尽量将球往我手边打。

我很感动!不由得想起了高中同学阿俊!我的身体每况愈下,现在其他运动都做不了,只能打乒乓球。阿俊家里有一张乒乓球台子,所以他经常喊我去他家,陪我打乒乓球。阿俊是一个既热心又细心的人,很关心我的身心健康,曾经多次邀请我和他一起出去旅行,看看祖国的大好河山,调节身心;但是因为方方面面的原因,我一直未能与他成行。似乎在我生命的每一阶段,都有一些志同道合的人,陪我走过一段人生之路!

冰玉说:"现在你身体的协调性远远不如上学的时候了!真令人担忧!"

我调侃道:"没有关系!我们都是唯物主义者,知道少活一年、多活一载对这个世界没有任何影响。"

冰玉说:"你不能这么说,会令人伤心的!我昨晚跟你说的《柳叶刀》上的那篇文章,对锻炼身体最好的运动依次是挥拍运动、游泳和有氧运动。尤其是挥拍运动可以降低47%的全因死亡率。"

我笑道:"我打不动网球,以后就适当地打打乒乓球,争取长命百岁。"

冰玉笑道:"好的,我们相约再过五十年。"

捡球的时候,我发现窗台下面两盆巨大的仙人球,生长得极为旺盛。

我说:"这两盆仙人球应该和书房里的两盆芦荟互换一下位置,这种植物放在运动室内容易伤到人。"

冰玉说:"很对,你做事总是这么细心!"

打了半个小时,我出汗了,累了。我们走到门口的院子里,我在藤椅上坐下来,休息。

院子朝南,阳光充足,长满了各种花草,有君子兰、建兰、水仙、滴水观音等,生长得非常茂盛。东边和南边围着半圈约一米高的经过碳化的木杆篱笆,西边是小青砖砌成的约一米高的围墙。东南角有两棵红梅树并排而立,花朵密集怒放。西南角栽了一簇小青竹,约有十来根,竹竿纤细而挺拔。春风一吹,颇有一份竹院篱舍的小意境。这真是一方避开尘嚣的清幽之所,居住在这样的环境里,能让人明心见性,抛弃万千烦恼丝。大隐隐于市,有一种"静隐深山无俗虑,幽居仙洞乐天真"的奇特意境。真正内心清静的人,不是一味地躲开车水马龙的喧嚣,而是在心中有一方插篱种花的绝对净土。

冰玉递给我一个暖宝,微笑道:"院子里有风,你焐焐手。"

我感激地说:"谢谢你,你太细心了!你很会享受人生,这种晨风夕月和阶柳庭花的生活特别令人神往!"

冰玉又拿来一条粉红色的围巾围在我的脖子上,笑道:"你是国宝,需要一级保护。"

我故意模仿冰玉昨晚的动作,也仔细闻了一下围巾,调侃道:"好清香!有一股女性荷尔蒙的温柔气息!"

冰玉笑道:"学舌宝,根本没有创意!"

我笑道:"兰竹双清,堪配你的才貌双全。"

冰玉说:"双梅争艳,恭候你的大驾光临。"

我温馨一笑,念道:"终日寻春不见春,芒鞋踏破岭头云。归来偶把梅花嗅,春在枝头已十分。"

冰玉满意地说:"很对!就是这种感觉,就是这种意境。"

看到冰玉温馨的笑容,我突然感觉到一种久别后归家的氛围。忙忙碌碌半辈子,为名利争夺,终日寻春不见春;如今暂时放下一切,在此品茶赏梅,看花开花落,观云卷云舒,真有一种如释重负、静心安居的舒畅和闲适。

我闭眼合掌念道:"清尘雅乐,静若幽莲。"

471

冰玉笑道："高僧老大超然'出世'了！'红尘白浪两茫茫，忍辱柔和是妙方。到处随缘延岁月，终身安分度时光。'"

我故意说："你好小气，有这么高雅的地方，也不喊我来一起分享！"

冰玉笑道："你这是猪八戒倒打一耙！明明是你自己不愿意来！热烈欢迎你以后经常来！"

一方庭院，晨迎朝阳。日中正午，惠风和畅。夕阳西下，无限风尚。月上柳梢，围炉夜话。一壶岁月，两杯时光。清风徐来，地久天长。我真希望能永远待在这个幽静的院子里，不走了！

我念道："近水楼台先得月，向阳花木早逢春。"

冰玉调侃道："可惜某人每每失去先机，总是功败垂成！"

我一愣，不动声色地说："满院春色，万紫千红；心有所属，无问西东。"

冰玉问道："我让你看的这部电影《无问西东》，你看了吗？"

我说："没有！这两天一直未曾有空。"

冰玉立即意味深长地说："再过两天档期就结束了。机不可失，时不再来！"

我笑一笑，故意不接她的话，继续说："竹翠兰幽春风漾，两株红梅一院香。"

冰玉注视着我，笑道："你还真能装！红梅是我特地栽培的！不为风雅不为香，只因当年知音赏。"

我念道："问君何独然？念其霜中能作花，露中能作实。"

冰玉说："梅花的这些品质你都具备，所以我特别爱惜！"

我感激地一笑！

冰玉先取出一支十厘米长的精致檀香，点燃了，又拧开一柱焚香筒的盖子，将檀香倒插在盖子内的香孔上，再合上盖子，然后将焚香筒竖立在窗台上。一缕香烟从焚香筒的侧孔中冒出来，袅袅而上，在冰玉的周身打个转，慢慢地散开了。冰玉轻轻转身，微笑着，温馨地看我一眼！脖子上粉红色的纱巾在微风中轻轻飘起，美不胜收！

我惊呆了，如同见到一个腾云驾雾的仙女从仙界翩翩飞舞来到人间！

冰玉笑道："你发什么呆呀？你好好看看这柱焚香筒上面的经文，是否熟悉？"

我打眼一看，这柱焚香筒高十二三厘米，直径二三厘米，棕黑色，紫檀木质地。我再细看筒面上的阴刻小楷，原来是《般若波罗蜜多心经》，唐玄奘奉诏译本。

我说："《心经》刻于焚香筒之上，颇具佛家的禅意。造物者有心，用物者有意。"

冰玉说:"高僧老大,看来你不仅参悟了佛经,而且悟尽了'香道',非常佩服。我上次在冬至那天发给你的钢笔楷书,就是从这儿抄写的。"

我说:"不敢当,非常惭愧!这段经文,尽管我已经背过多遍了,但是现在依然记不全。"

冰玉用手指点着我的心口,意味深长地说:"看来你这个高僧是装的,其实就是一个'无心无肺'的老大,以后做事一定要'用心'哟!"

我争辩说:"高僧都是无心无肺的,否则就不是高僧了。"

冰玉讽刺道:"你超凡脱俗,无牵无挂!"

我有意转移话题,赞赏道:"好雅致的焚香筒,'不为风摇,不为雨藏。'这么高雅的宝贝,只配你这样的仙女拥有!"

冰玉问道:"你知道这柱焚香筒的来源吗?"

我调侃道:"一定有一个感动天地的故事。"

冰玉说:"你别贫,能不能感动天地,你听我说完了再说。本科毕业时,你突然消失得无影无踪!我的思念无处寄托,想起你最喜欢闻香气,就到我家附近的'多念寺'中请了这柱焚香筒,寺中的主持高僧还热心地亲自为焚香筒开了光。每当我思念你的时候,我就燃起一支香。在轻盈的烟雾中,我分明又看到你清澈坚定的眼神,听到你自信爽朗的笑声!怎么样?冷血的糟老头子,这个故事感动天地吗?"

我惶恐万分,无言以对!

我想起来,在二十年大聚会的时候,冰玉曾经跟我说过,"多少次,在思念的黄昏里,一个人幽静地独坐在绿苔蔓延的梅花树下,燃一支檀香,泡一壶清茶,铺开一页白纸,在落日的余晖中,慢慢地洒下一阕含泪的清词,圆一个久别的旧梦。"生命中总有一些事情是刻骨铭心、终生难忘的。可以想象,在离别后二十年的时光里,在这两棵红梅树下,在檀香的青烟中,冰玉无数次回想起我们当年初次相识于梅园的美好情景!

我往下一看,梅花树下的地面上果然长满了绿苔。我的心中非常感动!阳光高照,温暖一丝思念;时光深处,相惜一份真情。

我真诚地说:"谢谢你如此珍惜我们当年的同学深情!"

冰玉责怪道:"仅仅是我一个人珍惜,有用吗?这柱焚香筒已经陪伴我二十年了,每年的相识纪念日,我就会在底座上用钢笔画一笔。"

我拿起焚香筒一看,底座的下方果然有二十根非常工整的横线。我可以感知,冰玉在画线的时候,一定非常认真和用心!

冰玉说:"我还想再划五十根线!"

我真诚地说:"好吧,我陪你再过五十年!"

冰玉认真地说:"一言为定!你知道你上学时用的那个香炉,现在在哪里吗?"

我说:"在蕴儿家里,我上次在她家里看到了。谢谢你们俩都这么珍惜我们的感情,相比之下,我这个人太薄情寡义了!"

冰玉说:"知道你悔恨了!下不为例呀!"

我点点头,仔细鉴赏这个焚香筒,做工非常精细,表面被打磨得光洁如玉,筒座和筒盖精细吻合,开合自如。上面的阴刻小楷字字清晰,笔法圆熟大气,浑然天成。

我想,在这种茶香、梅香和檀香三香交织的氛围中,悠然读书、赋诗,写字,一定意蕴十足。冰玉确实是一位很会用心生活的灵动女性!

我望着地面上的绿苔,深情地念道:"'白日不到处,青春恰自来。苔花如米小,也学牡丹开。'我就是这微不足道的苔花,努力向你这位国色天香的牡丹看齐。"

冰玉笑而不答,眼神中满是快乐!

我赞许地说:"你家先生好勤快呀,培育了这么多好看的花花草草,把这个院子装点得如此春意盎然,一院的诗情画意,满眼的情深意浓。"

冰玉不高兴地问道:"为什么就不是我勤快呢?"

我赶忙满含歉意地说:"真是没有想到!因为你是大都市的高贵公主,自然……"

冰玉抢白道:"自然啥呀?你还是没有改掉你这种喜欢主观臆断的坏毛病!大都市的人怎么啦?就你们这些'劳苦大众'会养花种草呀,难道我们都是四体不勤、五谷不分的城市寄生虫吗?"

我惊讶地说:"我这次来,你好像对我满腔怒火,冷不丁就给我一梭子子弹!"

冰玉给了我一个白眼,不满地说:"我就是对你有火,小心我一把火烧死你!你为什么这么喜欢自以为是呢?特别固执而且不思悔改!《汉书》有云:'过而不改,是谓过矣。'"

我调侃道:"《后汉书》有云:'今不虑前事之失,复循覆车之轨。'可见我蠢、我笨、我傻!"

冰玉瞪我一眼,不说话。

我讨好地说:"在如此优雅的院子里,读书,品茶,赏花,会友,甚至发呆,都是这么富有情趣,不待时光染白发。"

冰玉又看我一眼,依然不说话。

474

我笑道:"植篱围景,可隔俗流;种竹在院,能冶品性。"

冰玉狠狠地说:"我就是俗流,就是没有品性!"

我想,我不就是不小心说错了一句话吗?不至于如此火冒三丈呀!看她还像一个小姑娘的年轻模样,绝对不可能是更年期到了,至少还得再等七八年时间。

冰玉瞪我一眼,质问道:"你想什么呢?是不是在骂我更年期到了?"

我大惊,太神奇了,真能与我心心相印?我心中对她不满的话,她都能感应到?

上学的时候,我和冰玉及夏蕴之间非常默契。三个人在一起玩的时候,经常一个人想开一个玩笑,刚刚张开口,另外两个人就会立即异口同声地说:"我知道你想说什么!"然后三个人一同大笑。心灵感应这种事情真神奇,竟然能同时发生在三个人之间。

我故意一本正经地说:"汝乃大雅之人,万不可与我这等粗俗之人一般见识。"

冰玉正在忙着煮咖啡,回答我说:"不想理你!"

我看着西南角的那一簇小青竹,想起了郑板桥的《竹》,念道:"一节复一节,千枝攒万叶。我自不开花,免撩蜂与蝶。"

冰玉说:"我清高,我不合群,我不接地气!"

看来她不会轻易原谅我了,我只能又故意羡慕地说:"在如此繁忙而嘈杂的大都市中,你能拥有这样一方净土,每天在温暖的阳光下,和你的爱人一起筑梦,松花酿酒,春水煎茶,是何等的幸福呀,人生再无他求!"

冰玉转头看我一眼,似笑非笑,没有说话。

我再次调侃道:"佳人掀帘,瑶池飞花;天仙一笑,满园光华。美啊!填词翠竹,入诗篱笆;炉煮咖啡,壶烹热茶。雅呀!只因年老昏花,不意赞错春风,却无端遭骂!冤哪!"

冰玉终于扑哧一笑道:"狡辩!既然你承认有'错',岂是'无端'遭骂?实属该骂!"

我说:"老朽好歹也是首次到访的远客!大公主又是骂,又是怪,还摆脸色,你让这位卑微的客人情何以堪呢?"

冰玉说:"客随主便!你有啥好委屈的?"

我故意慢慢念道:"好雨知时节,当春乃发生。随风潜入夜,润物细无声。"

冰玉不解地看着我,眼珠转了一下,立即反应过来,反驳道:"我不是什么好雨,是不合时宜、专搞破坏的'暴风雨',我浮躁、鲁莽、喧嚣,做不到'润物细

无声'。"

我大笑道："古人云：'看竹何须问主人。'其实我是多此一问，自寻烦恼！"

冰玉说："你既然有'王子猷'的洒脱，又何必露出'王维'的委屈呢？你现在已经欣赏到竹子的高雅，那你现在就可以走了，不必再看我这个世俗的不近人情的主人了。"

我说："你是高雅的竹子，我才是世俗的蜂和蝶。"

冰玉说："不敢当！大才子的高雅，我二十年前就已经认真领教过了！"

我指着滴水观音，调侃道："此物有毒，只可远观，不可亲近！"

冰玉笑道："既然你害怕我毒死你，那么你还是赶快走吧！"

看到冰玉这难得的一笑，我知道她心中的不悦已经烟消云散了。我说："人生并不能随意来来往往！古往今来，有无数的人羡慕王子猷的随性，李白、王维、郑板桥等都对他羡慕不已，但是又有几个人真正能达到他那种说走就走，乘兴而行，兴尽而返的境界呢？"

冰玉说："现实中有太多的事情束缚了我们的出行自由，工作、家庭、买房、人际交往等为了生存的操劳占去了我们大多数的时间和精力。外面的世界再精彩，我们也不能随心随意去旅行呀！"

我说："我倒是非常羡慕你，走遍了世界各地，诗和远方都有了，人生再无所求了！"

冰玉看我一眼，抢白道："可惜我的远方里总是缺少了一位能与我一起吟诗作赋的大才子！"

我说："盈则亏，万事不可求全也。张爱玲说人生有三恨：一恨海棠无香，二恨鲥鱼多刺，三恨《红楼梦》未完。"

冰玉说："没有结局的《红楼梦》反而具有更加无穷的魅力，这就是缺憾之美！"

我说："人对美的欣赏其实是很奇怪的，所谓熟悉的事物中没有美景，所以总是要去远方找寻。"

冰玉说："这就是'不识庐山真面目，只缘身在此山中'。"

我说："这种舍近求远、喜新厌旧的方式，我并不能完全赞同。远方也许是有奇迹，但是更应该珍惜身边已经拥有的美好。"

冰玉说："旅行的目的是为了增长见识，陶冶情操，并不是为了猎奇，更不是因为喜新厌旧。你是一个守旧的人，一个现实的人，你不懂。"

我说："我恋旧，并不守旧；有些世俗，但不功利。"

冰玉说："只有抛开对事物的功利性，才能欣赏到真正的美。即使是古色古香的房子,常年住着的人也只能感受它可以住人而遮风挡雨的好处;只有远方而来的游人才会去关注房子古朴典雅的建筑风格和悠久深厚的历史内涵。"

我说:"所以就有新鲜美、错时美、距离美、虚幻美,却很少有人会关注实用美。"

冰玉说:"只有跳出实用性的羁绊,才能欣赏到事物纯粹的美。再比如'浪漫',雨中漫步、雪中飞舞是何等浪漫,却没有任何的实用意义。"

我故意说:"在我这种实用主义者看来,这些行为都是不可理喻的,更不用说美感了。牡丹国色只悦目,枣树花小有甜果。"

冰玉说:"庄子在《人世间》中云:'人皆知有用之用,而莫知无用之用。'"

我说:"在《鲁滨孙漂流记》中,有这样一句话,'世界上一切美好的东西对于我们,除了加以使用外,实在没有别的好处。'"

冰玉责怪道:"你能不能不这么讨厌吗? 我知道你这是在故意抬杠,你心中根本就不是这么想的。"

我说:"我更是一个缺少浪漫的人!"

冰玉说:"你的心中一点都不缺少浪漫,也不是实用主义者,你这分明是在故意气我! 你昨晚是怎么说的?"

我不好意思地笑了。我说:"不逗你了。其实只要能与相爱的人一生相伴,真情呵护,彼此心中有爱,那么在两人的眼中,何处不是花香满园呢?"

冰玉说:"所以你就'躲进小楼成一统,管他春夏与秋冬'。"

我说:"所以我只想品味此刻的幸福,不想与某人争短长,而辜负了这一院的美景。"

冰玉给我一个白眼,笑道:"曾国藩说:'人心能静,虽万变纷纭亦澄然无事。静在心,不在境。'"

我说:"心无物欲乾坤静,心境空灵容万物! 老朽知错了。"

冰玉说:"千江有水千江月,万里无云万里天。"

我想起陶渊明的《闲情赋》,调侃道:"你知道那位'不为五斗米折腰'的中国第一田园诗人也是一位'写情书'的高手吗?"

冰玉念道:"愿在衣而为领,承华首之余芳;悲罗襟之宵离,怨秋夜之未央!"

我也念道:"愿在裳而为带,束窈窕之纤身;嗟温凉之异气,或脱故而服新。"

……

冰玉疑惑地问道:"你这是什么意思呀? 在我这儿受气了,就想念起美丽倾城、温柔无比的蕴儿啦? 你希望成为她的衣裳、发泽、黛妆、草席、素履、影子、烛光、扇子、抚琴,永远陪伴在她的身边吗?"

我笑道:"恰恰相反,佳人再怎么迷人、再怎么难舍,但是每当昼夜变化,或者四季变换的时候,这些东西就会被佳人舍弃了。有十愿,就会有十悲,万事不可求全也。"

冰玉说:"如此美文,后人称颂'如奇峰突起,秀出天外,词采华茂,超越前哲'。清代文学家陈沆更是给予最高的评价,'晋无文,唯渊明《闲情》一赋而已。'你却另辟蹊径,从中看到美好不能持久,万事不可求全!言为心声,真令我痛心不已!你其实是在对我表示强烈的不满吧?"

我说:"被你所气,偶一感慨,玩笑而已,不必当真!陶公这样的硬汉子,心中竟然也深情款款,爱恋如火,可见人人难舍真情也!"

冰玉故意问道:"果真是人人难舍真情吗?"

我笑而不答。

冰玉煮好了两杯拿铁,端过来,坐在我对面,对着我意味深长地一笑。

我说:"你笑啥?你这位大公主的脸是六月的天,时阴时阳。你这一笑好像有内容,让我顿时毛骨悚然!"

冰玉坏笑道:"拿铁的故事!"

我亦笑道:"当年是老土,现在是土佬。你当年怎么会和我这样一个土老帽交上朋友的,真是好奇怪呀?"

冰玉笑出了眼泪,调皮地说:"土有土的质朴和稳重,洋有洋的俗气和轻浮。"

上学时,冰玉第一次请我喝咖啡,也是我生平第一次见到咖啡,我闻到那股奇特的香味,以为是牛奶。我问她这种牛奶为啥是褐色的。冰玉笑我真是江北的土老帽,是刘姥姥进了大观园。我小时候的生活条件很艰苦,不要说喝咖啡,能吃饱饭就是万幸了。

我感慨道:"如今人到中年,尝尽了生活的酸甜苦辣,经受了人生的悲欢离合,认清了生命的变化无常,懂得了责任和珍惜,学会了看淡和放下,我心里已经很满足,不再有那么多的期盼和奢望了。"

冰玉说:"你似乎对拿铁情有独钟!"

我端起杯子,喝了一口,一股清香沁人心脾。我抬头看着冰玉说:"好香!因为你第一次请我喝的咖啡就是拿铁;还有一个重要的原因,那次喝咖啡是我第一次透过自己的贫穷和无知的小世界,看到了外面未知和无垠的大世界。那种感觉你是完全体会不到的,我确实如同刘姥姥第一次进大观园,那种新鲜、憧憬和惶恐的感觉非常明显!"

冰玉说:"你咋这么喜欢显摆你以前的贫穷和老土呢?"

我说:"因为你从来没有面对过贫穷和落后,所以你根本不能理解和接受。"

冰玉说:"我能理解你曾经的艰难,也能体会你此刻的心情,但是我希望你忘记所有不愉快的过去,享受现在的美好生活。"

我说:"你不用担心,我不会将这一切总是挂在嘴边的,仅仅是因为你刚刚提到拿铁才触动我内心的情感。感谢你又勾起了我美好的回忆,曾经那一段与你相处的充满欢乐的时光将会永远珍藏在我的心中!"

冰玉说:"深有同感!这两天受了我不少的气,是不是后悔来上海了?'但看三五日,相见不如初。'"

我说:"能在大都市亲耳聆听苏老师的教诲,亦是我最大的荣幸!"

冰玉笑道:"分明是言不由衷呀!"

我说:"诚心诚意,受益匪浅!但愿我俩所有的相见永如初见!"

冰玉说:"只要你不故意引我生气,我们的相见就能永如初见!"

冰玉收走了空咖啡杯,又端给我满满的一杯绿茶,笑道:"这是上等的明前茶。你品一品,告诉我是哪种茶。'无由持一碗,寄与爱茶人。'"

我调侃道:"我是一个粗人,不爱茶,也根本不懂茶。此等好茶给我喝,是暴殄天物,是极大的浪费!茶道太烦琐,酒规太烦人。所以我喝茶和喝酒都不讲究,喝茶多为解渴,喝酒多为应酬。"

冰玉看着我,只微笑,不说话,眼神中分明有一份戏谑的味道。

我有些不明白冰玉葫芦里卖的什么药,看着这满满的一杯茶,我突然想起冰玉曾经说过,"从来茶倒七分满,留下三分是人情。"我明白了,冰玉是在表达对我的强烈不满。

我说:"'茶满欺客!'高雅的主人倒这么满的茶,分明就是想烫一下粗俗的客人哟!"

冰玉笑道:"你知道'太满了会伤人'就好!"

我笑道:"十分惭愧!但是茶是一种很难定性的东西。"

冰玉问道:"什么意思?你又有什么高论?"

我说:"茶既可以是俗气的生活用品,'柴米油盐酱醋茶。'也可以是高雅的文化精品,'琴棋书画诗酒茶。'"

冰玉说:"所以茶不仅可以用来消暑解渴,而且可以修身养性,品茶就是品人生。'儒家以茶修德,道家以茶修心,佛家以茶修性。'"

我说:"茶道太高深,讲究品种、产地、采茶时期、制茶工艺、保存方式、烹茶和沏茶的程序等。这一套细细考究下来,喝茶的心情可能就淡了许多。"

冰玉说:"我知道你崇尚简单的生活。"

我说:"况且对于懂茶、爱茶的人来说,茶是生活的必需品;而对于我这种外

行而言,茶就是可有可无的了。"

冰玉说:"我也知道你平时只喝白开水。"

我说:"所以我这种人单调无味,无聊又无趣,还容易自满伤人!"

冰玉笑道:"说了半天,原来你在这儿等着我呢!被我骂了,你还不服气?男子汉,大丈夫,就不能襟怀坦荡一点吗?"

我笑道:"所以我就在你这儿,跟你学如何品茶,如何参禅,如何修身养性!"

冰玉瞪我一眼,笑道:"德行!这一趟上海之行有没有给你留下什么特别的印象?"

我说:"对上海的美好印象,我自然不必说;我只说说你家给我留下的深刻印象。"

冰玉说:"听你的这种语气,你根本不用说了,一定不是什么好印象!"

我说:"之前看到音乐室,我想逃走;现在看到这个院子,我又想留下来。"

冰玉立即责问道:"你说清楚,到底是什么意思呀?"

我说:"看到音乐室,我有一种'音乐盲'误闯'艺术殿堂'的惶恐,想赶快逃走;但是看到这么幽静的院子,我又感觉很舒心,想留下来!"

冰玉说:"前后矛盾!音乐室太高雅,难道我这个院子就低俗不堪吗?"

我说:"你这个院子同样是非常高雅,只是在院子里,我还可以装一装;但是在音乐室里,我就一点也装不了呀!"

冰玉笑道:"你刚才在音乐室里,不是也装得挺好的吗?"

我俩都笑了。

冰玉说:"你什么时候在我面前不再强调你是农村人,你的胸怀就真正坦荡了,内心就真正博大了!"

我说:"我是'土包子',永远博大不了!"

冰玉笑道:"果然,又来了!"

我说:"跟你在一起的感觉就如同:品一杯温润的茗茶,听一曲舒缓的音乐,看一朵静开的花朵,开胃、悦目、悦耳、温暖、温馨、舒心!"

冰玉笑道:"言不由衷!只怕是受气,委屈,想逃离吧!"

我鞠躬作揖,念道:"南无阿弥陀佛!"

冰玉说:"一茶一曲一菩提。"

我回答:"一花一香一仙女。"

冰玉温馨一笑。

太阳升到中天,日光温暖而舒心。

冰玉坐在我对面,憧憬地说:"真希望时间能就此停住,我们就这样无忧无虑地静坐到永远！"

我说："大公主呀，这不可能！'窗外日光弹指过，席间花影坐前移。'况且一个人不可能永远无忧无虑，长大了，都会有家庭责任和社会使命。"

冰玉说："人这辈子要是没有责任和使命就好了！老大，你累了吗？"

我笑道："又惊又吓，是有些累了！"

冰玉满怀歉意地说："真是委屈你了！那你睡一会儿吧，等她们来了，我再叫醒你。"

我头向后倾，头枕在藤椅的枕托上，眯上了眼睛。

冰玉将一张羊毛毯盖在我身上，轻声地说："糟老头子，真可怜！大正月里，冒着严寒，来到上海做客，却总是被我这个不讲理的主人责难，后悔了吧！《后汉书》有云：'反水不收，后悔无及。'你现在后悔已经晚了！"

我没有睁眼，也没有答复。

冰玉说："我也后悔不该对你讲话这么刻薄！你大人大量，就多担待吧！"

我依然没有答复她！我确实累了，很快，我就睡着了。我又做了一个我以前做过好多次的同样的梦：滔天的洪水淹没了房屋和身边的一切事物，我有一种特别无助的恐慌！

我正在非常焦急之时，冰玉叫醒了我。原来小妹和芍芘分别开着车子，已经一起到了门口。我俩赶忙出去迎接。

冰玉和芍芘热情地拥抱着，互相称赞对方更漂亮、更有气质了。她们俩自从二十年大聚会以后就没有再见过面。女人都是天生的演员，看着她们如此亲密无间的样子，我不得不相信，她们就是最好的闺蜜。

小妹拉着我的手，笑道："就让她俩漂亮去吧，我们不羡慕。"

我笑道："在我心中，你才是最漂亮的。"

小妹笑道："太假了！你今天脸色红润，有光泽，焕发出青春的光辉，一定是柔情的才女给你注入了正能量，给了你生命的活力！"

我调侃道："看到你，激动的！"

芍芘接口说："看来可爱的小妹又在勾引我们多情的老大了！"

大家都笑了。

小妹突然指着东方，惊奇地喊道："大才女，原来你家真在华山医院旁边呀！"

我们都往东方一看，果然东方的一幢高楼的楼顶上有一块巨大的牌子"上海华山医院"。我很熟悉，那幢楼房是住院部的大楼，我爱人当时就是住在第十层的神经外科科室的。

冰玉说："是啊，但是我在另一家医院上班。我要是能在这儿工作就方便了，上下班就可以直接走路了。"

小妹注视着我，别有深意地说："是啊，大哥，能方便时候却不愿意方便，那就是傻！"

芍芃问道："小妹好像话中有话呀！老大呀，你俩打什么哑谜？"

我笑道："小妹昨晚一个人去浦东，谁知道她被什么东西迷住了心智，正说胡话呢！"

冰玉疑惑地看着我，眼神中满是问号！

我赶忙说："时间不早了，我们去饭店吧。"

冰玉的父母今天参加一个音乐会，已经出去了。他们这种文化人的生活总是这么丰富多彩，别有滋味。

饭店就在旁边百十步的距离，我们准备一起走着去。小妹和冰玉一人拉着我的一只手。

芍芃从车子后备厢里拿出两大瓶葡萄酒，看着我们，神情骄傲地说："这可是法国正宗的庭院酒窖的老酒，是我家先生直接从法国带回来的，小妹快来拿。"

小妹一手抓了一瓶红酒。

芍芃又拿出两大瓶可口可乐，交给冰玉。

芍芃说："这也是我家先生从美国亚特兰大可口可乐总公司带回来的，也是绝对正宗的。"

小妹说："学霸女王总是喜欢炫耀她的东西高人一等。"

冰玉说："学霸女王如此优秀，确实有炫耀的资本。"

小妹说："万众瞩目的女王原本完全可以凭颜值吃饭，却偏偏要凭实力，真是有福不会享。"

芍芃说："小妹不可以乱说，万众瞩目的是才女天仙，可不是我。"

冰玉说："当年在女王膝下俯首称臣的帅哥队伍都排到校园外面去了。"

大家都笑了。

小妹笑道："学霸口口声声'我家先生'，其实'你家先生'最骄傲的事情应该是娶了你这位世界上独一无二的'大宝贝'！"

冰玉笑道："别无分号，独此一家！"

我们又笑了。

芍芃看着我，笑道："老大，本女王命令你，帮我打死她们这两个讨厌的坏东西！"

我笑道："我没有打人的技能，只有看戏的嗜好。"

大家又笑了。

芮芃挽起我的手臂,笑道:"你有什么戏好看的? 让我来陪陪你,我才发现,老大还是挺抢手的。"

我笑道:"你总是这么霸道! 我成了你们随意取舍的东西了。"

小妹摇晃着两个酒瓶,笑道:"我是正宗打酱油的。"

才女举着可乐说:"我是推销饮料的。"

我们又笑了。

印象中,这是芮芃第一次搀扶我走路。我发现她很细心,一直关注着我走路的速度,上下台阶时温柔地提醒我。

突然,芮芃示意我停下了,原来我左脚的鞋带松开了。芮芃弯下腰,将我左脚的鞋带扣了一个漂亮的蝴蝶结,顺便将我右脚的鞋带也打开,重新扣了一个和左脚一模一样的蝴蝶结。两个蝴蝶结对称而美观,很有艺术性。

冰玉称赞道:"真不愧是大学霸,做什么事都是有模有样的,鞋带都系得这么漂亮、养眼!"

小妹惊讶地看着我,意味深长地一笑。

对于芮芃这个细小的动作,我非常感动,也理解小妹惊讶的眼神中所包含的内容。学霸十分傲气,很少能看到她主动热情地帮助别人。即使有谁请求她帮助时,她也是一股居高临下的气势,一种女王施舍下臣的高傲;而当有人主动帮她的忙时,她也很少表示感激,似乎大家替她干活都是应该的,是她赐予别人的一份荣耀。

由于芮芃平时总是一脸严肃冷漠的表情,所以我和她之间也是一直保持着一定的距离,不像和班上别的女生之间那么亲密自然。但是自从大聚会时,她主动和我一起分享了她唱歌的可爱视频之后,我觉得她其实是挺温柔可人的。尤其是上次为天禧饯行之后,她送我回南通的路上,我陪她哭了一路,才拉近了我俩的距离。看来芮芃也是一个并不缺少柔情的女生,仅仅是她高傲的外表让大家望而生畏而已。

我真诚地说:"非常感谢,太委屈我们高贵的女王了!"

芮芃说:"在尊敬睿智的老大面前,我们都是跑腿的。"

大家都笑了。

一进包厢,芮芃就霸道地安排我们各人的位置,要求我必须坐在她的右手边,说是方便给我倒酒;同时宣布大家都必须喝酒,谁都不许有异议。

小妹说:"我下午要开车,还有护送大哥回家的光荣而艰巨的任务。"

芮芃说:"好吧,这次就放过你了。老大和才女今天必须给我一醉方休。"

我说:"你好吓人,午餐哪有一醉方休的说法。"

芍芃说："老大别废话,我说有就是有。"

冰玉替我轻轻地将椅子从桌子下面拉出来。我说："谢谢你!反了,很惭愧!"

冰玉温柔地说："虽是点滴之恩,亦终生难忘!"

小妹笑道："大哥,太多余了!你跟女女竟然还谢谢呢?"

芍芃说："小妹就是情商低!听他俩的对话,这件事在他们之间曾经一定有一个非常浪漫的典故。"

芍芃今天特别高兴,昨天发改委的领导对她们公司的考察非常顺利。一向严肃尊贵的女王竟然给我们讲了一个昨天从发改委的领导口中听来的搞笑段子。这真是前所未有的现象,我们都惊讶地笑了。

芍芃不断地给我们添酒。两杯红酒下肚,我感觉有些过量了。

冰玉偷偷向我示意,她也过量了,满脸绯红,手端酒杯微颤。

我调侃道："红酥手,黄滕酒,满城春色宫墙柳。"

冰玉在我耳边轻声地说："你别废话,快换可乐。"

我立即对芍芃说："尊敬的女王,你的法国庭院老酒确实很正宗,异国佳酿!是不是也让我们好好品尝一下亚特兰大总公司的可口可乐,人间极品?"

芍芃得意地说："那是自然!"乘此机会,我和冰玉都换上了可口可乐。

小妹拍了我们三个人的合影,三个人都是满面红光。芍芃和冰玉还没有来得及阻止,小妹就已经将照片发到大学同学微信群里去了。

夏蕴说："才女醉颜美貌,老大不知今夕是何年!"

天禧说："酒不醉人人自醉,老大陶醉在美女群中,不知我是谁!"

书记说："女神,你就放心吧,老大再怎么陶醉,都知道自己是女神家的老大。"

芍芃问道："凭啥?老大卖给天禧啦?"

大家都笑了。

吃饭结束的时候,芍芃说："我才发现上了老大的当了,本来想两瓶红酒都解决掉的,结果却只喝了一瓶。"

我说："这个量正好,过犹不及。"

小妹说："大哥的每一句中都含有哲理,适可而止最好。酒能成事,亦能坏事。"

芍芃立即兴奋地说："坏事!坏什么事呀?你俩孤男寡女一起回家,一路相亲相爱,出点什么浪漫的坏事,不是很正常吗?"

我笑道："学霸呀,你的酒多了,开始说胡话了。"

我站起来,假装说要上洗手间,其实我准备偷偷去埋单。

萄芃大笑道:"老大,你的小把戏就不要跟我耍了。你是个实在人,根本就撒不了谎。谁都不许动,谁动我就打死谁。"她大声喊服务员来埋单。

冰玉拉着我坐下来,笑道:"你知道刚才在我家里我为啥笑你了吧?只要有学霸在场,一切只能由她说了算!"

我无奈地说:"学霸呀,你太霸道了!难道你们家里最注重民主的美国先生对你就没有意见吗?小心人家造你的反!"

萄芃说:"民主是需要的,但是主要是集中嘛!中国这么大,情况很复杂,事事都讲民主,岂不乱套了?"

我们笑了,都说:"女王,我们服了你了。"

我一看手机,已经两点了,考虑到小妹送我到南通之后还要独自回南京。我说:"谢谢美女们的热情陪伴和盛情款待,时间不早了,我和小妹应该走了。"

我们到冰玉家取我的背包,小妹和萄芃乘机将冰玉家参观了一番,都为冰玉家的超级大床感到神奇。她们俩还故意认真地看了我和冰玉一眼,眼神中有一股调侃的味道,我和冰玉都假装没看见。

冰玉拿起刚才我观赏过的那个歼20的飞机模型往我的背包里塞。

我赶忙挡住了,笑道:"这是你家先生的最爱,君子不能夺人之美。"

冰玉不解地看着我,责怪道:"我不要你当什么君子,我只要你快乐幸福就够了!"

小妹调侃道:"大哥,才女家先生的最爱是才女,不是这个飞机模型吧。"

萄芃立即将飞机模型放入我的背包里,笑道:"你不要人家的飞机,难道是要人家的人吗?"

小妹说:"那好,大才女跟我们一起去南通吧。"

大家都笑了。

我又把飞机模型从背包里拿出来,放到原来的地方,笑道:"我拿走这个模型,真不合适!"

她们三个人都不解地看着我,我没有再解释。

我说:"小话痨,我们走吧!"

我们分别和萄芃、冰玉拥抱告别。我感觉萄芃的酒也喝高了,她有些兴奋过度,拥抱着我,撒娇地说:"老大,你一直对我很冷淡,是不是觉得我是个女汉子,不是个柔情的小女人呀?"

我说:"是你的优秀吓住所有的人,其实我一直感受到你的这份特别的温柔!"

冰玉拥抱我的时候,对着我的耳朵,轻声地说:"'留春不住,费尽莺儿语。'你走吧,但是一定要注意保重身体。我俩相识已经二十五年多了,我还想与你相知五十年,这是我们的约定!"

我好感动,没有言语!

我们上车的时候,我看到苭芃和冰玉都是满眼泪水!

我说:"不要搞得像生死离别似的,我一定还会再来的;你们有空也一定要去南通玩,我等着你们!"

她俩说:"好的!你俩路上小心!"

小妹很冷静地发动了车子。车子开出好远了,苭芃和冰玉还在挥着手。

我说:"你今天好奇怪呀,咋没有发挥你的特长呢?"

小妹说:"有啥好伤心流泪的?舍不得你就经常来看看你就是了。以后,我想你了,我就直接开车过来,事前也不告诉你,就像大校花一样,给你来一个突然袭击。"

我说:"好的,热烈欢迎你经常来袭击我们。"

小妹说:"主雅客来勤。你刚才与冰玉拥抱告别时,是什么样的感觉?'心似双丝网,中有千千结。'"

我说:"你这个调皮的小东西,我知道你又想贫嘴了!"

小妹暧昧地说:"大哥,你说实话,昨晚你俩孤男寡女深夜长谈,你当时是不是有强烈的生理冲动呢?"

我调侃道:"没有!我担心像某人一样,如果性欲太旺盛了,会'头疼'!"

小妹将头靠近我,在我的脸上闻了一下,笑道:"我才不信呢!她家那么大的床,够你们随意浪漫的了!可以说完所有想说的话,做完所有想做的事。你脸上的香味和冰玉身上的香味是一模一样的,你就不要再抵赖了,你俩绝对有过肌肤之亲!刀山火海易闯,美人情关难过。最难消受美人恩呀!"

我笑道:"小东西,不害臊!你快把鼻子伸过来,让我刮一下。今早,冰玉说我脸上的皮肤粗糙了,就在我脸上搽了她自己用的护肤品。"

小妹给我一个白眼,笑道:"你真傻!冰玉可是你心中最完美的天仙耶!你这个'君子'做得真苦真累!我要是你,肯定会冲动的!"

我说:"正因为她是天仙,所以我是不可能冲动的。仙女是完美的、圣洁的,是高不可攀的,离我的距离太远了,我只能仰视!你如果真想冲动,现在完全可以冲动,我不反对!"

小妹大笑道:"我本来是要冲动的,但是你在我面前把冰玉夸得这么好,我羡慕、嫉妒、恨!情绪低落了,冲动不起来了!"

我笑道:"贫嘴的小东西!前天夜里我俩同卧一室的时候,我确实是心猿意马,五心烦躁,一整夜都没有睡着。"

小妹笑道:"你完全是在撒谎,我都听到你打呼的声音了,可见你睡得多实多香!"

我说:"小骗子,你才在撒谎呢,我睡觉的时候从来不打呼。"

小妹笑道:"多情的大哥,我给你念一首席慕蓉的诗《渡口》:

让我与你握别
再轻轻抽出我的手
知道思念从此生根
浮云白日　山川庄严温柔"

小妹坏笑着,看看我,不念了。

我说:"你接着念下去呀,后面才是我们的结局。"

小妹继续念道:

"让我与你握别
再轻轻抽出我的手
年华从此停顿
热泪在心中汇成河流
是那样万般无奈的凝视
渡口旁找不到一朵可以相送的花
就把祝福别在襟上吧
而明日
明日又隔天涯"

我说:"所以我与冰玉是有缘无分,最终的结局就是'隔天涯'!"

小妹笑道:"没有'隔天涯',也就是'隔长江'而已!如今长江已经不再是天堑了,你们只要想见面,随时都能相见。你什么时候想冰玉了,我开车来南通,送你去上海。"

我笑道:"小东西,你就少贫吧!"

小妹说:"你为什么不肯接受那个飞机模型呢?冰玉是真心给你的!"

我说:"小财迷,不是别人真心给的任何东西,你都可以接受。"

小妹笑道:"凭你俩的关系,冰玉给什么东西,你当然都可以接受,包括她的人。"

我说:"你别乱说!正因为我们是这种关系,我们才更应该保持适当的距离,更应该自律。"

小妹调侃道:"要做你这样的真君子,真难!"

确实是酒多了,我感觉头有些沉。我说:"我眯一会儿。小宝贝,你辛苦了,小心开车。"

小妹说:"好的,大宝贝!你睡吧,感觉你的酒确实是多了。"

我闭上眼睛,本想睡半个小时,但是当我睁开眼睛的时候,已经到了苏通大桥。

我说:"小朋友,实在是不好意思,竟然真睡过去了。"

小妹说:"大朋友,你知道吗?你睡觉的样子其实很可爱。上学的时候,天禧就说你睡觉的样子很好笑。"

我说:"春暖花开,有美女陪着远游,实在是人生的一大幸事!"

小妹说:"后悔了吧?可惜了我这样一个贤良淑德的美女了!"

我笑道:"你咋还这么喜欢自夸呢?"

小妹笑道:"什么叫自夸,人家本来就是这么优秀,好不好?无论什么时候,大哥要我陪你出去玩,招呼一声就行。"

我说:"你怎么突然对大哥这么好呢?"

小妹说:"我是一直对你好!因为你一直是我最敬重的大哥!"

我故意调侃说:"举个例子吧,我什么地方值得你敬重了?"

小妹说:"太多了,随便说一个吧。你上次在我家里看到的书包,就是一个最好的见证。虽然你腿脚不方便,却尽全力帮我把书包找回来了!你知道我当时有多感动吗?你对我的好,我会牢记一辈子的!毕业后,你与我们失去了联系,我陪夏蕴去你的家乡找过你,可惜一直未果!《易经》有云:'受人之恩,铭记于心。'我会永远铭记大哥对我的好!"

我非常感动地说:"谢谢你!原来你这么关心我!我一直以为你就喜欢吵吵嚷嚷的,没有想到,你竟然也是这么一个感情细腻、情感丰富的人呀!"

小妹说:"我的优点多着呢,你就慢慢挖掘吧!"

我笑道:"听你这么一说,我还真后悔了!你有后悔药卖吗?"

小妹笑道:"有啊!一百万块钱一粒!"

我说:"行呀,小财迷,能用钱解决的事,那都不叫事!"

小妹说:"那不见得,有许多事情,正是因为缺钱,所以才不能解决。上星期,我的一位患白血病的舅妈去世了。她一直在我们医院治疗,已经五年了,控制得挺好的。两个月前,她决定放弃治疗。五年里,为了治疗,卖掉了房子,拖垮了全家。她说:'尽管我很想活下去,但是人不能太自私,为了给我治病,我家的经济状况已经回到了解放前。'这就是没钱人的悲哀!"

我无言以对,这已经不是一个个体或者一个家庭能力范围内的事情了,这需要全社会的大力支持,建立大病治疗保障机制。一个普通的家庭根本承受不了白血病之类疾病的巨额治疗费用。

小妹说:"我们真不知道意外和明天,哪个先到。"

我说:"也不要太悲观!采取健康的生活方式,预防为主。重视每年的体检,早发现,早治疗。提前买重疾保险,可以缓解早期的治疗费用;同时也要买意外保险、人寿保险,这样即使遭遇了意外,也可以给家人留下一份保障。"

小妹说:"我们要是生了需要巨额费用的疾病,凭我们目前的经济状况,能支持我们治疗到最后吗?"

我说:"同样艰难!从现在我们国家每个家庭的平均经济水平来看,大病拖垮一个小康家庭是轻而易举的事情。'辛辛苦苦几十年,一病回到解放前。'"

小妹说:"根据调查数据,我国目前因病致贫的达到380万户,真是'病不起'呀!"

我说:"如果我患了需要巨额治疗费用的重大疾病,我就不治疗,不给你大嫂增加经济负担。"

小妹哽咽着说:"亲爱的大哥,你不要说这样的傻话,大嫂是不可能同意你这样做的!而且一个人在生病之后的想法会发生变化的,都不想死。"

我说:"我不告诉你大嫂就是了。我曾经因为全身疼痛,卧床半年,经历过人生无望的考验,早就已经看开了一切。单纯延长一段毫无质量的生命,我不认为有多大的意义。"

小妹说:"我家一位邻居大爷,平常跟子女说,如果我患癌症了,你们绝对不要给我治疗,让我自由自在地活几天,我就满足了;可是去年体检时,当他真被查出了肺癌之后,他一天都等不及了,立即就到我们医院来住院,并要求我给他找最好的医生。"

我说:"这个可以理解,普通人都想活下去,好死不如赖活。当一个人知道自己将不久于人世的时候,会产生强烈的生存欲望。我们在医院里经常会看到这样的事情。"

小妹说:"再坚强的人,当知道自己即将面临死亡的时候,情绪和思维都会发生变化。我们赚钱是为了更好地生活,而不是相反。"

我说:"我指的是,当我患上预后无望的疾病时,我不会白白浪费国家的医用资源和家庭的有限资金。其实我对未来还是有信心的,随着医学水平的不断提高,可以控制的疾病一定会越来越多。比如'格列卫'发明之后,慢性粒细胞性白血病就变成了可以控制的慢性病,长期存活率与正常人相差并不大。"

小妹说:"对的,能够让癌症变成了如同高血压一样的慢性病,就是医学的巨大进步,所以我们更应该珍惜生命,好好地活着。"

我调侃道:"好吧,就为了陪你这位最可爱的小妹,我也应该好好地活着。"

小妹笑道:"大哥,你可要说话算数哟！在知乎上有这样一个话题,经历过很多事情之后,你会不会后悔没跟曾经深爱的人在一起呢？"

我说:"不应该后悔！人永远要向前看,不能一直停留在过去。"

小妹说:"网上说了很多没有在一起的原因:年少轻狂不懂得珍惜,父母强烈反对,门户不对,缺少经济物质基础等。大哥当初是什么原因没有向冰玉表白呢？我一直相信,只要你一开口,你俩之间绝美浪漫的爱情就是水到渠成的事情。"

我说:"无论是哪一种原因,都是现实交给我们的答案。爱一个人是不能随心所欲的,必须对她负责,能给她带来幸福才行。"

小妹不满地说:"你做事总是太冷静了！而爱情最不需要冷静,只需要热情！"

我说:"我们不说这些了。你大哥已经过了谈情说爱的年龄了。"

小妹说:"完全是借口,爱情根本没有年龄限制。我突然想起了一件事,我要特别谢谢你！就是在春节的时候,你非常辛苦地为我的照片配诗！"

春节期间,南京下雪了,小妹在梅花山欣赏雪景,当天发给我四张美丽的梅花映雪的照片,让我替她配上相应的诗句。

我没有在小妹欣赏的雪景现场,而且以前在南京上学时,我也没有去过梅花山,根本就没有身临其境的感受,况且一下子要配四首全是梅花映雪的诗,确实很有难度。

我当时绞尽脑汁,好在热心的卫公子及时发给我几十首描写大雪的古诗,让我从中找到灵感,这才按时完成了任务。

小妹说:"我本意是想让你配一首诗,没有想到你非常认真地配了四首诗,把我感动得不知说什么好！"

我说:"应该的！小妹有求,大哥必应,但是那根本就不能叫诗,只是凑个数,质量就更不能保证了。"

小妹说:"才不是凑数呢！我家先生看了你的诗,佩服得五体投地。他说这四张照片的内容差异并不大，但是你却准确地抓住了每一幅照片中景物的特征，描绘得恰如其分。他也非常喜欢古诗，说有机会一定要认真向你请教。"

我说："你这分明是在夸张。"

小妹说："我说的是真的，但是我先生骂我了，责怪我不应该这样累人。"

我说："看来你先生是一位善良而细心的人，这是你一辈子的福分！"

小妹得意地说："我把你的诗在南京的美女微信群里显摆了整整一个正月，天禧和丫头可嫉妒我啦！"

我说："难怪呢，天禧第二天就在大学同学微信群里发了一张一对画眉鸟共鸣的照片，还问我有什么感想？"

小妹说："她那是在向你示爱呢！你也应该主动为她配一首爱情诗！"

我说："为你配完四首诗，我有些累了，不想再动脑子了，所以就故意调侃道：'老朽孤身难度日，羡慕画眉秀成对。'结果天禧气急败坏地说：'该死的老大，你给我等着，我马上就到南通来帮你配对。'"

小妹大笑道："可怜的大哥呀，你惨了，天禧对你的积怨越来越多了！"

我调侃道："怎么样？你俩在大哥心中的位置绝对不一样吧？"

小妹感激地看了我一眼，认真地说："谢谢大哥！历史学家范晔说过，'善人同处，则日闻嘉训；恶人从游，则日生邪情。'"

我说："关于交友，曾国藩曾经有过论述，要交八种朋友：胜己者、德盛者、趣味者、每事吃亏者、直言者、志趣远大者、惠在当厄者、体谅人者。"

小妹问道："啥叫'惠在当厄者'？"

我说："就是在别人有厄难的时候，能伸出援助之手，雪中送炭才是真朋友。"

小妹说："大哥就是这样的好朋友！"

我说："我们最善良最可爱的小妹也是这样的人。"

小妹故意夸张地点点头，笑道："那是绝对的！"

我说："小八卦，你最喜欢解梦的，也帮我解一解。我上午在冰玉家院子里晒太阳，等待你们的时候，睡着了，做了一个梦。我梦见滔天的洪水，淹没了房屋和身边的一切事物，我有一种特别无助的恐慌！"

小妹说："这说明在你的潜意识里，有某种未知的巨大压力，压得你透不过气来。"

我说："其实这个梦我做过很多次了，都是这个内容。"

小妹说："我能理解，你的生活中始终有方方面面的压力，总有许多不顺心的事情在干扰着你！"

小妹痛惜地看我一眼，眼泪立即流了下来！

我很感动,把纸巾递给她,安慰道:"你不要激动,安心开车!"

小妹一边擦着眼泪,一边哽咽着说:"大哥这一辈子好辛苦!总是灾难不断!后面呢?"

我说:"我正在特别焦急的时候,冰玉叫醒了我,原来是你们到了。"

小妹说:"这说明冰玉是你的救星,在你最无助的时候,是她及时地将你拉回了现实的光明世界。"

我说:"你这个解释不通,将我拉回现实世界的应该是你大嫂!"

小妹说:"可不可以这样解释,冰玉是你想象中的救星,而大嫂是你现实中的救星!她们俩都是你的心灵伴侣,今生不可或缺!"

我笑道:"你除了贫嘴,没有其他缺点。"

小妹笑道:"你别不承认,我又不会告诉大嫂!"

五点半,我们到家了。我爱人不在家,我打电话询问。

爱人说:"我东北的又一个三十年未见的发小来南通了,我正在火车站等待,火车还没有到站。"

小妹说:"没有见到大嫂,太遗憾了!太晚了,我不能再等了,明天我要上班。下次我再专程来拜访大嫂吧。"

我说:"好吧!你下次把天禧一起带来。就她咋呼得最厉害,整天说要到南通把老大拿下,结果你和莳芃及夏蕴都来过了,就剩她自己没有来。"

小妹笑道:"大哥想女神啦?"

我故意说:"想,想死啦!"

小妹说:"那我等她从美国回来之后一定告诉她,让她单独来南通与你诉说衷肠!"

我说:"你不能饿着肚子开车。"我用微波炉热了一杯牛奶,拿出蛋糕,强迫她吃下去。

小妹边吃边说:"你真烦,比我妈妈还啰唆。"

乘小妹吃东西的时间,我精心挑选了四种长势很好、花盆漂亮的植物送给小妹,君子兰、虎皮兰、建兰和芦荟。我说:"明天我把这四种植物的养殖方法发给你,你不要又给我养死了。"

小妹笑道:"养死了再来拿就是了,你还能不给我吗?"

我说:"养死了,我就不再给了。如果养得好,我倒是肯定会再奖励你几盆。"

小妹说:"我走了,你晚上在电话里和我聊聊上海之行的感受吧!"

我说:"我现在就告诉你,我最大的感受就是,我发现小妹太可爱、太迷人了,当年错过了,真是悔恨万分!路上千万小心开车,到家后,及时来个电话,让我放心！"

　　小妹点点头，微笑着上车了。我望着她的车子渐渐地消失了，计算着她九点半左右才能到家。

　　我赶忙到家旁边的小饭店定好位置，点好了饭菜，然后耐心地等待。

　　我通过微信，分别告诉苪芃和冰玉，我已经到家了，小妹走了。

　　苪芃说："如果没有特殊情况，我'五一'假期就约天禧一起去南通玩。"

　　我说："好的，热烈欢迎，就是你的特殊情况总是太多了。"

　　冰玉和我私聊："你累了吧，今晚早点休息！一定要注意保重身体！别忘了我们五十年的约定呀！"

　　我说："我活不了那么久，估计要失约了。'忍把千金酬一笑？毕竟相思，不似相逢好。'你一定要来南通看看啊！"

　　冰玉说："一言为定，决不负君之所望。"

　　我念道："碧水浩浩云茫茫，美人不来空断肠。预拂青山一片石，与君连日醉壶觞。"

　　冰玉说："好的，不醉不归！"

　　七点，爱人带着发小思思直接到饭店来了。思思身材高挑，胖瘦适中，面善随和，大眼秀发，具有北方女性豪放的健康美。

　　爱人告诉我，自己从小手脚不便，思思给了她很多无私的帮助。我真诚地感谢思思曾经的许多无偿的付出。

　　席间，她俩一起回忆了从牙牙学语一直到高中毕业时的种种欢乐的日常趣事。我听得十分欣慰。

　　回家后，我向爱人详细汇报了我的上海之旅。

　　爱人说："我帮你总结一下：一、冰玉是一位非常善良的女性。一听到你受苦受难的经历，就心疼地流泪了。为晚上带你出去让你受凉了而自责，也为没有准备好电热毯而自责。二、冰玉对你的感情至诚至真。学霸是珍惜同学情，小妹是敬重大哥的好，唯有冰玉对你才是真情的牵挂。第一天晚上，你睡在学霸家，冰玉关心你睡了没有，希望你休息好。第二天，一见面就关心你的胖瘦，十分在意你的饭量，并希望你适当地锻炼。晚上在外面玩，一发现起风了，就怕冻坏了你。晚上睡觉前，帮你泡脚；发现你的腿凉，竟然直接用自己的体温帮你取暖，全然忘记了大都市女性的矜持和骄傲。三、在冰玉的心中，你已经是她的家人，是她的亲人了。你俩曾经未曾明言的青涩的爱恋，随着时间的推移，已经转化为亲情。这是一种无欲无望的感情牵挂，只希望你好。你若安好，便是她的晴天。四、你俩的感情已经溶化在彼此的血液里，浸入到骨髓中；但是她安于目前既成的现

实,尊重并珍惜彼此的选择。"

我说:"你说得有些夸张了。"

爱人说:"我一点也不担心你们的行为会超越界限。因为你俩这种纯洁的感情、曾经的经历、如今的社会定位和成熟的心理认知让我非常放心。冰玉十分珍惜你们的感情,却又说情深不寿,慧极必伤;又感慨此生已经去一半,心平意静度余生。这是多么深情而明理的境界呀!非为兰质蕙心者不能有如此深刻的认识。我非常希望能见冰玉,亲自感谢她对你的欣赏和关心。冰玉与我倒是有几分心灵相通之处,现在我一想起她,就感到非常欣慰!"

我感动地说:"你俩一定会有机会见面的。谢谢你的信任和大度!其实正是因为我和冰玉当年没有谈恋爱,所以彼此才能如此坦然相处。你放心,我和她之间既然没有旧日的恋情,也就没有'旧情复发'的可能。否则我也不会单独在她家里住宿了。"

爱人说:"我绝对放心你,你不用向我保证。你们俩都是深受传统文化熏陶的人,不会做出任何出格的事情。"

确实如此,我的家庭观念很重,道德感和责任心很强,懂得珍惜和呵护现在拥有的一切,任何时候都不会放任自己。

我说:"况且当年仅仅是我的单相思,冰玉并没有看上我。"

爱人说:"你这就有些矫情,似乎显得心虚了。从上次冰玉给你的回信,以及这次她对你的表现来看,我完全可以肯定她当年对你也是一往情深的。其实这一点你也是知道,你就不要文过饰非了。"

我说:"我这不是怕你误会嘛!我有些着急了!"

爱人说:"你不用着急,我不会误会!我理解你在冰玉家里为什么特别紧张,因为她在你心里的位置太重了!她的家庭对你来说太神秘了!上学时,你经常去夏蕴家里玩,夏蕴对你来说是毫无秘密可言;但是关于冰玉的一切,存在无数的你不了解而又非常渴望了解的事情。这样一位完美的天仙成长的环境,自然是你最渴望一见遂愿的!"

我自嘲地笑笑,无言以对,爱人确实是我真正的知音!

爱人问道:"你干吗要和冰玉调侃'梅者,媒也'?有意义吗?结果反而引起她生气地责怪'你当初的畏首畏尾'!你真愚蠢!你难道不知道'你当初的畏首畏尾'就是她最大的心结吗!花开堪折直须折,莫待无花空折枝!你现在后悔当初自己的鲁莽冲动了吧?"

我说:"不后悔!癞蛤蟆不想吃天鹅肉!"

爱人问道:"她是天鹅,那我是啥?"

我笑道:"你才是我心中最完美的天仙!你简直是无所不知的呀!"

爱人笑道:"你的回答勉强及格,算你过关了!"

十点了,我对爱人说:"我想早点休息,这两天累了。"

爱人说:"你终于赴了你的上海之约,圆了你与才女的独处之梦!她传给你的不仅有她温暖的体温,还给了你心灵的慰藉,何况你还在她家里美美地酣睡一觉!此生应该无悔无憾了吧!"

我说:"曾经和她心有灵犀,融入了彼此生命中的温暖;如今与你相濡以沫,执手偕老。爱的最高境界就是经得起平淡似水的流年。愿得君之心,白首不分离。能有你这样一位世事皆洞明的知音,我此生足矣!"

爱人说:"我同意你的认知!有爱的生活确实是一份平淡安静的相守,爱情只有转化为浓浓的亲情才可以持续天长地久!家是心之所归,你是情之所至,牵着你的手,便是我此生最美的风景!你睡吧,夜里做个好梦!"

爱人和思思聊天去了,两人兴奋不已,一夜无眠!

我躺在床上,盖上被子遐想:虽然我俩的爱情没有浪漫满屋的夸张,也没有海誓山盟的虚言,但是我俩的爱情已经被岁月的针脚缝合成我身上这条温暖贴心的棉被,为我们抵御着生命中的严寒,护卫着我们的身心!

我闭上眼睛,很快就睡着了!梦里,我又回到了那段激情燃烧的青春岁月!

第七章　两情若是久长时

——"五一"欢聚

爱人如书,捧手品读,珍爱有加。

知己似画,远观欣赏,懂得无欲。

前期花絮

在阿云的提议下,我们大学小班的同学计划于4月21日至23日在苏州聚会。

小米说:"上有天堂,下有苏杭。明年春天,大家来我们杭州聚会,在美丽迷人的西湖中划船、戏水、把酒、言欢。所有的费用,我一个人全包了。"

大家纷纷点赞,大夸小米是为富不忘贫友,实乃仁义之士!

冰玉马上在大学同学群里出了一个谜语:"相聚西湖边,打一字。"

我立即猜出了谜底,但是没有直接说出来,在群里回了她一句:"泪别断桥前。"

冰玉立即给我点赞!

歌后说:"才子哥,才女是让你猜谜语的,不是让你对下联、秀恩爱的!"

茵芃说:"歌后呀,老大这一句答复既是对下联,也是猜谜语,更是秀恩爱!他们俩制作的谜面是同一个谜底,就是你们湖南省的简称'湘'。"

大家细细思考后,都恍然大悟,称赞道,果然是才子才女,张口就来,好厉害!

歌后说:"真不愧是才子佳人!传情雅成诗,示爱美入迷;真心有灵犀,今生不分离!"

大家都笑了,夸奖道,学霸和歌后也是难得的文人高雅之士、善解人意之人!

我本来没有打算去苏州参加聚会,因为在同一时间里,有一个省医学会年会在南通召开。

天禧打电话说,她21日上午从南京开车来南通接我,一起去苏州参加班级聚会。我勉为其难,调整了方案,提前请好假,答应和她一起去苏州。

阿云打电话给我,兴奋地说:"老大,我一直非常仰慕苏州园林,上初中时,读了语文课本上的大教育家叶圣陶先生写的《苏州园林》,觉得特别美,很想去看看,可惜在南京上大学时未曾有机会去苏州观赏一下。"

我说:"最美人间四月天,烟雨江南神仙恋。姑苏园林甲天下,小桥流水美如画。"

阿云说："博学的老大,你给我介绍一下江南园林的特点。"

我说："江南园林在自然中追求诗情画意。小桥流水、假山叠石随处可见。花草树木的种类繁盛,四季不断。布局有法,格调典雅,讲究意境。建筑朴素、随意,不拘泥定式。"

阿云说："真不愧是才子,总结到位。这么有意思,我现在就想飞过去看一看。"

我说："我很少去北方,对北方园林知之甚少,你也给我讲一讲。"

阿云说："我常年居住在北京,就给你说说北京的园林。气势凝重,格局严谨,布局规整、方正,大多有中轴线和对景线。坐北朝南,依山而建,山势雄伟,水景面积一般不大。建筑富丽堂皇,占有皇家的霸气。厚墙小窗,有利于抗寒。粗梁厚瓦,以对抗冬天厚厚的积雪。树木也多以松柏等耐寒植物为主。"

我说："看来南北方园林的差别确实很大。江南气候温和,雪也少,不需要厚墙厚瓦抗寒防雪;但是雨水较多,所以屋檐口出墙很长,用于泄雨水而护墙。"

阿云说："一方水土养育一方人,人们的生活方式都是为了适应当地的自然环境而逐渐形成的。"

我说："很有道理。听你这么一说,我现在也想立即飞过去看一看你们北方园林的粗犷豪迈和王者之气!"

阿云说："你今年夏天过来,既可以避暑,又可以赏景,何乐而不为呢?别忘了,你十年前来北京开会,竟然没有来看望我,你欠我一份情哟!"

我说："下次有机会去北京,一定去找你。你这次多请几天假,班级聚会结束了,你和我一起回南通,玩几天再回去。"

阿云说："好的,一言为定!老大呀,时间过得太快了。我还记得二十多年前,刚入学时,我有一次想家了,哭得很厉害,你安慰我的情景。"

我说："你那时是第一次离开家,当时哭得十分可怜呀,谁看了都会非常心疼!"

阿云说："不是谁都善良无比,也不是谁都有安慰人的能耐!那时我才发现你的善良和可敬之处!从此在我心里,你就是真正的老大!"

我说："很荣幸,谢谢你的信任!"

阿云说："老大,我发现你变了。你不爱说话了,基本上不发朋友圈;而且对于别人发的朋友圈,你只点赞,不说话。也许是由于你的思想更加成熟、更加深邃了,所以你就不屑于表达了。"

我说："曾经经历了太多的坎坎坷坷,饱尝了生活的酸甜苦辣,如今已经没有

什么需要表达的了,对人生的感悟只会珍藏在心里。鲁迅说过,'人类的悲欢并不相通。'所以自己的人生百味,只能由自己来品味,别人是很难感同身受的。我感到悲伤的事情,在别人眼里可能是矫情;我觉得高兴的事情,别人会以为是在炫耀。"

阿云说:"我懂你的意思!村上春树说过,'人生而孤独,而且无法相互理解,所谓交流只不过相互寻求安慰。'也许对于人类的这种深层次的孤独感,只有你这种思想深邃的人才能清楚地感知到。"

我说:"其实我很肤浅,并不深邃,只是不愿多说而已,因为每个人的生活都是如人饮水,冷暖自知。"

阿云说:"确实如此,每个人对生活的感受都是不一样的。丰子恺说过,人活一世,有三重境界,一是物质,二是精神,三是灵魂。我们这些绝大多数普通人只能活在物质境界,为了生活本身而奔波。唯有那些思想清醒的人,才有可能越过精神境界,进入灵魂境界。你老大就是这种人!"

我说:"不敢当!对别人发的朋友圈,只点赞,不评论,既表达了自己的关心之情,又免去了别人回复的烦恼;同时也避免了针对我的评论,对方可能不愿意回复的尴尬。"

阿云说:"老大,你太善解人意了,事事考虑周全,从来不想打扰别人!在最近半年的时间里,你仅仅发过一次朋友圈,就是在元旦,大嫂的生日那一天,你写了一段十分感人的纪实文字,回顾了你与大嫂一路走来的许多心酸和无限真情,看得我流了好多眼泪。在这个世界上,唯有大嫂才是你最牵挂的人,是与你灵魂相通的人!你俩的真情让我十分感动!真爱若此,夫复何求?"

我非常感动地说:"谢谢你,没有想到你这么关心我!你比上学的时候更加细心了,还认真查看了我的微信!"

阿云说:"当年你那么关心我,我当然也应该关心你了。既然你没有事,我就放心了。我还要问你一件事情,你为什么一直没有做矫形手术呢?手术之后走路不是能方便、平稳一些吗?"

我说:"以前没有机会,现在年纪又大了,担心手术效果可能不佳。"

阿云说:"手术以后的状况肯定会比现在要好!我们北京的积水潭医院和解放军总医院的骨科水平在全国都是领先的。等我到南通之后再和你细说。"

我说:"好的,谢谢你最诚挚的关心!非常期待你的光临!"

茵茵在欧洲度假,玩了两周,被地中海特殊的异域风情迷住了。美丽的蓝天、柔润的海风、清凉的海水、温暖的沙滩、悬崖上的酒店、地窖里的红酒,都令她流连忘返、乐不思归,整天在朋友圈里晒她的自然风景图片。

书记说:"女王快回来吧,聚会少了你万人敬仰的迷人风采就没有多少意思啦!"

荋芄说:"我们已经计划好明天去非洲塞舌尔群岛,是位于西印度洋的原始群岛,那里有'龟岛''贝壳岛''昆虫的世界'和'鸟雀的天堂'等,据说有一种回到史前的神奇感觉!"

黑胖说:"那里缺少现代的文明设施,根本没有信号,万一你这位尊贵美丽的女王被岛上的原始人抓去当酋长夫人了,我们想救你也不知道你在哪里呀!"

大家又笑了。

天禧说:"女王,你要是敢不回来,我就敢取消聚会!"

荋芄说:"女神,你跟我瞎叫唤什么呀?老大不是也没有报名吗?"

我说:"有人命令我在家里耐心等着,我不敢擅自行动。"

大家又笑了。

天禧说:"老大自己说了不算,他只能遵从我的安排。"

阿云说:"霸道的女神,老大是大家的,你凭什么独自霸占?"

天禧抛出一把"带血的大刀"表情图标,冷笑两声:"谁要是不服气,就来试试我的大刀快不快!"

大家说:"女神好霸道,好恐怖!我们都服气!老大好可怜呀!"

迫于天禧的压力,荋芄16日回到国内。两人约定,苏州聚会结束以后,"五一"假期一起到南通找老大玩几天。

天禧说:"到时候,老大一定要将你的那些可爱的高中同学都喊来,一起热闹一下。"

我说:"我的高中同学都是海量,小心把你喝趴下。"

然而许多事情确实是计划没有变化快!4月17日,天禧接到省卫生计生委的通知,18日出发去北京参加为期一个半月的全国学术研讨会了。

全班目前能联系上的同学是二十六个人,此次苏州聚会,报名者仅五人,加上苏州当地的两位美女小晶和菲儿,一共才七人。阿云是聚会的最初倡导者,也是叫得最响的,可惜因为突然的工作安排也不能参加了。

无人来接我去苏州,我行动不便;加上阿云也不来聚会了,我也就不必去苏州接她来南通了。

荋芄暴怒,在我们小班的同学群里,大骂天禧自以为是、武断霸道、不守信用;大骂没有报名的同学们不珍惜同窗真情;大骂老大和天禧沆瀣一气、同流合污。

其实,医务人员平时的工作都非常忙,值班的频率很高,而且抢救病人、学术

会议和业务进修等特殊情况非常多,这次安排聚会的时间又不是在假期,再加上同学们分布在全国各地,有两位同学定居在国外,路途遥远,全班同学想相聚一次真是太不容易了。

芶芃当即宣布,因报名人数太少,取消此次苏州聚会;同时宣布取消"五一"南通之行,因为老大非常可恶,靠得这么近,也不带头报名,不想再见他了。

我极为内疚和不安,连连道歉。

芶芃一再特别强调,绝对不能原谅我!

小妹这次家里有事情,也没有报名。她偷偷告诉我,芶芃4月25日要去美国探亲,其实是因为她自己"五一"假期来不了南通了,还假装生你的气,不要放在心上。

爱人的上海美女发小邀请我们"五一"假期去上海玩。爱人征求我的意见,我说:"好的,我们一起去上海散散心,放松一下心情,回归自然!"

21日晚上,有几位高中同学问我到了苏州没有,我一一作答。后来关心的人多了,我直接在高中同学微信群里说明了情况。

卫公子说:"你应该主动邀请你的大学美女同学们来南通,以表示你的热切期盼之情。"

钢班长说:"你应该邀请才女单独过来,一起度过愉快而难忘的节日。你俩一来一往,再增添一份美好的回忆。"

阿梅发出邀请:"如果'五一'假期她们真来不了,你俩就到如皋城里来,我们陪你们玩。"

我非常感动,深表感谢,告诉阿梅已经约好了去上海。

4月28日,星期五,晴

早上六点,爱人和思思起床忙碌着,准备去上海。

我就不去了,因为我们明天才放假,而且有七八位初中同学已经约好,后天在如城小聚一下,希望我这个老班长一定要参加。

爱人说:"我的第六感觉,这个'五一'假期你不会就这么清静。你留在家里也好,你的那帮大学美女同学们好像很喜欢搞突然袭击,你就在家里认真做好接待准备吧。"

我说:"不会有人来的,你们就放心去玩吧,不要挂念我,多玩几天。"

她们俩打的去了车站。

中午十二点多,我在单位刚刚吃完午餐,准备午睡。

夏蕴在微信里问我:"玉儿这次去你那儿玩吗?"

我说:"她没有说来呀!"

夏蕴说:"真笨！什么叫她没有说来？你就不能主动邀请吗?"

我说:"我现在正式邀请你,你来吧!"

夏蕴说:"我昨天刚刚来澳洲悉尼,专业交流十天。傻瓜,现在就邀请玉儿过来呀！快！快！快！"

我再也没有睡意了。

人活在世上,总会遇到各种各样的不顺。一想起夏蕴的离异,我总是心痛不已！我真希望能给她一声轻轻的问候,让我的关心越过山高水远,如一阵春风拂面,温暖她孤寂的心房;然而,我最终没有说出口,我不想增加她的任何心理压力。心碎的修复需要一个过程,就让她自己慢慢地渡过这个劫难吧！现在我最适当的关心方式就是什么也不做,只在心里默默地祝福。

整个下午,我都很忙,有好多需要检查的病人,还有两个班级的学生需要见习带教。好不容易忙完了,下班回家的路上,我突然接到一个陌生的电话,是一个女性柔美的声音,"好哥哥,你猜猜我是谁?"

这个声音和语气是既熟悉又遥远,我的心情顿时激动起来,脑海中立即浮现出儿时的小伙伴翠翠的身影。翠翠是我小时候最亲密的发小,那个时候,她最喜欢玩的游戏就是悄悄地站在我的背后,轻轻地用双手蒙住我的眼睛,然后对我说,"好哥哥,你猜猜我是谁?"

我十分惊喜,三十多年未见了,她的喜好还是没有变。春节假期间,我组织初中师生聚会时,我让同学们联系她,可是大家都没有她的联系方式。我一直非常遗憾没有能见到她,没有想到,今天能意外重逢。

翠翠从小热爱古典文学,喜欢写作,文笔优美,感情真挚。上学时,我最喜欢读她写的作文,感觉是一种特别的享受。我俩初中毕业后考上了两所不同的高中,高中毕业后,她外出打工,从此我俩再也没有见过面。翠翠依然是我记忆中的可爱模样,不显老,只是面容有些憔悴,也黑了一些,感觉有些中年人的忧虑。

我想找几位现在住在南通的初中同学一起过来陪她吃饭。翠翠说:"太晚了,估计别人都已经有了安排。最主要的是,我不想见别人,就是想来看看你。"

高中毕业后,翠翠一直在深圳打工,真是难为她了！一个原本十分娇柔的小女孩,为家庭的经济所迫,年龄很小时就走向了社会,十分艰难地独自在远方谋生活。她这次原本是到上海出差,事情办完了,准备回老家看一下,已经好几年没有回家了。长途大巴到了南通,她突然想起了我,就立即下了车。

翠翠近几年在搞销售,已经练就了一套比小时候更加能说会道的本领;但是聊到家乡时,她是一脸的惆怅。她在深圳打拼了三十多年,深圳房价太贵了,至

今依然买不起房子。

翠翠说:"有家的地方没有工作,有工作的地方没有家。深圳夜晚的万家灯火,没有一盏灯是为我亮着的,于是就有了漂泊和乡愁。'独在异乡为异客,每逢佳节倍思亲。'心中总是有一种说不清的失落感、压抑感、疲惫感和沧桑感。"

我能理解她的这份心情,这是中国大多数背井离乡打工者的乡愁,这种候鸟式的生活确实给人一种十分不安定的缺失感。确实是"千家笑语漏迟迟,忧患潜从物外知。悄立市桥人不识,一星如月看多时。"

翠翠说:"现在对于我来说,是一线城市容不下肉体,三四线城市容不下灵魂。'天涯倦客异乡处,望断故园思归路。'"

我说:"所以你应该像我一样,折中一下,在南通这样的中等城市安放灵魂和肉体。"

翠翠说:"好哥哥,你并不能完全理解我这种'逢人渐觉乡音异,却恨莺声似故山'的心情。你和我不同,你在南通有房有家,有归属感,而且南通离家乡很近,你可以说回去就回去;而我的状况是这样,'昨夜寒蛩不住鸣。惊回千里梦,已三更。起来独自绕阶行。'"

我感伤地说:"我确实能完全理解你此刻的心情! 我也回不去了,我父母都不在了,家乡的房子也没有了。我回去面对空旷的故土,心中唯有悲凉!"

翠翠露出一脸惊讶的表情。小时候,翠翠和我特别要好,大约八九岁的时候,她曾经说过,长大后一定做好哥哥的新娘;但是高中毕业后,她常年在外打工,很少回家,所以并不知道我的父母已经不在世了,也不知道我遭遇的各种不幸。

我告诉翠翠我的事情,翠翠听得伤心不已!

我俩相顾无言,唯有泪千行! 好一会儿,我俩的情绪才渐渐平静下来。

翠翠说:"我食言了,早知道今天我高中毕业后就不出去打工了,一直陪在你的身边,照看你,你就不会遭遇这么多的苦难了!"

我心中满是感激,却故意调侃道:"算了吧,要是我没有考上大学,你能看上我吗? 会嫁给我吗?"

翠翠叹了一口气,玩笑道:"我到现在还没有结婚,就是一直在等你!"

我心中一惊! 我真不知道她一直没有结婚,当然她绝对不是为了等我。

翠翠告诉我高中毕业后的经历。翠翠的父母身体都不好,家中还有两个年幼的弟弟。翠翠高中毕业时没有能考上大学,她这样贫困的家庭根本没有条件供给她复读,所以她就跟随别人去深圳打工,干过好多种非常辛苦的工作,赚钱养家,含辛茹苦地将两个弟弟培养成了大学生,如今他们都成家立业了,自己的终身大事却因此而耽误下来了。曾经也遇到过十分倾心的人,可是家庭的重担放不下来;如今家庭已经有了出头之日,自己也已经是公司的高管了,可是回首一望,身边已经没有合适的人选了。

我心疼地说:"这么多年的打拼,你不是买不起房子,你是把所有的收入都奉献给了家里。你为家庭的付出太大了,既奉献了精力,又奉献了青春。这么多年,你太辛苦了!'无论海角与天涯,大抵心安即为家。'"

翠翠说:"没有办法,谁让我是家中的老大呢?其实生活本身并不是很苦,苦的是责任和欲望。如今就是这么尴尬的局面,有家也不愿回。我一回去,乡亲们就会追问我为什么没有结婚,所以只能在外面漂泊。你是我这么多年来唯一一个能让我直接倾吐心事的人。'旧山松竹老,阻归程。欲将心事付瑶琴。知音少,弦断有谁听。'"

我伤心地说:"难怪春节聚会时,我让同学们联系你,可是大家只知道你在深圳,却没有你的联系方式。我特别想念你!"

翠翠感动地说:"好哥哥,谢谢你,这么多年了,竟然还能挂念着我!一个人在外面打拼,受过伤,流过泪。身边没有感同身受的朋友,心中的委屈没有人诉说。真是'不如意事常八九,可与人言无一二。'"

我说:"哥哥不好,这么多年都没有关心妹妹!"

翠翠说:"妹妹也不好,这么多年也没有关心哥哥!"

我说:"尽管我们同是天涯苦难人,但是我相信生活总会一天比一天好的。其实单身并不一定是坏事,完全是外人给你附加了太多的压力。你不要灰心,你现在这么优秀,一定会遇到一位真心欣赏你、爱慕你的人,仅仅是缘分没有到而已。"

翠翠说:"不急,还是一切随缘吧!"

我们都喝了不少红酒,酒不醉人人自愁!

我说:"你从小就有一个美好的文学梦,现在还在写东西吗?"

翠翠说:"理想太丰满,现实太骨感。残酷的现实是最大的反派,早就将我的美梦打破了,如今我根本没有梦了。我现在根本没有心情写东西,等我退休之后,写一篇回忆录,将我一生中经历过的风风雨雨都写下来,作为年老无事的消遣吧。"

我很感伤,为翠翠话中的无奈,为生命中遭遇的不平,为某些说不清的缘由。生活中,很多的时候,我们都没有错,而现实是非常蛮狠的,根本不和我们商量,就直接变更了我们人生的方向。

翠翠伤感地说:"好哥哥,时间过得太快了!我还想如同小时候那样蒙上你

的眼睛,让你猜猜我是谁。"

我也很伤感,努力微笑着,点点头。

我送翠翠到我家附近的快捷宾馆住宿。翠翠说:"好哥哥,我明天一早就回家了,你不用来送我了。"

我紧紧地握住她的手,嘱咐她多保重,以后一定要经常联系!翠翠含泪点头。

我回到家的时候,已经十点多了。洗漱后,我躺在床上,觉得胸腔中有一股气流堵得慌。为什么有些人自从生下来就一直万事不用愁,而有些人从小就肩负起家庭的重担呢?命运确实没有什么公平可言,我们唯一能做的就是不抱怨、不放弃,一直坚强地走下去。

小时候最好的小伙伴,曾经也因为各自的责任和追求,只能在各自的道路上孤独地奋斗。现在既然已经联系上了,以后我们一定要相互关照,共同抵御人生的风雨。

冰玉在微信里问我:"假期日程都排满了吧?你的女神和女王都到了吗?"

我说:"她俩都有事情,都不来了。"

冰玉说:"好失望吧?"

我说:"没有人来更好,可以在家里静修三日。"

冰玉说:"还静修?笑死人啦!"

我想起,半年前,一个周末的阴雨天,不可以出行。我静坐在家里看书,了解本专业医学方面的最新进展,连续看了三个多小时。我感觉累了,放下书,听到外面的风雨声,偶思一联:

秋雨绵绵,听雨轩内心尚静。

北风潇潇,闻风窗外身未动!

横批:风雨人生!

我将此联发给冰玉,她当即回我一联:

真狂妄,当初少年假不惑,年少不忧天高。

假修行,如今老年真多虑,年老反恐地厚!

横批:真假不分,老少颠倒!

我说:"曾经被你骂过'真假不分,老少颠倒!'你这话太尖锐了,羞得我当时就想找个地缝钻进去。如今更加年老,越发昏聩了。"

冰玉说:"既然年老昏花,那你就早点休息吧,没准明天一早就会有美女佳人来访呢。"

我说:"除非你来,现在没有其他人愿意搭理我了。"

冰玉说:"我既非美女,亦非佳人,无资格拜访。再说你也没有邀请我呀,我正在伤心呢!"

我说:"专为等你来,两周前专程去了一趟水绘园,探了个前站。"

冰玉说:"难得你有这份心思,真让我好感动!此后三天都是天朗气清,惠风和畅,你可以出去走一走。"

我念道:"胸藏丘壑,城市不异山林;兴寄烟霞,阎浮有如蓬岛。"

冰玉说:"既然大才子胸襟如此广阔,怀抱天下,那么自然不必远涉天涯海角,眼前的山水草木一样可以赏心悦目,陶冶情操。"

我故意念道:"'千万恨,恨极在天涯。山月不知心里事,水风空落眼前花,摇曳碧云斜。'况且,'寂寞寒窗空守寡',便'纵有千种风情,更与何人说?'"

冰玉说:"你就不要装了,早就有人知晓你的心事了!早点睡吧,今夜一定会有好梦!"

我说:"通城花开,待君亲临,与君共赏!晚安!祝你和家人节日快乐!"

我打电话给爱人,询问今天的情况。爱人说:"今天老同学带我们在外滩玩了一整天,刚回来,累了,准备睡了。今天谁来了?"

我说:"我小时候的发小来了,晚上我请她吃完饭,已经送她去北边的快捷宾馆住宿了,刚回来。我现在也准备睡觉了。你明天不要太累了,小心腿疼!晚安!"

"五一"假期

4月29日,星期六,晴

早晨七点,我还在睡梦中,手机突然响起,我惊醒了,一看竟然是冰玉的来电。她说:"赶快发个定位给我,我刚刚通过了苏通大桥。"

我惊讶万分,赶忙起床。

时光清浅,岁月漫长,四季变换中,总有一颗温暖的心,在搏动着我们深厚的情谊;总有一份思念的情,在牵动着我们相通的灵魂。

看来钢班长的建议非常及时而正确。两周前,钢班长说,你最好现在先去游览一下水绘园,做好准备。下周末你要去苏州聚会,没有空。再下周就是'五一'

假期了，才女就要来了，时间很紧迫。我说，才女不会来的！但是我还是在阿华、钢班长和星星的陪同下，游览了水绘园。

我快速地将家里简单整理了一下。我不希望给冰玉留下一个生活凌乱的印象。一个人太在乎某一件事情或者某一个人的时候，总是这么患得患失、谨小慎微的。

我来到翠翠住宿的快捷宾馆，发现翠翠已经走了。我心中产生了一丝惆怅！

我在宾馆门前的濠河边耐心地等待冰玉。

春暖花开，草长莺飞，气候宜人，正是出行的最佳时期。我心中一直有一份朦胧的希冀，冰玉竟然就突然过来了。昨晚聊天时，她都没有透露消息。这符合她偶尔喜欢搞一下恶作剧的调皮性格。

我心中慢慢地涌现出一股暖流！

我想，你一定会来，不需要邀约；果然，你就直接来了，知道我在等着你，如灵犀拨动心弦。于是，我就在你到来的路上，微笑着等你；就因这份等待中的惊喜，等你百年又何妨？

只一个"等"字，演绎了多少红尘故事，惊诧了多少平凡岁月，痴迷了多少有情之人……

今生，你在等谁？在生命的彼岸，又会是谁在等你？

春风缱绻，小溪缠绵，百花阑珊，万叶吐绿，都在浅笑着我的多此一问！

"等"是三生的约定，是生命的期许，是无言的幸福，是心灵的愉悦！只要愿意等，则温暖的春风，迷人的风景，温馨的笑靥，美好的时光，都将如君所愿，不约自至。

心与心的相识在冬雪染眉间，心与心的重逢在春暖花开时。柔情的季节，有暖风拂过我的心田，灵魂里便有了璀璨的惊艳！"但愿君常至，共醉春归处！"

一看到冰玉的白色凯迪拉克向我行驶过来，我赶忙举手示意。

停好车，冰玉下车后站着不动，微笑着，安详地注视着我。春风吹动她的长发，随风飘扬。我感觉她今天特别轻盈而美丽，宛如天仙。

我心中一阵感动！你来时，春风吹拂，百花正开，岁月静好！一切如同早就计划好的，那么自然，那么温馨！所有的相逢都是上天的恩赐，不问结局；只珍惜在最美的季节，遇到最温暖的你！确有一份情义，思念之间，顷刻即能重逢；真有一种凝视，无需言语，相互就可懂得。

冰玉穿着粉红色的披肩上衣，淡蓝色的踩脚裤，白色的休闲鞋，浑身显得简洁明快，轻松自如。衣着是灵魂的外现，轻盈的内心才会有轻松的装饰。

我深情地念道："天青色等烟雨，而我在等你！"

冰玉也深情地看着我,轻声地说:"谢谢你!"

我又念道:"瑶池不二,紫府无双,果何人哉? 如斯之美也!"

冰玉笑道:"我又不是警幻仙子,你何必这么夸张呀?"

冰玉张开双臂,我靠过去,轻轻地拥抱了她。

我在冰玉耳边笑道:"你是美女,还是佳人? 对不起,其他人我概不接待!"

冰玉笑道:"那你最好仔细看清楚,我是丑八怪,可不是那位迷倒了才子老大的美丽倾城的大校花!"

我念道:"'终日望君君不至,举头闻鹊喜。'蓦然回首,见一佳人,清扬婉兮,来自瑶台,惊诧吾也!"

冰玉念道:"谦谦君子,温润如玉。既见君子,云胡不喜?"

我笑道:"喜,惊喜万分! 你和蕴儿是一个德性,都喜欢搞突然袭击。"

冰玉翘起了嘴唇,不满地说:"怎么了? 不欢迎呀?"

我念道:"南国有佳人,容华若桃李。朝游江北岸,夕宿潇湘沚。"

冰玉接口念道:"'时俗薄朱颜,谁为发皓齿? 俯仰岁将暮,荣耀难久恃。'老了,你都不愿意看了。"

我调侃道:"今之容颜更胜昔,百看不厌难自持。倾城倾国倾天下,再思再念再难忘。"

冰玉立即回复我:"胡说八道尤胜昔,贫嘴滑舌冠天下。"

我故意说:"谢谢夸奖! 两地政府刚刚在上海世博中心召开了'南通全面对接上海启动大会',你这位上海医学会的委员立马就来南通对接了。"

冰玉摊开双手,灿烂一笑道:"你就准备一直站在这儿跟我对接吗?"

我边走边问道:"你爱人为啥没有来?"

冰玉说:"他们现在这段时间特别忙,赶制大飞机,这个'五一节'不放假。"

我说:"今年全国大多数医学会都要进行换届选举,你有希望成为上海的副主委吗?"

冰玉说:"哪有那么容易啊? 蕴儿能那么快成为你们省里的副主委,是因为他们的主任是国家主委,平台高。"

我说:"一个人的成功确实不能完全归功于自己的努力,还有许多社会的因素和自然历史的条件。有研究表明,一个人的成功只有 15% 是依靠专业技能,其余的 85% 依靠人际交往与沟通能力。"

冰玉说:"以为通过个人的无限努力就一定能成功,那是狭隘的唯心主义的观念,个人的发展受到时间和空间的制约。孟子曰:'虽有智慧,不如乘势;虽有镃基,不如待时。'"

我说："马克思主义认为，人是社会关系的总和。人活在世界上，绝对离不开周围的社会关系。人也许只有活到中年以后，才能有如此深刻的体会。事事都要讲究天时、地利、人和。"

冰玉说："确实如此！而且我能成为委员就有很大的偶然性，也不完全是我的能力所致，是当时有一些碰巧的有利条件而已。我已经很满足了，没有再想往上走的愿望了。学会内部派系林立，没有重量级的引荐人，一般人再努力也是进不了常委的。"

我说："是的，我省某个医学会分会就发生过这样的事情。省城两大派系的副主委为了争夺主委的位置，斗得两败俱伤，最后让苏州的副主委获得了主委。"

冰玉说："这种鹬蚌相争，渔翁得利的现象在上海也不少见。老大呀，我是来找你寻开心的，不是来寻堵心的，你咋这么讨厌呢！情商真低，专门聊我不愿谈的事情！"

我说："'水高船去疾，沙陷马行迟。'顺境加速前行，逆境贵在坚持，不要轻言放弃，我非常看好你！'花向春来美，松经雨过青。'历经磨砺，定成大器。"

冰玉说："诚挚感谢你最真诚的鼓励！好了，老大，你的励志演讲可以结束了。"

我赶忙闭嘴，带她进家门，开玩笑地说："'花径不曾缘客扫，蓬门今始为君开。'寒舍狭小而闭塞，委屈公主大驾了。"

冰玉说："别瞎贫了。大嫂呢？"

我说："她和发小昨天去上海玩了。都怪你调皮，早点告诉我你要来，我就不让她们走了，留在南通陪你玩。"

冰玉非常失望地说："太遗憾了！我特别想见见大嫂！思念好久了！"

我说："别着急，以后一定会有机会的。"

冰玉瞪着好奇的眼睛，环视着我家，笑着说："我要好好看看大才子生活的环境。"

我说："家中太乱了！你看了之后，会非常失望的。"

冰玉站在我和爱人的大合照前面，赞许地说："大嫂好年轻，好漂亮呀！"

我说："你仔细看看，她的年龄比你大多了。"

冰玉认真地观察了半天，一本正经地跟我说："大嫂是一个聪明、理性、贤惠、善良、温柔、幽默和反应敏捷的人。"

我说："别装了，你会看面相吗？你说的这些都是大众化的形容词。"

冰玉说："这不是面相，是从大嫂眼神里读出来的内容。赞美人的形容词很多，我为啥只挑这几个词。和大嫂神交已久，完全符合我对大嫂的心理预期。你说实话,我的感觉对吗?"

我赞许地点点头,笑道:"你的感觉确实很准确!看来你和大嫂一样,都精通心理学,能够读心。你也读一下我的心,看看我在想什么。"

冰玉笑道:"我才不读呢,我就是说对了,你也一定不肯承认。"

我想起来,上学时,冰玉的《医学心理学》课程是满分。

我说:"大嫂像你一样,最喜欢笑;也像你一样,幽默诙谐;更像你一样,总是责怪我很少有笑容,说我是一个无趣的人。"

冰玉说:"看来大嫂确实与我心灵相通,有这么多的共同点,所谓英雄所见略同。生活再艰难,我们都应该微笑面对。我喜欢轻松快乐地生活,愿意笑对人生。英文里有一句,'生活本身会带给你痛苦,你的责任是创造快乐。'"

我说:"你的话很有道理,我正在努力改进,你大嫂说我最近有进步。"

冰玉笑道:"大嫂比你大,你们是姐弟恋。这好像不符合你一贯的性格!你是成熟稳重的老大,想象中,你应该找一位小鸟依人的小妹妹。"

我说:"1990 年,我国'男大女小'的婚姻模式占比 70%,二十多年过去了,目前'男大女小'的婚姻模式占比 43.13%,'男小女大'的婚姻模式占比 40.13%,比例相当。"

冰玉问道:"你想表达什么意思?"

我说:"随着女性经济地位的变化,女性的社会地位也发生了变化。美国国家统计局最近发布了一组关于世界各国男女的劳动参与率,中国男性的劳动参与率是 90%,而女性的劳动参与率是 70%,两者都是世界第一。中国女性的社会地位发生了天翻地覆的变化。"

冰玉说:"确实如此,经济基础决定一切。解放初期,虽然法律上是男女平等,但是女性因为不挣钱,所以在现实生活中并没有多少真正的话语权。现在女性同样能赚钱,整个社会已经不再是男性主导的了,女性已经不再是男性的依附品,男女双方都有了自由选择对象的物质基础;所以你想说,'男小女大'也是正常现象。"

我说:"你真聪明!你大嫂生理年龄比我大,但是心理年龄比我小。"

冰玉大笑道:"多么多余的一句话!老大露怯了,害怕被我笑话了!"

我亦笑道:"你这么可爱,又这么爱捉弄人,也只能找一位大哥,既能护着你,又能管着你才行。"

冰玉说:"我才不要人管我呢!我们家两个人一样大,谁也不管谁!只是当年在南京时,有人愿意被你管,你却一个人逃回老家来了。"

我说:"你就别说笑了,当年我一个乡下的土老帽能管得了谁呀?"

冰玉笑道："我现在懒得理你！大嫂的长发好美，还带有一点自然卷。脸型比我漂亮，是典型的瓜子脸，我的脸有些婴儿肥。大嫂的眼睛特别明亮，比我的眼睛更有神韵。"

我笑道："你就不要故意贬低自己，抬高大嫂了，你比大嫂年轻活泼。"

冰玉说："唯一遗憾的就是你俩没有小孩。要是有个小孩，你们的生活就完美了！"

我说："真没有什么遗憾，万事不可求全！杨绛先生说过，'君若求全何所乐？'能遇到你大嫂，我感觉非常幸运和幸福，已经十分满足了！"

冰玉问道："你们为什么不领养一个孩子呢？有孩子更能享受到天伦之乐！"

我说："没有必要！为什么必须有自己的孩子呢？现在不是时兴'丁克'家庭吗？我们赞助了好多贫困的孩子上学，从中同样得到不少的乐趣；而且我家里基本没有离开过孩子，亲戚和朋友家的小孩一个接着一个在我家住，都是一住就是三年，也就是近两年，家中才清静了。"

冰玉感动地说："你们这是大爱无疆！我做不到这一点，我没有你们这么善良，更没有你们这么伟大！"

我笑道："什么大爱？什么伟大？你太夸张了，也就是助人为乐，举手之劳而已。"

冰玉说："其实我们在医院里看多了，孩子根本就指望不上。有几家的父母生病住院的时候，有子女来照顾的？也就一二成吧！"

我说："城里的孩子有工作，他们没有时间来照顾。乡下的孩子好多没有工作，常常没有经济能力来负担父母的医疗费用；几个子女之间还相互推诿，制造矛盾。"

冰玉说："医院是最能检验人性的地方！我们这些人在医院待久了，看多了人性的真面目和社会的冷暖炎凉，心里就会多了一份悲凉之感！"

我说："所以不要指望孩子将来能照顾我们，都是独生子女，他们照顾自己还来不及呢！"

冰玉说："大前天，一位七十多岁的老人病愈出院，他儿子来接他，他高兴得逢人就说，你们看看我儿子多孝顺呀，他工作这么忙，今天还专门来接我出院。大家都说，老人家好福气呀！"

我说："这种情况我也经常见到，其实他这个儿子可能也就是住院当天送他来，出院再来接他走，中途根本没有见到过人影。"

冰玉说："确实如此！老人有时候想儿子都想哭了，老伴去世得早，孤单寂寞难耐呀！在医院里做各项检查都是老人一个人去的，真让人心寒哪！"

我说:"尽管这样,孩子来接他时,他还要为孩子说好话,装门面。"

冰玉说:"有一次我上夜班,那天晚上相对较空闲,我就陪老人聊了一会儿。老人退休前是人事局局长,每天迎来送往,车水马龙,那是何等风光!岂知一旦退居二线,就再也无人问津了,现实就是这么残酷无情!"

我说:"一个人真正的吸引力应该在他退休以后才能更清楚地看出来,当职业的光环完全消退之后,能吸引人的是他自身的精神魅力,这个时候,还有多少人依然在乎他,就是他人格魅力的真正显现了。"

冰玉说:"有很多的人适应不了退休后的这个转变过程,尤其是这位曾经管着人事大权的万人敬仰的老局长。"

我说:"这个转变的过程可以让一个人消沉,也可以让一个人新生,是喜是忧,就看自己主动调整的水准了。"

冰玉说:"我耐心地听老人吐露了一会儿心事,老人竟然感动得流泪了,说我是一个大好人!可以想象老人平时一个人在家里是何等地孤单寂寞呀!"

我说:"我们这一代人的老年生活应该也是如此孤独寂寞的光景吧!"

冰玉说:"你不用担心,等我们年老了,我们就在一起生活吧!国外时兴抱团养老,或者群居养老,是有一些优点,彼此可以相互关照,共同娱乐,所谓'一起看夕阳'。"

我说:"这倒是一个好主意!我们高中同学也有这样的想法。据推测,我国在2026年至2027年会进入'老龄社会'。到时候,养老的问题会成为社会的突出问题。空巢和孤单会成为大多数老年人生存的常态。"

冰玉说:"所以机构养老、居家养老、社区养老、医养结合养老、群居养老、旅游养老、候鸟式养老等模式都在兴起。"

我说:"大家都指望机构养老不现实,这么多的老年人,养老机构完全供不应求。我家附近的养老院,有人十年前就报名了,直到现在还没有能住进去。"

冰玉说:"所以志趣相投的老年人住在一起相互照顾,一起娱乐,共同摆脱孤独是一种比较现实的选择。"

我说:"好的,退休之后,我们几家人一起旅行养老,哪里舒适就住在哪里。既可以免除急着赶路的舟车劳顿,又可以深度感受一下当地的风土人情。"

冰玉说:"好的,我一定陪你体验各地不同的风俗文化,这就是对抗你所说的'时空扭曲'从而延长'主观生命'的最好方法。到时候,我们一定找一个海景房,住上一年半载,感受一下'面朝大海,春暖花开'的自然景象。"

看到天花板上的葡萄藤、窗棂上的柳枝和墙角的郁金香这些塑料的装饰品,冰玉点点头,惊奇地说:"你这几串葡萄模型太逼真了!如果你不说是塑料的,我

还以为是真的呢!"

我念道:"假作真时真亦假,无为有处有还无。"

冰玉盯着我的眼睛,饱含深意地说:"我时常搞不懂你的真真假假!"

我一愣,笑道:"我时常跟不上你跳跃式的思维!"

冰玉给了我一个白眼。

看到阳台上我养殖的几十盆花卉,冰玉又认真地点点头。

看到冰玉如此一本正经的神态,我笑道:"你搞得像领导视察似的。"

冰玉说:"一个人房间的样子,就是他生活中最真实的模样。"

我说:"怎么样?失望了吧?"

冰玉说:"符合我想象中的样子!你还真修身养性了,能这么用心地培土养花,真是不简单呢!你的虎皮兰培植得比我家的强壮高大。你确实是一个有心人,放在室内的仙人掌、虎皮兰、芦荟和吊兰都是白天和夜间都能释放氧气的植物,这样夜间就不会与人争夺氧气了。"

我念道:"世事洞明皆学问,人情练达即文章。"

冰玉说:"你家有好多美丽奇特的花瓶!我感觉大嫂有一颗公主般的透明的玻璃心。"

我温馨地一笑,爱人确实喜欢各种美丽的花瓶。

冰玉说:"可是所有花瓶里都是假花!你为什么不给大嫂送真花呢?"

我说:"假花永不凋谢!你大嫂确实有一颗清澈的玻璃心,见不得花谢。去年国庆节,我们的结婚纪念日,蕴儿教我如何送花,给你大嫂买了22朵玫瑰花,就插在桌子上的这个大玻璃花瓶里。当时鲜花盛开,确实让人赏心悦目;但是两周以后玫瑰花凋谢的时候,你大嫂好伤感!"

冰玉说:"我真希望大嫂现在就在身边,我好想和她紧紧地拥抱一下!"

我说:"另一个更主要的原因是,我们俩都觉得鲜花就应该生长在大自然里,让它美丽整个世界,大家都可以欣赏。如果把它折下来,拿回家中,就只能我们自己欣赏,这太自私了;而且缩短了鲜花的生命周期,也破坏了植物的完整性。"

冰玉兴奋地说:"你们的这个观念与我不谋而合,我也从来不采花带回家中。我们都是完美主义者,不愿意破坏事物的完整性。"

我说:"康德说过,'对自然美抱有直接的兴趣,永远是心地善良的标志。'"

冰玉说:"敬畏自然,欣赏自然美,与自然和谐相处是人类最起码的修养。"

看到墙上挂着的吉他,冰玉会意一笑,转头问我:"这就是上学时蕴儿送给你的那一把?"

我说:"是的,那时在蕴儿的妈妈热心指点下,我勉强学会了弹奏两首曲子

《小芳》和《新鸳鸯蝴蝶梦》,后来发现自己根本没有音乐细胞,大学毕业后就再也没有碰过。"

冰玉说:"那个时候蕴儿恨不能把心挖给你,可惜你却辜负了她,毕业时一个人悄悄地逃回了老家。对于蕴儿来说,你是何等地残忍?'吉他弦上说相思,相思相望不相亲,天为谁春?'你如此绝情,我还真以为你老家里有一位痴情难舍的'小芳'一直在等着你呢?"

我说:"你别乱说!五年的大学生涯对我来说确实仅仅是一个美丽的蝴蝶梦!毕业时,我的梦醒了,就飞回到我原来的地方。"

冰玉站在我的书桌前,眼望着书橱,笑道:"你这间书房小而雅致,有闹中取静之意。'读书随处净土,闭门即是深山。'"

我家房子空间很小,根本没有专门的书房。我将面积仅五平方米的走廊用玻璃窗封起来,充当了书房,并自嘲地取名"求缺小屋"。

我说:"让你见笑了!附庸风雅而已!巴掌大的空间,只能容我这样一个清瘦之人。"

冰玉说:"大小和形式都不重要,心远地自偏,心静室定幽。庄子曰:'夫以虚静推于天地,通于万物,此之谓天乐。'"

我说:"与天地同乐,正是我所求也。"

冰玉说:"你这个'求缺小屋'的创意出自曾国藩的'求缺斋'。"

我说:"是的。北宋名臣蔡襄在《十三日吉祥院探花》中这样说:'花未开全月未圆,寻花待月思依然。'"

冰玉说:"《菜根谭》中有云:'花看半开,酒饮微醉;此中大有佳趣。若至烂漫酕醄,便成恶境矣。'"

我说:"中国人崇尚中庸之道,做事有分寸,小满最适宜。话说七分,太满无余地;茶倒七分,太满会烫手。"

冰玉笑道:"上次在我家,你被我'烫'到啦?"

我亦笑道:"手没有被烫到,心被'烫'到了!"

冰玉说:"你刚才念的《十三日吉祥院探花》中后两句是这样说的,'明知花月无情物,若是多情更可怜。'不知是你无情,还是我无情!"

我无言以对!

冰玉笑道:"我大人大量,不和你一般见识。你这里又是《心经》,又是《道德经》,又是四书五经,你是儒道释三教融会贯通啊!你如何理解儒道释三者的异同呢?"

我说:"国学大师南怀瑾这样说:'佛为心,道为骨,儒为表,大度看世界。'我

非常赞同这个观点。"

冰玉说:"这个概括简练而精辟!有人这样论述:'佛家净,道家静,儒家敬。'你替我解释一下。"

我说:"佛院净土,佛门清净,净心寡念,空净明心见性。道家老子曰:'清静为天下正。'静中生慧,融物化一。儒家敬天敬地,以虔诚的心,认真做人做事。《论语》有云:'执事敬。'"

冰玉笑道:"你解释得太好了!看来你对儒道释三教确实都有研究,我得刮目相看也!"

我说:"我根本谈不上研究,仅仅是一些浅薄的理解。中华文化博大精深,兼容并蓄。如果能将三教合一,彼此取长补短,相互促进,岂不是文化之幸事哉?"

冰玉举手作揖,念道:"阿弥陀佛!"

我赶忙作揖回敬道:"无量天尊!"

冰玉又一本正经地回敬道:"天下为公!"

我笑道:"道家的自然、佛家的淡雅和儒家的谦恭,此三者能长期和睦相处,就说明了中华文化的巨大包容性。老子的'无为'、孔子的'中庸'和如来佛祖的'忘我'是相通的,其实都是让人看淡一些,包容一些。尽人事,听天命。"

冰玉说:"确实如此。你这里还有中外名著、历史政治、社会人文、天文历算、建筑艺术、花卉养殖,简直是无所不包啊!才子老大,我太崇拜你啦,相信不久的将来,你一定能三教贯通,博采百家,万法归宗,终成大器也。"

我说:"大公主呀,能不能好好地说话?斯是陋室,惟吾德馨;况且凡人皆可以有远志也。不允许你这么冷嘲热讽的!"

冰玉笑道:"小气鬼,我没有嘲笑你呀,是真心地佩服,你家简洁而敞亮!室不在大,温馨就行;人不在名,高雅则灵。葡萄上天花,垂柳绕窗棂。鸿篇柜中立,巨著案上陈。雅可弹吉他,静能阅金经。无噪声之乱耳,无杂事之劳形。雅室虽小,却藏卧龙之身。你快修炼成仙了,我要仰视你了。"

我笑道:"你快打住吧,不要再贫了。《幽梦影》里这样说:'藏书不难,能看为难;看书不难,能读为难;读书不难,能用为难;能用不难,能记为难。'你能过目不忘,天下之至难者,在你看来,不过如此。"

冰玉说:"你太死板了!孟子曰:'尽信书,则不如无书。'张潮的这段话有待商榷!能记并非最难,能用才是最难。所谓活学活用,方得其所。在'中华诗词大会'上,参加者都能背诵许多诗词,但是能真正理解诗词内涵的人并不多,而能灵活运用者更是凤毛麟角了。"

我称赞道:"听苏老师一言,令我茅塞顿开,千万不能将书读'死'了,导致僵化不前。上次在你家时,我也是因为对诗词的一知半解而受到你的批评教育。今日学生再次受教了,确实受益匪浅,甚为感谢!"

冰玉笑道:"收起你的这一套文过饰非的东西吧,太假了!如果当初你真听我的话,一切就不是现在这个样子了!"

我知道她话中有话,故意不去分辩,真诚地说:"我是真心佩服!上次听你说,我们对前人的学术理论应该持'扬弃'的态度,在批评和改进中传承,我非常信服。更何况真理既是绝对的,也是相对的,同样需要与时俱进。"

冰玉说:"就是这个道理!自从央视播放'百家讲坛'和'中华诗词大会'之后,全国兴起了学习国学的热潮;但是许多人只是赶时髦,讲究一个形式而已,基本上是一知半解,没有学到传统文化的内涵和精髓,更不要说扬弃了。"

我笑道:"你以为谁都像你一样,有这么高深的文学修养吗?大多数人像我一样,装装样子的。"

冰玉笑道:"你就不要酸了!你读完了二十四史,有什么感受呢?"

我说:"我还没有读完,不能做最后的评判。读史书的目的,不外乎学道明理,知古鉴今。还是套用南怀瑾大师的话,'三千年读史,不外功名利禄;九千里悟道,终归诗酒田园。'"

冰玉又问道:"你最喜欢哪一部?"

我说:"我最欣赏'史学双璧',《史记》和《资治通鉴》。《史记》是中国第一部正史,第一部纪传体通史,从黄帝写到汉武帝,三千多年历史,记事翔实,内容丰富。"

冰玉说:"司马迁的史学观念是'究天人之际,通古今之变,成一家之言'。《史记》超越了时代,不愧为二十四史之首。鲁迅赞之为'史家之绝唱,无韵之离骚'。"

我说:"《资治通鉴》是中国第一部编年史,讲述了从战国至五代时期,一共1362年的历史,既有国家的管理、得失和兴衰,又有人物的命运、品行和进退。"

冰玉说:"《资治通鉴》既讲社会历史的演进,也讲做人做事的道理。曾国藩数次阅读后,称之为'论古皆折衷至当,开拓心胸'。毛主席非常喜欢《资治通鉴》,据说读过17遍,而且每次阅读都做了极为仔细的批注。"

我说:"我非常崇拜你早就读完了二十四史,等我也仔细读完了,再与你进行更深入细致的交流。我俩一起'鉴前世之兴衰,考当今之得失'。"

冰玉说:"好的,到时候我会认真聆听你的高论,定有极大的收获。"

我说:"《幽梦影》里还有这样一句话,'少年读书,如隙中窥月;中年读书,如庭中望月;老年读书,如台上玩月。'"

冰玉接着念道："皆以阅历之浅深，为所得之浅深耳。"

我说："确实如此！上次在你家时，听你说读书是人生第一等好事。我想起黄庭坚有句名言，'三日不读书，便觉语言无味，面目可憎。'"

冰玉说："读书确实可以改变一个人的气质，是对精神和生命的化妆。曾国藩也说过类似的话，'书味深者，面自粹润。'你和我初相识时，你不是也说了一句'腹有诗书气自华'嘛。"

我惊讶道："你的记性太好了！我以后跟你说话要特别小心了，否则说错了一句话，你会记住一辈子。"

冰玉笑道："所以你以后千万不能说我的坏话，我可是一个特别爱记仇的小女人哟！"

我说："你不要吓唬我，我胆子小！"

冰玉抽出我的影集，打开来。第一张是我初中毕业时全班师生的合影。

我说："你仔细看看，哪个是我？"

冰玉认真地看了半天，最后摇摇头。

我调侃道："你的心理学不好使了吧？你的读心术也不好使了吧？"

冰玉说："变化太大了！"

我指着我的照片，笑道："这个小土包子就是我。"

冰玉笑道："在这么多小孩当中，你倒是并不土，就是神态很天真，好萌的。你们的同学那时大多很稚嫩，只有你旁边这位同学高大帅气。"

我一看我旁边是国楹。我说："这位同学比我们大两岁，所以比我们成熟帅气。上初中时，我俩睡在同一张床上，他一直像大哥哥一样照顾着我，所以后来我们一直关系非常好。"

冰玉说："似乎在你生命的每一个阶段，总有一位不同的好心人在关照着你。"

我说："还真是这样，所以我的心中对这个社会充满着感恩！"

冰玉说："其实是因为你先对别人好，别人才会对你好！"

第二张照片是我高中毕业时的全班师生的合影。冰玉一眼就认出了我，笑道："好奇怪哟，你初中毕业时还是那么不开化的小萌娃，高中毕业时竟然一下子就变成了大帅哥了！"

我说："高中时期正是一个人快速发育的阶段。"

冰玉说："我第一次见到你的时候就是这个样子，给我的印象特别深。高中毕业之前，你就这两张照片呀，你的少年阶段的记忆是不是太苍白了？"

我说："大公主呀，我们生活在农村，经济条件有限，根本没有闲钱拍照片。

这就是城乡差别,所以我的见识太少,根本不能和你相比。"

冰玉瞪我一眼,笑道:"你在任何时候都忘不了在我面前强调自己是农村人,什么意思呀?我生活在城里有错吗?违法啦?"

我笑道:"我生活在农村与你生活在大都市之间没有矛盾,你不要这么敏感,好不好?"

冰玉用手指点着我的前胸,笑道:"不是我敏感了,而是你这里有问题!少了一点男子汉的胸襟和坦然!"

我说:"你多心了!想想在初中和高中的那一段时期,我们农村人的生活确实非常清贫。"

我指着石泉的照片,感慨地说:"我前面这位小男孩当时家里的条件极为艰苦,完全是家徒四壁;但是我俩都刻苦学习,因为我们知道,在当时那样的条件下,只有知识才能改变我们的命运。我们一起度过了那一段非常艰难的日子,结下了深厚的友谊。后来我俩都考上了大学,并且一直互相鼓励和帮助,一起跨过了生命中每一道难关。他现在成了成功的创业者,帮了我很多的忙。他现在也安居在上海,一切都挺好!上次我们师生大聚会,他家中有事情没有能参加聚会,他跟我说,这是他终身的遗憾!"

冰玉动情地说:"我误会你了!听了你的话,我能体会到你当时的艰辛和坚强。一起共患难过的朋友一定是一辈子的真朋友!要是当年我是你的同学,我肯定也会特别关照你的!"

我感动地说:"谢谢你!"

看到我们本科毕业时三百多人的大合影,冰玉说:"这张照片我看过无数次,每次都是第一眼就看到位于第一排正中间的你。"

当时参加合影的师生有三百多人,分成五排,第一排的人都蹲在地上,第二排是老师坐在椅子上,第三排是女生站在地上,再后面依次是男生站在椅子上和桌子上。我的腿不方便,自然是在第一排,而且因为我无法蹲着,所以就干脆盘腿坐在地上。冰玉站在第三排正中间,和我之间隔着郝书记。

冰玉说:"你那时眼神清澈,皮肤白净,穿着花格子的T恤衫,显得朝气蓬勃,精神焕发。"

我想起来,前几天,高中的钢班长看到这种照片时,调侃了一句:"腕表花衣才子帅,美貌高才佳人靓。"我当时回复他:"前一句是虚,后一句是实。"

我注视着冰玉,笑道:"其实只有站在正中间的这位大才女才是最美的,三百多人众星捧月,唯有她光芒万丈!"

冰玉给我一个白眼,反唇相讥:"再怎么光芒万丈,也没有照到你身上。毕业

后,你就突然消失了!后来二十年的时间里,每当我想你的时候,我就打开这张照片,注视着前排正中间盘腿打坐的你,我就觉得你确实是一尊佛,你是来人间普度众生的,你本来并不属于人间。我和你之间五年的交往或许仅是一场梦幻,似乎并不是真实的,因为梦醒的时候,你就消失不见了!"

我既感动又愧疚!这么多年来,我很少想起冰玉,甚至时常去上海时也没有想起去看望她。只有在每年的冬至,这个与她初相识的纪念日,我才会回忆一下曾经和她在一起的欢乐时光。因为她在我心中是高不可攀的仙女,离我的距离太远了;而且像我这样的普通人,毕业离校参加工作后,方方面面的烦心事很多,我没有多少闲情逸致去回味风花雪月的大学往事。我大多数时间是活在现实中,很少去幻想。

冰玉说:"我觉得你早晚会成佛升天!"

我愧疚地说:"我是薄情寡义的大坏人,绝对成不了佛!你是法力无边的大仙女,将来拉着我一起升天吧!"

冰玉说:"你不是大坏人,你是大善人!你总是说自己是董永,你就在人间长生不老吧!"

我有些尴尬,只能故意转移话题,勉强笑道:"你看看在春节期间,我们初中师生大聚会时的照片,'欣赏'一下我当大会组织者的风采。"

冰玉说:"我已经认真看过了你们大聚会的视频了,你确实组织得很好。你的开幕词很精彩,内容实在,感情真挚。你的语速很平稳,你一点都不紧张,你的心理素质很好。"

我说:"我只有在某人面前的时候,才会紧张。上次在某人家里,我都紧张得语无伦次了。"

冰玉笑道:"那是因为你做了亏心事,感觉对不起我,才那么紧张的!"

我说:"是的,我问心有愧!"

冰玉一张张看过去,抬头向我意味深长地一笑,调侃道:"这么多美女围着某人拍照,某人在花丛中可要小心了,花粉是最常见的过敏源!"

我笑道:"大家愿意和当年的'老班长'合影,可以理解。我也见过你和你们班长的合影。"

冰玉说:"你就会主观臆断!你在云端里看到的我的照片,我并没有全部冲洗,仅仅挑选了一些有意义的照片冲洗了,保存着。"

我非常感动,上次在她家里看到许多我的照片,看来我的照片在她的心中一定是"有意义"的!

我真诚地说:"谢谢你!非常荣幸!"

冰玉不满地说："但是你的影集里竟然没有一张我俩的合影！你好过分呀！"

我说："我俩的合影都在我的手机里，随身带！"

冰玉笑道："狡辩！"

其实自从手机可以拍照片之后，我很少再冲洗照片。这次初中毕业三十年聚会的照片是另一位热心的同学冲洗好了，送给我的；而本科毕业二十年聚会的照片我一张也没有冲洗。

看到我父母的遗像和灵位，冰玉愣了一下，伤感地说："伯父伯母离世太早了，让你很早就遭受了亲人离别的悲痛，你的命好苦呀！我长这么大，从来没有遭遇过失去亲人的痛苦。真不能想象你当时是怎样地悲痛万分！"

我说："在我十二岁的时候，我的外婆去世了，那时妈妈悲痛地对我说，妈妈从此没有妈妈了！我当时并不能体会妈妈的心情。后来我妈妈突然去世的时候，我想起了妈妈说过的这句话，才真正体会到什么是没有妈妈的绝望！"

冰玉满脸泪水，默默地点了三炷香，举着香，虔诚地作了三个揖，上了香。

我深表谢意，伤痛地说："母亲离开十八年，父亲离开十三年，但是我现在还经常梦到他们，仿佛他们依然还活着，一直就在我身边！"

冰玉说："你的孝心日月可鉴！伯父伯母一看就是善良慈祥的人，难怪你总是一直与人为善。"

我说："父亲是一位共产党员，一生廉洁奉公，正是他的言传身教才铸就了我的正确的世界观、人生观和价值观。母亲是一位朴实的农民，她的善良、勤劳和乐观成就了我的秉性。"

冰玉说："一个人真正的教养都是由父母垂范而来的，再好的名校也比不上父母的言传身教。父亲决定一个家庭的高度，母亲决定一个家庭的温度。你这么好的父母竟然英年早逝了，真是好人没长寿，祸害留千年。冷酷的现实总是这么让人无比无奈和悲凉！"

我说："父辈们是1949年前出生的，遭遇过大风暴，1949年后又经历过社会改良的大变革时期，面临过很多的艰难困苦，形成了他们特有的禁锢的心理状态；而我们这些七十年代出生的人又不能理解他们，于是两者之间就形成非常明显的代沟。上高中时，我正值思想叛逆时期，特别抗拒父亲的教诲，常常与他争执。现在想起来，那时的自己是多么无知而偏激，我特别后悔！"

冰玉说："我们这代人一直处在许多社会新思潮不断出现的时代，与父辈们那种理性的矜持之间有一种固有的隔阂。"

我伤痛地说："母亲突然不幸离世，没有留给我任何尽孝的机会。母亲去世后的很长一段时间里，我一直感觉母亲还在，非常频繁地在梦里见到她。母亲的

音容笑貌依然是那样清晰、可亲。母亲去世太突然了,在此之前,我从来没有觉得父母会变老。母亲去世之后,我突然发现父亲一下子就老了,这位威严的老军人变得沧桑了!我非常心痛,抓住一切机会回老家看望他,耐心地陪他聊天,我们之间的共同话题突然间就多了起来。每次回老家,只要时间允许,我都尽可能在家里住上一个晚上,以父子同床而眠的方式来补偿自己曾经的幼稚和狭隘。可惜短短五年时间,父亲也走了!我欠父母的恩情太多了!"

我哽咽着,说不下去了,眼泪流了下来!真是"衔泣想慈颜,感物哀不平"。

我想起了网络上的一句话,"所有的爱都是为了相聚,只有父母的爱是为了分离。"父母的爱是为了让我们长大,独立,学会坚强,勇敢地承担起自己的责任。

冰玉的眼泪也立即流了下来,哽咽着念道:"'自古九泉死,靡随新阳生。'你不要太伤心了!你今日在父母遗像前的这番忏悔,伯父伯母一定泉下有知!你只要努力生活好,他们就能含笑九泉了。"

我感动地点点头!冰玉真能与我心灵相通,我俩竟然同时想起了宋代梅尧臣的《冬至感怀》。这位与我在冬至相识的知己,现在竟然能与我在父母的灵位前一起做"冬至感怀",也算是上苍的有意安排吧!

冰玉抓着我的手,依偎着我,我们都不说话,默默地站着。我和爱人时常也这样默默地依偎着,站在这里,一起悼念父母!

看到我供奉在父母遗像前面的一串念珠,冰玉惊讶地问道:"难道你真在念经拜佛吗?"

我说:"上次陪蕴儿去狼山时,偶遇一位大法师,我向他请教佛法,他觉得我很有佛缘慧根,就将手中捻了三十年的佛珠赠给了我。每当我思念父母的时候,就坐在这儿,将这串念珠顺次捻一圈。"

冰玉说:"你确实具有佛家的慧根!我真感觉终有一天,你会脱离尘世,成仙成佛。"

我说:"你别开玩笑了!我的尘缘未了,这辈子肯定成不了佛。父亲去世的时候,我三十四岁,世界上生我养我的两个人都走了,以后的人生之路必须由我自己去跋涉。在这个家庭里,我在不知不觉中已经站在我父亲曾经的位置,肩负起他曾经肩负的责任和使命。"

冰玉说:"你在我心里一直是一位顶天立地的男子汉,多舛的命运早就将你磨炼成了一个成熟刚毅的大丈夫;但愿在以后的日子里,你和大嫂能一切顺利,事事如意!"

我说:"非常感谢!也祝你们永远事事顺心!"

冰玉说:"我发现你家的房间虽然小,但是利用率很高,几乎所有的空间都得到较好的利用,没有任何浪费。生活中处处体现了你的睿智!"

我调侃道:"这就是穷人的无奈! 人穷志短,只能打小算盘!"

冰玉笑道:"我的牙快被你'酸'倒了! 我还有一个发现,你家里到处都是书。你原本是一个很有秩序的人,我清楚地记得,上学时,你习惯将所有的东西都摆放得整整齐齐的。"

我说:"这些书都是你大嫂的,她喜欢看书,在哪儿看,就随手放在哪儿,说这样比较方便。我不能替她收拾,一收拾,如果她找不到了,就会怪我的。"

冰玉说:"看来大嫂是一个不愿受拘束的人,喜欢随意、自由的生活;与你这位事事都要一板一眼的老古董相比,应该让人更容易接近,更容易相处。"

我不好意思地一笑。

冰玉说:"我还有第三个发现,你家每个房间里都有一个钟,说明你这个人时间观念很强。我想起来了,上学时,每次上课,你都是提前到教室,从来都不迟到。"

我说:"守时是一个人自律的最基本的要求。你的观察很仔细,记性也特别好!"

冰玉说:"傻瓜,因为是你的事情,所以我才记得这么清楚!"

我感动地说:"我太受宠若惊了! 我何德何能,能让大公主如此牵挂?"

冰玉笑道:"你很守时,却不怎么守信!"

我委屈地说:"春节假期没有去看你的原因,我不是向你解释过了吗?而且后来我也去上海看你了。"

冰玉说:"不是这一次,是二十年前,某人失信了! 蕴儿伤心了!"

我一愣,心中很是愧疚,笑道:"你今天的讲话好像总有一股旁敲侧击的味道,似乎是专门来向我讨债的!"

冰玉说:"谁让你欠债不还的?"

我知道自己说不过她,便故意转换话题,笑道:"我们去街上吃早餐吧,你这么早就过来了,确实非常辛苦!"

冰玉说:"怕堵车,更想早点看到你! 我们为什么要去街上吃早饭呢?你家里不是有保姆的吗?"

我说:"保姆只来做一顿中午饭,分成两份,留一份,我们晚上吃;而且保姆周末双休,国家法定的节假日也都休息,所以今天不来。"

冰玉调侃道:"她这是享受公务员的待遇,比我们当医生的舒服多了。那么现在我来做早饭吧!"

我赶忙说:"这绝对不行! 哪能让你这位尊贵的大公主亲自下厨呢?"

我带冰玉来到我家附近的老街早餐店。这家早餐店我们经常来,老板阿洁比我小十岁,已经与我非常熟悉。

我们在门口的餐桌旁坐下来。阿洁立即走过来,开玩笑地说:"这位大美女好高雅、好漂亮,但是眼生。大哥换了?"

我说:"你小子一早就喝高了,又胡说。这是我同学。"

阿洁笑道:"大哥呀,现在全社会不是都时兴这个做派吗?有能耐的人都换了,越换越年轻,越换越漂亮。"

我说:"你这话不假,但是我是一个没有能耐的人。"

阿洁笑道:"快了,快了。"

我们都笑了。

阿洁是个聪明人,喜欢和客人开玩笑,插科打诨,其实也是与客人拉近关系,从而让生意兴隆的一种方法。每天早晨来这儿吃早饭的客人还真不少。

每一位混迹于社会的人,无论地位高低,都有一套谋取利益的生活方式和深谙人情世故的生存法则。

冰玉笑道:"你倒是没有大医生的架子,与谁都能聊到一起。这是你一贯的优点。"

我说:"我就是一个小老百姓,有什么架子可摆的?可比不得你们大上海的大医生们!"

冰玉说:"你是大哲学家!外同乎俗,无贵贱之分;内秉纯洁,有高雅坚守。"

我笑道:"大仙女能不能不调侃我们这些乡下人?你也尝一尝我们江北乡下的早点,有缸爿、油馓子、油端子、粢饭糕、云片糕、洋糖幺儿、虾糍、凉团儿、甜夹卤肖等。"

冰玉选几样,稍微尝了一下,喝了一碗豆腐脑,赞赏地说:"缸爿甜而香,油馓子香而脆,云片糕酥且有花香,洋糖幺儿很有嚼劲,甜夹卤肖又甜又咸,好吃的东西太多了,其他我不吃了,你又不喜欢胖子。"

我说:"环肥燕瘦,各有千秋。你要是胖起来,胜过环儿,赛过燕儿。"

冰玉笑道:"别胡说,看人家都在笑你。"

我关心地说:"你再吃点吧,要不然到中午会饿的。"

冰玉调侃道:"我的牙刚才被你酸倒了,吃不了啦!"

我说:"不会的,你永远是伶牙俐齿,我只能甘拜下风!"

冰玉一笑,环顾着四周说:"这旁边就是菜市场,看来你住在这儿,生活应该很方便。"

我说:"我俩行动都不方便,所以买房子的时候,就将方方面面的事情都考虑全了。这个地方菜市场、小超市、大商场、公园和健身场所都俱全。"

冰玉立即别有深意地说："你做事总是这么'滴水不漏',我特别欣赏……"

我说："我俩还能不能轻松愉快地吃一顿早饭呀?"

冰玉笑道："能呀!谁不让你吃呀?前天,我在微信上看到一篇文章,这样说,一个人如果走投无路了,就让他去菜市场看一看。"

我说："是啊!看到这些新鲜水嫩的蔬菜、活蹦乱跳的鱼虾、美味飘香的熟食,以及卖菜人和买菜人鲜活的灵魂,就会感觉这儿是全世界最有生机和趣味的地方,我们的心中就会立即产生生活的欲望!感觉活着真好!"

冰玉注视着我,点点头,认真地说："是的,活着真好!"

我说："菜市场里能满足一个人最基本的生命需求,一菜一饭,接地气,给人以能量,给人以希望。"

冰玉意味深长地看我一眼,微笑着,不说话。

我笑道："你不要对'接地气'这个词语这么敏感,好不好?"

冰玉笑道："我没有敏感,是你敏感了!我就是来你这儿'接地气'的。"

我只能笑而不答。

冰玉环视着周围,一本正经地说："这个老街挺有意思,感觉有了很悠久的历史,民风淳朴,民众热情善良。在这样一个古朴的老街上,一定有许多有趣的新故事,你应该将这些记录下来。"

我赞同地说："这一定很有意思,我喜欢讴歌原生态的生活,这是我们生命的原动力。毛泽东主席说:'人民生活中本来存在着文学艺术原料的矿藏,这是自然形态的东西,是粗糙的东西,但也是最生动,最丰富,最基本的东西;在这一点上,它们使一切文学艺术相形见绌,它们是一切文学艺术取之不尽、用之不竭的唯一源泉。'"

冰玉说："所以你可以写一篇《老街的新故事》,反映一下新时代的社会百态,一定会有非常现实的意义。上学时,我能感受到,读书和写作对于你来说是一种特别的享受。《论语·雍也》上讲:'知之者不如好之者,好之者不如乐之者。'你就写吧。"

我笑道："《老街的新故事》我不写,要写就写《才女的新故事》。"

冰玉笑道："好的,虽然我不是才女,但是我很想知道我在你心中的样子。"

我说："你是一位翰墨含香、温柔美丽、灵魂里透着优雅的知性才女。你是第一位被我写进诗里的女生!"

冰玉笑道："看来我的优点还不少嘛!你竟然舍得用了这么多赞扬的定语。"

我想起《诗经》中的句子,笑道:"'白茅纯束,有女如玉。'为了取悦佳人,可以倾我所有!更何况你就是名副其实的'玉女'!"

冰玉说:"听你这么一说,我俩好像生活在茹毛饮血的原始社会,你将捕获到的心爱的猎物用白茅庄重地裹起来,赠送给我,我俩都成了蒙昧的类人猿了。"

我笑道:"原始人简单纯朴,没有现代人这么复杂多事。"

冰玉微笑着,责问道:"原文中是求婚的意思,你现在这样说太晚了!你当初在干什么的呢?"

我笑道:"当初我没有捕捉到猎物,手中没有资本,不敢求婚!"

冰玉笑道:"你好贫耶!我发现我们几十年的生活虽然平淡,却已经堆积了一个个精彩的故事。我现在有一种写作的欲望,很想记录下我们曾经真真切切的过往,留下我们在风雨中成熟蜕变的历练;将所有经历过的爱与恨都变成一首诗,一阕词,一篇散文,甚至一本书。"

我说:"是的,年轻时为赋新词强说愁,毕竟少了一份沉淀。老年时可能悟透了一切,就不再想诉说了。唯有感慨良多的中年,心中有无穷的话儿,却又不知从何说起。"

冰玉说:"《左传》上有'立德、立功和立言三不朽'之说。你是才子老大,应该可以三项兼备。"

我笑道:"惭愧,一无所长;不过写文章倒是可以一试。你说'所有经历过的爱与恨',难道你这样一位快乐的天仙,生活中还会有恨吗?"

冰玉盯着我的眼睛,认真地说:"曾经有一段时间,我特别'恨'某个人!"

我一愣,尴尬地一笑。

冰玉说:"你的QQ空间里空荡荡的,自始至终仅有十多年前的一段话,'不想诉说不是没有诉说,是因为伤口弥新,疤痕未旧;不想诉说是因为感慨太甚,心痛犹在;不想诉说是因为经历太多,悟性更高;不想诉说其实是难以诉说,无须诉说。'我经常读,每次都令我非常心酸。"

我说:"那是我生病卧床不起的时候写的,后来就再也没有诉说的愿望了。那一段时间,我应该是患了抑郁症。"

冰玉说:"难怪呢!你赶快把这几句话换掉吧,写一些欢快的话语。否则我每次看了,都要难受好多天。"

我说:"一定遵命。我不喜欢玩QQ,多少年都没有进过QQ空间了,所以就一直没有改动过。"

冰玉说:"人到中年,明白了世事的多变与无奈,拥有了不可为就不为的坦然。随缘随遇而安,适时适宜而处,事事顺其自然,时时懂得感恩,抛弃浮华幻想,无憾做人做事。"

我说:"好吧,闲暇时,我陪你一起回忆,记录曾经的欢乐。现在想想,好像我们之间只有欢笑,从来没有忧愁。"

冰玉叹了口气,看着我说:"只有没心没肺的人,才会没有忧愁。你没有为我忧愁过,我却为你忧愁过!"

我知道我又说错话了!夏蕴上次来南通时,也责怪我没心没肺,看来人到中年的我,反而没有年轻时细心了,抑或是对许多事情已经不那么特别在意了。

吃完早餐,我俩回到家里。

我说:"你要不要再睡一会儿?你早晨四点钟就起床了,太辛苦了。"

冰玉调皮地说:"看到你,我还能睡得着吗?"

我说:"调皮鬼啊,昨晚咋不告诉我你要来呢?万一我今天一早就离开南通了呢?"

冰玉笑道:"傻瓜,我昨晚不是已经暗示你了,真笨,咋就不跟我心有灵犀呢?"

我说:"知道呀,其实昨晚我已经明确邀请你了。"

冰玉说:"我也知道呀,所以我一早就来了;而且我是最擅长说走就走的!不像某些人,邀请他去上海,好难哪!"

我说:"你就是率性、洒脱的王子猷,随着性情而为!你已经实现了时间和交通的自由;而我,这两者都不具备。所以'大道如青天,我独不得出'。"

冰玉责怪道:"狡辩!不愿行动的理由有一百个,而愿意行动的理由只有一个。时间是挤出来的,你行动不方便,要去哪儿,我可以陪你呀。"

我看着冰玉,心中满是感动!未告直至的重逢,是一份惊喜;心通无言的期待,是一份默契;轻松自由的交往,是一份情缘;随意自然的问候,是一份思念。

人与人相处是需要缘分和懂得珍惜的!相互有缘、彼此珍惜的人走着走着,就走进了心里;而无缘又不懂得珍惜的人走着走着,就淡出了视线。

我说:"南通主要是一山、一水、一人。你最想看什么?"

冰玉笑道:"我最想看一人,就是才子老大。"

我说:"已经是糟老头了,早就看烦了吧?"

冰玉笑道:"目前还没有,以后就难说了!十年前,也是在'五一'节,我陪父母来南通旅游,曾经到过狼山,这次就不用去了;而且最主要的是,你的身体是根本不适合爬山的。"

我说:"十年前,我已经在南通了。"

冰玉说:"但是我没有你的消息呀!你毕业后就失踪了!我和夏蕴一直找你

未果,问小妹也不知道。你知道我有多牵挂吗?你咋就这么狠心呢?思念你的夜晚,我孤独地对月长叹,'夜月一帘幽梦,春风十里柔情,愁难断。'"

我心中满是愧疚!

冰玉看我一眼,眼含泪水,哽咽着说:"可惜'酒意诗情谁与共?泪融残粉花钿重。君应有语,却如离雁一去无影踪。渺万里层云,千山暮雪,只影向谁去'。"

我好感动,真没有想到她会如此关心挂念我!

冰玉说:"在狼山大势至菩萨面前,我虔诚地叩了九个头,在功德箱里投了一千元,真诚地祈祷你健康、快乐、幸福。现在若有可能,我愿意将我的健康分给你,分担你的痛苦!"

我的心灵受到极大的震撼!我何德何能,让一个人如此牵挂、担忧,不计回报地愿意为我付出?

冰玉说:"每年的相识纪念日,我都会想起你!每隔五年,我就会写一篇文章留作纪念,上次发给你的是我写的第五篇文章。你呢?总共就为我写过一篇文章吧?"

我愧疚万分,无言以对!

冰玉念道:"长情短恨难凭寄,枉费红笺。试拂么弦。却恐琴心可暗传。"

我知道,这是出自宋代词人晏几道的《采桑子》。我设想冰玉写文章时的思念和弹琴时的寂寞,她在心中一定骂了我无数遍的"无情"!

我无比惭愧地说:"真是对不起!"

冰玉说:"你不用对不起,我能理解你!生活中如此多的磕磕绊绊折磨着你,你根本没有心情和精力回忆我们曾经的相处!"冰玉看着我,眼泪又在眼眶里打转。

我说:"你不要为我难过了,谁的生活都不是一帆风顺的,多一些挫折才能成熟。你回去后,将所有的纪念文章都发给我看看。"

冰玉点点头,泪珠直下。我递给她一份纸巾。

冰玉问道:"你这两天和蕴儿联系了吗?"

我说:"蕴儿去澳洲进行专业交流了。"

冰玉说:"大聚会的时候,我比你早一天到学校。当天晚上睡在蕴儿家里的,我俩几乎一夜未眠,感慨无限。她'五一'节离婚,国庆节就放下所有的骄傲和尊严,来南通找你。你真觉得这两件事情之间毫无关系吗?"

我沉默无语。

冰玉说:"你不觉得你要负责任吗?我一直以为你毕业留校,然后和蕴儿结婚是顺理成章的事情。傻瓜都能看出她对你的感情,可惜你却当了逃兵。"

我说:"我承认我确实有责任,我欠蕴儿的情这辈子也无法还清了!但是我当年极为自卑,在你们面前总有一种低人一等的感觉,你们都是高高在上的仙女。"

冰玉惊讶地说:"你竟然会自卑?是因为身体呢,还是因为生长于农村呢?"

我说:"都有!对于一个贫穷的农家子弟来说,出身和生长的环境会限制他的见识和想象力,进而影响他的思维方式和处理事情的能力。"

冰玉说:"你好傻!出身只能决定你的起点,并不能决定你的终点,最终决定你命运的只有你自己。"

我说:"很明显,我和你们俩考虑问题的角度完全不一样,你们俩的家境决定了你们起点的高度。比如当年我上大学的时候,我家里还没有电视机,你完全可以想象我当时见识的贫乏!我们之间的差距是显而易见的。"

冰玉说:"你家里虽然没有电视机,但是你的见识并不少,因为你读的书很多。"

我说:"其实上大学之前,我读的书并不多,因为贫乏的农村没有那么多书让我读,所以我非常珍惜大学里的空余时光,最喜欢泡在图书馆里看书。尤其是认识你之后,我更加发现自己知道的东西太少了。在你面前,我简直就是一个文盲,你就是一座高不可攀的知识丰碑。"

我还想进一步说明我拥有的社会资源和她们俩也无法相比,少得可怜;但是我突然发现没有必要说出来,因为我和她们俩根本就不是生活在同一个世界中。一个人可以故作清高地假装不在乎现实的差距,但是这些差距完全真切地存在着,制约着我们生活的方方面面,谁也无法回避。

冰玉说:"你一夸张起来就没有边际了。其实我们的三观是一致的,这足以让我们志同道合。何况我们嫌弃过你的身体吗?人食五谷,岂有不生病的道理?我们要是嫌弃你,我们能够相处得这么融洽吗?托尔斯泰说过,'每个人都会有缺陷,就像被上帝咬过的苹果,有的人缺陷比较大,正是因为上帝特别喜欢他的芬芳。'"

我说:"谢谢你真诚的安慰!但是我从来就没有对蕴儿动过心!"

冰玉紧紧地注视着我的眼睛,脱口而出:"那你对谁动过心呢?"

我心中涌起了一阵小小的波澜,但是我立即做了一个深呼吸,平静了一下心情。现在仔细想一想,我们确实能够成为志同道合的好朋友,甚至可以在一起共事,但是我们也许并不适宜真正生活在一起。

冰玉说:"美国作家、思想家梭罗说过,'时间决定你会在生命中遇见谁,你的心决定你希望谁出现在你的生命里,而你的行为决定最后谁能留下来。'"

我完全理解冰玉引用这段话的深意,分明是在强烈地谴责我当年的草率。

我故意语气平淡地说:"我当年自惭形秽,对谁都不敢动心!"

冰玉说:"我怎么感觉你是在撒谎呢,我真没有感觉到你的自卑!"

我说:"这说明我善于隐藏自己的内心。最近电视里热播的《人民的名义》你在看吗?"

冰玉说:"在看,很有现实意义。"

我说:"你仔细地体会一下草根出身的,只能靠自身努力去奋斗的李达康和祁同伟的心理,就能理解我那时的心情!每一个人的卑微都是有原因的,是由他成长的经历所决定的。"

冰玉心疼地注视着我,轻轻地说了一声:"我懂!"她的眼眶又湿润了!

心灵的相通不在于言语,而在于懂得。在感情的世界里,懂比爱更重要!懂,才是知音,才是心有灵犀,才能在对方的一颦一笑中,直接感知到彼此的思想和情感!懂你未曾言明的话外之音,懂你欢笑背后隐藏的心酸,懂你就如同懂我自己。你若懂我,再苦再累也心甘情愿!

我坚强地笑道:"没事的,都过去了!"

冰玉说:"面对同一件事情,不同的人有不同的反应,决定我们行动的就是内在意识。"

我说:"这就是心理学上所说的'潜意识',它来自我们对以往经历的总体印象,决定着我们对待事物的态度和观念,控制着我们的行为,从而影响着我们的未来。"

冰玉说:"在我们的意识中,'有意识'只占5%,而'潜意识'占到95%,人的大部分行动是被'潜意识'控制着。见到美丽倾城的蕴儿,你想表白就是'有意识',而你所谓的自卑阻止了你表白就是'潜意识'。"

我调侃道:"你固执地以为我爱上了蕴儿就是你的'潜意识',其实只要你理智地分析一下,你会发现根本就不是这么回事。"

冰玉说:"你不愿意承认你爱蕴儿我能宽容,但是我要找你算账。蕴儿'五一'节离婚,到国庆节的时候,她还处在感情的低谷中,心中一定依然满是伤痛。她带着一颗破碎的心来找你,是希望你为她抚平心中的伤痕,给予她再生的能量。可是你竟然连她的伤痛都没有发现,你说你失责不失责?"

我心疼地说:"我发现了,询问她是什么原因,可是她一直不肯告诉我!"

冰玉说:"她那是不想让你分担她的痛苦,就像你不想让我分担你的痛苦一样!我好心疼蕴儿!"

我说:"你也不用过于担心,其实我们每个人都比自己想象的要坚强。当灾难来临之时,大多数人都能自己克服,何况还是一直好强的蕴儿呢?莫泊桑在书中写过这样的话,'人的脆弱和坚强都超过我们的想象。有时,我们可能脆弱得一句话就泪流满面,有时,也发现自己咬着牙走了很远的路。'"

冰玉说:"你是在安慰我,还是在安慰自己?我感觉你有些推卸责任的意思!"

我感觉脸上发烫,不好意思地说:"我没有推卸责任的意思,我承认我确实给蕴儿造成了很大的伤害。"

冰玉说:"你不要内疚了,其实我骂你是有些冤枉你了;但是不知道为啥,一想到蕴儿现在的样子,我就好想骂你。在蕴儿没有重新找到幸福之前,我可能会经常如此了。以后你最好少惹我生气,小心我这个火药桶。"

我说:"不敢,我还要留着老命慢慢过日子呢。"

冰玉温柔地说:"不骂你了,看你可怜兮兮悔恨的样子,我再也舍不得骂你了。《汉书·李寻传》有云:'既往不咎,来事之师也。'只要你能从中吸取教训,不再重蹈覆辙就行了。"

我调侃道:"如今年纪大了,我根本没有机会重蹈覆辙了。"

冰玉笑道:"那可不一定,没准你又焕发了第二春呢!"

我们都笑了。

我故意转换话题,笑道:"回想上学的时候,我和你们两位美女在一起是何等快乐呀!"

冰玉说:"是的,那时我们三人总是形影不离,你们班上的美女们还吃醋呢。天禧和蒟芘一看到我和蕴儿就横眉竖眼的,没有好脸色。现在想想,真好玩,就是太孩子气了。蕴儿说她有一次差点和你们班的美女们吵起来。"

我说:"你俩太会夸张了,根本就是没有影子的事情。"

冰玉说:"席慕蓉在《青春》里说:'青春是一本太仓促的书。'确实如此!"

我说:"可惜我们无法回过头去,将这本书重新润饰一下!"

冰玉说:"要是时光能倒流,我们也许会做另一番选择!你后悔吗?"

我摇摇头,淡淡地说:"其实一切都有定数。"

如果时光真能倒流,我也许会轻装上阵,放松一些,不让自己活得这么沉重;灵活一点,我会到处走走,什么都试试,干一些自己真正喜欢的事情。但是时光并不能倒流,许多事情也不能自由选择。当然我们还会犯各种各样的错误,这是成长的必然代价。

冰玉说:"一说到关键话题,你就不肯说真话。你如何看待以前的自己?"

我说:"不是十分满意,但是也正是当时经历了一个个不满意,才最终形成了

现在的自己。人生路上的每一步都是必需的。"

冰玉说:"你没有跟我说实话,你的内心总是围着一道既敏感又严密的墙,不让我进入。如今人到中年了,你总是说,你已经放下了;但是你的心扉为啥还是不能对我打开呢?"

我说:"已经对你打开了,你想问什么就尽管问吧。"

冰玉说:"算了,问了也是白问! 你还是告诉我游览的景点吧。"

我说:"等会儿,我们去啬园,也是张謇的墓园。晚上带你坐船游览濠河。明天去我的家乡如皋,到水绘园追思冒辟疆和董小宛的浪漫情怀。"

冰玉笑道:"你为什么要带我去墓地玩呢?"

我说:"你知道了张謇,就懂得了南通。在啬园里,能让人感受到张謇的救国思想、人文情怀、做人原则和处世哲学。可明理,可会意。不在张謇的雕塑前对先生瞻仰一番,就不能说知道了南通;同理,不在冒辟疆的雕塑前与之神交一番,就不能说到过水绘园。其实这三个地方,夏蕴上次来的时候都没有去看过。"

冰玉说:"你不是陪她游览过濠河的吗?"

我说:"你忘了她不是自小就怕水吗? 我俩只是在岸边走走,没有坐游船;其实在水中的感觉是完全不一样的。"

冰玉说:"好吧,一切都听从你的安排。"

我说:"你今天怎么这么乖呢?"

冰玉笑道:"你这是什么话? 在你这位睿智的老大面前,我一向都是很乖的,是个乖宝宝,好不好!"

我一看时间,已经九点多了。我说:"你一大早就来了,却被我浪费了两个小时的宝贵时光。"

冰玉说:"你这是本末颠倒! 出来走走就是因为这份喜悦的心情,和你聊天是浪费时间吗? 真傻!"

我笑道:"那么这三天,我俩就不要出去玩了,一直在家里聊天吧。"

冰玉说:"挺好呀,这就是我来看你的本意呀。"

心有灵犀者,可随意畅谈,也可无语凝望;可时常面晤,也可长期不见。心若相通,无言也默契;情若相依,千里也怜惜。

我说:"乖宝宝,我们不聊了,好吗? 我本来就又笨又俗,再聊下去就是老年痴呆了!"

冰玉笑道:"我昨天看到《柳叶刀》上刚刚发布的预防老年痴呆的九个方法:保护听力,戒烟,治疗抑郁症,控制高血压,定期检测血糖,坚持学习,参加社交活动,锻炼,保持健康的体重。你缺少的是锻炼和健康的体重。"

我笑道："我还有我家祖传的高血压,另外,我曾经应该患过抑郁症。"

冰玉笑道："你上次在我家时,说自己有抑郁症,我根本没有理你。现在仔细想想,你遭遇了很多的灾难,在人生低谷的时候,真有可能会有一段时间的抑郁。不过现在你已经渡过了生命的险滩,不会再抑郁了。"

我说："你现在的专业并不是心理学,但是你对心理学竟然如此精通!"

冰玉说："保证人们的精神心理健康才是人类的终极目标,是我们每个医务人员都必须认真关注的事情。"

我说："荫芃也跟我说过类似的话。看来你们这些高端人士都是站在生命保健的制高点,俯视人间的疾苦。"

冰玉说："所以为了不让你痴呆,我们还是出去走走吧,去亲近大自然,呼吸一下新鲜空气,给你的脑子里补充一些醒脑的氧气。适当运动,既能控制你的血压,也能陶冶你的情操。说不定还会有'艳遇'呢,据说'艳遇'对抑郁症也有治疗作用!"

我笑道："看到你,我什么抑郁症都没有了!"

冰玉笑道："那就好!看来我还是挺受欢迎的!"

我们上车了,冰玉的车子内部的空间很大,坐着挺舒服。车内有一股特别的清香,似花香,似茶香,又似檀香,沁人心脾。嗅觉的愉悦最容易让人放松心理防范,与身边的人产生心灵的共鸣。

一路上,春风送暖,气候宜人。河边垂杨柳枝随风翩跹,柳絮漫天飞扬,水中倒影如画,百卉争妍,樱花、山桃花和蔷薇花次第开放,艳丽缤纷。花香鸟语,蝶舞蜂喧。

我念道："柳径无人,堕絮飞无影。卷絮风头寒欲尽。"

冰玉接着念道："坠粉飘红,日日香成阵。"

我寻思着,难得有机会与冰玉单独相处,她是名副其实的才女,是最佳的诗词老师,这正是向她学习讨教的最好时机。在这样一个春意盎然的春天,伴着这样一位满腹诗词歌赋的知性才女踏青,实在是一个陶冶情操、愉悦心性的绝佳机会。

借一阵风起的柔情,用一朵花开的温馨,把自己和冰玉溶化在平平仄仄的诗行里,游弋在长长短短的词阕中,在记忆的脉络里,为我俩相聚的默契,注入永恒。

我们到达蔷园门口,冰玉从车上拿了两瓶矿泉水和一把遮阳伞。阳光明媚,冰玉左手牵着我的手,右手举着伞。

粉色的伞面映着她粉色的上衣,好协调,好融洽自然。有一种'清水出芙蓉,

天然去雕饰'的意境。

粉色是我最喜欢的颜色，冰玉也最喜欢穿粉色和蓝色的衣服。

游人并不多，我俩站在菡园门牌的两侧，请一个小帅哥帮我们拍了合影。

看到照片，我有些震惊了！透过古老的门牌看到远处朦胧的山脊，起伏有序；近处芳草鲜美，落英缤纷。冰玉浅笑着，唇不点而红，眉不画而翠。春风吹拂，长长的秀发轻舞，白色的披肩飞扬。诗云"绝代有佳人，幽居在空谷"应该就是这种意境了。冰玉的风华绝代诠释了这亘古岁月的华美与神秘，人与自然达到最完美的融合，那么和谐，那么唯美，那么惊心！

整个画面宛如仙境，我这个俗人本来是不应该出现在这个画面里的，我突兀地闯入，完全破坏了整体的和谐。

冰玉看着照片，斜着头质问我："每次跟我拍照片，你都是这么严肃，我是老虎啊？不过还是挺有学者风范的。"

冰玉将照片发到大学同学的微信大群里，立即引来大家热烈的评论。

小晶说："才子佳人，美如仙境。才女笑得好灿烂，就是老大太严肃了。"

歌后说："郎才女貌，好般配耶！好羡慕，我也想出去玩。"

歌神说："'回眸一笑百媚生，六宫粉黛无颜色。'老大的魂又丢了，大家快帮忙找找。"

小燕子说："不用找，藏在大才女的心里呢！"

茵苊说："难怪老大不参加我们班的聚会，原来是被外班的美女迷住了。"

天禧说："可恨！可恶！该打！该杀！"

书记说："老大呀，我提醒你应该多买几份人身意外保险，某位美女总是想杀了你。"

我说："不用那么麻烦了，我早就已经是九死一生了。"

黑胖说："老大，你碗里的珍馐佳肴太多了，可怜一下我碗里的青菜汤吧！"

我说："看来你小子的眼睛还是一直盯在锅里呀？"

大家都笑了。

冰玉问道："什么意思？"

我告诉冰玉在年级大聚会时，我和黑胖关于吃着碗里和望着锅里，美味佳肴和青菜汤的调侃。

冰玉笑道："你们男生真粗俗！"

一声翠鸟的清脆鸣叫声传遍了园林，让人感受到一种特别的意境。我念道："蝉噪林逾静，鸟鸣山更幽。"

冰玉笑道："此情此景，很确切！你倒是雅俗共赏，一个俗人一转身就变成了文人骚客。"

我笑道:"遇俗则俗,遇雅则雅!"

冰玉笑道:"很好!你还读过《南史》,还真是博览群书呀。我最欣赏其中的一句,'人生不得行胸怀,虽寿百岁犹为夭。'"

我也感慨道:"生命不在于长度,而在于宽度!"

我俩来到导游图前面,仔细确认最合适的游览路径。

我说:"这位清末状元,虽然原本乃一介书生,但是在国家面临内忧外患之时、山河破碎之际,却以单薄的身躯扛起了实业救国的大旗,改写了南通乃至中国的历史进程,创造了无数的第一,成为中国近代实业家、政治家、教育家。时势造英雄呀!毛主席曾经赞誉:中国早期的轻工业不能忘记海门的张謇。"

冰玉说:"张謇同时主张教育救国,对教育的贡献同样巨大,在全国创办了好多所大学,仅仅在我们上海就有复旦大学、海事大学、同济大学、海洋大学等。"

我说:"最令我感动的是,他为了办盲哑学校而在街头卖字筹款,那个场景一定是让人一望而立即觉得全身温暖!大师总是具有比常人更博大的胸怀!"

跨过小桥,到达海棠大道,正是海棠盛开的季节,三四米高,树干皮暗褐色,枝紫色、坚硬,树冠开张,应该属于湖北海棠。枝条茂密,花色艳丽,花姿潇洒,花开似锦,争奇斗艳,将整个大道装点得美丽妖娆,艳丽无比。莺歌蝶舞,一派晚春的胜景。置身树下,往上望去,似云霞万朵,绚丽夺目。

冰玉兴奋地说:"如此迷人的花海,太美啦!我最喜欢海棠!"

我说:"唐明皇和杨贵妃的'海棠春睡';《百花谱》中称之为'花中神仙';宋代海棠观赏种植达到鼎盛时期,称之为'百花之尊';玉兰、海棠、牡丹、桂花一同被喻为'玉堂富贵'。"

冰玉瞪我一眼,笑道:"俗!真俗!太俗了!说了这么多,最主要的内容竟然没有讲出来。海棠有很多寓意:温和,美丽,快乐,幸福;雅俗共赏,众生平等。古人称它为断肠花,以表达情侣离别时的离愁别绪。苦恋、失恋之人常以海棠花自喻。"

我恍然大悟:"难怪,上次蕴儿来时,自比海棠!可惜我孤陋寡闻,不知海棠有此深意!"

冰玉指着我的鼻子,不满地说:"又是你的'八爪鱼'!堂堂大才子,只记得俗不可耐的'玉堂富贵',却不知道海棠的淡雅高洁!蕴儿自比海棠,我心痛矣!"

我惭愧地说:"我本粗俗,不必多辩;但是没有能及时发现蕴儿当时万种情怀却难以言说的痛苦,确实是我的不是!"

冰玉说:"考你一下,在《红楼梦》六十三回《寿怡红群芳开夜宴》中,占花名儿

时,谁擎了一支'香梦沉醉'的海棠签?"

我说:"'只恐夜深花睡去',被黛玉有意调笑成'只恐石凉花睡去',自然是生性率真的湘云了。"

冰玉说:"为什么不是别人呢?"

我说:"湘云虽然出生于富贵,却在襁褓之间父母违,谁知娇养?好不容易嫁了一个两情相悦的才貌仙郎,却又早早离世。《乐中悲》唱词,'这是尘寰中消长数应当,何必枉悲伤?'"

冰玉说:"在三十七回《秋爽斋偶结海棠社》中,湘云的《白海棠和韵·其二》。你仔细想想。"

我念道:"花因喜洁难寻偶,人为悲秋易断魂。"

冰玉说:"在九十四回《宴海棠贾母赏花妖》中,枯死多年的海棠却在初冬的十一月份重新开花,如此违反自然规律的事情,众人皆以为怪,独贾母以为喜。果然当天,宝玉的'通灵宝玉'丢失,从此元妃薨逝,黛玉归天,得罪抄家,偌大的贾府树倒猢狲散了。"

我对冰玉佩服不已,自以为《红楼梦》读了几十遍,已经基本掌握了其大概,却不知道竟然还有这么多的内容并没有悟出来。也足见《红楼梦》是一本千古奇书,博大精深,仁者见仁,智者见智,穷极毕生精力亦难解其所有的真意!

我心悦诚服地说:"汝乃实至名归的大才女!从此后,在尊驾面前,我三缄其口,以免再次出丑。"

冰玉大笑道:"你太夸张了。"

冰玉就像一本百科全书,总能顺口就说出我不了解的知识。才气是女人最大的底气,满腹才学,胸有丘壑,自然会让人产生一种溢自心底的敬佩之情!

我帮冰玉拍了无数张立于花丛中的照片,她粉色的上衣和美丽的花朵融为一体,很有神韵。

我俩继续向前走,沿途两侧的一块块大石上,篆刻着好多张謇平时的语录,据说是其后人摘录于张謇的日记。

"静以修身,廉以养德。"

"天之生人也,与草木无异。若遗留一二有用事业,与草木同生,即不与草木同腐。"

……

先生确实是一位注重内心修养的大家,站在人性和良知的高度,用自己生命的光辉去温暖整个社会!

中午,天气渐渐热了。一个四十岁左右的环卫女工在炎热中清扫路面,皮肤黝黑，满脸汗水。冰玉从包里取出一瓶矿泉水递给她，并且真诚地说："谢谢你，辛苦了！"

女工十分感激，满脸红晕，连声道谢。

我心中默默地感动！曾经看过一篇文章《性格决定面相》，说美丽的容颜来自柔和善良的秉性。我相信这一定是很有道理的。

我说："受教了！善良不是对他人的施舍，而是尊重。"

冰玉说："愿我们每个个体的尊严都能得到他人的呵护！每一个为生存而打拼的人都值得我们尊敬。叔本华说过，'要尊重每一个人，不论他是何等卑微与可笑。要记住活在每个人身上的是和你我相同的性灵。'"

我心生感叹，冰玉悟出了善良的最高境界！一个人，不论他的身份地位有多高，都应该平等谦和地对待身边的每一个人。一个人越是谦卑，就越是高贵。文化学者朱大可说过，"教养是所有财富中最昂贵的一种。"

转弯向南，我俩进入枫树大道，一片鲜亮的绿色，极为亮眼。

我故意说："四月的枫叶竟然是如此的绿嫩，记忆中应该是一片殷红。"

冰玉责怪道："傻瓜！那是秋天的枫叶。"

随即，冰玉醒悟过来，大笑道："可恨的糟老头子，原来你是在逗我玩呢！"

我说："枫树是落叶乔木，属于槭树科。眼前这些枫树从形态上看，应该是鸡爪枫。现在的叶子是深绿色，秋季渐渐变成红色或黄色。"

冰玉说："对的，枫树品种很多，具有观赏价值的还有元宝枫、茶条槭、曲皮槭、建始槭、分叶槭等。枫树还具有药用价值，比如枫树的根具有祛风止痛的功效。你的关节炎发作的时候，用枫树根熬水服用，会有消炎止痛的效果。"

我说："看来你是中西医融会贯通呀，真心佩服！"

冰玉说："我特别喜欢红枫叶，用它做书签有一种自然与人文相互融合的意境。"

我说："枫叶的寓意是坚毅，也特别符合你的性格。有一个美好的传说，枫叶落下时能接住的人会得到幸运。"

冰玉说："那么我们俩就都不是很幸运了！现在又不是落叶的秋天，哪能随随便便就接住落下的枫叶呢？"

我想起徐书信的《惜枫》，念道："枫红秋院锁，孤独好年华。"

冰玉接着念道："一夜霜风起，庭前尽落花。"

我说："能遇到你就已经是我此生最大的幸运，我没有其他的奢望了！"

冰玉感动地说："我也是！"

在报廊里，呈现着张謇的一些亲笔书稿的照片。

冰玉说:"张謇也是书法家,其字挺秀而雄强,洞达而平实,显现大家之风范。"

我赞叹道:"你真是什么都懂,佩服!"

冰玉说:"我爸爸正在研究南通特殊的文化现象。在近现代一百多年的历史上,一个中小城市,竟然出现了赵丹、赵无极、范曾、范扬、袁运甫、袁运生、王冬龄、徐累、周京新、冷冰川等一大批蜚声海内外的艺术大师,这是一起可喜的文化盛事,艺坛奇迹!"

我说:"难怪你对南通这么了解。"

文化长廊里有一言,"愿成一分一毫有用之事,不愿居八命九命可耻之官。"

我说:"张謇弃官回乡,实业救国,感觉他的内心有强烈的理想主义色彩。"

文化长廊里再有一言,"愿为小民尽稍有知见之心,不愿厕贵人更不值计较之气。"

冰玉说:"张謇出身农家,草根情结浓厚。这种草根情结和理想主义的融合是他后半生经营实业生涯的精神支柱。似官而非官,不居高位,却又有着很大的社会影响力,具有强烈的民族责任感。过强的理想主义既成就了他,也注定了他现实上的不顺。"

我说:"任何时期,政治清明、社会安定才是人民安居乐业的前提。"

再往前走,一个一身破衣的乞丐向我们作揖。冰玉立即平举着双手,恭敬地给了他二十元钱。

我好感动,一个人对低层民众的态度,体现了她最真实的人品和教养。世人大多是"一个富贵心,两只体面眼"。一些自我感觉良好的人绝对不会把地位低下的人放在眼里,即使在行善时,也是一副居高临下的施舍姿态。

我想起来,上个月,我的高中美女同学冬梅来我们医院看望病人,中午我请她去红美女附近的饭店吃饭。当她扶着我走在路上的时候,我们看到两位中年男性躺在路边,旁边一张纸上写着:因看病导致家贫,望好心人赐口饭吃。冬梅毫不犹豫,立即给了二十元人民币。

我当时也是非常感动!看来冰玉和冬梅一样,她们这些善良的女性,因为心灵美才会让她们的容貌显得更加美!确实是相由心生!

一个人的慈善行为只有出于对社会的感恩、对他人的爱心和关怀,才能焕发出人性的光辉。那些利用慈善来沽名钓誉和谋取利益的行为其实是伪善,不是真正的慈善。

我真诚地说:"玉儿呀,你确实是仙女,慈心普照!"

冰玉感叹说:"国家还不是很富裕,还有好多人生活在贫困线以下呀!"

我说:"是啊,只有全民都富裕了,才是实现了社会主义的根本目标!"

冰玉说:"小时候,我家附近也生活着好多穷苦人。看着他们在劳累中求生活,我真希望自己是一个惠泽万民的救世主,魔棒一挥,大家都过上了幸福生活。"

我说:"现在人的生活水平与以前相比,已经有了很大的改善了,至少能吃饱穿暖啦。你这颗普度众生的善心很令我感动!"

冰玉说:"上学时,你不也是经常有善心之举吗?"

我说:"但是我现在大多数时候,只救人之急需,却不救好吃懒惰的人;救身有残疾的人,不救身体健康却不干活的人。一个身体健康的人就这么觍着脸乞讨吗?"

冰玉说:"在穷人的世界里,有时候因为极度艰难,尊严就变得很脆弱。许多人不到万不得已也不会走这步路的。"

我说:"还是你说得对!我因为曾经受过乞讨者的骗,所以有些谨慎了。"

我看着那个乞丐在机灵地选择着乞讨的对象,目标大多是善良的女性和小孩,然后灵活地走到她们面前,分明就是一个职业乞讨者。我和冬梅上次遇到的那两个躺在地上的男人,也是一身发达的肌肉。

冰玉说:"不要因噎废食,既然是表达善意,就应当是无差别对待。"

我说:"我赞扬你的做法,但是我持保留意见,我发现自己没有你这么大度。我想起央视主持人董卿说过一句话,'愿我们的善良,都带点锋芒。'不能让别人一味地利用我们的善良,那其实是在助长居心不良者的恶。"

冰玉说:"你这话很有道理,但是我们对于一个乞讨者,没有必要这么警惕,仅仅是举手之劳,何乐而不为呢?"

我说:"好吧,我听你的!你身上的优点实在是太多,够我学一辈子了。"

冰玉调侃道:"那你就慢慢学吧!不用着急!"

我俩走到小溪边,躲在柳树阴下纳凉。时光简静,岁月温柔。冰玉坐于光洁的青石上,手捧清澈的溪水戏耍,好兴奋,如一个天真浪漫的少女。

虽然光阴荏苒,但是岁月并未在冰玉的身上留下明显的痕迹;而且在她浅笑嫣然的可爱容颜中,并不失深邃的思想和俏皮的幽默,确实是一位可爱的知性才女。

冰玉比以前更加爱笑了,看着她的笑容,让我也感受到一份特别的喜悦。每个人都有不为人知的辛酸,都有许多的不如意,重要的是以乐观的态度笑对生活,笑对人生,才能轻松地过好每一天。爱笑的人,运气总不会太差,因为笑容能赶走厄运。诗人顾城说过,"你笑着,使黑夜奔逃。"

我念道:"轻汗微微透碧纨,明朝端午浴芳兰。流香涨腻满晴川。彩线轻缠红玉臂,小符斜挂绿云鬟。佳人相见一千年。"

冰玉笑道:"还没有到端午节呢,你瞎说啥呀?"

我说:"佳人的美丽是一年四季都在,并非端阳独有。"

冰玉笑道:"为老不尊,懒得理你! 此处幽静,小桥流水,春风吹拂,芳草青青,松竹挺秀。若遇月圆之夜,于山石上驾琴弹奏,让悠悠琴声渡水穿林而去,岂不美哉?"

我说:"确实很有意境,美轮美奂。'独坐幽篁里,弹琴复长啸。深林人不知,明月来相照。'"

冰玉责怪道:"我又不做王维的清高独居之举,怎么会是'独坐'呢? 又怎么会是'人不知'呢? 难道你不陪在我的身边吗? 景色再怎么美,琴声再怎么妙,若没有知音在身旁,又有何意趣呢?"

我说:"我倒是很乐意陪佳人弹琴,只是我不懂音律,若是解错了音,会错了意,岂不是贻笑大方,成为某人的笑柄了吗?"

冰玉瞪我一眼,不高兴地说:"你这个土老帽确实特别讨厌,专门与我唱反调,真是大煞风景!"

我说:"我这个糟老头子思想枯萎了,跟不上你这位艺术女神的高雅节奏!"

冰玉从包里取出一瓶矿泉水,拧开瓶盖,递给我,笑道:"极为可恶的糟老头呀,你还是先补充一下生命之源吧! 不然你不仅思想会枯萎,你的生命也会枯萎!"

我喝着矿泉水,一股清凉透过心田。我笑道:"天仙洒甘露,老朽再少年。若能永相伴,夫复何所求?"

冰玉打了一下我的头,笑道:"你醒醒吧,看看后面,谁来了?"

我转头一看,一对新婚夫妇迎面走来,新郎高大勇猛,但是颈部一条长长的刀疤平添了一股杀气。新娘娇小美丽,温柔多情。两人的神情都非常幸福、安详。尽管新娘踩着五六厘米厚的高跟鞋,但是两人的身高依然相差较多,尤其从后面看过去,很不协调。

新人渐渐走远了。冰玉轻吟:"君为女萝草,妾作菟丝花。轻条不自引,为逐春风斜。百丈托远松,缠绵成一家。"

我说:"大才女,你给我就此打住,后面的不要再念了,会破坏意境,人家是新婚。"

冰玉看我一眼,调皮地说:"怎么了? 才子老大心虚了? 我就要念,'谁言会面易,各在青山崖。生子不知根,因谁共芬芳。'"

我无奈地笑笑，直接吟出最后两句："若识二草心，海潮亦可量。"

冰玉亦笑道："你这个海誓山盟表错对象了，还是回去对大嫂讲吧。"

我说："每个人都是多面性的！一向豪情万丈的诗仙李白不是也会有这种孤苦寂寞之时吗？成败相因，理不常泰，人生没有永恒。"

冰玉说："你又感怀了，做李煜之叹，'流水落花春去也，天上人间。'我不逗你了。你当初吸引我的原因之一就是，感情细腻丰富，性格内敛沉稳而不嚣张跋扈。当时那些刚入学的天之骄子们还真以为自己已经进入了象牙塔，骄傲得都不认识自己了。"

我笑道："我没有骄傲的资本，只能安分守己，本分做人。"

冰玉调侃道："你一直在认真地修炼自己，真不知道你将来是成为儒家万人敬仰的圣人呢？还是如道家羽化成仙呢？还是如释家涅槃成佛呢？"

我说："圣人高冷，仙家寂寞，佛家孤苦，皆不是我所向往的归途；唯有普通人的喜怒哀乐才是我崇尚的最真实、最自然的生活。"

冰玉点点头，赞赏道："很好，这样的生活才充满着无穷的情趣！"

我们掉头向北走，穿过游客中心，来到白鸽广场。成群的白鸽一起飞舞，极为壮观。我们驻足拍照，感觉自己和大自然完全融合在一起了。

我俩坐在石凳上，仰望着蓝天白云，春风拂面，有种莫名的感动！

我说："在钢筋混凝土的建筑中待久了，就会有一种窒息的感觉；需要适时地回归大自然，呼吸一下新鲜的空气，享受一下大自然的馈赠，才能获得再生的能量。"

冰玉说："真想一辈子就坐在这儿，望着蓝天飞鸟，面对着青山绿水，微风拂面，在四季变换中慢慢老去。"

我说："愿时光不老，玉儿青春永驻。"

冰玉哈哈大笑道："那不成了老妖精啦！"

突然，一个柔美而熟悉的声音从我身后传过来，喊着："大师兄！"

我回头一看，原来是我读研究生时的同班同学桂花，当时我俩学的是同一个专业。桂花生得花容月貌，被同学们公认为班花。真是人生无处不相逢！

桂花抓住我的双手摇晃着，兴奋地说："大师兄，真是你呀！好久不见了！"

桂花本是杭州人，西子湖畔的美女，硕士研究生毕业后留在大学里当老师。

我赶忙热情而且详细地做了介绍，两美女立即手拉着手，互相认真地注视着对方。

冰玉说："桂花小妹妹，你怎么生得这么漂亮呀！你看看这眼睛、脸蛋、皮肤、身材无一不是极致的！这么可爱迷人，我太喜欢你了！"

桂花说:"才女姐姐才是更漂亮的!能被我才华横溢的大师兄称为才女的绝对不可能是一般人呀!"

两人快乐热情地拥抱着,大有相见恨晚之意。

远处,桂花的几个美女同伴正在召唤她。

桂花靠近我,在我耳边悄悄地说:"大师兄,我好喜欢这位才女姐姐,你和她的关系可不一般哦,瞧她看你的眼神!小心我告诉大嫂耶!"

我笑道:"你别瞎说!好长时间不见了,你好像失踪了,也不来看看大哥大嫂,你还好意思说?"

桂花嗲嗲地说:"大师兄,不要生气嘛!忘了向你汇报了,我去加拿大渥太华大学学习了六个月,刚回来。下周末,你多准备一些好吃的,我一定过去向大嫂详细汇报我今天的所见所闻,到时候你可不要嫌我话多耶!"

我说:"来吧,下周末是我和你大嫂认识二十年的纪念日。"

桂花高兴地说:"太好了,二十年的爱情,太令我神往了。我一定要听一听你们二十年来的浪漫故事。"

桂花和我拉拉手,和冰玉再次热情地拥抱了一下,欢笑着走了。

冰玉笑着,学着桂花甜美的声音,嗲嗲地喊了一声:"大师兄!"

我学着冰玉的声音,喊了一声:"你好讨厌!"

冰玉大笑着说:"你俩的关系可不一般呀,看看她崇拜你的眼神和语气!没有想到,你还真有'艳遇'耶!"

我说:"你别乱说!你们女人都是这么过于敏感,你们俩说话的语气和内容竟然是一模一样的。"

冰玉调侃道:"说说你们之间的故事吧。"

我说:"报考研究生的时候,我原本考的是我们南京的母校,考试分数公布后,你大嫂建议我到南通来上学,说路近,来回方便。"

冰玉说:"大嫂说得很有道理。"

我说:"所以我就匆匆忙忙地赶到南通来参加面试,结果来晚了,不了解情况,正在一筹莫展的时候,素不相识的桂花竟然主动热情地帮助我,详细地告诉我面试流程和注意事项。"

冰玉说:"看得出,桂花确实是一个热心人。"

我说:"桂花比我小十岁,上学后,我就主动照顾她,所以我俩关系非常近。更何况她孤身一人留在南通,我自然就成了她最可依赖的兄长了。"

冰玉笑道:"你最喜欢充当美女的兄长!"

我亦笑道:"你别打岔!桂花说,她第一次见到我时,就感觉特别亲,好像故友重逢。她在工作中也帮了我不少忙。桂花说,在南通,我是她的唯一可以直接心灵交互的朋友。桂花和你大嫂相处极好,无话不说,是我家的常客,真正成了我们俩贴心的小妹妹!"

冰玉感动地说:"我发现你的优点越来越多了,时刻都能感知到你的优秀品质!"

我说:"你又笑我了。"

冰玉说:"我没有笑你!每一个与我们生命有交集的人,都是我们生命中的必然,是来帮助我们变成一个温暖的人、一个可爱的人。这样的生命中的贵人,值得我们永远记忆和珍惜。你有没有发现,有多少温润的情意,虽然饱经岁月的沧桑,却历久弥坚?"

我说:"是的,生活中总有一些不经意的温暖会悄悄地溢满了我们的心池!"

冰玉说:"小桂花生得这么美丽,性格如此温顺,声音特别甜美,真是人见人爱。"

我说:"那是!上学时,她可是全班人都特别呵护的小宝贝!"

冰玉说:"小桂花的美不亚于蕴儿,只是她们是两个类型,各有千秋。蕴儿是大家闺秀,桂花是小家碧玉。她们俩我都特别喜欢。"

我说:"而你在我眼中才是最完美的天仙!你总是非常傲气,我认识你这么多年,能被你真心赞扬的美女是凤毛麟角,今日实在是难得!"

冰玉说:"我俩价值观一致,你欣赏的人,我自然也欣赏。相信美好,就能遇见美好。董卿在《朗读者》第一期上说,从某种意义上来看,世间一切,都是遇见。春遇见冬,有了岁月;天遇见地,有了永恒;我遇见你,就有了快乐、温馨、思念和期盼。"

我说:"深有同感!时光荏苒,岁月深远。如果你心怀春花的美丽,便会遇到芬芳;如果你心怀夏日的火热,便会遭遇激情;如果你心怀秋果的沉甸,便会收获满满;如果你心怀冬雪的纯洁,便会身处静美。我遇见你,就有了乐趣、知音、诗意和牵挂。"

冰玉说:"心理学家麦基在《可怕的错觉中》说:'你看到的只是你想看到的。'当一个人内心充满某种情绪时,心中就会带上强烈的个人偏好暗示,继而会导致主体从客体中去佐证。"

我说:"你竟然上升到理论的高度,我同意你的观念。一个人相信什么,他的未来就会接近什么。"

冰玉说:"我俩三观一致,都相信世界是美好的,未来是美好的。"

我点点头。

冰玉说:"你认为决定人与人从最初的认识到深层交往的因素是什么。"

我说:"网上有一个流行的说法,我觉得很有道理。始于颜值,继于才华,合于性格,深于感情,终于人品,忠于慈悲。友情、爱情、婚姻都是如此。"

冰玉调侃道:"始于颜值?难道一直成熟而睿智的老大竟然也是这么肤浅吗?"

我笑道:"爱美之心,人皆有之,不可否认。比如我第一次见到你就被你迷住了,这就是其中一个原因。"

冰玉笑道:"撒谎!你要是只喜欢美女,就应该首先被蕴儿迷住。"

我说:"我讲的是颜值,不仅指容貌,还包括气质。我第一次与你相识的时候,你就吸引了我全部的注意力。既有外在美,又具有内秀。"

冰玉说:"那不就与'继于才华'重复了吗?"

我说:"才华不仅仅是指拥有的文化知识,还指各方面的才能和见识。"

冰玉说:"《周易》有云:'同声相应,同气相求。'所以'合于性格,深于感情,终于人品'都可以理解,那么'忠于慈悲'呢?"

我说:"慈悲就是将心比心,感同身受,就是懂得。两个人都拥有慈悲的心,如果再加上感情深厚,性格相投,人品互赏,三观一致,那就是知音了。"

冰玉说:"看来要成为知音真不容易,需要这么多的前提条件。"

我调侃道:"也许能否成为知音,颜值真不重要。我这个糟老头子不也成为你这位美貌佳人的知音了吗?"

冰玉笑道:"我认识你的时候,你是一位帅哥,否则就很难说了!"

我笑道:"看来你跟我一样,也很肤浅!"

我们都笑了。

冰玉说:"你一直认为我肤浅、不成熟。你说说怎样判断一个人成熟与否。"

我说:"你不要瞎说,我一直认为你是一个思想成熟的人。一个人是否成熟可以从他对事物的认知能力、处理事情的能力、待人接物的能力、对待感情的态度、控制情绪的能力、应对成功和挫折的能力等方面加以判断;而从这些方面看来,你确实比蕴儿更成熟。"

冰玉说:"遇事冷静,处变不惊。善待他人,将最好的态度留给家人。对感情慎重,不做情绪的奴隶。"

我说:"一个人不能很好地控制情绪,有时候是因为认识水平不足,是智商问题;有时候是情志不成熟,是情商问题。成熟的人一定能正确地认识自己的长处和不足,善于扬长避短,取长补短;而不是一被别人触及自己的短处,就恼羞成怒,火冒三丈。"

冰玉说："这其实就是一个人的修养。你的修养是足够了,一直是成熟冷静,我怎么骂你,你都不动肝火;而我的修养是很不够的,你要是冒犯了我,我肯定会'恼羞成怒,火冒三丈'。"

冰玉又把话扯到别的地方去了,分明又在骂我是"冷血动物",不懂得珍惜感情。

我故意笑道:"我一个土老帽岂敢冒犯你这位温顺随和的天仙呢?"

冰玉笑道:"还'温顺随和'呢?我听懂了你的弦外之音,责怪我嘴不饶人,厉害刻薄,一点也不温柔可爱!"

我笑道:"不敢!"

我们继续向东走,前面是张謇艺术馆,在一年前的元宵节,红美女陪我到这儿游玩过。

我说:"我的一位美女闺蜜曾经陪我来这里猜过灯谜,还得到不少的奖品呢。"

冰玉说:"由佳人陪着猜灯谜,极具文人雅意,是真正的红颜知己。"

我俩进门,工作人员小张看到我,高兴地说:"大医生好,猜谜高手又来了。可惜今天不是元宵节,没有灯谜。"

上次我们来玩的时候,热情的小张给我们详细介绍艺术馆的情况,与我们聊得非常愉快。小张二十五岁左右,是一个十分调皮的小伙子,开玩笑地询问我和红的关系,红说是兄妹。小张看到红非常细心地照料我,感动地说,你这个妹妹太细心了,将哥哥照顾得这么好!红笑道,对哥哥不好,对谁好呀?

小张说:"今天这位大美女不是我们本地人,感觉应该是从大都市来的,气质不凡。我再帮你们拍照片吧。"

上次小张主动帮我和红拍合影,我当时将合影发到高中同学微信群里。同学们都说好。阿浦说:"还真像一对亲兄妹,两人身高、体型、气质都差不多。"

小张帮我和冰玉拍了好多照片,他咬着我的耳朵,暧昧地说:"我敢肯定今天这位美女绝对不是你的真妹妹,她看你的眼神可不是那种单纯的兄妹情哟。"

我笑道:"你别乱说!我们是大学同学,自然也是兄妹。你没有听到她喊我老大吗?"

小张笑道:"其实上次来的美女也不像你的真妹妹,这两人都是你的红颜知己吧。"

我说:"都是好同学,都是好兄妹!"

小张热情地陪我们游览了整个艺术馆,馆内详细展示了张謇的生平事迹和他对中国民族工业的巨大贡献。

冰玉感叹地说:"张謇真不愧是'中国近代第一城'的缔造者。他为近代南通的发展做出了卓越的贡献,是南通人民的榜样和桥傲。"

我说:"张謇是在中国传统文化上诞生的状元,却成为中国现代化的开路先锋,这真是一个奇迹!这种华丽的转身是需要巨大的勇气和无畏的胆识的。"

冰玉说:"张謇成就了南通,也成就了中国早期的现代工业和教育。难怪大家都说,全国教育看江苏,江苏教育看南通。"

我们感谢小张的盛情陪同。出了艺术馆的门,冰玉问道:"你俩刚才在叽咕什么呢?"

我笑道:"小张说你看我的眼神不像我的真妹妹!"

冰玉笑道:"那像什么呢?"

我调侃道:"像我的老师,我是你的学生!"

冰玉说:"当我的学生,某人心中一定不服气哟!"

我笑道:"服,绝对服,口服心服!小张说你气质不凡,我深有同感。你看看这些照片,美景映衬佳人。'笔墨三千绘不尽万里云烟,捻指笔落画不尽梦里眉眼。'只有具有你这样灵动气质的人才是美丽的灵魂。"

冰玉笑道:"我发现你越来越贫了。明年元宵节,你去上海,我陪你去游览城隍庙,我好想再和你一起猜灯谜。"

我说:"深有同感。"

我们继续往前走,到处是盛开的郁金香,原来正好赶上了郁金香花展。一朵朵,亭亭玉立,美丽妖娆。有红黄白紫黑等多种颜色,按序排列,一眼望去,如一道道彩虹,绚烂美丽无比。

冰玉十分陶醉,兴奋地问道:"你了解郁金香吗?"

我说:"郁金香的原产地在南欧、西亚一直到东亚,十六世纪末,荷兰向外大推销时引进我国。因各地纬度不同而花期各异,大多数在3月下旬至5月上旬开花。"

冰玉说:"其实郁金香原本生长在中国天山。《本草纲目》中有记载,郁金香主治化湿辟秽,主脾胃湿浊,胸脘满闷,呕逆腹痛,口臭苔腻。"

我说:"很有道理,李白的诗《客中作》:'兰陵美酒郁金香,玉碗盛来琥珀光。但使主人能醉客,不知何处是他乡。'"

冰玉笑道:"你又乱说话,李白诗中的'郁金香'不是此处的郁金香,而是由郁金草泡制的鬯酒所散发出的芬芳的香气。"

我惊叹道:"博学多才的玉儿呀!我从此闭嘴,一开口就会出丑。"

冰玉笑道:"此花种于1554年从土耳其引入欧洲,从此风行。二战期间,荷兰闹饥荒,饥民就以郁金香的球状根茎为食,维持了性命,从此荷兰人就以郁金香作为国花。十六世纪之后在欧洲受到热捧,经过大量改良培育,现在有两千多个品种。"

路边每隔数米摆放着一盆盆单色的郁金香。我说:"脚下这一盆纯黄色,温馨雅致,我好喜欢,真想送给你。"

冰玉说:"不能乱送!不同的颜色、不同的数量代表不同的花语。红色代表我爱你,紫色代表忠贞的爱,黄色代表无望的爱,白色代表失去的爱,黑色代表忧郁的爱。1朵——心中只有你!3朵——我爱你!5朵——由衷欣赏!7朵——暗恋!9朵——长久的爱!你数一数是几朵。"

我一数,是7朵,又是黄色。我笑道:"我暗恋你,却是个无望的恋情!"

冰玉笑道:"又是你的'八爪鱼'!又乱说话,又出丑了吧!哎,你真暗恋过我吗?"

我笑道:"暗恋过!可惜'山有木兮木有枝,心悦君兮君不知'!"

冰玉笑道:"你就算了吧,你对最美丽、最迷人的大校花——蕴儿都没有动过心,怎么可能喜欢上我这个丑八怪呢?'假作真时真亦假?'"

我笑道:"'无为有处有还无!'信者有,不信者无。"

冰玉说:"我一直搞不清楚你到底是有,还是无!郁金香虽然美丽,但是其花朵含有毒碱,在此待上一两个小时后会头晕眼花,接触多了会出现毛发脱落,严重时有中毒表现。我们还是走吧。"

我说:"我真不知道关于郁金香的这么多知识,听君一席话,受益匪浅。"

冰玉笑道:"西方有一句箴言:'谁轻视郁金香,谁就是冒犯了上帝。'"

我故意立即用手在胸口划了一个十字,忏悔地说:"看来我冒犯了上帝!"

冰玉笑道:"你是无知,不是有意冒犯,上帝原谅你了。"

我俩在南边的桃树林里合了影,缤纷的桃花落了我俩满身。满园桃花一色红,摇枝飞芳戏春风。"桃之夭夭,灼灼其华。"桃花总是给我一直别样的感觉,如一位高雅柔情的女子,将美丽绽放在温暖的春风里。落红成阵,地面上铺了一层粉红的花瓣,我俩小心地挪动脚步,不忍踩碎这些美丽的小精灵。

我想起了林徽因的《一首桃花》,念道:"桃花,那一树的嫣红,像是春说的一句话;朵朵露凝的娇艳,是一些玲珑的字眼,一瓣瓣的光致,又是些柔的匀的吐息;含着笑,在有意无意间,生姿的顾盼。看,那一颤动在微风里,她又留下,淡淡的,在三月的薄唇边,一瞥,一瞥多情的痕迹!"

冰玉说:"你好像特别仰慕民国的才女们。那个特别的时代赋予了她们特别的灵性,一种直接与自然相互契合的感动和温暖!"

我说:"看到你,我不仅想起民国才女,而且想起了中国历史上更多的才女:婉约词宗李清照、豪情满怀蔡文姬、为情舍亲卓文君、道观绝唱鱼玄机等。"

冰玉笑道:"你哪里数得清古代的才女?第一女史笔班昭、巾帼不让须眉上官婉儿、巴蜀毓秀薛涛、回文诗集大成者苏蕙、柳絮之才谢道韫……"

我说:"我的见识太小,你说的这些才女中,我好多没有听说过。"

冰玉说:"我说的这些人更多的偏于才干,在历史上的名气不是很大;而你说的这些人既有旷世的才华,又有惊世的情感故事,是敢爱敢恨的典范,所以名声在外。看来你只注重具有丰富情感故事的才女!"

对于冰玉的调侃,我没有反驳,有才重情的女子,谁能不倾慕呢?

我叹息道:"可惜这些绝代风华都远去了!'人面不知何处去,桃花依旧笑春风。'"

冰玉笑道:"大才子思念起风华绝代的蕴儿啦?'有一美人兮,见之不忘。一日不见兮,思之如狂!'"

望着地上我俩手拉着手成双的影子,我用力握了一下冰玉的手,看着她的眼睛,笑道:"故人已去不可追,唯有珍惜眼前人!"

冰玉看我一眼,点点头,轻吟:"桃花桃叶乱纷纷,花绽新红叶凝碧。"

只为冰玉这眼眸潋滟的一瞥,便胜过了万紫千红。她这一句出自黛玉的《桃花行》,我接着念道:"雾裹烟封一万珠,烘楼照壁红模糊。"

冰玉笑道:"花谢花飞飞满天,红消香断有谁怜?"

这家伙真调皮,又改成了黛玉的《葬花词》,我故意调侃道:"柳丝榆夹自芳菲,哪管桃飘与李飞?"

冰玉瞪我一眼,假装生气地说:"自私的老大,你不管我了?"

我立即把合影给她看。冰玉说:"还是老毛病,你就是不笑。"

我说:"饿了,笑不起来了,我们出去吃饭吧!"

冰玉说:"泰戈尔说过,'纵然伤心,也不要愁眉不展,因为你不知道是谁会爱上你的笑容。'"

我想起冰玉在上次给我的信中说过,"时常在不经意间,想起君那清澈而坚定的眼神、爽朗而自信的笑声,我总是感到特别欣慰!"

我立即调侃道:"你会爱上我的笑容吗?"

冰玉一本正经地反问道:"你有笑容吗?我怎么从来没有见到过呀!"

我笑道:"没有这么夸张吧?我又不是一个怨世者!"

冰玉说:"我们在小卖部里买点东西吃吧,将就一下,省得你来回走了。我们仅仅游览了一半,还没有看到张謇的墓呢!"

我说:"谢谢你总是这么体谅关照我！就是太委屈你了。"

冰玉说:"我没事,减肥。我们下午早点回去吃晚饭。"

转头就看到烧烤乐园,一股烤肉的浓香飘过来,我下意识地吞了一下口水。

冰玉看着我,笑道:"馋虫,烧烤不能吃,容易致癌。"

按照冰玉的要求,我俩坐在蝴蝶湖边,分吃了一块十元的全麦面包,喝着矿泉水。

我很不好意思,实在是亏待了冰玉,但是我们坐在绿树成荫的青石上,脚下清澈的小溪水缓缓流过,春风拂面,感觉非常舒心,有一种回归自然的轻松、惬意。我望着漂浮在溪水上的花瓣,想起王维的《桃源行》,"春来遍是桃花水,不辨仙源何处寻。"其实生活很简单,只要有一颗快乐安逸的心,那么处处都是美丽的仙境。

冰玉欢快地说:"亲爱的老大,怎么样？我的提议好吧！省时！省力！方便快捷！环保低碳！"

我说:"最主要是省钱！"

冰玉笑道:"又俗了！"

我打开微信,大学同学微信群里好热闹。

黑胖说:"你们猜猜,老大和才女现在正在干什么呢？"

高个说:"这个还用猜吗？不就是那啥吗？"

大家都笑了。

冰玉说:"你俩不说话,会憋死啊？"

我立即将合影发过去。

小燕子说:"待到山花烂漫时,她在丛中笑。"

歌后问道:"才子哥为什么这么严肃呀？你欠才女姐姐的钱吗？"

冰玉调侃道:"我欠你家才子哥的钱,他总是担心我不还,一直板着脸。"

书记说:"老大不欠人家的钱,老大欠人家的情,老大欠人家的心！"

小妹说:"才子才女春风得意,三天赏尽南通花。"

我说:"得意不了,饥肠辘辘,正在啃面包呢！"

小仙女调皮地说:"你俩有精神食粮,哪里需要吃饭呀？一人两句诗词不就饱了吗！"

大家都笑了。

休息了一会儿,我感觉精力恢复了。我们查看游览图,南边还有梅林,东边还有百花园。冰玉说:"那边太远了,不去了,不能累坏了你。"

我们在附近的"环溪观鱼"景点观赏了各种奇特的鱼类,然后穿过茅亭、憩

亭,来到"张氏飨堂"。张氏飨堂是四合院式的古建筑,四周有回廊相连。进门的匾额是时任全国人大常委会副委员长的王光英先生所题的"万流景仰"四个大字,金漆行书,大气磅礴。

我俩仔细阅读两侧的楹联:导教育实业先河卅载中华溯开创,出经术文章余绪一言举国系安危。冰玉赞叹道:"此联将先生一生的事业概括得恰如其分!"

我们进入正厅内,见北墙上挂着一张张謇的古装照片。照片上方是著名政治活动家胡子昂先生书写的"万古流芳"的匾额,金碧辉煌。两侧竖联:经济文章大魁天下,勋名事业永留人间。我俩细看落款,是出自南通籍当代书法家秦能先生的手迹。

室内都是古色古香的家具,陈列着张謇的著作和后人撰写的关于张謇的各种传记,详尽地记载了张謇一生的丰功伟业。

我说:"先生确实很伟大,一生经济文章,为南通的建设立下了汗马功劳。"

冰玉点点头,称赞道:"伟人之所以伟大,是因为他有不同于凡人的壮举"。

出门后,我们沿着"临溪鹤影"的池塘边石子路,终于来到张謇墓园。

张謇生于1853年7月1日,卒于1926年8月24日。先生去世时,正是中国最混乱的各派军阀混战的时期!先生希望祖国强盛的梦想,当时还看不到曙光,该是非常遗憾了!

墓园是由四周的石雕栏杆围成的方形陵台,坐北朝南。墓茔位于陵台中央,墓茔北边是张謇的青铜塑像,呈站立位,眼望远方,高大庄严。

我俩立即肃然起敬,一起向着塑像和墓碑三鞠躬。我心中默默地和先生对话,"尊敬的先辈,您安息吧!如今之中华国富民强,人民安居乐业!"

建墓者遵照张謇的遗嘱,不铭不志。1966年墓茔遭遇严重破坏,塑像被毁坏,南通市人民政府于1983年在原址上重建。

我说:"先生的墓茔不铭不志,这是先生的睿智之举;亦如武则天的'无字碑',一切功过是非都由后人评说。"

冰玉说:"我个人觉得张謇的伟大还在于他对民众思想认识的改造。比如他捐资创办的全国最早的通州公立女子师范学校,在几千年封建帝制的中国,开创了女子接受正规教育的先河。从此,我们女性可以光明正大地接受文化的启蒙,脱离了'女子无才便是德'的蒙昧时代,成了半边天。"

我笑道:"你们女性现在何止是半边天,大半个江山都被你们占领了。你现在比我强了几百倍。"

冰玉笑道:"你又胡扯!你说真话,你觉得现在中国女性的地位到底怎么样?"

我说:"肖恩慈这样说:'中国女人们环顾四周,她们是最自由、最自强、最独立、最出色、最具有奋斗心、最辛苦的女人,她们比任何国家的女人都应该拥有更多尊重和掌声。'"

冰玉说:"所以中国女人的社会地位在国际上是领先的。"

我说:"但是我觉得因为中国社会上大男子主义的观念依然存在,所以中国女性还不能算是已经彻底解放了。"

冰玉说:"你举个例子。"

我说:"去年夏天,你大嫂在东北时的一个发小悦悦来上海开会,会议结束后,悦悦到南通来待了一周。悦悦从小就特别聪明能干,考上北京的大学,毕业后就留在北京,在北京成家立业,现在是一所高校的著名教授,业内专家,在学术界是出了名的女强人。先生是国家干部,儿子在名校上大学,可以说是人生得意的事情都被她占了。"

冰玉说:"你这个开场白渲染得很到位,然后呢?"

我笑道:"你确实很聪慧,与我心有灵犀,知道我的重点在后面。悦悦每天回到家里,洗衣、做饭、打扫卫生,柴米油盐酱醋茶的所有家务都是她一个人做的。先生就会整天张着嘴指挥她干活,从来不肯帮一点忙,而且还那么心安理得。儿子自然也是跟着爸爸学。门铃响了,儿子说,妈,来人了。先生跟她说,你赶快去开门呀。悦悦在家里,整个就是一个老妈子,还没有人同情,都觉得她做这些事情完全是应该的。"

冰玉说:"悦悦自己也有问题,为什么不表示不满呢?凭啥这么辛苦?人与人都是平等的,家务就该由家里人一起承担。"

我说:"先生是北京人,男性观念很强,又是一位官老爷,你反抗有用吗?儿子是独生子,是少爷,自然也是衣来伸手,饭来张口。"

冰玉说:"那就请保姆嘛,又不是没有条件!悦悦是教授,有自己辛苦的工作和事业。"

我说:"悦悦的先生不喜欢家中有外人,所以一直不肯请保姆。她先生有一种北京人与生俱来的优越感,而且悦悦当年能落实北京户口也有他的功劳,所以在他看来,悦悦为家庭所做的一切都是应该的,分内之事,根本没有什么好抱怨的。"

冰玉说:"真是不可理喻!看来虽然新中国已经成立这么多年了,但是思想观念的解放确实是一件非常困难的事情,整个社会真正摆脱'男尊女卑'的封建观念还需要很长的一段时间。"

我说:"悦悦在我家一周,几乎没有出去玩,她说要好好休息一下。你大嫂就

一直陪她聊天。悦悦说,平时身边也没有一个可以诉苦的贴心人。同事之间都是利益关系,根本不能交心。闺蜜之间都在相互攀比,整天在秀幸福,秀恩爱。她心中的这份委屈就只能跟关系最铁的发小说一说了,因为只有发小才不会笑话她。悦悦的先生让她开完会早点回去,她却故意在我家待了一周,一是与发小叙旧,在一个新环境中,改善一下心情;二是让平时劳累的身体适当休息一下;三是让他们父子俩感受一下她不在家时,他们自己生活的不容易,体会一下她常年劳作的辛苦。"

冰玉说:"现代人活着都不容易,痛苦都必须闷在心里,却又要将最光鲜靓丽的一面呈现在世人面前;而职场女人更辛苦,既要在外奋斗,挣钱养家糊口,又要在家生儿育女,操持家务,柴米油盐酱醋茶。凭什么'好女人'就得会忍?都是她们自己惯出男人的这种臭毛病!所以有句话说得非常深刻,'只有好人才会得抑郁症!'"

我说:"我在网上看到这样一句话,'在婚姻生活里,女人有多勤快,就有多委屈。'不过我觉得像悦悦先生这样的情况应该是北京人中的少数现象,而且大男子主义的思想也不是北京人独有的;但是据说你们上海女人已经彻底解放了,甚至已经开始领导男性了。"

冰玉说:"你可真能胡扯!"

我说:"看到你和学霸一股春风得意的样子,我觉得肯定是这样的。"

冰玉说:"你这纯属主观臆断!你的老毛病又犯了!"

我说:"你们上海男人特别温柔,据说你们上海男人都会干家务,还特别知道疼老婆。你先生又是外地人,你在家中的地位一定是尊贵的女王吧?"

冰玉不满地说:"看你这说的是什么话呀!我先生是外地人,难道我就会欺负他吗?我家是男女平等,家务平摊,我们从来没有为这种事情产生过任何矛盾。"

我笑道:"你别着急,我跟你开玩笑呢!我相信你们上海人的思想观念一定是开放而包容的。"

冰玉说:"不过,凭着学霸的管理能力,我相信她在家里一定是领导。"

我说:"西方人讲民主,估计她先生应该不会让学霸这么霸道的。"

冰玉说:"你不知道情况,别乱说。我见过学霸的美国先生,他看学霸的眼神里全是爱,自然事事都会让着学霸的。"

我说:"西方人表达爱的方式总是直露无遗的!难怪上次我在学霸家里,看到学霸家的全家福照片,她是那么幸福!原来被爱沐浴着的女人才是最幸福的!"

冰玉说:"但是从学霸看她先生的眼神分析,我觉得她先生爱她超过了她爱她先生。"

看来女人的直觉真准!尽管冰玉并不知道学霸和王子的事情,而且仅仅就见过学霸的先生一面,竟然就能做出这么准确的判断,果然是精通心理学的,让我不得不刮目相看!

我突然有些惊慌,冰玉该不会也知道我心中的想法吧?如果冰玉知道了我曾经偷偷地喜欢过她,她会是一种什么样的反应呢?首先脸上一定是我熟悉的那种不屑的表情,然后会觉得我特别好笑?滑稽?不自量力?癞蛤蟆想吃天鹅肉?反正不会是惊喜、幸福或者感动!

冰玉说:"我很好奇,在你们家里,到底是谁做主呢?又是谁做家务呢?"

我说:"我们家也是男女平等,而且因为我们俩都不方便,所以结婚以后,我们都是抢着做家务,都希望自己能多承担一些,让对方能轻松一些;但是近几年我的体力逐渐衰退了,所以我做的家务越来越少,你大嫂辛苦了!我真是惭愧呀!"

冰玉难过地说:"可惜我们两家不住在一起,否则我就能经常帮你们的忙了!"

我说:"谢谢你,真不用帮忙!现在有保姆做一顿中午饭,家中就我们两个人,也并没有多少家务事。"

我想起云云发小前几天也说过类似的话。上周末,我去南京开会。以前,我每次去南京,同学们都非常热情,兴师动众,让我感到极为过意不去,觉得欠了同学们太多的情谊,所以这一次我只告诉了云云一个人,并让她保密。没有想到云云特别热情地陪伴我,在南京一共吃了三顿饭,其中竟然有两顿饭是云云请的。离开南京的时候,云云坚持送我去车站,领了陪客证,送我上车,直到我坐到座位上,她才放心地离开了,随后又通知了住在南通的星姐和志红,让她们到车站接我。

云云和大家的这份热心让本不想麻烦别人的我心中更加感觉过意不去了!云云说:"可惜我在南京,我们不住在一起,否则我一定会好好照顾你们。"我的心中满是感动!一个总是被爱心包围着的人,心中一定是温暖的!

冰玉说:"你和大嫂一直是互敬互爱的,我相信你们的生活一定是虽苦犹甜。"

我说:"谢谢你诚挚的祝福!我们好像跑题了,还回到原来的话题上。张謇

先生认清了清朝末期封建帝制的腐朽性,毅然决然地弃官回家。学而优则仕,正是中国绝大多数文化人梦寐以求的,然而一个状元,竟然不留念官位,回家自己创业,其清高、胆识和见识在中国文化史上应该是第一人。"

冰玉说:"尽管时势造英雄,大丈夫也要相时而动,与时俱进。认清了封建帝制的腐朽性和袁世凯政府的倒行逆施,就毫不犹豫地弃官回家,举实业而救国,应该是非常有远见的。"

我说:"《周易》上说:'君子藏器于身,待时而动。'时机一到,因时而发。"

冰玉说:"时世是客观的,非主观人为的,所以我们任何时候都不能逆势而行。一代霸王项羽兵败垓下时,哀叹'时不利兮若奈何',何等悲壮,令人心痛!"

我说:"我们不管做任何事情,都应该事前做好充足的准备,等待时机;当机会来临之际,才能准确地抓住时机。《三国志》有云:'观古今之成败,能先见事机者,则恒受其福。'"

纪念堂内有好多名人的挽联。我俩一起追思。

第一联:讴歌淮海三千里;关系东南第一人。

我赞许道:"霸气,豪放!"

冰玉说:"大气,高远,意境极佳。最好的挽联就是实实在在地概括逝者一生的业绩、品性和遭遇,让熟悉的人一看就知道是在悼念谁。"

我说:"按照你的标准,此联不错:仕隐系兴亡,居然成邑成都,代养万民光上国;安危存语默,堪叹先知先觉,未完七策奠新邦。"

冰玉说:"此联甚好,将先生一生经营的大事和心愿都包括了。下一联也非常好:成败由天,毁誉由人,一生经济文章,都从实地做起;细行不矜,大德不逾,盖世功名事业,何堪浊浪淘来。"

我仔细品评这一联,人无完人!先生一生励精图治、鞠躬尽瘁,尚且不能得所有人之欢心,何况我等凡人庸者乎?

冰玉说:"不评了,在逝者面前妄论先辈们的挽联有些不够尊重和严肃。能够展现在此的都是值得我们追思和敬仰的。"

我们穿过小桥,进入牡丹园。唯有牡丹真国色,"自李唐来,世人盛爱牡丹。"但是牡丹的花期在五月中旬到六月份,现在还不到时候。

我俩进入对面的花卉中心,竟然发现落红满地,一派凋零。原来我们来晚了,这批的各种花盆都是因为上个月的花展而摆放的。一眼望去,满目疮痍。仅存的几朵也是残花败叶,让人不忍再看。

冰玉轻声地念道:"无可奈何花落去,似曾相识燕归来。小园香径独徘徊。"

我知道她又思念起夏蕴了!我劝解道:"落红不是无情物,化作春泥更护花。"

冰玉念道:"零落尘泥碾作尘,只有香如故。"

我说:"春去春又回,花落能再开。'蕴儿'即'好运儿'!我相信蕴儿好人终会有好运。"

冰玉说:"托你吉言,但愿如此。"

出门就是"荷风莲韵"景点,可惜现在不是欣赏荷花的季节。

我感叹道:"看来赏花如同做事,都要掌握好最佳的时机。太早了,时机不成熟;太晚了,机会已经过去了。人生又何尝不是如此呢?"

冰玉说:"《三国志》有云:'难得而易失者,时也;时至而不旋踵者,机也。'"

我说:"所以做事一定要'权不失机,功在速捷'。"

冰玉说:"确实如此,但是你也不要遗憾,我念一首东坡居士的激励诗给你听一下,'荷尽已无擎雨盖,菊残犹有傲霜枝。一年好景君须记,正是橙黄橘绿时。'"

这是苏轼赠给好友刘景文的诗,告诫好友困难和挫折都是暂时的,勉励好友任何时刻都不要意志消沉,而应该积极向上,锐意进取,永葆生命的本色。

我说:"谢谢你!说得太好了!事物都有正反两方面。'权变之时,固非一道能定。'"

冰玉念道:"予独爱莲之出淤泥而不染,濯清涟而不妖,中通外直,不蔓不枝,香远益清,亭亭净植。"

我说:"尤其是最后一句,'可远观而不可亵玩焉。'绝了!"

冰玉说:"周敦颐的这个描述,简直道尽了莲的所有风姿和神韵,前无古人,后无来者。果然'莲,花之君子者也'。"

我说:"寓情于物,以物言志,又富含哲理,令人叹为观止。"

冰玉说:"《菜根谭》中有句话,'势利纷华,不近者为洁,近之而不染者尤洁。'清高的老大就能在浊世中保持高洁的品性!"

我说:"惭愧!唯有冰玉才是冰清玉洁的!我这样的俗人,谈不上高洁。关于莲叶,我想起了李商隐的《宿骆氏亭寄怀崔雍崔衮》中有一句,你一定也是特别喜欢。"

冰玉说:"对的!'秋阴不散霜飞晚,留得枯荷听雨声。'知我者,老大也。"

我说:"宝玉嫌荷叶妨碍船行,欲让人清理掉,黛玉念了这一句,从此宝玉就爱上了残荷,再也舍不得清理了。"

冰玉说:"宝玉是爱屋及乌,只要是黛玉所爱,必然也为他所爱。"

我说:"我亦如是。某人爱听雨,亦为我所爱。可惜我听雨之后所发的感慨,

却被某人讥讽为'真假不分,老少颠倒!'"

冰玉笑道:"那两天我心情不好,正是有气没处撒的时候!你却在我面前故作高深,摆出一股悟透人生的高姿态,似乎已经'物我两忘,身心皆空',你说你讨厌不讨厌?"

我笑道:"就允许你们这些天仙悟透人生,我们凡夫俗子就不能偶尔也静悟一下吗?"

冰玉说:"你就慢慢'参悟'吧!小心不要误入歧途,走火入魔了!"

我说:"魔了也好,魔者无烦恼!你当时为什么心情不好呢?"

冰玉说:"情商真低!不愉快的事情能不能不提呀?"

我无话可说,心里好委屈,心想我这不是关心你嘛,真是不讲理。

冰玉看我一眼,笑道:"你一定又是在心里骂我不讲理了,那我就十分真诚地感谢你的关心,好了吧!"

我知道,她不愿意将不愉快的事情告诉我而影响我的心情,她只想与我分享快乐,其实我也是这么做的。

我感激地说:"谢谢你善良的用心!"

冰玉说:"彼此,彼此!"

我说:"你的敏捷和聪慧确实是百里挑一的。百花皆从浊泥起,唯有荷花清水生。"

冰玉不好意思地笑道:"谢谢大才子夸奖!你把我比作荷花,我非常乐意接受!"

我笑道:"只可远观……"

冰玉立即抢着说:"而不接地气也!"

我俩都笑了。

冰玉念道:"我已亭亭,无忧亦无惧。"

我知道这是席慕蓉的诗《莲的心事》里的句子,我故意调侃道:"你已灿烂,无我更辉煌。"

冰玉笑道:"你其实很讨厌,有你更心烦!"

我说:"《后汉书》有云:'夫爱之则不觉其过,恶之则不知其善。'"

冰玉说:"那你没有'过',全是'善'!真不害臊!"

我俩又笑了。

路边一簇鲜红的月季花盛开,花朵大而娇艳,赏心悦目。

冰玉说:"你不用再感慨时光易逝了!这是月季,又名'月月红'。花期很长,从上一年八月份一直开到第二年五月份。'只道花无十日红,此花无日不春风。'"

我说:"不错!现代人寄托月季的花语:美艳长新,持之以恒。谢谢你的鼓励!"

冰玉笑道:"我们共勉!"

走完池边铺着鹅卵石的小路,一转弯,我俩又回到了北大门。

我说:"你评价一下我们这一位'中国近代第一城'的缔造者。"

冰玉随口念道:"能文章以大魁天下,筹帷幄以威振殊方,兴学校以创导东南,重农商以开通海峤,缅怀先正,体用兼赅,上下三千年独成伟业;瞻外患则蛮貊连横,视内忧则烟尘扰攘,论国计则库藏困乏,言民生则杼柚空虚,环顾时艰,仔肩谁任,纵横九万里痛失斯人。"

我大为惊骇,这分明是最后一位悼念者李中一大师书写的挽联,也是字数最多的一联,一共98个字。我随便浏览了一眼,只看清其大意。冰玉仔细看了一遍,竟然就完全记住了。此等超强的记忆之能,我实在是望尘莫及。

我赞许道:"大才女呀,我早就知道你有过目不忘之能,但是直到今日才能有幸亲见。你让我大开眼界,非仰视不能见大师全貌也。从此后,佩服之至,五体投地!"

冰玉笑道:"小把戏而已。小时候,我父母亲经常这样训练我,长大以后多年未试了。今日高兴,偶一用心,竟然成功。你亦不错,随意看了一眼,就能有些印象。"

我说:"惭愧,好歹瞄了一眼,不然你这一段长篇大论岂不将我坠入云里雾里乎?"

冰玉说:"其实你的记忆力并不比我逊色,我仅仅能记住一些文学方面的名句,你却能记住许多学科的内容。上学时,我最喜欢听你演讲,古今中外的经典,你是如数家珍。"

我说:"见笑了!那个时候太肤浅,喜欢卖弄而已。"

冰玉说:"能卖弄也是一种能耐,必须有丰厚的知识基础和自己独立的思想认识!我最敬重张謇作为文人所具有的'独立之精神,自由之思想'。"

我说:"这是民国大师陈寅恪为王国维书写的碑文中的句子,成了'五四'精神的高度概括。我辈当以之作为人生的目标,思想的自由才是真正的自由。"

回程的路上,感觉有些饿了,我们直奔饭店。

"山气日夕佳,飞鸟相与还。"我们向西走,追逐着那一轮绚烂的夕阳,是那样的美好,令人不舍,就用我们不老的真情,将这片美丽迷人的夕阳永远珍藏在我们的记忆里。

冰玉兴奋地念道："晴山看不厌,流水何趣长。日晚催归骑,钟声下夕阳。"

这是唐代诗人钱起的诗句,我真诚地说："只因有佳人,陪伴在身旁!"

冰玉笑道："你好喜欢贫嘴!如果现在有彩虹就更好了,夕阳伴着彩虹,那种罕见的胜景一定能惊艳你的眼球。"

我说："不要得陇望蜀,这片夕阳已经够美丽的了。彩虹大多出现在雨后天晴之时,今天没有下雨,不太可能出现彩虹。"

冰玉笑道："万事不可绝对!从天文学上讲,只要空气中有水滴,光线经过折射和反射后,就可能形成彩虹,只是在雨后出现的可能性更大一些罢了。"

在冰玉这个不经意的回眸一笑中,我发现她眼神里那份曾经熟悉的青春的俏皮还在,依然还是那样的可爱而动人;但是我的青春岁月已经成了久别的记忆,我明显感觉到自己不再年轻了。人生的画册,已经翻过了浪漫的春、激情的夏,生命的季节已经到了恼人的秋天,收获不多,焦躁不少。青春岁月已过去,不惑之龄仍疑惑。

冰玉说："我喜欢夕阳,吝惜她最后绽放的美丽,夕阳无限好。你还记得上学时,你无数次陪我看夕阳的情景吗?"

我说："哪能记不得呀?那个时候,你把古今中外赞颂夕阳的诗词都念了一遍。"

冰玉说："上次二十年大聚会时,你再次陪我看夕阳,我好感动,仿佛又穿越到上学的时光!那么令人神往,令人迷恋!"

我说："当时我也是同样的感觉,真想再回到从前。"

冰玉转头看了我一眼,嫣然一笑,点点头,问道："你后悔了?"

我无法回答她的问话,只能故意转换话题,笑道："在我的印象中,你永远是光芒四射的朝阳,总是充满着青春活力,而我已经是日过正午啦,我俩的节奏差了一大截。"

冰玉笑道："糟老头子,等等我,那么着急干什么?"

我说："我先到天堂里提前为你占个位置。"

冰玉说："不需要,你说过我是仙女,天堂里本来就有我的位置,我俩一起去。你一向做什么事情都是比我慢半拍的!为什么见马克思却是这么着急呢?"

我说："你大嫂也是经常责怪我做事比她慢半拍,跟不上她的节奏;但是见马克思的事情是由不得我想慢就能慢的!我这个羸弱的身体,退休以后,再享受五六年的清静生活,我就非常满足啦!"

冰玉生气地说："你能不能不要胡说!退休以后,我们大家在一起再活三十年,应该是没有问题的。你上次对我的'五十年'的承诺呢?"

其实人生的下半场，拼的就是健康。我还想说我不希望年老之后过耳聋眼花的生活，但是看到冰玉板着脸，我就不敢再啰唆了。

途经南通体育馆的时候，我们看到无数的少男少女聚集在体育馆门口，人声鼎沸，一个个激动万分，兴奋无比。我远望门口巨幅广告牌上写着，今晚是国内某位著名歌星的演唱会。

我说："八点的演唱会，这些小孩这么早就来啦。"

冰玉说："你不懂，现在的小孩大多是追星族。这些疯狂的粉丝们，为了心中的偶像，可以抛家舍亲。我家楼上的一位上高中的小姑娘，为了见偶像，离家出走三个月，父母费尽精力才将她找回来。"

我说："我真不能理解。"

冰玉说："老大，你落伍了。你印象中的是远古社会：衣食不足，车马很慢，一生只够爱一个人；而如今的社会是：社交过度，美食泛滥，娱乐至死。"

我说："在《乌合之众》里有这样一句话，'人一到群体，智商就降低。'"

冰玉说："现在社会跟风现象非常严重，长此以往，在不久的将来，人们会失去自己独立的思考力和判断力。"

我说："最主要的是，一位歌星一个晚上的收入就远远超过我们普通人一辈子的薪水。年轻人自然非常渴望这样的奇迹能出现在自己身上。"

冰玉说："你知道的，那一位大字不识几个的'著名影星'，因为拍了几部电视剧，就聚集了巨额的财富。这种社会财富的畸形分配毁灭了公平，让人们的价值观出现了混乱，许多人已经不愿意再干实业了。"

我说："难怪许多暴富的明星都横着腿走路，目中无人，享受特权。在演艺界，吸毒犯罪的现象比比皆是，都是钱多闹的！"

冰玉说："这种瞬间就能名利双收的好事，对于没有辨别是非能力的孩子们来说，能不为之疯狂吗？"

我说："完了，孩子们的价值观被颠覆了！这样下去，我们的国家和民族还有希望吗？"

冰玉说："媒体舆论的误导，社会热点的错误宣传，让孩子们混淆了对人生价值的判断标准。"

我说："这两天那位'著名女星'巨额逃税的事件闹得全国沸沸扬扬，颠覆了人们守法纳税的做人底线，也对青少年的价值判断造成了极坏的影响。"

冰玉说："政府如果不及时采取措施，长此下去，国家的未来真令人担忧。各界有良知的人士已经在发文痛斥这种恶劣的品行了。"

下午四点半，我俩来到濠河边的西餐厅门口。

我们一下车，冰玉就突然兴奋地喊道："老大，你快看呀，真出现彩虹了，好美呀！"

我仰头一看，东方的天空中真出现了一道七色彩虹，窄而清晰，从上向下，依次是赤橙黄绿蓝靛紫，颜色鲜艳，绚烂夺目，与西方天空中的夕阳相互映照，美丽无比。

我笑道："你确实是天仙！天随你意，你要看彩虹，天上果然就出现了彩虹。"

冰玉说："你总是说，一切都是上苍最好的安排；但是我们不能坐等上苍来安排，需要我们自己积极主动争取，至少必须先有想法。"

我说："你说的话很有道理。谋事在人，成事在天。"

冰玉说："敢想，敢做，才会有最好的结果！"

我说："但是敢想和敢做的事情也必须是自己能力范围内的事情，否则就是好高骛远，不切实际。"

冰玉立即质问我："你不努力试一下，怎么知道是不是自己能力范围内的事情呢？许多事情表面上看来很困难，其实真正做起来，就会发现这些所谓的困难仅仅是我们自己的心理障碍而已；而且即使真有困难，应该相信，解决的方法总是比实际的困难多。"

我知道冰玉的话中另有深意，分明又在责怪我二十多年前的"草率"决定。

我故意不动声色，换了一个话题，笑道："《旧约》中这样说，上帝在天空中画了一道彩虹，提示诺亚，大洪水已经过去了，一切的厄运都结束了；所以见到彩虹，就预示着厄运已经过去了，美好的愿望就要实现了。"

冰玉说："在古老的玛雅经典中也有同样的描述，彩虹预示着地球毁灭后新世纪的来临。我俩今天一同见到彩虹，我希望你生命的第二个春天从此来临了！"

我说："非常感谢你的祝福！在日本神话中，彩虹是从天堂通向人间的桥梁，来到人间的第一个男人和第一个女人就是通过这座桥走下来的。你就是从彩虹上走下来的仙女，给我带来了无尽的欢乐和精神力量。"

冰玉笑道："但愿没有给你带来无尽的烦恼才好！"

我微笑着，念道："我欲穿花寻路，直入白云生处，浩气展虹霓。"

冰玉笑道："只恐花深里，红露湿人衣。"

我说："无妨！'坐玉石，倚玉枕，拂金徽。'"

冰玉说："你确实一直有黄庭坚的这种孤芳自赏、品高自洁的傲气！我就特别喜欢你这个性格！"

我调侃道："机会非常难得！你站过去，我帮你拍一张幸运照。"

冰玉说:"傻瓜,幸运不能独享! 我们俩一起和彩虹来一张合影,让苍天赐予我们俩永恒的幸福!"

我们请餐厅门口的美女服务员帮忙,留下了我们开怀大笑的一影。

冰玉看着照片,笑道:"很好! 彩虹在我们的正上方,一定能给我们带来好运! 尤其是你的笑容,才是完全出自内心的真正喜悦!"

我说:"跟仙女在一起,我能不真心喜悦吗?'从今把定春风笑,且作人间长寿仙。'"

冰玉点头微笑,抬头看到'水天堂西餐厅'的店名,忍不住大笑道:"好神奇呀! 你还真把我带到'天堂'里来了!"

我说:"我俩进去开怀畅饮,然后'醉舞下山去,明月逐人归'。"

我们来得太早了,没有其他顾客。冰玉选了一楼西侧临窗的座位。窗外残阳夕照,濠河两岸柳枝飘动,游人如织。

服务员过来,看着我,微笑道:"先生上次来过,也是这个位置。谢谢你们再次光临。"

我想起来了,这位就是上次主动为我们点蜡烛的小姑娘。我真诚地感谢她的热心。

我告诉冰玉:"真巧,我上次陪蕴儿喝咖啡也是在这个位置。"

冰玉说:"这不是巧,我知道你想她了!"

我点了全熟的牛排、火腿比萨、意大利肉酱面、茄汁排骨。

冰玉点了土豆泥、黑森林蛋糕、提拉米苏、蓝莓酱小饼干。

我要了两杯可乐。冰玉说:"我俩现在大吃一顿,你中午饿坏了吧?"

我笑道:"没有,秀色可餐!"

冰玉笑道:"你就会贫嘴。"

突然,餐厅里响起了熟悉的旋律,是经典老歌《走过咖啡屋》:每次走过这间咖啡屋,忍不住慢下了脚步……

我想起上学时,那一年的夏天,我们三人在一家"王子咖啡店"为夏蕴庆祝二十岁的生日。吃完生日蛋糕,喝完夏蕴自带的红酒,她们俩情绪高昂,兴奋地自唱自舞,青春靓丽,舞姿翩跹,长发飘动,纱裙飞舞,加上歌声柔美,悦耳动听,赢得咖啡店内所有人的热烈掌声。当时她们俩唱的就是这首歌曲。

光阴里的某些瞬间,经历时没有特别的感觉,事后回想起来,却令人思绪千回百转,终生难忘。

我俩碰杯,透过透明的玻璃杯,我们互视着对方的眼睛,一切都是这样的熟悉,亲切,仿佛又回到了二十多年前那段青春美好的时光。

我念道:"彩袖殷勤捧玉钟,当年拼却醉颜红。舞低杨柳楼心月,歌尽桃花扇底风。从别后,忆相逢,几回魂梦与君同。今宵剩把银钉照,犹恐相逢是梦中。"

冰玉用手指点了一下我的手背,笑道:"老大,这不是梦!夕阳穿窗,音律流转,你睁大眼睛看看吧,竖起耳朵听听吧!"

我念道:"美人微笑转星眸。月华羞,捧金瓯。歌扇萦风,吹散一春愁。"

冰玉说:"你有什么愁?说来与我听一听,我来替你解一解。"

我说:"美好的时光总是短暂的,真担心轻易失去。杨绛先生说过,'世间好物不坚牢,彩云易散琉璃脆。'我们永远不知道明早的阳光和无情的意外,哪个先到?"

冰玉将手压在我的手背上,怜惜地说:"不要多愁善感了,珍惜现在,快乐生活。"

我说:"有人说过,'好的东西,不是让人安,而是让人不安。'有许多好东西太容易生变了,比如爱情、容貌、幸福、健康等。"

冰玉说:"不要害怕失去,生活总在得失间。人生就是在一个个的取舍之间不断完善的。"

我说:"我不害怕,我已经满足了。我的这一生够幸运的了,人生没有长久,也不需要永恒。"

突然,外面濠河的灯光打开了,七彩斑斓,水波荡漾,美丽无比。我说:"我们去游览濠河吧。"

冰玉将吃剩的食品都打了包。我说:"这样很好,我也从来不允许浪费。"

冰玉说:"你吃得太少了,难怪你身体这么虚弱,真令人心痛不已!你上次在上海是怎么答应我的?"

出了门,春风吹拂,好清凉、舒坦。

路过旁边的风筝博物馆的时候,我说:"上次蕴儿来的时候,我带她在这里游览过。"

冰玉说:"你真是没心没肺!怎么能带蕴儿来这里呢?'郎心如纸鸢,断线随风去。愿得上林枝,为妾萦留住。'其实也不能怪你,因为你当时并不了解蕴儿的心情!"

我知道这是宋代许棐的诗《乐府二首》中的一首,另一首是:"妾心如镜面,一规秋水清。郎心如镜背,磨杀不分明。"都是表达郎心易变,妾心永恒之意!

冰玉说:"二十年前,你不告而别,就如同那断线的风筝永远随风而去了!"

我难过地说:"这确实是我的失误!蕴儿当时在这儿说的话和你现在说的话是同一个意思!"

冰玉说:"不走心的老大呀,你以后再慢慢忏悔吧!我们现在去游览濠河。"

我俩来到文化广场,游人如织。各种音乐声、歌舞声、叫卖声此起彼伏,热闹非凡。

站在美丽的濠河边,冰玉好激动,轻吟:"胜日寻芳泗水滨,无边光景一时新。等闲识得东风面,万紫千红总是春。"

这分明是一个灵魂里溢着香气的女子!

我指着月亮在水中的倒影,笑道:"杜甫有一句诗'江月去人只数尺',现在感觉真是如此,好神奇呀!"

冰玉说:"孟浩然在《宿建德江》中有一句与此类似,'野旷天低树,江清月近人。'就是这种奇特的意境。"

我感叹道:"古诗词的魅力真是无穷的,对景物的描写很有神韵,寓情于景更是特别传神。我根本写不出这么奇妙的佳句。"

冰玉说:"这并不奇怪,因为我们与古人所处的语言环境不同。数百年之后,我们也成了古人,后人读到我们的文章也会有一种古色古香的韵味。"

我俩打的来到"水上游客中心",买了票,我们登上水上巴士。游船开动了,游客们兴奋不已。我俩坐在最前面,视野极佳。沿着濠河两岸装饰的霓虹灯七彩斑斓,甚为迷人。船在水中行,人在画中游。

美女导游的声音甜美而清脆,对着扩音器,深情地介绍:濠河是南通古老的护城河,周朝显德五年始筑城,当时河长八公里。现在河长十公里,水面面积1080亩,水面最宽处215米,最窄处仅10米,是国内保留最为完整且位居城市中心的古老护城河,是五A级名胜风景区。

我说:"濠河水清如镜,宽窄有致,迂回荡漾,鸥飞鱼翔,是南通城的'翡翠项链'。"

冰玉说:"这个比喻新颖、贴切!"

船向西行,这一段河道位于古城的西北角,是濠河水面上最宽的一段,风起浪涌,很有气势。北侧临岸成片的芦苇,随风起伏,颇为壮观。

突然一阵野鸭的叫声传来,大家仔细搜寻,却看不到野鸭的身影,都隐藏在芦苇丛里。

冰玉好兴奋,连声说:"有趣,有趣!只闻鸭声,不见鸭影。"

我随口套用李清照的《如梦令》,念道:"天堂饮酒日暮,沉醉不知归路。乘兴濠河行舟,逼近芦苇边处。罪过,罪过,惊醒梦中鸥鹭。"

冰玉大笑道:"古人云,窃书不为偷,你是套词不须招呼。不过你反应很敏捷,套得也挺自然。"

我笑道:"就怕易安居士找我算账。我极其敬佩这位宋代最著名的女词人,'千古第一才女''词家一大宗'。你与她好有一比。"

冰玉嗔怒道:"你别胡说,羞死我了!李清照是我最佩服的女词人,千年以来,才女佳人无数,然而唯有她一直独居在文化的高峰,惊艳了时光,温柔了岁月。"

我赞同地说:"在那个男尊女卑的男权社会中,有几个女子能像她那样活得洒脱自然,个性奔放呢?尽管时光流逝,但是永远无法掩埋她光芒万丈的文采风流。"

冰玉说:"何况在那样一个山河破碎、风雨飘摇的年代,她能做到一身傲骨,巾帼不让须眉!'生当作人杰,死亦为鬼雄。'"

我故意说:"我知道你仰慕李清照的大气磅礴、才华横溢,她的词你都烂熟于心;而我却羡慕她与丈夫赵明诚的琴瑟和鸣,诗词传情。那一句千古绝唱震撼了古往今来多少有情人的心灵!'莫道不销魂,帘卷西风,人比黄花瘦。'"

冰玉不屑地说:"那个赵明诚根本就配不上李清照!他的文采平庸,最主要的是身为江宁知府,面对突然发生的兵变,竟然弃城夜逃,完全置国家的安危与百姓的死活于不顾,算什么大丈夫男子汉呢?"

我说:"这位'此花不与群花比'的一代才女,还真是没有男人能配得上她!"

冰玉调侃道:"某人当年不告而别,也有失男子汉的风范吧?"

我愧疚地说:"你就是'自是花中第一流'的李清照,我就是那位负国负民负佳人的赵明诚!"

冰玉笑道:"小气鬼,我就这么随口一说,你竟然还生气了!"

我知道她并不是随口一说,而是对我当年的不告而别一直耿耿于怀!

船左转,向南继续缓行,右侧出现了五座美丽典雅的古亭,通过曲桥连在一起。彩灯璀璨,倒映在水中,美不胜收。

冰玉激动地说:"真乃人间仙境也!若能世居于此,真不枉此生。"

美女导游提醒大家,从现在这个位置向前看,四季花园酒店是一艘满帆的船,后面的电视塔是高耸的桅杆,寓意"一帆风顺"。

大家往南望去,果真如此。船形的酒店彩灯四射,后面的电视塔顶的彩灯光芒万丈,一眼望去,甚为壮观、奇特。

冰玉激动地说:"真是奇观!美得让人窒息!"

我说:"今日的南通正如一艘扬帆远航的巨轮,正在追赶着你们上海大都市的脚步。"

继续南航,彩灯环绕的和平桥出现在眼前,半圆形的桥孔倒影在水下,形成一个个完整的光圈,令人迷恋忘返。船慢慢进入桥孔内,彩灯的色彩时时变幻,加上十多米长的桥孔形成的神奇回声,让人有一种身居天外世界的幻觉。

冰玉紧握着我的手,故作神秘地说:"外星人来了。"

我说:"外星人只喜欢美女,不喜欢糟老头子。"

冰玉笑道:"外星人最喜欢抓自以为是的老大。"

穿出桥孔,两岸是文化走廊,成排的大理石上雕刻着一幅幅南通不同发展时期的图画。文化广场的戏台上热剧正演,音乐喷泉也正在喷射,七彩的水雾随着优美的旋律变幻跌宕,上下翻飞。处处是欢声笑语,人声鼎沸,盛世华夏,歌舞升平。

冰玉眼含热泪,激动地说:"我们生在一个安定发展的年代!才子老大,我们该珍惜这样的幸福!"我点点头,满是感动!

游船左转,向东行驶,我们医院新盖的住院部大楼就在眼前。两幢大楼的外形都是船帆模样,高大耸立;沿着大楼外侧的轮廓装饰的彩灯晶莹明亮,非常赏心悦目。

美女导游介绍,前面两幢连体大楼,如同两艘满载着天使的巨轮,向着太阳升起的东方疾驰,是附属医院的综合大楼。

冰玉兴奋地说:"外观很壮观!你明天带我到里面去参观一下,好吗?"

我点点头,高兴地说:"那是自然,这本来就在我的计划之列。"

游船左转向北继续行驶,在左侧分叉向西的河道上,出现了钢铁结构的"世纪桥",如一把巨大的铁弓横跨在濠河两岸。

我说:"此桥将南岸1905年建成的张謇纪念馆和北岸2005年建造的城市博物馆连接在一起,整整跨越了一个世纪,所以命名'世纪桥'。"

冰玉说:"一个世纪,如此神奇。百年时光,滔滔濠河水,铸就了崇川福地的人杰地灵,书写了江海通城辉煌的现代史。"

我说:"濠河担负着防御、排涝、运输和饮用的重任,是真正的'城市脉络'。环绕濠河,坐落着众多的博物馆群,其中就有中国最早的博物馆——南通博物苑,上次带蕴儿参观过。濠河优美的自然风光和两岸古朴典雅的人文景观融为一体,千年来积淀的历史遗迹、园林艺术和乡俗风情奠定了濠河深厚凝重的文化底蕴。如今的南通又处于长江经济带和沿海经济带两大国家级经济发展战略的交汇点,一个现代化都市的崛起指日可待。南通全面接轨服务上海的大战略已经开始实施,高铁三年后通车,到那时我俩见面就更加方便快捷了。"

冰玉兴奋地说:"那敢情好!而且长江三角洲区域一体化发展并上升为国家战略,南通和上海这两座共潮而生的城市就要跨江融合为一体了,我们两家将成

为一家了。"

我说:"法国外长曾经称赞濠河之美胜过塞纳河,蕴儿也赞誉濠河之柔绝对不逊色于秦淮河。你觉得濠河夜景与黄浦江夜景相比,如何?"

冰玉说:"各有千秋!黄浦江热情豪放,如热情的美少妇;濠河温婉细腻,似羞涩的靓少女。"

望着激动又柔情的冰玉,我说:"你更是兼有两者之美,既热情大方,又美丽柔情。你简直就是一个不老的神话!"

从冰玉的身上,我感受到一种天生的高洁与优雅,女人的优雅是半开的花朵,没有恣意的夸张。在安宁恬淡的时光中,用诗意的情怀渲染了自己美好的生命姿态和从容释放的人生态度。好一位始终充满着生活情趣的柔情女性!

冰玉瞪我一眼,笑道:"懒得理你!我觉得美丽柔情的濠河与周围的亭台楼阁及塔榭坊馆相融成趣,浑然一体,确实就是一串绕在南通城上的璀璨项链,增添了南通的魅力和灵气。"

我念道:"春山多胜事,赏玩夜忘归。掬水月在手,弄花香满衣。"

冰玉接着念道:"兴来无远近,欲去惜芳菲。南望鸣钟处,楼台深翠微。"

八点多了,我们依依不舍地上岸。一轮上弦月挂在天空中,月明星稀。真是"千山同一月,万户尽皆春"。

我念道:"初月生明夜,婵娟映柳时。幽晖凝露叶,淡影弄风枝。写黛将开镜,停梭未理丝。弦调银指甲,佩曳翠腰肢。顾兔眠还起,惊乌舞乍欹。"

冰玉说:"这首等慈润公的《赋得新月柳》确实有一种特别的意境,我挺喜欢。"

我说:"可惜下阕我记不全了。"

冰玉轻吟:"一痕青眼媚,万缕素心知。濯濯俱盈手,纤纤互斗眉。攀条悲往事,流彩误佳期。偏照深闺梦,长牵故国思。关山正愁绝,莫向笛中吹。"

我赞许说:"真不愧是大才女,我望尘莫及。我们吃点东西,再回家吧?"

冰玉说:"我刚才吃撑了,还没有消化呢。你饿了吗?那我陪你去吃。"

我说:"我不饿,晚饭太早了,我担心你夜里会饿。"

冰玉说:"夜里要是饿了,不是还有打包的东西嘛。我们回家吧,出来一整天了,你肯定累了。"

一路上,我一直在犹豫。邀请冰玉住我家,家里太寒酸了;但是家里既然有客卧,却让她住宾馆,她会不会觉得我不够热情?

临近九点,我们到家了,冰玉从车子里取了行李箱,直接跟我进了家门。

我说:"你睡在我们的房间,客卧太小了,我过去睡。"

冰玉说："不用，不就是睡觉吗？要多大的地方干吗？古人云：'储水万担，用水一瓢；广厦千间，夜眠六尺；家财万贯，日食三餐。'"

我说："很好！我也是极简主义者，居住条件只要能满足基本的生活需求就可以了。"

冰玉说："温饱心安，富贵多忧。目中有光处处明，心内无事天地宽。"

我很感动，这样一位高傲的大都市高级白领竟然愿意挤在我家这么小的房间里。

我说："客卧里没有卫生间，你夜里不方便。"

冰玉说："别担心，我夜里一般不起夜。"

洗漱结束后，我开始感觉累了，上床依靠在床头。

冰玉坐在床的另一头，将手伸进被子里，摸摸我的腿说："今天你的腿脚不凉。我给你买的发热鞋垫，你用了吗？效果怎么样？"

我说："你赠送给我的'暖心牌'鞋垫，我岂有不用之理？我一直用到四月中旬才停止的。你温暖了我整个春天！"

冰玉深情地说："你温暖了我一生！"

我转移话题说："现在是谷雨的节气，春天快过去了，再过两天就立夏了，天气暖和啦，没有那么怕冷了。"

冰玉说："俗话说，清明断雪，谷雨断霜。天气确实暖和起来了。"

我说："春去夏来，光阴荏苒。"

冰玉念道："春归何处？寂寞无行路。若有人知春去处，唤取归来同住。"

我接着念道："春无踪迹谁知？除非问取黄鹂。"

冰玉笑道："我就是黄鹂！你昨晚不是说'山月不知心里事，水风空落眼前花'吗？又感慨'便纵有千种风情，更与何人说'？所以我就来了。你现在就跟我说说，你寄放在天涯的千万恨和藏在心中的万种风情吧！"

我说："一见佳人面，一笑解千愁，万事无忧矣！"

冰玉说："已经是'糟老头子'了，不要再为赋新词而强说愁啦。对于你，我现在只挂念你的身体，其他的事情我都很放心。"

我调侃道："对我失望了？知道我不能'成名成家'了？"

冰玉说："我知道你最不在乎名利！"

我说："其实你也不用挂念我的身体，许多事情就顺其自然吧。你感觉南通这个城市怎么样？"

冰玉说："南通城是长江三角洲地区最适宜人居的花园城市，被誉为中国的'教育之乡''文博之乡''体育之乡''长寿之乡''平安之乡'等。我很喜欢这个温

婉雅致却又充满着生机活力的城市。蕴儿喜欢南通吗?"

我说:"喜欢,非常喜欢。"

冰玉说:"傻瓜,那是因为有你在!因为一个人,来到一座城,也爱上了这座城!"

我心想,我们三个人都因为思念一个人,去了对方所在的城,因为这个城里有我们的牵挂!我回想起去年国庆节夏蕴来南通的时候,红美女对我说的话,"如果我孤身一人在那个城市出现,说明那个城市里一定有我的牵挂!"

冰玉说:"我知道你在想什么!这三座城市,你最喜欢哪一座?"

我说:"小时候,我特别喜欢上海,每次去上海,都不想离开。但是现在让我在上海、南京和南通三座城市之间选择,我会毫不犹豫选择南通。"

冰玉问道:"为什么呢?"

我说:"南通是一个具有悠久历史的文化古城,城市节奏不快不慢,尽管紧跟着你们上海大都市的步伐,却又没有那种特别紧张的节奏,生活舒适、惬意。《增广贤文》里有一句话,'闹里有钱,静处安身。'上海这种国际大都市适合创业,而南通这样的中小城市适宜安居。"

冰玉说:"你是一个恋旧的人,在一个城市待久了,就会产生感情。"

我说:"所以爱上一座城,并不一定都是因为一个人,或许是在乎某道特别的风景,或者是因为喜欢与自己内心相契合的某种特别的感觉。我确实是一个恋旧的人,在一个城市住久了,就会觉得自己与这个城市完全融合在一起了,真舍不得离开。"

冰玉说:"而我对一个城市的感觉正好与你相反,我在一个城市待久了,就想逃离。考大学的时候,我厌恶了上海,就想去一个历史悠久的古都看看。"

我调侃道:"难怪呢!你们大上海的学生都看不起外地的大学,一般不会考外地的学校。我一直很好奇,你这位大都市的丽人怎么会到我们落后的江苏上大学呢!"

冰玉笑道:"酸死了!当年不就是为了见你这位傲视天下的大才子,我才'流落'到你们'落后'的江苏嘛!"

我笑道:"愧不敢当,太荣幸了!希腊诗人卡瓦斯在《城市》里有一句话,'我一定能找到另一座更美丽的城市,另一片土地,另一片海洋,因为我在这里的每一次努力都笃定失败。'你其实是想领略一份新鲜感。"

冰玉说:"北京、西安太远,就跑到南京。南京确实具有厚重的历史,但是感觉节奏太慢了。"

我说:"在大家的心里,似乎远方才是我们的希望,其实并不然。当你在另一座城市的新鲜感一天天消失后,你会发现你眼里看到的还是一样的风景,你还是生活在与原来同样的街巷里。钱锺书的《围城》不仅指婚姻,而且指人生。当你跑出一座城之后,你会发现外面是一座更大的城,你仍然在城中。其实人一辈子都走不出自己内心的围城。"

冰玉说:"我不同意你这样的说法。米兰·昆德拉的长篇小说《生活在别处》中描绘的风景是多么令人神往呀!凡是不熟悉的地方,对于我们来说都是诱惑。旅行为我们打开了一个个全新的世界,可以遇见不一样的人,听到不一样的故事。"

我说:"仅仅诱惑于陌生和传说。其实旅行就是从你厌倦的城市到别人厌倦的城市。远方并不存在,或者就在我们心里。"

冰玉笑道:"睿智的老大呀,你要是早一点告诉我这些话,我就不用去寻找诗和远方了,你就是我的诗和远方!"

我笑道:"不敢!能安放心灵的地方就是我们的归处。热爱旅行的女人总是轻盈而灵动的,是灵魂里充满着香气的。其实我也有很浓的古都情结,可惜中国的九大古都,我只去过南京和北京两座城市。"

冰玉说:"我是一个特别热爱旅行的人,九大古都,我都去过,都有各自的特点。有空你和大嫂出去走走,感受一下各个城市的不同文化和风土人情。南通虽然是个中等城市,却也具有历史的沉淀和现代文明的兼容。近十年来,南通的发展非常迅速,与我上次来的时候相比,发生了巨大的变化。"

我说:"我的恋旧情结很重,在南京生活了五年,我真爱上了这座城市。毕业离校的前一天,我骑着自行车围绕市中心转了一圈,心中充满了不舍和依恋!"

冰玉说:"真是不舍这座城市吗?应该是不舍某个人吧?"

我想说我不舍的那个人那时也将离开这座城市,但是我微笑着,没有回答。

冰玉说:"你常去上海,自称上海好玩的地方你大多数已经玩过了;但是我敢肯定有一个地方,只要我一说,你就特别想去看看。大观园——1987版电视剧《红楼梦》拍摄的地方。"

我一听,立即挺直了腰板,兴趣盎然。

冰玉说:"我也没有去过,专门等着陪你一起去品鉴。"

我高兴地说:"太好了!一定专程去欣赏,绝不食言。我岳父是上海人,你大嫂也很喜欢上海。但是我和大嫂多次去上海,发现你们上海有的当地人很排外,经常会嫌弃我们是江北人。"

冰玉笑道:"只要我不嫌弃你是江北人就行了,哪个城市都有排外的现象。你管那么多的事情干什么。"

我的手机微信语音响起,夏蕴要跟我们视频。我打开微信视频,夏蕴正在悉尼街头欣赏夜景,背景挺热闹,充满异域风情。

夏蕴说:"你们这么早就回家了,如此美好的春色夜景,怎么不跟玉儿在外面好好地浪漫一下呢?"

冰玉靠到我这边来,笑着说:"如果你在就好了,我们三人一起浪漫。"

夏蕴惊叫道:"你们俩睡在一起啊?大嫂呢?"

冰玉故意说:"就睡在一起,你能怎么的?"

夏蕴不满地说:"知道我来不了,故意气我呢?"

我说:"你仔细记好路,不要跑丢了,回不了家啦。"

夏蕴说:"谢谢老大提醒!不会丢的,我来过几次了,熟悉的。"

冰玉笑道:"看看老大多关心你!你最好钓一个澳洲的金龟婿回来,一切就圆满了。"

夏蕴说:"我不喜欢与外国人一起生活,文化和习惯都不一样;唯有具有中国传统文化底蕴的人才能与我的内心情感相契合。"

冰玉笑道:"现在我的身边正好有一个这样的人,你快回来吧!"

夏蕴说:"所以你们二位继续缠绵吧,我不打扰你们了,良宵一刻值千金。前面好热闹,我去看看。"

夏蕴关了视频。

冰玉问道:"蕴儿上次来时,睡在哪里的?"

我说:"大嫂的发小睡在你睡的房间里,蕴儿住在你停车的宾馆里。我家经常有客人来,现在这位发小思思是小妹上次从上海送我回家的那天来的。"

冰玉说:"那她在你家住了两个多月了,这说明你们为人很好,所以别人才能在你家里长住下来。主雅客来勤!我可不习惯在别人家住这么长时间,也不习惯别人在我家住这么长时间。"

我说:"你大嫂的父辈们都是转业军人和知青,都是在新中国成立初期,从全国各地去了东北,在北大荒洒下了他们的青春和汗水,为刚刚成立的新中国的建设付出了满腔热血。和你大嫂一起长大的发小们之间感情真挚,友谊深厚。虽然后来大多数人回到了父母的原籍,但是一旦能相聚,彼此都是热泪盈眶,说不尽的千言万语。我每次都被感动得心潮起伏,激动无比!"

冰玉感动地说:"我完全能体会到大嫂和发小之间的深情!那是一份最纯洁、最美好的真情!老大呀,你这一生经历了太多的人和太多的事,经受了太多的不顺和苦难,也感受了特别的幸福和快乐。在你的脑海中堆满了人生的故事,但是从你的眼睛里却看不出一点波澜,这是一种多么高深的境界呀!"

我说:"你总是非常喜欢夸张！这一切其实很平常。"

冰玉说:"我特别羡慕你们丰富的人生经历,这是一份最宝贵的精神财富,非常值得珍藏。退休后,你们俩绝对应该各自写一部回忆录,记录下你们悲欢离合的过往、真真切切的人生。"

我说:"其实每个人的人生都不一样,都值得慢慢回忆。"

冰玉不说话,我知道她又在为夏蕴离婚的事情黯然神伤了！

我说:"你不要想太多了,这事对蕴儿来说也是一种解脱。"

冰玉说:"也许吧！有调查数据表明,那些主动选择离婚的人往往在离婚后过得更开心,而那些被动接受离婚的人在离婚后过得更不开心。你说蕴儿是主动呢,还是被动呢?"

我说:"其实她主观上早就想离婚,但是考虑到会影响女儿,就一直被动地凑合着。一个人对待婚姻的态度不可能像你说的这么纯粹。"

冰玉说:"所以我担心蕴儿走不出心里阴霾！"

我说:"蕴儿是一个坚强的人,我相信她能走出来。我曾经听到一位心理学家说过,从小生长在幸福家庭的孩子对苦难有一种天然的免疫力,因为苦难并没有在他心里留下阴影。"

冰玉默默地点点头,满眼的心疼！

我说:"况且对待这种事情,我们既然帮不上忙,就不要乱关心。"

冰玉说:"蕴儿以前说过,我们三个人好得像一个人。我们应该帮助她。"

我说:"你是一个善良热心的人,我特别理解你的心情;但是真正的高情商,就是不给人添堵。再亲密的关系都要保持适当的距离,否则就有可能带来伤害。无论何种感情,都不要造就负累和压力,那样就会产生牵绊、逃离,最终就会失去。在意,却不刻意;珍惜,却不增压。把握分寸,恰到好处。我们现在最恰当的做法就是什么也不做,让她自己调整,给她一个慢慢愈合伤口的时间。真正的关心和体贴应该是让人感觉不到的,润物细无声。"

冰玉说:"又是你的那一套老理论,人与人交往要有度,感情交流要有界限,不可失度,不可越界！"

我说:"每个人都是有个性、有棱角的,距离太近了,就像是两只刺猬抱在一起取暖,会相互刺伤对方。三毛说:'朋友之间再亲密,分寸不可差失,自以为熟,结果反生隔离。'"

冰玉说:"怎样的距离才是最适当的?"

我说:"子曰:'君子和而不同,小人同而不和。'"

冰玉说:"果然是老大,说话总是一套一套的。不过你说得好像很有道理,暂

时先听你的！假以时日，她或许就能够'终得一人心，白首不分离'。但愿我们三个人的家庭从此都能平安、幸福。"

我说："真正好的归属就是才干和健康兼得，蕴儿已经做到了。婚姻倒不是蕴儿这种女强人的生活必需品。"

冰玉不满地说："你说这种话，我真想打你！难道女强人就不能爱情和事业兼得吗？"

我说："你误会我了，我当然更希望蕴儿能拥有美好的爱情，那样就十全十美了；但是蕴儿经过了这样的心路历程，希望再遇到一个能让她倾心的人还真不容易！"

冰玉说："这种事情还真是急不得！我怎么感觉你其实是在提醒我要与你保持距离呢？"

我说："君子之交淡如水，知己之交如品茶，只有浓淡凉热有度，才能真正品尝到虽苦犹甘的茶香。"

冰玉说："知己是大树，可以一生依靠；知己是红酒，值得一生品尝！"

我说："知己能读懂彼此的情绪，能从对方的神情和眼神里感受到彼此的喜怒哀乐！相识你这样的知己就是我人生最美的风景！"

冰玉感动地点点头，认真地沉思了半天，调侃道："大哲学家，我不想跟你继续讨论了。你休息吧！"

我说："你也去休息吧！你今天早晨起床太早了，一定累了。"

冰玉说："晚安，好好想想蕴儿刚才说的话！"冰玉微笑着，过去了。

在高中同学微信的小群里，有人发红包，我随手抢了一个。

阿娟问道："你去上海了？"

我说："没有！有稀客来我这儿了！"

阿娟说："计划确实没有变化快呀！"

阿娟和钢班长同时猜到，一定是才女来了。两人都发私信，真诚地祝我们玩得愉快。

我很感动，深表谢意！

阿娟问道："大哥，你们明天去水绘园吗？"

我说："去！陪才女来一次浪漫的文化之旅。"

阿娟说："如皋的小吃很有名，烧饼、豆腐脑、蟹黄包等，就在人民医院后面的小巷子里。你们今天早点休息吧，明天尽情玩一天。"

我说："好的，谢谢你的介绍！晚安！"

我打电话给爱人，向她汇报情况。她说："我就感觉才女这次应该会来，所以就故意留你一个人在家里。"

我调侃道:"是考验我吗?"

爱人笑道:"你经得住考验吗?"

我坦诚地说:"请你相信我!"

爱人说:"绝对相信!你最好和才女换一下房间,不然人家女生夜里不方便。"

我说:"她不让,算了。你也早点休息,我睡了。"

爱人笑道:"夜里不允许多想噢!"

我笑道:"谨遵夫人教诲!"

4月30日,星期日,晴

七点,我醒啦,昨天累了,夜里睡得好香。

我走到冰玉的房间门口停住,想听一听她醒没有。

冰玉说:"你进来吧,我醒了。"我开门进去,冰玉还躺在被子里,睡眼惺忪。

我问道:"夜里睡得怎么样?大都市的丽人能否适应我们小城市的生活?"

冰玉坐起来,伸了一下腰,笑道:"很好!你家的床软硬度适宜,非常舒服。"

我说:"我先去洗漱,你等会儿过来。我们去如皋城里吃早餐,我的高中同学阿娟小妹昨晚介绍了好多如皋的特色小吃,我都流口水了。"

冰玉说:"好啊,你的这位小妹真是一位热心人。"

我洗漱时突然发现,我在镜子中的模样明显老了,这眼袋、抬头纹、面容、体态都烙上中年的烙印,生命已经跨过人生抛物线的顶点,迈进了下坡路。

冰玉走过来,站在我身后,微笑着说:"帅哥在孤芳自赏,自我陶醉呀?"

我说:"不帅了!'身瘦带频减,发稀冠自偏。'岁月流逝,好无情呀!"

冰玉说:"不要乱感慨了!刘禹锡有云:'莫道桑榆晚,为霞尚满天。'"

我笑道:"老朽了,只能对镜自怜!'多情应笑我,早生华发。'"

冰玉调侃道:"《三国志》有云:'明镜所以照形,古事所以知今。'君时刻正衣冠,通古今,吾之楷模也。"

我说:"见笑了!《旧唐书·魏征传》中有云:'以铜为镜,可以正衣冠;以古为镜,可以知兴替;以人为镜,可以明得失。'我如今是衣冠不整,兴替不知,得失不明,年老昏花,成了糟老头子了。"

我想起上次在冰玉家里时,她说过"君未至,吾不老!"我立即笑道:"君未至,吾已老!"

冰玉笑道:"可见你没有我坚守信用!违反了我们当初的约定!"

我说:"我好敬佩刘禹锡,数次被贬,屡遭不顺,却依然没有失去对生活的希望和热情,一直高歌'沉舟侧畔千帆过,病树前头万木春'。"

冰玉说:"我也仰慕刘禹锡坚贞不屈的斗志,你与他有几分神似;所以我才在你的书房里讴歌《陋室铭》,赞叹你出走半生,归来仍是少年!"

我说:"惭愧得紧,空长四十多载,却一事无成!"

冰玉的右侧鬓角边别着一只别致的天蓝色蝴蝶型小发夹,感觉好有灵气。她今天换了一套衣服,粉红色的丝质连衣裙,裙摆上有几朵浅绿色的印花,淡蓝色的长筒袜,全身显得特别优雅、清新自然。

优雅的女人如花似水,懂得适时的装束,懂得外观与心灵的协调,懂得内外兼修,在不同的年龄段,活出不同的精彩。女人的气质是超越年龄和美貌的,是品位和内涵的体现。

我念道:"媚眼随羞合,丹唇逐笑分。风卷蒲萄带,日照石榴裙。"

冰玉笑道:"你是不是专门背诵了一些称赞美女的诗句?难怪美眉们都掉进了你柔情的陷阱里啦!"

我笑道:"你这倾城一笑,我又想起一句,'手如柔荑,肤如凝脂,领如蝤蛴,齿如瓠犀,螓首蛾眉,巧笑倩兮,美目盼兮。'"

冰玉摇摇头,笑道:"'懒起画蛾眉,弄妆梳洗迟。'我又懒又丑,你这一段用在我身上就很不恰当了。"

我们出发。一路上,春光明媚,空气清新,鸟语花香。

我说:"我给你介绍一下我们家乡如皋的文化名片。如皋先后被国际自然医学会评为'世界长寿之乡',被文化和旅游部评为'第二批国家全域旅游示范区''中国十佳诗意休闲小城''中国花木之乡'等。"

冰玉说:"你能不能谦虚一点,夸起自己的家乡来总是这么骄傲!你这人家乡观念太重了!"

我说:"为什么要谦虚呀?又不是夸我自己!家乡观念重就'狭隘'啦?"

冰玉笑道:"德性!你说得这么美,万一我看了之后不想走了,怎么办?"

我笑道:"不敢奢望!穷乡僻壤容不下大公主!"

冰玉说:"讨厌!其实你就是不诚心留我!你总是刻意和我保持着一定的距离,你的心包膜太厚了,我一直进不了你的内心。"

我说:"没有的事,我的心门对你永远敞开着!"

我对如皋城里的交通很不熟悉。进了城,我们向路人询问了好多次,终于找到藏在人民医院后面的这条美食小巷子。

冰玉笑道:"你对自己家乡的县城都这么陌生,是不是有些对不起家乡的父老乡亲呀？"

我说："我家在农村，我小时候根本就没有机会来县城里。我第一次来如城，就是我第一次参加高考的时候。你终于看到了我们之间的巨大差距了吧！"

冰玉给了我一个白眼，不满地说："你总是抓住一切机会强调你是农村人！还'巨大差距'！什么意思呀？"

我笑一笑，没有回答。

我俩一下车，一股美食的清香扑鼻而来。我们进了汤包店，红枣奶茶的香味同样非常诱人。我咬一口思念已久的汤包，一股香而不腻的热汤涌入口腔，美味无比。

冰玉说："确实是美味佳肴，人间极品。"

汤包好大，我们一人吃一个汤包，喝了一杯红枣奶茶，就感觉很撑了。我买了蟹黄包、香肠、肉松、萝卜干、土炉烧饼、白蒲茶干和董糖给冰玉带回去。这些都是我们如皋的特色美食。

我说："这是白蒲'三香斋'茶干，乾隆皇帝下江南时，尝此佳品，龙心大悦，御笔亲书，'只此一家'。"

冰玉点头说："虽然上海也有卖的，但是你亲自送给我的，应该更好吃！"

吃完早餐，我们直奔今天的主题——水绘园。

我上次来的时候，时间比较仓促，而且不太熟悉，没有游览完整，我们竟然没有看到冒辟疆和董小宛两个人的画像。回家后我被爱人和思思调笑了好一阵子。

思思说："水绘园的主题都没看到，就是白去了一趟。"

爱人调侃道："他是故意的，是为了等待才女过来共同感受浪漫情怀，一起吟诗作赋，互诉衷肠。"

第二天，细心的钢班长将冒辟疆和董小宛两个人的画像发给了我，热情的星星将水绘园的游览图发给了我。我仔细研究，烂熟于心。所以这一次，我是有备而来。

水绘园始建于明朝末年，距今已经有四百多年的历史，是我国徽派园林的孤本代表作，是将自然景观和文人景观高度融合的园林杰作，是国家4A级旅游风景区，是中国第一情侣文化园，占地面积27公顷，气势恢宏。由逸园、水绘园、水明楼、中国长寿博物馆和如派盆景园等组成。

大门朝东，整个门面是三门连排的粉墙黛瓦的古建筑，中间是"水绘园"的大

门,牌匾乃书画大师董其昌所书,金漆,行书,苍劲有力,古韵风味十足。南侧门的匾额上写着"名流歌舞",北侧门的匾额上写着"三径烟雨"。

冰玉说:"一边是'名流歌舞'的红尘热闹,一边是'三径烟雨'的避世独居,这两者竟然放在一起,怎么理解呢?"

我说:"我现在不给你解释,等我们游完园子出来时,你就能自悟了。"

冰玉说:"你不要故弄玄虚,好不好?我很愚笨,对于你的一些非常怪异的'所作所为',我经常是悟不了的!"

我笑而不答!

冰玉指着一层层高上去的"马头墙",坏笑道:"大才子,考你一下,为什么要将山墙建成这种形式呢?"

我说:"这是防火用的,又叫'封火墙'。古建筑都是砖木结构,一起火就会连成一片;这种房子与房子之间突出来又高上去的砖墙有防止火势迅速蔓延的作用。从明代开始,这种'马头墙'成了徽式建筑的重要标志。"

冰玉点点头,笑道:"果然是世事洞明皆学问。'青砖小瓦马头墙,回廊挂落花格窗。'我特别喜欢这种高低错落的马头墙。"

我说:"中国传统的人文精神也很好地体现在'墙文化'上,雄伟壮阔的万里长城,高耸威严的古城墙,都能令人肃然起敬。"

冰玉说:"各种墙的高低曲直和长短厚薄不同,形态千变万化,功能各异,既美观悦目,又意境十足。古诗中以墙表意的句子很多,比如苏轼的《蝶恋花·春景》。"

我念道:"墙里秋千墙外道。墙外行人,墙里佳人笑。"

冰玉转头,盯着我的眼睛,接着念道:"笑渐不闻声渐悄,多情却被无情恼。"

我一愣,有些猝不及防。冰玉跟我绕了这么大的一个弯子,原来是在这儿等着我呢!

我说:"大才女,我知道你聪敏伶俐,却不知道你还会下套。"

冰玉笑道:"我下什么套了?你被套住了吗?"

我说:"我这个糟老头子真是服了你了,轻易就被你带到沟里去了!"

冰玉说:"不做亏心事,君子坦荡荡!"

我说:"我是小人长戚戚!"

冰玉笑而不言。

我俩在水绘园门口会意一笑,携手而入。进入大门之后,我将门票塞进冰玉的小包里,让她留作纪念。

前面是古朴典雅的逸桥,两侧白色的石栏和石柱上有很多精美的浮雕。高拱的桥面，中间是台阶，两侧是平整的斜坡，为行动不便者提供方便。

我说："此桥设计者考虑周全，非常人性化，挺难得。"

冰玉说："中国人讲究敬天敬地，首先考虑的是事物的外观给人的内心感受，其次才是实用性和人性化。比如道路两侧的人行道，都是在高出路面的路牙上铺上凹凸不平的鹅卵石或小砖块，讲究的是美观悦目，但是很不方便；而在欧美国家都是直接用平整的水泥地，注重的是方便实用。"

我说："我们总是少了那么一点人文关怀，在好多的公共场所，还看不到为残疾人提供的无障碍设施。城市的人行道永远是道路设计中最不被重视的部分，道路狭窄、崎岖不平、盲道被占用等情况非常普遍。"

冰玉说："在许多国人的眼里，还没有'人格平等'的概念，所以弱势群体还得不到足够的重视和保护。"

我深有感触！我们这些行动不便的人，经常会面临着别人轻蔑和歧视的眼神。好在长此以往，我已经对此产生了很强的免疫力，可以无视别人的眼神。

我说："这个桥名中的'逸'应该是文人逸士，或者安逸闲适之意。"

冰玉说："古人对事物命名特别讲究意境！石桥圆拱，碧水清波，文人雅士，才子佳人，美哉！妙哉！"

我俩站立在桥中间，微风拂面，感觉很舒畅。我念道："空手把锄头，步行骑水牛。人在桥上过，桥流水不流。"

冰玉说："这是南北朝善慧大师的偈语，你也很有佛家的灵性和悟性。只有能驾驭自己内心的人，才能不被外界诸相所困惑，自由遨游于宇宙天地间。老大不日即可成大师也。"

我笑道："不敢！让大才女见笑了。"

我们来到"冒巢民先生"的汉白玉雕像前，巢民是冒襄的号。先生修长美髯，器宇轩昂，手执诗书，书生意气。这是冒家后人在冒襄诞生四百年时，特意从北京运来的汉白玉雕刻而成，以纪念先祖。后面堆土成丘，表示后有坚实靠山之意，其实并无遗体掩埋于此。

我抚像感慨道："这位明末清初的才子，后人景仰更多的是他的民族气节。毛泽东主席曾经给予过高度评价：所谓明末四大才子中，真正具有民族气节的要算冒辟疆。他是比较注重实际的，清兵入关后，就隐居山林，不奉清朝，全节而终。"

冰玉笑道："大才子给我讲讲，园主人为什么取名'水绘园'。"

我说："绘者，绘画也。以水为墨，绘自然美景之画。主人愿望中应该还含有人文荟萃之意，以园言志，以园为忆。园内以洗钵池为中心，取自然水道将园林

分割为多个小岛式的景点,以桥相连;闭塞处,人工挖土,引水相通。挖土就近堆积,遍栽草木翠竹,形成障景,使之竹影浯溪。比如园内'妙隐香林',即因此而成。不仅是园林,还有寺庙、庭院、古城墙和古建筑汇集其中,游览此园是名副其实的文化之旅。"

冰玉说:"斯园以水为引,融诗、文、琴、棋、书、画、博古、曲艺等艺术于一炉。既有自然取景,又含人工匠心,使得这里的亭台楼阁、花木池石无不具有空灵脱俗的神韵。"

我说:"全园将人文景观和自然风景非常巧妙地融合在一起,不留人工穿凿的痕迹,在诗情画意中,让人轻松感受到园林文化的神韵。"

我俩在雕像前合了影,继续向西走,见一块大石平卧,侧面上四个金色大字"天下名园",落款是陈从周,其乃中国闻名的古建筑园林艺术家、同济大学的教授。

我俩来到前面的游园指示图前面,研究游览路线。

我说:"此园建于明朝万历年间,距今已经有四百多年的历史。在我国多如繁星的园林之中,水绘园绝对是一个出类拔萃的佼佼者,宛若一幅淡雅高洁、意境幽远的山水画,更是苏北平原上一颗璀璨耀眼的明珠。"

冰玉说:"名园名楼之所以能传名天下,大多因其具有的人文精神或关系到某个重大的历史事件。圆明园、黄鹤楼、岳阳楼和醉翁亭等,莫不如是。其实许多楼亭本身也许稀松平常得很,并无多大的突出之处。"

我不服气地说:"水绘园除了无数前人的诗词歌赋以及冒董两人的爱情轶事之外,还有园林本身奇特的建筑艺术,以及园内众多的逾千百年的如派盆景。戴本孝有诗为证:'东皋之酒徒图轴,海内孤本水明楼。'"

冰玉说:"既然如你所云,此园有三大特点,那么我俩就直接至水明楼感受冒董的浪漫、建筑的精妙和千百年盆景的奇特。此园较大,景点众多,你我精力有限,不必求全求满,择其要,取其精,方可主次分明,得其精髓。"

我说:"此论甚合我意!"

冰玉说:"我喜欢深度游,经常留步仔细地体会某一处景点的那种特别的意境,甚至可能因为一个会意的景点而忘却时间和空间,半天不移动脚步。"

我说:"果然英雄所见略同!我每至一喜爱之处,也必用心体会,与山石水草作一段对话,与墨客骚人做一番神聊;而不会走马观花,面面俱到,泛泛而论。"

冰玉说:"人生短暂,做任何事情都必须有主次之分,不必将生命浪费于无聊无趣之事。司马承祯在《坐忘论》中说:'是以修道之人,莫若断间事物,知其闲要,较其轻重,识其去取,非要非重,皆应绝之。'"

我调侃道:"真不愧是大才女,名家经典,信手拈来。也许本来'稀松平常'的水明楼,今天因为你这位大才女的大驾光临,从此就名扬四海。"

冰玉不屑地说:"小家子气!我刚才所言是泛泛而谈,并非针对水明楼,你何必如此刻薄地讥讽呢?看来你这个人的家乡观念极重,容不得别人的半点质疑。难怪你当初抛弃万众瞩目的大校花,一意孤行回你最敬爱的家乡了!"

我笑道:"你更是小家子气!我偶然开了一个小玩笑,你就讲出一番长篇大论,而且还故意东拉西扯,难道你一定要说得我羞愧难当,找个地缝钻下去,你才甘心吗?"

冰玉笑道:"我们算是平手了,我就不跟你计较啦。"

我回忆上次游览时的情景,冰玉刚才说的这几个地方都是平坦之路,很适合我走,可以省些气力。上次走了不少上上下下的坡路,阿华费力地搀扶我一天,一定是累坏了,她说晚上一回到家就睡觉了。现在想想很是愧疚和感动!

我俩来到中心广场,右手边见一座叠石假山,取名"九狮图"。一株扶芳藤缠绕假山石蜿蜒而上,石抱藤,藤缠石,藤石相依,自然和谐,妙趣横生。

我俩仔细观赏山石,并非假山最常用的太湖石,而是散兵石;但是和太湖石一样,形状怪异,千变万化,嶙峋多孔。

我和冰玉对视一眼,一起笑了,我俩同时悟到"九狮"的缘来。散兵石上很多孔洞如同狮子的眼睛、鼻孔和嘴巴,且石块或卧或立,正如九只狮子在阳光下嬉戏,越看越像,神态惟妙惟肖。不由得令人惊叹设计者巧夺天工的睿智,将自然与工艺非常巧妙地结合在一起。

前面见一水面开阔的池塘。池边立一块半人高的灰色圆顶石块,很有年代久远之感,上面竖刻三个大字"洗钵池",快意行书,淡蓝色油漆,旁边小草落款"板桥",原来是"扬州八怪"之一郑板桥先生的手迹。

我们穿过水明桥,沿着洗钵池南岸的石板路向西走,再沿着池西岸绕向北,中途未停留,直取水明楼。

冰玉望着"水明楼"的牌匾,随口说:"这是盐运副使汪之珩重修水绘园之后,其好友何廷模知县书写的题额,取自杜甫的诗《月》,'四更山吐月,残夜水明楼。'"

我赞叹道:"你记性真好,我上次来时,就忘了'残夜'二字。"

冰玉笑道:"这个不应该,前句有'四更',后句自然是'残夜'了。这么有意境的两个字你都记不得,岂不是要将'诗圣'给气醒了。"

我说:"不是每个人都能像你一样过目不忘的。我这次事前做功课了,现在念给你听听,你鉴定一下,有没有错误。'四更山吐月,残夜水明楼。尘匣元开

镜,风帘自上钩。兔应疑鹤发,蟾亦恋貂裘。斟酌姮娥寡,天寒奈九秋。'"

冰玉说:"一字不差！其实你的记忆力非常好,我跟你开玩笑呢。杜甫当时落魄潦倒,借月自怜。后人盛赞'吐''明'两字用得极为传神。"

我说:"我每念此诗,就想起离异独居的蕴儿,极为心痛和感伤！"

冰玉拉着我的手,不说话,眼神里满是忧伤！

半响,冰玉说:"人各有命,强求不得。哪天我来南通接你,一起去南京看看蕴儿。"

我说:"好的。蕴儿是坚强的,人生的苦难并没有磨掉她骨子里的傲气和高雅。"

冰玉说:"是的。蕴儿天然就有一种美丽倾城的时代风范,一种高贵无比的女王霸气。"

我点点头,继续介绍说:"水明楼南北长约42米,东西宽约5米,用回廊相互连通。"

我俩进楼到达前轩,就见木制回廊,雕梁画栋,古色古韵；各种颜色的古老毛玻璃,现在已经极为罕见了。板壁上悬挂着冒襄、小宛和其他人的诗词书画,我俩一一鉴赏过去。有小宛当年放置古琴的琴台一座,饰纹古朴,砖式中空,是使用黏土烧制而成的。

冰玉说:"据说小宛弹琴其上,琴台能同时发出金石之音,与琴声共鸣,交相呼应,宛如天籁之音。"

中间见一方天井,摆放着石桌石凳,光滑反光的石面很有岁月沧桑感。整个建筑尽显空灵俊逸之美。透过圆窗望出去,柳树成荫,芭蕉森森,竹林成行,好一派葱郁的景象。

冰玉立于天井正中间,旋转着身体,仰头望着苍穹,激动地说:"好奇特的感觉,仿佛于咫尺之间却有境界无穷之感,天我合一也。"

我说:"君乃人中精灵,汇集天地之灵气,汲取日月之精华,自然能感受到来自遥远的天外宇宙的信息。"

冰玉说:"好想滞留于此,不舍离开。"

我说:"很有同感。"

上次我们只走了回廊的右手方向,结果漏看好多内容。我吸取教训,带冰玉环绕整个回廊。果然在左手边的"得全堂"内,就悬挂着冒董两人画像。虽然年代已久,画面有些模糊,但是依然能领略到冒襄的飞扬文采和小宛的绝代风华。

我说:"此情此景,大才女有何凭吊?"

冰玉说:"冒辟疆之雄才爱国、清誉远扬,董小宛之才色双全、艳压群芳。世人皆知,我不必赘言。你爱《红楼梦》如痴如醉,不妨给你提供一个有趣话题。文史作家周高潮通过比较研究考证,认为黛玉与小宛有惊人的相似之处,并提供十多项佐证。大才子于空闲之时,不妨究其本,竟其源。"

我笑道:"愿闻其详。"

冰玉说:"曹雪芹出生于金陵,早年在江宁织造府亲历了一段锦衣玉食、奢华风流的生活,是在'秦淮风月'之地长大的。'秦淮八艳'之事,他自然是久有耳闻,后来写作时心中或有意或无意以小宛为原型,非为不可。冒家在逃亡途中,旅居在嘉兴海盐水绘阁时,小宛常在南北湖畔鸡笼山上,面对暮春凄凉的景象,泪流满面,感叹国破家亡,民众流离失所,遂将满地落红收集,泪葬残花,以此来平缓心中的哀思。黛玉葬花很可能就改编自小宛葬花。再者书中宝玉先前所住的'绛云轩'的取名很可能是来自柳如是所住的'绛云楼'。"

我说:"听你这么一说,确实有些道理。大才女不妨作诗一首,以纪此行。"

冰玉说:"不敢献丑,引前辈之言以充我之不足。上海复旦大学喻蘅教授曾经赋诗一首:'三白追忆画水村,迦陵雅记剩朝墩;时贤能续文明史,再现风流水绘园。'"

我说:"明末清初秦淮河畔,色艺才气俱佳的名妓何止数十。后来明朝的遗老余澹心在《板桥杂记》中,仿效古制,编出了一个'秦淮八艳'的故事,其实后期的争执很大。柳如是出身吴江,董小宛和陈圆圆基本居住在苏州半塘,此三人与秦淮河关系并不是很深,但是仍因她们绝世的美貌、惊人的才艺和传奇的经历而入选。"

冰玉说:"八艳本来白璧无瑕,然而造化弄人,最终堕入风尘花柳;但是她们不仅容貌出众,而且诗词歌舞样样精通,对爱情和友谊十分忠诚,更难能可贵的是她们关心天下大事。她们与继东林党之后的复社文人来往密切,指点江山,激扬文字。明亡后,八艳中许多人都因政治原因而遭到追捕,当真巾帼不让须眉。相比之下,许多曾经仰慕过她们的高官贵胄们却大多贪生怕死,腆颜迎降。"

我问道:"在'秦淮八艳'中,你最推崇谁?"

冰玉笑道:"自然是'我见青山多妩媚,料青山见我应如是'的柳如是。"

我笑道:"不妨说说你的理由。"

冰玉说:"柳如是才华横溢,魄力奇伟,个性坚强,人品正直,聪慧灵巧。郁达夫曾经称赞,就文学和艺术才华,柳如是堪称'秦淮八艳'之首。柳如是竭尽全力资助、慰劳抗清义军,不愿降清换主,宁可自缢身亡。这种于乱世之中'弱女子肩负国家重任'的爱国情怀和民族气节,令人敬佩不已,是集才女、烈女和侠女于一身的奇女子。"

我说:"你这一番宏论开我耳目之窍,我亦觉得确实如是也。"

冰玉说:"纵然有经天纬地之才,也必须有忧国忧民之心,才能发挥其在时代中的作用;否则也只能是坏才,甚至沦为国家和民族的罪人。"

我说:"才自清明志自高,可惜生于末世运偏消。在那样一个风雨飘摇的时代,每一个弱小的个体都有可能成为被历史的大浪拍在沙滩上的鱼;但是我们不能因此而随波逐流,即使成不了中流砥柱,也要尽自己最大的努力,维持社会的正气。"

冰玉说:"其实小宛也有其最令人折服的优点。与秦淮八艳中的其他女子不同,小宛从小酷爱读道德文章,能成为贤妻良母,在正常家庭中相夫教子是她的人生追求。在秦淮八艳中,小宛是最不媚态的,冷艳、高傲、自洁。小宛才貌双艳,泼墨挥毫,丹青书法,评论山水,吟诗作赋,赏花品茗,鉴别金石等,皆有所能。"

我说:"最难能可贵的是,小宛能将平淡琐碎的日常生活过得浪漫极致,富有情趣,从自然平实中领略到精微雅致的文化品位。冒襄说:'余一生清福,九年占尽,九年折尽矣。'小宛的情趣和贤惠,可见一斑。"

冰玉说:"在那个动荡混乱、风雨飘摇的乱世,任何个体的生命都是微不足道的,都只能在时代的大潮中苟延残喘;一介无依无靠的青楼女子,更是只能以卑微的生命形式在尘世中奋力挣扎。小宛能努力追求到相对清淳的生活,品尝到雅致的诗意人生,相对于'八艳'中的其他人来说,这已经是十分幸运的了。"

我说:"纵然在盛世泰然之中,平淡如水的流年同样需要时常意外浪漫的惊喜来点缀,才能不断情趣盎然,才能情感日久弥深。小宛聪明伶俐,轻松灵活地将生活浪漫化,将浪漫生活化。你大嫂就有这样的用心、灵巧和创意。"

冰玉说:"才子老大幸福矣!我亦神往也!"

我摇摇头,伤感地说:"曾经在我最落魄消沉之时,重疾缠身,全身痛楚,只能整天卧床,守着窗儿,眼望苍天,像杜甫一样对月自怜之时,寒风劲吹梧桐叶,沙沙之声乱耳,冬夜悠长难耐,何时才能挨到天明?这次第,怎一个愁字了得!人生在世,总会遭遇花谢的季节和茶凉的时光,那满眼的凄凉和那满腹的忧伤,只能暗自慢慢品尝。若不是你大嫂时时帮我调节心情,缓解情绪,我真不知道如何才能度过那一段最艰难灰暗的时光,也许今天你就看不到我了!"

冰玉拉着我的手,眼泪成串而下,哭得全身颤抖,声音沙哑地说:"你不要说了!这一段不幸的时光是你生命中的劫,也同样是我心中的结。现在这一切的苦难,你都渡过去了!我前天在网络上看到这样一句话,我立即就想起了你。'真正的强者会将生活的苦难悉数收下,然后用善良和坚强把地狱装扮成天堂。'"

我说:"我没有这么大的能耐,不能把地狱装扮成天堂,我曾经也消沉过!"

冰玉说:"但是你是打不垮的,你是最终的胜利者!最幸运的是你遇到了大嫂,一位善良贤惠、善解人意的优秀女性!无论遭遇多么艰难的日子,有阳光,就有花香;有懂得,就是幸福。缘分的深浅,在于相处;心灵的相知,在于默契。你俩的真情真性和心灵相通令人羡慕和感叹!有人说,爱情的深浅与婚姻的好坏,只要生一场大病就知道了。在你的身心最脆弱的时候,大嫂一如既往的关爱是你重新燃起生命之光的动力。"

我说:"生活中没有最终的胜利者,但是只要我们不服输,最终就一定能战胜困难。你大嫂为了我遭受了太多的苦痛!为了明确诊断,我曾经在你们上海的医院住院两周。你大嫂每年都是教初三毕业班,当时正临近中考,你大嫂不希望学生们落下太多的课程,给我办完入院手续后就准备回家了,留下我母亲照顾我。你大嫂一个人走的时候,始终没有回头看我。我躺在床上,注视着她离开的背影,看到她颤动的双肩,我知道她在哭泣。我心痛万分,她自小多灾多难,如今不幸中又嫁给了我这样一个体弱多病的人,上苍对她太不公平了!那时我就默默地发誓,老天欠她的,我来还,如果我还能恢复健康!所以从那天以后的生活,我不仅为自己活,也为你大嫂活!"

冰玉泪流满面,泣不成声:"你俩确实遭遇了太多的不幸,但是你俩的相遇其实是上天的刻意安排。你俩心心相印、情投意合的感情却是一般夫妻所缺少的,可望而不可即的。大嫂爱你,懂你,你的情怀才有人诉说,寂寞时才有人安慰,绝望无助时才有人灌输你生命的勇气!"

我平静了一下情绪,等冰玉擦干了眼泪,我愧疚地说:"不好意思,我又失态了!其实一个人一生的生活和写文章是一样的,也有起承转合,也有高潮和低谷。"

冰玉说:"你是性情中人,你能在我面前随意流露情感,至少说明你的内心对我不再严密设防了。但愿你的低谷已经全部过去了,以后都是安顺的生活!"

我有意换一个话题,微笑着说:"其实,我觉得你兼有小宛和如是两者的优点。"

我突然发现这个比较不妥,赶忙补充一句:"对不起,我绝对没有唐突你的意思。"

冰玉说:"但说无妨,众生平等,生命并无高低贵贱之分。至少'秦淮八艳'追求爱情自由和生命平等的理想和勇气,并且都为之付出了实际的行动,确实值得我们敬仰。"

一位年轻美丽的妈妈带着一个四岁左右的小男孩进来了,小男孩活泼好动,其可爱的模样引得我俩大笑不已。冰玉陪小孩玩了好半天,露出了母亲慈爱的天性。

我赞赏道:"孟子曰:'老吾老,以及人之老;幼吾幼,以及人之幼。'"

冰玉笑道:"我们都曾年幼,我们都将年老。"

我笑道:"很有哲理! 汝乃国学大师也!"

我们请年轻的妈妈帮我俩在画像前拍了合影。

冰玉看着照片,笑道:"这次你拍得挺好! 原来你会笑啊?"

我们都笑了。

出了门,我俩坐在回廊的木凳上小憩。

夏蕴在大学同学微信群里问道:"才子才女,你们二位现在到哪儿了? 不能只顾自己浪漫,应该定时汇报一下你俩的行踪,满足一下我们大家的好奇心呀。"

我立即将合影发过去。

书记问道:"老大呀,这是冒辟疆和董小宛吗?"

我说:"是的,在中国第一情侣文化园'水绘园'内。"

古丽说:"两位陶醉得不行了!"

小燕子说:"浪漫之地,情深之侣。"

歌后说:"今才子佳人缅怀古佳人才子,现美女帅哥穿越昔帅哥美女。"

歌神说:"歌后呀,你说绕口令呢?"

天禧说:"老大美上天了!"

荺芃说:"老大还认识家吗?"

一阵清凉的春风吹过,感觉极为舒适、惬意。

冰玉说:"你看看你们班上的女神和女王,每次有我在的场合,她俩说话总是这么阴阳怪气的!"

我说:"她们俩喜欢说笑,你有些敏感了。"

冰玉以一股丝毫不信的语气说:"是吗? 你就和稀泥吧!"

女性总是天生具有非常敏锐的感观,更何况如此冰雪聪明的冰玉岂能感觉不到天禧和荺芃话中透露的态度和深意呢? 在这个世界上,只要有人的地方,就会有矛盾,而且有些矛盾似乎不是因为自己的过错而起,所以往往是无解的。

而冰玉的优点是,早就看出了天禧和荺芃的敌意和故意冒犯,却从来不去反击。真正有格局的人,从来不会计较别人的小心眼。《死魂灵》有这样一句话,"就投机钻营来说,世故的价值是永远无可比拟的。"但是能像冰玉这样,知世故而不世故,一直与世故和流俗保持距离,是十分难能可贵的!

我调侃道:"天禧深爱着一位帅哥,而这位帅哥却深爱着你!"

冰玉惊讶地看着我,疑惑地问道:"真的假的?"

我笑道:"你就不要装了!不就是当年的护花大队长学生会的韩大主席吗?你能不知道吗?"

冰玉笑道:"真令人失望,我还以为这位帅哥是你呢?"

这下子该我惊讶了,没有想到冰玉会说出这样的话!我也搞不清她说的是真的,还是假的。

我故意说:"其实我和天禧的遭遇是一模一样的!我喜欢某人,可惜某人却不喜欢我。"

冰玉说:"那么你向人家表白过吗?"

我说:"没有!对方太优秀了!我自卑!"

冰玉说:"那就不能怪别人了,是你自己的问题。你没有表白,怎么知道人家不喜欢你呢?也许人家并不认为自己很优秀呢!"

我特别好奇冰玉当年的想法,但是现在我不敢再试探下去了,真怕得到的不是我期望的结果。

黑胖在大学同学群里说:"亲爱的小妹呀,我俩在这么浪漫的中国第一情侣文化园内,一定也能擦出一点爱情的小火花。我带着你,你带着钱,那叫一个浪漫!"

芶芃说:"黑胖真是俗不可耐!我教你怎么说,'吾执子之手,子携孔方兄。'"

大家都说:"妙!果然是学霸,把这么粗俗的事情说得这么高雅!"

小妹说:"死胖子,其实你和文化人之间的差距,可远远不止一个孔方兄……"

黑胖说:"小妹呀,这个从哪里冒出来的什么该死的孔方兄,分明就是第三者插足,非要横在你和我之间不可!"

大家都笑了。

天禧说:"真是'井蛙不可以语于海,夏虫不可以语于冰'。人与人之间最远的距离就是认知。"

黑胖说:"我受不了啦!谁都不要拦着我,我要跳楼。"

阿云说:"你跳吧,没有人拦着你!"

大家又笑了。

我们继续往北走,进入中轩。整个空间被隔景窗分隔成内室、内道与外廊三个部分。内室展现一幅红木竹罩,令人耳目一新,竟然是以四块整板红木雕刻而成。

冰玉感叹："整个立面竹石相映,形态逼真;仔细辨认细枝分明,叶叶清晰。叶片柔韧,舒展自然,巧夺天工,叹为观止。"

观看旁边的文字介绍,这份工艺品,当年工匠竟然花费了一千多个工日乃成,实在是匠心独运!

我俩站在东侧临近水池的回廊内,极目远眺,只见小桥流水,碧波柳荫,枝叶茂盛,郁郁葱葱;亭台楼阁,蓝天白云,尽收眼底,令人心旷神怡,美不胜收。

冰玉说:"整座水明楼恰似一座舫亭立于碧波之上,倒映于烟柳之中。人在舟中坐,舟在水上游。我陶醉矣!"

我说:"可惜现在是白天,不能见月光倒映于洗钵池中那种美丽奇特的景象。"

冰玉说:"万事不可拘泥,有如此明媚的阳光岂不是更加让人赏心悦目乎?你总是有一股老夫子的学究气,不知道因时变通。"

我说:"谢谢苏老师指点迷津,学生知错了。"

突然一个旅游团涌了进来,人群一下子挤满了整个内室。

导游讲解道:"中国闻名的古建筑园林艺术家、同济大学的陈从周教授观看水明楼建筑的神奇,盛赞'此一区建筑之妙,实为海内孤例'。"

我俩怕吵,立即离开旅游团,继续前行。

冰玉说:"国内旅游业的商业化气息太重了。如此拥挤的人群,走马观花,蜻蜓点水,能感受到什么呢?"

我说:"过度开发,再过几年,旅游资源就要被消耗光了。"

冰玉说:"自然景观、艺术和人文的作用不仅能增加我们的见识,拓宽我们的眼界,而且更重要的是培养我们对美的欣赏能力,从而提高生活的品位。"

我说:"所以这种流于形式的走过场是毫无意义的。"

出了北部的楼阁西转,是雨香庵。门前有一株黄杨树,树干遒劲,枝盛叶茂。冰玉看着树牌,惊叹道:"此树已经有300多年的高龄了,真是神奇!"

我说:"小意思,后面还有许多让你更加惊奇的古树木!"

我俩进门,庵内非常幽静,感觉仿佛有一股神秘的魔力,让人烦躁的心立即安静下来,所有杂念顿时全部消失。我俩沿着走廊向西走,见一"隐玉斋"的石碑,碑刻是宋代时任泰州知县的曾肇亲笔题字。其父亲曾易占任如皋知县时,其兄曾巩年纪尚幼,即跟随父亲在此读书。隐玉斋是曾肇为怀念其父兄所建。元朝末年,隐玉斋被毁。清朝初年在故址重建,更名为雨香庵。

冰玉说:"没有想到唐宋八大家之一的曾巩竟然在你们如皋读过书,看来雉水皋地果然是地灵水秀,人才辈出。今又出你这样的大才子,可喜可贺。"

我说："见笑了，大才女面前，不敢逞能。"

抬头看到上面"隐玉"的匾额，冰玉说："文人雅士在发迹之前或者在受到某种挫折之后，都喜欢'隐'居，而用'玉'表达自己高贵的品质。"

我说："俗话说，女人如玉贵在品。你是名副其实的冰清玉洁，品质纯净，内外如一，高雅华贵！"

冰玉笑道："贫，继续贫！"

庭院内，一株古桧高耸，主干遒劲弯曲，数道裂痕纵深，很有年代沧桑感；但是枝盛叶茂，树冠蓬阔，斜向东北方，呈现一龙飞天之势。

突然，两位男性青年游客为争夺树下最佳的拍照位置而争吵起来，两位都是年轻气盛，都有不占上风不罢休的气势，两人的音量逐渐加大，大有动手之意。

两方的同伴竟然都在帮着起哄，真是唯恐天下不乱，交友若此，何其不幸也。

一位年老的工作人员走出来，指着墙边写着"请保持安静，不要大声喧哗"的牌子，责问道："文化之地，大雅之所，二位觉得自己的这种行为合适吗？"

二位年轻人都红着脸，不再说话，两帮人一共九位男女小青年都悄悄地退了出去。整个院内就剩下我们两个人，顿时恢复了宁静。

冰玉说："现在的年轻人怎么会是这种样子呢？脾气这么大？就不能主动相互谦让一下吗？"

我说："这一代独生子女大多以自我为中心，希望全社会都让着他们。"

冰玉说："这九个人中难道就没有一个是明白人吗？"

我说："不仅是年轻人，如今整个社会都很浮躁。真正的秩序观念是发乎天性，源于内心，是一种本能地不惊扰社会、不妨碍他人的自觉行为。"

我俩细看树牌说明，此棵桧树相传为曾巩与其父亲亲手所植，距今已有990多年的历史，俗称"六朝松"，历览人间沧桑。

冰玉感叹道："时光飞逝，转眼千年；于岁月的长河中，人类渺小如蚁卵，何必你争我斗乎？'蜗角虚名，蝇头微利，算来着甚干忙。事皆前定，谁弱又谁强？'"

我说："这些道理虽然简单明晰，但是刚才这二位正当年轻气盛，将面子看得比什么都重要，又都在各自的朋友面前，不愿意示弱'丢人'。"

冰玉说："在荣誉和利益面前，又有几人真正能舍弃乎？都是'身后有余忘缩手，眼前无路想回头'。苏轼在《行香子·述怀》中这样感叹：'浮名浮利，虚苦劳神。叹隙中驹，石中火，梦中身……'"

我念道："不论平地与山尖，无限风光尽被占。采得百花成蜜后，不知辛苦为谁忙？"

冰玉点点头，念道："了却君王天下事，赢得生前身后名。可怜白发已如霜，

一辈子为他人作嫁衣。"

我俩立于树下,叶茂遮阳,凉意顿生。

我感慨道:"长夏永炎,我俩如能于此树下诵诗词,读经典,或者摆枰黑白对弈,既可避暑,亦可消时,岂不美哉。'宝鼎茶闲烟尚绿,幽窗棋罢指犹凉。'"

冰玉说:"你倒是挺会选地方,雅致而舒心!围棋在魏晋名士的心中,是参禅悟道,是生命哲学,是极其高雅的艺术活动,甚合你意。'日长来此消闲兴,一局楸枰对手敲。'"

我说:"围棋别称坐隐、手谈、忘忧、烂柯,都是强调围棋的精神文化内涵,其中的典故都是出自魏晋时期。佛家和道家都很推崇围棋的深层含义。棋局变化莫测,而万变不离其宗,与道家所推崇的'道生一,一生二,二生三,三生万物'的观念相吻合。围棋对局中,生中可有死,死中能有生,正是佛家看破生死的最佳契机。而儒家起初清高,视围棋为奇技淫巧一类的小玩意,但是后来也逐渐转变观念,接受了围棋修身养性的功能。"

冰玉说:"文人雅士是想在黑白对弈中避开世事纷争和人生烦恼,其实树欲静而风不止,也只是掩耳盗铃罢了。陶渊明说'此中有真意,欲辨已忘言',其实他何曾真正忘记过?"

我想起纪晓岚的《题八仙对弈图》,随口念道:"局中局外两沉吟,犹是人间胜负心。那似玩仙痴不省,春风蝴蝶睡乡深。"

冰玉笑道:"我回你一首徐文长的《题王质烂柯图》,'闲看数招烂樵柯,涧草山花一刹那。五百年来棋一局,仙家岁月也无多。'"

我大赞道:"回得好,回得妙!纪晓岚形容人生如棋局,真真假假,意味深长。徐文长感慨世间千回百转,光阴荏苒,其实也就一局棋的光景。"

冰玉故意调侃道:"莫将戏事扰真情,且可随缘道我赢。战罢两奁分黑白,一枰何处有亏成。"

我笑道:"这是王安石的诗《棋》中的诗句,这位王荆公假装洒脱,其实他官至宰相,是最注重胜负得失的一个人。"

冰玉笑道:"其实王安石和苏东坡都是棋艺不精,所以苏东坡才说:'胜固欣然,败亦可喜。'"

我说:"王安石嘴上说'莫将戏事扰真情',可是自己明明输了棋,竟然希望别人'随缘道我赢',心中还是看不开,放不下呀!"

冰玉说:"你既然看穿了王安石的假清高,我们自己不妨也抛去假斯文,就学他'明朝投局日未晚,从此亦复不吟诗'。"

我笑道:"好的,苏老师,悉听尊便。我俩今晚回家就手谈一局,在子圆枰方中与你共同领悟中国传统的天圆地方和天人合一的世界观。"

冰玉笑道:"真要黑白对弈,你未必是我的对手。"

这是肯定的,在冰玉六岁的时候,她的父母就教她下围棋。上大学时,冰玉是她们班上的围棋冠军;而我直到上大学的时候才知道什么是围棋,况且我根本没有去钻研,我俩的围棋水平自然不是一个等级的。

我故意调侃道:"'胜固欣然,败亦可喜。'看来某人其实也没有真正放下胜负得失之心呀!"

冰玉不好意思地笑道:"我太肤浅、世俗了,确实没有你这位大哲学家高深、豁达。"

我想起宋朝蔡州道人的《绝句》,念道:"'烂柯真诀妙神通,一局曾经几度春。自出洞来无敌手,得饶人处且饶人。'你这样的寂寞高手,遇到我这样的弱智低能的糟老头子,让我九子又何妨?"

冰玉不屑地说:"堂堂男子汉,竟然要我这样的弱女子让你九子,说出去,岂不要笑掉世人的大牙吗?上大学时,我有一次去你们宿舍找你,其他六个人都在认真下棋,只少你一个人,我一猜你就在图书馆里。可见你也是具有儒家的清高,未必看得上围棋这种奇技淫巧一类的小玩意;专注于高深的哲学和辩证法,整日博览群书,在知识的海洋里尽情遨游。"

我笑道:"你不要这么伶牙俐齿,好不好?我来自农村,见识很少。上大学后,我发现了与你们的差距,急欲扩大自己的知识面,所以就整天泡在图书馆里,补充能量,像围棋这种文人雅士的喜好,我高攀不上。"

冰玉说:"你仅仅是不屑于花时间去钻研而已,其实你对围棋的悟性很高。那时你写过一篇小品文《棋中悟》,将棋理喻人生,说得很透彻。一是落子无悔,诚信为做人的根本。二是必须考虑得失平衡。取实地就会削弱外势,想消劫就要放弃先手,步子大了就会空虚,步子小了效率降低。三是死活会随着形势不断转化,看待事物不要太绝对。四是全局意识,主次分明,不能因小失大。五是必须先有稳固的根据地,才能谋求进一步发展。"

我说:"你的记性确实是太好了,那篇文章的内容,现在我自己都已经忘记了。"

冰玉说:"所以你倘若用心,定是黑白对弈中的高手。"

我说:"人生的时间和精力都有限,切不可贪多而嚼不烂。"

冰玉笑道:"有道理!你确实是一个'静心寡欲'的人!"

我说:"在我看来,下棋图的是乐趣,是从中悟到做人做事的道理,胜负真不重要。《棋经》有云:'持重而廉者多得,轻易而贪者多丧,不争而自保者多胜,务

杀而不顾者多败。'这是棋理,其实更是做人的基本准则。"

冰玉笑道:"今日再次听你以棋局论人生,确实非常惬意！谢谢大师教诲,弟子受益匪浅！"

我笑道:"惶恐,惭愧！"

出了雨香庵的门,我感觉既累又饿。原来不知不觉中,已经是日中正午了。

冰玉笑道:"大才子,精神食粮终不敌肠胃之空鸣,再雅也不可离俗也。"

我惊讶道:"你真是我肚子里的蛔虫,我正好感觉饿了。"

冰玉皱眉道:"你说我是什么？你好恶心呀！"

我故意说:"再雅也不可离俗也。"

冰玉笑道:"讨厌！饿了,还这么反应敏捷！"

我俩在路边的石凳上坐下来。我们吸取昨天的教训,将早餐后买的烧饼带来了。冰玉从她精致的小背包里拿出两个牛皮纸袋装的烧饼,我俩一人一个,我满口大吞,冰玉细嚼慢咽。

冰玉说:"看来你这位高中的小妹确实是一个标准的吃货,推荐的烧饼既香又脆,风味独特！"

我又故意说:"你这么雅的包,装这么俗的饼……"

冰玉再次大笑道:"再雅也不可离俗也。"

我的手机微信提示音连续响了好多下,我打开一看,在我的初中同学的微信群里,有人在感叹,我们今日聚会,学霸老群主本来答应回来的,怎么不见人影呢？

这次初中同学的小型聚会安排在如城,建红同学的家中,我昨天一早就在微信群里发了道歉的信息。现在聚会正在进行,与会者在微信群里发了好多现场的照片,气氛非常热烈。

我赶忙发红包表示道歉,并再次详细地解释没有参加聚会的原因,真诚地请求大家原谅,祝同学们聚会愉快。

我认真思考十多分钟,勉强凑到几句话,发到群里,以示庆贺:

范湖中学同窗雉水再聚实录

初中同窗三载住,深情厚谊一生铸。

勤学苦练读贤书,少年意气画蓝图。

丙寅离别踏片途,挥斥方遒闯江湖。

世道炎凉磨难堵,尝尽艰难创业苦。

三十一载风雨足,国富民强华夏福。

丁酉再逢身心笃，乡音未改鬓发疏。
千言万语情难诉，相拥长吁涕下泪。
珍馐佳肴主人服，葡萄美酒宾客舒。
年近半百天命悟，惺惺相惜真情贮。
天涯海角比邻处，知足常乐万事渡。

大家叫好，都说我们的学霸班长就是牛，文采更胜当年，随口一言就能成诗。老班长忧国忧民，一直都在散发着正能量。

冰玉调笑道："你现在写这种应景诗是一蹴而就，都不用思考了。在这么短的时间内，竟然能写出这么多动情的好句子，还注意到句句都押韵，甚至包括题目在内都是用的同一个韵，好神奇哟，我真要对你刮目相看了！"

我说："见笑了！近朱者赤，见贤思齐，跟大才女在一起时间久了，也能假充斯文了。主要是因为我身为老群主，原本已经答应参加聚会的，现在却食言了，心中十分愧疚，所以就特别用心说两句来补偿。虽然在你大才女的眼中，这些句子太粗俗，根本就不能叫诗，但是我真诚地希望大家能感受到我的诚意和歉意。"

冰玉说："我好像又闻到一股浓浓的酸味，看来是我这位不速之客影响了你这位老群主履行职责了！你对我有意见了！"

我说："不敢有意见。同学们也不会计较我的缺席，下次我做东，请同学们吃饭，做补偿就是了。"

冰玉说："为什么是老群主，难道你现在不是群主了？"

我说："聚会结束后，我将所有的事务处理完成后，就将群主的位置转让给聚会时的美女主持人，也就是今天聚会地点的主人。"

冰玉说："很好！这符合你一贯淡泊名利、安于寂寞的性格。内心强大自信的人，从不显摆自己，也不需要在别人面前刷存在感。"

我说："我当初建群是应老师之命而为，我本人也想为我们母校做点事情；更主要的是，一些老师和同学们说了，根据我当年在学校的影响力和号召力，师生大聚会由我组织是最合适的。如今初中同学微信群已经建起来了，师生聚会也圆满完成了，已经达到了让大家方便交流和沟通信息的目的，所以我的任务就完成了。"

冰玉问道："你为什么将群主的位置让给女生而不让给男生呢？男生们不是更热衷于这种事情吗？"

我说："目前这样一个近百人的师生群，总不能随便找一个人来当群主吧，我必须对大家负责。聚会之前我就一直在用心观察，准备聚会结束后挑选一位有

组织管理能力、有强烈的责任心和热衷于公共事业的热心人来当群主。果然在配合我组织聚会的整个过程中,我发现我们的美女主持人具有这三个方面优点,而且我分配给她的任务,她都是不折不扣地完成,所以当我完成了聚会的所有事务之后,就顺利地将群主的位置让给她了。事实证明,她确实是一个好群主,将我们这个师生群管理得很好。"

冰玉说:"你做什么事情都是有计划,按步骤,稳步进行。你看人的眼光总是非常准确,你挑选的人选也一定是不会错的。你真伟大,真大度!自己辛辛苦苦地铺好了路,搭好了平台,将一切工作都准备就绪了,却又将这一切毫不怜惜地拱手让给了他人!"

我说:"到了我们这个年龄,名利都是身外之物。踏实做事,本分做人,平淡生活,享受人生。"

冰玉说:"能随时随地退出是一种优秀的管理自己欲望的能力,尤其是在获得成功的时候,能做到这一点,并不容易!美国哲学家梭罗说:'一个人放下的东西越多,就越富有。'"

我说:"在适当的时期,让位于有能力的人,给别人展示能力的机会不是更好吗?"

冰玉点点头,调侃道:"你的思想境界又上了一层台阶,离思想家真不远了!"

我也调侃道:"远着呢!不过他们现在就在如皋城里聚会,离我们这儿确实不远。"

冰玉笑道:"你真能贫!你们如皋有许多优美的传说,'雉水'就是其中之一。"

我故意惊讶地说:"你确实是令我刮目相看的大才女!我作为如皋人都不十分了解这个优美的传说,只知道有这个别称。"

冰玉说:"这就是俗话所说的'家乡中无美景,亲人中无伟人'。对于太熟悉的事物和人物,在我们眼中就不再那么优美神奇了,也就不会特别留心关注了。《春秋左传》中记载:'昔贾大夫恶,娶妻而美,三年不言不笑,御以如皋,射雉,获之,其妻始笑而言。'"

我说:"在《十三经注疏》中是这样解释如皋的意思:'皋为泽也,如,往也,为妻御车以往泽也。'按照编年史推测,此事应该发生在公元前700年左右。"

冰玉大笑道:"上你的当了!堂堂大才子,怎么可能不知道家乡名称的来源呢,原来你是在故意考我呀!"

我称赞道:"你简直是无所不知!实话说,我就不知道你们大上海的历史来源。"

冰玉笑道:"我不会再上你的当了。"

我说:"根据海安县青墩村出土的文物分析,在古长江入海口改道之前,如皋平原位于江南,我们这个地区的先民传承的是良渚文化,与你们上海同属于江南板块。"

冰玉兴奋地说:"原来我们是一脉相承的呀!"

我调侃道:"费了这么大的劲才与你这位上海的大才女攀上点关系,真是累死我了!"

冰玉笑道:"德性!自从认识了你,知道你是如皋人之后,我就特别关注与如皋相关的事情。认识你的那天晚上,我到图书馆去上晚自修,哪知道进去之后,我根本没有学习功课,一晚上都在查阅关于如皋的方方面面的历史记载。那一年的上半年,你们如皋刚刚撤县建市,我说的不错吧?"

我感动地说:"刚刚认识我,你就确信我们能成为最好的朋友吗?竟然如此用心地关注与我有关的事情!"

冰玉责备地说:"不是因为确信能成为最好的朋友而关注,而是因为我的用心关注才使我们成为最好的朋友!"

我非常愧疚,在我俩交往的过程中,如果没有冰玉的主动和热情,确实就没有我们后来深厚的友谊。我这个人在人际交往中往往因为不积极主动而总是处于被动的状态。凡事都因为努力才有结果,而不是因为肯定会有结果再去努力。

我真诚地说:"谢谢你,我的天使!确实如此!无论多么密切的关系,都需要用心维护和特别珍惜,才能延续而加深!真心换真情!"

冰玉说:"说谢谢就太多余了。与你初相识的那天晚上,我好兴奋,夜里很晚才睡着的。这么多年以来,你是唯一一个与我具有相同的文学爱好而且能够与我自由畅谈的同龄人。我俩思想相通,我当时在内心里就已经默认你为知音了。"

我说:"深有同感!那一夜,我也特别兴奋,我失眠了!"

冰玉说:"你又撒谎!你当时肯定没有跟我同样的感觉,一定是后来慢慢产生的。你就是一个始终比我慢半拍的'木瓜'!一直跟不上我的节奏。"

我说:"你大嫂也是这样说我的,认为我事事比她慢半拍。"

冰玉说:"我跟大嫂英雄所见略同!"

我说:"你俩都是巾帼女杰,只有我是须眉浊物。"

冰玉笑道:"德性!"

我说:"其实当天晚上,我也在图书馆里看书,可惜当时没有看到你!我是图书馆里的常客,经常一待一整天,恨不能一下子读完天下所有的好书。"

冰玉说:"你也太贪婪了,你的脑子里能装得下这么多的知识吗?"

我说:"学无止境,一生努力。当时我翻阅了《辞海》,查看了'冰玉'到底是什么样的一种神奇的美玉!"

冰玉说:"上次在我家时,你说过这件事。我俩还真是心有灵犀,都去了图书馆,都查阅了与对方有关的知识。"

我笑道:"看来我也不是事事都比你慢半拍,也有与你同步的时候。"

冰玉微笑着,点点头。

过了一会儿,冰玉说:"哎,人家喊你学霸班长,原来你上初中的时候,既是学霸,又是班长呀!"

我说:"怎么啦?不像呀?就允许你一直优秀,我偶尔也'优秀'一下不行啊?"

冰玉调笑道:"行,当然行!你这么聪明,我一点儿都不感到意外!"

我俩继续啃烧饼,感觉更加清香!

我说:"水绘园的景点有十多处,我们上午玩了三处,下午我们去观赏壹默斋、波烟玉亭和古澹园。波烟玉亭是冒辟疆为纪念董小宛而建,因为董小宛最喜欢阅读唐朝诗人李长吉的词《月漉漉》,其中有一句,'月漉漉,波烟玉,莎青桂花繁。'"

冰玉兴奋地说:"这个地方必须去。"

我说:"古瞻园是展示盆景的地方,其他景点就不去了。背面有一小段明代的古城墙,上次同学们扶我上去过,没有什么特别之处,比南京古城墙的规模要小得多。城墙下面有一个动物园。"

我故意放慢语速,"这么雅的文化园林里,竟然夹着这么俗的一个动物园……"

冰玉笑呛了,一边咳嗽,一边指着我说:"再雅也不可离俗也。"

我微笑不语。

冰玉抿了一口矿泉水,瞪了我一眼,笑道:"你懂个啥?这就叫人与自然融为一体,与动物草木和谐相处。"

我说:"你说得对,我受教育了!这两天中午都让你吃干粮,传出去,同学们肯定会骂死我的,你的那些众多的崇拜者们肯定会杀了我的。"

冰玉一听,调皮劲又上来了,立即靠紧我,举起手机,拍了一张我俩咬着烧饼的照片发到大学同学微信群里。

冰玉坏笑道:"我就是要看看,到底是谁想要杀了你。"

果然马上招来一片谴责之声,我立即淹没在同学们的口水之中。大家都说,老大抠门、小气鬼、守财奴、不解风情、不懂得怜香惜玉等。

冰玉好得意,大笑道:"老大,你完了!"

夏蕴说:"你俩忆苦思甜哪?"

果然,韩主席说:"可恶可恨的老大,你竟然让我的女神啃烧饼,我要杀了你。"

我故意分辩说:"烧饼接地气。"

韩主席回我:"俗!俗!俗!"

我与冰玉相视一笑,同时回他一句:"大俗即大雅也!"

大家调侃道:"两人如此心心相印,我们受不了啦!"

小妹立即发语音,替我分辩说:"我大哥绝对不是一个小气的人!一定是因为水绘园好大,上午没有游完,善良的才女心疼我大哥,为了让他少走路,所以中午不出园子,随意吃点东西充饥,下午还要继续。"

葤芄说:"小妹呀,我们大家跟老大开玩笑呢。你确实是真心地护着你的好大哥,决不让你大哥受到半点委屈!"

天禧调侃道:"可惜了,小妹,你这么痴情,但是现在陪伴在老大身边的美女好像不是你耶!"

小妹说:"好酸呀!某些人身上的醋味太重了!"

黑胖说:"老大,你曾经说我是'滥情伤了专情人',我现在还给你。自古文人总多情,不专情!迁客骚人嘛!"

高个说:"老大呀,群里的酸味确实很重!你伤了好多的专情人哟!"

我说:"你们两个小子中午是不是又喝高了?不许胡说八道!非常感谢小妹最诚挚的关心和爱护,我非常感动!不像某些美女,只知道煽风点火,唯恐天下不乱!"

黑胖说:"大家仔细分析一下,老大口中唯恐天下不乱的'某些美女'到底指的是谁和谁!"

高个说:"是她和她,还有她……"

冬冬说:"高个一定是被小燕子一脚踹得结巴了!"

大家又笑了。

吃完烧饼,我笑道:"你现在知道小妹为什么说天禧身上的醋味太重了吧?"

冰玉给了我一个白眼,笑道:"我很笨,不知道。"

我说:"你就装吧!你看看,我们这位尊敬的主席大人,当年的护花大队长,这么多年过去了,如今对心中的女神还是念念不忘啊!当年人家那么痴情地追你,而且各方面都是如此优秀,你为什么不答应人家呢?"

冰玉瞪了我一眼,反问道:"他优秀,我就一定要嫁给他呀?蕴儿是美貌与智慧的化身,人家那么激情地追你,你为什么不娶她呢?"

我笑道:"你这可是典型的胡搅蛮缠了!蕴儿从来没有跟我说过她喜欢我,但是我们帅气多情的主席大人是多次向你明确表示过呀!"

冰玉笑道:"我突然发现小妹时时刻刻都在全力护着你,对你可真是太好啦!你也是处处护着她!千金难买一个在乎你的人!"

我知道她想说什么,故意问道:"难道我不在乎你吗?"

冰玉笑道:"你在不在乎我,我还真不能肯定!我问你,黛玉原先一直不肯放下戒心,为什么后来就在心里接受了宝玉呢?"

我说:"在《红楼梦》三十二回'诉肺腑心迷活宝玉'中,黛玉隔窗在外,偶然听到宝玉对自己的特别赞赏,不觉又惊又喜,又悲又叹,才认定宝玉为知己。"

冰玉说:"不仅是赞赏,而且是维护,更难能可贵的是不避嫌疑。'所喜者:果然自己眼力不错,素日认他是个知己,果然是个知己;所惊者:他在人前一片私心称扬与我,其亲热厚密,竟不避嫌疑……'许多人当面与你友爱有加,可是一旦遇到别人诋毁你,却可能不闻不问,不愿意为你破坏气氛而得罪人。黛玉有感于宝玉的一片真情,不避嫌疑,冲口而出。"

我说:"你分析得很有道理。当面说好话的人多着呢,黛玉都没有当回事。"

冰玉说:"小妹能一片真心地护着你,实在是难能可贵,而且你俩是童年的好伙伴,价值观一致,彼此又那么和谐、默契!好奇怪呀,你俩当年为什么没有走到一起呢?"

我佩服地说:"我承认我永远说不过你!你看书比我细致,思考比我深刻。我还以为你看问题表面化,看来是我自己肤浅了。"

冰玉笑道:"我八岁就开始读《红楼梦》,你十六岁才开始读的吧?"

我心悦诚服地说:"尊敬的苏老师,我甘拜下风!'闻道有先后,术业有专攻。'不服不行呀!"

冰玉大笑道:"孺子可教也!上学的时候,你究竟喜欢谁呀?美丽倾城的校花,你没有动心;可爱迷人的小妹,你没有在意;那么到底是聪明绝顶的女王学霸呢,还是风情万种的女神班长呢?"

我笑道:"都不是!是谁,我就不告诉你!"

冰玉说:"你别得意,我总会有办法让你主动告诉我的!"

我细想,爱情这个东西确实是令人捉摸不透的。有时候,各方面看上去都非常般配的两个人,最终就是没有能走到一起;甚至有些人之间,从一开始,就没有想过要走到一起。在爱情中,吸引双方走到一起的最重要的因素到底是什么呢?

我正在认真思考，没有在意，不知道什么时候，我的手背上被蚊子叮咬了一口，起了一个红色的小丘疹，好痒。

冰玉从小包里取出风油精给我涂上。

我说："你这个包不大，却什么都有，是个百宝箱。"

冰玉说："出门在外，这些东西一定要准备齐全。不打无准备之仗不也是你的优点吗？"

我念道："先谋后事者逸，先事后谋者失。"

冰玉笑道："这是《旧唐书》上的话，我想起其中的另一句话，'与人共其乐者，人必忧其忧；与人同其安者，人必拯其危。'可惜蚊子咬你，我竟然不能为你分忧解危。"

听了这话，我极为感动！

我想起，上大学期间，我们三个人在一起时，蚊子总是叮咬我和夏蕴，却很少叮咬冰玉，我们都很奇怪。冰玉调侃说，你俩的血液香甜、可口，蚊子特别喜欢；而我的血液苦辣，所以蚊子不喜欢。我和夏蕴都说，你是国际大都市来的天仙，蚊子不敢冒犯你，只敢欺负我们。后来学习《细胞学》的时候，我们在实验课上每个人自己化验自己的血型，我和夏蕴都是O型血，冰玉是A型血。再后来我们学习了《医学寄生虫学》，懂得了蚊子的生活习性，原来蚊子是根据气味和二氧化碳的浓度来识别目标的。

夏蕴从一本娱乐杂志上看到，蚊子的嗅器对O型血的人更敏感。我们结合自身的情况，当时对这个说法深信不疑。

我笑道："二十年过去了，蚊子依然能分辨出高低贵贱，还是只敢欺负我这个乡巴佬，不敢冒犯你这位天仙。"

冰玉笑道："我很厉害可怕，而你太温顺善良了，所以蚊子只敢欺负你，不敢欺负我。"

我笑道："你是仙女，不食人间烟火，没有人的酸味，蚊子识别不到你。"

冰玉说："蚊子只咬你和蕴儿，不咬我；你俩是有福同享，有难同当，只有我是另类！"

我说："你大嫂的血型和你的血型是一样的，也是A型血，所以蚊子总是咬我，不咬她。她说因为我的血液是臭的，蚊子特别喜欢臭的东西，所以咬我。"

冰玉大笑道："大嫂好可爱呀！一定是你欺负大嫂了，她才这么说你的！"

我笑道："不敢！呵护她还怕不周到呢！"

冰玉说:"我给你更正一下,最近的文献报道,其实蚊子咬人与人的血型无关,而与人的基因有关,尤其喜欢叮咬血脂高的人。"

我说:"这个研究结果值得商榷,与血型无关能接受,但是我和蕴儿都不胖,血脂也不高。"

冰玉调侃道:"可以这样解释,蚊子还对排卵期的女性特别敏感,蕴儿经常想念你,所以就招蚊子;而你的基因里有坏东西,所以也招蚊子。"

我笑道:"你可真能胡扯!好像你从来都不怀春,所以不被蚊子咬!你是仙女,不具有人类的七情六欲!"

冰玉笑道:"小气鬼,跟你开个玩笑,你还急眼了,又乘机骂我不接地气了!"

我说:"其实我是因为体虚,容易出汗,所以更容易招蚊子。"

水足饼饱之后,我们起身。我环顾四周,发现垃圾桶离我们较远。

冰玉说:"你不要动,我去扔垃圾。"

冰玉取走了我手中的牛皮纸袋和擦手纸,顺便弯腰捡走了脚边别人扔下的易拉罐,送去垃圾桶。

我想起前天看到的一则新闻,美丽的茶卡盐湖在假日中被旅游的人们糟蹋成了垃圾场!这太令人痛心了!

冰玉回来了,笑道:"你们如皋人的素质还是挺高的,地上基本上没有垃圾。现在许多旅游景点都是垃圾满地,一片狼藉。"

我说:"许多人旅游的目的就是为了拍美景照,然后在朋友圈里炫耀,但是这些人随手丢弃的垃圾让他们根本配不上这些美景!"

冰玉说:"美好的环境是需要我们每个人都守护和珍惜的,而不仅仅是用来拍照和炫耀的。"

我们向北走,过了霞山桥,见一片茂密的竹林。风吹叶飘,凤尾森森,龙吟细细,很有气势。

我说:"这就是'妙隐香林',是冒襄故意设置的障景,是用挖小三吾溪的土堆积而成的。"

冰玉说:"此处翠竹弥漫,草木旺盛。传说中的'曲水流觞'一定就是在小三吾溪了。"

我说:"对呀,文人雅士在此谈古论今,填词作曲,何等风流雅致,令人神往!"

突然,冰玉指着北边水池中一座三角亭,兴奋地说:"那一定是小三吾亭。"

小三吾亭极其简易,很小,仅能容两三人而已。亭前有数块峿石,傲立于水中,情趣盎然。冒襄模仿元结在湖南松山的浯溪、浯亭建成此景,常与两三文友驾扁舟登上小三吾亭,一起评论时政,吟诗作赋,相互唱和,那是何等的风流潇洒！文化清流之梦,莫过于此也。

前面有长廊向西延伸。我俩查看游览图,西边有枕烟亭、匿峰庐和容安草堂等。枕烟亭是冒襄陪小宛观景的所在,匿峰庐是冒襄晚年苦度的地方。我的体力有限,就不过去了。

我俩向东走,看到古色古香的寒碧堂。

我说:"寒碧堂背林面池,因堂后多植白皮松,故名寒碧,是冒辟疆当时与友人一起品茗、欣赏戏曲之所在。"

寒碧堂匾额也是陈从周教授所题,两侧对联是:"寒月映梅凝素影,碧窗摇竹透清风。"中国园林和建筑都与文化密不可分,文化内涵是它们的精神内核。如果除去了水绘园中所有的文字,割断历史文化的传承,那么整个园林就失去了精神支柱。

冰玉说:"这副对联我以前读过,极为欣赏,却不知道是这儿的门联。如此一看,此情此景,贴切自然,极有韵味。"

我说:"大雅之所！何妨进去一坐?"

冰玉笑道:"你体弱畏寒,还是不要进去了。"

我心中非常感激,她是担心我太累了,不让我每逢景点必进。

我真诚地说:"谢谢你！"

冰玉莞尔一笑,责备道:"多余！"

我说:"我们如皋有一项闻名全国的非遗剧种就经常在此演出,你知道是什么吗?"

冰玉兴奋地说:"你这位大才子引以为豪的家乡文化剧目,我能不知道吗,是木偶戏。"

我说:"我的一位高中美女同学小芳就在木偶剧团里;可惜今天没有演出,不然一定让你好好欣赏一下景美、戏美和人美三美合一的奇特画面了。"

我俩继续向北走,经过典雅的长廊,到达水绘园的主花厅——壹默斋。

屋顶为三层滑脊,两侧兽头端坐,在第二层上,等距离镶嵌着四块泥塑——梅、兰、竹、菊,象征着明末四大才子。筒瓦清水墙,门前走廊两根大红木柱,白色圆鼓石为基座。白石地基高出地面三块石板。暗红色门窗,明代风格。整座建筑古朴端庄典雅,居中领属。

两侧的门联,"名士名园亦文亦史,半村半廓宜画宜诗。"

冰玉细看斋名良久,对我说:"此名挺有禅意！此处本是冒襄著书立传及与友人针砭时政、切磋诗书技艺的主要场所。在这个亦文亦史、宜画宜诗的名士名园中,曾经汇集了无数的文人逸士。在这样的场合到底是应该保持静默呢,还是

应该畅所欲言呢？"

我说："'壹'为专一、稳定之意，'默'有缄默、静观之味。在那样一个朝代更换的乱世之中，当年园主人在遭受残酷的迫害之后，仿效阮籍、陶渊明而归隐皋邑，将水绘园更名为水绘庵，从此寄情于山水，不问清朝政务。"

登上走廊，木窗下墙面约有半米高，以细斜角方景砖贴面，磨砖严合对缝，表面光漆明亮，古朴典雅。

进入室内，都以古旧木料装饰，木板密封墙面，梁眉、梁头、替木、卷杀等古工艺一应俱全，正是如皋传统的木作技艺。

我俩仔细阅览首轴，"俨成高士宅，半作老僧居。竹径通禅梵，花窗枕道书。龙蛇忽变幻，烟水定如何。苦忆来年事，飞沙卷白鱼。"

冰玉说："此轴果然印证了你刚才之言。此情此景，还是少说，多静观为佳！言多必失，沉默是金。"

堂内陈列了不少冒董两人的书画作品。小宛的一幅《孤山感逝图》，千古流芳。

北侧的板壁上是冒辟疆的《水绘园修禊记》，记载了康熙四年"上巳节"在此举行的一次文人诗会，文采风流，盛况空前。

我俩在仿制明朝的雕花红木八仙桌两侧的椅子上坐下来。

冰玉笑道："相公，此乃妾今日刚刚取芝麻、炒面、饴糖、松子、桃仁，再用香油调和，精心研制的方块酥糖，相公不妨品尝一下，看看味道如何。"

我亦笑道："很好，香气扑鼻，外黄内酥，甜而不腻，就称为'董糖'吧！错了，这是出自苏冰玉美食大师之手，应该称为'苏糖''冰糖'或者'玉糖'才对！"

冰玉大笑不已！

我想起上次也是在此，我和阿华亦如此而坐，钢班长和星星帮我俩拍合影。

我立即将手机里的照片翻出来，笑道："给你欣赏一下我们高中校花的风采。"

冰玉细看，称赞道："清纯、漂亮、内秀，果然名不虚传，倾校倾城！"

看到我和阿华牵手的照片，冰玉欣慰地笑道："你挺有美女缘，大家都这么关心你，爱护你！"

我说："美女妹妹细心善良，怕我摔倒。"

冰玉说："尘世山高水远，即便不能永远握住你温暖的手，但是能陪你走过一段温馨的心路，便是此生最美的修行。"

我说："一生中有许多值得怀念的时光，可能就是在某个当时并不经意的刹那间，后来一直在温暖着我们的心田。"

冰玉说:"共处的日子,一起相拥心灵的清欢与灵魂深处的美好;同行的岁月,让一路相随的温暖,在四季的风雨里氤氲;纵然在渐行渐远之后,依然带着那颗纯真的初心,伴着夕阳,在尘世的烟火中涅槃。"

我故意合掌念道:"阿弥陀佛,佛光普照大地!"

冰玉笑道:"你就不要假修行了!又是高中校花,又是大学校花,又是研究生班花,小心花太多了,会迷了眼!"

我调侃道:"'花气薰人欲破禅,心情其实过中年。春来诗思何所似,八节滩头上水船。'年纪大了,要学山谷道人,开始'老懒'了。"

冰玉笑道:"花气薰人与你何干?你何曾真正静心入过禅?'不悔自家无见知,却将丑语诋他人。'黄庭坚其实是自谦,并未真成了'老懒',五十多岁了,还在潜心研究草书,'乃窥笔法之妙',终于成了与苏轼、蔡襄、米芾并称的书法'宋四家'。你才四十多岁,却装成一种老成持重、入禅悟透、不问世事的模样!假不假?好不好笑?"

我故意不满地说:"你总是这么厉害,自恃博闻强记,又口齿伶俐,就话不饶人,欺负我年老口拙、无知无识,一番话中就比出这么多的语录来!难道一定要说得我哑口无言,羞愧难当,你才心满意足吗?"

冰玉立即反驳道:"岂有此理!我本是好心劝你不要看淡、消沉,自当锐意进取;你不但不感激我的一片苦心,反而'不满'我对你的鼓励。我这是自讨苦吃,真是'山木自寇,源泉自盗'。何况你立即强词狡辩,这是'羞愧难当'吗?你连续说出这么一大堆话,这是'哑口无言'吗?"

真厉害!这下我是名副其实的"羞愧难当、哑口无言"了!

我只能自嘲:"《南华经》有云:'巧者劳而智者忧,无能者无所求,饱食而遨游,泛若不系之舟。'你这位智巧者多劳多担待,我这位无能者就可以安逸自在若不系之舟了。"

冰玉讽刺道:"堂堂大才子竟然也有认输、告饶的时候,真是难得!"

我知道不能再继续这个话题,否则才是真正的"自讨苦吃",赶忙说:"实话跟你说,其实在上大学期间,蕴儿并不是我心中的极致。"

冰玉立即盯着我的眼睛,问道:"那么谁才是你心中的极致呢?"

此情此景,我的心境受到感染,准备将多年来一直隐藏在心中的话和盘道出;但是我突然想起,阿华在看了我的《上海之旅》之后,当时称赞说:"哥哥和才女之间这种纯洁而又至真的情义是一般男人很难做到的!我为你骄傲而鼓掌!"我想阿华在赞许之中应该还含有一份善意的提醒,让我始终要把握好分寸的意思。

当时上海的美女发小平子在看了我的《上海之旅》之后,也跟我说:"才女就是你的一切,你心中只有才女,根本没有我这个发小,都到上海了,竟然也不来看看我!"

她们俩说得对!许多事情过犹不及,界限之内,分寸之中,才是我们处理事情最适宜的境界。距离产生美,人与人之间的关系太近了,会失去神秘感;看得太清晰了,会放大各自的不足之处。作家瓦莱里娅·路易塞利在《假证件》中这样说:"在一定的距离之外,每个人都可能是我们要找的那一个。"

纵然是最密切的友谊,也应该对彼此有一份最初的保留,尤其是在特别敏感的男女友谊之间。还是让这件事成为我心底里永远的秘密吧!纵然是真心话,也没有必要全部讲出来!就让我们保持在一定的距离之外,只欣赏彼此的美,应该更好。

冰玉说:"想什么呢?你好讨厌!是不是老毛病又犯了,内心的护甲又面对我套上了,又要慎言谨行啦?"

我掩饰地说:"西汉刘向说过,'君子慎言语矣,毋先己而后人,择言出之,令口如耳。'"

冰玉不满地说:"不就是日常聊天嘛,你何必如此一板一眼的呢?难道你我之间乃两国邦交乎?你就不要再说废话了,快讲呀!"

我说:"你就慢慢悟吧!凭你的聪明才智,此乃小事一桩。"

冰玉瞪我一眼,不悦地说:"我愚笨,悟不到!上学的时候,你从来没有牵过我的手,你牵过蕴儿的手吗?"

我说:"也没有!那个时候,我们都是学生,男女之间哪能随便牵手呢?"

冰玉说:"主要是因为那个时候你的身体挺好,不像现在这样衰弱。那个时候,我们不用担心你会摔倒。"

我说:"谢谢你的关爱!在这纷纷扰扰的红尘中,能够牵着你温暖的手,安静地共度一段美好的时光,也是前世修来的缘分!"

冰玉接口说:"两个相互最懂的人倾心执手相握,哪怕只有短暂的一秒钟,也是此生最美好的瞬间,值得永远回味。"

我看了冰玉一眼,不知道该怎样往下接话。

冰玉笑道:"你别紧张,我知道最懂你的人是大嫂,不是我!"

我说:"果然应验了你大嫂的那句评论,说我'木讷'。当我在你大嫂、你和蕴儿面前的时候,这一点显得特别明显,因为你们三个人都是思维敏捷和口齿伶俐的人,我时常跟不上你们的讲话节奏。在你面前,我总是反应迟钝,笨嘴拙舌!"

冰玉说:"这并不是因为你木讷,更不是反应迟钝,而是因为女人具有语言天赋。女人左右脑之间的神经通路比男人更加密切。"

我笑道："看来你不仅精通心理学,而且通晓精神和神经科学,佩服!"

冰玉说："其实你不是木讷,而是不屑于多话。村上春树说:'不爱说话的人,请认真生活。'"

我说："好的!老朽一定遵照公主吩咐!此后一定少说多做!"

冰玉站起来,笑道："我们走吧,反应迟钝的糟老头子。"

我辩驳道："真源无味,纯水无香。"

冰玉笑道："好的,你真,你纯!人生如茶,淡者弥香。"

我调侃道："女人如花,暗香袭人。"

我站起来,冰玉走过来拉着我的手。

我说："你的手果然比我的手温暖。"

冰玉说："你是冷血动物!你才是冷气袭人呢!"

我念道："你是爱,是暖,是希望,你是人间四月天。"

冰玉说："这是林徽因对她儿子梁从诫说的,外界却以为是林徽因对梁思成的爱恋。你为什么跟我说这个呢?"

我笑道："这是我对女儿苏冰玉说的。"

冰玉笑道："不害臊,谁是你女儿呀?"

我俩继续向北走,经过古旧的悬溜山房时,我俩停下脚步。悬溜山房是一座财神庙,墙壁和门窗都很古旧灰暗,应该是许久无人清理;屋面上的青瓦和檐头的滴水倒是整齐完好,显然是经过修缮。

我说："冒襄倒是很能包容,园中寺、庙、斋、阁齐全,什么人都能在他的园中居住。"

冰玉说："正是所谓雅人大度,智者兼容。"

悬溜峰自东边穿水而出,峰脚有因树楼,峰腰处有湘中阁,两者参差相衬,很有层次感。山石紫一块、黄一块、青一块,在日光映照之下,多彩斑斓。

悬溜峰本是湖南南岳衡山72峰之一,冒襄甚爱其景,依形模仿,缩小而建,惟妙惟肖,颇具悬崖巨壑之形,森奇列戟之态。峰上花草树木郁郁葱葱,莺歌燕舞,别有一番风韵。

因树楼是二层砖木结构,古朴雅致,三面临水,北侧依峰而建。东侧是一堵观音墙,西侧宛如画舫,这种东西两侧不对称的结构安排有些新颖别致,体现了主人不拘泥于定规,按照自然景观的变化,适时而变的认识观。

我俩看门联,"天然湖是月,阁回楼为云。"此情此景,挺有意境。

冰玉问道："楼周并不见什么参天古树,为何叫'因树楼'呢?莫若叫'因峰

楼'更确切。"

我说："你就是事事喜欢考证！或许在当初建楼之时，此处真有一棵奇树；但是建楼年代太久，古树早就已经枯死了，仅仅剩下古楼。我俩就不必费神寻根问底了。"

冰玉调侃道："原来世界上竟然也有你才子老大不懂的事情呀？其实楼内必有记载，进去一观定有答案。算了，还是留点悬念吧！某人不是一直坚持'抱残守缺'的观念吗？"

我故意赞道："正是此理！遗憾即完美，人生九九，不必进一！"

我俩都笑了。

我想起了上次在夏蕴家里和她谈到的留白，笑道："这就像中国画里的留白，是一种减法的美；如果整个画面太满了，会让人有一种沉闷缺氧的感觉。"

冰玉说："是画中有话，是无声胜有声，是言尽意远！"

我说："是残缺的美，是遗憾的美！这也许更能让人回味无穷！"

冰玉说："所以有些事情是你故意没有进一，故意留下了遗憾！"

我说："我不是圣人，并不能先知先觉；但是我觉得所有的事情都是上苍最好的安排！"

冰玉微笑着，问道："你这话我是信呢，还是不信呢？你确信这不是你的狡辩吗？"

我微笑不语。我想，生活无论怎么过，都会留下遗憾，永远不可能十全十美，所以最重要的是懂得珍惜。

冰玉环视四周，作陶醉状，大赞道："此一处景观设计用心良苦！好美，好奇特！我好喜欢！悬溜峰堆叠得非常自然，与周围草木浑然一体，不露痕迹。假山洞中的透光、古朴的石桌石凳、典雅的因树楼等，这一切都令人流连忘返。"

见她兴趣盎然，笑容灿烂，我立即举起手机，留下开怀一影。

我俩同时看到一块棕色的标识牌，细看内容：因冒辟疆喜爱此处一棵白皮松而建楼，是园主人"于自然中见人工"造园手法的又一体现。

冰玉说："没有想到你的杜撰竟然是真的！"

我想起《红楼梦》中宝玉说的话，故意调侃道："除了'四书'，杜撰的也太多呢。"

冰玉说："你是'假'宝玉！"

我笑道："你是'真'冰玉！"

我们都笑了。

我俩望着高处的湘中阁，半隐于石峰树木之中，只隐约看到是两层的十字形阁楼,栏绕廊转。

我说:"山石陡峭,我就不上去了。你要是感兴趣,就一个人'独上高楼,望尽天涯路'。"

冰玉笑道:"你觉得我会扔下你不管,一个人独自去览胜吗?万一我回来的时候,你又突然失踪了呢?"

我故意说:"你们离开我二十年了,不是生活得更好吗?"

冰玉发狠地说:"好!很好!蕴儿生活得非常好!某人真是够自私的!"

我故意转换话题,说道:"前人有诗云:'推窗忽忆三湘景,米家画里听秋猿。'赞此处一景犹如北宋书画家米芾的风景画一样优美迷人。"

冰玉说:"其实更甚!若遇漫漫细雨之夜,宿此因树楼,一夜静听这清绝悦耳的叮咚山泉之声,忘却尘世间一切烦恼,岂不快意哉?才子老大愿意作陪乎?"

我说:"仙女有令,在下诚惶诚恐,万分荣幸!其实所谓'悬溜',正是'高悬而下溜'之意。当时园林大师张南垣取黄石堆成峰,在高处的黄石上故意凿孔洞,蓄上雨水,再凿上漏缝,让雨水一滴滴从上方滴下,如山泉叮咚作响,发出悦耳的天籁之音。"

冰玉从小就喜欢听雨声,听脚踩在积雪上发出的"滋滋"声响。上大学时,我曾经无数次陪她听雨、踏雪,如今她依然不失少女的童趣和浪漫。夏蕴曾经笑话我,只有老大才有这样的耐心、闲情和雅趣,去陪伴玉儿这种长不大的浪漫情怀。

如果你真在乎一个人,你会非常愿意陪她做任何事情,哪怕在别人看来是幼稚的事情。因为你和她都能从中得到无穷的乐趣,这是只属于你们两人才有的默契和心灵感应。上学时,冰玉说,希望自己永远不长大。我理解,冰玉是想永远保持初心和纯情,不愿受到世俗的浸染,但是人最终都是要长大的,总是要进入现实社会的。愿我们每个人在社会的大熔炉中都保持真情真性。

我曾经在一些古建筑中见到过专门的"听雨轩",可见古人对淅淅沥沥雨声的特殊情怀,须得用心才能聆听到这种天籁之音的精妙之处。

我记起蒋捷的《虞美人·听雨》,随口念道:"少年听雨歌楼上。红烛昏罗帐。壮年听雨客舟中。江阔云低,断雁叫西风。"

冰玉接着念道:"'而今听雨僧庐下。鬓已星星也。悲欢离合总无情。一任阶前,点滴到天明。'你何时能再陪我听雨、踏雪就好了。"

我说:"以后应该会有机会的。古人云:'松下听琴,月下听箫,涧边听瀑布,山中听梵呗,觉耳中别有不同。'雅是雅,就是要求太高了,条件有限,不易获取。不若陪佳人听雨简易,只要在下雨天,则时时处处都可行。"

冰玉说:"你这个做法看似简单,其实要求更高,必须时时处处都有佳人陪在

你身边才行！"

我笑道："你说反了！是我有幸陪着佳人，可不敢奢望让佳人陪着我！"

冰玉笑道："假，某人太假了！"

我说："古人论九雅：寻幽、候月、听雨、赏雪、莳花、抚琴、焚香、品茶、酌酒。我虽是一个俗人，但是这九件事情，我好像都陪你'雅'过。"

冰玉说："所以遇见你是我人生中最大的幸事！"

我说："深有同感！峰顶为园中位置最高处，立于其上，登高望远，全园的风景可以一览无遗。这么好的观景位置，我建议你还是上去看一下，下来之后，再跟我讲一讲你的神奇发现和深刻体会。"

冰玉笑道："好吧，我就替你上去看一看，看来我就是你的眼！"

我笑道："你不仅是我的眼，你把我的心也带上去，用心观赏！"

冰玉调皮地向我眨眨眼，微笑着，欢快地上去了。

我坐在石栏杆上遐想，无限风光在险峰，可是我身体不便，因而错过了无数的好风光！其实生活永远不可能满足我们所有的欲望，但是想一想这一路走来的辛劳和付出，与所得相比，却也算是得大于失，不枉来此人世一遭；既然已经深刻感受过人世间的冷暖炎凉，此生也就无憾了！

一会儿，冰玉下来了，笑道："果然如你所云，满园风景尽收眼底。其他的不用说了，我只告诉你阁内的楹联，上句是'月照松间觅诗痕'，下句是'泉鸣涧畔……'"

冰玉故意停下来，让我接下去。

我随口接道："泉鸣涧畔听雨声。"

冰玉赞许地点点头，笑道："此联印证了你对'悬溜'的解释是正确的。"

我调侃道："看来你与古人思想相通，都喜欢听雨，喜欢回归自然，可见你们都是文人雅士，唯有我是乡下土佬。"

冰玉说："此联很有意境，道出了我的心声！你就不要假寒酸了，你能准确地接出下半句，可见你也是我辈中人，同样具有'感时花溅泪，恨别鸟惊心'的灵性。"

我说："荣幸之至！"

冰玉说："其实上去的石板路很平坦，此峰确实是全园最高处，为了不留遗憾，我还是扶你上去亲自领略一下吧。"

我说："尼采这样说：'不要爬上山顶去，也不要站在山脚，从半高处看，这个世界真美好。'"

冰玉笑道："又是你的'求缺'哲学。'看破浮生过半，半之受用无边。半中岁月尽悠闲,半里乾坤宽展。'"

我说:"月满则亏,水满则溢。"

冰玉抢白道:"满什么呀?还缺呢!你刚才说'九雅'你都陪我'雅'过了,其实是言过其实。第一雅你就没有做到,不陪我'寻幽探胜'。"

我说:"'曲径通幽处,禅房花木深。'迷人的美景往往在隐秘处,需要耐心寻觅。我何尝不想陪你呢?上学时也曾陪你爬过紫金山,探过栖霞山洞。如今年老体衰,已经跟不上你依然青春欢快的节奏了。"

冰玉拉着我的手,笑道:"行了,装模作样的老夫子,我们走吧。"

我们继续向东北行走数十米,终于看到盼望中的波烟玉亭。

波烟玉亭位于池中,由浮出水面的十几块石块与岸边相连。石块高低不一,表面突兀不平,而且每个石块之间都有一二十厘米的间隙。

冰玉担忧地说:"我们还是不要过去了吧,感觉你不好走,万一掉下去就不好了。"

我说:"应该可以的。既然已经到了亭边,不上去感受一下,岂不是太遗憾了。伴你探奇览胜,就是付出点代价也是值得的!"

冰玉说:"你这个人太奇怪了,刚才不愿意爬山,现在倒愿意涉水。"

我说:"人生总有取舍,生活常有选择。"

冰玉微笑着,点点头,用心地扶着我。我俩小心翼翼跨过每一块石块,终于登上了波烟玉亭。木石结构,小曲瓦,方块石顶,五角飞檐,红漆五柱,牌匾楷书"波烟玉亭"。一面开阔,单面进出,其他四面由石板和木栏围成的观椅,供观景人就座。

我与冰玉对面而坐,想象当年小宛吟词,冒襄沉醉欣赏的情景。

冰玉轻吟:"月漉漉,波烟玉,莎青桂花繁。芙蓉别江木,粉态夹罗寒。雁羽铺烟湿,谁能看石帆。乘船镜里入,秋白鲜红死,水香莲子齐。挽菱隔歌袖,绿刺绕银泥。"

月漉漉,波烟玉,月漉漉,波烟玉……

在我眼中,冰玉已经幻化成小宛!

四季轮转,似水流年……

春夜细雨,烟雾朦胧,柳色抽新,飞鸟归林。华灯初上,幔绕画舫;人欢语频,觥筹交错;桨声回传,碧波荡漾。天上明月高挂,水中月影如画。

夏夜纳凉,流萤闪烁。月光如积水空明,灯影似飞虹成排。桃扇轻摆,罗纱曼飘,眼如横波、唇如粉杏、气如湘烟、面如桃花、体如白玉、人如美月。

秋夜一泓碧水,一轮明月倒映。空中袅袅云烟,水中漉漉玉兔。满池荷花盛

开,秋风送爽;两岸菊花清香,溢满池塘。人间仙境莫能辨,现实幻境不可分。

冬夜静谧,白雪冰封。窈窕身段,起步弄倩影;纤纤素手,柔情推纱窗。眺望星辰闪耀,敬邀月光入轩,遍洒于枕簟之间,流浸于榻椅之隙。

野芳发而幽香,佳木秀而旺盛。四季夜景不同,而美却如一也。

如此美好迷人的夜晚,一阵清脆婉转的天籁之音传来,随着碧波跌宕起伏,反复回环,萦绕于天地之间。日月星辰之精华,山川草木之灵气,尽于斯也。

大自然的鬼斧神工具有无穷的魅力,集世间所有的溢美之词亦不能穷尽其妙。

如此这般如仙境之美之奇,观者迷,闻者醉!

爱情可贵无价,可遇而不可求也!问世间情为何物?直教人生死相许!

……

冰玉轻轻地拍了一下我的头,笑道:"君穿越乎?灵魂出窍乎?"

我感叹道:"斯情斯景,君不忘情乎?君不忘归乎?"

冰玉笑道:"青天白日,朗朗乾坤,你不可以醉于梦境中,一直神游不醒呀!才子老大,你太容易入戏了!"

我笑道:"情商太低,没有办法。身伴如此清丽雅致的佳人,仙境乎?现实乎?我莫能辨也!"

冰玉笑道:"你不用辨,你就在梦里!其实小宛并没有在此亭中待过,这是冒辟疆在小宛去世后,为怀念她而修建的。"

我点点头,说道:"冒襄真是一位有情有义之人。"

我们眺望对面,见一座两层的四方亭立于池水中央。我回忆导游图,此处应该是镜阁。黛瓦、粉垣、圆窗、月洞门、朱栏红柱,古朴典雅,由白石板桥与岸边相连。水静如镜时,倒影极佳。

遥想小宛当年,于晨曦中,在此"当窗理云鬓,对镜贴花黄",回眸一笑,仪态万千,令人心醉不已。

我说:"倘若此刻小宛正在镜阁中弹琴,那清脆的琴声穿林渡水而来,一定是更加的纯净清越,令人陶醉不已。"

冰玉说:"夕阳西下,小宛在此弹琴吟唱:'病眼看花愁思深,幽窗独坐抚瑶琴。黄鹂亦似知人意,柳外时时弄好音。'佳人忧思,鸟雀都能知其音,草木亦会解其意。"

我说:"这首《绿窗偶成》倒是注解了小宛复杂难言的心绪。冒襄真浪漫,专为纪念小宛而特设此景。只是这一切都必须以经济为基础,唯有富家子弟才有此等清闲的时光。"

冰玉说:"你真俗! 众生平等,人人都可浪漫! 细雨中漫步,飞雪中轻舞,人人皆可为之也。"

我赶忙说:"你赢了,我一直说不过你。"

其实,总是处在安顺无忧世界的冰玉,哪里能理解那些清贫子弟的内心世界? 生活温饱都成问题,哪里还能有什么浪漫的心情呢?"浪漫"对于一般人来说,也就仅仅是一个想象中令人喜悦的名词而已。平常人无数次在细雨中行走,又有几个人会觉得这是一种浪漫呢?

我俩相携回到岸边,沿着河边石板路漫步。累了,就坐在路边的石板凳上小憩,舞动的柳条不时调皮地轻拂着我们的脸。

冰玉问道:"你毕业后为什么没有做腿脚的矫形手术呢? 那样走路会方便一些。"

我说:"本来是想做的,你大嫂也希望我通过手术后,走路能平稳一些;但是家中的事情一件接着一件,所以一直没有能定下心来。"

冰玉说:"现在家中没有事情了,你应该去做一下。我陪你到我们上海的长征医院或者瑞金医院,他们的骨科水平在全国是领先的。"

我非常感动! 两周前,就在水绘园内,阿华扶我爬古城墙的时候,也跟我说过同样的话,希望我去做矫形手术,并说愿意亲自陪同我去住院,照顾我!

我说:"前几天,阿云和我电话聊天时,也建议我去北京做手术;去年大聚会时,小仙女同样建议我去天津做手术。"

冰玉说:"你看看,大家多关心你呀! 一个人活在世界上,总是有人在乎,本身就是一种幸福!"

我说:"我有顾虑,担心手术效果不佳。首先是年纪大了,其次有类风关,再次就是不想再折腾了。"

冰玉说:"我完全理解你的顾虑! 但是手术后,脚尖能抬起来,就不容易绊倒了,也就可以正常走路了。听我的话,去做吧! 医院就在我家附近,我请假,24小时照顾你!"

我说:"太感谢你了! 做不做,再说吧!"

时已夕阳在山,人影稀疏。树木竹林荫翳,鸟鸣声上下,鱼虾戏水自由。

我想起欧阳修的《醉翁亭记》,随口念道:"禽鸟知山林之乐,鱼虾晓池水之娱,却不知人之娱乐也。"

冰玉向我翻了一个白眼,不满地说:"你的要求也太高了! 有我知晓你之乐足矣,岂能要求山水鱼鸟皆能与你共乐乎? 那是庐陵太守自鸣得意时的一厢情愿而已。"

我笑道："你讽古非今,太霸道了!"

冰玉故意狠狠地说："我就是对你不满意,你能怎么样?"

我惊讶道："老朽不知何时又冒犯大公主了!"

冰玉生气地说："你总是不听我的话,而且故意大煞风景,灭我兴致,可恨,可恶!"

我一愣,不想与她辩论,赶忙道歉,笑道："偶有一议,无心之过,下不为例,还望公主见谅。"

小妹在微信群里问道："今才子佳人与古佳人才子穿越乎?畅谈乎?美醉乎?"

冰玉搞笑地说："你大哥正在打呼呼!"

小妹问道："为啥呢?"

冰玉说："梦游了!"

小妹说："大哥梦游,非为古之冒董,实因今之才女也!"

冰玉在清冷的现实中一直不失纯情的浪漫,小妹在不断的成熟中依然不失最初的天真。这两位都是奇女子,在这个世俗的世界里,确实不可多见!

按照导游图,向东数十米,我俩来到古澹园门口。古澹园是圆拱门,匾额亦是郑板桥大师的手迹。此园原本是冒辟疆的好友佘仪曾的"壶领园",清朝乾隆二十五年,郑板桥将其更名为"古澹园"。两侧的门联是:梅花落处疑残雪,柳叶开时任好风。

冰玉说："这两句出自唐代'文章四友'之一的杜审言的《大酺》。写景抒情,寓情于景。"

我说："诗人赞赏在武则天的治理下,当时国力强盛,经济繁荣,国泰民安,一派太平盛世的繁荣景象。"

冰玉说："武则天确实是令人钦佩的古今少有的女中豪杰,文韬武略,安邦定国,无所不能。"

我说："柳逢好风,国遇明主,时代之幸,民族之兴。"

我们跨过灰白色石条门槛,硕大的园内摆放着数千盆大大小小的盆景,令人目不暇接。此园建于明朝末年,现为中国如派盆景园,园内珍藏有自宋代以来的大量"如派"精品盆景。

我说："如派盆景的特点,'云头雨足美人腰,左顾右盼两回头。'"

听了我的话,冰玉仔细观察一棵黑松半天,突然顿悟,惊呼："此等描述生动形象,极为传神。此盆黑松树冠蓬阔,枝盛叶茂如'云头';主干纤细遒劲如'美人腰',左右弯曲是'两回头';根系外露如'雨足'。"

我调侃道："黑松亦多情，'左顾右盼两回头'，在热情欢迎你这位美丽大才女的到来！"

冰玉微笑不语，静静地观看两棵临近生长的桂树，枝叶茂盛，中间枝叶相连处相互交织，你中有我，我中有你，分不清彼此。看树牌上的说明文字，已经有100多年。

冰玉拉着我的手，眼含热泪，非常感慨地说："百年沧桑，风雨相依，携手相连，我觉得它们俩会幸福地历经千年的风霜，永远生长在一起。"

我点点头，迎合着说："天荒地老，爱情不老！"

冰玉问道："你如何理解爱情？"

我说："不是每对有情人都能有幸面朝大海，春暖花开的。最基本的要求，最爱的人就在身边，就是一种幸福。十里桃花，不如身边有你。远处的惊艳只能叫风景，只有身边能感知的温暖才是实实在在的真情，温馨的陪伴胜过相隔两地的海誓山盟，日日月月的相守胜过天涯海角的天荒地老。景色再美，也永远比不上你灿烂的笑容。"

冰玉说："你讲的是形式，我问的是内容。两情若是久长时，又岂在朝朝暮暮。心中有真爱，即使爱人不在身边，内心依然满是快乐，并不会觉得寂寞孤单。情深，则万象皆深。"

我说："情到深处人孤独！所有的心心相印，都不及长情的陪伴。'金风玉露一相逢，便胜却人间无数。'只愿执子之手，一起天荒地老。帕拉图式的精神之恋，仅仅是一种自我安慰。通俗地讲，爱情的最好形式就是陪你说尽一辈子的废话而永不生厌。"

冰玉说："爱情就是两个相爱的人同时拨动内心相通的情弦，形成优美的和声，产生心灵的共鸣。如果深爱上一个人，那心中、眼中全是他。爱上一个人，并不是他能给你需要的东西，而是给了你一种从未有过的愉悦。"

我说："其实爱情的内容，谁也说不清楚，也许就是无原因的相互欣赏和内心的愉悦吧！所谓情不知所起，只愿一往而深。民国才女林徽因说过，'爱上一个人，有时候不需要任何理由，没有前因，无关风月，只是爱了。'"

冰玉说："让懂你的人爱你，让爱你的人懂你。最美的感情，就是相互懂得。"

我说："你的要求太高了，古来知音有几人？只要在一起，能够让平淡的生活充满着乐趣，两情相悦就足够了。最懂你的人给你最温暖的陪伴，那是爱的最高境界，是可遇而不可求的。"

冰玉说："虽然知音难觅，但是一定存在的。有一种懂得，无须言语，在一颦一笑中，便可会意传情。一生很长，和懂你的人在一起，才不会无聊难耐。一生

又很短,和懂你的人在一起,才能回味无穷。懂是心灵共鸣,心灵互护,懂是世界上最温情的语言。"

我故意说:"爱,是平淡流年的柴米油盐;情,是历尽甘苦的相濡以沫。最好最真的爱情就藏在生活的细枝末节里,所有琐碎的生活都是爱情的组成部分。爱你的人,就是在你感觉到寒冷时,及时给你披上外套的男人;就是当你的衣服开线了,默默给你缝上纽扣的女人。一起面对风雨,共同芬芳岁月的沧桑,才能到达花开的远方。"

冰玉说:"固执!最好的时光,是彼此心里牵挂,却可以不见面。灵魂的守望,是最美的对白。"

我说:"你太理想主义了!尽管爱很纯粹,但是生活非常琐碎。况且爱情的形式更是不可忽略的,长期两地分居,离婚的概率会猛增的。三毛说过,'爱如果不落到穿衣、吃饭、睡觉、数钱这些实实在在的生活中去,是不会长久的。'"

冰玉说:"你跑题了,那是婚姻,不是爱情。"

我说:"不食人间烟火的天仙啊,现实生活中这两者是分不清的。每天送一束玫瑰是不能当饭吃的。结婚后,罗曼蒂克的爱情就转化为一日三餐的日常琐事。平淡的生活最真,朴实的感情才能长久。香港作家张小娴说过,'爱情从餐桌开始,也在餐桌上消逝。'"

冰玉调皮地看着我,不说话。

我说:"况且在婚姻中,纯真的爱情需要有足够的物质条件来做基础,贫贱夫妻百事哀。雨中再怎么浪漫,雪景再怎么迷人,我们还是要生活在阳光之中。生活不是戏剧,是开门七件事。爱情饮水饱,婚姻要吃饭。"

冰玉大笑着,得意地说:"俗!太俗!俗透了!"

我这才发现上当了,她是在逗我呢!她的爱情观其实跟我是完全一致的。

我责备道:"你太调皮啦!你要骂我俗,直接骂就是了,何必要绕这么大的一个弯子呢?"

冰玉笑道:"谁让你上次在我家时逗我呢?我俩扯平了。"

上次在她家谈论到这个话题时,我俩正好对换了角色。那次我故意崇尚爱情的浪漫性,她强调爱情的现实性。上次我逗她,这次她逗我。

其实,我俩都是非常现实的,否则,当初我俩有可能就成啦!但是我俩又都是完美主义者,心中也不缺少浪漫,非常渴望那种纯粹的爱情,可惜,这在现实生活中实在是太少见了。

我问道:"你和你爱人谈论过这个话题吗?"

冰玉说:"没有,我爱人是一个内向、木讷的人,不善于表达自己的情感。"

我说:"不善于表达情感,并不表示情感不丰富。回去后,多跟他交流,彼此才能不断增强感情,尤其是有了矛盾的时候,一定要及时相互剖析,不要让问题和委屈扎成堆,否则时间长了就会出现裂痕。我和你大嫂多次探讨过这个命题,她知道我所有的事情,我俩之间没有秘密。"

冰玉说:"好的,我回去后一定按照你说的做。我最近看到一篇文章,是哈佛大学卫生系的研究人员,花了76年时间,跟踪调查了268名人士的一项研究成果:如果遇到真爱,人生繁盛的概率就可能显著增加。"

我说:"这个研究结果应该是可信的!爱的这种温暖而亲密的关系会直接影响一个人的应对机制。当一个人面对挫折时,如果得到家人的爱和朋友的鼓励,就会很快走出情感的低谷,迅速恢复到健康的心理状态。相反,则会永远消极或者很长时间才能情绪康复。"

冰玉说:"那你再说说爱情如何保鲜呢?"

我说:"保持对生活的激情,与时俱进,不断增加自己的优点,克服自己的缺点,尤其是改掉自己的不良习惯,让对方不断地欣赏你;同时不断挖掘并赞美对方的优点和长处,包容对方的缺点和不足之处。光阴往复,依然激情如初,就是爱情最好的模样。"

冰玉说:"在似水流年的日子里,爱会逐渐变淡,最终变得麻木,毫无感觉;必须经常给爱以维修保养和营养滋润,才能保证长久的新鲜和甜蜜。"

我说:"当然适当的仪式感同样是不可缺少的,不时地给对方以惊喜,比如浪漫的约会、温馨的氛围、柔情的动作、真情的眼神和时常自然流露的关爱等。越爱你的人,仪式感越强,因为爱你,才会更在乎爱的方式。你大嫂很在乎仪式,而我在这方面显然做得很不够。"

冰玉笑道:"每天早晨离家前一个温暖的拥抱,中午休息时从单位给对方一个暖心的问候,晚上回家后一起买菜做饭,饭后一起牵手散步,睡觉前道声'晚安',轻轻的一声'我爱你',一定是爱情保鲜的万能良药。"

看来一谈起爱情,冰玉依然还像小姑娘那样浪漫。

我说:"仪式感就是让这一天、这一刻与其他时间都不同,变得特别有意义。你们是这样做的吗?"

冰玉说:"我们没有全部做到,我爱人是一个缺少浪漫的人,不能完全适应我的浪漫。"

我说:"我们男性的浪漫程度总是远远不及你们女性的。"

冰玉说:"你们男性不是不浪漫,而是无心!何况你不是一直最不讲究形式的吗?你今天怎么跟我谈论起爱情的仪式感了?"

我说："我讨厌无关紧要的形式,但是必要的仪式是必需的。比如结婚总得进行婚姻登记,举行简朴而有意义的婚礼,有一间新房和一张新床等。"

冰玉说："你和大嫂事事都能同步吗?"

我说："这个很难,但是我一直在尽力。"

冰玉说："你举一个例子。"

我说："比如,我和你大嫂的爱好有区别,如果是她认为确实对我有益的事情,即使我不喜欢,她也会一直试图说服我,直到我能接受,而我一般都会让步。"

冰玉说："真心相爱的人就会这样,爱你就是要呵护你,把最好的东西都给你。我家也有类似的情况,而且往往也是我的坚持都成功了。"

我说："你不要得意,更多的时候,不是因为你们女人是对的我们才接受的;而是在大多数的时候,我们男人因为感动而主动让步的。"

冰玉得意地说："傻瓜,因为感动而接受不是更好吗?"

我笑道："有道理,在爱情面前,对错并不重要。"

冰玉说："一个内心成熟的人,不会执着于是非对错,而是懂得理解和包容。心理学家弗洛姆说过,'不成熟的爱是因为我需要你,所以我爱你;成熟的爱是因为我爱你,所以我需要你。'"

我说："你说得太对了,我承认我说不过你。我们现在都已经是人到中年了,跟你谈论爱情有些别扭,还是聊聊婚姻吧!蕴儿就比你现实,她喜欢与我探讨婚姻。"

冰玉说："蕴儿经受过婚姻的失败,应该比我现实,对婚姻的认识也一定比我深刻。"

我说："对于婚姻和爱情的理解,不同年龄段的人有着不同的感受。年轻时因为激情,中年时觉得彼此合适,老年时更多地是为了陪伴。"

冰玉说："你说得也太现实了吧!"

我说："还有更现实的。《离婚律师》里有一句话,'谈恋爱是跟一个人的优点在谈恋爱,谈结婚时是跟一个人的缺点在过日子。'现实的婚姻里既没有英雄,也没有美人;只有磕磕碰碰的琐屑生活。"

冰玉说："好吧,算你赢了,我被你的固执打败了。我想起《生活启示录》中有一句类似的话,'结婚前问自己开不开心,结婚后问土豆多少钱一斤。'"

我说："婚姻是一个还原真相的过程,吃喝拉撒磨去英雄的光环,掀开了美丽的面纱,将最真实的人性展现在对方的面前;所以婚姻的维持需要用心和技巧。婚姻就是在双方共同生活的漫长岁月里,形成的相互默契和彼此容忍的习惯。两人一起成长,努力去读懂对方,并让自己逐渐适合对方。好多夫妻都遭遇过

'七年之痒',有过离婚的念头,但是一旦挺过来了,他们以前不成熟的思想就会突然成熟许多,夫妻关系会更加牢固。"

冰玉说:"你们有过'七年之痒'吗?"

我说:"我们有过思想摩擦,但是从来没有想过离婚。"

冰玉说:"那你再说说,婚姻里最重要的因素是什么?"

我说:"信任、感恩和珍惜。信任是基础和纽带,两个人之间缺乏相互信任,就不应该在一起;感恩是催化剂,夫妻生活中,不要觉得对方的辛勤付出都是理所当然的,要懂得感恩和珍惜。婚姻需要两个人一起付出,共同维护和经营。现代作家周国平说过,'要使婚姻长久,最好的状态是双方都以信任之心不限制对方的自由,同时又都以珍惜之心不滥用自己的自由。'"

冰玉说:"多理解、换位思考、及时沟通和相互尊重。长久的婚姻需要在风雨同舟的岁月里不断磨合、调整,双方才能逐渐严丝合缝,和谐统一。套用你刚才的话,时光荏苒,依然相伴如初,就是婚姻最好的模样。"

我说:"婚姻的过程就如同写一篇文章,起首是一首激情满怀的诗歌,中间的内容就是平淡如水的记叙文,记录的全是油盐酱醋的琐碎和衣食住行的烦心。在每一个段落里都必须用心去制造一些闪光点,整篇文章才能继续写下去,否则就会因枯燥无味而搁笔。"

冰玉说:"我却希望中间的内容都是优美的散文,风花雪月不断;结尾是充满哲理的总结,让人回味无穷。写这样的文章应该是你这位大才子最擅长的事情。"

我说:"在似水流年的婚姻生活中,哪里有那么多的风花雪月呢?况且这也不是一个人的事情,夫妻双方都要承担自己分内的职责,男人的担当和坚毅,女人的包容和柔情。婚姻不是意气用事,不是一时的荷尔蒙分泌,当最初的激情消退之后,依靠的是两者的责任和忠诚来维持平凡、平淡、平常的相守,在风雨同舟中不断给予对方温暖。"

冰玉说:"确实如此,一个人对婚姻的绝望,大多数是因为从对方那里感受不到应该有的关心。好的婚姻就是双方都能从对方那里感觉到快乐和温暖。"

我说:"用心!用情!切记,相爱和相互尊重在婚姻里缺一不可。夫妻相处就是一种修行,家就是最好的道场。从爱情到婚姻之间,有一条漫长的磨合之路。谁的婚姻都不是十全十美的,过程中都会有委屈。'一身诗意千寻瀑,万古人间四月天'的林徽因,曾经让民国最顶级的三大才子同时为之倾倒,但是在现实的婚姻生活中,她也有被丈夫梁思成气得痛哭流泪的时候。"

冰玉说:"我完全同意你的观点。在婚姻生活中,让女人最感动的就是日常

相处中的点点滴滴的关怀,就是融化在每件小事里的特别用心。从结婚到终老之间,也有一条漫长的用心之路。"

我说:"婚姻是两个人的共同成长,尤其是心理认知水平的同步提高。"

冰玉说:"听你这么一说,我好憧憬,好想亲眼见证一下你们俩生活中的样子!想象中的大嫂应该如一缕春风、一块甜点、一杯暖茶,既温饱了你的胃,又温暖了你的心!"

我说:"那你就不要走了,等着大嫂回来吧!"

冰玉说:"不行啊,我要上班呢!下次休年假,我一定来和你们一起生活半个月,好好体验一下你们的浪漫生活。"

我说:"希望我刚才对婚姻的论述不会影响到你对爱情的美好憧憬。其实我仅仅是泛泛而论,相信你的爱人一定是一个只属于你一个人的真心英雄!愿你们的浪漫持续一生!"

冰玉说:"非常感谢!我也坚信大嫂是只属于你一个人的完美天仙!所以我要来为你俩写一本书,书名就叫《今生爱你没商量》。"

我知道冰玉是开玩笑的,但是为她这份真诚表达的善意而非常感动!她真以为我和爱人的生活非常浪漫,然而真实的生活远远不是她想象的那个样子。

我说:"你这个从小到大一直事事顺利的乖宝宝,你太理想化了。生活就是实实在在的日常琐事与彼此思想观念的碰撞、融合。一旦你见识到我和你大嫂之间真实的生活,你一定会大失所望的。我俩是在不同的家庭文化氛围中长大的,认识事物的角度不同,自然会有矛盾,有争论,时常也会出现不愉快。"

冰玉说:"你说的是争论,不是争吵,这并不影响你俩的感情。许多事情争一争也许并不完全是坏事,让对方清楚地明白自己的看法不是更好吗?"

我说:"我俩都是个性鲜明的人,意见不合时会有激烈的争论,算不算吵架,就要看彼此情绪控制的水准了。也许越亲密的人越容易斗气,因为都希望对方更在乎自己,生气往往是觉得对方不够重视自己;而事实并非都如此,也许仅是一种情感错觉,对方其实已经把自己放在最重要的位置。"

冰玉说:"一般谁先让步?"

我说:"这不需要让步,争论到了一定程度,我俩就自然停止了。切记,家庭不是讲理的地方,不需要争论出谁对谁错!发脾气、说狠话是婚姻里最大的敌人。"

冰玉说:"既然能自然停止,这其实就是因为真爱!我很好奇,你俩就从来没有吵过架吗?"

我说:"吵不吵架并不重要!毛姆说过一句话,'在爱情的事情上,如果你只考虑自己的自尊心,那只有一个原因,实际上你还是更爱自己。'"

冰玉低头沉思一会儿,抬头说:"是这个道理!马克·吐温说过,'生命如此短暂,我们没有时间去相互争吵、道歉、发泄、责备,时间只够用来爱。'"

我说:"我们曾经也吵过架,但是我们从来不带着情绪过夜,夫妻之间没有隔夜仇,第二天自然就一切风平浪静了。"

冰玉说:"那就不存在谁先让步、道歉一说了?"

我说:"如果争吵得很剧烈,那就需要反省了。如果觉得自己确实有错,我会主动道歉的。"

冰玉说:"老大,听了你这一席话,我确实学习了不少的东西。"

我说:"去年国庆节,夏蕴过来见证了我们结婚十九年的纪念日,再过几天就是我和你大嫂认识二十年的日子。二十年前,我俩五月初认识,当年国庆节就结婚了,从最初的摩擦、吵闹到彼此适应,再后来越来越离不开对方,除了爱,还需要特别用心。婚姻中的两个人,一个懂得让步包容,一个知道珍惜感恩,就是最好的婚姻。其实在现实世界里,根本就没有什么天生的一对,都是在共同的生活中,彼此不断磨合而逐渐协调。患难见真情,日久知人心。令人赏心悦目的婚姻,就是两人一路相伴而行,回首一望,发现生命中有了许多共同的美好记忆。"

冰玉说:"我很好奇,说说你和大嫂当初认识的过程,让我也感受一下你们的浪漫。"

我说:"其实一点也不浪漫,我们是经人介绍认识的。"

冰玉说:"是有些传统。"

我说:"原本以为这种见面的形式一定会非常尴尬,但是没有想到我们一见如故,似乎我们都是为了等待对方而活到现在。"

冰玉说:"这太有意思了!你见到大嫂第一眼是什么感觉?"

我说:"感觉非常亲切,就像久别重逢的好朋友!"

冰玉说:"难道这还不够浪漫吗?如同宝玉第一次见到黛玉!你快告诉我大嫂的性格和爱好。"

我说:"她与我一样,崇尚简单,对生活的要求很低,不喜欢外在的装饰品。结婚时,唯一的纪念品就是我给她买的一条金项链,也就结婚时戴过一次,以后再也没有看见她戴过。"

冰玉说:"我也不喜欢穿金戴银,感觉太世俗了。三毛说:'我不求深刻,只求简单。'人生的最高境界就是事事追求简单。"

我说:"好像你们这些美女都崇尚简单。你、蕴儿、天禧和小妹都不爱戴首饰,甚至经济条件极为富足的荺芃似乎也是如此。"

冰玉说:"大道至简！过多的外在的装饰品完全是累赘,保持内心的宁静才是修身养性的最好方法。你和大嫂生活理念完全一致,好羡慕你们！大嫂一定是特别崇拜你吧！"

我说:"恰恰相反！你大嫂对我的评价是:固执,死板,霸道,缺少幽默感,太压抑。你想不到吧?"

冰玉说:"固执、死板和霸道,我完全同意。我从来都改变不了你的决定！"

我很惭愧,惊讶地说:"听你这话,你的心中竟然有很多的委屈呀！在你面前,我一直是小心翼翼的,从来也没有敢霸道过呀！"

冰玉说:"我心中的委屈多着呢！是我大度,不跟你计较,一直主动让着你,所以你才一点都没有感觉到！"

我愧疚地说:"原来我在你心中的形象竟然是如此的不堪呀！"

冰玉笑道:"还没有到不堪的程度,还在可以忍受的范围内。对于你的固执,我可以帮你进行心理分析,你想不想听?"

我说:"太好了,尊敬的心理学大师,我洗耳恭听！"

冰玉说:"一个人童年时期的生活经历,往往会影响他长大后的行为模式。你小时候由于身体的原因,曾经受到过社会的伤害,所以心中自动产生了自我保护意识,不太愿意让别人左右你的思想。但是你是一个有教养的人,在外人面前你总是彬彬有礼的,谦逊而温和的,不会露出你固执的一面,只有在家人和亲密的人面前,才会无意中暴露你的这一不足。"

我笑道:"所以只有你和你大嫂才会认为我固执。"

冰玉说:"不是'认为',是'发现';前者是主观的,后者是客观的,你这样说,好像是我和大嫂都冤枉了你。不过,你的固执更多地可以理解成坚强。你的心理是健康的,大多数人会因此而抱怨、仇视社会,而你正好相反,以德报怨,以一颗善良感恩的心来回报社会。正是所谓社会虐我千万遍,我待社会如初恋。"

我说:"真不愧是名副其实的心理学大师,分析得很确切！其实不仅是我,我们每个人在童年时期都或多或少地遭遇过心灵的创伤。在后来的成长过程中,大多数浅表的创伤就自愈了,只有极少数深层的创伤无法自愈,才会影响到成年以后的心理健康。"

冰玉说:"看来,你才是心理学大师,早就清晰地认识到自己的心理状态,我有些班门弄斧了。"

我说:"不然,今日闻君一言,我确实深受启发。"

冰玉说:"但是你并不缺少幽默,我也没有感觉到你的压抑。"

我说:"你和你大嫂对我的感受不同,就是因为没有真正生活在一起的差别。

爱情如是,相爱容易,相处太难;婚姻亦如是,共同生活,需要技巧。有些人执手偕老;有些人相处一段就分手了;有些人虽然一直无奈地坚守,但是两人的感觉早就已经索然无味。一见倾心易,百看不厌难,审美疲劳啊!"

冰玉说:"热恋之中,双方都有说不完的话题。清风明月,山水相依,一草一木,花开鸟鸣,水流鱼跃,万物生灵,无不妙趣横生,无不赏心悦目,一笑一颦,四目含情。"

我说:"然而天长日久,随着激情慢慢褪去了,万物都不再有吸引力,四目相向时,竟然无言以对。"

冰玉说:"初逢容易两相欢,久处很难长相守,确实很有道理。"

我说:"用医学的知识来解释,初见时新鲜刺激,交感神经兴奋,多巴胺分泌增加,性激素和皮质醇合成分泌增多。随着岁月的流逝,适应性增加了,荷尔蒙不再峰值分泌了,一切又变成熟视无睹了。"

冰玉笑道:"你把人类说成动物了,难道仅仅是生理的反应吗?"

我说:"当然还有生活中柴米油盐的琐碎,家庭角色的责任,社会节奏的加快,工作压力的增加,人际关系的紧张,这一切都淡化了两个人的情感。"

冰玉说:"于是心烦、厌弃、焦躁、担忧等不良情绪就产生了,就有了不满和矛盾。若不懂得及时调整,疏远和分手就在所难免了。"

我说:"所以婚姻的磨合期很重要,磨合得好,就会转向和谐幸福,否则永远会磕磕碰碰,一生都不协调。"

冰玉笑道:"我说不过你了,你快成爱情理论家了!"

我说:"爱情是人类永恒的主题,谁也说不清,谁也说不完。我不喜欢谈论爱情,那是人类稀缺的奢侈品;我喜欢探讨婚姻,这才是日常用品。其实你提出的'什么是爱情'和'爱情如何保鲜'的话题,我俩论述了半天,最终还是回到我提出的婚姻的内容上来了,说明婚姻才是生活的必需品,而爱情确实是可遇而不可求的。不谈这些了,还是继续观赏盆景,感受大自然陶冶情操的神奇魅力吧!"

每个花盆中的树木年代长短不等,其中有树龄一千余年的古柏盆景,乃此园的镇园之宝,造型奇特,由两部分组成。主干顶端直径约一米的半球形的树冠,如一片祥云罩在天空;左边伸出一侧枝,斜挂着一簇枝叶,自左下而向右上,直插向树冠的中心,如一条青龙飞向云端,所以命名为"蛟龙穿云"。

大小形态各异,有中国最大的五针松盆景,树龄近400年。原本一共四棵,在1976年建毛主席纪念堂时,将其中的两棵运至北京,陈列在毛主席汉白玉雕像两侧,伴随伟人千古!院内剩下的两棵,并列陈放,树冠蓬阔,直径约四米,枝盛叶茂,高达三米多,非常壮观!

树木的种类繁多,有棉松、黑松、苏铁、巴西铁、金弹子、黄杨、玉树、菩提树、刺柏、榕寿、垂叶榕等几百种,素有"唐宋元明清,从古看到今"之誉。

我说:"盆景虽小,却富含深意。在如此多的优美造型中,凝集了古今园丁们无数的辛劳和匠心,也充分体现了盆景艺术的神奇和迷人之美,是立体的画、无声的歌。"

冰玉说:"方寸之间藏天地,数步之内跨世纪。弹指即千年,一园揽世界。我俩确实不虚此行!"

我说:"玉儿呀!还真有千年古柏见证了我俩的今日之行。"

冰玉说:"愿我俩的友情天长地久!"

我调侃道:"那是自然!千年之约,只为等你!"

冰玉温柔一笑,又问道:"你如何理解异性友谊?"

我说:"你问的一定不是普通的异性友谊,而是红颜知己吧?"

冰玉说:"对的,你倒是比我直接。"

我说:"你今天似乎要将男女之间所有的关系都探讨完整。红颜也罢,蓝颜也罢,就是保持一定距离去欣赏对方,亲密有间。"

冰玉说:"难怪我总是进不了你的内心,你为什么一定要和我故意保持距离呢!"

我说:"任何形式的人际交往都必须有度,合适的距离会让彼此都觉得舒适而自然。朋友、知己、父母和子女,甚至夫妻之间都是如此。"

冰玉说:"难道夫妻之间也要有距离吗?"

我说:"不能以爱的名义去窥视对方的一切,更不能控制对方的一切。"

冰玉说:"既然是相爱,就应该绝对拥有,否则就不纯粹。"

我知道她是故意这样说的,分明是想听听我怎么回答。

我平静地说:"爱是求同存异,彼此保持一定的距离,既能增加神秘感,也会使相处更加轻松而不负累。夫妻之间有距离才不会失去自我,不会出现迷茫。凭着你的睿智,你一定同意我的观念,你就不要为了气我,而故意说反话了。比如你这么爱着你的父母,不也是和他们住在对门,而没有住在一家吗!因为两代人观念不同,都有自己的活法,所以应该给彼此留一些相对独立的空间。"

冰玉笑道:"看你讲起话来总是这么一本正经的,我就想和你开个玩笑而已。那知己之间呢?"

我说:"同样的道理,知己之间有距离才能看清彼此,才能看清全貌。"

冰玉调笑道:"你看清我的全貌啦?"

我说:"没有!你是一本深奥的书,很难看懂、看透!"

冰玉说:"你就慢慢看吧!你说的这种感情既要精心呵护,又要刻意疏远,我做不到。我只想呵护,不想与你疏远,但是我能保证我们之间的关系至真至纯,仅是要求彼此内心的默契和精神的契合而已。"

我笑道:"你能保证我们之间的关系至真至纯,这本身就是距离之美。知己之间的关系就是纯净而甜美,平淡又绵长。"

冰玉笑道:"我说不过你了。你一直是如此理性,我怎么感觉你现在就是一位精神哲学家呢!我可要提醒你,大多数的精神心理专家具有疯魔的基因,而且不少人最终真疯了。你可要小心,千万不要步尼采的后尘。"

我说:"你放心,我肯定没有他们那些高深的理论和深邃的思想,不会疯的。"

冰玉说:"理性是你的优点,但是也是你最大的缺点!你说说爱情和异性友情的不同点。"

我笑道:"爱情和异性友谊的差别除了道德底线和家庭责任之外,应该还有这两种感情本身的内容和形式的区别。"

冰玉赶忙抢白道:"异性友谊不必朝朝暮暮,不必海誓山盟,不必同甘共苦,不必责任担当,可以我行我素,可以不辞而别,可以玩突然失踪,可以完全不顾及别人的感受,可以……"

我的脸上又发烫了,愧疚地说,:"你骂吧,我这辈子在你俩面前都抬不起头来啦!"

冰玉说:"以后慢慢骂!你先回答我,当初为什么拒绝蕴儿?"

我问道:"我拒绝了吗?"

冰玉一愣,不高兴地说:"蕴儿确实是没有直接向你表白过,但是傻瓜都能看出她对你的感情。你为什么一直端着呀?一定要人家女孩子先开口吗?"

我想你这不是乱点鸳鸯谱吗?更何况我当时喜欢的人又不是她!

冰玉说:"想什么呢?快回答我的问题。"

我故意说:"当初我根本没有想过这件事情!"

冰玉说:"傻瓜,你俩在一起是那么顺理成章的事情,你为什么不考虑呀?"

我说:"那也不见得。我俩社会地位相差悬殊,文化背景和生活习惯都不同,在一起不一定和谐。"

冰玉说:"怕蕴儿压着你?她是一直生活在大家的赞美之中,是有很明显的大小姐脾气,喜欢对别人颐指气使,尤其是将喜欢她的男生们支配得团团转。也许她之所以故意随意支配其他男生,其本意就是为了刺激你,希望你注意她,关心她。"

我看着冰玉,没有说话。

冰玉说："但是爱情能改变一切，在我的印象中，她的大小姐脾气从来就没有对你耍过。在你面前，她总是小心翼翼的，事事都顺着你的意思。你是她的真爱，她才会特别在乎你的感受，而其他人她根本就没有放在眼里。有时候，我们为了心中的真爱，会主动放弃自己做事的原则！"

我说："这更加不好，为了我的自尊而一直压抑她个性的自由展示，长此以往，会导致她的心理不健康，这对她是不公平的；而且我也不可能那么自私。"

冰玉说："你还说没有考虑过这个问题，其实这一切你都仔细思考过了。你一直是一个冷静的人，做什么事情都会深思熟虑的。对于你的这一性格，我是既欣赏，又讨厌，很难看到你的热情爆发。"

我想当初要是我的热情真爆发了，也许我和你就有可能成一对了。

我说："我是慢热型的，木讷，自负又自卑。你大嫂是一个急性子的人，一直嫌弃我比她慢半拍。"

冰玉笑道："这个有意思！你还知道自己有缺点呀，我还以为你一直认为自己是完美无缺的呢！"

我说："你想怎么损我，随便吧！反正今天你占领了道德的高地，我百口莫辩。"

冰玉笑道："还'道德的高地'呢！不跟你计较了！累了吧，我们回去吧！"

我们转向东，踏上一段古老的青砖路，右手边见中山亭屹然立于小岛上，有中山桥与之相连，别有一番滋味。我俩未上岛，缓步而行，看到一处城墙式的古建筑，原来是明朝的东水关，至今有450年的历史。人类建造的建筑能耸立千百年，而我们自己却只能生存几十年，一切就是这么对立而统一着，矛盾又和谐着。

右转弯后，我俩沿着玉带河西岸向南走，草木旺盛，鸟语花香，风和日丽。

无意间，一转头，我们发现竟然已经回到了逸桥的西侧，惊叹障景设计之妙，细微处彰显了匠心独运之奇特！人民群众的智慧确实是无穷无尽的！

立在逸桥正中间高拱的桥面上，我俩环视园景，但见全园垣墉不设，水绘成园，土石为墨，花草作色，竹木经纬，天然一幅水墨山水画卷，令人称奇不已。

回思洗钵池的空明清澈、水明楼的舫亭映水、小三吾亭的窈窕多姿、小三吾亭的嫣然成趣、镜阁的天籁之音，真让人赏心悦目。阳春的"寒碧"、炎夏的"悬溜"、爽秋的"波烟玉"、寒冬的"碧落"，真令人流连忘返。壹默斋的静默典雅、隐玉斋的千年文化沉淀、古澹园内从古看到今的千百年盆景，真叫人回味无穷。

冰玉说："斯园包揽无数奇观美景，人文建筑和水石草木融为一起，天人合一。伴君一游，不虚此行。"

我说："其实对于冒董的爱情，我有些偏颇之见，很为小宛所不平。此前一直未讲,怕影响你欣赏美景的兴致。"

冰玉说:"有何高论,但说无妨。"

我说:"冒襄与小宛首次见面,小宛因酒醉,一语未发,两人并无语言交流。崇祯十五年,冒襄第二次至苏州半塘,原本是奔着陈圆圆而去,并非为了小宛,只是陈圆圆已被豪门所掠。正在他无比失落之时,偶然听说桥边小楼里就住着小宛,于是叩门求见。岂知此次一见,小宛对他竟然一往情深,直抒柔情,执意相随;可是冒襄断然拒绝,好事未成。足见这仅仅是当时名士猎奇猎艳的时尚心理使然,其实并无多少真情真意。令人对此感慨无限,也许那个流传了几百年的旷世浪漫的爱情故事只是一个美好的传说罢了。"

冰玉说:"两人的态度形成了鲜明对比!后来小宛虽然几经周折终于踏进冒家,但是在《影梅庵忆语》中,通篇未看到冒襄对她的热情欢迎和关爱呵护,反而处处显现小宛的执意前往和一厢情愿。"

我说:"才子文人与艳颜雅妓的爱恨纠葛,自古就容易被人们津津乐道。六朝金粉的金陵,十里秦淮河畔,才貌俱佳的柔情女子实在是太多了;但是在那样一个朝代交替的末世,这些女子的命运大多薄如草芥,很难有善终。"

冰玉说:"她们的人生总是在寻求庇护中遭遇了太多的尴尬和悲楚,至于所谓的浪漫也许仅仅是外人的艳羡和幻想罢了。陈圆圆甚至被卷入政治大潮的漩涡,背上了'红颜祸水'的历史黑锅。一位弱女子缘何能替大丈夫们背负起大厦倾覆的天大责任呢?"

我说:"在小宛最后的日子里,冒襄也可能被她的柔情所感动。在《影梅庵忆语》中,能感觉到冒襄对小宛的离世深感哀痛和惋惜,思念不已,情真语挚!'今忽死,余不知姬死而余死也。'"

冰玉说:"完全有可能,共度九年时日,人非草木,日久定能生情,但是那仅是对亲情感恩的回报,却并无多少爱情的温婉。细读《影梅庵忆语》,在两个人的相处中,冒襄一直居高临下地俯视着小宛。在冒襄的心里,小宛更多的可能仅仅是他为自己编织的一个文人雅士风流之梦的载体。"

我说:"所以在文人和雅妓之间到底有多少爱情的成分,是根本经不起推敲的!到底是谁圆了谁的梦?青楼女子依附文人雅士,找到自己的人生归属;文人雅士需要青楼女子的艳丽多彩,为自己编写令人羡慕的风流佳话。"

冰玉说:"冒襄在《影梅庵忆语》中得意地写道,'偕登金山,时五四龙舟冲波激荡而上,山中游人数千,尾余二人,指为神仙。'他要的仅仅是小宛陪他游山的'神仙眷侣'的无限风光,却不愿负任何责任。"

我说:"既然不想负责任,你就不要去撩拨人家呀?撩拨得人家动真情了,却

又三番五次拒绝,言辞中竟然没有丝毫的愧意。在《影梅庵忆语》中,我们能看到的全是作者得意地描写了陈圆圆和董小宛等诸多雅妓对他的无比欣赏和眷恋!我们无法推测,婚后的小宛是如何看待这段在外人看来绚丽无比的爱情,爱和恨都是她自己的选择,冷暖唯有她自知。"

冰玉说:"对于小宛而言,既然是自己真爱的人,就愿意将自己低到尘埃去呵护。我看《影梅庵忆语》第一卷,很为小宛痛心。小宛那么多次的求见,立誓言,愿终身跟随,冒襄总是躲闪、回避、找借口回绝了。"

我说:"小宛一入冒门,便足不出户,洗尽铅华,尽心尽力服侍冒襄家人,将冒家孩子视如己出,抚养成人。'凡九年,上下内外大小,无忤无间。'小宛终因过劳而病逝!面对小宛的离世,所有的冒家人'咸悲酸痛楚,以为不可复得也',可见小宛的用心和辛劳!"

冰玉说:"小宛精于女红,钻研餐饮,事事亲力亲为,尽最大的努力去讨好冒家人。时时不敢忘记自己小妾的身份,处处谨小慎微,不敢走错一步路,不敢说错一句话。"

我说:"这哪里是那个才貌双全、千娇百媚、万人怜爱的秦淮之艳?更如同一个大户人家的婢女,她的地位完全类似于能干而辛劳的晴雯的角色,真让人失望、心寒、心痛不已!"

冰玉说:"其灵巧能干,不辞劳苦如晴雯;其谨小慎微,才貌双绝,聪慧敏捷又如黛玉。小宛天资巧慧,自幼习得家传刺绣之法,在八艳中有'针神曲圣'之称;晴雯自幼聪明灵巧,针织女红在贾府无人能出其上。"

我说:"晴雯是黛玉的影子!如此看来,周高潮所言非虚,小宛真有可能是黛玉的原型。只不过宝玉和黛玉相互爱慕,而小宛仅仅是一厢情愿。"

冰玉说:"外人臆测这是一对郎才女貌、天造地设的绝世爱侣,其实面对未必在意的冒襄,一厢情愿的小宛,内心那份倾心的爱慕不知道遭遇了多少的尴尬和无奈呀!"

我说:"在那样的男权社会,而且又是风雨飘摇的时代,女儿的命运总是凄苦而悲凉的。小宛一辈子都在努力去实现自己编织的美好梦想,这其中包含小宛对爱情的追求,但是更多的是为了寻求一份可以挡风遮雨的依靠。为了实现这个目标,小宛面对三番五次拒绝自己的男人,还是不顾颜面地一心追随。好在最终勉强如愿,至少在形式上,她是进入了冒家。"

冰玉说:"这毕竟暂时结束了她风雨飘摇的浮萍生涯,让她过上了几年难得的相对安宁无扰的生活。"

我说:"但是这种所谓的宁静生活只过了短暂的几年,甲申事变之后,国破家亡,清军南下。在逃难途中,一家上下都无计可施,唯有小宛提前备好了银两。冒襄'一手扶老母,一手曳荆人',小宛无人问津,自己'一人颠连趋蹶,仆行里许'。小宛始终都不是冒襄的挚爱呀! 相反在与小宛相处的期间,冒襄生了三次大病,却都是小宛日夜不停地细心照料,无微不至。"

冰玉说:"在整个逃亡过程中,冒襄多次抛下小宛不管,但是小宛深明大义,顾全大局,灵活处事的格局和能力非常人所能及。在冒襄看来,自己当初收留了小宛,是做了天大的好事,是对小宛莫大的恩惠,所以小宛应该对他感恩戴德;而他接受小宛所有的付出,都是心安理得的。"

我说:"小宛英年早逝,除了身劳成疾,应该还有心寒失望的因素。在冒襄眼里,小宛似乎连家人都算不上,每次一遇到灾难,冒襄就觉得小宛仅仅是个奴婢,是个累赘,就想扔下她不管。我读到此段时,愤怒、悲伤之情难以言表!"

冰玉说:"冒襄后来在回忆时写道:'此百五十日,姬仅卷一破席,横陈榻旁,寒则拥抱,热则披拂,痛则抚摩。或枕其身,或卫其足,或欠伸起伏,为之左右翼,凡病骨之所适,皆以身就之。'我反复读此段,每次都感动得泪流满面,心疼不已! 可怜的小宛,心比天高,却生不逢时,因而命比纸薄呀! 这多么像苦命的晴雯的命运呀!"

我说:"冒襄在小宛这份无微不至的照顾中终于大难不死,在那种兵荒马乱的年代中竟然活到82岁的高龄;相反这种过于劳累的生活,最终消耗了小宛年轻的生命。"

冰玉说:"小宛离世的时候,正值28岁的最美好的青春年华。一朵花儿正在绚烂盛开的光辉时节,却突然凋零了。在朱明王朝中,秦淮风月是一种文化符号,承载了历史的走向与人类秉性的碰撞,讽和了社会的风气与风月情债的调侃。"

我说:"总是感觉好像小宛前世欠了冒襄的债,此生就是来还债的。辛辛苦苦劳累了小半辈子,就力尽而亡,英年早逝了。小宛死于肺结核,还真有些像含泪的黛玉,与宝玉相伴也就那么短短的几年时间吧,最终也在花开的年龄,因肺痨咯血、泪尽而去了!'黄土垅中,卿何薄命。'"

冰玉说:"小宛安然离世,冒襄作数千字祭言以哭之,确实能感到其最后的真情! 真有《芙蓉女儿诔》的悲凉! 呜呼,哀哉! 一代才女,放射出如此璀璨而短暂的光华,就悄然而去了! 我还能记起小宛的一首小诗《一柄象牙彩蝶》:'独坐枫林下,云峰映落辉。松径丹霞染,幽壑白云归。'足可窥见其飞扬的文采。"

我点点头,心中感慨无限! 爱情的内涵到底是什么呢? 数千年以来,谁也说不清楚。这个千古难题还将继续困惑人类的思维。

我倚靠着逸桥的石柱,想起了沈从文写的《致张兆和情书》,念道:"在青山绿水之间,我想牵着你的手,走过这座桥。桥上是绿叶红花,桥下是流水人家。桥的那头是青丝,桥的这头是白发。"

冰玉调侃道:"很有同感,只是我没有这么好的福气呀!你是大才子,多清高呀,根本不屑和我这种不接地气的人执手偕老!"

我笑道:"是我没有福气,没有资格!"

出了水绘园的大门,我们俩心有灵犀,同时回首一望,都有不舍之意。

冰玉笑道:"五柳先生云:'登东皋以舒啸,临清流而赋诗。'你这儿是名副其实的'东皋',大才子不妨赋诗一首,咏你我今日之行。"

我说:"你可别调侃,这儿还真是'东皋',我们如皋电视台就有一档栏目叫'东皋纵横'。我确实不才,不敢假冒文化人;但是前人已经有诗称赞此园:'避世墙东好,名园此足休。小桥通绿水,残夏似深秋。竹树丛三径,歌钟四散愁。堤边青雀舫,日夕恣邀头。'"

冰玉说:"非常好!恰如其分!"

我说:"你现在理解了南侧的'名流歌舞'和北侧的'三径烟雨',这两句看似矛盾的话为什么会放在一起了吗?"

冰玉说:"自南向北,这三个牌匾反映了冒襄一生的心路历程!人总得经过一个先升华后沉淀的过程,经历过这样的精神磨炼,人生的格局才能厚重。"

我说:"谈谈你这两天的感悟!"

冰玉说:"乱世之中,自有张謇、冒襄这样怀揣民族大义的须眉男子,但是也不缺少秋瑾、柳如是这样的巾帼女杰。你我有幸生于华夏盛世,虽然不至于整日忧国忧民,但是也应该居安思危、防微杜渐。"

我确实没想到像冰玉这样一位迷恋于风花雪月和诗词歌赋的柔美女性,竟然也满怀忧国忧民之心!正是因为其父母一直研究传统文化、儒家思想,冰玉从小耳濡目染,受到传统道德的教育,所以形成她如今坚实的爱国爱民的思想价值观。

我对她又有了更新更深的认识!此等英才若不幸生于乱世,一定也是挽救万民于水火之中的巾帼英雄!我想起了北宋大儒张载的"横渠四句教":"为天地立心,为生民立命,为往圣继绝学,为万世开太平。"这同样是想大有作为的现代人应该努力追求的人生目标。

我心潮澎湃,激动地说:"其实现在我们的国家也不太平,国外敌华势力灭我之心一直不死,近来反华势力更是虎视眈眈,甚嚣尘上,无所不用其极,实在是不堪其扰啊!"

冰玉说:"更有甚者,当年鲁迅笔下的'乏走狗们'好多现在又复活了,成了所谓的社会'公知',当上了帝国主义的代言人。他们拿着国家的工资,却干着勾结国外敌对势力的勾当,直接损害国家和人民的利益。"

我说:"经过几代人的共同努力,历经四十年的改革开放,现在我大中华正是迅速崛起之时,离国家统一和民族复兴的伟大目标越来越近,我等自然应该为之添砖加瓦,筑起永固的长城。"

冰玉说:"对呀!国家兴亡,匹夫有责!"

我说:"而那些破坏国家安全,阻止社会发展的民族败类终将被扔进历史的垃圾堆,遗臭万年。"

冰玉笑道:"看来我们俩的历史观也是完全一致的,你真不愧是我的知己!我们两个老学究就不要在此做无谓的感慨了,后生们会嘲笑我们的。我们皆是凡人,无法造就历史,只要努力让我们爱的人和爱我们的人快乐幸福就是对社会最大的贡献。"

我点点头,表示赞许。我疑惑地说:"很奇怪呀,你怎么对冒襄和小宛的事情懂得这么多呢?"

冰玉说:"那天晚上,你说为了准备陪我游览,已经专门先来水绘园探了个前站。我很感动,自然就认真仔细地查阅了相关的内容,以报答你的良苦用心!"

我感动地说:"我也非常感谢你的用心良苦!"

冰玉说:"人与人的感情永远是相互的,懂得珍惜,用心呵护,友情才能长久!"

我点点头,心中涌起一股热流!

突然,一位中年人拉起我的手,兴奋地问道:"老班长,是你吗?"

我仔细一看,慢慢想起这是我的初中同学阿明,初中毕业后再未相见,算来已经三十多年了。

阿明十分激动地拥抱着我,眼含热泪地说:"老班长,我想死你了,你一直是我崇拜的偶像,勤奋好学,聪明能干。"

我也很激动!我组织春节大聚会的时候,曾经多方打听阿明的消息,一直未果,心中非常遗憾,不意今日能意外相逢。阿明很聪明,初中毕业后补习一年,考上了另一所高中。高中毕业之前,他那头脑灵活的父亲将他的户籍转到新疆,他去新疆参加高考,考上了北方的一所985名校。现在的阿明有一双深邃的眼睛、一张饱经风霜的脸、浓密的络腮胡子,给人一种风尘仆仆之感。我想阿明一定是一个拥有很多人生经历的人。

阿明身边站着一位二十岁左右的漂亮小姑娘,白色的皮肤、黄色的头发、明

亮的额头,灰色有神的大眼睛,高耸的鼻梁,尖尖的下巴,长长的脖子,体态苗条而健壮,感觉应该是汉人与维吾尔人生的混血儿。小姑娘天真可爱,活泼爱动,有一股惹人喜爱的灵气。

阿明介绍说:"这是我的女儿小莉。这一位小美女也是你的女儿吧?"

我和冰玉都惊讶万分!我说:"她是我的大学同学苏冰玉,是从上海来南通游玩的。"

阿明的脸上也露出非常惊讶的表情,笑道:"你这位美女同学驻颜有术,永葆青春;而且气质不凡,身上有一股仙气。"

我们都笑了。

我和阿明在路边的石凳上坐下来,讲述彼此分别后的事情。阿明大学毕业后进了一家大型国企,待遇丰厚。爱人是新疆维吾尔人,生了两个孩子,女儿在上海上大学,已经是二年级的学生了,还有一个男孩在上初中。后来国企改制,阿明下岗了,想自己创业,在郊区圈了一块地,准备办工厂;但是因为资金没有及时到位,最终没有办成。阿明去了一家外企,如今已经是单位的上层领导了,现在定居在广州。乘着"五一"假期,他和在上海上大学的女儿约好,一起回家乡来看一看。

阿明感慨地说:"老班长呀,几十年的风风雨雨,我活得太累了,走南闯北,一直在折腾,不知道何时才是一个尽头。"

是的,谁活着都不容易,拼搏是生命的常态,没有尽力奋斗过的人生是不完整的。

我赞叹道:"你不仅头脑灵活,而且见多识广,现在事业干得风生水起,实现了你当年的抱负。"

阿明说:"老班长,你经受了太多的人生风雨,如今是雨过天晴了。在乡下医院的那一段经历是为了磨炼你的意志。有时候,不顺也不完全是坏事,甚至会转化成好事。比如我圈的那块地,我自己没有能办成工厂,我就把地租给了别人办企业。十年后,那个地方拆迁,政府补偿了我几千万。"

我说:"确实是坏事转变成了好事!那位租你的地办企业的老板,辛辛苦苦地奋斗了十年,可能还没有你赚得多呢。"

阿明说:"可不是吗?他好不容易赚了几百万,不幸遇到了金融危机,一下子全部赔进去了。"

我调侃道:"这个社会真不公平!你们这些人凭着占有稀缺资源,毫不费力地聚集了巨额财富;而那些干实业的企业家辛苦不算,还得抵御各种金融风暴。"

阿明笑道:"我也承担了投资风险,凭着自己的聪明才智在赚钱,合法经营。"

我继续调侃道:"你这是钻政策的空子,投机倒把。你南下北上,已经驰骋了整个中国的疆土,凭着你爱闯荡的性格,下一步该去国外发展。"

阿明说:"我们外企的人基本上是半年在国外,半年在国内。本想送女儿去国外上大学,她不愿意,说外国都比较乱,还是国内最安全。"

我说:"这话不假。纵观世界风云,风景这边独好!"

阿明说:"今日老家还有事情,改日我专门去南通看望你,我们老哥俩一醉方休。"

我说:"热烈欢迎,到时候我将南通的同学都召集过来陪你,分享你成功的喜悦!"

冰玉和小莉一见如故,两人已经很熟了,手拉手,聊得很投入。小莉喊冰玉"阿姨姐姐",喊得亲密而自然。两人已经互相加了微信,冰玉热情地邀请小莉周末去她家里玩。

分别后,我和冰玉上车。

冰玉一边帮我系安全带,一边微笑着,调皮地喊道:"老爸好!"

我温馨地回复她:"阿姨姐姐好!"

冰玉大笑不已!

我故意用手压着胸口说:"心好痛,严重受伤了!善良的'阿姨姐姐',你赶快安慰一下我这颗苍老破碎的心吧!"

冰玉温柔地拍拍我的肩膀,笑道:"你就不要装了!其实你没有那么老,是你这位老同学的眼神不好!"

我说:"我这是第三次被人误以为是同龄人的父亲了。情人节那天,我患了严重的急性胃肠炎,呕吐,腹泻,而且出现了便血,你大嫂陪我在我们自己科室里输液。一个规培的美女给我们科室里每一位医生都送了一枝玫瑰花。她送花给我的时候,看到你大嫂,说了一句话,'老师,这是你女儿吗?好漂亮呀!'这说明我太老了,确实是老头子了,跟你大嫂在一起都成了父女俩。"

冰玉笑道:"矫情的老大,哪有你这么理解的?一个方面说明大嫂特别显年轻漂亮;另一方面是由于你那天患了急性胃肠炎,脱水很严重,所以显得有些老!"

我说:"你就不要安慰我了!四十岁以后,我真感觉自己老得很快!都不敢跟你们这些小姑娘站在一起了。"

冰玉怜惜地说:"别瞎说!还有一次呢?"

我说:"我挑选了几张我和高中同学的合影做成了台历,其中就有我和阿华参观南通菊花展时的照片。有一位病人在我的办公室里看到这张照片,就问道:

'这是你女儿吧？真漂亮！'可见我有多老啊！"

冰玉说："这些人都没有眼力。你一点也不老，只是身体虚弱一些。没有关系，时常有些小病小痛的人反而更能长寿。"

我说："其实我早就已经看开了，生死随缘吧。"

我在手机上找到我和阿华的那张合影，拿给冰玉看。

冰玉说："让人家误解的责任其实在于你们自己。你和阿华手握得这么紧，神情这么亲密，别人只能认为她是你的女儿啦！"

我笑道："好的，都是我的错。其实这叫自然，阿华是一个真情真性的女生，不做作。刚才人家误解了我们俩，责任全在你，谁让你如此年轻漂亮的呢？"

冰玉笑道："原来'木讷'的老大也有特别嘴甜的时候！你用你与美女们的合影做成了台历，将每一个平常的日子都过成了柔情蜜意的春天。"

我赶忙说："男女同学都有，而且都是高中同学。"

冰玉笑道："你不用如此着急解释，我不会吃醋的，倒是小心大嫂向你兴师问罪！"

我笑道："不会的，你大嫂看到台历，还夸做得好呢！"

冰玉给我一个白眼，责怪道："你的情商不是低，而是特别低！"

我们都笑了。

车子刚刚行驶一段路，就来到附近的十字路口，等红灯间隙，我看到"百岁缘"酒店。上次来时，琳琳热情周到地款待我们，就是在此吃的午餐。

我说："上次我们高中的美女学霸在此设宴相待，感觉很好。环境优美清静，装饰古朴典雅，饮食味美色佳。"

冰玉说："这个'百岁缘'店名确实体现了你们如皋的长寿特色。你既然生长在这个天下闻名的'世界长寿之乡'，那么你以后就不要总是说自己不能长寿了。根据联合国最近公布的年龄划分新标准，18岁至65岁是青年人，我们都还很年轻。"

我说："按照这个新标准，80岁以上才是老年人，那我至少要陪你活到80岁。到时候，我们就寄情山水，颐养天年。"

冰玉说："那敢情好！你可不许食言呀！我发现这一带的老建筑很多，保存也很好，看来你们如皋对于文化的传承非常重视。"

我说："如皋乃千年古城，悠久的历史自然需要不断延续。在这么优美的环境和典雅的氛围中用餐，一定是一种非常奇特而美妙的享受。要不然我们在此吃了晚饭再回去吧？我喊几位家住在如城的同学来陪你。"

冰玉说："现在才五点钟，时间尚早，我们还是回去吃饭吧。看来只要是美女学霸,你都喜欢!"

我说:"是欣赏! 优秀的人总是值得我学习,向榜样看齐!"

冰玉说:"'绿蚁新醅酒,红泥小火炉。晚来天欲雪,能饮一杯无。'今晚回家,我俩小泥炉煮酒,一醉方休如何?"

我说:"这是一个极好的创意! 只是现在已经是晚春,无雪则无意境,所以人生总在遗憾中!"

冰玉笑道:"无妨! 如君所言,人生九九,不必进一。无雪不能煮酒,我俩就煮一壶温情的月光!"

我说:"好呀,将生活的酸甜苦辣都倒进去,调和成一壶味道鲜美的人生鸡汤。"

冰玉说:"醉了欢喜,忘了忧伤;瞭望星空,满眼璀璨。"

我心中突然涌起一阵莫名的感动,为这份默契和懂得! 愿岁月静好,我们的生活能永远如此恬淡而舒心!

我们左转弯,沿着万寿路向南,一会儿就到了龙游湖旁边的"碧桂园",广场上正在举行某个大型的商业活动,人声鼎沸,临近的大半个路面被看热闹的人群占据了。

冰玉说:"这么热闹,熙熙攘攘!"

我念道:"天下熙熙,皆为利来;天下攘攘,皆为利往。"

冰玉在路边停下车,问我:"这是什么地方?"

我说:"这儿是龙游湖,是建造铁路时取土后形成的人工湖。近年来市政府进行环境改造,绿化修缮。北侧的别墅群临湖而建,环境优美,景色宜人。据说好多都被你们上海人买去了。在这样的一方热土上,我们市政府搭台,却让你们上海人唱了主角。如今整个南通都成了你们上海人的后花园了。"

冰玉说:"如皋乃长寿之乡,花木基地,很适宜人居、养老。你不妨也留一幢,以作度假之用。"

我调侃地说:"我只缺少一样最俗的东西。"

冰玉笑道:"开玩笑而已,不必作此赘念。现今你俩衣食无忧,轻松生活。我觉得你现在的生活很从容,一定是因为你内心的坦荡和安宁。"

我说:"生活有苦有甜,小小的满足就好。"

冰玉说:"等我们都退休了,我们三家人在一起,环游世界。近几年,我利用年假,走遍了大半个欧洲,感受到异域风情,增长了不少见识,陶冶了情操。"

我说:"多见者识广,博览者心宏。读万卷书,行万里路也是我的梦想。你大嫂希望等我退休之后,在有生之年,能陪她走遍祖国的山山水水,走遍世界各地。

我喜欢深度旅行,最好在每一个喜欢的地方都待上一段时间,悠闲地感受一下当地的风俗和文化。"

冰玉说:"这是一个非常美妙的设想,这才是享受旅行的真正乐趣,感受旅行的深层次的意义。每到一处,你都可以写地理散文,记下你的心中所感,留下我们生命的轨迹。到我们年迈不能再走动的时候,我就戴上老花眼镜,手捧着你的美文,慢慢品读,回忆曾经的过往,感悟生命的意义。余光中说过,人生有许多事情,正如船后的波纹,总要过后才觉得美的。"

我说:"旅行就是用陌生的文化来比较自己熟悉的文化,反省自己的内心。每一种文化的产生都有其内在的原因,文化本身没有高低,都是异曲同工。每一种地域的文化都是当地人精神的外化。在感受异域文化的同时,我们自己的精神就会得到升华。"

冰玉说:"可惜我以前走过的许多地方,都没有认真地记录下来,大部分内容早已经遗忘了。"

我说:"没有遗忘,其实都储存在你的血液里,融化成了你的精神内涵,成就了你的思想。你的举手投足,甚至在生活的方方面面,都体现出你曾经接受过的各种文化滋养。"

冰玉说:"你说得如此美好,恨不能我们现在就开始行动了。蕴儿也喜欢旅行,我们一起快意江湖,诗意人生。"

我说:"好的,我们三家人结伴旅行确实是个好主意,我也十分憧憬三家人在一起的场景。"

冰玉说:"到时候,一边听大嫂唱优美动听的歌曲,一边听你讲深入浅出的人生哲理。"

我说:"听你讲诗词歌赋的精妙,听夏蕴谈事业人生的辉煌。你先生是科学家,就给我进行科普知识宣讲。"

冰玉笑道:"志同道合的人一起旅行,不仅可以一起欣赏风景、感悟人生,而且可以让整个旅行过程变得无比美好、有趣和难忘。我至今还记得二十多年前和你在一起时经历的许多有趣的事情!"

我说:"深有同感!我上次来'水绘园'的时候,这儿正好在举办旗袍美女大赛,给你看看如皋十佳之一的高中美女同学。"我打开娟子的旗袍秀视频给她看。

冰玉认真看完,赞叹道:"景色美,场面美,旗袍美,人更美!而且感觉她们都具有专业水平!"

我说:"她们确实受到过专业化训练。"

冰玉说:"古风古韵,耐人寻味。历史悠久的雉水皋地,果然是人杰地灵,人文荟萃。确实值得你骄傲!"

冰玉继续开车,我仔细介绍沿途的风景。

冰玉问道:"经过你的老家吗?我们去你老家看看吧!一定是'土地平旷,屋舍俨然,有良田美池桑竹之属。阡陌交通,鸡犬相闻。'"

这是陶渊明的《桃花源记》中的句子。我笑道:"你把我的家乡当成了世外桃源了!我老家的乡亲们看到你这么美丽绝伦、气质超群,一定以为是仙女下凡。'便要还家,设酒杀鸡作食。'"

冰玉调侃道:"既然你家乡人这么好客,那你就带本仙女去看看嘛。你放心,如此清幽圣地,我一定'不足为外人道也'。"

我感慨地说:"我的父母去世之后,我老家的房子复垦归田了,现在已经看不到我当年生活的任何痕迹了!东汉史学家班固有云:'安土重迁,黎民之性;骨肉相对,人情所愿也。'"

冰玉说:"好遗憾!我特别想看看你小时候生活的地方。"

我心痛地说:"随着我国大规模城镇化改造的到来,传统的乡村生活已经发生了颠覆性的改变,置身其中的人们正在经受着巨大的精神阵痛。我时常回家乡,曾经熟悉的老人很多已经去世了,儿时的伙伴大多出门打工了,刚成长起来的年轻人都不认识,真是'儿童相见不相识,笑问客从何处来'。混得好的有钱人大多已经搬走了。乡村在没落,这种由形式到内容的深层次嬗变冲击着我的灵魂。农村在逐渐缩小而趋于消亡,我们的故乡正在消失,回不去的故乡,这是无法承受的伤痛。"

冰玉说:"托尔斯泰说过,'写你的村庄,你就写了世界。'你可以写一篇文章,纪念一下你的家乡,家乡是我们理解世界的情感源头。"

我说:"前天晚上,我的一位三十多年未见的儿时的小伙伴来南通看望我。她在深圳打拼了三十多年,她的那份乡愁浓得令人窒息!也许只有漂泊在他乡的人们,才能真正感受到什么是乡愁!"

冰玉说:"好在南通离你的家乡不远,你可以经常回去看看。"

我伤痛地说:"我姐姐前几天特地来南通给我送《土地确权证》。我看着确权证,泪如雨下,这是我对家乡记忆的唯一凭证了!"

冰玉哽咽着说:"我完全能体会到你这种难舍的家乡深情!但是人口的迁移遵循'聚集效应',你要理解和接受。"

我说:"我能理解,但是不太能接受。我的乡愁还正浓呢,故乡却已经不是曾经那个熟悉的模样了。"

冰玉说:"随着社会生产力的发展,在中国持续了五千年的农村生存模式正

在发生着变化,农耕文明可能会慢慢消失。"

我说:"大都市就像抽水机,不断地从落后的地区抽取劳动力。中国的行政村正在以每年1.6%的速度逐渐减少。不久的将来,无数的村庄将会没落而消失,繁华的唯有大都市。许多发达国家的发展过程都证明了这一点。"

冰玉说:"社会的发展遵循'马太效应',我们要学会适应。现代化大都市拥有各种丰富的资源,包括商业、就业、人力、教育等,这些优质资源吸引着无数的年轻人,因为他们在大都市会有更多更好的发展机会,而年轻人又促进了大都市的发展,这是一种良性循环,是好事呀。"

我说:"但是高房价、高消费和老城市人的排外情绪等不利的现实条件将他们挤压到大都市的边缘,大多聚集在脏乱差的出租房内,条件非常艰苦。"

冰玉说:"你要相信,这些现象都是暂时的。农村城市化的过程既有阵痛,也有希望。农民有重新寻找工作的困难,也有作为新城市人的喜悦。我们要紧跟上时代的步伐,与时俱进。"

我说:"我当然希望社会能不断发展,但是,'羁鸟恋旧林,池鱼思故渊。'我依然深爱着家乡的一草一木,那一方衣胞之地永远珍藏在我的心里!乡愁如一缕炊烟,一直萦绕在家乡小河边的槐树上!"

我心里好难受,英年早逝的父母是我心里永远无法愈合的痛!

冰玉说:"你父母去世已经好多年啦,你现在一提起,依然还是这么伤痛,可见你确实是个重情重义的大孝子!"

我说:"我从小身体不便,父母为我付尽了辛劳!对父母的思念在他们走后变得越来越强烈,时常梦见他们,似乎他们一直还活着。父母安葬的家乡,是我永远都会面对的方向,是我灵魂依托的港湾。"

冰玉说:"艾青说过,为什么我眼里常含泪水?因为我对这土地爱得深沉。"

我说:"家乡是我终生眷念的地方!"

冰玉抱歉地说:"真对不起,我又触动了你的伤心之事!"

我说:"我没事,你专心开车吧!"

冰玉干脆再次在路边停下车,抓着我的手,动情地说:"我特别能够理解你!你自小身体不便,在成长的过程中,遭受了无数的社会不公平的待遇,深深感受到世态的炎凉。确实令我非常心痛!"

我感激地点点头!

冰玉说:"你大病未愈之际,又逢亲人相继离世,对你的身心都产生了巨大的创伤,所以你特别在意亲情,对生死离别特别敏感,这在心理学上称为'后创伤压力失调症'。人之所以有记忆,就是出于对可以预见的痛苦的回避,在心理上自动产生一套防御和减压机制。"

我赞叹地说:"你还上升到理论分析,真不愧是搞心理学的!"

冰玉说:"你一直貌似冷漠和坚强,其实你的内心隐藏着数倍于常人的真情和脆弱。亲爱的老大,看开一些,生死离别天注定,千万不要一直执着于亲情的无限拥有,父母儿女一场,终有离别之时。你生活好了,就是对父母在天之灵的最大的告慰!"

我感动地说:"非常感谢你的这一番开导之言!其实我是因为父母过早离世,未能尽孝,所以一直忘不了父母的养育之恩。你放心,我绝对不会像林黛玉那样多愁善感,悲天悯人的。"

冰玉说:"从心理学上分析,其实你与黛玉的心理有一致性。黛玉先后遭受弟弟、母亲和父亲的离世,旧伤未愈,又添新痛,打击一个接着一个。亲人的纷纷诀别,让黛玉产生了极度孤独无助的心理。纵观整个《葬花词》就是两个字:孤独!黛玉葬花葬的就是孤独的自己,为自己寻找一个最后的归属。"

我说:"好在我比黛玉幸运,我还有一个特别疼爱我的姐姐。从小到大,我一直受到姐姐的特别关爱。"

冰玉说:"有个好姐姐的人一定是特别幸福的!"

我说:"父亲在手术前一天的晚上,郑重地跟我说:'万一明天我在手术台上出现了意外,你姐姐就是你在这个世界上最亲的人了!她曾经因为家庭经济困难,主动放弃了补习,让你一心一意补习,上了大学。姐姐的这份情意你永远不能忘记,以后无论姐姐有什么困难,你都必须尽全力帮助她。'我含泪答应了,这是儿子对父亲最庄严的承诺!"

冰玉感动地说:"你们这种姐弟真情令我十分感动!真羡慕你有一位好姐姐,我曾经就非常渴望有一位好哥哥!"

我说:"我就是你的哥哥,但是好不好就不知道了。"

冰玉说:"你一直是大家的好哥哥!老大呀,以后无论在什么时候,只要你感觉到孤独,你就直接打电话给我,我一定会过来陪你排解忧愁,帮助你消除孤独。"

我说:"你把我内心的孤独感看得有些严重了!其实人人都会有感到孤独的时候,我的孤独感并不强。何况还有你善解人意的大嫂在呢,她完全能够排解我并不太多的忧愁。谢谢你总是这么善良和热心!"

冰玉笑道:"看来我是有些多虑了。因为你的笑容比上学时少了许多,所以我才误会了现在的你。我唯一的愿望就是你能健康、快乐!"

我无比感激地说:"你真诚的关心令我太感动了!"

冰玉说:"仔细想一想,我相信了你说的自卑。你是既自信又自卑,既孤独又温暖。我看不到你的自卑,是因为你表露的总是你强大的自信。我看不到你的孤独,是因为你总是愿意首先给别人以温暖。"

我说:"许多人说我冷漠!"

冰玉说:"这是因为你内向的性格,与你不熟悉的人并不能感受到你的温暖,反而会觉得你冷漠;只有与你非常熟悉的人,才能感受到你的热度。"

我笑道:"你能不能不要再用你这套高深的心理学理论剖析我了,我在你面前已经是一丝不挂了,给我留一点男人的尊严好不好?"

冰玉笑道:"还不好意思了,好吧,我不说了。你不是有土地确权证吗?那你就是'小地主'了。等你退休后,我陪你回家乡。'开荒南野际,守拙归田园。榆柳荫后檐,桃李罗堂前。霜凝南屋瓦,鸡唱后院枝。暖暖远人村,依依墟里烟。'让你复得返自然。"

我忍不住大笑道:"谢谢你,你逗人笑的本领确实是一流的!我们'日出唱歌去,月明抚掌归。何人得似尔,无是亦无非',我俩就当小牧童。"

冰玉说:"我不跟你开玩笑了。等你退休之后,你和大嫂就去我们上海养老吧。上海有许多的高档养老社区,日常生活照顾、文化娱乐、医疗保健、社会交往等,一应俱全,都是智能化设计。最主要的是和我们住在一起,我还可以方便照顾你们。"

我想起星姐的一个做投资的朋友在一家综合经营的大公司,其中一个经营项目就是社区养老,他们做得很成功,曾经多次邀请我们去上海参观,都因为时间不巧,一直未能成行。

我说:"等我和你大嫂仔细商量之后再决定吧,她的叔叔和姑姑都在上海,她应该不会反对去上海。"

冰玉说:"我等着你们的好消息。"

我说:"好的,非常感谢!既然你到了我的家乡,我就跟你说说我的家乡车马湖和范湖州的美好传说。"

冰玉说:"这个有意思,在图书馆的史书上找不到。"

我说:"这个在《扬州府志·山川·如皋县》上面有记载。传说在春秋时期,范蠡为躲避复国成功后的越王勾践的加害,乔装成官商,携西施,驾马车,一路前行,至如皋南乡一财主家暂住。财主见其财大手阔,心中起疑,告发官府。范蠡一行遂再次上路,途经一湖,为躲避官兵追捕,弃车马于湖中,登舟而东行入海。'小舟从此逝,江海寄余生。'我们当地老百姓为了纪念范蠡和西施曾经来过本地,就将他们当初丢弃车马的湖称为'车马湖',将他们登舟入海处称为'范湖'。

后来古长江入海口北岸,泥沙逐渐堆积而形成沙洲,故名'范湖州'。"

冰玉说:"没有想到你的家乡还有这么美丽动人的传说!"

我说:"范蠡是一位具有远见的睿智的大家,知道鸟尽弓藏、兔死狗烹的道理,所以功成即退,毫不眷念高官厚禄、荣华富贵。李白有诗句赞赏范蠡,'事了拂衣去,深藏功与名。'"

冰玉说:"范蠡确实是一位不可多得的全能人才!有辅佐君王而绝地复国的经纬之才,有赢取佳人芳心而终身相守的细腻情怀,有轻松赚钱而三成首富的超高智商。"

我说:"关于这一段传说,清朝如皋文人许之男有绝句《车马湖》为之纪念,'渺渺平湖浪拍沙,千年曾过美人车。西风白草荒原路,一带茅檐数十家。'世人尊称范蠡为商圣,在我们家乡的财神殿里供奉大多是文财神范蠡,以纪念他出神入化的经商之能!"

冰玉说:"范蠡能清楚地把握人生何时该进,何时该退,进退自如。这是绝大多数人不能做到的。"

我说:"确实如此!面对高官厚禄的诱惑,又有几人能舍乎?这一进一退的人生尺度,说起来何其简单,做起来又是何等艰难!"

冰玉感叹道:"范蠡是中国最早的商业学家、经济学家,不愧为一代商圣;他同时也是杰出的政治家、思想家和军事家,其儒道相济的治国思想和刚柔并用的处世哲学在历史上不可多见。"

我说:"我不仅佩服范蠡拥有渊博的学识,更敬佩他拥有敏锐的领悟力。他能很快洞悉事物的本质,因为心中有数,所以能从容面对,胜不骄,败不馁。提前预见事物的发展趋势,相时而动,功成身退。据说范蠡小时候就聪明得没有朋友,大家无法理解他的言辞,都认为他是疯子。"

冰玉调侃道:"才子老大同样具有敏锐洞察事物本质的能力,你不也是一直推崇'世事洞明皆学问'的吗?你是儒道释并举,同样是孤独的思想者!"

我笑道:"你这个玩笑开大了!我是常人,人家是圣人,这两者绝对不可以同日而语。"

冰玉说:"如皋县,车马湖乡,范湖州,一脉相承的历史文明,令人神往。"

我说:"但是可惜的是,'范湖州'这个名称现在已经不存在了。十年前,全国乡镇大合并时,在我们镇里,负责处理这件事情的干部是个外乡人,根本不懂这段历史,竟然将具有千年历史意义的古村落'范湖州'分开来,合并给了附近的村。"

冰玉说:"难怪你这么伤心,这确实是令人痛心的事情。'三农'是国家的根

本,乡村建设是国家大政方针,责任重大。做这项工作的人一定要耐心细致,一点马虎不得。"

我说:"这种人根本没有深入基层,进行仔细调查研究,完全是坐在办公室里,拍着脑袋,想一招是一招,结果导致如此令人十分遗憾的局面。"

冰玉说:"在农村工作的干部,必须是有文化、有专业、有责任心的人才,千万不能让一些草包坏了大事。"

我说:"一部分有识之士已经在积极努力,共同呼吁,争取能将'范湖州'的名称恢复,一圆范湖州人的共同心愿!"

冰玉说:"不要着急,这需要一个过程,乡村名称的修改有一个非常复杂的程序,涉及方方面面;但是事在人为,只要坚持,总会有结果的。你的家乡果然是人杰地灵,古有范蠡和西施,今有才子老大和才貌双全的大嫂,夫复何求?"

我笑道:"你可真能搞笑!跟你在一起,我总是非常愉悦。你大嫂也同样具有这种令人心悦的幽默能耐。"

冰玉说:"我一看大嫂的照片,就知道她一定是一个幽默风趣的人,不像你这样古板无聊。"

我说:"你俩对我的评语是一模一样的。"

冰玉说:"我跟大嫂心有灵犀!"

我说:"你俩确实有许多的相通之处,外貌、爱好、思想、品位等。"

冰玉笑道:"深感荣幸!既然你们的老家已经没有人了,那么你家的土地是谁在耕种呢?"

我说:"一部分送给亲戚在种,一部分由村里的人统一租给了外地的农业大户种植。我的心中十分惭愧!'归去来兮,田园将芜,胡不归!'"

冰玉说:"那么你这个'小地主'就应该有土地租金拿呀!"

我说:"本来确实应该有租金,但是这么多年了,都给村里的人拿去了。我也不计较,甚至是谁拿走了,我都懒得回去问。"

冰玉说:"你竟然不知道是谁拿了你家的钱,天下竟然还有你这么开明的'小地主'!这些拿你家钱的人也真是不应该!这么多年了,白拿了你家的钱,甚至招呼都不打一个吗?如此心安理得吗?这就是人性自私的劣根性,尽最大可能捞取额外的好处。"

我说:"就算是支援家乡的建设吧,其实也没有多少钱,不必放在心上。我也非常喜欢陶渊明的诗词歌赋,特别欣赏他所描述的那种奇特的意境!苏轼曾有过精彩的评论:'渊明诗初视若散缓,熟读有奇趣。大率才高意远,则所寓得奇妙,遂能如此,如大匠运斤,无斧凿痕,不知者则疲精力,至死不悟。'"

冰玉说:"王安石对张籍的文字也有类似的评价,'看似寻常最奇崛,成如容易却艰辛。'陶渊明善于描写自然景色,语言朴质,笔调疏淡,却意境高远,富含理趣。你的文风与他有相似之处,于自然中透视哲理。"

我笑道:"不要乱说！不敢与巨人比肩,差之甚远！"

冰玉笑着问道:"大嫂对你还有其他的不满吗？"

我笑道:"你怎么这么问呢？好像我身上全是缺点！不过她确实嫌我在生活上对她管得太多了,她感觉跟我在一起不自由。"

冰玉说:"那你就应该好好反省了。生活的快乐来自舒心！我也不喜欢受人管,我家那位从来都不管我。"

我说:"所谓的管,就是担心和关心！怕她受凉,怕她累,怕她受到伤害等。"

冰玉说:"我能理解,但是你可能是好心却干了坏事,没有注意方式、方法。大嫂是一位注重自主的人,你命令的语气会令她感觉很不愉快。"

我赞叹地说:"真是女人才能最好地理解女人,你的话和她的话完全是一样的。"

冰玉说:"好好说话,微笑生活。你的语气反映了你内心的状态,你的脸色反映了你生活的状态。"

我信服地说:"我以后一定加以改正。"

冰玉故意问道:"还有吗？"

我说:"她说不喜欢我在她做错事情的时候指责她。"

冰玉说:"你自己对做事的要求高,总是一丝不苟,因而就会经常责备别人的不用心。其实每个人都有自己做事的原则和习惯,你应该多换位思考,不要把自己做事的方式强加于人,而且在日常生活中,我们不需要对每件事情都那么认真,否则人活得就太累了。"

我说:"你大嫂也是这么说的,认为我是一个无趣的人。看来我还是有些狭隘,缺乏一份包容的心态。"

冰玉再次故意问道:"还有吗？"

我说:"有时候,工作忙,我就会忘了她吩咐我做的事情。她就抱怨我习惯性地忽视她,说她在我心中没有位置！其实是我的记性不好,常常忘事。"

冰玉说:"你的记性不是不好,而是有选择性。你学习的时候,记性很好；但是你对生活上的事情不太在意。如果我被人忽视,我也会不高兴的。"

我说:"她还说,我没有主动关心她,仅仅在她说身体不舒服的时候,我才会看她一眼,她的需要,我其实并不了解。"

冰玉说:"你是有这方面的毛病。上学的时候,许多学习上的东西,你记得很

牢固;可是你时常会忘了我和蕴儿的生日,甚至会忘了自己的生日。你有一次竟然忘了我俩的相识纪念日,让我好伤心呀!"

我愧疚地说:"真是对不起!我是一个非常粗心的人!"

冰玉说:"狡辩!你一点也不粗心,你是傲气!你根本不注重生日和纪念日这些小玩意,或者你根本就不在乎我们之间的感情!"

我说:"我怎么可能不在乎呢?你大嫂也是这么冤枉我的!"

冰玉说:"说明你对大嫂的用心一定不够,所以才会引起她的不满。"

我说:"我确实对她的关心不足,有些事情可能是熟视无睹了。我以后一定会认真加以改正,尽心尽责。"

冰玉笑道:"这才是一位好丈夫!我们要努力当好自己的每一个角色,做到合格、称职。"

我说:"你说得很对!你大嫂老是对我表示不满,搞得我对自己都没有信心了。我有一次小心翼翼地问她,我在你心中能得多少分?"

冰玉说:"你自己觉得能得多少分呢?"

我说:"我希望能超过60分,总得及格呀。结果她说95分,我非常意外!"

冰玉说:"这说明大嫂对你其实很满意,是你自己的不良心理在作怪。"

我说:"我问她为什么会有这么高的分数。她说,你对我们的爱情忠诚,就能得90分,其他的事情都不重要!"

冰玉笑道:"大嫂的评分标准好奇特、好新鲜,却也是我最认可的评分标准!夫妻之间,忠诚的爱情确实是最重要的!没有爱情的婚姻是枯燥的,没有忠诚的婚姻是虚伪的!"

我说:"确实是这样的!你总是问我什么是爱情,我给你讲一个真实的故事,是我们的亲身经历。"

冰玉非常感兴趣,微笑着,非常专注地听我讲。

我说:"早在十多年前,我还在乡下医院工作。有一次星期六,是我值夜班。下午,你大嫂陪我去医院。我们坐上了路边的一辆三轮车,司机那天喝了酒。那个时候,交警检查酒驾还不是很严格。在出发前,司机接了一个电话,还有一个客人等他回来送,所以他着急了,车子开得很快,在一个没有红灯的十字路口,他没有减速,突然一辆轿车飞快地向我们冲过来,眼看就要撞上,司机猛打方向盘,三轮车剧烈地颠簸着,眼看就要翻倒了。"

冰玉非常紧张,紧紧抓住我的手。

我说:"我当时想,一旦车子翻了,如果头部受到伤害,后果会最严重,所以我立即举起了双手,捧住了你大嫂的头。车子果然翻了,滚进了路边的农田,还好田里的玉米秆缓冲了车子砸地的速度,三轮车的铁皮包厢还算结实,我们竟然一点都没有受伤。你知道你大嫂当时是什么样的反应吗?"

冰玉终于松了口气,满手的汗,心疼地说:"吓死人了!大嫂一定也是吓坏了!"

我说:"你大嫂很冷静,她的双手也是紧紧地捧着我的头!我俩竟然紧紧地互相捧着对方的头!"

冰玉感动得泪水直流,哽咽着说:"大嫂和你的想法一样,首先想到的是保护对方,而不是保护自己。"

我说:"经过那一次的意外遭遇,我俩明白了彼此在对方心中的地位!从此更加珍惜生命,好好生活,再也不坐酒驾人的车子了。你昨天见到的桂花听说了我们的故事,憧憬地说:'找对象就要找大师兄这样的,我希望我未来的婚姻和家庭就如同你们俩这样美满幸福!'"

冰玉擦干了眼泪,感动地说:"确实如此!有知己若此,此生何求?"

冰玉发动了车子,我们继续向前赶路。经过平潮镇的时候,我说:"这儿是未来的南通火车西站,高铁建成后,只需要四十多分钟就可以直达上海浦东机场。"

冰玉说:"可爱的老大呀,你一定要保重好身体,未来的世界一定会更加多姿多彩,我们要一起享受精彩的生活。"

突然,我的电话响起,是星姐打来的,她要送草鸡蛋和元麦冷蒸给我,前几天她刚给我送了馄饨和烤鸭。每次有稀罕的或者好吃的东西,星姐和志红妹总是会首先想到我,志红妹前几天刚给我送了粽子和豌豆角。上个月,我爱人的头痛病发作,她们俩都来我家关心和照顾。

我非常感动,深表谢意!

我很想请星姐等会儿过来和我们一起吃饭,但是我犹豫了一下,最终没有说出口,因为这两天,我几次想请我的高中同学过来陪冰玉吃饭,都被冰玉婉言拒绝了。

我理解了,冰玉不希望有她不熟悉的人在场,只愿我们两人有更多的时间自由叙旧。看来之前是我武断了,没有细细体会到冰玉的心情!我是一个粗心的人,很多的时候跟不上冰玉细腻的心理节奏。

冰玉抓着我手,非常感动地说:"你和大嫂品性善良,待人真诚,大家都愿意亲近你们,关心你们!"

我说:"人与人之间的关心确实是相互的,天下没有无缘无故的爱!"

冰玉故意问道:"真的吗?蕴儿对你的一见钟情就是无缘无故的。她爱你,你却没有回报,也不是相互的。"

我说:"彼此一见面,双方都产生了感情才是一见钟情。爱情必须是相互的,单相思不是相爱。爱当然有原因,因为喜欢,才会爱。"

冰玉又问道:"那么喜欢一个人有原因吗?单相思真不是爱情吗?你有过单相思吗?"

我说:"有过!"

冰玉盯着我的眼睛,问道:"对方知道吗?你为什么不直接表达呢?"

我说:"在她身边围着她转的帅哥太多了,她也许根本就没有注意到我;我自惭形秽,有自知之明。"

冰玉说:"自以为是的老大呀,你太武断了!许多事情必须努力一下才能知道结果!不然,只会留下终生的遗憾!"

我也故意说:"有遗憾才是真实的人生!"

冰玉看了我一眼,不说话!

我好想知道,此刻她心中正在想什么,可惜我不懂心理学,不能探测到她内心的真实感受。

我们的车子直接到达我家附近的"一见如故"小饭店门口。冰玉看了一眼店名,转头看看我,露出一丝会心的笑容,温柔地说:"我俩初见如故,再见如初。"

我笑道:"你确实依然青春美丽如初,我却已经是糟老头子了。"

冰玉笑道:"你能不能再酸一些呢?"

我们都笑了。

我俩在一楼的窗子边坐下来,这是我和爱人最常就座的位置。

老板的女儿阿莹,拿着菜单走过来,仔细地看了冰玉一眼,向我会意地一笑。阿莹在南通职业大学读书,很懂事,周末和假期都主动在父母的饭店里帮忙。我和爱人是这里的常客,她与我们已经非常熟悉。小姑娘生得温顺美丽,很招人喜爱。我经常在课堂上给我的那些养尊处优的大学生们讲述她的事例,教育同学们要懂得感恩父母,懂得主动奉献。

我问道:"小美女,你笑啥?"

阿莹贴着我的耳朵,小声地说:"叔叔经常带不同的美丽阿姨过来吃饭,今天这位阿姨给人感觉气质不凡,像是上海人!"

我惊讶地说:"你好厉害!你这位阿姨就是上海人!"

阿莹很得意,直接写上我每次必点的铁板八爪鱼和糖醋一品香芋。

我又点了冰玉喜欢的其他海鲜。

阿莹给我们倒好茶,微笑着,走了。

菜上得很快,阿莹说是特地为我们先做的。我深表谢意!

半杯红酒下肚,冰玉脸色殷红,杏眼闪亮,柔情万种。
　　我说:"古诗有云:'瓠犀发皓齿,双蛾颦翠眉。红脸如开莲,素肤若凝脂。绰约多逸态,轻盈不自持。尝矜绝代色,复恃倾城姿。'"
　　冰玉故意皱着眉,撒娇地说:"我没有这么美,更不会这么不矜持!"
　　我忆起叶梦得的《虞美人》,调侃道:"晓来庭院半残红,惟有游丝千丈、罥晴空。殷勤花下同携手,更尽杯中酒。美人不用敛蛾眉。我亦多情无奈、酒阑时。"
　　冰玉说:"此词倒是贴切,只是没有歌女为我们唱晚。"
　　我说:"要啥歌女?借君天籁之音!请君为我歌一曲,为君翻作'南通行'。"
　　冰玉笑道:"酒逢知己饮,声遇知者鸣;但是许久不唱歌,如今不敢再献丑了。"
　　我笑道:"五花马,千金裘,呼儿将出换美酒,与尔同销万古愁。"
　　冰玉说:"好!千金散尽还复来!三杯通大道,一醉解千愁!"
　　我说:"酒里乾坤大,壶中日月长。"
　　冰玉笑道:"应该是'醉里乾坤大,壶中日月长。'你就喜欢乱改词。"
　　我说:"少酌即可怡情,不可求醉伤身。万事都应该把握分寸,恰到好处。"
　　冰玉不满地说:"原来你是故意篡改的!就你懂哲学,时时假道学!'醉过才知酒浓,爱过才知情重。'"
　　我说:"真醉不知浓淡,真爱无谓轻重。"
　　冰玉说:"你这种'冷血动物'根本就不懂,'把酒吟诗'是何等洒脱之举!历代皆有豪放文人千金买醉,自先秦始,至唐代李白为鼎盛。诗仙的好多诗词中含有浓浓的醇香味,读李白的诗词,人易醉!"
　　我说:"宋代豪放者亦不少,尤其以达观的苏轼和壮烈的辛弃疾为代表!"
　　此时一杯红酒已经饮尽,冰玉满脸绯红,兴奋地念道:"酒酣胸胆尚开张,鬓微霜,又何妨?"
　　我接着念道:"持节云中,何日遣冯唐?会挽雕弓如满月,西北望,射天狼。"
　　冰玉笑道:"这才是我心中豪情万丈的大才子该有的气概!"
　　我受到冰玉的鼓励,有些意气风发,疾呼:"想当年,金戈铁马,气吞万里如虎。"
　　冰玉说:"'道男儿到死心如铁',如今依然'看试手,补天裂'。"
　　我笑道:"今日'老夫聊发少年狂',有些轻狂放荡,贻笑大方了!"
　　冰玉说:"无妨,难得尽兴!"
　　冰玉轻声唱道:"愁情烦事别放在心头,人生短短几个秋,不醉不罢休……"
　　这是台湾歌星李丽芬演唱的歌曲《爱江山更爱美人》中的句子,是我们上大

学时特别流行的歌曲。那个时候,我们每个人都能随口哼上这几句。

我说:"谢谢你,玉儿!'沉舟侧畔千帆过,病树前头万木春。今日听君歌一曲,暂凭杯酒长精神。'你的鼓励是我前进的最大动力!"

冰玉说:"好!'一生大笑能几回,斗酒相逢须醉倒。'我真想体会一下酒醉后的酣畅淋漓之感!我们再来一杯吧。"

豪情是一回事,却不敢贪杯误事!我赶忙说:"囊中羞涩,仅剩纹银二两,再喝就付不起酒资了!"

冰玉念道:"主人何为言少钱,径须沽取对君酌。"

我笑道:"细水长流!否则明天就要敲空米桶了。《萤窗小语》里这样说:'话到七分,酒至微醺;笔墨疏宕,言辞婉约;古朴残破,含蓄蕴藉,就是不完而美的最高境界。'"

冰玉说:"你的这套适可而止、残缺而美的理论似乎还有些道理。"

我说:"清代李密庵的《半半歌》中有云:'饮酒半酣正好,花开半时偏妍。'"

冰玉假装生气地说:"抠门的老大!我就是开个玩笑,其实再喝一杯酒,我们还不至于就会醉。上次在我家时,我们俩不是都喝了两杯酒吗?请教一下,什么是'酒逢知己千杯少'?"

我站起来,向冰玉抱拳,表示歉意。我说:"过犹不及,物极必反。"

冰玉说:"我最佩服你这一点,时刻都能保持冷静;我也最讨厌你这一点,永远是个冷血动物。人生难得几回醉,其实偶尔醉一下也不完全是坏事。那一刻,把酒临风,宠辱皆忘,无牵无挂,冷眼看轻天下事,又何尝不是人生的另一种特别的体验呢?"

中国传统的酒文化与道家的"无为"哲学有关。醉酒后忘乎所以,我行我素的飘然境界与道家所追求的绝对自由,远离功名利禄,看淡生死荣辱的观念相一致。豪放的文人都好酒,或许与他们所追求的无拘无束的人生态度相得益彰。

我说:"你这样的淑女自然没有醉酒的体验,我可有过几次醉酒的痛悟,头脑依然清醒,手脚却不听使唤,讲话也是口不应心,胡言乱语。"

冰玉说:"如果你头脑还清醒,那就说明你并没有真醉。"

我说:"每醉酒一次,就会牺牲一批神经细胞。我本来就反应迟钝,以后不能再醉酒了。否则,就成老年痴呆了。"

冰玉笑道:"你不是迟钝,你是事事比我慢半拍。我真想看看你醉酒后的模样,是不是还是这么一本正经的!会不会将心中深藏着的心思都向我倾吐出来!"

我说:"在你面前,我并没有什么未明的心思。醉酒的人未必都糊涂,没醉的人未必都清醒。人如果在半醉半醒之间,反而更能看清这个世界。"

冰玉站起来,责备地说:"你不肯说就算了!其实品酒并不是品酒的味道,而是品人的心情,其中的酸甜苦辣,只有饮酒者自己知道。你以后再慢慢独享你的人生百味吧!我们走吧。"

冰玉喝酒了,不能再开车。阿莹让在她家饭店打工的大学生小帅哥帮忙,将车子停在我家附近的快捷酒店停车场。

在广场上靠近路边的西北角,建筑人员正在围栏施工,灯火通明。

冰玉问道:"这是在干什么?修路吗?"

我说:"这是在建地铁。南通目前在修建地铁1号线和2号线。2号线在这儿有一个乘车站点。"

冰玉说:"南通这几年社会经济发展好快呀,到处是欣欣向荣的景象,现在都修地铁了,前景很值得期待!"

我说:"这都是占了你们大上海的光!长三角城市群以你们上海为龙头,正在逐步实现一体化,经济、金融、贸易、市场、交通、医疗、环保等领域正在加速推进,促进各种市场要素的自由流动和资源的合理整合。"

冰玉说:"长三角城市群未来的前景一定是美好无比的!"

我说:"据说你们上海的地铁计划与苏州的地铁在昆山进行对接,这说明城市之间的地铁即将开始相通。在南通地铁的远期规划中,可能通过江底隧道连接至太仓,进一步连接至昆山或者嘉定。到时候,从这个站点乘地铁,我就可以直接到达你们大上海了。"

冰玉兴奋地说:"那就太好了!我家附近也有一个地铁口,以后我哪天想你们了,晚上下班之后,就马上乘地铁过来看看你和大嫂,陪你们吃饭、聊天,第二天早晨再回去上班都来得及。"

我微笑着说:"但愿这样的好事情能早日到来,现代社会的快速发展,未来总是能给我们无限的希望!真希望能经常见到你温暖灿烂的笑容!"

我俩同时会心一笑。我的心中感慨万分,人与人之间的默契真是一种非常神奇的心灵感应,原来真有一种步调一致叫作心心相印!

我俩牵着手,沿着濠河东岸向南往家走。

冰玉说:"你永远都是这么冷静吗?真想看看你和大嫂在一起的时候是什么样子的,是不是也是如此装模作样的!"

我说:"其实爱热闹的人最容易遭遇散场,喧闹之后总是曲终人散;而慢热的人在不断积累中升起的温度,温暖着彼此,才是最长情的!所以长情比一时的热情更重要!"

冰玉说："虽然是狡辩，但是确实有些道理。"

前面，一大群人正在焚烧纸库，火光冲天。

冰玉好奇地问道："他们这是在干什么呢？"

我说："前几天，有个人在此用自制的高压电瓶电鱼，不小心让自己触电身亡了。今天可能是头七，家人在给他焚化纸库。"

冰玉说："这是我第一次看到。焚烧这种纸库有什么作用呢？"

我说："没有什么作用，就是个纪念。农村人讲迷信，以为焚烧的纸库就能变成房子，给死去的人住，焚烧的冥币就能变成钱，给死去的人用。"

冰玉说："还有这么封建落后的事情呀！"

我说："我国近十几年来大规模的城镇化改造，大量的农民进城了，他们将原来在农村里养成的一些陋习也带到城里来了。城里根本不允许焚烧纸库，一是造成空气污染，二是不安全，容易引起火灾。你看看这旁边就是高压电缆，多危险呢？但是这些人白天不敢烧，就在夜里偷偷地烧。你再看看我们这里原来很美的绿化都被破坏了，被周围的人家种上了蔬菜，他们时常还会为争夺菜地而争吵不休。"

冰玉说："看来城镇化改造确实是一个很大的系统工程，不是简单地将农民迁移到城里就完事了。文化教育，生活理念，移风易俗，进城人员的工作安排等，还有很多的工作需要去完善。"

我说："当下中国城市的发展有些急功近利，政府忙于扩大地界、招商引资、兴建楼房、延伸市场。其实大学生的就业率、进城人员的生存状况、新兴群体与老市民的情感碰撞、不同阶层人员的价值选择等事情，都是值得业内人士认真研究并且急需解决的社会问题。"

冰玉说："所以，我才让你写一篇《老街的新故事》或者《新都市的风景》，反映在不断发展壮大的新城市中，不同阶层人员的不同追求，不同利益主体的相互竞争，市民喜怒哀乐的情感等。"

我说："我又不是作家，也没有这个能力。你要是有兴趣，你就写吧！"

冰玉说："我比较感性，不具备作家的理性；但是你具备这个写作能力和思想深度！"

我说："你很适合写一些优美的散文或高雅的诗词，确实不太适宜写小说！"

冰玉说："我知道你看不起我，认为我肤浅、没有深度，写文章流于表面！你却是适宜写小说的，我的大思想家、大哲学家！"

我说："我不是这个意思，我非常欣赏你具有对诗词的自然灵性和对事物的天然悟性！上大学时，你写的散文总是那么清新脱俗、柔美有趣，有一种特别的韵味,我是百看不厌哪!"

冰玉笑道:"真的吗?我很少听到你夸我的文笔。"

我说:"你天性纯真,性格直率,思想单纯,经历单一,从小到大,事事一帆风顺;而小说家大多是历经岁月的沧桑,饱受生活的风雨,看透了社会的本质,最终悟出深刻的人生道理。"

冰玉笑道:"这有些偏颇了吧?不是所有的小说家都是灾难重重吧?"

我真诚地说:"但是你对天地万物的瞬间顿悟能力,我不具备。许多事情,我必须经过理性的思考,才能慢慢地明白其中的道理。你这种诗人的跳跃式思维和丰富的联想能力,我也不具备。我的思维更禁锢于严密的逻辑推理。"

冰玉说:"我就当你说的是真话,从小到大,确实一直有人夸我有灵性。不过,你有些过于贬低自己啦。你对自然和社会的悟性在我们同学当中应该是极高的,我爸爸妈妈都夸你很有悟性呢!你对文史哲贯通的能力,我同样不具备。"

我说:"你太夸张了!你大嫂就经常嫌弃我反应慢,你昨天遇到的桂花妹妹也说大师兄有些木讷。"

冰玉说:"这是两回事,好不好?敏于思而慎于言,有思想的人大多有些木讷。《道德经》有云:'大巧若拙,大辩若讷。'你不喜欢随口乱言,是个好习惯,是有修养的表现。"

我说:"与你的机敏相比,我确实是笨嘴拙舌的。"

冰玉说:"曾国藩说过,'天下之至拙,能胜天下之至巧。'木讷质朴是大智慧,并不输于能言善辩。水深流缓,语迟人贵。"

我说:"非常惭愧!你的机敏,我不及十分之一。"

冰玉说:"其实你退休以后,写写书挺好。不然,我真担心你会老年痴呆!"

我笑道:"痴呆了也好,回归孩提,无忧无虑,老顽童!"

冰玉笑道:"是老傻瓜!"

我俩都笑了,继续向南走。一轮上弦月挂在树梢,云影浮动,云月相戏。春风吹拂,垂柳划水,水波荡漾。"楼前绿暗分携路,一丝柳,一寸柔情。"谁说熟悉的地方没有风景,其实最主要的是有没有用心。只要时刻具有这份欣赏风景的心情,美景就会无处不在。

突然,树上一只不知名的鸟儿尖叫了一声,扑动着翅膀,飞走了,吓了我们一跳。

我念道:"月出惊山鸟,时鸣春涧中。"

冰玉举手作揖道:"不要乱说,这根本不关月光的事;分明是我俩的笑声惊动了在树上栖息的鸟儿,害得鸟儿夜晚离巢。罪过,罪过!"

我也赶忙举手作揖道:"罪过,罪过!你的慈悲之心关乎世间万物生灵,难得,难得!"

冰玉说:"人只有敬畏大自然,才能与自然界和谐相处。"

我说:"人敬天,天佑人。"

一口酒气冲到我的喉咙里,有些酸涩的感觉。其实我平时基本不喝酒,不喜欢酒精刺激喉咙的辛辣之感。别人喝酒是享受,而我喝酒是遭罪。我也不赞成以喝酒方式作为评判一个人是否豪爽的标准;但是我现在不能和冰玉直接说我对酒的感受,否则她又要责怪我大煞风景了。

我念道:"酒入豪肠,七分酿成了月光,剩下的三分啸成剑气,绣口一吐就是半个盛唐。"

冰玉说:"这是余光中的《寻李白》。你看人家酒仙多豪迈!'金樽清酒斗十千,玉盘珍馐值万钱。'今朝有酒今朝醉!哪像你这样小气、抠门呢?"

我笑道:"人家不仅是酒仙,而且是诗仙!我能比吗?"

冰玉说:"张潮有云:'若无翰墨、棋、酒,不必定作人身。'"

我说:"那我就不能算是人身了!我是翰墨不懂,棋理不通,酒量太小。"

冰玉笑道:"你不是人,是什么?"

我说:"和你一样,是仙!"

冰玉说:"不好!古人云,只羡鸳鸯不羡仙。其实神仙挺没意思的,孤独地一活几千年,太无聊了。若有一个知心人陪伴在身边,一起感受春风秋月的闲情逸致,生活才能有滋有味!"

我说:"那我们就不要成仙,在人间过几十年有趣的生活,就足够了。"

冰玉说:"这才对!人间的生活才是最美好的!我喜欢喝酒,尤其是红酒,酒后有一种特别的意境!二十年前,某人突然消失的时候,我就是'花间一壶酒,独酌无相亲。举杯邀明月,对影成三人'。"

我没有想到冰玉会突然将我一军,有些猝不及防,愣了半天,我故意说:"我没有某人这么浪漫。"

我爱人也喜欢喝酒酿,特别喜欢闻那股清醇的香气。我偶尔陪她喝少许红酒,她总是笑话我身上没有浪漫的细胞。

冰玉责问道:"请问某人,这是浪漫吗?"

我说:"你大人不记小人过!从此后'永结无情游,相期邈云汉'。"

冰玉说:"那就一言为定!"

我念道:"醉翁之意不在酒,在乎山水之间也。"

冰玉继续念道:"'山水之乐,得之心而寓之酒也。'可惜明天就要回去了,我还没有享受够南通的'山水之乐'呢！"

我能理解冰玉此刻的心情，随口念道："门隔花深梦旧游，夕阳无语燕归愁。玉纤香动小帘钩。落絮无声春堕泪，行云有影月含羞。东风临夜冷于秋。"

冰玉说："南宋词人多柔情！在吴文英存世不多的作品中，这首《浣溪沙》是我挺偏爱的一首。借梦写情，更见情痴。你将之用于此情此景，确实贴切自然，确切地道出了我此刻的心情。我俩梦中乎，现实乎？"

我俩执手望明月多妩媚，料明月望我俩亦如是。月亮承载了中国人太多的思维情感和审美意境。"愿我如星君如月，夜夜流光相皎洁。"

此情此景，令人遐思。人类一直自以为是万物生灵之主，其实并不然。我情不自禁忆起苏轼的《前赤壁赋》，随口念道："且夫天地之间，物各有主，苟非吾之所有，虽一毫而莫取。"

冰玉接着念道："惟江上之清风，与山间之明月，耳得之而为声，目遇之而成色，取之无禁，用之不竭，是造物者之无尽藏也，而吾与子之所共适。"

我说："深有同感！张潮有云：'月下谈禅，旨趣益远；月下说剑，肝胆益真；月下论诗，风致益幽；月下对美人，情意益笃。'我与你这位美人月下谈禅、说剑、论诗，全了，此生足矣。"

冰玉说："能与你酒后谈论诗词歌赋，十分惬意！'醉能同其乐，醒能述以文者'，如皋才子老大也！"

我念道："何夜无月？何处无竹柏？但少闲人如吾两人者耳。"

冰玉说："回家后，你也写一篇《记濠河夜游》，记述你我近几日之乐！"

我说："如此月夜美景，我能与你同乐于此，确实值得一记也。"

我俩进门的时候，已经九点多了。

夏蕴在我们三个人的微信视频里问道："你们俩回家了吧？玉儿感觉南通城怎么样？"

冰玉说："很好！我特别喜欢位于江边和海边的城市。上善若水，有水的城市总是充满着自然的灵性。我们居住的这三座城市都有自己的生命水脉：黄浦江、秦淮河、濠河，三者一起汇入长江。我们三人志同道合，万宗归一！"

夏蕴调侃道："有水不是主要原因吧，有某人才是关键！"

我说："万里长江如一条巨龙，巨龙探海，气势磅礴。南通是巨龙的左眼，上海是巨龙的右眼。"

冰玉说："你要是这样比喻，那南京位于巨龙的颈部，跨越长江两岸，就是挂在巨龙脖子上的最美丽的翡翠项链。"

夏蕴笑道："你俩是左右眼，自然是生死相依，关键时刻，我这条项链就可有

可无了!"

冰玉笑道:"左眼永远看不到右眼,倒是能看到光彩迷人的项链。"

夏蕴说:"你就矫情吧!还看不到?大嫂不在家,你们俩这两天恨不能把对方看化了吧!"

我感觉好累,洗漱后,我坐在床上,冰玉坐在床边的椅子上。

看到我床头柜上摆放的《红楼梦》和《辞海》,冰玉调侃道:"老大好高雅,'床边,放一册冷淡渊明传;窗前,抄几首清新杜甫篇。'"

我说:"没这么夸张!这两句好有意境,但是有些耳生,是你自己说的,还是另有出处?"

冰玉说:"出自吴西逸的《雁儿落带过得胜令》。"

我说:"难怪我不懂,我对元曲很生疏。"

冰玉说:"元曲没有唐诗宋词这么鼎盛,所以一般人都不太留意;其实元曲中的精华多着呢。我随便念一段你听听,比如马致远的《落梅风》:'人初静,月正明。纱窗外玉梅斜映。梅花笑人偏弄影,月沉时一般孤零。'"

我仔细体会曲中的含义,赞叹道:"果然是好句子。写曲人将从月升到月落,一夜孤寂的心情描绘得很到位。这个'弄影'分明是出自宋朝张先《天仙子》中的'云破月来花弄影'的句子。"

冰玉说:"是的,你说的不错;但是你也是一般的俗人,只知道唐宋诗词的好,却不懂元曲的精妙!"

我诚恳地说:"我非常服气!我什么时候能有你这么博学就好了!"

冰玉说:"你才博学呢!和女神聊天文,和女王论哲学……"

我故意问道:"还有吗?"

冰玉笑道:"和校花谈美学,和歌后讲音律……"

我笑道:"可惜你漏了最重要的一项,向大才女请教诗词歌赋!"

冰玉笑呛了,咳嗽两声,瞪我一眼,又关心地问道:"你连续陪了我两天,累坏了吧?"

我说:"还行。你看电视吗?"

冰玉说:"很少看,没有什么特别令我感兴趣的内容。"

我说:"央视每晚的'新闻联播'我基本都看,偶尔看一下娱乐节目。"

冰玉说:"并没有什么特别好看的娱乐节目。难得有一家制作出一个叫座的节目,马上就会有几十家一哄而上,直到将这个节目完全搞滥为止。"

我说:"娱乐界确实喜欢跟风,说明在目前的状态下,媒体人的思路单一,很难制作出高品质的节目,也说明现代人的文化欣赏水平提高了。"

冰玉说:"我挺担心目前的电视传媒状况,总是歌舞升平的晚会,吃喝玩乐的搞笑,完全是浪费纳税人的钱。最主要的是,这些节目会误导年轻人的价值取向,产生偏差。"

我说:"确实如此,现在是一个全民娱乐的时代,电视台总是以娱乐搞笑来吸引眼球。"

冰玉说:"最近也增加了不少散发着社会正能量的报道,这些正面宣传对于弘扬社会主义的价值观有很大的推动作用。当然这些正能量的传播必须循序渐进,潜移默化,不能急于求成,否则会引起人们的反感。"

我说:"娱乐节目必须有,正能量的节目更加不能缺少,关键是掌握一个度,万事过犹不及。"

冰玉站起来,微笑着说:"不早了,你休息吧。我也去睡了。晚安!"

我也微笑着,目送她走过去。

在高中同学微信群里有几百条未读信息,今天是钢班长的生日,昨天是明芳的生日。

我在微信群里给他们俩分别发了庆祝红包。明芳邀请我和钢班长明天一起聚聚。他俩说这是农历生日,四月初四和初五。我突然想起冰玉的农历生日是四月初六,就是明天。虽然他们上海大都市的"现代人"都是依照公历庆生,但是冰玉的公历生日还有一周多呢!我决定明天给她庆祝一个意外的农历生日!

我打电话询问爱人:"你玩得累不累?我们今天游览了水绘园,我累了。"

爱人说:"我们晚上去了城隍庙,我在城隍庙里为你祈祷了,愿你永远健康、快乐!我们刚刚回来,我也累了。明天上午去逛南京路,下午回家。"

我心疼地说:"自己注意身体,不要劳累过度!"

爱人说:"好的,我知道!你也不要太劳累了!才女睡了吗?"

我说:"估计她也在和家人通电话吧。她明天下午回去。"

爱人说:"太可惜,这次又见不到她了!代我向她问好!你明天中午请她吃一顿大餐,你这次太亏待人家了。"

我说:"好吧,晚安!你早点休息,我也睡了。"

爱人说:"晚安!梦里想着我呀!"

最好的陪伴,不是时时刻刻的身体相依,而是内心的牵挂和心灵的依偎,那一份思念始终挂在彼此的心间!无论你在不在我身边,我们的灵魂总是温馨地相依在一起。

5月1日,星期一,晴

一夜无梦,早晨八点,我醒了。

冰玉开门进来,跟我说:"我早就醒了,估计你睡得正香,没有来打扰你。"

我说:"我们还去老街上吃早餐。"

冰玉说:"不要浪费,前天晚上我们从'天堂'里打包带回来的美味足够我们吃早饭了。"

我很感动,看样子不宜再坚持。我笑道:"谢谢你为我省钱了!"

冰玉说:"也省不了几个钱,主要是我们俩都是节俭的人,不希望浪费。"

我说:"粗茶淡饭把你吃瘦了,回家去,你家先生要心疼了!"

冰玉说:"其实吃什么饭根本不重要,重要的是一同进餐的人!并不是和谁一起吃饭都有这份好心情的!粗茶淡饭有滋味,只因面对有缘人。"

我说:"非常感谢!上次芎芘来接我去南京,中午我带她在我俩昨晚所在的小饭店里吃饭,她和我说了同样的话。"

冰玉说:"这说明我们女人更看重内心的感受,形式也许并不是十分重要!"

我说:"受教育了!正如你大嫂所说的那份被关心的感觉和心灵相通的默契才是最难得的!"

冰玉说:"是的,看来你确实有所进步!开始越来越懂得女人的心理需求了!"

我说:"不进步不行呀,你大嫂一直对我非常不满意呢!"

吃完早饭,我带冰玉去参观我们的学校和医院。

我俩牵手漫步在校园中。春光明媚,鸟语花香。十多米高的白玉兰树干挺拔巍峨,没有树叶的枝头上却开满了白色的花朵,花团锦簇,洁白无瑕,分外妖娆。一阵风吹过,花瓣纷纷从天空飘落,极为壮观。

冰玉感叹道:"好美的白色花雨!好奇特的景观!其实玉兰花的花色从白色到紫红色都有,花期十天左右。"

我说:"白玉兰先开花,后长叶子,本身就是奇观。"

冰玉说:"白玉兰是落叶乔木,是木兰科,原产地印度尼西亚爪哇,现在东南亚广为生长。于三四月份开花,顶生,直立枝头。先开花,后长叶。旁边这棵更高大的树木是广玉兰,也是木兰科,但是花期晚一些,一般在六月份。这样很好,等白玉兰花开完了,广玉兰再接着开,各种花接连开放,校园里就四季都有花开,永远美丽如画了。其实这就是中国园林景观设计的原则,不仅要考虑空间,还要兼顾时间,达到时空的平衡与美学的和谐。"

我说:"广玉兰在南通被广为种植,在1982年被确定为南通市的市树,象征着南通欣欣向荣、兴旺发达。"

冰玉说:"白玉兰花是我们上海市的市花,是在1986年上海市人民代表大会常委会上通过的。象征上海具有开路先锋、奋发向上的精神。"

我说:"难怪南通与上海有很深的因缘,如此步调一致。"

冰玉在玉兰花雨中微笑着,伸展双臂,张开双手向上,然后站立不动,让玉兰花飘落在她的头上、手臂上和掌心中。她的那份出自内心的喜悦之情完全感染了我,此刻的冰玉确实美如天仙!

我想起古诗《玉兰》中的句子,念道:"净若清荷尘不染,色如白云美若仙。微风轻拂香四溢,亭亭玉立倚栏杆。"

冰玉很感动,念道:"多情不改年年色,千古芳心持赠君。"

我也很感动,微笑道:"非常感谢!这两句我以前没有读过,是你自己刚作的吗?"

冰玉说:"这是明代朱日藩的《感辛夷花曲》中的句子,辛夷是紫玉兰,在初春开放,被文人雅士喻为高洁的象征。"

我点头赞许。

冰玉说:"玉兰花的寓意是'报恩',种植在文化传承的大学校园里,让莘莘学子懂得感恩父母,感恩师长,回报社会,确实是得其所在。"

我赞叹道:"你不仅记性极好,而且知识面非常广,是我名副其实的老师。"

冰玉笑道:"就冲你这么谦虚,我就当不了你的老师。我是不是有些卖弄了?"

我真诚地说:"我确实自愧不如!"

转弯过去,小路两侧的垂丝海棠约两米高左右,一片粉红的色彩,树下的地面上落满了一层粉红色的美丽花瓣,令人不忍心走过去,怕踩碎了这份纯粹的美丽。

我想起去年秋天,夏蕴就站在这两排海棠树前,说自己是春天的海棠,当时是秋天了,她已经错过了季节的风景。我心中涌起一份悲凉!

冰玉问道:"你在想什么?你的表情有些忧郁,是心慈不忍看落花?还是睹花思佳人?"

我很惊奇,难道冰玉真能读心?

我说:"这么美丽的花朵,要是能永远都不凋谢,该是多好呀!"

冰玉笑道:"我不陪你伤春悲秋,四季变换是自然规律,我们不必多愁善感。"

冰玉捡起地上粉红色的海棠花瓣,笑道:"我们换个话题,粉色是我俩的最

爱！我总觉得粉色给人一种柔情似水的细腻滋润和温馨熨帖的暖心呵护。"

我说："深有同感！粉色也是你大嫂的最爱！"

冰玉说："大嫂有一颗善良温顺、晶莹剔透的公主心！"

我点点头，感动地说："你也有一颗纯真的心。我们三个人的品行和爱好都一样，所以就走到了一起！"

一棵杏花树和一棵樱花树相邻而立，树干一高一矮，杏花花瓣白中透红，樱花花瓣红中掺白，花朵一密一疏，相映成趣。

冰玉说："你们学校真美！处处是姹紫嫣红，春色满园。"

我说："上次蕴儿也是这么说的，你们是佳人所见略同。"

到处是青春洋溢的男生和花枝招展的女生，他们这个年龄段正是人生中最璀璨的季节，正是尽情展示青春年华的最佳时期。

我俩这个年纪的人，手拉着手，走在校园里，倒是有些另类的感觉。我挣脱了一下，想让冰玉放开我的手，她却抓得更紧了。

冰玉笑道："我搀扶着你走更安全！你还假正经，怕被你的学生们看到，会影响你为人师表的形象吗？你不是从来都不注重形式的吗？"

我笑道："那要看是什么形式，比如昨天跟你讨论的话题，在我看来婚姻的形式和内容同样重要。"

冰玉笑道："好的，我的婚姻专家。"

在美丽的濠河边，冰玉说："我俩留一张合影吧。"

我举着手机，正准备找人帮我们拍照片，两个小姑娘主动热情地说："老师，我们帮你们拍吧！"

我一看，这两个小孩是我上星期刚刚给她们上课的学生。我们每个讲解医学课程的老师只讲自己从事专业的章节，每个班只有三四次课，所以我们根本记不住学生们。只是这两个小孩中有一位是班长，每次上课结束后，她会让讲课老师签名，所以我才记住了她们。

我俩依靠着濠河边的栏杆，并排站着，春风吹拂，感觉挺舒畅。

拍好了一张照片，小班长说："老师的头向师母靠近一些，感觉距离太远了，再拍一张吧。"

冰玉微笑着，轻声说："你靠过来一点，我不是老虎，又不会吃了你的！"

两位学生给我们拍完照片，小班长说："老师呀，师母好年轻漂亮呀！"

冰玉微笑着，看看我。

我没有给学生们解释，只是说："谢谢你们，辛苦了！"

等学生们走了，冰玉笑道："你看看前面这张照片，我向你靠过去，你却躲开了！你是什么意思呀？"

我笑道："因为我感觉自己配不上你这位年轻漂亮的师母！"

冰玉大笑着，将第二张照片发到大学同学微信群里。

黑胖说："这才像是最完美的一对，表情如此自然，动作如此亲密！"

阿云问道："这是在哪儿？不仅才子佳人美，而且后面的水景也很美！"

夏蕴说："在老大的大学校园里，后面是南通人引以为豪的美丽迷人的濠河！"

高个说："我觉得应该叫令人垂涎的'爱情河'才对！"

大家都笑了。

在学校报廊里，展示着好多近年来大学的科研成果和学科进展。

冰玉说："这所国内较早的古老医学院正在焕发出青春活力。苏州医学院是从你们这儿分出去的，南通医学院为我国医学事业的发展做出了巨大的贡献。"

我说："谢谢你的夸奖。我们正在努力向你们大上海的一流医学院校看齐。"

我带冰玉参观国家重点实验室——神经再生实验室。

冰玉对我校院士为神经医学取得的巨大成就和做出的杰出贡献敬佩不已。是的，在一个地级市，能有一个本土出生的院士，确实是不太多见。

冰玉说："神经修复和再生的问题非常迫切，因为随着人口老龄化加剧、交通事故增多、工业和生活污染加重，这一类病人将会越来越多。"

我说："是的，任重而道远。"

看到我们医院门诊部非常拥挤的病患，冰玉说："你们跟我们一样忙碌，每天上班好辛苦、好累，医疗环境却是这么紧张。"

我说："是的，这也说明我们国家医疗改革迫在眉睫，要尽快降低人民群众的医疗负担呀！"

冰玉说："每一项改革都是一份攻坚克难的事业，因为会触及既得利益者的痛处，而这些既得利益者都是有话语权的人，这就是改革最大的障碍。"

我说："既得利益者曾经是推动历史进步的人，如今却成了阻碍社会发展的人。纵观世界历史，莫不如此。"

冰玉说："现在看病确实很麻烦，挂号、就诊、缴费、检查、取报告、取药，每一处都需要等上好半天。"

我说："确实如此，到你们上海大医院看病更难，像你们这些著名教授的门诊是一号难求呀！票贩子更是将挂号费倒成了天价。"

冰玉说："我们医院的票贩子原本一直是一个顽疾，但是实行实名制挂号之后，情况好多了。但愿刚刚试行的医生可以'多点执业'的政策，能够推动优质医

疗资源的合理流动,从而破解阻碍低层医院发展的人才瓶颈。"

我说:"不仅病人难,而且我们医生也难呀。医者仁心,既想为病人看好病,又不希望他们花费太多的钱。医患关系紧张,既想为病人省钱,又怕少了检查,遗漏了诊断,引起了后果,病人要上诉。医保限制,处方超标,又要扣医生的钱,真是左右为难呀!"

冰玉说:"虚高的药价谁之过?便宜的常用药利润低,导致无人生产而断货。发改委、药监部门和物价部门在干什么?医保部门的自说自话,既要医生马儿好,又要医生马儿不吃草。违反常理的'举证倒置'实在是太荒唐!医生的任务是救死扶伤,如果医生的主要精力都用来警惕病人与自己打官司,那怎么能集中思维分析复杂的病情呢?立法部门不懂医学可以理解,但是违反常理就是太荒唐了!"

我说:"时间会去评判,'举证倒置'一定会成为医学史上和法律史上最奇葩的笑话。"

冰玉说:"频频爆发的暴力伤医的严重后果已经出现,没有多少人再愿意当医生了。近年来报考医学院校的学生在锐减,入学分数已经达到历史最低水平。医学原本需要最优秀的人才,但是现在已经招不到尖子生了,如今后备医师的数量和质量都不能得到保证了。医务人员绝大多数不希望自己的子女学医,据调查,仅仅13%的医生同意子女从医。这是多么令人心痛的数据呀!"

我说:"暴力伤医不仅严重影响了学生报考医学院校的积极性,而且医生队伍的人才因此而流失的现象也是非常严重。目前,儿科、急症科、精神科、妇产科、病理科、老年护理等学科都有不同程度的人员短缺。"

冰玉说:"真诚地希望国家医疗体制的改革能尽快获得成功,建立医患关系和谐的执业环境,对病人、对医生、对社会都是最大的福音。"

我说:"医患关系的改善是医患双方、政府、社会和媒体共同的义务,而我们这些医务工作者更是责任重大。医学不仅是对肉体进行救死扶伤的科学,而且是以心灵温暖心灵的人文关怀。"

冰玉说:"确实如此。有时候温暖的人文关怀的力量远远大于冰冷的药物和机械治疗的效果,或许我们医者一个鼓励的眼神、一个温暖的拥抱,就能够很好地安慰患者恐惧不安的心灵。"

我说:"愿我们每一位医务人员都是医者仁心,都能真诚地对待每一个需要救治的患者,也期盼经过各方面的共同努力,我国目前紧张的医患关系能尽快得到改善,走上正常的轨道。"

冰玉说:"医院、医药等这些关系到国计民生的大事绝对不能交给市场自己去调节,必须由政府来统筹管理,否则会出大问题。"

我说:"医院永远不能成为当地GDP做贡献的商业场所!"

我想起台历的事情,就带冰玉来到我的办公室。我说:"让你参观一下我的办公场所。"

冰玉说:"你现在不搞临床了也好,搞临床要上夜班,你的身体确实吃不消。"

我调侃道:"蕴儿说我因此失去了辉煌的机会。"

冰玉说:"你也不在乎这些外在的虚名。搞实验挺好,远离了临床的纷争。"

冰玉环视了一下我的房间,直接将手伸向了台历。

冰玉默默地将台历看了一遍又一遍,抬起头,眼眶湿润地说:"谢谢你,竟然为我做了专辑!"

我说:"我们科室帮大家做家庭台历的事情已经持续了三四年。前年我为你大嫂做了专辑,去年是我和中学同学的合影,今年本来是我和大学同学的合影,在挑照片的时候,突然发现某位仙女这么美,就为她做个专辑吧,留下永远的记忆!"

冰玉感动地说:"太感谢了!前天我还责怪你影集里没有我的照片,我错怪你了,真是对不起!"

我说:"没有关系!与你辛苦地从上万张照片里找我的照片相比,这实在是不值一提。"

在医院门口遇到卖烤地瓜的小伙子,他热情地跟我打招呼。我经常买他的烤地瓜,所以跟他已经非常熟悉。

我问冰玉:"你喜欢吃烤地瓜吗?我和你大嫂都非常喜欢吃。"

冰玉说:"也是我的最爱,又甜又香。"

我跟小伙子说:"老规矩,十块钱。"

小伙子刚刚称好地瓜,就突然往我手里一塞,着急地说:"城管来了,钱以后再说吧。"

小伙子推着平板车,赶紧跑,一溜烟就不见了。旁边一位挑着担子,卖水果的老太太没有来得及跑,被一个三十岁左右的城管人员一把抓住,立即就要罚款。

老太太赶忙求情,可怜地说:"这次就饶了我吧,下次再也不敢了!"

城管却一点也不肯让步,大声呵斥道:"你每次都这样说,这次非罚不可了。"

冰玉说:"老太太好可怜,这么大年纪了,还得出来摆摊,养家糊口。"

我说:"如果不是生活所迫,谁这么大年纪还愿意这么辛苦地挣钱呢?"

冰玉问道:"她为什么不去菜市场里卖呢?"

655

我说："在菜市场里要交摊位费和管理费，老太太小本经营，本来利润就很小。"

冰玉说："这个城管没有一点同情心！"

我说："他们也没有办法，维持公共场所的秩序就是他们的工作。"

其实在这个世界上，很少有绝对的好人和坏人，人也没有绝对的尊卑之分，都是社会这架大机器上的零件，都在为了自身的生存而辛劳地付出，只是有人活得容易一些，而有些人活得很艰难；但是大家都不应该违反做人的最基本道德准则。

冰玉说："政府就不能想一个好办法来协调好这两者之间的关系吗？比如烤地瓜，这种价廉物美又方便的食品，确实能帮助来你们医院就诊的病人，让他们解决实际的需要啊！"

我说："是的，因为化验和检查的需要，许多病人都是一早空腹来就医的，检查结束后，有这种方便、廉价又热乎乎的小吃临时补充一下能量，确实是挺好的。"

冰玉说："底层民众的生活还很艰苦，我们国家离真正的全民小康生活还有一定的差距。"

我说："只有等到所有的人都安居乐业了，国家才能算是真正富裕了。"

冰玉说："其实换位思考一下，城管人员也挺艰难的，这就是他们的工作，不管就是他们的渎职，管了又遭到人们的痛恨。其实他们的管理也是为了给大家一个整洁有序的环境，我们应该相互理解。"

我说："这和我们医生一样，辛辛苦苦地为患者看了病，可是看病难、看病贵的责难大锤却落在了医生头上。真是有冤无处申啊！"

冰玉说："看病难，门诊看病的医生时常忙得水都没有空喝；看病贵，医院又不是物价局，没有权利确定药品的价格。"

我说："随着社会生活节奏的加快，工作压力和生活压力的不断增加，现在人们心中普遍存在着莫名的焦虑和担忧，加上社会矛盾没有及时得到纾解，难免会出现一些不满和怨恨。"

冰玉说："大家都应该换位思考，同时各司其职。政府负起政府的责任，同时提高管理的水平；平民负起平民的责任，遵守公共秩序。"

我俩都没有心情吃地瓜了。

位于医院对面路北的西寺庙里的钟声响了几下，接着传来了法师们诵经的声音，法师们的早课开始了。我的办公室就在西寺庙的正对面，每天都能听到法师们的诵经声。天长日久，我已经习惯了这悦耳的诵经声，这已经成为我每天生活的一部分了。

　　冰玉说:"寺庙位于医院的旁边,与医院和谐相处,倒是一份独特的风景,这种现象在全国也不多见。"

　　我说:"著名的医学泰斗裘法祖说过,'才不近仙不可以为医,德不近佛不可以为医。'"

　　冰玉说:"这是说医生必须德才兼备,与你们在医院旁边建寺庙并不是一回事。你们到底是让病人就医呢,还是让他们拜佛呀?"

　　我说:"就医能治疗身体疾患,解除肌体的疼痛;拜佛能祈求心灵安慰,化解内心的不安和忧虑。两者相得益彰,各取所需。西安交通大学第一附属医院就与中国汉传佛教密宗祖庭大兴善寺联合,开办了全国第一家'佛医结合'的医疗机构。佛家'慈悲为怀、普度众生'的宗旨与医家'悬壶济世、大医精诚'的精神本质上是相通的。"

　　冰玉说:"我曾经去西安开会时,参观过这种'佛医结合'的医疗新模式。我的理解,这种创新形式是佛家理念和医院管理的深度融合,对患者的身体和心理疾患同时进行诊治,中西医结合,注重人性化的服务。"

　　我说:"其实什么形式、什么名称并不重要,让广大患者真正从中得到健康福祉才是最重要的事情。"

　　冰玉说:"钱锺书在《围城》里这样说:'救人生命也不能信教,医学要人活,救人的肉体;宗教救人的灵魂,要人不怕死。所以病人怕死,就得请大夫,吃药;医药无效,逃不了一死,就找牧师和神父来送终。'"

　　我说:"恃才傲物的钱锺书讲话总是这么刻薄,既讽刺医生,又讽刺病人。将人对待生死的矛盾心理刻画得这么深刻,入木三分。"

　　冰玉说:"钱先生的语言辛辣是出了名的,对我们医生还有不少极尽刻薄的讽刺话语。"

　　我说:"最著名的一句就是:'医生也是屠夫的一种。'"

　　冰玉举着地瓜,笑道:"钱大师对此物也有过论断:烤山薯这东西,本来像中国谚语里的私情男女,'偷着不如偷不着。'香味比滋味好;你闻的时候,觉得非吃不可,真到嘴边也不过尔尔。"

　　我笑道:"这个说法我无法苟同,我虽然没有私情的经历和体会;但是对于烤地瓜,我是情有独钟的,闻起来香,吃起来更香。"

　　冰玉笑道:"你这种一直墨守成规的老古董,是永远也不可能有私情的经历和体会的。"

　　我调侃道:"没准我哪天也枯木逢春了呢!"

冰玉惊讶地向我瞪了一眼，笑道："大嫂就是你的整个春天！你如今已经是糟老头子了，哪能还有第二春呢？"

我笑而不言。

冰玉说："钱锺书的《围城》确实是一部经典，对人物心理的刻画惟妙惟肖。"

我说："其实我们大多数平常人就是书中的主人翁方鸿渐，该认真读书的年纪没有努力，不求上进，贪图享受，进入社会后没有真才实学，就只能过平庸的生活，又不懂为人处世的技巧，还时常喜欢装清高，所以就会事事不顺，步步艰难。我本科毕业后刚进入社会的时候，也是太天真，而且不通世故，所以在现实面前碰壁了。"

冰玉说："你为人过于真诚，有时候太信任别人了，所以容易吃亏；但是这正是我欣赏你的地方，而且直到现在，你还一直保留着这样的思想品质，这是难能可贵的。"

我说："为人真诚也是你的个性。其实我们可以像赵辛楣那样，做到'世事洞明皆学问，人情练达即文章'。但是我们都忠于初心，知道世故而不世故，只是为了在复杂的人际关系中，看穿别人的伎俩，从而能更好地保护自己。"

冰玉说："人都是在生活的挫折中不断总结经验教训，又在经验教训中学会了如何更好地生活。"

我说："吃一堑，长一智。"

冰玉说："这座寺庙好像是新建的，在医院旁边建寺庙，规划者同样是煞费苦心。"

我说："并不是有意为之。这座西寺庙原本就在这儿，在破'四旧'的时候，被改成了印刷厂。如今为了弘扬传统文化，就进行了恢复和修缮。"

冰玉说："原来如此！你们南通对古建筑和传统文化的保护措施确实很到位，真不愧是文化古城。"

我说："我们南通有保存完好的古老寺街。在那儿，能让人感受到原汁原味的南通传统民俗民风。"

冰玉调侃道："那你带我去看看嘛。我最喜欢回顾过去，重温历史，不像某人那么健忘！"

我一看时间，才十点。我说："时间还早，我带你去喝茶，见一位有趣的心理学教授。你也精通心理学，你俩一定有许多共同的话题。"

冰玉说："好的，能被你老大认为是有趣的人一定是一个非常有品位的人，很乐意一见。"

我俩开车到寺街，车子进不去，在停车场停好车，我俩步行而入。

我说:"去年国庆节,我和夏蕴在此偶遇一位茶社的老板秦教授,一位高雅的人。后来我单独专程来拜访过多次,彼此相谈甚欢。"

冰玉说:"能让你如此感兴趣,而且多次专程登门拜访的人,一定有许多的神奇之处。"

我说:"上次我与夏蕴在此喝茶,夏蕴与秦教授广论茶道,好不惬意。一周前的中午,我午睡时梦到秦教授对我说,他要回陕西了。我这几天心里一直有一份牵挂,所以很想来此看看。"

秦教授先前因为患有心肌梗死而提前病退。先生通晓天文地理、历史政治,博古通今。在谈到现今的时政时,秦老说,目前的国际形势就如同战国时期的七雄争霸。美国最强,就如同当时的秦国;世界各国的人才都涌向美国,也类似于秦国的广纳贤才。只不过美国一味地损人利己的政策一定会终结自己的优势,再加上穷兵黩武,好战逞能,最终必然会走向衰落。

我当时回复道:"《资治通鉴》有云:'国虽大,好战必亡。'"

秦老说:"夫怒者逆德也,兵者凶器也,争者末节也。"

我说:"夫务战胜,穷武事者,未有不悔者也。"

秦老赞许道:"正是此理!但是也要切记,天下虽太平,忘战必危。"

我说:"所以对付这些反华势力,只能以备战而止战,不能示弱。"

秦老大笑道:"老朽此生多难多病,如今已经是日薄西山的古稀之龄,能交上你这样一位能倾心畅谈的儒雅小弟,也足可慰藉平生了。"

我俩不紧不慢地沿着古朴的寺街往前走,观赏沿路的风景,路过一家门面很小的名为"红袖添香"的时尚服装店。看到这个店名,我俩很自然地相视一眼,都意味深长地笑了。那一幅温馨的画面又浮现在我的脑海中!上学时,我曾经憧憬这种"红袖添香"的和谐氛围能永远延续下去,但是毕业之后,一切就结束了。

结婚以后,爱人经常在书房里为我点香。我没有想到这种温馨的场景竟然真的出现在了我的现实生活中,令我十分欣慰。

冰玉遗憾地说:"可惜造化弄人,天不能总随人意。小女子此生无福再为大才子添香了!"

我说:"是糟老头子无福消受天仙的厚爱!人生不如意事常八九,但是能与你相识,此生无憾!"

冰玉感动地点点头!

我和冰玉兴冲冲地来到秦风茶韵门口,不料竟然遇到铁将军把门。我俩好

失望,忙向隔壁古玩店的老板打听情况。

老板叹口气,落寞地说:"秦先生一周前的中午,再次突发心肌梗死,一个人摔倒在店里,当时无人发现,等到有茶客进去发现时,老先生已经走了。唉!人生无常呀!"

我惊讶、难过不已!

老板摇摇头说:"一个老人是不能单独居住的,必须有人照看,否则出了意外都没有人知道,何况他本来就有心肌梗死。"

我心痛地说:"中国已经进入老龄化社会,以后这样的事情一定会更加常见了!"

冰玉说:"这是我们这一代人即将面临的最大的挑战。我们上海市政府已经开始重视这个问题,正在着手解决。"

秦老比我年长近二十岁,数次畅谈,我俩早已经成了忘年交!先生赠送我一套《东周列国志》,我才阅读了一半,没有想到先生这么快就驾鹤西去了!

我俩回到茶社门前。回想起先生的音容笑貌,我泪如雨下,虔诚地三鞠躬!愿先生一路走好!

冰玉亦满脸泪水,哽咽着说:"你也不要太难过了!秦先生知你来看他,应该泉下有知,一定会感到欣慰!"

我疑惑地说:"太神奇了,先生一周前的中午托梦给我时,正是他离世之时。曾经我在妈妈离世之前十天,我也做过妈妈已经去世的梦!难道冥冥之中,真有灵魂相托一说?"

冰玉说:"梦为心灵的反映,是思想相通之人的精神对话!母子、忘年交之间自然会有心灵感应,不足为奇!你就不要钻牛角尖了,会坏了身体!我们回去吧!"

转眼到了午餐时分。

我问道:"你喜欢料理吗?"

冰玉说:"非常时期,支持国货。"

我赞叹道:"你好爱国呀!"

冰玉说:"那是自然。"

我一寻思,决定带她到文峰大世界八楼"致青春"小饭店吃饭。

我俩上车,出了寺街的胡同口,回到人民路路口,等待红绿灯。突然一位与我们同向的外卖小哥,骑着电瓶车从我们后面直接闯红灯,向南飞快地穿过去。

一辆由西向东正常行驶的桑塔纳轿车躲让不及,眼看就要撞个正着,危险时刻,外卖小哥甩开电瓶车,猛然一跳,就地打了一个滚。电瓶车完全压在汽车轮子下面，发出了刺耳的声音。

桑塔纳滑行了一段路，轮胎在路面上划了两道重重的刹车印，终于停了下来，总算万幸，没有伤及其他人。小哥活动了一下手脚，竟然站了起来，脸上，手上有几处擦伤。各种饭菜洒满了整个路面。两位交警马上围过去。

冰玉紧张得闭着眼睛，紧紧地抓住了我的手！

我说："谢天谢地，人没事！"

冰玉惊魂未定地说："刚才这一幕太惊险，太恐怖了！"

我说："现在外卖小哥不遵守交通规则的事情太常见了，电视里时常有报道。"

冰玉说："如今快节奏的生活，让快餐行业极为盛行，大街小巷，到处都是急急忙忙穿行的外卖小哥。他们也不容易，赶时间，送晚了，顾客就会给差评，老板就要扣他们的工资。"

我说："正因为生活不容易，所以更不应该闯红灯。法规就是行动准则，违反它就会受到惩罚。领悟生命之重，看淡得失之轻。生命来来往往，没有来日方长。"

冰玉说："道理大家都懂，但是为了赶时间，心存侥幸。漠视规则，是许多人的通病。"

我说："千万不能心存侥幸，一旦出事，后果是无法弥补的。我在寒暑季节，中午都不回家，全是叫外卖。有一次中午饭比答应的时间晚到了四十分钟，但是看到外卖小哥一脸的愧疚，听到他满口的道歉，我不但没有责怪他，反而吩咐他路上一定要注意安全。意外的是，小伙子竟然感动得流泪了。他说心中本来已经做好了挨骂的准备，没想到会遇到我这样一个好心人！他在路上闯红灯被罚款了，反而耽误了时间，而且差一点就出事，以后保证再也不违反交通规则了！我听了他的保证反倒是很高兴。"

冰玉说："社会底层的人们生活确实不容易，他们为了生存所付出的辛劳一定比我们想象的要多得多。"

我好感动，像冰玉这样一个位于社会高端的精英人士，竟然能理解和同情底层民众的疾苦，确实是难能可贵的。我时不时地总能在冰玉身上发现宝贵的品德。

冰玉说："你的善良一定会有好报的！"

我笑道："你也是一样的！"

冰玉说："你刚才竟然一点也不害怕！"

我说："我自小就胆子大。"

冰玉说:"苏东坡说过,'天下有大勇者,卒然临之而不惊,无故加之而不怒。'你的心理素质确实不错,有一种泰山崩于前而不变色的英雄本色。"

我说:"我是冷血动物!"

我们都笑啦。

到达文峰大世界,经过一楼的时候,我取了上午悄悄打电话预定的蛋糕。冰玉惊喜地看着我,疑惑地问道:"太神奇啦!你怎么知道今天是我的农历生日的?"

我说:"你忘了?我和蕴儿第一次为你过生日时,你说那天既是你的公历生日,又是你的农历生日,所以从那时起,我就记住了你的两个生日日期。新鲜吧?从来没有人专门为你庆贺过农历生日吧?"

冰玉说:"你也忘了,我的父母亲都是研究传统文化的,自小在家里,我一直就是过的农历生日,只有在学校里,和你们在一起时,才是过的公历生日。"

我很失望和无趣,本想给她一个意外的惊喜,却失败了。

冰玉说:"不要失望嘛!首先你能一直记住我的农历生日,就令我非常高兴和感动了!"

我说:"你的公历生日还有一个星期,正好就是我和你大嫂的相识纪念日!"

冰玉惊喜地说:"真的吗?看来我们三个人特别有缘!"

我说:"当然是真的!有缘人才能相识相知嘛!"

冰玉说:"我太想见见大嫂了!可惜这次见不到了!太遗憾啦!"

我说:"以后一定会有机会的!"

我们乘电梯到八楼,看到"致青春"的店名,冰玉笑道:"我俩还青春吗?"

我笑道:"你在我心里永远青春、美丽、迷人!"

冰玉调皮地说:"可是你在我心里已经是'糟老头子'了!"

是啊!确实是"糟老头子"了!四十岁早就已经过去,如今临近五十了。仓促间,我们就到中年了;但是我们真的不惑了吗?知天命了吗?

我说:"真感觉自己老了,近来特别容易感动,容易流泪。无意中听到一首感伤的老歌就会灵魂出窍,不经意间听到一句温暖的话语就会泪流满面。"

冰玉说:"这反而说明你并没有老!真要是老了,你就不太容易被感动了。'风月不曾看厌春秋,人怎敢轻易白首。'"

我点上两根带"4"字的蜡烛。

冰玉说:"你为什么要标上年龄呀?我好想忘记自己的年龄!"

冰玉闭上眼睛,许愿,然后一下子吹灭了蜡烛。

我给她拍了照,随口说:"百花斗艳争胜景,天仙华诞听号令。倾城容颜傲华夏,柳絮文采夺魁星。"

冰玉说:"这是你二十五年前写的祝寿诗,不能算,现在重新赋一首。"

我闭目沉思,思维飞速运转,总得有点出奇之处,不然真会愧对了她强烈的期待。

我说:"祝福正逢黄道日,贺喜又临华诞期。"冰玉微笑着,点点头。

我说:"冰清玉洁美人丁,玉体娇艳时辰酉。"冰玉露出非常惊讶的表情。

我说:"生命绽放四十四,日洒暖春牡丹月。"冰玉皱了一下眉头。

我说:"美丽多才人之初,满堂幸福万顺六。"冰玉笑啦。

冰玉说:"起首两句挺好,自然顺口,我一听就知道是藏头诗。下面两句一出,太令我惊讶了,你竟然既藏头,又藏尾,这可是很有难度的,很少有人会这么写,我担心你吟不下去了。第五第六句还不错。最后两句还知道夸夸我、祝福我,真是很难得。"

我说:"每一句都想夸你,可是词用不上,水平有限。"

冰玉说:"第三句和第八句有些大俗话。最主要是,我不让你提我的年龄,你竟然又提了。"

我说:"这两句的'丁'和'六'不容易组词,而且在句末,真是愁死我了。"

冰玉说:"真难为你了,在这么短的时间内,竟然能作出这种既藏头、又藏尾的限题诗,确实让我耳目一新,但是受到藏头和藏尾太多的限制,对仗、平仄和押韵就没法讲究了。"

我说:"大才女帮忙改改吧!"

冰玉说:"不改!历来作诗之人,都是宁可自己写,也不帮别人修改。其实,你写得已经很好了,并不需要修改,是我故意给你挑刺的。我并不擅长写这种藏头诗或藏尾诗,写出来也不一定比你强。"

我说:"我现在写诗词的时候,最大的问题就是平仄。我上小学的时候,农村老师自己不会讲普通话,更不懂得拼音,我的拼音字母和普通话都是后来自学的,不准确。你大嫂就经常嘲笑我,说我讲的是如皋普通话。"

冰玉说:"你的普通话确实不怎么样,而且你没有接受过诗词写作的专业化训练,所以写作时,会有一些困难,这是难免的。好在你已经熟记了几百首经典的古诗,如果再掌握诗词写作的常识,应该能写出好诗。其实在《红楼梦》四十八回'慕雅女雅集苦吟诗'中,黛玉教香菱学写诗的一段就是最好的教程。第一是立意。诗言志,是对生命的感悟。第二是词句。将自己的情感用最适当的词句真实地表现出来。第三是格式。比如七言律诗格式,讲究起承转合,三和四、五和六对仗。一三五不论,二四六分明。一联之内平仄相对,两联之间平仄相粘。"

我说:"对照这些标准,我这个根本不能叫诗,就是应时应景的大俗话。"

冰玉笑道:"好吧,有时间,我专门给你辅导一下。其实这些形式的东西都不是十分重要,诗词的意思表达准确才是最主要的,形式服务于内容。对仗、押韵、平仄等形式,甚至字数有时都可以不必太在意。意思清晰明确,读起来朗朗上口,不晦涩难懂,就是好的诗词。"

我说:"受教了!听君一席话,胜读十年书。写诗最重要的是内心情感的自然流露,是有感而发,绝对不能无病呻吟,更不能为赋新诗强说愁。"

冰玉笑道:"不错,谦虚好学,可教也!海纳百川,有容乃大;山垒万石,故成其高。"

我亦笑道:"谢谢苏老师赐教!'江湖不恶小谷之满己也,故能大。'"

冰玉眼睛一亮,惊奇地说:"你竟然读过《墨子》,这倒是非常罕见的,没有几个人读过墨子的书!书中类似的话还有,'圣人者,事无辞也,物无违也,故能为天下器。'你以后必成圣人!"

我笑道:"平庸之辈,谈何能成圣人?在书店里,我偶然翻开《墨子》,才知道其中好多内容是关于辩证法和相对论的,仔细阅读,竟然解开了我心中的好多疑问。"

冰玉说:"小时候,我父母让我背过其中的一些经典语录,比如,'善无主于心者不留。''君子自难而易彼,众人自易而难彼。'等。"

我说:"我原来以为你仅仅是自小熟读儒家经典,没有想到你竟然精通诸子百家,看来我是班门弄斧了。佩服之至,五体投地!"

冰玉说:"先秦时期的学术氛围相对自由,所以才产生了众多灿烂的思想文化,诸子百家都有值得我们学习的方面。我国传统文化的精髓太多了,穷你我毕生之力,亦不能尽也。"

我说:"我以后不用舍近求远,去学什么先贤大儒了,你就是我身边的一座文化高峰,我只要跟着你学就是了。"

冰玉说:"谢谢你的过奖!谦逊者,善学也!其实写诗最重要的是日积月累。钱锺书说:'诗人觅句,如释子参禅,及其有时自来,遂快而忘尽日不得之苦,知其至之忽,不知其来之渐。'"

我说:"此乃正理也。清朝文论家袁守定说:'得之在俄顷,积之在平日。'"

微信里有提示音,我打开一看,阿娟关切地问我:"大哥这两天陪才女玩得开心吧?肯定也累了吧?"

我好感动,告诉她:"还好,才女吃完中饭就要回去了。"

阿娟说:"我先生上午就去上海了,晚了怕堵车。"

664

我跟冰玉说:"你吃完饭就早点回去吧,晚了怕堵车。"

冰玉开玩笑地说:"赶我走?"

我把手机给她看。

冰玉说:"这又是哪位美女?这么关心你?令我好感动!"

我说:"就是给我们推荐如皋美食的高中同学,好妹妹。"

冰玉点开阿娟的头像,惊喜地说:"你这位小妹果然是一位知性美女,漂亮且有内涵,身材很好。温柔、善良,性格柔顺又不失个性,讲话的声音一定很甜美。"

我好惊奇,称赞道:"你还真会读心,分析得很准确!"

冰玉笑道:"所以你以后就别再跟我装了,其实你的心我早就读出来了。"

我笑道:"那太可怕了,以后我还是不见你为妙。"

冰玉说:"人与人之间的情谊确实是一种神奇的东西,有些人相处好长时间都没有任何感觉,有些人第一次见面就特别有眼缘。"

我说:"都是前世修来的缘分,所谓'百年修得同船渡,千年修得共枕眠'。这位妹妹和我的一位美女发小当年是在南昌上的大学,所以那个时候,我和她们就经常一起坐船去上学。我们从南通出发,我到南京下船,她们到九江下船。这就是前世的缘分,今生再续。"

冰玉说:"就你们有缘分吗?我俩前世也一定修过百年,上次我俩一同游览黄浦江,前天我俩又一同游览濠河。"

我笑道:"两次同船渡,看来我俩前世至少一起修了二百年,你怎么没有继续和我修下去呢?"

冰玉笑道:"是你自己不肯,你要去和大嫂一起修,不理我了。"

我温馨地微笑着,没有回答。

餐后,我俩乘电梯到楼下的商场,我想顺便给冰玉买一份生日礼物。她看出了我的心思,绝对不允许。

冰玉说:"我从来不在意礼物,何况我们之间还需要礼物吗?我这次过来也没有给大嫂带礼物呀。"

我们的车子就停在红美女工作的手机商场的路对面。上车的时候,我说:"曾经陪我游览张謇艺术馆的美女闺蜜就在对面的电信大楼里上班,我们要不要进去坐一会儿?"

冰玉说:"我确实对你的美女闺蜜特别好奇,很想亲眼看一下。可是太晚了,怕堵车,我下次来南通,你一定要引见一下。"

我说:"那是一定的!她也好想见见你!"

冰玉调侃道:"你一个男生,怎么主动跟人家女生论闺蜜呢?不害臊!"

我说:"我没有主动,这个'闺蜜'的论断是美女自己下的。"

冰玉问道:"好闺蜜?亲密到什么程度?无话不说吗?"

我说:"是的!她知道我所有的银行密码和手机密码,我的理财产品都是她直接给我买的。她知道我的所有事情,我们之间没有秘密。"

冰玉笑道:"看来你们俩的关系比我们俩的关系还亲密呢!你对我还没有做到无话不说呢!"

我笑道:"某人动不动就发火,在某人面前,我可不敢随便说话。"

冰玉笑道:"你还怕我发火呀?看来在你的心中,我的形象其实就是蛮不讲理的母老虎了。"

每隔几个星期,我就会在某个周末的下午,来红这儿坐一坐,和她聊聊日常琐事,释放一下内心的压力,调节一下心情。红是善解人意的,每每与她聊天之后,我的心情就会变得很轻松愉悦。

人是社会性的动物,只要是人与人之间的相处,都会遇到不顺心的事,谁都会有烦恼。这些日常生活中的烦心事和积压的委屈还真无法和冰玉讲,对于这种家长里短的琐碎,高雅的冰玉是不能感同身受的;只有与我同样生活环境相似的红,才能深深感受到我内心世界的真实状况和情感需求。

我想起了发小阿览所说的话,"所有的压力只能自己一个人扛着,跟老婆不能说,跟父母不能说,跟孩子更不能说。"我特别能理解阿览心中的无奈!

看来作为社会的人,我们确实是需要有知己的,这是寄托思想情感的需要;但是即使都是知己,也是有所分类的。跟红就可以畅所欲言,无话不谈,将内心的情感自由释放;但是跟冰玉最合适的话题是风花雪月的浪漫,诗词歌赋的典雅,文学和哲学理论的探讨,医学专业知识的交流,而且只能报喜,不能报忧。

我点开红的头像,拿给冰玉看。

冰玉说:"这位红美女很知道审美,会巧妙地突出自己的优点,为人友善,给人亲近感。男性女性都愿意接近她,她在群里一定是一位万人迷,她能成为你的红颜知己并不奇怪。你知道你最吸引女性的地方是什么吗?"

我笑道:"请赐教!"

冰玉笑道:"就不告诉你!"

我故意说:"你让我只能仰视,太完美了!"

冰玉说:"你说好话没有用,我不会上你的当。你先说说我的缺点吧!"

我想起红曾经跟我说过,女人都不能接受实实在在的批评,越是真话,伤害越深。作家富兰克林·琼斯也说过,"诚实的批评最让人难以接受。"他们说得对,至少我爱人就不太愿意接受我的大部分批评,会立即反驳我。在《庄子·在宥》中有这样的话,"世俗之人,皆喜人之同乎己,而恶人之异于己也。"

我笑道:"就不告诉你!"

冰玉看我一眼,轻蔑地说:"小气鬼!大男人不应该这么爱报复!"

我说:"凭啥男人就不能小心眼呢?你不是一直主张男女平等吗?要不然你先说说我的缺点吧。"

冰玉说:"认真和善良不仅是你的优点,而且是你的缺点!"

我问:"怎么讲?"

冰玉说:"太认真了就会固执和死板,太善良了就容易心软而上当!"

我说:"你又在转弯抹角地骂我,分明就是说我笨、傻、蠢都全了!"

冰玉笑道:"我可没有这么说!你愿意怎么理解是你的自由!还有就是每次被人误会了,你都不屑于解释,也是你的缺点。许多事情不及时解释,就可能误会越来越深。"

我一直觉得清者自清,不辩自明,无须多言;做好自己的事情,时间总能证明一切。

我说:"庄子曰:'物固有所然,物故有所可;无物不然,无物不可。'理念不同,活法不同,没有必要解释。"

冰玉说:"庄子还说过'物物而不物于物'呢,但是谁能真正做到绝对超越现实,完全不被外物所左右呢?我让你在受到误解时及时解释一下,不是让你事事都去解释。"

我说:"庄子还说过:'得其环中,以应无穷。'做好了自己,什么事情都能解决。"

冰玉说:"固执!你今天是跟庄子耗上了!知道你做事有自己的原则,不愿意媚俗;但是做人就不能随和一点吗?为什么要这么梗呢?"

我说:"我知道你的意思,你是为我好,但是懂你的人不要解释,不懂你的人不必解释。譬如我们之间需要解释吗?"

冰玉笑道:"你的固执似乎说服了我!我们之间确实不需要解释,我与你心有灵犀,你心中想的事情我都知道!"

我故意玩笑道:"你真有这么厉害吗?最近'量子纠缠'的理论被吵得很火热,我国的量子卫星也已经上天了。你关注过吗?"

冰玉笑道:"你是想说我俩之间存在量子纠缠,以某种我们目前还未知的方式在进行心灵感应吗?"

我笑道:"完全有这个可能!比如很多人相信第六感官是存在的,却不能解释其中的道理,也许这就是量子纠缠所致。"

冰玉说:"我倒是很愿意相信我俩之间存在着量子感应,就如同你母亲去世之前,你能感应到一样。现代科学一直没有弄清楚意识的本质,也许意识的本质也是物质,就是量子纠缠。"

我调侃道:"二十多年前的冬至那一天,我俩为啥能在那一刻都走到梅园外,就是量子感应的结果。我们就是一对纠缠的量子,两人的意识在一瞬间就完成了相互传输,你想到的事情,我也立即就想到了。"

冰玉笑道:"唯心主义者认为'我思故我在',按照你的说法,似乎可以改为'我思故你在'!"

我笑道:"你思与不思,其实我都一直与你同在!"

冰玉笑道:"我这个令你讨厌的人以后一定会纠缠你一辈子哟!你现在后悔已经晚了!"

我也笑道:"能被这么美丽的天仙纠缠,我十分荣幸!"

冰玉说:"你真不后悔吗?我真应该如你所说,与你保持一定的距离。古人云:'相逢好似初相识,到老终无怨恨心。'这句话很有道理。"

我说:"有佳人相伴,喜不自胜!怨恨从何而起呢?"

我俩都笑了。

我说:"上次陪蕴儿游览狼山,我偶遇虚无法师。他与我大谈量子纠缠与神灵和意识的关系。"

冰玉说:"神灵是不存在的,但是按照量子理论来推论,人的意识应该不仅存在人的大脑中,同时应该也存在于宇宙中某个相对应的地方,这样才能实现纠缠。"

我调侃道:"你这个说法新颖别致!你脑海中的意识对应的地方就是我的脑海。"

冰玉笑道:"好的,我俩此生就相互纠缠吧,只要不嫌弃我丑就行了。"

我说:"这位红美女曾经跟我说过,在我的眼中,所有的女性都是美女,自然也包括你这位最美丽的仙女呀!"

冰玉说:"人的视觉是经过主观选择的,你渴望真善美,所以你就只在意真善美,因而你的眼中就只有真善美。"

我说:"我俩都一样。物以类聚,人以群分。"

我悄悄地给冰玉发了188.88元微信红包,并祝她生日快乐,永远健康幸福!

一路上都很通畅,一会儿,我们就到家了。

冰玉整理好行李,坐下来说:"时间过得真快,转眼又要与你分别了。如今我们已经是中年人了,人生格局已定,红尘中不再需要总是忙着赶路,可以适时地停下来,好好欣赏一下沿途的风景了。叶子绿了又黄,花儿开了又谢,大雁归来又去,心事浓了又淡……"

我调侃道:"'美女卷珠帘,深坐蹙蛾眉。但见泪痕湿,不知心恨谁。'某人又在大发感慨了!"

冰玉笑道:"我又不是怨妇,况且恨你有用吗?顺便说说我对你的新感受吧:

"毕业后二十多年的岁月里,经常会想起你。设想着你的生活,你的爱人,你的家庭,心里默默地祈祷你能幸福、健康、快乐。

"多少次面对着有你的方向,勾勒起你敞开在阳光下的笑脸、沉醉在暴风雨中的痴迷,感慨在那个寒冷的冬天,在那场大雪中的倾心相识。

"真希望人生若只如初见时的惊喜和温馨!多少次在梦里,一如往昔的场景,你面带微笑和温润,我胸怀温暖和感动。人生的每一次相逢,无论时间长短,都是前世修来的缘,今生还可再续。

"可惜你却突然失踪了,一直杳无音信!'此去经年,应是良辰好景虚设。便纵有千种风情,更与何人说?'

"每当我灵魂孤独的时候,就捧一本《宋词选》,在文字的馨香里与你相对而坐,品着岁月的清茶,听你讲人生的哲理,烦恼便慢慢化去。只缘佛家那一朵花开的因,所有的守望和向往都会有了结实的果。"

我说:"看来你也有很深的佛缘。上次看到你临摹的《心经》,我非常感动。最近我又把这一段经文背了一遍。"

冰玉说:"我临摹了一遍,当时就记住了。那是我特别喜欢的一段经文,感觉是用我的心在与佛祖直接对话。"

我说:"认识你,此生无憾!"

冰玉说:"Thank you! The same to you! 虽然我一直觉得你本应该事业辉煌,但是如今发现许多灾难都过去了,知道你现在苦尽甘来,我反而释怀了。"

我很惭愧!上次夏蕴也是遗憾我的事业无成。她俩对我寄予的希望太大了,而我却令她们失望了。

我说:"生命没有终止之前,就不能说苦尽甘来,在以后的道路上,一定还会有许多的风风雨雨在等着我们。重要的是,我们成熟了,坚强了,不再惧怕了。"

冰玉说:"美国小说家贺韦尔说过:'最难过的日子也有尽头。'我祈愿你今后不会再遭遇大风大浪。你一生的经历就是一个传奇,有故事,有起伏,有悲喜,有思考。退休以后写一本回忆录吧,我想好好阅读一下你的人生过往,体会一下你笔下的一个个春秋交替!"

我说:"我最近恢复了写日记的习惯。蕴儿去年国庆节来访,本科毕业二十

年大聚会,为天禧出国饯行,春天的上海之行,我都记下了。'红衣脱尽芳心苦,曾记花开不记年。'我真害怕在年老昏花之时会记不起你们,更担心在纷纷扰扰的红尘中,会不小心将你们遗忘。于是我记下一个个月白风清的岁月,也记下了一次次风雨兼程的过往。在时光的剪影中,有多少熟悉的温暖身影让我终生难忘。在我走过的平平淡淡的风景里,有你们的相伴和鼓励,才会灿烂;在我遇到的风雨交加的季节中,有你们的关心和祝福,便是晴天。"

冰玉兴奋地说:"是吗?快发给我看看,我现在都等不及了。你都开始准备留下记忆了,看来你的心确实是老了。"

我说:"等我写好了此次的《"五一"日记》,一起发给你。每一篇文章里都有你,你永远是我文章里的主角。先来一个君子协定,看完了,无论是喜欢还是不喜欢,你都不允许生气。"

冰玉说:"我有那么小气吗?"

我想起天禧看了我的聚会日记生气的事情,认真地说:"一言为定!"

冰玉说:"难道你还要我对天发誓吗?你现在人到中年,身无重任,不妨重拾爱好,写写文章,陶冶情操,这样很好。"

我说:"回想上学时我陪你临案写字,依窗听雨,没有杂事琐碎的惊扰,清静无忧,那份快乐而简单的生活,至今难忘。"

冰玉说:"我也是!真希望时间能够倒流回去,永远停留在那一刻。我们偏居一隅,煮酒烹茶,赏月观梅,不问世事沧桑巨变,任凭光阴穿梭。"

我说:"可惜如今在名利场中待久了,百事扰心,反而背离了我们当初原本想要的最简单的生活。"

冰玉说:"大家一直疲于奔命,最终就忘记了自己的初心;但是你是一个有思想的人,活得清楚明白,所以我妈妈上次建议你写哲理散文,我觉得非常恰当。上学时,我最喜欢听你讲生活哲理,经常在没有课的下午,听你一侃就是大半天。"

我笑道:"我那个时候年轻肤浅,好表现而已。如今年老了,经历了人生坎坷,懂得了世态炎凉,内心早就坦然了。心宽了,才能容天下万物;心静了,才能闻天下之音;心透了,才能观天下之事;心定了,才能应天下之变。"

冰玉说:"是的,你一直在凡尘中修行,现在已经不再是那个时候的毛头小伙子了。如今的你大事有担当,难事能坚持;顺境能泰然,逆境不灰心;取舍有胸襟,成败也看淡了。"

我说:"人生就是一段修行,有人修名利,有人修情爱,我们从此就修本心吧!简单而真实地活着,回归纯朴,随心、随意、随缘。"

冰玉笑道："在烟火红尘中修炼，或许更能够看淡纷争，超脱狭隘，愿你早日涅槃成佛，普度众生。"

我说："见笑了，修什么样的心就过什么样的日子。我就听你的话，试试吧。写作时，还希望得到你这位大才女的指教，才能少走弯路。"

冰玉说："四十岁之前，我们还不能清晰地认识自己，根本谈不上为自己而活。如今，我们逐渐成熟而冷静，完全认清了自己的能力和爱好，知道自己应该过什么样的生活了。一个知道自己需要什么的人，才能活得真实而幸福。对于许多人来说，职业不是出于兴趣，仅仅是谋生的手段；婚姻不是出于爱情，仅仅是为了组成家庭；生活不是出于热爱，仅仅是苟且和应付。这样的人浑浑噩噩地过一辈子，在我看来并无多大意义。"

我说："也许人活着的现实意义就是为了认清自己，懂得该怎样安顿好自己。"

冰玉说："真正有趣的人生就是要活得明明白白。米尔斯特说：'人生最大的幸事就是知道珍惜现在所拥有的，且懂得自己的价值和人生的意义，在于看到自己，创造自己。'"

我说："好吧，听你的，上半场为别人而生，下半场为自己而活。人生都有两面，两面都活一遍，此生才能无遗憾。俯拾自己的兴趣，丰富自己的人生。"

冰玉说："继续我刚才的话题。每至一处，每当心有所感，你总能随口吟出应时应景、准确生动的古诗词，这令我非常高兴，说明你心里确实清静无扰，才能有闲情逸致去接触诗词。你现在心中库存的诗词数量已经不少于我，而且都已经溶化在你的血液中，随时随地都能灵活应用，我得刮目相看矣！"

乘冰玉用心说话的时候，我悄悄地拿起她的手机，打开微信，代她接收了我刚刚发给她的生日红包！

冰玉说："季羡林大师这样说：'人活一世，就像作一首诗，你的成功与失败都是那片片诗情，点点诗意。'"

我说："是啊，人生如诗，生活如歌！诗词最大的魅力就是能让人感受到真、善、美，赏心悦目。国学大师钱穆说过，文学是人生最亲切的东西，而中国文学又是最真实的人生写照；所以学诗就成了学做人的一条径直大道了。'诗言志。'只有内心光明磊落的人，才能写出纯洁干净的诗。"

冰玉说："钱穆大师还说过，读诗是我们人生中一种无穷的安慰，能让我们上升到另一种境界。"

我说："其实，我每次都是故意吟诵给你听的，想让你评判对错及引用得是否恰当，平时也没有人帮我指正。你大嫂对古诗词的兴趣不大，她特别喜欢现代诗

和歌曲,她最大的爱好就是唱歌和朗诵现代诗和散文。"

冰玉说:"大嫂的歌声确实非常好听,特别清纯,她在'全民 K 歌'中唱的好多歌曲都是满分。我第一次听她的歌,就是在大聚会的最后一天,你发在群里的《祝你一路顺风》,声音甜美,如天籁之音。后来你每发一首歌,我都会用心倾听。大嫂朗读的散文和诗词更是声情并茂,令人感动!"

我说:"谢谢你的赞赏!我们还回到刚才的主题上来。我对文学的爱好更多的是受到你的熏陶,自从认识你之后,我的文学和诗词水平有了长足的进步。不过我现在的水平与你的距离还是很大!至少目前我说出的每一首诗词,你都知道出处,并且还能记得全部的内容。我从来没有想过要超过你,就让我一直这样仰视你吧!"

冰玉笑道:"愿我们的一生都与诗词歌赋为伴。你就慢慢'仰视'吧!我走了。"

我说:"我感觉你比以前更加爱说话了。"

冰玉说:"我就在你面前爱说话,只有你与我有共同的话题。这三天和你说的话够我说半年了。我先生是一个木讷的人,不爱说话。"

我点点头,感动不已!我笑道:"你可不能依仗自己能说会道,就欺负你先生呀!"

冰玉笑道:"不会的,老大,我先生挺可爱的,我不会欺负他的!我真要走了,再晚会堵车。这次最大的收获就是,你对我说了好多你以前不愿意告诉我的话;最大的遗憾就是,没有见到思念中的神交已久的大嫂!代我向大嫂问好!下次来之前一定要先确定好大嫂在家,我再过来。"

我说:"好的,国庆假期你和夏蕴一起过来,我和你大嫂一定在家里恭候你们俩的大驾光临!"

冰玉说:"这又是一个非常有意义的'五一'节!上大学的时候,我们每一个节假日都是非常有意思的!"

我说:"那个时候,你和夏蕴真是太霸道了!每个节假日,你们总是要求我必须和你们俩在一起,搞得我们班上的天禧和小妹都说我太没有集体观念了。"

冰玉说:"我没有霸道!大多数节假日,我俩都是在蕴儿家里蹭饭的。我最喜欢吃蕴儿妈妈做的饭,学校食堂里的饭太难吃了。"

我说:"那个时候,真是太难为阿姨了!有机会,我俩一起去看看蕴儿的爸爸和妈妈。"

冰玉点点头,突然说:"不对,有例外!大三那年的'五一'节,你就没有和我们在一起。你竟然无视我邀请你一起去上海的热情,狠心地丢下我,到苏州找你的美女发小玩去了。"

我笑道:"这种陈年小事,你能不能不要翻来覆去地提呀?"

冰玉伤心地说:"这件事不是小事,当时对我产生了很大的伤害!我觉得你不在意我们的友情,我在你心中根本没有位置。我很委屈,很沮丧!"

上次在冰玉家,她也特别提过这件事,看来此事确实对她产生过很深的影响。

我抱歉地说:"跟你说实话,上学时,我在你面前很自卑,真不敢跟你一起去上海见你的父母;但是我非常珍惜我们的感情,请你相信我!"

冰玉说:"我相信你,但是必须承认你确实是一个单调无趣、不解风情的冷血动物!"

我笑道:"是的,你大嫂也经常说我是一个枯燥无味的人。"

冰玉笑道:"其实我不是小心眼的人!你从苏州回来后,我看到你发小的照片,好漂亮,好可爱呀!你俩应该是天生的一对、地设的一双,你和她咋就没有能成呢?"

我笑道:"我配不上人家,人家更是看不上我!"

冰玉笑道:"你向她表示过吗?"

我说:"你是天仙,不应该像小妹一样喜欢八卦的!"

冰玉说:"难怪你对蕴儿没有兴趣!让我看看她现在的照片。"

我打开我和云云发小最近的微信聊天记录,是她看完我的《上海之旅》之后的回复:"刚刚拜读了你的大作,情真意切,太感人了!跟才女、小妹和学霸相比,我对你的关心实在是太少了,非常惭愧!"

冰玉说:"你听她说的这些话,她对你多关心,多挂念哪!她跟你说话的语气,感觉你们好像就是一家人!"

我说:"自小一起长大的发小,可不就是一家人吗?"

我想起,春节前,我去南京办事,同时请客答谢真心帮助过我的人。一听说我要去南京,高中老同学小斌就立即热心地订好了饭店,亚俊帮我订好了宾馆,并准备了上等的好酒,吃饭时,云云抢先帮我付几千元的饭资。大家说什么都不肯让我付钱,结果我去请客办事,自己却没有花费一分钱,令我既感动不已,又愧疚万分!同学们的这份深情厚谊,我不知道该怎样偿还,一直成为我心中的结!云云请假陪我,将我照顾得极好。当时亚俊说:"感觉你们就像一家人,这么和谐自然,真不愧是青梅竹马的好发小!"云云回答:"我们就是一家人!"我感动万分,这辈子永远不能愧对这个"一家人"的称呼!

冰玉遗憾地说:"可惜我俩不是发小,不是一家人!"

我调侃道:"你是大都市的公主,我高攀不上。"

冰玉笑道:"我很好奇你俩的对话,我可以往前看吗?"

我说:"你随便看,我们之间没有秘密。"

冰玉将微信往前翻,云云说:"你们早晨多睡会儿,我来陪你们吃午饭,午饭后再回去。你千万不要不声不响地走了,那样我会生气很久很久的!"

这就是我那次去南京办事,当天事情已经圆满结束了,我和专程开车陪同我去的秀才商量,第二天早晨我们就准备回来了。一早看到云云发给我的这个微信,我真没有敢走,怕她真会"生气很久很久的"!我回复她:"好的,我听你的!"

冰玉笑道:"她生气,你很在乎;我生气,你根本就不在乎。"

我瞥了她一眼,假装生气地说:"你可真能胡说!我不想理你了!"

冰玉不满地说:"在她面前,你是如此温柔,十分听话;可是在我面前,你总是这么凶神恶煞!"

我温馨地一笑,没有回答。

看到元旦云云给我发红包时,写了一句话,"天长地久有时尽,此情绵绵无绝期。"冰玉说:"你的发小与我心有灵犀,这句话我也对你说过!"

我想起来,上次在上海东方明珠塔上,冰玉确实说过这句话!

冰玉说:"你写的文章早就给你发小看了,却没有给我看,你这是明显的内外有别哟!"

我说:"我本来就没有打算给你看,怕你看了会生气。"

冰玉说:"我看了为什么要生气呀?看你这么紧张的样子,你的文章中一定写了不少我的坏话,那我就更加要看了,你可不允许食言哟!"

我说:"已经答应了你的事情,我绝对会认真履行的!"

看到云云立功受奖的照片,冰玉惊讶地说:"原来她是优秀警花,如此美丽聪慧,飒爽英姿,真乃巾帼女杰!只要一看到这一双充满灵气的美丽的大眼睛,就知道她一定是一位非常聪明的小精灵!"

我说:"她从小就一直非常优秀。上初中时,我平时成绩并没有她好,但是百科知识竞赛时,我和她包揽了所有学科的第一名和总分的第一第二名。校长授奖时,就我们俩轮流上台领奖。"

冰玉说:"那是你们俩共同的辉煌,确实值得你幸福地回忆一辈子!"

我温馨地一笑。

冰玉说:"我记得那时你告诉过我,她是学'汉语言文学'专业的,后来怎么又成了警花了呢?"

我很惊讶,非常佩服地说:"你的记性真是太好了!二十多年前我随口讲的一句话,你竟然能记得如此牢固!"

冰玉笑道:"当年你撇下我不理,专门去相会的美女,我能不牢牢地记住吗?她的魅力比我大呀!"

我笑道:"你别乱说,我和她就是两小无猜的好发小,是无话不谈的好伙伴。"

冰玉说:"真的吗?就这么简单?"

我说:"确实就是这么简单。她现在是警官学院的老师,教文学。她跟你一样,也是一位美丽善良且满腹文采的女性。"

冰玉说:"当年因为父母身体都不好,我才主动学医的。其实我最想读的就是'古汉语'专业,如果那样,我跟你的美女发小就是同道中人了。"

我说:"你俩确实有几分神似!我曾经也报考过师范学院的中文系,文化分够了,但是面试的时候,负责招生的工作人员一看到我,就跟我说,你这样的身体不适合当老师。"

冰玉说:"你不要遗憾,也许这样更好!我们因此都上了医学院,而且有幸相互认识了!认识你是我今生最大的幸福!这就是你说的,是'上苍最好的安排'!"

我说:"深有同感!认识了你,所有的遗憾就不再是遗憾了!我想起了一个关于对联的故事,说给你听听。前几天,清明节时,天禧在家里观看中央电视台的一个廉政节目,叫'风清日月明'。她突发奇想,将这一句变成上联,让我对下联。我当即就回了一句,'云白雨路露'。天禧说:'不太满意,有没有更好的?'"

冰玉说:"'云白'对'风清','白露'节气对'清明'节气,形式对上了,但是意思太牵强。"

我说:"我也感觉很不满意,就向你大嫂求助,她立即回复'天寒雨路露'。"

冰玉说:"大嫂也是奇才,随口就来!比你的对句自然,也更贴切一些。"

我说:"我询问警花发小,她一口气对了好多句:云淡山火灿、雨骤奴心怒、味绝鱼羊鲜、气正舍予舒。我要求她必须对节气。她对'地寒雨路露'。"

冰玉说:"警花确实是才女,一张口就对了这么多的下联。我给你们评价一下,如果一定要对节气,则大嫂的这句'天寒雨路露'为最佳;但是天禧的上句是来自中央台的廉政节目,主要是为了突出正能量的主题,不一定非要含节气不可,从这个意义上讲,以'气正舍予舒'为更佳。"

我说:"问题是天禧正好是在清明节这天收看这个节目的,所以她要求对句中必须含有节气。她非常得意,认为这是一个绝对。"

冰玉说:"死脑筋,二十四个节气中,能分开来读的组合字就这几个,明摆着

不能成句,你还要钻牛角尖,这完全是撞到南墙也不知道回头呀!而且无论是'天寒雨路露',还是'地寒雨路露',都没有弘扬正气的意思。只有'气正舍予舒'的内容都正好与'风清日月明'相配。别忘了,形式必须服务于内容。"

当时云云发小也是这么说的。我一下子豁然开朗,人生何必自寻烦恼呢?为什么要给自己制定太多不合理又不必要的规矩呢?

冰玉说:"你的优点是原则性强,但是一旦过了就转化成了缺点,成了古板,不懂得灵活变动,是执拗。环境不会主动改变来适应我们,只有我们主动改变去适应环境;同时你过于追求完美,反而看不到眼前已经有的好结果。比如对句,意思吻合才是最主要的,为什么要讲究过多的形式呢?你这完全是本末倒置!"

我被冰玉批评得心服口服。对句和做人、做事具有同样的道理,在不违反原则的情况下,可以灵活地变通做事的方式,而不必拘泥于形式是否完美。

我真诚地说:"听君一席话,我确实受益匪浅。"

冰玉说:"不早啦,我再怎么不想走,也得走了!"

我俩一起站起来。

冰玉说:"你还有一个优点,你是一位最好的倾听者,也是一位最好的倾诉对象。"

我笑道:"善于倾听是尊重,是感悟,是慈悲,是修养。"

冰玉说:"善于倾听是理解,是接受,是滋养,是疗伤。"

我说:"只有用心倾听,才能让一个灵魂感悟到另一个灵魂的喜怒哀乐。"

冰玉说:"你在任何情况下总是能耐心地倾听。上学时,我和蕴儿有什么不开心的事情,你总是能耐心地听我们一说就是半天,直到我们倾诉完了,你再用心地替我们解答。"

我轻声地说:"君若安好,便是晴天!"

冰玉责怪地说:"傻瓜!都好,才是晴天!"

我笑着,送她到车旁,她上车了,挥手告别!

我说:"路上小心,祝你一路顺风!"

冰玉微笑着,发动了车子。

我念道:"我醉欲眠卿且去,明朝有意抱琴来。"

冰玉笑道:"你这几天累坏了,想眠就安心眠吧,我到家后再叫醒你!祝你做个好梦!国庆节的时候,我和蕴儿一起抱琴来!"

我微笑着,望着她,渐渐远去了,直到车子在转弯口消失了。"无论去与往,俱是梦中人。"

我回到家里,感觉好累,一觉睡到五点半了才醒过来。这一觉睡得真舒服,疲劳感消失了,感觉体力又恢复了。

冰玉果然准时打来了电话,高兴地说:"我到家了,你睡醒了吗?"

我说:"太巧了,我正好刚醒。"

冰玉笑道:"我俩之间果然有量子感应,心有灵犀!谢谢你这三天的辛苦陪伴和热情款待!更要谢谢你的大红包!你终究还是没有脱离你的俗套。"

我说:"你不用谢我,都是应该的!我更应该谢谢你,很高兴你能来陪伴我三天,给我带来了无尽的快乐!你在的这三天,我的天空一直都是晴天!俗就俗吧,我本来就是一个粗人,能够认识你这位大才女,也算是附庸风雅了。"

我想冰玉说得很对,出行的地点和方式并不重要,重要的是这份心情,是在出行过程中心灵的感悟和获得的快乐!

正如她所说,如果我俩不出门,在家聊天三日也一定会同样地快乐!最快乐的感受,既不是在言语间,也不是在外面的风景里,而是在我们的心中。默默地相伴,心与心的品读,才是心灵最大的愉悦。

冰玉问道:"你如何理解快乐?"

我调侃道:"套用你这位心理学家的说法,快乐就是'有意识'和'潜意识'高度统一,主观和客观的高度统一。"

冰玉笑道:"讨厌!不准你嘲笑我,谁也不能做到这两者的完全统一!你说具体一些。"

我说:"享受能享受的欢愉,忘记该忘记的烦恼,不给心灵增加负担。善良、宽容和知足就是快乐的根源。"

冰玉说:"太对了!多读书、多思考,充实的心灵才能更加乐观;多做户外运动,强健的体魄才会更加开朗,与大自然接触多了就会更加豁达、泰然。快乐不仅是一种性格,一种乐观的生活态度,而且是一种能力,一种始终让自己保持健康心态的能力。岁月轮回,愿生活永远对你快乐相待。"

我说:"努力工作,热爱家庭,快乐生活,快乐一切可以快乐的。"

冰玉说:"快乐的人拥有多种能力:一、发现和相信美好的能力。同样的事情,总是从积极的一面去看待。二、勇敢面对困难的能力。不抱怨,不退缩,积极争取。三、轻松处理事情的能力。将复杂的事情简单化,化繁为简,各个击破。四、随遇而安的能力。安稳的心态,不急功近利,懂得韬光养晦。"

我说:"你确实拥有这些能力,而我好像欠缺很多。"

冰玉说:"这些你都不缺,仅是你的性格让你不愿意释放快乐。人活着最需要的就是快乐的心情!如果心中一直沐浴着阳光,必然四季如春。每天心情的阴晴状态,其实都是由自己掌管的。"

我说："杨绛先生说过，'一切快乐的享受属于精神，这种快乐把忍受变为享受，是精神对于物质的胜利。这便是人生哲学。'"

冰玉说："很有道理！愿你们俩永远快乐、健康、幸福！"

我说："Thank you! The same to you！"

认识冰玉是一种缘分，一份幸运，她带给了我无穷的快乐。这份值得念起的缘，已经孕育在光阴的花蕊之中，即使历经了流年的岁月，跋涉了千山万水，依然在释放着永恒的芬芳。感谢曾经一起走过的坎坷心路，感念所有互相传递的温暖和感动，洒满了我们倾心难忘的漫长岁月！

这是一个一直活在理想王国的公主，一个世外桃源的仙女，对于我就如同一个美丽虚幻的梦。在这个现实世俗的世界里，怎么会有这样一位超凡脱俗的天仙呢？

在当今这个多元的世界中，既不缺少美女，也不缺少才女；缺少的是像冰玉这样真情真性的"真女子"！在如今这个浮躁喧嚣的社会中，能保持这样一份至真的品质，是多么难能可贵呀！

庄子梦蝶？蝶梦庄子？是我穿越去了仙境，还是仙女穿越来到了人间？

三天里，我俩探讨了人类基本的情感，快乐、友谊、爱情和婚姻，这一切必须每个人去亲身经历，才能真正体会到其中的韵味。愿我们每个人都能青春绽放，爱情甜蜜，婚姻和谐，友谊满满，快乐生活，一生也就无憾了！

在人生旅途中，我们会遇到无数的人，但是大多数人仅仅是沿途的风景，看过之后就很快遗忘了；而有些人，却在我们心中生根发芽，开花飘香，温暖了整个心房。这就是缘分，谁终将珍藏在我们的生命里，随缘而定。

我起床，将所有的花草都修枝添水，将家里认真地整理了一番，感觉好清爽、舒坦！

我点燃一支香，顿时满室飘着清香，令人感觉轻松舒适。我仰卧在书房的藤椅上，心静神定地望着窗外的蓝天白云，有一种超然物外的闲适和舒坦。

爱人和思思回来了。思思精神很好，爱人却是一脸的疲惫！

我很心疼，旅游其实是一件很累人的事情。我俩身体都不好，并不适宜连续多天的旅游。我俩适宜走走停停的旅行，不赶时间，游览一两天，休息一两天，然后继续。既给身体休息的时间，又给大脑思考的机会；否则，一直走马观花地旅游，等到结束时，脑子里是一片空白，留下的仅仅是几张景区的门票而已。但是真想和爱人做体验生活的深度旅行，就只能等到我退休以后了。

爱人问道："才女走了吗？"

我说："她刚打电话来，也是刚到家。"

爱人说:"真遗憾！我们失之交臂了。"

我说:"我现在就让你俩见一见。"

我打开与冰玉的微信视频。爱人和冰玉一见到对方都特别惊喜,双方的眼神里都有一种特别认可和欣赏的意味。

冰玉说:"大嫂这么年轻漂亮,老大却显老！你俩在一起,像父女俩。"

爱人说:"你这位才貌双全的妹妹更加年轻漂亮,你俩在一起,才像父女俩。"

我说:"我有这么老吗？"

她俩异口同声地说:"有！"

大家都笑了。

我委屈地说:"你俩快乐地聊天吧,好像已经没有我啥事了。你俩一认识,就一见如故,立即合起伙来欺负我。"

她俩继续聊天,我陪思思说话。

思思说:"这位上海大才女确实是美丽无比,灵气逼人,大家闺秀,还这么幽默风趣,真是人间少有的奇葩！"

我说:"上海人总是有一份特有的灵气！"

思思说:"妹夫呀,难怪妹妹说你有上海美女情结,真是如此！"

我说:"我同样非常欣赏你们北方美女,健康、乐观、大度、豪爽。"

思思笑道:"非常感谢！"

我和思思准备晚饭。半个小时之后,晚饭做好了。

爱人和冰玉的视频还没有结束,两人有说不完的话题,途中还经常捧腹大笑。两人都是语言幽默又极为爱笑的人,看来今日是互相都找到知音了。我是一个木讷的人,难怪她们俩都嫌弃我话少,话慢,缺少幽默感。

又是半个小时过去了,饭菜快凉了。她俩终于结束了聊天,互道"再见"。

爱人好兴奋,刚才脸上疲惫的神情完全消失了,看来愉快地聊天还有缓解疲劳的神奇功效。

思思问道:"你俩聊什么呢,这么兴奋？"

爱人说:"聊我们各自对'老大'的看法,优点和缺点。我俩的观点惊人地相似！"

我说:"说说你俩一致认为的我的缺点是什么？"

爱人笑道:"这还需要说吗？你难道就没有自知之明吗？"

我们三个人都笑了。

爱人说:"你的这位玉儿确实是你的红颜知己！她太懂你了,对你的思想、行为和习惯,都了如指掌。"

我说：“看来你俩已经成为知己了。”

爱人说：“这么美丽可爱、聪慧灵巧的妹妹，谁能不喜欢呢？其实我真希望她现在就在这儿，我特别想看看，她看你的眼神和你看她的眼神！”

思思笑道：“妹夫可要认真领会一下妹妹这句话中的深刻含义哟！”

我们三个人又笑了。

我说：“你会读心，冰玉也会读心。你俩在一起，我还能安全地活下去吗？”

爱人说：“其实你还真有一个我很欣赏的优点：你和谁都能聊到一起去！跟懂哲学的人谈哲理，跟高雅的人谈诗词，跟普通人聊家常。”

我说：“冰玉也是这么说的。”

思思笑道：“这说明妹夫不但平易近人，而且博学多才！”

爱人说：“你别得意！其实你这个人有些情绪化，当你不愿意说话的时候，就坐在一边，一言不发。”

思思说：“善于倾听是优点，不是缺点。许多人的问题就是说得太多，而倾听得太少。”

我说：“耐心地听别人说话也是一种修养。”

爱人说：“岂有此理！你可真能顺竿爬！难道你就没有缺点啦？”

我们大家又笑了。

吃完晚饭，我躺在床上闭目沉思。

爱人和冰玉的相似点太多了：聪慧，反应敏捷；乐观，语言幽默；善良，与人为善；精通心理学，善解人意……物以类聚，人以群分，共同的价值观让她们先后走进了我的心里！

人的一生中会遇到太多的人，而真正能够走进我们心里的也就这么几个人，能有这样相互懂得的人陪着走完人生之路，此生也就无憾了！

明天又要上班了！生活又回到了原点！

生命就在一次次岁月的轮回中积淀和升华！风霜的磨砺，我们终将涅槃重生！

第八章　此情可待成追忆

——真情告白

相遇源于缘分,相知贵在珍惜!

我曾经答应冰玉,将我最近所写的日记系列都发给她!但是后来我又有些担心了,怕她看了会生气!我犹豫再三,最终不愿做一个食言者,就都发给她了!

没有想到,冰玉看了我的日记,竟然真生气了!她责备我当初没有说清楚我们三个人之间的关系,误导了蕴儿,导致蕴儿当初草率结婚,才有了目前这种令人非常痛心的状况,我必须负全部的责任!她说再也不想理我了!

冰玉确实整整一个星期没有理睬我!

我给她发微信,她不回;给她打电话,她也不接。我很惊慌,真担心她从此就和我断绝交往!

钢班长安慰我说:"校花现在离婚并不完全是当初草率结婚的结果,婚姻大事岂可儿戏,才女会看清这一点的。你不用担心,就凭你们之间如此深厚的感情,她是绝对不会不理你的,你就放心吧!"

又是一个星期过去了,冰玉依然没有理睬我!

钢班长说:"你真不用担心她不理你,她和你闹着玩的。你们的友谊已经互相融入对方的生命里,经历了岁月的洗礼,历久弥新,坚不可摧。为你有这样的知音而高兴。"

又是一个星期过去了,冰玉还是没有理睬我!

无奈之下,我只能给她写信,详细解释了我当时的心路历程。

唉!都是青春惹的祸!真是"无端坠入红尘梦,惹却三千烦恼丝"。

申诉词

尊贵的公主、高傲的天仙:

你生我的气,我觉得自己罪有应得!谁让我傻、我笨、我蠢;谁让我笨嘴拙舌,不会哄公主开心;谁让我没有先知先觉,不能料事如神。

当年黛玉误会了宝玉,生气了,一直不肯理睬宝玉,并且不让宝玉解释。宝玉急得不知缘由,委屈地说,你总得告诉我你生气的原因吧,不然,我就是死了,也是个冤死鬼,永世不得超生。

能否占用你一些宝贵的时间,听我说两句?我也总得解释一下,不然我

也只能是一个冤死鬼！死后不能超生，就再也见不到你这位天仙了！

还记得在那个寒冷的清晨里，那个万物凋零、唯有白雪冰封的世界吗？二十六年前的第一次相见，你就惊诧了我的心灵！如故友重逢，那么自然，又那么亲切！确实如你所说，犹如宝黛二玉之初见！

在我生命的这场奇异旅行中，无论遇见谁都是一次美好的相遇；但是在所有的遇见中，我觉得遇见你就是一场命中注定！就在我孤独寂寞、百无聊赖之时，突然邂逅了一位美丽的精灵，眼波流转间，笑容蔓延，灿烂如花；就有了一股慢慢滋生的暖流激荡着我的全身，便有了怦然心动。就在那一瞬间，便在心底里打下了烙印，在我的生命中就有了永恒。从此后，你的每一次笑容，都会惊艳我的世界；你的每一次皱眉，都会扰乱我的天地！

你说你不是来还泪的！我非常清楚，你当然不是来还泪的，你是来给我送欢乐的，你是我的快乐天使！记忆中，我俩之间没有一件事导致对方伤心流泪，自始至终都是欢乐！

二十六年前，上帝将你这样一位快乐天使派送到我的身边，让我度过了五年无比欢乐的时光。认识你是一种缘分，一份幸运，你带给了我无穷的快乐，你甚至改变了我原本内向的性格，至少和你在一起的时候，我变得开朗了许多，十分真诚地感谢你！正如你所说，这五年的快乐时光已经成为我这辈子最美好、最温馨的回忆！

从此，我的生命中就多了一位玉为骨、雪为肤、芙蓉为面、诗词为心的天仙。我更喜欢称呼你为仙女，因为如今这个时代并不缺少才女，更不缺少美女，缺少的是超凡脱俗的天仙。

思念，如同流淌不尽的河水，飘浮不停的流云，温馨不断的花香，余音无穷的箫音。

跟你一样，我也一直以为这五年是在做梦，一个美丽无比的梦！可惜五年的时间太短了，要是这个梦能永远不醒该有多好啊！我们能永远生活在快乐之中，无忧无虑是多么美好的事情呀！可惜，人总是要长大的，成长的烦恼总是要来的！

你总是抱怨，我有些心里话不肯告诉你！其实你是我的快乐天使，我太想呵护你了！我只愿你快乐，不愿向你倾诉我内心的忧愁，怕你为我担忧，怕给你带去不必要的痛苦。

在我心里，你一直是一位善良快乐的公主，我不想带给你一丝的委屈和忧伤！

在我心里，你一直是一朵圣洁无瑕的鲜花，我愿用生命呵护你的纯洁和高贵!

在我心里,你一直是一位美丽无比的仙娥,清纯高雅而神圣,须仰视才能见!

当年我们三个人在一起是何等快乐,但是那时我们都太年轻幼稚了,许多事情都不能正确处理。

你责备我,当时没有及时说清楚我们三个人的关系!

尊敬的公主,你仔细想想,我当时有必要说清楚我们之间的关系吗?我们三个人之间,谁也没有明确表示过谁喜欢谁。

你骂我不负责任,责怪我当时没有认真思考过我们三人之间的关系!

尊敬的公主,你真冤枉我了,我确实认真仔细地考虑过了。既然时过境迁,大家都是过来人啦,都有了自己的家庭,我现在向你坦白我当时的想法。我是一个不擅长撒谎的人,我的心思自然也逃不过你敏锐的眼睛,我即使不说,相信你也能轻易就看出来。

我当初唯一爱慕的人确实是你,不是蕴儿!这一点,圈子里的人都看出来了,唯独你没有感觉到!

蕴儿曾经多次明确表示,纵然弱水三千,老大却情有独钟!虽然繁花满园,唯玉儿乃老大心中之花魁也!去年国庆节,她来南通的时候,依然说过同样的话。

小妹、天禧和荫苠都说过类似的话语。

虽然你是当局者迷,但是你是一个绝顶聪明的女性,现在想想,你当时也应该清楚地感知到事情的真相,但是你并不喜欢我,或者你不想伤害蕴儿,所以你装着什么都不知道,一点都没有表露出来。

如果你不喜欢我,自然就没有下文;但是即使你喜欢我,你是家中的独生女,生长在上海大都市,不可能为了我而留在江苏,而我又不可能去上海,我当时觉得这一切都是梦!所以,在你面前,我一直努力密封着自己的感情,不敢有丝毫的外露。

我俩有缘无分!你是美丽惊艳的蜡梅花,我是普通平凡的蜡梅叶。蜡梅先开花,后长叶,花与叶永远不能同步,我一直落在你的后面,终不能在一起!

你将蕴儿婚姻的不幸完全归咎于我,我觉得确实是自己罪有应得,我没有任何委屈。况且,如果让我承受所有的委屈就能让蕴儿从此幸福,那么我心甘情愿地接受。

蕴儿和你一样,也是一个聪明绝顶的女性,她早就看穿了整个事情的脉

络。她不但知道我最喜欢的是你，通晓我心里的想法，明白我对我们俩之间的这份感情不抱有希望，而且她一直想当然地以为我毕业后一定会留在南京。

我毕业回家乡并没有错，错的是我没有事先告知你们，也没有和你们商量。我的这一做法确实很自私、霸道，很不适当！我承认我当时的一意孤行，没有顾及你们的感受，我确实万万没有想到你们会那么在乎我！我一直以为毕业分别了，你们俩就会忘了我。

我确实有错！我真诚地道歉！希望你们俩都能原谅我！

蕴儿离异后，来南通找我，是希望我能帮助她调节一下疲惫的身心！我当时确实说了不少安慰她的话语。她说南通之行确实让她受伤的心灵得到了安抚。毕竟我们三个人曾经是最贴心的好伙伴，未来我们一定永远还是心灵相通的知己！

我个人觉得，蕴儿的离异并非完全是坏事，也许正是由于这份痛苦的解脱才使她能够劫后重生，凤凰涅槃！等她的伤口慢慢地愈合了，未来的她也许会遇到一位真正懂她、疼她的贴心男神，从此过上幸福美满的生活！"千淘万漉虽辛苦，吹尽狂沙始到金。"但愿她苦尽甘来！我俩一起为她祈祷吧！

我真诚地希望，从此我们三人都能拥有一个美满幸福的家庭！一起健康快乐地度过我们生命的下一半旅程！

虽然你对我的误会是我应该承受的，确实是由于我不适当的做法引起的，但是我不希望因此而影响我们之间如此难得的深情，我太珍惜这份无价的真情了！我俩都说过，认识彼此，此生无憾！

我将永远感激生命中与你的那次特别的遇见！你说我们曾经在一起的每一个节假日都充满着快乐，我也认为我们在一起的每一天都满是欢欣。在逝去的时光里，曾经一起走过的路，以及路上所有经历过的风雨，都将成为我生命中最珍贵的回忆。

我的这首《临江仙·忆江南》，只写了上阕，因为一直担心你不再理睬我，心中总是忐忑不安，所以不能静下心来写下去了。我发现你好狠心呀，竟然这么多天都不理我，确实是太能折磨人啦！在友情的小船上，只寄上这半首词，随风向你飘去。某人曾经跟我说过，再也舍不得骂我；但是她现在却舍得气我！某人也向我保证过，看了日记肯定不会生气；但是她现在竟然不理我了！泰戈尔说过，"天空没有翅膀的痕迹，而我已经飞过，思念是翅膀飞过的痕迹。"

如果你能原谅我，就请求你帮我完成下阕，让它成为一首完整的词。非常感谢!

临江仙·忆江南

寒冬大雪首见,腊月红梅初逢。

冰清玉洁美如琼。

银河隔天地,人仙离情浓。

……

我一早就将此信发给了冰玉。一整天,她依然没有理睬我,我有一种度日如年的难耐。在我惴惴不安的等待中,冰玉直到第二天晚上,才给我发来了焦急盼望的回复。

批驳词

可爱可恨可笑的才子老大:

你太可爱,太实诚了!被我如此简单地一吓唬,几天没有理你,你就全招了!哈哈哈!"原来你也有害怕的时候呀!"你曾经在我家里对我说的这句话,我现在原原本本地还给你。我跟你说过,"我可是一个特别能记仇的小女人哟!"我也跟你说,"总有一天,我会吓死你的。"怎么样?领教了我的厉害了吧?你以后千万不要再随随便便地得罪我了!

一直自以为是的老大,终于上当了吧!你必须承认,尽管你的智商确实比我高,但是你的情商肯定比我低!

我说你假修行,你还不服气!你不是说"秋雨绵绵,听雨轩内心尚静;北风潇潇,闻风窗外身未动"的吗?当初秋天的西北风不能让你心动!如今到了夏季,刮起了东南风,你就心也不静了?身也乱动了?

如同佛印禅师回复东坡居士对"放屁"的责问,"八风吹不动,一屁过江来。"你是不是也准备像苏大学士一样,怒气冲冲地从江北过江来责问我呀?真是"修身又养性,一吓现原形!"真好笑,太好笑啦,简直是笑死我了!

你真傻,我怎么可能不理你呢?!你已经成为我生命中的一部分,你的思想已经融入我的血液,你的精神已经注入了我的灵魂!你是我的家人,我的亲人!你懂吗?

不过你的这份担心确实说明了你十分珍惜我们之间的感情!就为你的这份无比真诚的担忧,我感动得流下了好多的泪水!

其实,我根本就没有生你的气,可爱的大傻瓜!我发誓,我这辈子都不可能不理你的!这下子,你该放心了吧!

你咋这么实诚呢？还真以为我什么都不懂吗？我上次和你说，你的心我早就已经读出来了，我并不是跟你开玩笑的，而是在暗示你，我知道你心中的想法。女人的直觉，尤其是对爱情的直觉是特别敏感的。如果一个女人对爱上他的男人毫无感觉，那都是装的！她不管爱不爱他，但是她心里一定是知道的！情意不必都说出口，只要是真诚的关心和挂念，无论他再怎么隐藏，她都能看出蛛丝马迹。一个人对另一人的爱会融化在每一个细小的动作之内、眼神之中！对此，我一直非常感动！

对于你当年内心的想法，我心中明镜似的，我俩一直是心有灵犀的！不过，我非常渴望听到你亲口说出来！你懂吗？请原谅我的好奇和调皮吧！

你说我当年不喜欢你，你的感觉实在是太迟钝了！真笨！真傻！简直就是无可救药！

我不但知道你当年的想法，而且知道你当年的想法和我当年的想法是完全一致的。

在人世间，很多人之间只有相识的缘，却没有相守的分！缘是天意，分在人为。能否相识而相守，只能随缘分而定，不可强求。我必须回上海和父母一起生活，他们俩身体都不是很好，我必须回来照顾他们，这是我当初自觉学医的使命，我不能违背初衷！你当年应父亲之命回如皋，你是大孝子；我是自己主动回上海，我也是大孝女。我也请你原谅我当年艰难的决定。"安得世上双全法，不负如来不负卿。"毕业离校前的那几天，我的心中好难舍。"欲笺心事，独语斜阑；怕人询问，咽泪装欢。"

"近来怕说当时事，结遍兰襟。而今才道当时错，心绪凄迷。早知如此绊人心，何如当初莫相识。"

顺便问一句，我挺好奇的，要是我当年留在南京，你真愿意留在南京陪我吗？

其实蕴儿的事情，我都知道。我俩无话不谈，我们之间没有任何秘密。我俩一致认为，能认识你这位才子老大，并且彼此能成为知己，此生无怨无悔！

你说得对，蕴儿确实知道我俩心中的想法，知道我俩有缘无分。我们三个人关系那么密切，许多事情都能心心相印，蕴儿说我们三个人好得像一个人。是的，许多时候，我们同快乐、共悲伤。其实，我们三个人都是聪明人，彼此心里都清楚三个人之间的关系，根本不需要言明。我是故意责备你的，谁让你总是这么可恶，又总是这么可恨的！

蕴儿知道，尽管你最喜欢的人不是她，但是你并不讨厌她，至少你跟她在一起的时候,你也是非常快乐的,她认为这就足够了。她一直以为你一定会留在南京,所以接下去,一切都是顺理成章的事情!这也是我的愿望,我曾在心里无数次真诚地祝福你们!

可是,毕业的时候,你竟然不辞而别了!这太出乎蕴儿的意料了!也完全出乎我的意料!她疯狂地找你,却没有结果。你这一做法完全伤透了她的心!"莫道不销魂,帘卷西风,人比黄花瘦。"她在两个月内体重减了八公斤。玛格丽特·米切尔说过:"对于世界而言,你是一个人;但是对于某个人而言,你就是她的整个世界。"好狠心的人呀,你知道吗?你那时就是蕴儿的整个世界!

那个时候,我和蕴儿一直通电话,我也不放心了,担心你会不会出了什么意外。我和小妹陪蕴儿去你们家乡的县城医院找过你,竟然没有结果。我后悔在校时没有留下你家的住址和电话。

晚上,我们坐在秦淮河边的酒店里,喝着闷酒,惆怅无限。"明月楼高休独倚,酒入愁肠,化作相思泪。援琴鸣弦发清商,短歌微吟不能长。"

"青鸟不传云外信,丁香空结雨中愁。回首绿波三楚暮,接天流。"可恨的老大呀,你怎么能如此心狠,不念前情呢?可怜的老大呀,愿你平安无事,一切顺利!

往事不堪回首,曾经的欢乐都变成了此刻的痛苦!歌德说过:"凡是让人幸福的东西,往往又会成为他不幸的源泉。"

我非常后悔,后悔之前没有帮你们俩挑明关系!如果那样,这一切就都不会发生了。

蕴儿经人介绍,认识了一位门当户对的男生,是个骨科医生,外形很帅,是那种特别招女孩子喜欢的大帅哥。当时我觉得这种状况似乎还能接受,就劝蕴儿想开点;但是谁也没有想到他竟然是一个花心大萝卜!

此事确实不能怪你,因为你从来没有说过你喜欢蕴儿。我是故意跟你闹着玩的,是为了逼迫你跟我讲实话!

不过,对于你当年的不辞而别,我俩都不能原谅你!永远也不会原谅你!我提醒你,我们是绝对认真的、严肃的!而且你当年扰乱了蕴儿情窦初开的芳心,才是蕴儿后来不能安心生活的根本原因,你要负一大半的责任!

到现在为止,你依然认为"我毕业回家乡并没有错,错的是我没有事先告知你们,也没有和你们商量"吗?

你现在敢站在我面前说你回家乡没有错吗?我为蕴儿不服,为蕴儿不值!"相思树底说相思,思郎恨郎郎不知。树头结得相思子,可知郎行思妄时？"

无论你有多大的困难，你都应该及时告诉我们。我们三人曾经发过誓，要有福同享、有难同当的！你把我们五年刻骨铭心的感情置于何处了？什么叫"我一直以为毕业分别了，你们俩就会忘了我"？这种话你都能随便说出来？你简直就是一个不负责任的混蛋！我恨得牙痒，你要是现在就在我身旁，我一定会狠狠地打你两下也不能解气！当时要是让我们在你家乡找到你，我俩会杀了你！

你还敢说你从来没有让我们伤心流泪过？无情的人儿，我们心中无尽的痛苦，都是你永远看不到的忧伤！

伤心了，生气了，不写了，等我明天消气了再写……

看来，要是我不逼迫你，你永远也不会对我讲心里话！

当年你不说，我能理解；但是到现在你依然不肯说，就不能原谅了。我们已经是人到中年了，还有什么不能放下的呢？这么多年的倾心相处，我们之间早就不应该还存在着任何不能相互告知的秘密啦！

你真讨厌，动不动就是：我傻、我笨、我蠢，我自己罪有应得。

以后绝对不允许你再和我说这么讨厌的、负气的话啦！

什么叫"我没有先知先觉，不能料事如神"？

这是一个大男人该说的话吗？你这完全就是彻头彻尾的狡辩和推卸责任！

竟然还跟我举黛玉误会了宝玉的例子！

你这个大傻瓜，黛玉为什么误会宝玉？还不是因为宝玉没有及时和黛玉交心吗？

又是什么"我是个冤死鬼，永世不得超生；能否占用你一些宝贵的时间，听我说两句？"

你的委屈到底有多大呀？好像我非常霸道，根本不让你说话似的！

什么题目？还《申诉词》！

有什么好申诉的？本庭拒绝受理，给你驳斥回去！

又是尊贵的公主，又是高傲的天仙！

如此多的怪话，你心里该有多么恨我呀？

跟你发发牢骚，你可不允许生气！谁让你总是在我面前非常霸道的？我也要借这个难得的机会对你发发火！我也要霸道一下，我心里也有好多的委屈呢！

不说了，再说你就不爱听了！不爱听也要给我认真地、耐心地听着！

骂你骂得好过瘾啊！这么多年了，我和蕴儿一直都想骂你，今天终于找到机会了！我也替蕴儿出气了！我相信，蕴儿永远都舍不得骂你，我可没有她那么宝贝你！

我骂累了，让我休息半小时，再接着骂！

我曾经是说过，我再也舍不得骂你，但是此一时，彼一时。一想到你对蕴儿的做法，我就要骂人。大嫂舍不得骂你，蕴儿也舍不得，只有我来做恶人骂骂你，否则你就不知道自己是谁了！

其实，我俩都太在乎对方了，所以才愿意接受对方的霸道，不是吗？真愿意你一辈子都对我霸道！我也真希望一辈子都能对你霸道！其实真正的委屈是讲不出来的，能跟你倾诉我的委屈，也许正是说明我心里并没有把这些当成真正的委屈，我不知什么时候已经默默地原谅了你的霸道和自以为是。

你让我最看重的品质，就是你的真诚和善良，而且你的善良始终如一。考察一个人的修养，需要看他失意时的善良，因为那才是一个人品行最真实的表现。莎士比亚说过："善良的心就是黄金。"

小妹曾经跟我说过，大哥太善良了，容易被别人利用！其实小妹的担心是完全多余的，你只管善良，上帝会负责考量。我相信，善良的人最终一定会有好运。你的温暖是源自灵魂的自然流露，是刻在骨子里的，没有机巧，没有心计。

天禧和蒟苊都很在乎你，大嫂更是那么深情地疼爱着你！你看看，有这么多人在关心和爱护着你，你应该感觉好幸福呀！以后要多一些笑容，不要总是板着脸！你还真以为我欠你的钱哪？日本著名的动漫大师宫崎骏说过，"坚强不是面对悲伤不流一滴泪，而是擦干眼泪后微笑着面对以后的生活。"智者常乐，哲人无忧，在我心中，你既是智者，又是哲人，所以我希望你是一个永远快乐的人。尽管对于快乐幸福的含义每个人都有不同的理解，但是只要守住自己心中的彩虹，彼岸花就一定会为你盛开。

不要动不动就说自己不能长寿这样的话啦，以后再听到类似的话，我就真要生气了。随着生活水平的提高和医疗技术的发展，人的寿命会越来越长。随着科技的发展，人们生活的方式和内容也会越来越方便和丰富，不用再等到下辈子，人生随时可以开启精彩的下半场。

世上没有绝对幸福的人，只有不肯快乐的心！切记，笑一笑，十年少！其实，你笑起来的样子是很好看的。上学时，我最喜欢看到你洒满阳光的笑脸，最喜欢听到你十分爽朗的笑声。上次我在南通时，你竟然很可爱地问我

会不会爱上你的笑容。你说呢,傻瓜!

上学的时候,你总是给我一种如沐春风的感觉。我和蕴儿有什么不开心的事情,你总是能及时耐心地帮我们一一化解,你绝对是我们的好大哥!希望一直豁达开朗的你,在历经人生的风雨磨难之后,依然能云淡风轻地开怀一笑,一如以前那样轻松豪放,洒脱自然,心无旁骛。

我俩第一次见面时,彼此就感觉非常亲切,确实如故友重逢!其实,人与人之间是有磁场的,我俩心灵的磁场完全相互契合。你说我是你的快乐天使,其实你给我的感觉也是完全一样的。跟你相处,确实很快乐,你能让我感到发自内心的愉悦!这就是你最吸引女孩子的地方!傻瓜,你现在懂了吧?

上次我没有告诉你,你还立即就报复我,我不跟你计较。你现在认真仔细地想一想,我到底有哪些缺点,好让我认真改正。你不要说什么女人听不得最真实的批评,我就是想听你最真实、最诚挚的批评!切记!你可不许敷衍我呀!

我知道你心疼我,不想让我替你担心,你的忧伤和痛苦都不想告诉我,不想让我分担你的忧愁。你真傻!真正的知己是必须风雨同舟的,而不是只分享快乐,不分担忧愁!我理解我自己在你心中的分量,你也应该理解你自己在我心中占据着同样的分量!以后不允许再干这样的傻事了,知道吗?答应我!

我们一起经历过的事情,我这辈子都不会忘记的!马尔克斯说过,"生命中真正重要的不是你遭遇了什么,而是你记住了哪些事,又是如何铭记的。"

认识你二十六年了,光阴飞逝得太快了。一转眼,我们都老了!你知道吗,本科毕业二十年聚会时,我一看到你饱经沧桑的身体,就心痛得如刀绞,当天夜里我整夜失眠了。这是我平生第一次失眠!

时间太残忍了,当年那个风华正茂、意气风发的青年呢?那个问鼎天下、舍我其谁的才俊呢?"待浮花浪蕊都尽,伴君幽独。"

风雨过后见彩虹!但愿从此后,时光都能对我们温柔以待!

你这封讨厌的信,惹得我又笑又哭,又生气又感动!你这个糟老头子真是太烦人了!

你的这首《临江仙·忆江南》,分明是套用宋代晏几道的《临江仙》。虽然你只写了上阕,却也好有意境。你我长江之隔,你忆江南,我就只能忆江北啦。你赞我为仙,可惜你却不是董永。你这首词的基调有些灰暗,这反映了你一贯的世界观。单调无味的糟老头子,我的下阕要给你增加一些亮色,点亮你生活的色彩。好吗?

你真是太可恶了!请求我帮你完成下阕,却骂我心狠,说我会折磨人!我真不想接你的下阕,但是看你写得挺有韵味,也很有意思,可见你选取词牌时和写作时都是特别用了心的。我很感动,禁不住手痒,就陪你接下去写两句。

临江仙·忆江南

寒冬大雪首见,腊月红梅初逢。
冰清玉洁美如琼。
银河隔天地,人仙离情浓!
深秋细雨再聚,古楼青松又重。
朝思暮想艳成虹。
长江汇南北,通沪蜜意融!

看了冰玉的回复,我才知道上了她的当了!这个家伙总是这么调皮。

我感觉很是不爽,有一种被人窥视到全部内心世界的恐慌!我非常后悔,但是已经没有办法弥补了,尤其是她那一句"一屁过江来"的调侃令我羞愧万分,哭笑不得。我真想过江去,与她理论一番,责问她为啥要如此戏弄我?

我又再次仔细地阅读了冰玉的回复,心中的不爽竟然完全消失了。

当局者迷,这话一点都不错!我太在乎这份真情了,真害怕就此失去这份难得的情缘。冰玉如此轻易地一吓唬,就让我和盘道出了一切真相;但是就为她字里行间透出的真情,为她也袒露了自己当年的所想,我最初的惊慌没有了,心中慢慢地充满了感动和愧疚!

我转忧为喜,突然觉得,冰玉的这一做法其实很可爱,当年的爱慕之情和现在的友好情谊并不矛盾。其实在我的内心里也一直隐藏着一个与她相同的愿望,就是希望听到她亲口说出当初对我的感情。如今大家洞悉了一切,心中也就都释然了!

许多的时候,我们总是后知后觉的!

我心中涌起一份巨大的幸福感和满足感,但是我并不后悔。许多事情偶然之中含有必然的因素,一切都是上苍最好的安排。

"此情可待成追忆,只是当时已惘然。"现在回想,此情至真至纯!蓦然回首,惊奇地发现,原来最珍贵的感情就藏在最平常的时光里;但是一切都已恍如隔世了,境异人非,只一个"已"字,就无可追忆了!

我给冰玉打电话,故意责备道:"你一直喜欢捉弄老大,吓唬老大!老大如今已经是糟老头子了,经得起你这种没来由的惊吓吗?"

冰玉说:"我这是'没来由'吗?某人曾经给我念过《菜根谭》中的一段话,'宠辱不惊,闲看庭前花开花落;去留无意,漫随天外云卷云舒。'某人好像认为自己已经达到了这种境界了。现在看来,也不过是言过其实而已。自以为参悟胜过高僧,岂知一吓就现了原形!怎么样?被我骂得伤心了吧?"

我说:"你这也太吓人了,会吓死人的!下不为例呀!"

冰玉笑道:"你不是说你胆子大吗?你不是说无论什么事情都不需要解释的吗?"

我真诚地说:"我真错了!确实需要看是什么事情,针对什么人!如果因为误解而失去你这样的知己,那我输不起呀!"

冰玉说:"太感动了!谢谢你因我而改变了做事的原则,谢谢你这么在乎我!"

我说:"我也谢谢你!你的第一次失眠竟然是因为我!"

冰玉说:"从心理学上讲,每个人都会失眠。偶尔失眠的原因可能是心里有某件事情放不下,因而兴奋、牵挂或者担忧等;而长期失眠的人往往是心里有太多的负累,通常是容易纠结的人。我这个人看得开,基本不失眠,难得为某人担忧而失眠过一两次!"

我笑道:"我也看得开,也很少失眠,但是我也为某人失眠过两次,第一次是我俩初相识的那天夜里。"

冰玉笑道:"现在看来是真的!上次在水绘园的时候,你这样说,我当时还不相信呢!"

我说:"你不知道我那个时候的心情!宫崎骏说过一句话最能表达我当时的窘迫状态,'因为你,我愿意成为一个更好的人,不想成为你的包袱,因而发奋努力,只是为了想要证明我足以与你相配。'但是我最终发现,无论我怎么努力,我都不可能配得上你!"

冰玉说:"一直自以为是的老大,你没有问我,怎么就知道你配不上我呢?"

我说:"人贵有自知之明。世界上有两样东西最容易束缚我们的行动,物质和爱情。"

冰玉说:"前者太庸俗,后者怎么解释?"

我说:"你拥有物质,所以你不在乎物质;而我缺少物质,所以很在乎物质。因为太爱一个人,就不希望她受到任何伤害。我担心我的鲁莽会伤害到你。"

冰玉责怪道:"你这个自以为是的家伙,你这个脑筋不转弯的糟老头子!你讨厌死啦！一切都怪你！你总是固执地将我看成天仙,故意拉开我俩的距离,就是因为你这个固执的行为,才导致了现在的结果。"

我说:"是应该怪我！我确实有很多做得不恰当的地方！但是现在的结果不是很好吗？你和我都在各自应该在的位置上。"

冰玉说:"可是蕴儿并不幸福！"

我说:"我真给不了蕴儿幸福！爱情不能强求！"

冰玉不说话了。我不知道她是认为我说得对,还是觉得自己说服不了我。

我说:"我曾经以为,你一定和《大话西游》中紫霞仙子有着同样的想法,'我的意中人是个盖世英雄,有一天他会披着金甲圣衣,驾着七彩祥云来娶我。'"

冰玉说:"在你的心中,我就是这样一个只注重外在形式的非常肤浅的人吗？你不知道吗？当初你就是我心中最完美的偶像！"

我说:"你不要开玩笑,我愧不敢当！你才是我心中最完美的天仙！苏冰玉同学,你的文采和睿智堪比苏小妹;但是你比苏小妹更加淘气,据说苏小妹就经常捉弄秦少游。"

冰玉嘲讽道:"堂堂大才子又露怯了！苏小妹并不是苏轼的妹妹,而是苏轼的三姐,因为在女性中排行最小,所以取名苏小妹。她比秦观大十五岁,与秦观根本就不是夫妻。"

我十分惊讶,原来所谓的苏小妹"比文招亲"和洞房花烛夜"三考新郎"的传闻都是后人杜撰的,根本就没有这些事情。

我惶恐地说:"真是贻笑大方！今日又得苏老师指点。"

冰玉笑道:"无妨,你又不是专门研究文学史的,犯了这样的'低级错误'是完全可以原谅的。"

我调侃道:"我套用宋代王安石的《泊船瓜洲》,也给你念一首《含冤通州》:南通上海一水间,钟山只隔数重山。沪上才女欺我老,金陵校花知我难！"

冰玉说:"你现在就去金陵找蕴儿申冤吧！上学时,只要我俩之间有争论,蕴儿总是向着你的,一点都不公正！"

我仔细想想还真是这样的！我故意说:"这说明我总是正确的！"

冰玉说:"少来！而且当我和蕴儿有争论时,你也总是帮着蕴儿,也是极为不公正！难道就你们俩是一家人,而我是外人吗？"

我说:"傻瓜！我为什么只帮她,不帮你？这说明我们才是真正的自家人！岂有帮自家人说话的道理呢？"

冰玉愣了半天,哽咽着说:"好感动！在最美的年华,遇到最完美的你！"

我也感动说:"深有同感！"

我将我俩的通信发给了夏蕴。

夏蕴看完了,在我们三个人的微信小群里说:"我已经将你俩的真实想法分别告诉了你们,你们还要自己证实一下,矫情!小心走火入魔,前情今续,最终弄假成真!"

我说:"玉儿一直说我是冷血动物,所以我身上肯定没有'火',更加不会'入魔'。"

夏蕴说:"送给你们俩胡适说过的名言,'也想不相思,可免相思苦。几度细思量,情愿相思苦。'"

我说:"我回你一句丰子恺说过的话,'不乱于心,不困于情。不畏将来,不念过往。如此,安好。'"

夏蕴说:"你俩就不要在我面前装了,你俩如果能做到'不乱于心,不困于情,不念过往',你俩就不会相互印证了。"

我说:"我再回复你一句戴望舒的话,'我夜坐听风,昼眠听雨,悟得月如何缺,天如何老。'"

夏蕴说:"'昼夜颠倒'的老大,你就继续装吧。玉儿怎么不说话呀,你也在装吗?"

冰玉说:"我听你俩说得这么热闹,还以为是民国才子才女的情话集锦呢!那我也用张爱玲的一句话做个总结,'因为爱过,所以慈悲;因为懂得,所以宽容。'"

夏蕴说:"老大呀,玉儿称呼你又是'糟老头子',又是'冷血动物',这其中不仅有撒娇,而且有更多的不满,你可得认真反思了!"

我愧疚地说:"真惭愧!我这个'糟老头子'确实是一个'冷血动物'!"

夏蕴说:"其实你并不是'冷血动物',你待人真诚而热心。我想替玉儿问你一句话,'你慈悲对世人,为何独独伤我?'"

这是李叔同在杭州虎跑寺出家成为弘一法师之后,对他一直情深义重的雪子见到他之后的问话。弘一法师一言未答,背身立于一叶扁舟之上,飘然而去。

弘一法师何等修为,遁入空门之后,弘扬佛法,功德无量;我等俗人却不能抛弃万千烦恼丝,只能在尘世中虚度一生了。

冰玉说:"蕴儿呀,这句话应该是你自己直接问他,你不必替我问他!"

夏蕴说:"我给你们俩欣赏一首微信公众号'诗词天地'里推荐的现代诗,是大才女西子文君写的《梅与雪的重逢》,一幅绝美的音画,诗中的每一句话简直都是专门为你们俩而写的。"

从不曾想过
会有这样的一次相遇
在寒天冰冻里
你是雪
而我,成了梅
在这样,一片
纯白晶莹的世界里
我来了,带着
一生的希冀,一身的
娇柔,绽放在
你广袤的胸怀
风,轻轻地吹
雪花,在空中飞旋
那是你的舞步,酣畅
淋漓,为了我的到来
枝丫颤颤地,像睫毛
扑扇着,抖落几片
雪花,像是你的泪珠
悄悄地,滋润着
梅的花蕊,一颗
期待已久的心房
那一刻
我放弃了所有的羞涩
把嫣红的脸颊,紧依在
你温柔的怀里,紧紧地
在瞬间,让时光凝固
让一切成为虚无
似乎,这是
一场与生俱来的约定
在你最宽的雪域里
这冰清玉洁的时分
我,赴约而来
为了一次,最美的相遇

可不可以
就这样,在你的世界里
相依相偎,直到地老天荒
可不可以
让春天,放慢来临的脚步
不再使你,轻易地离去
可不可以
在冰雪融化时
我也可以,融进你的身体
或是一瓣飘零的花
或是一朵浮云
或只是,弱水一滴
因为,那一刻
你已,孤注一掷
我亦,覆水难收
从不曾想过
就这样的一次相遇
梅与雪的重逢
最终成了我们的永久

  西子文君是旅美华裔女诗人,文如其人,既有西施的美貌,又有卓文君的文采。她的诗文笔流畅,辞藻优美,感情细腻温婉。我读过她的很多诗,每每都被深深感动。细读这一首《梅与雪的重逢》,确实触动了我与冰玉初次相逢时的很多心绪。从不曾想过,我和冰玉在寒天冰冻里一次偶然的相遇最终成了我们记忆中的永久。那漫天飞舞的白雪与那凌寒飘香的红梅赴了一场与生俱来的约定,那一刻时光凝固,身外的一切都成为虚无,整个世界只剩下我们两颗跳动的心!不求一生相守,只愿你的世界里曾经有过我,感恩我的世界里曾经有过你!

  冰玉说:"谢谢你,蕴儿!非常感动!我平常很少看现代诗,但是这首诗确实触动了我的内心,震撼了我的灵魂!"

  夏蕴说:"在这冰清玉洁的时分,老大未约而至,你俩完成了一次意外的最美相遇。在老大广袤的胸怀里,娇柔迷人的玉儿绽放了一生的希冀,从此才子佳人相依相偎,直到地老天荒!"

  我真诚地说:"谢谢你,善解人意的蕴儿!这首诗让我感动得热泪盈眶!但愿我们三个人的友谊持续今生今世!"

我们三个人都发了拥抱的表情图标!

好看的皮囊千篇一律,有趣的灵魂千里挑一。只有有趣的灵魂之间的碰撞融合,才是人与人之间心灵相通的最高境界,那份彼此的内心愉悦历久弥浓,温润着生命的每一天。

我将这一系列的文章发在高中同学微信群里,同学们称赞,纷纷回复我。

钢班长说:"我的话不假吧?你在才女心中的分量太重了,她是绝对不可能不理你的。她曾经在狼山为你祈祷,她平生第一次失眠也是因为你!你看了她的回信,是不是也感动得流泪了?"

我说:"是我自己当局者迷!'少年乐新知,衰暮思故友。'舍不得失去呀!"

钢班长说:"你确实太在乎这份感情,因而意乱情迷了!"

星姐说:"看着你的《'五一'日记》,就如同在看一个剧本,我也随着剧情的发展和你们一起度过了一个非常有意义的节日!真为你拥有一位这样倾心的知己而非常高兴!但是我更佩服你的爱人,她太大度了,竟然如此信任你!我的心胸没有这么豁达,做不到对我家先生这么放心!"

我说:"相互信任是爱情的基础,而诚信是做人的基本品德。"

琳琳说:"你们不仅用心游览了水绘园,而且有懂你的人相伴在身边,某些情景总能让你们一同回忆起过去和现在的种种难忘的经历和感情的寄托,这样的游览才特别有意义!"

我说:"谢谢你的感同身受和知心话语!"

阿梅说:"非常羡慕你和才女之间才子佳人式的交往!那种出口成章的才学令人称奇;那种心心相印,无语相通的默契令人神往!"

我说:"相处久了,自然就会有一种'心有灵犀一点通'的相互感应!"

阿福说:"我深度解读了你的日记,字字句句都饱含着你们之间的深情厚谊!才女对你太好了,她对你的关照是无微不至的!你们的思想相互融合,已经内化为彼此精神的一部分!"

我说:"我愧对她的关照,却没有对她有任何回报!我更羡慕你和酸梅之间同学夫妻的心心相印、真情呵护!"

娟子说:"哥哥来如皋玩也不告诉我,我以前说过要陪哥哥游览水绘园。看来尽管妹妹心里一直牵挂着哥哥,可是哥哥心里根本就没有妹妹!"

我说:"非常惭愧!妹妹言重了,我只是不想惊动同学们。"

娟子说:"跟你开玩笑呢!我最欣赏你文章中的这一句'爱的最高境界就是经得起平淡似水的流年',道尽了爱情的所有真谛!"

勇军说:"你让我特别艳羡,你的精神太富有了。无论是你的写作水平,还是你的内心境界,都让我非常佩服和极为仰慕。我真心为你高兴,从你身上散发出的正能量会感染一群人。我多少年没有这么感动过了,真诚地谢谢你!我目前的业务在昆明,你把家里的地址发给我,我寄一点上等的普洱茶给你,希望我的茶能给你带去温暖!"

我再三婉拒未果,只能愧收,并深表谢意!这份浓浓的茶香确实给我带来了无限的温暖,这份深深的茶情令我非常感动!

红说:"思想上的门当户对才是令人景仰的,你俩心灵相通,难能可贵!真情若此,即使当年未能如愿,今生亦应无憾矣!"

我说:"现在正好是小满的节气,人生亦如是,小满则可,太满则溢。《资治通鉴》有云:'物极必反,器满则倾。'人生有一些缺憾是极为正常的现象。"

红说:"有遗憾的人生才值得永久回味!"

我说:"才女希望我退休之后去上海高档养老社区养老,那里现代化的生活设施一应俱全,非常方便。"

红说:"我不赞成你们去上海!上海的物价太贵了,在上海吃一碗面的费用够我在南通一整天的伙食费;而且南通是长寿之乡,山清水秀,最适宜人居。你不用担心养老的问题,将来我们高中同学一起抱团养老,我们一定会照顾你们的。"

我说:"你说的更有道理!好吧,我听你的!"

红说:"你当然应该听我的!我比较接地气,才女再有才貌,也要食人间烟火呀!才女其实是希望你能和她生活在一起,你要是真舍不得她,就经常去上海看看她。"

我说:"当年浮躁误风景,花开未折失时令。劫后沉淀惜性命,人生已定念真情!"

红说:"曾经年少未识事,同窗三载诚相知。而今天命始惜时,闺蜜一生相扶持!同学情就是没有血缘关系的亲情!"

我深有同感!曾经在今年春节前一个周末的下午,我又去红那儿玩,告诉她,我第二天要去南京办事。红立即说:"你这身衣服穿了好多年,太旧了,我陪你去买一套新衣服,穿着去南京,人会显得更精神一些。"我俩就去附近的文峰大世界,她心疼我走路多了会累,就让我坐着休息,自己独自去寻找合适的衣服,拿过来让我试穿,一次次不厌其烦地帮我脱衣服、穿鞋子,最后终于找到各方面都最满意的合身衣服,耽误了她半天做生意的时间,把我感动得不知道说什么好!这份深厚的同学情谊确实就是亲情了!

天禧通过微信,私发给我一张美丽的风景照,并要求我配上一首诗。

　　我仔细一看,春暖花开之际,在一个人影稀少的码头上,孤零零地站着一个送别的年轻女子,正掩面垂泪,神情难舍,放眼远望,整个江面上仅有一条小帆船,正在渐渐远去。

　　我明白天禧调侃的味道,故意说:"孤舟孤身别金陵,从此佳人不思卿。"

　　过了一会儿,天禧调皮地回复我:"难舍难忘追通城,岂知才子已移情。"

　　我说:"女神傲气心太冷,众美皆至独少卿。"

　　天禧说:"红尘事务扰心神,国庆定当通州行!"

　　我说:"君子一言!"

　　天禧说:"驷马难追!"

　　在大学同学微信群里,阿云发了好多份她和天禧相聚在北京街头的视频和照片。两人在王府井逛街,购物,尝美食,神情非常兴奋,美翻了天!

　　我啼笑皆非,调侃道:"女神呀,你真有声东击西的大能耐,把老大耍得团团转。"

　　天禧说:"老大呀,我没有耍你,国庆节一定去南通,让你还我一份情!"

　　阿云调侃道:"老大呀,你也欠了我一份情哟!"

　　黑胖说:"老大到处欠美女的情! 这辈子肯定还不清了,还是让我来帮你还吧!"

　　大家都笑了。

　　冰玉在微信里与我视频,她今天穿着粉红色的裙子,满脸笑容,整个人看上去很靓丽。她暧昧地问我:"阿云为什么说你又欠她一份情呀?"

　　我说:"我和阿云相互介绍了江南园林和北方园林的特点,并且相约去对方所在的城市游玩,但是没有想到计划没有变化快,结果两人都未能成行。"

　　冰玉认真地说:"所以许多事情不要等到周密的计划之后再实施,可能因此就失去了唯一的最宝贵的机会。"

　　冰玉这是话中有话,其实我俩曾经对同一件事情犯过同样的错误,一起失去了"唯一的最宝贵的机会"!

　　我故意说:"有些所谓的机会,表面上看似乎是一个机会,但是仔细加以分析,就会发现其实并不真是机会。"

　　冰玉说:"虽然我俩当时遗憾地错过了,但是你毕业时留在南京和蕴儿在一起就是最好的机会!"

　　我说:"你不要一厢情愿,好不好? 离校前的那天晚上,我去蕴儿家和她告别,蕴儿和她妈妈出门了,就夏叔叔一个人在家里,我就没有告诉他我要回家乡

的事情,结果他也没有主动问我毕业后的打算。"

冰玉问道:"你想说明什么呢?"

我说:"如果蕴儿的父母真喜欢我,他们会主动询问我有没有留在南京,未来的计划是什么;或者他们即使是喜欢我,也没有达到愿意将女儿嫁给我的地步。"

冰玉说:"你和蕴儿正常交往,他们并不反对;但是如果你自己都不主动追求,他们是绝对不会勉强的。"

我说:"我现在特别能理解,毕竟我是来自落后的农村,而且是一个身体行动不便的人!他们后来鼓励蕴儿和骨科医生交往就说明了一切。人都是现实的,他们希望女儿嫁给更优秀的人,是完全可以理解的。我希望你因此也能理解我当时的做法。"

冰玉说:"我只能理解你当初的心情,但是不能接受你那时的做法,因为毕竟蕴儿的态度才是最重要的!只要是蕴儿想做的事情,她的父母是绝对不会反对的。从小到大,蕴儿都是很任性的,事情都是自己做主,她父母从来都管不了她。"

我想起来,小妹说她妈妈和我们在玄武湖一起玩了半天,就看出我心中的人是冰玉,不是夏蕴。我和冰玉经常在夏蕴家里玩,夏蕴的父母也一定早就看出了这一点。一个心中根本不爱他们女儿的人,更加不能当他们的女婿。他们的做法合乎逻辑,合乎情理。而我是一个对感情极为负责的人,既然我爱的是冰玉,就不可能对夏蕴阳奉阴违。

冰玉说:"如果当时蕴儿在你的家乡找到你,一切还会是我希望的那个结果,所以错过了蕴儿,完全都是你的责任。"

我不能苟同。如果当年冰玉陪着夏蕴在我的家乡找到我,结果或许会更加尴尬。我能怎么做?是告诉她们实话,我爱的人是冰玉?还是违心地说,我喜欢夏蕴?我相信,这两种事情我都不会干。撒谎不是我的个性;而且既然我和冰玉都已经回到了自己的家乡,那么我再说什么"我爱冰玉"已经于事无补了!

我伤心地说:"你太固执!你亵渎了我对你的感情!我不是一个见异思迁的人!"

冰玉解释道:"你在我心里是完美的人,我得不到你,就让蕴儿拥有你吧!"

我生气地说:"我不是一件可以随意赠送的礼物,而是一个有感情的人!"

冰玉歉意地说:"对不起,我这样做确实不恰当,有些强人所难了!我真诚地道歉,你就原谅我吧!我一直想问你,毕业离校的前两天,你一直没有来找我,你当时在忙什么呢?"

我说:"跟你一样,'欲笺心事,独语斜阑;怕人询问,咽泪装欢。'"

冰玉说："那几天我一直在期盼你来找我,可惜你好狠心,一直没有出现!"

我说："我也一样,非常期望看到你,又害怕看到你。有好多话想跟你说,又觉得见到你之后,一句话也说不出来。离校的前一天上午,我骑着自行车围绕南京市中心转了一圈,跟这座城市做最后的告别;下午,我一个人走遍了校园的边边角角,想起了和某人相处的点点滴滴,心中充满了不舍和依恋!晚上,我去蕴儿家和她告别,却没有遇到她。"

冰玉说："你只想跟蕴儿告别,却不想跟我告别,你好残忍!"

我说："我真不想跟你告别,我心中觉得,仿佛不跟你告别,我们就仍然还在一起!"

冰玉说："好吧,我承认我那两天也为某人流过眼泪!"

我真想不出,如果毕业离校前的那两天,我去找冰玉,会发生什么事情。情不自禁?吐露真言?

我说："晚上九点多钟,我告别了夏叔叔,一个人回学校,路上遭遇一场非常猛烈的雷阵雨。我故意没有躲雨,一个人骑着自行车在狂风暴雨中行驶,雨点敲打着我的身躯,也敲击着我的心灵。我张开双臂,迎接暴风雨的洗礼;我打开胸腔,呼出了憋闷在胸中很久的一股气流。从我脸上流下的不知道是雨水还是泪水,只觉得流到嘴里又咸又涩。大街上正在播放歌曲《万水千山总是情》:聚散也有天注定,不怨天不怨命,但求有山水共作证……"

冰玉哽咽着说："现在想象你那时孤独的身影,我好想紧紧拥抱你一下!"

我说："所以那一夜,我又失眠了,脑海中总是闪过某人的身影。"

冰玉哭着说："你不要说了,你这个故事的剧情真让人受不了!"

我说："是的!这个故事的结局确实也不是我当时所希望的结果,可是我们都不是自己现实生活的编剧,剧情的发展不能完全依照我们的设想而进行!"

冰玉说："不对,其实我们每个人就是自己的编剧,自己的命运就掌握在自己的手中。许多事情,你如果不去积极争取,是不会有预期的结果的。我当时就知道,你所谓的'不告而别'并不是针对蕴儿的,其实是在与我赌气,对吗?"

什么事情都瞒不过冰玉的眼睛!当年毕业离校时,我的心中确实有一份特别悲凉的心绪,一种无法言说的遗憾!但是我"不告而别"的做法确实是有些小家子气了,对于一个一直自诩老成持重的"老大"而言,这样的行为太不适当了。

我真诚地说："我错了!我确实不该跟你赌气!"

冰玉责问道："你自己没有鼓起勇气去争取,却耍小孩子脾气,你算什么男子汉呢?"

我说："请你原谅我吧,我确实做得不对!既然蕴儿已经放下了这个心结,而

且现在我们俩之间的一切事情也已经全部说开了,那么我希望你也能放下这个二十年来的心结。从此大家都抛开那些陈年的恩怨,只做最好的朋友!"

冰玉说:"好的!既然你们两位当事人都放下了,那我凭什么还放在心里呢?"

我调侃道:"你不要故意打岔,其实我俩才是当时真正的当事人!我俩之间失去了'机会',你也要负一半的责任,因为当初你同样没有主动积极争取呀!"

冰玉说:"狡辩!不过,谁让我们当时都那么年轻幼稚呢?'人在事中迷,就怕没人提。'"

我说:"你这话同样是狡辩!年轻不是我们犯错误的借口!"

我俩一起笑了!冰玉的脸上还挂着感动的泪水!

网上有一个说法:"缘是天设定,分是自促成。缘乃无意得,分须有心争。"续"缘"必须经过争"分"的努力,看来我俩当初都没有主动向对方跨出最后一步。但是我相信,我们之间所有的恩怨在我俩这个同时开怀的一笑中,已经全部放下了,从此我俩之间只剩下最纯洁的友谊!

我给爱人看了我和冰玉的通信。

爱人看完了,沉思了一会儿。她说:"看了你们俩的通信,我细细回味你写的日记,我有两个特别的发现,需要和你认真探讨一下。"

我说:"什么事情呀?你搞得这么严肃?"

爱人说:"第一,你和冰玉及夏蕴聊天时,每次一谈到彼此应该如何真情相处时,你总是把我搬出来当挡箭牌,这是为什么?"

我回想,确实是有这么几次,在聊天时,我分别在她们两人面前特别强调了我与爱人的一路走来的患难真情和心心相印。

我说:"我承认我是故意的!我想让她俩知道,尽管我遭遇了很多的不幸,但是因为遇见了能与我患难与共的你,所以我的生活依然非常幸福,我不希望她们为我担心。"

爱人说:"我感觉你在她们俩面前分明是有些心虚了,所以你就用夸大我们幸福的方式来加以掩饰。其实我们的生活并没有你说的那么幸福,我对你也不是十分满意,你离我的要求还有很大的差距;同样我离你的要求也一定还有很大的差距。我们都要继续努力。"

爱人说得很对,我俩的生活确实没有我说的那么幸福。其实在这个世界上,根本就没有百分之百的幸福,但是幸福不幸福取决于每个人自己的心态,我们可以将并不完美的生活过得很温馨和谐,这其实就是一种特别的幸福。爱人也确实对我不是很满意,经常抱怨我脾气暴躁、固执、说话语气生硬、性格不随和、缺少幽默感、思想僵化等不足之处，看来我确实还存在许多需要改正的缺点。

爱人说："第二，你能够和夏蕴面对面平静地谈论你俩当年的感情，可是你却不敢和冰玉面对面谈论你俩当年的感情，只敢在书信中相互坦承，这又是为什么？"

爱人的眼光总是非常犀利的，一眼就看清了隐藏在现象下面的本质。

爱人说："难道你这样一个一直自诩稳重冷静的老大也会担心自己情不自禁吗？害怕控制不住自己的内心吗？"

我坦诚地说："因为我对夏蕴从来没有产生过爱意，所以在她面前能做到坦然自若；但是我对冰玉曾经有过一份感情，而且总觉得仅仅是我的单相思，怕她取笑我，所以不敢当面和她提及。"

爱人说："我第一次和你分析你们三个人之间的关系时，你当时可是一口否认你对冰玉的爱意的。"

我说："我当时是不好意思，怕你笑话我单相思，更怕你不高兴。"

爱人笑道："其实冰玉看了你的这些日记，不就完全明白了你心中曾经最挂念的人就是她吗？你们俩竟然还都希望亲耳听到对方说出当年的爱意，是不是有些矫情了？你们现在多大了？是二十岁吗？"

我不好意思地笑笑。

爱人说："不逗你了！其实你们年轻时那份纯真的感情确实非常美好，想知道当时的那份思念有没有引起对方的共鸣也是情有可原的！"

我说："非常感谢你的理解和大度！"

爱人说："我倒是挺喜欢冰玉的可爱和直率，她知道你会把她写的回复给我看，却依然能坦率地承认当年的爱慕之情，确实是一个真情真性的人。"

我确实感受到爱人话中的真诚，但是她也顺便对我旁敲侧击了一下，提醒我要把握好分寸。

我说："你们俩都是真情真性的人！我自然也不例外！"

爱人说："我知道，你不用表白，也不用紧张。我既然能这样坦诚地与你交换这些看法，就说明我确实非常信任你。"

似乎睿智的女性都精通心理学，或者都拥有敏锐的第六感觉。爱人、冰玉和夏蕴都准确地洞悉了我的内心世界。

我说："与冰玉萍水相逢就成了一生的知己，是一份意外的惊喜；与你一见钟情就可以天荒地老，更是一种永久的幸福！"

爱人说："虽然在注定的因缘际遇里，你与冰玉只能是一生的知己，但是这何尝不是一个美好的传奇呢？"

我想在真爱面前,只有两种结果,或者是全身心地投入,或者是无奈地错过。错不错过,一切随缘;但是已经错过的真爱,就不用再遗憾了,重要的是对现在的真爱负起全部的责任。爱是唯一的,排他的,是不能兼容的,更是容不得任何掺杂的!

真没有想到,已经是人到中年的我们,竟然还遭遇了这样一场青春的突然袭击,也算是上天的有意调和,让我们负重的中年不再显得那么无法承受,减压前行,轻盈地走完以后的人生旅程。青春无悔,中年坦然,生命继续!

我说:"在最美的季节,我遇见了冰玉,是命运的偶然;而自从遇见你,我的生命就永远绽放在最美的年华,却是人生的必然!"

爱人说:"偶然中有必然,你俩意趣相投,才能由相识转为相知;必然中有偶然,我俩当年经人介绍时,我俩都想着彼此有相同的遭遇,应该有许多共同的语言,才怀着惺惺相惜之心相见。"

我笑道:"我挺迷惑的,你一直说我缺点无数,你当年又怎么会看上我的?"

爱人说:"爱一个人就是爱这个人的全部!林徽因与梁思成之间有一个非常经典的问答。一问:'有一句话,我只问这一次,以后都不会再问,为什么是我?'一答:'答案很长,我得用一生去回答你,准备好听我了吗?'"

我说:"二十年前就准备好了!我俩一起用一生来说出答案!"

第九章　人间自有真情在

——告别恩师

人生如树叶，一生一落，一落一生。

7月21日，星期五，晴

晚上我下班后，刚到家，美女发小惠惠就打来电话，说她来接我，已经到了我家西边的濠河边。她安排了十几位高中同学今晚举行一个小型的聚餐。漂亮的惠惠自小就特别聪明能干，现在已经是单位的中坚力量。因为忙于工作和生活，彼此已经大半年未见了。如今一见面，依然是那么亲切如一家人。

快开席的时候，兵兵来了。兵兵是我初中和高中的同学，如今是我们家乡雄视一方的大企业家，平时很忙，很少有机会能在一起。

兵兵与我关系极其亲密，曾经在我身患重病，卧床不起之时，他多次到我家里和单位里照看我，帮助我排解忧愁，伴我度过了那一段伤痛而迷茫的岁月。人生难得一挚友，相知相伴都是缘。

我和兵兵相见，千言万语自然都在不言中。我故意抱怨近来难得能见到他的真身。

兵兵真诚地告诉大家，关于我的曾经那一段痛苦的经历，特别赞扬我以顽强的意志渡过了人生的难关。说到真情处，兵兵眼含热泪！

回想起那一段经历，我哽咽无语！重病卧床，五位至亲的人又相继离世，那种万念俱灰的痛苦非亲历者不能真正体会！

患难之中见真情！能有一个在我人生和未来都无望之际，依然与我不离不弃的朋友，就是生命之交了！

兵兵说："虽然我们平时没有空经常联系，但是我一直在默默地关注着你。看到你现在在同学微信群里开心地与大家聊天，我感到十分欣慰。"

我心里默默地感动着，没有说多余的言语！兵兵现在事业非常成功，公司规模庞大，全国各地的分公司很多，经营的项目跨越了多种行业，每天需要他亲自处理的事情繁杂，忙得很少有时间回家。这样一位日理万机的成功人士依然在默默地关注着我这样一个普通人，真让我发自内心的感动！真朋友不用天天在一起，但是那一份相互牵挂一直珍藏在心里。

落难一次其实是一次十分宝贵的历练！得意时，朋友认识了你；失意时，你

认清了朋友。落难一次才会让自己知道谁是真朋友,谁最在乎你,谁是雪中送炭的人;也才能认清自己在别人心中的真实地位,让自己学会反思,提高认知;也才能了解自己对抗困难的能力、绝地求生的生命力!

惠惠责怪地说:"你的这些事情竟然一直没有告诉我,没有想到你原来遭受了这么多的苦难!"

我说:"我故意没有告诉你们,不想让大家为我担心。人生遭遇磨难是生活的常态,成长的过程总得留下生命的印记。事情过去之后,现在想想,好像并没有什么大不了的,一切都云淡风轻了。"

阿福坐在我身边,细心地为我添饮料,夹菜,剥虾子。阿福是一个既热心又细心的人,每次一起吃饭,他都有意坐在我的身边,仔细地照料我,令我非常感动!

八点左右,我的电话突然响起,是夏蕴打来的。

夏蕴说:"老大,告诉你一个不好的消息,郝书记突然发生心肌梗死,住在我们医院重症监护病房,正在抢救,有很大的危险!"

我一阵心痛,十分担忧,立即说:"那我现在就去火车站。"

夏蕴说:"你既然决定过来,我现在开车去接你吧!你身体不好,又上了一天的班,别累坏了!"

我说:"那样太麻烦了,不需要你来接,我自己坐火车过去。"

夏蕴说:"那好吧!天热,你路上一定要小心!"

明天就是大暑了,现在是一年中最热的时候。学医人都知道,高温季节是老年人最容易发生危险的时期。我心急如焚,恨不能立即飞过去,担心八十岁高龄的老书记,能否度过今年这个特别炎热的夏天。我真希望现在就在老书记身边!

我告诉大家事由。

大家说:"南通到南京的最后一班火车是九点,你现在赶不上了,你只能等到明天早晨乘车过去吧。"

我告诉了夏蕴我的安排,她说明天早晨在火车站接我。

饭后,阿福先送我回家,其他同学继续活动。阿福为人真诚守信,做事认真细心。每次我与同学们欢聚,只要他在场,总是不放心我一个人回家,一定会送我到家。

7月22日,星期六,晴

早晨五点,我醒了。夜里一直在担心老书记,我直到下半夜才迷迷糊糊入睡。

爱人说:"今日天气预报气温 29～39℃,如此高的气温,真不放心你的身体。"

我说:"没有关系,火车上有空调。"

我打的到了火车站,上了最临近的一班火车。一路上,我一直在后悔,为什么没有早一点去看望郝书记,总是有一些忙不完的杂事,总觉得来日方长。现在才发现,有些恩情是等不起的,许多事情可能说结束就结束了。一生很短,来不及等待。

我走出南京火车站出站口的时候,夏蕴正等在那儿。只见她一脸泪水,哽咽着说:"老大呀,老书记这次恐怕凶多吉少了!学校领导大多数已经来看望过了,嘱咐尽一切力量抢救。大家都很担心。"

我说:"你不要太着急,老书记好人一生平安!"

夏蕴开车,我俩匆忙赶到医院。在监护室门口,站满了前来看望的同学们,都是家住在南京的。我来不及跟大家打招呼,穿上无菌隔离衣,直接进了监护病房。

郝书记脸色苍白,连着呼吸机和监护仪。我看看各种生命指标基本平稳,心里稍感安慰。

负责抢救的医生是我们的同学究仁。

究仁告诉我,溶栓治疗时机还算及时,目前病情尚且稳定,应该还有希望。

听到我的声音,郝书记慢慢地睁开眼睛,看着我,露出了一丝微笑。

我愧疚万分地说:"郝书记,真对不起,一直忙着没有来看望您!等您出院了,我以后一定会经常来陪伴您和师母!"

在郝书记慈祥的眼神中既有一丝欣慰,又有一丝责备。我能清楚地感觉到他眼神中的内涵,分明是说,你不方便,路途又远,这么热的天,谁这么多嘴告诉你的。

我说:"没有关系。您安心休息吧!您应该很快就能恢复了。"

郝书记赞许地眨了一下眼睛。

为了不影响郝书记的正常治疗,我马上出来了。

我对夏蕴说:"郝书记的情况没有你说的那么严重,现在的情况还可以。"

夏蕴说:"你不知道夜里的情况,昏迷过去许多次了,而且前年已经发生过一次心梗,这是第二次了。现在应该是回光返照,也许他就是在等着见你最后一面!"

同学们围在师母身边。她也是八十岁高龄了,苍老了;但是老去的是年龄,不老的是气质和神韵。师母是教哲学的,一直有一颗看淡世事的宁静之心,她的

眼神依然清澈而安详,让我感到无比温暖!

我拉着她的手,哽咽着,喊了一声:"师母!"

师母倒是挺平静,微笑着说:"别担心,孩子,生死有命,一切随缘!这个大暑天,你不应该过来的。"

听了这话,一直很平静的我,突然愧疚得流下了眼泪!

天禧轻轻地把我拉到一边,责怪地说:"老大,你不要在师母面前流泪!"

夏蕴说:"大家跟我走,去吃点东西吧。"

我说:"我不饿,你们去吧,我陪师母说说话。"

夏蕴和学生会韩主席带领大家走了。我和小妹留下来。

师母说:"老头子常常念叨你,说你太要强了,有了困难也不来找他帮忙。你的性格和他年轻的时候非常相似。"

我强忍着泪水,故意微笑着说:"我没有什么困难,一切都挺好的。我还想吃你包的饺子呢,好香耶!"

师母笑道:"等老头子病好了,一起回家包饺子给你吃,你必须还吃两大碗呀。"

我说:"一定吃三大碗。"

师母笑道:"你这孩子就会逗我开心,你现在这么瘦,肚子有那么大吗?"

我说:"其实我很能吃,就是吃了不长肉,尽是浪费粮食。"

师母大笑道:"听着你们说笑话,我心情好多啦。你们上学时,就你最稳重,像个大孩子,带领大家帮我做家务。"

我们回忆起好多有趣的往事,想想两位老人曾经对我的关心和爱护,心中满是感动!

一会儿,大家吃完中饭回来了,天禧给我们带了三份盒饭。

师母说:"我本来没有食欲,有你们陪我说话,现在还真感觉饿了。"

天禧说:"老大,就你能让师母开心,我们都不行。"

我们刚吃完盒饭,就听到里面的护士喊:"快,心跳没有啦!"

我们都紧张起来,我和夏蕴蹲在师母两侧,分别紧紧地抓着师母的两只手。

走廊里寂静无声!

隔着大玻璃窗,我们看到监护病房内的所有医护人员立即进行抢救,上呼吸机、胸外按压、注射抢救药物等各种抢救措施立即实施。半个小时过去了,依然无效!

敬爱的老书记在这个最炎热的大暑天的中午,安然离世了,脸上没有一丝痛苦。

我们却痛苦万分,夏蕴泪流满面,许多人失声痛哭。

师母非常平静,淡淡地说:"老头子终于解脱了,先享福去了。"

我忍住泪,哽咽着说:"韩主席呀,不要只顾着伤心了,赶快禀报校领导,组织治丧。"

韩主席说:"我去安排,你们照看好师母。"

我们先送师母回家,我和天禧一直在家陪着师母。他们原来有一个儿子,在儿子二十岁那年,遭遇了一场车祸,不幸去世了。

一切事务都是由学校治丧委员会安排,韩主席带领着同学们帮忙。

整个下午,师母一直挺平静,安静地躺在藤椅上,眼望着天花板出神。

我和天禧说不出安慰的话,也尽量不打扰她,让她一个人慢慢地适应突然失去亲人的痛苦!

我俩做了一些简单的家务,我们走路、做事的动作都非常轻,尽量不发出声响。天禧把所有的家具都认真擦了一遍。我把郝书记书桌上的东西按照原来的位置放好,其中有十多本书是书记自己出版的专著,都是关于高校党建和教育管理的理论著作。

台板的玻璃下面压着一幅字,是郝书记自己的书法,"鞠躬尽瘁,死而后已!"我想郝书记将自己一生的精力都献给了他热爱的教育事业,这八个字分明是他一生最真实的写照!

天禧站在我身边,流着泪说:"老书记真是伟大,是一名真正的布尔什维克!"

我点点头,也是满脸泪水!永别了,敬爱的老书记!但是您将永远活在我的心中,是我前进道路上的一盏明灯,会永远照耀着我前行的路!"人间自有真情在,宜将寸心报春晖。"

我说:"禧呀,我们一定要继承老书记的遗志,全心全意为人民服务!"

天禧说:"是的,我们一定会谨记老书记的教诲!"

五点,小妹买了菜过来,做了晚饭,我们一起劝着师母吃了一些稀饭。

师母精神状态缓和了一些,问了我毕业后的情况,我一一作答。

师母说:"老头子最喜欢你坚强的性格,你身上一直有一股正能量。我们经常用你的事例来教育身边的学生。"

天禧说:"我们老大还是大才子呢!"

小妹说:"大哥知识面很广,是个全能型人才!"

我说:"你俩一讲话就不着边际,总是喜欢胡说。"

师母笑道:"看来你这个当老大的确实能耐不小,她们都挺佩服你的。"

这是师母整个下午的第一次笑容,我心里稍感安慰。

我说:"她们俩一向就特别喜欢夸张。"

师母是在另外一所大学教哲学的老师,出版过好多本哲学专著。我对哲学很感兴趣,所以就认真地拜读了师母的大多数著作,受益匪浅。

我想起在师母的著作中有一段对于生与死的论述:"生是偶然,死是必然;偶然而来,必然而去。"我相信师母对待生死的态度一定是非常坦然的。

师母说:"她们俩也不完全是夸张,你的兴趣确实是很广泛的,这很好。李时珍这样说:'欲为医者,上知天文,下知地理,中知人事,三者俱明,然后可以语人之疾病。'所以要做一名好医生,就必须有广博的知识基础。你还有一个优点就是做什么事情都很认真。"

我说:"师母,你说说我的缺点吧。"

师母说:"你有时候过于教条,不善于变通,这很可能会成为你的硬伤,会因此得罪人。很多时候,你被人误解了,也不屑于解释,这源于你骨子里的清高,但是你的善良和真诚弥补了你的这些缺陷。另外,你有时候过于冷静,这也让你失去了某些十分宝贵的机会。"

我听得极为信服。我爱人对我也持有同样的评价。

小妹说:"在大哥的心里,不是所有的人都配得上他去解释,尤其对那些恶意质疑者。"

天禧说:"其实我特别欣赏老大这种源自骨子里的清高。"

师母说:"孩子们呀,清高是一把双刃剑,你们好自为之吧。"

我点点头,对师母的话深以为然。我性格里某些耿直的东西确实给我带来过不少的麻烦,我以后确实应该注意做事的方式和方法。

我望着从此将孤独度日的师母,心中涌起一份心酸,心疼地问道:"师母呀,你们之前一直没有请过保姆吗?"

师母说:"你是想问我们的老年生活吧?"

我说:"是的。我们家也没有小孩,未来的生活和你们是一样的。"

师母说:"这是一个非常现实的问题,对于你来说,确实应该提前考虑。我俩即将退休的时候,就计划好,退休后,就去旅游、游山玩水,投身到大自然,看看祖国的大好河山,到国外去看看,感受异域风情。等到老到哪儿也去不了啦,就雇一个保姆照顾我们。"

我说:"这个计划很好,我们将来也这样做。"

师母说:"起初一切都按部就班地进行着,我们去了欧洲、美洲,在海南过冬,在哈尔滨度夏。这种生活过了七八年,计划就被打乱了。"

天禧问道:"为什么呢?"

师母说:"我们没有料到我们的身体会垮得这么快!旅游不可能了,那就赶快找保姆吧!等到真正找保姆的时候,才发现当初的想法太天真了。我们原本以为花钱雇保姆就是单纯的雇佣关系,只要出钱购买劳动力就行了。"

小妹说:"对呀。"

师母说:"远远不是这么简单,这已经是一个普遍的社会问题了。保姆的工资是每个月四千元,这完全出乎我们的意料,我带的一个刚工作的研究生,工资也就五千元,但是想想还能承受,这也说明市场对保姆的需求较大,是市场经济自我调节价格的结果。"

我说:"这个价格确实是挺高的。我家请的是钟点工,每天两小时,就煮一顿中午饭,节假日不来,所以比较便宜。"

师母说:"本以为花钱就能买来优质的服务,哪里想到这个保姆提供的服务和我们的预期相差太远了。凭着我们两人的修养,如果能将就的事情,我们也就算了,但是这个保姆既缺乏职业精神,又没有接受过职业培训,提供的服务实在是太差了;于是接连换了三四个保姆,最终我俩决定算了,不再请保姆了,在我们还能动的情况下,相互照顾吧。"

我感觉有些悲凉,中国已经普遍进入了老年社会。《2017年空巢老人调查报告》显示,身患疾病的老人占老人总数的三分之一。这是一个庞大的天文数字!还有十多年,我也将退休进入老年世界,绕不开的老年生活就要来临了。社会对保姆的需求量会越来越大,但是接受过专业培训的保姆太少了,她们整体的服务质量并没有跟上来;相反由于供不应求,所以服务价格还很高。

保姆作为劳动力,是一种特殊的商品,它的质量不是需求者能够轻易品鉴和随意挑选的。劳动力关系是人与人之间的关系,而人与人之间的关系是世界上最复杂的关系,充满着变数。

师母说:"前年冬天,我去超市买东西,老头子一个人在家里,发生了第一次心梗,突然倒在地上,不省人事。好在那时你们学生会的小韩正好来看望我们,又好在我出门时故意没有锁门,小韩将老头子及时送到医院,抢救过来了。"

我们听了都高度紧张,太危险了!

师母说:"自从这件事情发生之后,我们知道了,我们俩根本就不能离开彼此了,否则无论谁出了事情,都没有人知道。我们不想再请保姆了,在年轻强壮的保姆面前,我们是弱势群体。电视上时有报道,保姆打人的事件。我们没有子女,也无人监护,某些恶毒的保姆会更加无所顾忌。如此就只能进养老院了,至少在我们突然生病的时候,能及时得到救治。"

我想养老院也是我和爱人未来人生的最后一站了!

师母说:"养老院的公寓房非常紧张,远远供不应求,需要排队等待。我们前年就报名了,没有想到老头子还没有等到进入养老院就急急忙忙地走了。我落寞的倒计时钟声也已经响了,用不了多久,我就要去和老头子团聚了。"

我和天禧及小妹都无语凝噎。老无所依的人生垂暮之年确实可怜可叹!

师母说:"我很崇尚加拿大有一份关于安乐死的法律,如果我们国家也能将安乐死合法化,我就可以和老头子一起去了。"

我知道师母所说的加拿大的法律文件是《医生协助死亡合法化》。这部法律公布后不久,95岁的乔治和94岁的雪莉在结婚73年之后,在后辈们的集体见证下,两人手拉着手,在医生的协助下,同时告别了这个世界,去了天堂。这是真正的"执子之手,与子偕老,死生契阔,与子成说"。

在我们国家,目前还没有这样的法律,也许我国永远不会有这样的法律。我们一直接受儒家的孝道文化的教育,帮助亲人提前死亡是"不孝"的行为,应该是不能被国人所接受的。

再相爱的两个人,离世都会有先后;但是彼此相伴了一辈子,一个人突然先走了,另一个人需要多大的勇气才能继续活下去呢?心中的思念又是多么强烈呀?

虽然师母看淡了生死,但是她依然难舍与郝书记的一生真情呀!

我想起了周恩来总理逝世之后,邓颖超在《西花厅的海棠花又开了》一文中这样缅怀,"余生漫长,我只希望你还在,让我可以再陪你慢慢走下去啊。"

多么深情的思念呀!伟人之间也离不开深情款款的爱情,何况我们这些凡人庸者乎?

邓颖超的文中还有一句话,"我这一生都是坚定不移的唯物主义者,唯有你,我希望有来生。"

类似的话,我也和我爱人说过,真心希望来世还能和爱人在一起!

我们一起把师母安排上床休息了,然后在客厅里坐着。

天禧说:"其实我们这些有子女的人将来也是一样的。我妈妈就不愿意和我们住在一起,我们之间有明显的代沟。四十年改革开放,与世界接轨,我们孩子的观念已经与欧美人接近,与我们的代沟更加明显,已经没有多少孩子有赡养老人的理念了。"

小妹说:"是的,应该不仅仅是经济能力、时间不足和异地的问题,思想观念的差异才是主要的,他们根本不愿意与老人住在一起。在如今各种享乐思潮不断涌现的环境下长大的这一代独生子女,将来能否照顾好自己都是问题,岂能指望他们细心地照料好我们呢?"

天禧说:"前天新闻里报道,一对老夫妻死亡多日之后,邻居闻到异味才被发现的,而他们的子女就住在马路对面。"

小妹说:"我也看过这个新闻,这对老夫妻也都是教师。老太太是突然发病,倒在客厅身亡;而老先生是老年痴呆,无人照料,数日后也离世了。"

天禧说:"父母与子女最遥远的距离就是一条马路。养儿防老,享受天伦之乐已经变成了遥不可及的梦想。"

我说:"也不完全是因为不孝顺,更多的时候是心有余而力不足。经济欠缺、请假不便、路途遥远、自己的孩子太小、家中的房子太小等,成年人活着都不容易,各人有各人的难处。真正忘恩负义的子女并不多见。"

天禧说:"其实中国人一直以为的'养儿防老'的传统理念就是一个悖论。如果养儿是为了防老,那么父母就失去了养儿的意义,孩子就失去了出生的意义。"

我说:"养儿的目的是为了种族的延续,也能给自己带来快乐和寄托,父母和孩子其实是在共同成长。至于养儿防老,在以前几代同堂的年代,确实具有这样的功能,但是如今孩子与老人不住在一起,甚至不在一个城市,这个功能正在逐渐丧失。"

小妹说:"我认为生养孩子也有一些好处。比如生了孩子之后,我的生活更有动力了,我必须更加努力去养活孩子。孩子拓宽了我们生活的空间,提升了我们生活的品质。"

天禧说:"实话说,我真没有觉得生了孩子给我带来多少快乐,相反看到现在的孩子学习这么累,我反而觉得让孩子受苦受累了;而为了抚养孩子,又降低了我的生活品质。"

我说:"这是一个深层次的问题,不是一两句话就能够说清楚的。你本来是想过'丁克'生活的,所以会有这样的想法,现在有你这样观念的人并不少。其实养孩子有养孩子的乐趣,不要孩子也有不要孩子的清闲。"

小妹说:"我们欠上一代人的恩情,就用抚养下一代来偿还;所以一代欠一代,我们并不乞求孩子们将来赡养我们而偿还我们对他们的抚育之恩。"

我说:"这话很有道理!至于我们年老后如何养老的事情,我们也不用太悲观了!因为社会老年化如今已经成为当今中国社会普遍而现实的问题,所以政府已经开始采取措施来解决这方面的问题。我相信明年的全国两会应该会有这方面的提案,但愿我们的晚年都能被认真善待,被精心照料。"

小妹说:"从此以后,我人生中最重要的事情就是关照父母!"

我说:"来日不再漫长,我们共勉!"

她们俩都含泪点头!

夏蕴一直忙到晚上八点才过来,告诉我们,学校治丧委员会将一切都安排妥当了,计划明天上午八点开追悼会。

天禧家里有事先走了。我们三人在客厅里静坐着,都很伤感,气氛很是压抑。

夏蕴首先打破寂静,突然问道:"老大,你如何看待生与死?"

我说:"生与死都是自然的法则,我们无法改变,也无从选择。"

夏蕴说:"但是我们可以选择怎样度过我们的人生。"

小妹说:"不同的人希冀不同的人生。"

夏蕴说:"泰戈尔说:'生如夏花之绚烂,死如秋叶之静美。'我也希望能如此。"

我说:"我们有幸生活在和平繁华的年代,远离战争和瘟疫,安宁地享受生活就已经是最大的幸福了。"

夏蕴说:"所以我们更加应该好好地活着,活出我们无悔的人生。这不仅是对自己、家庭和社会的负责,更是对生命最大的尊重。"

我说:"我不能像你和学霸一样,为了梦想,永远充满着生命的激情,不知疲倦地活着。我活着不需要灿烂,死时也不乞求静美。"

夏蕴说:"你本来是有机会灿烂的,是你自己主动放弃了。当然你现在这样安宁平静的生活也是挺好的。"

小妹说:"幸福安宁和健康快乐的生活就足够了。"

我说:"我真诚地希望你和苪苨及天禧永远能像现在这样,活得神采飞扬,镁光灯下,万众瞩目。我和小妹都是平常人,只要能平安健康地活着就满足了。"

小妹说:"一个人对生活的满足度是相对的,要求高的人不容易满足,要求低的人就很容易满足,而我就是一个非常容易满足的人。我认为真正的幸福不在于金钱和地位,而在于开朗的心态。"

我说:"所以,蕴儿呀,每一个生命都有适合自己的存在方式,不需要相互比较。我为你的辉煌灿烂而高兴,却也不用为自己的平凡而愧疚。"

夏蕴说:"老大不要这样说,其实我仅仅希望活得有滋有味,活出自己想要的无悔的人生而已。"

我说:"对于死,能够不惊扰别人,安详默默地离去就足矣。我真希望能像老书记这样安详地离开人世,说走就走,不给他人增加麻烦。"

夏蕴说:"深有同感。"

小妹说:"但是这么快就走了,就怕亲人们在情感上一下子接受不了。"

夏蕴说:"孟子主张,'夭寿不贰,修身以俟之,所以立命也。'"

我说:"孔子也曾说过,'未知生,焉知死?'"

小妹说:"他们真有那么豁达吗?颜渊去世时,孔子也是痛苦万分,顿足长叹道,'天丧予!天丧予!'其实儒家是非常讲究对死者的哀思和祭祀的。"

夏蕴说:"庄子的看法,生是偶然,死是必然,不必过于悲伤。妻死不以为悲,反而鼓盆而歌。"

小妹说:"不论我们的思想多么理性,在情感上还是感性的。又有几人能如老子的好友秦失那样超然,老子去世仅以三号吊唁,认为生死都是自然之理。"

我说:"不用争论了,儒家也好,道家也罢,拥有不同的人生观,就会有不同的生死观。这是一个困惑无数贤人智者的千古哲学难题。孔子的杀身成仁论、孟子的舍生取义论、司马迁的重于泰山或轻于鸿毛论,都要看你面临的具体环境。在我看来,处于和平年代的我们,只要做好本职工作,完成自己应尽的责任,快乐过好每一天,也许就是对生命最好的诠释。"

小妹说:"亲人离世,谁能不悲伤?生老病死都能看淡,那是圣人;但是我们都是凡人,凡人就该有凡人的悲喜。就个体而言,生命只有一次,人死不能复生,所以才更加值得珍惜和怀念。"

我突然发现小妹的思想确实比以前成熟了很多,我不应该再把她当成一个不谙世事的天真幼稚的小朋友了。也许每一位步入了中年的成年人,都在人生风雨的历练中获取了不少理性的认识和人生的智慧。

我说:"我和老书记一样,也没有子女,将来也希望能够说走就走。我和你们大嫂,谁先走,谁就有福气。当然,假如能一起走就最好了。因为无论谁先走,活着的那个人都要忍受剩下的一个个孤独的长夜!如果我先走了,让她忍受最后的孤独,我在九泉之下是无法安心的!"

她俩顿时泪流满面。

夏蕴说:"'梧桐半死清霜后,头白鸳鸯失伴飞。'这是世间最悲凉的事情!在现在这个年龄,我们都还没有懂得人生最后该怎样'谢幕'!"

我说:"其实也没有那么难!上次你们大嫂住院时,我就说:'你不用担心,多活一天少活一天并没有多大的区别。你要是出了意外,我马上也跟你去。'她说:'遇到你是我这生最幸运的事情,我已经非常满足了,来世我们还做夫妻!但是如果我先走了,你必须给我好好地活着,否则我在九泉之下也是无法安心的!'"

夏蕴说:"你和大嫂之间的感情是绝对真挚的,令人羡慕!你俩对待生死的态度如此坦然,我现在还做不到这样。"

小妹哽咽着说:"你们不要再说了,我受不了啦!"

我能理解她们俩不愿意谈论死亡的心理,因为她们的父母健在,所以她们感

觉死亡离她们很远。只要父母健在,他们就如同一堵坚固的高墙,挡在我们和死神之间;而我的父母早就已经去世,我心里的防线没有了,我只能直面死神。

我说:"我们不必回避这个问题!尽管在我们这个年龄段,认真地谈论死亡好像是早了一些;但是我们都是医生,死亡的方式是我们应该关心的话题。随着医学和科技的发展,如何有尊严地死去,确实已经成为我们这个文明社会必须认真关注的课题。"

夏蕴说:"中国人很忌讳'死亡'这个词语,所以很少有人认真思考死亡。《西藏生死书》上说,我们是一个没有死亡准备的民族。"

我说:"你们俩都在美国待过一段时间,应该部分接受了西方人关于死亡的观念。乔布斯说:'死亡的意义就在于让我们知道生命的可贵。一个人只有在认识到自己有死亡的时候,才会开始思考生命,从而大彻大悟。'"

小妹说:"巴雷特说:'只有认知死亡,才可以树立正确、健康的价值观。'如何更好地活着,死亡是最好的老师。"

夏蕴说:"好吧,我们就陪你探讨一下。经济学人智库对全球80个国家和地区进行调查后,发布了《2015年度死亡质量指数》报告:英国位居全球第一位,中国大陆排名第71位。"

小妹说:"著名作家巴金1999年重病住院,只能通过胃管进食。每隔两个月就要换一次胃管,每次都让他痛苦万分。他在床上煎熬了六年,生命对于他来说,已经变成了一种折磨。"

我说:"我举一个具体的病例,晚期癌症患者到底需不需要手术,一直是大家关注的事情。中国抗癌协会常务理事朱正纲教授就提倡,不要轻易给晚期胃癌患者进行手术。"

夏蕴说:"统计发现,大多数晚期胃癌患者在术后活不过一年。晚期肿瘤扩散范围很广,转移灶根本切不干净,加上手术的创伤,反而导致病情加重加快。在中国,医生和病人都热衷于过度治疗。一旦发现癌症,立即进行手术、化疗、放疗,飞机大炮全部上。"

小妹说:"欧美很多发达国家都采用转化治疗,控制原发病灶,努力缩小和抑制扩散。对晚期肿瘤患者,尽量不采取手术切除。"

我说:"手术本身的创伤不但会加重病情,而且患者在余下的日子里大多在病床上度过,根本没有生活质量可言。"

小妹说:"死亡质量是幸福指数的核心指标。对于晚期癌症患者而言,生活品质远比延长生命更重要。"

夏蕴说:"我经常去美国,很多美国医生当得知自己患了癌症后,都选择最少的医疗,快乐地生活,注重生活品质,享受最后的时光。如果将来我患了不治之症,我会用剩下的有限的时间,多陪陪亲人,多回忆往事,完善一些一直想做但是总是没有机会做的事情。"

我说:"跟你们说一件我亲身感受很深的事情! 去年八月份,你们的大嫂因为颈内动脉瘤住在我们医院治疗。住在她对面床位上的患者是脑出血,治疗了半个月,一直昏迷不醒。你大嫂当时跟我说:'如果我变成这个样子,你就让我安静地离去,不要再治疗了,这种生命没有任何意义,还会增加别人的痛苦!'我听了这话,半天没有讲话,心里有一种说不出的滋味!"

夏蕴责怪道:"去年八月份,大嫂因动脉瘤住院,我国庆节过去的时候,你竟然没有告诉我!"

我说:"当时已经出院了,情况挺好的,就没有告诉你。"

夏蕴问道:"大嫂的手术效果怎么样?"

我说:"当时在我们医院没有手术,后来元旦期间,去华山医院行介入治疗,手术很顺利! 上个月复查了 MRI,一切正常。她在我们医院住院时,病房里有四个病人,另外两个病人都是脑动脉瘤破裂,有小量出血,都需要立即行介入手术,放血管支架,总费用需要十多万元。一个病人家里经济困难,出不了这么多钱,自动出院回家了,三个月后,动脉瘤再次破裂出血,很快去世了。另一位病人做了动脉瘤填塞,放了血管支架,效果不错。他上个月来我们医院复查,一切正常,很高兴,还特地跑到我的办公室,和我聊了一会儿。"

夏蕴说:"很多的时候,家庭的经济条件制约着病人的治疗进展。有些病是看不起,有些病是有钱也没有办法治疗;而更多的时候,是在过度治疗。"

小妹说:"我同意大嫂的观念,植物人活着没有多大的意义,如果我是植物人,我也不想活着。既浪费家庭资源,也浪费社会资源。"

夏蕴说:"许多人'被活着',对亲人来说,也许是一份寄托,但是病人自己必须忍受极度的痛苦,还花去了大量的冤枉钱。统计表明,中国人一生中 75% 的医疗费用都用在最后的无效治疗上。"

我说:"我国对于'安乐死'还没有立法,我倒是非常推崇英国的缓和医疗,它包含三条核心原则:一、承认死亡是一种正常过程;二、既不加速也不拖延死亡;三、提供解除临终痛苦和不适的办法。"

夏蕴说:"当患者所罹患的疾病已经无法医治时,缓和医疗应该成为最基本的人权。给予患者人性化的照顾,尽量满足患者最后的愿望。"

小妹说:"具体内容包括:多花时间陪病人度过最后的时间,了解病人离世前的愿望,记录病人最后的音容笑貌,帮助病人弥补人生的缺憾,肯定病人过去的

717

成就。"

夏蕴说："美国有一种法律文件叫'生前预嘱',把死亡的权利和方式还给本人。"

我说："有尊严地死亡!在治疗无望的情况下,放弃人工维持生命的手段,最大限度地减轻病人的痛苦。"

小妹说："我们将来也立这样的'生前预嘱'!"

夏蕴说："老大,我们大家一起立!"

我说："好的!原来你们都已经认真思考过死亡的问题,只是你们不愿意大张旗鼓地谈论这么沉重的话题,但是死亡是我们每个人来世一遭必走的最后一道程序,谁都无法回避。"

夏蕴说："活着的人都不愿意谈论死亡。我还不想死,还想再活五十年。"

小妹说："我也是。"

夏蕴说："护卫健康,珍惜亲情!老大陪我们再活五十年。"

我说："好吧,我陪你们,冰玉跟我也有一个五十年的约定。如果真能陪你们再活五十年,那就太幸福了!没有生病的时候,多陪陪父母、孩子、亲人和朋友。"

她俩同时说："那我们就一言为定了!"

我点点头,表示赞同。我说："其实只有面对自己亲人的重大疾病,我们才能真正体会作为病人家属的艰难!你们大嫂去年在我们医院住院时,我白天上班,晚上去陪伴她,其实我的心中整天都如同注入了铅块,沉甸甸的!"

小妹哽咽着说："大哥,你辛苦了!只有我们真正在乎的人,才能左右我们的心境,大嫂就是你的一切!"

我说："其实在她住院期间,一切事情都很匆忙,我并没有空闲时间去体会辛苦与否。我只是希望她能很快恢复健康,或者我能代替她生病就好了!"

夏蕴说："你和大嫂的深情真令人感动!大嫂去华山医院住院,是玉儿帮忙的吗?"

小妹说："不是,大哥竟然不让我告诉冰玉!"

夏蕴惊讶地看了我半天,不说话。

小妹说："大哥,但愿从此后你和大嫂能事事顺心、健康幸福!"

我说："谢谢你!时间不早啦,你回去吧!"

小妹说："好的。如果师母夜里有事情,就立即通知我,你们也早点休息吧。"

小妹步行回家了,她的家就在这附近。

夏蕴注视着我,伤心地说："你的心真狠!大嫂这样的病情,你不肯告诉我,也不肯让玉儿帮忙!只有小妹知道,我和玉儿在你心中的地位根本就比不上小妹！"

我解释道："你想多了。上次聚会时，小妹又头痛了，我才偶然和她说起你大嫂也有头痛的事情。"

夏蕴说："大嫂就在玉儿家旁边的医院住院，你竟然不告诉她！"

我说："玉儿又不在华山医院工作，何必再麻烦她另找他人呢？"

夏蕴狠狠地说："好，好，好！你放心，我保证不告诉玉儿这件事，否则她一定会伤心死！可能这辈子都不会理你了！"

我站起来，向夏蕴深深地鞠了一躬！

夏蕴摆摆手，不满地说："好了，你总是不肯麻烦别人，却又愿意帮助别人。你是圣人，是哲人；我们只能仰视你！"

我向夏蕴抱拳，充满歉意地说："我是俗人，见谅！"

我们不放心师母夜里的状况，夏蕴睡在师母房间里的沙发上。

我睡在客卧，打电话告诉爱人，老书记已经走了！

爱人哽咽着说："你又失去了一位可亲可敬的恩人了！天热，节哀顺变！保重好身体，早点休息吧！"

我思绪万千，人的一生，都为名、为利，在争、在取，但是当我们面临死亡的时候，这一切立即都变成了过眼云烟。生命太匆匆，确实值得每一个人特别珍惜。

我回忆起郝书记的音容笑貌，依然是那样的清晰。我一闭眼，他那双慈祥的眼睛又浮现在我的脑海里。

郝书记曾经以道教鼻祖老子的话教导我们，"识不足则多虑，威不足则多怒，信不足则多言。"我相信以知识武装头脑，坚持以德服人，以诚待人，也就不会多虑、多怒和多言了。老书记一生奉公敬业，清明廉洁，退休后依然关心学校的发展，一直发挥着余热，为国家的教育事业奉献了一生。

师母以后只能是一个人面对一个个思念的长夜了！

我望着窗外的月亮，心中涌起一番痛楚！"辛苦最怜天上月，一夕如环，夕夕都成玦。若似月轮终皎洁，不辞冰雪为卿热。"

我眼泪直流，不知道什么时候睡着了。

7月23日，星期日，晴

夏蕴一早看到我，心疼地说："你两眼全是血丝，昨夜一定没有休息好！"

我说："难怪我现在感觉眼睛有些干，有些痛。"

夏蕴说："你不要太伤心了，逝者已去，我们只要继承先辈们的遗志，代代传承就是最好的纪念！"

小妹过来的时候,带来了眼药水。小妹帮我点了眼药水之后,我马上感觉眼睛舒服多了。

师母神情并没有太大的变化,她确实比我想象的更坚强。

吃完早餐,夏蕴开车,我们一起来到殡仪馆。今天的气温同样是29~39℃,好在大厅里有中央空调。

追悼会于上午八点准时举行。学校领导和同仁,亲朋好友,同学们约一千余人,挤满了殡仪馆礼堂。副校长主持追悼会,他高度赞扬了老书记光辉的一生。三鞠躬之后,我们围着遗体,瞻仰告别,大家哭声一片。

我望着水晶棺里老书记依然慈祥的面容,感觉他好像是安静地睡着了。我泪流满面,心痛不已!

师母一直很平静,表情安详。每一对白头夫妻都是生死之交,彼此已经融合在一起了,你中有我,我中有你。师母在老书记耳边轻轻地说:"老头子,等着我,我很快就会过来陪伴你的!"

大家赶忙扶着师母离开了。

随后火化,然后安葬。

考虑到师母年迈,外面天气太热,怕出意外,校领导让我和小妹直接陪师母先回家,就不要去墓地参加葬礼了。

师母犹豫了一下,平静地说:"让我送老头子最后一程吧!"

韩主席说:"师母啊,现在外面太阳直射下的温度估计将近50℃。你身体要紧,最好不要去了。"

我说:"师母呀,郝书记一定不希望你出任何意外。等气温下降一些,我们一定陪你去墓地瞻仰。"

师母说:"好吧!就让老头子一个人孤独地先去吧!"

一听此话,我们又伤心地流下了眼泪!这一别,归入云泥,永不再见了!"君埋泉下泥销骨,我寄人间雪满头。"

中午,师母稍微吃了一点稀饭。

我很是不放心,总是担心师母一下子适应不了没有老书记的日子。想想原本是两个人相依为命的日子,突然就剩下孤零零的一个人,我就伤心不已!每一段婚姻,如果能够走到最后,都是生命对生命的托付。也许没有经历过老年的人,无法真正懂得老来伴的重要性。

我和爱人的将来也是如此,我躲在卫生间默默地流泪。小妹进来本想安慰我,却陪着我哭得更厉害!

我已经不知道,这是我第几次面临生死离别,有多少亲人离我而去了!总是感觉自己一直不断地在面临着死亡的告别,祖父母、父母和岳父离世的场景又浮现在眼前!

师母叹了一口气,语气淡淡地说:"老头子啊,你有点性急了,我跟你还没有过够呢,你就忙着先走了!'嗟余只影系人间,如何同生不同死?'"

我强忍着泪水,心疼地望着师母,说不出任何安慰的话!

师母说:"孩子呀,你不要担心我。生死有命,强求不得。我想起杨绛先生的话,'我爱大自然,其次是艺术;我双手烤着生命之火取暖;火萎了,我也准备走了。'"

我顿时泪如雨下! 有些恩情是无法偿还的,郝书记已经西去了,我以后一定要经常来看望师母!

师母说:"孩子呀,你放心走吧。我已经这把年纪了,一切都看开了,万事随缘吧! 你们还年轻,只要你们好好地活着,老头子泉下有知,一定会非常欣慰的。"

小妹说:"大哥,你走吧! 你放心吧,我们一定会照顾好师母的!"

夏蕴说:"老大,你放心,我们每天都安排人照看师母,直到师母进了养老院。"

我含泪告别师母出来,丫头、老九、宝宝等都在门口站着。丫头已经哭成了泪人儿,宝宝在一旁陪着流泪。天禧不在,下葬一结束,她就忙着去参加业务会议了。

夏蕴说:"天太热,我开车送你回家吧!"

我说:"没有必要,你送我去火车站就行了。"

大家和我拥抱告别,都流着泪说:"老大一定要保重好身体!"

韩主席,这位身高一米八的大帅哥,紧紧地拥抱着我,泪流满面,哽咽着说不出一句话!

老九说:"大家快让老大走吧,天太热,老大的眼泪快流尽了。"

宝宝赶忙把我扶上夏蕴的车子。

路上,夏蕴愧疚地说:"这一趟南京之行对于你的身心都是极大的折磨! 给你打电话之前,我犹豫了好半天,天这么热,万一把你的身体热坏了,就是我最大的罪过了! 但是如果不告诉你,以后你会更加伤心,可能这辈子都不会理我了!"

我说:"你做得对,我怎么可能不来呢?"

夏蕴说:"到家后,及时告诉我。这几天每天拍一张照片发给我,我不放心你的身体,而且你的眼睛充血很厉害!"

夏蕴帮我买好了火车票,又买了酸奶、西瓜汁和矿泉水。一刻钟之后,我已

经坐在火车座位上了。车厢里很空,没有几个人,在这样一个大暑天,大家都怕热,闷在家里不愿出门。

我有一种极度透支的感觉,眼睛好痛。我点了眼药水,闭上眼睛,想休息一会儿,但是脑海中却思绪万千,不能平静。

这一趟南京之行又让我失去了一位生命中的贵人,从此阴阳两隔,再也不能相见了!

人生苦短,我们终究敌不过无情的岁月!

师母比我想象中要坚强,至少没有看出她表面上情绪的大变化,也许她是闷在心里,也许因为她是研究哲学的,对于生死确实早就已经看开了。耄耋之年的师母,看待生死的距离,也许就在一呼一吸之间,那么坦然。

仓央嘉措说过,"世间事,除了生死,哪一件不是闲事?"在我看来,尽管人类最看重生死,但是生死其实是最不用看重的,因为我们对于生死是那样地无可奈何,无能为力,所以就只能一切随缘、随意了。

逝去不可追,未来犹可待。从此归去,一定要更加珍惜现在,珍惜亲情,珍惜我们应该珍惜的一切!

极度伤心,加上身心疲惫,我迷迷糊糊地睡着了。

列车员喊醒我的时候,车厢内已经只剩下我一个人。

我刚走出南通火车站出站口,一眼就看到大帅热情地迎过来。原来是小妹打电话告诉他的。

大帅说:"你应该告诉我的,让我陪你一起去,你一个人走,我们真是不放心。"

我非常感动!到家后,爱人看着我充血的眼睛,心痛地流下了眼泪。

我们没有说话,默默地相拥了一刻钟,都希望向对方传递生命的力量。在这样一个浩瀚的宇宙中,生命是如此脆弱,不堪一击!

吃完晚饭,我感觉好累,赶忙洗漱后,躺在床上休息。爱人帮我点了眼药水,我闭上眼睛,心中却涌现出无数的困惑,感觉茫然而有所失。

我问道:"什么是修行?人为什么要修行?"

爱人说:"修行的目的就是为了完善自我。最好的修行方式就是注重实际,认真工作,快乐生活,完成自己的人生使命。"

我说:"你这个解说言简意赅,与王阳明的'知行合一'相一致。"

爱人说:"修行还能让人转迷入悟,看清自己,不再执着,不再狭隘。这一趟南京之行本应该让你静悟生死都是平常事,从此不再悲天悯人,你却好像又钻牛角尖了!"

我说:"我没有钻牛角尖！只是又一位至亲的人突然离开了,让我对生命的意义和生存的方式产生了疑问和思索。"

爱人说:"珍惜当下,认真生活,就是诠释生命全部意义的最好方式。你不要再胡思乱想了,早点睡觉吧。适时休息也是修行的方式,更是生命延续所必需的。"

有感于爱人冷静的思维,也满足于爱人睿智的答案,我慢慢放下心结,睡着了。

一夜睡得非常安稳,第二天早晨醒来的时候,我感觉全身轻松了许多。窗外阳光明媚,又是崭新的一天。

我躺在床上遐想。人生在世,在追求自身生存和发展的同时,又始终摆脱不了死亡的威胁。儒家希望超脱生死,道家向往精神不灭,佛家追求灵魂往生。

人这一生究竟是为什么而活着呢？

孟子曰:"尽其道而死,正命也。"也许这个论断就是正道！我是历史唯物主义者,应该始终将维护人民的利益和顺应历史发展的潮流,作为自己生活的方向。仰无愧于天,俯无愧于地,行无愧于人,止无愧于心。

生既然有了明确的意义,死就一定不再是一个威胁！

第十章　众圆心愿我静心

——今生无悔

一花一世界,一草一天堂,一叶一如来。

我心里一直惦记着答应阿梅带她去观音禅寺拜佛诵经的事情。我曾经多次计划,都被杂事所扰。近来相对无事,我就准备成行。我征求阿梅和泉兄两位的意见,都说由我决定时间、安排行程。我一查日历,最近这个周日为农历初一,正是烧香拜佛的好日子。

想想一年多以前就答应了阿梅的事情,因为俗事繁忙,一拖再拖,直到现在才能成行,实在是愧对阿梅了。如今终于能完成阿梅的心愿,也算是我履行了迟到的诺言吧!

泉兄热情地告诉我,已经安排好周日行程的相关事宜,并且特地邀请了几位老同学陪同我们。我为泉兄如此看重我们的同学情谊而极为感动!我心里感慨无限,人到中年了,同学们反而变得更加珍惜这份同学感情了。年轻时,我们性格好动易变,只有人到中年,思想沉淀了,感情成熟了,才会慢慢发现,什么才是真正值得我们应该珍惜和留念的。

8月27日,星期日,多云,雷阵雨

今天的气温有所下降,19~34℃,虽然已经到了"处暑"的节气,但是"秋老虎"依然很厉害,所以今天的气温给人的感觉依然是非常闷热。

吃完早饭,爱人去她妹妹家看望岳母了。我泡杯茶,随手拿起一本最近畅销的新书,是作家周国平撰写的《我喜欢生命本来的样子》,悠闲地阅读,安心地等待星姐来接我。是的,生命中本来的样子才是人生中最自然、最真实的模样,一切随缘随意,强求不得!

我喜欢周国平的文章,也赞同他的论述,"人生有三次成长:一是发现自己不再是世界的中心的时候,二是发现再怎么努力也无能为力的时候,三是接受自己的平凡并去享受平凡的时候。"我相信一个人的思想真正成熟确实需要经过这三次认识上的历练。

湖南长沙的歌后给我发来一段视频,拍摄的是黄山日出。她昨晚到达安徽黄山山顶,夜宿天都峰,专门等待观赏今早的黄山日出。

约十分钟的视频让我领略了黄山日出的美妙奇观。还有背景音乐,是歌后自己唱的《毛主席的话儿记心上》:"太阳出来照四方,毛主席的思想闪金光……"

东方渐白渐亮,伴随着歌后优美的歌声,一轮红日慢慢跃出地平线,缓缓升起,终于东方全白,红日高照。

我想万物静谧如谜,而诗情画意都在我们心中,世间的美妙其实无处不在,就等着我们用心去发现和欣赏。

歌后说:"才子哥,我一感受到日出美景的神奇,就特别想与你一同分享!"

我说:"谢谢歌后妹妹!安徽黄山离江苏南通不远,你来我这儿玩嘛!"

歌后说:"我们这次是跟团旅游的,就不来了。下次我专程去南通找你玩。现在请求你给我的视频配一首诗,好吗?"

我想起,大学毕业离校的前一天晚上,歌后到我的宿舍里找我告别,但是我去夏蕴家里了。歌后没有遇到我,我也就没有能够在她的留言簿上留言。后来有了微信,歌后和我联系上之后,第一次聊天时,她就责怪我当年没有给她留言,非常遗憾。

我赶忙说:"好的,我就凑合着说两句,不能叫诗!算是我弥补二十一年前没有为你写毕业留言的遗憾,满足你的心愿。你稍等一下,让我再次浏览一下视频。"

我又快速地浏览了一遍视频,认真思考了一会儿,给她回复:

黄山日出

绝胜五岳黄山靓,奇秀四时云海宕。
佳人夕宿天都上,金嗓晨唤苍穹朗。
天籁一声残月藏,海上一轮新日灿。
长夜漫漫此刻央,乾坤朗朗金光闪。

歌后说:"谢谢最亲爱的才子哥,写得太好了!我当年的心愿终于圆满了!"

歌后将视频和配诗同时发到大学同学微信群里,立即赢来一片称赞之声。

大家都说:"黄山美,日出美,佳人美,歌声美,诗词美!"

等大家赞美结束了,歌后说:"今天显摆得好满足呀!现在我告诉你们,这首诗是我最亲爱的才子哥刚刚为我写的!我可没有如此飞扬的文采耶!"

艳艳说:"原来老大陪你在黄山玩呀?两人一起夜宿天都峰,专门等待观赏今晨的黄山日出,好浪漫呀!"

歌后调皮地问道:"怎么啦?不可以吗?我和才子哥一起浪漫一下不行吗?"

萧嚣班长说:"艳福不浅的老大呀,你轻易就把我们班上最可爱迷人的歌后妹妹骗走了。你真让我羡慕、嫉妒、恨！"

小妹说："萧大院长，你有什么好羡慕、嫉妒、恨的呢？你的眼睛不是整天都盯着身边如云的美女吗？"

这个性格直爽的小妹，心里一点都藏不住事，说话也太直截了当了！

黑胖说："绝胜五岳的黄山今日再添一段才子歌后的传奇佳话，可咏可叹！"

小燕子说："原来一向粗俗不堪的黑胖竟然也会羡慕才子佳人的细腻情怀呀！"

看来歌后的玩笑开大了，大家都信以为真了。我赶忙说："大家好，我在南通呢。歌后妹妹可不能乱开玩笑，否则，你们的萧大班长会率领你们班上所有仰慕你的帅哥来南通杀了我的！"

大家都笑了。

高个说："我发现老大最近很少来群里说话了，除非有人有事喊他时，他才回复两句。这个现象非常奇怪，很反常呀！"

曾经高中同学群的金群主也跟我说过类似的话。这说明我现在确实很少在群里说话了，也说明我曾经是多么肤浅，好说话，以至于一旦突然说话少了，大家都不适应了。我非常感动，看来还真有不少同学在默默地关注着我！

黑胖说："据我分析，老大一定是在和美女们私聊，什么女王、女神、才女、校花等，太忙了，所以根本没有空来大群里讲话。"

芮芡说："黑胖别胡说，老大是一个多思而慎言的人；不像你这么肤浅，话痨，爱表现。'言而当，知也；默而当，亦知也。'"

天禧说："老大是一个深沉的人，一个思想通透的人，这样的人总是活得很低调；不像你时时刻刻要刷存在感。"

丫头说："精致的沉默凌驾于一切之上！大哥哥跟你这位胖哥哥绝对不是一路人。"

小燕子说："老大是睿智的人，一位寡言的精神富翁，不需要跟你这种粗俗的黑胖说这么多的废话。"

菲儿说："马云说：'傻瓜用嘴讲话，聪明人用脑袋讲话，智者用心讲话。'"

黑胖说："美女们，不至于吧，你们都这么损我而护着老大，还让人活不活了？"

阿云说："你活不活，我们并不在意！我们只关心老大！"

大家都笑了。

其实一个人越显摆什么，越说明他缺少什么。刷存在感恰恰体现了一个人的肤浅与内心的不自信，需要通过外在的形式来加以掩饰。我们显然已经过了显摆的年龄。

韩主席调侃道："天不语自高,地不语自厚。老大就是高深！'冠盖满京华,斯人独憔悴。'古来圣贤皆寂寞呀！"

我说："惭愧,让主席大人见笑了。其实我不是低调,更不是深沉、睿智；而是老了,已经过了不惑之年,感觉没有什么需要多说的了。海明威说：'我们花了两年学会说话,却要花上六十年来学会闭嘴。'"

天禧在我们三个人的微信小群里说："老大,你看看,大家多关心你呀！你的一举一动都有人在密切关注着！"

我说："我非常感动,尤其是被你和小妹感动得不行了！"

小妹说："在大哥的QQ空间里,仅有十多年前写的一段话,是关于'不想诉说'的原因和深刻感悟。一共七十五个字,每个字都深深地刻在我们的心上。大哥那个时候是旧伤未愈,新伤又至。你的那一段艰难的生活令我们十分心痛。大哥经历了一段非常沉重的心路历程,如今已经不想再多话了！"

天禧说："我每次读这一段话,都非常心酸！老大,你将那段话去掉吧！"

我感激地说："好的,听你们的话,我一定去掉！"

老孟给我打电话,语气很兴奋："尊敬的老大,向你汇报两件好事。第一个好消息就是我妈妈被骗的钱全部追回来了！"

我非常高兴地说："太好了！真是苍天有眼！"

老孟说："我就是按照你说的方法,带着我妈妈的老年痴呆症病情证明书和我女儿的士兵证去找那个骗子小姑娘,告诉她,如果她不同意退钱,我们就起诉她诈骗老年痴呆症患者,而且是军人家属,会罪加一等。她害怕了,赶忙将钱全部退回来了。"

我说："这是不幸中的万幸！好在这个小骗子还没有把骗到手的钱全部挥霍掉,否则,就算是找到了她,钱也追不回来了。"

老孟说："是呀,我也担心这一点呀！还有一个好消息,就是我们那位坏事做尽的院长终于'众望所归'地被抓起来了。"

我调侃说："这不能算是什么好事！只能说明你们医院出了腐败分子,这种人早就该抓起来了。"

老孟说："其实以前有人举报过多次,但是上面有一位市委的领导一直护着他,所以他就越来越肆无忌惮了。"

我说："官官相护,也只能护得了一时。如果真有问题,早晚会败露的。"

老孟得意地说："可不是吗？整个过程很有戏剧性！本来有人举报骨科主任近几年来将科室里10%的科主任自由支配基金全部占为己有了。上级纪委来

调查时,发现此事与院长有关,而此时市委的那位领导自己已经犯事进去了,没有人再护着他了,所以我们这位'尊敬的'院长大人和骨科主任一起进去了。"

我说:"你也不要幸灾乐祸,而是应该从中吸取教训,不要重蹈他们的覆辙。"

老孟说:"老大,你就放心好了,我是肯定不会的!通过这两件事情,我一下子看开了,钱财名利都是身外之物,一家人健康生活、和睦相处、平平安安才是最重要的!"

我说:"你能看到这一点,比你追回这些钱更重要!以后多关心妈妈的生活,多了解她的心理需求,及时地疏导她心中的苦闷,才能让她健康长寿呀!"

老孟说:"好的!我一定聆听老大的教诲,并且立即付诸行动!谢谢老大!也祝老大健康长寿!"

我说:"也要谢谢你!我们大家都要健康长寿!愿好人都一生平安!"

有人敲门,我打开门一看,是西西。只见他容光满面,精神焕发,皮肤红润,与六个月之前相比,简直是换了一个人。

西西放下手中的水果,非常用力地和我来了一个激情的拥抱,眼中满是泪水!西西平时不善言辞,此刻心中有无数的话语却无法表达!

我也用力地拥抱了西西,完全懂得他心中想说的话语。西西经过一个月的治疗,病情痊愈,出院后回家休息,经过四个月的调理,身体康复,上个月回医院复查,各项指标都正常。我立即打电话将他介绍到我朋友郝幸的饭店,算下来,今天应该是他工作满一个月了。

西西说:"郝老板对我很好,很关心我的生活,安排我住在职工集体宿舍里,昨天给我发工资了。"

我高兴地点点头。

西西说:"住院时,郑医生对我非常好!她人长得美,心灵更美!"

我又欣慰地点点头。

西西又说:"女儿考上了高中,儿子也考上了初中。虽然我现在的负担更重了,但是我非常高兴,我一定要将孩子们好好培养,以弥补我没有文化而遭受的各种艰难困苦。所有的这些都要感谢兄弟的帮忙,我这辈子都不会忘记你的恩情!你给我垫付的医药费,我以后一定会还给你!"

我说:"那个不用着急!认真工作,将孩子培养出息了,就好了。两个孩子快开学了,如果学费不够,你尽管跟我说,不要客气。"

西西说:"好的,太感谢你了!那天在来你这儿之前,我已经打了好几位朋友的电话。他们一听说我下岗了,马上就挂了电话,就怕我向他们借钱。真是'人穷莫交友,落难莫寻亲'。"

我能深刻感受到西西心中的无奈,社会就是这么残酷,人就是这么现实。

西西说:"我那天来找你,本意是想让你看看我的病还能不能治好,如果治不好,我就不治了,不想白白浪费家里的钱;但是我没有想到你竟然这么真诚地安慰我,还热心地帮助我,主动借钱给我。只有在患难的时刻,我才见识了什么是真情!"

我想起杨绛先生说过的话,"唯有身处卑微的人,最有机缘看到世态人情的真相。"

西西激动地说:"这年头,金钱比朋友更实用,名利比情义更重要,这就是活生生的社会现实。像你这样有身份和地位的人,在我落难的时候,还能这样真心待我,真令我特别感动!"

我说:"你不要说这样的话!我们都是普通人,更是一起长大的发小,有困难时,互相帮助一下完全是应该的。"

西西眼含热泪,真诚地说:"你是我这辈子最好的朋友,没有之一!那天我听你的话,回家后将病情告诉了老婆,她竟然没有抱怨,让我赶紧看病。"

我说:"所以出了事情千万不要害怕,要积极面对,一家人总是会心心相印的。所有的困难都是暂时的,要相信只要我们坚持不懈地努力,生活就一定会越来越好的。"

西西信服地点点头,高兴地说:"你不仅救了我,还救了我们全家。我现在感觉身上又充满了能量!"

我说:"看到你现在的状况,我非常高兴!但是我今天不能留你吃饭了,我与同学们约好了,他们等会儿来接我回高中母校看看。改天我一定去你们饭店,请你们郝老板一起吃饭,感谢他这么关心你!"

西西充满感激地走了!

我很高兴,不但因为他顺利渡过了难关,而且因为他恢复了对生活的信心。

在一个人遭遇困难的时候,我们力所能及地帮助他一下,竟然产生了这么好的效果,这是我没有预料到的。

星姐九点准时来接我。星姐的先生特意在路边买了一箱新鲜的葡萄带过去,作为他们首次登门的礼物。为评价葡萄到底新鲜与否,他们两人又习惯性地争论上了。星姐性子急而直,和先生之间总是喜欢打口水仗,但是双方并不生气,就是一种示爱的方式。

我仔细思考,人到中年的我们,究竟该怎样维持夫妻之间的和谐相处之道呢?

星姐说:"我俩经常吵,不像你们夫妻之间相敬如宾。"

我说:"爱的表达方式有无数种,一种方式只适合一对夫妻。"

星姐说:"我俩要是像你们那样相亲相爱,他会很不适应的。"

我理解,他们俩的这种争吵方式,正是他们表达感情的最佳形式。他们就是在这种嬉笑怒骂的调侃中,准确地感受到彼此的感情需求。

接近十点,我们到达泉兄老家的观音禅寺。

泉兄在禅寺门口热情地迎接我们。

观音禅寺位于路北向南,院墙是佛家传统的金黄色,寺门圆弧穹顶,很有艺术色彩。

我仔细阅读两侧门联:再造梵宇共和谐四海升平,咸仰慈尊兆康泰五福呈祥。

禅寺中所有的对联都是出自泉兄自己的手笔,体现了泉兄对佛学的深刻理解和其自身的高超智慧。

两年前,禅寺刚刚建好时,泉兄将构思好的所有对联通过手机全部发给我,请我帮他润饰一下,然后再写上去。

我接到泉兄的请求后,非常惶恐;因为对于高深的佛学而言,我完全是一个门外汉,岂敢妄言为禅寺修改对联?然而泉兄的态度非常诚恳,说我具有很深的佛缘慧根,并一再申明一直仰慕我的文采。我不便再拒绝,勉为其难,只能知一当十,强充内行。

当时泉兄在电话中给我详细介绍了禅寺的状况,等我基本熟悉了全寺的概况之后,我们俩认真讨论了每一副对联在禅寺中的位置。

当时我俩仔细谈论过这一副门联,原句中上联起首两个字是"重新",我建议改成"再造"。一来与下句的词性吻合,二来感恩佛祖对万事万物的"再造"之功,三来彰显泉兄重修禅寺的莫大功德。下联的第二个字原来是"昂"字,我建议改成"仰"字。"仰"能表达建寺拜佛者对佛祖的无比敬仰之意,而"昂"则有些自我标榜的味道,不够心诚而微欠敬意。泉兄大夸改得好,立即修改,并欣然采用。

现在我身临寺院门前,再次仔细品味这副门联的意思,感觉泉兄的内心境界又达到一个更高的层次了。

门两边是一对金漆石狮,威武雄壮。门房外顶的屋脊正面上有四个金色的大字"民裕国富"。

泉兄介绍:"背面是'佛日增辉',祈愿我佛遍布福音,国富民强。"

我赞许地点点头。

阿梅已经先于我们到达了,正在耳房里忙着烧水泡茶,听到我们的声音,立即出来热情地迎接我们。阿梅说:"我最近一直在阅读不同的法师译著的《心经》,包括南怀瑾的解说,受益匪浅。"

我想起阿梅的微信名是"独立思考者",阿梅对许多事情确实有自己独到的见解。我称赞道:"你是生活的有心人!对生命很负责!"

星姐细心地搀扶着我跨过高高的仿古木质门槛,进门之后,我一眼望见高大庄严的大雄宝殿,两层结构,雄伟壮观,气势非凡。

宝殿的屋脊上也有四个金色的大字"国泰民安"。看来泉兄满怀家国情怀,心系国民福祉,令人敬佩!

泉兄敬香,带领我们参拜如来佛祖、观世音菩萨、地藏王菩萨等诸位菩萨,并细细做了讲解。我们虔诚跪拜,并在功德箱中投了人民币,祈愿禅寺香火鼎盛,祈福一方。

突然,一场暴雨降临,足足下了二十分钟,让炎热的气温陡然下降,我们顿时感觉极为凉爽、舒心。

星姐笑道:"佛祖显灵!二十多天没有下雨,天气一直闷热难耐;如今我们一拜佛,老天爷就送来了降温的及时雨。"

我们大家都欣慰地笑啦。

我的手机提示音响了一下,我一看,冰玉在我们三个人的微信小群里,狠狠地骂道:"特别可恶的老大,我现在恨不能杀了你!难道我和蕴儿对你就没有任何吸引力,只有你们高中的美女同学才能喊得动你吗?"

夏蕴说:"老大一向如此,特别喜欢大煞风景,总是我行我素,丝毫不考虑别人的感受!"

我十分愧疚地说:"我十恶不赦,罪该万死!"并且连续发了六个抱歉的表情包!

早在二十多天前,夏蕴在我们三个人的微信小群里说:"最近一段时间,我活得太压抑了,想出去走走,调节一下心情。"

冰玉说:"太好了,我们真是心有灵犀,我也正想出去走走。"

我十分理解夏蕴所说的"活得很压抑",也非常想陪她说说话,解解闷,更希望重温一下我们三个人在一起的美好时光。

夏蕴说:"这一次我们一起去青藏高原吧,看看大西北的风光,回归大自然。我建议我们都休假半个月,一起去大西北旅行。"

冰玉说:"半个月的时间非常合适,我们可以做深度游,一天玩一个地方,不

用急着赶路,这样老大也就不会感觉太累了。"

夏蕴说:"我分明听见耶稣基督在呼喊:'你们来同我悄悄地到旷野那里去歇一歇吧!'"

我确实很想去大西北旅行,走进广袤的大自然,拥抱蓝天白云,在粗犷的黄土高原上,释放生命的热量;但是我终究是一个现实的人,无法轻易抛开尘世的一切,我行我素。对于我来说,半个月的时间太长了。我的诊室里就我一个人,如果我请假,诊室就要关门,会给就诊的病人带来极大的不便,所以上班这么多年以来,我没有休过一次年假。

夏蕴说:"旅行途中,我们可以一边听老大讲当地的人文地理,一边欣赏大嫂优美的歌声,真是美不胜收!"

冰玉说:"很好!老大呀,我们就这样说定了。我家先生正好这个月休假,我们明天开车到南通接你和大嫂,一起去南京。蕴儿就定明天晚上去西安的飞机票。老大,你不是还没有坐过飞机吗?我们就陪你首次空中旅行。"

我说:"两位请原谅,我请不了这么长时间的假。"

夏蕴说:"你不是有半个月的年假吗?你曾经答应过我,你要和我们一起旅行的!"

冰玉说:"你还说过非常憧憬我们三家人在一起旅行的。毕业后,我们三个人还没有相聚过。"

我说:"我行动不便,路上会增加你们的麻烦,妨碍你们旅行的兴趣。你们自己去大西北吧,尽情地玩一玩,多拍一些靓照和我一起分享就是了。"

她们说:"你说的这是什么话呀?我们不想听!我们生气了,不想再理你了!"

结果她们俩赌气,两个人去了大西北,而且故意不发照片给我看。"七夕"的晚上,两人在青海湖边玩,调侃我说:"馋死老大,美丽柔情的青海湖边缺少了一位多情的大才子。"

我很尴尬,只能讨好地说:"我特别希望我们三个人能再次相聚在南京,一起回到'六朝茶韵'品一杯菊花茶,在'王子咖啡店'喝一杯拿铁,在'最爱西餐厅'尝一份八爪鱼,那种感觉一定会让我们如同回到二十多年前。"

夏蕴说:"老大呀,这三个小店现在都已经不存在了。"

冰玉说:"可恶的老大呀,你愧疚吗?后悔吗?许多事情都必须当机立断,一旦错过了,就不能再回头了!"

我没有反驳!其实有些事情错过了只能说明缘分不足,不必悔恨!

小妹发微信责怪我说:"大哥,你为什么不和她们俩一起去大西北旅行呢?

你怎么能这样冷酷无情呢？多伤人心哪！在美丽的青海湖边,在温馨迷人的月光下,清脆的骆铃声随风飘来,你与她们共同参加篝火晚会,一起喝酒唱歌,叙说人生,谱写浪漫,是何等令人神往呀！"

我无话可说！我真羡慕她们俩说走就走的旅行,我却没有这样的洒脱和干脆,生命中让我牵挂的东西太多了！

那几天,曦曦送小孩去西安交通大学入学报到,陪小孩畅游了大西北,在高中同学微信群里发了好多优美的照片,同时发了一段情真意切的抒情文字,文笔流畅,赏心悦目。我看了之后,感动不已,很憧憬能亲临观赏一下大西北的自然风光。其实在西安工作的初中同学石泉,已经数次真诚地邀请我去西北看一看,我都因方方面面的原因没有去成。

阿梅当时也正好在西安办事,和曦曦在西安相遇了。

我在微信群里告诉阿梅和曦曦,我错过了和他们俩在西安相聚的机会。

阿梅说："才子佳人如果能于'七夕'之夜相会在青海湖畔,想想都觉得非常浪漫,你辜负了才女和校花的深情期待！"

宏公子说："有美女相邀同游,你竟然狠心拒绝！你这是讨骂的节奏呀！"

钢班长说："大学时的三人帮,多年以后再次结帮成行,续写浪漫,你却置才女和校花的殷殷期待于不顾,实在不应该,这么难得的三人同行的好机会,你却没有珍惜,确实令她们俩非常伤心！"

我说："我真没有想到,你们大家都责怪我做得不对！其实说实话,我很想陪她们俩去大西北旅行的;但是我担心路途遥远,天气太热,万一在路上,我的身体出现了不适的状况,会影响她们的旅程。还是等我退休之后,如果身体还允许,再做无忧无虑的不赶时间的旅行吧！"

我将此事告诉爱人,她责怪道："这次本是你们三个人将所有的事情都说清楚之后的第一次相聚,也是大学毕业后的第一次三人团圆,意义特殊,你真应该去,你却故意错过了！其实我能理解你的心理。对于夏蕴的现状,你一直认为是你造成的,心中有愧。三家人一起旅行,你和冰玉都有爱人陪着,只有夏蕴是一个人,以你善良的秉性,在这个旅行中,你是无法快乐的。"

我不好意思地笑了。爱人是睿智的,更是特别了解我的,所以我的心事根本就瞒不了她！

爱人说："其实这一次我肯定不会跟你们去,但是我觉得你们三个人一起旅行却是必要的。你们可以抛开心中所有的芥蒂,重新回到从前的时光,完成一次生命的洗礼。"

爱人此话直接触动了我的心弦,真不愧是我的知己！

我十分感激地说:"非常感谢你的大度和真诚！今生能与你在一起,我无怨无悔！"

泉兄开玩笑地说:"老兄捧着手机,走神半天了,是在思念哪位远方的佳人吗？"

阿梅笑道:"大晴天忽然遇到雷阵雨,大才子一定是在忏悔上次没有陪才女和校花畅游大西北的严重过失了！"

大家都笑了。

我们继续参观,在泉兄的祖父莲舫法师的遗像上方有一副横联:莲池海会一方舟,度尽劫波证菩提。

两侧有一对竖联:历独难,经浩劫,礼佛善行,念若磐石；继衣钵,兴梵宇,宏发授业,心向如来。

莲舫法师九岁出家,潜心向佛。破"四旧"的时候,寺院被拆除了,寺中其他的法师都还俗了,仅仅莲舫法师和其授业方丈一直坚持念佛,终身未悔。莲舫法师生前又重建了观音禅寺,既了却心愿,又造福一方,功德无量。

泉兄亲自书写的这两副横联和竖联高度概括了其祖父一生的经历和功绩,并且巧妙地将其祖父的法号"莲舫"隐藏于其中,体现了泉兄的超常智慧和佛缘业绩。

大殿前方的西侧架着一个直径一米开外的大鼓,牛皮紧封,红漆光亮。我转头向东侧一望,果然见到横梁上悬挂着一口巨大的紫铜大钟,气势非凡。

确实是寺院定规,"晨钟暮鼓,定时而鸣。"上次泉兄在电话中与我商讨此处对联的时候,他告诉我,主殿内只有东侧的一具大钟。我建议他将西侧的大鼓配齐,不然不合寺院的定规。泉兄当时欣然应允,现在大鼓已经到位了。

我仔细阅读两侧立柱上的对联:晨钟暮鼓惊醒世间名利客,经声佛号唤回苦海迷梦人。

泉兄这一副对联既含有人生的哲理,又蕴藏醒世的味道,但愿在这一日复一日、亘古不变的晨钟暮鼓声中,普天下的名利客们都能自行迷途知返,所有迷失于苦海的梦中人都能幡然醒悟,回头是岸。

临近中午,我们至泉兄家中进午餐。高耸围墙大院,二层独栋楼房。

泉兄笑指门楣上的一块瓷匾,让我们细看。

我和阿梅认真一观,是一幅"知足常乐"的写意画。中间一位衣着普通的老百姓,骑着一头驴。前面一位衣着华贵的官宦之仕骑着一头高头大马,春风得意。后面一位衣着简陋的壮年农夫,正吃力地推着满载重物的独轮车。中间之人前后观望,自我感觉"比上不足,比下有余"。

我赞道:"兄弟已经是脱离了凡苦之人,高居于尘世俗套之外,俯视人间的一切凡务。"

泉兄笑道:"事能知足心常惬,人到无求品自高。"

进门是一过道,午餐就安排在此。过道西侧的隔墙上挂着黑板,上面的粉笔字端庄大气,横平竖直,出自泉兄的父亲信明法师之手。我细看内容,是《佛说三世因果经》。劝人从善,不可作恶,一切皆有因果报应。所谓"积德修行,奈何桥易过;贪心造孽,尖刀山难逃。"

餐食极为丰盛,我强烈感受到主人的热心和用心。星姐一上午都在我身边耐心细致地陪伴我,此时又忙着给我搛菜添茶,令我极为感动!

两桌一共二十多人,共同进餐,热闹愉悦,但是井然有序,体现了大家族深厚的传统文化底蕴和优秀的家风教养。

餐后,星姐夫妇先行离开。二位都是非常有孝心的人,既然已经回到老家,就一定会回家看望一下双方的父母。

泉兄带我们参观后面的颇具文化韵味的老宅子,青砖小瓦,滑脊飞檐,猫头滴水。中堂墙壁上供奉着十八罗汉和八大金刚的画像,人物形象栩栩如生,极为传神。

在笑口大肚弥勒佛的两侧,挂着一副对联:开口常笑,笑天下可笑之人;大肚能容,容世间难容之事。

我想起,曾经在上大学三年级时,在"五一"假日期间,我去苏州游玩,在苏州大学就读的云云发小带我参拜北塔报恩寺。同样在弥勒佛座前,我看到过这副对联。当时我心有所动,请教一位年轻的法师。

我说:"既然佛家四大皆空,那么在你们出家人眼里,何来'可笑之人',又何来'难容之事'?"

年轻的小法师思考了半天,涨红了脸,不能作答,最后说自己愚钝,更兼年轻,入门时间太短,没有悟透。他请来一位年长的法师回答我。

老法师用慈祥且睿智的眼神注视着我,温和地说:"施主乃天生聪慧之人,悟性很高,继续修炼,未来可通三界。什么'可笑',什么'能容',不用老衲解释,施主他日定能自悟。"

云云笑道:"你有冒犯佛祖之嫌!"

老法师笑道:"无妨!施主勤学善思,又好问求答,正是我佛所颂扬的极好的修学之道。施主很有佛缘、慧根,日后定有大成。"

我知道自己是凡眼尘躯,对于佛家的玄机,自然不可先知、尽知,也就不再追问究竟。

我和泉兄及阿梅说了此事。

泉兄说:"佛法虽然神通,但是依然有四件事情不能做到:因果不可改,智慧不可赐,真法不可说,无缘不能度。"

我说:"自因而自果,佛不能改;经过自身的磨炼才能开启智慧,佛不能赐;真理必须自悟自证,佛不能言;佛度有缘之人,不度无缘之身。"

泉兄说:"你解得很透彻!佛家虽然普度众生,但是依然会有许多愚顽不化、固执作恶之人,也只能任其自生自灭,强求不得。"

阿梅说:"天雨虽足,不润无根之草;佛法无边,难度无缘之人。"

泉兄说:"正是此意!'良言难劝该死鬼,慈悲不度自绝人。'一切还是随缘吧!"

我说:"我当初年轻气盛,争强好胜,才提出如此锋芒毕露之语。现在想想,甚为鲁莽可笑,确实有冒犯佛祖之嫌疑。"

泉兄说:"无妨!年轻时就应该有年轻时的锐气,每个年龄段的人都该有相应的性格特征,天性自然如此,你不必自责,佛祖更不会责备。"

饭后,阿珠邀请我们去"花物语生态园",品尝时新水蜜桃。我们一行十人,兴致匆匆地赶赴生态园。

一眼望去,生态园好大,一股水果的甜香之味扑鼻而来,令人神清气爽,又垂涎欲滴。

燕子兴趣盎然,亲自至果园中采摘。

我们未进果园内,坐在园主人的办公室内喝茶、避暑,安心等待品尝时鲜佳品。

园主人非常热情地给我们介绍水蜜桃的特性。目前市场上销售的某个著名品牌的水蜜桃,体形巨大,表面全部红透,非常赏心悦目,但是吃起来味道很淡,而且有难以嚼烂的筋,因为使用了增红剂和膨大剂;而他们园子中的水蜜桃都是自然生长,形状小一些,表面红白相间,因为有桃叶遮盖的地方不见阳光,不容易发红。

我听了园主人的一席话,增长了不少知识!《魏书》有云:"耕则问田汉,绢则问织婢。"隔行如隔山,行行出状元。我们时刻都应该谦虚地听取业内人士的专业讲述,才能时时、处处都有所收获。

园主人特别强调了增红剂和膨大剂对人体的多种危害,听得大家胆战心惊。

其实园主人是为了自己的产品畅销,不免有抑人扬己之意,稍许夸大其词,其心情完全可以理解;但是我确实同意园主人的说法,水果就应该让它自然生长,不应该为了经济利益而乱加各种对人体有害的催化剂。

大家开始纷纷议论,如今社会上充满了各种虚假、有毒、有害的食品,真让人不敢开口进食了。

如今诚信成了稀罕之物,许多食品产销人员为了赚钱,丧心病狂,完全不顾消费者的身体健康,乱用各种催熟剂、膨大剂、增甜剂、增红剂和防腐剂,真是无所不用其极。岂止是食品,虚假现象已经出现在许多领域,令人防不胜防。

园主人笑道:"我给大家念一首修改后的古诗三句半,锄禾日当午,汗滴禾下土。谁知盘中餐,有毒!"

我们都笑了,却笑得有些沉重。

一时,燕子现采的水蜜桃到位。我仔细一看,果然大小适中,表面红白相间,咬一口,清甜爽口,熟而不烂,确实没有难嚼的筋。

我们于如此炎夏酷暑,在果味飘香的生态园内,品尝着时鲜美味的水蜜桃,耳闻园主人的专业化讲解,既满足了口欲,又增长了见识,岂不美哉!

泉兄和阿珠非常客气,非要送我们每人一大袋水蜜桃不可。盛情难却,我们都愧意领收,又吃又带,实在是不好意思!

桃足茶饱,我们六位白雁中学的高中同学一起回母校忆旧。

毕业二十八年了,我竟然没有回过一次母校,实在是问心有愧!近来,我思念母校的心情日益迫切,今日终于成行,圆我心愿!

近乡情更怯!望见了学校的大门,我的心情开始激动起来。

原先在白李河北岸朝南的古旧的木制大门封闭了,在东南角另开了一扇朝东的大门。门框为水泥钢筋结构,两扇钢管焊接的大门,比原先高大宽敞了很多。

在我的印象中,在此东南角原先有三户农家,将规整的长方形学校占去了一个角。

前些时,我和老校长聊天。老校长告诉我,我们高中毕业离校之后,他在任时,与这一处的三户居民妥善协调好,让他们搬走了,在此建立了宽敞的大门,学校也扩建了,变化很大。老校长功不可没。

门卫打开大门后,阿梅将车子直接向西开进去,首先映入眼帘的是右手边的两排青砖黑瓦的高中教室,我们曾经在此读了三年的高中课程。左手边原先的一排砖木结构的教工宿舍全部不见了,代之以一堵水泥围墙。

我们右拐向北,进入梧桐大道,非常昏暗、阴森,道上积聚了厚厚的树叶。车

子穿过去,在那棵记忆中的大雪松下面左拐,绕过小河,在一幢水泥建筑前停下来。前面的路狭小,而且杂草丛生,车子不能再往前行。

我们下车。这幢在我们毕业离校以后建筑的房子据说是食堂。细雨绵绵,我们站在走廊里避雨。

一眼望去,整个校园内杂乱无章,到处破旧不堪。杂草丛生,落叶成堆,枯枝堵路,枯树摇摇欲坠。虽然阿娟上周来母校后,立即将学校的照片发给了我,对于母校的落寞,我的心中已经有了一定的思想准备,但是现在身临其境,亲眼看到母校的如此惨状,我心中极为伤心难受!

实行了四十年的独生子女政策,使得在校学生的数量逐渐减少,许多学校合并了,我们这所高中已经合并给另一所学校十多年了!这已经是我第三次面临母校的消亡,我求学时的小学和初中的学校都已经不存在了!

我本想继续向北走,亲眼看一下我当年住宿了三年的宿舍,可是远远望去,就剩下最后一排房间,我当年的宿舍分明已经不存在了。我悲从心起,眼角湿润,真想纵情地大哭一场,以释放我二十八年来的浓浓思念之情!一种强烈的物异人非、沧海桑田的悲凉感渗透了我的全身,我打了一个寒战。

深情的阿梅打着雨伞,走遍了校园的边边角角,仔细地寻找心中的记忆。阿珠和燕子去了原先的女生宿舍,追寻她们少女时代的青春年华。

泉兄和文文不忍目睹这一方曾经洒满我们青春热情的土地,就这样无情地被荒芜啦!他俩商量将校园买下来,改建成同学们的养老院。因为我们这一代人严格执行计划生育政策,家里基本只有一个小孩,未来的养老确实是一个现实而严峻的社会问题。如果能有一家我们自己经营的养老院,等我们老了,大家就在一起相互照顾,共同娱乐。

他俩估计土地面积,计算大概所需要的费用。我直接打电话询问老校长,他告诉我围墙内面积是六十亩,并语重心长地嘱咐我们,必须经过周密的策划和仔细的市场调查后再谨慎行动。

我们六人在林荫道内合了影,这一张迟到的合影跨过了二十八个年头!光阴荏苒,岁月流逝,人生能有几个二十八年哪?

记忆中的这一棵细矮的雪松现在已经变得非常粗壮,树干一人合抱尚且有余,巨大的枝丫,茂密的松针,慰藉着我们的这些归来游子思念的心境。

两排梧桐树,粗壮了许多,依然列队热情地欢迎我们这些曾经的莘莘学子,舞动的枝叶分明在责备我们的迟归。在这条熟悉的林荫大道上,曾经洒下过我们多少求学的汗水和青春的激情!

那一口老井还在,六角井栏还在无声地诉说着我们青春的故事和酸甜苦辣的过往。

穿过林荫道东侧原先的教工宿舍，我们来到校园最东边的操场边，一眼望去，全是半人高的杂草，将整个操场的轮廓都模糊掉了，分不清哪儿是边界。在这里，曾经留下过我们无数的欢声笑语！篮球与排球齐飞，老师与学生同欢，一个个青春的身影，一阵阵欢乐的笑声……

还清楚地记得姜老师那一句精彩的戏语："足球划了一道优美的弧线，多情地滚到我的脚边。"

我因为身有疾患，不能上体育课，但是也经常来此打乒乓球。如今在这一片茂密高耸的杂草丛中，我看不清操场对面的情景，不知道原先在操场东侧，靠近围墙的那一排露天的乒乓球水泥台子是否还安在？

我们继续往南走，看到两排高中教室。两侧被围墙封了起来，用回廊相连。我们从东边侧门进去，走廊依旧。东西两侧的一班和三班的教室模样基本未变，但是中间的我们二班的教室已经被大动筋骨。前后门都被青砖砌实了，中间窗户被改成了一扇大门。教室内空旷，桌凳都不见了，两侧山墙上的黑板还在，上面还有清晰的粉笔字。

我又回忆起二十八年前的情景，那场青春岁月中的一幕幕激情的话剧，又清晰地浮现在眼前。

朱老师平实的谆谆教导，姜老师优美的诗词歌赋，吴老师神奇的电磁力学，张老师迷人的数形结合，邹老师纯正的英语领读……

同学们学习时的你追我赶，课间的嬉笑怒骂，青涩懵懂的羞涩暗恋，对未来的憧憬和迷茫……

岁月悠悠，往事悠悠！

出了西侧门，穿过紫藤架，一幢后来建造的过道建筑出现在眼前，过道两侧的山墙上是黑板报，密密麻麻工整的粉笔字依然是那样亲切。

西侧是初中教室。文文告诉我，他上初中的时候就已经在这所学校里了，在此度过了六个年头，所以对这所母校的感情更加深厚！

我们要离开了，在学校门口，我深情地回首一望，心中涌现一股浓浓的依恋之情和难舍之意。这片承载了我们三年青春岁月的热土，孕育了我们人生希望的起点，寄托了我们无尽的思念和难舍的真情！

我们下次再来时，不知道母校是否还能安在？

我们回到观音禅寺。泉兄的父亲信明法师上午在外面做法事，听说我们到来，现在特地赶回来给我们讲经说法。

上高中时，我曾经多次来泉兄家中玩耍，所以与信明法师非常熟悉。法师依

然是我记忆中的仁慈善良的模样,睿智的眼神分明能看透一切。

法师热情地拉着我的手,慈爱地说我太瘦了,嘱咐我一定要好好爱惜身体。

我很感动,深表谢意!

燕子请来檀香,分发给我们。

信明法师主持,我们每个人手捧三炷檀香,一起虔诚地三叩首,上香敬佛。

雨点挺急,阿梅打着雨伞,小心搀扶着我,慢慢攀登大雄宝殿前高长的台阶,每上一级台阶,我的心中就增加一份离天国更近的亲切感。

我们进入大雄宝殿内,净手后,在如来佛祖座前静坐。

我恭敬地阅读两则大立柱上的对联:宗镜圆照世尊三佛同开菩提世界,慈悲弘深宝忏十部悉引莲花净土。

我仔细体会其中的含义,世尊三佛既是实指座上供奉的如来佛祖、观世音菩萨和地藏王菩萨三位菩萨,又虚指所有的菩萨神灵;宝忏十部既是实指《慈悲观音宝忏》,又虚指一切佛教经典。

这副对联体现了泉兄通晓佛教的定规和经典,可见其佛法造诣高深,非常人所能及。

我想起佛家经典上的记载,地藏王菩萨曾经对佛祖发宏愿:"众生度尽,方证菩提;地狱未空,誓不成佛。"此愿发得何等宏大而坚定,确实是"安忍不动如大地,静虑深密似秘藏",故曰"地藏王"菩萨。

我宁静地注视着从檀香顶端升起的袅袅青烟,听着舒缓而悠远的钟声,我的内心涌起一种清静空灵的感觉,有一种穿越时空的飘逸,觉得整个世界都是那么清净、清明、清澈!

一位年轻的法师请出《金刚般若波罗蜜经心经》,信明法师带领我们诵经。

信明法师声音洪亮,富有磁性,由近及远,有一种神奇的穿透力,令人的心境慢慢平静下来,再无杂念,一心诵经。

我已经在多种场合诵读过《心经》。去年冬至,在我收到冰玉发给我的她自己临摹的《心经》之后,立即背诵了全文。在冰玉来南通前夕,为了方便与她交流,我又诵了一遍,现在竟然还是记不全。看来做任何事情都不能一劳永逸,诵经如此,生活工作亦如此,必须反复用心,才能牢记和掌握。

看到阿梅确实能够熟练背诵《心经》,我顿时心生佩服,真不愧为学霸。

法师赠送我和阿梅每人两本经书,《金刚般若波罗蜜经心经》和《地藏王菩萨本愿经》。

我俩恭敬领受,并深表谢意。

法师热情地带领我们参拜东西两侧厢房中供奉的菩萨。文文细心地搀扶我同行。

西厢房是文昌殿、观音殿和往生堂。

我请教"往生"之意。

阿梅说:"在佛教中,'往生'是指人死后,精神前往极乐世界,达到另外一层生存境界的意思。"

法师说:"生前行善的人,善终后才能称为'往生'。"

泉兄说:"善终的人,肉身死了,但精神和灵魂实际上又在另外一个世界获得了永生,所以称之为'往生'。"

我想用量子信息的理论可以这样解释:如果人的大脑中的意识真是产生于量子信息,那么当肉体消亡之后,这些人体信息是不会消亡的,只会回到宇宙中的另一个与之相对应的地方,以另一种方式储存起来,或许这就是类似"灵魂"一样的东西。虽然现在人类对量子意识的探索才刚刚起步,任重而道远;但是我相信,一旦突破,则人类的前景将会无比广阔。

东厢房是延寿殿和财神殿。我们一一参拜。

在延寿殿参拜时,法师为我祈愿:"施主自小多病多难,蒙受人间疾苦,但愿此后我佛保佑施主祛病消灾,延年益寿。"

我甚为感激而虔诚答谢。

我们来到财神殿。在全国不同地区的财神殿里,人们供奉的财神有区别,有些是文财神比干、范蠡,有些是武财神赵公明、关公。参拜时,我注意到,这里供奉的是范蠡,人物塑像神态洒脱,风流倜傥。史书评说,范蠡乃华夏五千年少有的完人,确实值得后人敬仰和怀念。

法师笑道:"文文是大老板,你要好好拜拜财神菩萨,定会发大财。"

文文悄悄地跟我说:"我不用专门敬佛,只以慈悲之心待人,自然能发家致富。"

我赞赏道:"你做得对!佛在心中,敬自己为佛,亦敬他人为佛,就是最好的修行。"

我想起曾经在一座财神庙里看到的对联,非常诙谐幽默,是这样写的:"只有几文钱,你也求,他也求,给谁是好;不做半点事,朝也拜,夕也拜,教我为难。"

早先我在乡下医院时,曾经诊治过一个极度营养不良的病人。他是一个好吃懒做的人,却整天想着发财。他家住在财神庙附近,他每月的初一和十五都到财神殿去参拜,三十多年来风雨无阻,可是由于坐吃山空,他家的经济状况一直是全村最差的,穷得快要饿死了。可见发家致富只能靠自己的努力奋斗,如果只想乞求财神,不劳而获,自然是竹篮打水一场空。

我们参拜结束时,法师说:"以慈悲喜舍之心,平等救护一切众生,才是真菩萨行;自己逃离生死轮回,却弃众生于不顾,则有违菩萨自度、度他之初衷。"

我说:"若离开对众生的慈悲济度,则一切修行的意义都会大打折扣,不能最终成就无上菩提正果。"

法师笑道:"说得太对了!施主的佛缘很深,亦具有极高的悟性,入我佛门,定成正果。"

我笑道:"修行无须佛门内,度己度人随时行。口不言佛,心却向佛。佛即是心,心即是佛,心佛一理也。'佛在灵山莫远求,灵山只在汝心头。'"

法师说:"施主高论,又胜一筹。阿弥陀佛,出世、入世皆随缘,有空常来论经。"

我说:"一定谨遵法旨!"

文文问我:"人为什么会信佛?"

我说:"当一个人内心产生某种不利情绪时,心中就会自动形成相应的解脱暗示,而现实的认识能力不足以解释或解决时,就只能寻求'无所不能'的神佛来护佑了。"

文文又问道:"你真信佛吗?"

我说:"我是唯物主义者,宗教对于我来说是一种理论和文化,我来此是为了学习佛法,感受佛家的文化氛围。"

文文说:"原来你是来采风、体验生活的。'问渠那得清如许,为有源头活水来。'"

我说:"儒道释三教的文化在我国相互交融,和谐统一。三者的文化内涵各有所长,也各有所短,我们应该取其精华,去其糟粕。人不一定要信佛,但是一定要有佛性。"

文文说:"请教一下,何为佛性?"

我说:"所谓佛性,就是'自觉'。以'善'的心境和'淡'的态度对待一切。"

文文又问道:"如何才能'觉'?"

我说:"以出世的态度做入世的事情。"

乘此间隙,做事一向认真细致的阿梅从各个不同的角度留下了整个观音禅寺的完整影像。

天色渐暗,我们回到泉兄家中。晚餐是龙虾宴。

老同学全华知道我到来,特地从家中赶来助兴。他是我的生死之交,曾经在我俩都面临人生低谷的时候,相互鼓励和帮助,一起跨越了生命的沙漠。这些年来,无论我遇到什么困难,他都会在第一时间赶到。双方所有的喜怒哀乐都一同分享,人生难得一知己!

阿梅坐在我身边,细心地照看我,给我剥龙虾。

阿梅自嘲为豪爽的女汉子,其实她满怀女性的柔情和贤惠。在如今这样一个浮躁喧嚣的社会,能主动寻求心静、潜心修行的人实在是罕见的;而像她这样曾经的学霸,如今的社会成功人士,亦在寻求内心的宁静,就更加显得难能可贵了。

大多数人活得浑浑噩噩,只有一个对人生、对社会、对未来有着深刻思考的人,才会心平气和地耐得住人生的风雨和寂寞,努力去探索生命的意义。但愿每个人心中都有一方不染尘埃、风雨无犯的绝对净土,让朵朵纯洁的莲花都从容绽放,美满心田。

阿珠、燕子和阿静亦热情地为我剥了太多的龙虾。我不舍得浪费,最终吃撑了。

大家都如此有善心善意,我心中满是感激。生命的美好,也许就是身边总是充满着温暖和感动。

餐后告别时,我们真诚感谢主人的热情款待和费心费力!

法师紧紧地捧着我的双手,嘱咐我一定要保重身体,闲暇时,一定要再来寺中与他讲经论法。我满口答应。

全华和我握手告别,特别关照我们路上一定要小心!我坐上文文的车子,和他一家人一起回南通。阿梅独自驾车回如城。

一路上,文文告诉我,他母亲已经是癌症后期,询问我应该如何治疗。他不希望母亲经受太多的手术、化疗或者放疗的痛苦,希望在母亲的有生之年,家人能给予她快乐的生活。

我说:"你做得对!对于一个癌症晚期的患者而言,国际医学界反对过度治疗,患者的生活质量才是我们最应该关注的事情。现在我国的许多医生和患者一旦发现肿瘤,都热衷于积极治疗,有些矫枉过正了。其实许多病人是死于过度治疗,而不是肿瘤本身。"

文文说:"在中国这样一个孝道重于一切的社会里,我好歹也是一个有自己事业的老板,自己的母亲生病了,都不给予积极的治疗,大家会责备我不孝的。"

早在前几天,我和燕子聊天时,燕子非常感动地告诉我,文文对母亲极为孝顺,每天从南通回家来照看母亲,陪她说话,用轮椅车推她出来观赏周围的风景。几个月来,风雨无阻,从不间断!

我说:"你不要太在意别人的评论,真正在意你母亲感受的只有你们这些自家的亲人;你也不要太注重病人的寿命,延长一年非常痛苦的生命并不一定就是

真孝顺。你对母亲的孝心天地可鉴,非常人所能达到!我非常感动!"

文文说:"身为人子,分内之事。好吧,我们一定尽最大的努力让母亲在余下的时光里,活得开心、幸福,满足她所有的心愿,让她离开的时候,没有任何的遗憾!"

我心中默默地祝愿他们一家人生活顺利、安康、幸福!

十点,我到家了。我和爱人真诚感谢文文的热心照顾!

细心的阿梅发来问候:"我到家了,你到家了吗?"

我说:"我也到家了,谢谢你的细心关照!"

阿梅说:"等我近期有空时,将所有的照片整理后发给你。谢谢你细致而妥当的安排!你累了吧,早点休息,晚安!我明天还要早起去安徽,我也准备休息了。"

我说:"人生总在忙碌中!祝你明天一路顺风!祝你事业顺利!晚安!"

洗漱后,我躺在床上,感觉有些奇怪,跟以往不同,我今天经过一整天的奔波,现在竟然并不感觉到很累。

我想起早晨天禧和小妹说的话,拿起手机,将我的QQ空间里的"不想诉说"那段话又仔细看了一遍。

法国批判现实主义作家罗曼·罗兰说过,"有些事情是不能告诉别人的,有些事情是不必告诉别人的,有些事情是根本没有办法告诉别人的,而且有些事情是即使告诉了别人,你也会马上后悔的。"

"不想诉说"有时候就是我们的一种生存状态,是所有的人时常会有的一种处理事情的方式。生活中自己体味到的酸甜苦辣咸,真没有必要都与别人诉说。

当我将这段话删除之后,我的心中确实立即感到一份特别的轻松和舒坦,好像放下了一个一直压在肩头上的沉重包袱。

夏蕴在我们三个人的微信小群里发了一段视频,是一种非常美丽奇特的花朵正在开放,可惜我并不认识是什么花。

我请教爱人,她说:"这是昙花!你也不动动脑子,这是夏蕴现在现场直播的,什么花才能在夜间开放?"

我回复夏蕴:"这是我第一次见到昙花,好美,好奇特!增长了见识,谢谢你!"

冰玉问道:"老大知道'昙花一现'的出处吗?"

我说:"《妙法莲华经》有云:'佛告舍利佛,如是妙法,诸佛如来,时乃说之,如优昙钵花,时一现尔。'"

冰玉说:"佛家口中的优昙钵花是梵文,意译是'祥瑞灵异之花',应该与现在的昙花并不是一回事,有待考证。"

我问道:"何出此言?"

冰玉说:"唐代释玄应所撰写的《一切经音义》和明代李时珍编写的《本草纲目》中都有记载,优昙钵花是无花之果。苏轼有《赠蒲涧信长老诗》为证:'优昙钵花岂有花,问师此曲唱谁家?'"

我说:"听你这么一说,此两者确实不是一回事。昙花的雄蕊和雌蕊不在同一时间成熟,无法授粉,不能结果实,所以只能以插枝繁殖,属于有花无果。"

夏蕴说:"大才女又犯了'事事考证'的执拗毛病!我们的专业是医学,既不是佛学,也不是植物学。优昙钵花确实是无花果类,而昙花是仙人掌类。不过这不是老大的错,世人皆以为如此。或依照佛家之言,优昙钵花若真要开花,则'三千年一现,现则金轮王出'。"

冰玉调侃道:"老大是无心之过?还是有心之过?优昙钵花又名'月下美人',昙花一现,只为韦陀。老大不识优昙钵花,枉费大校花三千年的等待!"

夏蕴说:"玉儿就会胡说!"

我说:"优昙钵花和昙花是不是同一种花并不重要,'现不现金轮王'也不重要,但是今晚既然我们能一起见证花开,那么我们就都是有缘之人。"

冰玉说:"是心灵感应,是量子纠缠。"

夏蕴说:"我的理解,量子纠缠只发生在两者之间,那就是你们俩之间的事。我不参与你俩之间的'纠缠'。量子纠缠不受时间和空间的限制,你们时时刻刻都可以纠缠。"

冰玉说:"蕴儿就会胡说!"

夏蕴说:"其实我也是第一次看到昙花盛开,让我感慨无限。花草树木和飞禽走兽等各种生命体的成长都是一个十分神奇的过程,人类的成长更加如是。"

冰玉说:"风雨的磨炼让我们逐渐成熟、坚强!在历经了无数次的坎坎坷坷之后,我们一定能够到达那花开的远方!"

我说:"我们应该坚信,最终一切都会变得更加美好!"

夏蕴说:"好便是了!"

冰玉说:"了便是好!"

我说:"你俩都参悟'好了'!"

我们三个人一同大笑!

我对爱人说:"我原本以为只有我自己能悟,岂知冰玉和夏蕴却先知先觉,而且悟性竟然远在我之上。此后我再也不能在她们俩面前做参悟之状,否则一定会贻笑大方了。"

爱人说:"人人皆有悟性,深浅不同而已。那日宝玉和黛玉及湘云闹了别扭之后,宝玉回屋独自生闷气,联想起前日所看的《南华经》和宝钗刚刚给他念的《寄生草》,就以为自己深悟了,心中将他人都看轻了,于是很得意地占了一偈,你还记得那个偈子的内容吗?"

我念道:"你证我证,心证意证。是无有证,斯可云证。无可云证,是立足境。"

爱人说:"第二天,黛玉带着湘云和宝钗,一同质问宝玉,'至贵者宝,至坚者玉。尔有何贵?尔有何坚?'宝玉竟然不能回答。于是黛玉给他续上两句,'无立足境,方是干净。'宝钗又给他比出语录来。于是三个女孩一起笑他:'这样愚钝,还参禅呢!'"

我笑道:"你直接说我肤浅无知、故作高深就行了,何必如此费神地引经据典,说上这么一大段话呢?"

爱人笑道:"你自诩'老大',老有所尊,大有所威。尔有何尊?尔有何威?"

我惶恐道:"老而已朽,大而无用,糟老头子一个。听你这一高论,你的悟性又更是远在我们三人之上,日后我只有聆听教诲的份了;或者如禅宗所云:'饥来吃饭,困即安眠。'再也不作他想了。"

爱人说:"还好,你很有自知之明,但是我不陪你悟禅。你曾经经受的那些苦难让你偶尔有一种入世的迷茫,但是你是一个自律而坚强的人,你是不会出世的。相反,经过挫折的磨炼,你会更加意志坚定而奋发向上。"

我知道,爱人是担心我真误入佛家的迷雾中,找不到方向,所以用这番话及时引导我赶快走出心灵的误区。

我说:"谢谢你的鼓励!我一直坚信,方法总比困难多!你就放心吧,我是不会退缩不前的。"

爱人说:"我当然相信你!自从认识你之后,你还没有认输过。"

我说:"每每都是你的及时鼓励给了我前进的勇气和力量!"

爱人说:"应该是彼此鼓励吧!你也给了我前进的勇气和力量!我们回到原来的话题。其实我非常欣赏冰玉,她是一个纯真而理性的人。她活得很真,一点都不做作。这样的人一般很感性,难能可贵的是,她却又非常理性,这两种优秀品德通常很难在一个人身上同时体现。这两天我正在看民国才女林徽因的传记,冰玉与她好有一比。"

我感觉很新鲜,虚心地说:"请指教!"

爱人说:"你是个聪明人,不用我明言,我给你读一段林徽因的话,你自己就能明白了。"

爱人翻开书，念道："当有人问林徽因与徐志摩的关系时，林徽因回答：'人生总在祈求圆满，觉得好茶需要配好壶，好花需要配好瓶，而佳人也自当配才子。却不知道，有时候缺憾是一种美丽。太过精致，太过完美，反而要惊心度日。'"

我仔细忖度爱人读这段话的意思。当初徐志摩疯狂地爱上了林徽因，为了追求她，竟然不惜登报宣告与妻子离婚，闹得满城风雨；但是林徽因还是义无反顾地嫁给了梁思成。理性的林徽因一眼就看出了，徐志摩身上那份所谓的浪漫与自己的现实并不能完全相容，所以非常睿智地用一种赞赏的方式婉拒了他。我也同样坚信，"有时候缺憾是一种美丽。"是的，"太过精致，太过完美，反而要惊心度日。"

爱人继续念道："林徽因后来对徐志摩的评价是，'徐志摩当初爱的并不是真正的我，而是他用诗人的浪漫情绪想象出来的林徽因，而事实上我并不是那样的人。'"

我完全明白了爱人的意思，又回到了她的那一套董永并不适合七仙女的理论。现在仔细想一想，我觉得确实很有道理。我可能确实并不完全了解冰玉，她在我的印象中一直是一位由我凭着意念设想出来的完美无缺的天仙，或许当我们两人真正生活在一起的时候，现实中冰玉也许并不完全是我想象中的样子！上次在她家中时，我俩不是也闹出了一些不愉快吗？

爱人用这段话来提醒我，同样说明她自己是既纯真又理性的。她既没有增加自己想说的多余的话语，又绵里藏针，指出我不该还处在回忆之中，应该回归现实。我非常佩服爱人此时此刻引用这段话真是恰到好处，准确地指出了整件事情的实质。爱人确实是最了解我的人！而且说明爱人的智商和情商都比我高，做事能把握最好的分寸。

我真诚地说："这再次证明了我始终坚信的那句话，一切都是上苍最好的安排！冰玉成全了我对古代才女的所有幻想，而你却圆了现实中我所有的愿望！今生能与你在一起，就是我最大的幸福，实现了我最美好的心愿。"

爱人说："你不用紧张，更不用向我表忠心。我是始终绝对相信你的，我坚信我看准的人肯定不会错！"

我感动地说："真心地感谢你的信任和理解！我再次确信，一切确实都是上苍最好的安排！现在冰玉和我都生活在自己本应该生活的环境里，都得到了自己想要的幸福，彼此今生都无怨无悔！"

爱人说："当你和夏蕴在一起时，在大多数的时间里，你们都是在严肃认真地讨论一些事情；而当你和冰玉在一起时，你们更多的时间却好像是在谈恋爱。"

我说："虽然我和冰玉一直没有谈恋爱，但是二十多年过去了，我们之间的感

觉依然还停留在初相识时的那份新鲜、好奇和惊喜之中。"

爱人说："确实如此！二十年之后，面对夏蕴的突然造访，你的第一反应是惊吓；而面对冰玉的突然造访，你的第一反应是惊喜！人与人之间还是要讲究默契和缘分的！"

我说："我和冰玉之间既有缘分，又有默契！但是因为我们没有谈过恋爱，所以我们的关系一直非常纯洁，没有任何暧昧。"

爱人点点头，真诚地说："一直相见如初，这是一种特别美好的感觉！我相信你和冰玉之间的关系真停留在年轻时的惊喜感觉之中！也正因为你们没有得到过彼此，所以你们对对方一直保持着一分好奇和探求的心！试问现在已经是人到中年的我们，还有谁能像你们俩一样，彼此见面时，离不开诗词歌赋呢？在夜游濠河时，大谈'千古第一才女'李清照呢？你俩是在享受一种别样的人生！"

我不好意思地说："其实每次都是我主动先吟出那些诗句的，目的是向她请教，因为她是最好的老师。在她的指点下，我能很快地提高。事实上，她真帮助我认清了不少对诗词理解上的误区。"

爱人说："冰玉的父母都是研究古汉语的，所以冰玉家学渊源，文学功底深厚，确实是一位能与你相互切磋古代文学的最佳搭档。你俩是将遇良才，棋逢对手，冰玉也把你看成是她唯一能自由畅谈诗词歌赋的同龄人。在你们日常生活的圈子里，确实没有多少人有你们这样的闲情逸致和文学修养，所以没有多少人能与你们如此自由地交流传统文化。至少我就不具有这样的能耐，不能整天陪你平平仄仄，风花雪月！"

我笑道："你就不要嘲讽我们了，只不过是你的兴趣爱好与我们不同罢了。"

爱人说："愿你俩相见时能永远保持年轻而纯真的心！"

我说："我相信我们永远会如此！夏蕴曾经说过，只有老大才能伴着玉儿这颗永远不老的纯真的心！"

爱人点点头，笑道："不论人物的命运，单从性格和外貌而言，我觉得冰玉有些像黛玉，而夏蕴有些像宝钗。"

我笑道："冰玉的敏捷和幽默如黛玉，但是没有黛玉的多愁善感。夏蕴美丽大方如宝钗，却没有宝钗精明的心计。那么你是谁呀？"

爱人笑道："我是警幻仙子！'司人间之风情月债，掌尘世之女怨男痴。'没有我坐镇于此，你的情感世界可能会出现一些小小的混乱。"

我调侃道："在我看来，汝乃警幻仙子之妹，'兼美'是也。既有夏蕴之美，又具有冰玉之才！"

爱人笑道："你这个'老古板'竟然也会有想得美的时候！不要幻想了，还是回归现实吧。你我非仙非圣,非佛非道,非富非贵,就是两个平凡的普通人,就应该安心于平凡人的生活。只要能健康、快乐、安宁地度过此生,就别无他求了。杨绛百岁感言,世界是自己的,与他人无关。"

我说:"领导教训得极是！从此后,唯一的事情就是'死生契阔,与子成说。执子之手,与子偕老'。我俩一起守着这一段四季变换、冷暖交织的光阴而慢慢变老,不问斗转星移,不管风云变幻。看淡人间诸事,一切随缘随意！"

爱人说:"两个人,一间屋,一个家;两颗心,一份念,一生情！"

我说:"多么简捷明了而又含义丰富的一句话,'两个人,一间屋,一个家！'是的,尽管世界很大,但是我们只需要一间温暖的小屋,有你的地方就是我俩永远的家！"

我仔细体会着,"两颗心,一份念,一生情！"如此简简单单的几个字,却字字千钧！爱人正是一个既绝对懂我又深深爱着我的人。

我想起钱锺书评价他与杨绛的感情时,说过的话,"我见到她之前,从未想到过要结婚;我娶了她几十年,从未后悔娶她;也未想过要娶别的女人。"

我又想起汪国真的诗,念道:"让我怎样感谢你,当我走向你的时候,我原想收获一缕春风,你却给了我整个春天。"

爱人深情地说:"我也要谢谢你！你给了我一生最温暖的守候！仓央嘉措说:'我行遍世间所有的路,只为今生与你邂逅。'"

真所谓:得君之心,岁月永恒;与君同老,今生无悔！

后　记

　　德国著名的作家歌德说："我只不过有一种能力和志愿,去看去听,去区分和选择,用自己的心智灌注生命于所见所闻,然后以适当的技巧把它再现出来,如此而已。我不应把我的作品全归功于我的智慧,还应归功于我以外向我提供素材的成千上万的事情和人物。"

　　我原本就有写日记的习惯,将生活中的心得和感悟及时记录下来,并且一直喜欢舞文弄墨,附庸风雅;但是自从本科毕业之后,就一直忙于工作和生计,杂事重重,心不能静,即使心中常有所感,亦因中年人的"看淡",所以就再未动笔。

　　前年国庆节假期间,阔别二十年的同学突然造访,陪其游览南通胜迹之际,畅谈当年的趣事和别后的境遇,我不禁感慨万千,遂再次拾笔,记下心中所感。此后的本科毕业二十年聚会,为同学出国饯行,与上海的同窗互相拜访,我心中感慨良多,于是重拾写日记的爱好,便一发不可收。

　　同学们共同的求学经历,同样的风雨兼程,铸就了我们相近的世界观、人生观和价值观。在那个最美的人生季节能邂逅到最美好的感情总是那么令人神往。纵然时间极为短暂,却依然能令我们反复回味一生。高尔基说过,"在生活里,我们命中碰到的一切美好的东西,都是以秒计算的。"所以值得我们特别珍惜和怀念。爱情之花最终有无结果,一切随缘。纵然后来错过了,依然是我们青春记忆里最美的一段。所以青春无悔,人生无悔;真爱无悔,错过亦无悔。

　　每一次相逢的美丽,都如一朵花开的惊艳。记忆中总有那么一朵待放的花,一绽成海,滋润着我烦渴的心田;时光里总有那么一段难舍的情,绿树成荫,抚慰了我焦躁的灵魂。目中有人才有路,心中有爱才有度。真正迷人的风景,都只展现在我们自己的心中。多年以后,蓦然回首,记忆中留下的都是最美的瞬间。日本著名动画大师宫崎骏说过,"人生就是一列开往坟墓的列车,路途上会有很多站,很难有人可以自始至终陪着走完。当陪你的人要下车时,即使不舍也该心存感激,然后挥手道别。"

　　我写日记最初的起因是为了留下生命的记忆!经年之后,弥留之际,在向马克思报到之前,再随手一翻,回忆起过往的兴衰际遇,曾经的离合悲欢,足可见我曾经来此人间一遭,大可告慰自己即将离世的灵魂!至于我半世潦倒、无以为继之罪,一事无成、虚度光阴之过,世人就不必责我过甚,多多海涵! 文中偶有一些心得感悟，则与大家共勉！

每写一文，即发于高中同窗微信群。本希望有兴趣者，不妨于茶余饭后，借此一阅，或可消愁解闷，喷饭供酒，心情一悦，岂不也是我之微末之功！亦希望获取大家批评和斧正，帮我润色提高！不意同学们竟然非常欢迎，都真诚地希望我将之整理出版。几位文学爱好者阅后都觉得应该能够一观，不算太糟蹋文字。

不少同学在看完我的文章之后，私发来他们的读后感，令我非常感动。发评论者都仔细地阅读了文章，认真地做了分析，评论准确、中肯。有位才女仔细剖析了夏蕴、冰玉和老大的心态，说得逻辑严密，推理有据，令人心悦诚服。文章洋洋洒洒，写了八百多字，行文非常流畅。一位才子细致分析了事情的来龙去脉，最后的结论和红美女的评论一样，说"老大呆"。有位美女素未谋面，却收藏了我以前发在同学群里的所有拙作，以一个旁观者的身份中肯地分析了我性格中的优点和缺点，准确程度令我讶然。原来我们高中同学群里竟然卧虎藏龙，高手云集，只是他们平时没有表现出来而已。相比之下，我时常在群里卖弄文字，倒是有些坐井观天、肤浅无知了。

高中美女学霸晓琳在看完我的日记后，将她认为优美的文字和感性的句子进行了仔细摘录和整理，并重新在高中同学微信群里发出来。晓琳说，非常感谢老同学能将如此美好的感情和如此优美的文字与我们一起分享。我仔细一看，晓琳摘录的句子果然挺有意境。我写作时，并没有特别去留意，也没有特别去渲染，仅仅就是感情所致之时的自然流露。没有想到经过学霸如此用心摘录，我再次仔细品味，竟然别有一番滋味！

高中班长宝钢说，在我们高中同学中，晓琳学霸的文学水平应该是顶尖的。她既然如此推崇你的文章，说明你的文章确实是不错的。你就不要辜负大家的期望，将文字整理出版。我可以负责帮你认真校对。

晓琳也是我崇拜的美女学霸，曾经多次拜读过她的大作，很是触动心灵，于平实的文字中，饱含着深厚的感情！多年前，我在QQ群里读她所写的初中同学毕业二十年聚会的日记，为其中的真情感动得热泪盈眶，深刻感受到同学真情的宝贵，于是深受启发，也开始动笔，进而才产生了这一系列描写同学情谊的文字。从这层意义上讲，晓琳确实成了我写作的又一位引路人，我真诚地对晓琳表示深深的感激！

高中美女学霸宏梅一直非常热心地支持我出书，并真诚地说会在出版费上给予资助，我听了心中极为感动！其实经济资助倒是不必，但是对于她能对我文章中所表达思想内涵的感同身受和心灵相通极为震撼！其后宏梅通过微信转来不菲的资金，并附言这并不是出版费，而是想为这本书做点实实在在的事情。我

退还资金之后,感慨万千!真是挚友难得,知己难遇!宏梅言出必行,诚信为本,又乐善好施,这应该是她事业成功的关键。

宏梅憧憬地说:"成书之后,同学们人手一本,闲暇之余,泡上一壶清茶,在清风明月下,静下心来,手捧美文,赏心悦目,仔细品评,字里行间不时地能看到我们自己的名字,岂不快哉!"为满足其心愿,我也就静下心来,花费两年多的时间,将这一系列的文章进行了认真的整理,扩展,完善。这段时间也是我耐得住寂寞,潜心修炼的时间。我写作时不急功近利,而是本着做一份自己特别喜爱的事情,在文学的天空里,让自己的心灵自由放飞。这是一种十分愉悦和享受的过程,我乐此不疲。写到最后时,我甚至有些舍不得搁笔了。

文章中所涉及的初中和高中同学,大多保留真名或者昵称。文章在高中微信群里发了之后,不同的人看了产生了不同的感悟。真是仁者见仁,智者见智。群主金子同学直接问道:"这是不是你的自传?"其实文学源于生活,但是必须高于生活。如果将生活像拍照片一样刻板地重现,那就不能称之为文学。俄国作家契诃夫说:"我只会凭回忆写东西,从来也没有直接从外取材而写出东西来。我得让我的记忆把题材滤出来,让我的记忆像过滤器那样,只留下重要的或者典型的东西。"本书当然不可能完全是我的自传,主人翁也不完全是我本人;但是大多数事情确实是我的所见所闻。最初写在日记中的文字,并发到高中同学微信群中的内容都是真实的;但是成书之时,为了艺术的需要和避讳,我将大多数内容进行了调整。文章中所描写的与中学师生交往的内容,基本的事件大多是真实的,但是在形式上经过了艺术的加工;而书中所叙述的与大学师生相处的内容,由于涉及名誉、利益和隐私等方面的事情,大多是写虚,不再是我真实的经历。在大学阶段,我本人并没有"老大"那些辉煌的经历,更没有"老大"那么优秀,"老大"和我之间并不能画等号。所以全书内容是实中有虚,虚中夹实,以虚衬实。

本科毕业二十年聚会时,母校老校区的场景经过了我的艺术加工,结合了南京好几所大学的校园环境,因为我希望母校在我的记忆中永远是最美丽的模样。这一方水土凝聚了我们五年最宝贵的青春岁月,将永存在我们记忆之中,是我们心中一方永远值得怀念的净土。值得欣慰的是,母校二十年来的发展极为迅速,新校区已经极具规模,学校的综合实力也在稳步上升。我密切关注着母校的快速发展,并因此而倍感骄傲。

同样,"老大"的形象也是艺术加工的结果,是糅合了众多的人物原型而以"老大"的身躯为依托,形成了一个在现实社会中不断抗争的求索者的典型。其实我是借"老大"冷峻的眼光来静观这个复杂的世界,借"老大"沉稳的心理来分析这个喧嚣的社会。尽管"老大"的经历并不完全是我的亲身经历,但是"老大"在生活中经受的酸甜苦辣的百味人生,我完全感同身受。"老大"性格中的优缺点大多数也正是我自己的优缺点;而且在大学读书期间,我确实是全班年龄最大的,大家都喊我"老大"。

我在写作时,将自己性格中最坚强和最脆弱的两面都毫无保留地展现出来了,这本不是我所愿意向世人披露的,但是在用心写作的时候,我的真情就自然流露了。尽管"老大"是我艺术加工的人物形象,但是很多时候,我和"老大"已经分不清了。"老大"的思想和言行大多就是我自己内心的写照,所以写作的过程也是我自己不断进行人生感悟和思想修炼的过程。在写作的过程中,我在不断地剖析各种纷繁复杂的社会现象的同时,就会很自然地用社会这面大镜子映照自己的内心,从而发现自己身上诸多的不足和谬误,于是抛弃思想的糟粕,净化心灵的纯度,提高认识的水准,让自己在更高的思想平台上,继续人生的感悟,完成生命的涅槃,懂得了浮华红尘皆云烟,淡泊人生一清静,于是生命素简,灵魂静安。

爱人开玩笑地说:"自从你开始写作后,你的脾气比以前温和了不少,修养也有所提高,看来你确实在追求知行合一、身心兼修。"

这似乎是我写作的另一个意外的收获。

爱人说:"你在剖析自己的灵魂,解剖自己内心,剔除假丑恶,保留真善美。"

我说:"作者本人必须具备真善美的秉性,写出来的作品才能给人以真善美的启发,否则就只能是言行不一、沽名钓誉了。俄国大文豪高尔基说过,文学的任务,艺术的任务究竟是什么呢?就是把人身上最好的、优美的、诚实的,也就是高贵的东西,用颜色、声音、字句表现出来。"

爱人首肯:"很好,文如其人,表里如一。"

一些细心的同学发现,自从我开始写作之后,我在群里说话的次数少了许多,追问我原因,我解释说是因为忙于写作。其实是因为我发现了自己曾经的肤浅,懂得了自己的不足之处,就不再那么好于言辞了,心中感悟多了反而就觉得没有必要多言了,唯有努力去改善不足,弥补缺陷,才能将自己的人生锻造完善。睿智的人都很低调,懂得不断地修炼自己、提升自己,但愿自己有朝一日能成为一个低调的精神富翁。我很崇尚《镜中微瑕》里的一句话,"我一贯追求的是:在人的肉体与幻想允许的范围内,获得最大限度的真诚和信任,以及对所有的一切尽可能长久的保证。"

心理学家米哈创立了一个"心流"的概念,大意是说:当我们完全陶醉于自己所做的事情时,就会产生"心流",感觉自己超越了时空,唯有内心的宁静和幸福

的享受。我发现，我写作时就是这种状态，是一种享受，一种愉悦，一种修炼，一种升华。这种"心流"只能产生于我们从事真正喜欢的事情时，而写作正是最能让我感到愉悦身心的事情，将自己的思想理念真实自由地表现出来是一种不可言传的快乐，如同处于一个思想可以完全自由遨游的精神王国！

  关于本书的体裁，因为最初是日记，所以我将其连接成小说后还保留日记的形式；但是现在书中的日记已经不完全是我自己生活的真实写照了，可以算是半纪实小说吧。它确实融合我自己前半生中风风雨雨、酸酸甜甜的人生经历；但是我自己更多的是希望读者将它理解为哲理散文，至少文章中较多地使用了散文的格式，所谓"形散而神不散"。希望读者能从中得到哲理的启发是我最终的目的。其实叙述故事的内容并不是我的本意，在这样一个信息传递高度发达的时代，人们的生活中并不缺少精彩的故事，每天各种媒体报道的无数的奇闻轶事足以让我们瞠目结舌。我书中的故事也极为平淡、平常，并无波澜起伏的矛盾冲突，故事本身也仅仅起了一个将此书的各个章节有机地联系在一起的纽带作用，当然也在一定程度上增加了文章的趣味性。

  关于本书的书名，一直令我非常焦心，先后取了两个书名，都被自己或者爱人否决了，总觉得没有找到我思想释放的终极方式。将日记连成完整的小说，最初的愿望是想用平实的文字，表达美好的感情，展现美好的生活。纵然生命里有许许多多的磕磕碰碰，那也是生活的调味品，是为了给生活留下难忘的烙印。生命中不祈求一帆风顺，无论风雨阳光，顺境逆境，一切顺其自然，不可强求。宏梅曾经在和我畅谈人生态度时，说起"一切随缘"。我心有灵犀，事事"随缘"，是何其难得，又是何其自然、应当！后来经过沈教授的点化，建议将这本书的书名就定为"随缘"。我顿时觉得这就是我灵魂依托的归宿，也是我人生中最希望采取的生活方式、人生态度和精神状态。尽人事，听天命，过程比结果更重要。于是欣然接受了"随缘"这个书名。

  诗圣杜甫在《偶题》中云："文章千古事，得失寸心知。"我的文章虽然不能流芳千古，但是也是我的内心直白，所以写作时希望能达到两个基本的愿望：

  其一、是想努力揭示日常生活中隐藏的哲理。有一位哲人说过，"真理就隐藏在最简单的现象当中。"所以人生的哲理处处在，时时在，就藏在最平常的事情之中。我们的任务就是努力去发现它们，让它们成为指导我们生活和工作的一盏明灯。也许最有趣的生活就是在平淡的过往中体验人生的哲理，将柴米油盐的琐碎过成回味无穷的人生。所以我的文章中描写的都是最平常、最现实的普通生活。

  其二、是希望留下我们这个时代的印迹，反映我们这个时期人们生活的方方面面、各个阶层人们的情态和心态，祈愿能成为"小说性的历史"，或者至少是历史的有益补充，所以对社会事件和现象的描述，都采用平铺直叙的语言，不作任何夸张。特别是描写具体的景物时，更是力求对真实场景的再现，没有多少渲染的成分。比如对东方明珠塔的建筑结构、水绘园的各个景点布局，完全是说明文式的写法。希望可以作为他人游览时的向导，甚至奢望成为后人研究水绘园的考据资料。当然限于本人的水平，所涉及的人物层面太狭窄，因而并没有能真正达到"反映社会生活的方方面面"的目标，但是这是我以后努力的方向。文章中凡是涉及某个具体专业的内容都力求准确，否则宁可不写。《红楼梦》是封建社会的百科全书，受其影响，我上高中时曾经口出狂言，希望自己将来能成为"全能博士"。后来才发现在如今这样一个知识大爆炸的时代，这无异于痴人说梦。可见青春总是伴着一些荒谬的幻想和幼稚的愿望，但是这正是青春的美好和奇特之处，没有青春时的激情和梦想，就没有中年时的沉淀和绚烂。人生的每一步都是必须的，所以我讴歌怒放不羁的青春，赞美丰富多彩的中年，展望波澜不惊的老年。其实人生的三部曲，每一曲都应该有时代的风采，每一曲都应该有让人无比留念的精彩。

清朝文学家张潮在《幽梦影》中有云："闲则能读书，闲则能游名胜，闲则能交益友，闲则能饮酒，闲则能著书。天下之乐，孰大于是。"这就是我以后的生活方式和人生目标。

人生都是在一边拥有，一边失去。上帝在我面前关上了一扇门，也同时打开了一扇窗！莫泊桑说过，"生活永远不可能像你想象得那么好，但是也不会像你想象得那么糟。"我从小患有小儿麻痹症后遗症，却让我有幸上了医学院！本科毕业时错过了留校，却在家乡遇到一直与我患难与共的爱人！工作后又不幸患了严重的类风湿关节炎，却在研究生毕业时留校了！这也许就是冥冥之中的注定，尽管我从来不相信命运！当然，在任何时候，我都没有放弃过希望，更没有停止过努力！印度有一句极具灵性的俗语："无论发生什么事，那都是唯一会发生的事。如果事与愿违，请相信一切都是最好的安排。"泰戈尔说得好，"世界以痛吻我，要我报之以歌。"所以我相信所有的幸运与不幸、喜悦与悲痛，都是为了成就我完整的人生。同时也证明了，只要我们永远不停止追求，就能不断改变自己所处的各种不利状况。

职业的原因，二十年多来，我会经常面对死亡，自己也经常遭遇身体的痛楚。我最深的感受就是：健康地活着就是最大的成功！金钱、荣誉和地位与健康相比实在是不值得一提！世事多变，荣华富贵眼前花；人生苦短，一旦无常万事休。生命脆弱，没准一次很平常的分手就成了永别！

"人有悲欢离合,月有阴晴圆缺,此事古难全。"现实的无情就是客观的真情。人生虽然多难多灾,却并不可怕!生命是有度的,没有经过锤炼的人生永远是肤浅的,活着就是要热爱生活馈赠给我们的一切悲欢。民国才女林徽因说得好,"幸福是一件多么奢侈的事情,人生总是有太多的遗憾,由不得你我去放任快乐。"在人生的过往中,重要的是过程,不是结果,懂得欣赏沿途的风景,才能真正享受生活本身的乐趣。学会珍惜现在,把握当下,未来才可以继续。昨天已经过去,好坏都不能更改;未知的明天一定还包含着无尽的变数。我们真正能够拥有的、可以直接把控的只有今天,活在当下,珍惜眼前的一切。

本文成书于母亲节,然而我的父母亲早就已经离开了人世!父母安在,人生尚有来处;父母永别,人生只剩下归途。奉劝所有的为人子女们,常回家看看父母,多关心、爱护他们。《诗经》有云:"哀哀父母,生我劬劳。"父母的养育之恩必须永远铭记在心,时刻不可忘!曾经你养我长大,以后我陪你变老。孟子曰:"惟孝顺父母,可以解忧。"虽然父辈们和我们所处的时代不同,接受的教育不同,人生的经历不同,彼此的思想观念必然有差异,两代人之间有代沟是必然的;但是少一点抱怨,多一些沟通,依然可以很好地相互理解!不要鄙视父母的落伍,更不要嫌弃他们的唠叨。最好的孝顺就是让你的父母跟上这个时代;而父母的唠叨正是他们表达爱的最佳方式,总是能听到父母的唠叨应该是一份莫大无比的幸福,家人远比理想更重要!千万不要忘记,在我们追寻诗和远方的背后,还有父母关切的目光。也许你的世界非常大,可以什么都不在乎,但是在你父母的世界里只有你。善良的人们一定要记住,有一种最简单的幸福就是"父母在",父母永远是我们的精神寄托。只有父母安在,家才是我们安魂入梦的温馨港湾。大家千万不要重蹈我的覆辙,"子欲孝,亲不待!"许多事情就毁在"等有时间再做",几度悔恨,才发现时间等不起,亲情更是等不起!不要以为"回家看父母的日子来日方长",其实时光很不经用,一晃我们自己都老了,父母可能已经离开了。愿所有的孝心都能有所归属,不要成为永远的遗憾;同时为了我们爱的人和爱我们的人,我们自己也应该珍惜身体,维持健康。

在我生命的每一阶段,总有一些人、一些事让我感到特别温暖,太多善良的好心人默默地帮助过我。每每想起这些生命中的贵人,我总是非常感动!以前工作、生活和身体方面的原因,我只能在心中默默地感恩。近年来,我更多的是亲自上门看望他们,回馈他们给予的帮助!也许一次次简单轻松的交流,就能慰藉我们双方的心灵!有生之年,有恩必报,不给自己留下太多的遗憾!帮助过我的人,一辈子铭记于心;温暖过我的人,一辈子珍惜于心。我和爱人的心中总是装着别人的好,念着别人的情,始终用一颗感恩的心去生活,所以我们的人生一直浸泡在美好时光里。人人为我，我为人人。爱别人就是爱自己，示爱者爱返，赐福者福回。生命有涯，情义无价。努力做一个知足常乐的人，感恩幸福的人。用一颗善良悲悯的心去温暖整个尘世。丰子恺在《豁然开朗》中这样说："你若爱，生活哪里都可爱。你若恨，生活哪里都可恨。你若感恩，处处可感恩。你若成长，事事可成长。"所以我们要懂得感恩，努力成长。

　　人到中年，真正的朋友变得越来越少。曾经以为会相伴一辈子的朋友，一路走来，就失去了踪影，是人生的风雨打湿了当初的诺言。物以类聚，人以群分；道不同、志不合的人都纷纷远去了。大浪淘沙，沉淀下来的才是金子。时间是一把筛子，不断地筛选着身边的人。相处久了，经历多了，就知道哪些人应该留在生命里，哪些人只能渐行渐远。朋友不在多少，在于相识相知。一生能有几个知己足矣，他们就是我们一生的财富！知己是烦恼时候的倾诉者，是寂寞时候的依偎者，是痛苦时候的安抚者，是心灵依靠的港湾。

　　智者说，一个人的成长过程中，除了自己的不懈努力，周围还必须有四种人，才能将生命历练完善：亲人支持、名师指路、贵人相助、小人刺激。我身边有没有小人，我不能肯定，但是前三者在我生命的不同阶段总是一直存在着的，催我前行，伴我成长。如果你身边真有小人，请你宽待他们吧，因为他们的存在能够时刻提醒我们必须保持对生活的警惕，同样可以推动我们前行。原谅就可解脱，放下就能知足。人生最大的修养就是宽容，宽厚养大气，厚德才能载物，雅量方可容人。在《巴黎圣母院》中有一句话，"宽宏大量，是唯一能够照亮伟大灵魂的光芒。"

　　人在旅途，总能遇到春花秋月的赏心悦目，同时也一定离不开风霜雨雪的痛苦磨砺。在《基督山伯爵》中有一句话，"开发人类智力的矿藏，是少不了要由患难来促成的。"所以一个人的成熟需要代价，需要交学费。如今人到中年，经历了酸甜苦辣的百味人生之后，终于明白，谋事在人，成事在天，不可强求；兴废相依，盛衰相连，不可违背。一切随缘，事事随意，是自然之理，客观之道。

　　游览家乡如皋的水绘园，这个"天下第一情侣文化园"时，我确实深深感受到其浓厚的文化氛围。园名、每个亭榭楼阁的名称、匾额、门联、堂联等，无不彰显出很深的文化内涵。我没有过目不忘的能耐，写日记时，园内的许多文字已经遗忘。热心的美女同学明芳后来游览水绘园时，将园内文化景点一一仔细拍照，并不厌其烦地一张张传给我，及时填补了我记忆不牢固的缺憾。

　　在一个阳光明媚的春天，星姐再次主动陪我重游菡园，让我重拾遗忘的记忆。星姐人美心善，热情直率，经常主动开车陪我出去参加同学和好友的聚会，令我非常感动。之后在初夏的一天，星姐又专程陪我去如皋，并请她的朋友邹伟

出面,聘请了专职的美女汪导游全程陪同我再游水绘园。汪导游态度热情,讲解细致,解开了我心中许多的疑问。宏梅和金子陪同我们一整天,很辛苦,但是大家同游时,一直很愉快,场面是那么温馨而让我默默地感动!在顾庄生态园观赏完金鱼,我们一起坐在阴凉的秋千架上小憩。宏梅感慨道,虽然天气炎热,但是我们在此吹着凉爽的自然风,与知心的朋友们一起聊天,说笑,感悟人生,是何等的惬意啊!金子和星姐都表示深有同感!我当时感动得说不出话来,能交上这些知心的同学,是苍天对我最大的恩赐!宏梅将我们经过的所有景点都认真拍了照,并详细地记录了导游的讲解和自己的体会,然后一一发给我。她与我一起观赏观音禅寺时,也是认真细致地拍摄了全寺的影像传给我,让我亲身感受到学霸做事认真严谨的秉性,也许这就是她比别人更加容易成功的秘诀吧!冬梅非常热情友好地挽留我们去她家住宿,令我既意外,又极为感动!

老同学邹平每次看了我的文章之后,总是简短地感慨两句,而这两句每每都戳中了我的心穴。看了《引子》,他说,文中"经过痛、麻之后慢慢地舒展开来的心情"是我们中年人历经青春骚动之后的大悟大彻,是时光磨掉棱角之后的静心而居。看了《上海之旅》之后,他说,你就这样轻轻松松地写下去,不用费力,这就是你轻松而有趣的生活。看了沈教授写的《序言》,他说,这个界定必须是对你非常了解的人才会得出的认知。邹平与我高中同班三年,其中一年是同桌,后来补习两年又都住宿在一起。上高中时,我俩非常默契,往往一方想做一个调侃,对方看一眼就知道他要讲什么内容。高考结束后,他陪我去南京找沈教授帮忙。当时我们两人都是从未单独出过如皋的农村傻小伙,竟然就不知道害怕地跨出了家门,去当时路程四百公里之外的大都市——南京,为我寻找未来。那时没有高速公路,汽车在高低不平的土路上颠簸,就如同我当时那份紧张、憧憬、迷茫而又忐忑不安的心情。当时的情景,我至今依然难以忘怀。邹平见证了自从认识我之后我所有的事情。双方有任何需求,都是倾心相助!人生知己难得!

在高中同学微信群里,我每发一文,宝钢班长都认真仔细地阅读,指出文中的笔误,并给予中肯的评价。自从看了我的《国庆奇遇》之后,宝钢就一直鼓励我继续写下去。实话说,如果没有他的鼓励和督促,我可能不会及时写下去。在此期间,宝钢还为我做了许多非常有益的事情,包括鼓励我去上海,策划让我提前去水绘园。每每在我心情不佳的时候,宝钢都会细心地安慰我,随着我情感的起落,与我一起喜怒哀乐,最后还主动承担六十多万字的校对任务,整个过程中都特别认真细致,时常在深夜十二点还给我发微信,告诉我文章中的笔误,令我十分感动!宝钢指出了好多的错别字和语法错误,并对文章的某些构思提出了十分中肯的建议,我认真听取并采纳,因而让文章增色不少。从这个层面来说,这本书是我俩共同辛劳的结果。在此对宝钢表示最诚挚的感谢和敬意。宝钢见证了我写作和修改文章的全过程，也见证了我的文学修养一步步逐渐提高的过程。上高中时，宝钢与我不是同班同学，原本相互之间并不是很熟悉，但是人贵在真心相处，近两年的倾心交往，我们逐渐走进了彼此的心里。他与永华一起，经常来我家帮忙，与我们畅谈社会、人生和未来。共同的社会认知和一致的人生价值观，让他们俩成了我们夫妻俩的知心朋友。志红妹看我的文章特别认真仔细，时常指出文章中的笔误。她和星姐经常送美味佳肴给我们，并时常来我家帮忙，与我们亲如家人。我在此一并表示深深的感谢！

其实有太多的同学主动来我家帮过忙，在此不再一一列举。我需要帮助的时候，同学们都是随叫随到。近十年来，我都没有坐过公交车，每次出门都是同学们主动接送。对所有同学无私的帮助，我在此一并表示最诚挚的感谢！

因为身体的原因，在我上学的过程中，曾经得到过无数师生的无私帮助，这是一份无价的缘分，我倍加珍惜！只有惜缘才能续缘！在我的人生之路上，有同学们的关心和爱护，我感觉好幸福；有同学们的鼓励和信任，我感觉真舒坦！泰戈尔说过，"我最后的祝福是要给那些人——他们知道我不完美却还爱着我。"衷心感谢同学们一直以来对我的包容、鼓励和帮助！真诚地祝全体师生家庭幸福，生活美满，身体健康，快乐一生！

高中同学尹志彬热心帮我联系出版事宜。尹志彬和杜美华夫妇都是我的高中同学，更是我的人生挚友，曾经给我提供了无数的帮助。我在南京进修的一年时间里，大多数时间都住在他们家里，亲如家人！对他们俩对我的真诚帮助和辛勤付出，在此一并表示最诚挚的感谢！

非常感谢凤凰传媒职业教育出版中心朱永贞总经理的热心帮助和大力支持！非常感谢江苏省经济信息化委员会交通邮电处是清处长的热心帮助！

非常感谢审稿的编辑！非常感谢江苏凤凰文艺出版社的全体工作人员的辛勤付出和给我提供的帮助，你们辛苦了！

非常感谢我初中的恩师，如皋市文广局原任局长姚呈明先生，对我在文学之路和人生之路中提供的各种宝贵的意见！非常感谢如皋市文广局现任局长孙天骄先生和相关工作人员对我提供的无私帮助！感谢如皋文广局的好政策，对如皋籍文学爱好者大力扶持并提供了极大的资助，为有志于发扬如皋文化的文化人提供了一个极好的平台。

非常感谢我的父母及家人！非常感谢我的爱人！

非常感谢我们科室的领导和同事们对我工作、生活和家庭的无限关爱，尤其是在我爱人住院期间提供的各种关心和帮助！

真诚感谢所有曾经帮助过我的人!

最后,我要特别感谢南京师范大学中文系沈新林教授,中国著名的古代文学专家,中国著名的红学专家!我曾经数次参加高考,但是由于身体的原因,都没有能被录取,绝望之际,是沈教授帮助我跨进了医学院的神圣殿堂,从此改变了我生命的轨迹,我的人生才有了腾飞的翅膀。在上大学期间,沈教授一家人给予了我无数的生活上的帮助,沈教授更是对我进行了思想教育和写作指点,让我接受了艺术熏陶,也让我一个门外汉能有幸窥视一眼文学的神奇魅力。

此次沈教授对我的写作进行了热心的指导和帮助,并在百忙之中抽出时间,悉心为我作序,令我甚为感动。本书的初稿约二十多万字,沈教授看完后给予了详尽的批示,并写了八千多字的序言;得到沈教授的首肯和鼓励之后,我的写作信心大增,于是兴趣盎然,日夜阅读和写作。大半年之后,我的修改稿完成,六十多万字,再发给沈教授。沈教授在对文章进行充分肯定的同时,又提出了进一步的修改意见。我的写作水平就在沈教授的指导下不断提高。这就是名师指路的巨大作用和神奇效果。纸样出来之后,沈教授又对序言进行了认真修订,将我的文章从形式到内容、从构思到结构、从逻辑到主题、从局部到整体、从人物的外貌到思想,全面地进行了分析和评价,耗费了沈教授大量的汗水和辛劳,令我再次感动不已!

我的修改稿初步完成后,我反而变得更加心平气和,发现了写作的乐趣,也特别珍爱这部稿子,总希望能更完善一些,所以一直舍不得轻易交付,担心一旦出版后,会有无法更改的遗憾,所以又经过了半年的反复耐心细致的修改。沈教授提醒我出版书籍的程序非常繁琐,相关手续很复杂,希望我早日联系出版事宜,并主动告诉我出版的相关程序,热心地为我联系出版事宜。在我的人生道路上,能遇到这样一位大爱无私的引路人,是我此生最大的幸运和一生的幸福。

沈教授渊博的知识令我非常敬佩,严谨敬业的精神令我极为感动。在与沈教授的相处过程中,他做人的原则和对生活的深刻感悟都深深地影响了我,往往在不经意间,看似平常的一句话却暗含着深刻的人生哲理。沈教授一句"先做人,后做事"的话语,就深刻地影响了我的一生。行得端,走得正;怀揣真,收获暖。会做人,才能赢天下,人成即佛成!其乃真大师也!我神往矣!

戊戌腊月廿五写于南通易家桥新村